Adalbert Stifter

Bergkristall

ADALBERT STIFTER

Bergkristall

Seine schönsten Erzählungen

ALBATROS

Vollständiger Text nach der Erstausgabe von 1853 (Bunte Steine)
und den jeweiligen Erstdrucken (Erzählungen).

Bibliographische Information der Deutschen Bibliothek
Die Deutsche Bibliothek verzeichnet diese Publikation
in der Deutschen Nationalbibliographie;
detaillierte bibliographische Daten sind im Internet
über http://dnb.ddb.de abrufbar.

Umschlaggestaltung: butenschoendesign, Lüneburg
Umschlagmotiv: Ludwig Richter, Der Watzmann, 1824
Foto: akg-images, Berlin
Printed in Czech Republic
ISBN 3-491-96161-0
www.patmos.de

BUNTE STEINE

Ein Festgeschenk

1853

Vorrede

Es ist einmal gegen mich bemerkt worden, daß ich nur das Kleine bilde, und daß meine Menschen stets gewöhnliche Menschen seien. Wenn das wahr ist, bin ich heute in der Lage, den Lesern ein noch Kleineres und Unbedeutenderes an zu bieten, nämlich allerlei Spielereien für junge Herzen. Es soll sogar in denselben nicht einmal Tugend und Sitte gepredigt werden, wie es gebräuchlich ist, sondern sie sollen nur durch das wirken, was sie sind. Wenn etwas Edles und Gutes in mir ist, so wird es von selber in meinen Schriften liegen; wenn aber dasselbe nicht in meinem Gemüte ist, so werde ich mich vergeblich bemühen, Hohes und Schönes darzustellen, es wird doch immer das Niedrige und Unedle durchscheinen. Großes oder Kleines zu bilden hatte ich bei meinen Schriften überhaupt nie im Sinne, ich wurde von ganz anderen Gesetzen geleitet. Die Kunst ist mir ein so Hohes und Erhabenes, sie ist mir, wie ich schon einmal an einem anderen Orte gesagt habe, nach der Religion das Höchste auf Erden, so daß ich meine Schriften nie für Dichtungen gehalten habe, noch mich je vermessen werde, sie für Dichtungen zu halten. Dichter gibt es sehr wenige auf der Welt, sie sind die hohen Priester, sie sind die Wohltäter des menschlichen Geschlechtes; falsche Propheten aber gibt es sehr viele. Allein wenn auch nicht jede gesprochenen Worte Dichtung sein können, so können sie doch etwas anderes sein, dem nicht alle Berechtigung des Daseins abgeht. Gleichgestimmten Freunden eine vergnügte Stunde zu machen, ihnen allen bekannten wie unbekannten einen Gruß zu schicken, und ein Körnlein Gutes zu dem Baue des Ewigen beizutragen, das war die Absicht bei meinen Schriften, und wird auch die Absicht bleiben. Ich wäre sehr glücklich, wenn ich mit Gewißheit wüßte, daß ich nur diese Absicht erreicht hätte. Weil wir aber schon einmal von dem Großen und Kleinen reden, so will ich meine Ansichten darlegen, die wahrscheinlich von denen vieler anderer Menschen abweichen. Das Wehen der Luft das Rieseln des Wassers das Wachsen der Getreide das Wogen des Meeres das Grünen der Erde das Glänzen des Himmels das Schimmern der Gestirne halte ich für groß: das prächtig einherziehende Gewitter, den Blitz, welcher Häuser spaltet, den Sturm, der die Brandung treibt, den feuerspeienden Berg, das Erdbeben, welches Länder verschüttet, halte ich nicht für größer als obige Erscheinungen, ja ich halte sie für kleiner, weil sie nur Wirkungen viel höherer Gesetze sind. Sie kommen auf einzelnen Stellen vor, und sind die Ergebnisse einseitiger Ursachen. Die Kraft, welche die Milch im Töpfchen der armen Frau empor schwellen und übergehen macht, ist es auch, die die Lava in dem feuerspeienden Berge empor treibt, und auf den Flächen der Berge hinab gleiten läßt. Nur augenfälliger sind diese Erscheinungen, und reißen den Blick des Unkundigen und Unaufmerksamen mehr an sich, während der Geisteszug des Forschers vorzüglich auf das Ganze und Allgemeine geht, und nur in ihm allein Großartigkeit zu erkennen vermag, weil es allein das Welterhaltende ist. Die Einzelheiten gehen vorüber, und ihre Wirkungen sind nach kurzem kaum noch erkennbar. Wir wollen das Gesagte durch ein Beispiel erläutern. Wenn ein Mann durch Jahre hindurch die Magnetnadel, deren eine Spitze immer nach Norden weist, tagtäglich zu festgesetzten Stunden beobachtete, und sich die Veränderungen, wie die Nadel bald mehr bald weniger klar nach Norden zeigt, in einem Buche aufschriebe, so würde gewiß ein Unkundiger dieses Beginnen für ein Kleines und für Spielerei ansehen: aber wie ehrfurchterregend wird dieses Kleine und wie begeisterungserweckend diese Spielerei, wenn wir nun erfahren, daß diese Beobachtungen wirklich auf dem ganzen Erdboden angestellt werden, und daß aus den daraus zusammengestellten Tafeln ersichtlich wird, daß manche kleine Veränderungen an der Magnetnadel oft auf allen Punkten der Erde gleichzeitig und in gleichem Maße vor sich gehen, daß also ein magnetisches Gewitter über die ganze Erde geht, daß die ganze Erdoberfläche gleichzeitig gleichsam ein magnetisches Schauern empfindet. Wenn wir, so wie wir für das Licht die Augen haben, auch für die Elektrizität und den aus ihr kommenden Magnetismus ein Sinneswerkzeug hätten, welche große Welt welche Fülle von unermeßlichen Erscheinungen würde uns da aufgetan sein. Wenn wir aber auch dieses leibliche Auge nicht haben, so haben wir dafür das geistige der Wissenschaft, und diese lehrt uns, daß die elektrische und magnetische Kraft auf einem ungeheuren Schauplatze wirke, daß sie auf der ganzen Erde und durch den ganzen Himmel verbreitet sei, daß sie alles umfließe, und sanft und unablässig verändernd bildend und lebenerzeugend sich darstelle. Der Blitz ist nur ein ganz kleines Merkmal dieser Kraft, sie selber aber ist ein Großes in der Natur. Weil aber die Wissenschaft nur Körnchen nach Körnchen erringt, nur Beobachtung nach Beobachtung macht, nur aus Einzelnem das Allgemeine zusammen trägt, und weil endlich die Menge der Erscheinungen und das Feld des Gegebenen unendlich groß ist, Gott also die Freude und die Glückseligkeit des Forschens unversieglich gemacht hat, wir auch in unseren Werkstätten immer nur das Einzelne darstellen können nie das Allgemeine, denn dies wäre die Schöpfung: so ist auch die Geschichte des in der Natur Großen in einer immerwährenden Umwandlung der Ansichten über dieses Große bestanden. Da die Menschen in der Kindheit waren, ihr geistiges Auge von der Wissenschaft noch nicht berührt war, wurden sie von dem Nahestehenden und Auffälligen ergriffen, und zu Furcht und Bewunderung hingerissen: aber als ihr Sinn geöffnet wurde, da der Blick sich auf den Zusammenhang zu richten begann, so sanken die einzelnen Erscheinungen immer tiefer, und es erhob sich das Gesetz immer höher, die Wunderbarkeiten hörten auf, das Wunder nahm zu.

So wie es in der äußeren Natur ist, so ist es auch in der inneren, in der des menschlichen Geschlechtes. Ein ganzes Leben voll Gerechtigkeit Einfachheit Bezwingung seiner selbst Verstandesgemäßheit Wirksamkeit in seinem Kreise Bewunderung des Schönen verbunden mit einem heiteren gelassenen Sterben halte ich für groß: mächtige Bewegungen des Gemütes furchtbar einherrollenden Zorn die Begier nach Rache den entzündeten Geist, der nach Tätigkeit strebt, umreißt, ändert, zerstört, und in der Erregung oft das eigene Leben hinwirft, halte ich nicht für größer, sondern für kleiner, da diese Dinge so gut nur Hervorbringungen einzelner und einseitiger Kräfte sind, wie Stürme feuerspeiende Berge Erdbeben. Wir wollen das sanfte Gesetz zu erblicken suchen, wodurch das menschliche Geschlecht geleitet wird. Es gibt Kräfte die nach dem Bestehen des Einzelnen zielen. Sie nehmen alles und verwenden es, was zum Bestehen und zum Entwickeln desselben notwendig ist. Sie sichern den Bestand des einen und dadurch den aller. Wenn aber jemand jedes Ding unbedingt an sich reißt, was sein Wesen braucht, wenn er die Bedingungen des Daseins eines anderen zerstört, so ergrimmt etwas Höheres in uns, wir helfen dem Schwachen und Unterdrückten, wir stellen den Stand wieder her, daß er ein Mensch neben dem andern bestehe, und seine menschliche Bahn gehen könne, und wenn wir das getan haben, so fühlen wir uns befriediget, wir fühlen uns noch viel höher und inniger als wir uns als Einzelne fühlen, wir fühlen uns als ganze Menschheit. Es gibt daher Kräfte, die nach dem Bestehen der gesamten Menschheit hinwirken, die durch die Einzelkräfte nicht beschränkt werden dürfen, ja im Gegenteile beschränkend auf sie selber einwirken. Es ist das Gesetz dieser Kräfte das Gesetz der Gerechtigkeit das Gesetz der Sitte, das Gesetz, das will, daß jeder geachtet geehrt ungefährdet neben dem andern bestehe, daß er seine höhere menschliche Laufbahn gehen könne, sich Liebe und Bewunderung seiner Mitmenschen erwerbe, daß er als Kleinod gehütet werde, wie jeder Mensch ein Kleinod für alle andern Menschen ist. Dieses Gesetz liegt überall, wo Menschen neben Menschen wohnen, und es zeigt sich, wenn Menschen gegen Menschen wirken. Es liegt in der Liebe der Ehegatten zu einander in der Liebe der Eltern zu den Kindern der Kinder zu den Eltern in der Liebe der Geschwister der Freunde zu einander in der süßen Neigung beider Geschlechter in der Arbeitsamkeit, wodurch wir erhalten werden, in der Tätigkeit, wodurch man für seinen Kreis für die Ferne für die Menschheit wirkt, und endlich in der Ordnung und Gestalt, womit ganze Gesellschaften und Staaten ihr Dasein umgeben, und zum Abschlusse bringen. Darum haben alte und neue Dichter vielfach diese Gegenstände benützt, um ihre Dichtungen dem Mitgefühle naher und ferner Geschlechter anheim zu geben. Darum sieht der Menschenforscher, wohin er seinen Fuß setzt, überall nur dieses Gesetz allein, weil es das einzige Allgemeine das einzige Erhaltende und nie Endende ist. Er sieht es eben so gut in der niedersten Hütte wie in dem höchsten Palaste, er sieht es in der Hingabe eines armen Weibes und in der ruhigen Todesverachtung des Helden für das Vaterland und die Menschheit. Es hat Bewegungen in dem menschlichen Geschlechte gegeben, wodurch den Gemütern eine Richtung nach einem Ziele hin eingeprägt worden ist, wodurch ganze Zeiträume auf die Dauer eine andere Gestalt gewonnen haben. Wenn in diesen Bewegungen das Gesetz der Gerechtigkeit und Sitte erkennbar ist, wenn sie von demselben eingeleitet, und fortgeführt worden sind, so fühlen wir uns in der ganzen Menschheit erhoben, wir fühlen uns menschlich verallgemeinert, wir empfinden das Erhabene, wie es sich überall in die Seele senkt, wo durch unmeßbar große Kräfte in der Zeit oder im Raume auf ein gestaltvolles vernunftgemäßes Ganzes zusammen gewirkt wird. Wenn aber in diesen Bewegungen das Gesetz des Rechtes und der Sitte nicht ersichtlich ist, wenn sie nach einseitigen und selbstsüchtigen Zwecken ringen, dann wendet sich der Menschenforscher, wie gewaltig und furchtbar sie auch sein mögen, mit Ekel von ihnen ab, und betrachtet sie als ein Kleines als ein des Menschen Unwürdiges. So groß ist die Gewalt dieses Rechts- und Sittengesetzes, daß es überall, wo es immer bekämpft worden ist, doch endlich allezeit siegreich und herrlich aus dem Kampfe hervorgegangen ist. Ja wenn sogar der Einzelne oder ganze Geschlechter für Recht und Sitte untergegangen sind, so fühlen wir sie nicht als besiegt, wir fühlen sie als triumphierend, in unser Mitleid mischt sich ein Jauchzen und Entzücken, weil das Ganze höher steht als der Teil, weil das Gute größer ist als der Tod, wir sagen da, wir empfinden das Tragische, und werden mit Schauern in den reineren Äther des Sittengesetzes emporgehoben. Wenn wir die Menschheit in der Geschichte wie einen ruhigen Silberstrom einem großen ewigen Ziele entgegen gehen sehen, so empfinden wir das Erhabene das vorzugsweise Epische. Aber wie gewaltig und in großen Zügen auch das Tragische und Epische wirken, wie ausgezeichnete Hebel sie auch in der Kunst sind, so sind es hauptsächlich doch immer die gewöhnlichen alltäglichen in Unzahl wiederkehrenden Handlungen der Menschen, in denen dieses Gesetz am sichersten als Schwerpunkt liegt, weil diese Handlungen die dauernden die gründenden sind, gleichsam die Millionen Wurzelfasern des Baumes des Lebens. So wie in der Natur die allgemeinen Gesetze still und unaufhörlich wirken, und das Auffällige nur eine einzelne Äußerung dieser Gesetze ist, so wirkt das Sittengesetz still und seelenbelebend durch den unendlichen Verkehr der Menschen mit Menschen, und die Wunder des Augenblickes bei vorgefallenen Taten sind nur kleine Merkmale dieser allgemeinen Kraft. So ist dieses Gesetz, so wie das der Natur das welterhaltende ist, das menschenerhaltende.

Wie in der Geschichte der Natur die Ansichten über das Große sich stets geändert haben, so ist es auch in der sittlichen Geschichte der Menschen gewesen. Anfangs wurden sie von dem Nächstliegenden berührt, körperliche Stärke und ihre Siege im Ringkampfe wurden gepriesen, dann kamen Tapferkeit und Kriegesmut dahin zielend, heftige Empfindungen und Leidenschaften gegen feindselige Haufen und Verbindungen auszudrücken und auszuführen, dann wurde Stammeshoheit und Familienherrschaft besungen, inzwischen auch Schönheit und Liebe so wie Freundschaft und Aufopferung gefeiert, dann aber erschien ein Überblick über ein Größeres: ganze menschliche Abteilungen und Verhältnisse wurden geordnet, das Recht des Ganzen vereint mit dem des Teiles, und Großmut gegen den Feind und Unterdrückung seiner Empfindungen und Leidenschaften zum Besten der Gerechtigkeit hoch und herrlich gehalten, wie ja Mäßigung schon den Alten als die erste männliche Tugend galt, und endlich wurde ein völkerumschlingendes Band als ein Wünschenswertes gedacht, ein Band, das alle Gaben des einen Volkes mit denen des andern vertauscht, die Wissenschaft fördert, ihre Schätze für alle Menschen darlegt, und in der Kunst und Religion zu dem einfach Hohen und Himmlischen leitet.

Wie es mit dem Aufwärtssteigen des menschlichen Geschlechtes ist, so ist es auch mit seinem Abwärtssteigen. Untergehenden Völkern verschwindet zuerst das Maß. Sie gehen nach einzelnem aus, sie werfen sich mit kurzem Blicke auf das Beschränkte und Unbedeutende, sie setzen das Bedingte über das Allgemeine; dann suchen sie den Genuß und das Sinnliche, sie suchen Befriedigung ihres Hasses und Neides gegen den Nachbar, in ihrer Kunst wird das Einseitige geschildert das nur von einem Standpunkte Gültige, dann das Zerfahrene Unstimmende Abenteuerliche, endlich das Sinnenreizende Aufregende und zuletzt die Unsitte und das Laster, in der Religion sinkt das Innere zur bloßen Gestalt oder zur üppigen Schwärmerei herab, der Unterschied zwischen Gut und Böse verliert sich, der einzelne verachtet das Ganze, und geht seiner Lust und seinem Verderben nach, und so wird das Volk eine Beute seiner inneren Zerwirrung oder die eines äußeren wilderen aber kräftigeren Feindes. – –

Da ich in dieser Vorrede in meinen Ansichten über Großes und Kleines so weit gegangen bin, so sei es mir auch erlaubt zu sagen, daß ich in der Geschichte des menschlichen Geschlechtes manche Erfahrungen zu sammeln bemüht gewesen bin, und daß ich einzelnes aus diesen Erfahrungen zu dichtenden Versuchen zusammengestellt habe; aber meine eben entwickelten Ansichten und die Erlebnisse der letztvergangenen Jahre lehrten mich meiner Kraft zu mißtrauen, daher jene Versuche liegen bleiben mögen, bis sie besser ausgearbeitet oder als unerheblich vernichtet werden.

Diejenigen aber, die mir durch diese keineswegs für junge Zuhörer passende Vorrede gefolgt sind, mögen es auch nicht verschmähen, die Hervorbringungen bescheidenerer Kräfte zu genießen, und mit mir zu den harmlosen folgenden Dingen übergehen.

Im Herbste 1852

Adalbert Stifter

Einleitung

Als Knabe trug ich außer Ruten Gesträuchen und Blüten, die mich ergötzten, auch noch andere Dinge nach Hause, die mich fast noch mehr freuten, weil sie nicht so schnell Farbe und Bestand verloren wie die Pflanzen, nämlich allerlei Steine und Erddinge. Auf Feldern an Rainen auf Heiden und Hutweiden ja sogar auf Wiesen, auf denen doch nur das hohe Gras steht, liegen die mannigfaltigsten dieser Dinge herum. Da ich nun viel im Freien herum schweifen durfte, konnte es nicht fehlen, daß ich bald die Plätze entdeckte, auf denen die Dinge zu treffen waren, und daß ich die, welche ich fand, mit nach Hause nahm.

Da ist an dem Wege, der von Oberplan nach Hossenreuth führt, ein geräumiges Stück Rasen, welches in die Felder hinein geht, und mit einer Mauer aus losen Steinen eingefaßt ist. In diesen Steinen stecken kleine Blättchen, die wie Silber und Diamanten funkeln, und die man mit einem Messer oder mit einer Ahle herausbrechen kann. Wir Kinder hießen diese Blättchen Katzensilber, und hatten eine sehr große Freude an ihnen.

Auf dem Berglein des Altrichters befindet sich ein Stein, der so fein und weich ist, daß man ihn mit einem Messer schneiden kann. Die Bewohner unserer Gegend nennen ihn Taufstein. Ich machte Täfelchen Würfel Ringe und Petschafte aus dem Steine, bis mir ein Mann, der Uhren Barometer und Stammbäume verfertigte, und Bilder lackierte, zeigte, daß man den Stein mit einem zarten Firnisse anstreichen müsse, und daß dann die schönsten blauen grünen und rötlichen Linien zum Vorscheine kämen.

Wenn ich Zeit hatte, legte ich meine Schätze in eine Reihe, betrachtete sie, und hatte mein Vergnügen an ihnen. Besonders hatte die Verwunderung kein Ende, wenn es auf einem Steine so geheimnisvoll glänzte und leuchtete und äugelte, daß man es gar nicht ergründen konnte, woher denn das käme. Freilich war manchmal auch ein Stück Glas darunter, das ich auf den Feldern gefunden hatte, und das in allerlei Regenbogenfarben schimmerte. Wenn sie dann sagten, das sei ja nur ein Glas, und noch dazu ein verwitterndes, wodurch es eben diese schimmernden Farben erhalten habe, so dachte ich: Ei, wenn es auch nur ein Glas ist, so hat es doch die schönen Farben, und es ist zum Staunen, wie es in der kühlen feuchten Erde diese Farben empfangen konnte, und ich ließ es unter den Steinen liegen.

Dieser Sammelgeist nun ist noch immer nicht von mir gewichen. Nicht nur trage ich noch heut zu Tage buchstäblich Steine in der Tasche nach Hause, um sie zu zeichnen oder zu malen, und ihre Abbilder dann weiter zu verwenden, sondern ich lege ja auch hier eine Sammlung von allerlei Spielereien und Kram für die Jugend an, an dem sie eine Freude haben, und den sie sich zur Betrachtung zurecht richten möge. Freilich müssen meine jungen Freunde zu dieser Sammlung bedeutend älter sein, als ich, da ich mir meine seltsamen Feldsteine zur Ergötzung nach Hause trug. Es wird der Fall nicht eintreten, daß ein Juwel in der Sammlung sei, so wie kaum die Gefahr vorhanden ist, daß ich unter meinen Steinen einstens etwa einen ungeschliffenen Diamant oder Rubin gehabt habe, und ohne mein Wissen unermeßlich reich gewesen sei. Wenn aber manches Glasstück unter diesen Dingen ist, so bitte ich meine Freunde, zu denken, wie ich bei meinem Glase gedacht habe: es hat doch allerlei Farben, und mag bei den Steinen belassen bleiben.

Wenn man einem Verstorbenen eine Sammlung widmen könnte, würde ich diese meinem verstorbenen jungen Freunde Gustav widmen. Ich hatte ihn zufällig kennen gelernt, ihn lieb gewonnen und er hatte mir wie einem Vater vertraut. Er hatte Freude an Spielereien, so wie er auch gleich einem Mädchen noch immer gelegentlich ein Stückchen Naschwerk liebte, und, wenn er bei mir zu Tische war, auch stets bekam. Möge er in seiner lichteren Heimat manchmal an den älteren Freund denken, der noch immer in dieser Welt ist, und noch ein Stückchen Zeit da zu bleiben wünscht.

Weil es unermeßlich viele Steine gibt, so kann ich gar nicht voraus sagen, wie groß diese Sammlung werden wird.

Im Herbste 1852 Der Verfasser

GRANIT

Vor meinem väterlichen Geburtshause dicht neben der Eingangstür in dasselbe liegt ein großer achteckiger Stein von der Gestalt eines sehr in die Länge gezogenen Würfels. Seine Seitenflächen sind roh ausgehauen, seine obere Fläche aber ist von dem vielen Sitzen so fein und glatt geworden, als wäre sie mit der kunstreichsten Glasur überzogen. Der Stein ist sehr alt, und niemand erinnert sich, von einer Zeit gehört zu haben, wann er gelegt worden sei. Die urältesten Greise unsers Hauses waren auf dem Steine gesessen, so wie jene, welche in zarter Jugend hinweggestorben waren, und nebst all den andern in dem Kirchhofe schlummern. Das Alter beweist auch der Umstand, daß die Sandsteinplatten, welche dem Steine zur Unterlage dienen, schon ganz ausgetreten, und dort, wo sie unter die Dachtraufe hinaus ragen, mit tiefen Löchern von den herabfallenden Tropfen versehen sind.

Eines der jüngsten Mitglieder unseres Hauses, welche auf dem Steine gesessen waren, war in meiner Knabenzeit ich. Ich saß gerne auf dem Steine, weil man wenigstens dazumal eine große Umsicht von demselben hatte. Jetzt ist sie etwas verbaut worden. Ich saß gerne im ersten Frühlinge dort, wenn die milder werdenden Sonnenstrahlen die erste Wärme an der Wand des Hauses erzeugten. Ich sah auf die geackerten aber noch nicht bebauten Felder hinaus, ich sah dort manchmal ein Glas wie einen weißen feurigen Funken schimmern und glänzen, oder ich sah einen Geier vorüber fliegen, oder ich sah auf den fernen blaulichen Wald, der mit seinen Zacken an dem Himmel dahin geht, an dem die Gewitter und Wolkenbrüche hinabziehen, und der so hoch ist, daß ich meinte, wenn man auf den höchsten Baum desselben hinauf stiege, müßte man den Himmel angreifen können. Zu andern Zeiten sah ich auf der Straße, die nahe an dem Hause vorübergeht, bald einen Erntewagen bald eine Herde bald einen Hausierer vorüber ziehen.

Im Sommer saß gerne am Abende auch der Großvater auf dem Steine, und rauchte sein Pfeifchen, und manchmal, wenn ich schon lange schlief, oder in den beginnenden Schlummer nur noch gebrochen die Töne hinein hörte, saßen auch teils auf dem Steine teils auf dem daneben befindlichen Holzbänkchen oder auf der Lage von Baubrettern junge Bursche und Mädchen, und sangen anmutige Lieder in die finstere Nacht.

Unter den Dingen, die ich von dem Steine aus sah, war öfter auch ein Mann von seltsamer Art. Er kam zuweilen auf der Hossenreuther Straße mit einem glänzenden schwarzen Schubkarren herauf gefahren. Auf dem Schubkarren hatte er ein glänzendes schwarzes Fäßchen. Seine Kleider waren zwar vom Anfange an nicht schwarz gewesen, allein sie waren mit der Zeit sehr dunkel geworden, und glänzten ebenfalls. Wenn die Sonne auf ihn schien, so sah er aus, als wäre er mit Öl eingeschmiert worden. Er hatte einen breiten Hut auf dem Haupte, unter dem die langen Haare auf den Nacken hinabwallten. Er hatte ein braunes Angesicht, freundliche Augen, und seine Haare hatten bereits die gelblich weiße Farbe, die sie bei Leuten unterer Stände, die hart arbeiten müssen, gerne bekommen. In der Nähe der Häuser schrie er gewöhnlich etwas, was ich nicht verstand. In Folge dieses Schreiens kamen unsere Nachbarn aus ihren Häusern heraus, hatten Gefäße in der Hand, die meistens schwarze hölzerne Kannen waren, und begaben sich auf unsere Gasse. Während dies geschah, war der Mann vollends näher gekommen, und schob seinen Schubkarren auf unsere Gasse herzu. Da hielt er stille, drehte den Hahn in dem Zapfen seines Fasses, und ließ einem jeden, der unter hielt, eine braune zähe Flüssigkeit in sein Gefäß rinnen, die ich recht gut als Wagenschmiere erkannte, und wofür sie ihm eine Anzahl Kreuzer oder Groschen gaben. Wenn alles vorüber war, und die Nachbarn sich mit ihrem Kaufe entfernt hatten, richtete er sein Faß wieder zusammen, strich alles gut hinein, was hervor gequollen war, und fuhr weiter. Ich war bei dem Vorfalle schier alle Male zugegen; denn wenn ich auch eben nicht auf der Gasse war, da der Mann kam, so hörte ich doch so gut wie die Nachbarn sein Schreien, und war gewiß eher auf dem Platze als alle andern.

Eines Tages, da die Lenzsonne sehr freundlich schien, und alle Menschen heiter und schelmisch machte, sah ich ihn wieder die Hossenreuther Straße herauffahren. Er schrie in der Nähe der Häuser seinen gewöhnlichen Gesang, die Nachbarn kamen herbei, er gab ihnen ihren Bedarf, und sie entfernten sich. Als dieses geschehen war, brachte er sein Faß wie zu sonstigen Zeiten in Ordnung. Zum Hineinstreichen dessen, was sich etwa an dem Hahne oder durch das Lockern des Zapfens an den untern Faßdauben angesammelt hatte, hatte er einen langen schmalen flachen Löffel mit kurzem Stiele. Er nahm mit dem Löffel geschickt jedes Restchen Flüssigkeit, das sich in einer Fuge oder in einem Winkel versteckt hatte, heraus, und strich es bei den scharfen Rändern des Spundloches hinein. Ich saß, da er dieses tat, auf dem Steine, und sah ihm zu. Aus Zufall hatte ich bloße Füße, wie es öfter geschah, und hatte Höschen an, die mit der Zeit zu kurz geworden waren. Plötzlich sah er von seiner Arbeit zu mir herzu, und sagte: „Willst du die Füße eingeschmiert haben?"

Ich hatte den Mann stets für eine große Merkwürdigkeit gehalten, fühlte mich durch seine Vertraulichkeit geehrt, und hielt beide Füße hin. Er fuhr mit seinem Löffel in das Spundloch, langte damit herzu, und tat einen langsamen Strich auf jeden der beiden Füße. Die Flüssigkeit breitete sich schön auf der Haut aus, hatte eine außerordentlich klare, goldbraune Farbe, und sandte die angenehmen Harzdüfte zu mir empor. Sie zog sich ihrer Natur nach allmählich um die Rundung meiner Füße herum, und an ihnen hinab. Der Mann fuhr indessen in seinem Geschäfte fort, er hatte ein paar Male lächelnd auf mich herzu geblickt, dann steckte er seinen Löffel in eine Scheide neben das Faß, schlug oben das Spundloch zu, nahm die Tragbänder des Schubkarrens auf sich, hob letzteren empor, und fuhr damit davon. Da ich nun allein war, und ein zwar halb angenehmes aber desungeachtet auch nicht ganz beruhigtes Gefühl hatte, wollte ich mich doch auch der Mutter zeigen. Mit vorsichtig in die Höhe gehaltenen Höschen ging ich in die Stube hinein. Es war eben Samstag, und an jedem Samstage mußte die Stube sehr schön gewaschen und gescheuert werden, was auch heute am Morgen geschehen war, so wie der Wagenschmiermann gerne an Samstagen kam, um am Sonntage da zu bleiben, und in die Kirche zu gehen. Die gut ausgelaugte und wieder getrocknete Holzfaser des Fußbodens nahm die Wagenschmiere meiner Füße sehr begierig auf, so daß hinter jedem meiner Tritte eine starke Tappe auf dem Boden blieb. Die Mutter saß eben, da ich herein kam, an dem Fenstertische vorne, und nähte. Da sie mich so kommen und vorwärts schreiten sah, sprang sie auf. Sie blieb einen Augenblick in der Schwebe, entweder weil sie mich so bewunderte, oder weil sie sich nach einem Werkzeuge umsah, mich zu empfangen. Endlich aber rief sie: „Was hat denn dieser heillose eingefleischte Sohn heute für Dinge an sich?"

Und damit ich nicht noch weiter vorwärts ginge, eilte sie mir entgegen, hob mich empor, und trug mich meines Schreckes und ihrer Schürze nicht achtend in das Vorhaus hinaus. Dort ließ sie mich nieder, nahm unter der Bodenstiege, wohin wir, weil es an einem andern Orte nicht erlaubt war, alle nach Hause gebrachten Ruten und Zweige legen mußten, und wo ich selber in den letzten Tagen eine große Menge dieser Dinge angesammelt hatte, heraus, was sie nur immer erwischen konnte, und schlug damit so lange und so heftig gegen meine Füße, bis das ganze Laubwerk der Ruten, meine Höschen, ihre Schürze, die Steine des Fußbodens und die Umgebung voll Pech waren. Dann ließ sie mich los, und ging wieder in die Stube hinein.

Ich war, obwohl es mir schon von Anfange bei der Sache immer nicht so ganz vollkommen geheuer gewesen war, doch über diese fürchterliche Wendung der Dinge, und weil ich mit meiner teuersten Verwandten dieser Erde in dieses Zerwürfnis geraten war, gleichsam vernichtet. In dem Vorhause befindet sich in einer Ecke ein großer Steinwürfel, der den Zweck hat, daß auf ihm das Garn zu den Hausweben mit einem hölzernen Schlegel geklopft wird. Auf diesen Stein wankte ich zu, und ließ mich auf ihn nieder. Ich konnte nicht einmal weinen, das Herz war mir gepreßt, und die Kehle wie mit Schnüren zugeschnürt. Drinnen hörte ich die Mutter und die Magd beratschlagen, was zu tun sei, und fürchtete, daß, wenn die Pechspuren nicht weg gingen, sie wieder herauskommen und mich weiter züchtigen würden.

In diesem Augenblicke ging der Großvater bei der hintern Tür, die zu dem Brunnen und auf die Gartenwiese führt, herein, und ging gegen mich hervor. Er war immer der Gütige gewesen, und hatte, wenn was immer für ein Unglück gegen uns Kinder herein gebrochen war, nie nach dem Schuldigen gefragt, sondern nur stets geholfen. Da er nun zu dem Platze, auf dem ich saß, hervor gekommen war, blieb er stehen, und sah mich an. Als er den Zustand, in welchem ich mich befand, begriffen hatte, fragte er, was es denn gegeben habe, und wie es mit mir so geworden sei. Ich wollte mich nun erleichtern, allein ich konnte auch jetzt wieder nichts erzählen, denn nun brachen bei dem Anblicke seiner gütigen und wohlmeinenden Augen alle Tränen, die früher nicht hervor zu kommen vermocht hatten, mit Gewalt heraus, und rannen in Strömen herab, so daß ich vor Weinen und Schluchzen nur gebrochene und verstümmelte Laute hervorbringen, und nichts tun konnte, als die Füßchen empor heben, auf denen jetzt auch aus dem Peche noch das häßliche Rot der Züchtigung hervor sah.

Er aber lächelte, und sagte: „So komme nur her zu mir, komme mit mir.“

Bei diesen Worten nahm er mich bei der Hand, zog mich sanft von dem Steine herab, und führte mich, der ich ihm vor Ergriffenheit kaum folgen konnte, durch die Länge des Vorhauses zurück, und in den Hof hinaus. In dem Hofe ist ein breiter mit Steinen gepflasterter Gang, der rings an den Bauwerken herum läuft. Auf diesem Gange stehen unter dem Überdache des Hauses gewöhnlich einige Schemel oder derlei Dinge, die dazu dienen, daß sich die Mägde beim Hecheln des Flachses oder andern ähnlichen Arbeiten darauf nieder setzen können, um vor dem Unwetter geschützt zu sein. Zu einem solchen Schemel führte er mich hinzu, und sagte: „Setze dich da nieder, und warte ein wenig, ich werde gleich wieder kommen.“

Mit diesen Worten ging er in das Haus, und nachdem ich ein Weilchen gewartet hatte, kam er wieder heraus, indem er eine große, grünglasierte Schüssel, einen Topf mit Wasser und Seife und Tücher in den Händen trug. Diese Dinge stellte er neben mir auf das Steinpflaster nieder, zog mir, der ich auf dem Schemel saß, meine Höschen aus, warf sie seitwärts, goß warmes Wasser in die Schüssel, stellte meine Füße hinein, und wusch sie so lange mit Seife und Wasser, bis ein großer weiß und braungefleckter Schaumberg auf der Schüssel stand, die Wagenschmiere, weil sie noch frisch war, ganz weggegangen, und keine Spur mehr von Pech auf der Haut zu erblicken war. Dann trocknete er mit den Tüchern die Füße ab, und fragte: „Ist es nun gut?"

Ich lachte fast unter den Tränen, ein Stein nach dem andern war mir während des Waschens von dem Herzen gefallen, und waren die Tränen schon linder geflossen, so drangen sie jetzt nur mehr einzeln aus den Augen hervor. Er holte mir nun auch andere Höschen, und zog sie mir an. Dann nahm er das trocken gebliebene Ende der Tücher, wischte mir damit das verweinte Angesicht ab, und sagte: „Nun gehe da über den Hof bei dem großen Einfahrtstore auf die Gasse hinaus, daß dich niemand sehe, und daß du niemanden in die Hände fallest. Auf der Gasse warte auf mich, ich werde dir andere Kleider bringen, und mich auch ein wenig umkleiden. Ich gehe heute in das Dorf Melm, da darfst du mit gehen und da wirst du mir erzählen, wie sich dein Unglück ereignet hat, und wie du in diese Wagenschmiere geraten bist. Die Sachen lassen wir da liegen, es wird sie schon jemand hinweg räumen."

Mit diesen Worten schob er mich gegen den Hof, und ging in das Haus zurück. Ich schritt leise über den Hof, und eilte bei dem Einfahrtstore hinaus. Auf der Gasse ging ich sehr weit von dem großen Steine und von der Haustür weg, damit ich sicher wäre, und stellte mich auf eine Stelle, von welcher ich von ferne in die Haustür hinein sehen konnte. Ich sah, daß auf dem Platze, auf welchem ich gezüchtigt worden war, zwei Mägde beschäftigt waren, welche auf dem Boden knieten, und mit den Händen auf ihm hin und her fuhren. Wahrscheinlich waren sie bemüht, die Pechspuren, die von meiner Züchtigung entstanden waren, weg zu bringen. Die Hausschwalbe flog kreischend bei der Tür aus und ein, weil heute unter ihrem Neste immer Störung war, erst durch meine Züchtigung und nun durch die arbeitenden Mägde. An der äußersten Grenze unserer Gasse sehr weit von der Haustür entfernt, wo der kleine Hügel, auf dem unser Haus steht, schon gegen die vorbeigehende Straße abzufallen beginnt, lagen einige ausgehauene Stämme, die zu einem Baue oder zu einem anderen ähnlichen Werke bestimmt waren. Auf diese setzte ich mich nieder, und wartete.

Endlich kam der Großvater heraus. Er hatte seinen breiten Hut auf dem Haupte, hatte seinen langen Rock an, den er gerne an Sonntagen nahm, und trug seinen Stock in der Hand. In der andern hatte er aber auch mein blaugestreiftes Jäckchen, weiße Strümpfe, schwarze Schnürstiefelchen und mein graues Filzhütchen. Das alles half er mir anziehen, und sagte: „So, jetzt gehen wir."

Wir gingen auf dem schmalen Fußwege durch das Grün unsers Hügels auf die Straße hinab, und gingen auf der Straße fort, erst durch die Häuser der Nachbarn, auf denen die Frühlingssonne lag, und von denen die Leute uns grüßten, und dann in das Freie hinaus. Dort streckte sich ein weites Feld und schöner grüner Rasen vor uns hin, und heller freundlicher Sonnenschein breitete sich über alle Dinge der Welt. Wir gingen auf einem weißen Wege zwischen dem grünen Rasen dahin. Mein Schmerz und mein Kummer war schon beinahe verschwunden, ich wußte, daß ein guter Ausgang nicht fehlen konnte, da der Großvater sich der Sache annahm, und mich beschützte; die freie Luft und die scheinende Sonne übten einen beruhigenden Einfluß, und ich empfand das Jäckchen sehr angenehm auf meinen Schultern und die Stiefelchen an den Füßen, und die Luft floß sanft durch meine Haare.

Als wir eine Weile auf der Wiese gegangen waren, wie wir gewöhnlich gingen, wenn er mich mit nahm, nämlich daß er seine großen Schritte milderte, aber noch immer große Schritte machte, und ich teilweise neben ihm trippeln mußte, sagte der Großvater: „Nun sage mir doch auch einmal, wie es denn geschehen ist, daß du mit so vieler Wagenschmiere zusammen geraten bist, daß nicht nur deine ganzen Höschen voll Pech sind, daß deine Füße voll waren, daß ein Pechfleck in dem Vorhause ist, mit Pech besudelte Ruten herum liegen, sondern daß auch im ganzen Hause, wo man nur immer hin kömmt, Flecken von Wagenschmiere anzutreffen sind. Ich habe deiner Mutter schon gesagt, daß du mit mir gehest, du darfst nicht mehr besorgt sein, es wird dich keine Strafe mehr treffen."

Ich erzählte ihm nun, wie ich auf dem Steine gesessen sei, wie der Wagenschmiermann gekommen sei, wie er mich gefragt habe, ob ich meine Füße eingeschmiert haben wolle, wie ich sie ihm hingehalten, und wie er auf jeden einen Strich getan habe, wie ich in die Stube gegangen sei, um mich der Mutter zu zeigen, wie sie aufgesprungen sei, wie sie mich genommen, in das Vorhaus getragen, mich mit meinen eigenen Ruten gezüchtiget habe, und wie ich darnach auf dem Steine sitzen geblieben sei.

„Du bist ein kleines Närrlein", sagte der Großvater, „und der alte Andreas ist ein arger Schalk, er hat immer solche Streiche ausgeführt, und wird jetzt heimlich und wiederholt bei sich lachen, daß er den Einfall gehabt hat. Dieser Hergang bessert deine Sache sehr. Aber siehst du, auch der alte Andreas, so übel wir seine Sache ansehen mögen, ist nicht so schuldig, als wir andern uns denken; denn woher soll denn der alte Andreas wissen, daß die Wagenschmiere für die Leute eine so schreckende Sache ist, und daß sie in einem Hause eine solche Unordnung anrichten kann; denn für ihn ist sie eine Ware, mit der er immer umgeht, die ihm seine Nahrung gibt, die er liebt, und die er sich immer frisch holt, wenn sie ihm ausgeht. Und wie soll er von gewaschenen Fußböden etwas wissen, da er Jahr aus Jahr ein bei Regen und Sonnenschein mit seinem Fasse auf der Straße ist, bei der Nacht oder an Feiertagen in einer Scheune schläft, und an seinen Kleidern Heu oder Halme kleben hat. Aber auch deine Mutter hat recht; sie mußte glauben, daß du dir leichtsinniger Weise die Füße selber mit so vieler Wagenschmiere beschmiert habest, und daß du in die Stube gegangen seiest, den schönen Boden zu besudeln. Aber lasse nur Zeit, sie wird schon zur Einsicht kommen, sie wird alles verstehen, und alles wird gut werden. Wenn wir dort auf jene Höhe hinauf gelangen, von der wir weit herum sehen, werde ich dir eine Geschichte von solchen Pechmännern erzählen, wie der alte Andreas ist, die sich lange vorher zugetragen hat, ehe du geboren wurdest, und ehe ich geboren wurde, und aus der du ersehen wirst, welche wunderbare Schicksale die Menschen auf der Welt des lieben Gottes haben können. Und wenn du stark genug bist, und gehen kannst, so lasse ich dich in der nächsten Woche nach Spitzenberg und in die Hirschberge mitgehen, und da wirst du am Wege im Fichtengrunde eine solche Brennerei sehen, wo sie die Wagenschmiere machen, wo sich der alte Andreas seinen Vorrat immer holt, und wo also das Pech her ist, womit dir heute die Füße eingeschmiert worden sind."

„Ja, Großvater", sagte ich, „ich werde recht stark sein."

„Nun das wird gut sein", antwortete er, „und du darfst mitgehen."

Bei diesen Worten waren wir zu einer Mauer aus losen Steinen gelangt, jenseits welcher eine grüne Wiese mit dem weißen Fußpfade war. Der Großvater stieg über den Steigstein, indem er seinen Stock und seinen Rock nach sich zog, und mir, der ich zu klein war, hinüber half; und wir gingen dann auf dem reinen Pfade weiter. Ungefähr in der Mitte der Wiese blieb er stehen, und zeigte auf die Erde, wo unter einem flachen Steine ein klares Wässerlein hervor quoll, und durch die Wiese fortrann.

„Das ist das Behringer Brünnlein", sagte er, „welches das beste Wasser in der Gegend hat, ausgenommen das wundertätige Wasser, welches auf dem Brunnberge in dem überbauten Brünnlein ist, in dessen Nähe die Gnadenkapelle zum guten Wasser steht. Manche Menschen holen sich aus diesem Brünnlein da ihr Trinkwasser, mancher Feldarbeiter geht weit herzu, um da zu trinken, und mancher Kranke hat schon aus entfernten Gegenden mit einem Kruge hieher geschickt, damit man ihm Wasser bringe. Merke dir den Brunnen recht gut."

„Ja, Großvater", sagte ich.

Nach diesen Worten gingen wir wieder weiter. Wir gingen auf dem Fußpfade durch die Wiese, wir gingen auf einem Wege zwischen Feldern empor, und kamen zu einem Grunde, der mit dichtem kurzem fast grauem Rasen bedeckt war, und auf dem nach allen Richtungen hin in gewissen Entfernungen von einander Föhren standen.

„Das, worauf wir jetzt gehen", sagte der Großvater, „sind die Dürrschnäbel, es ist ein seltsamer Name, entweder kömmt er von dem trockenen dürren Boden, oder von dem mageren Kräutlein, das tausendfältig auf dem Boden sitzt, und dessen

Blüte ein weißes Schnäblein hat mit einem gelben Zünglein darin. Siehe, die mächtigen Föhren gehören den Bürgern zu Oberplan, je nach der Steuerbarkeit, sie haben die Nadeln nicht in zwei Zeilen, sondern in Scheiden wie grüne Borstbüschel, sie haben das geschmeidige fette Holz, sie haben das gelbe Pech, sie streuen sparsamen Schatten, und wenn ein schwaches Lüftchen geht, so hört man die Nadeln ruhig und langsam sausen."

Ich hatte Gelegenheit, als wir weiter gingen, die Wahrheit dessen zu beobachten, was der Großvater gesagt hatte. Ich sah eine Menge der weißgelben Blümlein auf dem Boden, ich sah den grauen Rasen, ich sah auf manchem Stamme das Pech wie goldene Tropfen stehen, ich sah die unzähligen Nadelbüschel auf den unzähligen Zweigen gleichsam aus winzigen dunkeln Stiefelchen heraus ragen, und ich hörte, obgleich kaum ein Lüftchen zu verspüren war, das ruhige Sausen in den Nadeln.

Wir gingen immer weiter, und der Weg wurde ziemlich steil.

Auf einer etwas höheren und freieren Stelle blieb der Großvater stehen, und sagte: „So, da warten wir ein wenig."

Er wendete sich um, und nachdem wir uns von der Bewegung des Aufwärtsgehens ein wenig ausgeatmet hatten, hob er seinen Stock empor, und zeigte auf einen entfernten mächtigen Waldrücken in der Richtung, aus der wir gekommen waren, und fragte: „Kannst du mir sagen, was das dort ist?"

„Ja, Großvater", antwortete ich, „das ist die Alpe, auf welcher sich im Sommer eine Viehherde befindet, die im Herbste wieder herabgetrieben wird."

„Und was ist das, das sich weiter vorwärts von der Alpe befindet?" fragte er wieder.

„Das ist der Hüttenwald", antwortete ich.

„Und rechts von der Alpe und dem Hüttenwalde?"

„Das ist der Philippgeorgsberg."

„Und rechts von dem Philippgeorgsberge?"

„Das ist der Seewald, in welchem sich das dunkle und tiefe Seewasser befindet."

„Und wieder rechts von dem Seewalde?"

„Das ist der Blockenstein und der Sesselwald."

„Und wieder rechts?"

„Das ist der Tussetwald."

„Und weiter kannst du sie nicht kennen; aber da ist noch mancher Waldrücken mit manchem Namen, sie gehen viele Meilen weit in die Länder fort. Einst waren die Wälder noch viel größer als jetzt. Da ich ein Knabe war, reichten sie bis Spitzenberg und die vordern Stiftshäuser, es gab noch Wölfe darin, und die Hirsche konnten wir in der Nacht, wenn eben die Zeit war, bis in unser Bette hinein brüllen hören. Siehst du die Rauchsäule dort, die aus dem Hüttenwalde aufsteigt?"

„Ja, Großvater, ich sehe sie."

„Und weiter zurück wieder eine aus dem Walde der Alpe?"

„Ja, Großvater."

„Und aus den Niederungen des Philippgeorgsberges wieder eine?"

„Ich sehe sie, Großvater."

„Und weit hinten im Kessel des Seewaldes, den man kaum erblicken kann, noch eine, die so schwach ist, als wäre sie nur ein blaues Wölklein?"

„Ich sehe sie auch, Großvater."

„Siehst du, diese Rauchsäulen kommen alle von den Menschen, die in dem Walde ihre Geschäfte treiben. Da sind zuerst die Holzknechte, die an Stellen die Bäume des Waldes umsägen, daß nichts übrig ist als Strünke und Strauchwerk. Sie zünden ein Feuer an, um ihre Speisen daran zu kochen, und um auch das unnötige Reisig und die Äste zu verbrennen. Dann sind die Kohlenbrenner, die einen großen Meiler türmen, ihn mit Erde und Reisern bedecken, und in ihm aus Scheitern die Kohlen brennen, die du oft in großen Säcken an unserem Hause vorbei in die ferneren Gegenden hinaus führen siehst, die nichts zu brennen haben. Dann sind die Heusucher, die in den kleinen Wiesen und in den von Wald entblößten Stellen das Heu machen, oder es auch mit Sicheln zwischen dem Gesteine schneiden. Sie machen ein Feuer, um ebenfalls daran zu kochen, oder daß sich ihr Zugvieh in den Rauch lege, und dort weniger von den Fliegen geplagt werde. Dann sind die Sammler, welche Holzschwämme, Arzneidinge, Beeren und andere Sachen suchen, und auch gerne ein Feuer machen, sich daran zu laben. Endlich sind die Pechbrenner, die sich aus Walderde Öfen bauen, oder Löcher mit Lehm überwölben, und daneben sich Hütten aus Waldbäumen aufrichten, um in den Hütten zu wohnen, und in den Öfen und Löchern die Wagenschmiere zu brennen, aber auch den Teer, den Terpentin und andere Geister. Wo ein ganz dünnes Rauchfädlein aufsteigt, mag es auch ein Jäger sein, der sich sein Stücklein Fleisch bratet, oder der Ruhe pflegt. Alle diese Leute haben keine bleibende Stätte in dem Walde; denn sie gehen bald hierhin bald dorthin, je nachdem sie ihre Arbeit getan haben, oder ihre Gegenstände nicht mehr finden. Darum haben auch die Rauchsäulen keine bleibende Stelle, und heute siehest du sie hier und ein anderes Mal an einem anderen Platze."

„Ja, Großvater."

„Das ist das Leben der Wälder. Aber laß uns nun auch das außerhalb betrachten. Kannst du mir sagen, was das für weiße Gebäude sind, die wir da durch die Doppelföhre hin sehen?"

„Ja, Großvater, das sind die Pranghöfe."

„Und weiter von den Pranghöfen links?"

„Das sind die Häuser von Vorder- und Hinterstift."

„Und wieder weiter links?"

„Das ist Glöckelberg."

„Und weiter gegen uns her am Wasser?"

„Das ist die Hammermühle und der Bauer David."

„Und die vielen Häuser ganz in unserer Nähe, aus denen die Kirche emporragt, und hinter denen ein Berg ist, auf welchem wieder ein Kirchlein steht?"

„Aber, Großvater, das ist ja unser Marktflecken Oberplan, und das Kirchlein auf dem Berge ist das Kirchlein zum guten Wasser."

„Und wenn die Berge nicht wären und die Anhöhen, die uns umgeben, so würdest du noch viel mehr Häuser und Ortschaften sehen: die Karlshöfe, Stuben, Schwarzbach, Langenbruck, Melm, Honnetschlag, und auf der entgegengesetzten Seite Pichlern, Pernek, Salnau und mehrere andere. Das wirst du einsehen, daß in diesen Ortschaften viel Leben ist, daß dort viele Menschen Tag und Nacht um ihren Lebensunterhalt sich abmühen, und die Freude genießen, die uns hienieden gegeben ist. Ich habe dir darum die Wälder gezeigt und die Ortschaften, weil sich in ihnen die Geschichte zugetragen hat, welche ich dir im Heraufgehen zu erzählen versprochen habe. Aber laß uns weiter gehen, daß wir bald unser Ziel erreichen, ich werde dir die Geschichte im Gehen erzählen."

Der Großvater wendete sich um, ich auch, er setzte die Spitze seines Stockes in die magere Rasenerde, wir gingen weiter, und er erzählte: „In allen diesen Wäldern und in allen diesen Ortschaften hat sich einst eine merkwürdige Tatsache ereignet, und es ist ein großes Ungemach über sie gekommen. Mein Großvater, dein Urgroßvater, der zu damaliger Zeit gelebt hat, hat es uns oft erzählt. Es war einmal in einem Frühlinge, da die Bäume kaum ausgeschlagen hatten, da die Blütenblätter kaum abgefallen waren, daß eine schwere Krankheit über diese Gegend kam, und in allen Ortschaften, die du gesehen hast, und auch in jenen, die du wegen vorstehender Berge nicht hast sehen können, ja sogar in den Wäldern, die du mir gezeigt hast, ausgebrochen ist. Sie ist lange vorher in entfernten Ländern gewesen, und hat dort unglaublich viele Menschen dahin gerafft. Plötzlich ist sie zu uns herein gekommen. Man weiß nicht, wie sie gekommen ist: haben sie die Menschen gebracht, ist sie in der milden Frühlingsluft gekommen, oder haben sie Winde und Regenwolken daher getragen: genug sie ist gekommen, und hat sich über alle Orte ausgebreitet, die um uns herum liegen. Über die weißen Blütenblätter, die noch auf dem Wege lagen, trug man die Toten dahin, und in dem Kämmerlein, in das die Frühlingsblätter hinein schauten, lag ein Kranker, und es pflegte ihn einer, der selbst schon krankte. Die Seuche wurde die Pest geheißen, und in fünf bis sechs Stunden war der Mensch gesund und tot, und selbst die, welche von dem Übel genasen, waren nicht mehr recht gesund und recht krank, und konnten ihren Geschäften nicht nachgehen. Man hatte vorher in Winterabenden erzählt, wie in andern Ländern eine Krankheit sei, und die Leute an ihr wie an einem Strafgerichte dahin sterben; aber niemand hatte geglaubt, daß sie in unsere Wälder herein kommen werde, weil nie etwas Fremdes zu uns herein kömmt, bis sie kam. In den Ratschlägerhäusern ist sie zuerst ausgebrochen, und es starben gleich alle, die an ihr erkrankten. Die Nachricht verbreitete sich in der Gegend, die Menschen erschraken, und rannten gegen einander. Einige warteten, ob es weiter greifen würde, andere flohen, und trafen die Krankheit in den Gegenden, in welche sie sich gewendet hatten. Nach einigen Tagen brachte man schon die Toten auf den Oberplaner Kirchhof, um sie zu begraben, gleich darauf von nahen und fernen Dörfern und von dem Marktflecken selbst. Man hörte fast den ganzen Tag die Zügenglocke läuten, und das Totengeläute konnte man nicht mehr jedem einzelnen Toten verschaffen, sondern man läutete es allgemein für alle. Bald konnte man sie auch nicht mehr in dem Kirchhofe begraben, sondern man machte große Gruben auf dem freien Felde, tat die Toten hinein, und scharrte sie mit Erde zu. Von manchem Hause ging kein Rauch empor, in manchem hörte man das Vieh brüllen, weil man es zu füttern vergessen hatte, und manches Rind ging verwildert herum, weil niemand war, es von der Weide in den Stall zu bringen. Die Kinder liebten ihre Eltern nicht mehr und die Eltern die Kinder nicht, man warf nur die Toten in die Grube, und ging davon. Es reiften die roten Kirschen, aber niemand dachte an sie, und niemand nahm sie von den Bäumen, es reiften die Getreide, aber sie wurden nicht in der Ordnung und Reinlichkeit nach Hause gekommen, wie sonst, ja manche wären gar nicht nach Hause gekommen, wenn nicht doch noch ein mitleidiger Mann sie einem Büblein oder Mütterlein, die allein in einem Hause gesund geblieben waren, einbringen geholfen hätte. Eines Sonntages, da der Pfarrer von Oberplan die Kanzel bestieg, um die Predigt zu halten, waren mit ihm sieben Personen in der Kirche; die andern waren gestorben, oder waren krank oder bei der Krankenpflege, oder aus Wirrnis und Starrsinn nicht gekommen. Als sie dieses sahen, brachen sie in ein lautes Weinen aus, der Pfarrer konnte keine Predigt halten, sondern las eine stille Messe, und man ging auseinander. Als die Krankheit ihren Gipfel erreicht hatte, als die Menschen nicht mehr wußten, sollten sie in dem Himmel oder auf der Erde Hilfe suchen, geschah es, daß ein Bauer aus dem Amischhause von Melm nach Oberplan ging. Auf der Drillingsföhre saß ein Vöglein und sang:

Eßt Enzian und Pimpinell,
Steht auf, sterbt nicht so schnell.
Eßt Enzian und Pimpinell,
Steht auf, sterbt nicht so schnell.

Der Bauer entfloh, er lief zu dem Pfarrer nach Oberplan und sagte ihm die Worte, und der Pfarrer sagte sie den Leuten. Diese taten, wie das Vöglein gesungen hatte, und die Krankheit minderte sich immer mehr und mehr, und noch ehe der Haber in die Stoppeln gegangen war, und ehe die braunen Haselnüsse an den Büschen der Zäune reiften, war sie nicht mehr vorhanden. Die Menschen getrauten sich wieder hervor, in den Dörfern ging der Rauch empor, wie man die Betten und die andern Dinge der Kranken verbrannte, weil die Krankheit sehr ansteckend gewesen war; viele Häuser wurden neu getüncht und gescheuert, und die Kirchenglocken tönten wieder friedfertige Töne, wenn sie entweder zu dem Gebete riefen oder zu den heiligen Festen der Kirche."

In dem Augenblicke gleichsam wie durch die Worte hervor gerufen tönte hell klar und rein mit ihren deutlichen tiefen Tönen die große Glocke von dem Turme zu Oberplan, und die Klänge kamen zu uns unter die Föhren herauf.

„Siehe", sagte der Großvater, „ist es schon vier Uhr, und schon Feierabendläuten; siehst du, Kind, diese Zunge sagt uns beinahe mit vernehmlichen Worten, wie gut und wie glücklich und wie befriedigt wieder alles in dieser Gegend ist."

Wir hatten uns bei diesen Worten umgekehrt, und schauten nach der Kirche zurück. Sie ragte mit ihrem dunkeln Ziegeldache und mit ihrem dunkeln Turme, von dem die Töne kamen, empor, und die Häuser drängten sich wie eine graue Taubenschar um sie.

„Weil es Feierabend ist", sagte der Großvater, „müssen wir ein kurzes Gebet tun."

Er nahm seinen Hut von dem Haupte, machte ein Kreuz, und betete. Ich nahm auch mein Hütchen ab, und betete ebenfalls. Als wir geendet, die Kreuze gemacht, und unsere Kopfbedeckungen wieder aufgesetzt hatten, sagte der Großvater: „Es ist ein schöner Gebrauch, daß am Samstage nachmittags mit der Glocke dieses Zeichen gegeben wird, daß nun der Vorabend des Festes des Herrn beginne, und daß alles strenge Irdische ruhen müsse, wie ich ja auch an Samstagen nachmittags keine ernste Arbeit vornehme, sondern höchstens einen Gang in benachbarte Dörfer mache. Der Gebrauch stammt von den Heiden her, die früher in den Gegenden waren, denen jeder Tag gleich war, und denen man, als sie zum Christentume bekehrt waren, ein Zeichen geben mußte, daß der Gottestag im Anbrechen sei. Einstens wurde dieses Zeichen sehr beachtet; denn wenn die Glocke klang, beteten die Menschen, und setzten ihre harte Arbeit zu Hause oder auf dem Felde aus. Deine Großmutter, als sie noch ein junges Mädchen war, kniete jederzeit bei dem Feierabendläuten nieder, und tat ein kurzes Gebet. Wenn ich damals an Samstagabenden, so wie ich jetzt in andere Gegenden gehe, nach Glöckelberg ging, denn deine Großmutter ist von dem vordern Glökkelberg zu Hause, so kniete sie oft bei dem Klange des Dorfglöckleins mit ihrem roten Leibchen und schneeweißen Röckchen neben dem Gehege nieder, und die Blüten des Geheges waren eben so weiß und rot wie ihre Kleider."

„Großvater, sie betet jetzt auch noch immer, wenn Feierabend geläutet wird, in der Kammer neben dem blauen Schreine, der die roten Blumen hat", sagte ich.

„Ja, das tut sie", erwiderte er, „aber die andern Leute beachten das Zeichen nicht, sie arbeiten fort auf dem Felde, und arbeiten fort in der Stube, wie ja auch die Schlage unsers Nachbars des Webers selbst an Samstagabenden forttönt, bis es Nacht wird, und die Sterne am Himmel stehen."

„Ja, Großvater."

„Das wirst du aber nicht wissen, daß Oberplan das schönste Geläute in der ganzen Gegend hat. Die Glocken sind gestimmt, wie man die Saiten einer Geige stimmt, daß sie gut zusammen tönen. Darum kann man auch keine mehr dazu machen, wenn eine bräche, oder einen Sprung bekäme, und mit der Schönheit des Geläutes wäre es vorüber. Als dein Oheim Simon einmal vor dem Feinde im Felde lag, und krank war, sagte er, da ich ihn besuchte: ‚Vater, wenn ich nur noch einmal das Oberplaner Glöcklein hören könnte!' aber er konnte es nicht mehr hören, und mußte sterben."

In diesem Augenblicke hörte die Glocke zu tönen auf, und es war wieder nichts mehr auf den Feldern als das freundliche Licht der Sonne.

„Komme, lasse uns weiter gehen", sagte der Großvater.

Wir gingen auf dem grauen Rasen zwischen den Stämmen

weiter, immer von einem Stamme zum andern. Es wäre wohl ein ausgetretener Weg gewesen, aber auf dem Rasen war es weicher und schöner zu gehen. Allein die Sohlen meiner Stiefel waren von dem kurzen Grase schon so glatt geworden, daß ich kaum einen Schritt mehr zu tun vermochte, und beim Gehen nach allen Richtungen ausglitt. Da der Großvater diesen Zustand bemerkt hatte, sagte er: „Du mußt mit den Füßen nicht so schleifen; auf diesem Grase muß man den Tritt gleich hinstellen, daß er gilt, sonst bohnt man die Sohlen glatt, und es ist kein sicherer Halt möglich. Siehst du, alles muß man lernen, selbst das Gehen. Aber komme, reiche mir die Hand, ich werde dich führen, daß du ohne Mühsal fort kömmst."

Er reichte mir die Hand, ich faßte sie, und ging nun gestützt und gesicherter weiter.

Der Großvater zeigte nach einer Weile auf einen Baum, und sagte: „Das ist die Drillingsföhre."

Ein großer Stamm ging in die Höhe, und trug drei schlanke Bäume, welche in den Lüften ihre Äste und Zweige vermischten. Zu seinen Füßen lag eine Menge herabgefallener Nadeln.

„Ich weiß es nicht", sagte der Großvater, „hatte das Vöglein die Worte gesungen, oder hat sie Gott dem Manne in das Herz gegeben: aber die Drillingsföhre darf nicht umgehauen werden, und ihrem Stamm und ihren Ästen darf kein Schaden geschehen."

Ich sah mir den Baum recht an, dann gingen wir weiter, und kamen nach einiger Zeit allmählich aus den Dürrschnäbeln hinaus. Die Stämme wurden dünner, sie wurden seltener, hörten endlich ganz auf, und wir gingen auf einem sehr steinigen Wege zwischen Feldern, die jetzt wieder erschienen, hinauf. Hier zeigte mir der Großvater wieder einen Baum, und sagte: „Siehe, das ist die Machtbuche, das ist der bedeutsamste Baum in der Gegend, er wächst aus dem steinigsten Grunde empor, den es gibt. Siehe, darum ist sein Holz auch so fest wie Stein, darum ist sein Stamm so kurz, die Zweige stehen so dicht, und halten die Blätter fest, daß die Krone gleichsam eine Kugel bildet, durch die nicht ein einziges Äuglein des Himmels hindurch schauen kann. Wenn es Winter werden will, sehen die Leute auf diesen Baum und sagen: Wenn einmal die Herbstwinde durch das dürre Laub der Machtbuche sausen, und ihre Blätter auf dem Boden dahin treiben, dann kömmt bald der Winter. Und wirklich hüllen sich in kurzer Zeit die Hügel und Felder in die weiße Decke des Schnees. Merke dir den Baum, und denke in späten Jahren, wenn ich längst im Grabe liege, daß es dein Großvater gewesen ist, der ihn dir zuerst gezeigt hat."

Von dieser Buche gingen wir noch eine kleine Zeit aufwärts, und kamen dann auf die Schneidelinie der Anhöhe, von der wir auf die jenseitigen Gegenden hinüber sahen, und das Dorf Melm in einer Menge von Bäumen zu unsern Füßen erblickten.

Der Großvater blieb hier stehen, zeigte mit seinem Stocke auf einen entfernten Wald, und sagte: „Siehst du, dort rechts hinüber der dunkle Wald ist der Rindlesberg, hinter dem das Dorf Rindles liegt, das wir nicht sehen können. Weiter links, wenn der Nadelwald nicht wäre, würdest du den großen Alschhof erblicken. Zur Zeit der Pest ist in dem Alschhofe alles ausgestorben bis auf eine einzige Magd, welche das Vieh, das in dem Alschhofe ist, pflegen mußte, zwei Reihen Kühe, von denen die Milch zu dem Käse kömmt, den man in dem Hofe bereitet, dann die Stiere und das Jungvieh. Diese mußte sie viele Wochen lang nähren und warten, weil die Seuche den Tieren nichts anhaben konnte, und sie fröhlich und munter blieben, bis ihre Herrschaft Kenntnis von dem Ereignisse erhielt, und von den übrig gebliebenen Menschen ihr einige zu Hilfe sendete. In der großen Hammermühle, die du mir im Heraufgehen gezeigt hast, sind ebenfalls alle Personen gestorben bis auf einen einzigen krummen Mann, der alle Geschäfte zu tun hatte, und die Leute befriedigen mußte, die nach der Pest das Getreide zur Mühle brachten, und ihr Mehl haben wollten; daher noch heute das Sprichwort kömmt: ‚Ich habe mehr Arbeit als der Krumme im Hammer.' Von den Priestern in Oberplan ist nur der alte Pfarrer übrig geblieben, um der Seelsorge zu pflegen, die zwei Kapläne sind gestorben, auch der Küster ist gestorben und sein Sohn, der schon die Priesterweihe hatte. Von den Badhäusern, die neben der kurzen Zeile des Marktes die gebogene Gasse machen, sind drei gänzlich ausgestorben."

Nach diesen Worten gingen wir in dem Hohlwege und unter allerlei lieblichen Spielen von Licht und Farben, welche die

Sonne in den grünen Blättern der Gesträuche verursachte, in das Dorf Melm hinunter.

Der Großvater hatte in dem ersten Hause desselben im Machthofe zu tun. Wir gingen deshalb durch den großen Schwibbogen desselben hinein. Der Machtbauer stand in dem Hofe, hatte bloße Hemdärmel an den Armen und viele hochgipflige Metallknöpfe auf der Weste. Er grüßte den Großvater, als er ihn sah, und führte ihn in die Stube; mich aber ließen sie auf einem kleinen hölzernen Bänklein neben der Tür im Hofe sitzen, und schickten mir ein Butterbrot, das ich verzehrte. Ich rastete, betrachtete die Dinge, die da waren, als: die Wägen, welche abgeladen unter dem Schoppendache ineinander geschoben standen, die Pflüge und Eggen, welche, um Platz zu machen, in einen Winkel zusammengedrängt waren, die Knechte und Mägde, die hin und her gingen, ihre Samstagsarbeit taten, und sich zur Feier des Sonntages rüsteten; und die Dinge gesellten sich zu denen, mit denen ohnehin mein Haupt angefüllt war, zu Drillingsföhren Toten und Sterbenden und singenden Vöglein.

Nach einer Zeit kam der Großvater wieder heraus, und sagte: „So, jetzt bin ich fertig, und wir treten unsern Rückweg wieder an."

Ich stand von meinem Bänklein auf, wir gingen dem Schwibbogen zu, der Bauer und die Bäurin begleiteten uns bis dahin, nahmen bei dem Schwibbogen Abschied, und wünschten uns glückliche Heimkehr.

Da wir wieder allein waren, und auf unserem Rückwege den Hohlweg hinan schritten, fuhr der Großvater fort: „Als es tief in den Herbst ging, wo die Preißelbeeren reifen, und die Nebel sich schon auf den Mooswiesen zeigen, wandten sich die Menschen wieder derjenigen Erde zu, in welcher man die Toten ohne Einweihung und Gepränge begraben hatte. Viele Menschen gingen hinaus, und betrachteten den frischen Aufwurf, andere wollten die Namen derer wissen, die da begraben lagen, und als die Seelsorge in Oberplan wieder vollkommen hergestellt war, wurde die Stelle wie ein ordentlicher Kirchhof eingeweiht, es wurde feierlicher Gottesdienst unter freiem Himmel gehalten, und alle Gebete und Segnungen nachgetragen, die man früher versäumt hatte. Dann wurde um den Ort eine Planke gemacht, und ungelöschter Kalk auf denselben gestreut. Von da an bewahrte man das Gedächtnis an die Vergangenheit in allerlei Dingen. Du wirst wissen, daß manche Stellen unserer Gegend noch den Beinamen Pest tragen, zum Beispiele Pestwiese, Peststeig, Pesthang; und wenn du nicht so jung wärest, so würdest du auch die Säule noch gesehen haben, die jetzt nicht mehr vorhanden ist, die auf dem Marktplatze von Oberplan gestanden war, und auf welcher man lesen konnte, wann die Pest gekommen ist, und wann sie aufgehört hat, und auf welcher ein Dankgebet zu dem Gekreuzigten stand, der auf dem Gipfel der Säule prangte."

„Die Großmutter hat uns von der Pestsäule erzählt", sagte ich.

„Seitdem aber sind andere Geschlechter gekommen", fuhr er fort, „die von der Sache nichts wissen und die die Vergangenheit verachten, die Einhegungen sind verloren gegangen, die Stellen haben sich mit gewöhnlichem Grase überzogen. Die Menschen vergessen gerne die alte Not, und halten die Gesundheit für ein Gut, das ihnen Gott schuldig sei, und das sie in blühenden Tagen verschleudern. Sie achten nicht der Plätze, wo die Toten ruhen, und sagen den Beinamen Pest mit leichtfertiger Zunge, als ob sie einen andern Namen sagten wie etwa Hagedorn oder Eiben."

Wir waren unterdessen wieder durch den Hohlweg auf den Kamm der Anhöhe gekommen, und hatten die Wälder, zu denen wir uns im Heraufgehen umwenden mußten, um sie zu sehen, jetzt in unserem Angesichte, und die Sonne neigte sich in großem Gepränge über ihnen dem Untergange zu.

„Wenn nicht so die Abendsonne gegen uns schiene", sagte der Großvater, „und alles in einem feurigen Rauche schwebte, würde ich dir die Stelle zeigen können, von der ich jetzt reden werde, und die in unsere Erzählung gehört. Sie ist viele Wegestunden von hier, sie ist uns gerade gegenüber, wo die Sonne untersinkt, und dort sind erst die rechten Wälder. Dort stehen die Tannen und Fichten, es stehen die Erlen und Ahorne, die Buchen und andere Bäume wie die Könige, und das Volk der Gebüsche und das dichte Gedränge der Gräser und Kräuter der Blumen der Beeren und Moose steht unter ihnen. Die Quellen gehen von allen Höhen herab, und rauschen, und murmeln, und erzählen, was sie immer erzählt haben, sie gehen über Kiesel wie leichtes

Glas, und vereinigen sich zu Bächen, um hinaus in die Länder zu kommen, oben singen die Vögel, es leuchten die weißen Wolken, die Regen stürzen nieder, und wenn es Nacht wird, scheint der Mond auf alles, daß es wie ein genetztes Tuch aus silbernen Fäden ist. In diesem Walde ist ein sehr dunkler See, hinter ihm ist eine graue Felsenwand, die sich in ihm spiegelt, an seinen Seiten stehen dunkle Bäume, die in das Wasser schauen, und vorne sind Himbeer- und Brombeergehege, die einen Verhau machen. An der Felsenwand liegt ein weißes Gewirre herabgestürzter Bäume, aus den Brombeeren steht mancher weiße Stamm empor, der von dem Blitze zerstört ist, und schaut auf den See, große graue Steine liegen hundert Jahre herum, und die Vögel und das Gewild kommen zu dem See, um zu trinken."

„Das ist der See, Großvater, den ich im Heraufgehen genannt habe", sagte ich, „die Großmutter hat uns von seinem Wasser erzählt, und den seltsamen Fischen, die darin sind, und wenn ein weißes Wölklein über ihm steht, so kömmt ein Gewitter."

„Und wenn ein weißes Wölklein über ihm steht", fuhr der Großvater fort, „und sonst heiterer Himmel ist, so gesellen sich immer mehrere dazu, es wird ein Wolkenheer, und das löst sich von dem Walde los, und zieht zu uns mit dem Gewitter heraus, das uns den schweren Regen bringt und auch öfter den Hagel. Am Rande dieses Waldes, wo heut zu Tage schon Felder sind, wo aber dazumal noch dichtes Gehölze war, befand sich zur Zeit der Pest eine Pechbrennerhütte. In derselben wohnte der Mann, von dem ich dir erzählen will. Mein Großvater hat sie noch gekannt, und er hat gesagt, daß man zeitweilig von dem Walde den Rauch habe aufsteigen sehen, wie du heute die Rauchfäden hast aufsteigen gesehen, da wir heraufgegangen sind."

„Ja Großvater", sagte ich.

„Dieser Pechbrenner", fuhr er fort, „wollte sich in der Pest der allgemeinen Heimsuchung entziehen, die Gott über die Menschen verhängt hatte. Er wollte in den höchsten Wald hinauf gehen, wo nie ein Besuch von Menschen hinkömmt, wo nie eine Luft von Menschen hinkömmt, wo alles anders ist als unten, und wo er gesund zu bleiben gedachte. Wenn aber doch einer zu ihm gelangte, so wollte er ihn eher mit einem Schürbaume erschlagen, als daß er ihn näher kommen, und die Seuche bringen ließe. Wenn aber die Krankheit lange vorüber wäre, dann wollte er wieder zurückkehren, und weiter leben. Als daher die schwarzen Schubkarrenführer, die von ihm die Wagenschmiere holten, die Kunde brachten, daß in den angrenzenden Ländern schon die Pest entstanden sei, machte er sich auf, und ging in den hohen Wald hinauf. Er ging aber noch weiter, als wo der See ist, er ging dahin, wo der Wald noch ist, wie er bei der Schöpfung gewesen war, wo noch keine Menschen gearbeitet haben, wo kein Baum umbricht, als wenn er vom Blitze getroffen ist, oder von dem Winde umgestürzt wird; dann bleibt er liegen, und aus seinem Leibe wachsen neue Bäumchen und Kräuter empor; die Stämme stehen in die Höhe, und zwischen ihnen sind die unangesehenen und unangetasteten Blumen und Gräser und Kräuter."

Während der Großvater dieses sagte, war die Sonne untergegangen. Der feurige Rauch war plötzlich verschwunden, der Himmel, an welchem keine einzige Wolke stand, war ein goldener Grund geworden, wie man in alten Gemälden sieht, und der Wald ging nun deutlich und dunkelblau in diesem Grunde dahin.

„Siehe Kind, jetzt können wir die Stelle sehen, von der ich rede", sagte der Großvater, „blicke da gerade gegen den Wald, und da wirst du eine tiefere blaue Färbung sehen, das ist das Becken, in welchem der See ist. Ich weiß nicht, ob du es siehst."

„Ich sehe es", antwortete ich, „ich sehe auch die schwachen grauen Streifen, welche die Seewand bedeuten."

„Da hast du schärfere Augen als ich", erwiderte der Großvater; „gehe jetzt mit den Augen von der Seewand rechts und gegen den Rand empor, dann hast du jene höheren großen Waldungen. Es soll ein Fels dort sein, der wie ein Hut überhängende Krempen hat, und wie ein kleiner Auswuchs an dem Waldrande zu sehen ist."

„Großvater, ich sehe den kleinen Auswuchs."

„Er heißt der Hutfels, und ist noch weit oberhalb des Sees im Hochwalde, wo kaum ein Mensch gewesen ist. An dem See soll aber schon eine hölzerne Wohnung gestanden sein. Der Ritter von Wittinghausen hat sie als Zufluchtsort für seine zwei Töchter im Schwedenkriege erbaut. Seine Burg ist damals verbrannt worden, die Ruinen stehen noch wie ein blauer Würfel aus dem Thomaswalde empor."

„Ich kenne die Ruine, Großvater."

„Das Haus war hinter dem See, wo die Wand es beschützte, und ein alter Jäger hat die Mädchen bewacht. Heut zu Tage ist von alle dem keine Spur mehr vorhanden. Von diesem See ging der Pechbrenner bis zum Hutfels hinan, und suchte sich einen geeigneten Platz aus. Er war aber nicht allein, sondern es waren sein Weib und seine Kinder mit ihm, es waren seine Brüder, Vettern, Muhmen und Knechte mit, er hatte sein Vieh und seine Geräte mitgenommen. Er hatte auch allerlei Sämereien und Getreide mit geführt, um in der aufgelockerten Erde anbauen zu können, daß er sich Vorrat für die künftigen Zeiten sammle. Nun baute man die Hütten für Menschen und Tiere, man baute die Öfen zum Brennen der Ware, und man säte die Samen in die aufgegrabenen Felder. Unter den Leuten im Walde war auch ein Bruder des Pechbrenners, der nicht in dem Walde bleiben, sondern wieder zu der Hütte zurückkehren wollte. Da sagte der Pechbrenner, daß er ihnen ein Zeichen geben solle, wenn die Pest ausgebrochen sei. Er solle auf dem Hausberge in der Mittagsstunde eine Rauchsäule aufsteigen lassen, solle dieselbe eine Stunde gleichartig dauern lassen, und solle dann das Feuer dämpfen, daß sie aufhöre. Dies solle er zur Gewißheit drei Tage hinter einander tun, daß die Waldbewohner daran ein Zeichen erkennen, das ihnen gegeben worden sei. Wenn aber die Seuche aufgehört habe, solle er ihnen auch eine Nachricht geben, daß sie hinabgehen könnten, und die Krankheit nicht bekämen. Er solle eine Rauchsäule um die Mittagsstunde von dem Hausberge aufsteigen lassen, solle sie eine Stunde gleichartig erhalten, und dann das Feuer löschen. Dies solle er vier Tage hinter einander tun, aber an jedem Tage eine Stunde später; an diesem besonderen Vorgange würden sie erkennen, daß nun alle Gefahr vorüber sei. Wenn er aber erkranke, so solle er den Auftrag einem Freunde oder Bekannten als Testament hinterlassen und dieser ihn wieder einem Freunde oder Bekannten, so daß einmal einer eine Rauchsäule errege, und von dem Pechbrenner eine Belohnung zu erwarten habe. Kennst du den Hausberg?"

„Ja, Großvater", antwortete ich, „es ist der schwarze spitzige

Wald, der hinter Pernek empor steigt und auf dessen Gipfel ein Felsklumpen ist."

„Ja", sagte der Großvater, „der ist es. Es sollen einmal drei Brüder gelebt haben, einer auf der Alpe, einer auf dem Hausberge und einer auf dem Thomaswalde. Sie sollen sich Zeichen gegeben haben, wenn einem eine Gefahr drohte, bei Tage einen Rauch bei Nacht ein Feuer, daß es gesehen würde, und daß die andern zu Hilfe kämen. Ich weiß nicht, ob die Brüder gelebt haben. In dem hohen Walde wohnten nun die Ausgewanderten fort, und als die Pest in unsern Gegenden ausgebrochen war, stieg um die Mittagsstunde eine Rauchsäule von dem Hausberge empor, dauerte eine Stunde gleichartig fort, und hörte dann auf. Dies geschah drei Tage hinter einander, und die Leute in dem Walde wußten, was sich begeben hatte. – Aber siehe, wie es schon kühl geworden ist, und wie bereits der Tau auf die Gräser fällt, komme, ich werde dir dein Jäckchen zumachen, daß du nicht frierst, und werde dir dann die Geschichte weiter erzählen."

Wir waren während der Erzählung des Großvaters in die Dürrschnäbel gekommen, wir waren an der Drillingsföhre vorüber gegangen, und unter den dunkeln Stämmen auf dem fast farblosen Grase bis zu den Feldern von Oberplan gekommen. Der Großvater legte seinen Stock auf den Boden, beugte sich zu mir herab, nestelte mir das Halstuch fester, richtete mir das Westchen zurecht, und knöpfte mir das Jäckchen zu. Hierauf knöpfte er sich auch seinen Rock zu, nahm seinen Stab, und wir gingen wieder weiter.

„Siehst du, mein liebes Kind", fuhr er fort, „es hat aber alles nichts geholfen, und es war nur eine Versuchung Gottes. Da die Büsche des Waldes ihre Blüten bekommen hatten, weiße und rote, wie die Natur will, da aus den Blüten Beeren geworden waren, da die Dinge, welche der Pechbrenner in die Walderde gebaut hatte, aufgegangen und gewachsen waren, da die Gerste die goldenen Barthaare bekommen hatte, da das Korn schon weißlich wurde, da die Haberflocken an den kleinen Fädlein hingen, und das Kartoffelkraut seine grünen Kugeln und blaulichen Blüten trug: waren alle Leute des Pechbrenners, er selber und seine Frau bis auf einen einzigen kleinen Knaben, den Sohn des

Pechbrenners, gestorben. Der Pechbrenner und sein Weib waren die letzten gewesen, und da die Überlebenden immer die Toten begraben hatten, der Pechbrenner und sein Weib aber niemand hinter sich hatten, und der Knabe zu schwach war, sie zu begraben, blieben sie als Tote in ihrer Hütte liegen. Der Knabe war nun allein in dem fürchterlichen großen Walde. Er ließ die Tiere aus, welche in den Ställen waren, weil er sie nicht füttern konnte, er dachte, daß sie an den Gräsern des Waldes eine Nahrung finden würden, und dann lief er selber von der Hütte weg, weil er den toten Mann und das tote Weib entsetzlich fürchtete. Er ging auf eine freie Stelle des Waldes, und da war jetzt überall niemand, niemand als der Tod. Wenn er in der Mitte von Blumen und Gesträuchen nieder kniete und betete, oder wenn er um Vater und Mutter und um die andern Leute weinte und jammerte, und wenn er dann wieder aufstand, so war nichts um ihn als die Blumen und Gesträuche, und das Vieh, welches unter die Bäume des Waldes hinein weidete, und mit den Glocken läutete. Siehst du, so war es mit dem Knaben, der vielleicht gerade so groß war wie du. Aber siehe, die Pechbrennerknaben sind nicht wie die in den Marktflecken oder in den Städten, sie sind schon unterrichteter in den Dingen der Natur, sie wachsen in dem Walde auf, sie können mit dem Feuer umgehen, sie fürchten die Gewitter nicht, und haben wenig Kleider, im Sommer keine Schuhe und auf dem Haupte statt eines Hutes die berußten Haare. Am Abende nahm der Knabe Stahl Stein und Schwamm aus seiner Tasche, und machte sich ein Feuer; das in den Öfen der Pechbrenner war längst ausgegangen, und erloschen. Als ihn hungerte, grub er mit der Hand Kartoffeln aus, die unter den emporwachsenden Reben waren, und briet sie in der Glut des Feuers. Zu trinken gaben ihm Quellen und Bäche. Am anderen Tage suchte er einen Ausweg aus dem Walde. Er wußte nicht mehr, wie sie in den Wald hinauf gekommen waren. Er ging auf die höchste Stelle des Berges, er kletterte auf einen Baum, und spähte, aber er sah nichts als Wald und lauter Wald. Er gedachte nun zu immer höhern und höhern Stellen des Waldes zu gehen, bis er einmal hinaus sähe, und das Ende des Waldes erblickte. Zur Nahrung nahm er jetzt auch noch die Körner der Gerste und des Kornes, welche er samt den Ähren auf einem Steine über dem Feuer röstete, wodurch sich die Haare und Hülsen verbrannten, oder er löste die rohen zarten Kornkörner aus den Hülsen, oder er schälte Rüben, die in den Kohlbeeten wuchsen. In den Nächten hüllte er sich in Blätter und Zweige und deckte sich mit Reisig. Die Tiere, welche er ausgelassen hatte, waren fortgegangen, entweder weil sie sich in dem Walde verirrt hatten, oder weil sie auch die Totenhütte scheuten, und von ihr flohen; er hörte das Läuten nicht mehr, und sie kamen nicht zum Vorscheine. Eines Tages, da er die Tiere suchte, fand er auf einem Hügel, auf welchem Brombeeren und Steine waren, mitten in einem Brombeerengestrüppe ein kleines Mädchen liegen. Dem Knaben klopfte das Herz außerordentlich, er ging näher, das Mädchen lebte, aber es hatte die Krankheit, und lag ohne Bewußtsein da. Er ging noch näher, das Mädchen hatte weiße Kleider und ein schwarzes Mäntelchen an, es hatte wirre Haare, und lag so ungefüg in dem Gestrippe, als wäre es hinein geworfen worden. Er rief, aber er bekam keine Antwort, er nahm das Mädchen bei der Hand, aber die Hand konnte nichts fassen, und war ohne Leben. Er lief in das Tal, schöpfte mit seinem alten Hute, den er aus der Hütte mitgenommen hatte, Wasser, brachte es zu dem Mädchen zurück, und befeuchtete ihm die Lippen. Dies tat er nun öfter. Er wußte nicht, womit dem Kinde zu helfen wäre, und wenn er es auch gewußt hätte, so hätte er nichts gehabt, um es ihm zu geben. Weil er durch das verworrene Gestrippe nicht leicht zu dem Platze gelangen konnte, auf welchem das Mädchen lag, so nahm er nun einen großen Stein, legte ihn auf die kriechenden Ranken der Brombeeren, und wiederholte das so lange, bis er die Brombeeren bedeckt hatte, bis sie niedergehalten wurden, und die Steine ein Pflaster bildeten. Auf dieses Pflaster kniete er nieder, rückte das Kind, sah es an, strich ihm die Haare zurecht, und weil er keinen Kamm hatte, so wischte er die nassen Locken mit seinen Händen ab, daß sie wieder schönen feinen menschlichen Haaren glichen. Weil er aber das Mädchen nicht heben konnte, um es auf einen besseren Platz zu tragen, so lief er auf den Hügel, riß dort das dürre Gras ab, riß die Halme ab, die hoch an dem Gesteine wachsen, sammelte das trockene Laub, das von dem vorigen Herbste übrig war, und das entweder unter Gestrippen hing, oder von dem Winde in Steinklüfte zusammen geweht worden war, und tat alles auf einen Haufen. Da es genug war, trug er es zu dem Mädchen, und machte ihm ein weicheres Lager. Er tat die Dinge an jene Stellen unter ihrem Körper, wo sie am meisten not taten. Dann schnitt er mit seinem Messer Zweige von den Gesträuchen, steckte sie um das Kind in die Erde, band sie an den Spitzen mit Gras und Halmen zusammen, und legte noch leichte Äste darauf, daß sie ein Dach bildeten. Auf den Körper des Mädchens legte er Zweige, und bedeckte sie mit breitblättrigen Kräutern zum Beispiele mit Huflattich, daß sie eine Decke bildeten. Für sich holte er dann Nahrung aus den Feldern des toten Vaters. Bei der Nacht machte er ein Feuer aus zusammen getragenem Holze und Moder. So saß er bei Tage bei dem bewußtlosen Kinde, hütete es, und schützte es vor Tieren und Fliegen, bei Nacht unterhielt er ein glänzendes Feuer. Siehe das Kind starb aber nicht, sondern die Krankheit besserte sich immer mehr und mehr, die Wänglein wurden wieder lieblicher und schöner, die Lippen bekamen die Rosenfarbe, und waren nicht mehr so bleich und gelblich, und die Äuglein öffneten sich, und schauten herum. Es fing auch an zu essen, es aß die Erdbeeren, die noch zu finden waren, es aß Himbeeren, die schon reiften, es aß die Kerne der Haselnüsse, die zwar nicht reif aber süß und weich waren, es aß endlich sogar das weiße Mehl der gebratenen Kartoffeln und die zarten Körner des Kornes, was ihm alles der Knabe brachte, und reichte; und wenn es schlief, so lief er auf den Hügel, und erkletterte einen Felsen, um überall herum zu spähen, auch suchte er wieder die Tiere, weil die Milch jetzt recht gut gewesen wäre. Aber er konnte nichts erspähen, und konnte die Tiere nicht finden. Da das Mädchen schon stärker war, und mithelfen konnte, brachte er es an einen Platz, wo überhängende Äste es schützten, aber da er dachte, daß ein Gewitter kommen, und der Regen durch die Äste schlagen könnte, so suchte er eine Höhle, die trocken war, dort machte er ein Lager, und brachte das Mädchen hin. Eine Steinplatte stand oben über die Stätte, und sie konnten schön auf den Wald hinaussehen. Ich habe dir gesagt, daß jene Krankheit sehr heftig war, daß die Menschen in fünf bis sechs Stunden gesund und tot waren; aber ich sage dir auch: wer die Krankheit überstand, der war sehr bald gesund, nur daß er lange Zeit schwach blieb, und lange Zeit sich pflegen mußte. In dieser Höhle blieben nun die Kinder, und der Knabe ernährte das Mädchen, und tat ihm alles und jedes Gute, was es notwendig hatte. Nun erzählte ihm auch das Mädchen wie es in den Wald gekommen sei. Vater und Mutter und mehrere Leute hätten ihre ferne Heimat verlassen, als sich die Krankheit genähert habe, um höhere Orte zu suchen, wo sie von dem Übel nicht erreicht werden würden. In dem großen Walde seien sie irre gegangen, der Vater und die Mutter seien gestorben, und das Mädchen sei allein übrig geblieben. Wo Vater und Mutter gestorben seien, wo die anderen Leute hingekommen, wie es selber in die Brombeeren geraten sei, wußte es nicht. Auch konnte es nicht sagen, wo die Heimat sei. Der Knabe erzählte dem Mädchen auch, wie sie ihre Hütte verlassen hätten, wie alle in den Wald gegangen wären, und wie sie gestorben seien, und er allein nur am Leben geblieben wäre. Siehst du, so saßen die Kinder in der Höhle, wenn der Tag über den Wald hinüber zog, und das Grüne beleuchtete, die Vöglein sangen, die Bäume glänzten, und die Bergspitzen leuchteten; oder sie schlummerten wenn es Nacht war, wenn es finster und still war, oder der Schrei eines wilden Tieres tönte, oder der Mond am Himmel stand, und seine Strahlen über die Wipfel goß. Du kannst dir denken, wie es war, wenn du betrachtest, wie schon hier die Nacht ist, wie der Mond so schauerlich in den Wolken steht, wo wir doch schon so nahe an den Häusern sind, und wie er auf die schwarzen Vogelbeerbäume unsers Nachbars hernieder scheint."

Wir waren, während der Großvater erzählte, durch die Felder von Oberplan herab gegangen, wir waren über die Wiese gegangen, in welcher das Behringer Brünnlein ist, wir waren über die Steinwand gestiegen, wir waren über den weichen Rasen gegangen, und näherten uns bereits den Häusern von Oberplan. Es war indessen völlig Nacht geworden, der halbe Mond stand am Himmel, viele Wolken hatten sich aufgetürmt, die er beglänzte, und seine Strahlen fielen gerade auf die Vogelbeerbäume, die in dem Garten unsers Nachbars standen.

„Nachdem das Mädchen sehr stark geworden war", fuhr der Großvater fort, „dachten die Kinder daran aus dem Walde zu gehen. Sie beratschlagten unter sich, wie sie das anstellen sollten.

Das Mädchen wußte gar nichts; der Knabe aber sagte, daß alle Wässer abwärts rinnen, daß sie fort und fort rinnen, ohne stille zu stehen, daß der Wald sehr hoch sei, und daß die Wohnungen der Menschen sehr tief liegen, daß bei ihrer Hütte selber ein breites rinnendes Wasser vorbeigegangen wäre, daß sie von dieser Hütte in den Wald gestiegen seien, daß sie immer aufwärts und aufwärts gegangen, und mehreren herabfließenden Wassern begegnet seien; wenn man daher an einem rinnenden Wasser immer abwärts gehe, so müsse man aus dem Walde hinaus und zu Menschen gelangen. Das Mädchen sah das ein, und mit Freuden beschlossen sie so zu tun. Sie rüsteten sich zur Abreise. Von den Feldern nahmen sie Kartoffeln, so viel sie tragen konnten, und viele zusammen gebundene Büschel von Ähren. Der Knabe hatte aus seiner Jacke einen Sack gemacht, und für Erdbeeren und Himbeeren machte er schöne Täschchen aus Birkenrinde. Dann brachen sie auf. Sie suchten zuerst den Bach in dem Tale, aus dem sie bisher getrunken hatten, und gingen dann an seinem Wasser fort. Siehst du, der Knabe leitete das Mädchen, weil es schwach war, und weil er in dem Walde erfahrener war; er zeigte ihm die Steine, auf die es treten, er zeigte ihm die Dornen und spitzigen Hölzer, die es vermeiden sollte, er führte es an schmalen Stellen, und wenn große Felsen oder Dickichte und Sümpfe kamen, so wichen sie seitwärts aus, und lenkten dann klug immer wieder der Richtung des Baches zu. So gingen sie immer fort. Wenn sie müde waren, setzten sie sich nieder, und rasteten, wenn sie ausgerastet hatten gingen sie weiter. Am Mittage machte er ein Feuer, und sie brieten Kartoffeln, und rösteten sich ihre Getreideähren. Das Wasser suchte er in einer Quelle oder in einem kalten Bächlein, die winzig über weißen Sand aus der schwarzen Walderde oder aus Gebüsch und Steinen hervorrannen. Wenn sie Stellen trafen wo Beeren und Nüsse sind, so sammelten sie diese. Bei der Nacht machte er ein Feuer, machte dem Mädchen ein Lager, und bettete sich selber wie er sich in den ersten Tagen im Walde gebettet hatte. So wanderten sie weiter. Sie gingen an vielen Bäumen vorüber, an der Tanne mit dem herabhängenden Bartmoose, an der zerrissenen Fichte, an dem langarmigen Ahorne, an dem weißgefleckten Buchenstamme mit den lichtgrünen Blättern, sie gingen an Blumen Gewächsen und Steinen vorüber, sie gingen unter dem Singen der Vögel dahin, sie gingen an hüpfenden Eichhörnchen vorüber oder an einem weidenden Reh. Der Bach ging um Hügel herum, oder er ging in gerader Richtung, oder er wand sich um die Stämme der Bäume. Er wurde immer größer, unzählige Seitenbächlein kamen aus den Tälern heraus, und zogen mit ihm, von dem Laube der Bäume und von den Gräsern tropften ihm Tropfen zu, und zogen mit ihm. Er rauschte über die Kiesel, und erzählte gleichsam den Kindern. Nach und nach kamen andere Bäume, an denen der Knabe recht gut erkannte, daß sie nach auswärts gelangten; die Zackentanne, die Fichte mit dem rauhen Stamme, die Ahorne mit den großen Ästen und die knollige Buche hörten auf, die Bäume waren kleiner frischer reiner und zierlicher. An dem Wasser standen Erlengebüsche, mehrere Weiden standen da, der wilde Apfelbaum zeigte seine Früchte, und der Waldkirschenbaum gab ihnen seine kleinen schwarzen süßen Kirschen. Nach und nach kamen Wiesen, es kamen Hutweiden, die Bäume lichteten sich, es standen nur mehr Gruppen, und mit einem Male, da der Bach schon als ein breites ruhiges Wasser ging, sahen sie die Felder und Wohnungen der Menschen. Die Kinder jubelten, und gingen zu einem Hause. Sie waren nicht in die Heimat des Knaben hinaus gekommen, sie wußten nicht, wo sie hingekommen waren, aber sie wurden recht freundlich aufgenommen, und von den Leuten in die Pflege genommen. Inzwischen stieg wieder eine Rauchsäule von dem Hausberge empor, sie stieg in der Mittagsstunde auf, blieb eine Stunde gleichartig und hörte dann auf. Dies geschah vier Tage hinter einander, an jedem Tage um eine Stunde später: aber es war niemand da, das Zeichen verstehen zu können."

Als der Großvater bis hieher erzählt hatte, waren wir an unserem Hause angekommen.

Er sagte: „Da wir müde sind, und da es so warm ist, so setzen wir uns ein wenig auf den Stein, ich werde dir die Geschichte zu Ende erzählen."

Wir setzten uns auf den Stein, und der Großvater fuhr fort: „Als man in Erfahrung gebracht hatte, wer der Knabe sei, und wohin er gehöre, wurde er samt dem Mädchen in die Pechbrennerhütte zu dem Oheime gebracht. Der Oheim ging in den

Wald hinauf, und verbrannte vor Entsetzen die Waldhütte, in welcher der tote Pechbrenner mit seinem Weibe lag. Auch das Mädchen wurde von seinen Verwandten ausgekundschaftet, und in der Pechbrennerhütte abgeholt. Siehst du, es ist in jenen Zeiten auch in andern Teilen der Wälder die Pest ausgebrochen, und es sind viele Menschen an ihr gestorben; aber es kamen wieder andere Tage, und die Gesundheit war wieder in unsern Gegenden. Der Knabe blieb nun bei dem Oheime in der Hütte, wurde dort größer und größer, und sie betrieben das Geschäft des Brennens von Wagenschmiere Terpentin und andern Dingen. Als schon viele Jahre vergangen waren, als der Knabe schon beinahe ein Mann geworden war, kam einmal ein Wägelchen vor die Pechbrennerhütte gefahren. In dem Wägelchen saß eine schöne Jungfrau, die ein weißes Kleid und ein schwarzes Mäntelchen an hatte, und an der Brust ein Brombeersträußlein trug. Sie hatte die Wangen, die Augen und die feinen Haare des Waldmädchens. Sie war gekommen, den Knaben zu sehen, der sie gerettet, und aus dem Walde geführt hatte. Sie und der alte Vetter, der sie begleitete, baten den Jüngling, er möchte mit ihnen in das Schloß des Mädchens gehen, und dort leben. Der Jüngling, der das Mädchen auch recht liebte, ging mit. Er lernte dort allerlei Dinge, wurde immer geschickter, und wurde endlich der Gemahl des Mädchens, das er zur Zeit der Pest in dem Walde gefunden hatte. Siehst du, da bekam er ein Schloß, er bekam Felder, Wiesen, Wälder, Wirtschaften und Gesinde, und wie er schon in der Jugend verständig und aufmerksam gewesen war, so vermehrte und verbesserte er alles, und wurde von seinen Untergebenen, von seinen Nachbarn und Freunden und von seinem Weibe geachtet und geliebt. Er starb als ein angesehener Mann, der im ganzen Lande geehrt war. Wie verschieden die Schicksale der Menschen sind. Seinen Oheim hat er oft eingeladen zu kommen bei ihm zu wohnen und zu leben, dieser aber blieb in der Pechbrennerhütte und betrieb das Brenngeschäft fort und fort, und als der Wald immer kleiner wurde, als die Felder und Wiesen bis zu seiner Hütte vorgerückt waren, ging er tiefer in das Gehölze, und trieb dort das Brennen der Wagenschmiere weiter. Seine Nachkommen die er erhielt, als er in den Ehestand getreten war, blieben bei der nämlichen Beschäftigung, und von ihm stammt der alte Andreas ab, der auch nur ein Wagenschmierfuhrmann ist, und nichts kann, als im Lande mit seinem schwarzen Fasse herum ziehen, und törichten Knaben, die es nicht besser verstehen, die Füße mit Wagenschmiere anstreichen."

Mit diesen Worten hörte der Großvater zu erzählen auf. Wir blieben aber noch immer auf dem Steine sitzen. Der Mond hatte immer heller und heller geschienen, die Wolken hatten sich immer länger und länger gestreckt, und ich schaute stets auf den schwarzen Vogelbeerbaum des Nachbars.

Da streckte sich das Antlitz der Großmutter aus der Tür heraus, und sie fragte, ob wir denn nicht zum Essen gehen wollten. Wir gingen nun in die Stube der Großeltern, die Großmutter tat ein schönes aus braun- und weißgestreiftem Pflaumenholze verfertigtes Hängetischchen von der Wand herab, überdeckte es mit weißen Linnen, gab uns Teller, und Eßgeräte, und stellte ein Huhn mit Reis auf. Da wir aßen, sagte sie mit böser Miene, daß der Großvater noch törichter und unbesonnener sei als der Enkel, weil er zum Waschen von Wagenschmierfüßen eine grünglasierte Schüssel genommen habe, so daß man sie jetzt aus Ekel zu nichts mehr verwenden könne.

Der Großvater lächelte und sagte: „So zerbrechen wir die Schüssel, daß sie nicht einmal aus Unachtsamkeit doch genommen wird, und kaufen eine neue; es ist doch besser, als wenn der Schelm länger in der Angst geblieben wäre. Du nimmst dich ja auch um ihn an."

Bei diesen Worten zeigte er gegen den Ofen, wo in einem kleinen Wännchen meine Pechhöschen eingeweicht waren.

Als wir gegessen hatten, sagte der Großvater, daß ich nun schlafen gehen solle, und er geleitete mich selber in meine Schlafkammer. Als wir durch das Vorhaus gingen, wo ich in solche Strafe gekommen war, zwitscherten die jungen Schwalben leise in ihrem Neste wie schlaftrunken, in der großen Stube brannte ein Lämpchen auf dem Tische, das alle Samstagsnächte die ganze Nacht zu Ehren der Heiligen Jungfrau brannte, in dem Schlafgemache der Eltern lag der Vater in dem Bette, hatte ein Licht neben sich, und las, wie er gewöhnlich zu tun pflegte; die Mutter war nicht zu Hause, weil sie bei einer kranken Muhme war. Da wir den Vater gegrüßt hatten, und er freundlich geantwortet hatte, gingen wir in das Schlafzimmer der Kinder. Die Schwester und die kleinen Brüderchen schlummerten schon. Der Großvater half mir, mich entkleiden, und er blieb bei mir, bis ich gebetet und das Deckchen über mich gezogen hatte. Dann ging er fort. Aber ich konnte nicht schlafen, sondern dachte immer an die Geschichte, die mir der Großvater erzählt hatte, ich dachte an diesen Umstand und an jenen, und es fiel mir mehreres ein, um was ich fragen müsse. Endlich machte doch die Müdigkeit ihr Recht gelten, und der Schlaf senkte sich auf die Augen. Als ich noch im halben Entschlummern war, sah ich bei dem Scheine des Lichtes, das aus dem Schlafzimmer der Eltern herein fiel, daß die Mutter herein ging, ohne daß ich mich zu vollem Bewußtsein empor richten konnte. Sie ging zu dem Gefäße des Weihbrunnens, netzte sich die Finger, ging zu mir, bespritzte mich, und machte mir das Kreuzzeichen auf Stirn, Mund und Brust, ich erkannte, daß alles verziehen sei, und schlief nun plötzlich mit Versöhnungsfreuden, ich kann sagen, beseligt ein.

Aber der erste Schlaf ist doch kein ruhiger gewesen. Ich hatte viele Sachen bei mir, Tote, Sterbende, Pestkranke, Drillingsföhren, das Waldmädchen, den Machtbauer, des Nachbars Vogelbeerbaum, und der alte Andreas strich mir schon wieder die Füße an. Aber der Verlauf des Schlafes muß gut gewesen sein; denn als man mich erweckte schien die Sonne durch die Fenster herein, es war ein lieblicher Sonntag, alles war festlich, wir bekamen nach dem Gebete das Festtagsfrühstück, bekamen die Festtagskleider, und als ich auf die Gasse ging, war alles rein frisch und klar, die Dinge der Nacht waren dahin, und der Vogelbeerbaum des Nachbars war nicht halb so groß als gestern. Wir erhielten unsere Gebetbücher, und gingen in die Kirche, wo wir den Vater und Großvater auf ihren Plätzen in dem Bürgerstuhle sahen.

Seitdem sind viele Jahre vergangen, der Stein liegt noch vor dem Vaterhause, aber jetzt spielen die Kinder der Schwester darauf, und oft mag das alte Mütterlein auf ihm sitzen, und nach den Weltgegenden ausschauen, in welche ihre Söhne zerstreut sind.

Wie es aber auch seltsame Dinge in der Welt gibt, die ganze

Geschichte des Großvaters weiß ich, ja durch lange Jahre, wenn man von schönen Mädchen redete, fielen mir immer die feinen Haare des Waldmädchens ein: aber von den Pechspuren, die alles einleiteten, weiß ich nichts mehr, ob sie durch Waschen oder durch Abhobeln weggegangen sind, und oft, wenn ich eine Heimreise beabsichtigte, nahm ich mir vor die Mutter zu fragen, aber auch das vergaß ich jedes Mal wieder.

KALKSTEIN

Ich erzähle hier eine Geschichte, die uns einmal ein Freund erzählt hat, in der nichts Ungewöhnliches vorkömmt, und die ich doch nicht habe vergessen können. Unter zehn Zuhörern werden neun den Mann, der in der Geschichte vorkömmt, tadeln, der zehnte wird oft an ihn denken. Die Gelegenheit zu der Geschichte kam von einem Streite, der sich in der Gesellschaft von uns Freunden darüber entspann, wie die Geistesgaben an einem Menschen verteilt sein können. Einige behaupteten, es könne ein Mensch mit einer gewissen Gabe außerordentlich bedacht sein, und die andern doch nur in einem geringen Maße besitzen. Man wies dabei auf die sogenannten Virtuosen hin. Andere sagten, die Gaben der Seele seien immer im gleichen Maße vorhanden, entweder alle gleich groß oder gleich mittelmäßig oder gleich klein, nur hänge es von dem Geschicke ab, welche Gabe vorzüglich ausgebildet wurde, und dies rufe den Anschein einer Ungleichheit hervor. Raffael hätte unter andern Jugendeindrücken und Zeitverhältnissen statt eines großen Malers ein großer Feldherr werden können. Wieder andere meinten, wo die Vernunft als das übersinnliche Vermögen und als das höchste Vermögen des Menschen überhaupt in großer Fülle vorhanden sei, da seien es auch die übrigen untergeordneten Fähigkeiten. Das Umgekehrte gelte jedoch nicht; es könne eine niedere Fähigkeit besonders hervorragen, die höhern aber nicht. Wohl aber, wenn was immer für eine Begabung, sie sei selber hoch oder niedrig, bedeutend ist, müssen es auch die ihr untergeordneten sein. Als Grund gaben sie an, daß die niedere Fähigkeit immer die Dienerin der höhern sei, und daß es ein Widersinn wäre, die höhere gebietende Gabe zu besitzen und die niedere dienende nicht. Endlich waren noch einige, die sagten, Gott habe die Menschen erschaffen, wie er sie erschaffen habe, man könne nicht wissen, wie er die Gaben verteilt habe, und könne darüber nicht hadern, weil es ungewiß sei, was in der Zukunft in dieser Beziehung noch zum Vorscheine kommen könne. Da erzählte mein Freund seine Geschichte.

Ihr wißt alle, sagte er, daß ich mich schon seit vielen Jahren mit der Meßkunst beschäftige, daß ich in Staatsdiensten bin, und daß ich mit Aufträgen dieser Art von der Regierung bald hierhin bald dorthin gesendet wurde. Da habe ich verschiedene Landesteile und verschiedene Menschen kennen gelernt. Einmal war ich in der kleinen Stadt Wengen, und hatte die Aussicht, noch recht lange dort bleiben zu müssen, weil sich die Geschäfte in die Länge zogen, und noch dazu mehrten. Da kam ich öfter in das nahe gelegene Dorf Schauendorf, und lernte dessen Pfarrer kennen, einen vortrefflichen Mann, der die Obstbaumzucht eingeführt, und gemacht hatte, daß das Dorf, das früher mit Hecken, Dickicht und Geniste umgeben war, jetzt einem Garten glich, und in einer Fülle freundlicher Obstbäume da lag. Einmal war ich von ihm zu einer Kirchenfeierlichkeit geladen, und ich sagte, daß ich später kommen würde, da ich einige notwendige Arbeiten abzutun hätte. Als ich mit meinen Arbeiten fertig war, begab ich mich auf den Weg nach Schauendorf. Ich ging über die Feldhöhen hin, ich ging durch die Obstbäume, und da ich mich dem Pfarrhofe näherte, sah ich, daß das Mittagsmahl bereits begonnen haben müsse. In dem Garten, der wie bei vielen katholischen Pfarrhöfen vor dem Hause lag, war kein Mensch, die gegen den Garten gehenden Fenster waren offen, in der Küche, in die mir ein Einblick gegönnt war, waren die Mägde um das Feuer vollauf beschäftigt, und aus der Stube drang einzelnes Klappern der Teller und Klirren der Eßgeräte. Da ich eintrat, sah ich die Gäste um den Tisch sitzen, und ein unberührtes Gedecke für mich aufbewahrt. Der Pfarrer führte mich zu demselben hin, und nötigte mich zum Sitzen. Er sagte, er wolle mir die anwesenden Mitglieder nicht vorstellen, und ihren Namen nicht nennen, einige seien mir ohnehin bekannt, andere würde ich im Verlaufe des Essens schon kennen lernen, und die übrigen würde er mir, wenn wir aufgestanden wären, nennen. Ich setzte mich also nieder, und was der Pfarrer vorausgesagt hatte, geschah. Ich wurde mit manchem Anwesenden bekannt, von manchem erfuhr ich Namen und Verhältnisse, und da die

Gerichte sich ablöseten, und der Wein die Zungen öffnete, war manche junge Bekanntschaft schon wie eine alte. Nur ein einziger Gast war nicht zu erkennen. Lächelnd und freundlich saß er da, er hörte aufmerksam alles an, er wandte immer das Angesicht der Gegend, wo eifrig gesprochen wurde, zu, als ob ihn eine Pflicht dazu antriebe, seine Mienen gaben allen Redenden recht, und wenn an einem andern Orte das Gespräch wieder lebhafter wurde, wandte er sich dorthin, und hörte zu. Selber aber sprach er kein Wort. Er saß ziemlich weit unten, und seine schwarze Gestalt ragte über das weiße Linnengedecke der Tafel empor, und obwohl er nicht groß war, so richtete er sich nie vollends auf, als hielte er das für unschicklich. Er hatte den Anzug eines armen Landgeistlichen. Sein Rock war sehr abgetragen, die Fäden waren daran sichtbar, er glänzte an manchen Stellen, und an andern hatte er die schwarze Farbe verloren, und war rötlich oder fahl. Die Knöpfe daran waren von starkem Bein. Die schwarze Weste war sehr lang, und hatte ebenfalls beinerne Knöpfe. Die zwei winzig kleinen Läppchen von weißer Farbe – das einzige Weiße, das er an sich hatte – die über sein schwarzes Halstuch herabgingen, bezeugten seine Würde. Bei den Ärmeln gingen, wie er so saß, manchmal ein ganz klein wenig eine Art Handkrausen hervor, die er immer bemüht war wieder heimlich zurück zu schieben. Vielleicht waren sie in einem Zustande, daß er sich ihrer ein wenig hätte schämen müssen. Ich sah, daß er von keiner Speise viel nahm, und dem Aufwärter, der sie darreichte, immer höflich dankte. Als der Nachtisch kam, nippte er kaum von dem besseren Weine, nahm von dem Zuckerwerke nur kleine Stückchen, und legte nichts auf seinen Teller heraus, wie doch die andern taten, um nach der Sitte ihren Angehörigen eine kleine Erinnerung zu bringen.

Dieser Eigenheiten willen fiel mir der Mann auf.

Als das Mahl vorüber war, und die Gäste sich erhoben hatten, konnte ich auch den übrigen Teil seines Körpers betrachten. Die Beinkleider waren von demselben Stoffe und in demselben Zustande wie der Rock, sie reichten bis unter die Knie, und waren dort durch Schnallen zusammen gehalten. Dann folgten schwarze Strümpfe, die aber fast grau waren. Die Füße standen in weiten Schuhen, die große Schnallen hatten. Sie waren von starkem Leder, und hatten dicke Sohlen. So angezogen stand der Mann, als sich Gruppen zu Gesprächen gebildet hatten, fast allein da, und sein Rücken berührte beinahe den Fensterpfeiler. Sein körperliches Aussehen stimmte zu seinem Anzuge. Er hatte ein längliches sanftes fast eingeschüchtertes Angesicht mit sehr schönen klaren blauen Augen. Die braunen Haare gingen schlicht gegen hinten zusammen, es zogen sich schon weiße Fäden durch sie, die anzeigten, daß er sich bereits den fünfzig Jahren nähere, oder daß er Sorge und Kummer gehabt haben müsse.

Nach kurzer Zeit suchte er aus einem Winkel ein spanisches Rohr hervor, das einen schwarzen Beinknopf hatte, wie die an seinen Kleidern waren, näherte sich dem Hausherrn, und begann Abschied zu nehmen. Der Hausherr fragte ihn, ob er denn schon gehen wolle, worauf er antwortete, es sei für ihn schon Zeit, er habe vier Stunden nach seinem Pfarrhofe zu gehen, und seine Füße seien nicht mehr so gut, wie in jüngeren Jahren. Der Pfarrer hielt ihn nicht auf. Er empfahl sich allseitig, ging zur Tür hinaus und gleich darauf sahen wir ihn durch die Kornfelder dahin wandeln, den Hügel, der das Dorf gegen Sonnenuntergang begrenzte, hinan steigen, und dort gleichsam in die glänzende Nachmittagsluft verschwinden.

Ich fragte, wer der Mann wäre, und erfuhr, daß er in einer armen Gegend Pfarrer sei, daß er schon sehr lange dort sei, daß er nicht weg verlange, und daß er selten das Haus verlasse außer bei einer sehr dringenden Veranlassung. –

Es waren seit jenem Gastmahle viele Jahre vergangen, und ich hatte den Mann vollständig vergessen, als mich mein Beruf einmal in eine fürchterliche Gegend rief. Nicht daß Wildnisse Schlünde Abgründe Felsen und stürzende Wässer dort gewesen wären – das alles zieht mich eigentlich an – sondern es waren nur sehr viele kleine Hügel da, jeder Hügel bestand aus nacktem grauem Kalksteine, der aber nicht, wie es oft bei diesem Gesteine der Fall ist, zerrissen war, oder steil abfiel, sondern in rundlichen breiten Gestalten auseinander ging, und an seinem Fuße eine lange gestreckte Sandbank um sich herum hatte. Durch diese Hügel ging in großen Windungen ein kleiner Fluß namens Zirder. Das Wasser des Flusses, das in der grauen und gelben Farbe des Steines und Sandes durch den Widerschein des Himmels oft dunkelblau erschien, dann die schmalen grünen Streifen, die oft am Saume des Wassers hingingen, und die andern einzelnen Rasenflecke, die in dem Gesteine hie und da lagen, bildeten die ganze Abwechslung und Erquickung in dieser Gegend.

Ich wohnte in einem Gasthofe, der in einem etwas besseren und darum sehr entfernten Teile der Gegend lag. Es ging dort eine Straße über eine Anhöhe, und führte, wie das in manchen Gegenden der Fall ist, den Namen Hochstraße, welchen Namen auch der Gasthof hatte. Um nicht durch Hin- und Hergehen zu viele Zeit zu verlieren, nahm ich mir immer kalte Speisen und Wein auf meinen Arbeitsplatz mit, und aß erst am Abende mein Mittagsmahl. Einige meiner Leute wohnten auch in dem Gasthofe, die andern richteten sich ein, wie es ging, und bauten sich kleine hölzerne Hüttchen in dem Steinlande.

Die Gegend namens Steinkar, obwohl sie im Grunde nicht außerordentlich abgelegen ist, wird doch wenigen Menschen bekannt sein, weil keine Veranlassung ist, dorthin zu reisen.

Eines Abends, als ich von meinen Arbeiten allein nach Hause ging, weil ich meine Leute vorausgeschickt hatte, sah ich meinen armen Pfarrer auf einem Sandhaufen sitzen. Er hatte seine großen Schuhe fast in den Sand vergraben, und auf den Schößen seines Rockes lag Sand. Ich erkannte ihn in dem Augenblicke. Er war ungefähr so gekleidet wie damals, als ich ihn zum ersten Male gesehen hatte. Seine Haare waren jetzt viel grauer, als hätten sie sich beeilt, diese Farbe anzunehmen, sein längliches Angesicht hatte deutliche Falten bekommen, und nur die Augen waren blau und klar wie früher. An seiner Seite lehnte das Rohr mit dem schwarzen Beinknopfe.

Ich hielt in meinem Gange inne, trat näher zu ihm, und grüßte ihn.

Er hatte keinen Gruß erwartet, daher stand er eilfertig auf, und bedankte sich. In seinen Mienen war keine Spur vorhanden, daß er mich erkenne; es konnte auch nicht sein; denn bei jenem Gastmahle hat er mich gewiß viel weniger betrachtet als ich ihn. Er blieb nur so vor mir stehen, und sah mich an. Ich sagte daher, um ein Gespräch einzuleiten: „Euer Ehrwürden werden mich nicht mehr kennen."

„Ich bin nicht der Ehre teilhaftig", antwortete er.

„Aber ich habe die Ehre gehabt“, sagte ich auf den Ton seiner Höflichkeit eingehend, „mit Euer Ehrwürden an ein und derselben Tafel zu speisen.“

„Ich kann mich nicht mehr erinnern“, erwiderte er.

„Euer Ehrwürden sind doch derselbe Mann“, sagte ich, „der einmal vor mehreren Jahren auf einem Kirchenfeste bei dem Pfarrer zu Schauendorf war, und nach dem Speisen der erste fort ging, weil er, wie er sagte, vier Stunden bis zu seinem Pfarrhofe zu gehen hätte?“

„Ja, ich bin derselbe Mann“, antwortete er, „ich bin vor acht Jahren zu der hundertjährigen Jubelfeier der Kircheneinweihung nach Schauendorf gegangen, weil es sich gebührt hat, ich bin bei dem Mittagessen geblieben, weil mich der Pfarrer eingeladen hat, und bin der erste nach dem Essen fortgegangen, weil ich vier Stunden nach Hause zurück zu legen hatte. Ich bin seither nicht mehr nach Schauendorf gekommen.“

„Nun an jener Tafel bin ich auch gesessen“, sagte ich, „und habe Euer Ehrwürden heute sogleich erkannt.“

„Das ist zu verwundern – nach so vielen Jahren“, sagte er.

„Mein Beruf bringt es mit sich“, erwiderte ich, „daß ich mit vielen Menschen verkehre, und sie mir merke, und da habe ich denn im Merken eine solche Fertigkeit erlangt, daß ich auch Menschen wieder erkenne, die ich vor Jahren und auch nur ein einziges Mal gesehen habe. Und in dieser abscheulichen Gegend haben wir uns wieder gefunden.“

„Sie ist, wie sie Gott erschaffen hat“, antwortete er, „es wachsen hier nicht so viele Bäume wie in Schauendorf, aber manches Mal ist sie auch schön, und zuweilen ist sie schöner als alle andern in der Welt.“

Ich fragte ihn, ob er in der Gegend ansässig sei, und er antwortete, daß er siebenundzwanzig Jahre Pfarrer in dem Kar sei. Ich erzählte ihm, daß ich hieher gesendet worden sei, um die Gegend zu vermessen, daß ich die Hügel und Täler aufnehme, um sie auf dem Papiere verkleinert darzustellen, und daß ich in der Hochstraße draußen wohne. Als ich ihn fragte, ob er oft hieher komme, erwiderte er: „Ich gehe gerne heraus, um meine Füße zu üben, und sitze dann auf einem Steine, um die Dinge zu betrachten.“

Wir waren während dieses Gespräches ins Gehen gekommen, er ging an meiner Seite, und wir redeten noch von manchen gleichgültigen Dingen, vom Wetter, von der Jahreszeit, wie diese Steine besonders geeignet seien, die Sonnenstrahlen einzusaugen, und von anderem.

Waren seine Kleider schon bei jenem Gastmahle schlecht gewesen, so waren sie jetzt wo möglich noch schlechter. Ich konnte mich nicht erinnern, seinen Hut damals gesehen zu haben, jetzt aber mußte ich wiederholt auf ihn hin blicken; denn es war nicht ein einziges Härchen auf ihm.

Als wir an die Stelle gelangt waren, wo sein Weg sich von dem meinigen trennte, und zu seinem Pfarrhofe in das Kar hinab führte, nahmen wir Abschied, und sprachen die Hoffnung aus, daß wir uns nun öfter treffen würden.

Ich ging auf meinem Wege nach der Hochstraße dahin, und dachte immer an den Pfarrer. Die ungemeine Armut, wie ich sie noch niemals bei einem Menschen oberhalb des Bettlerstandes angetroffen habe, namentlich nicht bei solchen, die andern als Muster der Reinlichkeit und Ordnung vorzuleuchten haben, schwebte mir beständig vor. Zwar war der Pfarrer beinahe ängstlich reinlich, aber gerade diese Reinlichkeit hob die Armut noch peinlicher hervor, und zeigte die Lockerheit der Fäden, das Unhaltbare und Wesenlose dieser Kleidung. Ich sah noch auf die Hügel, welche nur mit Stein bedeckt waren, ich sah noch auf die Täler, in welchen sich nur die langen Sandbänke dahin zogen, und ging dann in meinen Gasthof, um den Ziegenbraten zu verzehren, den sie mir dort öfter vorsetzten.

Ich fragte nicht um den Pfarrer, um keine rohe Antwort zu bekommen.

Von nun an kam ich öfter mit dem Pfarrer zusammen. Da ich den ganzen Tag in dem Steinkar war, und abends noch öfter in demselben herum schlenderte, um verschiedene Richtungen und Abteilungen kennen zu lernen, da er auch zuweilen herauskam, so konnte es nicht fehlen, daß wir uns trafen. Wir kamen auch einige Male zu Gesprächen. Er schien nicht ungerne mit mir zusammen zu treffen, und ich sah es auch gerne, wenn ich mit ihm zusammen kam. Wir gingen später öfter mit einander in den Steinen herum, oder saßen auf einem, und betrachteten die andern. Er zeigte mir manches Tierchen, manche Pflanze, die der Gegend eigentümlich waren, er zeigte mir die Besonderheiten der Gegend, und machte mich auf die Verschiedenheiten mancher Steinhügel aufmerksam, die der sorgfältigste Beobachter für ganz gleich gebildet angesehen haben würde. Ich erzählte ihm von meinen Reisen, zeigte ihm unsere Werkzeuge, und erklärte ihm bei Gelegenheit unserer Arbeiten manchmal deren Gebrauch.

Ich kam nach der Zeit auch einige Male mit ihm in seinen Pfarrhof hinunter. Wo das stärkste Gestein sich ein wenig auflöset, gingen wir über eine sanftere Abdachung gegen das Kar hinab. An dem Rande der Gesteine lag eine Wiese, es standen mehrere Bäume darauf, unter ihnen eine schöne große Linde, und hinter der Linde stand der Pfarrhof. Er war damals ein weißes Gebäude mit einem Stockwerke, das sich von dem freundlicheren Grün der Wiese, von den Bäumen und von dem Grau der Steine schön abhob. Das Dach war mit Schindeln gedeckt. Die Dachfenster waren mit Türchen versehen, und die Fenster des Hauses waren mit grünen Flügelbalken zu schließen. Weiter zurück, wo die Landschaft einen Winkel macht, stand gleichsam in die Felsen versteckt die Kirche mit dem rot angestrichenen Kirchturmdache. In einem anderen Teile des Kar stand in einem dürftigen Garten die Schule. Diese drei einzigen Gebäude waren das ganze Kar. Die übrigen Behausungen waren in der Gegend zerstreut. An manchem Stein gleichsam angeklebt lag eine Hütte mit einem Gärtchen mit Kartoffeln oder Ziegenfutter. Weit draußen gegen das Land hin lag auch ein fruchtbarerer Teil, der zu der Gemeinde gehörte, und der auch Acker- Wiesen- und Kleegrund hatte.

Im Angesichte der Fenster des Pfarrhofes ging am Rande der Wiese die Zirder vorüber, und über den Fluß führte ein hoher Steg, der sich gegen die Wiese herab senkte. Die Wiesenfläche war nicht viel höher als das Flußbett. Dieses Bild des hohen Steges über den einsamen Fluß war nebst der Steingegend das einzige, das man von dem Pfarrhofe sehen konnte.

Wenn ich mit dem Pfarrer in sein Haus ging, führte er mich nie in das obere Stockwerk, sondern er geleitete mich stets durch ein geräumiges Vorhaus in ein kleines Stübchen. Das Vorhaus war ganz leer, nur in einer Mauervertiefung, die sehr breit aber seicht war, stand eine lange hölzerne Bank. Auf der Bank lag immer, so oft ich den Pfarrhof besuchte, eine Bibel, ein großes in starkes Leder gebundenes Buch. In dem Stüblein war nur ein weicher unangestrichener Tisch, um ihn einige Sesseln derselben Art, dann an der Wand eine hölzerne Bank und zwei gelb angestrichene Schreine. Sonst war nichts vorhanden, man müßte nur ein kleines sehr schön aus Birnholz geschnitztes mittelalterliches Kruzifix hieher rechnen, das über dem ebenfalls kleinen Weihbrunnenkessel an dem Türpfosten hing.

Bei diesen Besuchen machte ich eine seltsame Entdeckung. Ich hatte schon in Schauendorf bemerkt, daß der arme Pfarrer immer heimlich die Handkrausen seines Hemdes in die Rockärmel zurück schiebe, als hätte er sich ihrer zu schämen. Dasselbe tat er auch jetzt immer. Ich machte daher genauere Beobachtungen, und kam darauf, daß er sich seiner Handkrausen keineswegs zu schämen habe, sondern daß er, wie mich auch andere Einblicke in seine Kleidung belehrten, die feinste und schönste Wäsche trug, welche ich jemals auf Erden gesehen hatte. Diese Wäsche war auch immer in der untadelhaftesten Weiße und Reinheit, wie man es nach dem Zustande seiner Kleider nie vermutet hätte. Er mußte also auf die Besorgung dieses Teiles die größte Sorgfalt verwenden. Da er nie davon sprach, schwieg ich auch darüber, wie sich wohl von selber versteht.

Unter diesem Verkehre ging ein Teil des Sommers dahin.

Eines Tages war in den Steinen eine besondere Hitze. Die Sonne hatte zwar den ganzen Tag nicht ausgeschienen, aber dennoch hatte sie den matten Schleier, der den ganzen Himmel bedeckte, so weit durchdrungen, daß man ihr blasses Bild immer sehen konnte, daß um alle Gegenstände des Steinlandes ein wesenloses Licht lag, dem kein Schatten beigegeben war, und daß die Blätter der wenigen Gewächse, die zu sehen waren, herab hingen; denn obgleich kaum ein halbes Sonnenlicht durch die Nebelschichte der Kuppel drang, war doch eine Hitze, als wären drei Tropensonnen an heiterem Himmel, und brennten alle drei nieder. Wir hatten sehr viel gelitten, so daß ich meine Leute kurz nach zwei Uhr entließ. Ich setzte mich unter einen Steinüberhang, der eine Art Höhle bildete, in welcher es bedeutend kühler war, als draußen in der freien Luft. Ich verzehrte dort mein Mittagmahl, trank meinen eingekühlten Wein, und las dann. Gegen Abend wurde die Wolkenschichte nicht zerrissen, wie es doch an solchen Tagen sehr häufig geschieht, sie wurde auch nicht dichter, sondern lag in derselben gleichmäßigen Art wie den ganzen Tag über den Himmel. Ich ging daher sehr spät aus der Höhle; denn so wie die Schleierdecke am Himmel sich nicht geändert hatte, so war die Hitze auch kaum minder geworden, und man hatte in der Nacht keinen Tau zu erwarten. Ich wandelte sehr langsam durch den Hügel dahin, da sah ich den Pfarrer in den Sandlehnen daher kommen, und den Himmel betrachten. Wir näherten uns, und grüßten uns. Er fragte mich, wo wir heute gearbeitet hätten, und ich sagte es ihm. Ich erzählte ihm auch, daß ich in der Höhle gelesen habe, und zeigte ihm das Buch. Hierauf gingen wir mit einander in dem Sande weiter.

Nach einer Weile sagte er: „Es wird nicht mehr möglich sein, daß Sie die Hochstraße erreichen."

„Wie so?" fragte ich.

„Weil das Gewitter ausbrechen wird", antwortete er.

Ich sah nach dem Himmel. Die Wolkendecke war eher dichter geworden, und auf allen kahlen Steinflächen, die wir sehen konnten, lag ein sehr sonderbares bleifarbenes Licht.

„Daß ein Gewitter kommen wird", sagte ich, „war wohl den ganzen Tag zu erwarten, allein wie bald die Dunstschichte sich verdichten, erkühlen, den Wind und die Elektrizität erzeugen, und sich herabschütten wird, kann man, glaube ich, nicht ermessen."

„Man kann es wohl nicht genau sagen", antwortete er, „allein ich habe siebenundzwanzig Jahre in der Gegend gelebt, habe Erfahrungen gesammelt, und nach ihnen wird das Gewitter eher ausbrechen, als man denkt, und wird sehr stark sein. Ich glaube daher, daß es das Beste wäre, wenn Sie mit mir in meinen Pfarrhof gingen, und die Nacht heute dort zubrächten. Der Pfarrhof ist so nahe, daß wir ihn noch leicht erreichen, wenn wir auch das Gewitter schon deutlich an dem Himmel sehen, dort sind Sie sicher, und können morgen an Ihre Geschäfte gehen, sobald es Ihnen beliebt."

Ich erwiderte, daß es desohngeachtet nicht unmöglich sei, daß aus der Dunstschichte sich auch nur ein Landregen entwickle.

In diesem Falle sei ich geborgen; ich habe ein Mäntelchen aus Wachstaffet bei mir, das dürfe ich nur aus der Tasche ziehen, und umhängen, und der Regen könne mir nichts anhaben. Ja wenn ich auch ohne diesen Schutz wäre, so sei ich in meinem Amte schon so oft vom Regen durchnäßt worden, daß ich, um ein derartiges Ereignis zu vermeiden, nicht jemanden zur Last sein, und Unordnung in sein Hauswesen bringen möchte. Sollte aber wirklich ein Gewitter bevorstehen, das Platzregen oder Hagel oder gar einen Wolkenbruch bringen könnte, dann nähme ich sein Anerbieten dankbar an, und bitte um einen Unterstand für die Nacht, aber ich mache die Bedingung, daß es wirklich nichts weiter sei als ein Unterstand, daß er sich in seinem Hause nicht beirren lasse, und sich weiter keine Last auferlege, als daß er mir ein Plätzchen unter Dach und Fach gäbe; denn ich bedürfe nichts als ein solches Plätzchen. Übrigens führe unser Weg noch ein gutes Stück auf demselben gemeinschaftlichen Pfade fort, da könnten wir die Frage verschieben, indessen den Himmel betrachten, und zuletzt nach der Gestalt der Sache entscheiden.

Er willigte ein, und sagte, daß, wenn ich bei ihm bliebe, ich nicht zu fürchten hätte, daß er sich eine Last auflege, ich wisse, daß es bei ihm einfach sei, und es werde keine andere Anstalt gemacht werden, als die notwendig sei, daß ich die Nacht bei ihm zubringen könnte.

Nachdem wir diesen Vertrag geschlossen hatten, gingen wir auf unserem Wege weiter. Wir gingen sehr langsam, teils der Hitze wegen, teils weil es von jeher schon so unsere Gewohnheit war.

Plötzlich flog ein schwacher Schein um uns, unter dem die Felsen erröteten.

Es war der erste Blitz gewesen, der aber stumm war, und dem kein Donner folgte.

Wir gingen weiter. Nach einer Weile folgten mehrere Blitze, und da der Abend bereits ziemlich dunkel geworden war, und da die Wolkenschichte auch einen dämmernden Einfluß ausübte, stand unter jedem Blitze der Kalkstein in rosenroter Farbe vor uns.

Als wir zu der Stelle gelangt waren, an welcher unsere Wege sich teilten, blieb der Pfarrer stehen, und sah mich an. Ich gab zu, daß ein Gewitter komme, und sagte, daß ich mit ihm in seinen Pfarrhof gehen wolle.

Wir schlugen also den Weg in das Kar ein, und gingen über den sanften Steinabhang in die Wiese hinunter.

Als wir bei dem Pfarrhofe angelangt waren, setzten wir uns noch ein wenig auf das hölzerne Bänklein, das vor dem Hause stand. Das Gewitter hatte sich nun vollständig entwickelt, und stand als dunkle Mauer an dem Himmel. Nach einer Weile entstanden auf der gleichmäßigen dunkelfarbigen Gewitterwand weiße laufende Nebel, die in langen wulstigen Streifen die untern Teile der Wolkenwand säumten. Dort war also vielleicht schon Sturm, während bei uns sich noch kein Gräschen und kein Laub rührte. Solche laufende gedunsene Nebel sind bei Gewittern oft schlimme Anzeichen, sie verkünden immer Windausbrüche, oft Hagel und Wasserstürze. Den Blitzen folgten nun auch schon deutliche Donner.

Endlich gingen wir in das Haus.

Der Pfarrer sagte, daß es seine Gewohnheit sei, bei nächtlichen Gewittern ein Kerzenlicht auf den Tisch zu stellen, und bei dem Lichte ruhig sitzen zu bleiben, so lange das Gewitter dauere. Bei Tage sitze er ohne Licht bei dem Tische. Er fragte mich, ob er auch heute seiner Sitte treu bleiben dürfe. Ich erinnerte ihn an sein Versprechen, sich meinetwegen nicht die geringste Last aufzulegen. Er führte mich also durch das Vorhaus in das bekannte Stüblein, und sagte, daß ich meine Sachen ablegen möchte.

Ich trug gewöhnlich an einem ledernen Riemen ein Fach über der Schulter, in welchem Werkzeuge zum Zeichnen Zeichnungen und zum Teil auch Meßwerkzeuge waren. Neben dem Fache war eine Tasche befestigt, in der sich meine kalten Speisen, mein Wein, mein Trinkglas und meine Vorrichtung zum Einkühlen des Weines befanden. Diese Dinge legte ich ab, und hing sie über die Lehne eines in einer Ecke stehenden Stuhles. Meinen langen Meßstab lehnte ich an einen der gelben Schreine.

Der Pfarrer war indessen hinaus gegangen, und kam nun mit einem Lichte in der Hand herein. Es war ein Talglicht, welches in einem messingenen Leuchter stak. Er stellte den Leuchter auf den Tisch und legte eine messingene Lichtschere dazu. Dann setzten wir uns beide an den Tisch, blieben sitzen, und erwarteten das Gewitter.

Dasselbe schien nicht mehr lange ausbleiben zu wollen. Als der Pfarrer das Licht gebracht hatte, war die wenige Helle, die von draußen noch durch die Fenster herein gekommen war, verschwunden, die Fenster standen wie schwarze Tafeln da, und die völlige Nacht war hereingebrochen. Die Blitze waren schärfer, und erleuchteten trotz des Kerzenlichtes bei jedem Aufflammen die Winkel des Stübleins. Die Donner wurden ernster und dringender. So blieb es eine lange Weile. Endlich kam der erste Stoß des Gewitterwindes. Der Baum, welcher vor dem Hause stand, schauerte einen Augenblick leise, wie von einem kurz abgebrochenen Lüftchen getroffen, dann war es wieder stille. Über ein kleines kam das Schauern abermals, jedoch länger und tiefer. Nach einem kurzen Zeitraume geschah ein starker Stoß, alle Blätter rauschten, die Äste mochten zittern, nach der Art zu urteilen, wie wir den Schall herein vernahmen, und nun hörte das Tönen gar nicht mehr auf. Der Baum des Hauses, die Hecken um dasselbe und alle Gebüsche und Bäume der Nachbarschaft waren in einem einzigen Brausen befangen, das nur abwechselnd abnahm und schwoll. Dazwischen schallten die Donner. Sie schallten immer schneller und immer heller. Doch war das Gewitter noch nicht da. Zwischen Blitz und Donner war noch eine Zeit, und die Blitze, so hell sie waren, waren doch keine Schlangen sondern nur ein ausgebreitetes allgemeines Aufleuchten.

Endlich schlugen die ersten Tropfen an die Fenster. Sie schlugen stark und einzeln gegen das Glas, aber bald kamen Genossen, und in kurzem strömte der Regen in Fülle herunter. Er wuchs schnell gleichsam rauschend und jagend, und wurde endlich dergestalt, daß man meinte, ganze zusammenhängende Wassermengen fielen auf das Haus hernieder, das Haus dröhne unter dem Gewichte, und man empfinde das Dröhnen und Ächzen herein. Kaum das Rollen des Donners konnte man vor dem Strömen des Wassers hören, das Strömen des Wassers wurde ein zweites Donnern. Das Gewitter war endlich über unserem Haupte. Die Blitze fuhren wie feurige Schnüre hernieder, und den Blitzen folgten schnell und heiser die Donner, die jetzt alles andere Brüllen besiegten, und in ihren tieferen

Enden und Ausläufen das Fensterglas erzittern und klirren machten.

Ich war nun froh, daß ich dem Rate des Pfarrers gefolgt hatte. Ich hatte selten ein solches Gewitter erlebt. Der Pfarrer saß ruhig und einfach an dem Tische des Stübleins, und das Licht der Talgkerze beleuchtete seine Gestalt.

Zuletzt geschah ein Schlag, als ob er das ganze Haus aus seinen Fugen heben, und niederstürzen wollte, und gleich darauf wieder einer. Dann war ein Weilchen Anhalten, wie es oft bei solchen Erscheinungen der Fall ist, der Regen zuckte einen Augenblick ab, als ob er erschrocken wäre, selbst der Wind hielt inne. Aber es wurde bald wieder wie früher; allein die Hauptmacht war doch gebrochen, und alles ging gleichmäßiger fort. Nach und nach milderte sich das Gewitter, der Sturm war nur mehr ein gleichartiger Wind, der Regen war schwächer, die Blitze leuchteten blässer, und der Donner rollte matter gleichsam landauswärts gehend.

Als endlich das Regnen nur ein einfaches Niederrinnen war, und das Blitzen ein Nachleuchten, stand der Pfarrer auf, und sagte: „Es ist vorüber."

Er zündete sich ein Stümpfchen Licht an, und ging hinaus. Nach einer Weile kam er wieder herein, und trug auf einem Eßbrette mehrere Dinge, die zu dem Abendmahle bestimmt waren. Er setzte von dem Eßbrette ein Krüglein mit Milch auf den Tisch, und goß aus demselben zwei Gläser voll. Dann setzte er auf einem grünglasierten Schüsselchen Erdbeeren auf und auf einem Teller mehrere Stücke schwarzen Brotes. Als Bestecke legte er auf jeden Platz ein Messer, und ein kleines Löffelchen, dann trug er das Eßbrett wieder hinaus.

Als er hereingekommen war, sagte er: „Das ist unser Abendmahl, lassen Sie es sich genügen."

Er trat zu dem Tisch, faltete die Hände, und sprach bei sich einen Segen, ich tat desgleichen, und nun setzten wir uns zu unserem Abendessen nieder. Die Milch tranken wir aus den Gläsern, von dem schwarzen Brote schnitten wir uns Stückchen mit dem Messer, und aßen die Erdbeeren mit dem Löffelchen. Da wir fertig waren, sprach er wieder mit gefalteten Händen ein Dankgebet, holte das Eßbrett, und trug die Reste wieder fort.

Ich hatte in meiner Tasche noch Teile von meinem Mittagsmahle und in meiner Flasche noch Wein. Ich sagte daher: „Wenn Euer Ehrwürden erlauben, so nehme ich die Überbleibsel meines heutigen Mittagessens aus meinem Ränzchen heraus, weil sie sonst verderben würden."

„Tun Sie nur nach Ihrem Gefallen", antwortete er.

Ich nahm daher meine Tasche, und sagte: „Da sehen Euer Ehrwürden auch zugleich wie ich bei meinem Wanderleben Tafel halte, und wie mein Trink- und Eßgeschirr beschaffen ist.

Sie müssen wissen", fuhr ich fort, „daß, so sehr man das Wasser und insbesonders das Gebirgswasser lobt, und so nützlich und herrlich dieser Stoff auch in dem großen Haushalte der Natur ist, dennoch, wenn man tagelang auf offenem Felde im Sonnenscheine arbeitet, oder in heißen Steinen und heißem Sande herum geht, oder in Klippen klettert, ein Trunk Wein mit Wasser ungleich mehr labt, und Kraft gibt, als das lautere auserlesenste Wasser der Welt. Das lernte ich bei meinem Amte bald kennen, und versah mich daher stets bei allen meinen Reisen mit Wein. Aber nur guter Wein ist es, der gute Dienste leistet. Ich hatte mir daher auch auf die Hochstraße einen reinen guten Wein kommen lassen, und nehme täglich einen Teil mit in meine Steinhügel."

Der arme Pfarrer sah mir zu, wie ich meine Vorrichtungen auseinander packte. Er betrachtete die kleinen blechernen Tellerchen, deren mehrere in eine unbedeutende flache Scheibe zusammen zu packen waren. Ich stellte die Tellerchen auf den Tisch. Dazu tat ich von meinem Fache Messer und Gabeln. Dann schnitt ich Scheibchen von feinem weißen Weizenbrote, das ich wöchentlich zwei Mal kommen ließ, dann Scheibchen von Schinken von kaltem Braten und Käse. Das breitete ich auf den Tellern aus. Hierauf bat ich ihn um eine Flasche Wassers; denn das allein, sagte ich, führe ich nicht mit mir, da ich es in der Natur überall finden müsse. Als er in einem Kruge Wasser gebracht hatte, legte ich meine Trinkvorrichtungen auseinander. Ich tat die Flasche, die noch halb voll Wein war, heraus, ich stellte die zwei Gläser – eines habe ich immer zum Vorrate – auf den Tisch, und dann zeigte ich ihm, wie ich den Wein kühle. Das Glas wird in ein Fach von sehr lockerem Stoffe gestellt, der Stoff mit einer sehr dünnen Flüssigkeit, die Äther heißt, und die ich in einem Fläschchen immer mit führe, befeuchtet, welche Flüssigkeit sehr schnell und heftig verdünstet, und dabei eine Kälte erzeugt, daß der Wein frischer wird, als wenn er eben von dem Keller käme, ja als ob er sogar in Eis stünde. Da ich auf diese Weise zwei Gläser Wein aufgefrischt, mit Wasser vermischt, und eins auf seinen Platz gestellt hatte, lud ich ihn ein, mit mir zu speisen.

Er nahm, gleichsam um meiner Einladung die Ehre anzutun, ein winziges bißchen von den Dingen, nippte an dem Glase, und war nicht mehr zu bewegen, etwas weiteres zu nehmen.

Ich aß von den aufgestellten Speisen nun auch nur sehr weniges, und packte dann alles wieder zusammen, indem ich mich der Unhöflichkeit, die ich eigentlich in der Übereilung begangen hatte, schämte.

Ich tat schnell einen Blick in das Angesicht des Pfarrers; aber es sprach sich nicht der kleinste Zug von Unfreundlichkeit aus.

Da der Tisch leer war, saßen wir noch eine Zeit bei der Talgkerze, und sprachen. Dann schritt der Pfarrer daran, mein Bett zu bereiten. Er trug eine große wollene Decke herein, legte sie vierfach zusammen, und tat sie auf die Bank, die an der Mauer stand. Aus einer ähnlichen Decke machte er ein Kissen. Dann öffnete er einen der gelben Schreine, nahm ein Leintuch von außerordentlicher Schönheit Feinheit und Weiße heraus, tat es auseinander, und breitete es über mein Lager. Als ich bei dem schwachen Scheine der Kerze die ungemeine Trefflichkeit des Linnenstückes gesehen, und dann unwillkürlich meine Augen auf ihn gewendet hatte, errötete er in seinem Angesichte.

Als Hülle für meinen Körper legte er eine dritte Wolldecke auf das Lager.

„Das ist Ihr Bett, so gut ich es machen kann“, sagte er, „Sie dürfen nur sagen, wann Sie bereitet sind die Ruhe zu suchen.“

„Das lasse ich Euer Ehrwürden über“, antwortete ich, „wann Sie zum Schlafen Ihre Zeit haben, richten Sie sich nach derselben. Ich bin an keine Stunde gebunden, meine Lebensweise bringt es mit sich, daß ich bald kurz bald lang schlafe, bald früher bald später mein Lager suche.“

„Auch ich bin keiner Zeit untertan“, erwiderte er, „und kann den Schlummer nach meinen Pflichten einrichten; aber da es wegen des Gewitters heute später geworden ist als sonst, da Sie morgen gewiß sehr bald aufstehen, und wahrscheinlich in die Hochstraße gehen werden, um manches zu holen, so dächte ich, wäre Ruhe das beste, und wir sollten sie suchen.“

„Ich stimme Ihnen vollständig bei, Herr Pfarrer“, sagte ich.

Nach diesem Gespräche verließ er das Stüblein, und ich dachte, er habe sich nach seiner Schlafkammer begeben. Ich entkleidete mich daher, so weit ich es immer gewohnt bin, und legte mich auf mein Bett. Eben wollte ich das Licht, das ich auf einen Stuhl neben meinem Bette gestellt hatte, auslöschen, als der Pfarrer wieder herein trat. Er hatte sich umgekleidet, und trug jetzt grauwollene Strümpfe grauwollene Beinkleider und eine grauwollene Jacke. Schuhe hatte er nicht, sondern er ging auf den Strümpfen. So trat er in das Stüblein.

„Sie haben sich schon zur Ruhe gelegt“, sagte er, „ich bin gekommen, Ihnen eine gute Nacht zu sagen, und dann auch den Schlaf zu suchen. Also schlummern Sie wohl, wie es auf dem Bette möglich ist.“

„Ich werde gut schlafen“, erwiderte ich, „und wünsche Ihnen ein gleiches.“

Nach diesen Worten ging er zu dem Weihbrunnenkessel, der unter dem kleinen schön geschnitzten Kruzifixe hing, besprengte sich mit Tropfen des Wassers, und verließ das Stüblein.

Ich sah bei dem Lichte meiner Kerze, wie er in dem geräumigen Vorhause sich auf die hölzerne Bank, die in der flachen Nische stand, legte, und die Bibel sich als Kissen unter das Haupt tat.

Als ich dieses gesehen hatte, sprang ich von meinem Lager auf, ging in den Nachtkleidern in das Vorhaus hinaus, und sagte: „Mit nichten, Euer Ehrwürden, so ist es nicht gemeint, Sie dürfen nicht auf dieser nackten Bank schlafen, während Sie mir das bessere Bett einräumen. Ich bin gewohnt auf allen Lagern zu schlafen selbst im Freien unter einem Baume, lassen Sie mich diese Bank benützen, und begeben Sie sich in das Bett, das Sie mir abtreten wollten.“

„Nein, lieber Herr“, antwortete er, „ich habe Ihnen kein Bett abgetreten, wo das Ihrige ist, wird sonst nie eines gemacht, und wo ich jetzt liege, schlafe ich alle Nächte.“

„Auf dieser harten Bank und mit diesem Buche als Kissen schlafen Sie alle Nächte?“ fragte ich.

„Wie Sie durch Ihren Stand an alle Lager gewohnt sind selbst an eines im Freien“, erwiderte er, „so bin ich auch durch meinen Stand gewohnt, auf dieser Bank zu schlafen, und dieses Buch als Kissen zu haben.“

„Ist das wirklich möglich?“ fragte ich.

„Ja, es ist so“, antwortete er, „ich sage keine Lüge. Ich hätte mir ja auch auf dieser Bank ein Bett machen können, wie ich Ihnen eines auf der Ihrigen gemacht habe; allein ich habe schon seit sehr langer Zeit her angefangen, in diesen Kleidern und auf dieser Bank hier, wie Sie mich sehen, zu schlafen, und tue es auch heute.“ Da ich noch immer mißtrauisch zögerte, sagte er: „Sie können in Ihrem Herzen ganz beruhigt sein, ganz beruhigt.“

Ich wendete gegen dieses nichts mehr ein, namentlich war der Grund, daß er sich ja auch ein Bett hätte machen können, überzeugend.

Nach einer Weile, während welcher ich noch immer dagestanden war, sagte ich: „Wenn es eine alte Gewohnheit ist, hochwürdiger Herr, so habe ich freilich nichts mehr einzuwenden; aber Sie werden es auch begreifen, daß ich anfänglich dagegen sprach, weil man gewöhnlich überall ein gebettetes Lager hat.“

„Ja man hat es“, sagte er, „und gewöhnt sich daran, und meint, es müsse so sein. Aber es kann auch anders sein. An alles gewöhnt sich der Mensch, und die Gewohnheit wird dann sehr leicht, sehr leicht.“

Nach diesen Worten ging ich wieder, nachdem ich ihm zum zweiten Male eine gute Nacht gewünscht hatte, in mein Stüblein, und legte mich wieder in mein Bett. Ich erinnerte mich nun auch, daß ich wirklich nie ein Bett gesehen habe, so oft ich früher in der Behausung des Pfarrers gewesen war. Ich dachte noch eine Zeit lang an die Sache, und konnte nicht umhin, die äußerste Feinheit des Linnens des Pfarrers sehr wohltätig an meinem Körper zu empfinden. Nach einer kurzen Zeit lieferte der Pfarrer den tatsächlichen Beweis, daß er an sein Lager gewohnt sei; denn ich hörte aus dem sanften regelmäßigen Atmen, daß er bereits in tiefen Schlummer gesunken sei.

Da ich nun auch ruhig war, da alles in dem Pfarrhause totenstille war, da der Wind aufgehört hatte, der Regen kaum nur leise zu vernehmen war, und die Blitze wie verloren nur mehr selten mit mattem Scheine das Fenster berührten, senkte sich auch auf meine Augen der Schlummer, und nachdem ich die Kerze ausgelöscht hatte, vernahm ich noch einige Male das Fallen eines Tropfens an das Fenster, dann war mir's, als ob daran der schwache Aufblick eines Leuchtens geschähe, und dann war nichts mehr. –

Ich schlief sehr gut, erwachte spät, und es war schon völliger Tag, als ich die Augen öffnete. Es war, als ob es ein zartes Geräusch gewesen wäre, das mein völliges Aufwachen veranlaßt hatte. Als ich die Augen vollkommen öffnete, und herum sah, erblickte ich in dem Vorhause den Pfarrer in seinen grauen Nachtkleidern, wie er eben beschäftigt war, meine Kleider mit einer Bürste vom Staube zu reinigen. Ich erhob mich schnell von meinem Lager, ging hinaus, und störte ihn in seinem Beginnen, indem ich sagte, das dürfe nicht sein, so etwas könne ich von ihm nicht annehmen, es liege nicht in seinem Stande, es mache der Staub nichts, und wenn ich ihn fort wollte, so könnte ich ihn ja selber mit einer Bürste schnell abstreifen.

„Es liegt nicht in meinem Stande als Priester, aber es liegt in meinem Stande als Gastfreund", sagte er, „ich habe nur eine einzige alte Dienerin, die nicht in dem Hause wohnt, sie kömmt zu gewissen Stunden, um meine kleinen Dienste zu verrichten, und ist heute noch nicht da."

„Nein, nein, das tut nichts", antwortete ich, „ich erinnere Sie an Ihr Versprechen, sich keine Last aufzulegen."

„Ich lege mir keine Last auf", erwiderte er, „und es ist schon bald gut."

Mit diesen Worten tat er noch ein paar Striche mit der Bürste auf dem Rocke, und ließ sich dann beides, Bürste und Kleider, nehmen. Er ging aus dem Vorhause in ein anderes mir bis dahin unbekanntes Gemach. Ich kleidete mich indessen an. Nach einer Zeit kam auch er vollständig angekleidet herein. Er hatte die alten schwarzen Kleider an, die er am Tage und alle vorhergehenden Tage angehabt hatte. Wir traten an das Fenster. Der Schauplatz hatte sich vollkommen geändert. Es war ein durchaus schöner Tag und die Sonne erhob sich strahlend in einem unermeßlichen Blau. Was doch so ein Gewitter ist! Das Zarteste das Weichste der Natur ist es, wodurch ein solcher Aufruhr veranlaßt wird. Die feinen unsichtbaren Dünste des Himmels, die in der Hitze des Tages oder in der Hitze mehrerer Tage unschädlich in dem unermeßlichen Raume aufgehängt sind, mehren sich immer, bis die Luft an der Erde so erhitzt und verdünnt ist, daß die oberen Lasten derselben niedersinken, daß die tieferen Dünste durch sie erkühlt werden, oder daß sie auch von einem andern kalten Hauche angeweht werden, wodurch sie sich sogleich zu Nebelballen bilden, das elektrische Feuer erzeugen, und den Sturm wach rufen, neue Kälte bewirken, neue Nebel erregen, sodann mit dem Sturme daher fahren, und ihre Mengen, die zusammen schießen, sei es in Eis, sei es in geschlossenen Tropfen, auf die Erde niederschütten. Und haben sie sie nieder geschüttet, und hat die Luft sich gemischt, so steht sie bald wieder in ihrer Reinheit und Klarheit oft schon am andern Tage da, um wieder die Dünste aufzunehmen, die in der Hitze erzeugt werden, wieder allmählich dasselbe Spiel zu beginnen, und so die Abwechslung von Regen und Sonnenschein zu bewirken, welche die Freude und das Gedeihen von Menschen Tieren und Gewächsen ist.

Der unermeßliche Regen der Nacht hatte die Kalksteinhügel glatt gewaschen, und sie standen weiß und glänzend unter dem Blau des Himmels und unter den Strahlen der Sonne da. Wie sie hinter einander zurück wichen, wiesen sie in zarten Abstufungen ihre gebrochenen Glanzfarben in Grau, Gelblich, Rötlich, Rosenfarbig, und dazwischen lagen die länglichen nach rückwärts immer schöneren luftblauen Schatten. Die Wiese vor dem Pfarrhofe war frisch und grün, die Linde, die ihre älteren und schwächeren Blätter durch den Sturm verloren hatte, stand neugeboren da, und die andern Bäume und die Büsche um den Pfarrhof hoben ihre nassen glänzenden Äste und Zweige gegen die Sonne. Nur in der Nähe des Steges war auch ein anderes minder angenehmes Schauspiel des Gewitters. Die Zirder war ausgetreten, und setzte einen Teil der Wiese, von der ich gesagt habe, daß sie um wenig höher liegt als das Flußbett, unter Wasser. Der hohe Steg senkte sich mit seinem abwärts gehenden

Teile unmittelbar in dieses Wasser. Allein, wenn man von dem Schaden absieht, den die Überschwemmung durch Anführung von Sand auf der Wiese verursacht haben mochte, so war auch diese Erscheinung schön. Die große Wasserfläche glänzte unter den Strahlen der Sonne, sie machte zu dem Grün der Wiese und dem Grau der Steine den dritten stimmenden und schimmernden Klang, und der Steg stand abenteuerlich wie eine dunkle Linie über dem silbernen Spiegel.

Der Pfarrer zeigte mir mehrere Stellen sehr entfernter Gegenden, die man sonst nicht sehen konnte, die aber heute deutlich in der gereinigten Luft wie klare Bilder zu erblicken waren.

Nachdem wir eine kleine Zeit das Morgenschauspiel, das die Augen unwillkürlich auf sich gezogen hatte, betrachtet hatten, brachte der Pfarrer kalte Milch und schwarzes Brot zum Frühmahle. Wir verzehrten beides, und ich schickte mich dann zum Fortgehen an. Ich nahm mein Fach und meine Tasche mit dem Lederriemen über die Schulter, nahm meinen Stab von der Ecke neben dem gelben Schreine, nahm meinen weißen Wanderhut, und sagte dem Pfarrer herzlichen Dank für meine Beherbergung während des starken Gewitters.

„Wenn es nur nicht zu schlecht gewesen ist", sagte er.

„Nein, nein, Euer Ehrwürden", erwiderte ich, „es war alles lieb und gut von Ihnen, ich bedaure nur, daß ich Ihnen Störung und Unruhe verursacht habe, ich werde künftig genau auf das Wetter und den Himmel sehen, daß meine Unvorsichtigkeit nicht wieder ein anderer büßen muß."

„Ich habe gegeben, was ich gehabt habe", sagte er.

„Und ich wünsche sehr einen Gegendienst leisten zu können", erwiderte ich.

„Menschen leben neben einander, und können sich manchen Gefallen tun", sagte er.

Mit diesen Worten waren wir in das Vorhaus hinaus gelangt.

„Ich muß Ihnen noch meine dritte Stube zeigen", sagte er, „hier habe ich ein Gemach, in welchem ich mich auskleide, und ankleide, daß mich niemand sieht, und in welchem ich noch mancherlei Sachen aufbewahrt habe."

Mit diesen Worten führte er mich aus dem Vorhause in ein

Seitenzimmer oder eigentlich in ein Gewölbe, dessen Tür ich früher nicht beachtet hatte. In dem Gewölbe waren wieder sehr schlechte Geräte. Ein großer weicher stehender Schrein, in dem Kleider und andere solche Dinge, wahrscheinlich auch die Wolldecken meines Lagers aufbewahrt wurden, ein paar Stühle, und ein Brett, auf dem schwarze Brote lagen, und ein Topf mit Milch stand: das war die ganze Gerätschaft. Als wir wieder aus dem Zimmer heraus getreten waren, schloß er es zu, wir nahmen Abschied, und versprachen, uns bald wieder zu sehen.

Ich trat in die kühle reine Luft und auf die nasse Wiese hinaus. Ich hatte wohl noch den Gedanken, wie es sonderbar sei, daß wir immer nur in dem Erdgeschosse gewesen seien, und daß ich doch in der Nacht und am Morgen deutlich Tritte oberhalb unser in dem Pfarrhof vernommen hatte; allein ich ließ mich den Gedanken nicht weiter anfechten, und schritt vorwärts.

Ich ging nicht auf meinem eigentlichen Wege, sondern ich schlug die Richtung gegen die Zirder ein. Wenn man ein Land vermißt, wenn man viele Jahre lang Länder und ihre Gestalten auf Papier zeichnet, so nimmt man auch Anteil an der Beschaffenheit der Länder, und gewinnt sie lieb. Ich ging gegen die Zirder, weil ich sehen wollte, welche Wirkungen ihr Austritt hervorgebracht hatte, und welche Veränderungen er in der unmittelbaren Nähe eingeleitet haben möge. Als ich eine Weile vor dem Wasser stand, und sein Walten betrachtete, ohne daß ich eben andere Wirkungen als den bloßen Austritt wahrnehmen konnte, so erlebte ich plötzlich ein Schauspiel, welches ich bisher nicht gehabt hatte, und bekam eine Gesellschaft, die mir bisher in dem Steinlande nicht zu Teil geworden war. Außer meinen Arbeitern, mit denen ich so bekannt war, und die mit mir so bekannt waren, daß wir uns wechselweise wie Werkzeuge vorkommen mußten, hatte ich nur einige Menschen in meinem Gasthause manchen Wanderer auf dem Wege und den armen Pfarrer in den Gesteinen gesehen. Jetzt sollte es anders werden. Als ich hinblickte, sah ich von dem jenseitigen Ufer, welches höher und nicht überschwemmt war, einen lustigen fröhlichen Knaben über den Steg daher laufen. Als er gegen das Ende des Steges kam, welches sich in das Überschwemmungswasser der

Zirder hinab senkte, kauerte er sich nieder, und so viel ich durch mein Handfernrohr wahrnehmen konnte, nestelte er sich die Schuhriemen auf, und zog Schuhe und Strümpfe aus. Allein nachdem er beides ausgezogen hatte, ging er nicht in das Wasser herab, wie ich vermutet hatte, sondern blieb an der Stelle. Gleich darauf kam ein zweiter Knabe, und tat dasselbe. Dann kam ein barfüßiger, der auch stehen blieb, dann mehrere andere. Endlich kam ein ganzer Schwarm Kinder über den Steg gelaufen, und als sie gegen das Ende desselben gekommen waren, duckten sie sich nieder, gleichsam wie ein Schwarm Vögel, der durch die Luft geflogen kömmt, und an einer kleinen Stelle einfällt, und ich konnte unschwer wahrnehmen, daß sie sämtlich damit beschäftiget waren, Schuhe und Strümpfe auszuziehen.

Als sie damit fertig waren, ging ein Knabe über den Steg herab, und behutsam in das Wasser. Ihm folgten die andern. Sie nahmen auf ihre Höschen keine Rücksicht, sondern gingen damit tief in das Wasser, und die Röckchen der Mädchen schwammen um ihre Füße in dem Wasser herum. Zu meinem Erstaunen erblickte ich jetzt auch mitten im Wasser eine größere schwarze Gestalt, die niemand anderer als der arme Pfarrer im Kar war. Er stand fast bis auf die Hüften im Wasser. Ich hatte ihn früher nicht gesehen, und auch nicht wahrgenommen, wie er hinein gekommen war, weil ich mit meinen Augen immer weiterhin gegen den Steg geblickt hatte, und sie erst jetzt mehr nach vorn richtete, wie die Kinder gegen meinen Standpunkt heran schritten. Alle Kinder gingen gegen den Pfarrer zu, und nachdem sie ein Weile bei ihm verweilt und mit ihm gesprochen hatten, traten sie den Weg gegen das Ufer an, an dem ich stand. Da sie ungleich vorsichtig auftraten, so zerstreuten sie sich im Hergehen durch das Wasser, erschienen wie schwarze Punkte auf der glänzenden Fläche, und kamen einzeln bei mir an. Da ich sah, daß keine Gefahr in dem überall seichten Überschwemmungswasser vorhanden sei, blieb ich auf meiner Stelle stehen, und ließ sie ankommen. Die Kinder kamen heran, und blieben bei mir stehen. Sie sahen mich anfangs mit trotzigen und scheuen Angesichtern an; aber da ich von Jugend auf ein Kinderfreund gewesen bin, da ich stets die Kinder als Knospen der Menschheit außerordentlich geliebt habe, und seit meiner Verehlichung selbst mit einer

Anzahl davon gesegnet worden bin, da zuletzt auch keine Art von Geschöpfen so schnell erkennt, wer ihnen gut ist, und auf diesem Boden eben so schnell Vertrauen gewinnt als Kinder: so war ich bald von einem Kreise plaudernder und rühriger Kinder umringt, die sich bemühten Fragen zu geben, und Fragen zu beantworten. Es war leicht zu erraten, auf welchem Wege sie sich befanden, da sie sämtlich an ledernen oder leinenen Bändern ihre Schultaschen um die Schultern gehängt hatten. Weil aber auch ich meine Tasche und mein Fach an einem ledernen Riemen um meine Schultern trug, so mochte es ein lächerlicher Anblick gewesen sein, mich gleichsam wie ein großes Schulkind unter den kleinen stehen zu sehen. Einige bückten sich und waren bemüht, ihre Schuhe und Strümpfe wieder anzuziehen, andere hielten sie noch in den Händen, sahen zu mir auf, und redeten mit mir.

Ich fragte sie, woher sie kämen, und erhielt zur Antwort, daß sie aus den Karhäusern und Steinhäusern seien, und daß sie in die Schule in das Kar gehen.

Als ich sie fragte, warum sie auf dem Stege zusammen gewartet hätten, und nicht einzeln wie sie gekommen wären, in das Wasser gestiegen seien, sagten sie, weil die Eltern befohlen hätten, sie sollten sehr vorsichtig sein, und nicht allein sondern alle zusammen in das Wasser gehen, wenn ein solches jenseits des Steges auf der Zirderwiese sei.

„Wenn aber das Wasser auf der Wiese so tief wäre, daß es über das Haupt eines großen Menschen hinaus ginge?" fragte ich.

„So kehren wir wieder um", antworteten sie.

„Wenn aber erst das Wasser mit Gewalt daher käme, wenn ihr bereits über den Steg gegangen wäret, und euch auf der Wiese befändet, was tätet ihr dann?"

„Das wissen wir nicht."

Ich fragte sie, wie lange sie von den Steinhäusern und Karhäusern hieher brauchten, und erhielt die Antwort: eine Stunde. So weit mochten auch die genannten Häuser wirklich entfernt sein. Sie liegen jenseits der Zirder in einem eben so unfruchtbaren Boden wie das Kar, aber ihre Bewohner treiben viele Geschäfte, namentlich brennen sie Kalk aus ihren Steinen, und verführen ihn weit.

Ich fragte sie, ob ihnen die Eltern auch aufgetragen hätten, die Schuhe und Strümpfe zu schonen, erhielt die Antwort ja, und bewunderte die Unfolgerichtigkeit, indem sie die trockenen Schuhe und Strümpfe in den Händen hielten, und mit bitterlich nassen Höschen und Röckchen vor mir standen.

Ich fragte, was sie in dem Winter täten.

„Da gehen wir auch herüber", sagten sie.

„Wenn aber Schneewasser auf der Wiese ist?"

„Da ziehen wir die Schuhe nicht aus, sondern gehen mit ihnen durch."

„Und wenn der Steg eisig ist?"

„Da müssen wir acht geben."

„Und wenn außerordentliches Schneegestöber ist?"

„Das macht nichts."

„Und wenn ungeheuer viel Schnee liegt, und kein Weg ist?"

„Dann bleiben wir zu Hause."

In diesem Augenblicke kam der Pfarrer mit den letzten Kindern gegen mich heran. Es war auch Zeit; denn die Kinder waren bereits so zutraulich geworden, daß mir ein winzig kleiner Knabe, der den Grund und Anfang aller Wissenschaften auf einem kleinen Papptäfelchen trug, seine Buchstaben aufsagen wollte.

Da mich der Pfarrer in der Mitte der Kinder ansichtig wurde, grüßte er sehr freundlich, und sagte, das sei schön von mir, daß ich auch zur Hilfe herbei geeilt wäre.

Ich erschrak über diese Zumutung, sagte aber gleich, ich sei eben nicht zur Hilfe herbei geeilt, da ich nicht gewußt hätte, daß Kinder über den Steg kommen würden, aber wenn Hilfe nötig geworden wäre, so würde ich sie gewiß auch geleistet haben.

Bei dieser Gelegenheit, als ich ihn so unter den Kindern stehen sah, bemerkte ich, daß er bei weitem tiefer im Wasser gewesen sein müsse als die Kinder; denn er war bis über die Hüften naß, und dies hätte bei manchem Kinde beinahe an den Hals gereicht. Ich begriff den Widerspruch nicht, und fragte ihn deshalb. Er sagte, das sei leicht zu erklären. Der Wennerbauer, dem das überschwemmte Stück Wiese gehöre, auf dem er eben im Wasser gestanden sei, habe vorgestern Steine aus der Wiese graben, und wegführen lassen. Die Grube sei geblieben. Da er nun heute die Wiese gegen die Zirder mit Wasser überdeckt gesehen hätte, habe er geglaubt, daß der Weg der Kinder etwa nahe an dieser Grube vorbei gehen, und daß eines in derselben verunglücken könnte. Deshalb habe er sich zu der Grube stellen wollen, um alle Gefahr zu verhindern. Da sie aber abschüssig war, sei er selber in die Grube geglitten, und einmal darin stehend sei er auch darin stehen geblieben. Eines der kleineren Kinder hätte in der Grube sogar ertrinken können, so tief sei sie gegraben worden. Man müsse Sorge tragen, daß die Wiese wieder abgeebnet werde; denn das Wasser bei Überschwemmungen sei trüb, und lasse die Tiefe und Ungleichheit des Bodens unter sich nicht bemerken.

Die nassen Kinder drängten sich um den nassen Pfarrer, sie küßten ihm die Hand, sie redeten mit ihm, er redete mit ihnen, oder sie standen da, und sahen zutraulich zu ihm hinauf.

Er aber sagte endlich, sie sollten jetzt die nassen Röckchen auswinden, das Wasser aus allen Kleidern drücken, oder abstreifen, und wer Schuhe und Strümpfe habe, solle sie anziehen, dann sollen sie gehen, daß sie sich nicht erkühlen, sie sollen sich in die Sonne stellen, daß sie eher trocken würden, und sollen dann in die Schule gehen, und dort sehr sittsam sein.

„Ja das werden wir tun", sagten sie.

Sie folgten der Weisung auch sogleich, sie duckten oder kauerten sich nieder, sie wanden die Röckchen aus, sie drückten das Wasser aus den Füßen der Höschen, oder sie drängten und streiften es aus Falten und Läppchen, und ich sah, daß sie darin eine große Geschicklichkeit hatten. Auch war die Sache nicht so bedeutend; denn sie hatten alle entweder ungebleichte oder rot- oder blaugestreifte leinene Kleidchen an, die bald trocken werden würden, und denen man dann kaum ansehen würde, daß sie naß gewesen seien; und in Hinsicht der Gesundheit, dachte ich, würde der jugendliche Körper leicht die Feuchtigkeit überwinden. Da sie mit dem Auspressen des Wassers fertig waren, gingen sie an das Anziehen der Schuhe und Strümpfe. Als sie auch dieses Geschäft beendigt hatten, nahm der Pfarrer wieder von mir Abschied, dankte mir noch einmal, daß ich hieher gekommen sei, und begab sich mit den Kindern auf den Weg in das Kar.

Ich rief den Kindern zu, sie sollten recht fleißig sein, sie riefen zurück: „Ja, ja“, und gingen mit dem Pfarrer davon.

Ich sah die Gestalt des Pfarrers unter dem Kinderhaufen über die nasse Wiese der Karschule zugehen, wendete mich dann auch, und schlug den Weg in meine Steine ein. Ich wollte nicht mehr in die Hochstraße gehen, sondern gleich meine Leute und meinen Arbeitsplatz aufsuchen, teils weil ich keine Zeit zu verlieren hatte, teils weil ich ohnedem noch mit den Resten von Lebensmitteln versehen war, die der Pfarrer gestern abends verschmäht hatte. Auch wollte ich meine Leute beruhigen, die gewiß erfahren haben würden, daß ich in der Nacht nicht in der Hochstraße gewesen sei, und deshalb meinetwillen besorgt sein könnten.

Als ich in die Höhe der Kalksteinhügel hinauf stieg, dachte ich an die Kinder. Wie groß doch die Unerfahrenheit und Unschuld ist. Sie gehen auf das Ansehn der Eltern dahin, wo sie den Tod haben können; denn die Gefahr ist bei den Überschwemmungen der Zirder sehr groß, und kann bei der Unwissenheit der Kinder unberechenbar groß werden. Aber sie kennen den Tod nicht. Wenn sie auch seinen Namen auf den Lippen führen, so kennen sie seine Wesenheit nicht, und ihr emporstrebendes Leben hat keine Empfindung von Vernichtung. Wenn sie selbst in den Tod gerieten, würden sie es nicht wissen, und sie würden eher sterben, ehe sie es erführen.

Als ich so dachte, hörte ich das Glöcklein von dem Turme der Karkirche in meine Steine herein klingen, das eben zu der Morgenmesse rief, die der Pfarrer abhalten, und der die Kinder beiwohnen würden.

Ich ging tiefer in die Steine hinein, und fand meine Leute, die sich freuten, mich zu sehen, und die mir Lebensmittel gebracht hatten. –

Da ich lange in der Gegend verweilte, konnte ich es nicht vermeiden, auch aus dem Munde der Menschen manches über den Pfarrer zu hören. Da erfuhr ich, daß es wirklich wahr sei, woran ich vermöge seiner Aussage ohnehin nicht mehr gezweifelt hatte, daß er schon seit vielen Jahren in seinem Vorhause auf der hölzernen Bank schlafe, und die Bibel unter dem Kopfe habe; daß er hiebei im Sommer nur die grauen Wollkleider anhabe, und im Winter sich auch einer Decke bediene. Seine Kleider trage er so lange, und erhalte sie so beisammen, daß sich niemand erinnern könne, wann er sich einmal neue angeschafft hätte. Das obere Stockwerk seines Pfarrhofes habe er vermietet. Es sei ein Mann gekommen, der in einem Amte gestanden, dann in den Ruhestand versetzt worden war, und der seinen Gehalt nun in der Gegend verzehre, in welcher er geboren worden sei. Er habe den Umstand, daß der Pfarrer seine Zimmer vermiete, benützt, um sich mit seiner Tochter da einzumieten, daß er immer den Schauplatz vor Augen habe, in dem er seine Kindheit zugebracht hatte. Es war mir diese Tatsache wieder ein Beweis, wie süß uns nach den Worten des Dichters der Geburtsboden zieht, und seiner nicht vergessen läßt, daß hier ein Mann eine Gegend als ein Labsal und als eine Erheiterung seines Alters aufsucht, aus der jeder andere fortzukommen trachten würde. Der Pfarrer, sagte man, esse zum Frühmahle und am Abende nur ein Stück schwarzen Brotes, und sein Mittagessen bereite ihm seine Dienerin Sabine, welche es in ihrer Wohnung koche, und es ihm in den Pfarrhof bringe. Es bestehe häufig aus warmer Milch oder einer Suppe oder im Sommer selbst aus kalten Dingen. Wenn er krank sei, lasse er keinen Arzt und keine Arznei kommen, sondern liege, und enthalte sich der Speisen, bis er gesund werde. Von den Einkünften seiner Miete und seines Amtes tue er Gutes und zwar an Leute, die er sorgsam aussuche. Er habe keine Verwandten und Bekannten. Seit den Jahren, seit denen er da sei, sei niemand bei ihm auf Besuch gewesen. Alle seine Vorgänger seien nur kurze Zeit Pfarrer in dem Kar gewesen, und seien dann fortgekommen; er aber sei schon sehr lange da, und es habe den Anschein, daß er bis zu seinem Lebensende da bleiben werde. Er gehe auch nicht auf Besuche in die Nachbarschaft, ja er gehe nicht viel mit Menschen um, und wenn er nicht in seinen Amtsgeschäften oder in der Schule sei, so lese er in seinem Stüblein, oder er gehe über die Wiese in das Steinkar, gehe dort im Sande herum, oder sitze dort einsam mit seinen Gedanken.

Es hatte sich in der Gegend der Ruf verbreitet, daß er wegen seiner Lebensweise Geld habe, und er ist deshalb schon dreimal beraubt worden.

Ich konnte von diesen Dingen weder wissen was wahr sei,

noch was nicht wahr sei. So oft ich zu ihm kam, sah ich die ruhigen klaren blauen Augen, das einfache Wesen, und die bittere ungeheuchelte Armut. Was seine Vergangenheit gewesen sei, in das drang ich nicht ein, und mochte nicht eindringen.

Ich hatte auch mehrere Predigten von ihm gehört. Sie waren einfach christlich, und wenn auch von Seite der Beredsamkeit manches einzuwenden gewesen wäre, so waren sie doch klar und ruhig, und es war eine solche Güte in ihnen, daß sie in das Herz gingen.

Die Zeit meiner Arbeiten in jener Gegend zog sich in die Länge. Die Steinnester jener unwirtlichen Landschaften setzten uns solche Hindernisse entgegen, daß wir Aussicht hatten, doppelt so viele Zeit zu brauchen, als auf einem gleichen Flächenraume einer gezähmten und fruchtbaren Gegend. Dazu kam noch, daß uns von den Behörden gleichsam eine Frist gesetzt wurde, in der wir fertig sein sollten, indem wir die Bestimmung bekamen, zu einer gewissen Zeit in einem anderen Teile des Reiches beschäftigt zu werden. Ich wollte mir die Schande nicht antun, mich saumselig finden zu lassen. Ich bot daher alles auf, das Geschäft in einen lebhaften Gang zu bringen. Ich verließ die Hochstraße, ich ließ mir in dem Teile des Steinkars, in dem wir arbeiteten, eine Bretterhütte als Wohnung aufschlagen, ich wohnte dort, und ließ mir mit meinen Leuten gemeinschaftlich an einem Feuer kochen. Ich zog auch alle Leute zu mir, daß sie auf dem Arbeitsschauplatze oder in der Nähe in errichteten Hüttchen wohnten, und ich nahm noch mehrere fremde Menschen als Handlanger auf, um nun alles recht tüchtig und lebendig zu fördern.

Da ging es nun an ein Hämmern Messen Pflöckeschlagen Kettenziehen an ein Aufstellen der Meßtische an ein Absehen durch die Gläser an ein Bestimmen der Linien Winkelmessen Rechnen und dergleichen. Wir rückten durch die Steinhügel vor, und unsere Zeichen verbreiteten sich auf dem Kalkgebiete. Da es eine Auszeichnung war, diesen schwierigen Erdwinkel aufzunehmen, so war ich stolz darauf, es recht schön und ansehnlich zu tun, und arbeitete oft noch bis tief in die Nacht hinein in meiner Hütte. Ich zeichnete manche Blätter doppelt, und verwarf die minder gelungenen. Der Stoff wurde sachgemäß eingereiht.

Daß mir bei diesen Arbeiten der Pfarrer in den Hintergrund trat, ist begreiflich. Allein da ich ihn einmal schon längere Zeit nicht im Steinkar sah, wurde ich unruhig. Ich war gewöhnt seine schwarze Gestalt in den Steinen zu sehen, von weitem sichtbar, weil er der einzige dunkle Punkt in der graulich dämmernden oder unter dem Strahle der hinabsinkenden Sonne rötlich beleuchteten Kalkflur war. Ich fragte deshalb nach ihm, und erfuhr, daß er krank sei. Sogleich beschloß ich, ihn zu besuchen. Ich benützte die erste freie Zeit dazu, oder vielmehr, ich machte mir den ersten Abend frei, und ging zu ihm.

Ich fand ihn nicht auf seinem gewöhnlichen Lager in dem Vorhause, sondern in dem Stüblein auf der hölzernen Bank, auf welcher er mir in der Gewitternacht ein Bett gemacht hatte. Man hatte ihm die Wolldecken unter den Leib gegeben, die ich damals gehabt hatte, und er hatte es zugelassen, weil er krank war. Man hatte ihm auch eine Hülle gegeben, um seinen Körper zudecken zu können, und man hatte den fichtenen Tisch an sein Bett gerückt, daß er Bücher darauf legen, und andere Dinge darauf stellen konnte.

So fand ich ihn.

Er lag ruhig dahin, und war auch jetzt nicht zu bewegen gewesen, einen Arzt oder eine Arznei anzunehmen, selbst nicht die einfachsten Mittel zuzulassen, die man ihm in sein Zimmer brachte. Er hatte den seltsamen Grund, daß es eher eine Versuchung Gottes sei, eingreifen zu wollen, da Gott die Krankheit sende, da Gott sie entferne, oder den beschlossenen Tod folgen lasse. Endlich glaubte er auch nicht so sehr an die gute Wirkung der Arzneien und an das Geschick der Ärzte.

Da er mich sah, zeigte er eine sehr heitere Miene, es war offenbar, daß er darüber erfreut war, daß ich gekommen sei. Ich sagte ihm, daß er verzeihen möge, daß ich erst jetzt komme, ich hätte es nicht gewußt, daß er krank sei, ich wäre wegen der vielen Arbeiten nicht von meiner Hütte in dem Steinkar heraus gekommen, ich hätte ihn aber vermißt, hätte ihm nachgefragt, und sei nun gekommen.

„Das ist schön, das ist recht schön“, sagte er.

Ich versprach, daß ich nun schon öfter kommen werde.

Ich erkannte bei näheren Fragen über seinen Zustand, daß

seine Krankheit weniger eine bedenkliche, als vielmehr eine längere sein dürfte, und ging daher mit Beruhigung weg. Desohngeachtet fuhr ich eines Tages mit herein bestellten Postpferden in die Stadt hinaus, und beriet mich mit einem mir bekannten Arzte daselbst, indem ich ihm alle Zustände, die ich dem Pfarrer in mehreren Besuchen abgefragt hatte, darlegte. Er gab mir die Versicherung, daß ich recht gesehen hätte, daß das Übel kein gefährliches sei, daß die Natur da mehr tun könne als der Mensch, und daß der Pfarrer in etwas längerer Zeit schon genesen werde.

Da ich nun öfter zu dem Pfarrer kam, so wurde ich es so gewöhnt abends ein wenig auf dem Stuhle neben seinem Bette zu sitzen, und mit ihm zu plaudern, daß ich es nach und nach alle Tage tat. Ich ging nach meiner Tagesarbeit aus dem Steinkar über die Wiese in den Pfarrhof, und verrichtete meine Hausarbeit später bei Licht in meiner Hütte. Ich konnte es um so leichter tun, da ich jetzt ziemlich nahe an dem Pfarrhofe wohnte, was in der Hochstraße bei weitem nicht der Fall gewesen war. Ich war aber nicht der einzige, der sich des Pfarrers annahm. Die alte Sabine seine Aushelferin kam nicht nur öfter in die Wohnung des Pfarrers herüber, als es eigentlich ihre Schuldigkeit gewesen wäre, sondern sie brachte die meiste Zeit, die sie von ihrem eigenen Hauswesen, das nur ihre einzige Person betraf, absparen konnte, in dem Pfarrhofe zu, und verrichtete die kleinen Dienste, die bei einem Kranken notwendig waren. Außer dieser alten Frau kam auch noch ein junges Mädchen, die Tochter des Mannes, welcher in dem ersten Stockwerke des Pfarrhofes zur Miete war. Das Mädchen war bedeutend schön, es brachte dem Pfarrer entweder eine Suppe oder irgend etwas anderes, oder es erkundigte sich um sein Befinden, oder es hinterbrachte die Frage des Vaters, ob er dem Pfarrer in irgend einem Stücke beistehen könne. Der Pfarrer hielt sich immer sehr stille, wenn das Mädchen in das Zimmer trat, er regte sich unter seiner Hülle nicht, und zog die Decke bis an sein Kinn empor.

Auch der Schullehrer kam oft herüber, und auch ein paar Amtsbrüder aus der Nachbarschaft waren eingetroffen, um sich nach dem Befinden des Pfarrers zu erkundigen.

War es nun die Krankheit, welche den Mann weicher stimmte, oder war es der tägliche Umgang, der uns näher brachte, wir wurden seit der Krankheit des Pfarrers viel besser mit einander bekannt. Er sprach mehr, und teilte sich mehr mit. Ich saß an dem fichtenen Tische, der an seinem Bette stand, und kam pünktlich alle Tage an die Stelle. Da er nicht ausgehen konnte, und nicht in das Steinkar kam, so mußte ich die Veränderungen, die dort vorkamen, berichten. Er fragte mich, ob die Brombeeren an dem Kulterloche schon zu reifen begännen, ob der Rasen gegen die Zirderhöhe, welchen der Frühling immer sehr schön grün färbe, schon im Vergelben und Ausdorren begriffen sei, ob die Hagebutten schon reiften, ob das Verwittern des Kalksteins vorwärts gehe, ob die in die Zirder gefallenen Stücke sich vermehrten, und der Sand sich vervielfältigte, und dergleichen mehr. Ich sagte es ihm, ich erzählte ihm auch andere Dinge, ich sagte ihm, wo wir gearbeitet hätten, wie weit wir vorgerückt wären, und wo wir morgen beginnen würde. Ich erklärte ihm hiebei manches, was ihm in unsern Arbeiten dunkel war. Auch las ich ihm zuweilen etwas vor, namentlich aus den Zeitungen, die ich mir wöchentlich zwei Mal durch einen Boten in das Steinkar herein bringen ließ.

Eines Tages, da die Krankheit sich schon bedeutend zum Besseren wendete, sagte er, er hätte eine Bitte an mich.

Als ich ihm erwiderte, daß ich ihm sehr gerne jeden Dienst erweise, der nur immer in meiner Macht stehe, daß er nur sagen solle, was er wolle, ich würde es gewiß tun, antwortete er: „Ich muß Ihnen, ehe ich meine Bitte ausspreche, erst etwas erzählen. Bemerken Sie wohl, ich erzähle es nicht, weil es wichtig ist, sondern, damit Sie sehen, wie alles so gekommen ist, was jetzt ist, und damit Sie vielleicht geneigter werden, meine Bitte zu erfüllen. Sie sind immer sehr gut gegen mich gewesen, und Sie sind sogar neulich, wie ich erfahren habe, in die Stadt hinaus gefahren, um einen Arzt über meine Zustände zu befragen. Dies gibt mir nun den Mut, mich an Sie zu wenden.

Ich bin der Sohn eines wohlhabenden Gerbers in unserer Hauptstadt. Mein Urgroßvater war ein Findling aus Schwaben, und wanderte mit dem Stabe in der Hand in unsere Stadt ein. Er lernte das Gerbergewerbe aus Güte mildtätiger Menschen, er besuchte dann mehrere Werkstätten, um in ihnen zu arbeiten, er ging in verschiedene Länder, um sich mit seinen

Händen sein Brot zu verdienen, und dann die Art kennen zu lernen, wie überall das Geschäft betrieben wird. Unterrichtet kehrte er wieder in unsere Stadt zurück, und arbeitete in einer ansehnlichen Lederei. Dort zeichnete er sich durch seine Kenntnisse aus, er ward endlich Werkführer, und der Herr des Gewerbes vertraute ihm mehrere Geschäfte an, und übertrug ihm die Ausführung mancher Versuche zu neuen Bereitungen. Dabei versuchte sich der Urgroßvater in kleinen Handelsgeschäften, er kaufte mit geringen Mitteln Rohstoffe, und verkaufte sie wieder. So erwarb er sich ein kleines Vermögen. Da er schon an Jahren zunahm, kaufte er sich in der entfernten Vorstadt einen großen Garten, an den noch unbenützte Gründe stießen. Er baute auf diesem Grunde eine Werkstätte und ein Häuschen, heiratete ein armes Mädchen, und trieb nun als eigener Herr sein Gewerbe und seine Handelschaft. Er brachte es vorwärts, und starb als ein geachteter bei den Geschäftsleuten angesehener Mann. Er hatte einen einzigen Sohn meinen Großvater.

Der Großvater trieb das Geschäft seines Vaters fort. Er dehnte es noch weiter aus. Er baute ein großes Haus am Rande des Gartens, daß die Fenster dahin gingen, wo in Zukunft eine Straße mit Häusern sein würde. Rückwärts des Hauses baute er die Werkstätten und Aufbewahrungsplätze. Der Großvater war überhaupt ein Freund des Bauens. Er baute außer dem Hause noch einen großen Hof, der zu weiteren Werkstätten und zu verschiedenen Teilen unseres Geschäftes benützt wurde. Die öden Gründe neben unserem Garten verkaufte er, und weil die Stadt einen großen Aufschwung nahm, so waren diese Gründe sehr teuer. Den Garten umgab er mit einer Mauer, die wieder regelmäßige Unterbrechungen mit Eisengittern hatte. Er brachte das Geschäft sehr empor, und legte die großen Kaufgewölbe an, in welchen die Waren, die wir selbst erzeugten, und die, mit welchen wir Handelschaft trieben, niedergelegt wurden. Der Großvater hatte wieder nur einen Sohn, der das Gewerbe weiter führte, meinen und meines Bruders Vater.

Der Vater baute nur noch die Trockenböden auf das Stockwerk der Werkstätte, er baute an das Haus einen kleinen Flügel gegen den Garten, und baute ein Gewächshaus. Zu seiner Zeit war schon vor den Fenstern des Hauptgebäudes eine Straße entstanden, welche mit Häusern gesäumt, mit Steinen gepflastert, und von Gehenden und Fahrenden besetzt war. Ich erinnere mich noch aus meiner Kindheit, daß unser Haus sehr groß und geräumig war, daß es viele Höfe und Fächer hatte, die zur Betreibung des Gewerbes dienten. Am liebsten erinnere ich mich noch des schönen Gartens, in dem Bäume und Blumen Kräuter und Gemüse standen. In den Räumen der Gebäude und der Höfe gingen die von ihrer Arbeit in ihren Leinenkleidern fast gelbbraun gefärbten Gesellen herum, in dem großen Gewölbe zu ebener Erde und in den zwei kleinen daran stoßenden lagen Lederballen aufgetürmt, auf den Stangen des Trockenbodens hingen Häute, und in den großen Austeilzimmern wurden sie gesondert und geordnet. In dem Verkaufgewölbe lagen sie zierlich in den Fächern. Im Rinderstalle standen Kühe, im Pferdestalle waren sechs Pferde und in dem Wagenbehältnis Kutschen und Wägen, ich erinnere mich sogar noch auf den großen schwarzen Hund Hassan, der im großen Hofe war, und bei dem Tore desselben jedermann hinein ließ, aber niemand hinaus.

Unser Vater war ein großer starker Mann, der in den weitläufigen Räumen des Hauses herum ging, alles besah, und alles anordnete. Er ging fast nie aus dem Hause, außer wenn er Geschäfte hatte, oder in die Kirche ging; und wenn er zu Hause war, und nicht eben bei der Arbeit nachsah, so saß er an dem Schreibtische, und schrieb. Öfter wurde er auch in dem Garten gesehen, wie er mit den Händen auf dem Rücken dahin ging, oder wie er so da stand, und auf einen Baum hinauf sah, oder wie er die Wolken betrachtete. Er hatte eine Freude an der Obstzucht, hatte einen eigenen Gärtner hiefür genommen, und hatte Pfropfreiser aus allen Gegenden Europas verschrieben. Er war gegen seine Leute sehr gut, er hielt sie ausreichend, sah, daß einem jeden sein Teil werde, daß er aber auch tue, was ihm obliege. Wenn einer krank war, ging er selber zu seinem Bette, fragte ihn, wie er sich befinde, und reichte ihm oft selber die Arznei. Er hatte im Hause nur den allgemeinen Namen Vater. Dem Prunke war er abgeneigt, daß er eher zu schlicht und unscheinbar daher ging als zu ansehnlich, seine Wohnung war einfach, und wenn er in einem Wagen ausfuhr, so mußte es ein sehr bürgerlich aussehender sein.

Wir waren zwei Brüder, Zwillinge, und die Mutter hatte bei unserer Geburt ihr Leben verloren. Der Vater hatte sie sehr hoch geehrt, und daher keine Frau mehr genommen; denn er hat sie nie vergessen können. Weil auf der Gasse zu viel Lärm war, wurden wir in den hintern Flügel gegen den Garten getan, den der Vater an das Haus angebaut hatte. Es war eine große Stube, in der wir waren, die Fenster gingen gegen den Garten hinaus, die Stube war durch einen langen Gang von der übrigen Wohnung getrennt, und damit wir nicht bei jedem Ausgange durch den vordern Teil des Hauses gehen mußten, ließ der Vater in dem Gartenflügel eine Treppe bauen, auf welcher man unmittelbar in den Garten und von ihm ins Freie gelangen konnte.

Nach dem Tode der Mutter hatte der Vater die Leitung des Hauswesens einer Dienerin anvertraut, welche schon bei der Mutter, ehe sie Braut wurde, in Diensten gestanden, und gleichsam ihre Erzieherin gewesen war. Die Mutter hatte sie auf ihrem Todbette dem Vater empfohlen. Sie hieß Luise. Sie führte über alles die Leitung und Aufsicht, was die Speise und den Trank betraf, was sich auf die Wäsche auf die Geschirre auf die Geräte des Hauses auf Reinigung der Treppen und Stuben auf Beheizung und Luftung bezog, kurz über alles, was das innere Hauswesen anbelangt. Sie stand an der Spitze der Mägde. Sie besorgte auch die Bedürfnisse von uns beiden Knaben.

Da wir größer geworden waren, bekamen wir einen Lehrer, der bei uns in dem Hause wohnte. Es wurden ihm zwei schöne Zimmer hergerichtet, die sich neben unserer Stube befanden, und mit dieser Stube den ganzen hintern Teil des Flügels ausmachten, der den Namen Gartenflügel führte. Wir lernten von ihm, was alle Kinder zu Anfange ihres Lernens vornehmen müssen: Buchstaben kennen Lesen Rechnen Schreiben. Der Bruder war viel geschickter als ich, er konnte sich die Buchstaben merken, er konnte sie zu Silben verbinden, er konnte deutlich und in Absätzen lesen, ihm kam in der Rechnung immer die rechte Zahl, und seine Buchstaben standen in der Schrift gleich und auf der nämlichen Linie. Bei mir war das anders. Die Buchstabennamen wollten mir nicht einfallen, dann konnte ich die Silbe nicht sagen, die sie mir vorstellten, und beim Lesen waren die großen Wörter sehr schwer, und es war eine Pein, wenn sehr lange kein Beistrich erschien. In der Rechnung befolgte ich die Regeln, aber es standen am Ende meistens ganz andere Zahlen da, als uns heraus kommen mußten. Bei dem Schreiben hielt ich die Feder sehr genau, sah fest auf die Linie, fuhr gleichmäßig auf und nieder, und doch standen die Buchstaben nicht gleich, sie senkten sich unter die Linie, sie sahen nach verschiedenen Richtungen, und die Feder konnte keinen Haarstrich machen. Der Lehrer war sehr eifrig, der Bruder zeigte mir auch vieles, bis ich die Sachen machen konnte. Wir hatten in der Stube einen großen eichenen Tisch, auf welchem wir lernten. An jeder der zwei Langseiten des Tisches waren mehrere Fächer angebracht, die heraus zu ziehen waren, wovon die eine Reihe dem Bruder diente, seine Schulsachen hinein zu legen, die andere mir. In jeder der hintern Ecken der Stube stand ein Bett, und neben dem Bette ein Nachttischchen. Die Tür unsers Zimmers stand nachts in das Schlafzimmer des Lehrers offen.

Wir gingen sehr häufig in den Garten, und beschäftigten uns dort. Wir fuhren oft mit unsern Schimmeln durch die Stadt, wir fuhren auch auf das Land, oder sonst irgend wo herum, und der Lehrer saß immer bei uns in dem Wagen. Wir gingen mit ihm auch aus, wir gingen entweder auf einer Bastei der Stadtmauer oder in einer Allee spazieren, und wenn etwas Besonderes in der Stadt ankam, das sehenswürdig war, und es der Vater erlaubte, so gingen wir mit ihm hin, es zu sehen.

Als wir in den Gegenständen der unteren Schulen gut unterrichtet waren, kamen die Gegenstände der lateinischen Schule an die Reihe, und der Lehrer sagte uns, daß wir aus ihnen vor dem Direktor und vor den Professoren werden Prüfungen ablegen müssen. Wir lernten die lateinische und griechische Sprache, wir lernten die Naturgeschichte und Erdbeschreibung das Rechnen die schriftlichen Aufsätze und andere Dinge. In der Religion wurden wir von dem würdigen Kaplane unserer Pfarrkirche in unserem Hause unterrichtet, und der Vater ging uns in religiösen und sittlichen Dingen mit einem guten Beispiele voran. Aber wie es in dem früheren Unterrichte gewesen war, so war es hier auch wieder. Der Bruder lernte alles recht gut, er machte seine Aufgaben gut, er konnte das Lateinische und Griechische deutsch sagen, er konnte die Buchstabenrechnungen machen, und seine Briefe und Aufsätze waren, als hätte sie ein erwachsener Mensch geschrieben. Ich konnte das nicht. Ich war zwar auch recht fleißig, und im Anfange eines jeden Dinges ging es nicht übel, ich verstand es, und konnte es sagen und machen; aber wenn wir weiter vorrückten, entstand eine Verwirrung, die Sachen kreuzten sich, ich konnte mich nicht zurecht finden, und hatte keine Einsicht. In den Übertragungen aus der deutschen Sprache befolgte ich alle Regeln sehr genau, aber da waren immer bei einem Worte mehrere Regeln, die sich widersprachen, und wenn die Arbeit fertig war, so war sie voll Fehler. Eben so ging es bei den Übertragungen in das Deutsche. Es standen in dem lateinischen oder griechischen Buche immer so fremde Worte, die sich nicht fügen wollten, und wenn ich sie in dem Wörterbuche aufschlug, waren sie nicht darin, und die Regeln, die wir in unserer Sprachlehre lernten, waren in den griechischen und lateinischen Büchern nicht befolgt. Am besten ging es noch in zwei Nebengegenständen, die der Vater zu lernen befohlen hatte, weil wir sie in unserer Zukunft brauchen könnten, in der französischen und italienischen Sprache, für welche in jeder Woche zweimal ein Lehrer in das Haus kam. Der Bruder und unser Lehrer nahmen sich meiner sehr an, und suchten mir beizustehen. Aber da die Prüfungen kamen, genügte ich nicht, und meine Zeugnisse waren nicht gut.

So vergingen mehrere Jahre. Da die Zeit vorüber war, welche der Vater zur Erlernung dieser Dinge bestimmt hatte, sagte er, daß wir jetzt unser Gewerbe lernen müßten, das er uns nach seinem Tode übergeben würde, und das wir gemeinsam so ehrenwert und ansehnlich fortzuführen hätten, wie es unsere und seine Vorfahren getan hätten. Er sagte, wir müßten auf die nämliche Weise unterrichtet werden wie unsere Voreltern, damit wir auf die nämliche Weise zu handeln verstünden wie sie. Wir müßten alle Handgriffe und Kenntnisse unseres Geschäftes von unten hinauf lernen, wir müßten zuerst arbeiten können, wie jeder gute und der beste Arbeiter in unserem Handwerke, damit wir den Arbeiter und die Arbeit beurteilen könnten, damit wir wüßten, wie die Arbeiter behandelt werden sollen, und damit wir von den Arbeitern geachtet würden. Dann erst sollten wir zur Erlernung der weiteren in der Handelschaft nötigen Dinge übergehen.

Der Vater wollte, daß wir auch so leben sollten, wie unsere Arbeiter lebten, daß wir ihre Lage verstünden, und ihnen nicht fremd wären. Er wollte daher, daß wir mit ihnen essen wohnen und schlafen sollten. Unser bisheriger Lehrer verließ uns, indem er jedem von uns ein Buch zum Andenken hinterließ, wir zogen aus der Studierstube fort, und gingen in die Arbeiterwohnung hinüber.

Der Vater hatte den besten Gesellen unseres Geschäftes, der zugleich Werkführer war, zu unserem Lehrmeister bestimmt, und uns überhaupt seiner Aufsicht übergeben. Wir bekamen jeder unsern Platz in seiner Werkstätte, waren mit dem Handwerkzeuge versehen, und mußten beginnen, wie jeder Lehrling. Zum Speisen kamen wir an den nämlichen Tisch, an dem alle unsere Arbeiter saßen, aber wir kamen an die untersten Plätze, wo sich die Lehrlinge befanden. Als Schlafgemach hatten wir auch das der Lehrlinge, an welches das Schlafzimmer des Werkführers stieß, der der einzige war, welcher ein eigenes Zimmer zum Schlafen hatte. Deshalb mußte er immer nicht nur ein sehr geschickter Arbeiter sein, sondern auch durch Rechtlichkeit Sitte und Lebenswandel sich auszeichnen. Ein anderer wurde in unserem Hause zu dieser Stelle gar nicht genommen. Er hatte die besondere Aufsicht über die Lehrlinge, weil diese noch einer Erziehung bedurften. Zum Lager erhielten wir ein Bett wie die Lehrlinge, und zur Bekleidung hatten wir das Kleid aller unserer Arbeiter.

So begann die Sache. Aber auch hier war es genau wieder so, wie es in allen vorhergegangenen Dingen gewesen war. Der Bruder arbeitete schnell, und seine Arbeitsstücke waren schön. Ich machte es genau so, wie der Lehrmeister es angab, aber meine Stücke wurden nicht so, wie sie sein mußten, und wurden nicht so schön wie die meines Bruders. Ich war aber außerordentlich fleißig. Des Abends saßen wir oft in der großen Gesprächstube der Arbeiter, und hörten ihren Reden zu. Es kamen auch böse Beispiele von Arbeitern vor, aber sie sollten uns nicht verlocken, sondern sie sollten uns befestigen, und einen Abscheu einflößen. Der Vater sagte, wer leben soll, muß das Leben kennen, das Gute und das Böse davon, muß aber von dem letzteren nicht angegriffen sondern gestärkt werden. An solchen Abenden holte ich den Arbeitern gerne Dinge, um welche sie mich schickten, Wein Käse und andere Gegenstände. Sie hatten mich deshalb auch sehr lieb.

Wenn wir in einer Werkstätte unterrichtet waren, und die Sachen machen konnten, kamen wir in eine andere, bis wir endlich freigesprochen wurden, und als Lehrlinge in die Handelschaft traten. Als wir auch da fertig waren, kamen wir in die Schreibstube zu den Schreibereien unseres Geschäftes.

Da endlich nach geraumer Zeit unsere Lehrjahre vorüber waren, kamen wir in das Zimmer der Söhne vom Hause, und erhielten die einfachen Kleider, wie sie unser Vater zu tragen pflegte.

Nicht lange nach der Zeit der Vollendung der Lehre, und da der Bruder schon überall zu den Geschäften beigezogen wurde, erkrankte der Vater. Er erkrankte nicht so ernstlich, daß eine Gefahr zu befürchten gewesen wäre, so wie er auch nicht in dem Bette liegen mußte, aber seine starke Gestalt nahm ab, sie wurde leichter, er ging viel in dem Hause und in dem Garten herum, und nahm sich nicht mehr so um die Geschäfte an, wie es früher seine Gewohnheit und seine Freude gewesen war.

Der Bruder nahm sich um die Führung des Gewerbes an, ich brauchte mich nicht einzumischen, und der Vater blieb endlich den größten Teil des Tages, wenn er nicht eben in dem Garten war, in seinem Wohnzimmer.

Um jene Zeit tat ich die Bitte, daß man erlauben möge, daß ich wieder unsere alte Studierstube beziehen, und dort wohnen dürfe. Man gewährte die Bitte, und ich schaffte meine Habseligkeiten durch den langen Gang in die Stube. Weil der Vater in dem Geschäfte keine Anordnungen und keine Befehle erteilte, und weil mir der Bruder keine Arbeit auftrug, hatte ich Muße, zu tun, was ich wollte. Da man mir damals, als ich in unseren Lehrgegenständen keine genügenden Zeugnisse erhalten hatte, keinen Vorwurf gemacht hatte, so beschloß ich, jetzt alles nachzuholen, und alles so zu lernen, wie es sich gebührte. Ich nahm ein Buch aus der Lade, setzte mich dazu, und las den Anfang. Ich verstand alles, und lernte es, und merkte es mir. Am andern Tage wiederholte ich das, was ich an dem vorigen Tage gelernt hatte, versuchte, ob ich es noch wisse, und lernte ein neues Stück dazu. Ich gab mir nur weniges zur Aufgabe, aber ich suchte es zu verstehen, und es gründlich in meinem Gedächtnisse aufzubewahren. Ich gab mir auch Aufgaben zur Ausarbeitung, und sie gelangen. Ich suchte die Aufgaben hervor, welche uns damals von unserem Lehrer gegeben worden waren, machte sie noch einmal, und machte jetzt keinen Fehler. Wie ich es mit dem einen Buche gemacht hatte, machte ich es auch mit den andern. Ich lernte sehr fleißig, und nach und nach war ich schier den ganzen Tag in der Stube beschäftigt. Wenn ich eine freie Zeit hatte, so saß ich gerne nieder, nahm das Buch in die Hand, welches mir mein Lehrer zum Angedenken gegeben hatte, und dachte an den Mann, der damals bei uns gewesen war.

In der Stube war alles geblieben, wie es einst gewesen war. Der große eichene Tisch stand noch in der Mitte, er hatte noch die Male, die wir entweder absichtlich mit dem Messer oder zufällig mit andern Werkzeugen in sein Holz gebracht hatten, er zeigte noch die vertrockneten Tintenbäche, welche entstanden waren, wenn mit dem Tintengefäße ein Unglück geschehen war, und wenn mit allem Waschen und Reiben keine Abhilfe mehr gebracht werden konnte. Ich zog die Fächer heraus. Da lagen noch in den meinigen meine Lehrbücher mit dem Rötel- oder Bleifederzeichen in ihrem Innern, wie weit wir zu lernen hätten; es lagen noch die Papierhefte darinnen, in welchen die Ausarbeitungen unserer Aufgaben geschrieben waren, und es leuchteten die mit roter Tinte gemachten Striche des Lehrers hervor, die unsere Fehler bedeuteten; es lagen noch die veralteten bestaubten Federn und Bleistiften darinnen. Eben so war es in den Fächern des Bruders. Auch in ihnen lagen seine alten Lerngeräte in bester Ordnung beisammen. Ich lernte jetzt an demselben Tische meine Aufgaben, an welchem ich sie vor ziemlich vielen Jahren gelernt hatte. Ich schlief in dem nämlichen Bette, und hatte das Nachttischchen mit dem Lichte daneben. Das Bett des Bruders aber blieb leer, und war immer zugedeckt. In den zwei Zimmern, in welchen damals der Lehrer gewohnt hatte, hatte ich einige Kästen mit Kleidern und andern Sachen, sonst waren sie auch unbewohnt, und hatten nur noch die alten Geräte. So war ich der einzige Bewohner des hintern Gartenflügels, und dieser Zustand dauerte mehrere Jahre.

Plötzlich starb unser Vater. Mein Schreck war fürchterlich. Kein Mensch hatte geglaubt, daß es so nahe sei, und daß es überhaupt eine Gefahr geben könnte. Er hatte sich zwar in der letzten Zeit immer mehr zurückgezogen, seine Gestalt war etwas verfallen, auch brachte er oft mehrere Tage in dem Bette zu; allein wir hatten uns an diesen Zustand so gewöhnt, daß er uns zuletzt auch als ein regelmäßiger erschien, jeder Hausbewohner sah ihn als den Vater an, der Vater gehörte so notwendig zu dem Hause, daß man sich seinen Abgang nicht denken konnte, und ich habe mir wirklich nie gedacht, daß er sterben könnte, und daß er so krank sei. In dem ersten Augenblicke war alles in Verwirrung, dann aber wurden die Leichenvorbereitungen gemacht. Mit seinem Leichenzuge gingen alle Armen des Stadtbezirkes, es gingen die Männer seines Geschäftes mit seine Freunde viele Fremde die Arbeiter seines Hauses und seine zwei Söhne. Es wurden sehr viele Tränen geweint, wie man um wenige Menschen des Landes weint, und die Leute sagten, daß ein vortrefflicher Mann ein auserlesener Bürger und ein ehrenvoller Geschäftsmann begraben worden sei. Nach einigen Tagen wurde das Testament eröffnet, und in demselben stand, daß wir beiden Brüder als Erben eingesetzt seien, und uns das Geschäft gemeinschaftlich zugefallen sei.

Der Bruder sagte mir nach einiger Zeit, daß die ganze Last des Geschäftes nun auf unsern Schultern liege, und ich eröffnete ihm hiebei, daß ich das Lateinische Griechische die Naturgeschichte die Erdbeschreibung und die Rechenkunst, worin ich damals, als wir unterrichtet wurden, geringe Fortschritte gemacht hatte, nachgelernt hätte, und daß ich jetzt beinahe vollkommen in diesen Dingen bewandert wäre. Er aber antwortete mir, daß Lateinisch Griechisch und die übrigen Fächer zu unserem Berufe nicht geradehin notwendig seien, und daß ich zu spät diese Mühe verwendet hätte. Ich erwiderte ihm, daß ich, so wie ich diese Lernfächer nachgelernt hätte, ich auch alle die Arbeiten und Kenntnisse, die zu unserem Geschäfte unmittelbar notwendig wären, allmählich nachlernen würde. Hierauf sagte er wieder, daß, wenn das Geschäft auf mich warten müßte, ich zu einer Zeit fertig werden würde, wenn es bereits zu Grunde gegangen wäre. Er versprach aber, daß er sich so annehmen werde, wie es in seinen Kräften möglich sei, und daß er mir überlasse, zu tun, wie es mir gefalle, daß ich Einsicht nehmen könne, daß ich mithelfen könne, daß ich noch lernen könne, und daß mein Teil mir aber in jedem Falle unverkümmert bewahrt werden solle.

Ich ging wieder in die Studierstube zurück, mischte mich in die Geschäfte nicht, weil ich sie wohl nicht verstand, und er ließ mich dort. Ja, er schickte mir sogar bessere Geräte, und versah mich mit mehreren Bequemlichkeiten, daß der Aufenthalt in der Stube mir nicht unangenehm würde. Nach einiger Zeit erschien er mit dem Rechtsanwalte unseres Hauses mit Personen des Gerichtes und mit Zeugen, welche Freunde unsers Vaters gewesen waren, und gab mir ein gerichtliches Papier, auf welchem verzeichnet war, was ich für Ansprüche an die Erbschaft habe, welcher mein Teil sei, und was mir in der Zukunft gebühre. Der Bruder, die Zeugen und ich unterschrieben die Schrift.

Ich fuhr nun mit dem Lernen fort, der Bruder leitete den ganzen Umfang des Geschäftes. Nach einem Vierteljahre brachte er mir eine Summe Geldes, und sagte, das seien die Zinsen, welche mir von meinem Anteile an der Erbschaft, der in dem Gewerbe tätig sei, gebühren. Er sagte, daß er mir alle Vierteljahre diese Summe einhändigen werde. Er fragte mich, ob ich zufrieden sei, und ich antwortete, daß ich sehr zufrieden sei.

Nachdem so wieder eine Zeit vergangen war, stellte er mir einmal vor, daß mein Lernen doch zu etwas führen müsse, und er fragte mich, ob ich nicht geneigt wäre, zu einem der gelehrten Stände hinzuarbeiten, zu denen die Dinge, mit welchen ich mich jetzt beschäftige, die Vorarbeit seien. Als ich ihm antwortete, daß ich nie darüber nachgedacht habe, und daß ich nicht wisse, welcher Stand sich für mich ziemen könnte, sagte er, das sei jetzt auch nicht notwendig, ich möchte nur aus den Kenntnissen, die ich mir jetzt erworben hätte, nach und nach die Prüfungen ablegen, damit ich beglaubigte Schriften über meine Anwartschaft in den Händen hätte, ich möchte mir die fehlenden Wissenschaften noch zu erwerben trachten, und mich über sie gleichfalls Prüfungen unterziehen, und wenn dann der Zeitpunkt gekommen wäre, mich für einen besondern Stand zu entscheiden, hätte ich wieder mehr Erfahrungen gesammelt, und sei dann leichter in der Lage, mich zu bestimmen, wohin ich mich zu wenden hätte.

Mir gefiel der Vorschlag recht gut, und ich sagte zu. Nach einiger Zeit machte ich die ersten Prüfungen aus den unteren Fächern, und sie fielen außerordentlich gut aus. Dies machte mir Mut und ich ging mit Eifer an die Erlernung der weiteren Kenntnisse. Mir zitterte innerlich das Herz vor Freude, daß ich einmal einem jener Stände, die ich immer mit so vieler Ehrfurcht betrachtet hatte, die der Welt mit ihren Wissenschaften und mit ihrer Geschicklichkeit dienen, angehören sollte. Ich arbeitete sehr fleißig, ich kargte mir die Zeit ab, ich kam wenig in die andern Räume des Hauses hinüber, und nachdem wieder eine Zeit vergangen war, konnte ich abermals eine Prüfung mit gutem Erfolg ablegen.

So war ich vollständig ein Bewohner des hintern Gartenflügels geworden, durfte es bleiben, und konnte mich mit gutem Gewissen meinen Bestrebungen hingeben.

An unsern hinteren Gartenteil stieß ein zweiter Garten, der aber eigentlich kein Garten war, sondern mehr ein Anger, auf dem hie und da ein Baum stand, den niemand pflegte. Hart an einem Eisengitter unseres Gartens ging der Weg vorüber, der in dem fremden Garten war. Ich sah in jenem Garten immer sehr schöne weiße Tücher und andere Wäsche auf langen Schnüren aufgehängt. Ich blickte oft teils aus meinen Fenstern teils durch das Eisengitter, wenn ich eben in dem Garten war, darauf hin. Wenn sie trocken waren, wurden sie in einen Korb gesammelt, während eine Frau dabei stand, und es anordnete. Dann wurden wieder nasse aufgehängt, nachdem die Frau die zwischen Pflöcken gespannten Schnüre mit einem Tuche abgewischt hatte. Diese Frau war eine Witwe. Ihr Gatte hatte ein Amt gehabt, das ihn gut nährte. Kurz nach seinem Tode war auch sein alter gütiger Herr gestorben, und der Sohn desselben hatte ein so hartes Herz, daß er der Witwe nur so viel gab, daß sie nicht gerade verhungerte. Sie mietete daher das Gärtchen, das an unsern Garten stieß, sie mietete auch das kleine Häuschen, welches in dem Garten stand. Mit dem Gelde, das ihr ihr Gatte hinterlassen hatte, richtete sie nun das Häuschen und den Garten dazu ein, daß sie für die Leute, welche ihr das Vertrauen schenken würden, Wäsche besorgte, feine und jede andere. Sie ließ in dem Häuschen Kessel einmauern, und andere Vorrichtungen machen, um die Wäsche zu sieden, und die Laugen zu bereiten. Sie ließ Waschstuben herrichten, sie bereitete Orte, wo geglättet und gefaltet wurde, und für Zeiten des schlechten Wetters und des Winters ließ sie einen Trockenboden aufführen. In dem Garten ließ sie Pflöcke in gleichen Entfernungen von einander einschlagen, an den Pflöcken Ringe befestigen, und durch die Ringe Schnüre ziehen, welche oft gewechselt wurden. Hinter dem Häuschen ging ein Bach vorüber, welcher die Witwe verleitet hatte, hier ihre Waschanstalt zu errichten. Von dem Bache führten Pumprinnen in die Kessel, und über dem Wasser des Baches war eine Waschhütte erbaut. Die Frau hatte viele Mägde genommen, welche arbeiten und die Sache gehörig bereiten mußten, sie stand dabei, ordnete an, zeigte, wie alles richtig zu tun sei, und da sie die Wäsche nicht mit Bürsten und groben Dingen behandeln ließ, und darauf sah, daß sie sehr weiß sei, und daß das Schlechte ausgebessert wurde, so bekam sie sehr viele Kundschaften, sie mußte ihre Anstalt erweitern und mehr Arbeiterinnen nehmen, und nicht selten kam manche vornehme Frau, und saß mit ihr unter dem großen Birnbaume des Gartens.

Diese Frau hatte auch ein Töchterlein, ein Kind, nein es war doch kein Kind mehr – ich wußte eigentlich damals nicht, ob es noch ein Kind sei oder nicht. Das Töchterlein hatte sehr feine rote Wangen, es hatte feine rote Lippen, unschuldige Augen, die braun waren, und freundlich um sich schauten. Über die Augen hatte es Lider, die groß und sanft waren, und von denen lange Wimpern nieder gingen, die zart und sittsam aussahen. Die dunkeln Haare waren von der Mutter glatt und rein gescheitelt, und lagen schön an dem Haupte. Das Mädchen trug manchmal ein längliches Körbchen von feinem Rohre; über dem Körbchen war ein weißes sehr feines Tuch gespannt, und in dem Körbchen mochte ganz auserlesene Wäsche liegen, welche das Kind zu einer oder der andern Frau zu tragen hatte.

Ich sah es gar so gerne an. Manchmal stand ich an dem Fenster, und sah auf den Garten hinüber, in welchem immer ohne

Unterbrechung, außer wenn es Nacht wurde, oder schlechtes Wetter kam, Wäsche an den Schnüren hing, und ich hatte die weißen Dinge sehr lieb. Da kam zuweilen das Mädchen heraus, ging auf dem Anger hin und wider, und hatte mancherlei zu tun, oder ich sah es, obwohl das Häuschen sehr unter Zweigen versteckt war, an dem Fenster stehen, und lernen. Ich wußte bald auch die Zeit, an welcher es die Wäsche fort trug, und da ging ich manchmal in den Garten hinunter, und stand an dem eisernen Gitter. Da der Weg an dem Gitter vorüber ging, mußte das Mädchen an mir vorbei kommen. Es wußte recht wohl, daß ich da stehe; denn es schämte sich immer, und nahm sich im Gange zusammen.

Eines Tages, da ich die Wäschträgerin von ferne kommen sah, legte ich schnell einen sehr schönen Pfirsich, den ich zu diesem Zwecke schon vorher gepflückt hatte, durch die Öffnung der Gitterstäbe hinaus auf ihren Weg, und ging in das Gebüsche. Ich ging so tief hinein, daß ich sie nicht sehen konnte. Als schon so viele Zeit vergangen war, daß sie lange vorüber gekommen sein mußte, ging ich wieder hervor; allein der Pfirsich lag noch auf dem Wege. Ich wartete nun die Zeit ab, wann sie wieder zurück kommen würde. Aber da sie schon zurück gekommen war, und ich nachsah, lag der Pfirsich noch auf dem Wege. Ich nahm ihn wieder herein. Das nämliche geschah nach einer Zeit noch einmal. Beim dritten Male blieb ich stehen, als der Pfirsich mit seiner sanften roten Wange auf dem Sande lag, und sagte, da sie in die Nähe kam: ‚Nimm ihn.' Sie blickte mich an, zögerte ein Weilchen, bückte sich dann, und nahm die Frucht. Ich weiß nicht mehr, wo sie dieselbe hingesteckt hatte, aber das weiß ich gewiß, daß sie sie genommen hatte. Nach Verlauf von einiger Zeit tat ich dasselbe wieder, und sie nahm wieder die Frucht. So geschah es mehrere Male, und endlich reichte ich ihr den Pfirsich mit der Hand durch das Gitter.

Zuletzt kamen wir auch zum Sprechen. Was wir gesprochen haben, weiß ich nicht mehr. Es muß gewöhnliches Ding gewesen sein. Wir nahmen uns auch bei den Händen.

Mit der Zeit konnte ich nicht mehr erwarten, wenn sie mit dem Körbchen kam. Ich stand alle Mal an dem Gitter. Sie blieb stehen, wenn sie zu mir gekommen war, und wir redeten mit einander. Einmal bat ich sie, mir die Dinge in dem Körbchen zu zeigen. Sie zog den linnenen Deckel mit kleinen Schnürchen auseinander, und zeigte mir die Sachen. Da lagen Krausen feine Ärmel und andere geglättete Dinge. Sie nannte mir die Namen, und als ich sagte, wie schön das sei, erwiderte sie: ‚Die Wäsche gehört einer alten Gräfin, einer vornehmen Frau, ich muß sie ihr immer selber hin tragen, daß ihr nichts geschieht, weil sie so schön ist.' Da ich wieder sagte: ‚Ja das ist schön, das ist außerordentlich schön', antwortete sie: ‚Freilich ist es schön, meine Mutter sagt: Die Wäsche ist nach dem Silber das erste Gut in einem Hause, sie ist auch feines weißes Silber, und kann, wenn sie unrein ist, immer wieder zu feinem weißen Silber gereinigt werden. Sie gibt unser vornehmstes und nächstes Kleid. Darum hat die Mutter auch so viele Wäsche gesammelt, daß wir nach dem Tode des Vaters genug hatten, und darum hat sie auch die Reinigung der Wäsche für andere Leute übernommen, und läßt nicht zu, daß sie mit rauhen und unrechten Dingen angefaßt werde. Das Gold ist zwar auch kostbar, aber es ist kein Hausgeräte mehr, sondern nur ein Schmuck.' Ich erinnerte mich bei diesen Worten wirklich, daß ich an dem Körper der Sprechenden immer am Rande des Halses oder an den Ärmeln die feinste weiße Wäsche gesehen hatte, und daß ihre Mutter immer eine schneeweiße Haube mit feiner Krause um das Angesicht trug.

Von diesem Augenblicke an begann ich von dem Gelde, welches mir der Bruder alle Vierteljahre zustellte, sehr schöne Wäsche, wie die der vornehmen Gräfin war, anzuschaffen, und mir alle Arten silberne Hausgeräte zu kaufen.

Einmal, da wir so bei einander standen, kam die Mutter in der Nähe vorüber, und rief: ‚Johanna, schäme dich.' Wir schämten uns wirklich, und liefen auseinander. Mir brannten die Wangen vor Scham, und ich wäre erschrocken, wenn mir jemand im Garten begegnet wäre.

Von der Zeit an sahen wir uns nicht mehr an dem Gitter. Ich ging jedes Mal in den Garten, wenn sie vorüber kam, aber ich blieb in dem Gebüsche, daß sie mich nicht sehen konnte. Sie ging mit geröteten Wangen und mit niedergeschlagenen Augen vorüber.

Ich ließ nun in die zwei Zimmer, die an meine Wohnstube stießen, Kästen stellen, von denen ich die oberen Fächer hatte schmal machen lassen, in welche ich das Silber hineinlegte, die unteren aber breit, in welche ich die Wäsche tat. Ich legte das Zusammengehörige zusammen, und umwand es mit rotseidenen Bändern.

Nach geraumer Zeit sah ich das Mädchen lange nicht an dem eisernen Gitter vorüber gehen, ich getraute mir nicht zu fragen, und als ich endlich doch fragte, erfuhr ich, daß es in eine andere Stadt gegeben worden sei, und daß es die Braut eines fernen Anverwandten werden würde.

Ich meinte damals, daß ich mir die Seele aus dem Körper weinen müsse.

Aber nach einer Zeit ereignete sich etwas Furchtbares. Mein Bruder hatte einen großen Wechsler, der ihm stets auf Treu und Glauben das Geld für laufende Ausgaben bis zu einer festgesetzten Summe lieferte, um sich nach Umständen immer wieder auszugleichen. Ich weiß es nicht, haben andere Leute meinem Bruder den Glauben untergraben, oder hat der Wechsler selber, weil zwei Handelschaften, die uns bedeutend schuldeten, gefallen waren, und uns um unsern Reichtum brachten, Mißtrauen geschöpft: er weigerte sich fortan die Wechsel unseres Hauses zu zahlen. Der Bruder sollte mehrere mit Summen decken, und es fehlte hinlängliches bares Geld dazu. Die Freunde, an welche er sich wendete, schöpften selber Mißtrauen, und so kam es, daß die Wechselgläubiger die Klage anstellten, daß unser Haus unsere andern Besitzungen und unsere Waren abgeschätzt wurden, ob sie hinreichen, ohne daß man an unsere ausstehenden Forderungen zu greifen hätte. Da nun dies bekannt wurde, kamen alle, welche eine Foderung hatten, und wollten sie erfüllt haben; aber die, welche uns schuldeten, kamen nicht. Der Bruder wollte mir nichts entdecken, damit ich mich nicht kränkte, er gedachte es noch vorüber zu führen. Allein da der Verkauf unseres Hauses zu sofortiger Deckung der Wechselschulden angeordnet wurde, konnte er es mir nicht mehr verbergen. Er kam auf meine Stube, und sagte mir alles. Ich gab ihm das Geld, das ich hatte; denn meine Bedürfnisse waren sehr gering gewesen, und ich hatte einen großen Teil meiner Einkünfte ersparen können. Ich öffnete die schmalen oberen Fächer meiner Kästen, und legte alles mein Silber auf unsern eichenen Lerntisch heraus, und bot es ihm an. Er sagte, daß das nicht reiche, um das Haus und das Geschäft zu retten, und er weigerte sich, es anzunehmen. Auch das Gericht machte keine Foderung an mich, aber ich konnte es nicht leiden, daß mein Bruder etwas unerfüllt ließe, und sein Gewissen belastete, ich tat daher alles zu den andern Werten. Es reichte zusammen hin, daß allen Gläubigern ihre Foderungen ausgezahlt, und sie bis auf das genaueste befriediget werden konnten. Allein unser schönes Haus mit seinem hinteren Flügel und unser schöner Garten war verloren.

Ich weiß nicht, welche andere Schläge noch kamen; aber auch die Aussicht, mit dem ausstehenden Gelde noch ein kleines Geschäft einzuleiten, und uns nach und nach wieder empor zu schwingen, war in kurzer Zeit vereitelt.

Mein Bruder, welcher unverheiratet war, grämte sich so, daß er in ein Fieber verfiel, und starb. Ich allein und mehrere Menschen, denen er Gutes getan hatte, gingen mit der Leiche. Da vom Urgroßvater her immer nur ein Sohn als einziges Kind und Nachfolger bis auf uns beide Brüder gewesen war, da auch die Haushälterin Luise schon länger vorher mit Tod abgegangen war, so hatte ich keinen Verwandten und keinen Bekannten mehr.

Ich hatte den Gedanken gefaßt, ein Verkünder des Wortes des Herrn, ein Priester, zu werden. Wenn ich auch unwürdig wäre, dachte ich, so könnte mir doch Gott seine Gnade verleihen, zu erringen, daß ich nicht ein ganz verwerflicher Diener und Vertreter seines Wortes und seiner Werke sein könnte.

Ich nahm meine Zeugnisse und Schriften zusammen, ging in die Priesterbildungsanstalt, und bat beklemmt um Aufnahme. Sie wurde mir gewährt. Ich zog zur festgesetzten Zeit in die Räume ein, und begann meine Lernzeit. Sie ging gut vorüber, und als ich fertig war, wurde ich zum Diener Gottes geweihet. Ich tat meine ersten Dienste bei älteren Pfarrern als Mitarbeiter in der Seelsorge, die ihnen anvertraut war. Da kam ich in verschiedene Lagen, und lernte Menschen kennen. Von den Pfarrern lernte ich in geistlichen und weltlichen Eigenschaften. Als eine solche Reihe von Jahren vergangen war, daß man es mir nicht mehr zu arg deuten konnte, wenn ich um eine

Pfarre einkäme, bat ich um die jetzige, und erhielt sie. Ich bin nun über siebenundzwanzig Jahre hier, und werde auch nicht mehr weg gehen. Die Leute sagen, die Pfarre sei schlecht, aber sie trägt schon, wovon ein Verkünder des Evangeliums leben kann. Sie sagen, die Gegend sei häßlich, aber auch das ist nicht wahr, man muß sie nur gehörig anschauen. Meine Vorgänger sind von hier auf andere Pfarrhöfe versetzt worden. Da aber meine jetzt lebenden Mitbrüder, die in meinen Jahren und etwas jünger sind, sich während ihrer Vorbereitungszeit sehr auszeichneten, und mir in allen Eigenschaften überlegen sind, so werde ich nie bitten, von hier auf einen anderen Platz befördert zu werden. Meine Pfarrkinder sind gut, sie haben sich manchem meiner lehrenden Worte nicht verschlossen, und werden sich auch ferner nicht verschließen.

Dann habe ich noch einen anderen weltlicheren und einzelneren Grund, weshalb ich an dieser Stelle bleibe. Sie werden denselben schon einmal später erfahren, wenn Sie nämlich die Bitte, die ich an Sie stellen will, erhören. Ich komme nun zu dieser Bitte, aber ich muß noch etwas sagen, ehe ich sie ausspreche. Ich habe zu einem Zwecke in diesem Pfarrhofe zu sparen angefangen, der Zweck ist kein schlechter, er betrifft nicht bloß ein zeitliches Wohl, sondern auch ein anderes. Ich sage ihn jetzt nicht, er wird schon einmal kund werden; aber ich habe um seinetwillen zu sparen begonnen. Von dem Vaterhause habe ich kein Vermögen mitgebracht; was noch an Gelde eingegangen ist, wurde zu verschiedenen Dingen verwendet, und seit Jahren ist nichts mehr eingegangen. Ich habe von dem väterlichen Erbe nur das einzige Kruzifix, welches an meiner Tür dort über dem Weihbrunngefäße hängt. Der Großvater hat es einmal in Nürnberg gekauft, und der Vater hat es mir, weil es mir stets gefiel, geschenkt. So fing ich also an, von den Mitteln meines Pfarrhofes zu sparen. Ich legte einfache Kleider an, und suchte sie lange zu erhalten, ich verabschiedete das Bett, und legte mich auf die Bank in dem Vorhause, und tat die Bibel zum Zeugen und zur Hilfe unter mein Haupt. Ich hielt keine Bedienung mehr, und mietete mir die Dienste der alten Sabine, die für mich hinreichen. Ich esse, was für den menschlichen Körper gut und zuträglich ist. Den oberen Teil des Pfarrhofes habe ich vermietet.

Ich habe schon zweimal darüber einen Verweis von dem hochwürdigen bischöflichen Konsistorium erhalten, aber jetzt lassen sie es geschehen. Weil die Leute bei mir bares Geld vermuteten, was auch wahr gewesen ist, so bin ich dreimal desselben beraubt worden, aber ich habe wieder von vorne angefangen. Da die Diebe nur das Geld genommen hatten, so suchte ich es ihnen zu entrücken. Ich habe es gegen Waisensicherheit angelegt, und wenn kleine Zinsen anwachsen, so tue ich sie stets zu dem Kapitale. So bin ich nun seit vielen Jahren nicht behelligt worden. In der langen Zeit ist mir mein Zustand zur Gewohnheit geworden, und ich liebe ihn. Nur habe ich eine Sünde gegen dieses Sparen auf dem Gewissen: ich habe nämlich noch immer das schöne Linnen, das ich mir in der Stube in unserem Gartenflügel angeschafft hatte. Es ist ein sehr großer Fehler, aber ich habe versucht, ihn durch noch größeres Sparen an meinem Körper und an anderen Dingen gut zu machen. Ich bin so schwach, ihn mir nicht abgewöhnen zu können. Es wäre gar zu traurig, wenn ich die Wäsche weggeben müßte. Nach meinem Tode wird sie ja auch etwas eintragen, und den ansehnlicheren Teil gebrauche ich ja gar nicht."

Ich wußte nun, weshalb er sich seiner herrlichen Wäsche schämte.

„Es ist mir nicht lieb", fuhr er fort, „daß ich hier den Menschen nicht so helfen kann, wie ich möchte; aber ich kann es dem Zwecke nicht entziehen, und es können ja nicht alle Menschen im ganzen Umfange wohltun, wie sie wünschten, dazu wäre der größte Reichtum nicht groß genug.

Sehen Sie, nun habe ich Ihnen alles gesagt wie es mit mir gewesen ist, und wie es noch mit mir ist. Jetzt kömmt meine Bitte, Sie werden sie mir vielleicht, wenn Sie an alles denken, was ich Ihnen erzählt habe, gewähren. Sie ist aber beschwerlich zu erfüllen, und nur Ihre Freundlichkeit und Güte erlaubt mir sie vorzubringen. Ich habe mein Testament bei dem Gerichte zu Karsberg in dem Schlosse nieder gelegt. Ich vermute, daß es dort sicher ist, und ich habe den Empfangschein hier in meinem Hause. Aber alle menschlichen Dinge sind wandelbar, es kann Feuer Verwüstung Feindeseinbruch oder sonst ein Unglück kommen, und das Testament gefährden. Ich habe daher noch zwei gleichlautende Abschriften verfaßt, um sie so sicher als möglich nieder zu legen, daß sie nach meinem Tode zum Vorscheine kommen mögen, und ihr Zweck erfüllt werde. Da wäre nun meine Bitte, daß Sie eine Abschrift in Ihre Hände nähmen, und aufbewahrten. Die andere behalte ich entweder hier, oder ich gebe sie auch jemanden, daß er sie ebenfalls zu ihrem Zwecke aufbewahre. Freilich müßten Sie da erlauben, daß ich Ihnen, wenn Sie von dieser Gegend scheiden, von Zeit zu Zeit einen kleinen Brief schreibe, worin ich Ihnen sage, daß ich noch lebe. Wenn die Briefe ausbleiben, so wissen Sie, daß ich gestorben bin. Dann müßten Sie das Testament durch ganz sichere Hände und gegen Bescheinigung nach Karsberg gelangen lassen, oder überhaupt dorthin, wo die Ämter sind, die es in Erfüllung bringen können. Es ist das alles nur zur Vorsicht, wenn das gerichtlich niedergelegte verloren gehen sollte. Das Testament ist zugesiegelt und den Inhalt werden Sie nach meinem Tode erfahren, wenn Sie nämlich nicht abgeneigt sind, meine Bitte zu erfüllen."

Ich sagte dem Pfarrer, daß ich mit Freuden in seinen Wunsch eingehe, daß ich das Papier so sorgfältig bewahren wolle, wie meine eigenen besten Sachen, deren Vernichtung mir unersetzlich wäre, und daß ich allen seinen Weisungen gerne nachkommen wolle. Übrigens hoffe ich, daß der Zeitpunkt noch sehr ferne sei, wo das Testament und seine zwei andern Genossen entsiegelt werden würden.

„Wir stehen alle in Gottes Hand", sagte er, „es kann heute sein, es kann morgen sein, es kann noch viele Jahre dauern. Zum Zwecke, den ich neben meinen Seelsorgerpflichten verfolge, wünsche ich, daß es nicht so bald sei; aber Gott weiß, wie es gut ist, und er bedarf zuletzt auch zur Krönung dieses Werkes meiner nicht."

„Da aber auch ich vor Ihnen sterben könnte", erwiderte ich, „so werde ich zur Sicherheit eine geschriebene Verfügung zu dem Testamente legen, wodurch meine Verpflichtung in andere Hände übergehen soll."

„Sie sind sehr gut", antwortete er, „ich habe gewußt, daß Sie so freundschaftlich sein werden, ich habe es gewiß gewußt. Hier wäre das Papier."

Mit diesen Worten zog er unter seinem Hauptkissen ein Papier hervor. Dasselbe war gefaltet, und mit drei Siegeln gesiegelt. Er reichte es in meine Hand. Ich betrachtete die Siegel, sie waren rein und unverletzt und trugen ein einfaches Kreuz. Auf der obern Seite des Papiers standen die Worte: Letzter Wille des Pfarrers im Kar. Ich ging an den Tisch, nahm ein Blatt aus meiner Brieftasche, schrieb darauf, daß ich von dem Pfarrer im Kar an dem bezeichneten Tage ein mit drei Siegeln, die ein Kreuz enthalten, versiegeltes Papier empfangen habe, das die Aufschrift Letzter Wille des Pfarrers im Kar trage. Diese Bescheinigung reichte ich ihm dar, und er schob sie ebenfalls unter das Kissen seines Hauptes. Das Testament tat ich einstweilen in die Tasche, in welcher ich meine Zeichnungen und Arbeiten hatte.

Nach dieser Unterredung blieb ich noch eine geraume Zeit bei dem Pfarrer, und das Gespräch wendete sich auf andere gleichgültigere Gegenstände. Es kam Sabine herein, um ihm Speise zu bringen, es kam das Mädchen aus dem ersten Stockwerke herunter, um sich nach seinem Befinden zu erkundigen. Da die Sterne an dem hohen Himmel standen, ging ich durch das bleiche Gestein und den weichen Sand in meine Hütte, und dachte an den Pfarrer. Ich tat das Testament vorerst in meinen Koffer, wo ich meine besten Sachen hatte, um es später in meinem Hause gut zu verwahren.

Die Zeit nach der Erzählung des Pfarrers ging mir in meinem Steingewirre dahin, wie sie mir vorher dahingegangen war. Wir maßen, und arbeiteten, und zeichneten; ich sammelte mir unter Tags Stoff, besuchte gegen Abend den Pfarrer, saß ein paar Stunden an seinem Bette, und arbeitete dann in der Nacht in meiner Hütte, während mir einer meiner Leute auf einem Notherde derselben einen schmalen Braten briet.

Nach und nach wurde der Pfarrer besser, endlich stand er auf, wie es der Arzt in der Stadt voraus gesagt hatte, dann ging er vor sein Haus, er ging wieder in die Kirche, und zuletzt kam er auch wieder in das Steinkar, wandelte in den Hügeln herum, oder stand bei uns, und schaute unsern Arbeiten zu.

Wie aber endlich alles ein Ende nimmt, so war es auch mit unserem langen Aufenthalte im Steinkar. Wir waren immer weiter vorgerückt, wir näherten uns der Grenzlinie unseres angewiesenen Bezirks immer mehr und mehr, endlich waren die Pflöcke auf ihr aufgestellt, es war bis dahin gemessen, und nach geringen schriftlichen Arbeiten war das Steinkar in seinem ganzen Abbilde in vielen Blättern in unserer Mappe. Die Stangen die Pflöcke die Werke wurden sofort weggeschafft, die Hütten abgebrochen, meine Leute gingen nach ihren Bestimmungen auseinander, und das Steinkar war wieder von diesen Bewohnern frei und leer.

Ich packte meinen Koffer, nahm von dem Pfarrer von dem Schullehrer von Sabine von dem Mietsmann und seiner Tochter und von andern Leuten Abschied, ließ den Koffer in die Hochstraße bringen, ging zu Fuße dahin, bestellte mir Postpferde, und da diese angelangt waren, fuhr ich von dem Schauplatze meiner bisherigen Tätigkeit fort.

Eines sehr seltsamen Gefühles muß ich Erwähnung tun, das ich damals hatte. Es ergriff mich nämlich beinahe eine tiefe Wehmut, als ich von der Gegend schied, welche mir, da ich sie zum ersten Male betreten hatte, abscheulich erschienen war. Wie ich immer mehr und mehr in die bewohnteren Teile hinauskam, mußte ich mich in meinem Wagen umkehren, und nach den Steinen zurückschauen, deren Lichter so sanft und matt schimmerten, und in deren Vertiefungen die schönen blauen Schatten waren, wo ich so lange verweilt hatte, während ich jetzt zu grünenden Wiesen zu geteilten Feldern und unter hohe strebende Bäume hinaus fuhr.

Nach fünf Jahren ergriff ich eine Gelegenheit, die mich in die Nähe brachte, das Steinkar wieder zu besuchen. Ich fand den Pfarrer in demselben zuweilen herum gehen, wie früher, oder gelegentlich auf einem der Steine sitzen, und herum schauen. Seine klaren blauen Augen waren die nämlichen geblieben.

Ich zeigte ihm die Briefe, die ich von ihm empfangen, und die ich aufbewahrt hatte. Er bedankte sich sehr schön, daß ich auf jeden der Briefe ihm eine Antwort gesendet hätte, er freue sich der Briefe, und lese oft in denselben. Er zeigte sie mir, da wir in seinem Stübchen wieder an dem fichtenen Tische beisammen saßen.

Die Zirder floß mit ihrem himmelblauen Bande durch die Steine, diese hatten die graue Farbe, und der Sand lagerte zu ihren Füßen. Die grünen Streifen und die wenigen Gesträuche waren wie immer. In der Hochstraße war der Wirt die Wirtin und fast auch ihre Kinder, wie früher, ja die alten Gäste schienen an den Tischen zu sitzen, so sehr bleiben die Menschen die nämlichen, die in jenen Gegenden den Verkehr über die Anhöhe treiben.

Nach diesem Besuche in jener Gegend führte mich weder ein Geschäft mehr dahin, noch fand ich Zeit, aus freiem Antriebe wieder einmal das Kar zu besuchen. Viele Jahre gingen vorüber, und der Wunsch des Pfarrers, daß ihn Gott seines Zweckes willen lange leben lassen möchte, schien in Erfüllung gehen zu wollen. Alle Jahre bekam ich mehrere Briefe von ihm, die ich regelmäßig beantwortete, und die regelmäßig im nächsten Jahre wieder anlangten. Nur eins glaubte ich zu bemerken, daß die Buchstaben nämlich etwas zeigten, als zittere die Hand.

Nach langen Jahren kam einmal ein Brief von dem Schullehrer. In demselben schrieb er, daß der Pfarrer erkrankt sei, daß er von mir rede, und daß er gesagt habe: „Wenn er es wüßte, daß ich krank bin.“ Er nehme sich daher die Erlaubnis, mir dieses zu melden, weil er doch nicht erkennen könne, ob es nicht zu etwas gut sei, und er bitte mich deshalb um Verzeihung, daß er so zudringlich gewesen.

Ich antwortete ihm, daß ich seinen Brief als keine Zudringlichkeit ansehen könne, sondern, daß er mir einen Dienst damit erwiesen habe, indem ich an dem Pfarrer im Kar großen Anteil nähme. Ich bitte ihn, er möge mir öfter über das Befinden des Pfarrers schreiben, und wenn es schlechter würde, mir dieses sogleich anzeigen. Und sollte Gott wider Vermuten schnell etwas Menschliches über ihn verhängen, so solle er mir auch dieses ohne geringstes Versäumen melden.

An den Pfarrer schrieb ich auch zu seiner Beruhigung, daß ich von seiner Erkrankung gehört habe, daß ich den Schullehrer gebeten habe, er möge mir über sein Befinden öfter schreiben; ich ersuchte ihn, daß er sich nicht selber anstrengen möchte, an mich zu schreiben, daß er sich ein Bett in das Stübchen machen lassen solle, und daß sich, wie es ja auch in früheren Jahren geschehen sei, sein Unwohlsein in kurzer Zeit wieder heben könnte. Mein Beruf gestatte für den Augenblick keinen Besuch.

Er antwortete mir desohngeachtet in einigen Zeilen, daß er sehr sehr alt sei, daß er geduldig harre, und sich nicht fürchte.

Da der Schullehrer zwei Briefe geschrieben hatte, in denen er sagte, daß mit dem Pfarrer keine Veränderung vorgegangen sei, kam ein dritter, der meldete, daß derselbe nach Empfang der heiligen Sterbsakramente verschieden sei.

Ich machte mir Vorwürfe, setzte jetzt alles beiseite, und machte mich reisefertig. Ich zog das versiegelte Papier aus meinem Schreine hervor, ich nahm auch die Briefe des Pfarrers mit, die zur Erweisung der Handschrift dienen könnten, und begab mich auf den Weg nach Karsberg.

Als ich daselbst angekommen war, erhielt ich die Auskunft, daß ein Testament des Pfarrers in dem Schlosse gerichtlich niedergelegt worden sei, daß man ein zweites in seiner Verlassenschaft gefunden habe, und daß ich mich in zwei Tagen in dem Schlosse einfinden solle, um mein Testament vorzuzeigen, worauf die Öffnung und Prüfung der Testamente statt haben würde.

Ich begab mich während dieser zwei Tage in das Kar. Der Schullehrer erzählte mir über die letzten Tage des Pfarrers. Er sei ruhig in seiner Krankheit gelegen, wie in jener, da ich ihn so oft besucht habe. Er habe wieder keine Arznei genommen, bis der Pfarrer aus der Wenn, ein Nachbar des Pfarrers im Kar, welcher ihm die Sterbsakramente gereicht hatte, ihm dargetan hätte, daß er auch irdische Mittel gebrauchen, und es Gott überlassen müsse, ob sie wirkten oder nicht. Von dem Augenblicke an nahm er alles, was man ihm gab, und ließ alles mit sich tun, was man tun wollte. Er lag wieder in seinem Stübchen wo man ihm wieder aus den Wolldecken ein Bett gemacht hatte. Sabine war immer bei ihm. Als es zum Sterben kam, machte er keine besondere Vorbereitung, sondern er lag wie alle Tage. Man konnte nicht abnehmen, ob er es wisse, daß er jetzt sterbe oder nicht. Er war wie gewöhnlich, und redete gewöhnliche Worte. Endlich schlief er sanft ein, und es war vorüber.

Man entkleidete ihn, um ihn für die Bahre anzuziehen. Man legte ihm das Schönste seiner Wäsche an. Dann zog man ihm sein fadenscheiniges Kleid an, und über das Kleid den Priesterchorrock. So wurde er auf der Bahre ausgestellt. Die Leute kamen sehr zahlreich, um ihn anzuschauen; denn sie hatten so etwas nie gesehen; er war der erste Pfarrer gewesen, der in dem Kar gestorben war. Er lag mit seinen weißen Haaren da, sein Angesicht war mild, nur viel blässer als sonst, und die blauen Augen waren von den Lidern gedeckt. Mehrere seiner Amtsbrüder kamen, ihn zur Erde zu bestatten. Bei der Einsenkung haben viele der herbeigekommenen Menschen geweint.

Ich erkundigte mich nun auch um den Mietmann im ersten Stockwerke. Er kam selbst in das Vorhaus des Pfarrhofes herunter, in dem ich mich befand, und sprach mit mir. Er hatte fast keine Haare mehr, und trug daher ein schwarzes Käppchen auf seinem Haupte. Ich fragte nach seiner schönen Tochter, die damals, als sie in meiner Gegenwart öfter in das Krankenzimmer des Pfarrers gekommen war, ein junges rasches Mädchen gewesen war. Sie war in der Hauptstadt verheiratet, und war Mutter von beinahe erwachsenen Kindern. Auch diese war in den letzten Tagen des Pfarrers nicht um ihn gewesen. Der Mietmann sagte mir, daß er jetzt wohl zu seiner Tochter werde ziehen müssen, da er bei der Wiederbesetzung der Pfarre gewiß seine Wohnung verlieren, und im Kar keine andere finden werde.

Die alte Sabine war die einzige, die sich nicht geändert hatte, sie sah gerade so aus, wie damals, als sie bei meiner ersten Anwesenheit den Pfarrer in seiner Krankheit gepflegt hatte. Niemand wußte, wie alt sie sei, und sie wußte es selbst nicht.

Ich mußte deshalb in dem Vorhause des Pfarrhofes stehen bleiben, weil das Stüblein und das neben dem Vorhause befindliche Gewölbe versiegelt waren. Die einzige hölzerne Bank, die Schlafstätte des Pfarrers, stand an ihrer Stelle, und niemand hatte an sie gedacht. Die Bibel aber lag nicht mehr auf der Bank, man sagte, sie sei in das Stüblein gebracht worden.

Als die zwei Tage vorüber waren, die man als Frist zur Eröffnung des Testamentes anberaumt hatte, begab ich mich nach Karsberg, und verfügte mich zur festgesetzten Stunde in den Gerichtssaal. Es waren mehrere Menschen zusammen gekommen, und es waren die Vorstände der Pfarrgemeinde und die

Zeugen geladen worden. Die zwei Testamente und das Verzeichnis der Verlassenschaft des Pfarrers lagen auf dem Tische. Man wies mir meine Bescheinigung über den Empfang des Testamentes des Pfarrers vor, die in der Verlassenschaft gefunden worden war, und foderte mich zur Vorzeigung des Testamentes auf. Ich überreichte es. Man untersuchte Schrift und Siegel, und erkannte die Richtigkeit des Testamentes an.

Nach herkömmlicher Art wurde nun das gerichtlich niedergelegte Testament zuerst eröffnet, und gelesen. Dann folgte das von mir übergebene. Es lautete Wort für Wort wie das erste. Endlich wurde das in der Wohnung des Pfarrers vorgefundene eröffnet, und es lautete ebenfalls Wort für Wort wie die beiden ersten. Die Zeitangabe und die Unterschrift war in allen drei Urkunden dieselbe. Sofort wurden alle drei Testamente als ein einziges in drei Abschriften vorhandenes Testament erklärt.

Der Inhalt des Testamentes aber überraschte alle.

Die Worte des Pfarrers, wenn man den Eingang hinweg läßt, in dem er die Hilfe Gottes anruft, die Verfügung unter seinen Schutz stellt, und erklärt, daß er bei vollkommnem Gebrauche seines Verstandes und Willens sei, lauten so: „Wie ein jeder Mensch außer seinem Amte und seinem Berufe noch etwas findet, oder suchen soll, das er zu verrichten hat, damit er alles tue, was er in seinem Leben zu tun hat, so habe auch ich etwas gefunden, was ich neben meiner Seelsorge verrichten muß: ich muß die Gefahr der Kinder der Steinhäuser und Karhäuser aufheben. Die Zirder schwillt oft an, und kann dann ein reißendes Wasser sein, das in Schnelle daher kömmt, wie es ja in den ersten Jahren meiner Pfarre zweimal durch Wolkenbrüche alle Stege und Brücken weggenommen hat. Die Ufer sind niedrig, und das am Kar ist noch niedriger als das Steinhäuser Ufer. Da sind drei Fälle möglich: entweder ist das Karufer überschwemmt, oder es ist auch das Steinhäuser Ufer überschwemmt, oder es wird sogar der Steg hinweggetragen. Die Kinder aus den Steinhäusern und Karhäusern müssen aber über den Steg ins Kar in die Schule gehen. Wenn nun das Karufer überschwemmt ist, und sie von dem Stege in das Wasser gehen, so können manche in eine Grube oder in eine Vertiefung geraten, und dort verunglücken; denn das kotige Wasser der Überschwemmung läßt den Boden nicht sehen: oder es kann das Wasser, während die Kinder in ihm waten, so schnell steigen, daß sie das Trockene nicht mehr erreichen können, und alle verloren sind: oder sie können noch von dem Steinhäuser Ufer auf den Steg kommen, können das Wasser auf dem Karufer zu tief finden, können sich durch Beratschlagen oder Zaudern so lange aufhalten, daß indessen auch das Steinhäuser Ufer mit zu tiefem Wasser bedeckt wird; dann ist der Steg eine Insel, die Kinder stehen auf ihm, und können mit ihm fortgeschwemmt werden. Und wenn auch dieses alles nicht geschieht, so gehen sie mit ihren Füßlein im Winter in das Schneewasser, das auch Eisschollen hat, und fügen ihrer Gesundheit großen Schaden zu.

Damit diese Gefahr in der Zukunft aufhöre, habe ich zu sparen begonnen, und verordne, wie folgt: Von der Geldsumme, welche nach meinem Tode als mein Eigentum gefunden wird, vermehrt um die Geldsumme, welche aus dem Verkaufe meiner hinterlassenen Habe entsteht, soll in der Mitte der Schulkinder der Steinhäuser und Karhäuser ein Schulhaus gebaut werden, dann soll ein solcher Teil der Geldsumme auf Zinsen angelegt werden, daß durch das Erträgnis die Lehrer der Schule erhalten werden können, ferner soll noch ein Teil nutzbringend gemacht werden, daß aus den Zinsen die jährliche Vergütung des Schadens entrichtet werden könne, welchen der Schullehrer im Kar durch den Abgang der Kinder erleidet, und endlich, wenn noch etwas übrig bleibet, so soll es meiner Dienerin Sabine gehören.

Ich habe drei gleiche Testamente geschrieben, daß sie sicherer seien, und wenn noch was immer für eine Verfügung oder Meinung in meinem Nachlasse sollte gefunden werden, welche nicht den Inhalt und Jahres- und Monatstag dieser Testamente trägt, so soll sie ungültig sein.

Damit aber in der Zeit schon die Gefahr vermindert werde, gehe ich alle Tage auf die Wiese am Karufer, und sehe, ob keine Gräben Gruben und Vertiefungen sind, und stecke eine Stange dazu. Den Eigentümer der Wiese bitte ich, daß er entstandene Gruben und Vertiefungen so bald ausebnen lasse, als es angeht, und er hat meine Bitten immer erfüllt. Ich gehe hinaus, wenn die Wiese überschwemmt ist, und suche den Kindern zu helfen. Ich lerne das Wetter kennen, um eine Überschwemmung voraussehen zu können, und die Kinder zu warnen. Ich entferne mich nicht weit von dem Kar, um keine Versäumnis zu begehen. Und so werde ich es auch in der Zukunft immer tun."

Diesen Testamenten war die Geldrechnung bis zu dem Zeitpunkte ihrer Abfassung beigelegt. Die Rechnung, die von dieser Zeit an bis gegen die Sterbetage des Pfarrers lief, fand man in seinen Schriften. Die Rechnungen waren mit großer Genauigkeit gemacht. Man ersah auch aus ihnen, wie sorgsam der Pfarrer im Sparen war. Die kleinsten Beträge, selbst Pfennige, wurden zugelegt, und neue Quellen, die unscheinbarsten, eröffnet, daraus ein kleines Fädlein floß.

Zur Versteigerung des Nachlasses des Pfarrers wurde der fünfte Tag nach Eröffnung des Testamentes bestimmt.

Da wir von dem Gerichtshause fort gingen, sagte der Mietmann des Pfarrers unter Tränen zu mir: „O wie habe ich den Mann verkannt, ich hielt ihn beinahe für geizig: da hat ihn meine Tochter viel besser gekannt, sie hat den Pfarrer immer sehr lieb gehabt. Ich muß ihr die Begebenheit sogleich schreiben."

Der Schullehrer im Kar segnete den Pfarrer, der immer so gut gegen ihn gewesen sei, und der sich so gerne in der Schule aufgehalten habe.

Auch die andern Leute erfuhren den Inhalt des Testamentes.

Nur die einzigen, die er am nächsten anging, die Kinder in den Steinhäusern und Karhäusern, wußten nichts davon, oder wenn sie es auch erfuhren, so verstanden sie es nicht, und wußten nicht, was ihnen zugedacht worden sei.

Weil ich auch bei der Versteigerung gegenwärtig sein wollte, so ging ich wieder in das Kar zurück, und beschloß, die vier Tage dazu anzuwenden, um manche Plätze im Steinkar und andern Gegenden zu besuchen, wo ich einstens gearbeitet hatte. Es war alles unverändert, als ob diese Gegend zu ihrem Merkmale der Einfachheit auch das der Unveränderlichkeit erhalten hätte.

Da der fünfte Tag herangekommen war, wurden die Siegel von den Türen der Pfarrerswohnung abgenommen, und die hinterlassenen Stücke des Pfarrers versteigert. Es hatten sich viele Menschen eingefunden, und die Versteigerung war in Hinsicht des Testamentes eine merkwürdige geworden. Es trugen sich auffallende Begebenheiten bei derselben zu. Ein Pfarrer kaufte einen unter den Kleidern des Verstorbenen gefundenen Rock, der das Schlechteste war, was man unter nicht zerrissenen Kleidern finden kann, um einen ansehnlichen Kaufschilling. Die Gemeinde des Kar erstand die Bibel, um sie in ihre Kirche zu stiften. Selbst die hölzerne Bank, die man nicht einmal eingesperrt hatte, fand einen Käufer.

Auch ich erwarb etwas in der Versteigerung, nämlich das kleine aus Holz geschnitzte Kruzifix von Nürnberg und sämtliche noch übrigen so schönen und feinen Leintücher und Tischtücher. Ich und meine Gattin besitzen die Sache noch bis auf den heutigen Tag, und haben die Wäsche sehr selten gebraucht. Wir bewahren sie als ein Denkmal auf, daß der arme Pfarrer diese Dinge aus einem tiefen dauernden und zarten Gefühle behalten und nie benutzt hat. Zuweilen läßt meine Gattin die Linnen durchwaschen, und glätten, dann ergötzt sie sich an der unbeschreiblichen Schönheit und Reinheit, und dann werden die zusammengelegten Stücke mit den alten ausgebleichten rotseidenen Bändchen, die noch vorhanden sind, umbunden, und wieder in den Schrein gelegt. –

Nun stellt sich die Frage, was die Wirkung von all diesen Dingen gewesen sei.

Die Summe, welche der Pfarrer erspart hatte, und die, welche aus der Versteigerung seines Nachlasses gelöst worden war, waren zusammen genommen viel zu klein, als daß eine Schule daraus hätte gegründet werden können. Sie waren zu klein, um nur ein mittleres Haus, wie sie in jener Gegend gebräuchlich sind, zu bauen, geschweige denn ein Schulhaus mit den Lehrzimmern und den Lehrerswohnungen, ferner den Gehalt der Lehrer festzustellen, und den früheren Lehrer zu entschädigen. Es lag das in der Natur des Pfarrers, der die Weltdinge nicht verstand, und dreimal beraubt werden mußte, bis er das ersparte Geld auf Zinsen anlegte.

Aber wie das Böse stets in sich selber zwecklos ist, und im Weltplane keine Wirkung hat, das Gute aber Früchte trägt, wenn es auch mit mangelhaften Mitteln begonnen wird, so war es auch hier: „Gott bedurfte zur Krönung dieses Werkes des Pfarrers nicht.“ Als die Sache mit dem Testamente und dessen Unzulänglichkeit bekannt wurde, traten gleich die Wohlhabenden und Reichen in dem Umkreise zusammen, und unterschrieben in kurzem eine Summe, die hinlänglich schien, alle Absichten des Pfarrers vollziehen zu können. Und sollte noch etwas nötig sein, so erklärte jeder, daß er eine Nachzahlung leisten würde. Ich habe auch mein Scherflein dazu beigetragen.

War ich das erste Mal mit Wehmut von der Gegend geschieden, so flossen jetzt Tränen aus meinen Augen, als ich die einsamen Steine verließ. –

Jetzt, da ich rede, steht die Schule längst in den Steinhäusern und Karhäusern, sie steht in der Mitte der Schulkinder auf einem gesunden und luftigen Platze. Der Lehrer wohnt mit seiner Familie und dem Gehilfen in dem Gebäude, der Lehrer im Kar erhält seine jährliche Entschädigung, und selbst Sabine ist noch mit einem Teile bedacht worden. Sie wollte ihn aber nicht, und bestimmte ihn im vorhinein für die Tochter des Schullehrers, die sie immer lieb hatte.

Das einzige Kreuz, das für einen Pfarrer in dem Kirchhofe des Kar steht, steht auf dem Hügel des Gründers dieser Dinge. Es mag manchmal ein Gebet dabei verrichtet werden, und mancher wird mit einem Gefühle davor stehen, das dem Pfarrer nicht gewidmet worden ist, da er noch lebte.

TURMALIN

Der Turmalin ist dunkel, und was da erzählt wird, ist sehr dunkel. Es hat sich in vergangenen Zeiten zugetragen, wie sich das, was in den ersten zwei Stücken erzählt worden ist, in vergangenen Zeiten zugetragen hat. Es ist darin wie in einem traurigen Briefe zu entnehmen, wie weit der Mensch kömmt, wenn er das Licht seiner Vernunft trübt, die Dinge nicht mehr versteht, von dem innern Gesetze, das ihn unabwendbar zu dem Rechten führt, läßt, sich unbedingt der Innigkeit seiner Freuden und Schmerzen hingibt, den Halt verliert, und in Zustände gerät, die wir uns kaum zu enträtseln wissen.

In der Stadt Wien wohnte vor manchen Jahren ein wunderlicher Mensch, wie in solchen großen Städten verschiedene Arten von Menschen wohnen, und sich mit den verschiedensten Dingen beschäftigen. Der Mensch, von dem wir hier reden, war ein Mann von ungefähr vierzig Jahren, und wohnte auf dem Sankt Petersplatze in dem vierten Geschosse eines Hauses. Zu seiner Wohnung führte ein Gang, der mit einem eisernen Gitter verschlossen war, an welchem ein Glockenzug hernieder hing, an dem man läuten konnte, worauf eine ältliche Magd erschien, welche öffnete, und den Weg zu ihrem Herrn hinein zeigte. Wenn man durch das Gitter eingetreten war, setzte sich der Gang noch fort, rechts hatte er eine Tür, die in die Küche führte, in welcher die Magd war, und deren einziges Fenster auf den Gang heraus ging, links hatte er ein fortlaufendes eisernes Geländer und den offenen Hof. Sein Ende stieß an die Tür zur Wohnung. Wenn man die braune Tür öffnete, kam man in ein Vorzimmer, welches ziemlich dunkel war, und in welchem sich die großen Kästen befanden, die die Kleider enthielten. Es diente auch zum Speisen. Von diesem Vorzimmer kam man in das Zimmer des Herrn. Es war aber eigentlich ein sehr großes

Zimmer und ein kleines Nebenzimmer. In dem Zimmer waren alle Wände ganz vollständig mit Blättern von Bildnissen berühmter Männer beklebt. Es war kein Stückchen auch nur handgroß, das von der ursprünglichen Wand zu sehen gewesen wäre. Damit er, oder gelegentlich auch ein Freund, wenn einer kam, diejenigen Männer, die ganz nahe oder hart an dem Fußboden sich befanden, betrachten konnte, hatte er ledergepolsterte Ruhebetten von verschiedener Höhe und mit Rollfüßen versehen machen lassen. Das niederste war eine Hand hoch. Man konnte sie zu was immer für Männern rollen, sich darauf nieder legen, und die Männer betrachten. Für die hoch und höher hängenden hatte er doppelgestellige Rolleitern, deren Räder mit grünem Tuche überzogen waren, welche Leitern man in jede Gegend rollen und von deren Stufen aus man verschiedene Standpunkte gewinnen konnte. Überhaupt hatten alle Dinge in der Stube Rollen, daß man sie leicht von einer Stelle zu der andern bewegen konnte, um im Anschauen der Bildnisse nicht beirrt zu sein. In Hinsicht des Ruhmes der Männer war es dem Besitzer einerlei, welcher Lebensbeschäftigung sie angehört hatten, und durch welche ihnen der Ruhm zu Teil geworden war, er hatte sie wo möglich alle.

In dem Zimmer stand auch ein sehr großer Flügel, auf dessen Pulte viele Notenhefte lagen, und auf dem er gerne spielte. Es waren auch zwei Fächer auf zwei Gestellen, in welchen sich Geigen befanden, auf welchen er ebenfalls spielte. Auf einem Tische war ein Fach mit zwei Flöten, die er zu seinem eigenen Vergnügen und zu seiner Vervollkommnung in dieser Kunst behandelte. An einem der Fenster stand eine Staffelei mit einem Malerkasten, woran er Bilder in Öl malte. In dem Nebenzimmer hatte er einen großen Schreibtisch, auf welchem er eine Menge Papier liegen hatte, Gedichte machte, Erzählungen schrieb, und neben welchem sein Bücherkasten stand, wenn er etwa ein Buch heraus nehmen, und sich mit Lesen ergötzen wollte. In diesem Zimmer stand auch sein Bett, und in dem Hintergrunde des Gemaches war eine Vorrichtung, in welcher er in Pappe arbeiten konnte, und Fächer Behältnisse Schirme und andere Kunstsachen verfertigte.

Diesen Mann hießen sie im Hause den Rentherrn; die meisten

aber wußten nicht, ob er den Namen habe, weil er von einer Rente lebte, oder weil er in einem Rentamte angestellt war. Dies letztere aber konnte nicht der Fall sein, weil er sonst zu bestimmten Zeiten hätte in sein Amt gehen müssen, er aber zu den verschiedensten Zeiten und oft ganze Tage lang zu Hause war, und in den mannigfaltigen Geschäften, die er sich aufgeladen hatte, herum arbeitete. Außerdem ging er in das Kaffeehaus, um den Schachspielern zuzuschauen, oder er ging in der Stadt herum, um die verschiedenen Dinge zu betrachten, die da zu sehen sind, oder er besuchte ein Gasthauskränzchen, zu dem sich regelmäßig an bestimmten Tagen einige Freunde zusammen fanden. Er mußte also offenbar eine kleine Rente haben, von welcher er dieses Leben führen konnte.

Dieser Mann hatte eine wunderschöne Frau von etwa dreißig Jahren, die ihm ein Kindlein, ein Mädchen, geboren hatte. Die Frau bewohnte ein Gemach, das an das große Zimmer ihres Mannes stieß, ebenfalls so groß war, und ebenfalls ein kleineres Seitengemach hatte. Man konnte aus dem Zimmer des Mannes in das der Frau gelangen, man konnte aber auch aus dem Vorzimmer durch einen kleinen heimlichen Gang dahin kommen; denn die vier Zimmer der Wohnung lagen in einer Reihe quer gegen die Richtung des äußeren Ganges. Der kleine Gang war darum nützlich, weil die Frau, wenn Freunde bei ihrem Manne waren, unbeirrt und die Männer nicht störend in das Vorzimmer und von da in die Küche hinaus gehen konnte.

Die Zimmer der Frau waren nach ihrer Art eingerichtet. Das größere hatte dunkle Vorhänge an den Fenstern, es standen weiche Ruhesitze von demselben Stoffe darin, es stand ein schöner großer Tisch da, der immer auf das glänzendste vom Staube rein gehalten war, und auf seiner Platte einige Bücher oder Zeichnungen oder gelegentlich irgend ein anderes Ding trug. An den Fensterpfeilern waren Spiegel, unter denen schmale Pfeilertische standen, auf welchen sich einige schöne Dinge von Silber oder Porzellan befanden. An einem Fenster stand ein sehr feines Arbeitstischchen, auf dem schöne Linnen zarte Stoffe und andere Arbeitsdinge lagen, und davor ein knappes in die Fenstervertiefung passendes Stühlchen stand. An dem zweiten Fenster war der Stickrahmen mit einem gleichen Stühlchen, und an der kurzen Seitenwand des dritten stand der Schreibtisch, auf dessen reiner grüner Fläche sich die Mappe das Tintengefäß und geordnete Schreibgeräte zeigten. Um den Tisch wie im Halbkreise standen hohe dunkle und zum Teil breitblätterige Pflanzen. Die große Wanduhr hatte kein Schlagwerk, und ging so sanft, daß man sie kaum hörte. Übrigens war im Hintergrunde des Zimmers noch ein Fachgestelle mit Gläsern und Seidenvorhängen, daß die Frau verschiedene Dinge in die Fächer hinein stellen, und die Seide davor zusammen ziehen konnte.

Das zweite kleinere Zimmer hatte schneeweiße in dichte Falten gelegte Fenstervorhänge, in der Nähe der Fenster stand ein Tisch, aber nicht zum Darauflegen schöner Sachen, sondern zu häuslichen Zwecken bestimmt. Dann war ein großes Ruhebett verschiedene Sessel und Schemel. Im Hintergrunde stand das weiße Bett der Frau von weißen Vorhängen umhüllt, an demselben war ein Nachttischchen mit einem Leuchter mit einer Glocke mit Büchern Zündzeug und anderen Dingen. In der Nähe dieses Bettes stand auf einem Gestelle ein vergoldeter Engel, welcher die Flügel um die Schultern zusammengefaltet hielt, mit der einen Hand sich stützte, die andere aber sanft ausstreckte, und mit den Fingern die Spitze eines weißen Vorhanges hielt, der in reichen Falten in der Gestalt eines Zeltes auseinander und nieder ging. Unter diesem Zelte stand auf einem Tische ein feiner Korb, in dem Korbe war ein weißes Bettchen, und in dem Bettchen war das Kind der beiden Eheleute, das Mädchen, bei dem sie öfter standen, und die winzigen roten Lippen und die rosigen Wangen und die geschlossenen Äuglein betrachteten. Zu Schlusse war noch ein sehr schön gemaltes großes Bild in dem Zimmer, die Heilige Mutter mit dem Kinde vorstellend. Es war mit einer Faltung von dunklem Sammet umgeben.

Die Frau waltete in ihren Zimmern, sie besorgte alles Nötige, was das Kindlein brauchte, beschäftigte sich mit Arbeit mit Lesen mit Sticken mit Besorgung des Hauswesens und andern Dingen dieser Art. Sie verkehrte nicht sehr viel mit der Außenwelt, so wie auch nicht häufig Frauen zu ihr zum Besuche kamen.

Zu derselben Zeit, da dieses Ehepaar auf dem Sankt Petersplatze wohnte, lebte in Wien auch ein anderer Mann, der von sich sehr viel reden machte. Er war ein glänzender Künstler, ein Schauspieler, und bildete damals das Entzücken der Welt. Mancher alte Mann unserer Zeit, der ihn noch in seiner Blüte gekannt hat, gerät in Begeisterung, wenn er von ihm spricht, und erzählt, wie er diese oder jene Rolle aufgefaßt und dargestellt habe, und gewöhnlich ist der Schluß solcher Reden, daß man jetzt dergleichen Künstler nicht mehr habe, und daß alles, was die neue Zeit bringe, keinen Vergleich mit dem aushalten könne, was die Väter in dieser Art gesehen haben. Manche von uns, die sich jetzt dem höheren Alter nähern, mögen jenen Schauspieler noch gekannt, und mögen Leistungen von ihm gesehen haben, aber wahrscheinlich haben sie ihn nicht in der Mitte seines Ruhmes sondern erst, da derselbe schon von dem Gipfel abwärts ging, gekannt, obwohl er seinen Glanz sehr lange und fast bis in das Greisenalter hinein behauptet hat. Der Mann namens Dall war vorzüglich im Trauerspiele berühmt, obwohl er auch in andern Fächern namentlich im Schauspiele mit ungewöhnlichem Erfolge auftrat. Es haben sich noch Erzählungen von einzelnen Augenblicken erhalten, in denen er die Zuschauer bis zum äußersten hinriß, zur äußersten Begeisterung oder zum äußersten Schauer, so daß sie nicht mehr im Theater sondern in der Wirklichkeit zu sein meinten, und mit Bangen den weiteren Verlauf der Dinge erwarteten. Besonders soll seine Darstellung hoher Personen von einer solchen Würde und Majestät gewesen sein, daß seither nichts mehr dem Ähnliches auf der Bühne zum Vorscheine gekommen sei. Ein sehr gründlicher Kenner solcher Dinge sagte einst, daß Dall seine Rollen nicht durch künstliches Nachsinnen oder durch Vorbereitungen und Einübungen sich zurecht gelegt, sondern daß er sich in dieselben, wenn sie seinem Wesen zusagten, hineingelebt habe, daß er sich dann auf seine Persönlichkeit verließ, die ihm im rechten Augenblicke eingab, was er zu tun habe, und daß er auf diese Weise nicht die Rollen spielte, sondern das in ihnen Geschilderte wirklich war. Daraus erklärt sich, daß, wenn er sich der Lage grenzenlos hingab, er im Augenblicke Dinge tat, die nicht nur ihn selber überraschten, sondern auch die Zuschauer überraschten, und ungeheure Erfolge hervor brachten. Daraus erklärt sich aber auch, daß, wenn er in eine Rolle sich nicht hinein zu leben vermochte, er sie gar nicht, nicht einmal schlecht darstellen konnte. Darum übernahm er solche Rollen nie, und war durch kein Zureden und durch kein noch so eindringliches Beweisen dazu zu bewegen.

Aus dem Gesagten erklärt sich aber auch das Wesen und die Lebensweise Dalls außer dem Theater. Er hatte ein sehr einnehmendes Äußere, war in seinen Bewegungen leicht und gefällig und trug seinen Körper als den Ausdruck eines lebhaften und beweglichen Geistes, der sich durch dieses Werkzeug sehr deutlich aussprach. Er war heiter, suchte seine Freude, wo er sie fand, und liebte die gesellige Laune, daher man, wenn er hinter einem Glase guten Weines bei plaudernden Freunden saß, und selber plauderte, unmöglich glauben konnte, daß das derselbe Mann sei, der unsere Seele in seinen großartigen Darstellungen zu den tiefsten Erschütterungen zu Angst und Entsetzen und zu Freude und Entzücken treiben konnte. Aber gerade weil er das war, was er spielte, und weil er dafür in seinem Körper den treffendsten Ausdruck fand, so stellten sich die Gefühle, die in seinem feurigen Geiste entstanden, auf der Oberfläche seines Körpers feurig dar, sei es in Bewegung in Ausdruck in Stimme, und rissen hin. Darum war er der Liebling der Gesellschaft, er belebte sie, und gab ihr Empfindungen. Man suchte ihn, und bestrebte sich, ihn zu fesseln. Er bewegte sich in den mannigfachsten Kreisen, und lernte daraus die leichte und geebnete Freiheit seines Benehmens; aber er wurde von keinem derselben gebannt: wie er sich im Spiele von seinem Geiste leiten ließ, so führte ihn derselbe auch unter Menschen, daß er mit ihnen lebe und empfinde, er führte ihn in die Natur, daß er sie anschaue und fühle; aber er entführte ihn auch wieder von den Menschen, wenn seinem Geiste nichts mehr zur Bewegung gegeben wurde, und er entführte ihn von der Natur, wenn ihre sanfte Sprache aufhörte ihn zu erregen, und wenn er gewaltigere Eindrücke und tieferen Wechsel suchte. Er lebte daher in Zuständen, und verließ sie, wie es ihm beliebte.

Dieser Mann nun war mit dem Rentherrn bekannt, und man konnte sagen, daß er vielleicht in nichts so beständig war als in dieser Bekanntschaft. Er ging sehr gerne, wenn er in was immer für Umgebungen gewesen war, auf den Sankt Petersplatz, stieg die vier Treppen empor, läutete an der Glocke des Eisengitters, ließ sich von der ältlichen Magd öffnen, und ging durch das Vorzimmer in die Heldenstube des Rentherrn. Da saß er, und plauderte mit dem Rentherrn über die vielen verschiedenen Dinge, die dieser trieb. Ja vielleicht kam er gerade deshalb so gerne in die Gesellschaft des Rentherrn, weil es da so Mannigfaltiges gab. Besonders war es die Kunst, die Dall in allen ihren Gestalten ja selbst Abarten anzog. Darum wurden die Verse des Rentherrn besprochen, er mußte auf einer seiner zwei Geigen spielen, er mußte auf der Flöte blasen, er mußte das eine oder das andere Musikstück auf dem Flügel vortragen, oder man saß an der Staffelei, und sprach über die Farben eines Bildes oder über die Linien einer Zeichnung. Gerade in dem letzteren war Dall am erfahrensten, und war selber ein bedeutender Zeichner. Zu den Pappgestalten des Rentherrn gab er Länge und Breite er gab Beziehungen und Verhältnisse an.

In bezug auf die an die Wände geklebten Bildnisse berühmter Männer legte er sich auf das niederste Ruhebett, und musterte die untere Reihe durch. Der Rentherr mußte ihm bei jedem erzählen, was er von ihm wußte, und wenn beide nichts Ausreichendes von einem Manne sagen konnten, als daß er berühmt sei, so suchten sie Bücher hervor, und forschten so lange, bis sie Befriedigendes fanden. Dann legte er sich auf die höheren Ruhebette, dann saß er auf den nächsten, dann stand er, und endlich befand er sich auf den verschiedenen Stufen der Leiter. Bei dieser Gelegenheit lernte er die Bequemlichkeit solcher Ruhebette kennen, und der Rentherr mußte ihm einen großen Rollsessel machen lassen, der eine gepolsterte Rücklehne und gute Seitenarme hatte.

In diesem Rollsessel saß er gerne, wenn er kam, und man überließ sich der Plauderei.

Auf diese Weise verging eine geraume Zeit.

Endlich fing Dall ein Liebesverhältnis mit der Frau des Rentherrn an, und setzte es eine Weile fort. Die Frau selber sagte es endlich in ihrer Angst dem Manne.

Dall mußte davon gewußt haben, oder er mußte es an dem Gewissen der Frau gemerkt haben, daß sie ihrem Manne das Verhältnis mit seinem Freunde bekennen würde. Denn er kam in diesen Tagen nicht, obwohl er sonst in der letzten Zeit häufiger in die Wohnung am Sankt Petersplatze gekommen war, als es in der früheren Zeit der Fall gewesen war.

Der Rentherr war in einer außerordentlichen Wut, er wollte zu Dall rennen, ihm Vorwürfe machen, ihn ermorden; aber auch in seiner Wohnung war Dall nicht zu finden, er spielte auch in jener Zeit nicht im Theater, und man wußte nicht, wo er war. Der Rentherr gab sich Mühe, Dall aufzufinden, er ging alle Tage zu verschiedenen Zeiten in dessen Wohnung, aber er fand ihn niemals, und die Leute sagten, Dall habe eine kleine Erholungsreise gemacht. Dasselbe war auch in der Stadt in allen Kreisen bekannt, und man sagte, der Künstler werde wohl bald wieder zurück kehren, und die Welt mit seinem Glanze erfreuen. Der Rentherr aber ließ sich nicht irre machen, er fuhr fort, Dall zu suchen. Er suchte ihn in allen Teilen der Stadt, er suchte ihn an öffentlichen Plätzen in der Kirche an Vergnügungsorten auf Spaziergängen, er suchte ihn neuerdings in seiner Wohnung. Der Gesuchte war nirgends zu finden.

So trieb es der Rentherr eine geraume Weile fort. Plötzlich aber wurde er sehr stille. Seine Freunde sahen, daß die Unruhe, die ihn in der letzten Zeit befallen hatte, verschwunden war. Er saß ruhig und sinnend. Da ging er zu seinem Weibe, und sagte, sie habe an Dall fallen müssen, warum habe er ihn ins Haus geführt, sie habe ihm das Herz gegeben, wie er es Tausenden an einem Schauspielabende aus dem Leibe nehme.

Selber gegen Freunde, denen aus leisen Vermutungen, die in der Stadt herumgingen, die Sache im allgemeinen bekannt wurde, äußerte er sich bewußt oder unbewußt in einem Sinne, daß sie eine Gemütslage in ihm vermuten mußten, wie die eben geschilderte war.

Auch Dall mußte in seiner Entfernung von dem Stande der Sache Nachricht erhalten haben, und er mußte wissen, daß der Rentherr ruhig sei; denn da sich nichts Besonderes ereignete, und die Dinge ihren Gang zu gehen schienen, war Dall wieder in der Stadt, und wurde wieder auf der Bühne gesehen.

Eines Tages verschwand die Frau des Rentherrn. Sie war ausgegangen, wie sie gewöhnlich auszugehen pflegte, und war nicht wieder gekommen.

Der Rentherr hatte gewartet, er hatte bis in die Nacht gewartet; aber da sie nicht erschien, hatte er gedacht, es könne sie ein Unglück betroffen haben, und er fuhr in einem Mietwagen zu allen Bekannten und Freunden, und fragte, ob sie seine Gattin nicht gesehen hätten; aber niemand wußte eine Auskunft zu geben. Am andern Tage zeigte er die Sache bei den Behörden an, er forderte den Schutz der Ämter, und er bekümmerte sich um alle Verunglückten oder Aufgefundenen. Aber auch die Ämter fanden nichts, und unter den Verunglückten, die sich vorfanden, war sie nicht, und unter den Aufgefundenen, die sich als heimatlos auswiesen, war sie nicht.

Da dachte der Rentherr, Dall könne sie irgend wohin geführt haben, und halte sie dort verborgen. Er ging zu Dall, und forderte von ihm, daß er ihm sage, wo sein Weib sei, und daß er ihm dasselbe zurück gebe. Dall beteuerte, er wisse nichts von der Frau, er habe sie seit seinem letzten Besuche in der Wohnung auf dem Sankt Petersplatze nicht mehr gesehen, er gehe von seiner Wohnung nicht viel aus, und zwar nur in das Theater und wieder zurück.

Der Rentherr ging nach Hause.

Nach einiger Zeit kam er wieder zu Dall, kniete vor ihm nieder, faltete die Hände, und bat ihn um sein Weib. Dall erwiderte wieder, er wisse von dem Weibe gar nichts, dasselbe habe sich nicht mit seinem Willen entfernt, er kenne dessen Aufenthalt nicht, und könne es nicht zurück geben.

Der Rentherr entfernte sich wieder.

Nach einigen Tagen kam er abermals, kniete abermals nieder, und bat mit gefalteten Händen um sein Weib. Dall schwor, daß er nicht wisse, wo die Frau sei, und daß er sie nicht zurück geben könne.

Der Rentherr kam nach einigen Tagen noch einmal, tat dasselbe, und bekam dieselbe Antwort. Dann kam er nicht mehr. Er verabschiedete seine Magd, er nahm das kleine Kindlein aus dem Bette, er nahm es auf den Arm, ging aus seiner Wohnung, sperrte hinter sich zu, und ging fort.

Wenn Freunde zu dem Rentherrn kamen, um ihn zu besuchen, so hörten sie von den Leuten in dem Hause, der Rentherr sei fort, er müsse eine Reise angetreten haben; denn er habe das Kindlein mitgenommen, und habe, obwohl es Sommer war, den Mantel angehabt.

So stand die Wohnung in dem vierten Stockwerke des Hauses auf dem Sankt Petersplatze leer, und das eiserne Gitter auf dem Gange war geschlossen.

Als ein halbes Jahr vergangen war, und weder der Rentherr zurückgekehrt war, noch auch jemand die Miete für die Wohnung bezahlt hatte, zeigte der Besitzer des Hauses den Vorfall bei der Obrigkeit an. Man ließ mehrere Freunde des Abwesenden kommen, und fragte sie, ob sie dessen Aufenthalt wüßten; allein keiner wußte ihn. Man ließ nach und nach alle kommen, von denen man wußte daß sie mit dem Rentherrn in Beziehung gewesen seien; aber kein einziger konnte eine Auskunft geben. Auf das Anraten des Gerichtes, und weil ihn sein eigenes Wohlwollen gegen den Rentherrn dazu trieb, entschloß sich der Hausbesitzer noch eine Zeit zu warten, ob der Rentherr nicht etwa von selber zurückkehren würde. Nach der Aussage der Bewohner des Hauses und des Pförtners desselben hatte der Rentherr nicht das kleinste von seiner Wohnung fortbringen lassen, ja man erinnerte sich nicht einmal genau, ob er bei seiner Abreise einen Koffer gehabt habe oder nicht. Da man nun wußte, daß viele und kostbare Sachen in der Wohnung seien, so war es wahrscheinlich, daß der Rentherr nur verreiset sei, daß ihn irgend ein Zufall getroffen haben müsse, der ihn hindere, zurück zu kehren oder eine Nachricht zu geben, und daß er schon wieder kommen werde.

Allein da bereits zwei Jahre vergangen waren, und da der Rentherr weder selber zurück gekehrt war, noch auch eine Nachricht von sich gegeben hatte, ließ man ihn ämtlich durch die Zeitungen auffordern, daß er von sich Nachricht zu geben, und sich auszusprechen hätte, ob er seine dermalige Wohnung auf dem Sankt Petersplatze noch ferner behalten, und die Miete gesetzmäßig berichten würde. Wenn in einer gegebenen Frist keine Nachricht einginge, so würde man seine Wohnung als aufgekündet betrachten, würde seine Zurücklassenschaft versteigern, davon die angelaufene Miete bezahlen, und den etwaigen Rest in gerichtliche Verwahrung nehmen.

Allein auch die Frist verstrich, ohne daß der Rentherr kam,

oder eine Nachricht eintraf, oder jemand erschien, der sich um die Wohnung annahm.

Da schritt man zur ämtlichen Öffnung derselben.

Ein Schlosser mußte das Schloß des eisernen Gitters eröffnen. Die ältliche Magd erschien nicht mehr, die Leute in das Vorzimmer und in die Stube des Rentherrn zu geleiten, ihr Küchenfenster war nicht glatt und rein wie ehedem, sondern es war voll Staub und hing voll Spinneweben. In der Küche war alles, wie nach dem Gebrauche, die Magd hatte vor ihrem Weggange alles noch gereinigt, und an seinen Platz gestellt, nur war jedes Ding voll Staub, und die hölzernen Küferarbeiten waren zerfallen, und die Reifen lagen um sie. In dem Vorzimmer waren die großen Kästen mit Kleidern erfüllt, von den wollenen flog eine Wolke Motten auf, die andern waren unversehrt. Es hingen auch die Sachen der Frau da, und darunter schöne seidene Gewänder. In dem Speisekasten befanden sich die Eßgeräte und das Silbergeschirr.

Da man das Zimmer des Rentherrn eröffnet hatte, fand sich alles, wie es sonst gewesen war. Der Flügel stand eröffnet, die zwei Geigen waren da, die Fächer mit den Flöten, nur eine Flöte fehlte. Auf der Staffelei war ein angefangenes Bild, auf dem Schreibtische lagen Bücher und Schriften, und das Bett war mit seiner feinen Decke überzogen. Die berühmten Männer waren bestaubt und von der eingeschlossenen Luft vergelbt. Die Ruhebetten standen umher, aber sie waren lange nicht gerollt worden. Der große Armsessel des Schauspielers stand mitten in dem Zimmer.

In der Wohnung der Frau war schier keine Veränderung, es standen die Geräte in der alten Ordnung, und es lagen die alten Sachen auf ihnen; aber die kleinen Veränderungen die doch vor sich gegangen waren, zeigten, wie es hier anders geworden sei. Die schweren Vorhänge hingen ruhig herab, da sie doch sonst bei den geöffneten Fenstern sich leicht bewegt hatten, die Blumen und Pflanzen standen als verdorrte Reiser, die Uhr mit dem sanften Gange hatte auch diesen nicht, das Pendel hing stille, und sie zeigte unabänderlich auf dieselbe Stunde. Die Linnen und anderen Arbeiten lagen wohl auf den Tischen, aber sie zeigten keine anfassende Hand, und trauerten unter dem Staube. In dem Seitengemache hingen die weißen Vorhänge in den vielen Falten hernieder, aber in den Falten war der leichte schnell rieselnde Staub, die Heilige Mutter schaute von dem Bilde nieder, die rote Umhüllung war grau, der vergoldete Engel hielt die Spitze des Linnenzeltes, aber auf den Linnen lag der Staub und unter ihnen war der leere Korb, und in ihm nicht mehr das rosige Angesicht des Kindes.

Das Amt nahm alle Gegenstände dadurch in Empfang, daß es dieselben in ein Buch verzeichnete. Dann wurden sie in zwei Zimmer zusammengestellt, daß man sie besser übersehen, und überwachen könnte. Hierauf wurde die Wohnung wieder verschlossen, und versiegelt.

Unter den vorgefundenen Sachen war nichts, was von dem Aufenthalte und den weiteren Verhältnissen des Rentherrn hätte Kunde geben können. Auch kein Geld wurde gefunden, man vermutete, daß er alles Bare auf die Reise mitgenommen habe.

Der Tag der Versteigerung wurde anberaumt, und als diese vor sich gegangen war, wurde ein Teil des Erlöses dem Besitzer des Hauses als angewachsener Mietbetrag samt dessen Zinsen gegeben, der Rest für den abwesenden Rentherrn von dem Amte in Verwahrung genommen. Die Helden waren sämtlich von den Wänden abgelöset worden, die Wohnung in dem vierten Stockwerke im Hause auf dem Sankt Petersplatze stand leer, und auf einem an dem Tore desselben angeschlagenen Zettel war zu lesen, daß sie an einen neuen Mieter zu vergeben sei.

Die Sache hatte in Wien großes Aufsehen gemacht, man hatte mehr oder minder eine Ahnung von dem wahren Sachverhalte, und redete eine geraume Zeit davon. Einmal ging die Sage, der Rentherr sei in den böhmischen Wäldern, wohne dort in einer Höhle, halte das Kind in derselben verborgen, gehe unter Tags aus, um sich den Lebensunterhalt zu erwerben, und kehre abends wieder in die Höhle zurück. Aber es kamen andere Ereignisse der großen Stadt, wie sich überhaupt die Dinge in solchen Orten drängen, man redete von etwas anderem, und nach kurzem war der Rentherr und seine Begebenheit vergessen.

Es war seit der Zeit, in welcher sich das zugetragen hatte, was oben erzählt worden ist, eine Reihe von Jahren vergangen. Die Erzählung rührt von einer Freundin her, welche den Künstler recht gut gekannt hat, und welche das genauere Verhältnis desselben zur Familie des Rentherrn von seinen Freunden erfahren hatte. Denn sie selber war zur Zeit, da die Begebenheit sich zugetragen hatte, noch zu jung gewesen, um viel von ihr berührt zu werden.

Wir lassen nun aus ihrem Munde das weitere folgen.

Vor ziemlich langer Zeit, erzählte sie, als ich mit meinem Gatten erst einige Jahre vermählt war, hatten wir eine sehr angenehme und freundliche Vorstadtwohnung. Mein Gatte konnte recht leicht den kleinen Weg in die Stadt, in welche ihn täglich seine Amtsgeschäfte riefen, zurücklegen; ich kam nicht oft hinein, weil ich mit meiner Häuslichkeit sehr viel beschäftigt war, weil mir damals die kleinen Kinder viel zu tun gaben, weil ich mich ihrer Pflege sehr gerne widmete, und wenn ich doch in die Stadt mußte, so war, wenn es schön war, der Weg nur ein Spaziergang, und am Ende kostete bei schlechtem Wetter ein Wagen auch nicht gar viel. Für die Kinder aber war die luftige und freie Wohnung, zu welcher auch ein geräumiger Garten gehörte, von entschiedenem Vorteile, und ein bedeutender Arzt, der Freund meines Mannes widerriet, als der letztere einmal die Wohnung aufgeben wollte, ihm diesen Vorsatz auf das eindringlichste. Die Fenster eines Teils der Wohnung gingen auf den Garten und über ihn weg auf andere Gärten und endlich auf die nahen Weinberge und Waldhügel der Umgebung. Hier war hauptsächlich ich mit den Kindern. Die vorderen Fenster sahen auf die breite gerade und schöne Hauptstraße der Vorstadt, in welcher ein angenehmes nicht zu bewegtes Leben herrschte, Kaufbuden und Warenstände waren, und Wägen fuhren, und Menschen gingen. In diesem Teile der Wohnung war unser Gesellschaftszimmer noch ein schönes Zimmer und das Arbeitsgemach meines Mannes. Die Entfernung zwischen der Stadt und dem Lande war so gleich und so kurz, daß wir zu keinem einen großen Weg zurück zu legen hatten.

Als einmal ein sehr schöner milder Morgen war, ich glaube, es war zur Zeit des Frühlingsanbruches, als mein Gatte bereits in der Stadt war, die Kinder aber sich in der Schule befanden, ließ ich mich von der einschmeichelnden Luft bewegen, die Fenster zu öffnen, um die Wohnung zu lüften, und bei dieser Gelegenheit, wie das immer so folgt, auch ein wenig Staub abzuwischen, aufzuräumen, und dergleichen. Wir hörten in unserer Wohnung gerne das Kirchenglöcklein des Krankenhauses, wenn es zur Messe rief, und ich ging nicht selten, wenn ich eben darnach angekleidet war, hinüber meine Andacht zu verrichten. Eben tönte auch wieder das Glöcklein durch die Lüfte, als ich bei einem Fenster unsers schönsten Zimmers gegen die Straße hinaus sah, und ein Abwischtuch ausschwang. Ich hatte aber außer dem Klingen des Glöckleins auch noch einen andern Eindruck, der mich bewog, noch ein Weilchen am Fenster zu bleiben. Da ich nämlich hinunter sah, was denn für Leute gingen, erblickte ich ein seltsames Paar. Ein Mann, nach dem Rücken zu schließen den er mir zukehrte, schon ziemlich bejahrt, mit einem dünnen, gelben Moltonröckchen blaßblauen Beinkleidern großen Schuhen und einem kleinen runden Hütchen angetan, ging auf der Straße dahin; er führte ein Mädchen, das eben so seltsam gekleidet war, in einen braunen Überwurf, der ihr fast wie eine Toga um die Schultern lag. Das Mädchen hatte aber einen so großen Kopf, daß es zum Erschrecken gereichte, und daß man immer nach demselben hin sah. Beide gingen mäßig schnell ihres Weges; aber beide so unbeholfen und ungeschickt, daß man sogleich sah, daß sie Wien nicht gewohnt seien, und daß sie sich nicht so zu bewegen verstünden wie die anderen Menschen. Aber bei aller Unbeholfenheit und Ungeschicklichkeit war der Mann doch noch beflissen, das Mädchen zu leiten, mit ihm den fahrenden Wägen auszuweichen, und es vor dem Zusammenstoße mit Personen zu hüten. Sie schlugen gerade den Weg ein, der zu dem Kirchlein führte, von dem eben das Glöcklein tönte.

Von Neugierde getrieben, und weil ich dachte, daß der Mann etwa das Mädchen in die Messe führe, beschloß ich, auch dahin zu gehen, meine Andacht zu verrichten, und nebenbei auch etwas Näheres von den beiden zu erfahren oder sie zu betrachten. Ich kleidete mich schnell an, warf ein Tuch um, setzte den Hut auf, und ging fort. Ich bog in das kleine Gäßchen ein, das von unserer Hauptstraße um die Ecke der Soldatenarzneischule herum gegen die Gegend des Kirchleins führt, wohin ich die zwei Menschen hatte einlenken gesehen; allein ich erblickte sie nicht in dem Gäßchen. Ich ging dasselbe entlang, ging durch den Schwibbogen, der dasselbe damals noch schloß, wendete mich um die Häuserecke, und wandelte bis zur Kirche; aber ich sah sie nirgends. Auch in der Kirche, in der wenig Menschen waren, erblickte ich sie nicht. Ich verrichtete nun meine gewöhnliche Andacht, vertiefte mich in dieselbe, und da die Messe vorüber war, und ich mich zum Fortgehen rüstete, sah ich mich noch einmal rings herum, um ihnen Hilfe anzubieten, wenn sie deren vielleicht bedürften; allein ich hatte mich geirrt, das Paar war wirklich nicht in der Kirche. Ich verfügte mich nun auch wieder nach Hause.

Es war seit diesem Vorfalle eine bedeutende Zeit vergangen, und ich hatte ihn längst vergessen, als ich mit meinem Gatten einmal in einer sehr schönen Nacht von der Stadt nach Hause ging. Wir waren in dem Theater in der Hofburg gewesen, und da die Nacht gar so schön und heiter war, so bestimmte uns dieser Umstand, das Anerbieten eines Freundes, der mit uns der Vorstellung beigewohnt hatte, anzunehmen, und bevor wir nach Hause gingen, noch ein wenig bei seiner Familie einzutreten. Wie es zu geschehen pflegt, man sprach dort von dem Stücke, man stritt hinüber und herüber, man brachte Erfrischungen, und es wurde Mitternacht, ehe wir aufbrachen. Wir lehnten den Antrag unseres Freundes, uns seinen Wagen zu geben, ab, und sagten, es wäre ein Raub an dieser schönen Nacht wenn wir in dem Wagen säßen, und den freien Raum, der zwischen der Stadt und der Vorstadt ist, durchflögen, statt ihn langsam zu durchwandeln, und seine freie erhellte Schönheit zu genießen. Man widersprach uns nicht mehr, und wir machten uns zu Fuße auf.

Als wir aus dem Tore hinaus traten, und die Stadt hinter uns ließen, empfing uns der heitere große Grasplatz mit seinen vielen Bäumen, und eine wirklich herrliche Mondnacht stand über dem Raume. Ein ungeheurer Himmel wie aus einem Edelsteine gegossen war über der großen Rundsicht der Vorstädte, nicht ein einziges Wölkchen war an ihm, und von seinem Gipfel schien das Rund des Mondes lichtausgießend nieder. Wir wandelten an der Reihe der Bäume, die den Fahrweg säumten, dahin, mancher einzelne Wanderer und manches Paar begegnete uns. Weil die Nacht so duftend und beinahe südlich war, machten wir den

Weg über den freien Raum noch einmal hin und zurück, so daß wir endlich beinahe die letzten auf dem Platze waren. Wir wendeten uns nun auch, um nach Hause zu gehen. Als wir an der Häuserreihe unserer Vorstadt hin gingen, und uns kein Mensch mehr begegnete, merkten wir, daß wir doch nicht die einzigen wären, welche von dieser schönen Mondnacht angezogen würden, sondern daß auch noch ein anderer von ihren Strahlen in seinem Herzen erregt wäre; denn wir hörten in der allgemeinen Stille, die nur durch unsere Tritte und durch manchen fernen Ruf einer Nachtigall unterbrochen wurde, ein seltsames Flötenspiel. Wir hörten es anfangs ganz leise, dann da wir weiter kamen, lauter. Wir blieben ein wenig stehen, um zu horchen. Wenn es ein gewöhnliches Flötenspiel gewesen wäre, würden wir wahrscheinlich bald weiter gegangen sein; denn es ist nichts Seltenes, daß man auch noch spät in der Nacht aus irgend einem Hause unserer Stadt Musik hört; aber das Flötenspiel war so sonderbar, daß wir länger stehen blieben. Es war nicht ein ausgezeichnetes Spiel, es war nicht ganz stümperhaft, aber was die Aufmerksamkeit so erregte, war, daß es von allem abwich, was man gewöhnlich Musik nennt, und wie man sie lernt. Es hatte keine uns bekannte Weise zum Gegenstande, wahrscheinlich sprach der Spieler seine eigenen Gedanken aus, und wenn es auch nicht seine eigenen Gedanken waren, so gab er doch jedenfalls so viel hinzu, daß man es als solche betrachten konnte. Was am meisten reizte, war, daß, wenn er einen Gang angenommen, und das Ohr verleitet hatte, mit zu gehen, immer etwas anderes kam, als was man erwartete, und das Recht hatte, zu erwarten, so daß man stets von vorne anfangen, und mitgehen mußte, und endlich in eine Verwirrung geriet, die man beinahe irrsinnig hätte nennen können. Und dennoch war trotz des Unzusammenhanges eine Trauer und eine Klage und noch etwas Fremdartiges in dem Spiele, als erzählte der Spieler in ungefügen Mitteln seinen Kummer. Man war beinahe gerührt.

„Das ist sonderbar“, sagte mein Gatte, „der muß das Flötenspiel auf einem eigentümlichen Wege gelernt haben, er stimmt richtig an, er fährt nicht fort, er verhastet die Sache, er kann mit dem Hauche nicht haushalten, er überstürzt ihn, und reißt ihn ab, und hat doch eine Gattung Herz darin.“

Wir konnten auch nicht ergründen, woher das Spiel kam, fast hätten wir geglaubt, daß es aus dem alten Perronschen Hause klinge, in dessen Nähe wir uns befanden; aber das Haus war im Begriffe abgetragen zu werden, es war schon nur mehr sehr wenig bewohnt, und die Töne klangen durchaus nicht, als kämen sie von irgend einem Fenster herab.

Als wir noch ein Weilchen gestanden waren, gingen wir weiter, das seltsame Flötenspiel wurde hinter uns undeutlich, endlich hörten wir es gar nicht mehr, wir kamen nach Hause, und begaben uns neben unsern Kindern, die schon mehr als die Hälfte ihres erquickenden Schlafes ausgeschlafen hatten, zur Ruhe.

Nach dieser Begebenheit verging wieder eine geraume Zeit.

Wer schon länger in unserer Stadt lebt, wird sich noch des alten Perronschen Hauses erinnern. Wer überhaupt etwa fünfzehn bis zwanzig Jahre her Wien kennt, der wird wissen, daß diese Stadt in beständigem Umwandeln begriffen, und daß sie trotz ihres Alters eine neue Stadt ist; denn die Häuser werden immer nach neuer Art und zu dem Zwecke der Benützung umgebaut, alte unveränderliche Denkmale wie etwa die Kirche von Sankt Stephan gibt es zu wenige, als daß sie der Stadt ein allgemeines Aussehen aufdrücken könnten, und so sieht sie immer wie eine von gestern aus. Das alte Perronsche Haus stand in der Hauptstraße der Vorstadt, in welcher wir wohnten, und war nicht gar weit von unserer Wohnung entfernt. Es hatte noch die Eigentümlichkeit, welche die jetzigen jungen Bewohner der Hauptstadt nicht mehr kennen, daß es unterirdische Wohnungen hatte. Die Fenster solcher Wohnungen gingen gewöhnlich dicht an dem Pflaster der Straßen heraus. Sie waren nicht sehr groß, hatten starke eiserne Stäbe, hinter denen sich gewöhnlich noch ein dichtes eisernes Drahtgitter befand, das, wenn der Bewohner nicht besonders reinlichkeitliebend war, mit dem hingeschleuderten und getrockneten Kote der Straße bedeckt war, und einen traurigen Anblick gewährte. Das Perronsche Haus war auch ohnedem schon ein sehr altes Haus, es sah schwarz aus, und hatte Verzierungen aus sehr alten Zeiten. Es ging nur mit seiner schmäleren Seite auf die Straße, mit den größeren Räumen ging es gegen einen Garten zurück. Es hatte ein kleines

Pförtlein, das mit dunkelroter fast schwarz gewordener Farbe angestrichen und mit vielen metallenen Nägeln beschlagen war, deren Stoff man nicht mehr erkennen konnte, weil sich die breiten Köpfe mit Schwärze überzogen hatten. Es war wohl neben dem Pförtchen ein größeres Haustor, aber dasselbe war seit undenklichen Zeiten nicht mehr benützt worden, es war geschlossen, es war voll Straßenkot und Staub, und hatte zwei Querbalken, die mit eisernen Klammern an der Mauer befestigt waren.

Wir hatten damals einen Freund, der es auch in allen folgenden Zeiten geblieben ist. Es war der Professor Andorf. Er war unvermählt, war ein heiterer freundlicher Mann voll geistiger Anlagen, er hatte ein warmes empfindendes Herz, und war für alles Gute und Schöne empfänglich. Er kam sehr oft zu uns, war mit meinem Manne in gelehrten Verbindungen, und es wurde öfter etwas Schönes vorgelesen oder Musik gemacht, oder traulich von verschiedenen Dingen gesprochen. Dieser Professor Andorf wohnte in dem Perronschen Hause, er wohnte nicht einmal auf die Gasse heraus sondern in dem Hofe. Er hatte freiwillig diese Wohnung gewählt, weil sie für seine Beschäftigungen, die in Lesen Schreiben oder etwas Klavierspielen bestanden, sehr ruhig war; und obwohl er ein heiterer geselliger Mann war, hatte er doch gerade diese Wohnung gewählt, weil es seinen dichtenden Kräften, die sich nicht sowohl im Hervorbringen als vielmehr im Empfangen äußerten, zusagte, das allmähliche Versinken Vergehen Verkommen zu beobachten, und zu betrachten, wie die Vögel und andere Tiere nach und nach von dem Mauerwerke Besitz nahmen, aus dem sich die Menschen zurück gezogen hatten; es gehe ihm in der Welt nichts darüber, pflegte er zu sagen, an einem Regentage an seinem Fenster zu stehen, und das Wasser von den Disteln dem Huflattich und den andern Pflanzen, die in dem Hofe stehen, niederträufeln, und die Nässe sich in den alten Mauern herabziehen zu sehen.

Einmal sagte mein Gatte, da er schon angezogen war, und eben in sein Amt gehen wollte: „Da ist ein Buch, es gehört dem Professor Andorf, es ist sehr wichtig, mir ist daran gelegen, daß es nicht in fremde Hände komme, sei so gut, schlage es in ein Papier ein, siegle das Papier zu, und schicke das Buch durch jemand Zuverlässigen an den Professor. Ich hatte nicht mehr Zeit das Geschäft selber zu besorgen, und wende mich daher an dich."

Er legte das Buch auf mein Nähtischchen, ich sagte ihm zu, daß ich seinen Auftrag vollziehen würde, und er ging fort, um sich an seine Dienstgeschäfte zu begeben.

Da mir aber im Laufe des Vormittages einfiel, daß ich ohnedem in die Stadt gehen müsse, und daß ich da an dem Perronschen Hause vorübergehe, so dachte ich, daß ich ja bei dieser Gelegenheit das Buch selber abgeben könnte, so könne es ganz gewiß in keine unrechten Hände kommen. Ich beschloß also, so zu tun. Da die Zeit gekommen war, kleidete ich mich an, tat das Buch in meine Arbeitstasche, die ich gerne am Arme mitzutragen pflege, und machte mich auf den Weg. Als ich zu dem Perronschen Hause gekommen war, drückte ich auf die Klinke des kleinen roten Pförtchens. Ich war nie in dem Hause gewesen. Die Klinke gab leicht nach, und das Pförtchen öffnete sich. Als ich aber in dem Gange stand, der sich hinter dem Pförtchen öffnete, sah ich mich vergeblich nach einer Stube oder Wohnung um, in der ein Pförtner oder dergleichen wäre, der mir Auskunft geben könnte. Ich ging also in dem Gange weiter, der mir keine Treppe in die höhern Stockwerke zeigte, und gelangte in den Hof. Derselbe war mit großen aber zum Teile schon zerbrochenen Steinen gepflastert. Ich sah da die Pflanzen des Professors Andorf stehen, die ihn bei dem Regen mit ihrem triefenden Wasser ergötzten, ich sah aber auch bei allen Fugen der Steine das Gras heraus stehen, das schön und unzertreten wuchs. An den Mauern, die den Hof bildeten, sah ich mehrere Tore, die zu Stallungen oder Wagenbehältern führen mochten, aber die Tore wurden nie geöffnet, was ihr ausgewittertes vertrocknetes und zum Teil zerfallenes Aussehen das hohe Gras zu ihren Füßen und die braunverrosteten Angeln bewiesen. Es waren auch drei Mündungen, die zu Treppen führten, aber die Mündungen sahen unwirtlich aus, und die Treppen schienen nicht betreten zu werden. Unter den erblindeten oder bläulich schillernden oder teils mit hölzernen Läden verschlossenen Fenstern sah ich auch einige mit reinem Glase, hinter denen weiße Vorhänge waren. Ich schloß, daß diese zu der Wohnung des Professors gehören möchten, wußte aber nicht, wie ich zu dieser Wohnung hinan gelangen könnte.

In diesem Augenblicke hörte ich leise Tritte hinter mir, und vernahm eine nicht unangenehme etwas feine Männerstimme, die sagte: „Wünschen Sie etwas?"

Ich wendete mich um, und sah ein Männchen hinter mir stehen, das spärliche graue Haare auf dem Haupte und einen schlichten Ausdruck in dem Angesichte hatte. Es war nicht eigentlich angekleidet; denn es hatte nur linnene Beinkleider an, eine ähnliche Jacke, auf dem Kopfe nichts, und an den Füßen Pantoffel.

„Ich suche den Herrn Professor Andorf", sagte ich.

„Was wünschen Sie denn von dem Herrn Professor Andorf?" erwiderte er, „kann ich vielleicht eine Botschaft oder eine Übergabe bestellen, der Herr Professor ist nicht zu Hause."

Ich sah den Mann näher an. Er hatte ein längliches Angesicht und blaue Augen. Seine Miene stieß nicht ab.

„Ich hätte ein Buch zu übergeben", sagte ich, „das nur in seine Hände gehört, aber da er nicht zu Hause ist, so kann das Buch auch ein anderes Mal zu ihm kommen, mein Gatte kann es ein anders Mal herüber schicken."

„Ich bin der Pförtner des Hauses", erwiderte er, „Sie können mir das Buch schon anvertrauen; wenn Sie es aber vorziehen, es ihm selbst zu übergeben, oder durch jemand Ihrer Leute übergeben zu lassen, so treffen Sie den Professor täglich bis neun Uhr früh, und meistens auch zwischen vier Uhr und sechs Uhr nachmittags."

Da ich unschlüssig zauderte, und ihn ansah, sagte er: „Verehrte Frau, geben Sie mir das Buch, ich werde es behutsam anfassen, daß es nicht schmutzig werde, ich werde nicht in dasselbe hinein sehen, und werde es sogleich, wenn der Herr Professor Andorf nach Hause kömmt, in seine Hände geben."

Ich sah ihn wieder an. Das Anständige in seiner Stellung fiel mir auf. Seine Worte waren in dem wenigen, was er mir sagte, sehr gewählt, wie man es in der bessern Gesellschaft findet, nur seine blauen Augen hatten etwas Unstetes, als blickten sie immer hin und her. Ich hatte nicht den Mut, ihn durch Mißtrauen zu kränken, ich nestelte meine Arbeitstasche auf, zog das Buch hervor, und gab es in seine Hände. Ich hatte es in kein Papier eingeschlagen, weil ich es selber zu übergeben gedachte. Er bemerkte den Umstand gleich, und sagte: „Ich werde das Buch in ein Papier einwickeln, werde es so liegen lassen, bis der Herr Professor kömmt, und werde es ihm so übergeben."

„Ja, tun Sie das", sagte ich, und mit diesen Worten schied ich aus dem Hause.

Aber kaum war ich auf der Gasse, so bemächtigte sich meiner eine Unruhe. Etwa zwanzig Schritte von dem roten Pförtlein an der Mauer des nächsten Hauses saß gerne eine Obstfrau. Sie saß jeden Tag da, wenn nicht gar ein zu abscheuliches Wetter war; denn an gewöhnlichen Regentagen hatte sie einen breiten Schirm über ihr Warenlager ausgebreitet. Ich kannte die Frau sehr gut, und hatte oft schon für die Kinder von ihr Obst gekauft. Zu dieser Frau ging ich hin. Ich fragte sie, ob sie den Pförtner des Perronschen Hauses kenne. Sie sagte, daß sie ihn kenne, daß er ein ordentlicher Mann sei, daß, wenn er ausgehe, er gewiß immer vor Anbruch der Nacht nach Hause komme. Man könne ihm nichts nachsagen, er sei sehr stille. Übrigens sei es schon daran, daß man das Perronsche Haus umbauen müsse, es wohnen schon nicht mehr viele Leute darinnen, vornehme schon gar nicht, wenn man den Herrn Professor Andorf ausnehme, wie ich ja selber sehr gut wisse, und in wenig Jahren werde gar niemand mehr drin wohnen wollen. Wenn Herr Perron nicht immer in fremden Ländern wäre, so würde er wissen, wie es mit dem Hause stehe, daß es ihm nicht viel eintrage, und daß er besser fahren würde, wenn er es nieder risse, und ein anderes an dessen Stelle aufbaute.

Ich kaufte von der Frau einiges Obst, tat es in meine Tasche, und setzte meinen Weg in die Stadt fort.

Als mein Gatte nach Hause gekommen war, und wir bei dem Mittagessen saßen, drückte mich das Gewissen, und ich sagte ihm, was ich getan habe: aber er nach seiner ihm von jeher inwohnenden Güte und Milde beruhigte mich, und sagte, ich hätte vollkommen recht getan, er selber, wenn er das Buch hinüber getragen hätte, und ihm das gleiche begegnet wäre, hätte nicht anders gehandelt. Das Buch würde schon in die rechten Hände kommen. Desohngeachtet fragte ich den Professor, als er das erste Mal nach dieser Begebenheit zu uns kam, ob er das Buch erhalten habe, ich hätte es in die Hände des Pförtners des Perronschen Hauses gegeben.

„Das Buch habe ich erhalten", sagte der Professor, „aber ich habe geglaubt, daß Sie es mir durch jenen alten Mann überschickt haben. Daß wir im Perronschen Hause einen Pförtner besitzen, habe ich gar nicht gewußt, und wenn wir einen haben, so muß es der stillste Pförtner der Welt sein; denn ich habe nie etwas von ihm vernommen. Ich habe einen Schlüssel, durch den ich mir das Pförtchen öffne, wenn ich so spät nach Hause komme, daß es schon verschlossen ist. Übrigens tut es mir leid, daß ich nicht zu Hause gewesen bin, da Sie in das Perronsche Haus gekommen sind, daß ich Sie hätte empfangen, und Ihnen die vorkommenden Merkwürdigkeiten des Hauses hätte zeigen können."

Wieder war seit diesem Vorfalle eine bedeutende Zeit vergangen, als sich ein neues Merkmal zutrug. Unser ältester Sohn Alfred kam einmal von der Schule nach Hause. Er lief eifrig die Treppe heran, er stürzte in die Stube, und rief: „Mutter, ich habe ihm nichts getan, Mutter ich habe ihm nichts getan."

„Alfred", sagte ich, „was ist dir denn?"

„Mutter, du weißt das Perronsche Haus", erwiderte er, „da ging ich auf dem breiten Pflaster des Weges für die Fußgeher, und da sah ich einen Raben auf dem Pflaster sitzen, der sich nicht fürchtete, der nicht fliegen zu können schien, und der vor mir, da ich mich näherte, her ging. Ich duckte mich ein wenig, sprach zu ihm, langte nach ihm, und er ließ sich fangen. Mutter, ich habe ihm nichts getan, ich habe ihn nur gestreichelt. Da sah bei den Erdfenstern des Perronschen Hauses ein fürchterlich großes Angesicht heraus, und schrie: ‚Laß, laß.'

Ich blickte nach dem Kopfe hin, er hatte starre Augen, war sehr blaß, und war erschreckend groß. Ich ließ den Raben aus, richtete mich empor, und lief nach Hause. Mutter, ich habe ihm wirklich nichts getan, ich habe ihn bloß streicheln wollen."

„Ich weiß, Alfred, ich weiß", sagte ich, „lege deinen Schulsack ab, gehe in die Kinderstube, da wirst du dein Nachmittagbrot bekommen, und schlage dir den Raben aus dem Sinn, es liegt nichts an ihm."

Der Knabe küßte mir die Hand, und ging leichten Gemütes in die Kinderstube.

Aber mein Gemüt war nicht so leicht, es war nachdenklich geworden. Mir fiel nun das vor vieler Zeit gesehene Paar ein, dem ich einmal in der Richtung nach der Kirche des Krankenhauses nachgegangen bin. Das Mädchen hatte auch damals einen nach des Knaben Ausdruck fürchterlich großen Kopf gehabt. Ich fing nun an, die Begebenheiten zu verbinden. Wenn der von Alfred gesehene Kopf der nämliche gewesen ist, den ich an jenem Mädchen wahrgenommen hatte, so muß das Mädchen in einer unterirdischen Wohnung des Perronschen Hauses wohnen. Wenn ich nun an den Pförtner des Perronschen Hauses dachte, dem ich das Buch für den Professor Andorf gegeben hatte, so dürfte derselbe, wie mir jetzt vorkam, ungefähr die Gestalt und Größe des Mannes haben, den ich mit dem Mädchen über die Straße gehen gesehen hatte. Dann war der Pförtner vielleicht der Vater des Mädchens.

Mir fiel auch noch einmal auf, wie ordentlich ja anständig sich damals der Pförtner benommen hatte, als er mir das Buch für den Professor Andorf abgenötigt hatte, wie ausgewählt und gut seine Sprache gewesen sei, so daß es den Anschein hat, als sei hier etwas Besonderes im Spiele. Dies steigerte meine Teilnahme noch mehr, und ich nahm mir vor, gelegentlich dem Pförtner des Perronschen Hauses nach zu forschen, und wenn etwa eine Hilfe notwendig sein sollte, sie nach den kleinen Mitteln, die mir zu diesem Zwecke gegeben waren, zu leisten.

Die Zeit, in welcher Alfred die Begegnung mit dem Raben gehabt hatte, war im Spätherbste gewesen. In dem sehr milden Winter, der darauf folgte, ging ich oft mit meinem Gatten in die Stadt. Wir gingen zum Teile zu Freunden, zum Teile besuchten wir auch das Theater, von dem ich damals eine sehr große Freundin gewesen war. Wenn wir in der Nacht nach Hause gingen, hörten wir noch einige Male das seltsame Flötenspiel, das wir in jener Mondnacht gehört hatten, und wir vernahmen jetzt deutlich, daß es aus den unterirdischen Wohnungen des Perronschen Hauses kam.

Die Gelegenheit aber, mit dem Pförtner des Perronschen Hauses bekannt zu werden, war nicht leicht zu finden. Zuerst wollte ich nicht zudringlich sein, dann war der Professor Andorf so wenig mit dem Pförtner des Hauses bekannt, daß er nicht einmal gewußt hatte, daß das Haus einen Pförtner habe, und endlich kam überhaupt niemand in das Perronsche Haus, durch den eine Verbindung hätte eingeleitet werden können. Es verging ein Teil des Winters ohne daß ich mein Vorhaben ins Werk setzen konnte.

Einmal war ich damit beschäftigt, unsere schöneren Zimmer ein wenig zu ordnen. Wir hatten am Tage vorher eine Gesellschaft bei uns gehabt, und es war manches in Unordnung geraten. Da hörte ich von der Gasse herauf ein Gesumme und Gebrause, und da ich ein Fenster öffnete, und hinab schaute, sah ich mehrere Menschen an dem Pförtchen des Perronschen Hauses stehen, und sah, daß noch immer mehrere hinzu gingen, und sich zu ihnen gesellten. Ich rief eines meiner Dienstmädchen, und schickte dasselbe hinab, um fragen zu lassen, was es denn gäbe.

Das Mädchen kam nach einer Weile zurück, und sagte, der Pförtner des Perronschen Hauses habe sich erschlagen. Ich warf sogleich einen Mantel um, ging hinab, und ging gegen das Perronsche Haus. Ich wollte mich aber mit den Leuten, die vor dem roten Pförtchen standen, in kein Gespräch einlassen, sondern ging zu der mir bekannten Obstfrau, die bei ihrem Stande saß, und fragte: „Was ist es denn gewesen, und wie kann sich denn ein Mensch selber erschlagen?"

„Es hat sich niemand erschlagen", antwortete die Frau, „es ist nur der Pförtner des Perronschen Hauses gestorben. Vor einer Viertelstunde, da eben niemand an dieser Seite der Häuser ging, kam das Mädchen seine Tochter aus der Wohnung zu mir, und sagte mir heimlich, daß der Vater tot sei. Dann ging es gleich wieder in das Perronsche Haus zurück. Ich aber rief den Lehrling des Schusters da herüber, sagte es ihm, und sagte, daß er auf das Stadthaus gehen, und dort die Meldung von dem machen möge, was mir das Mädchen gesagt habe. Der Lehrling wird es auf dem Wege den Leuten vertraut haben, darum sind sie schon gekommen. Aber von dem Stadthause muß auch bald jemand da sein, ein Amtmann ein Arzt ein Beschauer ein Geschworener, oder wer es sein mag."

Während der Rede der Frau hatten sich noch mehr Menschen angesammelt, es ging aber niemand von ihnen durch das rote Pförtchen hinein, entweder aus Achtung vor dem Toten, der im Innern lag, oder aus Scheu vor dem seltsamen Perronschen Hause.

Endlich kamen auch die von dem Amte Abgeordneten, den Befund aufzunehmen.

„Diese Frau hat es mir gesagt“, sagte der Lehrling, der auf die Obstfrau zeigte.

Die Obstfrau mußte mit den Amtsabgeordneten gehen. Sie tat es gerne, nachdem sie zuvor ein großes weißes Tuch auf ihren Obstkram gebreitet hatte. Ich nannte mich den Amtsleuten, und bat, mich mit in die Wohnung zu nehmen, weil ich im Sinne habe zu helfen, wenn dort etwas not tun sollte. Man gestand es gerne zu. Der Lehrling als in der Anzeige beteiligt mußte ebenfalls mit.

Als wir zu dem Pförtchen gelangt waren, drängte sich alles nach demselben, aber die Männer des Amtes sagten, daß niemand, der nicht zu dem Amte gehöre, oder von demselben aufgefordert sei, in das Innere des Hauses dürfe. Hierauf wurden zwei Diener der öffentlichen Sicherheit zu beiden Seiten des Pförtchens gestellt, das Pförtchen wurde geöffnet, wir gingen hinein, die Sicherheitsdiener stellten sich dann in die Mündung des Pförtchens, und ließen niemand mehr hinein.

Wir begaben uns durch den Gang, der hinter dem Pförtchen war, in den Hof, und von dem Hofe unter die Einfahrt, welche durch das Tor geschlossen war, und in der Seitenmauer der Einfahrt zeigte sich eine Tür. Die Tür wurde geöffnet. Hinter ihr ging eine Treppe in die Tiefe hinunter. Als dort gelegen wurde die Wohnung des Pförtners angegeben.

Da wir die Treppe hinunter gestiegen waren, und die Wohnung betreten hatten, sahen wir, daß dieselbe nur aus einem einzigen Zimmer bestehe. Neben einer Leiter, die gegen das Fenster empor lehnte, lag der alte tote Mann. Er hatte ein gelbes Moltonröcklein und blaßblaue Beinkleider an. Als ihn die Männer aufgehoben, und auf ein Bett, das das seinige schien, gelegt hatten, sah ich aus den Zügen, daß es wirklich der nämliche Mann sei, dem ich das Buch gegeben hatte. Man hatte anfangs die Absicht gehabt, Versuche zu machen, ihn ins Leben zurück zu rufen, aber beim Anfassen hatte man schon empfunden, daß er kalt sei, und bei näherer Beschauung zeigte sich auch, daß er unzweifelhaft tot sei.

Wann mußte er denn gestorben sein?

Sonst war niemand in dem Zimmer als das Mädchen mit dem großen Haupte. Es saß tief zurück auf einem weißen unangestrichenen Stuhle, und sah von ferne zu, was man mit dem Manne beginne. Auf einem Schirme, der vor einem Bette stand, das ich für das des Mädchens hielt, saß die Dohle, denn eine solche kein Rabe war es gewesen, was Alfred hatte fangen wollen. Der Vogel nickte mit dem Kopfe, und sprach schier Laute, die aber unverständlich verstümmelt und kaum menschenähnlich waren. Auf dem Tische, der nicht weit von dem Sitze des Mädchens stand, sah ich die Flöte liegen.

Ich wollte, während die Männer die Leiche besahen, und auf dem Bette in eine anständige Lage zu bringen suchten, das Mädchen ansprechen, wollte es zutraulich machen, und es dann mit mir nehmen, um es aus der traurigen Umgebung zu bringen. Ich näherte mich, und sprach es an, wobei ich die höflichste aber einfachste Sprache versuchte. Das Mädchen antwortete mir zu meinem Erstaunen in der reinsten Schriftsprache, aber was es sagte, war kaum zu verstehen. Die Gedanken waren so seltsam, so von allem, was sich immer und täglich in unserem Umgange ausspricht, verschieden, daß man das Ganze für blödsinnig hätte halten können, wenn es nicht zum Teile wieder sehr verständig gewesen wäre.

Ich hatte zufällig in meinem Mantel einige Stücke Zuckerbäckerei und etwas Obst. Ich nahm ein Stückchen Backwerk heraus, und bot es dem Mädchen an. Es langte darnach, aß es, und zeigte in den Zügen des großen Antlitzes einen augenfälligen Schein von Freude. Ich versuchte bei dieser Gelegenheit auch, ob ich aus den Zügen heraus lesen könnte, wie alt das Mädchen sein möge; aber es war mir wegen der ungewöhnlichen Bildung des Hauptes und des Angesichtes nicht möglich. Es konnte sechzehn Jahre alt sein, es konnte aber auch zwanzig Jahre alt sein.

Ich gab ihm nun noch ein zweites Stück, dann ein drittes, und dann mehrere.

Ich werde den Sinn dessen, was es sagte, ungefähr in unserer Sprache oder Sprechweise geben, weil man die Gedankenfolge des Mädchens nicht verstehen würde, und weil ich auch nicht im Stande wäre, die Dinge genau so aus dem Gedächtnisse zu wiederholen, wie es dieselben gesagt hatte.

Ich fragte es, ob es solche Speisen gerne äße, wenn es dieselben hätte, ob sie gut seien.

„Ja, gut", sagte es, „gib mir noch mehr."

„Ich werde dir mehr geben", antwortete ich, „wenn du mit mir gehst, und in einer anderen Stube bleibst, bis es Nacht wird, und bis es wieder Tag wird. Dann werde ich dich wieder in diese deine Stube zurück führen. Ich habe hier keine solchen süßen Dinge mehr, aber in der Stube, in welche du mit mir gehen sollst, sind viele."

„Ich gehe mit dir", sagte es, „aber wenn der Tag kömmt, gehen wir wieder zu uns her."

„Ja, da gehen wir wieder in diese Stube", sagte ich.

Ich gab dem Mädchen nun auch einen Apfel von einer besseren Gattung. Es aß ihn mit dem Zeichen, daß er ihm angenehm sei.

Ich fragte das Mädchen auch, ob es keine Mutter habe, oder ob keine Geschwister am Leben seien.

Es habe keine Mutter, antwortete es, und es sei immer nur bei dem Vater allein gewesen. Den Begriff Geschwister schien es gar nicht zu kennen.

Ich fragte es hierauf, wie denn der Vater gestorben sei.

„Er ist auf die Leiter gestiegen", antwortete es, „die zu unserem Fenster hinauf führt. Ich weiß nicht, was er tun wollte, und da ist er herab gefallen, und ist liegen geblieben. Ich wartete, bis er wieder gesund werden würde; aber er ist nicht mehr gesund geworden. Er war tot. Da eine Nacht und ein Tag vergangen waren, sagte ich es der Frau, die immer nicht weit von unserm Pförtlein sitzt. Seit dem sind die Leute gekommen."

Ich teilte den Männern die Nachricht mit, und sagte, daß ich das Mädchen in mein Haus führen, und einstweilen dasselbe verpflegen würde. Die Behörden, welche die Sache leiten, könnten das Mädchen immer bei mir finden, wenn sie dasselbe zurückfodern sollten. Ich würde auch die Begebenheit meinen Freunden und Bekannten anzeigen, daß wir eine Sammlung von Geld machen, damit man den Mann anständig begraben könne. Die Männer wendeten dagegen nichts ein.

Sie waren unterdessen mit der Leiche fertig geworden. Es hatte sich gezeigt, daß der arme Mann aus was immer für einer Ursache gefallen sein müsse, und zwar wie der Anschein zeige, und das Mädchen aussage, von der Leiter, die gegen das Fenster lehnte, und daß er sich hiebei die Wirbel des Genickes verletzt haben müsse, was den Tod augenblicklich zur Folge gehabt habe. Man bedeutete mir, daß den Gesetzen zufolge eine gerichtliche Zergliederung statt haben müsse, und daß es daher um so erwünschter erscheine, wenn das Mädchen aus der Wohnung entfernt würde. Die Aussage der Obstfrau und des Lehrlings waren zu Papier gebracht worden, und man erklärte ihnen, daß nichts im Wege stehe, daß sie sich entfernen könnten.

Ich trat noch ein wenig zu der Leiche. Sie lag jetzt in ihren Kleidern auf dem Bette. Die Züge waren wenig verändert, und waren fast so, wie an jenem Vormittage, als der Mann in dem Hofe des Perronschen Hauses vor mir gestanden war, und mir das Buch abgedrungen hatte. Die blauen Augen waren geschlossen, und da ihre etwas auffällige Unruhe durch die Lider bedeckt war, so hatte die Miene sogar einen Ausdruck von Milde. Das mochten auch die andern fühlen; denn man stand einen Augenblick schweigend um das Bett herum, und betrachtete den Mann. Endlich entfernten sich der Lehrling und die Obstfrau aus dem Zimmer. Ich trat auch von dem Anblicke hinweg.

Ich näherte mich dem Mädchen, und sagte ihm, daß ich es jetzt mit mir führen würde, und daß es mir folgen möge, wie es früher gesagt habe.

Das Mädchen erwiderte, daß es schon mit mir gehe, und daß wir, wenn wieder der Tag kommen würde, auch wieder in die Stube zurückkehren sollen.

Ich antwortete, das werde gewiß geschehen.

Es folgte mir nun ganz willig. Wir stiegen die Treppe hinan, ich nahm es bei der Hand, wir gingen über den Hof durch den Gang und bei dem roten Pförtchen auf die Gasse hinaus. Auf der Gasse standen noch immer die Leute, die sich im Gegenteile eher vermehrt hatten. Eine dichte Gruppe umgab die Obstfrau und den Lehrling, die erzählten, was sie im Innern des Hauses gesehen und erfahren hatten. Ich beeilte meine Schritte, um mich und das Mädchen aus der Menge zu bringen, und den Betrachtungen und Verwunderungen zu entziehen, die durch den Anblick des ungewöhnlichen Hauptes des Mädchens angeregt worden waren.

Ich führte es in meine Wohnung.

Dort gab ich ihm eine ordentliche Speise zu essen, da ich vermuten konnte, daß es seit gestern zu keinem regelmäßigen Essen werde gekommen sein. Es mußte auch so gewesen sein; denn das Mädchen aß mit sichtlichem Vergnügen, und es schien sehr erquickt zu werden. Es sagte mir nachträglich, daß es alles Brot gegessen habe, was in der Wohnung gewesen sei.

Wir hatten ein nach dem Garten gelegenes Gemach, das von einer alten Kinderwärterin, die schon bei meinen Eltern im Dienste gewesen war, und dann meine Kinder gepflegt hatte, so lange bewohnt gewesen war, bis endlich ihre Tochter geheiratet hatte, zu der sie dann ging, um bei ihr zu leben, und allenfalls auch an ihren Kindern zu tun, was sie so lange an fremden getan hatte. Seit jener Zeit stand das Gemach leer; aber die Geräte waren in demselben geblieben. Ich ließ es nun für das mitgebrachte Mädchen zusammen richten. Ich ließ ein Bett machen, und das Stübchen recht warm beheizen. Dann führte ich das Mädchen in dasselbe zurück. Ich hatte Sorge getragen, daß das Mädchen keinem meiner Dienstleute zu Gesichte gekommen war, damit sie es nicht etwa durch unvernünftiges Anstaunen oder gar Ausrufen einschüchterten. Darum hatte ich ihm die Speisen in unser Speisezimmer, in dem es war, ehe es in das Rückstübchen geführt werden konnte, selber gebracht, und hatte den Befehl gegeben, daß niemand in das Speisezimmer eintreten dürfe.

Wir hatten eine ältliche Magd, die seit unserer Verehlichung schon bei uns gewesen war, die eine große Anhänglichkeit an uns und unsere Kinder hatte, und eine Art Vorrecht genoß, bei Familienangelegenheiten oder bei andern wichtigen Sachen ein Wort mit zu reden. Diese Magd rief ich, setzte ihr den Fall mit dem fremden Mädchen auseinander, und bat sie, daß sie bei dem Mädchen in dem Stübchen bleiben, daß sie mit ihm freundlich reden, ihm beistehen, und ihm den Aufenthalt angenehm machen solle. Sie versprach, alles dieses zu tun. Ich sorgte auch für Wäsche, wenn bei dem fremden Mädchen hierin etwas notwendig sein sollte. Auch gab ich ihm in dem Stübchen noch Zuckerwerk und Obst, um mein Versprechen, das ich gegeben hatte, zu lösen.

Ich sagte dem Mädchen, daß ich mich jetzt entfernen müsse, weil ich andere Dinge zu tun hätte, daß die Magd bei ihm bleiben, und daß ich schon wieder kommen würde, um nachzusehen, wie es sich befinde.

Das Mädchen schien dies alles vollkommen zu begreifen.

Ich ging in mein Arbeitszimmer, setzte mich nieder, und schrieb an mehrere meiner Bekannten und Freunde, um sie um Beihilfe anzugehen.

Als am Abende mein Gatte nach Hause kam, erzählte ich ihm alles, was vorgefallen war, und was ich getan hatte, und fragte ihn, ob es recht gewesen sei.

Er sagte, daß alles recht gewesen sei, er billigte alles, und schloß sich selber der Sache an. Er schrieb auch noch einige Briefe, dann nahm er einen Wagen, um persönlich noch zu mehreren Freunden zu fahren. Als er spät in der Nacht nach Hause kam, brachte er gute Zusicherungen, und es waren auch freundliche Antworten auf mehrere Briefe noch an demselben Abende eingegangen. Wir legten uns zufrieden schlafen.

Am andern Morgen ging mein Gatte mit mir in die unterirdische Wohnung. Die gerichtliche Zergliederung hatte statt gefunden. Das Rückenmark war an einer Stelle, wo der feinste Sitz des Lebens zu sein scheint, durch Quetschung der Nackenwirbel verletzt worden, und dadurch ist der Tod erfolgt. Die Leiche war bereits in einem Sarge, und war bereitet, beerdigt werden zu können. Wir machten die Anzeige an die Kirche, um die Art der Beerdigung einzuleiten. Während mein Gatte noch mehrere Vorbereitungen machte, ging ich nach Hause, um das fremde Mädchen zu veranlassen, daß es in meiner Wohnung bleibe, bis die Beerdigung vorüber wäre.

Es war schon erwacht, und angezogen. Es verlangte nach Hause. Ich sagte ihm, daß ich jetzt nicht Zeit habe, daß mehrere Dinge zu verrichten wären, und daß ich nach deren Beendigung gewiß kommen und daß ich es dann selber wieder in seine Wohnung zurück führen würde. Es fügte sich in diese Dinge, es erhielt ein Frühstück, und die Magd, welche ihm beigegeben worden war, blieb bei ihm.

Der Professor Andorf war herüber gekommen; er hatte die Sache erfahren. Andere Freunde, an die wir geschrieben hatten, waren gekommen, um den Fall persönlich zu sehen. Viele Menschen hatten sich wieder an dem roten Pförtchen gesammelt. Es waren größtenteils Personen aus den niederen Ständen, welche die Neugierde und eine Art dumpfer Teilnahme, die dieser Gattung eigen ist, herbei geführt hatte, dann, wie es in einer großen Stadt geschieht, waren die Vorübergehenden stehen geblieben, hatten gefragt, was es gäbe, und hatten sich nach Erhaltung der Antwort, wenn es ihre Zeit nur ein wenig erlaubte, an die Wartenden angeschlossen.

Gegen Ende des Vormittags erschien der Priester, die Leiche wurde eingesegnet, wurde dann in die Kirche gebracht, erhielt dort wieder die gebräuchlichen Gebete, und wurde dann auf den Kirchhof geführt. Wir hatten die Beerdigung auf einfache Weise veranstaltet, damit von dem gesammelten Gelde etwas für das hinterlassene Mädchen erübrigt werden könnte. Nach der Wegführung der Leiche hatten sich alle Menschen von dem roten Pförtchen entfernt.

Ich hielt es nun an der Zeit, das Mädchen wieder in seine unterirdische Wohnung zu führen. Ich sah deutlich ein, daß ich mir nur durch genaues Worthalten Zutrauen zu erwerben im Stande wäre; denn das Mädchen hatte unter andern merkwürdigen Eigenschaften auch die, daß es den Worten eines andern blind glaubte. Ich ging daher in das Hinterstübchen, sagte, daß ich die Dinge, die mich früher verhindert hätten, verrichtet habe, und daß ich jetzt das Mädchen wieder in seine Wohnung führen wolle. Es stand heiter von dem Stuhle auf, und folgte mir.

Als wir in die unterirdische Stube gekommen waren, fragte es nach dem Vater. Ich war in Verlegenheit; denn ich hatte gedacht, daß es wisse, daß der Vater tot sei; denn es hatte selbst das Wort gebraucht; und daß es daher wissen werde, wohin er gebracht worden sei, wenn es denselben nicht mehr in der Wohnung finden würde. Ich sagte daher, daß es ja wisse, daß der Vater gestorben sei, daß es ja selber gesagt habe, daß er nicht mehr gesund geworden, sondern tot sei, und daß er daher nach dem Gebrauche unserer Religion begraben worden sei.

Es stutzte eine Weile, dann sagte es: „Er wird gar nicht mehr kommen?"

Ich hatte nicht den Mut, ja zu sagen, und ich hätte nicht den Mut, das Mädchen durch Täuschung zu trösten, sondern blieb mitten in meiner Halbheit von Zugeben.

Es sagte nach einer Weile wieder fragend: „Er wird gar nicht mehr kommen?"

Nun hatte ich den Mut nicht mehr, unwahr zu sein, sondern ich sagte dem Mädchen, daß der Vater tot sei, daß er sich nie mehr regen könne, daß er von uns unter die Erde getan worden sei, wie man es mit allen Toten tue, und daß er dort in Ruhe liegen bleiben werde.

Da fing es heftig zu weinen an, ich suchte es zu trösten, aber meine Worte verfingen nichts, es weinte fort, bis es sich selber nach und nach ein wenig sänftigte. Ich fragte es, da es stiller geworden war, ob es wieder mit mir in meine Wohnung gehen wolle, ich würde es, sobald es wollte, abermals hieher zurück führen. Da die Wohnung leer war, machte das Mädchen wenig Widerstand, und ich führte es in das Stübchen, in dem es geschlafen hatte. Nach einer Weile gingen wir wieder in die unterirdische Wohnung. Und so wiederholte ich das Verfahren im Laufe des Tages mehrere Male, teils um das Mädchen zu beschäftigen, teils um es an eine Veränderung seiner Lage zu gewöhnen, und ihm den Schein von Freiheit zu lassen, damit es nicht durch Empfindung eines Zwanges widersetzlich und unbehandelbar würde.

Ich gab ihm auch Speisen, von denen ich vermutete, daß sie ihm zusagen könnten.

Gegen Abend, da wir in der unterirdischen Stube waren, schlug ich vor, daß es wieder in dem Stübchen schlafen solle, in welchem es in der vorigen Nacht geschlafen habe, es sei dort warm, es sei ein gutes Bett, es sei die freundliche Magd dort, und es sei ein Abendmahl bereitet.

Es sagte, daß es mitgehe, wenn es die Dohle mitnehmen dürfe.

Ich erlaubte es gerne.

Es näherte sich der Dohle, gab ihr seltsamliche unverständliche

Namen, und suchte sie zu haschen. Die Dohle duckte sich auf dem Schirme, und ließ sich mit beiden Händen des Mädchens nehmen. So trug es dieselbe fort, so kamen wir in mein Hinterstübchen. Ich setzte das Mädchen in einen geräumigen Armstuhl nahe an den Ofen, ich rief die Magd herbei, daß sie Gesellschaft leiste, sorgte für ein Abendmahl, und begab mich nach den Anstrengungen des Tages in mein Zimmer.

Die Sachen waren in der Wohnung des Pförtners versiegelt, und das Bewegliche in Beschlag genommen worden. Nur den Schlüssel zur Stubentür ließ man mir, damit ich öfter mit der hinterlassenen Tochter die Stube besuchen könnte. Meinen Gatten hatte man gefragt, ob er die Vormundschaft über das Mädchen übernehmen wolle, und er hatte eingewilligt.

Ich wußte nicht, was ich mit dem Mädchen tun sollte. Wir beschlossen daher dasselbe so lange bei uns zu behalten, bis meinem Manne alle Papiere und etwaigen anderen Dinge des Verstorbenen eingehändigt würden, woraus man dann die Verhältnisse des Verstorbenen würde entnehmen und wissen können, was mit dem Mädchen weiter zu geschehen hätte.

Sehr schwer war es, das Mädchen von dem unterirdischen Gewölbe zu entwöhnen. Es hing mit einer Hartnäckigkeit an dem Gemache, die unbegreiflich war. Nur durch den öfteren Besuch der unterirdischen Wohnung, den ich mit ihm anstellte, durch zutrauliches Reden über gleichgültige Dinge, und endlich durch sorgfältige Pflege, die ihm wohltat, gewöhnte ich es nach und nach an sein neues Stübchen. Ich gab ihm gute Wäsche, und ließ ihm Kleider von unseren Mägden verfertigen, die ihm gut standen, in denen es sich wohl befand, und durch die es nicht mehr so auffiel. Fast noch mehr als alles andere scheute es die freie Luft, und wenn ich es ein wenig in den winterlichen Garten hinunter brachte, benahm es sich linkisch, und starrte die entlaubten Zweige an. In den ersten Tagen kam niemand zu ihm als ich und die ältliche Magd, nach und nach gewöhnte es sich aber auch an den Anblick von andern aus unserer Familie, und jedem Mitgliede derselben war eingeschärft, das Mädchen freundlich zu behandeln, und es etwa nicht durch auffälliges Betrachten zu erschrecken.

Ich begann nach und nach zu untersuchen, was es denn gelernt habe. Allein so gut gewählt und rein seine Worte waren, die es sprach, so gut sie gesetzt waren, wenn auch die Gedanken oft schwer erraten werden konnten, so wenig hatte es eine Vorstellung oder eine Kenntnis von der geringsten weiblichen Arbeit. Nicht einmal von dem Waschen und Reinigen eines Lappens von dem Zusammennähen zweier Flecke hatte es einen Begriff. Der Vater mußte alles das außer dem Hause besorgt haben. Dafür sprach es oft, für uns unverständlich, mit der Dohle, wir trafen es zuweilen leise singend an, und es konnte auf der Flöte des Vaters, die wir ihm hatten verschaffen müssen, ein wenig spielen.

Als es eine bedeutende Anhänglichkeit an mich gewonnen hatte, veranlaßte ich es, von seiner Vergangenheit zu sprechen. Allein entweder hatte es alles Frühere vergessen, oder es hatten die unmittelbar zuletzt vergangenen Dinge eine solche Gewalt über sein Gedächtnis ausgeübt, daß es sich an das, was vorher war, nicht mehr erinnerte. Es erzählte nur immer von dem unterirdischen Gemache.

„Der Vater", sagte es, „ging fort, nahm die Flöte mit, und kam oft erst zur Zeit, da die Lichter brannten, zurück. Er brachte in einem Topfe Speisen, die wir in dem kleinen Ofen wärmten und dann aßen. Oft legte ich auch Holzspäne in den Ofen, wenn er nicht da war, und machte mir eine Speise warm, die in einem Topfe auf dem Gestelle stand; denn es blieb zuweilen viel übrig. Ein anderes Mal hatte ich nichts als Brot, welches ich aß. Zuweilen blieb er auch zu Hause. Er lehrte mich mancherlei Dinge, und erzählte viel. Er sperrte immer zu, wenn er fort ging. Wenn ich fragte, was ich für eine Aufgabe habe, während er nicht da sei, antwortete er: ‚Beschreibe den Augenblick, wenn ich tot auf der Bahre liegen werde, und wenn sie mich begraben'; und wenn ich dann sagte: ‚Vater, das habe ich ja schon oft beschrieben', antwortete er: ‚So beschreibe, wie deine Mutter von ihrem Herzen gepeinigt in der Welt herumirrt, wie sie sich nicht zurück getraut, und wie sie in der Verzweiflung ihrem Leben ein Ende macht.' Wenn ich sagte: ‚Vater, das habe ich auch schon oft beschrieben', antwortete er: ‚So beschreibe es noch einmal.' Wenn ich dann mit der Aufgabe, wie der Vater tot auf der Bahre liegt, und wie die Mutter in der Welt umher irrt, und in der

Verzweiflung ihrem Leben ein Ende macht, fertig war, stieg ich auf die Leiter, und schaute durch die Drahtlöcher des Fensters hinaus. Da sah ich die Säume von Frauenkleidern vorbei gehen, sah die Stiefel von Männern, sah schöne Spitzen von Röcken oder die vier Füße eines Hundes. Was an den jenseitigen Häusern vorging, war nicht deutlich."

Als ich das Mädchen fragte, wo es die Ausarbeitungen der Aufgaben habe, antwortete es, daß der Vater dieselben alle gesammelt habe, und daß sie irgendwo aufbewahrt seien. Etwas weniges sei da. Mit diesen Worten ging es zu einem Kleiderkasten, in welchem es seine Kleider hatte, tat aus dem Sacke eines alten abgelegten Rockes einige verknitterte Papiere heraus, und reichte sie mir. Ich faltete sie auseinander. Sie waren teils mit Tinte teils mit Bleifeder beschrieben, und häufig durch Kreuze und andere Zeichen ausgestrichen. Es war nicht viel daraus zu entnehmen.

Ich befragte es über Gott über die Schöpfung der Welt und über andere religiöse Gegenstände. Es sagte die betreffenden Stellen aus dem Katechismus sehr geläufig auf, und blickte mit den ruhigen und ausdruckslosen Augen umher. Ich suchte zu ergründen, ob es den religiösen Handlungen unserer Kirche beigewohnt habe, und brachte heraus, daß es wiederholt die Kirche mit dem Vater besucht habe, daß es dort aber nie eine Musik, das heißt ein Flötenspiel, wie es sich ausdrückte, gehört, noch mit jemand gesprochen habe. Es mußte also höchstens bei stillen Messen gewesen sein.

Endlich wurde meinem Gatten die Vormundschaft übertragen, und ihm die gerichtlich vorgefundene und aufgezeichnete Verlassenschaft gegen Bescheinigung übergeben. Aus den Papieren, die er sogleich sorgfältig untersuchte, ging hervor, daß der Verstorbene niemand anders war als jener Rentherr, der einmal abgereiset, und sodann spurlos verschwunden war. Wir hatten die Geschichte jenes Mannes nur so im allgemeinen gewußt, und sie schon längst wieder vergessen. Jetzt wurde sie aufs neue aus der Erinnerung hervorgeholt, und von manchem, der es wissen konnte, das nähere einzelne erforscht.

Das Mädchen mit dem großen Haupte und den breiten Zügen war also das rosige Kind gewesen, das unter dem Gezelte geschlafen hatte, dessen Spitze der vergoldete Engel mit seinen Fingern gehalten hatte, dessen Falten rings um das Bettchen auseinander gegangen waren, und das die Eltern mit Wonne betrachtet hatten.

Von Eigentum hatten sich nur einige schlechte Geräte einige alte Kleider und die Betten vorgefunden. Von Barschaft war ein kleiner Sack mit Kupfermünzen gefüllt vorhanden. Weiter gar nichts.

Mein Gatte forschte unter den Papieren nach einer Aufklärung über den Vermögensstand des Verstorbenen; denn ein solcher mußte doch vorhanden gewesen sein; denn alle die befragt worden waren, erinnerten sich nicht, daß der Rentherr, als er das Haus auf dem Sankt Petersplatze bewohnt hatte, in irgend einem Amte gestanden sei, noch daß er irgend einen Erwerb getrieben habe, und dennoch habe er anständig und wohlhabend gelebt. Er mußte daher von irgend einem Anliegen Bezüge genossen haben. Aber in den gesamten Schriften und den kleinsten Zettelchen war nicht das geringste zu finden. Mein Gatte ging nun in Wien zu allen Ämtern, die mit Gelde oder irgend anderen Werten auch nur von ferne zu tun hatten, und fragte an; aber nirgends konnte eine Auskunft erhalten werden. Er besuchte nun nach und nach alle Geschäftsführer Stellvertreter Anwälte, und wie diese Männer alle heißen; aber bei keinem konnte er etwas in Erfahrung bringen. Endlich griff er zu dem Mittel, den Fall in den Zeitungen bekannt zu geben, in wieferne er sich auf die Vermögensfrage bezog, und jedermann zur Mitteilung aufzufordern, der etwa Kenntnis haben könnte; aber es erfolgte keine Antwort. Das Vermögen des armen Mädchens, wenn noch eines vorhanden war, mußte also verloren gegeben werden.

Die Summe, welche nach der Versteigerung der Geräte und andern Dinge, die der Rentherr in seiner Wohnung auf dem Sankt Petersplatze zurück gelassen hatte, und nach der Bezahlung der Schuld an den Hausbesitzer noch übrig geblieben, und in die Verwahrung der Gerichte gegeben worden war, wurde meinem Gatten für das Mädchen eingehändigt. Sie war durch die Zinsen während einer Reihe von Jahren nicht unbeträchtlich angewachsen.

Von der Lebensweise und den Schicksalen des Verstorbenen seit seiner Abreise von Wien konnte mein Gatte nichts Bestimmtes erfahren. Nur, da er alle Wege zur Ermittlung des Lebenslaufes des Verstorbenen und in Folge dessen zur Ermittlung des Schicksales des Vermögens des Mädchens einschlug, war das eine zu seiner Kenntnis gekommen, daß ein Mann, dessen Beschreibung ganz auf den Verstorbenen paßte, in den Vorstädten, welche sehr weit von der Wohnung des Verstorbenen entfernt waren, oft gesehen worden war, daß er mit seiner Flöte in Gasthäusern in Gärten und an öffentlichen Orten erschienen war, und dort für kleine Gaben gespielt habe. Aus Küchen habe er gerne Speisen, die man ihm schenkte, in seinem Topfe fortgetragen. Daß er in der Nähe seiner Wohnung gespielt habe, konnte man nicht erfahren.

Von dem Verwalter des Perronschen Hauses erfuhr mein Gatte, daß der Verstorbene zu irgend einer Zeit, er wisse es selbst nicht mehr genau, wann es gewesen, unentgeltlich in die unterirdische Wohnung aufgenommen worden sei, um Pförtnerdienste zu verrichten, obwohl bis dahin die Inwohner Schlüssel zu dem roten Pförtchen gehabt hatten, die sie auch fernerhin noch behielten. Überhaupt konnte von dem Verwalter des Perronschen Hauses nicht viel in Erfahrung gebracht werden, da er sich der Verfallenheit des Hauses wegen wenig um dasselbe kümmerte, und von dem Besitzer auch nicht dazu angehalten wurde.

Eines Tages brachte mein Gatte einen großen Stoß von Schriften in mein Zimmer, und reichte sie mir. Ich sah sie an, blätterte sie durch, und sah, daß es die Ausarbeitungen und schriftlichen Aufsätze des Mädchens waren. Ich nahm mir nun, wenn ich Zeit hatte, die Mühe, den größten Teil dieser Papiere zu durchlesen. Was soll ich davon sagen? Ich würde sie Dichtungen nennen, wenn Gedanken in ihnen gewesen wären, oder wenn man Grund Ursprung und Verlauf des Ausgesprochenen hätte enträtseln können. Von einem Verständnisse, was Tod was Umirren in der Welt und sich aus Verzweiflung das Leben nehmen heiße, war keine Spur vorhanden, und doch war dieses alles der trübselige Inhalt der Ausarbeitungen. Der Ausdruck war klar und bündig, der Satzbau richtig und gut, und die Worte obwohl sinnlos waren erhaben.

Ich nahm von diesem Umstande Veranlassung, aus Dichtern oder andern Schriftstellern Sätze mit bestimmter gehobner Betonung vorzutragen. Das Mädchen merkte hoch auf. Bald sagte es selber solche Dinge her, und später trug es mit einer Art Schaustellung Teile aus den besten und herrlichsten Schriften unseres Volkes vor. Wenn man aber näher in das Werk einging, von dem es eine Stelle gesagt hatte, und nach dessen Inhalt Bedeutung und Gestalt forschte, verstand es nicht, was man wollte. Auch war in der Verlassenschaft kein einziges der betreffenden Bücher vorhanden. Das Aufsagen solcher Stellen war ein Reiz für das Mädchen, dem es sich schwärmerisch hingab. Wir kamen dahinter, daß die leisen Worte, die es zur Dohle sagte, ähnliche Dinge enthielten, so wie die Weisen, die es der Flöte des Vaters abzulocken suchte, in demselben Geiste erschienen.

Mein Gatte forschte auch der Mutter des Mädchens nach. Seine Absicht war, dem Mädchen seine natürliche und erste Verwandte und Stütze zu verschaffen, dann aber auch, von der erkundeten Mutter Angaben zu erfahren, aus denen sich über die Lage des Vermögens etwas entnehmen ließe. Mein Gatte forschte anfangs vorsichtig auf dem Wege der Ämter dann mit der größten Schonung teils durch einzelne Personen teils durch öffentliche Blätter; aber wie genau auch diese Forschungen angestellt wurden, wie viele Briefe geschrieben, wie viele Aufträge erteilt, wie viele Antworten eingegangen waren: von der Frau ist keine Auskunft angelangt, niemand hatte bis auf den Tag etwas von ihr gehört, sie ist auch nie wieder zurück gekommen.

Von den früheren Schicksalen des Mädchens ist uns durch seine Aussagen nie etwas bekannt geworden.

Wir hatten unsern Hausarzt, den Freund meines Gatten, zu uns bitten lassen, daß er den körperlichen Zustand des Mädchens untersuche, da das auffallend große Haupt auf etwas Ungewöhnliches schließen lasse. Er meinte, daß in dumpfen Aufenthaltsorten und etwa durch Wahnsinn des Vaters dieses Wuchern hervorgerufen worden sei, daß sich Auftreibungen und Drüsenleiden eingestellt haben. Der Gebrauch von Jodbädern würde in beiden Richtungen vielleicht gute Dienste tun. Da ich nun im Frühlinge ohnehin in die Gegend, wo sich das Bad befindet, eine Reise zu dem Bruder meines Gatten vorhatte, um mehrere Wochen bei ihm zuzubringen, so beschloß ich, das Mädchen mit zu nehmen. Ich hoffte von der guten Luft und der Reise nicht minder gute Wirkungen als von dem Bade. Das Haupt wurde in der Tat nach einem zweimonatlichen Aufenthalte auf dem Lande und nach dem vorgeschriebenen Gebrauche des Bades etwas kleiner und gebildeter, und die Züge des Angesichtes wurden geschmeidiger klarer und sprechender.

Wir unterrichteten das Mädchen auch in den gewöhnlichen Dingen, und suchten es zu den unentbehrlichsten Verrichtungen des Lebens anzuleiten. Wir suchten ihm Geschmack an Verfertigung von allerlei weiblichen Handarbeiten beizubringen, und endlich durch Gespräche und durch Lesen einfacher Bücher hauptsächlich aber durch Umgang jene wilde und zerrissene ja fast unheimliche Unterweisung in einfache übereinstimmende und verstandene Gedanken umzuwandeln, und ein Verstehen der Dinge der Welt anzubahnen. Wie schwer das war, geht schon aus der Tatsache hervor, daß Monate vergehen mußten, ehe es ertragen konnte, daß Alfred mit der Dohle sprach, oder gar mit ihr spielte, gelegentlich auch die Flöte des Vaters anrührte.

Als wir es endlich wagen konnten, mieteten wir dem Mädchen in unserer Nähe ein Zimmer, in dem es wohnte. Die Frau, welche das Zimmer vermietete, nahm sich um das Mädchen an, ein Priester unterwies es in der Religion, wir kamen sehr oft zu ihm hinüber, und so gestaltete es sich milder, seine körperliche Beschaffenheit wurde nachträglich auch besser, so daß es sich in den Lauf der Dinge schicken konnte, daß ihm mein Gatte, nachdem es die Volljährigkeit erreicht hatte, die Urkunden über seine gerichtlich anliegende Summe und über das, was bei der Beerdigung des Vaters übrig geblieben war, einhändigen konnte, und daß es endlich sogar Teppiche Decken und dergleichen Dinge anfertigte, von denen es im Verein mit den Zinsen aus seinem kleinen Vermögen lebte, was um so eher möglich wurde, als ihm die Leute gerührt durch seine Schicksale die fertigen Stücke immer gerne abkauften. –

So erzählte die Frau, und das Mädchen lebte so in den folgenden Jahren fort.

Der große Künstler ist längst tot, der Professor Andorf ist tot, die Frau wohnt schon lange nicht mehr in der Vorstadt, das Perronsche Haus besteht nicht mehr, eine glänzende Häuserreihe steht jetzt an dessen und der nachbarlichen Häuser Stelle, und das junge Geschlecht weiß nicht, was dort gestanden war, und was sich dort zugetragen hatte.

BERGKRISTALL

Unsere Kirche feiert verschiedene Feste, welche zum Herzen dringen. Man kann sich kaum etwas Lieblicheres denken als Pfingsten und kaum etwas Ernsteres und Heiligeres als Ostern. Das Traurige und Schwermütige der Karwoche und darauf das Feierliche des Sonntags begleiten uns durch das Leben. Eines der schönsten Feste feiert die Kirche fast mitten im Winter, wo beinahe die längsten Nächte und kürzesten Tage sind, wo die Sonne am schiefsten gegen unsere Gefilde steht, und Schnee alle Fluren deckt, das Fest der Weihnacht. Wie in vielen Ländern der Tag vor dem Geburtsfeste des Herrn der Christabend heißt, so heißt er bei uns der Heilige Abend, der darauf folgende Tag der Heilige Tag und die dazwischen liegende Nacht die Weihnacht. Die katholische Kirche begeht den Christtag als den Tag der Geburt des Heilandes mit ihrer allergrößten kirchlichen Feier, in den meisten Gegenden wird schon die Mitternachtstunde als die Geburtstunde des Herrn mit prangender Nachtfeier geheiligt, zu der die Glocken durch die stille finstere winterliche Mitternachtluft laden, zu der die Bewohner mit Lichtern oder auf dunkeln wohlbekannten Pfaden aus schneeigen Bergen an bereiften Wäldern vorbei und durch knarrende Obstgärten zu der Kirche eilen, aus der die feierlichen Töne kommen, und die aus der Mitte des in beeiste Bäume gehüllten Dorfes mit den langen beleuchteten Fenstern empor ragt.

Mit dem Kirchenfeste ist auch ein häusliches verbunden. Es hat sich fast in allen christlichen Ländern verbreitet, daß man den Kindern die Ankunft des Christkindleins – auch eines Kindes, des wunderbarsten, das je auf der Welt war – als ein heiteres glänzendes feierliches Ding zeigt, das durch das ganze Leben fortwirkt, und manchmal noch spät im Alter bei trüben schwermütigen oder rührenden Erinnerungen gleichsam als Rückblick in die einstige Zeit mit den bunten schimmernden Fittichen durch den öden, traurigen und ausgeleerten Nachthimmel fliegt. Man pflegt den Kindern die Geschenke zu geben, die das heilige Christkindlein gebracht hat, um ihnen Freude zu machen. Das tut man gewöhnlich am Heiligen Abende, wenn die tiefe Dämmerung eingetreten ist. Man zündet Lichter und meistens sehr viele an, die oft mit den kleinen Kerzlein auf den schönen grünen Ästen eines Tannen- oder Fichtenbäumchens schweben, das mitten in der Stube steht. Die Kinder dürfen nicht eher kommen, als bis das Zeichen gegeben wird, daß der Heilige Christ zugegen gewesen ist, und die Geschenke, die er mitgebracht, hinterlassen hat. Dann geht die Tür auf, die Kleinen dürfen hinein, und bei dem herrlichen schimmernden Lichterglanze sehen sie Dinge auf dem Baume hängen oder auf dem Tische herum gebreitet, die alle Vorstellungen ihrer Einbildungskraft weit übertreffen, die sie sich nicht anzurühren getrauen, und die sie endlich, wenn sie sie bekommen haben, den ganzen Abend in ihren Ärmchen herum tragen, und mit sich in das Bett nehmen. Wenn sie dann zuweilen in ihre Träume hinein die Glockentöne der Mitternacht hören, durch welche die Großen in die Kirche zur Andacht gerufen werden, dann mag es ihnen sein, als zögen jetzt die Englein durch den Himmel, oder als kehrte der Heilige Christ nach Hause, welcher nunmehr bei allen Kindern gewesen ist, und jedem von ihnen ein herrliches Geschenk hinterbracht hat.

Wenn dann der folgende Tag, der Christtag, kömmt, so ist er ihnen so feierlich, wenn sie früh morgens mit ihren schönsten Kleidern angetan in der warmen Stube stehen, wenn der Vater und die Mutter sich zum Kirchgange schmücken, wenn zu Mittage ein feierliches Mahl ist, ein besseres als in jedem Tage des ganzen Jahres, und wenn nachmittags oder gegen den Abend hin Freunde und Bekannte kommen, auf den Stühlen und Bänken herum sitzen, mit einander reden, und behaglich durch die Fenster in die Wintergegend hinaus schauen können, wo entweder die langsamen Flocken niederfallen, oder ein trübender Nebel um die Berge steht, oder die blutrote kalte Sonne hinab sinkt. An verschiedenen Stellen der Stube, entweder auf einem Stühlchen oder auf der Bank oder auf dem Fensterbrettchen liegen die zaubrischen nun aber schon bekannteren und vertrauteren Geschenke von gestern abend herum.

Hierauf vergeht der lange Winter, es kömmt der Frühling und der unendlich dauernde Sommer – und wenn die Mutter wieder vom Heiligen Christe erzählt, daß nun bald sein Festtag sein wird, und daß er auch diesmal herab kommen werde, ist es den Kindern, als sei seit seinem letzten Erscheinen eine ewige Zeit vergangen, und als liege die damalige Freude in einer weiten nebelgrauen Ferne.

Weil dieses Fest so lange nachhält, weil sein Abglanz so hoch in das Alter hinauf reicht, so stehen wir so gerne dabei, wenn Kinder dasselbe begehen, und sich darüber freuen. – –

In den hohen Gebirgen unsers Vaterlandes steht ein Dörfchen mit einem kleinen aber sehr spitzigen Kirchturme, der mit seiner roten Farbe, mit welcher die Schindeln bemalt sind, aus dem Grün vieler Obstbäume hervor ragt, und wegen derselben roten Farbe in dem duftigen und blauen Dämmern der Berge weithin ersichtlich ist. Das Dörfchen liegt gerade mitten in einem ziemlich weiten Tale, das fast wie ein länglicher Kreis gestaltet ist. Es enthält außer der Kirche eine Schule, ein Gemeindehaus und noch mehrere stattliche Häuser, die einen Platz gestalten, auf welchem vier Linden stehen, die ein steinernes Kreuz in ihrer Mitte haben. Diese Häuser sind nicht bloße Landwirtschaftshäuser, sondern sie bergen auch noch diejenigen Handwerke in ihrem Schoße, die dem menschlichen Geschlechte unentbehrlich sind, und die bestimmt sind, den Gebirgsbewohnern ihren einzigen Bedarf an Kunsterzeugnissen zu decken. Im Tale und an den Bergen herum sind noch sehr viele zerstreute Hütten, wie das in Gebirgsgegenden sehr oft der Fall ist, welche alle nicht nur zur Kirche und Schule gehören, sondern auch jenen Handwerken, von denen gesprochen wurde, durch Abnahme der Erzeugnisse ihren Zoll entrichten. Es gehören sogar noch weitere Hütten zu dem Dörfchen, die man von dem Tale aus gar nicht sehen kann, die noch tiefer in den Gebirgen stecken, deren Bewohner selten zu ihren Gemeindemitbrüdern herauskommen, und die im Winter oft ihre Toten aufbewahren müssen, um sie nach dem Wegschmelzen des Schnees zum Begräbnisse bringen zu können. Der größte Herr, den die Dörfler im Laufe des Jahres zu sehen bekommen, ist der Pfarrer. Sie verehren ihn sehr, und es geschieht gewöhnlich, daß derselbe durch längeren Aufenthalt im Dörfchen ein der Einsamkeit gewöhnter Mann wird, daß er nicht ungerne bleibt, und einfach fortlebt. Wenigstens hat man seit Menschengedenken nicht erlebt, daß der Pfarrer des Dörfchens ein auswärtssüchtiger oder seines Standes unwürdiger Mann gewesen wäre.

Es gehen keine Straßen durch das Tal, sie haben ihre zweigleisigen Wege, auf denen sie ihre Felderzeugnisse mit einspännigen Wäglein nach Hause bringen, es kommen daher wenig Menschen in das Tal, unter diesen manchmal ein einsamer Fußreisender, der ein Liebhaber der Natur ist, eine Weile in der bemalten Oberstube des Wirtes wohnt, und die Berge betrachtet, oder gar ein Maler, der den kleinen spitzen Kirchturm und die schönen Gipfel der Felsen in seine Mappe zeichnet. Daher bilden die Bewohner eine eigene Welt, sie kennen einander alle mit Namen und mit den einzelnen Geschichten von Großvater und Urgroßvater her, trauern alle, wenn einer stirbt, wissen, wie er heißt, wenn einer geboren wird, haben eine Sprache, die von der der Ebene draußen abweicht, haben ihre Streitigkeiten, die sie schlichten, stehen einander bei, und laufen zusammen, wenn sich etwas Außerordentliches begibt.

Sie sind sehr stetig und es bleibt immer beim alten. Wenn ein Stein aus einer Mauer fällt, wird derselbe wieder hineingesetzt, die neuen Häuser werden wie die alten gebaut, die schadhaften Dächer werden mit gleichen Schindeln ausgebessert, und wenn in einem Hause scheckige Kühe sind, so werden immer mehr solche Kälber aufgezogen, und die Farbe bleibt bei dem Hause.

Gegen Mittag sieht man von dem Dorfe einen Schneeberg, der mit seinen glänzenden Hörnern fast oberhalb der Hausdächer zu sein scheint, aber in der Tat doch nicht so nahe ist. Er sieht das ganze Jahr, Sommer und Winter, mit seinen vorstehenden Felsen und mit seinen weißen Flächen in das Tal herab. Als das Auffallendste, was sie in ihrer Umgebung haben, ist der Berg der Gegenstand der Betrachtung der Bewohner, und er ist der Mittelpunkt vieler Geschichten geworden. Es lebt kein Mann und Greis in dem Dorfe, der nicht von den Zacken und Spitzen des Berges, von seinen Eisspalten und Höhlen, von seinen Wässern und Geröllströmen etwas zu erzählen wüßte, was er entweder selbst erfahren, oder von andern erzählen gehört hat. Dieser Berg ist auch der Stolz des Dorfes, als hätten sie ihn selber gemacht, und es ist nicht so ganz entschieden, wenn man auch die Biederkeit und Wahrheitsliebe der Talbewohner hoch anschlägt, ob sie nicht zuweilen zur Ehre und zum Ruhme des Berges lügen. Der Berg gibt den Bewohnern außer dem, daß er ihre Merkwürdigkeit ist, auch wirklichen Nutzen; denn wenn eine Gesellschaft von Gebirgsreisenden herein kömmt, um von dem Tale aus den Berg zu besteigen, so dienen die Bewohner des Dorfes als Führer, und einmal Führer gewesen zu sein, dieses und jenes erlebt zu haben, diese und jene Stelle zu kennen, ist eine Auszeichnung, die jeder gerne von sich darlegt. Sie reden oft davon, wenn sie in der Wirtsstube bei einander sitzen, und erzählen ihre Wagnisse und ihre wunderbaren Erfahrungen, und versäumen aber auch nie zu sagen, was dieser oder jener Reisende gesprochen habe, und was sie von ihm als Lohn für ihre Bemühungen empfangen hätten. Dann sendet der Berg von seinen Schneeflächen die Wasser ab, welche einen See in seinen Hochwäldern speisen, und den Bach erzeugen, der lustig durch das Tal strömt, die Brettersäge die Mahlmühle und andere kleine Werke treibt, das Dorf reinigt, und das Vieh tränkt. Von den Wäldern des Berges kömmt das Holz, und sie halten die Lawinen auf. Durch die innern Gänge und Lockerheiten der Höhen sinken die Wasser durch, die dann in Adern durch das Tal gehen, und in Brünnlein und Quellen hervorkommen, daraus die Menschen trinken, und ihr herrliches oft belobtes Wasser dem Fremden reichen. Allein an letzteren Nutzen denken sie nicht, und meinen, das sei immer so gewesen.

Wenn man auf die Jahresgeschichte des Berges sieht, so sind im Winter die zwei Zacken seines Gipfels, die sie Hörner heißen, schneeweiß, und stehen, wenn sie an hellen Tagen sichtbar sind, blendend in der finstern Bläue der Luft; alle Bergfelder, die um diese Gipfel herum lagern, sind dann weiß; alle Abhänge sind so; selbst die steilrechten Wände, die die Bewohner Mauern heißen, sind mit einem angeflogenen weißen Reife bedeckt, und mit zartem Eise wie mit einem Firnisse belegt, so daß die ganze Masse wie ein Zauberpalast aus dem bereiften Grau der Wälderlast emporragt, welche schwer um ihre Füße herum ausgebreitet ist. Im Sommer, wo Sonne und warmer Wind den Schnee von den Steilseiten wegnimmt, ragen die Hörner nach dem Ausdrucke der Bewohner schwarz in den Himmel, und haben nur schöne weiße Äderchen und Sprenkeln auf ihrem Rücken, in der Tat aber sind sie zart fernblau, und was sie Äderchen und Sprenkeln heißen, das ist nicht weiß, sondern hat das schöne Milchblau des fernen Schnees gegen das dunklere der Felsen. Die Bergfelder um die Hörner aber verlieren, wenn es recht heiß ist, an ihren höheren Teilen wohl den Firn nicht, der gerade dann recht weiß auf das Grün der Talbäume herab sieht, aber es weicht von ihren unteren Teilen der Winterschnee, der nur einen Flaum machte, und es wird das unbestimmte Schillern von Bläulich und Grünlich sichtbar, das das Geschiebe von Eis ist, das dann bloß liegt, und auf die Bewohner unten hinab grüßt. Am Rande dieses Schillerns, wo es von ferne wie ein Saum von Edelsteinsplittern aussieht, ist es in der Nähe ein Gemenge wilder riesenhafter Blöcke, Platten und Trümmer, die sich drängen, und verwirrt in einander geschoben sind. Wenn ein Sommer gar heiß und lang ist, werden die Eisfelder weit hinauf entblößt, und dann schaut eine viel größere Fläche von Grün und Blau in das Tal, manche Kuppen und Räume werden entkleidet, die man sonst nur weiß erblickt hatte, der schmutzige Saum des Eises wird sichtbar, wo es Felsen, Erde und Schlamm schiebt, und viel reichlichere Wasser als sonst fließen in das Tal. Dies geht fort, bis es nach und nach wieder Herbst wird, das Wasser sich verringert, zu einer Zeit einmal ein grauer Landregen die ganze Ebene des Tales bedeckt, worauf, wenn sich die Nebel von den Höhen wieder lösen, der Berg seine weiche Hülle abermals umgetan hat, und alle Felsen Kegel und Zacken in weißem Kleide da stehen. So spinnt es sich ein Jahr um das andere mit geringen Abwechslungen ab, und wird sich fort spinnen, so lange die Natur so bleibt, und auf den Bergen Schnee und in den Tälern Menschen sind. Die Bewohner des Tales heißen die geringen Veränderungen große, bemerken sie wohl, und berechnen an ihnen den Fortschritt des Jahres. Sie bezeichnen an den Entblößungen die Hitze und die Ausnahmen der Sommer.

Was nun noch die Besteigung des Berges betrifft, so geschieht dieselbe von dem Tale aus. Man geht nach der Mittagsrichtung zu auf einem guten schönen Wege, der über einen sogenannten Hals in ein anderes Tal führt. Hals heißen sie einen mäßig hohen Bergrücken, der zwei größere und bedeutendere Gebirge mit einander verbindet, und über den man zwischen den Gebirgen von einem Tale in ein anderes gelangen kann. Auf dem Halse, der den Schneeberg mit einem gegenüberliegenden großen Gebirgszuge verbindet, ist lauter Tannenwald. Etwa auf der größten Erhöhung desselben, wo nach und nach sich der Weg in das jenseitige Tal hinab zu senken beginnt, steht eine sogenannte Unglücksäule. Es ist einmal ein Bäcker, welcher Brot in seinem Korbe über den Hals trug, an jener Stelle tot gefunden worden. Man hat den toten Bäcker mit dem Korbe und mit den umringenden Tannenbäumen auf ein Bild gemalt, darunter eine Erklärung und eine Bitte um ein Gebet geschrieben, das Bild auf eine rot angestrichene hölzerne Säule getan, und die Säule an der Stelle des Unglückes aufgerichtet. Bei dieser Säule biegt man von dem Wege ab, und geht auf der Länge des Halses fort, statt über seine Breite in das jenseitige Tal hinüber zu wandern. Die Tannen bilden dort einen Durchlaß, als ob eine Straße zwischen ihnen hin ginge. Es führt auch manchmal ein Weg in dieser Richtung hin, der dazu dient, das Holz von den höheren Gegenden zu der Unglücksäule herab zu bringen, der aber dann wieder mit Gras verwächst. Wenn man auf diesem Wege fortgeht, der sachte bergan führt, so gelangt man endlich auf eine freie von Bäumen entblößte Stelle. Dieselbe ist dürrer Heideboden, hat nicht einmal einen Strauch, sondern ist mit schwachem Heidekraute, mit trockenen Moosen und mit Dürrbodenpflanzen bewachsen. Die Stelle wird immer steiler, und man geht lange hinan; man geht aber immer in einer Rinne gleichsam wie in einem ausgerundeten Graben hinan, was den Nutzen hat, daß man auf der großen baumlosen und überall gleichen Stelle nicht leicht irren kann. Nach einer Zeit erscheinen Felsen, die wie Kirchen gerade aus dem Grasboden aufsteigen, und zwischen deren Mauern man längere Zeit hinan gehen kann. Dann erscheinen wieder kahle fast pflanzenlose Rücken, die bereits in die Lufträume der höheren Gegenden ragen, und gerade zu dem Eise führen. Zu beiden Seiten dieses Weges sind steile Wände, und durch diesen Damm hängt der Schneeberg mit dem Halse zusammen. Um das Eis zu überwinden, geht man eine geraume Zeit an der Grenze desselben, wo es von den Felsen umstanden ist, dahin, bis man zu dem ältern Firn gelangt, der die Eisspalten überbaut, und in den meisten Zeiten des Jahres den Wanderer trägt. An der höchsten Stelle des Firns erheben sich die zwei Hörner aus dem Schnee, wovon eines das höhere mithin die Spitze des Berges ist. Diese Kuppen sind sehr schwer zu erklimmen; da sie mit einem oft breiteren oft engeren Schneegraben – dem Firnschrunde – umgeben sind, der übersprungen werden muß, und da ihre steilrechten Wände nur kleine Absätze haben, in welche der Fuß eingesetzt werden muß, so begnügen sich die meisten Besteiger des Berges damit, bis zu dem Firnschrunde gelangt zu sein, und dort die Rundsicht, so weit sie nicht durch das Horn verdeckt ist, zu genießen. Die den Gipfel besteigen wollen, müssen dies mit Hilfe von Steigeisen, Stricken und Klammern tun.

Außer diesem Berge stehen an derselben Mittagseite noch andere, aber keiner ist so hoch, wenn sie sich auch früh im Herbste mit Schnee bedecken, und ihn bis tief in den Frühling hinein behalten. Der Sommer aber nimmt denselben immer weg, und die Felsen glänzen freundlich im Sonnenscheine, und die tiefer gelegenen Wälder zeigen ihr sanftes Grün von breiten blauen Schatten durchschnitten, die so schön sind, daß man sich in seinem Leben nicht satt daran sehen kann.

An den andern Seiten des Tales nämlich von Mitternacht Morgen und Abend her sind die Berge langgestreckt und niederer, manche Felder und Wiesen steigen ziemlich hoch hinauf, und oberhalb ihrer sieht man verschiedene Waldblößen Alpenhütten und dergleichen, bis sie an ihrem Rande mit feingezacktem Walde am Himmel hingehen, welche Auszackung eben ihre geringe Höhe anzeigt, während die mittäglichen Berge, obwohl sie noch großartigere Wälder hegen, doch mit einem ganz glatten Rande an dem glänzenden Himmel hinstreichen.

Wenn man so ziemlich mitten in dem Tale steht, so hat man die Empfindung, als ginge nirgends ein Weg in diese Becken herein und keiner daraus hinaus; allein diejenigen, welche öfter im Gebirge gewesen sind, kennen diese Täuschung gar wohl: in der Tat führen nicht nur verschiedene Wege und darunter sogar manche durch die Verschiebungen der Berge fast auf ebenem Boden in die nördlichen Flächen hinaus, sondern gegen Mittag, wo das Tal durch steilrechte Mauern fast geschlossen scheint, geht sogar ein Weg über den obbenannten Hals.

Das Dörflein heißt Gschaid, und der Schneeberg, der auf seine Häuser herab schaut, heißt Gars.

Jenseits des Halses liegt ein viel schöneres und blühenderes Tal, als das von Gschaid ist, und es führt von der Unglücksäule der gebahnte Weg hinab. Es hat an seinem Eingange einen stattlichen Marktflecken Millsdorf, der sehr groß ist, verschiedene Werke hat, und in manchen Häusern städtische Gewerbe und Nahrung treibt. Die Bewohner sind viel wohlhabender als die in Gschaid, und obwohl nur drei Wegstunden zwischen den beiden Tälern liegen, was für die an große Entfernungen gewöhnten und Mühseligkeiten liebenden Gebirgsbewohner eine unbedeutende Kleinigkeit ist, so sind doch Sitten und Gewohnheiten in den beiden Tälern so verschieden, selbst der äußere Anblick derselben ist so ungleich, als ob eine große Anzahl Meilen zwischen ihnen läge. Das ist in Gebirgen sehr oft der Fall, und hängt nicht nur von der verschiedenen Lage der Täler gegen die Sonne ab, die sie oft mehr oder weniger begünstigt, sondern auch von dem Geiste der Bewohner, der durch gewisse Beschäftigungen nach dieser oder jener Richtung gezogen wird. Darin stimmen aber alle überein, daß sie an Herkömmlichkeiten und Väterweise hängen, großen Verkehr leicht entbehren, ihr Tal außerordentlich lieben, und ohne demselben kaum leben können.

Es vergehen oft Monate oft fast ein Jahr, ehe ein Bewohner von Gschaid in das jenseitige Tal hinüber kömmt, und den großen Marktflecken Millsdorf besucht. Die Millsdorfer halten es eben so, obwohl sie ihrerseits doch Verkehr mit dem Lande draußen pflegen, und daher nicht so abgeschieden sind wie die Gschaider. Es geht sogar ein Weg, der eine Straße heißen könnte, längs ihres Tales, und mancher Reisende und mancher Wanderer geht hindurch, ohne nur im geringsten zu ahnen, daß mitternachtwärts seines Weges jenseits des hohen herabblickenden Schneebergs noch ein Tal sei, in dem viele Häuser zerstreut sind, und in dem das Dörflein mit dem spitzigen Kirchturme steht.

Unter den Gewerben des Dorfes, welche bestimmt sind, den Bedarf des Tales zu decken, ist auch das eines Schusters, das nirgends entbehrt werden kann, wo die Menschen nicht in ihrem Urzustande sind. Die Gschaider aber sind so weit über diesem Stande, daß sie recht gute und tüchtige Gebirgsfußbekleidung brauchen. Der Schuster ist mit einer kleinen Ausnahme der einzige im Tale. Sein Haus steht auf dem Platze in Gschaid, wo überhaupt die besseren stehen, und schaut mit seinen grauen Mauern, weißen Fenstersimsen und grün angestrichenen Fensterläden auf die vier Linden hinaus. Es hat im Erdgeschosse die Arbeitsstube die Gesellenstube eine größere und kleinere Wohnstube ein Verkaufstübchen nebst Küche und Speisekammer und allen zugehörigen Gelassen; im ersten Stockwerke oder eigentlich im Raume des Giebels hat es die Oberstube oder eigentliche Prunkstube. Zwei Prachtbetten schöne geglättete Kästen mit Kleidern stehen da, dann ein Gläserkästchen mit Geschirren ein Tisch mit eingelegter Arbeit gepolsterte Sessel ein Mauerkästchen mit den Ersparnissen, dann hängen an den Wänden Heiligenbilder zwei schöne Sackuhren gewonnene Preise im Schießen, und endlich sind auch Scheibengewehre und Jagdbüchsen nebst ihrem Zugehöre in einem eigenen mit Glastafeln versehenen Kasten aufgehängt. An das Schusterhaus ist ein kleiners Häuschen nur durch den Einfahrtsschwibbogen getrennt angebaut, welches genau dieselbe Bauart hat, und zum Schusterhause wie ein Teil zum Ganzen gehört. Es hat nur eine Stube mit den dazu gehörigen Wohnteilen. Es hat die Bestimmung, dem Hausbesitzer, sobald er das Anwesen seinem Sohne oder Nachfolger übergeben hat, als sogenanntes Ausnahmstübchen zu dienen, in welchem er mit seinem Weibe so lange haust, bis beide gestorben sind, die Stube wieder leer steht, und auf einen neuen Bewohner wartet. Das Schusterhaus hat nach rückwärts Stall und Scheune; denn jeder Talbewohner ist, selbst wenn er ein Gewerbe treibt, auch Landbebauer und zieht hieraus seine gute und nachhaltige Nahrung. Hinter diesen Gebäuden ist endlich der Garten, der fast bei keinem besseren Hause in Gschaid fehlt, und von dem sie ihre Gemüse, ihr Obst und für festliche Gelegenheiten ihre Blumen ziehen. Wie oft im Gebirge so ist auch in Gschaid die Bienenzucht in diesen Gärten sehr verbreitet.

Die kleine Ausnahme, deren oben Erwähnung geschah, und die Nebenbuhlerschaft der Alleinherrlichkeit des Schusters ist ein anderer Schuster, der alte Tobias, der aber eigentlich kein Nebenbuhler ist, weil er nur mehr flickt, hierin viel zu tun hat, und es sich nicht im entferntesten beikommen läßt, mit dem vornehmen Platzschuster in einen Wettstreit einzugehen, insbesondere, da der Platzschuster ihn häufig mit Lederflecken Sohlenabschnitten und dergleichen Dingen unentgeltlich versieht. Der alte Tobias sitzt im Sommer am Ende des Dörfchens unter Holunderbüschen, und arbeitet. Er ist umringt von Schuhen und Bundschuhen, die aber sämtlich alt grau kotig und zerrissen sind. Stiefel mit langen Röhren sind nicht da, weil sie im Dorfe und in der Gegend nicht getragen werden; nur zwei Personen haben solche, der Pfarrer und der Schullehrer, welche aber beides, flicken und neue Ware machen, nur bei dem Platzschuster lassen. Im Winter sitzt der alte Tobias in seinem Stübchen hinter den Holunderstauden, und hat warm geheizt, weil das Holz in Gschaid nicht teuer ist.

Der Platzschuster ist, ehe er das Haus angetreten hat, ein Gemsewildschütze gewesen, und hat überhaupt in seiner Jugend, wie die Gschaider sagen, nicht gut getan. Er war in der Schule immer einer der besten Schüler gewesen, hatte dann von seinem Vater das Handwerk gelernt, ist auf Wanderung gegangen, und ist endlich wieder zurück gekehrt. Statt, wie es sich für einen Gewerbsmann ziemt, und wie sein Vater es zeit Lebens getan, einen schwarzen Hut zu tragen, tat er einen grünen auf, steckte noch alle bestehenden Federn darauf, und stolzierte mit ihm und mit dem kürzesten Lodenrocke, den es im Tale gab, herum, während sein Vater immer einen Rock von dunkler wo möglich schwarzer Farbe hatte, der auch, weil er einem Gewerbsmanne angehörte, immer sehr weit herab geschnitten sein mußte. Der junge Schuster war auf allen Tanzplätzen und Kegelbahnen zu sehen. Wenn ihm jemand eine gute Lehre gab, so pfiff er ein Liedlein. Er ging mit seinem Scheibengewehre zu allen Schießen der Nachbarschaft, und brachte manchmal einen Preis nach Hause, was er für einen großen Sieg hielt. Der Preis bestand meistens aus Münzen, die künstlich gefaßt waren, und zu deren Gewinnung der Schuster mehr gleiche Münzen ausgeben mußte, als der Preis enthielt, besonders, da er wenig haushälterisch mit dem Gelde war. Er ging auf alle Jagden, die in der Gegend abgehalten wurden, und hatte sich den Namen eines guten Schützen erworben. Er ging aber auch manchmal allein mit seiner Doppelbüchse und mit Steigeisen fort, und einmal sagte man, daß er eine schwere Wunde im Kopfe erhalten habe.

In Millsdorf war ein Färber, welcher gleich am Anfange des Marktfleckens, wenn man auf dem Wege von Gschaid hinüber kam, ein sehr ansehnliches Gewerbe hatte, mit vielen Leuten und sogar, was im Tale etwas Unerhörtes war, mit Maschinen arbeitete. Außerdem besaß er noch eine ausgebreitete Feldwirtschaft. Zu der Tochter dieses reichen Färbers ging der Schuster über das Gebirge, um sie zu gewinnen. Sie war wegen ihrer Schönheit weit und breit berühmt, aber auch wegen ihrer Eingezogenheit Sittsamkeit und Häuslichkeit belobt. Dennoch, hieß es, soll der Schuster ihre Aufmerksamkeit erregt haben. Der Färber ließ ihn nicht in sein Haus kommen; und hatte die schöne Tochter schon früher keine öffentlichen Plätze und Lustbarkeiten besucht, und war selten außer dem Hause ihrer Eltern zu sehen gewesen: so ging sie jetzt schon gar nirgends mehr hin als in die Kirche oder in ihrem Garten oder in den Räumen des Hauses herum.

Einige Zeit nach dem Tode seiner Eltern, durch welchen ihm das Haus derselben zugefallen war, das er nun allein bewohnte, änderte sich der Schuster gänzlich. So wie er früher getollt hatte, so saß er jetzt in seiner Stube, und hämmerte Tag und Nacht an seinen Sohlen. Er setzte prahlend einen Preis darauf, wenn es jemand gäbe, der bessere Schuhe und Fußbekleidung machen könne. Er nahm keine andern Arbeiter als die besten, und trillte sie noch sehr herum, wenn sie in seiner Werkstätte arbeiteten, daß sie ihm folgten, und die Sache so einrichteten, wie er befahl. Wirklich brachte er es jetzt auch dahin, daß nicht nur das ganze Dorf Gschaid, das zum größten Teile die Schusterarbeit aus benachbarten Tälern bezogen hatte, bei ihm arbeiten ließ, daß das ganze Tal bei ihm arbeiten ließ, und daß endlich sogar einzelne von Millsdorf und andern Tälern herein kamen, und sich ihre Fußbekleidungen von dem Schuster in Gschaid machen ließen. Sogar in die Ebene hinaus verbreitete sich sein Ruhm, daß manche, die in die Gebirge gehen wollten, sich die Schuhe dazu von ihm machen ließen.

Er richtete das Haus sehr schön zusammen, und in dem Warengewölbe glänzten auf den Brettern die Schuhe, Bundstiefel und Stiefel; und wenn am Sonntage die ganze Bevölkerung des Tales herein kam, und man bei den vier Linden des Platzes stand, ging man gerne zu dem Schusterhause hin, und sah durch die Gläser in die Warenstube, wo die Käufer und Besteller waren.

Nach seiner Vorliebe zu den Bergen machte er auch jetzt die Gebirgsbundschuhe am besten. Er pflegte in der Wirtsstube zu sagen: Es gäbe keinen, der ihm einen fremden Gebirgsbundschuh zeigen könne, der sich mit einem seinigen vergleichen lasse. „Sie wissen es nicht", pflegte er beizufügen, „sie haben es in ihrem Leben nicht erfahren, wie ein solcher Schuh sein muß, daß der gestirnte Himmel der Nägel recht auf der Sohle sitze, und das gebührende Eisen enthalte, daß der Schuh außen hart sei, damit kein Geröllstein, wie scharf er auch sei, empfunden werde, und daß er sich von innen doch weich und zärtlich wie ein Handschuh an die Füße lege."

Der Schuster hatte sich ein sehr großes Buch machen lassen, in welches er alle verfertigte Ware eintrug, die Namen derer beifügte, die den Stoff geliefert, und die Ware gekauft hatten, und eine kurze Bemerkung über die Güte des Erzeugnisses beischrieb. Die gleichartigen Fußbekleidungen hatten ihre fortlaufenden Zahlen, und das Buch lag in der großen Lade seines Gewölbes.

Wenn die schöne Färberstochter von Millsdorf auch nicht aus der Eltern Hause kam, wenn sie auch weder Freunde noch Verwandte besuchte, so konnte es der Schuster von Gschaid doch so machen, daß sie ihn von ferne sah, wenn sie in die Kirche ging, wenn sie in dem Garten war, und wenn sie aus den Fenstern ihres Zimmers auf die Matten blickte. Wegen dieses unausgesetzten Sehens hatte es die Färberin durch langes inständiges und ausdauerndes Flehen für ihre Tochter dahin gebracht, daß der halsstarrige Färber nachgab, und daß der Schuster, weil er denn nun doch besser geworden, die schöne reiche Millsdorferin als Eheweib nach Gschaid führte. Aber der Färber war desungeachtet auch ein Mann, der seinen Kopf hatte. Ein rechter Mensch, sagte er, müsse sein Gewerbe treiben, daß es blühe und vorwärts komme, er müsse daher sein Weib seine Kinder sich und sein Gesinde ernähren, Hof und Haus im Stande des Glanzes halten, und sich noch ein Erkleckliches erübrigen, welches letztere doch allein im Stande sei, ihm Ansehen und Ehre in der Welt zu geben; darum erhalte seine Tochter nichts als eine vortreffliche Ausstattung, das andere ist Sache des Ehemanns, daß er es mache und für alle Zukunft es besorge. Die Färberei in Millsdorf und die Landwirtschaft auf dem Färberhause sei für sich ein ansehnliches und ehrenwertes Gewerbe, das seiner Ehre willen bestehen, und wozu alles, was da sei, als Grundstock dienen müsse, daher er nichts weggebe. Wenn einmal er und sein Eheweib die Färberin tot seien, dann gehöre Färberei und Landwirtschaft in Millsdorf ihrer einzigen Tochter nämlich der Schusterin in Gschaid, und Schuster und Schusterin könnten dann damit tun, was sie wollten: aber alles dieses nur, wenn die Erben es wert wären, das Erbe zu empfangen; wären sie es nicht wert, so ginge das Erbe auf die Kinder derselben, und wenn keine vorhanden wären, mit der Ausnahme des lediglichen Pflichtteiles auf andere Verwandte über. Der Schuster verlangte auch nichts, er zeigte im Stolze, daß es ihm nur um die schöne Färberstochter in Millsdorf zu tun gewesen, und daß er sie schon ernähren und erhalten könne, wie sie zu Hause ernährt und erhalten worden ist. Er kleidete sie als sein Eheweib nicht nur schöner als alle Gschaiderinnen und alle Bewohnerinnen des Tales, sondern auch schöner, als sie sich je zu Hause getragen hatte, und Speise, Trank und übrige Behandlung mußte besser und rücksichtsvoller sein, als sie das gleiche im väterlichen Hause genossen hatte. Und um dem Schwiegervater zu trotzen, kaufte er mit erübrigten Summen nach und nach immer mehr Grundstücke so ein, daß er einen tüchtigen Besitz beisammen hatte.

Weil die Bewohner von Gschaid so selten aus ihrem Tale kommen, und nicht einmal oft nach Millsdorf hinüber gehen, von dem sie durch Bergrücken und durch Sitten geschieden sind, weil ferner ihnen gar kein Fall vorkömmt, daß ein Mann sein Tal verläßt, und sich in dem benachbarten ansiedelt (Ansiedlungen in großen Entfernungen kommen öfter vor), weil endlich auch kein Weib oder Mädchen gerne von einem Tale in ein anderes auswandert, außer in dem ziemlich seltenen Falle, wenn sie der Liebe folgt, und als Eheweib und zu dem Ehemanne in ein anderes Tal kömmt: so geschah es, daß die schöne Färberstochter von Millsdorf, da sie Schusterin in Gschaid geworden war, doch immer von allen Gschaidern als Fremde angesehen wurde, und wenn man ihr auch nichts Übels antat, ja wenn man sie ihres schönen Wesens und ihrer Sitten wegen sogar liebte, doch immer etwas vorhanden war, das wie Scheu oder wenn man will, wie Rücksicht aussah, und nicht zu dem Innigen und Gleichartigen kommen ließ, wie Gschaiderinnen gegen Gschaiderinnen, Gschaider gegen Gschaider hatten. Es war so, ließ sich nicht abstellen, und wurde durch die bessere Tracht und durch das erleichtertere häusliche Leben der Schusterin noch vermehrt.

Sie hatte ihrem Manne nach dem ersten Jahre einen Sohn, und in einigen Jahren darauf ein Töchterlein geboren. Sie glaubte aber, daß er die Kinder nicht so liebe, wie sie sich vorstellte, daß es sein solle, und wie sie sich bewußt war, daß sie dieselben liebe; denn sein Angesicht war meistens ernsthaft und mit seinen Arbeiten beschäftigt. Er spielte und tändelte selten mit den Kindern, und sprach stets ruhig mit ihnen gleichsam so, wie man mit Erwachsenen spricht. Was Nahrung und Kleidung und andere äußere Dinge anbelangte, hielt er die Kinder untadelig.

In der ersten Zeit der Ehe kam die Färberin öfter nach Gschaid, und die jungen Eheleute besuchten auch Millsdorf zuweilen bei Kirchweihen oder anderen festlichen Gelegenheiten. Als aber die Kinder auf der Welt waren, war die Sache anders geworden. Wenn schon Mütter ihre Kinder lieben, und sich nach ihnen sehnen, so ist dieses von Großmüttern öfter in noch höherem Grade der Fall: sie verlangen zuweilen mit wahrlich krankhafter Sehnsucht nach ihren Enkeln. Die Färberin kam sehr oft nach Gschaid herüber, um die Kinder zu sehen, ihnen Geschenke zu bringen, eine Weile da zu bleiben, und dann mit guten Ermahnungen zu scheiden. Da aber das Alter und die Gesundheitsumstände der Färberin die öfteren Fahrten nicht mehr so möglich machten, und der Färber aus dieser Ursache Einsprache tat, wurde auf etwas anderes gesonnen, die Sache wurde umgekehrt, und die Kinder kamen jetzt zur Großmutter. Die Mutter brachte sie selber öfter in einem Wagen, öfter aber wurden sie, da sie noch im zarten Alter waren, eingemummt einer Magd mitgegeben, die sie in einem Fuhrwerke über den Hals brachte. Als sie aber größer waren, gingen sie zu Fuße entweder mit der Mutter oder mit einer Magd nach Millsdorf, ja da der Knabe geschickt stark und klug geworden war, ließ man ihn allein den bekannten Weg über den Hals gehen, und wenn es sehr schön war, und er bat, erlaubte man auch, daß ihn die kleine Schwester begleite. Dies ist bei den Gschaidern gebräuchlich, weil sie an starkes Fußgehen gewöhnt sind, und die Eltern überhaupt namentlich aber ein Mann wie der Schuster, es gerne sehen, und eine Freude daran haben, wenn ihre Kinder tüchtig werden.

So geschah es, daß die zwei Kinder den Weg über den Hals öfter zurücklegten als die übrigen Dörfler zusammen genommen, und da schon ihre Mutter in Gschaid immer gewissermaßen wie eine Fremde behandelt wurde, so wurden durch diesen Umstand auch die Kinder fremd, sie waren kaum Gschaider, und gehörten halb nach Millsdorf hinüber.

Der Knabe Konrad hatte schon das ernste Wesen seines Vaters, und das Mädchen Susanna nach ihrer Mutter so genannt oder, wie man es zur Abkürzung nannte, Sanna hatte viel Glauben zu seinen Kenntnissen seiner Einsicht und seiner Macht, und gab sich unbedingt unter seine Leitung, gerade so wie die Mutter sich unbedingt unter die Leitung des Vaters gab, dem sie alle Einsicht und Geschicklichkeit zutraute.

An schönen Tagen konnte man morgens die Kinder durch das Tal gegen Mittag wandern sehen, über die Wiese gehen, und dort anlangen, wo der Wald des Halses gegen sie her schaut. Sie näherten sich dem Walde, gingen auf seinem Wege allgemach über die Erhöhung hinan, und kamen, ehe der Mittag eingetreten war, auf den offenen Wiesen auf der anderen Seite gegen Millsdorf hinunter. Konrad zeigte Sanna die Wiesen, die dem Großvater gehörten, dann gingen sie durch seine Felder, auf denen er ihr die Getreidearten erklärte, dann sahen sie auf Stangen unter dem Vorsprunge des Daches die langen Tücher zum Trocknen herab hängen, die sich im Winde schlängelten oder närrische Gesichter machten, dann hörten sie seine Walkmühle und seinen Lohstampf, die er an seinem Bache für Tuchmacher und Gerber angelegt hatte, dann bogen sie noch um eine Ecke der Felder, und gingen im kurzen durch die Hintertür in den Garten der Färberei, wo sie von der Großmutter empfangen wurden. Diese ahnte immer, wenn die Kinder kamen, sah zu den Fenstern aus, und erkannte sie von weitem, wenn Sannas rotes Tuch recht in der Sonne leuchtete.

Sie führte die Kinder dann durch die Waschstube und Presse in das Zimmer, ließ sie niedersetzen, ließ nicht zu, daß sie Halstücher oder Jäckchen lüfteten, damit sie sich nicht verkühlten, und behielt sie beim Essen da. Nach dem Essen durften sie sich lüften, spielen, durften in den Räumen des großväterlichen Hauses herum gehen, oder sonst tun, was sie wollten, wenn es nur nicht unschicklich oder verboten war. Der Färber, welcher immer bei dem Essen war, fragte sie um ihre Schulgegenstände aus, und schärfte ihnen besonders ein, was sie lernen sollten. Nachmittags wurden sie von der Großmutter schon, ehe die Zeit kam, zum Aufbruche getrieben, daß sie ja nicht zu spät kämen. Obgleich der Färber keine Mitgift gegeben hatte, und vor seinem Tode von seinem Vermögen nichts wegzugeben gelobt hatte, glaubte sich die Färberin an diese Dinge doch nicht so strenge gebunden, und sie gab den Kindern nicht allein während ihrer Anwesenheit allerlei, worunter nicht selten ein Münzstück und zuweilen gar von ansehnlichem Werte war, sondern sie band ihnen auch immer zwei Bündelchen zusammen, in denen sich Dinge befanden, von denen sie glaubte, daß sie notwendig wären, oder daß sie den Kindern Freude machen könnten. Und wenn oft die nämlichen Dinge im Schusterhause in Gschaid ohnedem in aller Trefflichkeit vorhanden waren, so gab sie die Großmutter in der Freude des Gebens doch, und die Kinder trugen sie als etwas Besonderes nach Hause. So geschah es nun, daß die Kinder am Heiligen Abende schon unwissend die Geschenke in Schachteln gut versiegelt und verwahrt nach Hause trugen, die ihnen in der Nacht einbeschert werden sollten.

Weil die Großmutter die Kinder immer schon vor der Zeit zum Fortgehen drängte, damit sie nicht zu spät nach Hause kämen, so erzielte sie hiedurch, daß die Kinder gerade auf dem Wege bald an dieser bald an jener Stelle sich aufhielten. Sie saßen gerne an dem Haselnußgehege, das auf dem Halse ist, und schlugen mit Steinen Nüsse auf, oder spielten, wenn keine Nüsse waren, mit Blättern oder mit Hölzlein oder mit den weichen braunen Zöpfchen, die im ersten Frühjahre von den Zweigen der Nadelbäume herab fielen. Manchmal erzählte Konrad dem Schwesterchen Geschichten, oder wenn sie zu der roten Unglücksäule kamen, führte er sie ein Stück auf dem Seitenwege links gegen die Höhen hinan, und sagte ihr, daß man da auf den Schneeberg gelange, daß dort Felsen und Steine seien, daß die Gemsen herum springen, und große Vögel fliegen. Er führte sie oft über den Wald hinaus, sie betrachteten dann den dürren Rasen und die kleinen Sträucher der Heidekräuter; aber er führte sie wieder zurück, und brachte sie immer vor der Abenddämmerung nach Hause, was ihm stets Lob eintrug.

Einmal war am Heiligen Abende, da die erste Morgendämmerung in dem Tale von Gschaid in Helle übergegangen war, ein dünner trockener Schleier über den ganzen Himmel gebreitet, so daß man die ohnedem schiefe und ferne Sonne im Südosten nur als einen undeutlichen roten Fleck sah, überdies war an diesem Tage eine milde beinahe laulichte Luft unbeweglich im ganzen Tale und auch an dem Himmel, wie die unveränderte und ruhige Gestalt der Wolken zeigte. Da sagte die Schustersfrau zu ihren Kindern: „Weil ein so angenehmer Tag ist, weil es so lange nicht geregnet hat, und die Wege fest sind, und weil es auch der Vater gestern unter der Bedingung erlaubt hat, wenn der heutige Tag dazu geeignet ist, so dürft ihr zur Großmutter nach Millsdorf gehen; aber ihr müßt den Vater noch vorher fragen."

Die Kinder, welche noch in ihren Nachtkleidchen da standen, liefen in die Nebenstube, in welcher der Vater mit einem Kunden sprach, und baten um die Wiederholung der gestrigen Erlaubnis, weil ein so schöner Tag sei. Sie wurde ihnen erteilt, und sie liefen wieder zur Mutter zurück.

Die Schustersfrau zog nun ihre Kinder vorsorglich an, oder eigentlich, sie zog das Mädchen mit dichten gut verwahrenden Kleidern an; denn der Knabe begann sich selber anzukleiden, und stand viel früher fertig da, als die Mutter mit dem Mädchen hatte ins reine kommen können. Als sie dieses Geschäft vollendet hatte, sagte sie: „Konrad, gib wohl acht: weil ich dir das Mädchen mit gehen lasse, so müsset ihr bei Zeiten fort gehen, ihr müsset an keinem Platze stehen bleiben, und wenn ihr bei der Großmutter gegessen habt, so müsset ihr gleich wieder umkehren, und nach Hause trachten; denn die Tage sind jetzt sehr kurz, und die Sonne geht gar bald unter."

„Ich weiß es schon, Mutter", sagte Konrad.

„Und siehe gut auf Sanna, daß sie nicht fällt, oder sich erhitzt."

„Ja Mutter."

„So, Gott behüte euch, und geht noch zum Vater, und sagt, daß ihr jetzt fortgehet."

Der Knabe nahm eine von seinem Vater kunstvoll aus Kalbfellen genähte Tasche an einem Riemen um die Schulter, und die Kinder gingen in die Nebenstube, um dem Vater Lebewohl zu sagen. Aus dieser kamen sie bald heraus, und hüpften von der Mutter mit einem Kreuze besegnet fröhlich auf die Gasse.

Sie gingen schleunig längs des Dorfplatzes hinab, und dann durch die Häusergasse und endlich zwischen den Planken der Obstgärten in das Freie hinaus. Die Sonne stand schon über dem mit milchigen Wolkenstreifen durchwobenen Wald der morgendlichen Anhöhen, und ihr trübes rötliches Bild schritt durch die laublosen Zweige der Holzäpfelbäume mit den Kindern fort.

In dem ganzen Tale war kein Schnee, die größeren Berge, von denen er schon viele Wochen herab geglänzt hatte, waren damit bedeckt, die kleineren standen in dem Mantel ihrer Tannenwälder und im Fahlrot ihrer entblößten Zweige unbeschneit und ruhig da. Der Boden war noch nicht gefroren, und er wäre vermöge der vorhergegangenen langen regenlosen Zeit ganz trocken gewesen, wenn ihn nicht die Jahreszeit mit einer zarten Feuchtigkeit überzogen hätte, die ihn aber nicht schlüpfrig sondern eher fest und widerprallend machte, daß sie leicht und gering darauf fortgingen. Das wenige Gras, welches noch auf den Wiesen und vorzüglich an den Wassergräben derselben war, stand in herbstlichem Ansehen. Es lag kein Reif und bei näherem

Anblicke nicht einmal ein Tau, was nach der Meinung der Landleute baldigen Regen bedeutet.

Gegen die Grenzen der Wiesen zu war ein Gebirgsbach, über welchen ein hoher Steg führte. Die Kinder gingen auf den Steg und schauten hinab. Im Bache war schier kein Wasser, ein dünner Faden von sehr stark blauer Farbe ging durch die trokkenen Kiesel des Gerölles, die wegen Regenlosigkeit ganz weiß geworden waren, und sowohl die Wenigkeit als auch die Farbe des Wassers zeigten an, daß in den größeren Höhen schon Kälte herrschen müsse, die den Boden verschließe, daß er mit seiner Erde das Wasser nicht trübe, und die das Eis erhärte, daß es in seinem Innern nur wenige klare Tropfen abgeben könne.

Von dem Stege liefen die Kinder durch die Gründe fort, und näherten sich immer mehr den Waldungen.

Sie trafen endlich die Grenze des Holzes, und gingen in demselben weiter.

Als sie in die höheren Wälder des Halses hinauf gekommen waren, zeigten sich die langen Furchen des Fahrweges nicht mehr weich, wie es unten im Tale der Fall gewesen war, sondern sie waren fest, und zwar nicht aus Trockenheit, sondern, wie die Kinder sich bald überzeugten, weil sie gefroren waren. An manchen Stellen waren sie so überfroren, daß sie die Körper der Kinder trugen. Nach der Natur der Kinder gingen sie nun nicht mehr auf dem glatten Pfade neben dem Fahrwege, sondern in den Gleisen, und versuchten, ob dieser oder jener Furchenaufwurf sie schon trage. Als sie nach Verlauf einer Stunde auf der Höhe des Halses angekommen waren, war der Boden bereits so hart, daß er klang, und Schollen wie Steine hatte.

An der roten Unglücksäule des Bäckers bemerkte Sanna zuerst, daß sie heute gar nicht da stehe. Sie gingen zu dem Platze hinzu, und sahen, daß der runde rot angestrichene Balken, der das Bild trug, in dem dürren Grase liege, das wie dünnes Stroh an der Stelle stand, und den Anblick der liegenden Säule verdeckte. Sie sahen zwar nicht ein, warum die Säule liege, ob sie umgeworfen worden, oder ob sie von selber umgefallen sei, das sahen sie, daß sie an der Stelle, wo sie in die Erde ragte, sehr morsch war, und daß sie daher sehr leicht habe umfallen können;

aber da sie einmal lag, so machte es ihnen Freude, daß sie das Bild und die Schrift so nahe betrachten konnten, wie es sonst nie der Fall gewesen war. Als sie alles – den Korb mit den Semmeln, die bleichen Hände des Bäckers, seine geschlossenen Augen, seinen grauen Rock und die umstehenden Tannen – betrachtet hatten, als sie die Schrift gelesen und laut gesagt hatten, gingen sie wieder weiter.

Abermal nach einer Stunde wichen die dunkeln Wälder zu beiden Seiten zurück, dünnstehende Bäume teils einzelne Eichen teils Birken und Gebüschgruppen empfingen sie, geleiteten sie weiter, und nach kurzem liefen sie auf den Wiesen in das Millsdorfer Tal hinab.

Obwohl dieses Tal bedeutend tiefer liegt als das von Gschaid, und auch um so viel wärmer war, daß man die Ernte immer um vierzehn Tage früher beginnen konnte als in Gschaid, so war doch auch hier der Boden gefroren, und als die Kinder bis zu den Loh- und Walkwerken des Großvaters gekommen waren, lagen auf dem Wege, auf den die Räder oft Tropfen heraus spritzten, schöne Eistäfelchen. Den Kindern ist das gewöhnlich ein sehr großes Vergnügen.

Die Großmutter hatte sie kommen gesehen, war ihnen entgegen gegangen, nahm Sanna bei den erfrornen Händchen, und führte sie in die Stube.

Sie nahm ihnen die wärmeren Kleider ab, sie ließ in dem Ofen nachlegen, und fragte sie, wie es ihnen im Herübergehen gegangen sei.

Als sie hierauf die Antwort erhalten hatte, sagte sie: „Das ist schon recht, das ist gut, es freut mich gar sehr, daß ihr wieder gekommen seid; aber heute müßt ihr bald fort, der Tag ist kurz, und es wird auch kälter, am Morgen war es in Millsdorf nicht gefroren."

„In Gschaid auch nicht", sagte der Knabe.

„Siehst du, darum müßt ihr euch sputen, daß euch gegen Abend nicht zu kalt wird", antwortete die Großmutter.

Hierauf fragte sie, was die Mutter mache, was der Vater mache, und ob nichts Besonderes in Gschaid geschehen sei.

Nach diesen Fragen bekümmerte sie sich um das Essen, sorgte, daß es früher bereitet wurde als gewöhnlich, und richtete selber den Kindern kleine Leckerbissen zusammen, von denen sie wußte, daß sie eine Freude damit erregen würde. Dann wurde der Färber gerufen, die Kinder bekamen an dem Tische aufgedeckt wie große Personen, und aßen nun mit Großvater und Großmutter, und die letzte legte ihnen hiebei besonders Gutes vor. Nach dem Essen streichelte sie Sannas unterdessen sehr rot gewordene Wangen.

Hierauf ging sie geschäftig hin und her, und steckte das Kalbfellränzchen des Knaben voll, und steckte ihm noch allerlei in die Taschen. Auch in die Täschchen von Sanna tat sie allerlei Dinge. Sie gab jedem ein Stück Brot, es auf dem Wege zu verzehren, und in dem Ränzchen, sagte sie, seien noch zwei Weißbrote, wenn etwa der Hunger zu groß würde.

„Für die Mutter habe ich einen guten gebrannten Kaffee mitgegeben“, sagte sie, „und in dem Fläschchen, das zugestopft und gut verbunden ist, befindet sich auch ein schwarzer Kaffeeaufguß, ein besserer, als die Mutter bei euch gewöhnlich macht, sie soll ihn nur kosten, wie er ist, er ist eine wahre Arznei, so kräftig, daß nur ein Schlückchen den Magen so wärmt, daß es den Körper in den kältesten Wintertagen nicht frieren kann. Die anderen Sachen die in der Schachtel und in den Papieren im Ränzchen sind, bringt unversehrt nach Hause.“

Da sie noch ein Weilchen mit den Kindern geredet hatte, sagte sie, daß sie gehen sollten.

„Habe acht, Sanna“, sagte sie, „daß du nicht frierst, erhitze dich nicht; und daß ihr nicht über die Wiesen hinauf und unter den Bäumen lauft. Etwa kömmt gegen Abend ein Wind, da müßt ihr langsamer gehen. Grüßet Vater und Mutter, und sagt, sie sollen recht glückliche Feiertage haben.“

Die Großmutter küßte beide Kinder auf die Wangen, und schob sie durch die Tür hinaus. Nichts desto weniger ging sie aber auch selber mit, geleitete sie durch den Garten, ließ sie durch das Hinterpförtchen hinaus, schloß wieder, und ging in das Haus zurück.

Die Kinder gingen an den Eistäfelchen neben den Werken des Großvaters vorbei, sie gingen durch die Millsdorfer Felder, und wendeten sich gegen die Wiesen hinan.

Als sie auf den Anhöhen gingen, wo, wie gesagt wurde, zerstreute Bäume und Gebüschgruppen standen, fielen äußerst langsam einzelne Schneeflocken.

„Siehst du, Sanna", sagte der Knabe, „ich habe es gleich gedacht, daß wir Schnee bekommen; weißt du, da wir von Hause weg gingen, sahen wir noch die Sonne, die so blutrot war wie eine Lampe bei dem Heiligen Grabe, und jetzt ist nichts mehr von ihr zu erblicken, und nur der graue Nebel ist über den Baumwipfeln oben. Das bedeutet allemal Schnee."

Die Kinder gingen freudiger fort, und Sanna war recht froh, wenn sie mit dem dunkeln Ärmel ihres Röckchens eine der fallenden Flocken auffangen konnte, und wenn dieselbe recht lange nicht auf dem Ärmel zerfloß. Als sie endlich an dem äußersten Rand der Millsdorfer Höhen angekommen waren, wo es gegen die dunkeln Tannen des Halses hinein geht, war die dichte Waldwand schon recht lieblich gesprenkelt von den immer reichlicher herab fallenden Flocken. Sie gingen nunmehr in den dicken Wald hinein, der den größten Teil ihrer noch bevorstehenden Wanderung einnahm.

Es geht von dem Waldrande noch immer aufwärts, und zwar bis man zur roten Unglücksäule kömmt, von wo sich, wie schon oben angedeutet wurde, der Weg gegen das Tal von Gschaid hinab wendet. Die Erhebung des Waldes von der Millsdorfer Seite aus ist sogar so steil, daß der Weg nicht gerade hinan geht, sondern daß er in sehr langen Abweichungen von Abend nach Morgen und von Morgen nach Abend hinan klimmt. An der ganzen Länge des Weges hinauf zur Säule und hinab bis zu den Wiesen von Gschaid sind hohe dichte ungelichtete Waldbestände, und sie werden erst ein wenig dünner, wenn man in die Ebene gelangt ist und gegen die Wiesen des Tales von Gschaid hinaus kömmt. Der Hals ist auch, wenn er gleich nur eine kleine Verbindung zwischen zwei großen Gebirgshäuptern abgibt, doch selbst so groß, daß er in die Ebene gelegt einen bedeutenden Gebirgsrücken abgeben würde.

Das erste, was die Kinder sahen, als sie die Waldung betraten, war, daß der gefrorne Boden sich grau zeigte, als ob er mit Mehl besät wäre, daß die Fahne manches dünnen Halmes des am Wege hin und zwischen den Bäumen stehenden dürren Grases mit Flocken beschwert war, und daß auf den verschiedenen grünen Zweigen der Tannen und Fichten, die sich wie Hände öffneten, schon weiße Fläumchen saßen.

„Schneit es denn jetzt bei dem Vater zu Hause auch?" fragte Sanna.

„Freilich", antwortete der Knabe, „es wird auch kälter, und du wirst sehen, daß morgen der ganze Teich gefroren ist."

„Ja, Konrad", sagte das Mädchen.

Es verdoppelte beinahe seine kleinen Schritte, um mit denen des dahinschreitenden Knaben gleich bleiben zu können.

Sie gingen nun rüstig in den Windungen fort, jetzt von Abend nach Morgen, jetzt von Morgen nach Abend. Der von der Großmutter vorausgesagte Wind stellte sich nicht ein, im Gegenteile war es so stille, daß sich nicht ein Ästchen oder Zweig rührte, ja sogar es schien im Walde wärmer, wie es in lockeren Körpern, dergleichen ein Wald auch ist, immer im Winter zu sein pflegt, und die Schneeflocken fielen stets reichlicher, so daß der ganze Boden schon weiß war, daß der Wald sich grau zu bestäuben anfing, und daß auf dem Hute und den Kleidern des Knaben so wie auf denen des Mädchens der Schnee lag.

Die Freude der Kinder war sehr groß. Sie traten auf den weichen Flaum, suchten mit dem Fuße absichtlich solche Stellen, wo er dichter zu liegen schien, um dorthin zu treten, und sich den Anschein zu geben, als wateten sie bereits. Sie schüttelten den Schnee nicht von den Kleidern ab.

Es war große Ruhe eingetreten. Von den Vögeln, deren doch manche auch zuweilen im Winter in dem Walde hin und her fliegen, und von denen die Kinder im Herübergehen sogar mehrere zwitschern gehört hatten, war nichts zu vernehmen, sie sahen auch keine auf irgend einem Zweige sitzen, oder fliegen, und der ganze Wald war gleichsam ausgestorben.

Weil nur die bloßen Fußstapfen der Kinder hinter ihnen blieben, und weil vor ihnen der Schnee rein und unverletzt war, so war daraus zu erkennen daß sie die einzigen waren, die heute über den Hals gingen.

Sie gingen in ihrer Richtung fort, sie näherten sich öfter den Bäumen, öfter entfernten sie sich, und wo dichtes Unterholz war, konnten sie den Schnee auf den Zweigen liegen sehen.

Ihre Freude wuchs noch immer; denn die Flocken fielen stets

dichter, und nach kurzer Zeit brauchten sie nicht mehr den Schnee aufzusuchen, um in ihm zu waten; denn er lag schon so dicht, daß sie ihn überall weich unter den Sohlen empfanden, und daß er sich bereits um ihre Schuhe zu legen begann; und wenn es so ruhig und heimlich war, so war es, als ob sie das Knistern des in die Nadeln herab fallenden Schnees vernehmen könnten.

„Werden wir heute auch die Unglücksäule sehen?“ fragte das Mädchen, „sie ist ja umgefallen, und da wird es darauf schneien, und da wird die rote Farbe weiß sein.“

„Darum können wir sie doch sehen“, antwortete der Knabe, „wenn auch der Schnee auf sie fällt, und wenn sie auch weiß ist, so müssen wir sie liegen sehen, weil sie eine dicke Säule ist, und weil sie das schwarze eiserne Kreuz auf der Spitze hat, das doch immer heraus ragen wird.“

„Ja Konrad.“

Indessen da sie noch weiter gegangen waren, war der Schneefall so dicht geworden, daß sie nur mehr die allernächsten Bäume sehen konnten.

Von der Härte des Weges oder gar von Furchenaufwerfungen war nichts zu empfinden, der Weg war vom Schnee überall gleich weich, und war überhaupt nur daran zu erkennen, daß er als ein gleichmäßiger weißer Streifen in dem Walde fort lief. Auf allen Zweigen lag schon die schöne weiße Hülle.

Die Kinder gingen jetzt mitten auf dem Wege, sie furchten den Schnee mit ihren Füßlein, und gingen langsamer, weil das Gehen beschwerlicher ward. Der Knabe zog seine Jacke empor an dem Halse zusammen, damit ihm nicht der Schnee in den Nacken falle, und er setzte den Hut tiefer in das Haupt, daß er geschützter sei. Er zog auch seinem Schwesterlein das Tuch, das ihm die Mutter um die Schulter gegeben hatte, besser zusammen, und zog es ihm mehr vorwärts in die Stirne, daß es ein Dach bilde.

Der von der Großmutter vorausgesagte Wind war noch immer nicht gekommen; aber dafür wurde der Schneefall nach und nach so dicht, daß auch nicht mehr die nächsten Bäume zu erkennen waren, sondern daß sie wie neblige Säcke in der Luft standen.

Die Kinder gingen fort. Sie duckten die Köpfe dichter in ihre Kleider, und gingen fort.

Sanna nahm den Riemen, an welchem Konrad die Kalbfelltasche um die Schulter hängen hatte, mit den Händchen, hielt sich daran, und so gingen sie ihres Weges.

Die Unglücksäule hatten sie noch immer nicht erreicht. Der Knabe konnte die Zeit nicht ermessen, weil keine Sonne am Himmel stand, und weil es immer gleichmäßig grau war.

„Werden wir bald zu der Unglücksäule kommen?" fragte Sanna.

„Ich weiß es nicht", antwortete der Knabe, „ich kann heute die Bäume nicht sehen, und den Weg nicht erkennen, weil er so weiß ist. Die Unglücksäule werden wir wohl gar nicht sehen, weil so viel Schnee liegen wird, daß sie verhüllt sein wird, und daß kaum ein Gräschen oder ein Arm des schwarzen Kreuzes hervor ragen wird. Aber es macht nichts. Wir gehen immer auf dem Wege fort, der Weg geht zwischen den Bäumen, und wenn er zu dem Platze der Unglücksäule kömmt, dann wird er abwärts gehen, wir gehen auf ihm fort, und wenn er aus den Bäumen hinaus geht, dann sind wir schon auf den Wiesen von Gschaid, dann kömmt der Steg, und dann haben wir nicht mehr weit nach Hause."

„Ja Konrad", sagte das Mädchen.

Sie gingen auf ihrem aufwärtsführenden Wege fort. Die hinter ihnen liegenden Fußstapfen waren jetzt nicht mehr lange sichtbar; denn die ungemeine Fülle des herabfallenden Schnees deckte sie bald zu, daß sie verschwanden. Der Schnee knisterte in seinem Falle nun auch nicht mehr in den Nadeln, sondern legte sich eilig und heimlich auf die weiße schon daliegende Decke nieder. Die Kinder nahmen die Kleider noch fester, um das immerwährende allseitige Hineinrieseln abzuhalten.

Sie gingen sehr schleunig, und der Weg führte noch stets aufwärts.

Nach langer Zeit war noch immer die Höhe nicht erreicht, auf welcher die Unglücksäule stehen sollte, und von wo der Weg gegen die Gschaider Seite sich hinunter wenden mußte.

Endlich kamen die Kinder in eine Gegend, in welcher keine Bäume standen.

„Ich sehe keine Bäume mehr", sagte Sanna.

„Vielleicht ist nur der Weg so breit, daß wir sie wegen des Schneiens nicht sehen können", antwortete der Knabe.

„Ja, Konrad", sagte das Mädchen.

Nach einer Weile blieb der Knabe stehen, und sagte: „Ich sehe selber keine Bäume mehr, wir müssen aus dem Walde gekommen sein, auch geht der Weg immer bergan. Wir wollen ein wenig stehen bleiben, und herum sehen, vielleicht erblicken wir etwas."

Aber sie erblickten nichts. Sie sahen durch einen trüben Raum in den Himmel. Wie bei dem Hagel über die weißen oder grünlich gedunsenen Wolken die finsteren fransenartigen Streifen herabstarren, so war es hier, und das stumme Schütten dauerte fort. Auf der Erde sahen sie nur einen runden Fleck Weiß und dann nichts mehr.

„Weißt du Sanna", sagte der Knabe, „wir sind auf dem dürren Grase, auf welches ich dich oft im Sommer herauf geführt habe, wo wir saßen, und wo wir den Rasen betrachteten, der nach einander hinauf geht, und wo die schönen Kräuterbüschel wachsen. Wir werden da jetzt gleich rechts hinab gehen!"

„Ja Konrad."

„Der Tag ist kurz, wie die Großmutter gesagt hat, und wie du auch wissen wirst, wir müssen uns daher sputen."

„Ja Konrad", sagte das Mädchen.

„Warte ein wenig, ich will dich besser einrichten", erwiderte der Knabe.

Er nahm seinen Hut ab, setzte ihn Sanna auf das Haupt, und befestigte ihn mit den beiden Bändchen unter ihrem Kinne. Das Tüchlein, welches sie um hatte, schützte sie zu wenig, während auf seinem Haupte eine solche Menge dichter Locken war, daß noch lange Schnee darauf fallen konnte, ehe Nässe und Kälte durchzudringen vermochten. Dann zog er sein Pelzjäckchen aus, und zog dasselbe über die Ärmelein der Schwester. Um seine eigenen Schultern und Arme, die jetzt das bloße Hemd zeigten, band er das kleinere Tüchlein, das Sanna über die Brust, und das größere, das sie über die Schultern gehabt hatte. Das sei für ihn genug, dachte er, wenn er nur stark auftrete, werde ihn nicht frieren.

Er nahm das Mädchen bei der Hand, und so gingen sie jetzt fort.

Das Mädchen schaute mit den willigen Äuglein in das ringsum herrschende Grau, und folgte ihm gerne, nur daß es mit den kleinen eilenden Füßlein nicht so nachkommen konnte, wie er vorwärts strebte gleich einem, der es zur Entscheidung bringen wollte.

Sie gingen nun mit der Unablässigkeit und Kraft, die Kinder und Tiere haben, weil sie nicht wissen, wie viel ihnen beschieden ist, und wann ihr Vorrat erschöpft ist.

Aber wie sie gingen, so konnten sie nicht merken, ob sie über den Berg hinabkämen oder nicht. Sie hatten gleich rechts nach abwärts gebogen, allein sie kamen wieder in Richtungen, die bergan führten, bergab und wieder bergan. Oft begegneten ihnen Steilheiten, denen sie ausweichen mußten, und ein Graben, in dem sie fortgingen, führte sie in einer Krümmung herum. Sie erklommen Höhen, die sich unter ihren Füßen steiler gestalteten, als sie dachten, und was sie für abwärts hielten, war wieder eben, oder es war eine Höhlung, oder es ging immer gedehnt fort.

„Wo sind wir denn, Konrad?" fragte das Mädchen.

„Ich weiß es nicht", antwortete er.

„Wenn ich nur mit diesen meinen Augen etwas zu erblicken im Stande wäre", fuhr er fort, „daß ich mich darnach richten könnte."

Aber es war rings um sie nichts als das blendende Weiß, überall das Weiß, das aber selber nur einen immer kleineren Kreis um sie zog, und dann in einen lichten streifenweise niederfallenden Nebel überging, der jedes weitere verzehrte, und verhüllte, und zuletzt nichts anderes war als der unersättlich niederfallende Schnee.

„Warte Sanna", sagte der Knabe, „wir wollen ein wenig stehen bleiben, und horchen, ob wir nicht etwas hören können, was sich im Tale meldet, sei es nun ein Hund oder eine Glocke oder die Mühle oder sei es ein Ruf, der sich hören läßt, hören müssen wir etwas, und dann werden wir wissen, wohin wir zu gehen haben."

Sie blieben nun stehen, aber sie hörten nichts. Sie blieben noch ein wenig länger stehen, aber es meldete sich nichts, es war nicht ein einziger Laut auch nicht der leiseste außer ihrem Atem zu vernehmen, ja in der Stille, die herrschte, war es, als sollten sie den Schnee hören, der auf ihre Wimpern fiel. Die Voraussage der Großmutter hatte sich noch immer nicht erfüllt, der Wind war nicht gekommen, ja was in diesen Gegenden selten ist, nicht das leiseste Lüftchen rührte sich an dem ganzen Himmel.

Nachdem sie lange gewartet hatten, gingen sie wieder fort.

„Es tut auch nichts, Sanna", sagte der Knabe, „sei nur nicht verzagt, folge mir, ich werde dich doch noch hinüber führen. – Wenn nur das Schneien aufhörte!"

Sie war nicht verzagt, sondern hob die Füßchen, so gut es gehen wollte, und folgte ihm. Er führte sie in dem weißen lichten regsamen undurchsichtigen Raume fort.

Nach einer Weile sahen sie Felsen. Sie hoben sich dunkel und undeutlich aus dem weißen und undurchsichtigen Lichte empor. Da die Kinder sich näherten, stießen sie fast daran. Sie stiegen wie eine Mauer hinauf, und waren ganz gerade, so daß kaum ein Schnee an ihrer Seite haften konnte.

„Sanna, Sanna", sagte er, „da sind die Felsen, gehen wir nur weiter, gehen wir weiter."

Sie gingen weiter, sie mußten zwischen die Felsen hinein, und unter ihnen fort. Die Felsen ließen sie nicht rechts und nicht links ausweichen, und führten sie in einem engen Wege dahin. Nach einer Zeit verloren sie dieselben wieder und konnten sie nicht mehr erblicken. So wie sie unversehens unter sie gekommen waren, kamen sie wieder unversehens von ihnen. Es war wieder nichts um sie als das Weiß, und ringsum war kein unterbrechendes Dunkel zu schauen. Es schien eine große Lichtfülle zu sein, und doch konnte man nicht drei Schritte vor sich sehen; alles war, wenn man so sagen darf, in eine einzige weiße Finsternis gehüllt, und weil kein Schatten war, so war kein Urteil über die Größe der Dinge, und die Kinder konnten nicht wissen, ob sie aufwärts oder abwärts gehen würden, bis eine Steilheit ihren Fuße faßte, und ihn aufwärts zu gehen zwang.

„Mir tun die Augen weh", sagte Sanna.

„Schaue nicht auf den Schnee", antwortete der Knabe, „sondern in die Wolken. Mir tun sie schon lange weh; aber es tut nichts, ich muß doch auf den Schnee schauen, weil ich auf den Weg zu achten habe. Fürchte dich nur nicht, ich führe dich doch hinunter ins Gschaid."

„Ja, Konrad."

Sie gingen wieder fort; aber wie sie auch gehen mochten, wie sie sich auch wenden mochten, es wollte kein Anfang zum Hinabwärtsgehen kommen. An beiden Seiten waren steile Dachlehnen nach aufwärts, mitten gingen sie fort, aber auch immer aufwärts. Wenn sie den Dachlehnen entrannen, und sich nach abwärts beugten, wurde es gleich so steil, daß sie wieder umkehren mußten, die Füßlein stießen oft auf Unebenheiten, und sie mußten häufig Büheln ausweichen.

Sie merkten auch, daß ihr Fuß, wo er tiefer durch den jungen Schnee einsank, nicht erdigen Boden unter sich empfand, sondern etwas anderes, das wie älterer gefrorener Schnee war; aber sie gingen immer fort, und sie liefen mit Hast und Ausdauer. Wenn sie stehen blieben, war alles still, unermeßlich still; wenn sie gingen, hörten sie das Rascheln ihrer Füße, sonst nichts; denn die Hüllen des Himmels sanken ohne Laut hernieder, und so reich, daß man den Schnee hätte wachsen sehen können. Sie selber waren so bedeckt, daß sie sich von dem allgemeinen Weiß nicht hervor hoben, und sich, wenn sie um ein paar Schritte getrennt worden wären, nicht mehr gesehen hätten.

Eine Wohltat war es, daß der Schnee so trocken war wie Sand, so daß er von ihren Füßen und den Bundschühlein und Strümpfen daran leicht abglitt und abrieselte, ohne Ballen und Nässe zu machen.

Endlich gelangten sie wieder zu Gegenständen.

Es waren riesenhaft große sehr durch einander liegende Trümmer, die mit Schnee bedeckt waren, der überall in die Klüfte hinein rieselte, und an die sie sich ebenfalls fast anstießen, ehe sie sie sahen. Sie gingen ganz hinzu, die Dinge anzublicken.

Es war Eis – lauter Eis.

Es lagen Platten da, die mit Schnee bedeckt waren, an deren Seitenwänden aber das glatte grünliche Eis sichtbar war, es lagen Hügel da, die wie zusammengeschobener Schaum aussahen, an deren Seiten es aber matt nach einwärts flimmerte und glänzte, als wären Balken und Stangen von Edelsteinen durch einander geworfen worden, es lagen ferner gerundete Kugeln da, die ganz mit Schnee umhüllt waren, es standen Platten und andere Körper auch schief oder gerade aufwärts so hoch wie der Kirchturm in Gschaid oder wie Häuser. In einigen waren Höhlen eingefressen, durch die man mit einem Arme durchfahren konnte, mit einem Kopfe, mit einem Körper, mit einem ganzen großen Wagen voll Heu. Alle diese Stücke waren zusammen oder empor gedrängt, und starrten, so daß sie oft Dächer bildeten, oder Überhänge, über deren Ränder sich der Schnee herüber legte, und herab griff wie lange weiße Tatzen. Selbst ein großer schreckhaft schwarzer Stein, wie ein Haus, lag unter dem Eise, und war empor gestellt, daß er auf der Spitze stand, daß kein Schnee an seinen Seiten liegen bleiben konnte. Und nicht dieser Stein allein – noch mehrere und größere staken in dem Eise, die man erst später sah, und die wie eine Trümmermauer an ihm hingingen.

„Da muß recht viel Wasser gewesen sein, weil so viel Eis ist", sagte Sanna.

„Nein, das ist von keinem Wasser", antwortete der Bruder, „das ist das Eis des Berges, das immer oben ist, weil es so eingerichtet ist."

„Ja Konrad", sagte Sanna.

„Wir sind jetzt bis zu dem Eise gekommen", sagte der Knabe, „wir sind auf dem Berge, Sanna, weißt du, den man von unserm Garten aus im Sonnenscheine so weiß sieht. Merke gut auf, was ich dir sagen werde. Erinnerst du dich noch, wie wir oft nachmittags in dem Garten saßen, wie es recht schön war, wie die Bienen um uns summten, die Linden dufteten, und die Sonne von dem Himmel schien?"

„Ja, Konrad, ich erinnere mich."

„Da sahen wir auch den Berg. Wir sahen wie er so blau war, so blau, wie das sanfte Firmament, wir sahen den Schnee, der oben ist, wenn auch bei uns Sommer war, eine Hitze herrschte, und die Getreide reif wurden."

„Ja Konrad."

„Und unten wo der Schnee aufhört, da sieht man allerlei

Farben, wenn man genau schaut, grün, blau, weißlich – das ist das Eis, das unten nur so klein ausschaut, weil man sehr weit entfernt ist, und das, wie der Vater sagte, nicht weggeht, bis an das Ende der Welt. Und da habe ich oft gesehen, daß unterhalb des Eises die blaue Farbe noch fort geht, das werden Steine sein, dachte ich, oder es wird Erde und Weidegrund sein, und dann fangen die Wälder an, die gehen herab und immer weiter herab, man sieht auch allerlei Felsen in ihnen, dann folgen die Wiesen, die schon grün sind, und dann die grünen Laubwälder, und dann kommen unsere Wiesen und Felder, die in dem Tale von Gschaid sind. Siehst du nun Sanna, weil wir jetzt bei dem Eise sind, so werden wir über die blaue Farbe hinab gehen, dann durch die Wälder, in denen die Felsen sind, dann über die Wiesen, und dann durch die grünen Laubwälder, und dann werden wir in dem Tale von Gschaid sein, und recht leicht unser Dorf finden."

„Ja Konrad", sagte das Mädchen.

Die Kinder gingen nun in das Eis hinein, wo es zugänglich war.

Sie waren winzigkleine wandelnde Punkte in diesen ungeheuern Stücken.

Wie sie so unter die Überhänge hinein sahen, gleichsam als gäbe ihnen ein Trieb ein, ein Obdach zu suchen, gelangten sie in einen Graben, in einen breiten tiefgefurchten Graben, der gerade aus dem Eise hervor ging. Er sah aus wie das Bett eines Stromes, der aber jetzt ausgetrocknet, und überall mit frischem Schnee bedeckt war. Wo er aus dem Eise hervorkam, ging er gerade unter einem Kellergewölbe heraus, das recht schön aus Eis über ihn gespannt war. Die Kinder gingen in dem Graben fort, und gingen in das Gewölbe hinein, und immer tiefer hinein. Es war ganz trocken, und unter ihren Füßen hatten sie glattes Eis. In der ganzen Höhlung aber war es blau, so blau, wie gar nichts in der Welt ist, viel tiefer und viel schöner blau, als das Firmament, gleichsam wie himmelblau gefärbtes Glas, durch welches lichter Schein hinein sinkt. Es waren dickere und dünnere Bogen, es hingen Zacken Spitzen und Troddeln herab, der Gang wäre noch tiefer zurückgegangen, sie wußten nicht wie tief, aber sie gingen nicht mehr weiter. Es wäre auch sehr gut in der Höhle gewesen, es war warm, es fiel kein Schnee, aber es war so schreckhaft blau, die Kinder fürchteten sich, und gingen wieder hinaus. Sie gingen eine Weile in dem Graben fort, und kletterten dann über seinen Rand hinaus.

Sie gingen an dem Eise hin, so fern es möglich war, durch das Getrümmer und zwischen den Platten durchzudringen.

„Wir werden jetzt da noch hinüber gehen, und dann von dem Eise abwärts laufen", sagte Konrad.

„Ja", sagte Sanna, und klammerte sich an ihn an.

Sie schlugen von dem Eise eine Richtung durch den Schnee abwärts ein, die sie in das Tal führen sollte. Aber sie kamen nicht weit hinab. Ein neuer Strom von Eis, gleichsam ein riesenhaft aufgetürmter und aufgewölbter Wall lag quer durch den weichen Schnee und griff gleichsam mit Armen rechts und links um sie herum. Unter der weißen Decke, die ihn verhüllte, glimmerte es seitwärts grünlich und bläulich und dunkel und schwarz und selbst gelblich und rötlich heraus. Sie konnten es nun auf weitere Strecken sehen, weil das ungeheure und unermüdliche Schneien sich gemildert hatte, und nur mehr wie an gewöhnlichen Schneetagen vom Himmel fiel. Mit dem Starkmute der Unwissenheit kletterten sie in das Eis hinein, um den vorgeschobenen Strom desselben zu überschreiten, und dann jenseits weiter hinab zu kommen. Sie schoben sich in die Zwischenräume hinein, sie setzten den Fuß auf jedes Körperstück, das mit einer weißen Schneehaube versehen war, war es Fels oder Eis, sie nahmen die Hände zu Hilfe, krochen, wo sie nicht gehen konnten, und arbeiteten sich mit ihren leichten Körpern hinauf, bis sie die Seite des Walles überwunden hatten, und oben waren.

Jenseits wollten sie wieder hinabklettern.

Aber es gab kein Jenseits.

So weit die Augen der Kinder reichen konnten, war lauter Eis. Es standen Spitzen und Unebenheiten und Schollen empor wie lauter furchtbares überschneites Eis. Statt ein Wall zu sein, über den man hinüber gehen könnte, und der dann wieder von Schnee abgelöst würde, wie sie sich unten dachten, stiegen aus der Wölbung neue Wände von Eis empor, geborsten und geklüftet, mit unzähligen blauen geschlängelten Linien versehen, und hinter ihnen waren wieder solche Wände, und hinter diesen wieder solche, bis der Schneefall das weitere mit seinem Grau verdeckte.

„Sanna, da können wir nicht gehen", sagte der Knabe.

„Nein", antwortete die Schwester.

„Da werden wir wieder umkehren, und anderswo hinab zu kommen suchen."

„Ja Konrad."

Die Kinder versuchten nun von dem Eiswalle wieder da hinab zu kommen, wo sie hinauf geklettert waren, aber sie kamen nicht hinab. Es war lauter Eis, als hätten sie die Richtung, in der sie gekommen waren, verfehlt. Sie wandten sich hierhin und dorthin, und konnten aus dem Eise nicht heraus kommen, als wären sie von ihm umschlungen. Sie kletterten abwärts, und kamen wieder in Eis. Endlich da der Knabe die Richtung immer verfolgte, in der sie nach seiner Meinung gekommen waren, gelangten sie in zerstreutere Trümmer, aber sie waren auch größer und furchtbarer, wie sie gerne am Rande des Eises zu sein pflegen, und die Kinder gelangten kriechend und kletternd hinaus. An dem Eisessaume waren ungeheure Steine, sie waren gehäuft, wie sie die Kinder ihr Leben lang nicht gesehen hatten. Viele waren in Weiß gehüllt, viele zeigten die unteren schiefen Wände sehr glatt und fein geschliffen, als wären sie darauf geschoben worden, viele waren wie Hütten und Dächer gegen einander gestellt, viele lagen auf einander wie ungeschlachte Knollen. Nicht weit von dem Standorte der Kinder standen mehrere mit den Köpfen gegen einander gelehnt, und über sie lagen breite gelagerte Blöcke wie ein Dach. Es war ein Häuschen, das gebildet war, das gegen vorne offen, rückwärts und an den Seiten aber geschützt war. Im Innern war es trocken, da der steilrechte Schneefall keine einzige Flocke hinein getragen hatte. Die Kinder waren recht froh, daß sie nicht mehr in dem Eise waren, und auf ihrer Erde standen.

Aber es war auch endlich finster geworden.

„Sanna", sagte der Knabe, „wir können nicht mehr hinab gehen, weil es Nacht geworden ist, und weil wir fallen, oder gar in eine Grube geraten könnten. Wir werden da unter die Steine hinein gehen, wo es so trocken und so warm ist, und da werden wir warten. Die Sonne geht bald wieder auf, dann laufen wir hinunter. Weine nicht, ich bitte dich recht schön, weine nicht, ich gebe dir alle Dinge zu essen, welche uns die Großmutter mitgegeben hat."

Sie weinte auch nicht, sondern nachdem sie beide unter das steinerne Überdach hinein gegangen waren, wo sie nicht nur bequem sitzen, sondern auch stehen, und herumgehen konnten, setzte sie sich recht dicht an ihn, und war mäuschenstille.

„Die Mutter", sagte Konrad, „wird nicht böse sein, wir werden ihr von dem vielen Schnee erzählen, der uns aufgehalten hat, und sie wird nichts sagen; der Vater auch nicht. Wenn uns kalt wird – weißt du – dann mußt du mit den Händen an deinen Leib schlagen, wie die Holzhauer getan haben, und dann wird dir wärmer werden."

„Ja Konrad", sagte das Mädchen.

Sanna war nicht gar so untröstlich, daß sie heute nicht mehr über den Berg hinab gingen, und nach Hause liefen, wie er etwa glauben mochte; denn die unermeßliche Anstrengung, von der die Kinder nicht einmal gewußt hatten, wie groß sie gewesen sei, ließ ihnen das Sitzen süß unsäglich süß erscheinen, und sie gaben sich hin.

Jetzt machte sich aber auch der Hunger gelten. Beide nahmen fast zu gleicher Zeit ihre Brote aus den Taschen, und aßen sie. Sie aßen auch die Dinge – kleine Stückchen Kuchen Mandeln und Nüsse und andere Kleinigkeiten – die die Großmutter ihnen in die Tasche gesteckt hatte.

„Sanna, jetzt müssen wir aber auch den Schnee von unsern Kleidern tun", sagte der Knabe, „daß wir nicht naß werden."

„Ja, Konrad", erwiderte Sanna.

Die Kinder gingen aus ihrem Häuschen, und zuerst reinigte Konrad das Schwesterlein von Schnee. Er nahm die Kleiderzipfel, schüttelte sie, nahm ihr den Hut ab, den er ihr aufgesetzt hatte, entleerte ihn von Schnee, und was noch zurück geblieben war, das stäubte er mit einem Tuche ab. Dann entledigte er auch sich, so gut es ging, des auf ihm liegenden Schnees.

Der Schneefall hatte zu dieser Stunde ganz aufgehört. Die Kinder spürten keine Flocke.

Sie gingen wieder in die Steinhütte, und setzten sich nieder. Das Aufstehen hatte ihnen ihre Müdigkeit erst recht gezeigt, und sie freuten sich auf das Sitzen. Konrad legte die Tasche aus Kalbfell ab. Er nahm das Tuch heraus, in welches die Großmutter eine Schachtel und mehrere Papierpäckchen gewickelt hatte, und tat es zu größerer Wärme um seine Schultern. Auch die zwei Weißbrote nahm er aus dem Ränzchen, und reichte sie beide an Sanna: das Kind aß begierig. Es aß eines der Brote und von dem zweiten auch noch einen Teil. Den Rest reichte es aber Konrad, da es sah, daß er nicht aß. Er nahm es, und verzehrte es.

Von da an saßen die Kinder, und schauten.

So weit sie in der Dämmerung zu sehen vermochten, lag überall der flimmernde Schnee hinab, dessen einzelne winzige Täfelchen hie und da in der Finsternis seltsam zu funkeln begannen, als hätte er bei Tag das Licht eingesogen, und gäbe es jetzt von sich.

Die Nacht brach mit der in großen Höhen gewöhnlichen Schnelligkeit herein. Bald war es ringsherum finster, nur der Schnee fuhr fort, mit seinem bleichen Lichte zu leuchten. Der Schneefall hatte nicht nur aufgehört, sondern der Schleier an dem Himmel fing auch an, sich zu verdünnen, und zu verteilen; denn die Kinder sahen ein Sternlein blitzen. Weil der Schnee wirklich gleichsam ein Licht von sich gab, und weil von den Wolken kein Schleier mehr herab hing, so konnten die Kinder von ihrer Höhle aus die Schneehügel sehen, wie sie sich in Linien von dem dunkeln Himmel abschnitten. Weil es in der Höhle viel wärmer war, als es an jedem andern Platze im ganzen Tage gewesen war, so ruhten die Kinder enge aneinander sitzend, und vergaßen sogar die Finsternis zu fürchten. Bald vermehrten sich auch die Sterne, jetzt kam hier einer zum Vorscheine jetzt dort, bis es schien, als wäre am ganzen Himmel keine Wolke mehr.

Das war der Zeitpunkt, in welchem man in den Tälern die Lichter anzuzünden pflegt. Zuerst wird eines angezündet und auf den Tisch gestellt, um die Stube zu erleuchten, oder es brennt auch nur ein Span, oder es brennt das Feuer auf der Leuchte, und es erhellen sich alle Fenster von bewohnten Stuben, und glänzen in die Schneenacht hinaus – aber heute erst – am Heiligen Abende – da wurden viel mehrere angezündet, um die

Gaben zu beleuchten, welche für die Kinder auf den Tischen lagen, oder an den Bäumen hingen, es wurden wohl unzählige angezündet; denn beinahe in jedem Hause in jeder Hütte jedem Zimmer war eines oder mehrere Kinder, denen der Heilige Christ etwas gebracht hatte, und wozu man Lichter stellen mußte. Der Knabe hatte geglaubt, daß man sehr bald von dem Berge hinab kommen könne, und doch, von den vielen Lichtern, die heute in dem Tale brannten, kam nicht ein einziges zu ihnen herauf; sie sahen nichts als den blassen Schnee und den dunkeln Himmel, alles andere war ihnen in die unsichtbare Ferne hinab gerückt. In allen Tälern bekamen die Kinder in dieser Stunde die Geschenke des Heiligen Christ: nur die zwei saßen oben am Rande des Eises, und die vorzüglichsten Geschenke, die sie heute hätten bekommen sollen, lagen in versiegelten Päckchen in der Kalbfelltasche im Hintergrunde der Höhle.

Die Schneewolken waren ringsum hinter die Berge hinab gesunken, und ein ganz dunkelblaues fast schwarzes Gewölbe spannte sich um die Kinder voll von dichten brennenden Sternen, und mitten durch diese Sterne war ein schimmerndes breites milchiges Band gewoben, das sie wohl auch unten im Tale aber nie so deutlich gesehen hatten. Die Nacht rückte vor. Die Kinder wußten nicht, daß die Sterne gegen Westen rücken und weiter wandeln, sonst hätten sie an ihrem Vorschein den Stand der Nacht erkennen können; aber es kamen neue und gingen die alten, sie aber glaubten, es seien immer dieselben. Es wurde von dem Scheine der Sterne auch lichter um die Kinder; aber sie sahen kein Tal keine Gegend, sondern überall nur Weiß – lauter Weiß. Bloß ein dunkles Horn ein dunkles Haupt ein dunkler Arm wurde sichtbar, und ragte dort und hier aus dem Schimmer empor. Der Mond war nirgends am Himmel zu erblicken, vielleicht war er schon frühe mit der Sonne untergegangen, oder er ist noch nicht erschienen.

Als eine lange Zeit vergangen war, sagte der Knabe: „Sanna, du mußt nicht schlafen; denn weißt du, wie der Vater gesagt hat, wenn man im Gebirge schläft, muß man erfrieren, so wie der alte Eschenjäger auch geschlafen hat, und vier Monate tot auf dem Steine gesessen ist, ohne daß jemand gewußt hatte, wo er sei."

„Nein, ich werde nicht schlafen", sagte das Mädchen matt.

Konrad hatte es an dem Zipfel des Kleides geschüttelt, um es zu jenen Worten zu erwecken.

Nun war es wieder stille.

Nach einer Zeit empfand der Knabe ein sanftes Drücken gegen seinen Arm, das immer schwerer wurde. Sanna war eingeschlafen, und war gegen ihn herüber gesunken.

„Sanna, schlafe nicht, ich bitte dich, schlafe nicht", sagte er.

„Nein", lallte sie schlaftrunken, „ich schlafe nicht."

Er rückte weiter von ihr, um sie in Bewegung zu bringen, allein sie sank um, und hätte auf der Erde liegend fortgeschlafen. Er nahm sie an der Schulter, und rüttelte sie. Da er sich dabei selber etwas stärker bewegte, merkte er, daß ihn friere, und daß sein Arm schwerer sei. Er erschrak, und sprang auf. Er ergriff die Schwester, schüttelte sie stärker, und sagte: „Sanna, stehe ein wenig auf, wir wollen eine Zeit stehen, daß es besser wird."

„Mich friert nicht, Konrad", antwortete sie.

„Ja, ja, es friert dich, Sanna, stehe auf", rief er.

„Die Pelzjacke ist warm", sagte sie.

„Ich werde dir empor helfen", sagte er.

„Nein", erwiderte sie, und war stille.

Da fiel dem Knaben etwas anderes ein. Die Großmutter hatte gesagt: Nur ein Schlückchen wärmt den Magen so, daß es den Körper in den kältesten Wintertagen nicht frieren kann.

Er nahm das Kalbfellränzchen, öffnete es und griff so lange, bis er das Fläschchen fand, in welchem die Großmutter der Mutter einen schwarzen Kaffeeabsud schicken wollte. Er nahm das Fläschchen heraus, tat den Verband weg, und öffnete mit Anstrengung den Kork. Dann bückte er sich zu Sanna, und sagte: „Da ist der Kaffee, den die Großmutter der Mutter schickt, koste ihn ein wenig, er wird dir warm machen. Die Mutter gibt ihn uns, wenn sie nur weiß, wozu wir ihn nötig gehabt haben."

Das Mädchen, dessen Natur zur Ruhe zog, antwortete: „Mich friert nicht."

„Nimm nur etwas", sagte der Knabe, „dann darfst du schlafen."

Diese Aussicht verlockte Sanna, sie bewältigte sich so weit, daß sie fast das eingegossene Getränk verschluckte. Hierauf trank der Knabe auch etwas

Der ungemein starke Auszug wirkte sogleich, und zwar um so heftiger, da die Kinder in ihrem Leben keinen Kaffee gekostet hatten. Statt zu schlafen, wurde Sanna nun lebhafter, und sagte selber, daß sie friere, daß es aber von innen recht warm sei, und auch schon so in die Hände und Füße gehe. Die Kinder redeten sogar eine Weile mit einander.

So tranken sie trotz der Bitterkeit immer wieder von dem Getränke, sobald die Wirkung nachzulassen begann, und steigerten ihre unschuldigen Nerven zu einem Fieber, das im Stande war, den zum Schlummer ziehenden Gewichten entgegen zu wirken.

Es war nun Mitternacht gekommen. Weil sie noch so jung waren, und an jedem Heiligen Abende in höchstem Drange der Freude stets erst sehr spät entschlummerten, wenn sie nämlich der körperliche Drang übermannt hatte, so hatten sie nie das mitternächtliche Läuten der Glocken, nie die Orgel der Kirche gehört, wenn das Fest gefeiert wurde, obwohl sie nahe an der Kirche wohnten. In diesem Augenblicke der heutigen Nacht wurde nun mit allen Glocken geläutet, es läuteten die Glocken in Millsdorf, es läuteten die Glocken in Gschaid, und hinter dem Berge war noch ein Kirchlein mit drei hellen klingenden Glocken die läuteten. In den fernen Ländern draußen waren unzählige Kirchen und Glocken, und mit allen wurde zu dieser Zeit geläutet, von Dorf zu Dorf ging die Tonwelle, ja man konnte wohl zuweilen von einem Dorfe zum andern durch die blätterlosen Zweige das Läuten hören: nur zu den Kindern herauf kam kein Laut, hier wurde nichts vernommen; denn hier war nichts zu verkündigen. In den Talkrümmen gingen jetzt an den Berghängen die Lichter der Laternen hin, und von manchem Hofe tönte das Hausglöcklein, um die Leute zu erinnern; aber dieses konnte um so weniger herauf gesehen und gehört werden, es glänzten nur die Sterne, und sie leuchteten und funkelten ruhig fort.

Wenn auch Konrad sich das Schicksal des erfrornen Eschenjägers vor Augen hielt, wenn auch die Kinder das Fläschchen mit dem schwarzen Kaffee fast ausgeleert hatten, wodurch sie ihr

Blut zu größerer Tätigkeit brachten, aber gerade dadurch eine folgende Ermattung herbei zogen: so würden sie den Schlaf nicht haben überwinden können, dessen verführende Süßigkeit alle Gründe überwiegt, wenn nicht die Natur in ihrer Größe ihnen beigestanden wäre, und in ihrem Innern eine Kraft aufgerufen hätte, welche im Stande war, dem Schlafe zu widerstehen.

In der ungeheueren Stille, die herrschte, in der Stille, in der sich kein Schneespitzchen zu rühren schien, hörten die Kinder dreimal das Krachen des Eises. Was das Starrste scheint, und doch das Regsamste und Lebendigste ist, der Gletscher, hatte die Töne hervorgebracht. Dreimal hörten sie hinter sich den Schall, der entsetzlich war, als ob die Erde entzwei gesprungen wäre, der sich nach allen Richtungen im Eise verbreitete, und gleichsam durch alle Aderchen des Eises lief. Die Kinder blieben mit offenen Augen sitzen, und schauten in die Sterne hinaus.

Auch für die Augen begann sich etwas zu entwickeln. Wie die Kinder so saßen, erblühte am Himmel vor ihnen ein bleiches Licht mitten unter den Sternen, und spannte einen schwachen Bogen durch dieselben. Es hatte einen grünlichen Schimmer, der sich sachte nach unten zog. Aber der Bogen wurde immer heller und heller, bis sich die Sterne vor ihm zurück zogen, und erblaßten. Auch in andere Gegenden des Himmels sandte er einen Schein, der schimmergrün sachte und lebendig unter die Sterne floß. Dann standen Garben verschiedenen Lichtes auf der Höhe des Bogens wie Zacken einer Krone, und brannten. Es floß helle durch die benachbarten Himmelsgegenden, es sprühte leise, und ging in sanftem Zucken durch lange Räume. Hatte sich nun der Gewitterstoff des Himmels durch den unerhörten Schneefall so gespannt, daß er in diesen stummen herrlichen Strömen des Lichtes ausfloß, oder war es eine andere Ursache der unergründlichen Natur, nach und nach wurde es schwächer und immer schwächer, die Garben erloschen zuerst, bis es allmählich und unmerklich immer geringer wurde, und wieder nichts am Himmel war als die tausend und tausend einfachen Sterne.

Die Kinder sagten keines zu dem andern ein Wort, sie blieben fort und fort sitzen, und schauten mit offenen Augen in den Himmel.

Es geschah nun nichts Besonderes mehr. Die Sterne glänzten, funkelten und zitterten, nur manche schießende Schnuppe fuhr durch sie.

Endlich, nachdem die Sterne lange allein geschienen hatten, und nie ein Stückchen Mond an dem Himmel zu erblicken gewesen war, geschah etwas anderes. Es fing der Himmel an, heller zu werden, langsam heller, aber doch zu erkennen; es wurde seine Farbe sichtbar, die bleichsten Sterne erloschen, und die andern standen nicht mehr so dicht. Endlich wichen auch die stärkeren, und der Schnee vor den Höhen wurde deutlicher sichtbar. Zuletzt färbte sich eine Himmelsgegend gelb, und ein Wolkenstreifen, der in derselben war, wurde zu einem leuchtenden Faden entzündet. Alle Dinge waren klar zu sehen, und die entfernten Schneehügel zeichneten sich scharf in die Luft.

„Sanna, der Tag bricht an", sagte der Knabe.

„Ja, Konrad", antwortete das Mädchen.

„Wenn es nur noch ein bißchen heller wird, dann gehen wir aus der Höhle, und laufen über den Berg hinunter."

Es wurde heller, an dem ganzen Himmel war kein Stern mehr sichtbar, und alle Gegenstände standen in der Morgendämmerung da.

„Nun jetzt gehen wir", sagte der Knabe.

„Ja, wir gehen", antwortete Sanna.

Die Kinder standen auf, und versuchten ihre erst heute recht müden Glieder. Obwohl sie nichts geschlafen hatten, waren sie doch durch den Morgen gestärkt, wie das immer so ist. Der Knabe hing sich das Kalbfellränzchen um, und machte das Pelzjäckchen an Sanna fester zu. Dann führte er sie aus der Höhle.

Weil sie nach ihrer Meinung nur über den Berg hinab zu laufen hatten, dachten sie an kein Essen, und untersuchten das Ränzchen nicht, ob noch Weißbrote oder andere Eßwaren darinnen seien.

Von dem Berge wollte nun Konrad, weil der Himmel ganz heiter war, in die Täler hinab schauen, um das Gschaider Tal zu erkennen, und in dasselbe hinunter zu gehen. Aber er sah gar keine Täler. Es war nicht, als ob sie sich auf einem Berge befänden, von dem man hinab sieht, sondern in einer fremden seltsamen Gegend, in der lauter unbekannte Gegenstände sind.

Sie sahen heute auch in größerer Entfernung furchtbare Felsen aus dem Schnee empor stehen, die sie gestern nicht gesehen hatten, sie sahen das Eis, sie sahen Hügel und Schneelehnen empor starren, und hinter diesen war entweder der Himmel, oder es ragte die blaue Spitze eines sehr fernen Berges am Schneerande hervor.

In diesem Augenblick ging die Sonne auf.

Eine riesengroße blutrote Scheibe erhob sich an dem Schneesaume in den Himmel, und in dem Augenblicke errötete der Schnee um die Kinder, als wäre er mit Millionen Rosen überstreut worden. Die Kuppen und die Hörner warfen sehr lange grünliche Schatten längs des Schnees.

„Sanna, wir werden jetzt da weiter vorwärts gehen, bis wir an den Rand des Berges kommen, und hinunter sehen", sagte der Knabe.

Sie gingen nun in den Schnee hinaus. Er war in der heiteren Nacht noch trockener geworden, und wich den Tritten noch besser aus. Sie wateten rüstig fort. Ihre Glieder wurden sogar geschmeidiger und stärker, da sie gingen. Allein sie kamen an keinen Rand, und sahen nicht hinunter. Schneefeld entwickelte sich aus Schneefeld, und am Saume eines jeden stand alle Male wieder der Himmel.

Sie gingen desohngeachtet fort.

Da kamen sie wieder in das Eis. Sie wußten nicht, wie das Eis daher gekommen sei, aber unter den Füßen empfanden sie den glatten Boden, und waren gleich nicht die fürchterlichen Trümmer, wie an jenem Rande, an dem sie die Nacht zugebracht hatten, so sahen sie doch, daß sie auf glattem Eise fortgingen, sie sahen hie und da Stücke, die immer mehr wurden, die sich näher an sie drängten, und die sie wieder zu klettern zwangen.

Aber sie verfolgten doch ihre Richtung.

Sie kletterten neuerdings an Blöcken empor. Da standen sie wieder auf dem Eisfelde. Heute bei der hellen Sonne konnten sie erst erblicken, was es ist. Es war ungeheuer groß, und jenseits standen wieder schwarze Felsen empor, es ragte gleichsam Welle hinter Welle auf, das beschneite Eis war gedrängt, gequollen, empor gehoben, gleichsam als schöbe es sich noch vorwärts, und flösse gegen die Brust der Kinder heran. In dem Weiß sahen sie unzählige vorwärts gehende geschlängelte blaue Linien. Zwischen jenen Stellen, wo die Eiskörper gleichsam wie aneinandergeschmettert starrten, gingen auch Linien wie Wege, aber sie waren weiß, und waren Streifen, wo sich fester Eisboden vorfand, oder die Stücke doch nicht gar so sehr verschoben waren. In diese Pfade gingen die Kinder hinein, weil sie doch einen Teil des Eises überschreiten wollten, um an den Bergrand zu gelangen, und endlich einmal hinunter zu sehen. Sie sagten kein Wörtlein. Das Mädchen folgte dem Knaben. Aber es war auch heute wieder Eis, lauter Eis. Wo sie hinüber gelangen wollten, wurde es gleichsam immer breiter und breiter. Da schlugen sie ihre Richtung aufgebend den Rückweg ein. Wo sie nicht gehen konnten, griffen sie sich durch die Mengen des Schnees hindurch, der oft dicht vor ihrem Auge wegbrach, und den sehr blauen Streifen einer Eisspalte zeigte, wo doch früher alles weiß gewesen war; aber sie kümmerten sich nicht darum, sie arbeiteten sich fort, bis sie wieder irgend wo aus dem Eise heraus kamen.

„Sanna", sagte der Knabe, „wir werden gar nicht mehr in das Eis hinein gehen, weil wir in demselben nicht fortkommen. Und weil wir schon in unser Tal gar nicht hinab sehen können, so werden wir gerade über den Berg hinab gehen. Wir müssen in ein Tal kommen, dort werden wir den Leuten sagen, daß wir aus Gschaid sind, die werden uns einen Wegweiser nach Hause mitgeben."

„Ja, Konrad", sagte das Mädchen.

So begannen sie nun in dem Schnee nach jener Richtung abwärts zu gehen, welche sich ihnen eben darbot. Der Knabe führte das Mädchen an der Hand. Allein nachdem sie eine Weile abwärts gegangen waren, hörte in dieser Richtung das Gehänge auf, und der Schnee stieg wieder empor. Also änderten die Kinder die Richtung, und gingen nach der Länge einer Mulde hinab. Aber da fanden sie wieder Eis. Sie stiegen also an der Seite der Mulde empor, um nach einer andern Richtung ein Abwärts zu suchen. Es führte sie eine Fläche hinab, allein die wurde nach und nach so steil, daß sie kaum noch einen Fuß einsetzen konnten, und abwärts zu gleiten fürchteten. Sie klommen also wieder empor, um wieder einen andern Weg nach abwärts zu suchen. Nachdem sie lange im Schnee empor geklommen, und dann auf einem ebenen Rücken fortgelaufen waren, war es wie früher: entweder ging der Schnee so steil ab, daß sie gestürzt wären, oder er stieg wieder hinan, daß sie auf den Berggipfel zu kommen fürchteten. Und so ging es immer fort.

Da wollten sie die Richtung suchen, in der sie gekommen waren, und zur roten Unglücksäule hinab gehen. Weil es nicht schneit, und der Himmel so helle ist, so würden sie, dachte der Knabe, die Stelle schon erkennen, wo die Säule sein solle, und würden von dort nach Gschaid hinab gehen können.

Der Knabe sagte diesen Gedanken dem Schwesterchen, und diese folgte.

Allein auch der Weg auf den Hals hinab war nicht zu finden.

So klar die Sonne schien, so schön die Schneehöhen da standen, und die Schneefelder da lagen, so konnten sie doch die Gegenden nicht erkennen, durch die sie gestern herauf gegangen waren. Gestern war alles durch den fürchterlichen Schneefall verhängt gewesen, daß sie kaum einige Schritte von sich gesehen hatten, und da war alles ein einziges Weiß und Grau durch einander gewesen. Nur die Felsen hatten sie gesehen, an denen und zwischen denen sie gegangen waren: allein auch heute hatten sie bereits viele Felsen gesehen, die alle den nämlichen Anschein gehabt hatten, wie die gestern gesehenen. Heute ließen sie frische Spuren in dem Schnee zurück; aber gestern sind alle Spuren von dem fallenden Schnee verdeckt worden. Auch aus dem bloßen Anblicke konnten sie nicht erraten, welche Gegend auf den Hals führe, da alle Gegenden gleich waren. Schnee lauter Schnee. Sie gingen aber doch immer fort, und meinten, es zu erringen. Sie wichen den steilen Abstürzen aus, und kletterten keine steilen Anhöhen hinauf.

Auch heute blieben sie öfter stehen, um zu horchen; aber sie vernahmen auch heute nichts, nicht den geringsten Laut. Zu sehen war auch nichts als der Schnee, der helle weiße Schnee, aus dem hie und da die schwarzen Hörner und die schwarzen Steinrippen empor standen.

Endlich war es dem Knaben, als sähe er auf einem fernen schiefen Schneefelde ein hüpfendes Feuer. Es tauchte auf, es tauchte nieder. Jetzt sahen sie es, jetzt sahen sie es nicht. Sie blieben stehen, und blickten unverwandt auf jene Gegend hin. Das Feuer hüpfte immer fort, und es schien, als ob es näher käme; denn sie sahen es größer und sahen das Hüpfen deutlicher. Es verschwand nicht mehr so oft und nicht mehr auf so lange Zeit wie früher. Nach einer Weile vernahmen sie in der stillen blauen Luft schwach sehr schwach etwas wie einen lange anhaltenden Ton aus einem Hirtenhorne. Wie aus Instinkt schrien beide Kinder laut. Nach einer Zeit hörten sie den Ton wieder. Sie schrien wieder, und blieben auf der nämlichen Stelle stehen. Das Feuer näherte sich auch. Der Ton wurde zum drittenmale vernommen, und dieses Mal deutlicher. Die Kinder antworteten wieder durch lautes Schreien. Nach einer geraumen Weile erkannten sie auch das Feuer. Es war kein Feuer, es war eine rote Fahne, die geschwungen wurde. Zugleich ertönte das Hirtenhorn näher, und die Kinder antworteten.

„Sanna", rief der Knabe, „da kommen Leute aus Gschaid, ich kenne die Fahne, es ist die rote Fahne, welche der fremde Herr, der mit dem jungen Eschenjäger den Gars bestiegen hatte, auf dem Gipfel aufpflanzte, daß sie der Herr Pfarrer mit dem Fernrohre sähe, was als Zeichen gälte, daß sie oben seien, und welche Fahne damals der fremde Herr dem Herrn Pfarrer geschenkt hat. Du warst noch ein recht kleines Kind."

„Ja, Konrad."

Nach einer Zeit sahen die Kinder auch die Menschen, die bei der Fahne waren, kleine schwarze Stellen, die sich zu bewegen schienen. Der Ruf des Hornes wiederholte sich von Zeit zu Zeit, und kam immer näher. Die Kinder antworteten jedes Mal.

Endlich sahen sie über den Schneehang gegen sich her mehrere Männer mit ihren Stöcken herabfahren, die die Fahne in ihrer Mitte hatten. Da sie näher kamen, erkannten sie dieselben. Es war der Hirt Philipp mit dem Horne, seine zwei Söhne, dann der junge Eschenjäger, und mehrere Bewohner von Gschaid.

„Gebenedeit sei Gott", schrie Philipp, „da seid ihr ja. Der ganze Berg ist voll Leute. Laufe doch einer gleich in die Sideralpe hinab, und läute die Glocke, daß die dort hören, daß wir sie gefunden haben, und einer muß auf den Krebsstein gehen, und die Fahne dort aufpflanzen, daß sie dieselbe in dem Tale sehen, und die Pöller abschießen, damit die es wissen, die im Millsdorfer Walde suchen, und damit sie in Gschaid die Rauchfeuer anzünden, die in der Luft gesehen werden, und alle, die noch auf dem Berge sind, in die Sideralpe hinab bedeuten. Das sind Weihnachten!"

„Ich laufe in die Alpe hinab", sagte einer.

„Ich trage die Fahne auf den Krebsstein", sagte ein anderer.

„Und wir werden die Kinder in die Sideralpe hinab bringen, so gut wir es vermögen, und so gut uns Gott helfe", sagte Philipp.

Ein Sohn Philipps schlug den Weg nach abwärts ein, und der andere ging mit der Fahne durch den Schnee dahin.

Der Eschenjäger nahm das Mädchen bei der Hand, der Hirt Philipp den Knaben. Die andern halfen, wie sie konnten. So begann man den Weg. Er ging in Windungen. Bald gingen sie nach einer Richtung, bald schlugen sie die entgegengesetzte ein, bald gingen sie abwärts bald aufwärts. Immer ging es durch Schnee, immer durch Schnee, und die Gegend blieb sich beständig gleich. Über sehr schiefe Flächen taten sie Steigeisen an die Füße, und trugen die Kinder. Endlich nach langer Zeit hörten sie ein Glöcklein, das sanft und fein zu ihnen heraufkam, und das erste Zeichen war, das ihnen die niederen Gegenden wieder zusandten. Sie mußten wirklich sehr tief herab gekommen sein; denn sie sahen ein Schneehaupt recht hoch und recht blau über sich ragen. Das Glöcklein aber, das sie hörten, war das der Sideralpe, das geläutet wurde, weil dort die Zusammenkunft verabredet war. Da sie noch weiter kamen, hörten sie auch schwach in die stille Luft die Pöllerschüsse herauf, die in Folge der ausgesteckten Fahne abgefeuert wurden, und sahen dann in die Luft feine Rauchsäulen aufsteigen.

Da sie nach einer Weile über eine sanfte schiefe Fläche abgingen, erblickten sie die Sideralphütte. Sie gingen auf sie zu. In der Hütte brannte ein Feuer, die Mutter der Kinder war da, und mit einem furchtbaren Schrei sank sie in den Schnee zurück, als sie die Kinder mit dem Eschenjäger kommen sah.

Dann lief sie herzu, betrachtete sie überall, wollte ihnen zu essen geben, wollte sie wärmen, wollte sie in vorhandenes Heu legen; aber bald überzeugte sie sich, daß die Kinder durch die Freude stärker seien, als sie gedacht hatte, daß sie nur einiger warmer Speise bedurften, die sie bekamen, und daß sie nur ein wenig ausruhen mußten, was ihnen ebenfalls zu Teil werden sollte.

Da nach einer Zeit der Ruhe wieder eine Gruppe Männer über die Schneefläche herabkam, während das Hüttenglöcklein immer fortläutete, liefen die Kinder selber mit den andern hinaus, um zu sehen, wer es sei. Der Schuster war es, der einstige Alpensteiger, mit Alpenstock und Steigeisen, begleitet von seinen Freunden und Kameraden.

„Sebastian, da sind sie", schrie das Weib.

Er aber war stumm, zitterte, und lief auf sie zu. Dann rührte er die Lippen, als wollte er etwas sagen, sagte aber nichts, riß die Kinder an sich, und hielt sie lange. Dann wandte er sich gegen sein Weib, schloß es an sich, und rief: „Sanna, Sanna!"

Nach einer Weile nahm er den Hut, der ihm in den Schnee gefallen war, auf, trat unter die Männer, und wollte reden. Er sagte aber nur: „Nachbarn, Freunde, ich danke euch."

Da man noch gewartet hatte, bis die Kinder sich zur Beruhigung erholt hatten, sagte er: „Wenn wir alle beisammen sind, so können wir in Gottes Namen aufbrechen."

„Es sind wohl noch nicht alle", sagte der Hirt Philipp, „aber die noch abgehen, wissen aus dem Rauche, daß wir die Kinder haben, und sie werden schon nach Hause gehen, wenn sie die Alphütte leer finden."

Man machte sich zum Aufbruche bereit.

Man war auf der Sideralphütte nicht gar weit von Gschaid entfernt, aus dessen Fenstern man im Sommer recht gut die grüne Matte sehen konnte, auf der die graue Hütte mit dem kleinen Glockentürmlein stand; aber es war unterhalb eine fallrechte Wand, die viele Klafter hoch hinab ging, und auf der man im Sommer nur mit Steigeisen im Winter gar nicht hinab kommen konnte. Man mußte daher den Umweg zum Halse machen, um von der Unglücksäule aus nach Gschaid hinab zu kommen. Auf dem Wege gelangte man über die Siderwiese, die noch näher an Gschaid ist, so daß man die Fenster des Dörfleins zu erblicken meinte.

Als man über diese Wiese ging, tönte hell und deutlich das

Glöcklein der Gschaider Kirche herauf, die Wandlung des heiligen Hochamtes verkündend.

Der Pfarrer hatte wegen der allgemeinen Bewegung, die am Morgen in Gschaid war, die Abhaltung des Hochamtes verschoben, da er dachte, daß die Kinder zum Vorscheine kommen würden. Allein endlich, da noch immer keine Nachricht eintraf, mußte die heilige Handlung doch vollzogen werden.

Als das Wandlungsglöcklein tönte, sanken alle, die über die Siderwiese gingen, auf die Knie in den Schnee, und beteten. Als der Klang des Glöckleins aus war, standen sie auf und gingen weiter.

Der Schuster trug meistens das Mädchen, und ließ sich von ihm alles erzählen.

Als sie schon gegen den Wald des Halses kamen, trafen sie Spuren, von denen der Schuster sagte: „Das sind keine Fußstapfen von Schuhen meiner Arbeit."

Die Sache klärte sich bald auf. Wahrscheinlich durch die vielen Stimmen, die auf dem Platz tönten, angelockt, kam wieder eine Abteilung Männer auf die Herabgehenden zu. Es war der aus Angst aschenhaft entfärbte Färber, der an der Spitze seiner Knechte seiner Gesellen und mehrerer Millsdorfer bergab kam.

„Sie sind über das Gletschereis und über die Schründe gegangen, ohne es zu wissen", rief der Schuster seinem Schwiegervater zu.

„Da sind sie ja – da sind sie ja – Gott sei Dank", antwortete der Färber, „ich weiß es schon, daß sie oben waren, als dein Bote in der Nacht zu uns kam, und wir mit den Lichtern den ganzen Wald durchsucht und nichts gefunden hatten – und als dann das Morgengrau anbrach, bemerkte ich an dem Wege, der von der roten Unglücksäule links gegen den Schneeberg hinan führt, daß dort, wo man eben von der Säule weg geht, hin und wieder mehrere Reiserchen und Rütchen geknickt sind, wie Kinder gerne tun, wo sie eines Weges gehen – da wußte ich es – die Richtung ließ sie nicht mehr aus, weil sie in der Höhlung gingen, weil sie zwischen den Felsen gingen, und weil sie dann auf dem Grat gingen, der rechts und links so steil ist, daß sie nicht hinab kommen konnten. Sie mußten hinauf. Ich schickte nach dieser Beobachtung gleich nach Gschaid, aber der Holzknecht Michael, der hinüber ging, sagte bei der Rückkunft, da er uns fast am Eise oben traf, daß ihr sie schon habet, weshalb wir wieder herunter gingen."

„Ja", sagte Michael, „ich habe es gesagt, weil die rote Fahne schon auf dem Krebssteine steckt, und die Gschaider dieses als Zeichen erkannten, das verabredet worden war. Ich sagte euch, daß auf diesem Wege da alle herab kommen müssen, weil man über die Wand nicht gehen kann."

„Und knie nieder, und danke Gott auf den Knien, mein Schwiegersohn", fuhr der Färber fort, „daß kein Wind gegangen ist. Hundert Jahre werden wieder vergehen, daß ein so wunderbarer Schneefall niederfällt, und daß er gerade niederfällt, wie nasse Schnüre von einer Stange hängen. Wäre ein Wind gegangen, so wären die Kinder verloren gewesen."

„Ja, danken wir Gott, danken wir Gott", sagte der Schuster.

Der Färber, der seit der Ehe seiner Tochter nie in Gschaid gewesen war, beschloß, die Leute nach Gschaid zu begleiten.

Da man schon gegen die rote Unglücksäule zu kam, wo der Holzweg begann, wartete ein Schlitten, den der Schuster auf alle Fälle dahin bestellt hatte. Man tat die Mutter und die Kinder hinein, versah sie hinreichend mit Decken und Pelzen, die im Schlitten waren, und ließ sie nach Gschaid vorausfahren.

Die andern folgten, und kamen am Nachmittage in Gschaid an.

Die, welche noch auf dem Berge gewesen waren, und erst durch den Rauch das Rückzugszeichen erfahren hatten, fanden sich auch nach und nach ein. Der letzte, welcher erst am Abende kam, war der Sohn des Hirten Philipp, der die rote Fahne auf den Krebsstein getragen, und sie dort aufgepflanzt hatte.

In Gschaid wartete die Großmutter, welche herüber gefahren war.

„Nie nie", rief sie aus, „dürfen die Kinder in ihrem ganzen Leben mehr im Winter über den Hals gehen."

Die Kinder waren von dem Getriebe betäubt. Sie hatten noch etwas zu essen bekommen, und man hatte sie in das Bett gebracht. Spät gegen Abend, da sie sich ein wenig erholt hatten, da einige Nachbarn und Freunde sich in der Stube eingefunden hatten, und dort von dem Ereignisse redeten, die Mutter aber in der Kammer an dem Bettchen Sannas saß, und sie streichelte, sagte das Mädchen: „Mutter, ich habe heute nachts, als wir auf dem Berge saßen, den Heiligen Christ gesehen."

„O du mein geduldiges, du mein liebes, du mein herziges Kind", antwortete die Mutter, „er hat dir auch Gaben gesendet, die du bald bekommen wirst."

Die Schachteln waren ausgepackt worden, die Lichter waren angezündet, die Tür in die Stube wurde geöffnet, und die Kinder sahen von dem Bette auf den verspäteten hell leuchtenden freundlichen Christbaum hinaus. Trotz der Erschöpfung mußte man sie noch ein wenig ankleiden, daß sie hinaus gingen, die Gaben empfingen, bewunderten, und endlich mit ihnen entschliefen.

In dem Wirtshause in Gschaid war es an diesem Abende lebhafter als je. Alle, die nicht in der Kirche gewesen waren, waren jetzt dort, und die andern auch. Jeder erzählte, was er gesehen und gehört, was er getan, was er geraten, und was für Begegnisse und Gefahren er erlebt hat. Besonders aber wurde hervorgehoben, wie man alles hätte anders und besser machen können.

Das Ereignis hat einen Abschnitt in die Geschichte von Gschaid gebracht, es hat auf lange den Stoff zu Gesprächen gegeben, und man wird noch nach Jahren davon reden, wenn man den Berg an heitern Tagen besonders deutlich sieht, oder wenn man den Fremden von seinen Merkwürdigkeiten erzählt.

Die Kinder waren von dem Tage an erst recht das Eigentum des Dorfes geworden, sie wurden von nun an nicht mehr als Auswärtige sondern als Eingeborne betrachtet, die man sich von dem Berge herab geholt hatte.

Auch ihre Mutter Sanna war nun eine Eingeborne von Gschaid.

Die Kinder aber werden den Berg nicht vergessen, und werden ihn jetzt noch ernster betrachten, wenn sie in dem Garten sind, wenn wie in der Vergangenheit die Sonne sehr schön scheint, der Lindenbaum duftet, die Bienen summen, und er so schön und so blau wie das sanfte Firmament auf sie hernieder schaut.

KATZENSILBER

In einem abgelegenen aber sehr schönen Teile unsers Vaterlandes steht ein stattlicher Hof. Er steht auf einem kleinen Hügel, und ist auf einer Seite von seinen Feldern und seinen Wiesen und auf der andern von seinem kleinen Walde umgeben. Man sollte eigentlich auch einen Garten hieher rechnen; aber es würde doch eine unrechte Benennung sein; denn Gärten der Art, wie sie in allen Ländern im Brauche sind, gibt es in jenem hochgelegenen mit Hügeln und Waldesspitzen besetzten Landesteile nicht, weil die Stürme des Winters und die Fröste des Frühlings und Herbstes allen jenen Gewächsen übel mit spielen, die man vorzugsweise in Gärten hegt; aber der Besitzer des Hofes hat gegen eine Sandlehne hin, die steil abfällt, und in den warmen Lagen die Sonnenstrahlen recht heiß zurück wirft, Bäume gepflanzt, die auf weichem schönen Rasen stehen, vor den Abend- Mitternacht- und Morgenwinden geschützt sind, durch die höhere und eingeschlossene Lage vor dem Reife bewahrt werden, und auf ihrem warmen Platze so schnell gewachsen sind, daß sie auf ihren Edelreisern, die ihnen eingesetzt worden, und zu bedeutenden Ästen gediehen sind, jährlich die großen schwarzen Kirschen, die Weichseln die Birnen und die rotwangigen Äpfel tragen. Von den kleineren Gewächsen als Johannisbeeren Stachelbeeren Erdbeeren rede ich nicht. Sogar Pfirsiche und Aprikosen reifen an einer an der Sandlehne aufgeführten Mauer dann, wenn sich ein heißer Sommer ereignet, und wenn man das Zuhüllen durch eine Rohrmatte an kühlen Frühlingsabenden nicht vergessen hat. Seine Blumen hegt der Besitzer in verschiedenen gläsernen Häusern, stellt sie an schönen Tagen und in den warmen Sommermonaten auf die hölzernen Gestelle vor dem Hause oder in die Fenster. Selbst in den Zimmern sieht man die schönsten auf dazu eingerichteten Tischen stehen. Diejenigen, welche für die Luft und das Wetter des Landes eingerichtet sind, stehen in dem freien Grunde.

Wenn man über die Sandlehne empor gegangen ist, steigt noch ein Felsen auf, der dem Berge Festigkeit gibt, dessen Geschiebe nicht gegen den Garten absinken läßt, und zur Vermehrung der Wärme nicht wenig beiträgt. Der Besitzer des Hofes hat einen Weg mit festem Geländer durch die Sandlehne und um den Felsen empor anlegen lassen, weil man von dort recht schön auf das Haus auf den Garten und auf die Landschaft nieder sieht. Er hat an einigen Stellen Bänkchen anbringen lassen, daß man da sitzen, und die Dinge mit Ruhe betrachten kann. Hinter dem Felsen gegen mitternachtwärts geht Gebüsch, dann folgen noch auf dem immer ansteigenden Boden einzelne Eichen und Birken, dann der Nadelwald, der den Gipfel einnimmt, und das Schauspiel beschließt.

Um das Haus liegen, wie es in jenem Lande immer vorkömmt, in nähern und fernern Kreisen Hügel, die mit Feldern und Wiesen bedeckt sind, manches Bauerhaus manchen Meierhof zeigen und auf dem Gipfel jedes Mal den Wald tragen, der wie nach einem verabredeten Gesetze alle Gipfel jenes hügligen Landes besetzt. Zwischen den Hügeln, die oft, ohne daß man es ahnt, in steile Schluchten abfallen, gehen Bäche ja zuweilen Gießbäche, über welche Stege und in abgelegenen Teilen gar nur Baumstämme führen. Regelmäßige Brücken haben nur die Fahrwege, wo sie über einen solchen Bach gehen müssen. Das ganze Land geht gegen Mitternacht immer mehr empor, bis die größeren düsteren weitgedehnten Wälder kommen, die den Beginn der böhmischen Länder bezeichnen. Gegen Mittag sieht man die freundliche blaue Kette der Hochgebirge an dem Himmel dahin streichen.

Der Besitzer des Hofes war einmal als ein sehr junger Mensch in die Welt gegangen, und hatte viele Dinge erfahren, und viele Menschen kennen gelernt. Als er herangereift, als ihm der Vater gestorben war, und er von ihm und zwei unverehlichten Oheimen eine hinreichende Habe geerbt hatte, ging er mit der Erbschaft und dem, was er sich selber erworben hatte, auf beständig in das Land seiner Geburt zurück, das er früher nur zuweilen besucht hatte, und baute dort die Gebäude des Vaterhauses um, und noch so viel daran, bis der liebliche Hof da stand. Dann holte er sich aus der entfernten Hauptstadt ein sehr schönes Mädchen, und wurde mit demselben in der kleinen Pfarrkirche eingesegnet. Er wollte lieber in der traulichen Einöde seiner Heimat als beständig unter dem Geräusche der vielen und fremden Menschen der Hauptstadt leben. Wenn es aber Winter wurde, dann ging er mit der Gattin in ihre Geburtsstadt, um eine Weile dort zu sein, und zu sehen, was die Menschen indessen wieder gefördert, was auf geistigem Felde sich zugetragen und im Zusammenleben sich geändert hat. Mit der Rückkehr der Sonne kam er wieder auf seinen Hof.

Auf demselben lebte auch seine Mutter, welche nie aus ihrer Heimat entfernt gewesen war, nur die nächsten Orte kannte, und bloß ein einziges Mal in der Hauptstadt des Landes gewesen war. Sie nahm die Tochter liebreich auf, und es war reizend, wenn die schöne junge Gattin neben der ältlichen Frau ging, die die Tracht des Landes trug. Während des Aufenthaltes der Eheleute in der Hauptstadt hütete sie den Hof, und besorgte und ordnete alles. Wenn sie kommen sollten, sandte sie den Knecht mit den Pferden entgegen, und sah ihm nach, wenn der Wagen den Hügel hinab fuhr.

Sogleich ging der tätige Sohn wieder an die unterbrochene Arbeit. Anlagen wurden erweitert, neue begonnen, das Haus verbessert, und verschönert, und die Geschäfte des Feldes geführt. Man sah ihn unter seinem Gesinde und unter seinen Leuten.

Nach zwei Jahren schickte der Himmel einen Zuwachs der Familie, es erschien das Töchterlein Emma. Gatte und Gattin, die bisher Sohn und Tochter geheißen hatten, wurden jetzt Vater und Mutter, und die Mutter wurde Großmutter.

Sie nahm das Kindlein, und lehrte die Tochter manche Dinge, wie es zu behandeln sei.

Als dem Mädchen die Härlein auf dem Haupte sich zu ringeln begannen, und in schöner blonder Farbe herab fielen, erschien das zweite dunkle Schwesterlein Clementia, dessen Haupt schon bei der Geburt beschattet war, und an dem sich bald die schwarzen Ringlein bildeten.

Wenn nun nicht mehr der Vater und die Mutter allein im

Winter wegfuhren sondern auch die Kindlein, hatte die Großmutter nun mehr zu sorgen, sie hatte für viere zu fürchten, und wenn sie kamen, fanden sie die Gelasse für viere noch wohnlicher eingerichtet.

Die Kindlein wuchsen empor. Sie hatten einen unschuldigen Mund rote Wänglein große Augen und eine reine Stirne, und das eine hatte um dieselbe die blonden seidenweichen Locken des Vaters, das andere die schwarzen der Mutter.

Großmutter war ihre Gespielin, sie lockte sie in ihr Gemach, sie siedelte sich mit ihnen im Garten an, in der schattigen Laube am Stamme des Apfelbaumes oder in den Glashäusern oder an der Lehne des Sandes.

Da sie schon größer waren, da sie mit den Füßlein über Hügel und Täler gehen konnten, da die Körperchen schlanker und behender empor zielten, gingen sie mit der Großmutter auf den hohen Nußberg. Wenn der Hafer bleichte, und das Korn und die Gerste in der Scheune zur Ruhe war, dann färbten sich die Haselnüsse mit braunen oder rosenfarbenen Wänglein.

Die Kinder hatten breite Strohhüte auf, sie hatten Kleider, aus deren Ärmeln die Arme hervor gingen, sie hatten weiße Höschen und hatten Schuhe, die so stark waren, daß sie das Gerölle des Berges nicht empfanden. An der Hand trugen sie ein Körblein, in der andern eine weiße Rute mit einem Haken, daß sie die Haselzweige herab beugen konnten. Die Rute war selber von einem Haselstrauche genommen, und war abgeschält worden. Sie gingen unter den Obstbäumen hin, sie gingen hinter den Glashäusern in der Sandlehne empor, sie hielten sich mit den Händchen an dem Geländer, und sie rasteten auf den Sitzen. Wenn sie in den Felsen hinauf gekommen waren, saßen sie auf einem Bänklein oder auf einem Stücke Stein, nahmen eine Stecknadel aus den Bändern ihres Hutes, oder baten die Großmutter um ein spitzes Messerlein, das sie in ihrer Armtasche hatte, und gruben die kleinen feinen Blättchen und Flinserchen aus den Steinen, die da staken, und so funkelten und glänzten. Sie taten dieselben in ein Papierchen, und hoben sie im Schürzensäckchen oder in der Armtasche der Großmutter auf. Die Großmutter wartete auf sie, oder half ihnen, oder erzählte Geschichten. Wenn sie noch höher hinauf kamen, da war wieder die Erde, und auf ihr war das Heidekraut und die Gräser und Kräuter, und da stand auch ein Wacholderstrauch oder der Strunk einer Birke oder eine Distel. Und bei denselben saßen sie wieder nieder, und ruhten wieder. Sie waren die einzigen weißen Punkte, und um sie waren die Hügel, die von den lichten Stoppeln der Ernte glänzten oder von den gepflügten Feldern brannten, oder von dem Grün der Gewächse, die man nach der Ernte gebaut hatte, mannigfach gefärbt waren, da lagen die Täler die Wiesen mit dem zweiten Grün oder ein glänzendes Wasser, es erklommen die Wäldchen die Gipfel der Hügel, ein Erdbruch leuchtete, ein Häuschen oder ein Gemäuer von Höfen schimmerte, und weit weit draußen lagen die blauen Berge, die mit den schwachen Felsen durchwirkt waren, und die kleinen Täfelchen von Schnee zeigten.

Da sie einmal in dem dürren Grase saßen, und die hohen Halme wankten, erzählte die Großmutter folgende Geschichte: „Wo dort hinter dem spitzigen Walde die weißen Wolken ziehen, liegt das Hagenbucher Haus. Der Hagenbucher war ein strenger Mann, und es konnte kein Dienstbote bei ihm aushalten, und kein Knecht und keine Magd konnte die Arbeit verrichten, die das große Haus verlangte. Sie gingen immer davon, oder er schickte sie fort. Einmal erschien eine große Magd mit braunem Angesichte und starken Armen, und sagte, sie wolle ihm dienen, wenn er ihr nur die Nahrung gäbe, und manchmal ein Tuch auf einen Rock und ein Linnen auf ein Hemd. Der Bauer dachte, er könne es versuchen. Die braune Magd waltete und wirtschaftete nun, als ob zwei gekommen wären, und aß doch nur für eine, und lernte immer besser schaffen und arbeiten. Der Bauer dachte, er habe es getroffen, und die Magd war Jahre in dem Hause. Einmal, da der Bauer zwei Ochsen zu verkaufen hatte, und da er sie in einem Joche den Gallbrunerwald hinunter nach Rohrach auf den Viehmarkt getrieben, und verkauft hatte, nahm er das ledige Joch auf seine Schultern, und ging durch den Wald nach Hause zurück. Da hörte er eine Stimme, die rief: ‚Jochträger, Jochträger, sag der Sture Mure, die Rauh-Rinde sei tot – Jochträger, Jochträger, sag der Sture Mure, die Rauh-Rinde sei tot.‘ Der Bauer sah unter die Bäume, er konnte aber nichts sehen und erblicken, und da fürchtete er sich, und fing so schnell zu gehen an, als er konnte, und kam nach Hause, da ihm der Schweiß über die Stirne rann. Als er beim Abendessen die Sache erzählte, heulte das große Mädchen, lief davon, und wurde niemals wieder gesehen."

Ein anderes Mal erzählte die Großmutter: „Sehet ihr Kinder, wo der Gallbrunerwald aufhört, da geht ein fahles Ding empor, das sind die Karesberge, und dort sind die Karesberger Häuser auf dem Grase und zwischen den Steinen.

Zu den Karesbergern kam einmal ein Wichtelchen, und sagte, es wolle ihnen die Ziegen hüten, sie dürften ihm keinen Lohn geben; aber abends, wenn die Ziegen im Stalle wären, müßten sie ihm ein weißes Brot auf den hohlen Stein legen, der außerhalb der Karesberge ist, und es werde es sich holen. Die Karesberger willigten ein, und das Wichtelchen wurde bei ihnen Geißer. Die Ziegen liefen des Morgens fort, sie liefen auf die Weide hinaus, und holten sich das Futter, sie kamen mittags mit den gefüllten Eutern, und liefen wieder fort, und kamen am Abend mit gefüllten Eutern, und gediehen, und wurden immer schöner, und vermehrten sich sowohl weiße als schwarze sowohl scheckige als braune. Die Karesberger freuten sich und legten das weiße Brot, das sie eigens backen ließen, auf den Stein. Da dachten sie, sie müßten dem Geißer eine Freud machen, und ließen ihm ein rotes Röcklein machen. Sie legten das Röcklein abends auf den Stein, da die Ziegen schon zu Hause waren. Das Wichtelchen legte das rote Röcklein an, und sprang damit, es sprang wie toll vor Freude unter den grauen Steinen, sie sahen es immer weiter abwärts springen, wie ein Feuer, das auf dem grünen Rasen hüpft, und da der andere Morgen gekommen war, und die Ziegen auf die Weide liefen, war das Wichtelchen nicht da, und es kam gar nie wieder zum Vorscheine."

So erzählte die Großmutter, und wenn sie aufgehört hatte, so standen sie auf, und gingen wieder weiter. Sie gingen an den Gebüschen der Schlehen und Erlen dahin: da waren die Käfer die Fliegen die Schmetterlinge um sie, es war der Ton der Ammer zu hören oder das Zwitschern des Zaunkönigs und Goldhähnchens. Sie sahen weit herum, und sahen den Hühnergeier in der Luft schweben. Dann kamen sie zu den weißen Birken, die die schönen Stämme haben, von denen sich die weißen Häutchen lösen, und die braune feine Rinde zeigen, und sie kamen endlich zu den Eichen, die die dunkeln starren Blätter und die knorrigen starken Äste haben, und sie kamen zuletzt in den Nadelwald, wo die Föhren sausen, die Fichten mit den herabhängenden grünen Haaren stehen, und die Tannen die flachzeiligen glänzenden Nadeln auseinander breiten. Am Rande des Waldes sahen sie zurück, um das Haus und den Garten zu sehen. Diese lagen winzig unter ihnen, und die Scheiben der Glashäuser glänzten wie die Täfelchen, die sie mit einer Stecknadel oder mit dem spitzigen Messerlein der Großmutter aus dem Steine gebrochen hatten.

Dann gingen sie in den Wald, wo es dunkel war, wo die Beeren und Schwämme standen, die Moossteine lagen, und ein Vogel durch die Stämme und Zweige schoß. Sie pflückten keine Beeren, weil sie nicht Zeit hatten, und weil schon der Sommer so weit vorgerückt war, daß die Heidelbeere nicht mehr gut war, die Himbeere schon aufgehört hatte, die Brombeere noch nicht reif war, und die Erdbeere auf dem Erdbeerenberge stand. Sie gingen auf dem sandigen Wege fort, den der Vater an vielen Stellen hatte ausbessern lassen. Und als sie bei dem Holze vorbei waren, das im Sommer geschlagen worden war, und noch ein Weilchen auf dem Sandwege gegangen waren, kamen sie wieder aus dem Walde hinaus.

Sie sahen nun einen grauen Rasen vor sich, auf dem viele Steine lagen, dann war ein Tal, und dann stand der hohe Nußberg empor.

Da gingen sie nun auf dem Rasen abwärts, der eine Mulde hatte, in dem ein Wässerlein floß. Sie gingen zwischen den grauen Steinen, auf denen ein verdorrtes Reis oder eine Feder lag, oder die Bachstelze hüpfte, und mit den Steuerfedern den Takt schlug. Und als sie zu dem Bächlein gekommen waren, in welchem die grauen flinken Fischlein schwimmen und um welches die blauen schönen Wasserjungfern flattern, und als sie über den breiten Stein gegangen waren, den ihnen der Vater als Brücke über das Bächlein hatte legen lassen, kamen sie gegen den hohen Nußberg empor.

Sie gingen auf den Nußberg, der ringsherum rund ist, der eine Spitze hat, an dessen Fuße die Steine liegen, der die vielen

Gebüsche trägt – die Krüppelbirke die Erle die Esche und die vielen vielen Haselnußstauden – und der weit herum sieht auf die Felder, auf denen fremde Menschen ackern, und auf weitere unbekannte Gegenden.

Großmutter hatte Schwarzköpfchen an der Hand. Blondköpfchen ging allein, und sprang über die Steine. Da sie zu dem Nußberge kamen, gingen sie unter das Gehege hinein, die Großmutter bückte sich, Blondköpfchen bückte sich auch, es bückte sich sogar Schwarzköpfchen, und sie kamen zu den Gebüschen der Nüsse. Da waren nun sie und viele andere Dinge auf dem Berge. Es waren die rötlichen Mäuslein, die auch Nüsse fressen, die unter den Wurzeln die trockenen Gänge bohren, in welche sie die Sämereien des Berges und andere Dinge zu Mahlzeiten tragen, in welche sie Halme und Heu für die Nester der Jungen tragen, und in welchen sie die Nüsse mit den Zähnen benagen, um zu dem süßen kräftigen Kerne zu gelangen – da war der flüchtige Häher, der mit den Flügeln, in die er die blau gestreiften Täfelchen eingesetzt hat, durch die Äste dahin flog – da war das Eichhörnchen, das über den Rasen schlüpfte, und auf einem hohen dicken Aste hielt, die Vorderpfoten an den Mund nahm, und emsig nagte – und wer weiß, was noch da war, seine Freude und Lust auf dem hohen Nußberge zu suchen, was Flügel hat, oder wie die Wiesel und Iltisse in der Sandgrube lief.

Es standen die grünen Äste zu dem blauen Himmel empor, und Blätter und Nüsse starrten an ihnen, bald einzeln bald zwei bald drei bald zu großen Knöpfen vereinigt, und hatten blasse oder grünliche oder bräunliche oder rötliche Wangen. Die Kinder langten mit den Händlein in die Zweige, oder sie faßten dieselben mit dem Haken, und zogen sie nieder, um die Nüsse zu pflücken. Und wenn sie sich geirrt, und einen tauben Zweig herab gebogen hatten, ließen sie ihn gleich wieder los, und suchten nach einem andern. So waren sie emsig und fleißig. Und wenn die Äste zu hoch waren, oder wenn sie zu stark waren, daß sie durch die Kraft der Kinder nicht gebogen werden konnten, so half die Großmutter, sie langte den Zweig herunter, und hielt ihn so lange, bis die Hände der Kinder die Nüsse gefunden und gepflückt hatten. Sie führte sie auch in Gegenden, wo die Zweige recht gefüllt waren, und von Nüssen an Nüssen prangten. Wenn dann die Kinder recht viel gelesen hatten, wenn sie ihre Körblein voll hatten, wenn sie auch in ihre Täschlein noch gesteckt, ja sogar in ihre Tüchlein gebunden hatten, so blieben sie noch auf dem Berge, sie gingen herum, sie gingen auf den Gipfel empor, und setzten sich an einer dicken und veralteten Haselwurzel, die sehr einladend war, nieder, und verweilten in der weiten glänzenden Luft.

Die Großmutter sagte ihnen, da sei es auch gewesen, wo das Hähnlein und das Hühnlein auf den Nußberg gegangen seien, wo das Hühnlein so viel gedurstet und das Hähnlein ihm Wasser gebracht habe, und wo auch noch andere Dinge geschehen seien. Sie zeigte ihnen dann herum, und sagte ihnen die wunderlichen Namen der Berge, sie nannte manches Feld, das zu erblicken war, und erklärte die weißen Pünktlein, die kaum zu sehen waren, und ein Haus oder eine Ortschaft bedeuteten. Und wenn gar reine schöne Himmelsferne war, und die Gebirge deutlich standen, enträtselte sie die seltsamen Spitzen, die hinauf ragten, und erzählte von manchem Rücken, der sich dehnte, und wenn schwache Wolken über dem Gebirge waren, so sagte sie, sie gleichen wirklichen Palästen oder Städten oder Ländern oder Dingen die niemand kennt. Und gegen Mitternacht sahen sie auf den Gallbrunerwald und die Karesberge und dahinter auf den Streifen des Sesselwaldes, über dem oft eine lange matte Wolke war, die nicht so schön glänzte, wie die gegen Mittag über dem Gebirge.

Und wenn sie recht viel in das Land gesehen hatten, erzählte ihnen die Großmutter auch von den Männern, die in demselben gelebt hatten, von den Rittern, die herum geritten, von den schönen Frauen und Mädchen, die auf Zeltern gesessen seien, von den Schäfern mit den klugen Schafen, und von den Fischern und von den Jägern.

Dann gingen sie zurück. Sie ordneten die zerdrückten Kleidchen, nahmen Korb und Rute, und gingen auf dem nämlichen Wege hinab, auf dem sie gekommen waren.

Sie gingen an den Haselstauden abwärts, sie gingen über die Steine, sie gingen über das Bächlein mit den grauen Fischlein und den blauen Wasserjungfern, sie gingen über den Rasen, sie gingen durch den Wald, sie gingen in dem Felsen in dem Gebüsche und in der Sandlehne nieder, und kamen von den Glashäusern auf dem Rasen gegen den Hof vorwärts, wo die Mutter oft in ihrem schönen Gewande und mit dem Sonnenschirme wandelte, und ihnen entgegen ging.

Dann bekamen sie ein Essen, weil sie sehr hungerte. Sie hatten zwei Nußknacker, Blondköpfchen einen größeren und ernsteren, Schwarzköpfchen einen kleineren und närrischeren, der einen drolligen Mund hatte, und fürchterliche Augen machte. In die Mäuler der Nußknacker taten sie die Nüsse, die sie gebracht, und von den grünen Hülsen befreit hatten, drückten mit den Zünglein, und zerbrachen die Nüsse, indem die Knacker gewaltig die Kinnladen zusammen taten, und erschreckliche Gesichter erzeugten. Sie gaben von den Kernen und von den Nüssen dem Vater und der Mutter und auch der Großmutter, die selten Nüsse von dem hohen Nußberge mitbrachte, und dann immer nur wenige, die sie stets auf das Tischlein der Kinder legte, so wie sie auch die geschenkten ihnen immer wieder zurück schenkte.

Als Blondköpfchen schon recht groß geworden war, und zu lernen anfing, als Schwarzköpfchen auch schon lernte, und ein freundlicher Lehrer aus der Stadt gekommen war, und mit ihnen auf einem Tische in der Kinderstube die schönen Bücher aufmachte, und die Dinge in denselben deutete: wurde auch ein Brüderlein geboren, Sigismund. Und wie Blondköpfchen der Vater Schwarzköpfchen die Mutter war, so war Sigismund Vater und Mutter, er war Blondköpfchen und Schwarzköpfchen; denn wie sich seine Haare zu entwickeln begannen, so wurden sie anfangs licht, und bildeten sich dann zu braunen Ringeln, die Augen waren nicht blau oder schwarz sondern braun.

Jetzt konnten sie nicht mehr mit der Großmutter auf den hohen Nußberg gehen, weil sie bei dem kleinen Brüderlein bleiben mußte. Mit jemand andern durften sie nicht gehen, und mußten bei dem Hause verweilen. Da gingen sie nun in dem Garten herum, schauten die Obstbäume an, oder sie waren in den Glashäusern und betrachteten die Blumen.

Als aber das Brüderlein zweimal in dem Winter im großen Wagen mit in die Stadt gefahren, und zweimal im Sommer wieder gekommen war, so war es schon so stark geworden, daß es mit den Schwesterlein und mit der Großmutter herum gehen konnte. Sie gingen durch die Felder, sie gingen in den Wald und übten die Füße. Dann gingen sie wieder auch auf den hohen Nußberg.

Die Schwesterlein hatten weiße Kleider an, sie hatten gelbe Strohhüte auf, von denen der eine sich mit Blondköpfchens Lokken unkenntlich vermischte, der andere sich von Schwarzköpfchens Haupte wie ein Schein abhob, sie hatten rote Bänder an den Hüten und Kleidern, sie trugen Körblein an dem Arme und die weiße Haselrute mit dem Haken in der Hand. Der Knabe hatte weiße Höslein ein blaues Jäckchen auch ein Strohhütchen auf den braunen Locken und eine kleinere weiße Rute mit einem Haken. Statt des Körbleins hatte er ein Täschchen von gelbem Leder an grünen Bändern über seine Schulter hängen. Sie gingen viel langsamer, sie rasteten öfter, und die Schwesterlein zeigten dem Bruder viele Dinge an dem Wege die sie schon kannten, und sie zeigten auch, wie schnell sie gehen könnten, wenn sie wollten, indem sie auf dem Rasen hüpften, auf den Steinen hüpften, vorwärts und wieder rückwärts liefen. Sie gingen durch die Sandlehne das Gestrippe durch die Felsen den Wald über die graue Mulde und den hohen Nußberg hinan. Sie pflückten sich die Nüsse in ihre Körblein, das Brüderlein langte auch mit seinem kleinen Häklein, und alle halfen zusammen, bis es auch sein Täschchen voll hatte.

Als sie an der dicken veralteten Haselwurzel saßen, erzählte die Großmutter wieder eine Geschichte. Sie sagte: „Bei dem Sesselwalde an seinem steilen Mittagsfalle, war einstens auch ein Wald, aber er war nicht dicht, es standen Birken und Ahorne auf dem Rasen. Da war ein Schäfer, der die Schafe in das Gehölz führte, daß sie auf dem Rasen weideten, und daß sie ihm Milch und Wolle gaben. Da kam aus dem Sesselwalde ein schwarzer Mann herunter, der sagte, daß in der Harthöhle wo das Silber rinne, das blutige Licht sei. Der Schäfer wußte nicht wer der Mann sei, und was das Silber und das blutige Licht sei, und konnte ihn auch nicht fragen, weil er gleich fort ging. Aber er wartete bis er wieder käme. Allein der Mann kam nicht mehr. Da der Schäfer eines Tages ein verlorenes Lamm suchte, ging er dem Bache entgegen, wo er herab fließt, daß er die springenden Wellen in den Augen hatte. Da er das Lamm immer wieder weiter oben blöken hörte, ging er fort und fort. Er ging so weit hinauf, daß der Wald schon sehr dick war, daß der Bach über Steine und Kugeln floß, und daß an den beiden Seiten harte Felsenwände standen. Da sah er aus einem Steine ein Wasser heraus fließen, und herab fallen, als ob lauter silberne Bänder und Fransen über die Steine herab gebreitet wären. Da stieg er an dem Steine empor, und suchte sich an dem glatten Felsen mit Füßen und Händen zu halten. Als er oben war, sah er, daß das Wasser aus einer Höhle heraus rinne, und daß die Höhle sehr glänzend hart sei, als wäre sie aus einem kunstreichen Steine gehauen worden. Er ging in die Höhle hinein. Sie wurde immer enger, und wurde immer finsterer, und das Wässerlein floß aus ihr hervor. Da sah er es plötzlich in einem Winkel leuchten, als ob ein roter blutiger Tropfen dort läge. Er ging näher, und es leuchtete fort. Da gab es ihm ein, er solle die Hand ausstrecken, und den Tropfen nehmen. Er nahm den Tropfen, aber es war ein kalter rauher Stein, den er in der Hand spürte, und der Stein war so groß, daß er ihn kaum mit der Hand fassen konnte. Er trug den Stein hervor, bis er an das Tageslicht kam, und da sah er, daß es ein Feldstein war, wie man viele Tausende findet, und daß aus dem Feldsteine ein rotes Äuglein hervor schaue, wie wenn es von den Lidern der harten Steinrinde bedeckt wäre, und nur rosenfarb blinzen könne. Wenn man den Stein drehte, warf er Funken auf die Dinge. Der Schäfer stieg eilig die Felsenwand herab, er ging den fließenden Bach entlang, und sputete sich, bis er zu seiner Herde kam. Das Lamm, das er verloren, und nicht gefunden hatte, war zu Hause, und trank an seiner Mutter. Er wickelte den Stein in ein Tuch, und bewahrte ihn sorgsam. Da kam einmal ein Hochbauer, und er verkaufte ihm den Stein um fünf Schafe. Und der Hochbauer verkaufte ihn einem Arzte um ein Pferd, und der Arzt verkaufte ihn einem Lombarden um hundert Goldstücke, und der Lombarde ließ ihn von dem gemeinen Gesteine befreien und schleifen, und jetzt tragen ihn Fürsten und Könige in ihren Kronen, er ist sehr groß und leuchtend, und ist ein Karfunkel oder ein anderer roter Stein, sie beneiden sich darum, und wenn sie das Land erobern, wird der

Stein sorgsam fort getragen, als ob man eine eroberte Stadt in einem Schächtelchen davon trüge."

Zu einem anderen Male sagte die Großmutter: „In unsern Wässern, die braun und glänzend sind, weil sie den Eisenstaub aus den Bergen führen, ist nicht bloß das Eisen enthalten, es glänzet der Sand, als ob er lauter Gold wäre, und wenn man ihn nimmt, und wenn man ihn mit Wasser vorsichtig abschwemmt, so bleiben kleine Blättchen und Körner zurück, die eitel und wirkliches Gold sind. In früheren Jahren haben seltsame Menschen, die weit von der Ferne gekommen sind, das Gold in unsern Bächen gewaschen, und sind reich von dannen gezogen; es haben dann auch mehrere von uns in den Wässern gewaschen, und manches gefunden; aber jetzt ist es wieder vergessen worden, und niemand achtet das Wasser weiter, als daß er sein Vieh darin tränkt. Dann liegen noch köstlichere Sachen in demselben. Wenn man eine Muschel findet, und sie die rechte ist, so liegt in ihr eine Perle, die so kostbar ist, daß man sie durchbohrt, und mit mehreren vereinigt an einer Schnur gefaßt den schönen Frauen als sanften Schmuck um den Hals tut, oder Heiligenbilder umwindet, und heilige Gefäße einfaßt."

Wenn die Kinder und die Großmutter lange gesessen waren, standen sie wieder auf, und gingen nach Hause.

Aber auch auf andere Stellen gingen die Kinder mit der Großmutter, sie gingen auf die Wiesen, wo die Schmalz- und Butterblumen waren, und besonders die Vergißmeinnicht, die wie klare Fischäuglein aus den Wellen schauen, und auf einem Gefäße mit Wasser lange auf dem Tische der Mutter blühen. Sie gingen auf den Erdbeerenberg, wo die würzigen Erdbeeren standen, die kleiner aber besser waren, als die der Vater in Beeten an der Sandlehne zog. Sie gingen in die Felder, wo der brennende Mohn die blauen Kornblumen und die hellgelben Frauenschühlein blühten.

Für sich allein standen die Kinder gerne am Bache, wo er sanft fließt, und allerlei krause Linien zieht, und blickten auf den Sand, der wohl wie Gold war, wenn die Sonne durch das Wasser auf ihn schien, und der glänzende Blättchen und Körner zeigte. Wenn sie aber mit einem Schäufelchen Sand heraus holten, und gut wuschen, und schwemmten, so waren die Blättchen Katzensilber, und die Körner waren schneeweiße Stückchen von Kiesel. Muscheln waren wenige zu sehen, und wenn sie eine fanden, so war sie im Innern glatt, und es war keine Perle darin.

Als Blondköpfchen und Schwarzköpfchen schon schöner und wunderbarer geworden waren, als Sigismund schon groß geworden war, und sie wieder einmal auf dem hohen Nußberge an der dicken veralteten Haselwurzel saßen, kam aus dem Gebüsche ein fremdes braunes Kind heraus. Es war ein Mädchen, es war fast so groß und noch schlanker als Blondköpfchen, hatte nackte Arme, die es an der Seite herab hängen ließ, hatte einen nackten Hals, und hatte ein grünes Wams und grüne Höschen an, an welchem viele rote Bänder waren. In dem Angesichte hatte es schwarze Augen. Es blieb an dem Gebüsche der Haseln stehen, und sah auf die Großmutter und auf die Kinder. Die Großmutter sagte nichts, und fuhr fort, zu reden. Die Kinder aber sahen auf das Mädchen. Als die Großmutter geendet hatte, redete sie das Mädchen an, und sagte: „Wer bist du denn?"

Das Mädchen aber antwortete nicht, es sprang in die Gebüsche, und lief davon, daß man die Zweige sich rühren sah.

Die Großmutter und die Kinder gingen von dem hohen Nußberge, ohne weiter von dem Mädchen etwas zu sehen oder zu hören.

Als sie wieder ein Mal an der dicken veralteten Haselwurzel saßen, und die Großmutter redete, kam das braune Mädchen wieder, trat wieder aus den Gebüschen, blieb stehen, und sah die Kinder an. Als man es fragte, lief es nicht davon wie das erste Mal, zog sich aber gegen das Gebüsch zurück, daß die Blätter seine nackten Arme deckten, und sah auf die Kinder. Da man sich erhob, um weg zu gehen, lief es wieder über den hohen Nußberg hinunter.

Die Kinder verlangten nun öfter nach dem hohen Nußberge, um das braune Mädchen zu sehen.

Die Großmutter ging mit ihnen hinauf. Sie gingen wohl öfter, ohne das braune Mädchen zu erblicken, aber einmal, als sie ihre Körbchen mit Nüssen gefüllt hatten, und an der Haselwurzel saßen, kam das Mädchen wieder aus den Gebüschen, blieb wieder stehen, und sah auf Blondköpfchen hin. Es mochte wohl hinsehen, da es selber nicht die langen blonden Locken sondern kurz abgeschnittene schwarze Haare hatte. Als man es nach langer Weile freundlich anredete, wich es nur ein wenig zurück, lächelte, zeigte wunderbare weiße Zähne, antwortete aber nicht. Die Kinder blieben länger sitzen, die Großmutter sprach allerlei, und das braune Mädchen stand, und sah zu. Da man fortging, lief es nicht so eilig davon, wie die zwei ersten Male, sondern ging auch langsam auf einem Wege, der den Kindern nahe war, den Berg hinunter, und konnte einige Male in den Gebüschen gesehen werden. Es hatte immer die nämlichen Kleider an, die es das erste Mal angehabt hatte.

Der Vater erlaubte den Kindern gerne, daß sie auf den hohen Nußberg gingen, sagte aber, daß sie dem fremden Kinde nichts zu Leide tun sollten. Wenn sie oben waren, kam das Kind, blieb an dem Rande der Gebüsche stehen, und sah zu. Es lächelte recht freundlich, wenn man zu ihm sprach, antwortete aber nicht. Wenn man fortging, ging es hinterher bis an das Ende der Gebüsche.

Einmal erschien es auch mit einer weißen abgeschälten Haselrute wie die Kinder hatten, und hielt die Rute hoch empor.

Ein anderes Mal, da die Kinder herab gingen, und es hinter ihnen ging, und die Kinder etwas langsamer gingen, näherte es sich ihnen immer mehr, und berührte endlich Blondköpfchen mit der Rute.

Nach und nach legte es sich auch in das Gras, wenn die Großmutter erzählte, es stützte den braunen Arm auf den Ellbogen, das Haupt auf die Hand, und richtete die schwarzen Augen auf die Großmutter. Es verstand die Worte, weil es in dem Angesichte die Empfindungen ausdrückte. Die Kinder hatten es recht lieb.

Sie brachten ihm Spielzeug und Äpfel, legten sie zu ihm in das Gras, und es nahm dieselben, und steckte sie zu sich.

Da es nach und nach tief in den Herbst gegangen war, da keine Nüsse mehr an den Zweigen hingen, da die Zweige sich schon mit Gelb färbten, die geackerten Felder der Ferne schon das Grün der Wintersaaten angenommen hatten und die Tage kurz waren, daß man bald nach Hause gehen mußte, war einmal ein gar heißer schöner Herbsttag, wie kaum seit Menschengedenken einer gewesen sein mochte. Die Kinder saßen wieder auf dem hohen Nußberge, das braune Mädchen saß in dem Grase, und die Großmutter saß auf einem Steine.

Es war ihnen wohl, in der späten warmen Sonne sitzen zu können. Die Züge der alten Frau waren beleuchtet, die Steine glänzten, an den Zacken und Hervorragungen hingen gespannte silberne Fäden, und die roten Bänder des braunen Mädchens schimmerten, wenn sie die Sonne an einer Stelle traf, und sie hingen herab wie glühende Streifen.

Die Großmutter erzählte wieder von einer schönen Gräfin, die auf dem Walle gestanden war, und sich allein gegen die Bauern im Bauernkriege verteidigte, als dieselben mit Gabeln Dreschflegeln Morgensternen und anderen Dingen das Schloß erbrechen und anzünden wollten, bis endlich von fernen Landen ihr Mann kam, und wie ein Sturmwind die Aufrührer zerschmetterte und vertilgte.

An dem Himmel, da sie sprach, standen Wolken, die eine Wand machten, und mit den Bergen verschmolzen, daß alles in einem lieblichen Dufte war, und die Stoppelfelder noch heller und glänzender schimmerten und leuchteten.

Die Kinder blieben auf dem Berge. Sie spielten, und hatten dem fremden Mädchen liebliche Dinge mitgebracht.

Die Wolken aber wurden nach und nach immer deutlicher, und an ihren oberen Rändern waren sie von der Sonne beschienen, und glänzten, als ob geschmolzenes Silber herab flösse.

Die Hitze wurde immer größer, und weil man in ihr im Herbste müder wird als im Sommer, so blieben sie noch immer auf dem Berge sitzen.

Die Großmutter schaute nach den Wolken. Wenn es Sommer gewesen wäre, würde sie gedacht haben, daß ein Gewitter kommen könnte; aber in dieser Jahreszeit war das nicht möglich, und es war daran nicht zu denken. Das braune Mädchen sah auch nach den Wolken.

Wenn im üblen Falle ein leichter Herbststaubregen käme, dachte die Großmutter, so macht das nichts, da die Kinder gewohnt seien, naß zu werden, und da dies ihrer Gesundheit eher zuträglich ist.

Aber bald sollte sie anders denken. Man hörte aus den Wolken schwach donnern.

Man wartete noch ein Weilchen, und der Donner wiederholte sich.

Die Großmutter überlegte nun, was zu tun sei. Zwischen dem hohen Nußberge und dem Hofe ihres Sohnes war kein Haus und keine Hütte, man konnte also nirgends eine Unterkunft finden. In dem Walde könnten wohl die Bäume einen Schutz vor dem Regen gewähren, aber dafür waren sie desto gefährlicher wegen des Blitzes, und man durfte dort keine Zuflucht suchen. Ob sie mit den Kindern noch vor Ausbruch des Gewitters nach Hause kommen könnte, war zweifelhaft. Aber sie dachte, wenn auch das Gewitter erschiene, so könne es auf keinen Fall in der späten Jahreszeit stark sein, der Regen werde nicht in Strömen herabfließen wie im Sommer, und so würde er leicht zu überstehen sein.

Indessen hatte sich die Gestalt der Wolken verändert. Sie bildeten eine dunkle Wand, und auf dem Grunde dieser Wand zeigten sich weißliche leichte Flocken, die dahin zogen. Es wurden auch schon Blitze in den Wolken gesehen, aber die Donner, die ihnen folgten, waren noch so ferne, als wären sie hinter den Bergen. Die Sonne schien noch immer auf den hohen Nußberg und die umringende Gegend.

Die Kinder fürchteten sich nicht. Sie hatten schon starke Gewitter gesehen, wie sie in ihrem Hügellande vorkommen, und da Vater und Mutter ihre Geschäfte ruhig fort taten, so waren ihnen Gewitter nicht entsetzlich.

Das braune Mädchen war in der Nähe der Stelle, auf welcher sie gesessen waren, hin und her gegangen. Es hatte unter manche Haselbüsche hinein gesehen, es hatte unter Wurzelgeflechte geblickt, oder in kleine Erdhöhlungen geschaut.

Die Wolken hatten nach und nach die Sonne verschlungen. Die vielen Haseln auf dem Berge lagen im Schatten, die anstoßende Gegend war im Schatten, und nur noch die fernen Stoppeln gegen Morgen waren beleuchtet und schimmerten.

„Ich weiß nicht, liebe Kinder“, sagte die Großmutter, „ob es nun auch wirklich wahr ist, was meine Mutter oft erzählt hat, daß die heilige Mutter Maria, als sie zu ihrer Base Elisabeth über das Gebirge ging, unter einer Haselstaude untergestanden sei, und daß deshalb der Blitz niemals in eine Haselstaude schlage; aber wir wollen uns doch eine dichte Haselstaude suchen, deren Zweige gegen Morgen hängen, und ein Überdach bilden, und deren Stämme gegen Abend stehen, und den von daher kommenden Regen abhalten. Unter derselben wollen wir sitzen, so lange der Regen dauert, daß er uns nicht so schaden kann, und daß wir nicht zu naß werden. Dann gehen wir nach Hause."

„Ja, so tun wir, Großmutter", riefen die Kinder, „so tun wir."

Sie gingen nun daran, eine solche Staude zu suchen.

Das braune Mädchen aber schoß in die Gebüsche und lief davon.

Nach einem Weilchen kam es wieder, und trug ein Reisigbündel in den Händen, wie man sie aus dünnern und dickern Zweigen und Stäben macht, aufschlichtet, trocken werden läßt, und gegen den Winter zum Brennen nach Hause bringt.

Es lief nun wieder fort, und brachte zwei Bündel. Und so fuhr es mit großer Schnelligkeit fort, daß die braunblassen Wangen glühten, und der Schweiß von der Stirne rann.

Während das braune Mädchen die Bündel trug, und die Kinder und die Großmutter eine Haselstaude suchten, waren die Wolken, die früher so langsam gewesen waren, nun viel schneller näher gekommen, und der Donner rollte klarer und deutlicher.

Das braune Mädchen hörte endlich mit dem Herbeitragen von Bündeln auf, und begann aus denselben gleichsam ein Häuschen zu bauen. Es suchte eine Stelle aus, die gegen Abend mit dichten Haseln umstanden war, stellte Bündel gleichsam als Säulen auf, legte quer darüber Stangen und Stäbe, die es von dem Bündelstoße herbei getragen hatte, bedeckte dieselben wieder mit Bündeln, und häufte immer mehr und mehr Bündel auf, daß im Innern eine Höhlung war, die Unterstand bot.

Da es fertig war, und da die Großmutter und die Kinder auch bereits eine taugliche Haselstaude gefunden hatten, unter derselben saßen, und auf das Gewitter warteten, ging es zu ihnen hin, und sagte etwas, das sie nicht verstanden. Darauf machte es ein Zeichen, weil es die Sache nicht mit Worten sagen konnte: es hielt die linke Hand flach auf, hob die rechte hoch, machte eine Faust, und ließ dieselbe auf die geöffnete Hand niederfallen. Dann schaute es auf die Großmutter, und zeigte auf die Wolken.

Die Großmutter ging unter der Haselstaude hervor, und stellte sich auf einen Platz, wo sie die Wolken sehen konnte. Dieselben waren grünlich und fast weißlich licht, aber trotz dieses Lichtes war unter ihnen auf den Hügeln eine Finsternis, als wollte die Nacht anbrechen. So wogten sie näher, und bei der Stille des Nußberges hörte man in ihnen ein Murmeln, als ob tausend Kessel sötten.

„Heiliger Himmel, Hagel!" schrie die Großmutter.

Sie begriff nun sogleich, was das Mädchen wollte, sie begriff die Kenntnis und Vorsicht des braunen Mädchens, die es mit den Reisigbündeln gezeigt hatte, sie lief gegen die Haselstaude, riß die Kinder hervor, bedeutete ihnen zu folgen, das fremde Mädchen lief voran, die Großmutter eilte mit den Kindern hinterher, sie kamen zu den Bündeln, das Mädchen zeigte, daß man hinein kriechen sollte, Sigismund wurde zuerst hinein getan, dann folgte Clementia, dann folgten Emma und die Großmutter neben einander, und am äußersten Rande schmiegte sich das braune Mädchen an, und hielt die blonden Locken Emmas in der Hand.

Die Kinder hatten kaum Zeit gehabt, sich unter die Bündel zu legen, und eben wollten sie lauschen, was geschehen würde, als sie in den Haselstauden einen Schall vernahmen, als würde ein Stein durch das Laub geworfen. Sie hörten später das noch einmal, dann nichts mehr. Endlich sahen sie wie ein weißes blinkendes Geschoß einen Hagelkern vor ihrem Bündelhause auf das Gras nieder fallen, sie sahen ihn hoch empor springen, und wieder niederfallen, und weiter kollern. Dasselbe geschah in der Nähe mit einem zweiten. Im Augenblicke kam auch der Sturm, er faßte die Büsche, daß sie rauschten, ließ einen Atemzug lang nach, daß alles totenstill stand, dann faßte er die Büsche neuerdings, legte sie um, daß das Weiße der Blätter sichtbar wurde, und jagte den Hagel auf sie nieder, daß es wie weiße herabsausende Blitze war. Es schlug auf das Laub, es schlug gegen das

Holz, es schlug gegen die Erde, die Körner schlugen gegen einander, daß ein Gebrülle wurde, daß man die Blitze sah, welche den Nußberg entflammten, aber keinen Donner zu hören vermochte. Das Laub wurde herab geschlagen, die Äste wurden abgebrochen, der Rasen wurde gefurcht, als wären eiserne Eggenzähne über ihn gegangen. Die Hagelkörner waren so groß, daß sie einen erwachsenen Menschen hätten töten können. Sie zerschlugen auch die Haseln, die hinter den Bündeln waren, daß man ihren Schlag auf die Bündel vernahm.

Und auf den ganzen Berg und auf die Täler fiel es so nieder. Was Widerstand leistete, wurde zermalmt, was fest war, wurde zerschmettert, was Leben hatte, wurde getötet. Nur weiche Dinge widerstanden, wie die durch die Schloßen zerstampfte Erde und die Reisigbündel. Wie weiße Pfeile fuhr das Eis in der finstern Luft gegen die schwarze Erde, daß man ihre Dinge nicht mehr erkennen konnte.

Was die Kinder fühlten, weiß man nicht, sie wußten es selber nicht. Sie lagen enge an einander gedrückt, und drückten sich noch immer enger aneinander, die Bündel waren bereits durch den Hagelfall niedergesunken und lagen auf den Kindern, und die Großmutter sah, daß bei jedem heftigeren Schlag, den eine Schloße gegen die Bündel tat, ihre leichten Körperchen zuckten. Die Großmutter betete. Die Kinder schwiegen, und das braune Mädchen rührte sich nicht.

Die Stumpfen der Haselnußstauden, die hinter den Bündeln waren, machten, daß der Wind nicht in die Bündel fahren, und sie aus einander werfen konnte.

Nach längerer Zeit hörte es ein wenig auf, daß man den Donner wieder hören konnte, der jetzt als ein mildes Rollen erschien. Die Schloßen fielen dichter, waren aber kleiner, und endlich kam ein Regen, der ein Wolkenbruch war. Er fiel nicht wie gewöhnlich in Tropfen oder Schnüren, sondern es war, als ob ganze Tücher von Wasser nieder gingen. Dasselbe drang durch die Fugen und Zwischenräume der Bündel auf die Kinder hinein.

Nach und nach milderte es sich, der Wind wurde leichter, und der Donner war entfernter zu hören. Das braune Mädchen kroch aus den Bündeln hervor, stand auf, und sah mit den schwarzen Augen unter die Bündel hinein.

Die Großmutter stand auch auf, und sah nach dem Himmel. Die Wolken hatten sich gegen Aufgang gezogen, dort war es finster, und man hörte das Niederfallen des Wassers und Eises herüber. Aber auf den Bergen gegen Untergang war es lichter, lichtere graue Wolken zogen herüber, und zeigten, daß der Hagel nicht mehr zurückkehren werde.

Die Großmutter zog nun zuerst Blondköpfchen hervor, dann Schwarzköpfchen, dann Braunköpfchen.

Die nassen Kinder gingen unter den Bündeln hervor, und die Kleider klebten an ihren Körpern. Das braune Mädchen hatte auch sein schönes Gewand verdorben, es war naß und beschmutzt an seinem Körper. Das Mädchen blutete an dem nackten rechten Arme. Weil es sich nicht ganz unter das Reisig hatte hinein legen können, so war es von einem Eisstücke gestreift und geritzt worden. Da die Kinder hinzu gingen, um es zu betrachten, da die Großmutter es untersuchen wollte, wandte es sich ab, und machte eine Bewegung, als ob es sagen wollte, daß die Sache keiner Mühe wert sei.

Man richtete sich zum Fortgehen.

Die Großmutter nahm die zwei Körbchen der Mädchen und das Ledertäschchen des Knaben, band alles mit einem nassen Tuche zusammen, und trug es selber, damit die Kinder leichter wären, damit sie sich beim Fortgehen an sie anhalten, und ihre Kleidchen aufheben konnten. Sie hielt sie bei sich, daß sie nicht auf der nassen Erde und in den Hagelkörnern ausgleiten und fallen könnten. Das braune Mädchen ging mit ihnen.

Die Kinder sahen, wie der Wind das dürre Gras die Blätter und andere Dinge in die Stämme der Haseln hinein geblasen hatte, sie sahen, wie keine Büsche mehr auf dem Berge standen, sondern nur lauter dicke Strünke, sie sahen, wie schier kein Gras war sondern nur beinahe schwarze Erde, die mit dem Wasser einen Brei machte. Und wo die Erde nicht zu sehen war, dort lagen lauter weiße Haufen von Schloßen, wie im Frühlinge die Schneelehnen liegen, wenn er auf den sonnigeren Stellen schon weggeschmolzen war. Wenn die Kinder eine Schloße anrührten, war sie sehr kalt, und wenn sie dieselbe genau ansahen, war sie so schön wie eine Glaskugel, und hatte im Innern eine kleine Flocke von Schnee. Auf allen Seiten des Berges rannen die Wasser des Regens nieder.

Die Großmutter gab sehr acht, daß die Kinder nicht gleiteten.

Der Regen hatte aufgehört, und es fiel nur mehr ein nasser Staub von dem Himmel.

Sie kamen an den Rand des hohen Nußberges, und das braune Mädchen ging dieses Mal mit ihnen auf den grauen Rasen hinaus.

Aber es war kein grauer Rasen mehr. Er war zerschlagen worden, und war schwarze Erde, so wie die Steine, die durch den Regen naß geworden waren, schwarz erschienen. Da lagen große weiße Strecken vom Hagel.

Als sie zu dem Bächlein gekommen waren, war kein Bächlein da, in welchem die grauen Fischlein schwimmen, und um welches die Wasserjungfern flattern, sondern es war ein großes schmutziges Wasser, auf welchem Hölzer und viele viele grüne Blätter und Gräser schwammen, die von dem Hagel zerschlagen worden waren. Es standen sonst immer kleine Gesträuche an dem Bache, die im Sommer rote Blüten hatten, und dann, wenn die Blüten abgefallen waren, schöne weiße Kätzchen bekamen. Von diesen Gesträuchen schauten die Spitzen aus dem Wasser.

Die Großmutter ging zu dem kleinen steinernen Brücklein, allein dasselbe war nicht zu sehen, und man konnte die Stelle nicht erkennen, an welcher es sei.

Da die Großmutter zauderte, und sich bemühte, den Platz des Brückleins aufzufinden, zeigte das braune Mädchen auf eine Stelle, und als man noch immer zögerte, ging es ruhig und entschlossen gegen das Wasser. Es ging in dasselbe hinein, ging durch dasselbe hindurch, und ging wieder zurück, gleichsam, um den sichtbaren Beweis zu geben, daß man hindurch gelangen könne. Weil ihm das Wasser nur gegen die Hüften reichte, sah man deutlich, daß es auf dem Brücklein gehe.

Da es zurück gekommen war, bückte es sich sanft und freundlich gegen Sigismund, und streckte ihm die Arme entgegen. Der Knabe verstand die Bewegung, er ließ die Hand der Großmutter los, und begab sich in den Schutz des braunen Mädchens. Dieses nahm ihn auf den Arm, er schlug beide Ärmchen um den Hals desselben, und es trug ihn fest und sicher schreitend auf das jenseitige Ufer.

Die Großmutter hatte Schwarzköpfchen auf den Arm genommen, hatte Blondköpfchen fest an der Hand gefaßt, und ging hinter dem braunen Mädchen. Sie empfand bald an den Füßen, daß sie das Brücklein unter sich habe, und kam auch an das andere Ufer.

Als das fremde Mädchen Sigismund und die Großmutter Schwarzköpfchen auf die Erde gestellt hatten, mußten sie weiter gehen. Sie sahen auf das Wasser zurück. Die Spitzen der Gesträuche waren nicht mehr zu sehen, und das Wasser war viel breiter geworden. Es eilte mit dem Holze mit dem Laube und mit den fremden schwarzen Dingen, die auf ihm schwammen, dahin.

Sie gingen nun auf dem Rasen aufwärts gegen den Wald. Sie mußten den weißen Haufen von Schloßen ausweichen, sie mußten den Wässern ausweichen, die in den Vertiefungen standen, und sie mußten den Bächen ausweichen, die überall herab flossen. Daher mußten sie öfter von einem Steine auf den andern springen, um fort zu kommen, und öfter durch ein fließendes Wässerlein gehen. Die Großmutter ließ ihre eigenen Gewänder dem Wasser und dem Schmutze der Erde preis, um die der Kinder zu wahren, und zu helfen, daß die Kleinen leichter fortkommen könnten. Das braune Mädchen ging mit.

Als sie in die Nähe des Waldes kamen, sahen sie aus demselben Männer heraus treten, und über den Rasen herab eilen. Da dieselben gegen sie heran kamen, erkannten sie den Vater, der an der Spitze aller seiner Knechte und Männer daher kam. Sie trugen Stangen Stricke und trockene Kleider.

Als der Vater näher kam, rief er: „Da sind ja die Kinder, Gott sei gedankt, sie leben. Mutter, wo habt Ihr sie denn geborgen?“

„Unter Bündeln dürren Reisigs“, antwortete die Großmutter.

Schwarzköpfchen und Braunköpfchen gingen in ihrem durch und durch nassen Anzuge zu ihm hin, wie sie es am Morgen vor ihrem Frühmahle zu tun gewohnt waren, und küßten ihm die Hand. Blondköpfchen blieb stehen, weil es schon begriff, daß das sich hier nicht schicke.

Der Vater nahm die Kinder zu sich, küßte sie auf die Wangen, untersuchte sie, und sagte: „Ihr armen Dinge!“

Das fremde Mädchen stand in der Ferne, wie es sonst an dem Rande der Haselbüsche zu stehen gewohnt war, aufrecht und steif.

„Mutter“, sagte der Vater, „wir haben geglaubt, daß ihr in dem Walde hinter einem dicken Stamme oder hinter einem Holzstoße werdet Sicherheit gesucht haben. Darum gingen wir gleich nach dem Hagel in den Wald, wir hatten trockene Kleider in einem Bündel mit, um die Kinder umzukleiden, und suchten auch an allen Stellen neben dem Wege, und riefen nach euch. Da wir euch nicht fanden, und da keine Stimme antwortete, sandte ich schnell einige Knechte um Stangen und Stricke zurück, weil ich dachte, ihr könntet etwa jenseits des Baches sein, der bei solchen Anlässen immer sehr anschwillt, und wir könnten die Werkzeuge zum Durchdringen des Wassers brauchen. Da die Knechte gekommen waren, gingen wir weiter. Ich hatte große Angst, aber ich hatte auch große Hoffnung zu Euch, liebe Mutter, daß Ihr werdet eine Stelle gefunden haben, euch alle zu sichern.“

„Ich werde dir gleich erzählen, wie es gekommen ist“, sagte die Mutter, „aber laß uns weiter gehen. Die Kinder können hier nicht umgekleidet werden, und in den nassen Kleidern dürfen sie nicht stehen bleiben. Wenn sie gehen, wird ihnen wärmer, und die Nässe schadet nicht.“

„Und auch Ihr seid durchnäßt, liebe Mutter“, sagte der Vater.

„Ich bin ein Weib aus den alten Bergen unsres Landes“, antwortete die Großmutter, „mir schadet die Nässe nicht. Ich bin naß geworden, mein Kind, da ich kaum einige Jahre zählte, ich bin durchnäßt gewesen, da ich ein Mädchen war, und wie oft habe ich Tage lang nasse Kleider gehabt, da ich schaffen mußte, weil du noch klein warst, und der Vater schon kränkelte. Aber schicke sogleich einen Knecht ab, daß er laufe, was er kann, und die arme Frau zu Hause beruhige, die um die Kinder in Angst vergehen wird.“

Der Vater tat es sogleich. Die Knechte waren bisher in einem dichten Kreise um den Vater die Kinder und die Großmutter gestanden. Nachdem einer abgeschickt worden war, setzte man sich in Bewegung. Der Vater die Kinder und die Großmutter gingen voran, dann folgten die Knechte. Der Vater führte Blondköpfchen und Braunköpfchen an der Hand, die Großmutter Schwarzköpfchen. Sie erzählte ihm nun, was sich auf dem Nußberge begeben hatte, und wie sie bis zu der Stelle gelangt seien, an der er sie gefunden habe.

„Aber du bist ja selber ganz naß", schloß sie.

„Weil wir während des Wolkenbruches in den Wald hinauf gegangen sind", antwortete er, „da nur einmal der Hagel nachgelassen hatte."

Sie kamen nun in den Wald, und hier sah es zum Erschrecken aus.

Wie man eine Streu aus Tannenreisern macht, wenn in einem Jahre wegen Dürre oder andern Unglücksfällen die Halme nicht geraten, so lagen auf dem ganzen Boden die Tannenzweige gehäuft, mancher starke Ast lag mehrere Male getroffen und also gebrochen darunter, an den Stämmen waren Risse der Rinde sichtbar, daß hie und da das weiße Holz hervor stand, und durch den Wald war ein feiner Harzgeruch verbreitet, wie er ist, wenn Nadelholz gesägt oder gespalten wird. Die Schloßen lagen mit der Tannenstreu untermischt und von ihr bedeckt, und hauchten eine unsägliche Kälte unter den Stämmen aus, welche im Freien draußen nicht so empfunden worden war. Der Vater und die Knechte mußten den Weg suchen, weil er mit Streu bedeckt, und nicht zu sehen war.

Aus dem Walde kam man wieder in das Freie, und ging bis zu den Felsen nieder, von denen aus man das Haus und die Felder sehen konnte.

Der Garten war verschwunden, nur einzelne Stämme mit verstümmelten Armen standen empor. Das Grün war dahin, und die Felder jenseits des Gartens sahen aus, als wären sie schlecht geeggt worden.

Der Vater ging mit den Kindern in der Sandlehne nieder.

Da sahen sie, daß alle Fenster der Glashäuser zerstört waren, und daß im Innern an der Stelle, wo die Blumen in Töpfen und Kübeln gestanden waren, weiße Haufen von Schloßen lagen. Die Fenster des Hauses, welche gegen Abend schauten, waren zertrümmert, die Ziegeldächer und die Schindeldächer waren zerschlagen, daß sie teils wie ein Sieb aussahen, teils große ausgebrochene Stellen hatten, durch die das innere Bauholz hervor sah. Die Verzierungen und der Anwurf der Mauern waren an der Wetterseite herunter geschlagen, daß die Mauern nicht etwa wie neu, ehe der Anwurf geschieht, sondern wie mit Hämmern ausgeschlagen da standen.

Als sie gegen das Ende der Sandlehne kamen, sahen sie eine weiße Gestalt durch den ehemaligen Garten eilen, durch nasses Gras durch Schloßen über die herab gestürzten Baumäste laufen, und ihnen an der Ecke der Glashäuser begegnen.

Es war die Mutter.

Sie lief gegen die Kinder und sah sie an.

Auf den Wangen der Kinder war durch das Gehen ein schöner rosiger Hauch erblüht, und ihre Haare lagen wohl naß und zusammengeklebt aber wunderschön um ihr Antlitz.

„Vater, Vater", schrie sie, „du hast sie mir gebracht."

„Ja, ohne Makel ohne Beschädigung", erwiderte er.

„Mein Gott, mein Gott, du bist gütig, daß du sie mir gegeben hast. O Clementia, o Emma, o Sigismund!" rief die Frau.

Sie riß die Kinder an sich, sie drückte sie, herzte sie, und hatte alle drei in ihren Armen.

„Mutter, wir haben keine Nüsse gebracht", sagte der Knabe.

„Aber dich selbst, du kleines unvernünftiges Kind", sagte die Mutter, „das mir lieber ist als goldene Nüsse."

„Schauerlich war es und beinahe prächtig", sagte Emma.

„Lasse mir das Bild nicht vor die Augen, Vater, ich bitte dich – – was hätte werden können!" sagte die Mutter.

„Sie lagen unter Reisigbündeln", antwortete der Vater, „aber lasse uns in das Haus gehen, ich werde dir alles erzählen, gib ihnen trockene Kleider und etwas zu essen, daß ihr Blut wieder in gleichmäßige Bewegung komme."

„So kommt, ihr Kinder", sagte die Mutter.

Sie wendete sich, um durch den Garten in das Haus zu gehen. Die Kinder schlossen sich an. Sie führte alle drei, so weit dies möglich ist, an der Hand. Dann folgte die Großmutter und der Vater, dann die Knechte.

Als man zu dem Haupteingange des Hauses gekommen war,

wandte sich der Vater zu den Knechten um, dankte ihnen, entließ sie, sagte, sie sollten das, was sie tragen, an die rechte Stelle tun, sollen sich umkleiden, sollen alle Arbeit ruhen lassen, und er werde ihnen ein Glas Wein zu ihrem Abendessen senden.

„Und ich danke euch auch“, sagte die Mutter, die mit den Kindern bei den Worten ihres Gatten vor dem Hause stehen geblieben war, und sich umwendete, „ich danke euch auch, und werde es euch gewiß vergelten.“

„Es ist nicht nötig“, sagte der Altknecht, „wir haben nichts Besonderes getan, als was unsere Schuldigkeit gewesen ist.“

Die Knechte fingen nun an sich zu zerstreuen.

Als sie auseinander gegangen waren, und man die Aussicht auf den Weg hatte, auf dem man her gekommen war, sah man das braune Mädchen in einiger Entfernung im Garten stehen.

Man hatte es bei dem ersten Anblicke des Vaters und bei seinem Empfange, da man von den Knechten umstanden war, nicht beachtet, man hatte es im Nachhausegehen, da die Knechte gerade hinter dem Vater den Kindern und der Großmutter gingen, nicht gesehen, und hatte geglaubt, daß es nach seiner Art schon längstens umgekehrt sein werde. Als die Kinder es sahen, ließen sie von den Händen der Mutter los, hatten große Freude, daß das fremde Kind in ihrem Garten stehe, liefen zu ihm hin, und sprachen zu ihm.

Die Mutter aber fragte: „Wer ist denn das?“

Der Vater sagte ihr, daß es das braune Mädchen von dem hohen Nußberge sei, und erzählte ihr, was es heute zu dem Schutze der Großmutter und der Kinder getan habe.

Dann wendete er sich zu der Gruppe der Kinder, und sagte: „Komme her, du liebes Kind, wir werden dir sehr viel Gutes tun.“

Das Mädchen zog sich bei diesen Worten langsam von den Kindern zurück, und da es ein Stückchen entfernt war, fing es zu laufen an, es lief durch den Garten zurück, es lief um die Glashäuser herum, und in dem nächsten Augenblicke sah man es schon in der Sandlehne empor laufen.

Die Kinder gingen wieder zu ihren Eltern zurück.

„Schade, daß das Kind nicht näher kommt, und so scheu ist“, sagte der Vater.

„Ich fange das Ding“, sagte ein Knecht.

Alle drei Kinder taten auf die Äußerung einen Angstschrei der Abwehrung.

„Lasse das“, sagte der Vater, „das Mädchen hat meiner Mutter und meinen Kindern heute den größten Dienst erwiesen. Darf man es überhaupt nicht rauh behandeln, so darf man es jetzt um so weniger, so lange es sich nicht schädlich erweist. Wir werden es schon auszukundschaften und zu finden wissen, dann muß es gut behandelt werden, daß es Zutrauen gewinnt, und wir werden die Art schon finden, wie wir das Kind belohnen, und ihm sein Leben vielleicht nützlicher machen können, als es jetzt ahnt.“

Indessen war das Mädchen schon wie ein Hirsch auf die höchste Höhe gekommen, war noch einen Augenblick in den Klippen sichtbar, und war dann verschwunden.

Der Tag neigte sich schon gegen den Abend, und man war nicht ohne Besorgnis um das Kind, besonders, da die Großmutter erzählt hatte, daß es an dem rechten Arme blute. Aber der Himmel war lichter, ein schweigender Nebel stand an demselben, und es war kein Regen mehr zu befürchten. Man mußte der Ansicht des Vaters beipflichten, daß das Mädchen am besten aufgehoben sei, wenn man es seinem eigenen Ermessen überlasse, daß es ein Waldgeschöpf sei, dem Berge und Hügel nichts anhaben, und daß ihm, wenn man es suchen oder beobachten ließe, ein größeres Ungemach zustieße, als ihm so bevorstehen könne.

Man ging nun in das Haus. Die Mutter hatte die Kinder in ein an der Morgenseite des Hauses gelegenes gut erhaltenes und gut verwahrtes Zimmer gebracht, das sie auf die Nachricht des vorausgeschickten Knechtes in Anbetracht der eingetretenen Kälte sogar schwach hatte heizen lassen. Dort wurden die Kinder entkleidet, auf wenige Augenblicke in ein warmes Bad getan und hierauf mit wohlgetrockneten und durchwärmten Kleidern angetan. Weil sie durch die vorangegangene Begebenheit aufgeregt waren, so gingen sie trotz der Müdigkeit selbst bei Kerzenscheine und, als sie das Abendmahl eingenommen hatten, noch nicht zu Bette; und als die Großmutter sich umgekleidet hatte, und wieder zu ihnen herein kam, saßen sie um den Tisch, und knackten mit ihren drei Nußknackern die Nüsse auf, die sie noch vorrätig hatten, und die ihnen die Großmutter gegeben hatte. Sie erzählten auch von dem Gewitter, und erzählten so, daß man sah, daß sie auch nicht die entfernteste Ahnung von der Gefahr hatten, in der sie geschwebt waren. Sie nahmen die Reisigbündel als etwas an, das sich von selber verstehe, und das so da sei, wie im Winter das warme Haus, daß sie nicht erfrieren.

Als man die Großmutter fragte, ob sie das Gewitter nicht hätte kommen gesehen, antwortete sie: „Ich habe die Wolken nicht für ein Gewitter gehalten, und da es zu regnen anfing, war es zu spät, den Wald zu erreichen."

Auf die Frage, ob sie die Wolken als Hagelwolken erkannt habe, antwortete sie: „Ich habe wohl eine kleine Vermutung gehabt, daß aus den Wolken Hagel kommen könnte; aber ich habe eine so dichte Haselstaude ausgesucht, daß ein gewöhnlicher Hagel nicht durch gedrungen wäre. Nur das braune Mädchen hat die Reisigbündel herbei getragen."

„Ich will den Anblick und das Bild dessen, was sich hätte zutragen können, wenn die Bündel früher nach Hause geführt worden wären, in den Hintergrund und in die Ferne rücken", sagte der Vater zu der Mutter, „da die Kinder den hohen Nußberg so lieben, da die Großmutter sie gerne dahin begleitet, und da es hart wäre, ihnen diese Freude zu rauben, so werde ich ein Stückchen Landes dort kaufen, und werde auf demselben ein winziges kleines Häuschen zum Schutze bauen. Wenn es auch fast gewiß ist, daß die Kinder schon erwachsene Personen, ja vielleicht schon Greise sein werden, ehe sich ein Hagelwetter wiederholt, wie das heutige war, ja wenn auch in mehreren Menschenaltern, wie zu vermuten ist, kein solches mehr kommen wird, so wie in den vergangenen Menschenaltern keines verzeichnet ist, das so entsetzlich gewesen wäre, so würden in deinem und meinem Gemüte doch immer Hagelwolken herauf steigen, so oft die Kinder auf dem hohen Nußberge wären. Bei einer Überraschung finden sie in dem Häuschen Schutz, und wenn sie auf dem Heimwege ein Gewitter sehen, so gibt auch der Wald die notdürftige Unterkunft, und wir dürfen beruhigt sein, wenn sie auf jenem Wege gehen, besonders, wenn man fleißig auf die Wolken, und den Himmel blickt."

„Es ist häufig geblickt worden“, erwiderte die Großmutter, „aber wenn Gott zur Rettung kleiner Engel ein sichtbares Wunder tun will, daß wir uns daran erbauen, so hilft alle menschliche Vorsicht nichts. Ich habe in siebenzig Jahren alle Wolken gesehen, die in diesem Lande sind; aber wenn es heute nicht wie ein Nebel ausgesehen hat, der in dem Herbste blau auf allen fernen Wäldern liegt, an den Rändern weiß funkelt, gegen Abend in die Täler und auf das Land herunter steigt, und morgens doch wieder weg geht, und die helle Sonne scheinen läßt: so will ich eine sehr harte Strafe hier und dort erdulden. Und sind in dieser Zeit des Jahres schon öfter Gewitter gewesen. Ein altes Wort sagt: Um das Fest der Geburt der Heiligen Jungfrau ziehen die Wetter heim, und heute ist es sechs Wochen nach jenem Feste. Dein alter Vater wird sich in der Ewigkeit wundern, wenn er es weiß, oder wenn ich komme, und es ihm sage, daß nach Gallus ein so großes außerordentliches Gewitter gewesen sei, und daß es die Bäume und die Häuser zerschlagen habe. Es ist ein Wunder, wie Gott in dem Haupte des braunen wilden Kindes die Gedanken weckte, daß es die Wolken sah, und daß es die Bündel herbei trug.“

„Ihr habt recht, teure Mutter“, antwortete der Vater, „es war das nicht zu erwarten, was gekommen ist. Kein Mensch konnte erraten, was geschehen würde, und es ist ein Glück, daß sich alles so gewendet hat. Wir waren in dem Garten, die Knechte arbeiteten in den nächsten Gemarken, als es donnerte. Da die ersten Hagelkörner fielen, konnten die Knechte nur verwundert in die Scheune springen und wir in das Haus, und als es mit Getose nieder ging, die Fenster die Mauern und das Dach zerschlagen wurde, fiel die Mutter ohnmächtig auf den Teppich des Fußbodens.“

„Der Mensch ist eine Blume“, sagte die Großmutter, „zuerst ist er ein Veilchen dann eine Rose dann eine Nelke, bis er eine Zeitlose wird. Und wer eine Zeitlose werden soll, der kann nicht als ein Veilchen zu Grunde gehen, darum war die dunkle Blume da, daß die lichten leben.“

„Nur die Annahme, daß es fast gewiß sei, daß ihr alle den dichten Wald als Schutz gesucht habt, und hinter einem dicken Stamme desselben geborgen seid“, sagte der Vater, „konnte der Mutter und mir Trost geben, und die Verzweiflung abhalten."

„Es wäre die dichte Haselstaude hinreichend gewesen", antwortete die Mutter, „aber weil sie nicht hinreichend war, waren die Bündel da, und es war die Hand schon bestimmt gewesen, welche sie einst schneiden mußte."

„Als wir euch in dem Walde nicht errufen konnten", sagte der Vater, „da faßte auch mich das Entsetzen."

„Ich sage dir ja", erwiderte die Mutter, „daß die Hand schon bestimmt war die Bündel zu tragen, so wie einmal der Fuß schon bestimmt war, daß er durch den Wald zwischen Jericho und Jerusalem gehe, damit der verwundete und geschlagene Mann, der dort lag, gepflegt und geheilt werde."

„Amen, teure Schwiegermutter", sagte die Frau, „das ist ein trostreicher herzlindernder Glaube."

„Gib dich ihm hin, und du wirst dein Leben lang gut fahren", antwortete die alte Frau.

Die Kinder waren unterdessen in ihrem Geplauder fortgefahren, sie sagten allerlei zu den Erwachsenen und unter sich, und verstanden nichts von dem ernsthaften Gespräche, das ihretwillen stattgefunden hatte.

Als es später geworden war, als doch schon der Sand in die schönen Äuglein zu kommen anfing, wurden sie zu Bette gebracht. Blondköpfchen hatte sein Schlafgemach neben dem der Eltern, Braunköpfchen hatte es auf der entgegengesetzten Seite, und Schwarzköpfchen hatte sich noch von der Großmutter nicht trennen können; es schlief in dem Gemache derselben, und entschlummerte, wenn das Auge der alten Frau sein Bett behütete, und erwachte, wenn dasselbe Auge auf seine Lider schaute, und ihr Öffnen erwartete. Die zwei ersten Kinder wurden in ihre Schlafkämmerlein geführt, Schwarzköpfchen wurde von der Großmutter auf den Arm genommen, und, nachdem man gute Nacht gesagt hatte, über den Gang in die gemeinschaftliche Schlafstube getragen. Was die beiden Eltern vor dem Bilde des Gekreuzigten gebetet haben, weiß niemand, weil es nur ein eheliches Geheimnis ist, wenn sie ihre Freude oder ihren Schmerz vor Gott ausschütten.

Am andern Morgen war ein kühler Tag. Wolkenhaufen

zogen beständig von der Gegend des Sonnenunterganges nach der des Sonnenaufgangs, und wenn man oft meinte, die Sonne werde jetzt durchbrechen, die Wolken sich zerteilen, und dem blauen Himmel Platz machen, so entstanden wieder neue, deckten wieder die früher lichteren Stellen, und zogen wieder gegen Morgen. Es regnete aber nicht. Die ungeheuern Mengen von Schloßen, welche auf die Gegend nieder gefallen waren, verbrauchten Wärme, die Kälte verdichtete daher beständig die in der Luft befindlichen Dünste und erzeugte die unaufhörlichen Wolken.

Das erste, was der Vater am Morgen vornehmen ließ, war, daß er das Innere der Glashäuser reinigen ließ. Die Schloßen wurden mit Schaufeln auf Karren getan, und in eine Grube gefahren, aus der einst Steine gebrochen worden waren, und die der Vater wieder dadurch ausfüllen wollte, daß er alle festen Abfälle des Hauses wie Geschirrtrümmer oder des Feldes wie ausgelesene Steine in dieselbe werfen ließ. Der Hagel wurde dorthin geführt, weil nirgends ein passender Ort für ihn war. Die Gewächse, von denen man hoffen konnte, daß sie noch zu retten sein könnten, wurden ausgelesen, die übrigen und die Scherben der Töpfe wurden in obgesagte Grube gebracht. Auch wurden Knechte auf den Boden des Hauses geschickt, um den Schaden dort zu untersuchen, und andere mußten in Verbindung mit Mägden das Reisig von den zerschlagenen Obstbäumen aus dem Garten wegräumen. Ein Bote wurde nach dem Glasarbeiter geschickt. Der Vater besah die Bäume, ob manchen aus ihnen noch zu helfen sei. Wenn dieses wäre, so müßte bald dazu geschritten werden, weil sonst der Herbst zu weit vorrückte, und die Kälte die Wiederbelebungskraft der Bäume nicht wirksam werden ließe.

Die Kinder gingen in der Kühle mit der Großmutter in die Luft. Die ungeheuer vielen kleinen Glastäfelchen, die an der Abendseite des Hauses lagen, waren wie die kleinen flimmernden Täfelchen, welche sie gerne aus den Steinen der Sandlehne und aus anderen auslösten. Die Bäume des Gartens erkannten sie aus den Stumpfen nicht, und konnten sich nicht erinnern, was der Stamm einst getragen habe. Im Freien sahen sie, wie Menschen damit beschäftigt waren, die noch immer hie und da liegenden Schloßenhaufen von den Vertiefungen der Felder weg zu schaffen. An dem Wiesenbache, der zurück getreten war, dessen Wasser sich aber noch immer nicht geklärt hatte, sahen sie, daß die Weidenruten zerschlagen und weggeschwemmt waren, daß sich Schlamm und Steine auf den Wiesenrändern befanden, und daß tote Fische da lagen, die das Weiße des Bauches empor zeigten.

Am Tage zuvor war es wie Sommer gewesen, jetzt war tiefer Herbst eingetreten.

Nachmittags ging der Vater zu dem eine halbe Stunde Wegs entfernten Pfarrer hinüber, dessen Pfarrhaus neben der kleinen Pfarrkirche war, und fragte ihn wegen des braunen Mädchens.

Der Pfarrer wußte nichts. Es war kein Ding dieser Art in die Pfarr- und Schulbücher eingetragen, und war auch nie unter den Pfarrkindern zu sehen gewesen.

Der Vater ging nun zu dem Jäger, der oft durch Felder Wälder und Fluren strich, und alle Dinge derselben kennen mußte.

Allein auch dieser wußte nichts.

Es seien Banden gewesen, sagte er, aber sie seien immer in den höheren Wäldern, die gegen Bayern hinüber ziehen, gewesen, und hätten sich längs des Saumes aufgehalten, an dem sie durch die Länder gewandert sind. Sein Nachbar aus den jenseitigen Gegenden wisse auch nichts.

Der Vater kehrte unverrichteter Dinge wieder heim.

Die folgenden Tage waren eben so kalt und unfreundlich wie der vergangene. Immer kamen Wolken, selten waren Sonnenblicke, und der Wind wehte zwar nicht stark, aber rauh. Auf den Dächern waren die Arbeiter, und hämmerten die Latten und Schindeln fest, oder setzten die Ziegel ein. Die Glasarbeiter, die anfangs durch die viele Arbeit verhindert waren, kamen endlich doch, und es wurde ihnen zur Herstellung aller Fenster des Hauses und der Gewächshäuser der große Saal eingeräumt. Die Maurer arbeiteten an der Außenseite des Hauses, damit noch alles in vollkommenen Stand gesetzt würde, ehe die kalte Zeit käme, und die meisten Hausbewohner fort zögen. Der Vater war mit Beihilfe von Arbeitern beschäftigt, die verwundeten Bäume zu verbinden, oder die Stämme zu überstreichen. Die Mägde mußten die Plätze vor dem Hause reinigen.

Endlich, da lange die Nachwehen des Gewitters angehalten hatten, kamen noch tief im Herbste schönere Tage, die im Verhältnisse zur Jahreszeit sehr warm genannt werden konnten.

Der Vater munterte die Kinder selber auf, auf den hohen Nußberg zu gehen. Er sagte, er werde mitgehen, um etwa das braune Mädchen zu sehen. Er möchte sich ihm gerne dankbar beweisen.

Die Kinder gingen mit der Großmutter wie immer auf den hohen Nußberg. Der Vater begleitete sie.

Sie gingen durch den Saum der Stumpfen hinein, die traurig da standen, und die wohl den ganzen Winter so bleiben würden.

Das braune Mädchen sahen sie nicht.

Sie gingen bis zu dem Gipfel, sie gingen zu der alten dicken Haselwurzel, sie gingen endlich zur Stelle, wo sie Schutz vor dem Hagel gefunden hatten. Die Reisigbündel lagen noch da. Der Vater schlug vor, die Bündel mit vereinten Kräften auf den Platz zurück zu tragen, von dem sie genommen worden waren. Er fand den Platz nach einigem Suchen, und man schaffte die Bündel wieder zu denen, von denen sie genommen worden waren. Blondköpfchen konnte ein ganzes tragen, und Schwarzköpfchen und Braunköpfchen trugen eins mit einander, bei dem auch die Großmutter half. Als alles geschehen war, blieb man noch lange auf dem Berge, man ging zu dieser und jener Stelle, und wartete. Aber das braune Mädchen erschien nicht. Da ging man nach Hause.

Der Vater ging ein zweites Mal mit den Kindern auf den hohen Nußberg, er zeigte ihnen die Stelle, wo er das Schutzhäuschen bauen wollte und wartete; aber das braune Mädchen kam auch dieses Mal nicht.

Und so ging er mehrere Male; aber das braune Mädchen war nicht zu sehen.

Da gingen die Kinder allein auf den hohen Nußberg, und die Großmutter ging mit ihnen.

Die Sonne schien warm, der Himmel war blau, das Heidebächlein war klar, die grauen flinken Fischlein spielten darin, und da die Kinder zu der Grenze des Geheges kamen, lief das braune Mädchen durch die laub- und zweigelosen Stumpfen der

Haseln Birken und Eschen daher, und gesellte sich zu den Kindern. Alle schauten sich mit freudigen Augen an, und da die Kinder hingingen und den Arm des Mädchens und seine Bänder berührten, da nahm es Blondköpfchens Haare in die Hände, und drückte sie fest, und nahm dann Schwarzköpfchens Locken, und hielt sie. Braunköpfchen, das mehr Mut bekommen hatte, weil es von dem braunen Mädchen getragen worden war, nahm dessen Finger, und hielt ihn, und das braune Mädchen ließ es geschehen, es nahm dessen Hand, und es ließ es auch geschehen. Es ging mit ihnen auf den hohen Nußberg empor, und sie schauten ins Weite und Breite, und die Großmutter erzählte. Es redete Worte, und die Kinder verstanden sie. Sie gaben ihm Kuchen Brot, und was sie sonst mit gebracht hatten. Das Mädchen hatte ihnen nichts zu geben, und hielt die leeren Hände hin.

Das braune Mädchen hatte denselben Anzug, den es immer gehabt hatte, aber er war in jenem Gewitter sehr verdorben worden, er war unrein und verknittert.

Die Großmutter erzählte ihnen von den Bäumen, die von dem Berge herab gefallen waren, und doch nicht aufgehört hatten zu leben – dann erzählte sie ihnen von den Königen mit den drei Sesseln – dann von dem Weizen, der nicht hatte blühen können – dann sprach sie von den fernen Ländern, deren hohe Gebirge man gar nicht mehr sehen könne – und endlich von den unbeschlagenen Wägen und Ackerwerkzeugen, mit denen man vor Zeiten die Felder bestellt hatte.

Hierauf traten sie den Rückweg nach Hause an.

Die Sonne schien auch im Herabgehen warm, der Himmel war blau, die Schatten waren lang, weil es schon tief in den Herbst ging, die Gräser wurden gelb, und die grauen flinken Fischlein in dem klaren Bächlein der Mulde spielten so lustig wie im Sommer.

Das braune Mädchen war mit ihnen gegangen. Es war mit ihnen den hohen Nußberg herab gegangen, es war mit ihnen über das Bächlein der Mulde gegangen, und ging mit ihnen über den grauen Rasen durch den Wald durch die Klippen und über die Sandlehne herab. Und da man zu den Glashäusern des Gartens gekommen war, da sagte es anmutige Worte, und lief dann wieder über die Sandlehne empor, und ward nicht mehr gesehen.

Die Kinder erzählten den Eltern, daß das braune Mädchen nun da gewesen, und daß es mit ihnen gegangen sei.

Sie gingen nun, so oft es möglich war, auf den hohen Nußberg, das fremde Mädchen kam immer, und sie spielten und kosten. Sie brachten dem braunen Mädchen schöne Sachen. Das braune Mädchen brachte ihnen auch bunte Steine, es brachte ihnen verspätete Brombeeren, es trug in seinem Wamse Haselnüsse herbei, die es im Sommer gesammelt hatte, oder brachte ihnen die gefleckte Feder eines Geiers oder die schwarze eines Raben.

Wenn die Kinder nach Hause gingen, so ging das braune Mädchen immer mit ihnen bis zu den Glashäusern, man hielt sich bei den Händen, und scherzte. Bei den Glashäusern liebkosten sie sich, und das fremde Mädchen lief dann immer über die Sandlehne zurück.

Wenn es Nacht war, und wenn die Kinder an dem Tische mit den Lichtern saßen, da sprachen sie von dem fremden Mädchen, und stritten, wer es lieber habe.

Die Großmutter erzählte den Eltern von dem braunen Mädchen, und Vater und Mutter achteten auf das, was sie sagte, und merkten es sich in ihrem Sinne gar wohl.

Es wurde immer später und später im Jahre. Die Fäden, die auf dem Rasen und zwischen dem Wacholder gesponnen hatten, waren verschwunden, die Beeren der Moore, die in dem Sumpfgrase oder neben der schwarzen Erde so rot und weiß geglänzt hatten, waren vergangen, die späte Preiselbeere, die unter dem Schutze eines Steines oder eines Baumes von dem Hagel verschont worden war, war dahin, ihr Kraut und das kräftige der Heidelbeere war ein dürres Stengelbüschlein, der Wald wurde sehr durchsichtig, die Berge waren rot, an den Morgen lag der weiße Reif auf der Gegend, oder es war der lange Nebel da, und die Sonne, die spät kam, konnte ihn kaum zerstreuen, die Hügelgipfel etwas blicken lassen, und dann untergehen; oder es kamen die frostigen Wolken, schütteten den Regen in kleinen Tröpflein herunter, und wenn sie vergingen, war der hohe ferne Wald weiß bestäubt.

Da wurde eines Tages der große Wagen heraus geschoben, er wurde gepackt, alles Nötige hinein getan, und in Mäntel und warme Kleider gehüllt stiegen der Vater und die Mutter ein, es stiegen die Kinder ein, und fuhren davon.

Die Kinder weinten, als ob ihnen ein tiefer Schmerz und ein tiefer Kummer angetan worden wäre.

Erst als sie schon weit gefahren waren, als sie schon durch Dörfer Marktflecken und Städte gekommen waren, und Wälder und Flüsse gesehen hatten, milderte sich die Trauer, sie sprachen und redeten unter einander, bis sie in die große Stadt einfuhren, die hohen Häuser mit den glänzenden Fenstern da standen, dicht gedrängt die schön gekleideten Menschen gingen, prächtige Wägen fuhren, und vor den Verkaufsläden die schönen Waren und Kleinodien unter Glastafeln funkelten.

Da die weißen Hüllen über die Berge und Täler vergangen waren, da der Himmel wieder öfter blau lächelte, als er trüb verhüllt war, da die Sonne schon höher stieg, und kräftiger nieder leuchtete, kam der Wagen wieder gegen den Hof in dem Hügellande gefahren, und Vater und Mutter und die Kinder stiegen aus.

Es war noch kein Gräslein, es war kein Blättchen, die Felder waren nackt, nur die Wintersaaten, die sich schon regten, legten grüne Tafeln auf die braune Erde, und an manchem Morgen war es noch ein wenig gefroren, daß der Weg zähe war, und an dem Rande vom Wässerlein Eisspitzen glänzten: aber die Sonne schien sehr freundlich, sie siegte alle Tage mehr, und füllte alle Tage schöner die Zimmer der Kinder und der Großmutter auf dem ländlichen Hofe mit Licht und mit Wärme.

Als man die Kleider der Stadt eingepackt hatte, als man die Kleider des Landes aus den Kästen des Hauses hervor getan hatte, fand sich, daß manches geändert werden mußte. Die Säume der Kleider der Mädchen mußten aufgelassen werden, daß die Kleider tiefer reichten, die Jacken von Braunköpfchen mußten erweitert werden, und die Strohhütchen von Blondköpfchen von Schwarzköpfchen und von Braunköpfchen mußten weggetan und es mußte um neue geschrieben werden.

Da die Sonne schon sehr warm schien, da man schon begann, die Sommerfrucht in die geeggte Erde zu säen, da es schon trokken war, und in der Frühlingssonne die Flimmer der Steine und Felder funkelten, begehrten die Kinder auf den hohen Nußberg.

Die Großmutter legte ihnen wärmere Kleider an, als sie sonst im Sommer hatten, tat selbst wärmere Gewänder an, und führte sie auf den hohen Nußberg. Sie hatten ihre Haselruten mit den Haken nicht mit, wie sie dieselben überhaupt nie mit nahmen, als wenn die Nüsse reif waren. Sie trugen nur ihre Körbchen am Arme. Sie gingen über die Sandlehne empor, sie gingen durch die Felsen und den Wald. Als sie über die graue Heide gingen, lief ihnen das braune Mädchen von weitem entgegen. Sie freuten sich, sie jubelten, sie liebkosten sich, und Braunköpfchen schlang seine zwei Ärmlein um den Nacken des braunen Mädchens, und hielt ihn fest.

Aber nicht bloß an den Kindern war, während sie abwesend gewesen waren, eine Veränderung vorgegangen, sondern auch das braune Mädchen hatte sich verändert. So wie man bei ihnen die Säume der Kleider hatte auflassen müssen, daß sie ihnen wieder recht wären, so waren dem braunen Mädchen seine grünen Höschen zu kurz geworden; es war größer und schlanker geworden, und ließ seine nackten Arme dicht an seinem Körper hinab hängen. Die vielen schwarzen Haare, die ihm immer abgeschoren waren, trug es jetzt nicht mehr so, sondern es hatte auch Locken bis auf den Nacken hinab, wie sie die Kinder bisher gehabt hatten.

Sie gingen auf den Nußberg, sie gingen weit und breit herum, sie sahen alle Stellen, und sahen auf die Berge des Landes hinaus.

Auf der Erde war noch kein neues Gras, aber sie war trocken; an den zerschlagenen Ästen war kein Laublein, aber die reine Luft war um sie, und die Sonne schien hold auf sie hernieder.

Als die Kinder nach Hause gingen, ging das fremde Mädchen bis zu den Glashäusern mit ihnen, und lief dann zurück.

Die Kinder kamen nun wie immer oft auf den hohen Nußberg, und das fremde Mädchen erschien häufig.

Nach und nach lockte die Sonne die grüne Farbe auf die Erde. Die Wiesen wurden grün, und die Unzahl der gelben weißen roten blauen Blümlein mischte sich darunter. Die Felder wurden grün, weil die junge Saat hervor sproßte, und die hellgrüne Farbe zeigte, und weil die Wintersaat weiter wuchs, und die dunkelgrüne beigesellte. Der Vater hatte viele Pflanzen und Gewächse kommen lassen, und sie standen jetzt neben den noch erhaltenen in den Glashäusern, und es war, als ob nie ein Schaden angerichtet worden wäre. An den verstümmelten Bäumen wuchsen zahlreiche kleine Zweige hervor, die so schön waren, und so lebhaft wuchsen, als wäre das Abschlagen der Zweige kein Unglück gewesen, sondern als hätte ein weiser Gärtner dieselben beschnitten, daß sie nur desto besser empor trieben. An den Zweiglein, die der Vater vielen abgeschnittenen Ästen eingepfropft, und die er mit Pflastern verbunden hatte, prangten zwei oder vier große Blätter. Im Walde im Gestrippe oberhalb der Sandlehne ja sogar auf der grauen Heidemulde war alles tätig. Die Zweige sproßten, als müßten sie eine Versäumnis einbringen, sie drängten sich, und strebten empor. Endlich, da die Erde weithin grün war, da die Zweige sich verlängert hatten, kamen auch Blüten, sie kamen später, und waren weniger als in andern Jahren, aber sie waren da, und waren fast noch zutraulicher und lieblicher als in früheren Zeiten.

Einmal in der Fülle des Frühlings, da alles blühte und duftete, und sich das menschliche Herz erfreute, da die Kinder von dem hohen Nußberge nach Hause gingen, das braune Mädchen sie begleitete, und man bis zu den Glashäusern gekommen war, hatte Blondköpfchen mit ernsten Augen die Hand des braunen Mädchens gefaßt. Braunköpfchen hatte es am Arme genommen. Blondköpfchen sah dem braunen Mädchen in das Angesicht, und sagte: „Komme mit, komme mit.“

Braunköpfchen sagte auch: „Komme mit, komme mit.“

Das braune Mädchen sah die Kinder an, und tat einen Schritt vorwärts.

Braunköpfchen war außerordentlich erfreut, es ging einen Schritt voraus, und sagte lockend: „Komme mit, komme mit.“

Das braune Mädchen ging zögernd nach. Es ging von den Glashäusern gegen die Bäume vorwärts, es ging auf dem Kieswege durch das Grün des Gartens, es ging über den Sandplatz vor dem Hause, es ging über die Treppe empor, und stand auf dem Teppiche des Besuchzimmers.

Es war in dem Zimmer niemand zugegen. Die Großmutter ging gleich, da man die Treppe empor gekommen war, in ein anderes Gemach.

Das fremde Mädchen stand, und öffnete seine großen Augen noch mehr, und schaute auf den Spiegel an der Wand auf die Uhr auf den Schrein, auf welchem schöne Gefäße standen, auf Tische und Stühle und Sessel und auf den wunderbaren Teppich.

Die Kinder liefen und brachten süße Milch in einer Schale, und brachten feines Weizenbrot und silberne Löfflein. Das fremde Kind trank die Milch aus der Schale, nahm ein Stückchen Brot in die Hand, biß davon ab, und verzehrte es so.

Die Kinder brachten ihre Spielzeuge, und zeigten sie. Das braune Kind wußte damit nichts anzufangen. Die Kinder brachten auch ihre Nußknacker, ihre schöneren Kleider, und ihre Bänder.

Endlich kam auch die Mutter in einem feinen weißen Anzuge, und trug gezuckerte eingemachte Früchte auf einer Tasse, und bot dem fremden Mädchen davon an.

Das braune Mädchen wich zurück, bis es mit dem Rücken aufrecht an der Wand stand. Es rührte keine Hand, es blickte die Früchte an, und ließ die Arme an dem Körper herab hängen.

Da wendete sich die Mutter wieder um, und ging ohne weiter ein Wort zu reden aus dem Zimmer.

Die Kinder traten zu dem fremden Mädchen, liebkosten es, es gab die Liebkosungen zurück, und nachdem dies ein Weilchen gedauert hatte, nachdem man geredet, nachdem das fremde Kind geantwortet hatte, und da es die Augen immer auf die Tür geheftet hielt, liefen alle zur Tür hinaus, liefen über die Treppe hinab, liefen durch den Garten, und hinter den Glashäusern lief das fremde Mädchen dann allein über die Sandlehne empor.

So wie es an diesem Tage gewesen war, war es wieder einmal an einem andern. Da die Kinder auf dem Nußberge gewesen waren, da das fremde Mädchen zu ihnen gekommen war, da man nach Hause gegangen, und bei den Glashäusern angekommen war, hielt Braunköpfchen das fremde Mädchen an dem Arme, zog es nach sich, und bat, daß es mitgehen möchte. Das braune Mädchen ließ sich ziehen, es folgte dem Knaben willig, man ging durch den Garten, man ging über die Treppen, und man ging dieses Mal in das Spielzimmer der Kinder. Dort ließ sich das braune Mädchen gar bewegen, sich nieder zu setzen. Es saß an der Seite des Knaben, es ließ sich von ihm Kuchen gedörrte Pflaumen Milch Butter und Honig geben. Als man gegessen hatte, als man einen Kreisel gezeigt, als man einen Federball versucht, und ein Bilderbuch aufgeschlagen hatte, ging man wieder fort, die Kinder begleiteten das braune Mädchen bis an die Glashäuser, küßten und herzten es dort wie immer, nahmen Abschied, und ließen es über die Sandlehne empor gehen.

Indessen war der Sommer vorgerückt. Der hohe Nußberg hatte sich über und über mit grünen Zweigen bedeckt. Wie es in dem Garten des Vaters gewesen war, so geschah es auch hier. Die zerschlagenen Stämme der Haseln der Birken der Eschen der Erlen suchten durch ihren steigenden Saft die verlorenen Äste zu ersetzen, und trieben Zweige, die schnell wuchsen, dick wurden, und Blätter hatten, deren Größe und dunkle Farbe nie vorher auf dem Nußberge gesehen worden war. Die wenigen Äste, welche von früher übrig geblieben waren, bedeckten sich mit Nüssen, die in dicken Knöpfen und enge geschart an den Zweigen saßen, als müßten diese die Pflicht der verloren gegangenen Äste übernehmen, und so viele Nüsse, als sie nur immer könnten, auf die Welt bringen. Dieselben waren noch grünlich und weißlich, fingen aber bereits an, sich mit einem sanften roten Hauche zu färben.

In dieser Zeit war auch das Schutzhäuschen des Vaters fertig geworden. Er hatte ein Stückchen Landes gekauft, das an der Morgenseite des Berges gelegen war, woher am seltensten ein Gewitter zu kommen pflegte. Er hatte das Häuschen so gebaut, daß es gegen Mittag und Abend ein Fenster mit eisernen Fensterläden hatte, und daß gegen Morgen die Tür war. Im Innern stand an der Mitternachtseite ein Bänklein an der Wand, davor ein Tischlein war. Es befanden sich noch Stühle und Schemel in dem Häuschen.

Die Kinder waren öfter, wenn sie auf dem Nußberge waren, zu der Stelle gegangen, an der man arbeitete, und hatten zugeschaut. Auch das braune Mädchen stand dabei, und betrachtete, was da wurde.

Es war von außen nicht angestrichen oder angeworfen worden, sondern sah so aus, wie die Steine oder die Steinhaufen aussehen, die auf dem Nußberge liegen. Das Dach war mit dunkelbrauner Farbe bemalt. Im Innern hatte es der Vater sehr schön grün machen, und hatte in jeder Ecke ein Sträußlein von wilden Rosen von Kamillen und Zyanen malen lassen. Da es fertig war, begleitete einmal der Vater die Kinder auf den hohen Nußberg, um das Häuschen einzuweihen. Sie traten hinein. Die Kinder waren außerordentlich erfreut, als sie das nette Zimmerchen und alle die netten Dinge sahen. Die Großmutter hatte in ihrer Tasche eine Flasche mit Milch Kuchen in einer Dose Butter und andere Dinge nebst dem Tischgeräte mit gebracht. Sie deckte wie das wohltätige Weiblein den Knappen Rolands ein weißes Tuch über das Tischlein, das so glänzte wie die Blüten des Kirschbaumes, sie legte an jedem Sitze ein Tellerchen auf das Tischlein, sie tat auf das Tellerchen ebenfalls ein weißes Tüchlein, und legte ein Löffelchen Messerlein und Gabel zu jedem Teller. Dann tat sie aus der Flasche Milch in das Milchtöpflein, und legte einen silbernen Schöpfer dazu, dann tat sie den reinen Honig auf die weißen Tassen, daß er wie Gold in denselben stand, dann legte sie Butter auf einen Teller, und gab zu jedem Sitze ein feines weißes Brot. Die Kinder aßen nun in ihrem Hause, und der Vater war ihr Gast. Da gegessen war, wurden die Reste wieder weggeräumt und eingepackt. Die Kinder freuten sich über dieses Vesperbrot sehr. Das braune Mädchen war an diesem Tage nicht gekommen, und der Vater wunderte sich, warum denn das Mädchen immer nicht komme, wenn er auf dem hohen Nußberge sei.

Die Kinder gingen nun dem Häuschen zu Lieb auf den Berg. Sie waren immer in demselben, und wenn das braune Mädchen kam, mußte es mit in das Häuschen gehen, auf einem Stühlchen sitzen, und mit ihnen tafeln. Es waren in der Zwischenzeit die Erdbeeren gekommen, und wenn die Kinder in ihre Birkenrindentäschchen im Walde an Rainen und oberhalb der Sandlehne Erdbeeren gelesen hatten, so tat die Großmutter sie im Häuschen auf einen der Teller, die in der Tischlade aufbewahrt wurden, und man verzehrte vergnügt das Nachmittagsmahl.

Aber die Freude an dem Häuschen wurde nach und nach geringer. Die Kinder gingen stets weniger hinein, und als eine Zeit vergangen war, schien es gar nicht mehr da zu stehen. Sie saßen wieder an ihrer alten dicken Haselwurzel, und wenn sie nicht da saßen, so gingen sie herum, waren in den Gebüschen, lasen verschiedene Dinge und Steinchen zusammen, und sprachen mit der Großmutter.

Wenn das braune Mädchen kam, ging man früher als gewöhnlich nach Hause, weil das Mädchen mit ging, weil es mit den Kindern in ihre Stube ging, und dort bei ihnen war, und aß, und sprach, und gegen Abend wieder fort zog.

Die Mutter ging bei solchem Anlasse öfter durch das Zimmer, aber sie näherte sich dem braunen Mädchen nicht, und sprach nicht zu ihm. Sie hatte ein blasses Kleid angetan, wie Schwarzköpfchen eines an hatte, ihre Locken waren in den Nacken gekämmt, wie Schwarzköpfchen hatte, so daß sie ihm in allem glich, und ein großes Schwarzköpfchen war. In dieser Weise brachte sie einmal auf einem Teller viele große schöne Erdbeeren, die in dem Walde und auf der Heide nicht wachsen, sondern die der Vater in eigenen Beeten, auf welche im Frühlinge Glas gelegt wird, zog. Die Mutter hatte früher auf alle Plätze der Kinder an dem Tische Tellerchen legen lassen. Sie ging zu dem Tellerchen Blondköpfchens, tat mit einem Löffel Erdbeeren auf dasselbe, und Blondköpfchen begann zu essen. Sie ging zu dem Tellerchen Schwarzköpfchens, tat Erdbeeren darauf, und Schwarzköpfchen fing an zu essen. Sie ging zu dem Tellerchen Braunköpfchens, tat Erdbeeren darauf, und Braunköpfchen aß sie. Sie ging zu dem Tellerchen des braunen Mädchens, legte Erdbeeren darauf, und das braune Mädchen begann zu essen. Dann ging sie wieder zur Tür hinaus. Ein anderes Mal kam sie wieder, war wieder ein Schwarzköpfchen, brachte allerlei Dinge, und war unter den Kindern. So tat sie nun öfter, bis das braune Mädchen auch mit ihr redete, sich immer mehr an das Haus gewöhnte, mit den Kindern in der Stube spielte, und mit ihnen auch im Garten war. Da bekam es von der Mutter auch ein Kleid, welches wie das frühere war, nur daß es viel schöner war, und daß es Ärmel hatte, die bis zu den Ellbogen herab gingen.

Der Vater bekümmerte sich jetzt wieder um die Herkunft des braunen Mädchens. Er fragte Nachbarn und Bekannte, sie wußten gar nichts von ihm. Er beschloß nun die Landleute die armen Häusler die Holzhauer die Pechbrenner die Waldhüttler zu fragen. Er ging deshalb auf den Berg der Ahorne, der hinter der Grenze seiner Besitztümer empor steigt, und wo eine Hütte mit zwei alten Leuten war, die einen jungen Sohn hatten, der Fässer und Bottiche machte, und viel in die Wälder kam. Sie wußten nichts. Er ging an dem Steingehege aufwärts, und fragte bei den Hütten der Steinbrecher. Das Kind wird wohl von weiter oben sein, war die Antwort. Er ging weiter hinauf, und fragte. Das Mädchen könne zu den Heideleuten gehören, sagten sie. Er fragte an der Heide, sie antworteten, das Mädchen komme etwa von den Moorhütten herab. Er fragte an den Mooren. Sie wußten dort nichts. Er kam nun zu den hohen Wäldern. Die Holzhauer und Pechbrenner sagten, es gäbe allerlei Leute. Und wenn er das Mädchen beschrieb, so sagten sie insgesamt, sie hätten es schon gesehen, und wenn sie das Mädchen beschrieben, so beschrieb es der eine so, der andere anders, ein jeder auf seine Weise. Der Vater kehrte wieder nach Hause.

Wenn die Mutter das Mädchen selber leise fragte, so war es still, und sagte nichts. Die Kinder fragten nie. So verging nun die Zeit.

Das Mädchen kam jetzt auch zuweilen allein zu dem Hause. Wenn man an einem Morgen die Lehnen der Fenster öffnete, stand es naß in dem betauten Grase des Gartens, und wartete.

Wenn die Kinder lernen mußten, stand es dabei, und sah zu. Plötzlich konnte es einmal die Buchstaben sagen, und konnte dann lesen. Es wurde öfter um das Gelernte gefragt, und zu weiterem Lernen veranlaßt.

Wenn die Großmutter mit den Kindern fort ging, hing es sich so gut an die Schürze derselben wie die anderen Kinder, und ging mit. Einmal über die Nacht in dem Hause zu bleiben, und sich in ein Bettlein zu legen, konnte es nicht bewogen werden.

Und wie der Sommer immer vorrückte, wie das Getreide reifte, und in die Scheunen gesammelt wurde, und wie der Haber goldig da stand, die leichten Fäden zitterten, und die Hülse den weißen Schnabel aufsperrte, was immer auch die Zeit der Reife der Haselnüsse ist, so gingen die Kinder im Sonnenscheine mit ihren Haselruten auf den hohen Nußberg. Sie gingen nachmittags, wenn sie ihre Aufgaben gelernt, und ihre Schriften geschrieben hatten. Das braune Mädchen hatte einen langen Stab, an dem ein gut gerichteter Haken war. Sie gingen über die Sandlehne empor, sie gingen durch die Felsen durch das Gestrippe und Geniste, sie gingen durch den Wald über die graue Heide und durch die grauen Steine, wo wieder das Bächlein so lieb wie immer war, die Fischlein spielten, die Wasserjungfern flogen, und die roten Blumen standen, die ein Samenhaus voll weißer Wolle machen würden, sie gingen über das Steingerölle in das Gehege der Nüsse. Sie mußten heuer sehr mühsam suchen, um die wenigen Stellen zu finden, an denen jetzt Nüsse waren, sie riefen einander, wenn sie sie fanden, und sie langten mit ihren Haken nach den bedeckten Zweigen, und das braune Mädchen schwang sich empor, und zog mit seinem Stabe die höchsten Äste herab, daß Braunköpfchen die Nüsse sammeln, und in seine lederne Tasche tun konnte. Dann suchte man noch die lieben Stellen des Nußberges, wo allerlei Dinge im Gesteine im Sande und im Gebüsche waren, und saß dann noch wie gewöhnlich an der alten Wurzel.

Und wie der Haber endlich von den Feldern verschwunden war, wie die Haselstauden sich entfärbten, und die Blätter sich runzelten und rollten, wie auf den Hügeln die weißen Flecke der Stoppeln sich in braune verwandelten, wie auf den Feldern nichts mehr war als die Kartoffeln der Kohl und die Rüben, wie kein Apfel und keine Birne mehr in den Zweigen der Bäume war, ja wie die Blätter schon von diesen Bäumen abfielen, wie die Blumen, die der Vater vor dem Hause in Töpfen stehen hatte, wieder in die Glashäuser gesammelt wurden, wie die blauen Wacholderbeeren an den Wacholdersträuchen immer blauer wurden, und die grünen schwollen und sich mit einem Taue überzogen, wie wieder der Fadensommer spann, und die Großmutter immer trauriger wurde, und immer zärtlicher die Locken aller Kinder streichelte: so wußten sie, daß die Zeit da sei, daß sie bald scheiden mußten, daß der traurige Herbst und die Nebel die Gegend bedecken werden, daß der Schnee und die Kälte kommen werde, und daß sie lange nicht werden beisammen sein können.

Als diese Zeit gekommen, als der letzte Tag vergangen war, an dem sie noch beisammen sein konnten, nahmen sie, da das braune Mädchen fort ging, Abschied, sie umhalseten es, und weinten, und Braunköpfchen schenkte dem fremden Mädchen seine Bilderbücher, und seine Trompete.

Und sie fuhren wieder fort, da die Großmutter voll Kümmernis bei dem Wagen stand, da die Knechte und Mägde bei dem Wagen waren, da der Vater noch mit weinenden Augen die faltenreichen Wangen der Großmutter küßte, ihre Hand küßte, wie er auch noch in seinen Mannestagen tat, in den Wagen stieg, und die Pferde die Räder in Bewegung setzten.

Es verging der lange Winter und das Schneegestöber, das das Haus den Garten die Glashäuser die Sandlehne den Wald die Felder den hohen Nußberg alle Berge und Wohnungen der Menschen eingehüllt hatte, hörte auf, die Sonne kam wieder, die harten Winde gingen in mildere Lüfte über, und der Vater die Mutter und die Kinder kehrten wieder in ihr Haus auf dem Lande zurück.

Sie fanden alles, wie sie es verlassen hatten. Die Großmutter war gesund, alle Knechte und Mägde waren gesund, und alle Tiere des Hauses lebten, und waren fröhlich.

Das braune Mädchen war wieder größer geworden, und die schönen schwarzen Haare gingen in noch größerer Fülle, und noch dichter auf den Nacken hinab. Die Kinder liefen ihm entgegen, als es in das Haus kam, sie begrüßten es, und gaben ihm die vielen Sachen die sie ihm aus der Stadt mitgebracht hatten.

Es ging nun das Leben auf dem Lande wieder an, sie waren beisammen, sie lernten, sie arbeiteten, und da, wie es im vergangenen Jahre war, die Gräser auf den Wiesen und Rainen sproßten, da die Schwalben kamen, und mit ihren braunen Kehlchen und dem weißen Bauche tief an dem Wege dahin fuhren, und wieder hoch in die Lüfte schossen, da das Rotkehlchen in dem Gebüsche saß, mit dem Vorderleibe nickte, und seine Stimme schmettern ließ, da alle Bäume mit Blüten bedeckt waren, kleine Laubbüschel bekamen, und nichts mehr von dem Unglücke des Hagels zu erblicken war, da die Felder grün waren, und die weißen Wolken darauf nieder leuchteten: da ging man wieder herum, und ergötzte sich, wie man sich in früheren Zeiten ergötzt hatte.

Das braune Mädchen war nun auch nicht scheu, wenn der

Vater bei den Kindern war, und es wich vor den Knechten und den Mägden nicht zurück, welche im Hause im Garten und auf den Feldern herum gingen und arbeiteten.

Da auf diese Weise der Sommer sehr weit vorgerückt war, da eines Tages die Sonne schon gegen Untergang neigte, da die Kinder von ihrer Wanderung heimgekehrt waren, ihr Vesperbrot gegessen hatten, das fremde Mädchen schon fortgegangen war, und die Kinder mit der Mutter allein in der Stube gegen den Garten hinaus saßen, weil der Vater verreiset war: geschah es, daß Blondköpfchen wiederholt sagte, es rieche etwas unangenehm, als würden widrige Gegenstände verbrannt. Man sah überall nach. Auf dem Herde war kein Feuer, in den Kaminen war auch keines, da man in der Hitze des hohen Sommers keines brauchte. Auf den Feuerstellen der Dienstmädchen war ebenfalls kein Feuer, an dem sie etwa Eisen zum Glätten gehitzt, oder irgend Wäsche oder dergleichen gesotten hätten. Man schaute aus den Fenstern, alles lag ruhig und freundlich da, und nicht einmal ein Rauch ging aus nahen und fernen Schornsteinen empor.

Die Mutter sprach mit den Kindern über die Sache, und man wunderte sich, wie solche Eindrücke in die Sinne kommen können, Blondköpfchen verteidigte sich, andere griffen es an, und wie man so redete, geschah draußen ein Schrei, es geschahen sogleich mehrere, und wie alle an die Fenster liefen, um zu sehen, was es gäbe, stieg ein dicker qualmender Rauchknäuel als schwarze finstere Säule von dem Scheuerdache empor, er wirbelte schnell, und gleich darauf schoß die blitzende Flamme in ihn hinauf, und während die Kinder und die Mutter noch schauten, lief es geschäftig und prasselnd, als ob die Sommerhitze alles vorbereitet hätte, in lichten kleinen Flämmchen von der Scheuer längs des Dachfirstes der Stallungen und Wagenbehälter gegen das Haus hervor, mit eins geschah ein Knall, wie wenn ein auf glühende Kohlen gelegtes Papier plötzlich seiner ganzen Fläche nach Feuer fängt, und das ganze Dach der Ställe und Wagenbehälter stand unter einer einzigen breiten nach aufwärts gehenden Flamme, das Scheuerdach aber war ein Körper von Glut und von Flamme. Knechte und Mägde rannten unten herum, und schrien, und das Fichtenholz der Sparren und Latten krachte furchtbar unter dem Feuer.

„Kinder! um mich!“ schrie die Mutter.

„Mutter, Mutter, Großmutter, Sigismund, Clementia, Emma!“ schrien die Kinder.

Sie schossen in das Zimmer zurück, sie ergriffen Dinge, sie zu retten, und wußten nicht was sie taten. Sie nahmen eine Puppe, einen Lappen, oder sonst etwas, das ihnen in die Hände kam, ob es Wert hatte oder nicht. Die Mutter hatte schnell einen Schreibtisch geöffnet, der in der Nebenstube stand, hatte ein Kästchen aus demselben genommen, stürzte wieder in die Stube zurück, raffte die Kinder, die mit Verschiedenem beladen waren, zusammen, und führte sie die Vordertreppe, die von dem Feuer weggewendet war, hinunter ins Freie. Da sie die Haustür hinter sich hatten, hörten sie erst recht das Brüllen Wehen und Krachen der furchtbaren Macht, die hinter ihnen auf der andern Seite des Hauses in ihrem Eigentume herrschte. Die stille Luft drückte den Rauch nieder, der sich an der Abendseite des Hauses lagerte, und durch den die untergehende Sonne wie eine blutige Scheibe schien. Viele Leute, man konnte nicht unterscheiden, ob es eigene oder schon herzugelaufene waren, drängten sich wild durch einander.

Die Mutter führte die Kinder nach der Morgenseite des Gartens. Da die Hitze den nach aufwärts strebenden Wind erzeugt hatte, und derselbe die feurigen Lappen, die aus brennenden Schindeln aus Stroh Heu oder Linnen und Gewändern der Leute herstammten, wie frevelnde Geister in die Luft hinauf, und aus einander schleuderte, so mußte die Mutter die Kinder vor dem fallenden Feuer zu sichern suchen, damit sich ihre Kleidchen nicht entzündeten. Sie führte daher dieselben unter dichten Bäumen und Gebüschen weg. Sie führte sie in die äußerste Laube an der Morgenseite des Gartens, vor der zwei reiche Linden standen, die sogar jeden Funken abhielten, der etwa in dieser Richtung hätte fallen können.

„Kinder bleibt nun hier, entfernt euch ja nicht“, sagte die Mutter, „was ihr auch hören mögt. Hier geschieht euch nichts, ich muß fort, ich komme aber bald wieder. Bewahrt indessen das Kästchen.“

„Ja“, sagten die Kinder, „wir werden bleiben.“

Nach diesen Worten lief die Mutter aus der Laube, und lief

entschlossen in den Hof, und da ihr Gatte nicht anwesend war, übernahm sie seine Stelle, und drang bei den Knechten, die fast den Verstand verloren hatten, darauf, daß sie in den Stall gingen, und die Pferde heraus zogen, damit sie nicht etwa ersticken, und daß sie dieselben an Bäume anbanden, daß sie nicht wieder in das Feuer liefen. Ein Teil der Leute hatte es mit dem Rindviehe schon so gemacht. Man rettete aus dem brennenden Stalle ein Pferd nach dem andern, die Mutter leitete das Unternehmen, und gab die Stellen an, wo die Pferde angebunden werden sollten. Den Haushund hatte jemand los gelassen. Er kam in großen Sprüngen auf die Frau zu, strebte an ihr empor, und gab seine Freude zu erkennen, gleichsam als wüßte er, daß eine Gefahr vorhanden gewesen war, und daß die Frau ihr glücklich entronnen sei.

In den Zwischenaugenblicken lief die Frau in den Garten, um nach den Kindern umzusehen, und wenn sie sich überzeugt hatte, daß dieselben in der Laube seien, kehrte sie wieder zu dem Feuer zurück.

Endlich fand sie eine Magd, die sie zu den Kindern senden konnte, daß sie bei denselben in der Laube bliebe.

Die Knechte hatten indessen alle Tiere gerettet.

Die Tauben kreuzten in der Luft, und fielen wie die Mücken, die um ein Licht flattern, mit versengten Flügeln in die Flammen.

Die Wagenbehälter grenzten an die Holzlage, in welcher die großen Vorräte von Winterholz und Kochholz aufgehäuft waren. Wenn dieses Holz Feuer finge, so wären die Wägen samt dem Wagenbehälter verloren. Darum ließ die Frau auch die Wägen aus ihren Behältern ziehen, und ließ sie in dem Garten unter den Bäumen in Sicherheit bringen.

Da die Leute bei dieser Beschäftigung waren, hörte man hoch oben ein neues plötzliches Krachen und Prasseln, und da man hinauf sah, so erblickte man das Dach des Wohnhauses von den Flammen ergriffen. Es war wohl eine Feuerspritze in dem Hause, es war auch Wasservorrat teils im Hause teils in dem nahen Bache, die Spritze hatte immer auf das Hausdach gespielt, die Hausleute und die Nachbarn, die schnell genug herbei geeilt waren, hatten das Wasser stets in hinreichender Menge heran geschafft: aber die Hitze des Sommers hatte das Holzwerk zu sehr ausgetrocknet, die Gewalt des Feuers auf den angrenzenden Dächern war zu mächtig gewesen, der Wasserstrahl verdünstete fast in der Luft, die Tropfen auf dem Dache waren ohnmächtig, und da das Holzwerk einmal Feuer gefangen hatte, so war das ganze Dach bald ein sausender krachender brodelnder Feuerberg. Das Spritzen in die Flamme war nun unnütz, ja es belebte dieselbe nur noch mehr. Die Frau befahl daher, jetzt die Feuerhaken zu gebrauchen, die vielfach in dem Hause vorhanden waren, und die brennenden Sparren von dem Dache soviel als möglich herunter zu reißen.

Für die Gemächer fürchtete die Frau nicht viel, weil ihre Decken mit sehr dickem Estrich belegt waren, und weil die Glut, die von dem brennenden Dache auf das Estrich fiel, mittelst der Haken und später durch Schaufeln eher entfernt werden konnte, ehe das Estrich so erhitzt würde, daß die Tragbalken ergriffen würden, in Brand gerieten, und die Decke einstürzen ließen. Daher hatte sie aus den Gemächern nichts heraus räumen lassen, außer was Mägde bereitwillig und aus unbefohlenem Eifer heraus getragen hatten.

Da nun die Feuerhaken angelegt waren, und die Männer an ihnen bereit standen, um die Sparren, sobald sie durch das Feuer ein wenig geledigt wären, herunter zu reißen, so glaubte die Frau einen Augenblick für sich gewinnen zu können, weil nun kein Hausteil mehr war, der von der Flamme ergriffen werden konnte, und sie ging hinweg, um nach ihren Kindern in der Laube zu sehen.

Als sie zu der Laube kam, liefen ihr Emma und Clementia entgegen, und riefen: „Mutter, wir sind nicht fortgegangen, und haben das Kästchen aufbewahrt."

„Wo ist Sigismund?" rief die Mutter.

„Er wird bei der Großmutter sein", sagte Emma.

„War die Großmutter bei euch in der Laube hier?" fragte die Mutter.

„Nein", sagten die Kinder.

„Ist die Großmutter nicht bei euch hier in der Laube gewesen und hat Sigismund mit sich fortgenommen?" fragte die Mutter noch einmal.

„Mutter, du hast ja Sigismund gar nicht mit uns über die Stiege mit herab genommen“, riefen die beiden Mädchen einstimmig.

„Dann muß er ja bei der Großmutter sein“, sagte die Mutter, und rief in den Garten hinaus: „Großmutter, Großmutter!“

Die Großmutter kam in dem Augenblicke, da sie so gerufen wurde, gegen die Laube herzu, entweder weil sie den Ruf gehört hatte, oder weil sie zu den Kindern gehen wollte.

„Wo ist Sigismund?“ rief ihr die Mutter entgegen.

„Ist er nicht bei dir?“ antwortete die Großmutter.

„Nein“, sagte die Mutter.

„Ich habe ihn in dem Augenblicke, da Feuer gerufen wurde, gehört“, sagte die Großmutter, „ich habe ihn vor meinem Zimmer Großmutter rufen gehört, und da ich in dem nämlichen Augenblicke auch deine Stimme vernahm, wie du die Kinder zusammen riefst, und da ich dich die vordere Treppe mit ihnen hinunter gehen hörte, so meinte ich, er sei bei dir, sperrte die Tür, die von dem Gange aus dem Kinderzimmer zu meinem Gemache führt, zu, ging durch die andere hinaus, sperrte sie ebenfalls hinter mir zu, und ging über die hintere Treppe herab.“

Die Mutter durchzuckte ein Strahl.

Von dem Kinderzimmer führte eine Tür auf einen Gang, der ganz allein zu dem Zimmer der Großmutter ging. Die Tür von dem Kinderzimmer in den Gang fiel gerne ins Schloß, und dasselbe konnte Sigismund mit seiner schwachen Kraft nicht öffnen. Es war daher wahrscheinlich, daß er von dem Kinderzimmer gegen das Zimmer der Großmutter geeilt war, sie zu warnen, daß hinter ihm das Schloß zugefallen war, daß er das Zimmer der Großmutter verschlossen fand, daß er zurück wollte, nicht mehr ins Kinderzimmer konnte, und nun auf dem Gange eingesperrt sei.

Als diese Gedanken plötzlich durch den Kopf der Mutter liefen, schrie sie: „O du heilige himmlische Barmherzigkeit, dann ist er durch den Gang zu Euch gelaufen, um Euch zu helfen, hat hinter sich die Tür ins Schloß geworfen, konnte in Euer Zimmer nicht hinein, und ist nun auf dem Gange eingeschlossen. Ich habe alle Kinder, wie sie mit ihren Lappen beladen waren, über die Treppe hinabgebracht, ohne zu achten, ob sie zwei oder drei seien. Er kann ersticken, es kann das Estrich einbrennen. Der Schlüssel steckt von innen in der Tür des Kinderzimmers, ich muß hinauf ihn zu befreien."

Nachdem sie diese Worte gerufen hatte, lief sie ohne auf die andern Kinder zu achten dem brennenden Hause zu. Sie lief gerade durch alle Pflanzen und mitten durch den Funkenregen hindurch. Die Großmutter folgte ihr. Die Magd, die bei den Kindern war, konnte dieselben nicht zurückhalten, sie liefen auch zu dem Feuer, und die Magd lief mit ihnen.

Als die Mutter bei der Feuerstätte angekommen war, war es dort bei weitem nicht so gefahrlos für die Zimmer, als sie gedacht hatte. Der Dachstuhl war beinahe zusammen gebrannt, wenigstens war er schon zusammen gestürzt. Ein furchtbarer Gluthaufen, der die Luft vor Hitze zittern machte, lag auf der Decke der Zimmer. Von dieser Glut trennte nur eine Lage Estrich die Tragbalken, sie konnten sich erhitzen, brennen, und die Decke konnte einstürzen. Die Männer mit den Feuerhaken hatten außerordentlich gearbeitet. Einen großen Teil der Sparren hatten sie herab gerissen, und die Trümmer lagen um das Haus, und sie brannten und rauchten; aber ein anderer Teil hing noch oben, und konnte aus der Verbindung nicht gerissen werden. Die Nacht war mittlerweile eingebrochen, und in der düstern Finsternis war das Leuchten des Feuers und des Rauches das Glühen der vorragenden Balken und das Glänzen der umstehenden Bäume doppelt unheimlich.

Die Mutter lief gerades Weges gegen die Tür zu, von welcher die Treppe gegen das Kinderzimmer empor führte. Sie wollte in das Zimmer gelangen, dort an der Tür zu dem Gange den Schlüssel umdrehen, und den Knaben befreien. Aber als sie gegen die Tür kam, lag ein Haufen herabgerissener Balken vor derselben, und brannte.

Es war unmöglich durchzukommen.

„Reißt das Holz weg, Sigismund ist in dem Hause", schrie sie zu den Männern, die da waren.

Die Männer verstanden sie. Sie näherten sich dem Feuerhaufen, schlugen die Haken ein, und suchten die Balken wegzubringen. Aber es war vergeblich. Die Balken waren teils noch in Verbindung, teils hatten sich andere herabgestürzte mit ihnen verschlungen, so daß die angestrengteste Kraft aller Männer nicht hinreichte, das zusammenhängende Gewirr eher hinweg zu bringen, als bis es mehr ausgebrannt wäre, und die Verbindungen sich gelöst hätten.

„Das geht nicht“, rief die Mutter, „wir müssen durch die hintere Treppe in Euer Zimmer hinauf, Großmutter, um von demselben in den Gang zu kommen. Wo habt Ihr die Schlüssel?“

„Ich weiß es nicht, ich werde sie in meiner Armtasche haben, die ich vielleicht in den Glashäusern nieder gelegt habe“, antwortete die Großmutter, „ich werde sie gleich holen.“

„Um des Himmels willen, warum habt Ihr zugesperrt?“ rief die Mutter.

„Der Diebe wegen“, rief die Großmutter, und eilte von einem Knechte begleitet davon.

Noch war es Zeit; denn alle Fenster des Hauses waren noch schwarz, zum Zeichen, daß das oberhalb herrschende Feuer noch nirgends in die Zimmer hinein gebrochen war.

Aber es kam der Knecht gelaufen, und sagte, daß die Schlüssel der Großmutter nirgends zu finden seien.

Die Mutter änderte ihren Plan. Sie ging um die Ecke des Hauses, und kam zu einer Seite, die mit Weingeländer bepflanzt war, die gegen den Garten sah, und in welcher ein offenes Fenster der Kinderstube war. Sie zeigte gegen das Fenster empor, und rief: „Eine Leiter, eine Leiter, da kann man in das Kinderzimmer einsteigen.“

Die Knechte liefen nach einer Leiter. Andere schlossen sich an. Die Leitern waren unter einem eichenen Dächlein auf einem eigenen Gestelle angehängt, das in der Nähe des Wagenbehälters war. Dort brannte aber jetzt in einer entsetzensvollen ruhigen Flamme, die majestätisch in die Höhe ging, der gesamte Vorrat des Holzes des Hauses. Es war unmöglich, sich zu nähern. Ein Mann, der in eine nasse Decke gehüllt es gewagt hatte, war durch den heißen Atem umgeworfen worden, und man konnte ihn nur mittelst eines Feuerhakens retten, mit dem man ihn aus der heißen Luft zog. Im nächsten Augenblicke hatte auch das Leiterdächlein Feuer gefangen, und dasselbe und die Leitern brannten.

Die Knechte kamen zurück, und meldeten es der Mutter.

Da stürzte sie auf die Knie, breitete die Arme auseinander, und schrie: „So rette du ihn, der die Macht und das Vollbringen hat, und der ein unschuldvolles Leben nicht vernichten kann!"

In diesem Augenblicke tönte ein gellender Schrei: „Braunköpfchen, Braunköpfchen!"

Und ehe man sich's versah, huschte eine dunkle Gestalt gegen das Haus, und kletterte wie ein Eichhörnchen an dem Weingeländer empor, und war in dem nächsten Augenblicke durch das Fenster verschwunden.

Alle vergaßen ihre Arbeit oder, was sie immer im Herzen hatten, und richteten ihre Augen auf das Fenster.

Es dauerte nicht lange, so kamen zwei Gestalten am Fenster an. Sie waren durch brennende Balken, die oberhalb ihrer über die Mauern des Hauses hervorragten, wie von Fackeln beleuchtet.

Es war das braune Mädchen und Sigismund.

Ein Schrei ertönte einstimmig aus dem Munde aller Umstehenden bei diesem Anblicke.

Emma und Clementia kreischten vor Entsetzen und vor Freude.

Aber die Kinder konnten nicht herunter. Das braune Mädchen hätte es gekonnt; allein den Knaben konnte es nicht auf das Weingeländer bringen. Wie ein Nachtbild, das ein Künstler gemalt, und mit der äußeren Glut beleuchtet hat, standen sie in dem schwarzen Rahmen des Fensters.

„Leintücher, Leintücher, bindet Leintücher zusammen", riefen mehrere Stimmen hinauf.

„Da ist eine Leiter", hörte man unten rufen, „die Leiter wird reichen, sie wird halten, für Kinder hält sie schon."

In dem Augenblicke drängten sich der Altknecht und der Pferdeknecht durch die hier zusammengepreßten Menschen, und trugen eine Leiter herbei. Sie war von den Wägen, die aus Gottes Vorsicht und dem Willen der Frau gerettet worden waren, genommen, und aus zwei Leitern eines Erntewagens zusammen gebunden worden.

Sie wurde angelehnt, und reichte.

Das braune Mädchen stieg zuerst aus dem Fenster. Es faßte festen Fuß auf den Sprossen, und half dann dem Knaben auch aus dem Fenster heraus. Die beiden Kinder kletterten nun schnell und geschickt über die Leiter herab.

Als sie auf dem Grase waren, kniete das braune Mädchen vor dem Knaben nieder, setzte sich auf seine eigenen Fersen, und sah den Knaben mit den schwarzen Augen an.

Man hätte in der dunkeln Nacht und bei dem Scheine des Feuers sehen können, wie diese Augen freudesprühend waren, daß er gerettet sei.

Der Knabe konnte nicht reden, er schwindelte, und es war, als sollte er umfallen.

Da eilte die Mutter herbei, nahm ihn in die Arme, wischte ihm die Stirne ab, und suchte ihn zu trösten.

In diesem Augenblicke kam auch die Großmutter, so schnell sie in ihrem Alter laufen konnte, in von der Hast in Unordnung geratenen Kleidern und mit den Schlüsseln in der Hand herbei.

Da sie den Knaben gerettet sah, bemühte sie sich mit der Mutter um ihn. Die anderen Kinder standen dabei, und viele Menschen drängten sich herzu.

Da das Kind noch immer im halben Bewußtsein war, so hoben es die Mutter und Großmutter auf, brachten es zum Brunnen im Garten und benetzten dort mit frischem Wasser seine Stirne und Schläfe.

Da sich der Knabe hierauf erholt hatte, brachten sie ihn in die Laube, in welcher zu Anfang des Feuers die Kinder gewesen waren.

Während dort die Mutter mit dem Knaben beschäftigt war, ihn zu untersuchen, ob er keine Beschädigung erlitten habe, ihn zu befragen, und zu besänftigen, sah man die alte Frau an dem Stamme eines Obstbaumes knien, und mit gefalteten Händen beten.

Das Kind ward nach und nach beruhigt. Die Mutter richtete ihm die Kleider zurecht, und streichelte ihm die Wangen und die Haare. Die zwei Schwesterlein streichelten ihm auch Locken und Wangen, und gaben ihm Liebkosungen.

Der Knabe hatte wirklich keine Beschädigung erlitten. Er war in der Tat von der Kinderstube in den Gang geeilt, der zu dem Zimmer der Großmutter führte, um zu ihr zu gehen, und ihr zu sagen, daß Feuer in dem Hause sei, und daß sie fortgehen solle.

Er hatte auch, wie es ihm öfter geschah, die Gangtür hinter sich zugeworfen, und der Riegel war in den Haken gesprungen. Da er bei der Tür der Großmutter nicht hinein konnte, als er sie auch nicht zu errufen vermochte, wollte er zurück. Allein da sah er erst zu seinem Schreck, daß er die Tür zugesperrt habe. Er versuchte mit allen Kräften den Riegel aufzuziehen, aber die Feder war zu stark, und er konnte nichts ausrichten. Da klopfte er mit beiden Fäusten bald an die Tür der Kinderstube bald an die der Großmutter. Er schrie auch aus allen Kräften, damit er gehört würde. Allein da er dies eine Weile getan, und ihn niemand vernommen hatte, setzte er sich auf dem Gange auf den Boden nieder, und wartete, ob jemand kommen, und ihm öffnen würde.

Er hörte da das Krachen und Sausen des Feuers oberhalb seiner.

Da kam das braune Mädchen, führte ihn fort, und stieg mit ihm die Leiter herab.

Als er sich schon ganz von seiner Angst erholt hatte, übergab ihn die Mutter der Großmutter und den Mägden, die in der Laube waren, und ging wieder fort, um bei dem Feuer nach zu sehen.

Die Männer rissen die letzten Balken herab. Der Gluthaufe, der über den Zimmern des Herrn und der Seinigen stand, würde die Decke durchgebrannt haben, da alles Spritzen mit Wasser nichts fruchtete: allein es war in der Zeit, als die Mutter in der Laube war, der Pfarrer mit den Kirchenleitern gekommen. Sie waren mit ihren eisernen Haken an die Mauerränder des brennenden Hauses gelegt worden, die Männer stiegen hinauf, und begannen mit Schürhaken die Glut hinab zu werfen. Sie wechselten hiebei ab. Da die Glut immer weniger wurde, wurde das hinauf gespritzte Wasser immer wirksamer, indem es zum Teile die Glut dämpfte, zum Teile dem ausgedörrten und geklüfteten Estrich wieder Feuchtigkeit gab, daß es die Hitze nicht so durchlasse, und den Tragbalken keinen Schaden zufüge. Auf diese Weise wurden die Zimmer gerettet.

Da man den Gesindezimmern nicht zugleich die nämliche Hilfe zuwenden konnte, brannten wirklich einige ein. Als man aber die Herrnzimmer in Sicherheit wußte, wendete man sich jetzt auch dorthin, und tat dem Weitergreifen des Feuers Einhalt.

Hierauf wurden die Balken und Sparren, die rings um das Haus herum gestreut lagen, und brannten, bei Seite gebracht und gelöscht. Und ehe Mitternacht gekommen war, war die Hauptsache vorüber. Nur das vorrätige Brennholz brannte noch mit stiller aber heftiger Glut und Lohe weiter. Die Spritze vermehrte nur den Brand, da sich das Wasser zersetzte, und das Brennen beförderte. Man hätte mit Schaufeln Erde auf das Feuer werfen können; aber die Hitze erlaubte nicht, sich so weit zu nähern, daß man mit Werfen das Feuer hätte erreichen können. Es blieb daher nur übrig, das Feuer zu umstehen, es zusammen brennen zu lassen, und nur zu sorgen, daß es sich nicht neuerdings weiter verbreite. Auch um alle Teile des Hauses wurden Wachen gestellt, daß kein Funke sich neu belebe oder weiter getragen werde. Der in der niedergebrannten Scheune stehende und rauchende Stock von Heu konnte zwar nicht gelöscht werden, wurde aber durch die Spritze in einer Grenze gehalten, daß das Feuer nicht lebhafter werde, und daß es endlich unter seiner Asche ersticke.

Da nun alles so weit gesänftigt, und in eine Ordnung gebracht war, dachte die Mutter auch daran, die Kinder zur Ruhe zu bringen. Sie ging in die Laube, nahm ihr Kästchen, nahm die Kinder bei der Hand, und führte dieselben nach rückwärts in die Glashäuser. Weil man den Zustand der verschont gebliebenen Zimmer nicht kannte, hatte die Mutter die Glashäuser gewählt. Da Sommer war, und ein Teil der Blumen im Freien stand, so war in einem der Glashäuser hinreichend Platz. Die Mutter ließ durch die Mägde Betten Decken und alles Notwendige aus den Zimmern bringen. Sogar Tischchen Stühle und Schemel wurden herbei geschafft.

Bei dieser Gelegenheit sah man auch nach dem braunen Mädchen. In der Verwirrung und Angst und in der Tätigkeit, die die Mutter noch bei dem Feuer anwenden mußte, hatte man auf das Mädchen nicht gedacht. Jetzt aber war es nirgends zugegen. Man ängstete sich aber nicht weiter, es werde wieder fortgegangen sein, weil es nie in der Nacht in dem Hause geblieben war.

Es wurden nun die Betten teils auf den Bänken des Glashauses teils auf der Erde gemacht, und als die Kinder gebetet hatten, wurde jedes unter sein Decklein gebracht, und sie sahen noch, wie das Feuer des Holzstoßes in den Tafeln des Glashauses glänzte, und entschlummerten dann sanft und beruhigt.

Auch die Mutter und Großmutter suchten auf kurze Zeit die Ruhe.

Mit der Morgenröte stand das braune Mädchen im Garten, und wartete. Die Kinder gingen zu ihm hinaus, und auch die Großmutter und die Mutter gesellten sich dazu. Man ging an alle Stellen. Der Garten war ein Viehstall; denn an den Bäumen waren Pferde Ochsen Kühe und Kälber angebunden, und hatten Heu vor sich; denn es waren schon vor Tages Anbruch Nachbarn und andere Leute mit Wägen gekommen, und hatten Heu Stroh und Lebensmittel gebracht; erschreckte Hühner liefen unter den Blumen und Gebüschen herum, und Schweine zerwühlten den Rasen. Die Mauern des Hauses waren schwarz und beschmutzt, der Sandplatz und der Rasen vor dem Hause waren schwarz wie ein Kohlenmeiler, die Stätte des Brennholzes war ein Haufen nasser Kohlen und Asche, und aus dem Heu stieg noch schwacher Rauch mit widrigem Geruche empor.

Als die Kinder alles gesehen hatten, ging die Mutter mit ihnen auf die Wiese hinaus, wo die Wägen standen, welche eine Beisteuer gebracht hatten, und bei denen noch die Leute waren, welche die Wägen hergeführt hatten. Die Mutter bedankte sich recht herzlich bei allen.

Dann machte sie bei ihren Leuten und bei denen, die bereitwillig zu helfen gekommen waren, Anstalten, was getan werden sollte.

Die Kinder hatten ihre Wohnung im Glashause, in welches man noch mehrere Sachen brachte, die gestern nicht notwendig gewesen waren.

Am Nachmittage kam der Vater. Er hatte in der Nacht die Feuerröte am Himmel gesehen. Er hatte gedacht, daß es bei ihm sein könnte, er gab seine Geschäfte einem Bevollmächtigten, und reiste ab. In der Nähe hatte er erfahren, daß sein Hof abgebrannt sei, und er mietete ein Pferd zum Reiten, daß er auf Fußwegen und näheren Feldwegen schneller nach Hause kommen könnte.

Als er seine Mutter die Gattin und die Kinder gesehen hatte, als er erfahren hatte, daß kein Mensch bei dem Brande verunglückt sei, war er sehr freudig, und fragte nicht, was er noch weiter verloren habe.

Er schritt nun zur Ausbesserung des Schadens.

Zuerst mußten die Decken der Zimmer untersucht werden. Da sich die Tragbalken als gut erwiesen, und da sich gezeigt hatte, daß sie durch die Hitze und durch das zerklüftete Estrich nicht schadhaft geworden waren, noch auch durch Nässe gelitten hatten, zogen die Mutter die Kinder und die Großmutter wieder in ihre Zimmer ein. Am anderen Tage wurde zur einstweiligen Abhilfe ein Notdach aus Brettern über das Haus gemacht.

Dann wurden alle Plätze vor dem Hause gereinigt, damit das Bild des Schmutzes und der Unordnung nicht mehr sichtbar wäre. Die Tiere wurden, da ihre wohlgewölbten und erhaltenen Ställe nun durch Lüftung vom Rauche und Gestanke befreit waren, wieder in dieselben getan. Das Heu ließ er vollkommen löschen, und dann in einem abgelegenen Orte auf einen Haufen tun, damit es sich zum Dünger verwandle. Er ließ auch die gebrochenen Fensterscheiben sogleich einschneiden, und dem Gesinde ersetzte er seinen Verlust reichlich, weil es sich so sehr zur Rettung seiner Wohnung hatte verwenden lassen.

Nachdem alles dieses geschehen war, fing man zu bauen an.

Auf dem Hause wurden Sparren aufgezogen, und auf demselben waren Zimmerleute, und hämmerten die Latten an, und waren Ziegeldecker, und hingen die Ziegel ein. Der Vater ließ die Scheune völlig einwölben, und die Zugfenster und Öffnungen mit eisernen Türen versehen, daß im Falle eines Feuers diese und die Tore geschlossen, und das Feuer erstickt werden könne. Die Außenmauern wurden gereinigt, frisch angeworfen, und getüncht. Das Weingelände, welches der Vater schon oft, weil die Reben in diesen Gegenden keine Trauben tragen, und die Ausschmückung des Hauses durch Weinlaub auch nicht so schön ist, wie in anderen Ländern, hatte wegtun wollen, wurde jetzt nicht weggetan, sondern noch fester und schöner gemacht, und der Vorsatz gefaßt, die Reben recht zu pflegen. Das Schloß an der Tür der Kinderstube, welche auf den Gang geht, wurde mit einem neuen vertauscht, dessen Riegel nicht mehr vorspringen konnte. Die Holzlage wurde ebenfalls ein Gewölbe, das von allen Seiten mit eisernen Türen und Fensterladen zu schließen war. Das Leiterhäuschen wurde an einer sehr zugänglichen Stelle in dem Garten aufgerichtet, sein Dächlein wurde rot angestrichen, und unter ihm hingen die neuen Leitern waagerecht in allen Abstufungen der Länge.

Der ganze Sommer verging mit Bauen, und als der Herbst gekommen war, stand das Haus schöner und stattlicher da, als es je gewesen war.

Wie das Feuer entstanden war, konnte nicht ergründet werden. Wahrscheinlich war irgend eine Unvorsichtigkeit schuld, da es in der Scheune ausgebrochen war.

Sie gingen heuer früher als gewöhnlich in die Stadt, weil mehreres zu besorgen war, und gingen unruhiger dahin als zu anderen Zeiten.

Aber keine Unruhe ging in Erfüllung. Als die Lenzlüfte wehten, kam man wieder zurück, und traf alles gut und wohlbehalten an.

Die Mutter hatte dem braunen Mädchen Stoffe gebracht, um es recht schön zu kleiden, und gab ihm dieselben, indem sie es mit liebevollen und zärtlichen Augen ansah.

Der Vater und die Mutter hatten beschlossen, das braune Mädchen zu erziehen, und es demjenigen Glücke zuzuführen, dessen es nur immer fähig wäre. Man war sehr vorsichtig, daß man es nicht verscheuche, und man ließ es nur selbst gewähren, daß es immer mehr Zutrauen gewinne.

Es kam recht oft mit den Kindern, es kam von selber, und da es die neuen Kleider hatte, die dem Schnitte nach wie die alten gemacht waren, blieb es auch manchmal über Nacht da, wozu man ihm ein eigenes Bettchen hergerichtet hatte.

Von den Eltern des Mädchens vermutete man keinen Widerstand, weil man sah, daß sie sich so wenig um dasselbe kümmerten, weil sie es so in der Gegend herum gehen ließen, weil sie sich nie meldeten, da sie doch wissen mußten, daß das Kind oft in dem Hause sei, und da sie die neuen Kleider sehen mußten die man ihm gegeben hatte.

An das Haus hoffte man es zu binden, indem man wie bisher die sanften Fäden der Liebe und Nachsicht walten ließ, bis sein

Herz von selber in dem Hause sein würde, bis es nicht mehr fort ginge, und sein Gemüt ohne Rückhalt hingäbe.

Das Mädchen hatte früher schon vieles mit den Kindern gelernt, und man hatte es gefragt, und es in das Gespräch gezogen, ohne daß es eine Absicht merkte, und hatte das Gelernte geordnet und erweitert. Jetzt traf man die Einrichtung, daß der junge Priester, der den Religionsunterricht der Kinder besorgte, zwei Mal in der Woche von der Pfarre herüber kam, um das Mädchen Gott und die Gebräuche unserer heiligen Religion kennen zu lehren. Die Mutter wiederholte die Lehre, und erzählte dem Kinde von heiligen Dingen.

Das Mädchen lernte sehr feurig, und so wie es den Kindern in körperlicher Fertigkeit und Gewandtheit voraus war, und sie es nachahmten, besonders Sigismund, so lernte es von ihnen wieder andere Dinge, wenn sie in den Zimmern beschäftigt waren, oder wenn sie sich bei der Mutter befanden, oder wenn sie bei der Großmutter waren, oder mit ihr in der Gegend herum gingen.

So verflossen mehrere Jahre. Das braune Mädchen gewöhnte sich immer mehr an das Haus, es blieb immer da, und ging schier gar nicht mehr fort. Es lernte allerlei Arbeiten, wie sie die andern Mädchen machten, und verrichtete solche Dinge, wie sie.

In die Stadt mit zu gehen, konnte es nicht bewogen werden. Es blieb im Winter immer bei der Großmutter.

Endlich brachte man es auch dahin, daß es weibliche Kleider trug. Die Mutter hatte die Stoffe dazu gekauft, diese wurden zu Kleidern verarbeitet, und mit Bändern nach dem Gebrauche verziert.

Da es weibliche Kleider trug, war es scheuer, und machte kürzere Schritte.

Nach und nach wuchsen die Kinder heran, daß sie so groß wie die Eltern waren. Es waren nun drei Schwarzköpfchen. Da die Mutter ihre dunkeln Haare noch immer schön und glänzend bewahrt hatte, war sie das eine, Clementia war das zweite und das braune Mädchen das dritte. Blondköpfchen waren der Vater und Emma. Braunköpfchen war Sigismund allein. Auch ein Weißköpfchen war unter den Kindern vorhanden – die Großmutter. Ihre Haare, die grau waren, waren endlich so weiß geworden, daß, wenn eine Locke neben der Krause der weißen Haube zufällig hervor schaute, sie von derselben nicht zu unterscheiden war.

Emma war eine schöne Jungfrau geworden, die ernsthaft blickte, blaue Augen im stillen Haupte trug, die Fülle der blonden Haare auf den Nacken gehen ließ, und wie ein altdeutsches Bild war. Clementia war rosig und zart, und das süße Feuer der schwarzen Augen schaute unter den schwarzen Haaren aus der Tiefe der Seele. Sigismund war mutig heiter und frei, er war wirklich ein Mund des Sieges; denn wenn seine Rede tönte, flogen ihm die Herzen zu.

Es kamen aus der Nachbarschaft Leute, Jünglinge und Mädchen, selbst aus der fernen Hauptstadt kamen Bekannte, die Bewohner des abgelegenen Hofes zu besuchen. Alle waren fröhlich, nur das braune Mädchen nicht. Seine Wangen waren, wie wenn es krank wäre, und sein Blick war traurig. Wenn alle freudig waren, saß es im Garten, und schaute mit den einsamen Augen um sich.

Eines Sommers an einem sehr schönen Tage, da Fremde da waren, da man in dem großen Saale des Hauses Tanz Klavierspiel Pfänderspiele und städtische Vergnügen trieb, gingen Vater und Mutter gegen die Sandlehne zurück. Dort lag auf einem Sandhaufen in seinen schönen Kleidern das braune Mädchen, und schaute mit den verweinten Augen gegen die Erde. Die Mutter näherte sich, und fragte: „Was ist dir denn?"

Das Mädchen erhob sich ein wenig, und da Vater und Mutter sich auf ein Bänkchen neben dem Sandhaufen nieder gelassen hatten, saß es ihnen gleichsam zu Füßen.

„Liebes teures Mädchen", sagte die Mutter, „betrübe dich nicht, alles wird gut werden, wir lieben dich, wir geben dir alles, was dein Herz begehrt. Du bist ja unser Kind, unser liebes Kind. Oder hast du noch Vater und Mutter, so zeige es uns an, daß wir auch für sie tun, was wir können."

„Sture Mure ist tot, und der hohe Felsen ist tot", sagte das Mädchen.

„So bleibe bei uns", fuhr die Mutter fort, „hier ist deine Mutter, hier ist dein Vater, wir teilen alles mit dir, was wir haben, wir teilen unser Herz mit dir."

Bei diesen Worten brach das Mädchen in ein Schluchzen aus, das so heftig war, daß es dasselbe erschütterte, und daß es schien, als müsse es ihm das Herz zerstoßen. Es fiel plötzlich mit dem Angesichte gegen den Sand nieder, es drückte mit den Händen ein Teilchen von dem Saume des Gewandes der Frau in einen Knauf zusammen, und preßte diesen Knauf an seine Lippen. Da es nach einem Weilchen die Hand der Frau auf seinen dichten dunkeln schönen Locken spürte, die dort ruhte, und freundlich drückte, sprang es auf, hob die Arme, die nun nicht mehr so voll und glänzend waren, auf, schlang sie fest um den Nacken der Frau, küßte sie auf die Wange, als müßte es Lippen und Zähne in dieselbe eindrücken, und weinte fort, daß die Tränen über die Wange der Frau herab flossen, und ihr Kleid benetzten. Als sich dieses nach und nach löste, als das Mädchen das Haupt zurück bog, und nach dem Vater sah, als es merkte, daß es dieser bei der Hand halte, daß er aber nicht sprechen könne, weil seine Augen in Wasser schwammen: da konnte es auch nicht mehr sprechen, seine Lippen bebten, sein Herz hob sich krampfhaft in kurzen Stößen, und so ging es hinter die Glashäuser zurück.

Der Vater und die Mutter wollten dem Mädchen nicht folgen, damit es sich einsam beruhigen könnte. Sie dachten, es werde sich geben.

Aber es gab sich nicht. Sie sahen das Mädchen über die Sandlehne empor gehen, und sahen es seitdem nie wieder.

Da eine Zeit vergangen war, ohne daß das braune Mädchen erschien, meinten die Eltern und Kinder, es sei nur fortgegangen und bleibe länger aus, als man jetzt glauben sollte; aber als das Ausbleiben bedenklicher wurde, stellte der Vater Nachforschungen an, und da das Mädchen immer nicht kam, wurden diese Nachforschungen mit allen Mitteln, die es nur gab, betrieben. Aber sie waren wie die früheren ohne Erfolg. In der Nähe kannte man das Mädchen als ein solches, das immer zu den Kindern auf den Hof kam, und betrachtete es fast als ein Mitglied der Familie; in der Ferne wußte man gar nichts von ihm. Alle Bewohner des Hauses Vater Mutter Kinder Großmutter waren betrübt, und die Wunde wurde immer heißer.

Aber als Monate und Jahre vergangen waren, milderte sich

der Schmerz, und die Erscheinung sank wie andere immer tiefer in das Reich der Vergangenheit zurück.

Aber vergessen konnte man das Mädchen nie. Immer redeten alle besonders die Kinder von ihm, und als schon viele Jahre vergangen waren, als die Großmutter schon gestorben war, als der Vater schon gestorben war, als die Mutter eine Großmutter war, als die Schwestern Gattinnen in fernen Gegenden waren: war es Sigismund, wenn er auf den Anhöhen stand, wo jetzt das Bächlein mit den grauen Fischlein recht klein geworden war, wo der hohe Nußberg recht klein geworden war, als husche der Schatten des braunen Mädchens an ihm vorüber, er fühlte ein tiefes Weh im Herzen, und dachte: Wie oft mußte es herüber gekommen sein, wie oft mußte es einsam gewartet haben, ob seine Gespielen kämen, und wie hat es seinen Schmerz, den es sich in der neuen Welt geholt hatte, in seine alte zurück getragen. Er dachte: Wenn dem Mädchen nur recht recht viel Gutes in der Welt beschieden wäre.

BERGMILCH

In unserem Vaterlande steht ein Schloß, wie man in manchen Gegenden sehr viele findet, das mit einem breiten Wassergraben umgeben ist, so zwar, daß es eigentlich aussieht, als stünde es auf der Insel eines Teiches. Von solchen Verteidigungsmitteln sind gewöhnlich diejenigen Schlösser umgeben, die auf Flächen liegen, also das Verteidigungsmittel des Wassers haben, aber dafür desjenigen entbehren, das ihre stolzen Schwestern auf hohen Bergen und schroffen Felsen besitzen. Sie müssen die geringere Sicherheit, die ein Wassergraben gibt, noch mit feuchter Luft mit Fröschequaken und Fliegenungeziefer erkaufen, während ihre erhabenen Schwestern zu dem größeren Schutz der hohen Felsen noch die reine Luft und die Aussicht als Zugabe erhalten. Dafür können die ersten sich gegen Winterstürme in ein ganzes Bett von Bäumen verhüllen, während die letzten dem Anfalle der Winde so hingegeben sind, wie ein Kiesel im Flusse dem ewigen Glätten durch Wasser. Seit aber unsere Mitmenschen nach und nach den Harnisch abgelegt haben, seit das Pulver erfunden worden ist, gegen welches ein Wassergraben und ein hoher Fels nichts nützt, ziehen sich die Mächtigeren von den Bergen und aus den Teichen heraus, und lassen die Trümmer wie ein abgelegtes zerrissenes Kleid auf ihrem früheren Platze stehen. Wer aber nicht so mächtig und reich ist, der muß sein früheres Haus bewohnen, und sich gegen die schlechten Einflüsse so gut als möglich zu sichern suchen. So sieht man noch manches bewohnte Schloß in seinem Teiche wie einen Fehler der Zeitrechnung stehen, und manches mit verwahrten Fenstern und Fensterläden von einem Felsen hernieder schauen. In dem einen versumpft das Wasser immer mehr, in dem andern wird die Wetterseite preis gegeben, und die Zimmer ziehen sich tiefer zurück.

Unser zu Anfang dieser Zeilen erwähntes Wasserschloß heißt

Ax. Es ist von den Besitzern in neuerer Zeit etwas getan worden, um die Lage zu erleichtern. Es ist statt der früheren Bogenbrücke, die immer ausgebessert werden mußte, und die an dem Schloßtore gar in eine Zugbrücke endete, an welcher es stets Anstände gab, ein großer fester Steindamm gebaut worden, auf dem eine mit runden Kieseln gepflasterte und mit Mauern eingefaßte Straße läuft, auf welcher man in geräumigen Wägen oder zu Pferde lustig in gerader Richtung von dem Schlosse weg sprengen kann, während es früher not tat, daß man sogar mit einem Schubkarren sehr sachte fuhr, daß Zug- und Bogenbrücke nicht beschädigt würde. Der Großvater des letzten Besitzers hat sogar mit vielen Tausenden von Fuhren von Steinen und Erde aus seinem Anteile im Axwalde den Teich hinter dem Hause ausfüllen lassen, hat Erde aufgeführt, hat Bäume gepflanzt, und hat so den Garten seiner Wohnung unmittelbar an das Gebäude angestoßen. Er hat dadurch der Festigkeit des Schlosses, wenn es einer bedürfen sollte, nichts genommen; denn der Garten ist mit einer sehr hohen sehr alten sehr dicken und aus Steinen gebauten Mauer umgeben, die ein Gittertor aus starkem Eisen hat, das auf das Feld hinaus führt.

Der Nachfolger hatte nichts getan, und der letzte Besitzer, der ein Junggeselle geblieben ist, und gar keine Verwandten hatte, so daß er nicht einmal wußte, wem er sein Gut vermachen sollte, hat gar keine Neigung verspürt, das Erbe seiner Ahnen irgendwie zu verändern. Und so stand das Gebäude noch da, wie es zu Großvaters Zeiten gewesen ist, es hatte vor den Fenstern noch das Wasser aus den Ritterzeiten und aus dem Bauernkriege, und atmete noch die Sumpfluft, und erlitt noch das Froschgequaker und das Mückenstechen, wie es die Ritter und Bauern gelitten hatten, die hier gehaust und gekämpft hatten.

Das Schloß hat allerlei Rundungen Brustwehren dicke Mauern kleine Schießlöcher und Dinge, die wir heute nicht mehr begreifen, die aber ein solches Gebäude einst sehr fest machten, und heute namentlich in den Augen junger Leute ihm ein sehr geheimnisvolles und merkwürdiges Ansehen geben, besonders wenn noch eine Armschiene oder ein Helm in irgend einem Winkel des Hauses gefunden wird. Was aber unserm Schlosse ein besonders auffallendes Ansehen gibt, ist ein runder sehr dicker und sehr hoher Turm, der gar kein Fenster und also im Innern nur finstere Räume hat, der statt eines Daches mit Steinen gepflastert ist, die das Regenwasser in einer Rinne an einer Stelle ablaufen lassen, und die mit einer vier bis fünf Fuß hohen Mauer als Brustwehre umgeben sind. Der Turm hat wahrscheinlich, weil das Schloß in der Ebene liegt, als Warte als Lug ins Land und bei Belagerungen als Verteidigungsmittel gedient. Jetzt sind in seinen inneren Räumen, die wegen der Dicke der Steinmauern sehr kühl sind, alle Gattungen von Grünwaren Gemüsen Kartoffeln Rüben selbst Wein und Bier aufbewahrt, denen man an kühlen Tagen Luft durch geöffnete Zuglöcher zulassen kann. Die Höhe des Turmes dient jetzt bloß mehr zur Aussicht, welche aber leider nur in eine große fruchtbare Ebene geht.

Der letzte Besitzer hat, wie wir sagten, nie geheiratet. Er war der einzige Sohn seines Vaters von der Mutter etwas verzogen und von der Natur widersprechend ausgestattet. Während er nämlich ein wunderschönes Angesicht und einen sehr wohlgebildeten Kopf hatte, war der übrige Körper zu klein geblieben, als gehörte er jemand anderem an. Er hieß im Hause seines Vaters der Kleine, obwohl es einen größeren nicht gab, da er der einzige war. Er fuhr aber auch fort, der Kleine zu heißen, da er schon dreißig Jahre alt war, und man nicht mehr daran denken konnte, daß er noch wachse. Er hieß auch auf der lateinischen Schule und auf der Universität der Kleine. Mit diesem Widerspruche der Körperteile war noch einer der Geistesvermögen verbunden. Er hatte ein so reines Herz, im Alter fast noch knabenhaft rein, daß er die Liebe und die Verehrung der Edelsten erworben hätte, er hatte einen klaren sicheren Verstand, der mit Schärfe das Richtige traf, und den Tüchtigsten Achtung eingeflößt hätte: aber er hatte auch eine so bewegliche lebhafte und über seine anderen Geisteskräfte hinaus ragende Einbildungskraft, daß sie immer die Äußerungen seiner andern Geistestätigkeiten zu Schanden, und sich in struppigen wirren und zackigen Dingen Luft machte. Wäre sie bildend gewesen so wäre er ein Künstler geworden; aber sie blieb nur abschweifend zerbrochen und herumspringend, so daß er Dinge sagte, die niemand verstand, daß er witzig war, daß er lächerlich wurde, und vor lauter Plänen zu keinem rechten Tun kam. Daraus folgte, daß in seinem Leben nur Anfänge ohne Fortsetzung und Fortsetzungen ohne Anfänge waren.

Er wurde einmal, da sein Vater und seine Mutter schon tot waren, der Gegenstand großer Zuneigung eines Mädchens. Er liebte das Mädchen so sehr, daß kein Wesen auf der Erde war, dem er eine gleiche oder nur annähernde Neigung hätte schenken können. Es schienen also alle Bedingungen zu einer glücklichen Vereinigung vorhanden zu sein. Aber einmal machte er sich in Gesellschaft vieler Menschen durch seine Reden und Wortsprünge so lächerlich, daß das Mädchen mit Glut und Scham übergossen da saß. Er schrieb des andern Tages an seine Braut, daß er ihrer unwürdig wäre, und daß er sie nicht unglücklich machen könne. Alle Zuredungen seiner Freunde waren umsonst, das Mädchen bereute bitter seine Empfindung, und beweinte den Tag: aber es war vergebens, und die Verbindung blieb getrennt.

So kam er nicht dazu, seine Gaben besonders sein Herz zu verwerten, und lebte vereinzelt dem Alter entgegen.

Da er einmal entschlossen war, sich nicht mehr zu verehelichen, machte er es sich zur Aufgabe, sich seinen künftigen Erben zu suchen. Das Gut, das außer dem Schlosse in liegenden Gründen besonders Wäldern bestand, und die landesüblichen Bezüge hatte, war einst ein landesfürstliches Lehen gewesen, war aber in Folge großer Verdienste eines Ahnherrn mit Abfindung entfernter Anwärter in wirkliches Eigentum übergegangen. Der Schloßherr, wie sie ihn in der ganzen Gegend nannten, konnte also mittelst Testament über das Gut verfügen. Er wollte aber der gesetzlichen Erbfolge zugetan bleiben, wollte dem, der ihm, wenn er ohne Testament stürbe, gesetzlich folgen würde, auch testamentlich seine Nachlassenschaft zuwenden, nur wollte er den Erben vorher kennen lernen, ob er der Erbschaft auch würdig wäre.

Er schlug also das Ahnenbuch auf. Abkömmlinge von ihm waren natürlich nicht da. Also zu Geschwistern. Die waren ebenfalls nicht da. Also zu den Vorfahren. Vater und Mutter waren tot, beide hatten keine Geschwister. Also zu den Großeltern. Der einzige Großvater väterlicher Seits hatte einen einzigen Bruder, dessen nachkommende Linie aber erloschen war. Also zu den Urgroßeltern. Alle von ihnen abwärts gehenden Linien, die er in dem Buche verzeichnet fand, und in den Ländern erforschte, reichten nicht in die Gegenwart. Ihr Erlöschen war ämtlich belegt. Er ging eine Stufe höher, die Sache war immer schwieriger. Aber alle Linien, die von allen Stufen sie mögen wie hoch immer sein, hinab liefen, rissen ab, ihr Abriß war beurkundet, und er kam endlich dort an, wo nichts mehr zu wissen ist, und wo keine Abstammung mehr erhellt, oder erweislich ist. Nachdem er so viele Reisen gemacht, nachdem er einen Teil seines Lebens damit zugebracht, nachdem er sogar in den Zeitungen einen Aufruf hatte ergehen lassen, wer mit ihm verwandt sei, möge sich melden, und nachdem manche gekommen waren, aber keinen Beweis hatten beibringen können, gelangte er zu der traurigen Entdeckung, daß er ganz und gar keinen Erben besitze.

Er wollte daher wenigstens für den Fall sorgen, wenn er schnell und unversehens von der Erde genommen würde, und setzte aus Vaterlandsliebe den Kaiser zum Erben ein. Er tat das Testament in die Lade seines Schreibtisches.

Wenn er es auch aufgegeben hatte, sein Herz noch an eine Frau zu hängen, so war dies nicht auch mit Freunden der Fall. Er hatte solche immer gehabt, und da er alt wurde, bekam er derselben noch mehr. Ja sogar die Frauen wurden ihm wieder zugetaner, freilich nicht in dem Sinne, daß sie ihn hätten ehelichen wollen; denn da er älter wurde, stachen seine Wunderlichkeiten, obwohl sie noch größer geworden waren, nicht mehr so hervor, ja sie wurden, da sie von Witz und Einbildungskraft unterstützt wurden, zur Lebhaftigkeit, die einen alten Mann ganz besonders ziert, und er wurde überall liebenswürdig geheißen. Auch seine körperliche Nichtstimmung verschwand, da man Schönheit und Übereinstimmung bei einem Alten nicht suchte.

Unter seinen Freunden war der erste und geliebteste sein eigener Verwalter. Schon in früher Jugend – und er ist sehr früh zum Besitze seines Vermögens gelangt – sah er ein, daß er durch seine Einbildungskraft sich zu Versuchen steten Abänderungen ja zu Vernachlässigungen seines Anwesens hinreißen lasse, die namentlich im Landbaue stets von schlechten Erfolgen begleitet sind. Daher sah er sich nach einem jungen Manne um, der ihm sein Vermögen verwalten könnte, und weil er mit seinem Verstande sehr gut die Eigenschaften anderer Menschen abzuschätzen wußte, so gelang es ihm auch, einen sehr tüchtigen zu finden. Er erwarb ihn als Vorstand seiner Güter mit einem sehr anständigen Gehalte und mit der Bedingung, daß er sich von niemanden etwas einreden lasse, am allerwenigsten von ihm selber. Der Vertrag wurde unterzeichnet, und die Männer fuhren recht gut mit einander. Der Verwalter verstand seine Sachen trefflich, machte das Gut nach und nach immer besser, verliebte sich in dasselbe, betrachtete es und behandelte es zuletzt wie sein eigenes, und gewöhnte sich zu seinem Herrn zu sagen, er solle sich nicht in fremde Sachen mischen; nur daß sie Geld und Geldsachen in einer eigenen Truhe behandelten, zu der jeder einen Schlüssel hatte, daß sie das Geld wie das eines Dritten ansahen, und sich ihre Bezüge davon auszahlten. Der Verwalter hatte auch seine Wunderlichkeiten, und ging namentlich in die Bücher und politischen Ansichten seines Herrn ein, so daß sie sich liebten, daß der Schloßherr immer auf seinem Schlosse blieb, und daß der Verwalter keine bessere Stelle verlangte. Beide schienen dasselbe Los des nicht verehelichten Lebens gezogen zu haben.

Aber wie die Schicksale der Menschen wandelbar sind, der Verwalter geriet noch in seinen vorgerückteren Jahren in die Fallstricke eines Mädchens, und heiratete es.

Nun kam ein ganz seltsames Verhältnis über den Schloßherrn. So wie der Verwalter sich als Eigentümer des Gutes betrachtete, und selbes so behandelte, so betrachtete sich der Schloßherr als verheiratet. Wenn sein Verwalter immer auf den Feldern Wiesen in den Wäldern war, und sagte: mein Haber, meine Bäume, mein Holz, mein neugekauftes Feld; so war der andere immer in dem Schlosse, und sagte: unser Kasten, unsere Aussicht, unsere neuen Geräte, unsere Kinder.

So wie der Verwalter und der Schloßherr früher immer an demselben Tische gespeist hatten, so blieb es auch jetzt, und der Schloßherr speiste mit der Familie des Verwalters. Da einmal Kinder kamen, da zeigte es sich recht, wie sehr der Schloßherr zu dem Familienleben geeignet gewesen wäre; denn er war ein Kinderfreund, und die Kinder merkten das sehr bald, und es kam die Tatsache zum Vorscheine, daß alle viere zu dem Schloßherrn du sagten, es war ihnen mit aller Strenge nicht abzugewöhnen, er war froh darüber, und wäre betrübt geworden, wenn es ihnen abzugewöhnen gewesen wäre. Die Schloßbewohner wohnten alle in demselben Flügel, und wenn ein Fremder gekommen wäre, der die Verhältnisse nicht gekannt hätte, so würde er geglaubt haben, der Schloßherr sei ein alter Verwandter, der unter seinen Angehörigen seine letzten Tage zubringe.

Das erste Kind, welches dem Verwalter geboren wurde, war ein Mädchen. Es bekam den Namen Ludmilla. Der Schloßherr wollte es nicht so nennen, er nannte es nur immer abgekürzt Lulu.

Das zweite Kind war ein Knabe, Alfred, das dritte ein Mädchen, Clara, und das vierte ein Knabe, Julius.

Damit war die Reihe abgeschlossen, es erschienen keine mehr.

Lulu wuchs heran. Sie bekam die verständigen ruhigen braunen Augen ihres Vaters und den lieblichen Mund der Mutter. Und wie sie waren alle Kinder das eine oder andere Gemisch ihrer Eltern.

Sie begannen heran zu wachsen, der Schloßherr führte sie aller Orten herum, hatte seinen Stolz über sie, nahm stets immer ihre Partei gegen die Eltern, und hätte sie, wären nicht andere treffliche Eigenschaften und Umstände ins Mittel getreten, vollständig verzogen.

Einer dieser Umstände war die Mutter selbst. Sie war eine gelassene vernünftige Hausfrau mit einem wohlwollenden Herzen. Sie waltete in Reinlichkeit Ordnung und Sittsamkeit im Hause, und diese Eigenschaften verstand sie in einem gewissen Grade auch ihrem Gesinde einzupflanzen und daher auch den Kindern. Sie zankte nie, war aber unermüdlich, dieselbe Sache so oft zu befehlen, und tun zu lassen, bis sie dem damit Beauftragten zur Geläufigkeit und Gewohnheit war. Durch die Gleichheit und Heiterkeit ihres Wesens kam Gleichheit und Heiterkeit in die Kinder, durch Abwesenheit jedes Harten Rohen und Unziemlichen wurden sie fein und anständig, und besonders war es die Scham, etwas Unrechtes zu tun, was ihnen ein Beistand war, und das Erröten war eine harte Strafe, weil die Mutter selbst mit großem Ernste allem aus dem Wege ging, was sich nicht schickte.

Ein zweiter Umstand war der Vater. Die größte Rechtlichkeit

und Biederkeit in seinem Wesen verfehlte nicht auf die Kinder, selbst da sie noch sehr klein waren, einen großen Eindruck zu machen. Er war ihnen das Bild der Vollkommenheit und des Wissens, und als ihnen von dem Vater im Himmel erzählt wurde, dachten sie sich denselben so wie ihren Vater auf Erden, nur älter. Sie hatten vor dem freundlichen Vater, der nie einen Verweis sondern höchstens einen Rat gab, mehr Furcht und Scheu als vor der oft rügenden und ermahnenden Mutter.

Der dritte Umstand war der Lehrer der Kinder. So wie der Schloßherr sich mit Umsicht einen Verwalter ausgesucht hatte, so suchte sich der Verwalter mit Umsicht einen Lehrer aus. Er brachte einen Mann in das Haus, der in den Jahren schon etwas vorgerückt ruhig und ernst war, und von dem der Verwalter wußte, daß er die Kinder bald sehr lieben würde. Er hatte einen kleinen Gehalt von einer frühern Erziehung her, von dem er, da er unverehlicht war, hätte leben können; aber das Erziehen war ihm so zur Natur geworden, daß es ihm eine große Freude gewährte, daß ihm der Verwalter den Antrag machte, und daß er die Last wie ein Geschenk hinnahm.

Der Mann stimmte zu den beiden anderen Männern in Gutem und Törichtem so, daß die Leute halb im Ernste halb im Scherze sagten: „Nun, der hat ihnen noch gefehlt."

Er sagte nach kurzer Zeit gleichfalls wie die zwei andern Männer: „Mein Hauswesen, meine Kinder."

Die Kinder liebten ihn sehr, aber sie neckten ihn nie, was sie mit dem Schloßherrn öfter taten. In verschiedenen Abstufungen hatten alle drei Männer etwas Sonderbares, was die Kinder aber nur bei dem Ausgezeichnetsten bei dem Schloßherrn merkten. Die Mutter allein war die immer klare und einfache.

Als Lulu heran wuchs, als sie sehr schön und lieb zu werden versprach, als sie die großen Augen demütig niederschlug, die Wimpern darüber hinab zielten, und nicht mehr so oft wie früher sich vorlaut erhoben, als endlich auch noch das letzte eintrat, nämlich ein oftmaliges heißes Erröten ohne Grund und Ursache: da schlich sich der Schloßherr einmal leise auf sein Zimmer, riegelte hinter sich die Tür zu, ging heimlich zu der Lade seines Schreibtisches, tat sie auf, nahm das Testament heraus, in welchem er den Kaiser zum Erben eingesetzt hatte, und durchstrich es ganz und gar. Dann schrieb er emsig ein neues, und setzte Lulus Namen hinein. Er warf den andern drei Kindern Vermächtnisse aus, die Lulu auszuzahlen hatte, wodurch sie Lulu zwar näher kamen, aber sie doch nicht erreichten. Als er das getan hatte, ging er mit einem glänzenden Angesichte in den Garten, als hätte er einen Schabernack verübt, und freute sich auf dessen Bekanntwerden. Um gar kein Aufhebens zu machen, und keine Vermutungen und kein Gerede zu veranlassen, ließ er keine Zeugen unterfertigen, sondern tat unserm Gesetze, das er gut kannte, damit Genüge, daß er am Eingange schrieb: „Mit meiner eigenhändigen Schrift und Unterschrift."

Dennoch hätte Lulu einmal seine Gunst und wahrscheinlich auch die Erbschaft, von der sie nichts wußte, vom Grunde aus verscherzt, hätte sie ihn nicht ohne ihr Wissen bereits so unterjocht gehabt, daß er sich nicht mehr aus der Sklaverei zu befreien vermochte.

Es waren jene traurigen Tage eingetreten, in denen ein auswärtiger Feind den Boden unsers Vaterlandes betrat, lange und wiederholt da verweilte, und durch Schlachten ihn verwüstete, bis er durch jene ruhmwürdigen Anstrengungen großer Männer, an denen unser Vaterland einen glänzenden Anteil nahm, aus allen Fluren, wo man die deutsche Sprache spricht, wieder verjagt wurde.

Schon bei dem Beginne der französischen Kriege kamen die drei Männer in die größte Aufregung. Sie waren insgesamt sehr eifrige Vaterlandsfreunde, ließen an den Franzosen nichts Gutes gelten, wünschten sie nur bald geschlagen aufgerieben vernichtet und zu Grunde gerichtet. Am weitesten ging hierin der Schloßherr, der in dem Angriffe gegen unser Land geradezu die unverzeihlichste Schandtat erblickte, was sich schon aus seiner Anhänglichkeit an den väterlichen Boden und aus der Tatsache erklären ließ, daß er, ehe ihn sein Herz anders verleitete, für seine Erbschaft keinen würdigeren Erben zu finden gewußt hatte als den Kaiser. Er meinte, die Franzosen seien bloß Räuber und Mörder, man müsse sie ausrotten wie Ungeziefer, und jeden und alle, wo sie sich blicken ließen, erschlagen, wie man einen Wolf erschlage, wenn er durch die Felder in den Hof herein gerannt komme. Nicht einmal in dem Himmel gab er ihnen einen Platz, sondern jeder mußte in die Hölle. Ob er mit dem Erschlagen, wenn es dazu gekommen wäre, rechten Ernst gemacht hätte, weiß man nicht, da bisher keine Gelegenheit war, sein Wesen bis zu tätigem Ingrimme empor zu steigern.

Als die Franzosen Fortschritte machten, wurde es noch ärger, die Männer redeten von nichts als Zeitungen Nachrichten und dergleichen, und führten grausame Worte in dem Munde. Die Kinder wußten von nichts, sie hatten damals nur die Obliegenheit zu wachsen, und waren die einzigen, die von den Ereignissen unberührt blieben.

Die Mutter war in einer schmerzlichen Lage. Sie konnte jene hohe Freude nicht teilen, die die Männer über jeden Vorteil hatten, den die Unsrigen errangen, sie fühlte nur die Wunden, die geschlagen wurden, ob sie auch dem Feinde galten, und wenn sie auch wünschte, daß Friede würde, und unsere Fluren von dem Feinde befreit wären, so wünschte sie das nicht durch Erschlagen aller Feinde, sondern nur durch ihr Vertreiben, und sie konnte es sich nicht verhehlen, daß es ihr sehr widrig sei, daß vernünftige Wesen ihren Streit nicht in Vernunft und nach Gerechtigkeit austragen können, sondern daß sie sich gegenseitig dabei töten, und sie schalt die Wildheit der drei Männer, welche auch nicht mehr die Tatsachen rechts und links sähen, sondern nur den Feind im Auge hätten, auf den sie blind los rennen wollten.

So waren die Sachen endlich zu jenem Stande gediehen, da unsere Truppen auf unserem Boden geschlagen sich nach Norden zogen, um dort noch tiefere und schmerzlichere Wunden zu empfangen, bis das Maß voll war, bis das Gericht eintrat, und der Übermut und die Willkür wieder in ihre Grenzen zurück geworfen, ja dort hart gestraft werden sollte.

Als unsere Truppen sich damals vor dem Sieger zurückzogen, geschah es zum ersten Male, daß auch eine Abteilung unserer Kriegsmacht und zwar eine Hauptabteilung in die Gegend kam, in welcher das Schloß lag. Den ganzen Tag waren Truppen gezogen, Richter Geschworne Gemeindemänner hatten zu tun, Vorspann und Wegezeigung mußte geleistet werden, und jedes Haus gab, was es vermochte. Die Bewohner der Umgegend hatten herbeigebracht, was sie konnten, und hatten es auf dem Platze des Dorfes aufgehäuft.

Gegen Abend kam eine Abteilung Russen. Sie schienen nicht mehr weiter gehen, sondern hier Nachtruhe halten zu wollen. Sie schienen aber ihrer Sache nicht sehr gewiß zu sein, und schickten sich an, große Vorsichtsmaßregeln zu treffen. Sie zerstreuten sich nicht, wurden nicht in die Häuser verlegt, und brachen ihre kriegerisch eingeteilten Glieder nicht ab. Von der Umgebung mußte Stroh herbeigebracht werden, das an jener Stelle zum Bette diente, an welcher der Schlummernde aufspringen, und sogleich auf seinem Platze stehen konnte. Die Wachenden waren zur Übersicht und Warnung versendet, und ausgestellt. Manche Abteilungen lagen weiter zurück in den Feldern, und alle waren nach gewissen Anordnungen verteilt. Die Bewohner mußten Lebensmittel Brennbedarf und andere Dinge herbeischaffen, und an bestimmte Stellen abliefern. Sie durften aber nicht zwischen den Gliedern herum gehen, sich nicht in die kriegerischen Anordnungen eindrängen, und etwa da Unordnung anrichten. Sie hatten Befehl, wenn die Dämmerung eingetreten wäre, ihre Wohnungen nicht mehr zu verlassen.

Daß das alles die größte Aufregung unter den Bewohnern hervor brachte, läßt sich denken. Sie gaben ihre Beiträge gerne, sie hätten alles gegeben, wenn sie den Sieg hätten auf unsere Seite bringen können; aber sie waren unruhig, was die Nacht was der kommende Tag bringen könnte. Daß kein einziger an Ruhe dachte, ist begreiflich.

Der Schloßherr hatte seine Vorratskammer seine Speicher seine Küche und seinen Keller geöffnet, er gab mehr als gefordert wurde, und er sandte unter Tags Knechte mit Wägen an entfernte Stellen seines Gutes, wo er Scheunen und Getreideböden hatte, um Vorrat herbei zu führen, wenn etwa der folgende Tag noch etwas in Anspruch nehmen sollte.

So war die Nacht herein gebrochen. Sie war dunkel, weil es später Herbst war und weil tiefe Wolken den Himmel bedeckten.

In den Häusern des Dorfes waren Lichter, weil die Leute nicht schlafen gingen. Es war stille, nur daß ein gedämpfter Ruf der Wachen oder das Klirren und der Stoß einer Waffe die Ruhe zuweilen unterbrach.

Die ganze Familie des Schlosses, selbst Gesinde eingerechnet, war in der sogenannten Gartenhalle untergebracht. Die Gartenhalle ist ein großes Gemach und heißt deshalb so, weil es rückwärts gegen den Garten liegt. Es ist gewölbt, hat sehr starke dicke Steinmauern, die Fenster sind mit eisernen Stäben versehen, und die Geräte sind sehr alt, und sehr stark. Man kam gerne im Sommer dahin, weil das Gemach kühl war, und weil die grünen Zweige sehr anmutig an den Fenstern spielten. Im Winter war es häufig an den langen Abenden der Aufenthalt der Mägde, die da spannen oder andere Arbeiten verrichteten, weil es sich gut heizen ließ, und nicht selten geschah es, daß die Verwalterfamilie der Schloßherr und der Lehrer herab kamen, man versammelte sich um den Ofen, und geriet öfter in das Erzählen von Märchen und Geschichten.

Daß man gerade heute dieses Gemach zum Aufenthalte gewählt hatte, war das Werk des Vaters. Wenn es doch zu etwas kommen sollte, und Kugeln fliegen würden, war man hier für die ersten Augenblicke am sichersten. Gegen das Dorf und den Teich hin war man durch die ganze Dicke des Schlosses gedeckt, gegen die Seiten schützte die halbe Schloßlänge, weil das Gemach in der Mitte lag, und gegen den Garten der Garten, der sehr lang war, und daher den Lauf einer Kugel schwächte, und der in der Nähe der Fenster des Gemaches seine dicksten und dichtstehendsten Bäume hatte, die sie auffangen konnten. Man hatte beschlossen, die ganze Nacht da zuzubringen. In keinem anderen Teile des Schlosses war ein Licht. Nur ein paar Knechte, die in dem Meierhofe waren, hatten eins in ihrer Stube, das aber bald erlosch, da sie schlafen gingen. Die Mägde aber waren alle in der Gartenhalle, und spannen.

Als man sich in die Lage gesetzt hatte, die jedem zusagte, als die zwei kleineren Kinder eingeschlafen waren, die zwei größeren in der Nähe der Mutter bei dem Ofen sich zusammen gekauert hatten, und die Spinnräder schnurrten, kam man wieder ins Erzählen aber heute mit Eifer in das der Kriegsereignisse, und zwar noch dazu in der Färbung, wie sie der Leidenschaft eines jeden zusagte.

Als der Lehrer eine vergleichende Tatsache aus der alten Geschichte erzählt hatte, sagte der Schloßherr: „Da machten es die Tiroler noch besser und heißer; als die Franzmänner durch das

Tal der Gleres herunter zogen, war kein Mensch in dem Dorfe. Die Männer waren mit ihren Stutzen in die Steine hinauf gegangen, die zu beiden Seiten der Straße empor ragen, und die Weiber und Kinder waren noch viel höher in den Wald und gar bis gegen den Schnee hinan gebracht worden. Nur ein achtzigjähriger Zimmermann, der keinen Freund und keinen Feind hatte, war im Dorfe zurückgeblieben. Er stand hinter seiner Scheuer, und hatte den Stutzen geladen. Als die schneeweißen Mäntel kamen – denn die Reiterei der Franzosen hatte weiße Mäntel, und war in der Vorhut – hielt er den Atem an, und gebrauchte die Augen. Der beste Federbusch, der in der Mitte wehte, schien dem Vornehmsten anzugehören, weil die andern ihm Ehrfurcht erwiesen. Der Zimmermann sprang hinter der Scheuer hervor, legte an, ein Rauch – ein Blitz – ein Krach – der Federbusch war verschwunden, und der Reiter lag tot unter dem Pferde. Sie hieben im nächsten Augenblicke den Zimmermann zusammen, er lachte in sich, und ließ es geschehen. Jetzt sprengten sie in das Dorf, durchsuchten alles, fanden keinen Menschen, fanden keine Schätze, und da ihre Kameraden die Fußgänger nachgekommen waren, zündeten sie das Dorf an allen Ecken an, und zogen weiter. Es ging ganz gut, sie zogen in der Stille der Berge fort, bis das Tal enger wurde, und die Gleres an der Straße rann. Da wurden die Klippen lebendig, lauter Rauch und lauter Blitzen und Krachen, und auf jeden Schuß fiel ein Mann, und es wurde immer geladen, und es krachte immer wieder, als ob ihrer viele Tausende oben wären; und wenn die Soldaten hinauf schossen, so trafen sie niemand, weil sie niemand sahen, und wenn sie hinauf wollten, so konnten sie nicht, weil die Felsen zu steil waren, und weil sie erschossen wurden. Und als sie sich beeilten, und im Laufe fort wollten, um aus dem entsetzlichen Wege zu kommen, und als sie gegen den Ausgang gelangten, wo die Straße durch die engsten Schluchten läuft, da sprangen unzählige Felsstücke von den Bergen nieder, aufgehängte Bäume rollten herab, schmetterten alles nieder, machten in der Enge einen Verhau, die Franzosen konnten nicht vor, sie mußten zurück, sie flogen, sie rannten – da hatten sie aber das brennende Dorf, das sie selbst angezündet hatten unter den Füßen, die hölzernen Häuser waren alle in Glut, daß man nicht zwischen ihnen durch konnte. Da waren sie in der Not, da war mancher schneeweiße Mantel ein roter, mancher schwamm in der Gleres, mancher lag auf der Decke des Pferdes, ohne daß der Reiter dabei war, viele Männer lagen auf der Straße, viele verbrannten, und wenige kamen auf einsamen Pfaden nur durch, um draußen zu sagen, was ihnen begegnet sei, oder um auf ihren Irrwegen von den Landleuten gefangen und erschlagen zu werden."

Da es nach dieser Erzählung eine Weile still war, sagte er: „So sollten wir es auch machen, wir haben zwar keine Berge und keine engen Täler, in denen wir auf sie warten könnten, wie die Tiroler; aber wir sollten uns zusammen tun wie sie, wir sollten Waffen tragen, uns üben, uns verabreden, Kundschaft einziehen, und wenn wir erfahren, daß ein Trupp, dem wir gewachsen sind, durch einen Wald oder Busch oder Hohlweg zieht, sollten wir ihm auflauern, und alle, die er enthält, erschießen. In den obern Ländern sind in ein Seitendorf, ich weiß nur seinen Namen nicht zu nennen, ich habe mir die Sache erzählen lassen, zwölf französische Reiter gekommen, um zu plündern. Die Bauern verstanden aber die Sache schlecht, und überfielen sie, da sie in einem einsamen Wirtshause zechten, und schlugen sie bei einem einzigen tot. Die Pferde, welche im Hofe angebunden waren, trieben sie weit nach Ungarn, und verkauften sie, die Sättel die Kleider die weißen Mäntel und die Waffen verbrannten sie im Feuer. So mögen manche Feinde, von ihrer Hauptabteilung weg gekommen, nicht mehr zurück gelangt sein, und niemand weiß, wohin sie geraten sind."

„Aber", sagte die Mutter, „wenn es schon unter den Völkern festgesetzt ist, daß die Kriege durch die Armeen ausgefochten werden, so sollten die Bevölkerungen sich ruhig verhalten, und die Sache in die Hände des Heeres legen. Einen einzelnen Feind, der sich harmlos nähert, zu erschlagen, scheint mir ein sündlicher Mord zu sein."

„Sie nahen sich aber nicht harmlos", sagte der Schloßherr, „wie haben sie nur in ihrem eigenen Lande gewirtschaftet, sie haben ihre Landsleute erwürgt ersäuft erschossen enthauptet, weil sie ihnen verdächtig waren, oder den König liebten, und dann sind sie heraus gegangen, und wollten es bei uns auch so machen. Wir sollten gegen einander sein, und das Land in Zerwürfnis bringen, daraus es kaum entrinnen könnte. Darum sollen wir sie verfolgen, ausrotten, vertilgen, wie wir nur können; und wenn sie darüber zornig werden, und wüten, so ist es nur desto besser, damit die Menschen es nicht mehr ertragen können, sich zusammen tun, und sie aus dem Lande jagen, daß kein Huf und kein Helmbusch von ihnen mehr bei uns ist. Wenn morgen die Franzosen nachkommen können Dinge geschehen – wer weiß, was geschieht."

Während er so sprach, hörten die Dienstleute zu, die Mägde hatten das Spinnrad still stehen lassen, die Knechte, die da waren, sahen ihn an, und der Verwalter und der Lehrer blickten vor sich. Es war mittlerweile so finster geworden, daß es schien, als wären die Fenster des Gemaches nur schwarze Tafeln, von draußen hörte man nicht das geringste herein, und nur die Uhr pickte eintönig an der Wand. Die zwei jüngsten Kinder schliefen fest, Alfred kauerte neben der Mutter und fürchtete sich, Lulu stand neben ihm, und half fürchten.

In diesem Augenblicke regte sich ein leises Geräusch an der Klinke der Tür, die Tür öffnete sich, und es trat ein Mann herein, der einen glänzenden Helm auf hatte, und in einen langen weißen Mantel gewickelt war.

Alle schauten auf ihn.

„Ich habe Licht durch diese Fenster scheinen gesehen", sagte er in guter deutscher Sprache, „und bin herein gekommen, eine Bitte vorzubringen."

„Und welche?" fragten der Verwalter und der Schloßherr zugleich.

„Sie werden mir gefälligst auf die Spitze des dicken Turmes folgen", sagte der Fremde, indem er auf den Verwalter zeigte. Er hatte hiebei den einen Arm erhoben, den Mantel gelüftet, und man sah, daß er in der Hand des anderen Armes eine doppelläufige Pistole habe.

„Wer kann das fodern, ich bin hier der Gebieter", rief der Schloßherr.

„So? Sie sind der Gebieter", sagte der fremde Mann, „Sie gehen auch mit hinauf."

Hiebei griff er mit der freien Hand auf die Pistole, und spannte beide Hähne, daß man sie knacken hörte.

„Sie werden eine Laterne auf die Treppe mit nehmen, und vor mir gehen", fuhr er fort, „es wird keinem ein Haar gekrümmt, so lange alles ruhig ausgeführt wird. Wenn ich aber Verrat merke, muß ich von den Waffen Gebrauch machen, es geschehe dann, was wolle. Bleibt hier ruhig sitzen, ihr andern, bis sie wieder zurückkehren."

Er war mit dem Rücken gegen den Türpfosten stehen geblieben, hatte die Pistole in der Hand, und sah alle an.

„Es ist nichts, seid nur ruhig, und ihr folgt uns", sagte der Verwalter, indem er den Schloßherrn bei der Hand nahm, „und ihr verlaßt keines das Gemach, bis wir wieder kommen."

Er langte bei diesen Worten mit der Hand nach der Laterne, die neben dem Weihbrunnenkessel hing, machte sie auf, zündete das Stümpfchen Kerze in derselben an, schloß sie wieder gut zu, schritt in die Stube vor, und sagte: „Wenn es gefällig ist."

Der fremde Mann ließ, indem er sich seitwärts stellte, den Verwalter und Schloßherrn bei der Tür hinaus, und folgte ihnen dann, mit dem Körper seitwärts gewendet, daß er die in der Stube und die Vorangehenden zugleich überblicken konnte.

Die Zurückgebliebenen hatten kein Wort gesagt, die Sache war eines Teils so schnell vor sich gegangen, und die Ruhe des Verwalters hatte ihnen anderen Teils Vertrauen eingeflößt.

Die zwei Männer gingen mit der Laterne den Gang entlang, der zu dem Turme führte, der Fremde folgte ihnen, daß sie die Sporne, die er an den Füßen hatte, stets hinter sich klirren hörten.

Sie kamen an die Treppe, und stiegen hinan. Als der Fremde merkte, daß sie bald oben seien, befahl er ihnen, stille zu stehen, die Laterne auf eine Stufe zu stellen, zu öffnen, und mehrere Stufen aufwärts zu gehen.

Als sie das getan hatten, näherte er sich der Laterne, zog aus seiner Manteltasche ein sehr kleines Laternchen heraus, zündete ein fast unscheinbares Lichtchen in demselben an, ließ die andere Laterne auf der Treppe stehen, und stieg gegen die Männer, die indessen gewartet hatten, hinan, und befahl ihnen, weiter zu gehen.

Als man auf das Steinpflaster des Turmes hinaus gekommen

war, welches, wie oben gesagt wurde, die Stelle des Daches vertritt, hieß er die Männer an einem Platze der Brustwehre, wo er sie sehen konnte, stehen bleiben, er selber ging an eine andere Stelle der Brustwehr, stellte sein sehr kleines Laternchen darauf, legte die Pistole daneben, zog eine Brieftasche heraus, und fing an, bei dem Scheine seines Lichtchens in dieselbe zu schreiben oder zu zeichnen. Die Nacht war so finster, daß man von der Gegend nichts sah als einen einzigen schwarzen Raum, in welchem die Lichter und Wachfeuer wie rote Sternchen sich zeichneten. Von dem Dorfe sah man nichts als den Umriß mancher Dächer und der Kirche. Von dem Platze war ein Teil durch die Feuer der Truppen beleuchtet.

Als der Fremde eine Weile gezeichnet oder geschrieben hatte, steckte er seine Brieftasche wieder ein, nahm sein Laternchen in die eine seine Pistole in die andere Hand, und hieß die Männer vor sich hinab gehen.

Als man zu der Stelle gekommen war, wo die Laterne stand, mußten sie dieselbe nehmen, und den Mann in der Weise, wie man herauf gekommen war, wieder zurück führen.

Da man an der Tür der Gartenhalle angekommen war, sagte der Fremde, daß ihn nun die zwei Männer auch durch den Garten bis zu dem Gitter, das auf das Feld hinaus führt, begleiten müßten. Wenn er außerhalb des Gitters wäre, könnten sie zurück kehren. Die Laterne müßten sie in dem Torwege, der an der Halle vorbei führt, stehen lassen.

Der Schloßherr und der Verwalter gingen also in dem finstern Garten vor dem Fremden her.

Nicht weit von dem Schlosse fand man ein Pferd an einem Baume angebunden. Der Fremde löste es los, schlang den Zügel um den Arm, und führte es hinter sich her. Er führte es nicht auf dem Gartenwege, auf dem die zwei Wegweiser gingen, sondern auf dem Rasen daneben, damit die Hufschläge nicht gehört würden.

Als man in die Nähe des Gitters kam, zeigten sich dunkle Gestalten an demselben. Der Fremde näherte sich den beiden Vorgängern plötzlich und flüsterte ihnen zu: „Halt."

Dann schaute er sehr lange und, wie es schien, anstrengend auf die Gestalten.

Endlich sagte er sehr leise, sie sollten ihn wieder zu der Halle zurück führen.

Sie taten es, er zog sein Pferd hinter sich her.

Da sie bei der Halle angekommen waren, befahl er ihnen, das Tor, welches den an der Halle vorbeiführenden Torweg schloß, und überhaupt das Haupttor des Schlosses war, zu öffnen.

Der Verwalter ging um den Schlüssel, während der Schloßherr in der Gewalt des Fremden bleiben mußte, und da der Verwalter aus der Gartenhalle, in welcher sich der Schlüssel befunden hatte, heraus trat, folgten ihm auch neugierig die Leute, die in der Halle gewesen waren. Der Fremde hielt sich an sein Pferd, hatte den Schloßherrn immer im Auge, und die Pistole in der Hand. Der Verwalter und ein Knecht sperrten das Tor auf, taten im Laternenscheine den großen eichenen Querbalken weg, öffneten die beiden Flügel, daß man in den schwarzen Raum hinaus sah.

„Tut die Laterne zurück", sagte der Fremde.

Als man das getan hatte, schaute er eine Weile scharf bei dem Tore hinaus, den Blick aber jeden Augenblick kurz auf den Schloßherrn richtend, daß derselbe sich nicht entfernen konnte. Dann, soweit man bei dem Scheine der Laterne beurteilen konnte, richtete er etwas an dem Pferde, prüfte anderes, und da es gut befunden war, schwang er sich hinauf. Da er einmal oben saß, war es nur ein Augenblick, in welchem er sich gleichsam fest zu setzen suchte, dann gab er die Sporen, tat einen Ruf, und mit einer so fürchterlichen Schnelligkeit, daß man kaum mit den Augen blicken konnte, daß die Funken in Schwärmen sprühten, flog er über den Steindamm hinaus. Als er jenseits war, wie man aus dem schwächeren Hufschlage schließen konnte, schoß er rechts und links einen Pistolenschuß ab, worauf sogleich Blitze hinter ihm sichtbar wurden, Schüsse krachten, Geschrei sich erhob, und sich ferner zog.

„Das ist ein Mann", rief Lulu jubelnd.

„Du Scheusal, du kleine Ausgeburt", schrie der Schloßherr, „du fällst in Bewunderung unsern Feinden zu."

„Er ist ja kein Franzose", antwortete Lulu, „er spricht so schön deutsch."

„Um so schlechter, um so tausendmal schlechter ist er", sagte der Schloßherr, „als ein Deutscher sollte er lieber in die fernsten Gegenden ziehen, und betteln, ehe er mit dem Erzfeinde sich verbindet, ja, er sollte lieber den Tod leiden. So aber nimmt er von unserem Turme die Stellung der Verbündeten auf, verrät sie, und wir werden es morgen früh schon sehen, wenn sie ihn nicht nieder geschossen oder erwischt haben."

„Er rennt mit seinem Pferde an ein Haus an, und zerschmettert sich und das Tier", sagte eine Magd.

„Der rennt nicht an", erwiderte ein Knecht, „er sieht sich die Sache gut zusammen, und versteht sein Ding."

„Er ist doch ein Mann, wenn er auch ein Feind ist", sagte Lulu.

„Warum hast du ihn denn nicht umgebracht, da er einen weißen Mantel hat?" fragte Alfred den Schloßherrn.

Dieser schaute den Fragenden an, und antwortete nicht.

„Kinder, Leute, wir werden hier bald ein anderes Schauspiel haben", sagte der Verwalter, „dieser kühne Mann mag nun umgekommen sein oder nicht, er ist ein Feind, wie sich aus seinem Tun gezeigt hat, er ist aus unserem Schlosse in unsere Verbündeten gesprengt, bald werden sie da sein, und werden Rechenschaft fodern. Sehe jeder, daß er sich genau merke, wie die Sache, bei der er war, hergegangen ist, damit er die Wahrheit bekennen könne, daß sich keine Widersprüche finden, die uns arge Dinge bereiten könnten. Die Soldaten im Dorfe draußen sind auf dem Rückzuge begriffen, und sind erbittert. Laßt uns das Tor wieder schließen, aber bei dem ersten Stoße an dasselbe es gerne und schnell öffnen. Bis dahin gehen wir wieder in die Gartenhalle."

Die Knechte schlossen das Tor, taten den Eichenbalken vor, gaben dem Verwalter den Schlüssel, und man ging mit der Laterne wieder in die Halle.

Man war noch nicht lange dort, als sich Schläge an das Tor vernehmen ließen.

Die Mutter tat einen schwachen Schrei, und bewegte sich gegen den Vater hin. Dieser beruhigte sie, ließ das Tor öffnen, und ging selber den Eintretenden mit einem Lichte entgegen. Es waren zwei Vorgesetzte mit Begleitung von Soldaten. Der Steindamm war mit Soldaten bedeckt.

„Sind noch mehr Feinde hier?“ fragte einer der Vorgesetzten in ziemlich verständlicher deutscher Sprache.

„Es war der einzige, der eben hinaus geritten ist“, antwortete der Verwalter.

Sofort ließ der Krieger alle Aufgänge alle Türen und die Ausgänge in den Garten mit Mannschaft besetzen. Die Schloßleute wurden in der Halle bewacht, und der Schloßherr und der Verwalter mußten unter Bedeckung von Soldaten in alle Räume des Schlosses gehen, daß man dieselben untersuchte. Der Schloßherr war viel geselliger gesprächiger und freundlicher gegen die jetzigen vielen bewaffneten Soldaten, die ihn begleiteten, als er es früher gegen den einzigen gewesen war. Als man nirgends etwas Verdächtiges fand, kehrte man zu der Gartenhalle zurück. Den Garten untersuchte man nicht, nur wurden die Ausgänge aus dem Schlosse zu ihm sehr verrammelt, daß ein Feind, wenn einer im Garten wäre, schon dadurch gefangen war.

Dann schritt man zum Verhöre. Der Verwalter erzählte die Sache, wie sie sich begeben hatte. Er stellte die Vermutung auf, daß der Fremde durch den Garten gekommen sein müsse, weil das Tor gegen das Dorf geschlossen gewesen sei, und in dem Dorfe sich ja die Verbündeten befunden hätten. Wenigstens habe der Fremde durch den Garten fort gewollt, dies werde sich sehr deutlich in den Fußstapfen und namentlich in den Hufspuren im Grase zeigen, wenn man sie morgen bei Tag untersuchen wolle.

„Man wird die Sache untersuchen“, sagte der Krieger.

Hierauf wurde der Schloßherr abgesondert vernommen, und dann alle andern, selbst die Kinder.

Als dieses vorüber war, wurden die Männer in ein Gewölbe des Turmes abgeführt, dort eingesperrt, und bewacht. Die Weiber und die Kinder wurden in der Gartenhalle gelassen, wurden aber dort ebenfalls eingesperrt, und bewacht.

Von da an verging die Zeit, die Ängstlichkeit und die Besorgnis abgerechnet, ruhig. Nicht ein Laut war zu vernehmen als zuweilen der Schritt einer Wache vor der Tür das Rasseln eines Gewehres oder ein Kolbenstoß. An dem Himmel war kein Lüftchen, die Wolken schienen unbeweglich dort zu stehen, und die Wipfel der Bäume im Garten regten sich nicht. Unter diesen Betrachtungen brachten die Gefangenen der Gartenhalle die Nacht zu. Daß kein Schlaf in ihre Augen kam, ist begreiflich. Wohin man die Männer gebracht hatte, wußten sie nicht.

Als endlich das Morgengrauen anbrach, hörte man verworrenes Getöse wie Fahren Reiten Gehen Rufen, man hörte endlich Hörnerklänge Trompeten und Trommeln, aber alles gedämpft, da es von der entgegengesetzten Seite des Schlosses herkam. Sehen konnte man nichts, da die Tür verschlossen war, und vor den Fenstern nur die Bäume des Gartens standen, deren dunkle Wipfel sich immer deutlicher gegen den grauen lichter werdenden Himmel zeichneten.

Endlich geschah ein dumpfer ferner Schlag, der aber so schwer war, daß die Luft beinahe erzitterte. Gleich darauf ein zweiter. Sie folgten nun schneller, und es war beinahe wie ein entfernter Donner, der so tief ging, daß manchmal die Fenster leise klirrten. Die Trompetenklänge das Blasen der Hörner das Wirbeln der Trommeln nahm in der Nähe zu.

Der Tag wuchs immer mehr dem Morgen entgegen.

Das Rollen des Donners kam näher, es ging in ein Krachen über, und hinter den Gipfeln der Bäume stieg ein weißer Rauch auf. Endlich krachte es auch ganz nahe an dem Schlosse, man konnte nicht erkennen, woher es kam, bald war es rechts bald links, bald vorn bald hinten, bald mehr bald weniger, aber furchtbar war es, daß das Gemach sich zu rühren schien; und wenn der kleinste Zwischenraum eintrat, so hörte man einen Ton, wie wenn unzählige Hölzlein an einander geschlagen würden, es waren die Schüsse der kleinen Gewehre. Sogar die Trommeln konnte man zuweilen vernehmen.

Der Rauch war endlich so in den Garten gedrungen, daß er wie ein Nebel in den Bäumen war. Er vermehrte und verdichtete sich stets, daß kaum die nächsten Stämme zu sehen waren. Im Zimmer entstand übler Geruch.

Als dieses lange gedauert hatte, zog sich der Donner auf der entgegen gesetzten Seite in die Ferne, das Rollen wurde dumpfer, einzelne Schläge waren in der Nähe noch zu vernehmen, aber man hörte Geschrei Brausen und verworrenes Getöse. Zuletzt wurde auch das immer schwächer, man hörte nichts mehr, der

Rauch zog sich langsam aus den Bäumen, die Wolken waren auch gleichsam durch den Schall verjagt worden, und die Sonne, die anfangs als eine rote Scheibe in dem Rauche gestanden war, glänzte endlich freundlich auf den Garten herunter.

Die Frauen in der Halle warteten lange. Als aber gar kein Ton sich vernehmen ließ, als sie auch gar kein Geräusch von der Wache vernahmen, die außer der Tür war, so riefen sie auf dieselbe. Sie erhielten keine Antwort. Sie riefen noch einmal, und stärker, aber erhielten wieder keine Antwort. Da versuchten sie an der Tür und an dem Schlosse zu rütteln. Von außen erfolgte kein Zeichen und kein Widerstand. Nun rissen sie wirklich mittelst Beilen und Stemmeisen, die in der Gartenhalle als brauchbare Werkzeuge immer vorrätig waren, das Schloß herunter, und öffneten die Tür. Kein Mensch war vor derselben. Die Torflügel standen weit offen. Im Dorfe rauchte noch kohlendes Stroh, und von einer entfernten Hütte, die brannte, ging Rauch auf. Sonst sah man keine Beschädigung, aber man sah auch keinen Menschen im Dorfe. Unter dem Schwibbogen des Tores lag eine eiserne Kugel, und eine andere stak in der Mauer des Schlosses.

Als man noch so schaute, hörte man plötzlich Gerassel und Getrappe rennender Pferde, und in dem Augenblicke kam um eine Ecke der Häuser ein Schwarm weißer Reiter, bog gegen das Schloß, und ritt über den Steindamm herein. Lulu rief beinahe vor Freude auf, als sie an ihrer Spitze den Mann im weißen Mantel erblickte, der in der Nacht im Schlosse gewesen war. Man hoffte, daß man wenigstens von der Ungewißheit, vielleicht auch von der Angst und Bangigkeit befreit werden würde.

Der Mann ritt auf die Versammelten zu. Bei der Beleuchtung des Tages sahen sie erst jetzt, daß er noch sehr jung sei, und ein blühendes Angesicht habe. Er stieg sogleich von dem Pferde, und sagte: „Ich habe nur kurze Zeit, ich mußte Ihnen gestern Schrecken und Gewalt antun, damit wir heute die Früchte ernten. Wir haben sie geerntet, und sind im Vorrücken begriffen. Ich aber bin auf einen Augenblick gekommen, um mir Verzeihung einzuholen, daß ich von einer harten Kriegsregel Gebrauch gemacht habe, und ich bin auch gekommen, um die

Bewohner allenfalls von einer Unannehmlichkeit, die ihnen mein Verfahren könnte zugezogen haben, zu befreien. Wo sind die Männer?“

„Wir wissen es nicht, wir haben uns in diesem Augenblicke aus unserem Gefängnisse in der Gartenhalle befreit, sie sind in der Nacht gefangen abgeführt worden“, sagte die Mutter.

„So müssen wir sie suchen“, erwiderte der Fremde, „vielleicht sind sie im Hause.“

Er nahm aus Vorsicht mehrere bewaffnete Reiter mit, und aus Kenntnis der Kriegsgebräuche schlug er gleich den Weg zu dem Turme ein. Alle Frauen folgten ihm. Der Schlüssel stak an der Tür des Gewölbes, in welchem sich die Männer befanden. Man drehte ihn um, traf da die Gefangenen, und ließ sie heraus.

Als die Angehörigen sich gegenseitig überzeugt hatten, daß keines einen Schaden genommen habe, und als sich die Unruhe von Fragen und Antworten ein wenig gelegt hatte, trat der Fremde gegen die Männer heran, und sagte: „Wir haben, und ich hege die Hoffnung, nicht ganz ohne Zutun meiner gestrigen Beobachtungen, den Sieg errungen. Ich bin gekommen, verehrte Herrn, um den Augenblick, der mir gegönnt ist, zu benützen, Sie um Verzeihung wegen meines Verfahrens gegen Sie in dieser Nacht zu bitten. Hier ist eine Karte mit meinem Namen und Stande, Sie können an meiner Person und an meinem Vermögen Genugtuung fodern, wenn Sie eine zu fodern für gut befinden sollten.“

Bei diesen Worten reichte er dem Schloßherrn ein Blatt Papier.

„Den Frauen“, fuhr er fort, „kann ich freilich keine Genugtuung für die Angst und den Schrecken geben, um so inniger bedarf ich ihrer Verzeihung, und um so mehr bitte ich sie darum.“

„Die beste Genugtuung würde sein“, sagte der Schloßherr, „wenn Sie nicht auf jener Seite ständen, auf der Sie stehen.“

„Mein Herr“, erwiderte der Fremde, „wenn Sie diese Ansicht bei meinem Könige durchsetzen können, so werde ich eine Tat wie die von heute nacht mit leichterem Herzen verrichten, als ich sie heute verrichtet habe. Aber bei dem Krieger heißt es gehorchen. Nun lebt wohl, meine Zeit ist sehr gemessen.“

Er reichte dem Schloßherrn die Hand, der sie nahm.

„Haben Sie doch keine Verletzung erlitten?“ fragte der Verwalter.

„Keine einzige“, antwortete der junge Mann.

„Nun so leben Sie wohl“, sagte der Verwalter, „und mögen Ihre Taten bald von leichten Gefühlen begleitet sein.“

„Amen“, sagte der junge Mann.

Er verbeugte sich vor den Männern, aber noch tiefer vor den Frauen selbst vor den Mägden, seine Begleiter schwenkten sich, und er ging mit ihnen davon.

Man sah ihnen nach, sah sie unter dem Torbogen zu Pferde sitzen, und über den Steindamm hinaus reiten.

Jetzt war nichts mehr von Kriegern zu sehen.

Nachdem der Verwalter und der Schloßherr die Unordnung im eigenen Hause so weit es möglich war, besichtiget hatten, wobei einige schöne von Kugeln arg verletzte Gartenbäume zu bedauern waren, verfügten sie sich in das Dorf, um dort und in der Umgegend den Bewohnern in den Maßregeln beizustehen, die in Folge des stattgehabten Gefechtes notwendig geworden waren. Unterbringung der noch aufgefundenen oder nach und nach eintreffenden Verwundeten von Freund und Feind war das erste. Der Arzt richtete im Schlosse ein Hospital ein, und die Verwalterin kochte für Freunde und Feinde. Das zweite war die Beerdigung der Toten. Endlich ging man an das Einsammeln und Aufbewahren von Waffen und Kriegsgeräten, und an das allmähliche Ausbessern der Verletzungen an eigenen Häusern und Gebäuden.

Es pflegte in diesen Tagen mancher Verwundete seinen Nachbar, der noch ärger verwundet war. Mancher trug einen Feind zur Verpflegung herbei, und am dritten Tage verbreitete sich die Nachricht, daß ein Pferd regungslos bei seinem toten Reiter in den Kohlgärten auf der Anhöhe stehe, und daß ein Spitz nicht von dem Grabe seines Herrn weg zu bringen sei.

Anfangs zogen noch viele feindliche Abteilungen den Fliehenden nach, dann aber hörte dies auf, es kam nichts mehr, und Schloß und Dorf hat bis zum Frieden weder feindliche noch freundliche Krieger mehr gesehen. – – –

Es waren Jahre nach diesem Ereignisse vergangen. Die

Feinde, die damals gesiegt hatten, waren nun vollkommen geschlagen, ihre Hauptstadt erobert, ihr weltberühmter Führer auf Elba und endlich nach seinem Hervorbruche gar auf St. Helena verbannt, und der Friede ruhte segnend auf allen Ländern, die so lange verwüstet worden waren. Die Menschen, welche den Krieg noch gesehen hatten, erkannten vollkommen dessen Entsetzliches, und daß ein solcher, der ihn mutwillig entzündet, wie sehr ihn spätere verblendete Zeiten auch als Helden und Halbgott verehren, doch ein verabscheuungswürdiger Mörder und Verfolger der Menschheit ist, und sie meinten, daß nun die Zeiten aus seien, wo man solches beginne, weil man zur Einsicht gekommen: aber sie bedachten nicht, daß andere Zeiten und andere Menschen kommen würden, die den Krieg nicht kennen, die ihre Leidenschaften walten lassen, und im Übermute wieder das Ding, das so entsetzlich ist, hervor rufen würden.

Es war in unserem Schlosse abermals der Herbst gekommen, aber ein so lieblicher, daß man die meiste Zeit im Freien zubringen konnte, und daß die Bewohner des Schlosses täglich große Spaziergänge machten, um noch das letzte ruhige Lächeln der Natur vor den Stürmen und Frösten zu genießen.

So saßen sie auch einmal alle an einem Nachmittage auf einem Hügel, der in dem Garten nahe an dem Gittertore, das auf das Feld führt, entstanden war. Alfred und Julius hatten nämlich alle Ferien aller ihrer Studienjahre dazu verwendet, mit eigenen Händen und kleinen Schubkarren einen Hügel aufzuführen, und darauf ein Säulenhäuschen aufzurichten, in dem die ganze Bewohnerschaft des Schlosses Platz hatte. Der Schloßherr und der Verwalter hatten die Knaben walten lassen, weil sie es für besser hielten, daß sie da bauten, wenn auch etwas so Ungeschlachtes als einen Hügel, als daß sie durch Vogelfangen oder Jagen zerstörten. Weil die Sonne gar so lieblich schien, wollte man in dem Säulenhäuschen den Nachmittagkaffee verzehren. Man hatte die ganze Gerätschaft auf dem Tische, wollte aufgießen, und spielte mit den gelben Blättern, die herum lagen, oder mit den Herbstfäden, die heuer besonders reichlich flogen, und an den Säulen des Häuschens und an den Gewändern der Gesellschaft hingen.

Plötzlich tat Lulu, die eine erwachsene und, wir müssen es sagen, sehr schöne Jungfrau geworden war, einen Schrei.

„Hat dich eine Spinne geschreckt?“ fragte man.

„Nein ein weißer Mantel“, antwortete sie, und zeigte nach der Stelle, nach welcher sie bei Ausstoßung ihres Schreies geblickt hatte.

Alle schauten hin.

Außerhalb des Gitters stand auf dem Feldwege, der um den Garten ging, ein Wagen, in demselben saß ein einzelner Mann, der einen weißen Mantel um die Schultern hängen hatte, und unverwandt auf die Gesellschaft hinein sah.

„Lauf, Julius“, sagte der Vater, „und frage, ob er etwas wünscht.“

Der Knabe lief hin, redete mit dem Manne, kam zurück, und sagte: „Eingelassen wünscht er zu werden, er sagt, er sei nicht ganz fremd.“

Der Knabe erhielt den Schlüssel, den man zur Bequemlichkeit bei Spaziergängen immer mit sich führte, er schloß das Tor auf, der Fremde ging herein, stieg den Hügel hinan, und stellte sich der Gesellschaft vor.

Man erkannte ihn augenblicklich. Es war der junge Mann aus jener schrecklichen Kriegesnacht. Aber er war nun kein Jüngling mehr sondern ein freundlicher Mann, der so gütig blickte, daß man unmöglich hätte glauben können, daß er derselbe sei, der damals das fürchterliche Spiel auf Leben und Sterben getrieben habe.

„Verzeihen Sie, meine Herren und Frauen“, sagte er, „daß ich zu Ihnen komme, ich bin Ihnen nicht fremd, Sie haben nicht Ursache, mir irgend gut zu sein; aber Sie werden mich doch auch nicht hassen, was ich daraus schließen muß, daß seit den vielen Jahren her keine Genugtuung von mir wegen jener Nacht gefodert worden ist.“

„Nein, nein, es wird auch keine mehr gefodert werden“, rief man, und nötigte ihn zum Sitzen.

Er tat es, und sagte: „Lassen Sie mich nur noch einen Augenblick fortfahren. Jeder Mensch hat einen Punkt der Sehnsucht in seinem Leben, nach dem es ihn immer hinzieht, und den er erreichen muß, wenn er ruhig sein will. Meine Sehnsucht ist jenes Gitter dort. Seit ich damals in der Nacht sein Schloß erbrach, um auf den Turm zu gehen, und die Lichterstellung des Feindes zu zeichnen, seit jenem Augenblicke, wo ich es, da ich zurückkehrte, von dem Feinde besetzt fand, und nun nur noch die Aussicht vor mir hatte, entweder als Spion gefangen und schimpflich aufgehängt zu werden, oder durch einen tollkühnen Ritt von vorne heraus in die überraschten Feinde zu sprengen, um entweder ehrlich zu fallen, oder eben durch die Unglaublichkeit des Wagstückes durchzukommen – nach rückwärts hätte ich wegen des geackerten Bodens und der andern Hindernisse nicht hinaus sprengen können – seit jenem Augenblicke zog es mich immer zu dem Gitter, und ich dachte, ich müsse es doch noch einmal sehen. Darum kam ich her, und fuhr auf dem Feldwege um den Garten zu dem Gitter. Und lassen Sie mich es offenherzig sagen, einen nicht minderen Anteil an meinem Kommen hat der Gedanke, Sie alle zu sehen, mir wegen des Übels, das ich Ihnen zufügte, und das mir immer Unruhe machte, Ihre vollkommene Verzeihung zu holen, und Ihre Achtung zu erwerben; denn ich habe seither in vielen Schlachten mit jenem leichten Herzen gekämpft, das mir dieser Herr damals gewünscht hat."

Er zeigte bei diesen Worten auf den Verwalter.

„So gefallen Sie mir viel besser, junger Mann, als in jener Nacht", sagte der mit rotem Angesichte und schneeweißen Haaren prangende Schloßherr.

„Ja, lieber Herr", erwiderte der Fremde, „ich kenne kein fröhlicheres Gefühl, als mit entlasteter Brust an der Seite seiner Stammes- und Sprachgenossen einem übermütigen und anmaßenden Feinde des schönen Vaterlandes entgegen zu reiten. Mir ist dies Gefühl zu Teil geworden, ich habe gesucht, die Scharte, die meine Dienstpflicht in jener Nacht der gemeinschaftlichen Sache vielleicht geschlagen hat, wieder gut zu machen, und mögen alle Himmel geben, daß das so tief fühlende denkende edelherzige Volk der Deutschen nie wieder in seinen altersgrauen Fehler zurückfalle, und gegen sich selber kämpfe."

„Ja, gebe es Gott, gebe es Gott", sagten die Männer.

Es war indessen der Kaffee eingeschenkt worden, und die

Hausfrau gab dem Fremden die erste Tasse. Der Verwalter ließ den Wagen um die Gartenmauer herum in das Schloß bringen, und der Schloßherr und alle luden den Fremden ein, nun in Ruhe und Muße in dem Schlosse zu bleiben, und das Gartengitter so oft anzuschauen, als er wolle.

Die Einladung wurde angenommen.

Der Fremde blieb nun in dem Schlosse. Er konnte das Gitter den Turm den Garten und die Gegend betrachten, so viel er nur immer wollte. Aber das Schicksal hatte auch noch ganz andere Zwecke mit seiner Reise verbunden. Alle gewannen ihn sehr lieb. Zwischen Lulu und ihm hatte sich das Verhältnis vollständig umgekehrt. So wie sie ihn in jener Nacht bewundert hatte, so konnte nun er von seiner Seite aus nicht aufhören, und kein Ziel finden, das Mädchen zu bewundern. Und da er es dem Kinde schon in jener Nacht angetan hatte, und da er jetzt gar so gut und freundlich war, so konnte es nicht fehlen, daß auch ihn die Jungfrau bald außerordentlich liebte, und die Verehrung eine vollkommen gegenseitige war.

Da er wegen des guten Verhältnisses, das sich mit allen angeknüpft hatte, und wegen des Wunsches aller immer länger im Schlosse blieb, da er sich über Stand und Vermögen auswies, ja sogar endlich ein benachbartes feil gewordenes Gut kaufte, um in der Gegend ansässig zu werden, so stand einem Bündnisse nichts entgegen, und die zwei Leutchen wurden in der Pfarrkirche des Dorfes ehelich eingesegnet.

Und von nun an begann ein ruhiges friedliches und glückliches Leben. Oft wenn die Ehegatten in der Zukunft allein bei einander saßen, wenn er Lulu seine Freude und sein höchstes Glück auf dieser Welt nannte, sagte sie: „Wie hast du durch dein Herz die schönste Genugtuung gegeben, die du geben konntest."

„Es ist doch gut, daß ich ihn damals nicht erschlagen habe", sagte noch lange und öfter der uralte gleichsam immer kleiner werdende Schloßherr.

Lulu lächelte jedes Mal bei dieser Rede, später lächelten auch Alfred und Julius und endlich alle selbst der graue Lehrer, obgleich er der Schach- und Spaziergenosse des Schloßherrn geworden war.

Die weißen Mäntel spielten noch lange eine Rolle in der Familie. Nicht nur trugen Alfred und Julius, die in dem kaiserlichen Heere dienten, weiße Mäntel, sondern auch der kleinere Alfred und der kleinere Julius, die Buben Lulus, hatten im Winter, wenn sie im Schlitten über die Ebene gefahren wurden, weiße Mäntel an, die aus jenem weißen Mantel entstanden waren, den der Vater angehabt hatte, als er auf seinem Zuge begriffen war, das alte eiserne Gitter zu suchen. Der Vater hatte mit den Waffen die weißen Mäntel abgelegt, und trug jetzt im Winter dunkle und ausgezeichnete Pelze.

ERZÄHLUNGEN

DER SPÄTE PFENNING

1843

Eine Parabel*

Und es traten ihrer etliche zusammen, und sagten: „So lasset uns ein Werk gründen, welches fruchte für alle künftigen Tage und Jahre, es werde ein Haus des Herrn, wir wollen dann seine Jünger rufen, daß sie kommen und ihm sein Lob singen zu allen Zeiten des Tages, daß unter ihren Äxten sinke die düstre Pracht der Wildnis, die jetzt noch über alle diese Berge liegt, und der lieblicheren der Menschenhände weiche, daß sie dann hingehen und in ihrer Kirche die sanfte Lehre predigen, damit die Menschen kommen und horchen, und gesittet werden, wie es vor dem auch die Wildnis wurde, und daß sich eine Gemeine sammle, und von ihr der neue Wandel ausgehe in die Länder und in die Zeiten, und so immer fort und immer fort – –"

„Und ich", sagte der Gründer des Werkes, „werde mein Gemüt auftun, und gebe Grund und Boden und Berg und Tal und Wälder und Wässer, daß sie jagen und fischen."

„Und ich", sagte sein Freund, „werde die Hand auftun, und mehr als tausend Goldgulden geben, daß sie ihr Haus und das des Herrn aufrichten und bestellen mögen."

„Und ich gebe auch, und ich auch, und wir alle!" riefen die andern, und dann schlug man zur Bekräftigung die Hände in einander, und das Werk war beschlossen.

Und wie nun in der Stille der Wälder der Lärm begann von den stürzenden Bäumen und den Schlägen der Äxte, und wie die Gerüste emporstiegen, und die Lieder der Bauleute klangen, und an dem wachsenden Gemäuer hundert Hämmer klopften: da ging der Ruf von dem neuen Wunderwerke in die Welt, und in deren Herzen schon der Same des Heiles Christi war, die

* Der Verfasser war durch eine schwere Krankheit seiner Frau gehindert, eine größere Arbeit, die er für das Album begonnen, zu vollenden.

kamen alle, einer um den andern, und brachten Gaben zu dem Werke, große und kleine, wie es jeder vermochte, und baten, daß man sie nehme und in irgend einem Gliede des Ganzen einbaue, daß sie Teil hätten an dem Werke Gottes und ein Gutes täten für die Ewigkeit.

In derselben Zeit lebte ein armer Mann in den Bergen, dessen nur ein Bogen und eine Haue war, zu jagen im Walde und zu graben auf dem Felde, daß er den Seinen Nahrung erwürbe. Auch zu ihm in die Öde verlor sich der späte Ruf des Dinges, was man weit draußen in dem schönen Tale bereite. Er hing den Bogen an die Wand seiner Hütte, die Haue aber gab er seinem Sohne, und lehrte ihn, was er zu tun habe, und zu graben, dieweil er ferne sei – er aber schnitt im Morgengrauen einen Stab aus dem Haselgebüsche und wanderte fort, da er früher ein kleines Säckelchen von Pfenningen in seinem Gewande verborgen. Des Weges aber war es sehr weit und mühselig, und zuletzt ergriff ihn noch Krankheit, daß er seine Pfenninge alle bis auf einen dem harten Wirt darreichen mußte, der ihn verpflegte. Und als er endlich sein Ziel erreicht hatte, so sah er das große, schöne, heilige Haus fertig vor seinen Augen glänzen, und eine Menge Volkes war versammelt, und staunte und betete, ihm aber wurde es sehr schwer um das Herz – aber der Pfenning in seiner Tasche war Gottes angelobtes Eigentum, und mußte übergeben werden, sonst wäre der Mann alsogleich umgekehrt und nach Hause gegangen, so sehr schämte er sich selbst und der Gabe. Mitten im Volke, stattlich und hoch zu Rosse, hielt der Herr, der Gründer des Werkes, und sah strahlenden Antlitzes umher – da trat ihn der arme Mann bescheiden an und sagte die Worte: „Herr, ich habe hundert Pfenninge genommen, und gelobt, was mir davon nach demütiger Wegzehrung überbleibe, dem neuen Gotteshause zum Opfer zu bringen, daß ein Steinchen davon das Meinige sei, und der Herr mit Wohlgefallen darauf sehe – allein der Engel der Krankheit hat mich unter Wegs heimgesucht, und alle die Pfenninge gingen hin, bis auf einen, er ist Gottes, und ich bin noch den Weg eines Tages gegangen, um ihn zu übergeben. Herr, zürne nicht deines Knechtes."

Der Herr aber sah ihn an und sagte: „Sei gegrüßt, und sei bedankt für deine Gabe, das Haus ist zwar fertig, aber es glänzen noch nicht alle seine Fenster; für deinen Pfenning wird eine der Scheiben gesetzt werden – Gott segne dich, mein Sohn!"

„Amen!" sagte der arme Mann, „nun aber, Herr, lasse mir aus deinem weltlichen Eigentume eines deiner Brote reichen, daß ich zurück zu den Meinigen könne, der Trank quillt mir überall aus den Bergen."

Der Herr und Gründer des Werkes empfing den Pfenning, und legte ihn andächtig zu den Schätzen des Gotteshauses, dem Wanderer aber ließ er Brote und Fische, Wein und Fleisch reichen und anderes, was seine Speisekammer vermochte, damit er sich mit Wegzehrung belade – der Mann aber nahm nur ein einziges der Brote, betete an der Schwelle des neuen Hauses, schnitt einen neuen Stab aus dem Haselbusche, und wanderte heimwärts.

Und Tage und Wochen vergingen, das Werk stand fertig da, blank, als wäre es mit einem Winke gegossen worden, die Stimmen der Brüder ertönten darinnen zur Ehre Gottes, und wenn es Abend wurde, erglänzte die ganze Fensterreihe in Purpur und Gold, und darunter die Scheibe des armen Mannes so rosig und hold wie die andern, so von Fürsten und reichen Leuten gesetzt wurden.

Und tausend Tage sind vergangen und wieder tausend und tausend – der Gründer und der arme Mann waren längst tot, ja ganze Geschlechter hatten gewechselt und waren vergangen, ja nicht einmal mehr die alten Bäume standen auf den Bergen, sondern ihre Enkel und Urenkel, dünner und sparsamer; denn sie waren besiegt von einem unscheinbaren schwachen Halme, der aber allmählich und siegreich ist über alle Wildnis der Erde – dem schönen wallenden Korne – andere Zeiten und andere Sitten waren gekommen; siehe da gefiel es dem Herrn, den Engel der Prüfung zu senden über sein Haus und dessen Diener, er entfaltete sein goldnes funkelndes Panier, das wunderbare Feuer, über den Dächern, und sie wurden weggezehrt unter seinem Hauche, und weggezehrt wurde alles, dahin nur eine Falte des Paniers zu wallen vermochte, und die Trauerkunde ging in die Länder, und es waren viele, die da trauerten um das, was vergangen, und die da trauerten um das, wie es wieder sollte gut gemacht werden.

Und es traten ihrer etliche zusammen, und sagten: „So lasset uns ein Werk gründen, das da fruchte für alle künftigen Tage und Jahre; es sind ihrer, die nicht Gold und Silber haben, es niederzulegen an dem Hause des Herrn, aber in ihrem Haupte sind allerlei liebliche Gedanken, und in ihrem Herzen Gefühle, die sie auszusprechen vermögen, daß die andern, die es nicht können, sich daran erfreuen – lasset uns nun ein Werk der Gedanken errichten, daß die Gaben dafür niedergelegt werden an dem geschädigten Hause." Und dann schlug man zur Bekräftigung die Hände in einander und das Werk war beschlossen.

Es erging nun der Ruf, und wie vor den tausend und tausend Tagen kamen auch jetzt die Gaben, große und kleine, wie jeder es vermochte. Unter ihnen aber lebte wieder in der Ferne ein armer Mann, dessen nichts war, als der Drang seines Herzens, zu Zeiten auszudrücken, was er empfinde, daß sich hier und da ein einzelner daran erfreue. Der Mann nun suchte emsig in der geringen Habe seines Hauses, nicht um Gold und Silber, das ihm nicht eigen, sondern um wenigstens hundert Pfenninge zu finden, auf daß er sie sende: aber da lag das Eheweib des Mannes in schwerer Krankheit und er saß zu ihren Häupten, und mußte immer in ihr Antlitz sehen, und da verging die Zeit, und der Pfenninge wurden immer weniger, bis auf einen, denn das kranke Antlitz verzehrte alle seine Gedanken. Diesen einen Pfenning nun, als angelobtes Eigentum Gottes, brachte er dar und sagte: „Herr, lasse dir dieses angelobte Blatt, das ich hier bringe, gefallen, und setze dafür wieder die Scheibe jenes armen Mannes, welche in Feuer zersprungen, und zürne nicht deines Knechtes."

Der Herr des Werkes aber war freundlich, und legte andächtig den Pfenning zu den andern Schätzen, welche die Fürsten und Reichen gegeben: „Ziehe hin", sagte er, „das Werk ist zwar fertig, aber für deine Fensterscheibe ist noch Raum, und möge sie im Abendrote nicht minder hold glänzen, wie die jenes armen Mannes, wenn in deinem Herzen dasselbe Gold der Absicht ist, wie in jenem deines Vorgängers."

„Amen, es ist so", sagte der arme Mann, und schied getröstet von dannen.

DIE DREI SCHMIEDE IHRES SCHICKSALS

1844

Quilibet fortunae suae faber est

Alter Spruch

Es war in einer Gesellschaft lustiger Männer ein Streit über den altlateinischen Satz ausgebrochen, daß jeder Mensch der Schmied seines Schicksals sei. Einige behaupteten, der Satz wäre echt römisch, und stehe gewiß in diesem oder jenem Werke dieses oder jenes Klassikers; andere sagten, er sei ein neues Machwerk, und schleppe sich erst seit kurzer Zeit durch unsere lateinischen Schulbücher. Aber wie es geht, von diesem rein historischen Standpunkte, über den sie sich nicht einigen konnten, spielte sich der Streit auf den philosophischen über und entbrannte nun auf das heftigste über die Frage, ob es auch wahr sei, was der Satz enthalte. Man führte nun nicht mehr bloß die Historie in das Feld, sondern suchte der Sache auch a priori beizukommen, indem man die Psychologie, die Logik und Metaphysik aufbot. Man redete über Zusammenhang der Dinge, sittliche Weltordnung, Emanzipation vom Zufalle, Freiheit des Willens, und war auf dem Wege, ins Endlose zu geraten, als plötzlich ein Schalk, der bisher geschwiegen hatte, eine Geschichte zu erzählen anfing, worauf es nach und nach stille ward; denn beide Parteien horchten hin, in der Hoffnung, Gründe für ihre Behauptung aus der Geschichte ziehen zu können. Allein der Mann zog seine Geschichte gerade bis zu dem Punkte, wo sie sich spalten mußte, um der einen oder der andern Partei zu dienen – dann brach er ab und sagte, daß er den Rest morgen erzählen wolle, wenn sie etwa wieder zusammen kämen. Sofort erhob sich ein Lärm über Willkür und Täuschung, und man verlangte, daß er fortfahre. Aber da er hartnäckig bei seinem Ausspruche blieb, so vertagten sie listig den Streit, weil jeder begierig war, wie es nun weiter gehen werde, und weil jeder heimlich hoffte, ihm würden die Hülfstruppen aus der Sache zuwachsen.

Allein da nun die vierundzwanzig Stunden vorüber gegangen

waren, da sich die Gesellschaft versammelt, und der Mann seine Geschichte beendet hatte, so waren sie so ins Weite verschlagen, daß sie nun über ihren anfänglichen Satz gar nicht mehr stritten, sondern ihn alle plagten, ob die Geschichte wahr sei, wo sie sich zugetragen, wie die Personen geheißen haben, und wären beinahe in den neuen Streit geraten, ob die Geschichte aus innern Gründen wahr sein könne oder nicht. Der Mann aber lächelte verschmitzt, drehte seinen Ring auf dem Finger, und sagte kein Wort mehr. Die Klügern unter uns merkten, daß er uns am Narrenseile geführt, die andern aber haderten auf dem neuen Wege weiter, auf den er sie gelockt hatte.

Da ich aber nun die Geschichte gerne wieder erzählen möchte, der Mann jedoch, wie ich oben sagte, ein Schalk ist, so weiß ich in der Tat nicht, ob er sie gelesen, ob sie ihm jemand erzählt, oder ob sie sich gar an ihm selber zugetragen habe. Letzteres wäre nicht ganz unwahrscheinlich, da man sich aus seinem früheren Leben noch ganz andere abenteuerliche Sachen erzählt. Jeden Falls aber hat er sich die üblen Folgen, die etwa aus meiner Plauderhaftigkeit entstehen sollten, selber zuzuschreiben; warum hat er uns die Geschichte arglistig erzählt, und warum hat er uns nicht aufgetragen, dieselbe geheim zu halten.

Es waren zwei Männer. Mein Vormann hat sie Erwin und Leander genannt. Beide waren sehr reich, hatten aber in ihrer frühesten Jugend das Unglück gehabt, ihre Eltern zu verlieren, und jeder stand dann unter einem tyrannischen Vormunde. Gleiche Schicksale, gleiche Jahre, und vielleicht auch ein Zug des Herzens hatte sie schon frühe zusammengeführt. Sie betrieben auf dem mauerschwarzen Kollegium dieselben Studien, nämlich die Anfangsgründe alter Sprachen, und naschten zu Hause mit einander dieselbe Lektüre, nämlich nicht etwa Kinderbücher, sondern nur alte Klassiker. Sie hatten auch nie Kinderkleider gehabt, sondern, selbst da sie noch ganz klein waren, schon nach dem Schnitte der Vormünder, und auf das Wachsen berechnet, daher immer zu groß – jeder hatte einen sauersehenden Diener, und in jedem der zwei blühenden Kindergesichter war die traurige Miene und der liebeleere Blick von Waisenknaben bemerkbar.

Nach und nach wurden sie in die Welt und das Leben eingeführt, das heißt, sie kannten die Gesetze der Spartaner, beteten die Stoiker an, ahmten beide nach, und waren außer sich über das Bekannte jenes Weibes: „Es schmerzt nicht." Leander kam wohl zu besonderen Zeiten, damit er, wie der Vormund sagte, Manieren lerne, in diese oder jene Familie, die einst mit seinem nun verwaiseten Hause verbunden gewesen war, aber er lernte dort nichts, weil er bloß schwieg, in einen Winkel gedrängt wurde, und bei der ersten Gelegenheit fort ging. Um Erwin aber, dessen Güter lauter Raubritterruinen in den fernen Waldbergen waren, kümmerte sich kein Mensch und kein Hund. Wenn er mit seinem Diener zur Schule ging, so geschah es zuweilen, daß eine Mädchengestalt etwa über seinen Weg trat, oder in einem Wagen vorbei fuhr; allein er machte sich nie davon eine deutliche Vorstellung, was das sei, und wie sie sich von ihm unterscheide.

Nicht weit von der Stadt war ein verrufener Winkel, „die Gänseweide" geheißen, dort rangen sie, warfen den Diskus, und fochten mit Schild und kurzem Schwerte. Weit von ihrer Wohnung, wo der Fluß zwischen düstern Föhren stagnierte, schwammen sie, und sprangen über ausgetrocknete Lehmgruben.

Als sie Jünglinge geworden, schlossen sie einen Freundschaftsbund, wie etwa zwei gefeierte Namen des Altertums, und damals hatten sie auch verabredet, im strengsten Sinne des Wortes, wie das klassische Sprichwort sagt, die Schmiede ihres Schicksals zu werden, nämlich sich von allem unabhängig zu machen, was zufällig sei, damit geschehen könne, was auf Erden möglich, ohne ihr inneres Glück zu berühren. Von diesem Tage an aßen sie nur mehr eine vegetabilische Brühe, annähernd die schwarze Suppe Lakedämons, schliefen auf bloßem Stroh, und verbannten alle Geräte, außer einem Tische und einer Bank. Ihre Zeit und ihre Mitwelt ging neben ihnen her, als sei sie vor tausend Jahren gewesen.

Daß ihr äußeres Benehmen auf diese Weise ungeschlacht und eckig, ja unheimlich und lächerlich zugleich werden mußte, ist begreiflich, nur sie ahneten nichts davon. Bloß darin mochte sich ein dunkles Gefühl davon aussprechen, daß sie, je mehr sie heran wuchsen, desto mehr die Gesellschaft flohen, namentlich die gesellige, von Männern und Frauen gemischte; nur mit dem einen oder dem andern verwitterten und bemoosten Repetenten der Schule pflogen sie Umgang, und lernten von ihm Kneipenton, was sie für moderne Welt hielten, im Gegensatze zu der alten klassischen. Damen und Mädchen gossen ihnen Blei in die Glieder, so daß die Füße in dem Boden und die Hände in den Rocktaschen wurzeln mußten. Sie erlangten die Beweglichkeit erst wieder, wenn sich der Zauber dieser Klapperschlangen entfernt hatte. Nur Leander hatte sogar schon einmal mit einer geredet, er war damals achtzehn Jahre alt, sie fünfzehn und wunderschön. Er mußte zum neuen Jahre Glück wünschen gehen, und traf unseliger Weise nur Mutter und Tochter zu Hause, und zwar zum Ausgehen angezogen. Noch dazu wurde die Mutter abgerufen, und sagte im Weggehen: „So reden Sie doch mit Elmiren, Herr Baron!“ Damals nun hatte er gefragt: „Diese Webe an Ihrem Gewande ging gewiß aus Ihrer und Ihrer Mutter kunstreicher Webehand im Frauengemache hervor.“ Elmire wurde bloß im ganzen Gesicht blutrot, und hatte ihm aber gar nichts geantwortet. Seit der Zeit beging er lieber die schreiendste Unart, als daß er sich wieder einer solchen Lage ausgesetzt hätte. Erwin hatte solches nie zu erdulden gehabt; denn er war in seinem Leben noch nie auf dem glatten Boden eines Besuches gestanden.

Eine Stellung hatten sie trotz alle dem, in welcher sie jedes Auge mit Vergnügen anschaute, nämlich, wenn sie zu Pferde saßen – reiten hatten sie bei dem ersten Meister gelernt – da reichte kein Jüngling an diese zwei kraftvollen schönen Göttergestalten. In der Tat hatten sie durch ihre Übungen eine Gesundheit erlangt, daß ein eiserner Turm auf sie fallen konnte, ohne ihnen etwas anzuhaben, und eine tigerartige Kraft und Geschmeidigkeit, die nur in Wüsten vorkömmt; leider trat sie bloß bei ihrem einsamen Laufen und Springen hervor, nie aber im geselligen Verkehre. Auch war ihrem Erscheinen ein Umstand im Wege, den ich zum Schaden meiner Helden noch anführen muß. Sie gingen nämlich, wie einst als Knaben in Männerkleidern, so jetzt als Jünglinge in Greisengewändern, und noch dazu fast im Schnitte des vorigen Jahrhunderts. Sie ließen, oder vielmehr ihre Bedienten – sonst fast Todfeinde, in diesem einen Punkte aber wunderbar gleich – ließen bei demselben uralten Schneider arbeiten, und zwar so, wie es in ihrer Jugendzeit schön gewesen wäre. Sie trotzten mit der Garderobe ihrer jungen Herren der Macht des neuen Jahrhunderts. Nur die jungen Herren wußten es nicht, da sie zu Hause keinen Spiegel hatten, und auf der Gasse nur andere, nicht sich sahen. Bloß in dem einen Stücke gingen sie mit der Mode, daß sie sich allen Bart wachsen ließen, aber doch wieder mit der Ausnahme, daß sie vorhatten, ihn mit der Schere nach altgriechischer Art zusammen zu stutzen, wenn er nur erst groß genug sein werde.

Ob sie in dieser Lage glücklich waren?

Ich glaube beinahe: sehr; denn ihr Leben machte ihnen Freude, ein anderes kannten sie nicht. Ihr reiner sprossender Körper gab ihnen Gefühle von Behagen und Wohlsein, wie sie andere gar nicht zu ahnen vermögen, und eine Heiterkeit trat hervor, die in der Tat durch keinen Unfall zu trüben war, nachdem sie nur einmal jene Zeit überwunden hatten, wo aus den Augen eines Kindes, wenn man es für glücklich halten soll, noch die empfangene Mutterliebe heraus schauen muß. Ihr Geist war auch glücklich, denn sie hatten sehr viel gelernt und erfreuten sich gegenseitig des Besitzes. Alte Geschichte und Literatur, dafür gar keine neue, Mathematik in allen Zweigen, dann die Realwissenschaften – alles das hatten sie sich nach und nach meistens gegenseitig beigebracht, und zwar in einer Vollendung, wie selten junge Leute – es war eine andere Art Rennbahn gewesen, und in diesen Übungen erfreute sich ihr Geist. Von Gefühlen schwärmender Sehnsucht, von namenlosen Hinausahnungen, von Schmachten, von Trieben des Herzens, von süßem Schmerz, und so weiter, war gar nichts da; außer einigem Übermaß klassischer Begeisterung waren sie in diesen Dingen so roh wie die Irokesen.

Wenn es mit ihnen so fort geht, so haben sie das Rätsel gelöset, das sie sich aufgegeben, nämlich jetzt waren sie die Schmiede ihres Schicksals, und zwar eines ganz und gar glücklichen; denn wenn auch von dem einen oder anderen Vormunde mit Schmerzensrufen und Lamentierungen die Nachricht einging, wie dort der Hagel wieder ein Feld in den Grund geschlagen, hier eine Scheuer abgebrannt und dort ein Knecht ein Schlingel gewesen sei, so war ihnen das bloß komisch; denn sie hatten für ihre künftigen Bedürfnisse so lächerlich zu viel, daß eher eine Verlegenheit daraus entstanden wäre, was sie mit dem Überschusse tun sollten, als daß sie sich hätten kränken können, wenn etwas verloren ging.

So lebten sie mehrere Jahre, waren meistens beisammen, und trugen sich mit Vorstellungen, wie sie erst, wenn sie in den Besitz ihres Vermögens kämen, eine recht eigentliche eiserne Unabhängigkeit gründen wollten, die sie zum Herrn der ganzen Welt machte.

Der erste, welcher von diesem Zusammenleben Abschied nehmen mußte, war Leander, der etwas älter war. Es erschien ein junger Mensch, und mit dem mußte er seine Reise durch Europa antreten, daß er Weltbildung bekomme. Der Vormund selbst hatte ihn abgeholt, und nun ging Erwin allein in den Räumen der Musenstadt herum. Aber auch seine Zeit dauerte nicht mehr lange; denn er wurde, da sein Vormund plötzlich starb, mündig erklärt, und in die Verwaltung seiner Güter eingesetzt. Man hatte absichtlich keinen Briefwechsel verabredet, weil diese Trennung die erste Probe ihrer Grundsätze sein sollte. Erwin ging in das Gebirge, und auf der dreißig Meilen langen Straße lief das Gerücht hinter ihm her von dem Manne, welcher lauter Gemüse gegessen habe. Sein Plan ging noch viel weiter, als der Leanders. Nicht Europa, das er fast verachtete, wollte er besuchen, sondern um seine menschliche Kraft an der großen aufrecht stehenden Natur zu üben, statt sie an Afterverhältnissen herabzubringen, beschloß er nach Texas zu gehen, dort an der Grenze der Wilden eine Niederlassung zu gründen mit dem Keime antiker Kraft und Gesetze, der sich durch die ganze Republik verbreiten, dereinst wachsen, und etwa einen Staat von spartanischem Erze, athenischer Schönheit und römischer Tüchtigkeit erzeugen, der dereinst seiner geographischen Lage nach der erste der Welt werden würde. Vorher wollte er die Verwaltung seiner europäischen Güter auf einen Fuß nach seiner eigenen Einsicht bringen, welche auf mathematischer Basis ruhte, so daß nach seiner Abreise ruhig das Gesetz fortwirke, und ihm dorthin die Zuflüsse sende, die er zu seinen Zwecken brauchte. Erreiche er dieselben wegen äußerer Zufälle nicht, so seien sie doch moralisch da, und erreicht; das Wollen ist das Himmelreich der Menschen, das Vollbringen das der Götter.

Alle Diener und Müßiggänger, alle Schmarotzer und Freunde des Hauses, alle Beamte, große und kleine, waren in ihrem Herzen unsäglich erleichtert, als sie den Tod des unerträglichen tyrannischen Vormundes erfuhren, und die Ankunft des schwachen Narren, ihres neuen jungen Herrn, erwarteten. Der Verwalter konnte sein Staunen drei Tage und drei Nächte nicht verwinden über die unsägliche Albernheit seines neuen Gebieters, wie er ihn verwirrt und ehrerbietig vor seiner eigenen Tochter, der törichten Rose stehen sah, wie er lauter Kräutersuppe aß, stets zu Fuße ging, und auf einem Bund Stroh schlafe. Aber ehe zwei Jahre ins Land gingen, sagte man sich unter dem Siegel der tiefsten Verschwiegenheit ins Ohr, welch unendlich fürchterlicher Tyrann jetzt da sei: Zwei Jahre nicht zornig und zwei Jahre unerbittlich.

Erwin ließ sich, als er einen Tag zu Hause gewesen, sofort alle Papiere, die sich auf den Komplex seiner Güter und auf Einzelnes bezogen, vorlegen, und las darin über anderthalb Jahre, dann schrieb er ein halbes Jahr, und legte endlich dem Verwalter den Entwurf für die Zukunft vor. Dieser sagte, er sei unausführlich. Erwin erwiderte nichts, aber in zwei Jahren war der Entwurf ausgeführt und im Gange, er hatte nur zu diesem Behufe zwei Dritteile seiner Leute entlassen. Keine Gesellschaft, kein Gastmahl, kein Tropfen Wein, als lauter verkäuflicher, keine Kutsche, kein Pferd daran, einen groben grauen Rock, tags über stets am Schreibtische, und von Boten und Beauftragten umringt, abends allein im Garten, Klettern, Laufen, Steine werfen, über Holzböcke springen, dabei immer ernsthaft bleiben – – es ging über menschliche Begriffe! – und so jung, und so geizig und so unerhört hartnäckig; um kein Jota durfte von seinen Anordnungen abgegangen werden. Und als nach fünf Jahren alles in seinem ordentlichen Gange war, sahen sie ihn in dem grauen Rocke, mit einem Ränzlein auf dem Rücken, und einem Knotenstocke in der Hand fortgehen und nicht wieder kommen.

Er aber war auf dem Wege nach Havre, um von dort New-Orleans zu gewinnen. Ein Oberverwalter war bestellt, alle Korrespondenzpunkte bestimmt, und alles in absoluter Festigkeit und Gewißheit. Seinen Freund hoffte er in Paris zu finden, wo er sich, wie er gehört, schon seit einem Jahre aufgehalten, und er hoffte ihn vielleicht zur Teilnahme oder Nachfolge zu bewegen. Aber auf seiner fünften Nachtstation hatte er das Unglück zu erfahren, daß sich Leander auf das schmählichste geändert. Er fand nämlich dort auf der Post einen Brief seines Verwalters, und darinnen eingeschlossen einen von Leander, der ihn zu Gaste auf seine Hochzeit bat. ‚Ich habe Dich', hieß es unter andern darin, ‚Du geliebter alter Freund und Genosse meiner Jugendträume, nicht vergessen, und immer nicht vergessen können. Erinnerst Du Dich noch an das kindische Versprechen des Nichtkorrespondierens – nun ich muß es doch brechen, um zu sehen, wie es mit Dir ist, da Du gar nichts hören läßt. Auf alle Deine Schlösser habe ich zugleich Abschriften dieses Briefes gesendet, und hoffe Dich gewiß bei mir zu sehen, wenn Du nicht etwa indessen, weiß Gott wo, in Europa herum vagierest. Wir hätten Dich trotz der Unpäßlichkeit meiner Eveline und der Abneigung ihrer Mutter vor Reisen auf einem Deiner Nester überfallen, wenn wir nur gewußt hätten, wo. Alle Nachrichten der Reisenden stimmten darin überein, daß auf keinem Deiner Güter eine Herrschaft wohne. Bist Du etwa in süßen Banden? wie?! und halten Dich diese in der Stadt? ich hoffe, daß ein Deiniger Lehnsmann, dem dieser Zettel in die Hände gerät, so viel Vernunft haben wird, ihn Dir zu übermachen. Ich sehne mich im Ernste nach Dir, die holdesten liebsten Fäden meines Herzens und meiner Kinderspiele laufen in Dir zusammen. Eveline ist zu begierig auf Dich. Komme, komme, und komme, Du bist der Willkommenste auf Schloß Turun.'

Erwin war zu einer Säule erstarrt. Das erste Mal in seinem Leben half ihm die Stoa nichts. Er suchte vergeblich, zu machen, daß dieser Schmerz und dieser Verdruß nichts sei – er war immer wieder da, und so sehr er bisher und so glücklich er an seinem Schicksale geschmiedet hatte: dieser Klumpen Eisen war einmal absolut nicht zu schweißen, ja er wurde sogar, wie gerade starke Menschen, wenn sie einmal aus dem Geleise sind, nervös, und ärgerte sich über Dinge, über die sich niemand zu ärgern hat: über die gläsernen Salzfässer, über den kleinen Wirt, und über seinen Ärger. Turun lag nur eine Meile von dem Städtchen, übermorgen war Hochzeit, ganze Wagen voll Gäste waren schon durchpassiert, mit der lieblichen Morgenröte war auch die Stoa beinahe wieder gekommen, aber doch nicht ganz; denn statt seine Reise gelassen fortzusetzen, wie Zeno getan hätte, dachte Erwin: „Dies eine Mal kann ich ja von meinem Vorhaben so weit abgehen, daß ich es um zwei Tage verzögere, oder auch gar nicht verzögere; denn diese zwei Tage kann ich ja im Gehen einbringen – ich will hinüber und den einstigen Freund mit meiner ruhigen Gegenwart beschämen, und etwa retten, was noch zu retten ist."

Ach, der Arme! den süßen Zug, der ihn heimlich zu dem ehemaligen Lieblinge zog, wagte er nicht, sich einzugestehen. Und so ging er gegen Abend auf Schloß Turun hinüber. Das Ränzlein hatte er bei dem Wirte gelassen, mit dem Bedeuten, daß er es übermorgen abholen werde.

Er war nicht ganz zufrieden mit sich, und sein Herz war auf dem ganzen Wege unruhig. Dieses erste Mal hatte er seinem Zwecke zuwider dem Zufalle nachgegeben, aber es soll gewiß auch das letzte Mal sein.

Drüben war alles voll gestopft mit Gästen. Man geriet durch den neuen Ankömmling in eine zweifache Verlegenheit: erstens, was man denn aus seinem einfachen grauen Rocke machen sollte, der so unsäglich hochzeitswidrig war, und zweitens, wohin man ihn einquartieren werde; denn von allen Geladenen waren entweder Entschuldigungen oder Annahmen eingegangen, und jeder Raum und jedes Räumchen des Schlosses war vergeben, bis auf eines, wohin man aber unmöglich einen Menschen stecken konnte, ohne sich der größten Verantwortung auszusetzen. Nur Leander in seinem wahrhaft stürmischen Entzücken, daß er den Mann wieder habe, den er am meisten auf dieser Welt liebte, machte sich aus beiden Verlegenheiten nichts. Über das erste, worauf sich jedoch die Blicke aller andern richteten, glitt sein Auge ohne Bewußtsein hinaus; über das zweite, als es ihm der Haushofmeister zugeflüstert hatte, lachte er bloß und sagte: „Dieser Mann, Erwin, trägt Bedenken, dich in eine Stube zu weisen, worin Gespenster sind. Du mußt nämlich wissen, daß mein Haus nicht bloß von außen das ganze weitläufige Ansehen eines alten Feudalschlosses hat, sondern daß es auch noch seinen Geist auf unsere ungläubige Zeit herüber gerettet. In dem Zimmer, wo du heute schlafen sollst, geht zu Zeiten unsere weiße Frau herum, eine Dame des Hauses aus dem eilften Jahrhundert. Sie ist aber nicht etwa eine Verbrecherin, sondern bloß eine Schutzfrau, die nur zur Warnung erscheint. Heute, meine ich, wird sie wohl ruhig in der Gruft bleiben; denn wenn sie gegen Evelinen etwas hätte, so hätte sie mir zarter Weise doch viel früher erscheinen sollen – außer sie dehnt etwa ihre Sorgfalt für mich auch auf dich, meinen Freund, aus, wenn du vielleicht auf bösen Wegen wandelst."

Erwin, der keine anderen, als klassische Gespenster kannte, fürchtete keine mittelalterlichen, und beruhigte den Haushofmeister, der nun sofort befahl, daß man das rote Eckzimmer lüfte, daß man weiche Dunen in das Bett lege, Teppiche breite, den Kamin heize, und Wein und kalten Braten auf den Tisch stelle. Alles müsse noch bei Tageshelle fertig sein.

Leander nahm nun den Freund, indessen man sein Zimmer bereite, mit sich in sein eigenes Gemach, das einzige, das ihm heute zu freier Schaltung übrig geblieben war, und bewillkommte ihn dort wieder und wieder, so daß es dem andern fast süß und lieb ins Herz geflossen wäre, wenn er nicht den feinen, schönen, verweichlichten Mann vor sich hätte stehen gesehen, der einst sein starker, edler Freund gewesen. Ob der Mann aber nicht auch in dem fein rasierten Angesichte und dem modernen Fracke noch edel und stark geblieben sein könne, davon ahnte Erwin in seiner Einseitigkeit nichts, Leander aber durchblickte den armen Freund gar wohl.

„Wir wollen heute und morgen", sagte er, „einmal das reine Beisammensein genießen, und von nichts anderem reden, was es trüben könnte. Ich fürchte, du bist auf einer weiten Reise."

„Ja, nach Texas, wo ich bleiben will."

„Da sei Gott vor, was willst du denn in dem verworrenen, unsicheren Lande? Davon müssen wir dich abbringen."

„Das wird wohl nicht angehen", sagte Erwin lächelnd.

„Nun, nun, es sei, wie es wolle", versetzte Leander, „lassen wir das alles, wir wollen schon über dich gehen und dich heilen. Jetzt komme, damit wir nicht streiten, mit mir auf den Balkon, ich will dir meine Gäste aufführen, die unten im Parke spazieren gehen, und dir auch die Stelle zeigen, wo sich der liebe Zufall ereignete, der mich mit Evelinen verbunden hat."

„Lasse mich doch wenigstens aus deinem Munde nicht das Wort Zufall vernehmen", entgegnete Erwin, „es ist, als sei es unmöglich, daß du es solltest aussprechen können."

„Noch viel mehr", sagte der andere, „ich will dich lehren, daß es einen Zufall gibt, und daß wir nur weise sind, wenn wir ihn beherrschen."

Mit diesen Worten hatte er den Freund auf den Balkon hinausgeführt. Dort fuhr er fort: „Ja, wenn du nicht gar zu ungelehrig bist, so hoffe ich mit Zuversicht, daß ich bald so glücklich sein werde, bei dir einem gleichen Feste beizuwohnen, wie du heute bei mir."

„Lasse doch um Himmelswillen die Weiber", sagte Erwin und zuckte ordentlich weg, als hätte ihn schon eine dieser Schlangen bei der Hand.

Der andere aber fuhr hartnäckig fort. Entweder merkte er die Stimmung des Freundes nicht, oder wollte er sie nicht merken. „Da wäre die zarte Agnes Harrand, die dort neben dem Merkur steht, sie ist die schönste des Landes, und erst siebzehn Jahre alt. Oder jene rot gekleidete schlanke Figur neben der dicken Mutter, das ist die Gräfin Rosalie Steinheim, so gut und schön, wie eine Taube. Siehe da gerade über das Parterre geht eine Schmiedin ihres Schicksals, wie wir es einst waren. Unsere jungen Herren würden lieber ein glühendes Eisen anrühren, als diese Dame, so stolz ist sie. Sie bleibt unvermählt, weil sie keinem Zufalle, das heißt keinem Manne, preis gegeben sein will. Es freit auch keiner mehr um sie. Der alte Mann, mit dem sie geht, ist ihr Vater, der Ritter Fargas, mein nächster Nachbar, sie heißt ebenfalls Rosalie, und wenn du reiten lernen willst, so nimm sie zum Stallmeister. Dort auf der Gartenbank sitzen gar drei auf einmal, doch nur die mittlere ist ausgezeichnet, die andern minder, aber jede trägt zwei Rittergüter in der Schürze. Sie sind die Baronessen Kralstein, Bertha, Emilie und Clarinda. Eine heißere Sonnenscheibe, als Emiliens schwarzaugige Blicke gibt es nicht. Oder betrachte die, welche jetzt von Rosalie Fargas leichthin gegrüßt wird, sie ist viel gefeiert und einige sind über sie verrückt, sie ist die Gräfin Miris, eine einzige Erbin – und dann erst die, die wir nur von der Ferne sehen, oder erst die, so von den Gebüschen gedeckt sind, Johanna, Mathilde, Emerentia, Sibylla, Margaretha, Cajetana, und wie sie heißen mögen. Morgen wirst du sie alle neben alten Papas-, Mamas- und Onkelgesichtern sitzen sehen, und kannst wählen. Dem Sohne deines Vaters, und deinen ungeheuern Wäldern wird keine abgeschlagen. – Doch Scherz bei Seite, Erwin. Morgen wird Eveline kommen, und du wirst die ruhig schöne Tugend sehen aus klaren fleckenlosen, aufrichtigen Augen schauend, und ein solches Gut wünsche ich deinem Herzen, dem festesten und besten dieser Welt."

Erwin aber bat mit düstern trüben Blicken, daß er ihn mit alle dem verschonen möge, daß man ihm lieber sein Zimmer anweise, und daß man ihm gestatte, für heute dort zurückgezogen bleiben zu dürfen. Wie er es morgen halten wolle, war ihm noch nicht recht klar, nur so viel ungefähr schwebte ihm vor: wenn nur diese Nacht überstanden sei, so werde er morgen bei der Zeremonie sein, und dann sogleich auf dem Wege nach Havre. Verstimmt, mürrisch und durchaus nicht mehr Herr seiner Stimmung, ließ er sich von Leander in das rote Gemach geleiten. Er schrieb alles dem Zufalle zu, dem er sich hingegeben, und dachte, es werde nicht eher gut, als bis er wieder auf der Straße nach Havre sei, niemanden Raum gebend und gehorchend, als sich selbst und seinen Entschlüssen. Daher kommt alles, dachte er, daß ich das Ding da nicht gelassen habe, wie es ist, und ruhig meines Weges weiter gegangen bin. Nun habe ich Reue, ein Ding, das früher nie da war, und nun schmiede ich vergebens an meinen Gedanken, daß sie ruhig und ebenmäßig sein sollen, und sie fahren widerspenstig im Kopfe gegen einander.

Leander empfahl sich, der andere schloß hinter ihm seine Türe zu, und betrachtete sich trübselig die Behausung, in der er die Nacht zubringen sollte. Er war über sich ärgerlich, daß er nicht ruhig sei, daß so viele fremde Dinge kämen, und deshalb ging er an die Musterung des Zimmers, um sie abzuleiten. Es war nicht anders, als gewöhnliche Zimmer sind, nur da es in einem reichen Schlosse war, war es groß, ein reguläres Viereck und mit einem ungeheuren Kamine versehen, in welchem trotz des nicht kühlen Maiabends ungeschlachte Scheite loderten. Die Fenster gingen gegen Osten, an dem bereits, da die Sonne schon untergegangen, ein riesengroßer blutroter Vollmond stand, und matt durch die Gläser herein schien. Erwin, dem die Hitze zuwider war, da er stets in ungeheizten Zimmern schlief, öffnete die Flügel des einen Fensters, und sah nun, daß es das letzte einer langen Fronte sei, und daß daneben rechtwinklig eine andere noch längere Fronte wegspringe mit unzähligen riesenhaft wegstehenden Dachrinnen, welche große kupferne Rachen aufrissen. Darüber hinaus standen Wirtschaftsgebäude in allen Richtungen verschoben, und über sie blickten die Wipfel des Parkes herein, gegen den Vollmond emporstehend. Da er dieses betrachtet hatte, ging er an den Tisch, nahm sich Brot und Wasser, und hielt Abendmahl. Der Braten und Wein blieb unangerührt stehen. Da es indessen ganz finster geworden, zündete er die auf dem Nachttische stehenden Kerzen an, und bemerkte, daß ein modernes Buch da liege, welches etwa der Haushofmeister zur Zerstreuung des Gastes hergelegt. Damit keine Kohle auf den Teppich herausfalle, schürte er noch das Feuer in dem Kamine zurück, schob den Holzkorb ein wenig weiter hinweg, dann nahm er alle Dunen und anderes Zeug aus dem Bette bis auf den Strohsack und eine Decke, packte alles auf einen Kasten, dann legte er die Oberkleider ab, versuchte noch einmal die Güte des Türschlosses, da er große Summen im grauen Rock führte, und legte sich endlich auf sein Stroh nieder. Die durch das offene Fenster hereinströmende Mailuft tat ihm sehr wohl, da es ihm von dem unvernünftigen Heizen unerträglich warm schien. Eine Weile las er in dem Buche, es stand von nichts als lauter überschwenglicher Liebe in überschwenglichen Versen darinnen, dann legte er es weg, löschte die Lichter aus und starrte noch eine Zeit in die zusammensinkende Glut des Kamines, die um so düsterer rot war, als daneben das weiße Silber des Mondes in breiten Scheiben auf dem Fußboden lag. Dann mit einem flüchtigen Gedanken an die weiße Frau und mit verwirrten Träumen von Emilie, Emerentia, Cajetana entschlummerte er fest und ruhig.

Wie lange er mochte geschlafen haben, wußte er nicht, aber es durfte schon Mitternacht vorüber sein, da war es ihm, als streife ein eiskalter Hauch über sein Gesicht. – War es nun, daß er über die Sagen des Zimmers doch nicht ganz gleichgültig war, oder war es seine angewohnte Entschlossenheit, er weckte sich aus dem halb träumenden Zustande, in den ihn der Luftzug versetzt hatte, vollends auf, und öffnete seine Augen. Aber wer beschreibt sein Erstaunen, in das er geriet, als er die Veränderung erblickte, die in seinem Zimmer vorgegangen war: im Kamine, wo er nur ein Häufchen verglimmender Kohlen gelassen hatte, loderte nun ein helles Feuer, vor demselben, die Fußsohlen gegen die Wärme haltend, und ihm den Rücken zugekehrt, saß eine Gestalt, über und über mit weißem Zeuge, wie mit Nebelhüllen angetan, vorne durch das Kaminfeuer blaß rosenrot angeleuchtet, hinten mit dem bleichen, fast blauen Scheine des Mondes belegt. Er getraute sich keinen Atemzug zu tun, so war er erschrocken. Er glaubte noch zu träumen, und redete sich innerlich zu, zu erwachen, aber er antwortete sich, daß er ja wache; denn auf dem Tische stehen die Flaschen, und ganz deutlich die Teller mit den Speisen, da stehen neben ihm die zwei ausgelöschten Kerzen, da liegt das Buch, und dort auf dem Kasten das herausgeräumte Bettzeug, von dem Feuer sanft rot gesäumt – und es ist ja so heller Mondschein, daß man einen Strohhalm auf dem Zimmer liegen sähe. Die Gestalt saß unbeweglich in derselben Stellung dort. „Das ist meine rechte Hand", sagte er sich, „das ist die linke, jetzt rühre ich den Daumen, jetzt den Fuß –" das alles sagte und tat er, um sich zu überzeugen, und um sich von jenem Zustande empor zu raffen, der sich bleischwer und alpartig auf ihn zu legen drohte und seine Sinne zu benebeln begann. Aber es half nichts, das Bild blieb unbeweglich dasselbe, und es war, als scheine der Mond nur immer greller darauf. Erwin war bis an die Wand gerückt, dort drückte er sich an, zog die Decke bis an die Augen, und über seine Glieder ging es fast, wie ein Fieberfrost. Er schloß ein um das andere Mal die Augen, aber es half nichts, er mußte sie wieder öffnen und sie saß immer wieder dort. Einmal nur hatte sie wie traumartig den Arm gehoben, und ihn wie einen Bogen über das Haupt gehalten, wie etwa jemand im Schlafe einen Arm über den Kopf emporlangt. Dann aber hatte sie ihn wieder sinken lassen, und war unbeweglich wie früher. Nur die Füße hielt sie nicht mehr gegen das Feuer, sondern auf den Teppich gestellt. Sie waren ebenfalls schneeweiß.

Wie lange die Erscheinung schon dauerte, konnte Erwin nicht ermessen; denn ihm war alles Zeitmaß verloren gegangen. Nur eine Tätigkeit war in ihm geblieben, die der Augen. Unverwandt und bezaubert mußte er sie immer hin heften, und den drängenden Atem ließ er so leise strömen, daß er ihn selbst nicht einmal hören konnte. Bald war ihm, die Gestalt rege sich, bald, sie sei starr – endlich regte sie sich in der Tat. Unheimlich langsam, wie ein Totes oder Träumendes, richtete sie sich auf, wendete sich mechanisch um, schritt nebelhaft gleichmäßig gegen das Bett, beugte sich und legte sich hinein. Nur im Momente des Niederlegens hatte er ein kurzes leises Seufzen gehört, wie von menschlichen Lippen – dann aber folgte bald das regelmäßige tiefe Atmen eines ruhig Schlafenden.

So schmal sich nur immer ein ohnehin sehr schlanker Mann machen konnte, so schmal hatte er sich in dem Augenblicke gemacht, als sich die Erscheinung zum Niederlegen anschickte, wie ein Schilfrohr lag er an der Wand, und keine Fiber an ihm regte sich. Fast wollte ihn wieder die eisige Hand des Entsetzens packen, wenn er sich die seit achthundert Jahren modernde Schönheit bei sich im Bette dachte, aber da er das gesunde Atmen hörte, und da ihm war, als fließe sanfte Lebenswärme von der Gestalt zu ihm, so war nun sein Erstaunen noch größer, als früher sein Entsetzen gewesen war. Eine Zeit lang rührte er sich noch nicht, dann aber ganz behutsam und sachte, daß nichts knistere, drehte er den Kopf herum (er hatte nämlich früher das Gesicht gegen die Wand gekehrt) – aber er sah nichts als feine weiße Wäsche, die über eine menschliche Gestalt gedeckt schien. Das halb weggewendete Angesicht der Gestalt konnte er nicht sehen, weil eine sehr große Krause einer Nachthaube davor empor stand. Daß es nur ein Weib sei, schloß er, aber sein Zustand war um nicht viel besser, als wenn es ein Gespenst gewesen wäre. Bloß des einen war er sicher, daß ihm das Weib nicht gegen seinen Willen den Hals umdrehen könne, das andere war alles ängstlich genug.

Wieder eine Weile war er ruhig – dann wagte er es, den Kopf auch ein wenig zu heben, um über die obere Kante der Krause auf das Gesicht nieder blicken zu können. Auch diese Operation gelang. Halb schwebend hielt er so den Oberleib gehoben, und sah auf die ruhigen schlummernden Züge einer jungen schönen Dame nieder. Ja sie war fast außerordentlich schön. Eine weiße sanfte Stirne, darunter die zwei großen geschlossenen Augenlider mit langen Wimpern, feine stolze Wangen, vom Schlafe leicht gerötet. Seine Angst erreichte den höchsten Gipfel, aber gerade in ihr gab ihm der Himmel einen Gedanken ein, für den er ihm inbrünstig dankte, nämlich, sich leise emporzurichten, mit äußerster Vorsicht über sie hinaus zu steigen, seine Kleider zu nehmen, und in den Garten zu entfliehen. „Wenn nur die Tür einmal offen ist", dachte er, „zumachen wolle er sie dann gar nicht mehr." Da das Atmen der Gestalt so sanft und gleichmäßig fort ging, machte er sich an sein Werk. Langsam und mit der gemessensten Behutsamkeit richtete er sich in die Lage empor, die er brauchte – schwebend prüfte er die Breite des Bettes – plötzlich geschah, da die Nacht doch kalt war, wieder durch das noch offene Fenster ein so eisiger Windzug, wie der, welcher ihn aufgeweckt haben mochte – die Gestalt mußte ihn auch verspürt haben; denn sie tat einen tiefen unterbrechenden Atemzug, und griff mit den Händen mechanisch nach der Decke, die sie über sich zog. Erwin war indessen, wie ein in die Luft geheftetes Marterbild starr geblieben, und gelobte sich innerlich heilig, wenn er je wieder in einem fremden Zimmer schlafe, stets das Bett von der Wand zu rücken, damit man an allen Seiten hinaus könne. Endlich atmete die Gestalt wieder gleichmäßig weiter, und er ging an die Fortsetzung seines Werkes. Aber ruhig muß ihr Schlaf nicht gewesen sein, oder dichtete es ihm seine Angst vor: jeden Augenblick regte sie sich, und jeden Augenblick mußte er inne halten.

Endlich war er so weit, daß nur noch das Aufstellen des einen Fußes auf die jenseitige Bettkante und der leichte Sprung nötig war, vor dem er sich, seiner Gelenkigkeit bewußt, gar nicht fürchtete. Aber eben, wie er so halb über sie gebeugt hing, wie einer, der die Schlafende entzückt bewundert, was aber bei ihm, weiß Gott, durchaus nicht der Fall war – eben in dem Augenblicke öffnete sie die Augen und starrte ihn, aber gleichsam mit erloschener Sehkraft, an. In dieser Sekunde tat er das Törichteste, was er zu tun vermochte: er plumpte nämlich mit eins in seine vorige Lage zurück – im Momente belebten sich ihre

Augen zum völligen Sehen, und mit dem Schrei: „Nichtswürdiger Mensch!“ sprang sie aus dem Bette heraus, und „Rosa, Rosa!“ rufend eilte sie gegen den Kamin – hier aber hielt sie plötzlich, wie von einem Schlage betäubt, an, tat einen gellenden Schrei, schlug ihre beiden Hände vor die Augen, und stürzte auf die Knie nieder.

Erwin war eben so schnell aus dem Bette, warf seinen Rock über, und wollte ihr beistehen. Aber er wußte nicht, wie es anzufangen sei, und sah bloß einen Augenblick hin, und da war es ihm, als zittere es innerhalb der weißen Hüllen heftig, wie wenn ein ganzer erschütterter Organismus bebt. In ungeschickter Güte nahm er sie bei dem Arme, aber sie riß ihn weg und rief leise: „Nur fort, fort!“ Das war ihm das Liebste, er raffte alles, was sein war, zusammen, und näherte sich der Tür. Aber in dem Augenblicke fühlte er sich wieder ergriffen, und hörte die Worte: „Verlassen Sie mich nicht – wie können Sie mich denn verlassen?“ Diese Worte waren in jenem Tone gesagt, den man, wenn es erlaubt wäre, flüsterndes Schreien nennen könnte, und der Ton, ob er ihn gleich nie gehört hatte, kündete ihm ihre furchtbare Gemütsbewegung an. Die Seele hat einen Instinkt, die Leiden einer andern Seele zu fühlen – und dieser Instinkt gab ihm Geschicklichkeit zu handeln. Er wendete sich an der Türe um. „Ich will Ihnen helfen“, sagte er, „ich will alles tun, was in der Kraft eines Menschen ist. Sie haben sich in dem Zimmer geirrt, ich will Sie auf das Ihrige geleiten –“ in dem Moment fuhr ihm der Gedanke durch den Kopf, daß er ja gestern den Nachtriegel vorgeschoben, er tat einen plötzlich scheuen Blick auf die Tür – es war richtig – der Riegel steckte noch, wie er ihn vorgeschoben, – es war nun kein anderer Weg herein gewesen, als das offene Fenster. – Sie war angstvoll seinen Blicken gefolgt, und mit leisem Händeringen hatte sie die Worte geächzt: „Ach Gott! ach Gott!“

„Sein Sie ruhig, sein Sie ruhig!“ sagte er.

„Ich kann nicht ruhig sein“, antwortete sie, „ich kann nicht ruhig sein – Mann! wer sind Sie denn?“

„Ich bin Erwin Alan, der Freund des Schloßherrn.“

„Ach es ist entsetzlich“, sagte sie, gleichsam, als hätte sie seine Worte ganz überhört, „es ist entsetzlich –“ und händeringend ging sie im Zimmer herum. Dann, als wollte sie sich gewaltsam sammeln, setzte sie sich wieder auf den Stuhl, der noch vor dem Kamine stand, drückte ihr Gesicht verzweiflungsvoll in die Hände und saß gebeugt da. Er stand neben ihr, aber da sich ihre Stellung Minute nach Minute nicht änderte, so nahm er sich wieder den Mut, sie anzureden. „Fassen Sie sich, fassen Sie sich."

Sie sprang wieder auf, wollte vorwärts, wollte rückwärts, wußte selbst nicht, was sie wollte. Sie nahm ihn bei der Hand, und drückte sie so heftig, wie wenn man mit Angst etwas erflehen will, oder wie man einen Retter anfaßt. Er war auch ganz verloren, und wußte nicht was und wie; er nahm ihre andere Hand, er wäre bald vor ihr niedergekniet, wie man betet, aber dann erschien es ihm töricht – und er rief, fast so angstvoll geworden wie sie: „Ich will Ihnen ja helfen, aus Mitleid und Barmherzigkeit und Menschenliebe will ich Ihnen helfen, so sagen Sie nur, wie ich es kann?"

„Ach Gott, was werden Sie von mir denken, wenn ich es Ihnen sage – ich bin nun der Großmut eines Mannes verfallen – zum ersten Male meines Lebens bin ich abhängig – ich will keinen einzigen mehr verachten, o Gott, wenn du mir nur aus dieser Lage hilfst! – Aber Sie werden mich verraten, wenn ich es sage, und mich verlachen."

„Aber nein – nein, so lange ein lebendiger Blutstropfe in mir ist, will ich Sie nicht verraten – so reden Sie nur."

Sie schlug ihre Augen zweifelnd zu ihm auf, und sah die schönen, ehrlichen, von dem Monde beschienenen Züge.

„Hören Sie mich", sagte sie leiser und gefaßter, „ich bin Rosalie Fargas. Kein Mensch weiß es, als mein Kammermädchen Rosa, daß ich im Vollmondscheine manchmal herumwandle. Ich weiß nicht, daß ich sonst aus dem Zimmer gegangen bin, aber heute – vielleicht sind breite Simse – Ihr offenes Fenster muß mich gelockt haben, da Ihr innerer Türriegel vor ist – und ach Gott, bei mir ist auch ein solcher von innen vor."

„Schläft Rosa in Ihrem Zimmer?"

„Nein, daneben, aber die Tür zwischen beiden ist offen."

„Würden Sie auf dem Gang Ihre Zimmertür erkennen."

„Ja."

„So warten Sie ein wenig, ich will auf den Gang hinaustreten, und sehen, ob er frei ist, dann gehen Sie zu Ihrer Türe, und klopfen leise, bis Sie Rosa hört und hineinläßt."

„Ach da würde ich eher alle Schläfer dieses Schlosses mit meinem Pochen erwecken als Rosa; denn die schläft so fest, wie sonst kein Mensch, und auch, wenn sie erwachte, so würde sie, ehe sie öffnete, ein Gespräch anheben wollen, um sich zu überzeugen, daß ich es sei."

„Sie haben recht, es darf Sie kein Mensch erblicken, hier bleiben können Sie auch nicht, sonst vermißt Sie Rosa und macht Lärm; wo schläft denn Ihr Vater, ich will ihn wecken."

„Ich weiß es nicht – aber es nützt auch nichts, weil Sie anklopfen müßten, und er von innen noch mehr Lärm machen würde."

„Es nützt auch nichts – es nützt nichts", sagte Erwin, und sah sie ratlos an. Plötzlich aber rief er: „Ha, mir kömmt ein Gedanke, der alles löset." Hiebei war er an das Fenster gesprungen. Sie war ihm gefolgt.

„Wo liegt Ihr Zimmer?"

„Es muß das über die Ecke hinüber sein, wo das Fenster offen ist; denn alle andern sind zu, wo wäre ich denn sonst heraus gekommen."

„Ich springe hinüber", sagte Erwin, „öffne leise Ihren Riegel und Sie gehen hinein."

„Um Gotteswillen nein", flüsterte sie bestürzt, „in diesem Abgrunde zerschmettern Sie sich – da kann ja kein Mensch hinüber." Und in der Angst hatte sie ihn mit beiden Armen umschlungen, als springe er bereits hinaus.

„Ich kann es, ich kann es", erwiderte er, „Ihnen zu Liebe kann ich es", sagte er wiederholt, indem er die weichen Arme, von derlei er zum ersten Male in seinem Leben umschlungen war, aufzulösen strebte, und bemüht war, die sanfte Schulter, die er gefaßt, von sich wegzudrücken.

„Springen Sie nicht", flehte sie, „ich stürbe, wenn Sie hinunter fielen."

„Ich falle aber nicht hinunter", sagte er, „ich falle nicht, lassen Sie mich doch, ich bin mehr geübt, als andere Männer, und kann viel, viel weiter springen, als dieser Raum beträgt."

Zögernd – versuchsweise ließ sie mit zurückgepreßtem Atem von ihm ab – in demselben Momente war seine dunkle Gestalt schon lautlos auf dem Fenstersimse, und im selben Momente auch schon nicht mehr, – mit einem schwachen Schrei war sie zurückgesunken, ihre Sinne flirrten, und sie kämpfte mit einer Ohnmacht, aber doch durch alles hindurch war sich ihre gespannte Seele bewußt geblieben, keinen schweren Fall gehört zu haben. Sie sprang wieder vor, und blickte hinaus, aber auch im andern Fenster war keine Gestalt mehr. Dafür hörte sie ganz leise draußen an dem Türschlosse die Klinke versuchen. Sie ging hin, öffnete den Riegel, und Erwin ging auf den Zehen herein.

„Gehen Sie nun schnell hinüber, die Türe steht offen", sagte er, „nun ist alles gut."

„Ewig, ewig dankbar", flüsterte sie, indem sie auf das innigste seine Hand nahm, „Sie verraten mich nicht."

„Nein, nie", antwortete er, und sie war hinaus.

Er schob so leise, als es nur immer anging, seinen Riegel wieder vor. Dann ging er in die Mitte des Zimmers und atmete beruhigt auf. Drüben hörte er jetzt ein Fenster zumachen – und im Osten blühte ein schwaches, graues Licht auf, der Vorbote des bald kommenden Morgens. Er schloß nun auch sein Fenster, und legte sich wieder nieder. Aber er konnte nicht schlafen, weil eine ganze Verwirrung in seinem Kopfe war. Nach einer Weile, da jeder Versuch einzuschlafen mißlungen war, zündete er sich die Kerzen an, und nahm wieder das Liebesbuch, aber es war einmal zu toll, was drinnen stand. Er mußte es auch wieder weglegen. Später ging er an das Fenster, um zu sehen, ob das von Rosaliens Zimmer zu sei. Es war zu, und der Mond war jenseits der Dächer getreten, so daß jetzt alles vor ihm im Schatten lag, und nur der Kiesweg an den Ställen ein wenig beleuchtet schimmerte. Erst gegen Morgen, da es Aufstehens Zeit war, wäre er wieder eingeschlafen, wenn es nicht in den Gängen laut geworden, und so hin und her gepoltert wäre, daß er endlich resigniert aufstand, sich ankleidete, und zu Leander hinunter ging. Dieser aber war bereits in dem Versammlungssaale, wo, wie ein Diener sagte, eben die Gesellschaft zum Frühstücke zusammen komme. Erwin, einmal in dieses Haus gelangt, wollte nun mit seinem grauen Rocke trotzen, und ging auch in den Saal. Leander trat augenblicklich auf ihn zu, führte ihn mit ausnehmender Auszeichnung gegen die Mitte des Saales hin, und stellte ihn der ganzen Gesellschaft als Erwin Alan von Alansford, seinen ersten und teuersten Jugendfreund, vor, der auf einer großen Fußreise begriffen, erst gestern in der Nachbarschaft seine Einladung zur Hochzeit nachgeschickt bekommen, und ihm die Freude bereitet habe, ihn mit seiner Gegenwart zu überraschen. Bei einigen schwand, als der altbekannte Rittername genannt wurde, sogleich das Bedenken hinsichtlich des groben grauen Rockes weg, andere aber sahen nun gerade noch begieriger auf ihn hin, weil sich der Ruf des verrückten Güterherrn bereits bis zu ihren Ohren verbreitet hatte, und wieder andere hatten ein gemischtes Gefühl von Schadenfreude, weil sie doch die leise Verlegenheit gewahr wurden, die sich in Leanders Bewegungen zeigte.

Vorne am Fenster in einem tiefen breiten Rollsessel saß Rosalie Fargas, und war heute besonders blaß.

Es erhoben sich Gespräche über dies und das. Man reichte Tee, Kaffee und anderes herum. Erwin ging zum Erstaunen aller zu einer Milchkanne hin, leerte sie beinahe ganz in ein Glas, tat etwas Wasser dazu, und trank den Inhalt aus. Dann aß er ein Stück Milchbrot. In dem Augenblicke tat ein altes Damengesicht die unglückselige Frage: „Herr Baron, Sie haben ja im Zimmer der ‚weißen Frau' geschlafen – ist sie Ihnen nicht erschienen?"

„Nein", sagte Erwin kurz, ward aber rot.

„Das wäre mir an des Herrn Baron Stelle leid gewesen", sagte ein alter Knasterbart, „ich war von jeher ein großer Liebhaber von Erscheinungen weißer Frauen." Und er belachte tüchtig seinen eigenen Witz.

„Ja wenn sie von Fleisch und Blut waren", sagte ein anderer.

„Anderweitige, Herr Kamerad, gibt es ja nicht", entgegnete der Knasterbart, „ich bin in aller Herren Länder gewesen, und habe niemals derlei Schnarrwerk angetroffen."

„Unbedingt sind diese Sachen doch nicht abzusprechen", sagte ein dritter.

Und ein vierter leugnete, und ein fünfter bejahte die Gespenster, und es entstand eine kurze Debatte über diesen Gegenstand, allein sie mußte aus dem Grunde hohl und unfruchtbar bleiben, weil kein einziger in der ganzen Gesellschaft war, dem je ein

Gespenst erschienen wäre – sie lachten sich bereits gegenseitig aus, als mit großem Ernste und schüchtern sich der Haushofmeister geltend zu machen suchte und vortrat: „Wenn die gnädigen Herrschaften erlauben“, hub er an, „so könnte ich da Auskunft geben, ich habe ein Gespenst gesehen.“

„Ja das Weingespenst in der Flasche“, sagte der Knasterbart.

„Vergönnen, Herr Oberst“, erwiderte der Haushofmeister, „ein anderes Gespenst.“

„Nun also welches? wann?“

„Ich habe heute nacht die ‚weiße Frau‘ des Hauses gesehen.“

„Die weiße Frau?!“ riefen alle.

„Ja, heute um zwei Uhr nachts. Ich stand zeitlich auf, um die Teppiche im Speisesaale, und dann die im Gartensalon legen zu lassen, wo das Vesperbrot sein wird – und da ging ich in den obern Gang, um Sebastian zu wecken – da sah ich mit diesen Augen – deutlich sah ich die ‚weiße Frau‘ schweben. Sie kam aus des Herrn Baron Alan Zimmer, und verschwand auf Nr. 23, wo Baronesse Fargas schliefen.“

Ein erschrocknes Schweigen herrschte nach diesen Worten im ganzen Saale. Manche Augen richteten sich auf Rosalien, die nun ihrerseits flammend rot im Sessel saß – hülflos gegen dieses zweideutige Schweigen.

In dem Augenblicke trat der Vater Rosaliens mit dem heitersten Gesichte ein, und entschuldigte sich, daß er so spät erscheine, seit Jahren habe er nicht so gut und lange geschlafen.

„Das ist ein Glück für den“, flüsterte eine Stimme, „daß er so lange geschlafen.“

Rosalie wiegte sich vorne in ihrem Sessel, um gleichgültig zu scheinen. Leander schickte den Haushofmeister mit einem Geschäfte ab, und verlangte den Rapport darüber nach einer halben Stunde im Schreibzimmer – einige machten sich mit Kaffeegeschirren zu tun, andere fragten nach dem Barometerstande – die Damen bewunderten da ein Armband, dort ein Dosengemälde – der alte Fargas verlangte in seiner jovialen Weise eine oder etliche Flaschen in den blauen Gartenpavillon, es würden sich schon Gesellen zu ihm finden, die ein solches Frühstück jedem andern vorzögen – und so war das ganze Geistergespräch in andere gleichgültige Dinge übergegangen. Auch zerstreute sich die Gesellschaft bald, um die Zeit bis zur Vermählung durch Herumschlendern, Putzen, oder wie der alte Ritter, durch Trinken hin zu bringen. Leander hatte seinen Staatswagen mit sechs milchweißen Pferden bespannen lassen, um in eigener Person Evelinen entgegen zu fahren, die um zwei Uhr mit ihrer Begleitung in Schloß Turun eintreffen sollte. Manche andere Wägen hatten sich angeschlossen. Auch Reiter waren fortgesprengt, um der schönen neuen Herrin bei ihrem Einzuge das Geleite zu geben. Dennoch war es im Schlosse, als sei um keinen einzigen weniger; auf jeder Treppe, in jedem Gange, auf jedem Gartenplatze und in jedem Hofe begegnete Erwin einzelnen und Gruppen. Die aus der nächsten Nachbarschaft kamen erst heute an, und die älteren Gäste erzählten ihnen heimliche Geschichten.

Erwin ging in sein Zimmer, dann ging er in den Garten, dann besah er die Kirche des Schlosses, die schon prachtvoll dekoriert war, dann ging er wieder in sein Zimmer – und dann wieder durch die Gänge – eine unbestimmte Wut kochte in ihm. Man hatte, durch die feine Sitte höherer Stände geleitet und aus Hochachtung vor dem Wirte des Hauses, nicht mit dem leisesten Worte, nicht mit der mindesten beziehenden Miene mehr an die bei Frühstücke erzählte Geschichte erinnert, aber dafür wehte durch das ganze Schloß jenes feine, unsichtbare, ungreifbare Gift schnöder Meinung, das sich in naturrohe Herzen, wie Erwins, fürchterlicher einfrißt, als Schwerter und Kanonen. Es wisperte hier – es fisperte dort – und nirgends war etwas. Und alle hatten sie lächelnde Gesichter, und alle waren sie ausnehmend höflich – und als gegen Mittag, da eben die größte Hitze über dem Schlosse stand, ein unsäglich freundlicher Herr die Mitteltreppe hinanstieg, und im ganzen Gesichte über und über glänzend Erwin grüßte, so packte ihn dieser beim Kragen, und schleuderte ihn die einigen Stufen abwärts, die er gekommen, daß ihm Hut und Stab entflogen – und da Erwin dies getan, so war ihm unendlich leichter, und er war zum ersten Male in diesem Schlosse von Grund aus mit sich zufrieden. Der Herr hatte unten Hut und Stock aufgerafft, und nur noch gesagt: „Wir werden uns sehen, Herr Baron, wir werden uns sehen", und dann war er verschwunden.

Erwin blieb auf der Treppe stehen. Von Rosalien wußte er

gar nichts. Er suchte sie nicht, und fragen durfte er nicht. Hätte er aber gewußt, was sich kurz vorher mit ihr zugetragen und die Heiterkeit des Schlosses nicht wenig vermehrt hatte, er würde sich über seine Tat, sei's nun an einem Schuldigen oder Unschuldigen, noch weit mehr erfreut haben, als er ohnehin tat. Man hatte nämlich Rosalien im Garten im dicksten Gebüsche ihrem Vater an der Brust liegen gesehen, worauf der Ritter mit donnernder Stimme nach seinen Leuten und Pferden rief, und zu satteln befahl; denn er wolle augenblicklich mit seiner Tochter nach Hause reiten. Dieses Aufsehen drückte der ganzen Geschichte erst die Krone auf.

Erwin stand noch auf der Treppe, als schon drei Herren zu ihm kamen, und ihm eine Einladung auf Degen brachten, augenblicklich zu vollziehen auf dem Fasanenplatz hinter dem Fichtengehege des Parkes.

„Ich komme schon", rief er mit leuchtenden Augen, „laßt nur Schwerter hinbringen, denn ich habe keines – ich kämpfe mit dir auch, und mit dir auch, und sagt nur dem Affen, das ist mir eben recht."

Die andern verbeugten sich ruhig, und bedauerten den Menschen, der sich so bloß gebe. Erwin aber begab sich sogleich auf den Weg zu dem Fasanenplatze, der ihm heute morgens bekannt geworden war. Seine Wanderung führte ihn an dem blauen Gartenpavillon vorüber, wo noch die Flaschen standen, an denen der alte Fargas gefrühstückt hatte. Erwin trat hinein, schenkte sich von dem Reste des Weines ein, und stürzte zwei Gläser hinunter. Dann begab er sich auf den Fasanenplatz. Die andern kamen auch, man maß die Degen, und machte Stellung.

Die Sache war aber im Schlosse nicht geheim geblieben, man sprach von Beleidigung und Zweikampf, und eben da Rosalie schon zu Pferde saß, um ihre Schmach nach Hause zu flüchten, flüsterte ihr der Stallmeister ihres Vaters die ganze Geschichte zu – auch der Fasanenplatz war genannt worden. Ohne sich im geringsten zu bedenken, flog sie mit ihrem Fuchse durch das Bogengitter auf die Kieswege des Parkes hinaus, dem Fasanenplatze zu. Der Vater und der Reitknecht mit dem gesattelten Handpferde, das er hielt, folgten ihr. Da sie ankam, und mit fliegendem Schleier auf den Sandplatz hervorjagte, traf sie den

Mann, der ihr heute nacht so bedeutend geworden war, seinem Gegner gegenüber stehen, und ein wenig veratmen. Er blutete aus der Wange, der andere am rechten Arme. Erwins Gesicht flammte fieberisch von dem genossenen ungewohnten Weine, und von dem eben so ungewohnten tiefen Zorne – die andern standen etwas verdutzt da: sie hatten nicht geahnt, was Erwin sei, nach den Verwundungen hatten sie den Kampf beenden wollen, aber er gab bloß zehn Sekunden Atmungsfrist, nahm den Degen, wie der andere, links, und verlangte Fortsetzung, bis einer tot sei. Wie er Rosalie vorsprengen, vom Pferde steigen, und zwischen sie treten sah, wischte er sich mit seinem grauen Rockärmel das Blut von der Wange, als schäme er sich dessen, und sah auf sie hin. In dem nämlichen Augenblicke stürzte auch Leander, der eben mit Evelinen auf Turun angelangt war, totenbleich herbei, indem nur er allein die Kampfkraft Erwins kannte, und das Schrecklichste fürchtete. Auch andere, Männer und Frauen, waren herzugekommen, da sich die Sache mit furchtbarer Schnelligkeit verbreitet hatte.

„Erwin, Erwin", rief Leander, „warum hast du mir das getan?"

„Oh, du weißt nicht, Leander", erwiderte der andere, der vor der Menge vergebens mit seinem Zorne kämpfte, wie ein Knabe, der ihn nicht beschwichtigen kann, „du weißt nicht – mit Lächeln, mit Blicken und mit süßen Mienen – o da stechen sie – aber siehe, ein Helote führt das Schwert besser als diese." – Dann gegen Rosalie gewendet, fuhr er fort: „Fräulein, es soll Sie kein Mensch mehr auf dieser Welt, so groß sie ist, beleidigen dürfen. Werden Sie mein Weib – ich habe Güter und Wälder, ich werde Ihnen alles geben, was Sie verlangen – aber wenn dann nur einer wagt, mit seiner kleinsten Faser zu zucken, so will ich nach ihrer lächerlichen Sitte Mann nach Mann mit ihnen kämpfen, bis keiner eine Faser hat, die er regen könnte."

Tränen der Scham und Wut wären ihm bald hervorgebrochen, als er dieses gesagt, weil er den ganzen Kreis auf sich blicken und sich bestaunen fühlte. Rosalie stand glühend, betäubt und verwirrt da, eine solche Werbung mochte noch nicht vorgekommen sein.

Aber ihr Vater trat in diesem Moment hervor, und sagte

ruhig, wie man es an dem heftigen Manne gar nicht gewohnt war: „Für die Ehre meiner Tochter bin ich da – laßt das jetzt weg – indessen seid bedankt, edler Mann –"

„Ich bitt Euch, Freunde, Nachbarn", fiel Leander ein, „tut mir die Liebe und Freundschaft, zerstört mir den schönsten Tag meines Lebens nicht – es kann nur ein leichtes Mißverständnis sein – es wird sich alles lösen. Lasset uns gegenseitig die Hände reichen, und uns heiter zu dem bevorstehenden Feste rüsten. Erwin, komm, vergiß, was dir heute bei mir zugestoßen."

„Halte Hochzeit, Leander", entgegnete Erwin, „aber lasse mich fortziehen – ich kann nicht bleiben, weil mich deine Luft erstickt – ich will mit dem Fräulein auf Schloß Fargas; sie mag mich nun als Bräutigam annehmen, oder nicht, weil sie keinen Mann will, woran sie recht tut: so wird sie mich doch heute beherbergen, und dann, ehe ich nach Texas ziehe, soll noch jeder Rechenschaft geben, der sie zu beleidigen wagt."

Und in seiner Verwirrung bestieg er das ledige Pferd, welches der Reitknecht hielt, und ritt davon. Draußen auf der Straße wartete er, bis der Ritter Fargas mit Rosalien und seinen Leuten kam, dann schloß er sich an, und ritt von dem lärmenden Schlosse weg nach Fargas. –

Auf Turun war verstimmte Hochzeit gewesen. Auf Fargas kamen des andern Tages von allen männlichen Gästen des Festes Briefe an, in denen sich die Schreiber als Rächer anboten, wenn jemand etwas gegen Rosalien habe. Der Ritter dankte kalt, und die Sache war aus.

Das Ränzchen wurde bei dem kleinen Wirte in zwei Tagen auch nicht geholt, dafür schrieb Erwin einen zornigen Brief an seinen Oberverwalter, worin die Worte standen: ‚Ich bin von dem Wege nach Havre durch Zufall abgewichen, habe gezankt, habe mich betrunken, duelliert und verlobt. Schicke deine Briefe nach Schloß Fargas.'

Endlich wurde das Ränzchen doch geholt, aber die Reise nach Havre bis nächsten Frühling aufgeschoben. Nächsten Frühling aber war Erwin mit Rosalie vermählt. Auf seiner Hochzeit war Leander, und viele der damaligen Gäste gewesen. Erwin erzählte nun mit Erlaubnis seiner Gemahlin die Geschichte jener verhängnisvollen Nacht, und alles war weit fröhlicher und heiterer als damals.

Auf Erwins Schlössern war nun Wein und Braten, waren Wägen und Pferde daran, der spartanische Bart war von seinem Gesichte, Rosalie, die Unvermählbare, betete ihren Gatten an, dies alles hat der ganz kleine Zufall verschuldet, dem Erwin damals gestattet hatte, ein winziges Loch in sein System zu bohren – dies und noch etwas, flüsterten die bösen Zungen, daß nämlich Erwin ein ganz klein wenig unter dem Pantoffel stehe.

So endete die Geschichte der drei Schicksalsschmiede, sie sind sehr gute Freunde, und schmieden bis auf den heutigen Tag, nur daß das Eisen, welches sie nehmen, nicht mehr so spröde ist, sondern sie lassen den Zufall gelten, aber sich nicht von ihm beherrschen.

Als Note muß zum Schlusse noch beigefügt werden, daß Erwin auf seinem Wohnschlosse zwar jedes Fensterchen vergittern ließ, daß sich aber nie mehr der Fall ereignete, daß Rosalie im Vollscheine ihr Bett verlassen hätte. Es mußte damals nur heimtückische Rache des Zufalls gewesen sein, dessen Reiche sie getrotzt hatte.

DIE BARMHERZIGKEIT

1845

Das kleine Mädchen Vita ist sehr krank gewesen. Mehrere Tage lang lag es mit dem roten Gesichtchen im Bette, die Augen standen in dem Gesichtchen auf die Mutter gerichtet, und kannten sie nicht. Dann schlief sie immer, zuckte mit den Händchen, und richtete oft Mund und Wänglein ein wenig empor, wie sie sonst tat, wenn sie recht schön bitten wollte. Die Mutter saß Tag und Nacht an dem Bette, reichte alles, schickte sogar den Schmerz fort, daß er sie nicht hindere, bis die roten Wänglein blaß geworden waren, die blauen Äuglein matt, aber kühl im Haupte standen, sich leise regten und nach den Dingen im Zimmer sahen. Dann tat sich der Mund auf und redete gerade wieder von den Sachen, von denen er geredet hatte, als er krank geworden war. Eines Tages aber, als schon Spielzeug auf dem Bette lag und eben ein schöner Morgen in das Zimmer schien, wurde die kleine Vita stille, sann nach, und fing dann bitterlich zu weinen an. Die Mutter neigte sich über sie, strich die Locken, und fragte, warum ihr liebes Englein so weine.

„Weil ich schwer, schwer gesündigt habe."

„Wie hast du denn gesündigt, liebe Vita?"

„Ich habe damals Gott recht gebeten, er möchte den großen Wagen weg tun, der mir immer auf den Füßen gestanden ist, und du hast gesagt, um was man den lieben Gott recht bittet, das tut er auch, aber den Wagen tat er doch nicht weg, und er blieb immer, immer stehen. Da aber der Wagen doch jetzt weg ist, so sehe ich, daß du ihn weggetan, und die schönen Puppen und Kleidchen hergelegt hast. Da dachte ich, Gott ist gar nicht barmherzig, und ich werde ihn auch gar nicht mehr anbeten. Da wird er mich nun strafen, und doch sterben lassen."

Die Mutter sagte zu dem schluchzenden Kinde: „Höre mich an, Vita, ich werde dir etwas erzählen, und dich um etwas fragen. Weißt du noch, wie das heiße Wasser auf deinen Arm rann, und er recht schrecklich schmerzte?"

„Ja."

„Was haben wir denn damals getan?"

„Es ist der große Doktor gekommen, und hat dir etwas gesagt."

„Und was habe ich denn dann getan?"

„Du hast mich in das Bett gelegt, hast ein Tuch um den Arm gebunden, und hast mir recht, recht schöne Dinge gegeben."

„Und wie ist denn dann morgen oder übermorgen der Arm geworden?"

„Nun gut ist er geworden."

„Hat er denn lange, lange noch geschmerzt?"

„Gar nicht mehr hat er geschmerzt."

„Als neulich das schöne Glasstengelchen abgebrochen war, mit dem du immer gespielt hast, wenn wir es auch mit einem Tuche eingebunden, und in das Bett gelegt hätten, wäre es auch wieder gesund und ganz geworden?"

„Nein", sagte das Kind, durch die Tränen lachend.

„Warum denn nicht?"

„Nun, weil – weil – Mutter, warum denn nicht?"

„Siehst du, weil in deinem Arme ein Fleisch ist, welches wachsen kann, und ein lebendiges Blut, welches rieselt, und das Wachsen befeuchtet. Und wenn ein Schaden kömmt, und eine Wunde, so geht das Fleisch herzu, und wächst zusammen, und das Blut kömmt auch, und befeuchtet es, damit es wachse. Das arme Glasstengelchen, wenn es einmal entzwei ist, muß so bleiben, und kann gar nie zusammenwachsen, weil es nicht lebendig ist."

„Ja, Mutter."

„Wer hat denn nun dem Fleische die Gnade gegeben, daß es wachsen kann, und dem Blute, daß es befeuchtet und heilet?"

„Gott."

„Wer hat uns denn das Herz so gemacht, mir und dem Vater, daß wir dich so lieb haben, und dir alles geben müssen, was du brauchst, damit du gesund wirst, damit du leben kannst, und damit du noch dazu recht viel Freude habest?"

„Gott, Mutter."

„Siehst du nun, Vita, wie Gott barmherzig ist. Weil er selber nicht überall hingehen und gleich helfen kann, da er zu majestätisch ist und in dem Himmel wohnet, so hat er alle Menschen so gemacht, daß sie es nicht sehen können, wenn ein anderer leidet, sondern daß ihnen das Herz zerspringt, und sie gleich hingehen und helfen müssen. Weißt du, wie du geschrien hast, als sich das Kätzchen bald an der roten Schnur erhängt hätte, wie du es herabgenommen, wie du es gestreichelt hast, bis es maulig wurde, und in deinem Schoße einschlief?"

„Ja, Mutter."

„Und dem großen Doktor hat es Gott in das Haupt gegeben, daß er die Eigenschaften der Kräuter und der Dinge lernen kann, damit er eine Salbe mache, wenn die Leute krank sind, oder einen Trank, daß sie wieder gesund werden. Und dem Feuer hat es Gott gegeben, daß es wärme, dem Wasser, daß es naß ist, der Sonne, daß sie scheine, dem Brote, der Milch, den Früchten, daß sie uns ernähren, und uns hat er den Verstand gegeben, daß wir diese Dinge immer besser einsehen und immer besser gebrauchen lernen. Überall schickt er die Menschen wie Schutzengel hin, daß sie helfen, und auch zu mir ist er in der Nacht gekommen, und hat gesagt, daß ich dir den großen Wagen weg tun soll. Siehst du es nun, Vita?"

Das kranke Kind hatte die klaren Äuglein immer hingerichtet, und aufmerksam zugehört, aber endlich fielen ihm die Lider zu, als wollte es schlafen, wie das gestreichelte Kätzchen. Es war längst schon überzeugt, und eine solche Beruhigung lag in dem Angesichtchen, als wäre Gott selber dagewesen, und hätte es gesagt; denn die Kinder glauben alles, was die Eltern sagen. Die Mutter aber ging in das Zimmer daneben, und weinte sich dort aus, bis keine einzige Träne mehr in ihr war. Sie wußte nicht, hatte sie aus Freude geweint, oder aus Schmerzen.

Als sie nach einer Weile wieder heraus kam, schlief das Kind recht fest, die Wänglein waren wieder rot, aber nun von Gesundheit, auf dem Stirnchen standen kleine, lichte Tröpflein, und die Puppen lagen herum auf dem Deckchen, und rührten sich nicht, daß der heilende Schlaf nicht unterbrochen werden möge.

ZUVERSICHT

1846

Es war neulich in einer großen Gesellschaft von der Französischen Revolution die Rede, und es wurden sittliche Urteile über manche ihrer Charaktere gegeben. Der Stoff war anziehend, die vereinzelten Teilgespräche verstummten nach und nach, und – was so selten in großen Gesellschaften geschieht, alle Anwesenden verwickeln sich endlich in ein und denselben Gegenstand.

Man legte diese und jene Handlungen vor, und suchte ihre Beweggründe und moralischen Rätsel zu lösen.

Es wurde aber nicht in die Prinzipfrage eingegangen, wer Recht oder Unrecht habe, sondern man suchte Erscheinungen, die plötzlich an Charakteren hervorgesprungen sind, von denen man ganz andere erwartet hätte, auf ihre Ursprünge zurückzuführen, und in dem menschlichen Seelenleben zu erklären. Hauptredner war ein junger Mann, der sich das Studium der Revolution zur Lebensaufgabe gemacht haben mußte; denn er brachte eine Menge Dinge aus Quellen zu Tage, die man früher nicht gewußt, oder wenigstens in dieser Innerlichkeit nicht gewußt hatte.

Nachdem man sich lange an den verschiedenen Tatsachen, die er gab, verwundert oder gegraut hatte, und das Gespräch auf die einige Phrase zurückkam, daß es ein Unglück sei, daß gerade diese merkwürdige Zeit auf Menschen getroffen sei, die in ihrer entsetzlichen Gemütsart dieselbe verdreht haben und ihr einen so abscheulichen Stempel aufdrückten, daß sich jedes Gefühl davon abwenden müsse; nahm plötzlich ein alter Mann mit schlichten, weißen Haaren, der bisher nicht eine Silbe darein geredet hatte, das Wort und sagte:

„Ich glaube kaum, daß man die Sache so ausdrücken dürfe, daß die Zeit auf die Charaktere getroffen sei, sondern daß sie dieselben gemacht habe. Mancher, der einen ganzen Berg von Taten getürmt hatte, und zuletzt davon erdrückt worden war, wäre zu einer andern Zeit ein harmloser Mensch und ein guter Hausvater gewesen."

Man bestritt ihm diesen Satz und sagte, daß dort, wo nicht schon eine tigerartige Anlage sei, die Zeit keinen Tiger hervorrufen könne.

„Ich gehe noch weiter", sagte er, „wir alle haben eine tigerartige Anlage, so wie wir eine himmlische haben, und wenn die tigerartige nicht geweckt wird, so meinen wir, sie sei gar nicht da, und es herrsche bloß die himmlische, darum beurteilen wir die Charaktere stürmender Zeiten so ganz unrecht, weil sie in einem kranken Zustande, z. B. des Fiebers, handelten; wir aber diese Voraussetzung in uns nicht finden, und daher ihren Handlungen unseren gesunden Zustand unterschieben, und sie also nicht begreifen. Der größte Mann – ich meine den Tugendhaften darunter, widersteht nur dem geweckten Tiger und läßt ihn nicht reißen, während der Schwache unterliegt und rasend wird. Wir alle können nicht wissen, wie wir in den gegebenen Fällen handeln würden, weil wir nicht wissen, welche unbekannten Tiere durch die schreckliche Gewalt der Tatsachen in uns empor gerufen werden können; so wenig wir wissen, was wir im Falle eines Nervenfiebers reden oder tun werden."

„Sie verteidigen also die Männer der Schreckenszeit?" rief ein anderer.

„Nein, ich verteidige sie nicht!" sagte der Alte. „Ich schiebe nur die sittliche Zurechnung auf einen anderen Standpunkt, als auf dem wir sie haben, wenn wir ruhig und unschuldbewußt auf dem Sofa sitzen."

„Aber es gibt doch gewisse Dinge", sagte eine Dame, „von denen man gewiß weiß, daß man nie fähig wäre, sie zu begehen, und es gibt so abgrundvolle Charaktere, wie wir nie werden können, zum Beispiel der wahnsinnige Marat."

„Sie nennen ihn selber wahnsinnig", erwiderte der Mann. „Ich weiß nicht, wie es in diesen Dingen ist; aber ich denke allemal, wenn von ihnen geredet wird, daß ich meinem Gott danken müsse, der mich so nebenher mit meinen kleinen Stürmen und Leidenschaften fertig werden läßt, da ich nicht ergründen kann, welche fürchterliche in meinem Herzen schlafen geblieben sein mögen, die mich vielleicht unterjocht und zu Entsetzlichem getrieben hätten. Ich bescheide mich, und es fällt mir allemal unheimlich der alte, gebrechliche Sprachmeister ein."

„Wer ist denn der alte, gebrechliche Sprachmeister, was ist es denn mit ihm, erzählen Sie!" riefen die Damen.

„Nun, es ist der kleine, französische Sprachmeister, der immer den tabakbraunen Rock an hat, und so in den mittleren Bürgershäusern gesehen wird. Er ist ein lebendiger, herumwandelnder Beweis meines Satzes."

„Der" – riefen ein paar Herren – „der ist ja der demütigste, harmloseste Mensch, den es geben kann!"

„Er ist freilich harmlos", – entgegnete der alte Mann – „aber er ist die Ruine und das Überbleibsel eines fürchterlich untergegangenen Hauses. –

Als die Revolution ausbrach, lebte in den Ardennen ein alter, ehrenfester Mann, der einzige Stammhalter eines einst bedeutenden Hauses, mit seinem Sohne, Mark Emil; – der Familienname tut hier nichts zur Sache. Vater und Sohn liebten sich so, daß sie zum Gespräche des Landes wurden. Sie konnten schier keiner ohne den andern sein. Der Vater ließ den Sohn auf dem Schlosse erziehen, hielt ihm die vortrefflichsten Lehrer, und nahm ihn, wo er ging und stand, immer mit sich.

Der Sohn vergalt es durch Fleiß und sanfte Sitten, namentlich aber durch eine Aufmerksamkeit gegen den Greis, welche von einer Tochter nicht schöner erwartet werden konnte. Sie lebten ganz allein auf dem alten Schlosse, denn die Mutter war schon lange gestorben, und Verwandte kamen keine, weil keine mehr übrig waren. Emil schlief in einem Zimmer neben dem des Vaters.

Die Türe stand offen, und wenn der Greis sich regte, im Traume stöhnte, oder dergleichen, so stand der Jüngling auf, ging an das Bette und sah lange auf die geliebten, schlummernden Züge, ehe er wieder hinausging und seine Schlafstätte suchte.

Der Vater, als Emil einmal krank war, saß Tag und Nacht an dem Bette, reichte selbst die Arznei und wachte so lange, bis die Krisis vorüber und der Anfang der Genesung eingetreten war.

Wenn der Vater in den Wald gehen wollte, stand Emil mit dessen Jagdzeuge zu rechte; wenn er ausfahren wollte, spannte Emil selber die Pferde ein; er holte ihm den Wein aus dem Keller, rückte seine Teppiche und prüfte gar mit eigener Hand die Weichheit seiner Kissen. Kaum konnte der Vater so viele Liebe des Sohnes vergelten; denn dieser bot nie etwas, heischte nie etwas, hatte keinen Wunsch, und wie auf dem Schlosse gelebt wurde, so war es ihm recht.

Nur in einem einzigen Dinge wurden sie uneins, und diese Uneinigkeit führte alles herbei, was später geschah. Emil hatte nämlich, da ihn die Jugend öfter auf weitere Ausflüge herumtrieb, wo ihm der Vater nicht folgen konnte, ein Mädchen bürgerlicher Eltern kennen gelernt, und in kurzem liebten sich die jungen Leute.

Emil, nach seiner sanften und abgezogenen Gemütsart, gab sich der Schwärmerei dieses Gefühles hin und hielt es sehr geheim; das Mädchen, in ihrer Unschuld, folgte dem Zuge zu dem schönen Manne, war auch froh, wenn das Geheimnis gehütet wurde, und litt es, daß man bald in dem Garten, bald im Walde, bald sogar in der Ruine des alten Schlosses heimliche Zusammenkünfte hielt.

Die Seligkeit, die sie verborgen mit sich herumtragen mußten, erfüllte sie ganz, daß sie kaum auf etwas anderes denken konnten, und band sie hinwieder desto näher zusammen, da sie die einzigen waren, die sich dieselbe mitteilen konnten. Emil hatte keine Vorstellung, daß irgend jemand etwas gegen diese Sache haben könnte.

Im Sommer des zweiten Jahres fühlte sich das Mädchen Mutter, und nun überwand Emil seine Scham und sagte dem Vater alles und verlangte sie zum Weibe. Aber der Vater geriet in äußerste Entrüstung, rannte in dem Zimmer herum, raufte sich die Haare, und sandte noch an demselben Tage, damit er aus den Banden gerissen würde, seinen Sohn nach Paris.

Eben war dort der erste Taumel und die Entzückung über die Republik. Emil sollte in Familien und in das Leben der Welt eingeführt werden; aber die Stürme der Zeit verwirrten alles, rückten die Dinge in andere Fugen, trennten den Briefwechsel zwischen Vater und Sohn – und so geschah es, daß Emil, von dem Geiste der Jugend und von der Verzweiflung ergriffen, in dem Heere des General Dumauriez gegen die Emigranten stand.

In einem ganz unbedeutenden Gefechte, wo er, mit der Schärpe eines Offiziers angetan, ein mutiges Pferd ritt, hatte er zufällig einen Greis, ebenfalls zu Pferde, gegenüber bemerkt, welcher ihm etwas Bekanntes hatte. Er ritt näher gegen ihn und erkannte mit Entsetzen seinen Vater. Dieser erkannte ihn auch, riß seinen Degen aus der Scheide und drang auf ihn ein. Da Emil dieses sah, wendete er sein Pferd und floh.

Die Franzosen hatten eigentlich gesiegt, und begriffen nicht, wie ihr Führer hinter dem Rücken seiner Schwadron fliehen könne, von einem einzigen Mann verfolgt; denn der Vater war hinter dem Sohne her; er ritt ein fast eben so gutes Pferd, und Emil konnte das Schnauben des verfolgenden Tieres hinter seinem Nacken hören.

Plötzlich stand er vor einem Graben, der zu tief und breit war, um ihn übersetzen zu können. In dem Augenblicke wendete er sich um, riß sein Pistol aus der Halfter und schoß den Greis mitten in die Brust, daß dieser taumelte und vom Pferde sank.

Die Sache geschah so schnell, daß Emils Leute noch nicht gefaßt waren, ob sie ihrem Führer zu Hilfe kommen, oder was sie sonst tun sollten. Im Augenblick des Schusses aber flogen sie herbei und sahen, daß bereits keine Gefahr mehr sei, indem der feindliche Reiter am Boden lag. Auch andere Schwadronen ritten an die Stelle hin, und ein Obrist klopfte Emil auf die Schulter und sagte: ‚Das hast du gut gemacht, daß du den Alten hieher gelockt und abgetan hast.‘

Emil aber stieg vom Pferde, nahm sein anderes Pistol aus dem Halfter und zerschmetterte sich damit die Stirn.

In der Brusttasche des Greises, von dem Blute seines eigenen Herzens befleckt, fand man das Konzept eines Schreibens an Emil, worin er ihm ankündigte, daß das Mädchen einen schönen Knaben geboren habe, daß er sie selber kennen gelernt, daß er sie öfter besucht habe, und daß er einwillige, daß Emil sie zu seiner Gattin erhebe. Am Schlusse waren liebreiche Vorwürfe, warum er schon zwei Briefe unbeantwortet lasse, und weshalb er nicht komme, für die gute Sache und für die Gesetzlichkeit an seiner Seite zu stehen.

Die Kameraden Emils waren über dessen Tat aufs äußerste erstaunt und wußten dieselbe nicht zu begreifen. Erst spät klärte sich das ganze Rätsel, und jeder bedauerte das Schicksal des Hauses. Der alte, gebrechliche Sprachmeister ist der uneheliche Sohn Emils. Die Güter des Geschlechtes wurden vom Konvente verschleudert, und heute denkt kein Mensch in Frankreich mehr an die Habschaften und an den Namen dieses Hauses."

Als der Alte seine Erzählung geendet hatte, war eine Weile ein Schweigen, weil jeder den Dämon des Vatermordes mit düsteren Augen ansah – dann redete man von dem Sprachmeister, und dieser hatte ihn da, jener dort gesehen; man wußte diesen und jenen Zug von ihm und hatte ihn schon lange gekannt – aber endlich wendete sich das Gespräch auch von dem Sprachmeister weg, und geriet auf andere Dinge, die gleichgültig waren.

Da die Stunde der Trennung gekommen, sagten sie sich schöne Dinge, gingen nach Hause, lagen in ihren Betten und waren froh, daß sie keine schweren Sünden auf dem Gewissen hätten.

DER WALDGÄNGER

1847

1

Am Waldwasser

Wenn von unserem wunderschönen Lande ob der Enns die Rede ist, und man die Herrlichkeiten preist, in welche es gleichsam wie ein Juwel gefaßt ist, so hat man gewöhnlich jene Gebirgslandschaften vor Augen, in denen der Fels luftblau empor strebt, die grünen Wässer rauschen und der dunkle Blick der Seen liegt: wer sie einmal gekannt und geliebt hat, der denkt mit Freuden an sie zurück, und ihr heiteres Bild mit dem duftigen Dämmern und dem funkelnden Glänzen steht in der Heiterkeit seiner Seele – aber es gibt auch andere, unbedeutendere, gleichsam schwermütig schöne Teile, die abgelegen sind, die den Besucher nicht rufen, ihn selten sehen, und wenn er kömmt, ihm gerne weisen, was im Umkreise ihrer Besitzungen liegt: wer sie einmal gekannt und geliebt hat, der denkt mit süßer Trauer an sie zurück, wie an ein bescheidenes liebes Weib, das ihm gestorben ist, das nie gefordert, nie geheischt, und ihm alles gegeben hat.

Es sind jetzt viele, viele Jahre, daß der Verfasser dieser Zeilen, der jetzt ein Mann ist, auf einem jener Scheidepunkte stand, wo das Auge beide Teile, die heiteren herrlichen Gebirgslandschaften und jene einfacheren unbedeutenderen Gegenden unsers Vaterlandes mit einem Male überschauen kann. Er war damals ein Jüngling mit stürmendem Herzen und voll fliegender Hoffnungen. Jetzt sind die Wünsche in das Geleise des Möglichen zurückgekehrt und wagen da noch nicht an die äußeren und ferneren Grenzen zu langen: damals gab es gar keine Grenzen, und von dem Fernen und Unerreichbaren wurde nur bedauert, daß es nicht noch ferner und noch unerreichbarer ist. Er hatte sein Herz an ein Mädchen geheftet, das nichts besaß, keine sogenannte Bildung, keine folgerechte Entwicklung, als nur ihre schönen Augen, die an das Fabelhafte reichende

Güte und das ahnungslose vertrauende Herz. Er wollte sie an sich heben, an das Herz drücken, und auf den Armen durch alle gefahrvolle Welt der Zukunft tragen. Er stand auf dem Scheidepunkte und sah zurück in jene unbedeutenderen Teile, wo ihre Gestalt wandelte, woher er eben gekommen, wo er so lange neben ihr gewesen, und von wo er auf lange, auf unbestimmt lange, scheiden mußte. Es liegt ein vereinsamter Ort auf der Höhe der Scheidelinie mit einer kleinen vereinsamten Kirche. Der Ort ist kühl, meist windig und seine Fenster schauen zum Teile nach Mitternacht zum Teile nach Mittag auf beide Teile des Landes. Auf den kühlen Wiesen dieses Ortes, auf die sich eine mattwarme Herbstsonne legte, stand er und sah zurück. Es war jetzt lange eine schöne heitere Zeit gewesen mit vergleichweise bedeutender Wärme, die Herbsttage rückten vor, und heute schien es, als ob sich die Art des bisherigen Wetters ändern wollte. Über dem ganzen Mühlkreise, der mit den vielen vereinzelten Streifen seiner Wäldchen und den vielen dazwischen liegenden Feldern, die bereits gepflügt waren, und deren Scholle durch das lange schöne Wetter fahl geworden, bis in die tiefere Färbung der böhmischen Höhen zurück geht, stand schon eine dunkelgraue Wolkendecke, deren einzelne Teile auf ihrer Überwölbung die Farbe des Bleies hatten, auf der Unterwölbung aber ein zarteres Blau zeigten, und auf die mannigfaltigen zerstreuten Wäldchen bereits ihr Düster herab warfen, daß sie in dem ausgedorrten Grau der Felder wie dunkelblaue Streifen lagen, bis ganz zurück der noch dunklere und noch blauere Rand des Böhmerwaldes sich mit dem Grau der Wolken mischte, daß seine Schneidelinie ununterscheidbar in sie verging. Neben dem Beschauer säuselten und rauschten schon die einzelnen dürren Halmen des Heckengrases von dem Windchen erregt, das sich nach so langer stiller Zeit erhob, und den Umschwung der Dinge verkündete. Auf dem wärmeren Tieflande, das gegen Mittag ist, und auf dem ganzen Gürtel des glänzenden Hochgebirges der Alpen, wodurch es am Rande beschlossen wird, lag noch der helle, leuchtende Sonnenschein, als würde erst später über jene gesegneten Länder das traurige Naßkalt des späten Herbstes hereinbrechen. Unten, gleichsam zu Füßen, in der Tat aber noch ziemlich weit entfernt, lag das weißbetupfte

Scheibchen der Stadt Linz, geschnitten von dem schimmernden Strome der Donau, der im zartgewebten Dufte des Landes gegen Osten ging. Dort weit zurück gegen Mittag, wo das Grau und Violett des Flachlandes einen Streifen in den Äther des Hochgebirges schiebt, müßte der weiße Punkt der Abtei schimmern, wenn er sichtbar wäre, wo der Betrachter dieser Dinge so viele Jahre seiner Kindheit zugebracht, und wo er so viele Freuden des Herzens und der aufknospenden Seele genossen hatte. Aber weder hinaus zur Abtei, deren Türme gewiß jetzt im Sonnenscheine glänzen würden, noch zurück in das vereinsamte Land, das jetzt von Wolken beschattet ist, durften ihn seine Schritte tragen, sondern er schaute noch einmal auf das hinter ihm befindliche, unscheinbare in beginnendem Regenwetter liegende Land zurück, und stieg dann in das Rinnsal des abwärts führenden Tales hinein, das die Leute den Haselgraben nennen; der Glanz und die Hitze der auf seinen Laubwäldern gelinden Sonne empfing ihn, und wie mit einem Zauberschlage kaum nach drei Schritten war das hinter ihm liegende Land, die Streifchen der Wälder, die vielen Felder, die böhmischen Höhen, der graue Wolkenhimmel, und die säuselnden Halmen versunken; die in der Tiefe des Engtales ruhig stehende, warme und mildere Luft umfloß ihn und geleitete ihn abwärts. Aber auch das Feenbild gegen vorwärts war verschwunden, und das Auge sah nichts als den Himmel und die herein gehenden sich schneidenden Laubwälder der Nähe, auf denen mannigfaltiger Glanz und der unsägliche Reiz verschiedener herbstlicher Färbungen lag. In mancher Tiefe, vor allen Winden geschützt, war es noch so warm, man könnte sagen, heiß, daß manch ein Walnußbaum seine Äste und die noch grünen Blätter ausbreitete, als wäre es ein anderer Frühling, in dem er sich badete. Ganz oben, wo das Tal mit noch geringerer Tiefe anfängt, begann auch ein winziges Wasserfädlein neben dem Wanderer abwärts zu gehen. Es ging in dem Rinnsale neben dem Wege unhörbar und nur glitzernd vorwärts, bis es durch die Menge des durch die Höhen sickernden Wassers gestärkt vor ihm plaudernd und rauschend einher hüpfte, als wollte es ihm den Weg durch die Talmündung hinaus zeigen, und bis es endlich durch die ungeheure Wucht des in die Tiefe gedrückten Wassers genährt, und von manchem aus dem Bauche des Berges hervor springenden Brünnlein begrüßt, und von manchem schwarzen Steine aufgehalten schäumte und tobte, und ihn ermunterte zu folgen. Sie gingen an manchem Waldabhange, an mancher schattigen Stelle vorbei, es begegneten ihnen manche auf dem schmalen Wege mühsam aufwärts gehende Fuhrwerke, oft mit einem einzigen Ochsen, oft mit einem starken meist wohlgenährten Pferde bespannt, – sie kamen an dem Schlosse vorüber, das aus dem edelsteinfunkelnden Laubdache mit seinen alten Mauern und mit dem finstern runden Turme in die Tiefe hernieder schaut, und wo einst jener böhmische König Wenzeslaus gefangen war – sie gingen an manchem zerstreuten Häuschen, an mancher Mühle, an mancher auf einem tiefgelegenen Wiesenfleckchen weidenden Kuh vorüber, bis endlich nach einigen Stunden Wanderns da, wo links eine Heiligenkapelle, rechts eine stattliche Mühle steht, die Berge sich auseinander taten, das abwärts steigende Teil aus war, und die hingebreitete große Ebene begann. Der Bach ging breit und wallend links gegen die Felder und Bäume, wo schon in nicht sehr großer Entfernung der Silberblick der Donau durch die Zweige herüber grüßte, und auf ihn harrte: der Wanderer ging rechts in die Gebüsche und aus ihnen auf der weißen Straße auf die schönen ebenen Gefilde hinaus, die mit Herbstfrüchten besetzt und mit Obstbäumen bepflanzt waren, und die er von oben als duftiges gewobenes Band erblickt hatte. Der Äther der Alpen stand tief im Süden wieder vor ihm – links auf dem Abhange, der von den zurückweichenden Bergen seitwärts gegen Morgen ging, stand im Schoße von Obstbäumen und Gebüschen das kleine Kirchlein Sankt Magdalena, überall blickten die dichten Strohdächer reicher Bauernhöfe hervor, überall standen Fruchtbäume, und noch grüne nickende Gesträuche; denn der Oberösterreicher liebt den Baum und den Strauch, und pflanzt eher einen, als er ihn umhaut – und gerade aus vorwärts vor den Augen des Wanderers glänzten die blankgehaltenen gelben Turmknöpfe der Stadt Linz in der Nachmittagluft und schimmerten die weißgetünchten Wände der Häuser, die geschnitten waren durch die grünen Fensterläden, und gehoben durch das leuchtende Grün der neben ihnen ansteigenden Berge, die gegen Sonnenuntergang die Donau umstehen und sie verengen. In dem Herzen des Wanderers war eine Wehmut über das Scheiden von dem, was er liebte, welches Scheiden vielleicht kurz – oder auch lange dauern konnte: aber in seinen vertrauenden zuversichtlichen Augen spiegelte sich der klare österreichische Himmel, er dachte, er werde nun arbeiten, sich mühen, seinem Ziele entgegen drängen, und es könne ja gar nicht sein, daß es lange dauern könne, – und er werde wiederkommen und alles im Übermaße erreicht haben, wornach seine Wünsche gingen, – er wanderte in die Stadt ein, besuchte manche Freunde, die er da hatte, und erzählte ihnen, wie es weiter nördlich gewesen ist, wie er da gelebt habe, was er gefunden, was er gestrebt habe, und was er zu erreichen hoffe – oder er erzählte es manchem von ihnen auch nicht, weil er es heilig und geheim in seinem tiefen Inneren behalten wollte. Er blieb diese Nacht in Linz. Am andern Tage morgens war alles weithin grau und regnerisch, der Wolkenbau des nördlichen bergigen Mühlkreises hatte sich bereits über das ganze Land gezogen, die zwei Türme einer Kirche, die auf einem nordwestlichen Berge gelegen, sonst immer so freundlich auf die Stadt hernieder schaun, waren mit einer Nebelhaube bedeckt, längs der ganzen Bergreihe, über die er gestern herunter gekommen ist, strichen, die Höhenspitzen eintrinkend, weiße und grauliche Wolkenbänke, teilweise trübe Regenschleier nieder sendend; die südlichen Alpen waren ganz und gar verschwunden, und wie der Wanderer im Wagen saß, und Strecke um Strecke auf der Straße nach Wien fort rollte, war es, als führe er auf einem kahlen Flachlande dahin, nicht in dem reizenden abwechselnden Lande, dessen Höhen und geschmückte Teile der immer dichter hernieder fallende feine Sprühregen auch immer mehr verhüllte, in dem Lande, das er so liebte, zu dem er immer wieder zurückkehrte, und das er nie, nie in seinem Leben vergessen wird. Am dritten Tage, nachdem sie immer unter grauem Himmel, herabfallendem Regen und auf ruhig starrender Erde fortgefahren waren, trafen sie in Wien ein, wo auch die Türme in das niederhängende Grau getaucht waren, die wimmelnde Menge unter Regendächern ging, die Pflastersteine düster glänzten, und die Dachtropfen auf die Decke des langsam fahrenden Wagens niederfielen, als er unter dem Torwege des Gasthauses hinein schwankte.

Wie war seit jenen Jahren alles anders geworden! Jedes Ungeheure und Außerordentliche, welches sich in der Zukunft des Wanderers vorgespiegelt hatte, war nicht eingetreten, jedes Gewöhnliche, was er von seiner Seele und seinem Leben ferne halten wollte, war gekommen – an jenem Morgen, wo er mit einem Händedrucke und dem frohen Versprechen des baldmöglichsten Wiederkommens geschieden war, und wo er dann von der Scheidelinie in das Land zurückschaute, in dem seine Liebe wohnte, hatte er sie zum letzten Male gesehen – kühle Erde deckte schon seit langem ihr gutes Herz – was er sonst anstrebte, erreichte er nicht oder erreichte es anders, als er gewollt hatte, oder er wollte es nicht mehr erreichen; denn die Dinge kehrten sich um, und was sich als groß gezeigt hatte, stand als Kleines am Wege, und das Unbeachtete schwoll an und entdeckte sich als Schwerpunkt der Dinge, um den sie sich bewegen. Oft hatte er wieder die Wälder, die Berge, die Täler gesehen, wo er einst an ihrer Hand gewandelt war, sie hatten einen Teil des schönen Dufts abgestreift, und standen bekannt und klar und einsam um ihn herum und öfters war es ihm nicht anders als sähe man noch den Glanzhauch aus dem Himmel hinaus ziehen von dem Herzen, das einstens hier gelebt hatte und nun fortgegangen ist.

Dennoch ist ihm die Gegend immer lieb und teuer geblieben. Es sind noch Reihen von Jahren vergangen, und wenn auch das Bild, von dem er einstens geglaubt hatte, daß er es mit höchster Glut ewig im Herzen tragen werde, bis zu milder Ruhe ausgebleicht worden war, so sind doch wieder andere dafür in seiner Erinnerung aufgestanden, die er damals nicht beachtet hatte, und die sich jetzt mit sanftem Reize vor seine Seele stellten – sei es nun ein düsterer Föhrenwald, an dessen schwarzen Wurzeln die dunklen Wässer dahin wuschen – sei es ein lieber Fels, der emporragte und auf dem Haupte gesellschaftliche Pflanzen trug – seien es gegen ein Rinnsal herein gehende Birkenwälder, die den Fluß einsogen, scheinbar verbargen, und unsichtbar zu den weiteren ebeneren Ländern hinaus leiteten: – oder seien es Menschen und einfache Charaktere, die er dort gekannt, geliebt, bedauert, geachtet hatte. Manches würde mit holdem Reize auf der Tafel des Landschaftsmalers stehen, und mit beschwichtigendem Maße zu der Seele des Beschauers reden, manches würde in dem Munde des Menschenmalers Gestalten erzeugen, die mit Gegenständlichkeit und mit ihrer klaren Einfalt unsere Seele füllen würden. Es ist so Mannigfaltiges empor getaucht, wenn er den Blick in die Vergangenheit richtete, und er hat es gerne und mit Liebe zu den Erinnerungen seiner reiferen Mannesjahre gesellt. Er würde vieles zur Festhaltung in seinem eigenen Angedenken, aus dem im Laufe der Zeiten Gestalten und Erscheinungen so unaufhaltsam fliehen, aufzeichnen, wenn er nicht fürchten müßte, daß die Züge, die so unscheinbar sind, und doch den ganzen Menschen machen, in seinen Händen zergingen, und er nur Schattenlinien bewahrte.

Tief zurück im Reiche der Erinnerungen steht ein alter Mann, den der Verfasser einst gekannt hat, der etwas fremdländisch redete, dessen Aussprüchen er oft gelauscht hatte, und dessen Geschicke er, in sein eigenes Gefühl versunken, das ihm wie der Mittelpunkt der Welt erschien, wenig Aufmerksamkeit geschenkt hatte. Nach vielen Jahren sind seine Verhältnisse bekannt geworden, nach denen einst wegen der Unscheinbarkeit des Mannes niemand gefragt hatte, und wir wollen uns dieselben zu unserer eigenen Erinnerung aufzeichnen, wenn sich anders etwas so wenig Gegliedertes darstellen läßt, das eher durch sein einfaches Dasein, als durch seine Erregung wirket.

Es ist die einförmige, harmlose Gestalt des Waldgängers, von welchem ich spreche.

Wenn die Leute in jenen Gegenden etwas anderes lesen würden, als ihr Gebetbuch, und ihnen diese Zeilen zu Gesichte kämen, so würde jeder den Mann kennen, der so lange unter ihnen gelebt hat, fort gegangen ist, und vielleicht noch auf einem Teile der Erde lebt. In der letzten Zeit hatte er immer kurze lederne Beinkleider an, wie sie noch vielfältig in jenen Tälern vorkommen, er hatte sie unter den Knien mit ledernen Riemen gebunden, hatte blaue Strümpfe und niedere bequeme Schnallenschuhe an, deren Sohlen mit starken Nägeln beschlagen waren. Als Oberkleid hatte er keinen Rock, sondern jene Jacke, wie sie noch in der Gegend zu sehen ist, deren Schoße breit aber kurz sind, deren große Taschen von oben nach abwärts gehen und mit einem Tuchlappen, gleichsam wie mit einem Regendächelchen überschlossen sind. Der breite Hut, den er immer trug, war wohl in einer früheren Zeit, jetzt aber nicht mehr in jenen Gegenden im Gebrauche, und hat dem kleineren runden Hute Platz gemacht, um den eine Schnur geschlungen ist, die bei Jünglingen, namentlich bei eitlen, schön, oft sogar von Goldzwirn sein muß. Der Hut des alten Mannes war noch aus der alten Zeit, die breiten Flügel hingen etwas nieder und waren schon sehr gebleicht. In seiner Gesellschaft hat man fast unablässig einen barfüßigen, barhauptigen Knaben mit schlechten Kleidern gesehen, der aber nicht sein Sohn war, überhaupt nicht mit ihm zusammen hing, sondern einem armen Manne in der Gegend gehörte.

Wenn man von dem einsamen Orte mit dem kleinen einsamen Kirchlein, dessen wir oben gedachten, als wir von der Scheidelinie sprachen, von welcher man beide Teile des Landes ob der Enns, den nördlichen und südlichen zugleich überschauen kann, seine Schritte nach Norden wendet, die wunderschönen blauen, leuchtenden Alpen im Rücken läßt, dabei immer ein klein wenig nach West abschlägt, und über die vielen hügligen Felder und durch die vielen Waldstreifen des Mühlkreises gegangen ist, gelangt man zu jenen Höhen, in denen der Böhmerwald mit zerworfenen Waldstücken und kahl geschlagenen Büheln nach Osten ausläuft, und sich in ein Land zersplittert, wie der Mühlkreis, kleinhüglig und kleinwaldig; nachdem er vorher in dichter Schönheit zwischen Böhmen und Bayern nach Süden ging, und da, wo er Österreich berührte, mit breitem, dämmervollem Rücken gegen Morgen beugte. Wenn man der Straße folgend an jener Linie anlangt, wo Österreich und das böhmische Land aneinander stoßen, trifft man auf schlechte, kalte Feldstücke, dem einstigen Walde abgerungen, dazwischen sind nasse Wiesen, und die einzelnen beinahe schwarzdunklen Waldballen, gleichsam stehen gebliebene Tropfen von dem zerworfenen Strome. Dann geht man über einen kahlen Hügel, die höchste Höhe, auf welchem Heidegras wächst, die Preißelbeeren und einzelne vom Sturme und vom Winter hart verknotete Föhren stehen. Von da steigt man durch ein Dorf, dessen Häuser weit von einander entfernt, und auf einem großen Raume herum gestreut sind, wie es bei Walddörfern gewöhnlich ist, in ein milderes, wärmeres Tal hinab, in welchem das dunkelbraune Wasser der Moldau langsam gegen Morgen fließt. Wir haben schon einmal an einer anderen Stelle gesagt, daß von Friedberg an, welches auf einem Abhange in diesem Tale liegt, das Moldauwasser, nachdem es eine Weile in offenem Lande gegangen ist, wieder schwarze Tannen- und Föhrenwurzeln netzt, und erst in die Schatten des Jesuiterwaldes und des Kienberges fließt, und dann durch die Schlucht der Teufelsmauer verschlungen wird.

Wir müssen an diesem Orte, weil es unser Zweck erheischt, ein wenig länger bei dem Gegenstand verweilen.

Friedberg ist ein kleiner Marktflecken, dessen Kirche auf dem Hange, auf dem der Ort steht, malerisch an der äußersten Spitze gelegen ist, von wo der Boden sachte abfällt. Ringsum stehen größere Höhen. Im Süden und Südwest sehen seine Fenster auf jenen großen Wald, der der letzte dichte Rücken ist, mit dem der Böhmerwald vergeht, und der sich noch in ununterbrochener Reihe an den ganzen Zug anschließt, der zwischen den Ländern fortläuft. Im Norden sind schon die kleineren Hügel teils mit Feld, teils mit Wald bedeckt, einstens ein einziger, undurchdringlicher Waldgrund, bis noch weiter im Norden die hüglige Gestalt des Landes aufhört und mit ihm die deutsche Art und Sitte, die deutsche Kleidung und Sprache, und die Ebene beginnt und die slawische Sprache und Bekleidung. Es mochten einst in uralten Zeiten, da der See germanischer Völker nach Westen abfloß, und die, die hinter ihnen waren, sachte in die verlassenen Wohnsitze nachrückten, Reste germanischen Stammes in dem Walde sitzen geblieben sein, dergleichen dieses Volk so liebte, um zu jagen und einsam zu sein. Die Nachrückenden mochten ihnen in den Wald nicht folgen, weil sie es auch nicht not hatten. Und da sitzen sie noch heut zu Tage, nur daß sie den Wald rings um sich gelichtet haben, daß sie ihre Hügel und ihre Täler bloßgelegt haben, daß der Wald sich auf die höchsten Höhen und auf die Länderscheide zurückgezogen, daß sie nicht mehr jagen, sondern das Feld bebauen und sich nähren. Die Moldau, welche den schönen, grünen Wiesensaum benetzt, der ansteigend oben das weiße Schulhaus und die Kirche von Friedberg zeigt, geht von da eine kleine Strecke einerseits an Feldern, anderseits an Wiesen fort, bis sie zuerst an ihrem linken Ufer von Föhrenwald empfangen wird, an dem sie hinstreicht, dann auch an dem rechten, gegen welches der dichte von Fichten und Tannen strotzende Jesuiterwald herabgeht – nur daß noch an manchen Stellen ein winzig kleines, graues Waldhäuschen klebt, welches meistens von Holzschlägern bewohnt ist. Von da geht die Moldau bis zu der Zisterzienserabtei Hohenfurt durch einige Wegstunden fast ununterbrochen durch Wald, der an dem rechten Ufer fast unausgesetzt ganz dicht und beinahe schwarz gegen das Wasser hereingeht, und für den ersten Anblick undurchdringlich und unwegsam erscheint; aber die Jäger, die Holzhauer und die Wildschützen wissen die dunklen und einsamen Waldpfade gar wohl, die in mannigfachen Verschlingungen längs der Hänge hingehen, bis sie zu den verschiedenen offenen Stellen und den Besitzungen der Menschen hinaus führen. Sie besuchen und betreten diese Wege oft und zeigen sie auch demjenigen, der mit ihnen umzugehen weiß. Am linken Ufer ist es ein wenig offener, hie und da zeigt sich sogar ein Stückchen Wiese, ja manchmal auch über steile Höhen hereinstürzend, oder an einem Felsen geschützt hingehend, ein Feld, auf dem Kartoffeln oder sehr grüner Haber stehen, und an manchen Stellen ist auch eines jener kleinen Häuschen, wie sie in diesen Wäldern vorkommen, grau, niedrig, manchmal mit einem steilen Dache versehen, meist aber mit einem flachen, statt der Schindeln Bretter, die mit großen, grauen Steinen niedergedrückt sind. Beinahe aus jedem dieser Häuschen leuchtet ein Stück schneeweiß getünchter Steinmauer hervor, während alles übrige von Holz ist. Diese Mauerwand umschließt nicht etwa die Wohnstube, nein ihre Fenster schauen aus dem schönsten braunen Holze hervor, sondern die Mauer ist meist an der Seite der Küche angebracht, oder jeder andern Stelle, wo man Feuer, und zwar meistenteils ein sehr großes, macht, da hier die Winter strenge sind, und Holz in Überfülle vorgefunden wird. Eine der vorzüglichsten jener Feuerstellen, auf welcher auch zuweilen gekocht wird, ist die Leuchte, das heißt, ein in der Wohnstube befindlicher gemauerter Feuerraum, der an die obbenannte Steinwand angebaut ist, seinen Rauchabzug in die Küche hat, und mit einer getünchten Wölbung, gleichsam wie mit einem Herdmantel, überbaut ist.

Der Zweck dieser Leuchte besteht darin, daß man, wenn es dämmert, und namentlich in den langen Winterabenden fettes Kienholz, das fast durchaus von den pecherzeugenden Wurzelstöcken der geschlagenen Föhren genommen wird, anzündet, und damit den ganzen Raum der Wohnstube erleuchtet, die meistens die gemeinschaftliche ist, und den Herrn und das Gesinde, wenn eines vorhanden ist, zugleich beherbergt; denn die Schlafstellen des Gesindes sind dann gewöhnlich der Boden oder der Stall, oder die Scheuer, selten eine Kammer; denn wenn eine solche vorhanden ist, so dient sie zur Aufbewahrung der Kleider, der Geschirre oder sonstiger Dinge, die der Besitzer zu seinen besseren zählt. Oft ist diese Leuchte gleich neben der Zimmertür, und dann hat sie gerne an ihrer Hinterwand ein Glastäfelchen eingeschnitten, durch welches das Licht auch in das Vorhaus hinaus geleitet wird, daß auch dasselbe ein wenig erleuchtet werde, und man sich nicht, wenn man hereingeht, anstoße. In den langen Winterabenden oder auch zu anderer Zeit, zum Beispiele im Spätherbste, wenn es draußen finster, naß und neblicht ist, ist das Beisammensitzen in der Nähe der Leuchte eine der größten Traulichkeiten und Gehäbigkeiten der Bewohner jener Gegenden. Dann sind sie gerne mit unbedeutenden Arbeiten, die auf diese Zeit treffen, beschäftigt, der weibliche Teil meistens mit Spinnen, der männliche mit Ausbesserung des Riemwerkes an einem Dreschflegel, mit Späneschneiden, oder mit gar nichts, als seine Pfeife zurecht zu richten, zu stopfen, und anzuzünden. Nicht selten ist das auch die Zeit, wo Geschichten und vergangene Ereignisse erzählt werden, entweder sind es Dichtungen, die im Munde des Volkes leben, deren Verfasser niemand kennt, und die das Volk als Wahrheiten glaubt, oder es ist geradezu Geschichte, was dem Großvater begegnet ist, oder dem Urgroßvater, oder einem andern, oder einem merkwürdigen Manne, der die ganze Zeit her bekannt war, entweder durch seine Taten, die er getan hat, oder durch die vielen Ereignisse, die er erlebt hat. Dann werfen die Gestalten der Personen, die um das Feuer sitzen, lange Schatten in den übrigen Raum der Stube zurück, und um die Ecke des großen, grünen Ofens hinum ist es gar finster, wenn nicht etwa an einer Fuge die Lehmverklebung herunter gegangen ist, und durch die Spalte von den im Ofen verglimmenden Scheiten der dunkelrote Feuerschein heraus sieht, und eine Lichtlinie auf die Wand wirft. Wenn sodann die Schlafenszeit kommt, so säumt das eine oder das andere noch ein wenig, bis entweder noch etwas erzählt wird, oder der Eindruck des schon früher Erzählten sich etwas mäßigt. Dann gehen sie auseinander. Wenn die Häuser nicht gar zu weit von einander entfernt sind, so kommt man auf solche Abende eigens zu Besuche zusammen, die bald in dem einen Hause, bald in dem andern sind, und weil der weibliche Teil seine Spinngeräte hiezu mitnimmt, den Namen Rockenfahrt führen. Daß sich dann die jungen Bursche auch bei solchen Zusammenkünften einfinden, und zuweilen Scherz und Kurzweil statt haben, begreift sich. In den vereinzelten Häuschen, von denen wir hier sprechen, können solche Rockenfahrten selten eintreten, weil sie zu weit von einander entfernt sind, und die Abende mögen da wohl manchmal recht einsam sein. An Vormittagen dient die Leuchte oft auch, wie wir schon sagten, zum Kochen.

Weiter abwärts, längs dem Wasser hin, wo die beiderseitigen Waldberge immer höher werden und auch immer steiler gegen das Flußbett herein fallen, erweitert sich gleichwohl das Tal wieder ein wenig, und es steht sogar eine Gruppe solcher Häuschen, wie wir sie oben beschrieben haben, beisammen. Die Berge in der Gegend heißen die Kienberge, und auch bei der Häusergruppe, die da steht, heißt es »im Kienberg«. Auf einem der Häuschen, das fast schöner und größer ist, als die andern, heißt es »beim Richter in Kienberg«, entweder, weil sein Besitzer seit unvordenklichen Zeiten her, wie es dort gebräuchlich ist, Richter war, oder weil es einmal einer der Besitzer gewesen ist, wo sich dann der Name in alle Zeiten erhält. Das Richterhaus ist sogar auch eine Gattung Wirtshaus, wo manchmal Holzhauer oder Jäger, bei Gelegenheiten auch die weit zerstreuten Bewohner der Gegend, die meistens jenseits der Berge sind, sich einstellen, und kleine Labungen empfangen. Weil durch das ganze Tal auf Seite der Kienberge ein schmaler Fußpfad geht, so mag es jetzt auch manchmal geschehen, daß ein einzelner Wanderer, der gekommen ist, diese Natur anzuschauen, oder der seinem inneren Triebe in diese dunklen Wälder nachgeht, hier einspricht und eine Erfrischung begehrt. Hinter diesen Häusern gehen die

Berge ziemlich steil hinan, sind mit allerlei Laubgebüschen, namentlich Birken, untermischt, mit Nadelwaldung bekleidet, und zeigen schon sanft hervorblickend den Felsen, der nach abwärts immer häufiger, ja endlich ganz herrschend wird. Über das Wasser hinüber schauen die Fenster dieser Häuser auf dichten, sehr frischen, sehr dunkeln Nadelwald, der mäßig ansteigend sich in großer Breite über die Berge hinauslegt. Wie es meistens geschieht, wo das Land zu beiden Seiten gegen die Enge eines Flußbettes hereingeht, daß Knollen und Steine in dem letzteren liegen, die das Wasser aufhalten, und daß der schmale Raum des Bettes dasselbe auch schneller zu fließen zwingt, so ist es auch hier: die Moldau, die sonst so langsam geht, so daß sie bei Oberplan, bei Untermoldau, bei Friedberg oft wie eine träge schillernde Schlange in den Wiesen liegt, verleugnet hier ihre Art und Weise, und sie schäumt und rauscht, fast wie ein lebendiges Wasser in dem jenseitigen österreichischen Lande der Alpen. Es sind sehr sonderbare Lichterspiele, wenn man an einem Vormittage hier steht und die Sonne über die Berge hereinscheint, wie sich der blendende Schaum, dann das hellbraune Gold bei überstürzenden Stellen, und das tiefe Schwarz bei augenblicklicher Stille mischen, und alles das unaufhörlich weiter hastet und treibt. Aber ganz ernster und schöner wird diese Erscheinung erst weiter unten von Kienberg, wo eine Gesellschaft von Felsen steht, die Bäume immer weniger und kleiner werden, der Stein sich mehrt, und endlich allein in größter Fülle die Herrschaft führt. Zerschlagene zertrümmerte Steine liegen umher, ein mächtiger Felsenbau erhebt sich und trägt die graue Brust aus dem ringsum liegenden Reiche der Zerstörung empor, einzelne gelichtete Stämme stehen, und zwischen ihnen kömmt das unsägliche Rauschen herüber. Das Rinnsal ist sehr verengert, die Moldau muß über tausend Steine hinüber, sie führt Baumstämme herbei, klemmt sie zwischen die Felsen, stellt sie auf, strickt sie ineinander, und muß durch, sie muß auch dem mächtigen grauen Baue der Felsen ausweichen, sie muß um ihn herum, und braust und ächzt, wie ein lebendiges Wesen, das aus einer ängstlichen gefahrvollen Lage mit aller seiner Arbeit heraus will. Die Leute nennen diese Stelle die Teufelsmauer, und es geht die Sage, daß der Teufel, dem es nicht recht war, daß die Abtei Hohenfurt gebaut wurde, und er in Gefahr geriet, viele Seelen, die sich hier erbauen, zu verlieren, den Plan gefaßt habe, die frommen Väter, die da hausen, mit dem Wasser der Moldau zu ertränken. Er erkor zu diesem Zwecke eine Nacht, in der er alle Steine, die in der Gegend zu finden sind, auf diese eine Stelle zusammen tragen und eine Mauer bauen wollte, daß sich das Wasser in der Bergenge zu einem See schwelle, den er dann plötzlich mit Öffnung seiner Schleuse auf das heilige Gebäude ließe. Er nahm aber zu viele kleine Steine, die auf der Oberfläche der Berge herum lagen, und mußte zu oft gehen, was nicht der Fall gewesen wäre, wenn er die großen, in die Erde verwachsenen genommen hätte. Es geschah daher, als er sehr emsig trug, daß plötzlich der Hahn krähte, ein blasses Morgenlicht in den Lüften erschien, und die Engel im Himmel oben ihre Frühgebete begannen. Er mußte nun davon, und die Sache lassen, wie er sie hatte. Man zeigt noch zum ewigen Angedenken den Platz, und man sieht deutlich, wie er sein Werk nicht hatte vollführen können, und die Trümmer nur ordnungslos auf einander liegen. Darum sind in der ganzen Gegend so wenig Steine auf der Oberfläche der Erde, und an einigen Felsen, die an der Teufelsmauer herunten liegen, erkennt man auch noch trotz Regen und Wind, die darüber hingewaschen haben, das Hufeisen, welches in die harten Steine eingetreten worden und da geblieben ist. Die Väter weiheten die Stelle, und das ganze Gebiet der Moldau, daß er in der andern Nacht nicht weiter fahren und überhaupt sich so etwas nicht mehr beikommen lassen konnte.

Von da geht die Moldau hinter der Enge der Teufelsmauer in allerlei Gehölze und Gebüsch, das aber nicht mehr sehr lange dauert, sondern die Wildnis bricht schier auf einmal ab, das Wasser kömmt in das lichte Land, und rollt beschwichtigend und nur mit kleineren minder lebhaften Wellen am Waldkloster von Hohenfurth vorüber. Dann geht es gegen die alte einst bedeutende Stadt Rosenberg, und nicht weit vor ihr beugt sich das Bett der Moldau, welches bisher gegen Morgen gezielt hatte, ab, und sie strömt gegen Mitternacht in die weiten Länder hinaus, muß endlich, obwohl sie die größere ist, den Namen verlieren, neue Räume kommen, wo sie mit ihrer Schwester im breiten

Strome wallt, und vielleicht alle die Ereignisse und Dinge vergessen hat, die sich im fernen Walde, in ihrem ersten Laufe und in ihrer Jugend zugetragen haben.

Wir verweilten darum so lange mit unsern Worten in der Gegend des Kienberges und der Teufelsmauer, weil dies der Ort ist, wo wir den Waldgänger kennen lernten, und wo er so lange unter den Bewohnern gelebt hat.

Man wußte nicht, woher er gekommen war, die Leute, die an seine Art und sein Wesen gewohnt waren, taten sich diese Frage gar nicht mehr, sondern nahmen ihn als einen der da ist. Eine Weile hatte er in dem Marktflecken von Hohenfurt gelebt, und als wir ihn sahen und manchmal in seiner Gesellschaft waren, betrachteten wir ihn nicht anders, als wie Knaben und Jünglinge die um sie lebenden Greise zu betrachten gewohnt sind. Sie finden sich auf einer Welt, die so freudig und schön ist, und die ihnen gleichsam ganz allein gegeben ist, sie haben den Begriff des Altwerdens noch gar nicht erhalten, die Greise sind schon neben ihnen vorhanden, wie es Buchen und Eichen gibt, die auf irgend einem Platze stehen, und wie der Turm da ist, der von der Kirche empor ragt. Er war einer, der einmal in Hohenfurt gewohnt hat, und jetzt auf dem kleinen Häuschen zwischen Goblenz und Lippen lebt, wo die Berge so schön gegen den Wald hinab gehen, und welches Häuschen dem Hanns Simmibauer gehört, der ein gar besonders kleines Weibchen und keine Kinder hat. Wir Knaben würden ihn vielleicht so angeschaut haben, wie wir den Hirten Philipp, den Abdecker Adam, der in dem kleinen Häuschen wohnte, das oberhalb dem Kloster Hohenfurt in dem Graben an der Moldau steht, den Schwämmesucher Konrad, und den Hohlerbauer, der immer in der Sonne saß, angeschaut haben, lauter Männer, die, so weit wir uns erinnerten, immer alt waren: wenn er nicht etwas gehabt hätte, was unsere Aufmerksamkeit in Anspruch nahm, und uns mehr zu ihm zog, als sonst junge Knaben gerne zu alten Männern gezogen werden. Er hatte nämlich allerlei und die verschiedenartigsten Schmetterlinge in seiner Kammer. Er trug sie aus der Gegend nach Hause, oder er zog die geringelten, schönfärbigen, oft glatten, oft behaarten und mit Spießen versehenen Würmer auf, die man zuweilen auf dem Wege oder im Grase kriechen sieht, und daraus wurden ebenfalls Schmetterlinge. Er hatte viele Brettchen, auf diese spießte er sie mit Nadeln an, und breitete ihnen die Flügel auseinander, welche dann so blieben. Einmal trafen wir ihn auch, wie er einen malte. Er hatte ihn vor sich auf einen weißen Bogen Papier gespießt, und auf einem anderen Papiere bildete er ihn mit Farben nach. Aber er hat dies später wieder aufgegeben. In mehreren Schachteln hatte er sie aufbewahrt, wo sie mit Nadeln in dem Boden staken, und die Schachteln hatte er unter dem Tische und in einem Winkel der Kammer stehen. Wir sahen da zuweilen diese Dinge, und erkannten, wie verschieden und seltsam sie sein können. Wenn man ein Kind ist, kennt man zuerst die weißen, weil sie überall herum fliegen, haufenweise vorhanden sind, und nach Regen oder im Taue gerne von einem Blatt schwer herab hängen, und sich mit den Fingern nehmen lassen. Dann lernt man die bunten kennen, die viel seltener sind – in unserer Gegend heißt man sie goldene – und die man alle für dieselben hält, daher wir keine weitere Einteilung kannten, als in weiße und goldene. Die Kinder und viele Landleute geben in jener Gegend den Faltern auch den schönen Namen Lustinen, und wir redeten daher bloß von weißen und goldenen Lustinen. Darunter begriffen sich aber nur die eigentlichen Faltern, oder Tagvögel, die Dämmerungs- oder Nachtvögel, die wir eher scheuten, namentlich wenn sie recht dicke Leiber, und breite stark behaarte Nacken hatten, hießen wir Zauberinnen, und zählten sie den Schmetterlingen gar nicht bei, sondern hielten sie für fliegenartige garstige Tiere. Hier sahen wir nun, daß es nicht eine, sondern unzählige verschiedene Arten von goldenen Lustinen gäbe, und daß einige noch viel goldener seien, als andere, namentlich als die, die wir sonst für die goldensten gehalten hatten, die er aber für gemeine erklärte, die überall herumfliegen, und die er mit dem Namen Großer und Kleiner Fuchs benannte. Auch sahen wir zu unserem Erstaunen, daß die Zauberinnen nicht nur zu den Schmetterlingen gehörten, sondern auch, daß sie die Flügel, die sie sonst, wenn wir sie sahen, immer nach hinten hängend über dem dicken Leibe und den garstigen haarigen Füßen daherschleppten, recht schön entfalten können, daß da ganz neue zum Vorschein kämen, daß sie sehr groß seien, und daß sie, wenn sie auch nicht gerade golden sind, doch in schönen Farben glänzen, und oft prächtige Kleider, wie Königsmäntel haben. Da waren einige, die zu den traurigen grauen Oberflügeln gar nicht passende schimmernde feurige Unterflügel hatten, und mitten ein Band durch dieselben, wie eine Zierde in Kirchengewändern – andere hatten große geringelte Augen auf den grau durcheinander gezeichneten Flügeln – und andere hatten schwarze, grüne, purpurrote Striche. Von dem dickpelzigen Nacken, der bei einigen bauschig war, wie eine Eule, bei andern spitzig, wie ein Vogel, ging die lange, gerollte Saugzunge hervor, und die starken, haarigen Füße streckten sie nach abwärts. Wir sahen alles an, er zeigte es gerne, und ließ die Schachteln offen, daß wir die Dinge recht betrachten konnten. – Er wohnte, wie wir sagten, in der Kammer bei dem Simmibauer, das heißt, der Simmibauer war kein Bauer, wie etwa der Name sagte, – sein Vater oder Ur- Ur-Vater mochte einer gewesen sein – sondern er war ein Holzhauer, trieb auch bei Gelegenheit, wenn Nachfrage darnach war, Kohlenbrennerei, und wenn die Scheite auf der Moldau geschwemmt wurden, war er mit einer Stange bei der Teufelsmauer unten, und half lenken, die ausgestoßenen hineinwerfen, die säumigen in das Fahrwasser bringen, und die gespreizten und verstrickten lüften. Das kleine Weibchen war immer zu Hause, wirtschaftete, oder tat auf dem Kraut- oder Kartoffelfelde, was notwendig war. Die Kammer, in der der alte Mann wohnte, hatte nur ein Fenster, wo der Tisch war, hinten stand ein Bett, über das ein weißes Tuch gedeckt war, dann stand die Truhe und ein Stuhl, und der Boden wurde zu Zeiten mit Wasser und Sand gerieben. Er hatte sehr viele weiße Haare, ein rotes, freundliches Gesicht, und immer den breiten Hut auf, den wir schon nirgend mehr viel sahen, außer wenn wir den Hirten Philipp ausnehmen, der auch einen solchen hatte. Die ledernen Beinkleider, die er, wie sie in der Gegend gebräuchlich waren, trug, mußten seine einzigen sein; denn er hatte nur immer dieselben an, und sie hatten im Regen und Sonnenschein ihre Weiche und Farbe schon verloren, daß sie stellenweise starr und fast graufarbig geworden waren. Die Leute hielten ihm für übel, daß er Schmetterlinge suche und nach Hause trage, was uns Knaben gerade besonders an ihn zog, und sie lachten ihn darüber aus, weil sie nicht sahen, wozu das sei; aber weil er sonst unbedeutend und friedfertig war, so ließen sie ihn eben, und gewöhnten sich daran. Er saß auch recht oft unten in der Petermühle, die nicht weit von dem Mörixhofe ist, und wenn er lange auf dem Steine gesessen war, der unter dem Dachüberhub der Mühle liegt, so stand er auf, und ging über den Berg zurück in das Häuschen des Simmibauers. Auch saß er gerne bei der Brettersäge, die nahe an dem von Balken gezimmerten Wehr stand, über welches das Wasser glänzend hinabschoß. Es lagen dort eine Menge von allerlei Dingen, hauptsächlich Balken, Bretter, Blöcke, dann auch Stangen, und endlich Reisig und dürres Gras, das das Wasser einmal dahergeschwemmt hatte. Da saß er gerne auf einem Holzblocke und sah dem Rinnen des Wassers zu und dem Glänzen desselben. Aber nicht nur in der Petermühle war er gerne gesehen, sondern auch in den andern Häusern herum. Es gab kein einziges, in dem er nicht schon einmal gewesen wäre. Vorzüglich aber, wenn man den Mörixhof ausnimmt, in den er auch gerne ging, besuchte er am öftersten jene Holzhäuschen, welche in dem Talgange der Moldau stehen, wie wir sie oben beschrieben haben, oberhalb des Kienberges, oder auch im Kienberge selbst, oder gar jenseits der Moldau in den Neuhäusern, wo der Jesuiterwald eine Blöße läßt. Er durchwandelte manchmal das ganze Tal, und wenn die Nacht über ihn kam, blieb er in einem der Häuschen, wo man ihn gerne behielt. Wenn er mittags gegenwärtig war, aß er mit den Leuten, wie es denn überhaupt in jener Gegend die Sitte ist, daß die Leute, wenn man zufällig zu ihrem Essen kömmt, sagen: „Gehet her, und esset mit uns." Er zahlte für dieses Essen nie etwas; wenn er aber in dem Wirtshause im Kienberge sein geringes Mahl einnahm, so zahlte er es aus seiner Barschaft, so wie er seine Wohnung und das, was ihm das kleine Weibchen kochte, wenn er zu Hause war, alle Wochen bezahlte.

Außer seinen Gängen in der Gegend herum schien er auch noch den Wald besonders zu lieben. Er ging recht oft in denselben hinaus, und da ging er nun zwischen den Birken und zwischen den Haselnußgesträuchen oberhalb des Kienberges herum, oder in den Föhrenwäldern, die sich dort häufig vorfinden – ja selbst in den großen, dichten, weit ausgebreiteten

Wald ging er gerne, der jenseits des Wassers liegt, und von dem wir oben sagten, daß sich vorzugsweise nur Holzhauer- und Jägerpfade in demselben vorfinden. Die Leute kamen ihm auch darauf, daß er Moose aus dem Walde nach Hause trage, sie recht schön ausbreite und betrachte.

Von dieser Eigenschaft, die Wälder gerne zu besuchen, welche sich kurz nach seiner Ankunft, als die vorzüglichste und auffallendste zeigte; – denn die Bewohner jener Gegend mit dem ewigen Anblick ihrer überall herumliegenden Wälder vertraut, und von der Schönheit derselben nicht mehr ergriffen, außer wenn sie in Länder kommen wo keine sind, wo sie dann von einem unsäglichen Heimweh befallen werden, gehen nie in den Wald, außer wenn das Holz ausgeteilt und angewiesen wird, wenn sie dasselbe schlagen und nach Hause führen, wenn sie Schwämme oder Beeren oder Feuerschwamm suchen, und endlich, wenn der eine oder der andere ein Jagdfreund ist, und von den Jägern im Herbste eingeladen wird, mit zu gehen – mochte er den Namen Waldgänger erhalten haben, mit welchem sie ihn sehr bald im Anfange bezeichneten. Von bloßem Spazierengehen ist überhaupt in jener Gegend nicht viel die Rede, weil die Leute fast immer im Freien mit vielerlei und vieler Bewegung ihren Geschäften obliegen, abends, wenn der rote oder goldgelbe Himmel über ihren dunklen Wäldern flammt, nach Hause gehen, und daher das Spazierengehen wohl von dem Pfarrer und andern Herrn begreifen, nicht aber von einem, der gekleidet ist, wie sie. Er mochte von dieser Bezeichnung wohl kaum etwas wissen; denn anfangs nannten sie ihn im Gespräche mit ihm, wie es dort Sitte ist, bloß „Ihr", später da sie vertraulicher wurden, wie es ebenfalls Sitte ist, gebrauchten sie seinen Vornamen Georg. Denselben wandten sie endlich auch im Gespräche unter sich an, nur wurde er sonderbarer Weise immer der Simmigeorg genannt, von dem Umstande, daß er bei dem Simmibauer wohnte, und von der Eigenschaft der Landbewohner und Kinder, die Dinge nach dem gegenständlichsten und greifbarsten Merkmale zu bezeichnen. Aber ganz abkommen konnte der Name Waldgänger nie mehr, weil abgeschlossene und einsame Menschen an ihren einmal angenommenen Dingen haften, wie die Wurzeln ihrer großen Tannen im Grunde ihrer Berge, wie die Rinnsale ihrer Wässer, die eingekeilt in den Tälern fort gehen müssen, während der Strom der Ebene oft seine Bette verändert, und wie ihre Nebel, die oft den ganzen Tag um die Bergspitzen weben, und Lichterspiele und Schatten malen, während draußen in der Ebene bloß ein einfacher, dürrer, heißer Tag ist. Vorzüglich nannten ihn noch alle diejenigen den Waldgänger, die weiter von ihm entfernt wohnten, die ihn selten oder gar nicht zu Gesichte bekamen, und zu denen bloß gelegentlich die Rede und der Name von ihm gedrungen waren. Wie es geschieht, stellten sie sich dann unter dieser Bezeichnung etwas ganz anderes vor, als den bedeutungslosen Mann, der sich in gar nichts von den Männern seines Alters in der ganzen Umgegend unterschied – so wie auch wir jungen Leute der Schule ganz anders von ihm dachten, ehe wir ihn, da wir gelegentlich in die Ferien kamen, kennen lernten, und uns zu ihm drängten, daß er uns seine Sachen zeige. Das einzige, was uns auffiel, war, daß er nicht ganz so die Sprache rede, wie sie in jenen Gegenden gebräuchlich war, sondern daß ein fremder Klang durch dieselbe ziehe; aber als wir dann in der lateinischen Schule waren, wohin so viele Mitschüler aus allerlei Teilen des Landes zusammen kamen, die unsere Sprache sehr verschieden redeten, sich gegenseitig aufzogen, und uns über manche unserer Eigentümlichkeiten höhnten, bekamen wir selber Mißtrauen in die Sprache, die wir redeten, und verübelten es dem alten Manne nicht mehr, wenn er manche Worte anders sagte, als es die Leute taten, die um ihn lebten.

Wir haben oben gesagt, daß er häufig in der Gesellschaft eines Knaben gesehen worden sei, der barfüßig und barhäuptig war, und schlechte Kleider hatte. Wenn jemand viel Gelegenheit hatte, jene Knaben des alten spanischen Malers Murillo zu sehen, die er so schön gemalt hat, so kann er sich ungefähr eine Vorstellung von dem Buben machen, der in der Tat fast unzertrennlich bei dem alten Manne war.

Die Sache ist so gekommen.

In der ganzen Gegend jener Wälder sind an verschiedenen Stellen kleine, meist hölzerne, oft auch gemauerte, zuweilen verkommene, zuweilen aber auch recht reinliche Häuschen, je nachdem der Bewohner ist, zerstreut, die man Hegerhäuser nennt, und deren Bewohner der Heger ist, das heißt, ein Mann, der über irgend ein Gefälle irgend eine Gattung Aufsicht hat. So gibt es zum Beispiele Fischheger, deren Geschäft darin besteht, daß sie in dem ihnen zugewiesenen Raume sich immer an dem Wasser aufhalten, hin und her gehen und die Flußteile besuchen, daß niemand unbefugt und zu unrechter Zeit fische. Die verbreitetsten aber sind die Holzheger, oder Waldheger. Sie haben die untersten und letzten Teile des Forstgeschäftes zu besorgen, und stehen unter den Jägern, die Forst- und Waidmänner sind, und entfernter unter den Forstmeistern, die schon höher stehen, und nur bei entfernten Stellen herum zerstreut sind. Alles, was sich auf Begehung des Waldes, auf Ansicht der neu empor kommenden Bestände, auf Nachforschung über gerissene Stämme, Windbrüche, eingestürzte Stellen, auf schlagbare Striche, auf mutmaßliche Austeilung und Anweisung der Stämme an die forstgehörigen Leute, und dergleichen bezieht, ist das Geschäft des Holzhegers. An das immerwährende Herumgehen in den Wäldern gewohnt, kömmt diese Art und Weise auch in die Natur der Kinder, und es fiel niemanden auf, daß der Sohn eines solchen Hegers, ein ganz kleiner Bube, immer mit dem alten Mann, den sie den Waldgänger heißen, herum gehe, und den Eltern des Knaben fiel es auch nicht auf, und sie hatten nichts dagegen. Weder zu den besten noch zu den schlechtesten gehörend, steht in einer zurückgehenden Wiese, auf der Kraut- und Kartoffelfelder und ein Gärtchen sind, das Hegerhäuschen des oberen Raimund. Weiter hinten liegen noch ein paar große graue Steine, dann ist ein aus dünnen Stämmchen geflochtener Zaun, durch den die Hühner aus und ein kriechen können, und dann beginnt der Wald, der weit zurück in das Tal und über die Schwellung der Berge geht. Die zwei Steine zeigt der Heger gerne als die einzigen in seiner Nähe, die der Teufel nicht im Stande war fort zu tragen, als er die Mauer baute, weil sie gar zu ungeheuer groß waren, und zu tief, bis mitten in die Erde gingen – und in der Tat, in der Nähe des Hegerhauses findet man keine Steine, aber weiter draußen über die Berge hin und in den Talrinnen, gegen die sie herein stürzen, finden sich genug, wiewohl der Aberglauben sich gegen offenbare Tatsachen verblendend behauptet, es gäbe in der ganzen Gegend keine losen Steine, weil sie alle in dem einzigen, großen, ungeheuren Haufen in der Moldau lägen. Der obere Raimund heißt er darum, weil auch weiter unten, zwischen Hohenfurt und Rosenberg, auf einer ähnlichen Waldwiese ein Hegerhäuschen steht, dessen Bewohner Raimund heißt, und der untere Raimund ist, da die Leute hier alles mit dem Vornamen zu benennen gewohnt sind. Mit dem oberen Raimund kam der alte Georg öfters zusammen, war es nun Zufall, oder war es, weil sie beide dieselben Gegenden und dieselben Waldbestände häufig begingen. Sie lernten sich kennen, sprachen oft mit einander, und wenn der Waldgänger in der Nähe des Hegerhäuschens war, so machte er wohl gerne einen Umweg, oder er ließ sich eine weitere Wanderung, als anders wohin gefallen, um dort zu Mittag zu essen, oder über Nacht zu bleiben. Der Hegerin brachte er dann gerne, wenn er zu Zeiten in das weitere Land hinaus ging, ein Tuch, irgend einen Stoff auf einen Rock, oder sonst etwas, das ihr Freude machte, und not tat. Die Hegerin hatte aber auch einen Knaben, der, als der Waldgänger zum ersten Male in dem Häuschen war, sieben Jahre alt sein mochte. Er saß eben, als der Vater mit dem fremden Manne kam, und die Mutter, weil es schon fünf Uhr nachmittags war, in die Küche lief, um ihnen das Mittagessen aufzuwärmen, neben dem Zaune, wo ein ganz winzig dünnes Wasserfädlein herein rann, das von dem Waldberge herab gekommen war, und störte mit einem Holze die schwarze Wiesenerde, über welche das glasklare Wässerlein floß, auf, daß es getrübt wurde, und so über die Wiese, an den großen Steinen vorbei, und durch Gebüsche wieder hinaus, in den Wald ging. Er hatte bei seinem Geschäfte nicht bloß die Hand sondern auch den Ärmel des Hemdes von der so leicht färbenden schwarzen Walderde beschmutzt. Mit den Füßen mußte er schon früher in dem Wasser herum gearbeitet haben; denn sie waren nicht nur naß, sondern auch, wie die nicht gar weit herab reichenden Beinkleider von derselben Erde, wie die Hände beschmutzt. Neben ihm im Grase lagen mehrere aus Tannenholz gespaltene schneeweiße kurze und kleine Scheitchen, wie man sie gerne zu der Feuerung auf der Leuchte verwendet, wenn man auf ihr kocht – denn zum Leuchten hat man das fette föhrene

Kienholz – und waren nach einer gewissen Ordnung in dem kurzen dunklen Grase, das auf der Walderde wuchs, gelegt.

„Was hast du denn wieder mit dem Holze gebaut, Simi?" fragte der Vater.

„Hohenfurt", antwortete der Knabe, der mit den großen blauen Augen zu den zwei Männern hinauf schaute.

„Ihr müßt wissen, daß ich nicht umsonst fragte", sagte der Vater zu seinem alten Begleiter; „denn der Bube baut lauter Hohenfurt. Wenn er Steine in eine Zeile legt, so ist es Hohenfurt; wenn er die Holzstücke in eine viereckige oder fünfeckige Gestalt zusammen bringt, so ist es Hohenfurt, wenn er unten am Zaune sitzt, und der Hirt von den Kienberghäusern in der Nähe ist, sagt er: Vater, da geht eine Ziege nach Hohenfurt, da geht ein Bock nach Hohenfurt, da schwimmt ein Holz nach Hohenfurt."

„Vielleicht hat ihm Hohenfurt so gefallen, daß er es sich immer merkte", sagte der Waldgänger.

„Er ist ja noch gar nicht dort gewesen", antwortete der Heger.

„So laßt ihn einmal, wenn wir näher bekannt geworden sind, mit mir hinab gehen", sagte der Waldgänger, „ich werde ihm die Kirche zeigen, vielleicht gefällt sie ihm."

„O ja, Ihr könnt ihn mitnehmen", antwortete der Heger, „er geht gleich mit – wie oft ist er schon in den Wald hinauf gegangen, und ist immer wieder gekommen."

Mit diesem Gespräche sind die zwei Männer bis zu dem Hause, und von da in die Stube des Hegers hinein gelangt, indes der Gegenstand, von dem sie sprechen, draußen sitzen blieb, und die Augenlider, um auf sein Geschäft zu schauen, wieder über die blauen Augen herab zog, die schier ein Eigentum jener Gegend zu sein scheinen, so oft kommen sie in derselben vor. Sein Spiel aber schien ihn nicht mehr besonders zu freuen. Denn er schlug mit dem Holze, statt bloß in dem Wasser herum zu stören, auf die Oberfläche desselben, daß es auf die Wiese und auf seine Gestalt spritze. Endlich hörte er ganz auf, und saß bloß auf dem Grase und schaute. Er war nicht anders, als gewöhnlich Kinder in jenen Waldgegenden sind, oder vielmehr, er war ärmer, als die meisten dieser Kinder. Über den blauen Augen hatte er eine Menge blonder Haare, wie sie überhaupt, man könnte sagen, ohne Ausnahme, die Kinder jener Gegenden haben. Jedoch diese blonden Haare trug er nicht etwa in Locken, wie die Stadtmaler, wenn sie Kinder der Wildnis, gleichsam Waldengelein malen wollen, sie darstellen würden, sondern dicht um die Stirne, wie sie wuchsen. Als Kleidung hatte er ein ledernes Beinkleid, gerade wie das des Waldgängers, nur daß es nicht unter den Knien mit Riemen zu binden war, sondern etwas weiter hinab ging, offen stand, und die ungeschonten Füßlein hervor gehen ließ, die oft von Gestrippe zerkratzt, aber gesund und tauglich waren, wie die des Rehes. Das Lederbeinkleid wurde von einem Hosenträger gehalten, der breit und rot war, und über das Hemd ging, das die Brust und die Schultern deckte, und das einzige fernere Kleidungsstück war, das er noch an hatte. Der Hals war bloß, und die Händchen schauten auch ziemlich weit aus den Ärmeln heraus, die ein blaues oder rotes Besätzlein hatten. So war er jetzt angezogen, weil es Sommer war; im Winter, wenn er im Schnee herum ging, steckte ihn die Mutter noch in einen Schafpelz und in starke Stiefel und Strümpfe. Einen Hut oder sonst eine Kopfbedeckung hatte er weder im Sommer noch im Winter.

Es war ein recht schöner blauer Taghimmel über dem kleinen Stückchen Wiese, auf dem er saß, ringsum ging der Wald, unten war ein Zaun, und draußen zwischen den grauen Steinen floß das Wasser der Moldau. Damit das Bildchen noch heimlicher werde, kräuselte sich der blaue Rauch von dem Feuer, das die Hegerin gemacht hatte, über dem grauen Dache zu der ruhigen Luft empor.

Die Männer saßen indessen, während der Bube im Grase war, drinnen in der Stube an dem Tische, auf welchen endlich die Hegerin das Mittagsmahl brachte, das sie ihrem Manne aufgewärmt hatte, der bei seinen vielen Waldwanderungen oft so spät nach Hause kam, daß sein Mittagessen und Abendessen füglich in einander fallen konnten. Sie brachte zwei Teller und zwei Bestecke, und die Männer aßen von den aufgesetzten Speisen, während sie bei ihnen sitzen blieb. Der Heger erzählte dem Weibe, daß er den Mann da in den Humschlägen getroffen habe, daß sie sich schon lange gekannt, oft miteinander gesprochen haben, und zuweilen, wie es sich eben schickte, eine

Strecke miteinander gegangen seien. Heute habe er ihn mit herabgenommen, weil er eingewilligt habe, und sein Weg ohnedem an dem Hegerhause vorbei ging. Nach dem Essen blieben sie noch eine Weile sitzen, und erzählten einander. Des Abends ging der Gast, da der gelbe Himmel über den dunklen Waldhöhen stand, wieder von dem Häuschen fort, und wanderte noch zu dem Kluckhäusler an der schwarzen Wand hinüber, wo er über Nacht blieb.

Ein anderes Mal, als der Waldgänger wieder in dem Häuschen war, und beide, er und der Heger, auf das Versprechen vergessen hatten, den Buben einmal nach Hohenfurt zu führen, saß derselbe auf der bemalten Kleidertruhe seiner Mutter, hatte ihr Gebetbuch in den Händen, und las daraus: Burgen, Nagelein, buntes Heidlein – und andere abenteuerliche Worte, die ihm in seiner Einbildungskraft beikamen.

„Kann er noch nicht lesen?" fragte der Waldgänger.

„Nein, er kann es noch nicht", antworteten die Eltern.

Es wurde diesmal nicht weiter gesprochen; aber wenn nun der alte Mann, der jetzt öfter zu den Hegerleuten kam, in der Stube an dem buchenen Tische saß, und redete, fehlte der Knabe niemals, sondern er saß, oder kauerte auf einem Gerätstücke, und hörte zu, wobei er die großen, blauen Augen sehr weit öffnete. Zuweilen, wenn etwas gar Besonders erzählt wurde, stand ihm auch, wie es Kindern manchmal geschieht, der Mund offen, damit ihm ja nichts von den gehörten Sachen verloren gehe. Später richtete der alte Mann auch gelegentlich ein Wort an ihn, und sagte etwas zu ihm und fragte ihn um etwas – und einmal, da er von dem Häuschen in den Wald ging, um Moose zu suchen, ging der Knabe, ohne weiter ein Wort zu sagen, mit ihm. Er ließ es geschehen, und brachte ihn am Abende wieder nach Hause. Dies ereignete sich nun öfter, da der Waldgänger stets häufiger zu dem obern Raimund herüber kam, und zuletzt geschah es, daß, wenn er seine Sachen zusammen suchte, und von dem Häuschen in den Wald ging, der Knabe schon allezeit gerüstet da stand, um ihn zu begleiten. Sie gingen mit einander und wurden mit einander gesehen. Es fiel den Leuten nicht auf; denn, obwohl sie immer zu arbeiten hatten, war es ihnen doch natürlich, daß ein alter Mann, der nichts mehr zu tun hatte, in den Wald gehe, und dort nach allerlei Dingen herum suche, und daß ein Knabe, der noch nichts zu tun habe, weil er zu klein ist, ihn begleitete. Die Eltern machten sich nichts daraus, weil sie in den alten Mann Vertrauen hatten, und überhaupt ihr Kind nicht so sehr vor den Wirkungen der Natur und den Menschen bewahrten, wie es etwa die Städter und die reichen Leute täten, vorzugsweise machten sie sich darum nichts daraus, weil sie von der Beschäftigung des Vaters her an das Herumgehen und Steigen in dem Walde und seinen Schluchten gewohnt waren, und es für ein begehrenswertes Ding hielten.

So ging eine Zeit dahin, und der Waldgänger kam immer öfter und lieber in das Häuschen des oberen Raimund hinüber, und wenn er den Knaben nicht zu Hause fand, weil doch die Kindheit und die Jugend keine Folgerichtigkeit hat, und er seinem Triebe folgend allein in den Wald hinaus gegangen war, so eilte der Greis bald an diese, bald an eine andere Stelle, wo sie sonst gerne waren, um ihn zu suchen. Er hatte ihn, seinem Vorsatze getreu, da schon der Sommer beinahe zu Ende ging, einmal nach Hohenfurt hinunter geführt, und hatte ihm die Kirche gezeigt. Er führte ihn vor die Bilder und ließ sie ihn anschauen, er führte ihn vor das verschiedene kunstreiche Schnitzwerk und die Verzierungen der Stühle und Mauern, und endlich zu den Glocken hinauf. Dann gingen sie wieder auf dem Fußpfade, der über die Teufelsmauer führt, zurück, und durch den Wald über Dornen, spitze Hölzer, knorrige Wurzeln, und über die bemoosten Steine und den feuchten Moorweg zu den Eltern hinauf. Dann kam ein milder Winter, in welchem sie in Juchtenstiefeln in dem wenigen Schnee herum gingen, der oft weich zwischen den Bäumen lag, die ruhig in der gelinden grauen Nachmittagsluft standen, und auf ihn herab tropften. Als endlich schon aller Schnee von den ganzen Bergen weg war, und sie unten in Hohenfurt die Auferstehung des Herrn begingen, führte er ihn zu dieser Nachtfeier in das Kloster hinunter, und ließ ihn von einer kleinen, abgelegenen Stelle des Chores in das große Lichtermeer, das von den vielen Kerzen in der Kirche angezündet war, hinunter schauen und ließ ihn die Fahnen sehen, die von dem Lichte angeleuchtet waren und farbig und schimmernd zu dem Feste in der Kirche herum standen. Dann warteten sie, bis die Stimmen der Priester ertönten, und dann der Gesang des Volkes, und auch die ganze Musik der Kirche und der Schall der feierlichen Trompeten und Pauken. Als das Fest vorüber war, war es draußen auch schon ganz finstere Nacht geworden, und sie gingen bei dem Lichte einer schlechten Laterne, das der Waldgänger angezündet hatte, den langen Weg durch die Wälder und dem angeschwollenen Moldauwasser entgegen zu der kleinen Wiese und dem darauf gelegenen Häuschen zurück. An einem der schönen Tage, die nun folgten, da schon alles trocken war und nur mehr die unzähligen kleinen Frühlingswässerlein in den Furchen der Wälder herab rannen, führte er ihn auf die Humberge hinauf, die gegen Mittag von dem Häuschen stehen und von deren Schneide man noch weiter gegen Mittag über das Land Österreich bis in die Steiermark hinüber sehen kann, und ließ ihn auf die blaue Kette der Alpen schauen, die in der dünnen, klaren, blassen Frühlingsluft wie ein Porzellanbildchen draußen lagen.

Sonderbar war es, daß der Bube jetzt, seit er wirklich in dem Kloster unten gewesen war, kein Hohenfurt mehr baute, und auch keine Dinge mehr nach Hohenfurt wandern ließ; war es nun, weil er unterdessen doch älter geworden war – denn ein einziges halbes Jahr reicht in jeder Kinderzeit sehr weit vorwärts in der Förderung der Entwicklung – oder war es, daß er sah, daß außerhalb Hohenfurt die Welt noch weit fort liege, und dasselbe nicht das Ende der Dinge sei, oder war es endlich, daß sich jetzt das Urbild in ganz bestimmter Gestalt in seine Vorstellung geprägt hatte, und jenen unbestimmten Duft der Einbildungskraft verscheuchte, der immer ohne Gestalt darinnen schwebte, und das Herz zur Gestaltgebung gereizt hatte.

Von nun an waren sie fast unzertrennlich beisammen. Die Eltern gestatteten sogar auch, daß der Knabe mit dem Greise in seine Wohnung zu dem Simmibauer hinübergehe, und dort über Nacht bleibe, wozu man ihm ein Bettlein auf die Erde gemacht hatte, oder daß er mit dem Waldgänger sonst wo herum wandere, und wenn sie die Nacht überkam, sein Lager mit ihm in irgend einem Häuschen teile, wo sie gerne aufgenommen waren. Man sah sie jetzt oft miteinander in dem Walde emporsteigen, wie der Greis mit dem breiten Hute in der Furche voranging und der Knabe ihm folgte – oder man sah sie an dem Bette der Moldau sitzen, deren Wasser den Sand lieblich säumte, und um die Knollen Steine herumging, die auf demselben lagen, wobei der Knabe gerne die Füße im Wasser hielt und dasselbe daran waschen ließ, während der Greis höher saß und erzählte – oder man sah sie auch in dem Gesteine der Teufelsmauer herumgehen, namentlich in den vielen zerworfenen und zerklüfteten Trümmern, die an dem Fuße des großen Blockes und rings um seine abgewaschene Krümmung herum lagen, und man sah sie hiebei auf die Erde blicken, als suchten sie etwas, oder betrachteten etwas, das zwischen den Steinen liegen müsse, und die Bewegungen des Greises machte der Knabe genau nach.

Im Verlaufe des Sommers, der auf den gelinden Winter folgte, sagte der alte Waldgänger einmal zu dem Heger Raimund, als sie am Tische saßen und die Hegerin auf die Worte der Männer hin hörte: „Ich werde euren Knaben lesen und schreiben lehren."

„Wird es ihm nützen?" fragte der Heger.

„Da er auch daneben etwas anderes tut", antwortete der Waldgänger, „so wird es ihm nicht schaden. Das Rechnen aber, welches ich ihn auch lehren werde, wird ihm gewiß nützen, denn er braucht es sehr oft."

„Meinetwegen, so könnt Ihr es tun", sagte der Heger.

„Es wird sehr gut sein", redete die Hegerin darein, „ich gebe ihm mein Gebetbuch, wenn ich sterbe, und er kann alle Gebete daraus lesen, welche darinnen sind."

Der Bube hatte mit unwissenden und neugierigen Augen auf die Sprechenden hingeschaut und hatte nichts dazu gesagt.

Der Waldgänger ging am andern Tage mit ihm nach Hohenfurt, sie hielten sich an dem Kloster gar nicht auf, sondern gingen die ziemlich große Strecke weiter bis in den Marktflecken hinunter, gingen in das Kaufhaus, wo man alle Dinge bekommt, die erdenklich sind, das heißt, die nach den Bedürfnissen jener Waldgegend als notwendig erscheinen, und der Waldgänger kaufte ein Papptäfelchen, das mit Papier überzogen war, und auf dem große schwarze und rote Buchstaben standen, die ganzen Buchstaben, aus denen unsere Sprache zusammengesetzt ist, mit der wir alle Dinge der Welt sagen können. Dann gingen sie wieder zurück gegen das Kloster, und von ihm in den Wald, der zu dem Heger hinauf führt – und auf dem Rückwege saßen sie in den Steinen am Moldauufer, das den Häusern von Kienberg gegenüber ist, nieder, und der Greis sagte alle Laute, welche die Zeichen, die auf dem Papiere eingeprägt sind, bedeuten, und der Knabe sagte sie nach. Sie saßen lange, die Düfte des Harzes von den vielen Fichten, die in jenen Wäldern stehen, zogen um sie; das ganz schwache und wohlstimmende Sausen, das selbst an den windstillsten Tagen in Nadelwäldern hörbar ist, war über ihrem Haupte oder vielmehr, man wußte bei der Unbestimmtheit des Tones nicht, ob er über dem Haupte ist, oder weiter vorne, oder weiter hinten, oder gar jenseits der Berge, über welche die dunkle Wucht der Wälder, von Wolkenschatten gesprenkelt, blähend hinüber liegt; draußen, wohin ihre Angesichter durch Birkenzweige schauten, raschelte in abwechselnder Stärke die mit Steinen tändelnde Moldau; dunkles Himmelblau war in den Tannenzweigen, und ruhte stille; der Schiller der Waldtaube schwebte vorüber; jenseits hinter den Dächern der Häuser der Kienberge glänzten die Felsen, und manch verlorener Schlag eines feinen Glöckleins, vielleicht von einer kletternden Ziege, kam zu Zeiten über das Wasser herüber.

Auf dem Wege, den sie dann weiter durch die dichten Schatten des Waldes verfolgten, und auf dem schmalen schwarzen Pfade, der dem Wasser entgegen über die sanfte Krümmung der Hügel führt und seine Farbe von den seit hundert Jahren verwesenden Nadeln hat, sagte der Knabe: „Ich weiß es schon, Vetter, der dritte rote heißt ce."

Zum Schreiben brachte der Waldgänger aus seinen Sachen ein Papierschiefertäfelchen hervor und einen Griffel, den er mit einem Schnürchen an die Tafel anhing. Er schrieb dem Knaben zuerst mit dem Griffel die gedruckten Buchstaben auf dem schwarzen Schiefer vor, und zeigte ihm, wie er sie nachbilde; dann die geschriebenen. Beide Täfelchen, das zum Lernen, und das zum Schreiben, wurden in ein Leinensäckchen getan, das an einem Leinwandbande um die Schultern des Knaben hing, und das er auf seinen Wanderungen mit dem Greise mit sich trug.

Wenn sie dann zuweilen nach Hause kamen, das heißt in das

Hegerhäuschen des oberen Raimund, und etwa ein schöner Abend über dem Walde war, der die langen Schatten der Tannenwipfel über das hellbeleuchtete kleine Stückchen der Wiese warf, das Wässerchen zuerst silberhell brennend und dann goldgelb machte – wenn die Männer mit einander redeten, weil sie einen bekannten Baum abschätzten, wie viel er wohl Klafter Holz geben möchte, oder weil sie einen Weg entwarfen, der wohl der nächste sein dürfe zwischen hier und einer anderen sehr entlegenen Waldstelle – und wenn die Mutter unterdessen den Knaben in das hintere Stübchen neben der Küche genommen hatte, in das die Abendsonne recht warm hinein schien, ihn dort gewaschen hatte, ihm die Haare gekämmt hatte, daß sie wieder glatt und schön seien, und ihm endlich mit ihrer einzigen Schere, die sie hatte, die von der Sonne gespalteten und verwitterten Spitzen der Locken abgeschnitten hatte, daß sie wieder recht schlank und glänzend fortwüchsen: nahm sie dann einen Schemel, setzte sich auf denselben nieder, stellte den Knaben an ihre Knie, daß er sie berührte, und fragte ihn um seine Buchstaben aus, die sie kannte, während der Vater, der Heger, nie etwas mit solchen Dingen zu tun gehabt hatte.

So verging nach und nach der Sommer, und es folgte kein so gelinder Winter, wie der vorige, sondern ein so harter, daß sich selbst die ältesten Leute nicht erinnerten, einen solchen je erlebt zu haben. Die Schneelasten drückten auf die Tannenäste, daß oft starke Bäume unter dem Drucke krachend zerbrachen, die Schlünde, die Steinmassen, und auch die Wege waren hoch überfüllt, daß der Waldgänger oft viele Tage nicht in das Häuschen des oberen Raimund herüber gehen konnte. Und wenn sie dann doch ausgingen, weil sie die Kälte nicht achteten, nämlich er und der Knabe, und wenn ihr Hauch vor Kälte wie ein weißer verdichteter Rauch unmittelbar von dem Munde wegging, und wenn manche Föhre einen Knall machte, wie eine abgeschossene Büchse, weil sie in ihrem Stamme vor Kälte zersprang, so konnten sie nach jeder Richtung gehen, die ihnen beliebte, ohne erst einen Steg zu suchen, um über das Wasser zu kommen; denn die Moldau lag unkenntlich da, nur große Stücke Eises, die eine vorhergegangene Überflutung aufgestellt und getürmt hatte, standen, wie die anderen Steine und Blöcke, die auf dem Lande sind, da, und waren mit weißen ungestalten Hüllen bedeckt, wie jene; übrigens war keine Bewegung an der Stelle, an welcher sonst ein unaufhörliches Rieseln und Regnen war. Die in der Gegend herum gestreuten Häuschen waren in den vielen Schnee geduckt, ragten nur als kleine weiße Erhöhungen hervor, und hatten dünne blaue Rauchsäulen, die in dem allgemeinen Reife, der allüberall war, schnurgerade emporstiegen.

Der Winter verging auch, und es kam wieder der Sommer. Der Knabe war noch in dem glückseligen Alter, wo man im Sommer schnell vergißt, daß einmal ein Winter gewesen ist, und daß wieder einer kommen werde. Er freute sich jedesmal, wenn die Bäche des Schnees, die in jenen Gegenden spät, aber dann mit aller Gewalt erscheinen, reichlich dahin flossen, weil er nun wieder barfuß und ohne Rock werde herum laufen können – so wie er sich anderer Seits auch recht freute, wenn die ersten Flokken auf den ruhigen, harrenden, vielleicht schon gefrorenen Forst hernieder fielen.

Wie die Lerchen auf den Feldern sangen, der Finke in den Wäldern, die Schwalben pfeilrecht schossen und an den Häuschen Nester bauten, wie an den rieselnden Gräben der dichtgelbe Saum der Butterblume wuchs, und draußen auf den Feldern der blaugrüne immer höher sprossende Samt der Getreide wehte: gingen sie freudig nach allen Richtungen herum, und jeder Tag brachte blaueren Himmel, weißere Wolken, und größere über die Waldwände herein gehende Hitze.

Wie die Zeit so verging, lernte der Knabe schnell die Beschäftigungen des Greises. Er trug außer seinem Säckchen noch eine flache Tasche von Leder über die Schulter, die inwendig mit Blech gefüttert war, und in welche man Gewächse und Kräuter tun konnte; auf dem gewirkten Bande, an dem diese Tasche hing, und auf dem anderen Leinenbande, das sein Schulsäckchen trug, steckten eine große Menge verschiedenartiger Stecknadeln, um etwa einen Schmetterling zu befestigen. Auch einen langen Stab trug der Knabe, an dessen Ende ein Ring befindlich war, mit einem schlotternden Flore geschlossen, daß man damit manchen flatternden Falter haschen konnte. Brot und Käse trug er in einem Säckchen, wenn sie essen wollten. Er lernte alle Raupen kennen und nennen und die verschiedenen Gesträuche und Gewächse, von denen sie sich nährten. Er kletterte an den Felsenwänden oder Blöcken empor, wenn dort Puppen waren, und suchte manchmal unter dem überhängenden Dache eines Steines an der Wand des Felsens hin, wenn etwa da ein Nachtfalter säße, und die mattfarbigen Oberflügel auf den grauen Stein legte, um Tagruhe zu halten. An den Zäunen und Blöcken, in dürrem Gestrüppe und unter den Dächern der Häuschen wurde gespäht. Die Moose erkannte er zuerst an der rostbraunen, oder hellgrünen, oder dunkelsamtigen Farbe, an den Haaren, oder an den glatten Herzchen, an den Spießen und Zacken und Knorren; später nannte er sie mit lateinischen und griechischen Namen, und sein scharfes Auge entdeckte sie gleich unter dem anderen Grase und unter den hochaufschießenden Halmen des Waldes, oder in der tiefen Finsternis, wo Blöcke über einander lagen, und nichts als ein feinglitzerndes Wässerlein hervor rann. Die Steine, von denen die Leute in der Gegend glaubten, daß sie alle die nämlichen sind, und wo sie höchstens, wenn einer durch die darauf liegende Erde oder durch das darüber fließende Wasser gefärbt war, sagten: das ist ein brauner, das ist ein schwarzer, unterschied er alle, und erkannte, daß ihrer eine ganze Menge seien, wenn sie so unter dem Gerölle, oder unter dem herabgeschlagenen Getrümmer, oder dem angeschwemmten Geschiebe herumgingen: da war der dichtgesprenkelte Granit, der gelagerte Schiefer der spielende Serpentin, der glatte Kiesel mit dem zuckerweißen Bruche, wenn man ihn zerschlug, und mehrere andere und wieder andere, besonders der Marmor, der plötzlich, wenn alles grau war oder angeschlemmt, mit einem roten Täfelchen hervor sah, und wenn Muscheln an dem Strande lagen, war die eine so, und die andere anders: gewundene und gerade, flach und tief, es waren bunte, perlglänzende, zerschlagene, verwitterte, die mit den Farben wie ein Regenbogen schimmerten. Und unter all diesem Herumgehen saßen sie wieder oft stundenlange in dem Walde nieder und betrieben das Lernen des Knaben. Man konnte sie so sitzen sehen, und in dem Buche oder auf der Schreibtafel grübeln – oder eigentlich man konnte sie selten sehen; denn meistens saßen sie einsam, wenn nichts um sie war, als etwa der liebliche Ruf der Amsel, oder sonst ein Waldlaut, den man nicht gleich deuten konnte, und kein Ding dastand, als die lichtbeglühten Stämme, zwischen denen ein stummer Falter flatterte.

Der Greis hatte auch ein Büchschen mit Dinte aufgetrieben, zum Schreiben. Es war mit einem Holzstoppel gut zu schließen, daß keine Dinte heraus rinne, und dann war es mit einem darauf passenden Deckel zuzuschrauben. Der Greis hatte gemeint, es sei besser, wenn der Bube auch mit Dinte schreiben lerne, damit er es in die Übung bekäme, wie es bei anderen Leuten gebräuchlich ist. Früher hatten sie bloß mit dem Griffel auf der Schiefertafel geschrieben. Das Papier wurde in dem Schulsäckchen aufbewahrt – und oft, wenn der Knabe in den herabgesprenkelten Schatten vor einem Steine kniete, und darauf auf seinem Papiere mühsam schrieb, saß der sehr alte Mann nicht weit von ihm auf einem anderen Steine, und schnitt ihm mit einem feinen Messerlein Federn, die dann in einem langen schmalen Holztrühelchen aufbewahrt wurden, das ein feines Brettchen als Schieber hatte. Gerechnet wurde meistens im Kopfe, und immer im Gehen, manchmal aber auch doch mit dem Griffel auf der Tafel.

Der Knabe war willig und folgsam, wenn der Greis sagte, daß man jetzt diese Dinge machen werde, er war folgsam, teils aus Liebe zu dem Greise, teils weil ihn die Sache reizte, daß er sie treffe, und er machte bedeutende Fortschritte darinnen.

Er hatte den alten Mann zuerst immer Vetter genannt, wie wir oben gesehen haben, und wie es fast alle Leute in der Gegend zu einander tun, einerseits, weil sie bei der dünnen Bevölkerung wirklich schier alle miteinander verwandt sind, andererseits, weil sie mit diesem Worte gerne ihre Zutraulichkeit und Freundlichkeit zu erkennen geben: aber zuletzt nannte er ihn Vater, weil seine Mutter es immer, seit der Greis zum ersten Male in ihr Häuschen gekommen war, getan und er es sich angewöhnt hatte. Im nächsten Sommer darauf, also im dritten, da sich der Waldgänger und der Knabe kennen gelernt hatten, und der letztere schon alles, was er lernen sollte, recht flink verrichten konnte, fragte er einmal den Greis: „Vater, warum ist denn eigentlich das Lesen und Schreiben, ich kann es jetzt schon sehr gut, und kann gar nichts damit tun?“

„Das ist darum“, sagte der Greis, „damit du in der Zukunft

noch mehr lernen könnest. Die Sache ist eigentlich seltsam, und ich werde suchen, sie dir begreiflich zu machen. Warum du das andere in der Zukunft auch noch lernen sollst, und durch dieses wieder ein anderes, ist freilich sonderbar und nicht erforschlich – aber es wird so sein, wie ich dir sagen werde. Die Leute haben viele Bücher gemacht, in denen alles steht, was sie bis heute getan und erfahren haben, und auch das, was keiner getan und erfahren, sondern was nur mancher gedacht hat, welches zuweilen richtig, zuweilen unrichtig ist. In dem menschlichen Geschlechte ist nun ein wunderliches Streben – zuerst der Drang, sich zu entwickeln, dann Kinder zu haben, dann zu genießen, dann zu wissen, all die kleinen Dinge zu erforschen, Gott zu erkennen – allein das verstehst du jetzt noch nicht."

„Nein, ich verstehe es nicht."

„Weil du auch den Trieb hast, dich auszubreiten, wirst du viele Bücher lesen, und wenn du zugleich die Welt anschauest, wirst du manches aus ihnen schöpfen, was dir nützlich ist. Der schönste Gebrauch aber, den du vom Schreiben machen kannst, ist der, wenn du einmal weit von hier bist, und in den Ländern draußen herum gehst, daß du deiner Mutter schreibest, wie es dir geht."

„Wie ist das, meiner Mutter schreiben?"

„Du nimmst ein Papier, und schreibst alle die Worte darauf, die du deiner Mutter sagen würdest, wenn du bei ihr wärest, und dieses Papier gibst du dem Boten mit, der immer die Wege hin- und hergeht, daß es nach Hohenfurt gelange, und von da zu der Mutter, welche die Worte lesen wird. – Ein solches Buch aber, aus dem du etwas lernen kannst, werde ich dir nächstens geben."

„Ja, Vater, gebt mir ein solches Buch."

Sie waren eben, als dieses Gespräch vorfiel, auf dem Wege, der in einer großen Krümmung von der Teufelsmauer weg an der Moldau durch den Wald des Hirschberges geht – das heißt: durch den Wald geht kaum ein Weg, sie gingen über die dunkeln, grün bemoosten Steine unter den Fichtenzweigen weg, und ließen sich von dem immer hörbaren Rauschen der Moldau leiten – dann kommt man aber zu dem Steindlhammer, wo ein Fahrweg, der von der Romandlmühle herabführt, vorbeigeht, und durch das Moldautal an dem Abdecker vorüber zu dem Kloster Hohenfurt hinab leitet. Als sie an dem Häuschen des Abdeckers ankamen, saß der uralte Adam auf dem hölzernen Bänkchen, das vor der schneeweißen Wand des Häuschens steht, und ließ sich von der Sonne anscheinen. Er hatte ein kurzes Lederbeinkleid an, schlotternde Strümpfe an den Füßen, und Schuhe, die ihm zu groß geworden waren. Der Oberkörper war mit einem roten Leibe bedeckt, sonst hatte er keinen Rock an, sondern nur die bloßen Hemdärmel, und auf dem Haupte gar nichts. Die Haare des geschorenen Bartes, der in langen Stoppeln aus dem Kinne hervorsproßte, waren schneeweiß, und die des Hauptes, welche noch reichlich quollen, waren ebenfalls so weiß wie im Frühlinge die Blüten des Kirschbaumes. Das Angesicht war hager, aber noch schwach rot. An seiner Seite saß ein anderer alter Mann, um sich gleichfalls zu sonnen. Er sah dem alten Adam sehr ähnlich, nur hatte er ein röteres Angesicht und keine so dichten Haare, sondern dünnere, schlichter herabgehende, die ebenfalls keine andere Farbe hatten als weiß. Sonst war er gekleidet wie sein Nachbar, nur daß die Füße keine Schuhe und Strümpfe anhatten, sondern nackt auf den warmen Boden der Erde herab gingen, und die dunkle von der Sonne hervorgebrachte Farbe zeigten. Unter dem Torwege richtete ein rüstiger Mann den Karren zusammen, um fort zu fahren, und tiefer im Hofe drinnen sah man drei kleine Kinder spielen. Als die zwei Wanderer, der Alte mit dem breiten Hute und der Knabe mit dem bloßen Kopfe, die verschiedenen Dinge tragend, die sie gerne mithatten, aus ihrem staubigen Wege auf die sonnige Gasse hervor kamen, blieben sie stehen, weil es der Waldgänger so einrichtete, und derselbe sprach zu dem älteren von den zwei auf der Bank sitzenden Männern: „Gott grüße Euch, Adam, das ist ein schöner, warmer Tag heute."

„Ja, es ist ein warmer Tag", antwortete der Angeredete, „aber in meinen Jahren ist die Sonne nicht mehr leicht zu heiß."

„Wie alt seid Ihr denn, Adam?"

„Ich glaube, es werden siebenundneunzig sein, wenn ich mich nicht verzählt habe, etwa um eines oder zwei."

„Habt Ihr nicht auch Kinder und Enkel gehabt?"

„Ja, der hier neben mir sitzt, ist mein Sohn, er ist dreiundsiebenzig Jahre alt. Er hat auch schon übergegeben, und ist im Ausnahmestübchen, wo er mich bei sich behält. Sein Sohn dort, der jetzt den Braun herausführt, mein Enkel, hat lange nicht heiraten wollen, aber endlich hat er es doch getan, und jetzt sind schon wieder drei kleine Kinder da. Sind sie denn nicht gleich bei uns gewesen?"

„Sie sitzen im Hofe drinnen, Vater", sagte der jüngere von den zwei auf der Bank sitzenden Männern.

„So, so", antwortete ihm der alte Adam.

„Sind denn nicht Kinder oder Enkel von Euch fort gegangen, eine Weile nicht nach Hause gekehrt oder gar draußen in der Welt geblieben?" fragte der Waldgänger.

„Ich habe nur den einzigen Sohn gehabt", antwortete der alte Adam, „und der ist nie von mir fortgegangen, sondern er ist immer bei dem Häuschen geblieben, und hat die Arbeit getan. Wenn er in die Kirche hinaus ging, oder weit um ein Tier fahren mußte, so rechne ich das nicht. Er hat wieder auch nur einen einzigen Sohn gehabt, der gleichfalls zu Hause geblieben ist. So haben wir fort gelebt, und wenn einer alt geworden ist, gingen die Jüngern zu der Arbeit und taten den Ältern in das Ausnehmen."

„So, so, sie sind alle da geblieben", sagte der Waldgänger. – „Lebt wohl, Adam, wenn ich wieder herabkomme, werden wir wieder etwas miteinander reden."

„So lebt wohl, und seid nicht gar zu fleißig", erwiderte der alte Adam.

„Wenn ich auch recht fleißig wäre, so ist mein Fleiß nicht mehr so ergiebig."

„Nun, nun – ein kleines Teil der Arbeit nimmt schon Euer Sohn auf sich, und wenn er größer wird, wird er noch mehr auf sich nehmen."

„Es ist nicht mein Sohn", sagte der Waldgänger, „sondern er gehört dem oberen Raimundheger."

„So, so, so, das hab ich nicht gewußt", antwortete der alte Adam, während die zwei Wanderer ihren Fuß weiter setzten, und in dem schmalen Fahrwege hinab gingen, gegen eine Ecke, wo eine Biegung der Moldau ist, und ein Zaun und Bäume stehen, die ihnen den Rückblick auf das weiße Häuschen entzogen.

Sie gingen hinunter bis zu der Abtei, und wendeten sich dann wieder links gegen die Berge und gegen das Häuschen des Simmibauer, wo sie am Abende ankamen. Am anderen Tage blieben sie zu Hause, und der Waldgänger wirtschaftete in seinen Sachen herum, wobei der Bube mitwirkte, als wolle er helfen.

So verging die Zeit dem Greise, wie es im Alter gewöhnlich ist, sehr geschwinde – dem Knaben, weil er vorwärts strebte, sehr langsam – und einmal im Spätherbste, als sie an einem gegen die Waldrinne hinein gehenden Abhange saßen, da die Sonne schon müder schien, da die Blätter abfielen, da die Kohlmeise sich sammelte, um fort zu ziehen, da keine Schwalben mehr da waren, und der leichte, dunkle Winkel der Wildgänse am blassen Himmel zog, sagte der Knabe: „Vater, ich gehe nicht von Euch, so lange ich lebe."

„Mein Kind", antwortete ihm der Waldgänger, „du wirst um vieles länger leben, als ich, und du wirst auch früher von mir gehen, als ich sterbe, und als du dann allein fortleben müßtest. Es bleiben ja nicht einmal die eigenen Kinder bei den Eltern, geschweige denn fremde; sondern sie gehen alle fort, um sich die Welt zu erobern, und lassen die Eltern allein zurück, wenn ihnen diese auch alles geopfert, wenn sie ihnen ihr ganzes Glück und das Blut ihres Herzens gegeben hätten. Es wird auch schon so das Gesetz der Natur sein. Die Liebe geht nur nach vorwärts, nicht zurück. Das siehst du ja schon an den Gewächsen: der neue Trieb strebt immer von dem alten weg in die Höhe, nie zurück; der alte bleibt hinten, wächst nicht mehr und verdorrt. Und wenn auch die Zweige bei einigen zurück zu gehen scheinen und nach abwärts streben, so ist es nur, daß sie die Erde berühren, um einen neuen Stamm zu gründen, der den Platz verlassend sogleich wie ein Pfeil in die Höhe schießt. Siehst du die Erdbeeren, sie haben lange, feine Schnüre, die an dem Boden fortstreben, und wenn eine solche Schnur einmal nach auswärts geht, kehrt sie niemals mehr zu dem Ursprunge um, von dem sie gekommen, sondern sie erlangt ein Häkchen, mit dem sie in den Boden greift, um von diesem Mittelpunkte neue fortlaufende Geschlechter zu erzeugen, die immer weiter in die Ferne streben. Du liebst ja auch deine Mutter nicht so, wie du von ihr geliebt wirst. Es ist sehr selten, sehr selten, daß ältere Söhne noch bei ihren Vätern bleiben. Ich habe zwei gekannt, die sehr zärtlich waren, und ihre Ämter ließen, um bei dem Vater bleiben zu können. Sie gingen auch nicht zu ihren Freunden, wenn er abends etwa krank war, sondern saßen bei ihm und beachteten sein Leiden. Aber das ist eine Ausnahme und es ist selten. Auch ist es nicht oft so, wie bei dem alten Abdecker Adam, bei dem sie nur blieben, weil sie draußen gleichsam verachtet, und lieber daheim bei den Ihrigen sind, und tun, was die Familie seit Jahren her getan hat.

Nach diesem Gespräche waren sie stille und gingen abwärts gegen das Tal der Moldau, und zwischen den einzeln gelegenen und weit zerstreuten Häuschen hin, wo die Bewohner entweder Laub heimsammelten, daß es zur Winterstreu diene, oder mit Holz oder mit Reisig oder selbst mit Abfällen von Stroh die Seite des Hauses verbauten, wo im Winter die kalten Winde ankommen werden, oder von dem zweirädrigen Karren die Spätkartoffeln abluden, die sie von dem kleinen Felde nach Hause gebracht hatten. Am Abende kamen die zwei Wanderer zu dem Hegerhäuschen des oberen Raimund, auf dessen Wiese gar nichts mehr war, als etwa noch eine Zeitlose, die aber auch schon verblüht und von den Nachtreifen verstört war.

Schon nach einem Jahre ging es in Erfüllung, was der Waldgänger hier so trübselig vorausgesagt hatte. Der Holzflößer Simon, der Taufpate des Knaben, von dem derselbe den Namen Simon oder Simi, wie ihn die Eltern immer aussprachen, erhalten hatte, sagte einmal zu dem Heger, da der Knabe schon so groß sei und auch so unterrichtet, so sei es doch einmal die Pflicht der Eltern, daß sie ihn irgend wohin täten, wo er das lerne, was einmal zu seinem Lebensunterhalte dienen könnte – und er wiederholte diesen Ausspruch öfters. Die Eltern fragten den Waldgänger, zu dem sie das größte Vertrauen hatten, und ohne dessen Rat sie gar nichts mehr taten. Dieser sagte, der Holzflößer habe recht, und es müsse so geschehen. Als man den halben Sommer beratschlagt hatte, wie man es machen müsse, und als man endlich damit im reinen war, schnitt der Vater an einem kalten Novembertage, an welchem der Boden sehr hart gefroren war, einen Haselnußstab von dem Gehege, und als man den

Knaben in dicke, warme, ihm fremde Kleider gehüllt hatte, die ihnen sehr schön erschienen waren, führte er ihn fort in die Fremde, daß er dort etwas lerne. Der Knabe folgte willig und geduldig, weil alle, die er kannte, gesagt hatten, daß es so sein müsse.

Das Hegerhaus war nun sehr einsam, da die beiden durch den Wald fort gegangen waren, und der dünne Rauchfaden stieg gleichsam betrübt zu dem grauen Novemberhimmel hinauf, als sich die Hegerin zu Mittag eine Suppe kochte, die sie immer, wenn ihr Mann nicht zu Hause war, statt gesetzmäßig zu kochen, schnell machte, und auf dem Schemel des Küchenstübchens sitzend, wo sie sonst die glatten blonden Haare des Knaben gekämmt hatte, aß. Den Waldgänger sah man mit seinem grauen Rocke und großen Hute zwischen den weißen entlaubten und daher durchsichtigen Birkenstämmen des Kienberghanges hinüber in das Häuschen des Simmibauer gehen.

Acht Wochen nach diesem Ereignisse ist auch der Waldgänger auf immer von dieser Gegend fortgegangen. Der Simmibauer sagte, er scheine sich so sehr um den Knaben des Raimundhegers gehärmt zu haben – „aber ich glaube es nicht“, setzte er hinzu, „denn was kann denn ein Mann, der noch dazu in so hohen Jahren ist, mit einem solchen Knaben zu reden haben?“

Der Bauer zeigte uns Buben im nächsten Sommer, da wir einmal bei ihm waren, noch die sehr schwer mit Nägeln beschlagenen Schuhe des Waldgängers, die er da gelassen hatte, weil er sich sehr große Juchtenstiefeln hatte machen lassen, und mit ihnen im hohen Schnee fort gegangen ist. Er hat ein großes Buch mitgenommen, zwischen dessen Blättern viele Moose eingepackt waren. Die Schuhe wurden nach und nach von dem Simmibauer zerrissen, sonst war nichts von dem Alten zu sehen. Wir wuchsen auf, und keiner von uns hätte gewiß mehr in seinem Leben an den Waldgänger gedacht, wenn mir nicht zufällig später einmal sein früher geführtes Leben bekannt geworden wäre, das wir im folgenden Kapitel erzählen wollen.

2

Am Waldhange

Ein ganzes Menschenalter früher, ehe sich das ereignete, was wir oben beschrieben haben, wurde weit entfernt von dem bisherigen Schauplatze einem Elternpaare ein Knäblein geboren, so wie fünfundsechzig Jahre später den Hegerleuten ihr Knabe geboren wurde. Beide Elternpaare hatten das gemein, daß sie nach lange unfruchtbarer Ehe mit diesem Kindersegen erfreut wurden, bei beiden blieb das geborene Kind das einzige und bei beiden war es von der ganzen andern Welt abgeschieden, und schier nur allein auf die Berührung mit seinen Eltern angewiesen. Zwar um den Geburtsort jenes älteren Knaben lagen nicht so sehr Wälder und Berge herum, wie um den des Hegerbuben, auch waren seine Eltern nicht gar so eingeschränkt, daß sie beinahe nichts anderes kannten, als die Stämme der Bäume, die um sie herum standen, und das vorbei rinnende Wasser: allein es war auch nicht gar viel anders. Der Vater war ein Prediger in einem Dorfe des nördlichen Deutschlands, auf welche Stelle er sehr lange gewartet hatte, die er jetzt bereits zehn Jahre bekleidete, und von der er sich nicht weg verlangte. Um das Dorf lagen nicht, wie wir sagten, Wälder und Berge, sondern es war vielmehr eine Ebene herum, auf welcher gerade gar kein Wald war: aber wenn man so hin sah, so standen die wenigen Bäume der Zäune und Raine so winzig draußen an dem Himmel: die Felder mit dem Weizen, der Gerste oder dem Heiden, waren nach geringer Breite schon so kleine Streifen und Linien; die ungeheure Himmelsglocke war so voll von weißen und grauen, und blaulich schimmernden Wolken; ein Kirchturm, ein Amthaus oder sonst eine Wohnung, in der sich wieder Menschen befanden, war so sehr, wenn gerade eine günstige Beleuchtung darauf fiel, ein weißer leuchtender Punkt oder Strich in einem blauen Streifen draußen, daß man in dem Pfarrdorfe eben so abgetrennt von der übrigen Welt der Menschen war, als hätte man mitten in einem großen Walde gelebt. Der Vater entfernte sich niemals von dem Dorfe, außer wenn er nachmittags mit seinem spanischen Rohre in den Feldern spazieren ging, und ein einziges Mal während seiner

Amtsführung, wo er in einem Wägelchen fort fuhr, weil er in dem Konsistorium draußen etwas zu tun hatte. Von der Welt kam auch niemand in das Dorf herein, außer wenn in zwei drei Jahren einmal ein Amtsbruder mit seiner Ehehälfte, oder mit einer sittsam gekleideten Tochter erschien, und bei den Predigerleuten den Kaffee einnahm. Der Vater erwiderte niemals solche Besuche, teils weil er nicht leicht sehr weit gehen konnte, teils weil er wegen der vielen Studien, die er sich auferlegte, nicht dazu kam, die Welt zu genießen. Die Bauern fuhren in die Stadt, wenn sie nach der Ernte ihr Getreide verkaufen wollten, sonst auch wohl noch der eine oder der andere, wenn Jahrmarkt dort war, und er für die nächste Zeit etwas in seine Wirtschaft brauchte. Der Pfarrhof und die Kirche, an deren Außenmauer und Hintergitter eine Menge Fliederstauden wuchsen, waren eine kleine Strecke von dem Dorfe entfernt, das sich so hinter Weiden und einigen alten Obstbäumen versteckte, daß man es kaum sah. Das Innere des Pfarrhauses und der Hof wurden äußerst reinlich gehalten. Der Hof, welcher nur an drei Seiten von dem Gebäude umgeben war, war mit Sand bestreut, und das Gebäude hatte gegen ihn rings herum einen Gang mit viereckigen gemauerten Säulen und einem niedern Mäuerlein als Brüstung, was dem Pfarrer sehr gefiel, weil er darin gehen konnte, und das Ding etwas Schloßähnliches hatte. Manchmal standen auch langstielige Pflanzen oder andere seltsame Dinge darinnen. Die größte Schönheit der Gegend bestand in dem Pfarrgarten, in welchem alle Jahre derselbe Wechsel der Erscheinungen vor sich ging: Primeln, Tulpen, Levkojen, Monatrosen, dann die große Rose, Nelken, Georginen und Astern. Die Mutter des Knaben, die Pfarrersgattin war eine klare stille blauäugige Frau, die zwischen den Astern und Georginen herum ging, und ihren Knaben sittsam erziehen wollte. Sie kam noch weniger aus, als ihr Mann, ging selten mit ihm spazieren, und konnte oft kaum abkommen, in das Dorf hinab zu gehen; sondern sie war immer in der Umfriedung ihres Hauses, waltete in demselben und schaffte Reinlichkeit. Sie ging sehr fein und langsam im Hause herum, und drang wie ein Sonnenstrahl in alle Klüfte, daß der Staub sich entferne, und jedes rein glatt und scharf sei. Von der Wohnung ging sie in die Kirche, wo sie die am meisten von ihrem Manne Erbaute war, und zu Hause gab sie ihren zwei Mägden das Beispiel des Duldens und der sanftmütigen Mäßigung. In die Welt ging sie nicht, nicht etwa, weil sie dieselbe haßte, sondern weil sie nicht ging. Wenn von Dingen draußen geredet, und die Rede an sie gerichtet wurde, sagte sie bloß: „Das weiß ich nicht.“ Diese Antwort bekam am meisten ihr Mann – denn von außen kam selten etwas herein – wenn er in einer Erdbeschreibung, die auch nicht mehr wahr war, las, und ihr dann von Sitten und Gebräuchen der Völker erzählte, die überall auf der Erde sind.

Weil es ein Teil des Berufes eines Predigers mit ist, seiner Gemeinde mit einem guten Wandel vor zu leuchten, so durfte sein Knabe, da er heran wuchs, nicht zu den übrigen Buben des Dorfes hinaus, um mit ihnen zu spielen; sonst hatte er auch kein Geschäft in dem Dorfe, wie vielleicht, um etwas zu holen, weil es stets die Mägde verrichteten, – und so war er immer unter den Astern, mußte dort gehen und stehen und sich benehmen, wie sie es befahlen, und mußte lernen und sich auf seinen künftigen Beruf vorbereiten. Er sah nichts, als die Ebene und den großen Himmel darauf und im Winter das warme Stübchen und den Ofen. Der Vater unterrichtete ihn selber in allen Fächern, die ihm in der Zukunft notwendig sein konnten, und da er sich selber in den Arbeiten, die er unternommen hatte, wenig Muße gönnte, so teilte er auch dem Knaben den ganzen Tag ein, daß jede Stunde ihre Beschäftigung hatte, die einst nützlich sein könnte – was der Knabe alles pünktlich erfüllte.

Wie es bei Vätern häufig geschieht, daß sie ihren Kindern alle möglichen Stände gönnen, nur den eigenen nicht, so wollte der Pfarrer auch, daß sein Georg nicht Theologie studieren, und den mühseligen Weg zu einer Pfarrei gehe, den er selber gegangen war. Der Knabe aber wäre am liebsten ein Prediger geworden, und er hätte schon jetzt nichts so gerne getan, als ein gesetzmäßiges Gewand angezogen, Reden gehalten, konfirmiert, die Christenlehre ausgebreitet und dergleichen mehreres, aber der Vater gab es nicht zu, sondern das Ziel seiner Wünsche ging dahin, daß sein Sohn ein Syndikus oder Amtmann, oder sonst ein Kanzleiherr würde, der in einem großen Hause säße und seine Kinder gut versorgen könne. Er richtete sich schon jetzt bei seinem Unterrichte nach diesem Zwecke, und trug ihm alles vor, von dem er nur irgend denken konnte, daß es ihm in diesem seinem Berufe Vorteil bringen möchte. Namentlich lehrte er ihn gut Latein, und drang auf eine schöne, leichte, leserliche Handschrift, der Knabe lernte und erfüllte alles, was ihm der Vater zu lernen und zu erfüllen vorlegte.

So kam endlich die Zeit, wo der Prediger sagte, daß der Sohn nun alles könne und wisse, was ihm zu können und zu wissen not täte, und daß er nun in eine Lehranstalt hinaus ziehen müsse, um die eigentlichen Brotfächer zu treiben, und sich darin zu vollenden. Die Mutter hätte ihr Kind am liebsten bei sich behalten, und hätte sich keine größere Seligkeit denken können, als wenn alle Tage einer nach dem andern gekommen wären, und ihr unschuldiger Knabe immer neben ihr gespielt hätte. Aber wie sie eine verständige Frau war, die einsah, daß er seinem Stande gemäß hinaus müsse, um zu lernen, und gleich seinem Vater etwas zu werden, und wie ihr ganzes Leben ein Opfer gewesen war, um der Tugend zu huldigen und den Leuten ein Beispiel zu geben; so opferte sie sich auch hier, und ließ ihren Sohn von sich, ohne ein Wort der Einrede dagegen zu sagen. Sie hatte ihn mit allem möglichen an Wäsche, an Kleidern, an nützlichen Werkzeugen, und guten Lehren versehen, was er nur immer in der Fremde und in der Abgeschiedenheit von seinen Eltern brauchen könnte, man gab ihm noch, was alles die herjährigen Ersparungen des Hauses vermochten, er nahm Abschied, und ging fort. Er ging fort, und trug das sinnende Wesen mit, das er von der Mutter, und die Einfachheit, die er von dem Vater hatte. Die Eltern blieben in der großen Stube sitzen, und sandten ihm ihren tausendjährigen Segen nach.

Als er, den seine Mutter noch immer für einen Knaben hielt, der aber unterdessen ein ordentlicher Jüngling geworden war, in der Universitätsstadt ankam, die man ihm als den Zielpunkt seiner nächsten Laufbahn zugewiesen hatte, war sein erstes, die Briefe abzugeben, die ihm der Vater und der Superintendent, ein alter Schulfreund des Vaters mitgegeben hatte – ein Schulfreund, den der Vater jetzt fünfundzwanzig Jahre nicht gesehen hatte. Dann bezog er die Wohnung, die ihm von einem Freunde des

Vaters im vorhinein bestellt worden war, und dann ging er daran, sich in seinen nun vorzunehmenden Studien einzurichten. Es war ausgemacht worden, daß er die erste Zeit, wo er noch wenig Bekanntschaften und Empfehlungen hätte, von dem Gelde leben solle, das ihm die Eltern mitgegeben hatten, und daß er dann, wenn er einmal eingewohnt und bekannt geworden wäre, sich durch Lehrstunden den nötigen Unterhalt verschaffen sollte, wozu der Pfarrer schon das legen werde, was das Pfarrhaus alle Jahre in Ersparung bringen könnte. So hielt er es auch, und er kargte mit dem Mitgenommenen, daß er den Schatz nicht gar so schnell verschleudere, und sich in seinem Gewissen den Vorwurf eines Verschwenders machen müsse. Da sah er bald, daß es mit dem von seinem Vater mitbekommenen Wissensvorrate nicht so ganz seine Richtigkeit hatte; denn er sah, daß er vieles von dem Vater nicht gelernt hatte, was er hier brauche, und daß er vieles gelernt habe, was ihm hier zu nichts nütze sei. Er mußte sich daher, da er einmal Einsicht in die Sache bekommen hatte, einen ganz andern Plan machen, als der zu Hause entworfen worden war, und vieles nachholen, an dessen Notwendigkeit man nicht gedacht hatte. Aber es machte auch nichts. Er ging bis zu dem Punkte zurück, von dem er glaubte, daß er da mit Sicherheit ausgehen könnte, und begann seine Lerngegenstände einzuteilen, und sie planmäßig nach vorwärts zu verfolgen. Er ging mit dem größten Eifer darüber und arbeitete mit innigstem Fleiße fort. So wie er zu Hause vom Lernen nur aussetzte, wenn er mit dem Vater spazieren ging, wobei ihn dieser bei der Hand nahm und neben den Saaten hinführte, so saß er auch hier den ganzen Tag bei den Büchern, und nur gegen Abend ging er aus, und ging ein wenig in den Feldern, die um die Stadt lagen, herum, weil ihm aufgetragen worden war, durch Leibesbewegungen auf seine Gesundheit zu schauen. Sein schönes Angesicht, welches rot und weiß war, und die sanften schwärmenden Augen darinnen fielen schon damals manchem auf, aber er wußte es nicht, daß er sie hatte, und lebte fort. Nach und nach wurde er bekannter unter den Leuten, bekam Anträge für Lehrstunden, nahm sie an, und besorgte sie mit größter Pünktlichkeit. Er füllte von nun an seine Zeit aus, zwischen den eigenen Arbeiten, die ihn in seiner Bahn fördern sollten, und zwischen dem

Unterrichte, der andern beibringen sollte, was sie noch nicht wußten.

Es war zu Hause ausgemacht worden, daß er zur Ersparung des vielen Reisegeldes drei Jahre nicht nach Hause kommen sollte. Ehe das dritte noch ganz um war, konnte er aus eigenen Mitteln die Reise bestreiten, und wollte seine Eltern überraschen. – Und eines Tages im späten Herbste, da schon die meisten Felder der Ebene braun waren, weil man sie geackert hatte, und einige dazwischen schon das blaulich grüne betaute Dunkel der Wintersaaten trugen, ging ein schlanker Mann mit einem schwarzsammetnen Rocke, einem schwarzsammetnen Barette, langen auf die Schulter fallenden Haaren, und einem großen Knotenstocke bei dem hinteren Gitter des Gartens herein, das so wie das vordere niemals zugesperrt war, und ging neben den allerletzten Resten der von den Nachtfrösten schon ganz schlapp gewordenen Astern vorüber gegen das Predigerhaus hin. Der Pfarrer war eben im gewöhnlichen schwarzen Gewande und mit einer langen Pfeife im Gange der viereckigen Säulen, und putzte die Stämmchen der Rosenbäume, die in Töpfen standen, daß sie rein seien, ehe sie in das winzige Glashaus kämen, das er sich in diesen drei Jahren her erspart hatte – und die Mutter sah bei dem Fenster der Speisekammer heraus, da der junge Mann durch den Garten ging – beide erkannten in ihm sogleich ihren Sohn Georg, und es war eitel Freude in dem ganzen Hause. Wenn sich auch seit der Zeit gar nichts geändert zu haben schien, so war doch manches anders geworden: die sehr vielen unendlich kleinen Fältchen und Linien im Angesichte der Mutter, die sie gehabt hatte, als der Sohn fort gegangen war, waren nun größere und tiefere geworden, und neue feine und nach allen Richtungen laufende waren zwischen ihnen zum Vorscheine gekommen, auch das Angesicht, das sonst immer mit einem Hauche von Rot überzogen gewesen war, war schier ganz weiß und fast noch feiner geworden als früher – nur die Augen waren so blau und gut geblieben, wie sonst: der Pfarrer hatte spitzere Ellbogen bekommen, sein Gang war nicht mehr so sicher und er selber schien etwas kleiner geworden zu sein: der Knabe, die späte Frucht zweier alternder Eheleute, die sie sich so sehnlichst erwünscht hatten, war ein Jüngling geworden, sein Angesicht war dunkler und blühend, und um sein Kinn und um seine Lippen war der reiche Anflug des ersten Bartes zu erblicken.

„Gott grüße dich, mein Sohn Georg“, sagte die Mutter, „Gott grüße dich. Hast du dir alle die schönen Sachen, die du da an hast, erst in der letzten Zeit machen lassen?“

„Ja, Mutter“, antwortete der Sohn, „nicht nur dieses habe ich mir machen lassen, sondern ich habe noch manches andere, das aber zu Hause in der Truhe ist, weil ich es auf der Reise nicht brauchte, und weil es nur für die Stadt paßt.“

Der Vater wollte wissen, wie sich der Rektor befinde, was dieser und jener Pedell mache, wie diese und jene Kneipe emporgekommen, wie sich die Burschenschaften anlassen, und wie dieser und jener Gebrauch geübt werde: aber der Rektor war ein griechischer Mann, der alles auf Hellenentum bezog, die Pedelle waren gestorben, die Kneipenwirtschaft war in neue Hände gekommen, und die Sitten und Gebräuche und Benehmungsweisen der Burschenschaften waren ganz anders geworden.

Der Sohn blieb so lange zu Hause, als es seine Geschäfte gönnten, und als es die Liebe seiner Eltern heischte, daß er bleibe, ohne deswegen demjenigen was für seine Zukunft nötig wäre, Abbruch tun zu wollen. Endlich war die Zeit wieder um, und er mußte fort. Er war erst jetzt daran, in die eigentliche Universität einzurücken, und die Brotfächer, wie sich der Vater ausdrückte, zu beginnen. Er nahm zum zweiten Male Abschied, sie entließen ihn mit Tränen und Segenswünschen, aber nicht mehr mit so vielen guten Lehren, wie das erste Mal, weil er bereits so groß und verständig geworden war, und die alternden Eltern sich nicht getrauten. Er ging wieder über die Ebene zu Fuße fort, wie er gekommen war, und die durch ihn belebte Pfarrwohnung war wieder so einsam, wie vorher. Die Einsamkeit war alle Tage die nämliche, so wie die Sonne alle Tage die nämliche und einsame war, welche auf das Dach der Wohnung nieder schien, und abends stets dieselbe Stelle des Kirchturmknopfes vergoldete. Jahre um Jahre gingen dahin: der Pfarrer predigte, die Gattin hielt die Habe zusammen, die Bauern führten ihr Getreide in die Stadt, und die Felder der Ebene mit den geringen Wechseln, welche die Verlegung der

Getreidearten hervorbrachte, hatten das Ansehen, welches sie hundert Jahre her gehabt hatten.

Der Sohn des Predigers war in der Stadt, und hatte indessen alle Studien, die zu dem Stande, der seinem Vater der liebste war, paßten, mit größtem Eifer aufgenommen und fortgesetzt. Er wendete denselben Fleiß darauf an, den er bisher immer angewendet hatte, er ließ kein Fach daneben liegen, von dem er glaubte, daß es ihm einmal in seinem künftigen Stande nützlich sein könnte, er hatte inzwischen noch so viele Zeit gefunden, seinem Hange, der ihn zur Mathematik und zu den Naturwissenschaften trieb, ein wenig nachzugehen und diese Dinge daneben zu treiben, und er ging endlich seinem Ziele, einmal in die amtliche Wirksamkeit einzutreten, entgegen. Allein seine Eltern erlebten dieses nicht mehr. Wie ein Prediger gewöhnlich schon alt ist, wenn er sein Amt antritt, wie seine Gattin gewöhnlich schon ältlich ist, wenn sie seine Braut ist, weil er sie meistens schon in den Studienjahren kennen lernt, und die Leute in Liebe, Treue und Ergebenheit ausharren, bis sich irgend ein Pfarrplätzchen findet, in das sie einrücken können, wo dann häufig Amtsantritt und Trauung zusammen fällt – da endlich hier auch noch zehn Jahre nach der Vermählung vergehen mußten, bis die Predigerin ihrem Manne den Sohn Georg gebar: so starben beide Eltern, ehe der Sohn das erreichen konnte, wohin sie ihn gehen sahen. Der letzte Brief des Vaters war noch recht heiter gewesen, und da der Sohn nur die Schriftzüge sah, die die nämlichen geblieben waren, nicht aber die des Antlitzes, die sich in den wenigen Jahren, seit er wieder abwesend war, schnell verändert hatten, so kam ihm die Todesbotschaft zu früh, als ein Ding, dessen Möglichkeit er sich wohl gedacht, dessen Eintritt er aber noch weit in die Jahre hinaus geschoben hatte. Als er die Nachricht bekommen hatte, daß seine Eltern, obwohl sie schon alt waren, doch für ihre Jahre noch zu früh, eines nach dem andern gestorben seien – tat er anfänglich gar nichts, er setzte alle seine Studien aus, und lebte eine Weile wie im Müßiggange fort. Dann gab er alle seine bisherigen Bestrebungen auf, und fing an, Mathematik, Naturwissenschaft, mechanische Wissenschaften und Baukunst zu betreiben – und so wie er früher, durch seine Erziehung daran gewöhnt, Ausdauer und unsägliche Geduld hatte, wenn er einmal etwas für recht erkannte, und alle Opfer brachte, um das Angefangene durchzuführen: so machte er es auch jetzt so, und bot alle Kräfte auf, seinem neuen Zwecke näher zu rücken, um so mehr, da ihn dazu seine Neigung zog, und er das Frühere nur aus Liebe zu seinen Eltern getan hatte. Er ging noch einmal nach Eiserode, so hieß das Dorf, wo seine beiden Eltern begraben waren. Auf ihren Gräbern waren einfache Kreuze, in dem Pfarrhofe waren fremde Menschen, in dem Garten wurden die Dinge umgeändert – und die Ebene, auf welcher die Felder waren, und die grauen Strohdächer des Dorfes, die aus den Weiden und Obstbäumen hervorsahen, und die Sonne, die auf alles das hernieder schien, waren gerade so, wie, da er noch als Knabe unter diesen Dingen herumgegangen war. Er ging wieder zu Fuße über die Ebene fort, er ging in die Stadt, in welcher er bisher seine wissenschaftlichen Arbeiten betrieben hatte, er blieb jetzt auch nicht in derselben, sondern ging wieder von ihr fort, und kam nach und nach in südlichere Gegenden, die bisher in dem Glanze der dorthin stehenden Sonne recht freundlich zu ihm herüber geschienen hatten. Da er von Kindheit an nur um seine Eltern gewesen war, da sich erst weit von dem Rande der Ebene, in der er aufgewachsen war, wieder eine dichtere Bevölkerung von Menschen befand, da er auch während seiner Studien mit wenigen, man könnte sagen, mit niemanden Umgang gehabt hatte, sondern immer bei den Büchern gesessen war, und mit den Menschen gleichsam nur wie mit zufälligen Naturgewalten in Berührung gekommen war, die nach ihren inwohnenden fremden Gesetzen wirken, nicht wie mit lebendigen Wesen, die innerlich sind, wie er, und in Liebe und Haß zugetan und abgeneigt sein können: so hatte er etwas Scheues, Abgezogenes, man könnte sagen, Wildes, bekommen – und da seine Eltern nun tot waren, so erschien es ihm, als sei er der einzige Mensch auf der Welt, und sonst gäbe es keinen. Darum mochte es auch gekommen sein, daß er sich von der Rechtswissenschaft und den Staatslehren abgewandt hatte, welche überall eine Geselligkeit und einen Zusammenstoß von Menschen voraussetzen, die in lebendiger Leidenschaft, in Gunst und Abgunst auf einander wirken, die es für ihn nicht gab. Darum zog sich sein Herz zur Natur, gleichsam zu Dingen, die schon an und für sich da sind, die ihm nichts wollen, und deren Ähnlichkeiten schon gesellig mit seinen Eltern lebten, da er bei ihnen heran wuchs. Darum zog es ihn zur Baukunst, deren Denkmale von Toten aufgeführt, gleichsam in ihren Eigenschaften ebenfalls selbständig da stehen, schöne Merkmale zeigen, die als ein Bleibendes auf die Gefühle der Seele des Menschen wirken, und in ihrer düsteren Pracht auf diejenigen weisen, die hinüber gegangen sind und da weilen, wo seine Eltern sich jetzt befinden. Er kam bei seinen Wanderungen nach dem Süden auch in Wälder, deren er keine bei seinem Heranwachsen in der Heimat gesehen hatte, und dergleichen ihm nur, da er sich ferne von der Heimat in der Stadt aufgehalten hatte, wo er seinen ersten wissenschaftlichen Bestrebungen oblag, in sehr unbedeutender und kümmerlicher Gestalt vorgekommen waren. Er liebte diese Wälder sehr, ging gerne in ihnen herum, und suchte nach allerlei Gegenständen in denselben, die er sich aufhob, und zu Sammlungen vorbereitete. Auch große Gebirge erblickte er, verweilte in ihnen, und sah ihre Zacken und Mauern und Kronen wie gewaltige Bauwerke an, die in uralter Zeit einst jemand aufgeführt hatte. Da ging er gerne allein neben den strömenden Wässern, die am Fuße dieser Bauwerke in den Tälern dahin rollten. Weil er bei seinen Erlernungen jetzt nicht mehr an gewisse Vorschriften gebunden war, als nur an solche, die er sich selbst gab, weil er keine Prüfungen abzulegen hatte, wo er sich über seine Tüchtigkeit in einem Fache ausweisen mußte, sondern weil ihm nur die Sache als solche oblag, daß er sie in Besitz bekomme und einstens anwende, wie es ihn freue: so richtete er sich seine Studien so ein, wie sie ihm am zweckmäßigsten schienen, und wie er glaubte, daß er am leichtesten zum Ziele gelangen könnte. Er kaufte sich Bücher, wo er sie nur immer für sein Fach bekommen konnte, und untersuchte sie und lernte in ihnen. Er hatte kein anderes Vermögen, als das wenige, was er sich während seiner ersten wissenschaftlichen Laufbahn, die er wieder verlassen hatte, durch Unterrichtgeben erwarb, und zum Teile in Ersparung zurück legte. Es war nicht viel, aber bei seiner Art, sehr mäßig zu leben, mochte es schon noch eine Weile reichen. – So wanderte und lebte er fort – und wenn er zu irgend einem im Baue begriffenen Werke kam, an dem sehr viele Menschen gleichsam wie Maschinen arbeiteten, ging er hinzu, verdingte sich bei dem Werke, und arbeitete mit. So war er endlich dreißig Jahre alt geworden – und in dieser Zeit lernte er ein Mädchen kennen, zu dem er eine mächtige Leidenschaft faßte.

Sie war die einzige Tochter einst wohlhabender, ja reicher Eltern. Beide Eltern stammten ebenfalls aus dem nördlicheren Deutschland her, und die Mutter war sogar die Nachbarin des Ländchens, in dem die einsame Ebene und das Pfarrhaus lag, in welchem Georg aufgewachsen war. Diese Mutter hatte das zweifelhafte Geschenk empfangen, das schönste Mädchen der Stadt zu sein, in welcher sie geboren worden war. Es bewarben sich alle heiratfähigen Männer um sie, namentlich aus ihrer eigenen weit verbreiteten wohlhabenden Verwandtschaft. Sie würde auch einen derselben genommen haben. Aber da erschien der Vater unseres Mädchens – er war auf der Durchreise begriffen, lernte zufällig die allgemein begehrte Schönheit kennen, und trat in die Reihe der Bewerber. Da seine Reise bloß eine zur Lust war, so schlug er sofort seinen Aufenthalt in dem Städtchen auf, und teils seine Wohlhabenheit, teils sein vornehmes Benehmen machte ihn zu dem gefährlichsten Nebenbuhler der anderen. Aber doch waren die Eltern des Mädchens der Bewerbung entgegen, weil sie dasselbe nicht gerne von sich und aus der Stadt mit einem fremden Menschen fortgelassen hätten, auch das Mädchen selber war ihm nicht mehr geneigt oder abgeneigt, als den andern, ja vielleicht war sie gegen ihn, als den Fremden, scheuer, als gegen die Einheimischen: aber das alles steigerte noch den Wunsch und die Leidenschaft des Bewerbers, daß sie wie mit düsterem Schmerze aus seinen Augen heraussahen, und der einmal zufällig hingeworfenen Äußerung, daß ihm ohne sie das Leben keinen Wert habe, und daß er es mit Leichtigkeit hinwerfen würde, ein gefährliches Siegel der Wahrheit aufdrückten. Sonderbar, – wie jedes Tiefe und Gefühlte entzündet, so war gerade das, was die Eltern noch mehr zurück schreckte, in die Verbindung zu willigen, geeignet, das Mädchen zu entflammen, daß sie nun erklärte, diesen einzigen wolle sie, und keinen andern. So ward sie seine Gattin, und unter dem Murren aller Verwandten und Bekannten, daß man eine so reiche schöne Erbin einem Fremden hingebe, von ihm fort geführt. Unter der Reise, da sie noch zärtliche Zweifel an die Beständigkeit seiner Liebe ausdrückte, versicherte er sie und schwur ihr, daß er die Worte des Predigers, die er bei der Trauung an sie gerichtet hatte, ewig vor Augen haben, und sie ewig freundlich, sanft, liebevoll und nachsichtig behandeln werde, wie jetzt. Die Augen der jungen Gattin strahlten vor Freude, und sie dankte Gott in ihrem innerlichsten Herzen, daß sie einen so edlen herrlichen Mann zum Gatten erhalten habe. Er führte sie weit von ihrem Geburtsorte weg auf seine Besitzung, die nahe an einer großen Stadt war, ja man könnte sagen, noch in derselben lag, da der Garten in seinen hintern Teilen die Stadtmauer und die Gärten der Vorstadthäuser berührte. Hier richtete er sich ein und schaffte erst nach seiner Ankunft alles an, was ein eheliches Leben heischte, da er bei seiner Fortreise nur gedacht hatte, daß er eine Reise durch ganz Deutschland machen und keine Ahnung gehabt hatte, daß er eine Gattin mitbringen würde. Er hatte keinen Vater und keine Mutter mehr, auch keine Verwandten waren da, weil er eigentlich vom Rheine herüber stammte und sich erst da angekauft hatte. Er häufte alles an Schmuck und Kleidern nur immer erdenkliche Schöne auf seine Gattin, und wenn er sie zu Freunden und Bekannten in der Stadt herum führte, um sie ihnen zu zeigen und sie mit ihr bekannt zu machen, und wenn sich die unzweideutigsten Zeichen der Bewunderung in den Mienen und Augen kund gaben, war er unsäglich stolz und triumphierte über die Schönheit des Weibes seiner Wahl. Am Ende des ersten Jahres ihrer Ehe gebar sie ihm ein Töchterlein, das die sehr großen schwarzen Augen der Mutter auf die Welt brachte, und nach wenigen Monaten zeigte, daß es auch die sehr langen Wimpern derselben erhalten werde, und das feine Weiß und Rot des Angesichtes, und den unbeschreiblich lieblichen Mund, auf dem gleichsam alle Holdseligkeit des schönsten Herzens lag. Es wurde mit wahrhaftiger Pracht behandelt, und lag in seinem Bettlein in einem Schneeschimmer von Linnen und in allerlei andern Bestandstücken des Geschmackes und der Verschwendung. Das Kind hatte in der Taufe, die nach dem Gebrauche der protestantischen Kirche vollzogen wurde, den Namen Eleonore Elisabeth Corona empfangen, nach dem Namen der Großmutter – nämlich der Mutter des Vaters – nach dem der Mutter, und endlich nach dem der Pate. Die Mutter brachte nach zwei Jahren ihrem Gatten auch einen Sohn, aber derselbe starb schon im ersten Monate, und von da an hatte sie kein Kind mehr, so daß das Mädchen das einzige blieb. Auf die Erziehung dieses Kindes verwendete der Vater nun alle seine Sorgfalt und alle seine Mittel. Es war so schön geworden, wie er es sich erwartet hatte, das Antlitz hatte um die ungewöhnlich großen Augen eine solche Reinheit der Farbe, und es ging ein so zartes Weiß und Rosenrot der Kindheit gegen die Wangen und das sanfte Kinn hernieder, daß es mehrmal geschah, daß Freundinnen der Mutter dieselbe auf die Gefahr aufmerksam machten, die es für die Gesundheit des Kindes haben könnte, wenn sie dasselbe schon so sehr schminkte – worauf die gewöhnliche Antwort war, daß die Mutter das Kind emporhob, ein Tuch nahm, und mit demselben die Wangen und die Stirne des Mädchens rieb, um zu zeigen, daß auf diesen Stellen keine künstliche und gefährliche Farbe angebracht sei, wie man vermutet hatte, worauf es immer geschah, daß das Rot der geriebenen Wangen in einen noch tieferen kindlichen Purpur überging, und die unbewußten großen Augen noch mehr daneben erglänzten. Der Vater kleidete das Mädchen in die schönsten Gewänder, die man für Kinder ersinnen konnte, und wenn es, da es größer geworden war, in ein Samtröckchen getan wurde, daraus die Füßlein in kostbaren Stoffen und schönen Stiefelchen hervorsahen, und wenn das zarte Haupt von den dunkelsten Locken, die es bekommen hatte, umwallt war, setzte es der Vater gerne in den Wagen, setzte eine reich gekleidete Wärterin, die es halten mußte, dazu, und ließ es von den schönsten Pferden, die es in der Gegend gab, im Triumphe herumfahren. Es kam mit frischeren Äuglein und gesunderen Wangen von einer jeden solchen sausenden Fahrt zurück. Zur Bedienung und Wartung hatte es eine Amme, die nur zur Oberaufsicht da war; denn gesäugt war das Kind von der eigenen Mutter worden, dann hatte es eine Wärterin und zwei Mägde. Sein Zimmer war mit allem versehen, was nur immer in jedem Falle der Krankheit oder Gesundheit eines Kindes notwendig sein könnte. Daneben wurden bereits, da das Kind noch ganz klein war, zwei andere Zimmer des Gebäudes eingerichtet, die ihm dienen sollten, wenn es herangewachsen wäre. Alle Fächer, Kästen und Tischchen standen in den Zimmern, welche Mädchen brauchen können, um ihre tausend Sachen unter zu bringen und darauf zu legen, eine ausgewählte Büchersammlung war da, auf einem Gestelle lagen bereits die Notenbücher von bis jetzt vorhandenen von Mädchen am meisten geliebten Musikstücken, in der Ecke stand ein Pianoforte, in der damaligen Zeit ein sehr neues und sehr kostbares Werkzeug, auch eine Harfe mit großem schweren Resonanzboden und mit übermäßigen goldenen Verzierungen, von dem schneeweißen Vorhange des Fensters halb überdeckt und von dem rotseidenen Faltenwurfe desselben an ihrem Fuße umbauscht, stand unter dem Fensterbogen da, und sah in das Zimmer heraus. Auf dem Ankleidetischchen lagen alle und jede Dinge, die ein weibliches Wesen, wenn es sich schmückt, als Werkzeuge gebrauchen, oder wenn sie auch unnütz sind, doch wenigstens als daliegend wünschen könnte – der große Spiegel, um die ganze Gestalt sehen zu können, stand daneben, kleinere, um Teile des Körpers zu untersuchen, lagen und hingen zum Handgebrauche herum – die wirklichen Schmuckstücke waren zum Teile schon vorhanden; denn in einem aus Ebenholz und Elfenbein verfertigtem Kästchen lagen viele Samtfächer, in deren jedem ein Juwelenstück war, Edelsteine nach zusammengehöriger Art gefaßt, daß sich die Besitzerin mehrere Male ganz neu schmücken konnte – dann war an feinen Linnen und Spitzen und dergleichen den Moden nicht so sehr unterworfenen Dingen schon alles in unverarbeitetem Zustande da, um, wenn die Besitzerin einst eintritt, nur die Schere anlegen zu können: für die anderen Dinge und Stoffe, welche in kleinen Zeiträumen schnell ändern können, sind schon die Kästen und Fächer in Bereitschaft, um am Tage vorher, ehe die Herrin eingeführt wird, hinein gelegt zu werden, und an allen Sachen in Seide, Wolle, Gold- und Silberstickerei, welche die Zeit eben hat, die Räume zu füllen, und die Gebieterin mit keinem Mangel und keiner unwirtlichen Leere zu empfangen.

Als das kleine Mädchen nach und nach heranwuchs, bekam es immer mehr an Bedienung und an Aufmerksamkeiten, und mit allen Sachen, die einem aufblühenden Mädchen von Wichtigkeit sein können, wurde es reichlich umringt. Es bekam die besten Lehrer, die in allen Fächern zu haben waren, und es wurden die besten Mittel zum Unterrichte angeschafft. Als es vierzehn Jahre alt war, wurde es in die oben beschriebenen Zimmer eingeführt, und es wurde seiner Einbildungskraft alles übergeben, was die zwei vorgerichteten Zimmer enthielten.

Die Mutter des Mädchens war eine ernste, einfache, ruhige Frau, die lieber eine ungekünstelt gute Wirtschaft geführt hätte. Sie schien sehr unglücklich zu sein. Sie wurde krank und ging in dieser Krankheit in den Zimmern herum, und die großen, schwarzen Augen standen jetzt recht gespensterhaft in der Blässe des Angesichts. Endlich starb sie, die Hand auf das Lockenhaupt ihres Kindes gelegt, und die Augen immer blödsinniger schauend, erbarmend und fest auf sie gerichtet. Der Vater ließ die Verstorbene mit Pracht begraben. Er ließ ihr das schwere, seidene Gewand, das reich mit Gold gestickt war, das er ihr vor mehreren Monaten als eine Überraschung gebracht, und das sie kaum einmal auf dem Leibe gehabt hatte, anziehen, damit sie schön da liege, feine Blondspitzen mußten das weiße Angesicht, das jetzt scharf gezeichnet war, und keine Spur der ehemaligen Schönheit mehr zeigte, umgeben, und die Krause um den Hals wurde vorne von einem Edelsteine, einem unlängst gekauften Rubin, zusammengehalten. So ward sie in das Grab gelegt.

Wenige Tage nach dem Begräbnisse ließ der Vater seine Tochter zu sich in sein Schreibzimmer entbieten, stellte ihr dort die bisherige Haushälterin, mit der er schon bei Lebzeiten seiner Gattin in einem unerlaubten Verhältnisse gestanden war, vor, und sagte, diese solle sie nun wie eine Mutter ehren und ihr die Hand küssen, wie sie es der Verstorbenen getan. Die Tochter antwortete in diesem Augenblicke nichts, als sie möchte mit dem Vater allein sein, und da die Haushälterin sich entfernt hatte, sagte das Mädchen, sie sei nun sechzehn Jahre alt, sie selber wolle die Wirtschaft führen, er solle nur einige Monate zusehen, sie werde es so gut machen, wie die Mutter – aber diese Frau müsse er auf immer aus dem Hause geben.

„Das willst du, Corona?“ sagte der Vater, indem er aufstand, zu ihr trat, und ihr in das Angesicht sah, „du wirst gewiß tun, was ich dir befehle."

„Nein, Vater, ich werde es nicht tun."

„Ich sage dir, du wirst es tun."

„Nein, ganz gewiß nicht."

„Nicht!?" sagte der Vater. Er nahm sie, ihr in die Augen sehend, mit seiner Hand bei der Schulter und stieß sie zurück, daß sie in das Sofa niedertaumelte. Sie weinte nicht, und sagte kein einziges Wort.

Am anderen Morgen, als der Tag kaum angebrochen war, trat sie gekleidet wie eine Reisende zu dem Bette des Vaters, und sagte, daß sie in der Nacht gepackt habe, und daß sie jetzt fortreisen werde.

„Wohin wirst du denn reisen?"

„Zu der Großmutter."

Der Vater versagte es; allein da mehrere Tage vergingen, und das Kind hartnäckig immer dasselbe verlangte – nach mehreren heftigen Auftritten, wo sie immer, wenn sie gefragt wurde: „warum denn?" unausgesetzt schwieg – nachdem er sie noch einmal bei beiden Schultern gefaßt, heftig geschüttelt, und sie ihm nichts als das unveränderliche, ausdruckslose Angesicht entgegen gehalten hatte – und nach unleidlicher Verwirrung im Hause gab er auf einmal nach, und halb ihre Absicht fördernd, halb sich die Miene gebend, als ahne er nicht, was sie vor habe, ließ er sie ihre Sachen weiter packen – im entscheidenden Augenblicke ritt er gar in den Wald hinaus, und in einem Wägelchen, das sie selber gemietet hatte, fuhr das Mädchen von dem elterlichen Hause fort. Der Fuhrmann lenkte von der Stadt ab, zielte gegen den Wald hin, und auf der Straße zwischen den grünen Bäumen rollte das Fuhrwerk fort, niemanden auf seinem Sitze enthaltend, als das einsame Mädchen. Sie hatte von den Edelsteinen, die in ihren Zimmern lagen, nur das mitgenommen, was sie bisher getragen hatte: das andere, und alles von der Mutter ließ sie zurück. Der Vater hatte ihr noch Reisegeld und Briefe zugestellt.

Nachdem sie mehrere Tage gereiset war, und sich in Städten, wohin sie Briefe hatte, ein paar Tage aufgehalten, und von den Leuten, denen sie empfohlen war, eine recht freundliche Aufnahme gefunden hatte, kam sie endlich bei der Großmutter an. Sie wurde von dem Wagen, in dem sie in der letzten Nacht, nachdem sie früher auf allerlei Postwägen gewesen war, wieder ganz allein mit dem Fuhrmanne während Regen und Gewitter im Walde gefahren war, herab gehoben, und in ihr Stübchen geführt, da von dem Vater schon vorher ein Brief gekommen war, der ihre Ankunft gemeldet hatte.

Die Großmutter war eine einfache ehrliche Kaufmannsfrau aus der alten Zeit. Sie hatte ihre Tochter während der ganzen Ehe derselben nicht besucht, und nur einmal einen Besuch von den jungen Eheleuten bekommen, den sie mit großer Pracht abgestattet hatten. Ihr Mann, der früher für die Verhältnisse des Städtchens reich gewesen war, hatte sich dem Spiele ergeben, und war so herabgesunken, daß er kaum mehr wohlhabend genannt werden konnte. Endlich starb er, und Handelsverweser, die ungetreu waren, brachten das Herabgekommene noch weiter herunter, daß zuletzt kaum mit Not etwas anderes übrig war, als die nackten Mauern des Hauses, und eine dürftige Summe, von deren Erträgnis die bereits sehr alte Frau lebte. Der Handel war ganz aufgegeben. Die andern Verwandten, die Brüder des Mädchens, das einst die größte Schönheit der Stadt gewesen war, und die Geschwisterkinder desselben waren inzwischen reiche Leute geworden, sie trieben sämtlich bürgerliche Gewerbe und Handel, manche zwei derselben, breiteten sich aus, hatten Häuser und hatten Söhne und Töchter, die sich auch mitunter den Geschäften schon unterzogen und sich selbständig zu machen suchten. Unter diesen Verwandten ging das wunderschöne Mädchen ein paar Jahre herum, war von ihnen gelitten, und wurde öfter bei diesem und bei jenem eingeladen. Sie war anfangs durch ihre ausgezeichnete Kleidung ein seltsamer und fremder Gegenstand unter ihnen gewesen, aber sie gewöhnten sich bald daran. Von einigen wurde sie leise gehöhnt, von andern zum Heiraten begehrt, und als sie es ausschlug, wurde sie von allen gehaßt. Die Großmutter hielt sie in ihrem Hause, wie es nach den Verhältnissen, die in demselben walteten, möglich war. Der Vater schickte von Zeit zu Zeit Geld – forderte sie aber nicht mehr zurück, und alle die Pracht, mit der er sie zu erziehen angefangen hatte, schien dahin, und vergessen zu sein.

Nach einiger Zeit – es war eben im dritten Jahre, seit Corona bei der Großmutter war – blieben die Geldsendungen aus, und da man sich eben darüber zu beunruhigen anfing, kam die Nachricht, daß alle Habseligkeiten und Besitzungen des Vaters von seinen Gläubigern in Beschlag genommen worden seien. Da nun über das, was die Mutter Coronas beigebracht hatte, nirgends eine Urkunde vorhanden war, so leuchtete ein, daß auch dieses verloren sei und sie nie würde Ansprüche darauf geltend machen können. Sofort fingen die Verwandten nun an zu sagen: „Warum hat denn dein Vater das Vermögen deiner Mutter aus unserer Handlung genommen, da wäre es ihm und dir sicherer gewesen, er hat größere Prozente gewollt, nun hat er gar nichts, uns hat er damals genötigt, und hat uns wehe getan, jetzt zeigt sich's wie es geworden – warum hat er denn so gewirtschaftet – warum ist denn deine Mutter mit ihm fortgegangen, warum mußte sie denn diesen heiraten, den ihr alle abgeraten haben, nun liegt sie im Grabe, er ist ein Bettler, und du bist zu uns gesendet worden, daß wir dich jetzt erhalten. Aber sie war immer hochmütig und eigensinnig und du wirst es auch sein."

Die Großmutter sagte dieses und ähnliches nicht, sie war eine gegen die Welt immer gleichgültiger werdende alte Frau, und fuhr fort, dem Mädchen alles zu geben, was sie in ihrer beschränkten Lage konnte. Diese aber schenkte noch ihre wenigen Habseligkeiten ihren Verwandten, die sie annahmen, vorzüglich waren die Edelsteine darunter, die sie als Eigentum von dem väterlichen Hause hatte mitnehmen können, und anderes, was als Schmuck gelten konnte – dann nahm sie von dem von dem Vater gesendeten Gelde, das die Großmutter, weil sie mit ihrer Enkelin sehr eingeschränkt lebte, zum größten Teile erspart hatte, die Hälfte, und ging fort in die Welt.

Sie war fest entschlossen, alles, was ihr die Fremde bringen würde, unweigerlich zu tragen.

Durch den Tod ihrer Mutter, durch die unerhörte Veränderung, daß sie ihr Vater mit solcher Pracht und Üppigkeit zu erziehen angefangen, und dann so leichtsinnig unter fremde Menschen gelassen hatte, und durch die Härte ihrer Verwandten war sie jetzt ganz allein auf der Erde. – Aber noch mehr allein war sie, als sie nach mehreren Monaten den nunmehr auch erfolgten Tod ihres Vaters vernahm. Es war dies der einzige Brief gewesen, den ihr ihre Verwandten je geschrieben haben. Vorher hatte sie keinen empfangen, und sie empfing auch nachher keinen mehr. Sie hat aber auch nie einen geschrieben. Von all denen, die ihr, da sie noch kaum ein den Windeln entwachsenes Kind war, gehuldiget hatten, die sie mit Schmeicheleien und Liebkosungen umringt, und Berge von Ergebenheit auf sie gebaut hätten, war jetzt keiner mehr vorhanden – man beachtete sie entweder gar nicht, oder man wollte sie verführen.

Durch die Kenntnisse, die sie sich in den wenigen Jahren ihrer sorgfältigeren Erziehung durch ihre guten Anlagen erworben hatte, und durch das, was sie während des Aufenthaltes bei der Großmutter und in der Gesellschaft ihrer Verwandten an häuslichen Beschäftigungen und Verrichtungen gelernt hatte, und endlich durch das, was sie sich bei jeder Gelegenheit in der Zukunft ihres Lebens zuzueignen vor hatte, glaubte sie befähigt und berechtigt zu sein, in Dienste treten zu können. Sie kam, nachdem sie an zwei Orten wegen unzureichender Kenntnis der untergeordneten Dienstverrichtungen entlassen worden war, zu einer alten Gräfin als Gesellschafterin, die sie behielt. Und wenn nun die Gräfin rief: „Aber mein Kind, wie sind Sie doch ungeschickt – wie haben Sie doch gar keinen Verstand – wie ist Ihre Erziehung vernachlässigt worden – wie albern man doch sein kann – wie erbärmlich das ist –“ so hielt sie ihre großen schönen Augen ruhig und tat die Dinge, wie sie die alte Frau wollte. Und wenn sie den großen Arbeitskorb dorthin stellen mußte, weil die Gebieterin es wollte, und gleich wieder weg, weil sie es auch wollte, wenn sie den Schemel wegrücken mußte, dann herzu, dann weg, wenn die Fenstervorhänge zu viel Licht herein ließen, dann zu wenig, wenn es zu heiß war, dann zu kalt, wenn sie die Arbeit auf die befohlene Art machte und dann zertrennen mußte, wenn sie gescholten wurde, weil die Gräfin etwas vergaß, wenn sie verachtet wurde, weil sie etwas recht machte: so sagte sie auch nicht ein einziges Wort – und wenn ihre Gestalt, deren Wuchs so schön geworden war, wie man es sich nur immer hienieden denken konnte, unten in dem Garten stehen mußte, bis es den Möpsen gefällig war, hinauf zu gehen, so sah sie auf das Gras und die darin wachsenden

Blumen, bis die Hunde Miene machten, über die sommerliche Treppe hinauf zu laufen – dann wendete sie sich um, ging auch hinein, und das nachwallende Kleid, das die schönsten und reinsten Glieder deckte, verschwand hinter der Schwelle.

Hier war es auch, wo sie der Pfarrerssohn Georg, von dem wir oben erzählt haben, kennen lernte. Er hatte an sehr verschiedenen Orten bei Bauten gearbeitet, hatte teilweise selber hie und da Arbeiten geleitet, und nach und nach eine Gattung Ruf in Hinsicht seiner Kenntnisse und Geschicklichkeit erlangt. Einen größeren Bau hatte er in der Nähe der alten Gräfin, die immer auf ihrem Landsitze lebte, ausgeführt. Dies veranlaßte die alte Frau, welche längst schon einen Umbau der sommerlichen Gebäude, die von dem Schlosse einige Flintenschüsse entfernt in dem Garten lagen, eigentlich ein Gartenhaus vorstellten, aber durch die verschiedenen Zubauten der vielen vorhergehenden Geschlechter eine Sammlung von Gartenhäusern geworden waren, und daher unzusammengehörig und ungestaltet dastanden, im Plane gehabt hatte, die Sache nun wirklich ins Werk zu stellen, und den jungen Mann dazu zu gewinnen. Sie schrieb ihm einen Brief in die Nachbarschaft, wo er noch immer beschäftigt war, daß er kommen und das Vorhandene ansehen möchte. Da er es getan hatte, wurde verabredet, daß er zuweilen herüber kommen, und wie es seine Zeit zuließ, die Pläne nach und nach fertigen möchte. Er hatte mit der Gräfin einen Vertrag gemacht, der vorläufig auf Anfertigung der Pläne ging, die so eingerichtet sein sollten, daß sie das zu erbauende an das bereits Vorhandene so anschlössen, oder dasselbe so abänderten, daß das Ganze wie eine einzige ursprüngliche Baute aussehen sollte. Unter den Bedingungen, welche der Baumeister immer an die Spitze seiner Verträge stellte, und ohne deren Genehmigung er auf die Beredung der folgenden Punkte gar nicht einging, war auch die, daß er von seinem angefangenen Werke in jedem Augenblicke fortgehen dürfe, ohne daß man irgend einen Ersatz, Rechtfertigung oder dergleichen verlangen könne, wenn ihm nämlich die Nebenarbeiter, die ihm an die Hand gehen sollen, oder die Persönlichkeiten derer, die ihm zugewiesen worden sind, und auf den Bau Einfluß haben, oder selbst die des Bauherrn nicht recht sind, und seine Gedanken in Hinsicht des Werkes beirren, was er dann immer, ehe er ginge, auseinander setzen würde. Die Gräfin wollte anfänglich auf diesen Punkt nicht eingehen, da er aber Miene machte, die Sache sofort abzubrechen, tat sie es doch. Er kam nun öfter, wenn er von seiner Beschäftigung abkommen konnte, auf die Besitzung der Gräfin herüber, und war oft stundenlange, wenn er Zeichnungen gebracht hatte, und dieselben beredet wurden, bei ihr in dem Zimmer. Endlich war man mit den Entwürfen fertig und einverstanden. Die Abtragsarbeiten begannen, wobei Georg die Menschen größtenteils selbst bestimmte, welche an der Arbeit beschäftigt sein sollten. Als er dann in der Nachbarschaft mit seinem Werke ziemlich zu Ende war, und nur mehr die kleineren Aufputzgeschäfte erübrigten, wobei man ihm auch in eine mäßige Entfernung die Modelle und Zeichnungen nachbringen konnte, zog er ganz zu der Gräfin herüber, und schlug seinen Wohnsitz in dem Schlosse auf, oder eigentlich nicht in dem Schlosse, sondern in einem Nebenbaue, wo, als noch großes Leben in dem Schlosse war, und die Grafen viele Leute und Gesellschaft sahen, der Stallmeister mit den ihm zugegebenen Personen gewohnt hatte. Es waren da mehrere wüste Zimmer, in die er schnellgezimmerte weiche Tische stellen ließ, um seine Papiere auszubreiten, und Kisten, um sie in dieselben einschließen zu können. Es begann nun der Umbau der Gartenhäuser.

Hier war es, wo, wie wir sagten, er eine mächtige Leidenschaft faßte. Diese Leidenschaft war um so mächtiger, als er bisher immer einsam gewesen war. Er hatte das seltsame Mädchen öfter gesehen und bemitleidet. Wenn er zur Gräfin mit seinen Plänen gekommen war, war sie gewöhnlich in dem Zimmer gesessen, und hatte getan, was ihr von der alten Frau befohlen worden war. Jetzt, da er in ihrer Nähe wohnte, hatte er besser Gelegenheit, sie zu beobachten, und ihr ewiges Schweigen und ihre Ruhe zu sehen. – Die verödete Größe, die in ihrem Wesen lag, lockte ihn an. Er erkundigte sich um ihre Schicksale, und erfuhr, wenn auch nicht genau die Lage der Sache, doch etwas, das der Wahrheit nicht gar zu ferne lag. Da er nun sah, daß sie so allein sei, wuchs sie immer mehr in sein Wesen, daß er sie durch die dunklen Bäume des Gartens mit sich zu seinem Baue trug, wo er stand, alle Dinge, die da werden mußten, besichtigte, vom Staube umringt war, und aus dem rührigen Getümmel der hundert Hände, die da beschäftigt waren, und aus dem Klopfen der Hämmer, dem Quieken der Schubkarren und dem Ächzen der Aufzüge hervorsah. Er hatte schon viele Wochen auf dem Schlosse gelebt. Da er auch noch anderwärts beschäftigt war, reiste er zuweilen ab, tat dort, wohin er ging, seine Geschäfte, und kam dann wieder zurück. – Auch er ist von dem Mädchen nicht unbeachtet geblieben. Der kühne vereinzelte Mann, der jede Gesellschaft und das ihnen so notwendig gewordene Geplauder verachtete, sondern wenn er mit seinen Geschäften fertig war, auf sein Zimmer ging, und dort zwischen Büchern, Zeichnungen und Plänen niedersaß, gewann ihr ihre Ehrfurcht ab; selbst das, was man an ihm tadelte, daß er nämlich von seinem ohnehin nicht vielen Gelde, welches er für seine Arbeiten einnehme, wieder den größten Teil für sehr teure Bücher, Zeichnungen Kupferwerke ausgebe, steigerte seinen Wert. Ihr gefiel sein Tun, daß er nämlich für seine Beschäftigung so eingenommen sei, und daß er dann, wenn ihm eine freie Zeit übrig blieb, die Blechbüchse nahm, in den Wald ging, und Moose und Pflanzen in dieselbe sammelte. Da sie einmal mit der Gräfin in sein Zimmer gekommen war, hatte sie seine Steine gesehen: sie glänzten einfach und heiter von der Wand herüber, und auf jedem war ein kleines Zettelchen geklebt, welches den Namen des Minerales angab. Sie waren nur diejenigen, die in der Gegend vorkamen, und die er in jüngster Zeit zusammen gestellt. Andere hatte er noch in der früheren Wohnung, wo er gewesen war, ehe er zum Baue der Gräfin herüber gekommen war.

Weil die beiden Menschen gleich scheu und gleich einsam waren, zog es sie zusammen – und wenn im Schlosse Gesellschaft war, um mit Karten zu spielen, oder über die Angelegenheiten ihrer Kreise zu reden, oder sich sonst zu vergnügen, das Mädchen aber draußen auf dem Rasen saß und er allein auf seinem Zimmer: so fühlten sie, daß sie für einander gehörten. Sie behandelten sich achtungsvoll, sie näherten sich – taten es aber nicht versteckt, sondern offen vor der ganzen Welt – die Blume der Neigung brach hervor, und da beide zum ersten Male empfanden, was gründliche Zuneigung und Liebe sei, so waren zwei Menschen, die bisher allein gewesen waren, es nicht mehr: sie ergänzten sich, und um so fester hielten die Herzen zusammen, als sie ein verschlossener Gegensatz zu der ganzen übrigen Welt waren.

Sie kamen öfter zusammen, sagten sich ihre Neigung – und da war es, wo er ihr einmal eröffnete, daß er eigentlich sonst nichts habe, als das, was er sich durch seine Arbeiten verdiene.

„Ich besitze auch nichts", antwortete sie, „aber lieber Freund, wir wollen dieser Sache keinen großen Wert einräumen. Wir haben nichts, aber mit dem festen Willen, nichts zu brauchen, wollen wir zu erwerben beginnen. Was Dinge wert sind und nicht wert sind, habe ich schon einmal Gelegenheit gehabt zu erfahren."

Sie erzählte ihm ihre Geschichte, wie sie sich in den kleinsten Zügen zugetragen hatte, er erfuhr die Sache in manchen Stücken anders, als er sie früher gewußt hatte, und das Bild des Mädchens stand jetzt nur noch fester und noch schmerzlicher in seiner Seele.

So verging eine Zeit, und jeder Tag vermehrte die große, die äußerste Hochachtung, welche diese zwei Menschen für einander empfanden.

Einmal, da er bei der Bauherrin war, und ihr verschiedene Dinge vorlegte, namentlich Einzelheiten, die früher nicht in den Vertrag aufgenommen worden waren, weil man sie auf eine eigene Beratung verschoben hatte, und da er ihr mehrere Blätter auseinander legte, ob sie ihre Billigung haben, sagte sie zu Corona: „Mein Kind, man schaut nicht so dreist hinein, wenn jemand etwas zeigt."

Er warf einen Blick auf die Gräfin.

„Gehen Sie auf Ihr Zimmer", sagte diese zu dem Mädchen.

Die Angeredete erhob sich und ging.

Der Baumeister zeigte noch auf einige Dinge, die eben vorlagen, ohne sonderlich in die Sache einzugehen. Er behandelte sie oberflächlich, sagte, das werde man schon noch bereden, packte seine Blätter zusammen, und ging ebenfalls fort. Er ging nun zu Corona. Er fand sie mitten in ihrem Zimmer an dem Tische stehen, die Hand auf ein aufgeschlagenes Buch gelegt, in welchem Kinderbilderchen gemalt waren.

„Corona“, sagte er, „ich werde auf der Stelle alle Anstalten machen.“

Sie sagte nichts, aber mit der Hand, die auf dem Buche lag, drückte sie heftig die Blätter desselben nieder.

Er faßte sie an beiden Händen, drückte sie und ging gleich wieder fort. Er ging nun zu seinem Baue, ordnete an, was zu geschehen habe, weil er einige Tage abwesend sein würde, gab dem Werkführer seine Aufträge, bestellte sich ein Fuhrwerk, saß auf und fuhr davon. Eine kleine Wegestunde von dem Schlosse der Gräfin war am Ende eines Gartens ein Häuschen, welches einer kinderlosen Witwe gehörte. Ein Landmann, der etwas Handel trieb und daher in der Fremde bessere Dinge gesehen hatte, auch etwas mehr Geld erwarb, als seine Standesgenossen gewöhnlich haben, hatte es sich erbaut, um mit seinen Kindern freundlich zu wohnen. Allein er bekam keine Kinder, starb, als der Bau noch kaum beendigt war, und die Witwe mit einer einzigen Magd lebte bloß in der Stube des Erdgeschosses, während die zwei Zimmer des Stockwerkes noch ganz leer standen und vergeblich auf ihre Einrichtungsstücke warteten. Zu dieser Frau fuhr der Baumeister, sagte, er wolle die zwei Zimmer des Stockwerkes mieten, und sie samt der Küche einrichten, wenn er auch das Recht habe, in dem Garten etwas herum zu gehen, und die Luft und die Schönheit desselben zu genießen. Die Witwe ging freudig alles ein, und der Vertrag war mündlich abgeschlossen. Dann fuhr er in den nächsten kleinen Ort, wo ein Schreiner war, bestellte bei ihm Einrichtungsstücke der einfachsten Art, und gab an, in welcher Ordnung sie fertig werden sollen, und bestimmte, sie in das Häuschen der Witwe zu liefern. Von dem Schreiner fuhr er dann in die drei Meilen weit entfernte Stadt, kaufte dort von seinem wenigen Geldvorrate dasjenige, was ihm das Allernötigste schien, packte es in einen Koffer, und fuhr am zweiten Tage wieder mit demselben zur Witwe, und ließ ihn in seinen Zimmern, die mittlerweile gescheuert und gefegt worden waren, als erstes Einrichtungsstück stehen. Dann blieb er da, sandte sein Fuhrwerk heim, und leitete die Arbeiten zur Wohnlichmachung der Stuben, und betrieb die Dinge beim Schreiner. Als das Notwendigste fertig war, ging er zu Fuße auf das Schloß der Gräfin hinüber, stellte sich ihr vor, und sagte, daß er Corona zum Weibe nehmen werde. Die Gräfin machte anfangs Einwendungen, ließ aber dann alles geschehen. Da Corona zu ihr Abschied nehmen kam, saß sie beim Spiele und reichte ihr die Hand. Das junge Brautpaar setzte sich in den bereit gehaltenen Wagen, fuhr in die Stadt und wurde dort nach der Sitte seiner Kirche getraut. Es war schon sehr spät am Abende, und der Vollmond legte bereits seine Strahlen durch alle Fenster des Häuschens hinein, als sie an demselben ankamen, und zu ihren Zimmern hinauf stiegen. Die Witwe brachte Lichter – und als Corona, da sie allein waren, vor dem Tische vom weichen Holze niedersank, um Gott ein kurzes Dankgebet zu sagen, schien sie ihm so unendlich schön neben dem rauhen Holze, daß es ihm unbegreiflich war, daß sie nicht Tausende begehrt haben. Das wußte er nicht, daß man sie für roh gehalten hatte, und daß mancher, der zur Gesellschaft, zum Vergnügen, oder sonst wie in das Schloß gekommen war und Verführungsgedanken gefaßt hatte, sie an dieser Härte und Kälte wieder aufgab. An dem Mauerstückchen zwischen den Fenstern stand ein Tisch, ein kleinerer stand noch im Hintergrunde an der Wand, dann waren zwei Stühle da, und im Nebenzimmer standen die Betten. Das andere war noch nicht fertig geworden. Das Vorhandene war alles von weichem unangestrichenen Holze. Durch die Fenster, an denen noch keine Vorhänge waren, kam das Mondlicht herein, und mischte sich wunderlich mit dem Lichte der Kerzen, die Dinge, die da standen im Doppelscheine beleuchtend. Coronas Koffer war indessen unten vom Wagen abgeschnallt, herauf getragen und im Zimmer nieder gestellt worden. Man wünschte eine gute Nacht. Draußen war, da der Frühling kaum vorüber war, eine sehr schöne Sommernacht aufgegangen, in dem weichen, wolkenlosen Himmel stand ein floriger Mond, hin und hin waren Bäume, an denen manchmal ein Laublein glänzte, den Fluß hörte man schwach rauschen, eine Amsel tat noch zuweilen einen Schlag darein: alles war, als wenn gar nichts geschehen wäre – und den zwei Menschen, die in ein neues Verhältnis getreten waren, war es, als hätte die ganze Welt sich geändert.

Am andern Morgen, als noch kaum die ersten Strahlen dämmerten, kauerte Corona an dem Koffer, welchen Georg aus der Stadt hieher gebracht hatte, und suchte die weißen Vorhänge, die wohl im Koffer, aber noch nicht an den Fenstern waren, aus demselben heraus, um sie auf zu machen. Dann beseitigte sie den wenigen Staub, der seit gestern gekommen, dann legte sie die Dinge aus ihrem und Georgs Koffer auf den Tisch und die zwei einzigen Stühle. Dann ging sie in die Küche hinaus, das reinliche Geschirr, welches die Witwe besorgt hatte, glänzte ihr von den Gestellen entgegen, die Wände waren neu geweißt worden, daß die ganze Küche schimmerte, und auf der Bank standen die flachen, aus weichem Holz gebundenen, schneeweiß gescheuerten Gefäße, die bereits das reine, frische, blinkende Wasser enthielten, das zur Wirtlichkeit lud und von den Quellen der Gegend kam, die wegen ihrer Güte berühmt waren. Die neu aufgenommene Magd erschien, die auf den Morgen bestellt war, sie begannen zu wirtschaften und Corona kochte selber.

Georg ging an seine Arbeiten, deren er mehrere zerstreut hatte, und besorgte ihren Fortgang, indem er sie besuchte, um das Nötige zu ordnen.

Indessen kamen nach und nach die anderen Sachen, sie wurden herum gestellt, ein Tischchen mit Blumen kam an das Fenster, auf die weichen Bettgestelle wurden schneeweiße Linnen gelegt, und ein Tempel der Reinlichkeit empfing Georg immer, so oft er nach Hause kehrte. Die einsame Witwe hatte eine unbegrenzte Freude über die gar so schöne junge Frau. Diese arbeitete aber den ganzen Tag mit aufgeschürzten Armen fort, und wenn er das mit so vieler Üppigkeit erzogene Kind unten am Brunnen stehen sah, mit dem einen Arme an der Stange ziehend, und mit dem andern das Gefäß hin haltend, um das Wasser aufzufangen, so dauerte sie ihn fast. Allein das beinahe holdselig schöne Angesicht glänzte, die Lippen waren frisch und weiße Zähne blickten heraus. Sie lebten so fort, er hatte sie nirgends aufgeführt, sie bekamen daher auch keine Gesellschaft und wirtschafteten fort. Gleich nach seiner Vermählung hatte Georg an die Gräfin eine Schrift gesandt, in der er ihr die Weiterführung des von ihm unternommenen Baues aufkündete, weil er nach ihrer Stellung zu ihm die Sache nicht mehr mit heiteren Gedanken fort zu führen vermöge. Die Gräfin fing einen Prozeß an, verlor ihn aber in Kürze gegen den zu klaren Buchstaben des Vertrages. Die Arbeiten mehrten sich unerwarteter Weise für Georg. Anfangs hatte der Prozeß Aufsehen gemacht, man suchte den Baumeister aus Neugierde auf, allein nach und nach sprachen die Arbeiten für sich, seine Wesenheit erschien, die Schönheit seiner Gedanken wurde weit und breit bekannt, und er bekam bald von dieser, bald von jener Seite Zuschriften, die ihn um Übernahme oder Begutachtung oder Änderung eines Werkes angingen. Der Wohlstand und die Behaglichkeit stiegen in dem kleinen Häuschen. Man hatte eine Kammer neben den zwei Zimmern, in der nur immer altes Gerumpel gelegen war, ausgeräumt und zu einem Zimmer hergerichtet, Georg ließ daran noch, wo früher bloß öder Dachboden gewesen war, ein viertes bauen, und die Wohnlichkeit lichtete und erheiterte sich immer mehr. Im Erdgeschosse erlaubte die Witwe, daß er sich zwei Stuben für seine Zeichner einrichte, die gegen den Garten hinaus lagen, und sonst nicht gebraucht worden waren, nebst einer Kammer für sich, wo nun Tische gestellt wurden, die großen Papiere ausgebreitet, und all die Linien und zarten Farben gezogen, die zu großer Verwunderung der Witwe allemal notwendig waren, ehe ein Bau beginnen konnte. Die Witwe liebte die Leute so sehr, daß sie gleichsam zu ihnen gehörte, und sich in den kleinsten Raum zurückzog, damit sie nur Platz haben, und nicht etwa aus Mangel an Bequemlichkeit weg ziehen möchten. Für Corona hatte er noch eine Magd gedungen. Anstatt der früheren Gerätstücke, die sämtlich aus weichem Holze bestanden und nicht einmal mit einer Farbe bedeckt gewesen waren, waren schon längst nach und nach polierte und in schönster Arbeit gefertigte aus der Stadt gekommen, wo er sie bestellt, und größten Teils nach eigenen Zeichnungen hatte machen lassen. Mit einer Zartheit, die oft einsamen Menschen eigen wird, suchte er ihr bei den Geschenken, die er ihr machte, und auch bei notwendigen Dingen, die in das Haus mußten, solche Gegenstände der Vornehmheit und Wohlhabenheit in die Nähe zu bringen, mit welchen sie in ihrer Kindheit umringt gewesen sein mag, damit sie ihr wohl täten, und sie dieselben nicht zu schmerzlich vermißte; aber weil er einen feinen Sinn für Schönheit hatte, so waren die Gegenstände nicht bloß Zeugen der Wohlhabenheit und Vornehmheit, sondern sie waren auch schön, und so füllte er seine Wohnung nach und nach mit Dingen, die in ruhiger und edler Würde auf die Seele des Beschauenden wirkten. Corona war schier immer allein, sie suchte nie Gesellschaft, ging fast nicht aus, sondern wirtschaftete für ihn, und mehrte seine Habe, die sie beinahe für anvertrautes Gut ansah. Sie hatte die Gabe empfangen, das Schöne, womit die Wohnung sich allgemach füllte, zu empfinden, und sie empfand es immer mehr, so wie ihr Geist sich übte. Sie ordnete die Dinge nach dem Gefühle, das ihr eigen geworden war, und hörte nicht auf, bis sie am schicklichsten standen.

So lebten die zwei Menschen fort, Georg freute sich immer, wenn er mehrere Tage nacheinander zu Hause bleiben konnte, um das Wohltuende des eigenen Herdes zu empfinden. Er hatte sich da angewöhnt, seine Gattin bei ihrem zweiten Namen Elisabeth zu nennen: er tat dies immer, wenn er besonders traulich und freundlich war, weil ihm dieser Name häuslicher und wirtlicher vorkam. Er wollte nicht immer, sagte er scherzhaft, auf die Krone erinnert werden, die ihm eher wie seine Beherrscherin, als wie seine Gattin erschiene.

Nur eins fehlte dem Ehepaare zu seinem völligen Glücke: sie hatten keine Kinder. Sie waren bereits im vierten Jahre verbunden, und wenn sie auch nur in völliger Einsamkeit und unter sich dem schmerzlichen Gefühle über diesen Umstand Worte zu geben wagten, so ahnete die Witwe mit der den Frauen eigentümlichen Feinfühligkeit die Sache doch, und war häufig unerschöpflich in Erzählungen und Geschichten, wie Leute so und so lange vermählt gewesen waren, ohne mit Kindern gesegnet zu werden, und wie dieselben dann plötzlich und in vielen Fällen reichlich gekommen seien. Diese Geschichten waren meistens aus ihrer eigenen Erfahrung genommen. Die Leute lebten größten Teils noch, und konnten jeden Augenblick um die Wahrheit der Tatsache befragt werden. Freilich hatte die arme Frau bei ihrer eigenen Kinderlosigkeit Ursache genug gehabt, nach solchen Geschichten zu forschen, um ihre eigene innere Hoffnungslosigkeit zu täuschen, und die schönen blondlockigen Engelein in der Zukunft zu sehen, die noch dereinst um sie in dem kleinen Hause spielen würden. Allein sie erschienen nicht. Endlich starb ihr Mann, sie heiratete trotz den Anträgen, die sich fanden, nicht mehr, verzichtete, und alle die blondlockigen

Engelein, die hätten kommen sollen, sind auf ewig mit ihm in das Himmelreich gezogen. Nach und nach vergaß sie auf dieselben und die Jahre flossen sanft hin. Aber jetzt in ihrem Alter mußte sie wegen ihrer großen Liebe zu Corona, die sie trug, dasselbe Spiel ihrer Einbildungskraft wieder spielen, weil sie nicht leiden konnte, daß diese schöne junge Frau keine Kinder bekommen sollte, und in ihrer Hoffnung, daß sie noch würde gesegnet werden, hatte sie dieselbe Festigkeit der Zuversicht für die Engelein Coronas, wie sie dieselbe für ihre eigenen gehabt hatte.

Es waren wieder ein paar Jahre vergangen, ohne daß die Hoffnung sich erfüllt hätte. Die Geschäfte hielten Georg oft mehrere Wochen von seinem Hause entfernt, sie mehrten sich noch immer, so daß er zuweilen einen Monat auf Herumreisen zubringen, einen andern in einem entfernten Orte verweilen mußte und erst im dritten ein wenig nach Hause kommen konnte. Er geriet hierbei immer südlicher in unser schönes Vaterland, und da er die Wälder, das traurige Entbehrnis seines Geburtsortes, so sehr lieben gelernt hatte, so kam es ihm in den Sinn, sich auf Zeitlebens in der Nähe eines solchen anzusiedeln. Es war ein schöner sanfter Abhang von Wiesen und Feldern – zwei klare Bäche schossen in dichtem Gebüsche über glatte Kiesel an zwei verschiedenen Stellen ab – hinter dem Hange begann ein sachter Wald mit Eichen, Eschen, Ahornen und Haselgebüschen an zu steigen fast schöne Gartenwege liefen in ihm, und grüne fette Rasenstellen waren nicht selten. Dann strebte er rascher empor, die Fichte erschien, und andere wilde Bergbewohner, die nun weniger Rasen, aber das duftende blühende Heidekraut zwischen ihren Stämmen hatten. Mehrere Wegestunden ging der Wald fort, dann wurde der Nadelbaum dünner und verkommener, Gerölle lag herum, und zerschund die Rinde der einzelnen darin stehenden Bäume, und endlich ragten bloß Felsen empor. Wenn man von dem Rande des Eichenwaldes auf den Felder- und Wiesenabhang zurück sah, und dann das weiter fortlaufende Tal überblickte, so sah man schier wieder einen Wald, einen dichten Wald, aber von lauter Obstbäumen – scheinbar dicht; denn die Entfernung schob die einzeln stehenden Bäume, die auf den Wiesen und zwischen den Feldern zerstreut waren, zusammen, und zwischen all dem liefen Zäune mit blühenden Gebüschen, und meist mit kleinen daneben rieselnden Wässerlein, wie es in jenem schönen Lande gebräuchlich ist, dahin, sehr viele Strohdächer sahen in großen Entfernungen von einander aus den Bäumen heraus, und wenn der Abend kam, und die blauen Schatten sich zwischen das Grün legten, stiegen auch viele blaue Rauchsäulen von den das Abendessen kochenden Herden empor, oder es stand eine dünne zarte blaue Schicht über dem feuchten gesättigten Grün. Eine Strecke des Waldhanges nebst einem kleinen Anteile des Eichenwaldes war zu verkaufen. Georg dachte, auf der Anhöhe würde ein Haus recht gut stehen, so würde auch die Feuchtigkeit des Tales, wie in fruchtbaren Gegenden oft der Fall ist, vermieden, und er wünschte die Stelle zu erwerben. Daher verabredete er mit dem Verkäufer, daß er zwei Wochen warten solle, dann würde er eine Erklärung bekommen, und wenn Georg den Platz nicht nähme, so hätte der Besitzer eine festgestellte Summe als Reugeld zu bekommen. Dies wurde angenommen. Nun reisete Georg sogleich nach Hause, nahm Corona zu sich in den Wagen, und fuhr wieder mit ihr zu dem Waldhange hin, um ihr die Stelle zu zeigen und zu fragen, ob sie ihr gefiele. Nach dem Wohnlichkeitssinn, der beiden eigen war, hatten sie es schon seit längerer Zeit, als ihre Wohlhabenheit sich zu mehren anfing, zu ihren Lieblingsplänen gezählt, sich einmal an einer Stelle, die ihnen gefiele, anzubauen, sich da, wie es nur immer ihrem Herzen zusage, einzurichten, und das ganze Leben hindurch zu verschönern und zu ordnen, bis es Gott gefiele, zuerst das Eine von der Seite des Andern, dann das Andere von dem Platze überhaupt abzuberufen. Diesem Plane schrieben sie unzerstörliche Gewißheit und Wahrhaftigkeit zu, wenn sie nur lebten, da es ja bloß von ihnen abhing, ihn heute oder morgen zu verwirklichen, wie es ihnen beliebte. – Nun stand Corona auf der Stelle, die Georg ausgesucht hatte, die ihm gefiel, und die, wenn sie es wünschte, ihr Eigentum werden konnte. Wie wenig hatte sie einst verstanden, da sie Felder, Wälder, Berge, Güter zu erben hatte, was Eigentum sei – und wie war sie jetzt, da sie auf dem Platze stand, ergriffen, fast erschüttert, da sie wußte, wie schwer der Erwerb sei, wie der ihrige nur das zufällige Ergebnis des glücklichen Talentes ihres Mannes sei, und wie langsam es gedeihe, bis man zu einer Stelle dieser Erde sagen könne: diese ist mein Freund, und diese ist meine Heimat. Ihr gefiel der Platz fast noch mehr, als ihrem Gatten, und da die Wünsche zusammen stimmten, wurde die Sache ins reine gebracht, und der Preis erlegt. Dann fuhren sie wieder nach Hause, und es begannen sofort die Pläne. Er hatte bei seinen Arbeiten nie die Gewohnheit gehabt, ihr Papiere zu zeigen, sie hatte es auch nie verlangt, obwohl sie die Schönheit des endlich ausgeführten Gedankens stets zu empfinden und zu würdigen verstand. Jetzt aber, da er mit den Zeichnungen der Baupläne fertig war, ging er zu ihr in ihr Zimmer, legte alles auseinander, und fragte, ob es ihr gefiele. Sie verstand nicht jedes sogleich, ließ es sich erklären, und als sie über das Ganze einen Blick erlangen konnte, gab sie nach unbedeutenden Einwendungen, deren Gültigkeit er wieder einsehen mußte, ihre große Freude und ihr großes Wohlgefallen zu erkennen. Er nahm seine Papiere zusammen, machte die kleinen Abänderungen, und ging nun daran, sogleich zu beginnen, und mit den einzelnen betreffenden Werkleuten Verträge zu schließen. Die Vorarbeiten auf dem Platze hatten gleich nach dem Ankaufe angefangen, und über die Gewinnung und Beischaffung der Stoffe war schon damals verfügt worden.

Sogleich begannen nun die Ausmessungen der Linien, die Erdarbeiten warfen ihre Wälle aus, Gerüste stiegen, und in kurzem hämmerte und werkte es aus dem Innern heraus, und die Mauern stiegen über die Erde empor. Georg hatte zu den vielen Arbeiten, die er überschauen mußte nun auch den Bau des eigenen Hauses zu führen. Ehe es noch fertig war, nahm er oft Corona mit sich hin, daß sie das Gedeihen besehe, und sie ging zwischen den rohen nassen Mauern, auf schwanken Brettern und neben Kübeln mit schwimmendem Mörtel dahin.

Zwei Jahre verflossen, ehe das Werk fertig war, weil er nicht nur gut bauen, sondern auch zur Schonung der Gesundheit die Mauern gut austrocknen lassen wollte. Die Gerüste wurden schon früher abgenommen, und die Landleute sahen mit Wohlbehagen auf das weiße Haus mit dem lieblichen roten Ziegeldache hinauf, das da entstanden war, und von dem dunklen

Waldhange auf das Grün der Wiesen und Obstbäume herab grüßte. Endlich war die Zeit gekommen, wo alles doch so weit fertig geworden war, daß man übersiedeln konnte. Er hatte die Sache zwar nicht großartig gemacht, aber auf Freundlichkeit und Bequemlichkeit gesehen. Es war ein Säulengang im Hofe, wie er bei seinem Vater gewesen war, und wie ihn Corona sehr liebte, es waren die Zimmer; selbst für Freunde, wenn einmal solche kämen, oder aus sonst einer Ursache die Bewohnerschaft sich vermehrte, war gesorgt; dann war die Küche, gleichsam ein Tempel, wo sie gerne wirtschaftete; dann Gänge, Nebengebäude und alles, was sich gebührte. Sonst war das Ganze klein und heiter beisammen. Der Garten sollte bis zu dem Walde zurückgehen, in den er sich unkenntlich verliere. Zu einem kleinen Gewächshause wurden die Anlagen gemacht. So war es, da die Übersiedlung begann. Corona hatte schon lange vorher zu packen begonnen. Georg hatte eine große Anzahl fester Kisten machen lassen, in welche die Dinge einzeln und zusammen gepackt werden sollten, daß man die Kisten dann werfen und legen dürfte, wie man wollte, ohne daß die Sachen Schaden leiden könnten. Corona arbeitete den ganzen Tag, wickelte ein, packte, veränderte, und packte wieder – und wie das Häuschen der Witwe nach und nach leerer wurde, häuften sich die Kisten auf dem Gange und in den Räumen des Vorhauses. Nun erschienen die Wägen, auf die sie geladen wurden, und mit denen eins nach dem andern abfuhr. Endlich, gleichsam als das letzte Gut, setzten sie sich auch in ihren Wagen, und fuhren den andern Gütern nach. Die einsame Witwe, in deren Häuschen sie bisher gewohnt hatten, und die so sehr an die zwei Leute angewachsen war, daß sie sich nicht trennen konnte, fuhr mit ihnen, gleichsam als Gesellschafterin und freundliche Dienerin Coronas, wie sie es bisher gewesen war. Sie hatte auf Georgs Rat ihr Häuschen, das sie anfangs verkaufen wollte, bloß verpachtet, und kehrte ihm voll Freuden den Rücken.

Als sie ankamen, und Georg gleich wieder auf eine entfernte Baustelle fort mußte, begann ein Auspacken und Ordnen, wobei Corona die Oberaufsicht übte, und die ihr beigegebenen Arbeiter leitete. Da Georg wieder kam, und mehrere neu angeschaffte Sachen mit ihm, ging es erst an das ordentliche Einrichten und

Stellen. Vom frühesten Morgen bis spätesten Abend war Corona beschäftigt. Sie wählte, verwarf, wählte wieder, und nach und nach ging ein Raum nach dem andern aus ihren Händen vollendet hervor, bis alles wohnlich geworden war, und den ersten rohen und ungastlichen Anblick verloren hatte, mit dem es die Ankömmlinge empfangen hatte, aber viele Wochen hindurch mußte noch bald dort ein Türchen angebracht, bald hier eine Lücke verbaut, bald dort ein Balken weggenommen, bald da eine Grube ausgefüllt werden, bis sich die Roheit und Neuheit verwischte und das Besitztum und Bewohnertum sich verwuchs, als wäre es immer so gewesen. Der Garten, in welchem die ohnedem auf dem Platze stehenden Obstbäume und andere gelassen worden waren, begann ebenfalls aus seinem Urzustande herauszutreten, hie und da Blumen und Anlagen zu zeigen, wie sie Corona liebte, und wie sie gut standen. Die Gemüse zogen schöne und bunte Tafeln hinaus, und nach dem ersten Jahre funkelte das vollendete Glashaus in die Lüfte. Es wurde alles fast so gemacht, wie es in dem kleinen Häuschen der Witwe gewesen war, nur großartiger, weil hier mehr Raum war, und kostbarere und reichere Sachen angekommen waren. Er stellte seine Sammlungen auf, und sie ordnete die anderen Dinge, daß ein luftiger heiterer Tempel des Geschmackes und der Ordnung erschien. – Es ist ein lieblicher Gedanke, wenn man das irdische Gut dazu hat, seine Sachen auf einen Platz nieder zu legen, und zu sagen: „Hier wirst du leben und sterben – das gehört dein!"

Anfangs, da so vieles zu tun war, war ihnen die Zeit schneller vergangen als sonst, und zwei Jahre verflossen ohne daß sie wußten, wohin; aber dann, da einmal Ordnung eingekehrt war, ging alles sanfter und gemäßigter hin. Sie walteten, wie sie es früher getan hatten. Georg mußte ab und zu reisen, er war oft lange in seinen Geschäften abwesend, oft konnte er wieder auf einige Zeit zu Hause sein. Sie lebten auch hier sehr einsam, nicht einmal seine Zeichnungsstuben hatte er in seinem Hause, um dessen ländliche Ruhe nicht zu stören, sondern er hatte sie in dem Lande herum zerstreut – sie hatten nie Gesellschaft, und was die Leute sagten, war ihm gleichgültig – er ging nie mit ihnen um, sie gehörten eigentlich nur einander an. Immer mehr ordnete sich das Haus, immer mehr saßen sie in ihrem Besitztum in Fülle, und sahen auf die wunderschöne Welt hinaus. Aber ein Wunsch ging nicht in Erfüllung, der allem anderen die Krone aufgesetzt hätte, oder der sie alle entbehrlich gemacht hätte: sie hatten noch immer keine Kinder.

Die Habe mehrte sich, selbst allerlei Kunstwerke kamen ins Haus, eine Bildsäule von weißem Marmor stand unter den sanften Hallen, Gemälde von großem Werte zierten manche Zimmer, und was zwischen kinderlosen Eheleuten so oft der Fall ist, wenn er nach Hause kam, da er länger abwesend gewesen war, oder bei andern Gelegenheiten, die er ergreifen konnte, brachte er ihr Geschenke nach Hause, sei es ein kostbares Tuch, ein Schmuckgegenstand, ein Silbergefäß, sei es ein künstlich gefertigtes Einrichtungsstück, bis sie von einer Menge Gegenständen und Spielereien umringt war, daß sie oft nicht wußte, wie sie dieselben nur unterbringen oder aufstellen sollte. Dafür empfing sie ihn immer, wenn er von seinen Reisen zurückkam, mit einer Reinlichkeit seines Hauses, mit einem Schimmer und Glanz desselben, daß er sich sagen mußte, wenn manche Menschen prachtvoller wohnen, so sei doch kein Haus so unbedingt rein und klar und alles ordnungsgemäß umfangend, wie das seine. Kein Stäubchen, kein Flecken, kein Hauch einer Unordnung war durch alle Zimmer zu sehen. Sie ordnete immer, und die schönen Geräte oder Kunstsachen wie etwa Geschirre, Gemälde, und dergleichen reinigte sie stets selbst; denn sie hegte zum Beispiele ihre Tische so, daß die Schönheit der Platte auch nicht einmal durch die kleinste Ritzung geschändet werden durfte. Georg war jetzt viel öfter und länger zu Hause; da er nur mehr die vorzüglicheren und größeren Arbeiten übernahm, weil er sich Ruhe gönnen wollte, und die anderen durch einen jüngeren eben so aufstrebenden Menschen besorgen ließ, wie er selber einstens aufgestrebt war.

So lebten die zwei Menschen fort, und entbehrten, was ihnen versagt war. Aber desto schmerzlicher wurde die Entbehrung, als sich auf dem dunkeln Haupte Georgs manch ein einzelnes weißes Haar zeigte, und in dem schönen Angesichte Coronas manch eine feine Linie, die den allmählichen Beginn des Alterns verkündete.

Einmal waren sie in einem Hause eingeladen, wo man sie

zwar nicht mehr liebte oder haßte, als in einem andern, wo man aber vielleicht aufrichtiger gegen sie gesinnt war, als sonst wo der Fall gewesen sein mochte. Georg, der viel mit Menschen in Geschäften verkehrte, sonst aber sich von ihnen zurück hielt, ging doch zuweilen irgend wohin, wo er geladen wurde, weil er mußte. Corona schier nie, und dieses Haus war das einzige, wohin sie ihn schon ein paar Mal begleitet hatte, wenn er in Jahren einmal einer Einladung Folge leistete, weil er eben zu Hause war, und die Arbeiten sich ein wenig minder dicht drängten. Sie fuhren gegen Abend hin. Auf Coronas noch so schönem Halse prangte ein Smaragd, der einen zweiten und eine Perle trug, das Ganze mit einem feinen Goldkettchen um den Nacken geschlungen, von dem es sich in mattem Scheine schnitt, so wie die dunkle Glut des Steines sich von dem Halse in würdigem Spiele weghob. Sonst hatte sie ein schwarzes Seidenkleid an. Sie traten schier die letzten in den Saal, man erhob sich und empfing die einsame schöne Frau. Es saßen noch mehrere andere da, von Gruppen schwarzgekleideter Herren umgeben, Schmuckstücke, schier so kostbar wie Coronas oder kostbarer, glänzten auf ihren schönen Kleidern, oder funkelten von bloßen Armen und Nacken – aber ein anderer kostbarer Schmuck, den Corona nicht haben konnte, stand gegen die Tür des zweiten Saales an kleinen Tischchen: eine Gruppe vielzähliger aufwachsender Mädchen, untermischt mit eben so vielen noch ganz kleinen, die sich an sie drängten. Man betrachtete sie noch nicht als Jungfrauen, das Haar war noch knabenhaft geschoren, keine hatte einen Schmuck, als die lebhaften Augen, und eine ein falsches Kettchen um den Hals; unter den unscheinbar geschnittenen und leichtweg verzierten Linnen des Halses schlug ein junger Busen, und unter den schlichten Kleidchen blühten junge Glieder. Sie redeten alle durcheinander, und fragten sich um allerlei und freuten sich, daß sie so bei einander seien. Man gab verschiedene Erfrischungen herum, und das kleine Volk, wie man sich ausdrückte, bekam seine Sachen auf die kleinen Tischchen, bei denen es stand, und um die es sich dann lärmend niederließ. Besonders waren zwei Mädchen dabei, die sich auszeichneten. Sie waren schon etwas sorgfältiger gekleidet, als die andern, aber doch noch in den Jahren, wo ihnen Kleider noch nichts sind; sie waren größer, und unter die unbedeutende Freude des Kindes mischte sich schon die sanftere Gewalt der Jungfrau. Eine war blond und zart, sie war schon jungfräulicher, die andere stärker gebaut und dunkel, aber in Ausdruck, Kleidung und Haarschnitt noch knabenhafter, als die Schwester. Sie waren zwei mutterlose Waisen, die ihr Vater, ein sehr ernster Geschäftsmann, jetzt gleichsam Mutterstelle vertretend, gerne zu solchen Gelegenheiten führte, wie sie heute waren. Es sollten sich die Kinder mit einander freuen, und nebenher war es bestimmt, daß sie Musik machen würden. Zu den herumsitzenden Frauen kam bald das eine, bald das andere der Kinder, bald eine ganze Schar gelaufen, und rief: „Mutter, wie ist denn das? – Mutter, wo ist denn jenes?“ – Die betreffenden Mütter, sich die Dinge vom Halse schaffend, gaben Auskunft, gaben Rede, und ordneten nebstbei etwas an dem verschobenen Gewändchen. Der Vater der zwei Mädchen gab ihnen auch, wenn sie gelegentlich zu ihm kamen, Anweisung, wie sie sich zu benehmen hätten. Corona saß vereinsamt und vereinzelt da, und schaute zu. Nachdem die Geschirre und die anderen Vorrichtungen, die zur Einnahme der Erfrischungen da standen, weggeräumt worden waren, nachdem von den Männern ein Gespräch über Staatsangelegenheiten eingeleitet worden war, welches ziemlich lebhaft werden wollte, standen die Kinder schon zu einem Chore gerüstet, und warteten nur, bis die Herren aufhörten, daß sie anfangen könnten. Durch die Frauen bedeutet und aufmerksam gemacht, brachen die Männer ihr Gespräch ab, und setzten sich in die Stellung, den Kindern zuzuhören. Diese führten ein holländisches Volkslied aus, das von Störchen handelt, und immer im Chore die Worte Klapp, Klapp, Klapp – Klapp, Klapp, Klapp enthält, was die Sänger sehr freute. Dann kam verschiedenes, was teils im Chore, teils zu zweien, teils von einem gesungen wurde. Jetzt setzte sich das dunklere von den zwei oben benannten Mädchen an das Klavier, welches Instrument damals noch viel seltener und weitaus nicht in der Vollkommenheit gespielt wurde, wie heut zu Tage. Das Kind zeigte keine Verlegenheit, sondern, wie Kinder tun, die ihre Aufgabe aufsagen können, schaute es mit den fröhlichen, pechschwarzen, etwas großen Augen freudig umher, gleichsam Aufmerksamkeit und Stille heischend. Die schwarzen kurz geschorenen Haare ließen den schöner werdenden Nacken sehen, und hoben das weiter unten auf den Schultern liegende Linnen hervor. Der Lehrer des Kindes setzte sich zu ihm, und das Spiel begann. Es war sonderbar: über all das Frühere, was die Kinder vorgetragen hatten, hatte man sich gefreut, weil sie es konnten, wie man es gewöhnlich verlangt; taktrichtig und schier mit keinem einzigen falschen Tone. Auch über das, was dieses Kind jetzt vortrug, freute man sich anfangs; denn es spielte so vorzüglich gut, es rollte die Töne so bestimmt, und wie die Kenner sagen, so perlartig aus seinen Händen hervor, es schlug fast so klar an, wie ein Mann, daß sich das Bauwerk der Musikdichtung gesetzmäßig entfaltete: – aber wie die Leute von solcher Fertigkeit überrascht, wirklich mit innerlicher Aufmerksamkeit zuhörten, und das Kind von dieser Aufmerksamkeit und von der Stille, die herrschte, erfreut, immer mehr Sorgfalt auf das Spiel verwendete und auch immer besser spielte; so fing sich in ihm ein Geist, den es vielleicht noch wenig kannte, zu regen an: es verstand auf einmal die Musik; denn in dem Spiele war Seele, und das Angesicht, das früher nur rot und weiß gewesen war, war jetzt anders: es war gleichsam freudig, und doch auch leidend – denn die Musik war traurig – und man glaubte, jetzt und jetzt sollten Tränen ausbrechen. Als es gleich nach Vollendung dieses Spiels noch eine sehr schöne Arie sang, war das nämliche vorhanden, und es zitterte ihm seine unschuldige Stimme. Als es dann gänzlich fertig war, trat es zurück und mischte sich beschämt unter die andern Kinder. Welche Gewalt des Gefühls für eine einstige Zukunft ahnete man durch diesen Zufall in dem noch unentweihten, unentwickelten, gegen sich selber noch hülflosen Körper! Alle waren erfreut und alle riefen Beifall zu; denn selbst solche, welche sich um ähnliche Dinge wenig bekümmern, waren fast ergriffen; denn es lag hier ein Stück Reinheit und Schönheit menschlicher Seele gleichsam nackt und unwillkürlich da. Der Vater saß in der Nähe der Eingangstür auf einem zurückgeschobenen Stuhle, war selig, und dachte vielleicht an die verstorbene Gattin. Es wurde noch manches vorgetragen, und gut ausgeführt, wie es fleißige und geschickte Kinder ausführen. Als nach Beendigung der Musik die Tische wieder gedeckt an einander geschoben und geordnet wurden, um ein Abendmahl aufzusetzen – als auch die kleineren Tischchen geordnet, und ebenfalls wie die großen gedeckt und beschickt waren nur mit der einzigen Ausnahme, daß keine Weinflaschen auf denselben standen – als man sich um die Tische gesetzt hatte, und auch um die kleineren wieder das kleine Volk saß: war das Mädchen, welches durch seinen Vortrag so erfreut hatte, darunter, und war wieder ein Kind: es redete allerlei mit den Umgebenden, es lachte und aß – das Angesichtchen war wieder rot und weiß, und die kurz geschorenen Haare standen wieder zu dem Gesichtchen. Als spät nachts alles aus war, und die betreffenden Mütter ihre Kinder um sich sammelten, die von denselben hierhin und dorthin gelegten Kleiderstücke zusammen suchten, ihnen anpaßten, und hie und da etwas an den Körperchen verwahrten, daß sie sich nicht verkühlten – als dann ein allgemeines Abschiednehmen war, und ein Fortfahren von dem Hause der Unterhaltung: so saßen Georg und Corona auch in ihrem Wagen, und fuhren allein in demselben nach Hause. In ihren finstern, sehr schön eingerichteten Zimmern wurde, da sie ankamen, Licht gebracht, sie legten die Kleider und den Schmuck auf die gehörigen Stellen, und begaben sich zur Ruhe.

Am andern Tage war wieder ein Tag, wie viele gewesen sind, und wie sie immer sein werden, bis sie sterben.

Sie waren jetzt im dreizehnten Jahre vermählt.

Als einige Zeit, ungefähr mehrere Wochen, nach jenem Abendfeste, dem sie beigewohnt hatten, vergangen waren, kam einmal Corona an einem Nachmittage zu Georg in eins seiner Zimmer, wo er die Steine hatte, und wo er eben vor dem Tische, auf welchem mehrere zu ordnen lagen, saß, und sie betrachtete. Es war dies eine ungewöhnliche Stunde, daß sie zu ihm kam; denn meistens war er um diese Zeit in seinem Arbeitszimmer und zeichnete – nur heute hatte er sich – man weiß keinen Grund – von der Arbeit weg begeben, und war zu seinen Steinen gegangen. Er hob daher sein Haupt empor, und sah auf Corona hin, da sie eintrat, gleichsam fragend, ob ihr etwas fehle, daß sie zu so ungewöhnlicher Stunde komme.

„Georg, störe ich dich?“ sagte sie, „ich möchte gerne etwas mit dir reden.“

„So rede Corona, du störst mich nicht“, antwortete er, „wenn ich auch beim Zeichnen wäre, so würde ich aufhören, wenn du mit mir reden wolltest."

„Aber es ist lange, Georg."

„Wie es auch sei, Corona, ängstige mich nicht, und rede. Wann hätte ich dir denn je eine Zeit verweigert, die du in Anspruch genommen hast. So ist es nicht, daß ich nicht ein Stückchen Arbeit verschieben könnte, wenn sich etwas anderes ergibt, das meine Aufmerksamkeit erheischt. Zudem siehst du ja, daß ich mir ohnehin einen Feiertag gemacht habe, und da sitze, und gleichsam mit diesem Steine da rede. So sprich also."

„Du mußt mich aber bis zu Ende anhören, Georg, du mußt nicht antworten, mir nichts darein reden, bis ich selber sage: jetzt antworte."

„So rede nur, du machst mich sehr unruhig – ich verspreche dir, bis zum Ende ohne Antwort zuzuhören."

„Nun also Georg, ich bin heute zu dir herein gekommen, dir die Scheidung unserer Ehe anzubieten."

„Corona!!"

„Siehst du, du redest darein. Ich habe es ja gewußt, daß es so kommen werde. Höre mich nur zu Ende, und dann rede, was du immer willst."

„Aber Corona, was ist dir denn widerfahren?! Wie kannst du denn meinen, daß ich einem solchen Dinge mit Ruhe werde zuhören können? Sage, welch ein Unglück ist dir zugestoßen?"

„Höre mich doch an, Georg, ich habe es dieser Tage her, und wohl manchmal auch früher, sehr reiflich überlegt, und bin mit dem Gedanken nicht eher zu dir gekommen, als bis ich glaubte, daß ich ihn so ausgebildet habe, daß er mir als recht erscheint und daß ich ihn dir werde auseinander setzen können. Der Mensch lebt nur ein einziges Menschenleben. In demselben soll er vor seinem Gotte den ganzen Kreis menschlicher Pflichten und menschlicher Freuden erfüllen. Das erste ist ja doch immer, daß der Mensch in der vollsten Bedeutung Mensch sei. Was ihr oft so hoch setzt: Amt, Würde, Geschäft, ist in vielen Fällen nur ein Mittel – bei dir, Georg, ist es nicht so – sich Geld und Gut zu erwerben, um mit diesem Gelde und Gute dann seinen Trieben und Neigungen zu dienen: in wenigen Fällen ist das Geschäft

Sache des Berufes, wo nämlich Kräfte nach einer Richtung hin stärker gegeben sind, in dieser Richtung hin stärker auf Erfüllung dringen, und in dieser Richtung hin den ganzen andern Menschen mitnehmen. Besser wäre es, wenn der Mensch unbeschadet seines Berufes auch in andern Kräften stark genug wäre, ihnen Erfüllung zu geben, und im Einklange aller ganz ein Mensch zu sein. Du bist es fast, Georg, du hast deinem schönen Drange gefolgt, hast dich aber nie den Menschen verkauft, und bist neben deiner Kunst ein starker, freier, guter Mensch geworden, ein Mensch, der seine Augen auch irgend wo anders hat, als in seinem Berufe: darum habe ich dich gleich so lieb gewonnen – du bist fast ein ganzer Mensch, Georg, außer, wo die Verhältnisse es dir versagen – – aber vielleicht nur so lange als wir selber wollen. Zu einem der ersten, vielleicht zu dem allerersten Rechte und zu der holdesten Pflicht der Menschen gehört es, Kinder zu haben; darum hat Gott die beiden Geschlechter mit solcher Freude an einander gebunden, außer der es nichts Freudenreicheres gibt, wenn nicht das Gefühl der Eltern noch süßer sein mag, und die Pflicht derselben noch mehr in das Herz gewachsen; denn wir sehen ja die rohesten Menschen, wenn sie Kinder bekommen haben, alles andere in dieser Welt bei Seite setzen, und den Kindern dienen – ja in der Gefahr das eigene Leben dahin werfen, um das der Kinder zu retten, so herrlich und allmächtig ist der Trieb, daß das junge Leben fortlebe und das alte vergehe, das junge hervor gerufen und seinen Zweck erfüllt habe. Darum ist die Welt so schön, daß sie jeder Neue neu geputzt finde, und wenn er lebt, nicht anders meine, als das ganze Leben beginne überhaupt erst jetzt. Und wenn er alt wird, will er Kinder, in deren Aufblühen und Anfangen er auch aufblüht und anfängt – das Leben beginnt er wieder neu, wenn es ihm unbewußt aufhört und er stirbt. Siehst du, Georg, ich habe gesagt, daß du ein ganzer Mensch seist, außer wo die Verhältnisse es versagten, und daß dies vielleicht nur so lange währe, als wir es selber wollen. Wir sind jetzt über zwölf Jahre verbunden und haben keine Kinder bekommen. Es ist sehr oft der Fall, daß zwei Menschen keine Kinder haben, und wenn sie beide andere Verbindungen eingehen, werden sie beide mit Nachkommenschaft gesegnet. Es ist eine hohe, eine gewichtige, eine heilige Pflicht, daß der Mensch, der nur das eine Leben hat, es voll anwende, und darin auch die menschlich und göttlich gesetzlichen Mittel ergreife, die Welt in einem kleinen Teilchen durch seine Kinder fort blühen zu machen. Darum glaube ich, hat ja unsere Kirche fest gesetzt, daß in ihr die Ehe löslich wird, damit ein mißgeschlungenes Band zu nichte gemacht, und wieder ersetzt werden könne, was gefehlt wurde. Und ich glaube, daß der höchste Zweck dieser Einrichtung nicht darin bestehe, daß Menschen, welche leichtsinnig ein Band geschlungen haben, wenn sie ihre Herzen nicht kannten, wenn die Mittel des Lebens nicht da sind, und hundert andere Fälle, es wieder auflösen können, wenn sie sich nicht vertragen, wenn das Band eine Bürde wird – sie hätten ja das vorher wissen und vermeiden können. Ihretwillen kann das Gesetz nicht allein da sein. Ein viel höherer Zweck desselben muß sein: wenn zwei Menschen alles Edle und Gute, was der Verstand und das Herz eingeben, vor der Verbindung anwendeten, damit sie eine heilige und echt menschliche werde, wenn sie das wird, und doch durch einen Umstand, den keines voraus berechnen konnte, die Ehe eine Scheinehe wird: daß sie dann gelöset werden kann, daß freiwillig und in Güte und Liebe die Verbindung getrennt werde, die vor Gott eine unmögliche gewesen ist. Wir sind beide in dem Falle. Es ist nicht mehr denkbar, daß wir noch den Segen eines Kindes erleben werden. Was wir auch durch unsere Verbindung erreichten, was wir uns auch gegenseitig gegeben haben, ein Zweck, ein hauptsächlicher ist nicht erreicht worden: darum, Georg, ist mein Vorschlag, daß wir uns aus freien Stücken trennen, daß jedes wieder ungebunden sei, und wenn es ihm dünke, ein neues Bündnis eingehen könne, was ihn vielleicht noch mit dem bisher entbehrten Gute belohne. Ist es auch dann nicht der Fall, dann sind beide von der Verantwortlichkeit frei. Denn wir haben getan, was uns menschliche Voraussicht zu tun eingegeben hat, jeder Erfolg liegt in der Hand eines mächtigeren Richters. Mir scheint die Handlung nicht bloß erlaubt, sie scheint mir recht. – – Und nun Georg, bin ich fertig – jetzt antworte mir."

„Ich weiß nicht, Corona, was ich dir antworten soll – ich bin nicht gefaßt – ich habe auf diese Handlung noch gar nie gedacht – was werden die Leute sagen?"

„Sie werden sagen, es sei nicht recht – weil sie schwach sind. Sie werden den wahren Grund nicht wissen, ja wenn er ihnen gesagt würde, werden sie ihn nicht glauben, und in einem von uns eine geheime Schuld suchen, die das andere fort getrieben hat. Auch wenn ihnen der eigentliche Beweggrund bewiesen wird, werden sie noch sagen, es sei nicht recht, weil sie nur allein an einem einzigen Dinge hängen, an ihrer Sinnlichkeit, die sie nicht verlassen können. Wer mit seinem Weibe Jahre lang gelebt hat, gewöhnt sich an sie und ihre Gesellschaft, wie an ein Stück seines eigenen Lebens, er findet sie als Bestandteil in allen seinen Vorstellungen, ihre Tätigkeit greift in sein Leben ein: das heißt er Liebe, das ist es, was er nicht entbehren kann, darum kann er sich von seinem Weibe nicht trennen, es ist ein Sinnliches, ein Selbstsüchtiges – und das ist keines stark genug zu opfern, darum begreifen sie es an anderen auch nicht. Sie müßten ein neues Leben beginnen, einen neuen Kreis von Vorstellungen anfangen, und das ist sehr schwer, weil sich die ganze verzweigte Verwandtschaft der vorhandenen Vorstellungen dagegen sträubt. Daraus erklärt sich auch die Tatsache, warum ein Mann, der den Tod seiner Gattin aufrichtig mit tiefstem Schmerze betrauert, der meint, er könne nun gar nicht mehr leben, doch sehr bald darauf wieder eine neue Verbindung schließt, weil er seine eigene bisherige Gewohnheitsweise nicht aufgeben kann, und eine neue Ehe das leichteste Mittel ist, das Alte wenigstens annähernd wieder her zu stellen; denn er braucht nur die Person zu verwechseln, und dann bleibt alles beim alten. Darum hört man in solchen Fällen das so oft, was ich von einem sehr alten Manne, der fünfunddreißig Jahre in einer sehr glücklichen Ehe gelebt hatte, und nach dem Tode seiner Gattin alsobald wieder eine neue Ehe einging, bei meiner Gräfin sagen gehört habe: er kann seine Häuslichkeit nicht entbehren. Wir wollen sie entbehren, Georg, wir wollen sie des höheren Zweckes willen entbehren, wir wollen die Freuden, die wir einander in täglichem Umgange gewährt haben, opfern, – diese Freuden waren bei uns größer, als bei andern, weil wir beide einsam waren, weil wir beide niemand andern hatten, als uns – aber wir wollen sie doch entbehren, wir wollen wieder sein, wie früher, wollen anfangen, wo wir angefangen, als ich von meinen Verwandten, und du nach dem Tode deiner Eltern von Eiserode fort in die Welt gingest. Es ist dies nicht das Höchste und das Einzige des Lebens, was wir dahin geben, es kann sich neu wieder finden; was wir aber jetzt entbehren, ist ein Höheres, Uneigennützigeres, und ist eine heilige Pflicht – – ja eine Ehe, die eines ihrer Hauptzwecke entbehrt, fortsetzen, deucht mir eher Sünde – – darum wollen wir sie lösen; was wir ohne unsern Willen nicht erreichten, wollen wir betrauern, und was nicht sein konnte, obwohl wir es beide wünschten, wollen wir nicht erzwingen wollen, sondern den Dingen gemäß handeln, die das Erstrebte auf dem Wege, der uns der süßeste wäre, versagt haben. Ich glaube, es ist überall das Rechte, wo ein Ding, das wir anstreben, verweigert wird, es rasch ändern, und den Weg einschlagen, den die Gesetzmäßigkeit der Dinge vorschreibt. – – Und nun, mein Georg, was sagst du?"

„Corona – mein Weib" – antwortete der Baumeister – „ich weiß nicht, was ich sagen soll – das ist seltsam, was du sprichst. – – Es ist nicht so, es ist doch nicht so."

Bei diesen Worten schob er langsam seine Steine, die er vorher bei sich gehabt und betrachtet hatte, zurück, und sah lange, gleichsam mitleidig auf dieselben hin.

„Corona", sagte er dann wieder, „nein, es ist doch nicht so, wie du sagst. Wir sind beide beteiligt, ich muß bei meiner Antwort auch deiner gedenken, ich muß erraten, was dir frommt. – – Aber es ist gewiß nicht so, wie du sagst. Ich empfinde das tief. Lassen wir heute die Sache. Corona, ich werde mit dir reden, wenn eine Zeit vergangen ist – hörst du – lasse die Wohltat einer Zeit dahin gehen – denn über dieses Gespräch muß Zeit vergehen. – – Lassen wir es, hörst du?"

„Ja, Georg, denke daran. Fange an, darüber nach zu denken, wie ich schon seit langem her darüber nachgedacht habe. Und wenn du, wie du einmal gesagt hast, den Knaben des verstorbenen Zimmergesellen an Kindesstatt annimmst, so bedenke, daß angenommene Kinder keine eigenen sind. Wer eine Pflicht übernimmt, ohne die Grundlagen der Pflicht erzeugen zu können, der macht ebenfalls ein Mißverhältnis der Dinge, das sich in den Folgen rächt. Tue ihm Gutes, versorge ihn, aber verlange nicht, daß er dein Sohn sei. Ich habe diese Gedanken schon lange gefaßt, wenn ich dich öfter sah, wie dein Auge auf dem schönen Knaben ruhte, der gerne in unserem Hofe spielte, wie du manchmal fort gingest, und noch unter der Haustür auf ihn zurücksahest. Er kann nicht dein Sohn werden, dachte ich. Ein Kind, Georg, kannst du nur auf dem Wege erhalten, den ich dir angegeben habe."

„Nur eins noch, Corona, dann schweigen wir aber über die Sache: da du von dem Elternhause fort gingest, warst du ein Kind, da ich einsam in die Wälder ging, und in abwechselnden Zeiten wieder in großartigen verödeten Bauwerken studierte, war ich nicht viel mehr als ein Kind – die aufstrebenden Kräfte sind feurig, allmächtig, sie werfen den Widerstand um – – jetzt sind wir älter; der Bogen steigt nicht mehr so rasch hinan, wer weiß, ob er sich nicht schon sanft gegen die andere Seite hinüber zu krümmen beginnt: sage, werden wir auch können, was wir ausführen möchten? – wirst du es können, Corona?"

„Ich glaube", sagte die Gattin.

„Nun, so brechen wir ab", sagte der Baumeister, „lassen wir es. Wenn die Labung der Zeit dahin geflossen ist – wollen wir unsere Gedanken wieder fragen."

Sie schwiegen jetzt über diesen Gegenstand. Er nahm einen seiner Steine her, und legte ihn wieder hin. Er schob mehrere vor, und schob sie wieder zurück. Er führte Corona dann in den Garten. Sie gingen an den Blumen dahin, sie gingen neben dem sanften Glanze des Glashauses dahin, neben dem Springbrunnen, den Georg durch den Wasserdruck, der hoch oben in dem zurückgehenden Walde in den inneren Lockerheiten des Berges nieder lastete, zu Stande hatte bringen lassen, sie gingen an dem Kohle vorüber, der da stand, und dessen blauliche, kräftige, strotzende Blätter an Coronas Kleid streiften, sie gingen an den Pflaumenbäumen, an dem neuen Geländer, das er erst hatte machen lassen, an dem Zwergobste, an den Apfelbäumen, die im Frühlinge aus Frankreich gekommen waren, vorüber – und zuletzt an dem Neubruche, auf welchem gerade die Taglöhner arbeiteten, daß er gereinigt, von Steinen befreit, und hergerichtet werde, um im künftigen Jahre dem Garten einverleibt zu werden, damit derselbe sich wieder ein wenig größer und reicher entfalte. Dann ist der Abend gekommen, – endlich die Nacht – und sie legten ihr Haupt auf die Kissen der Ruhe.

Wie viele Zeit nach diesem seltsamen Gespräche vergangen ist, wie viel noch in der Sache gesprochen wurde, was der Inhalt dieser Gespräche war, vermögen wir nicht anzugeben – nur das Ergebnis der Zeit, die noch nach dem Vorschlage Coronas verflossen ist, können wir erzählen: Georg willigte ein, er erhob sich zu Coronas Gedanken. Es wurde beschlossen, daß sie sich ohne einen Auftritt des Weinens oder der Klage trennen wollen, daß jedes in der Zukunft streben wolle, den Segen der Kinder in einer neuen Verbindung zu erringen, daß sie sich nie sehen, einander nie schreiben wollen, daß sie für einander nicht mehr da sind. Als dieses beschlossen war, ging Georg daran, das vorhandene Vermögen zu teilen. Er gab Corona die Hälfte, welche hinreichte, ihr ein sehr schönes, mehr als wohlhabendes Leben für alle Fälle der Zukunft zu sichern, und die andere Hälfte, wozu das Haus gehörte, behielt er für sich. Dann, um alle Unannehmlichkeiten zu Hause zu vermeiden, wurde ausgemacht, daß man seine Sachen zusammen richten, mit einander fortfahren, die Angelegenheit bei der Behörde in Ordnung bringen, und sich dann in der Entfernung trennen wolle. Corona packte ihre Sachen in der Stille zusammen. Es wurden ein paar Koffer und einige Kisten fort geschickt, was nicht auffiel, da der Baumeister mancherlei Dinge für entfernte Häuser oder Schlösser zu besorgen hatte, und dieselben gewöhnlich zuerst zu ihm kamen, von wo er sie dann wohlverpackt an den Ort ihrer Bestimmung abgehen ließ. Endlich, an einem trüben mit Regen kämpfenden Sommermorgen fuhren sie selber ab, da man eben den nun fertig gewordenen Neubruch einplankte, und zu dem Garten schlug. Mit der geistlichen Obrigkeit, weil beide Teile einig waren, wurde das Anliegen bald erledigt, und die Trennung folgte dann schnell. Corona fuhr in einem Wagen, dessen Pferde sie sich schon selber bestellt hatte, durch den Torweg des Gasthauses hinaus. Der Wagen fuhr die Gasse entlang, beugte dann um eine Ecke und konnte dann nicht mehr gesehen werden. – Sie war jetzt wieder mit ihrem Herzen allein. – Georg stand in dem Zimmer des Gasthofes, das sie bisher, da die Angelegenheit im Gange war, mit einander bewohnt hatten, und schaute vor sich hin. Es war nun in seinen Augen kein eheliches Gemach mehr, sondern eines jener unzähligen Gasthauszimmer, wie er sie während seiner jugendlichen Herumwanderungen so oft in ihrer Öde über Nacht oder auf kurze Tage bewohnt hatte. Kein einziger Mensch hatte in dem Gasthause geahnet, was zwischen diesen zwei Leuten vorgehe, und auch nicht gewußt, da die Frau fortfuhr, welch ein Fortfahren das sei.

Die seltsame Tat war nun getan – und beide konnten jetzt dem Plane gemäß frisch und frei an den Bau des noch übrigen künftigen Lebens gehen, als wäre es ein anfangsfähiges ursprüngliches gerade aus der ersten Hand des Schicksals gegebenes.

Georg reiste nicht nach Hause, sondern er ging zu einem sehr entfernten Baue, und leitete dort die Arbeiten fort. Er schrieb an die Witwe, welche auch sonst gerne in der Abwesenheit der Gatten das Hauswesen besorgt hatte, sie möchte nur alles sorgsam verwalten wie früher, er habe sich von seiner Gattin geschieden, wisse nicht genau, wann er nach Hause komme, und werde dann schon beschließen, was mit der Besitzung zu geschehen habe.

Die Witwe war ganz überrascht, und traute ihren Augen kaum. Sie wollte sich dann, als sie die Sache begriff, fast zu Tode weinen, und dachte, was muß denn geschehen sein – wie können sich denn zwei so liebe gute treuherzige Menschen scheiden! Sie ging wie eine Verlassene und Verlorene in dem Hause herum, wischte die schönen Sachen ab, und schaute trübselig auf dieselben hin.

Die Leute wunderten sich, als das Gerücht die Erzählung daher trug, daß der Baumeister an einem entfernten Baue sehr fleißig arbeite, und daß er sich während er vom Hause weg sei, von seinem Weibe geschieden habe. Sie teilten es einer dem andern mit, und erschöpften sich in Ergrüblung des Dinges, das da vorgefallen sein müsse.

3

Am Waldrande

Wir haben nur noch sehr wenig zu berichten. Es ist genau dasjenige geschehen, was nach der Schönheit und dem Eigensinne des menschlichen Herzens geschehen mußte.

Wir sind genötigt, einen großen Raum von Jahren zu übergehen, weil von dem, was sich in demselben begeben hat, keine Einzelheiten vorliegen. Wir können nur das Allgemeine angeben, was schier alle Menschen wußten, bis wir dann am Schlusse wieder ein Einzelnes zu erzählen vermögen, was nicht alle wußten.

Georg hatte sein Haus, das er mit so vieler Freude gebaut hatte, verkauft. Es wirtschafteten jetzt fremde Menschen darinnen, welche ebenfalls eine große Freude an dem Besitztume hatten, wie sie Georg und Corona gehabt hatten. Die Witwe wohnt wieder in ihrem kleinen weißen Häuschen, worin Georg und Corona ihr eheliches Leben begonnen hatten. Der Baumeister baute fort, sein Wohlstand mehrte sich neuerdings, er kam durch Aufträge in fremde Gegenden, lernte verschiedene Menschen kennen – und bekam, wie es in dem Plane der Trennung gelegen war, auch wieder eine Gattin. Aber nicht nur eine Gattin bekam er, sondern sie gebar ihm auch Kinder, zwei Knaben, welche fast so schön waren, wie er in seiner Kindheit gewesen ist. Die Gattin hieß Emilie, sie liebte ihn und behandelte ihn freundlich. Die zwei Knaben blieben die einzigen Kinder. Da mehrere Jahre vergangen waren, da die Kinder heranwuchsen, dachte er neuerdings darauf, wie einst in schönen Tagen, sich wieder ein Haus zu bauen, und sich fest nieder zu lassen. Er war jetzt bereits alternd, sein Vermögen war genüglich hinreichend, er beschloß daher, sich von den Aufträgen, die noch immer kamen, zurück zu ziehen, und seine Kräfte, die schon öfter zu ermatten begannen, zu schonen. Er liebte noch immer die Wälder, hing an Naturgegenständen, und zog seine Sehnsucht halb heimlich, halb bewußt nach diesen Dingen hin. Er wollte daher, wie einst, einen Platz zu seinem Besitztume auswählen, und sich ihn so suchen, daß er den

Gegenständen seiner Liebe, die nicht alterte, nahe wäre, und in Gemächlichkeit seinen Sammlungen, seinen Betrachtungen und seinen Empfindungen nach gehen könnte. Er näherte sich auf seiner Reise, auf welcher ihn sein Weib und seine Kinder begleiteten, dem waldigen Gebirge, weil es von ferne so aussah, wie der sanfte blaue Hang, auf dem er sein erstes Haus gehabt hatte, obwohl dieser Hang viele, viele Meilen weit von dieser jetzigen Gegend war. Es war jetzt gerade wieder dreizehn Jahre, seit er sich von Corona getrennt hatte. Als er dem Waldgebirge näher gekommen war, überraschte ihn immer mehr und mehr die Ähnlichkeit desselben mit seinem einstigen schönen Walde, der mit Eichen und Haselgebüschen von seinem Garten angefangen hatte, dann durch Eschen, Ahornen und Birken zu der Fichte und von der zu Felsen emporgestiegen war. Gerade so war es hier. Er reiste, da er endlich nahe genug war, den weiter gehenden und größer werdenden Ähnlichkeiten nach, bis er eines Abends in ein Tal kam, das dicht mit Obstbäumen besetzt war, das ein frisches feuchtes Grün hatte, von dem einzelne weit von einander entfernte Strohdächer herausblickten, in dem blaue von den das Abendmahl kochenden Herden aufsteigende Rauchsäulen waren, und weiter draußen eine dünne zarte blaue Schicht auf dem feuchten Grün stand – von dem Tale zog sich eine Anhöhe mit Wiesen und Feldern hinauf, und am Rande desselben begann ein Laubwald fort zu steigen, der von ferne wie Eichenbildung aussah. Mitten im Tale war ein kleiner Flecken mit einem roten Kirchturmdache. Georg kehrte nicht in dem Flecken, sondern in einem etwa eine Viertelstunde davon entfernten an der großen Straße liegenden Gasthause ein. Er gedachte hier mehrere Tage zu verweilen, und durch ein gutes Angebot etwa einen der Eigentümer der am Waldrande liegenden Höhe zur Abtretung eines Stückes zu vermögen, wie er es brauchte. Er zog daher schon am ersten Tage alle Erkundigungen bei dem Wirte ein, und nahm sich vor, noch weiter zu forschen.

Am zweiten Abende seines Aufenthaltes ging er mit seinen zwei Knaben allein spazieren. Er schlug einen Pfad durch das Tal ein, welcher mit Obstbäumen gesäumt war, und einen Zaun neben sich hatte, der mit frischem Wassergebüsche umwachsen war, und richtig auch zu seinen Füßen das klare, schießende, über Kiesel rollende Wasser hatte – gerade so wie ein Pfad gewesen war, an dem er sehr gerne mit Corona gegangen war, da sie noch mit einander das Haus am Waldhange bewohnt hatten. Als er um eine Gruppe hoher kleinblättriger Birnbäume bog, wo ein hölzernes Gitter war, und der Pfad in zwei Teile auseinander ging, wandelte eine dunkel gekleidete Frau ihm entgegen – er erkannte sie – es war Corona. In dunkle Kleider gekleidet, wie sie wohl auch früher geliebt hatte, ein Häubchen, wie früher, nur viel bescheidener, auf dem Haupte, und eine Tasche, wie früher, nur etwas größer an ihrem Arme tragend. Das Antlitz war so schön wie sonst -- aber es war alt geworden. In den geliebten Zügen, die einst so seine Freude gewesen waren, waren sehr viele, kleine, klare und deutlich geprägte Fältchen, auch war sie blasser als gewöhnlich, wie es ja das heranrückende Alter mit sich bringt. Sie blieben beide stehen, und blickten einander an.

„Corona", sagte er.

„Georg", antwortete sie.

Sie reichte ihm die Hand – er faßte sie, und meinte, er könne gar nicht mehr loslassen.

„Geht es dir wohl, Georg?"

„Wohl, Corona – dir auch?"

„Ja, Georg. – – Das ist eine schöne Gegend, nicht wahr?"

„Ja, sie ist schön – – sehr schön – – bist du lange hier, oder reisest du bloß durch?"

„Ich lebe schon mehrere Jahre in dem kleinen Städtchen dort – du reisest wohl eben hier durch?"

„Ich bin in dem einzelnen Gasthause über Nacht."

„Reisest du dann wieder weiter?"

„Ja."

„Georg – – sage – ich möchte fragen: sind diese deine Kinder?"

„Ja, Corona."

„Wie alt sind sie denn?"

„Der eine ist neun, der andere zehn Jahre alt."

„Es sind freundliche Kinder. – Weil du nur Kinder erhalten hast."

„Bist du auch vermählt, Corona?"

„Es haben sich Anträge gefunden."

„Also bist du vermählt."

Sie wurde sehr rot und sagte: „Ich habe es nicht vermocht."

Er antwortete kein Wort – nicht ein einziges Wort sagte er auf diese Rede. – Nach einem Weilchen reichte er ihr die Hand hin, und sagte: „Gute Nacht, Elisabeth."

„Warte noch ein wenig", antwortete sie, dann suchte sie in ihrem Täschchen, das sie am Arme trug, herum, brachte zwei Äpfel heraus, und gab jedem der Knaben einen.

Dann gab er die Hand hin, sie reichte ihm die Rechte, an der sie, wie es auch früher gewöhnlich der Fall war, keinen Handschuh hatte, er drückte die Hand, in welcher die seinige so oft geruht hatte, beide wandten sich ab, und gingen ohne ein Wort die verschiedenen Wege fort. Die Knaben bissen in die roten Äpfel und aßen sie auf dem Heimwege.

Georg entkleidete sich bald, ging auf sein Zimmer – – und der achtundfünfzigjährige Mann weinte die ganze Nacht.

Jetzt erst stand die Größe der Sünde vor ihm, die er begangen hatte – jetzt bereute er, daß er nicht mit ihr getragen und geduldet hatte, die größer war, als er. Das arme Weib hatte diese Gegend aufgesucht, die Ähnlichkeit mit dem Waldhange hatte, wo sie sonst gelebt, und sie war durch die Ähnlichkeiten gelockt immer weiter bis an diesen Punkt gekommen. Hier lebte sie nun, weil sie die Erinnerung der Vergangenheit nicht wegtun konnte in einem Teile dieser Vergangenheit, wie ja auch er von weitem zu diesem Walde hergezogen worden war, um an ihm, wie an seinem früheren Waldhange ein Haus zu bauen. Dies alles, weil er Corona so gut kannte, empfand er jetzt auf seinem schlaflosen Lager. – Am anderen Morgen ließ er seiner Gattin keinen Schmerz merken, war gut, wie immer, und sagte, daß er doch nicht da bleiben, sondern wieder weiter reisen werde. Sie hatte gestern mit dem Diener und der Magd alles zu längerem Aufenthalt eingerichtet gehabt, deshalb sie nicht hatte mitspazieren gehen können – heute packte sie wieder zusammen sie zog ihre Knaben, die bei ihr im Zimmer schliefen, während, wie es in dieser Ehe Gewohnheit war, er in seinem Studierzimmer schlief, reisefertig an, und gegen Mittag schwankte der Reisewagen auf der entgegengesetzten Straße aus dem Tale, als wo er herein gekommen war.

Was weiter geschah? – Georg konnte zu keiner Stetigkeit kommen. Die Kinder wurden groß und gingen fort. Der unbändige Hang zielte nach keiner Vergangenheit, ja er fragte nicht einmal nach einer, als wäre sie nicht gewesen, wie Georg es als Waldgänger in dem Gleichnisse der strebenden Pflanzenäste zu dem Hegerbuben sagt. Einer dient zu Schiffe, ist auf allen Meeren, und schreibt alle zwei, drei Jahre einen Brief: der andere durch Lust an Naturgegenständen überwältigt, warf sich auf Zeichnen und Malen, und ging, da sich eine Gelegenheit bot, voll Freude nach Südamerika, von wo er fast gar nicht schreibt. Die Mutter der Knaben ist gestorben – und Georg ist wieder allein, wie er es ja, wenigstens von den erstrebten Kindern aus, sein mußte – der rückgelassene, verdorrte Ast, wenn die neuen voll Kraft und Jugend zu neuen Lüften emporwachsen, in ihr Blau, in ihre Wolken, in ihre Sonne emporschauen, und nie zurück auf den, woraus sie entsprossen. Diese Söhne werden gerade so einst Briefe bekommen, daß ihr Vater gestorben sei, wie dieser Vater, als er in seinen Studien begriffen war, erfahren hatte, daß er keine Eltern mehr habe, und beide in der Erde begraben liegen. – Und so wird es fort gehen, wie es von seinen Eltern her fort gegangen ist, wie es bei seinen Söhnen fort geht, und wie es bei dem Hegerbuben fort gehen wird, er mag sich nun zu einer Handarbeit, zu einem Gewerbe gewendet haben, oder zu dem Meere der Wissenschaft, auf dem er fortsegelt, bis er auch wieder von seinem Sohne verlassen ist, und allein auf dem Schiffe steht, da es sinkt.

Im hohen Alter, da sein Weib gestorben war, seine Söhne ihn verlassen hatten, hätte er gerne Corona aufgesucht, allein er schämte sich, auch wußte er nicht, ob sie nicht auch wie er aus dem Tale geflohen ist, da sie sich begegnet hatten. – Er hing sich an den Hegerbuben, bis auch dieser fort ging – und er selbst wieder die Gegend um die Kienberge und um Hohenfurt verließ.

Wir wissen nicht, wo der alte Waldgänger jetzt ist. Er mag noch irgend wo leben, er mag gestorben sein – wir wissen es nicht. Von seiner Gattin Corona wissen wir auch nichts. Lebt sie noch, dann ist sie uralt, und gewiß so allein, wie dazumal, da sie von ihrem Vater gegangen ist, nur mit dem Unterschiede, daß sie jetzt bei keinen Verwandten ist, und daß damals ein Anfang vor ihren Augen lag, jetzt ein nahes Ende. – – Wie sie auch sind, und wenn sie noch sind: Gott wird sie gewiß bald rufen.

Die zwei Menschen, die sich einmal geirrt hatten, hätten die Kinderfreude opfernd, sich an der Wärme ihrer Herzen haltend, Glück geben und Glück nehmen sollen bis an das Grab, und wenn sie zu Gott gekommen wären, hätten sie sagen sollen: „Wir können keine Kinder als Opfer mitbringen, aber Herzen, die du uns gegeben, die sich nicht zu trennen vermochten, und die ihr weniges, was ihnen geblieben, mit hieher bringen, ihre Liebe und ihre Treue bis zu dem Tode."

DER TOD EINER JUNGFRAU

Parabel

1847

Ein Kind, ein Mädchen, wuchs in heiterer Fröhlichkeit heran. Das Mädchen wurde zur Jungfrau, welche in gütevoller Unschuld fort blühte. Ehe das zweite Jahrzehent ihres Lebens um war, mußte sie sterben – und alle künftigen Jahre voll blühender Himmel, voll geträumter Hoffnungen, voll erwarteter Freuden – das ganze lange Leben mit schönen Handlungen angefüllt, etwa an der Seite des Gatten, in der Mitte lieblicher Kinder, in dem Walten des Hauses, wo sie als Muster der Güte und Tugend vorleuchten konnte, in dem hohen Alter, wo sie wieder von den dankbaren Kindern und Enkeln gepflegt wird – alles, alles ist abgeschnitten und dahin. Was die Eltern, selber nun einsam über den schon hinabsteigenden Bogen der Lebensbrücke wandelnd, an dem Kinde zu sehen hofften, das erst freudig die ersten Stufen jener Brücke hinauf zu gehen anhob – ist dahin. Was auch die andern Kinder, die geblieben sind, bringen mögen: aus dem Kranze der Freuden ist eine Blume hin, und der Schmerz – wenn es auch irrig wäre – sagt immer: „Die verlorene Blume wäre die schönste gewesen."

Die Mutter der gestorbenen Jungfrau, eine stille, gute Frau, die sich so gerne ergeben hätte, wenn nur der große Schmerz und die Ergebung zu vereinigen gewesen wären, wenn nur nicht die Seele alle Dinge sagte, welche den Schmerz nähren – wie gut die Verstorbene war, wie sanft, wie liebreich gegen die Eltern, wie schonend gegen die Leiden der Mutter, wie milde fühlend gegen die Krankheit des Vaters, den sie lieblich und besorgt führte, wie wert sie aller künftigen Belohnungen des Lebens gewesen wäre, und wie arm sie nun sei, daß sie in dem kühlen Grabe liegen müsse – die Mutter des Mädchens, die alles das fühlte, und noch viel mehr, was sie nicht sagen konnte, saß eines Tages in der Abenddämmerung in ihrem Stübchen, und weinte, und klagte den grausamen, furchtbaren, häßlichen Tod an, daß er so viel hinweg nehmen könne, was keine Wiederkehr erlebe, und sagte sich die schmerzenreichsten Dinge, die ihr die heißesten Tränen aus dem Herzen in die Augen trieben, immer wieder und immer wieder vor. Als es auf diese Weise dunkler und dunkler geworden war, und nur der Schein der schmalen Mondessichel, die an dem Himmel stand, auf die Geräte der Stube fiel – denn die Frau hatte vergessen, ein Licht anzuzünden – stand mit einem Male ein sehr schöner Engel vor ihr. Seine Haare flossen so licht und lieblich von der Stirne über den Nacken hinab, seine Augen waren so groß und so sanft, und so trauernd, seine Gestalt war einfach, klar und licht, daß nicht eine einzige, auch nicht die kleinste Makel an ihr war.

„Ich bin von deiner Tochter gekommen“, sagte der Engel, „um welche du immer weinest. Gott hat ihr Ziel erfüllt. Ihre Aufgabe auf dieser Erde ist gewesen, ein gutes, folgsames Kind zu sein, eine reine, unschuldige Jungfrau zu werden, dieses Bild der Güte in dem Herzen der Ihrigen zu hinterlassen, und zu sterben. Ihr hat sich das schönste Los entfaltet. In der Jugend, wo alle die schönsten Engel in das Herz des Menschen einziehen, und es mit holder Freude erfüllen – der Engel der Tugend mit der sanften Befriedigung, der Engel der Hoffnung mit dem Morgenrote lieblicher Zukunft, der Engel der Schönheit mit dem Spiegel des Herzens, in dem sich alles spiegelt, was groß, erhaben, freudenreich, sittlich, sanft und holdselig ist – in dieser Zeit, wo der einzigste und innigste Schein der Freude um das menschliche Herz liegt, ist sie hinweg genommen worden, und alle Dornenwege des Lebens sind ihr erspart worden; denn die Engel der Jugend bleiben nicht immer in dem Herzen, sie zeigen ihm das Schöne, und gehen dann fort, es ihm überlassend, ob es dasselbe ausführen will, oder nicht, dann kommen, ach! wie oft, ganz andere, manchmal böse Engel – die Sorge, das Unglück, die Qual, der Irrtum, und wie oft, wie oft auch die Sünde mit dem Gefolge des Schmerzes und der Reue, und oft der Zerstörung. Diese harten Stufen, die die Menschen zu übersteigen haben, ehe sie in ein anderes, nicht gekanntes, nicht geahndetes, nicht begriffenes Leben eingehen, sind ihr erspart worden; auf weichen Flügeln ist sie hinüber getragen worden in das Leben, dessen Seligkeit noch in kein irdisches Auge gekommen ist, und auch von keinem irdischen Auge gefaßt werden könnte. Du hast gesagt und gedacht, daß sie für ihre Güte belohnt werden sollte – und dieser Lohn ist ihr gekommen. Weißt du denn nicht, daß schon in der alten Heidenzeit, wenn eine Mutter um den höchsten Lohn für die höchste Tugend ihres Sohnes bat, der Tod für diesen höchsten Lohn angesehen wurde?"

Die Mutter des gestorbenen Mädchens, welche immer geglaubt hatte, sie träume, aber doch die Augen von dem Engel nicht abwenden konnte, gewann die Kraft, ihre Lippen zu öffnen, weil der Engel gar so sanft, gut und milde war – und sie fragte: „So hat meine Tochter jetzt gar keinen Schmerz mehr?"

„Weil keinem Erdengebornen der Schmerz erspart werden kann", antwortete der Engel, „und weil keine Geburt ohne Schmerzen ist, so ist es auch nicht die Geburt zum andern Leben, und deine Tochter mußte daher die lange Krankheit vor ihrem Tode überstehen. Jetzt aber hat sie keinen andern Schmerz, als nur den, daß sich ihre Eltern und Geschwister zu sehr um sie grämen. Sie ist eine der Seligen. Sie hat nichts verloren, sondern gewonnen. Nur die auf Erden zurückgeblieben sind, haben verloren. Sie haben die Hoffnungen, die sie an sie geknüpft, verloren, sie haben die Freuden verloren, die sie an ihr erlebt hätten, sie haben das Bild der Güte und Liebe verloren, das sie ihnen täglich vor Augen gestellt hätte. Um den eigenen Verlust trauern ist desto sündhafter, je mehr man an sich selbst denkt – jene Trauer darfst du nicht haben. Aber der edle, sanfte Schmerz ist erlaubt, den man darüber hat, daß das liebe, holde Beispiel der Güte und Unschuld in den Tagen nicht mehr um uns ist, die wir noch zu leben haben. Dieser Schmerz macht besser und reiner, und ist ein schönes Opfer, das man Gott bringen kann. Habe ihn, und er ist ein Kleinod deiner Seele und deines Heiles; daß du aber mehr hast, und dich darein hingibst, mischt sogar Trauer in die Seligkeit deiner Tochter, die im Himmel ist."

„Hast du sie getröstet?" fragte die Mutter.

„Ich habe sie schon getröstet", antwortete der Engel, „als ich sie durch die dunklen, süßen Blumen des Todes führte."

„Wer bist du denn?“ fragte die Mutter, „daß du so sanft, freundlich und so schön bist?“

„Ich bin der Todesengel“, antwortete er.

„Du bist der Todesengel“, sagte sie, „und bist so lieblich! Führst du denn alle Menschen von hinnen?“

„Alle“, antwortete er.

„So wirst du auch uns hinüber führen?“ fragte sie.

„Ich werde auch euch“, antwortete der Engel, „wenn eure noch übrigen Tage aus sind, zu ihr, der Vorausgegangenen, hin führen, daß keine Trennung, kein Leid, keine Irrung ist.“

„O gehe auch zu dem Vater, und zu den Geschwistern“, bat sie, „und tröste sie.“

„Ich kann ihnen nicht erscheinen“, antwortete der Engel, „weil ihre Herzen nicht so vorbereitet sind, aber gehe hin, und erzähle ihnen, was du gesehen hast, und sie werden getröstet werden.“

Der Engel verschwand. Die verwaiste Mutter saß in dem Gemache, der freundliche, schmale Mond legte glitzerndes Silber in die Ecke ihrer Fensterscheibe, und traf in sanften Glanze die Dinge des Zimmers – und in dem Herzen der Mutter war es, als käme in den großen, großen Schmerz, der in demselben war, ein Tropfen süßer Seligkeit von dem Himmel herab, in welchem ihre Tochter nun wohnte.

PROKOPUS

1848

1

Am Morgen

Durch das Haupttal der Fichtau, in welchem die Pernitz fließt, ging einmal ein großer Zug von Männern und von Frauen. Der Weg war damals keine Straße, auf welcher schöne Wägen gehen können – eine solche ist er noch heut zu Tage nicht – aber damals war der Pfad so schmal und uneben, daß nicht einmal jene Gebirgswägelchen auf ihm hätten fahren können, mit denen er in unsern Zeiten so zu sagen bedeckt ist. Deshalb saßen alle jene Männer und Frauen auf ihren Pferden und ritten auf dem Pfade dahin. Die Tiere gingen eines hinter dem andern, außer wo der Weg sich etwa zufällig erweiterte, und sie sich zu zweien gesellen konnten, wenn ihre Reiter etwas mit einander zu reden oder sich sonst einen Beistand zu leisten hatten.

Wenn man in jenen Tagen ein Ding durch die Fichtau bringen wollte, mußte es gesäumt werden. Die Bergdachungen zu beiden Seiten gingen mit Wald bedeckt bis an das Wasser nieder, in dem sie sich netzten. Die Pernitz rauschte an dem Wege und es lagen in ihren Gewässern noch manche Marmorblöcke aus dem Reviere der Fichtau, welche man später weggeräumt hatte, um Platz zu gewinnen, oder um etwas Nützliches und Notwendiges aus ihnen zu machen.

Es glänzte ein heiterer Morgen auf dem ganzen Walde, da der Zug ging, alles war erfrischt, und manches nasse Zweiglein, das an dem Wege stand, streifte die Füße eines Pferdes, oder das Gewand eines Reiters.

Sie hatten alle die Tracht, die gegen das Ende des siebenzehnten Jahrhunderts gebräuchlich war. Die Männer hatten keine Harnische mehr an, noch hatten sie irgend ein anderes Eisenwerk an sich, wohl aber trugen sie an ungeheuren bauschigen Schärpen, die um das Lederkoller gingen, die Schwerter der damaligen Zeit. In den Halftern des Sattels steckten sehr große ungeschlachte Pistolen, und auf dem Haupte war der breitkrempige Hut mit der niedergehenden wallenden Feder. Manche hatten gleich mehrere solcher Federn, daß sie wie ein nickender Haufen auf dem großen Runde des Hutes saßen oder von demselben wie ein Schneefall herniedersanken. An den Stiefeln, deren Mündungen oft kahnförmig um den Fuß gingen, waren die großrädrigen Sporen jener Zeit. Die Frauen hatten klappige Häubchen auf dem Kopfe, gesteifte Ärmel, dünne Leiber, dann weiter unten allerlei Böschungen, und endlich das glänzende niederfallende Reitkleid. Bei verschiedenen waren goldflinsernde und manchmal noch schönere seidene Blumen darauf gestickt.

So bewegte sich der Zug auf dem Pfade dahin.

Da er um die Biegung eines Hügels kam, erweiterte sich hinter diesem das Tal und es ging der Weg in einen ebenen gleichsam geplätteten Raum auseinander, auf dem viele Pferde und Menschen und andere Dinge hätten stehen können. Auf diesem wohlgestampften Platze, am Rande der hohen düsteren Tannen und Fichten, wo der schäumende weiße Gießbach aus der dunkeln Rinne des Grahnsberges hervorstürzt, stand das Wirtshaus des Tales, die grüne Fichtau geheißen, und sah mit seinen beiden übereinander befindlichen Fensterreihen auf die beschriebene Gasse heraus. Es war aus Holz gezimmert, hatte auf dem Erdgeschosse ein Stockwerk und dann ein sehr flaches Gebirgsdach, auf dem graue Steine lagen, darunter auch manch roter aus dem Marmor der Fichtau. Das Haus ging mit seinen Schoppen und Scheunen gleich in die Tiefe des Waldes zurück. Sonst war kein Gebäude oder eine Hütte zu sehen. Auf der Wirtshausgasse gegen den Wald hin, wo von großen Tannen, die auf einem Steingewände standen, noch die langen Morgenschatten fielen, war ein Tisch, er war aus mehreren aneinander gestoßenen gefügt, mit frischem Linnen bedeckt, und mit Geschirren, Gläsern und Flaschen beladen. Um den Tisch waren Stühle und Bänke, wie sie das Fichtauer Wirtshaus vermochte. An dem Saume des Gehölzes standen mehrere Menschen, die man gleich an ihren Gewändern erkannte, daß sie aus der Fichtau zusammen gekommen waren. Sie hielten sich ruhig, als warteten sie auf etwas. An der andern Seite des großen

Platzes, schon gegen die Stallungen zurück, standen Packpferde, die aneinander gebunden waren, und auf der Erde lagen Ledersäcke, aus denen bereits manches gepackt wurde.

Als die Reiter gegen dieses Haus kamen und über die Brücke des Waldbaches hervor geritten waren, schwenkten sie sämtlich auf die Gasse der grünen Fichtau hinzu und blieben dort stehen. Die Männer sprangen hierauf von den Pferden, und halfen auch den Frauen herunter. Die Tiere wurden den Dienern und solchen zur Obhut übergeben, welche unter der Gesellschaft im Trosse geritten waren.

Während sich die andern noch mit ihren Pferden und Kleidern beschäftigten, trat ein junger Mann aus der Gesellschaft gegen den Tisch hinvor. Er war sehr schön gekleidet. Er legte den schwarzen Filzhut mit weißer dichter Feder auf einen Stuhl, und wie diese Kopfbedeckung von seinen Zügen, die sie beschattet hatte, weg war, gewannen diese gleichsam Licht und zeigten, daß er sehr jung war, und eine Schönheit besaß, die fast zur Bewunderung hinriß. Es war um die Lippen und das Kinn der Anfang eines dunklen Bartes, von dem Haupte fielen schwarze Locken, und die Augen unter der klaren Stirne waren von einer Größe, wie man sie selten bei Männern findet, und sie waren ebenfalls ganz dunkel wie die Haare.

Er hatte an seiner Hand ein Mädchen gegen den Tisch geführt, welches eben so schön gekleidet war, wie er, und mit blauen Augen aus einem schönen sanften Angesichte sah.

„Siehst du, Gertraud“, sprach er zu ihr, „das ist die grüne Fichtau, wie ich dir gesagt habe, das älteste Haus in den ganzen Bergen, weit älter als der Rothenstein. Lege den Mantel ab, liebe Gertraud. So. – Ich sage dir, da mögen sogar die Awaren und Bojer schon einen Lagerplatz für ihre Saumtiere gehabt haben. Dann hat ein Waffenknecht oder ein anderer eine Hütte gebaut, um die Zugzubehöre unter Dach und Fach zu bringen. Wie oft mußte das Haus erneuert worden sein, da es nur von Holz ist, siehst du, und das Holz keinen so festen Bestandteil abgibt. Als die Männer in das Heilige Land zogen, und manchmal ein Zug an der Pernitz ging, da lesen wir, wie sie in der grünen Fichtau sich sammelten, und ihr Rüstzeug und Eisengeschirr auf die Bänke umher legten. Aus dem Lebensbuche des

Ritters Quirinus geht hervor, daß vor zweihundert Jahren das Haus schon die doppelte Fensterreihe gehabt habe, wie jetzt. Es erscheint überhaupt das Haus öfter in den Schriften und Pergamenten des roten Saales. Die Bewohner kamen manchmal zu uns hinauf, und einmal war eine gar Amme auf dem Schlosse, bei dem Sohne des Ritters Ubaldus. Setze dich auf diesen Stuhl, Gertraud, er ist für dich bereitet."

Das anmutige Wesen ließ sich in dem Stuhle nieder, der ihm angedeutet wurde, und sagte: „Ihr seid sehr gelehrt, mein verehrter Gemahl, und wißt von vielen Dingen dieser Erde zu erzählen."

„O nein, Gertraud, ich bin nicht gelehrt", antwortete der Jüngling, „und weiß auch nicht viel. Wenn ich aber auch nur etwas weniges weiß, so ist mein Bernhard schuld, der mir von den Dingen auf der Erde und an dem Himmel erzählte."

„So wisset Ihr von den Dingen, die in dem Himmel sind, zu erzählen, verehrter Vater?" sagte die junge Frau, indem sie sich auf dem Stuhle umwendete, und zu einem Manne aufsah, der eben herzutrat.

Dieser war ein Greis, und hatte ungleich den andern, die meistens in Leder gekleidet waren, einen schwarzen samtnen Überwurf an, auf dem der weiße Bart nieder ging, und über dem der weiße gegen die Mitte zu kahle Scheitel glänzte.

„Nein, erlauchte Frau", antwortete er, „von den Dingen, die in dem Himmel sind, weiß ich nichts zu erzählen, sondern nur von den Sternen, die sich außerhalb an demselben befinden und sich bewegen."

„Nur von den Sternen", sagte die Frau, „das ist nicht bedeutend."

„Da wir von dem Innern des Himmels nichts wissen, so ist das von den Sternen doch bedeutend", antwortete der Greis.

Die übrigen waren indessen auch mit ihren Anordnungen fertig geworden, und schickten sich an zu dem Tische zu kommen. Der Jüngling rief so eben zu der Gesellschaft: „Tretet hieher, Schwiegervater Werner, kommt verehrte Schwiegermutter, Schwager Rudolph, Freunde, Gäste und Genossen – nehmet das Frühmahl ein, das hier bereitet ist. Mein geehrter Lehrer, Bernhard von Kluen, wird, wie bisher, die Stelle meines

Vaters vertreten. Die grüne Fichtau sorgt für alles, was wir und unsere Angehörigen bedürfen.“

Die Männer nahmen die Frauen zierlich bei der Hand und führten sie gegen den Tisch hinvor, wie der Jüngling wenige Augenblicke früher seine junge Gattin hinvor geführt hatte. Die Frauen setzten die Füße leicht und nur mit den Spitzen der Zehen auf den Boden, und machten im Gehen sehr kurze Schritte.

Der Jüngling nahm nun den Hut von dem Stuhle, setzte ihn aber nicht auf, sondern behielt ihn in der Hand und blieb stehen, bis alle Paare an den Tisch gekommen waren und die Frauen sich niedergesetzt hatten. Dann tat er den Hut auf das Haupt, und setzte sich neben seine Gattin. Desgleichen taten auch alle andern. Sie warteten, bis die Frauen saßen, dann rückten sie die Stühle und ließen sich neben ihnen nieder.

Da saß nun links von dem Jünglinge sein Schwiegervater, Graf Werner von der Staue, ein Mann mit bereits beginnendem Grau der Haare und mit gebräuntem Angesichte – rechts saß die junge Gemahlin; wir haben schon gesagt, daß sie so feine Wangen und blaue Augen hatte; man bemerkte jetzt, da sie so saß, daß ihr Kopfputz anders war, als der aller übrigen: sie hatte noch nicht das Frauenhäubchen auf, hatte aber auch nicht mehr den gewöhnlichen verschlungenen Kopfputz der Mädchen, sondern auf dem Scheitel war ein sehr kleines Barett, von dem nach hinten ein Schleier hinab ging. – Gleich an ihr saß ihre Mutter, fast noch selber eine junge schöne Frau, das gealterte gemilderte Ebenbild der Tochter. Dann war der alte Bernhard von Kluen, der Schwager Rudolph, und Verwandte und Freunde und Genossen des Jünglings. Zwischen jeden zwei Männern saß eine Frau, entweder solche, die wegen Blutsfreundschaft hieher gehörten, oder Gespielinnen, oder selbst höhere Dienerinnen der jungen Gattin. Die andern Diener und Knechte mochten im Hause oder hinter demselben irgend wo ihr Frühmahl halten.

Die ganze Zeit her war auf einem freien Platze nicht weit von der gedeckten Tafel ein seltsamer Mann gestanden. Er hatte sehr viele schneeweiße Haare, blitzende Augen und ein freundliches Angesicht. Auf dem Leibe trug er ein lodenes Wams, dann Pumphosen bis an die Knie, graue Strümpfe und große Schnallenschuhe. Es war der Wirt der grünen Fichtau. Da sich alle an dem Tische zurecht gesetzt hatten, nahm er das Barett, das er bisher in beiden Händen gehalten hatte, in die rechte Hand, näherte sich dem Tische, tat mit dieser rechten Hand eine leise kleine Schwenkung seitwärts und sagte: „Lange lebe unser Herr und Graf, der junge Prokopus von Scharnast! Lange lebe seine neue Braut und Gemahlin, die Gräfin Gertraud von der Staue, welche jetzt die Gräfin Gertraud von Scharnast ist! Lange leben unsre hochgebornen Herren und Gäste, und alle, welche mit ihnen in Verbindung und in Verwandtschaft stehen!"

Als er diese Worte gesagt hatte, ging er, sein Barett gleichsam wie ein Brieftäschlein in das Wams steckend zu dem Tische, und nahm die Deckel von den Schüsseln, in denen kalte Speisen waren, und legte sie auf die geeigneten Plätze des Tisches umgekehrt nieder. Zu gleicher Zeit, da er mit einem Winke umsah, näherte sich seine Frau und seine Tochter an der Spitze von mehreren Leuten, welche die warmen Speisen trugen. Die Frau war ein schönes in die ersten Greisenstufen tretendes Weib, und die Tochter ein junges schlankes herrlich blühendes Mädchen. Sie teilten sich beide in die Arbeit so, daß die Mutter an der einen Seite des Tisches hinauf ging und die Aufstellung und Ordnung der Schüsseln besorgte; die Tochter aber an der andern hinab, das nämliche besorgend. Dann gingen sie jedoch wieder beide in das Haus hinein.

Der junge Graf war auf die Anrede des Wirtes ein wenig aufgestanden, hat mit der Hand gegrüßt und gesprochen: „Wir danken dir Romanus für deinen Wunsch, wir hoffen, daß der Rothenstein und die grüne Fichtau die gute Nachbarschaft bewahren werden, in der sie bisher gestanden sind, kommt manchmal hinauf zu uns, so wie wir hier einsprechen, wenn uns der Weg durch das Tal führt, und lebe gleichfalls noch recht lange, und freue dich deines rechtschaffenen Weibes und deiner schönen Tochter."

„Meine Frau und meine Tochter sind unbedeutende Wesen und sind auch schon fortgegangen", antwortete Romanus der Wirt; „für den Gegenwunsch gebe ich den Gegendank, erlauchter Herr, und ich meine, ich werde schon noch eine Weile die grüne Fichtau aufrecht erhalten und sie dann aufrecht vererben. In

Hinsicht des armen Mahles, das ich aufstellte, habe ich getan, was ich vermochte. Ich habe meine Leute, die sonst auf der Wiese, oder draußen gegen Priglitz auf dem Felde sind, zu Hause behalten, damit sie die Dienste leisten. Dort stehen sogar an dem Rande des Holzes manche, die aus der Fichtau zusammen gekommen sind, um das Mahl der hochgebornen Herren zu sehen.“

„Wir danken“, sagte der Graf, sich noch einmal leicht erhebend, „und laden alle und jede auf den Rothenstein ein, die innerhalb der nächsten vierzehn Tage unsere Gastfreundschaft zu teilen gesonnen sind.“

Nach diesen Worten setzte er sich wieder nieder, und sprach leiser zu seinen Umgebungen fort. Der Wirt trat auf seinen früheren Platz zurück, nahm das Barett aus der Brustspalte des Wamses und hielt es wieder in beiden Händen.

Das Mahl war nun an dem Tische angegangen.

Ein Diener hatte des Grafen goldenen Becher hingestellt, den er aus einem Fache genommen und mit Wein aus einer eigenen Flasche gefüllt hatte. Ein anderer stellte einen kleineren zierlicheren aus edlem Glase geschliffenen vor die Gräfin, und tat etwas weniges von dem feurigen blinkenden Weine hinein. Überall wurden aus Körben Flaschen genommen, und aus denselben Weine in die umstehenden Gläser verteilt. Auch war Backwerk, Käse, eingemachte Früchte und Fische in Behältern mitgenommen und nun unter die von Vater Romanus aufgestellten Gerichte verteilt worden. Diesen ländlichen Gerichten der grünen Fichtau sprach man nun wacker zu, und es wurden auch die Gebirgsweine eingeschenkt, die Romanus von den entfernteren unteren Ländern alljährlich aus eigenem Geschmacke selber holt, und in seinem Keller einem hohen Alter entgegen reifen läßt. Sie schmeckten in der Morgenwärme wohl, namentlich wenn man das eiskalte Wasser dazu goß, das die grüne Fichtau in den Spalten des Grahns nahm, aus denen es von dem tiefinnern Vorrate des Berges floß.

Der Morgen rückte indessen weiter, der Himmel wurde klarer und feuriger, die Sonne stieg höher, die Tannenschatten wurden kürzer, und weit drüben auf den Bergen blitzte und glänzte es und warf allerlei Funken.

Von den Gesprächen an dem Tische konnte man wenig verstehen, weil sie zu stille gehalten wurden und von dem Hin- und Hergehen der Diener und von dem Rufen derselben unterbrochen wurden.

Vater Romanus hatte von seinen Leuten die besten aufgestellt, daß sie da stünden, und wenn ein Löffel weggelegt würde, ihn mit einem neuen vertauschten, und wenn eine Flasche leer wäre, eine volle aus dem Eiswasser darreichten. So ging das Mahl vorwärts. Man reichte sich wechselweise Gerichte herum, die Männer legten den Frauen vor und nahmen sich selber. Nach und nach kam man zu den feinen Backwerken, Zuckersachen und Leckerbissen, mit denen gerne die Mahle beschlossen werden. Hier wurden auch wieder aus silber- oder messingbeschlagenen Reisekästchen sehr mannigfaltige Dinge genommen, und vorgelegt, es wurden auch noch zierlichere und kleinere Glasbecher herum gestellt, und in dieselben noch glänzendere und bessere Weine getan. Als man dieses verzehrt hatte, blieb man noch eine Weile sitzen und sprach. Endlich, da von den Tannen, die zufällig einen Spalt bildeten, ein Lichtstrahl, gleichsam wie eine Mahnung auf den Tisch, der bisher in dem Schatten gestanden war, herein fiel, beendete man das Mahl. Der junge Graf stand auf, neigte sich vor seiner Gattin und lüftete den Hut gegen alle Anwesenden. Diese taten das gleiche, verneigten sich gegen die Nachbarinnen und dann gegen alle, die Stühle wurden hierauf gerückt und man trat zu einem Kreise zusammen. Indessen richteten die Knechte die Pferde, und gaben die Meldung, da alles in Bereitschaft war. Der Graf richtete zum Abschiede noch ein paar Worte an Romanus, und die junge Frau neigte sich freundlich gegen ihn. Die Männer führten nun die Frauen zu den Pferden, halfen ihnen hinauf, schwangen sich selber auf ihre Tiere, und setzten sich zum Fortziehen in Bereitschaft. Einige schöne Windhunde, welche jemanden in der Gesellschaft gehören mußten, sprangen freudig voraus, der Zug setzte sich in Bewegung und ritt auf dem Pfade der grünen Fichtau gegen den Waldweg hinunter, der durch die Länge des Tales geht. Nur ein einziges kleines graues Männlein stand noch bei Vater Romanus auf der Gasse, der Zahlmeister, und brachte die Forderung in Richtigkeit. Aber auch dieser kletterte auf sein Rößlein und suchte die andern zu gewinnen. Die Knechte waren indessen auch mit Einpacken und Aufladen fertig, und eilten den vorderen nach. Man sah an der Steinwand, von welcher die Tannen den schönen Schatten auf den Tisch geworfen hatten die ganze Länge des Zuges, man bemerkte das Baumeln und Neigen und Wallen der Hutfedern der Fortreitenden, der Faden wurde immer kürzer, wie er sich hinter die Steinwand hinein zog – endlich waren nur mehr zwei, und auch diese wurden sogleich von den grünen Zweigen verschlungen.

Der gestampfte Platz vor der grünen Fichtau, der vor kurzem noch so belebt gewesen war, zeigte nun nichts als seine Leere, er war von den Pferden und Dingen, die darauf gewesen waren, zertreten und durchfurcht. An dem Rande stand der verlassene lange Tisch, auf welchen nun das volle Sonnenlicht herein fiel, und der unter den Resten des Mahles, den halbgeleerten Gläsern und Flaschen, den Geschirren und Messern allerlei Schimmer und Flammen und Blendwerk erzeugte. In Unordnung standen die Stühle und Bänke, und die Schenktischlein waren verschoben.

Vater Romanus rief gegen einen Haufen Leute, die weiter unten standen und dem Zuge nachsahen, folgende Worte hinab: „Damian komme herauf. Franz, Joseph, Katharina, kommt hieher. – – So. Laßt den Platz sauber abkehren. Macht alles in Ordnung. Du, Damian, stehe der Mutter bei, die aus dem Hause heraus geht, und nicht, wie du, dem Fortzuge nachschaute. – Lasse zuerst, Mutter Ludmilla, die Teller und Schüsseln hineintragen, du, Lenore, hilf der Mutter; siehe zu, daß die Gläser, Flaschen, Bestecke und Linnen in die große Stube auf den Tisch kommen, wo ihr sie dann unter dem Tage ordnen könnt. Ihr stellt die Tische auseinander, und tut sie wieder auf ihren Platz. Wenn ein Säumer kommt, muß alles sein, wie sonst, daß er sich an den Tisch setzen, und auf die abgewischte Gassenbank sein Zeug niederlegen kann."

Während er diese Worte sprach, kamen alle die Leute, die am Waldsaume gestanden waren und dem Mahle zugeschaut hatten, zu Vater Romanus auf den Platz hervor und bildeten eine Gruppe.

„Ja", sagte er, „das ist ein merkwürdiges Geschlecht. Zuweilen sind sie gut und freundlich: zuweilen seltsam und ungebärdig. Sie haben immer sonderbar auf ihrem Berge gehauset, und es sind verschiedene Taten geschehen. Sie sind sehr schnell empor gekommen; die grüne Fichtau ist schon gestanden, als auf dem Rothensteine noch nichts war, als eben nur die roten Felssteine und die Bäume herum. Ihr vermöget gar nicht so weit zurück zu denken, und alle eure Vorfahren können nicht so weit zurückdenken, als die grüne Fichtau schon stand. Und immer sind wir darauf gewesen: der Vater, der Sohn, und dessen Sohn und wieder so fort. Ihr könnt es euch nicht erklären, wie das ist. Seht, da macht gerade hier das Tal die Erweiterung und die schöne Ebene. Da hatten die alten Heiden, als sie die Waren durch das enge Tal von den oberen Landen zu den unteren säumten – es war nicht viel, aber doch etwas: Leder, Wolle, Waffenzeug, Eisen und dergleichen – da hatten sie hier notwendig ihren Lagerplatz, sie kochten sich das Essen, fütterten die Tiere ab, und hielten eine Weile Rast. Da hat dann einmal einer ein Haus gebaut, um vor schlechtem Wetter zu schützen; denn die Menschen sind nach und nach empfindlich geworden, wie sich die Fruchtbarkeit dieses Landes hervor getan hat, und ihnen verschiedene Bequemlichkeiten verschaffte. Das war das uralte Haus der grünen Fichtau, wo sie kommen, ihren Schutz haben, und alles erlangen, was sie bedürfen. In später Zeit ist dann auf dem roten Felsen gebaut worden: zuerst ein weniges, wo man die Rotbuchen reutete, dann mehr, dann die ganze Mauer um den Berg, und dann die Gebäude auf den verschiedenen Stellen der Felsen. Sie haben aber fort gewirtschaftet und wir herunten. Wir sind dazumal, ehe ihr euch eure Hütten und Dinge in den Tälern herum bautet, die einzigen zwei Häuser in der Fichtau gewesen, der Rothenstein und die grüne Fichtau. Von uns kam manchmal einer hinauf, wenn wir etwas abzuführen und zu entrichten hatten; sie kamen herab, wenn einer eine Stärkung oder sonst einen Labetrunk bedurfte. Sie haben nach und nach die Gebühren und die Untertänigkeit des umliegenden Landes erhalten; wir haben unsere Gelegenheit erweitert, haben gebaut und eingerichtet und verschiedene Ertragswerke begonnen. So ist es mit den zwei Häusern. Sie waren fortaus aufrecht und gut. Wenn das Grafenamt nicht wäre, das sie in den Zeitläuften erhalten haben, und wenn das höhere Alter unseres Hauses nicht wäre, so wären wir in den andern Dingen gleich – und es könnte, wenn sonst nichts hinderte, ohne Aufenthalt geschehen, daß einmal ein Scharnast eine Jungfrau aus der grünen Fichtau zum Weibe begehrte, und wenn er sie erhielte, sie auf seinen Berg mitnähme."

„Nun, der Wirt der grünen Fichtau ist stolz genug", sagte mit Lachen eine Stimme aus den Umstehenden.

„Ja, ja, Sebastian", antwortete der Vater Romanus, „du hast recht. Wir haben immer unsern Stolz gehabt. Und haben wir denn nicht Ursache dazu? Wir sind eine ehrenhafte Familie, sitzen mitten im Walde, und treiben in verschiedenen Dingen unsere vorzügliche und anständige Nahrung. Kein Haus ist dem unsern gleich, als etwa die Hasenmühle, welche auch schon seit Christi Geburt bestehen soll."

Er hatte, während er diese und die obigen Worte sprach, sein Barett wieder aufgesetzt; denn während der ganzen Zeit des Mahles war er unbedeckt da gestanden, und die Sonne hatte auf seine weißen Haare nieder geschienen. Aber diese dichten weißen Haare mochten keinen Sonnenstrahl durchlassen, und mochten so manchen Sonnenstich und Regenguß in den langen Jahren gewohnt worden sein. – Die Leute, welche er gerufen hatte, waren indessen an ihre Arbeit gegangen. Die Mutter Ludmilla stand derselben in Ruhe und Freundlichkeit vor, und die wirklich wunderschöne Tochter legte hie und da selber Hand an, und versüßte den Leuten die Arbeit durch gutherzige Blicke und durch zutrauliche Worte. Auch kamen zu den Menschen, die ohnehin auf der Gasse der grünen Fichtau standen, noch mehrere, die an verschiedenen Stellen des Tales gewesen waren und den Zug der Fremden angeschaut hatten.

„Gott grüße dich, Schmied Eberhard von Sarau", sagte Vater Romanus zu einem Ankommenden, „was willst du haben, was können wir dir geben?"

„Den alten, du weißt schon", antwortete der Ankommende.

„Und dir auch, Gervas, nicht wahr, es wird gut tun?" sagte der Wirt zu einem andern.

„Ja, ja", antwortete dieser.

„Wie steht das Getreide draußen in der Au?" fragte Romanus weiter, nachdem er die Befehle wegen des Weines in das Haus hinein gerufen hatte.

„Es steht im ganzen schon gut", antwortete Gervas, der Aubauer, „der Weizen bebuscht sich, das Korn nimmt sich empor, und es wird schon recht sein, wenn der Frühling weiter kommt."

„Ja, wenn das Wetter schön bleibt", sagte der Schmied.

„Wird schon, wird schon", antwortete Vater Romanus. „Das verstehst du nicht, Eberhard, der du immer in der Hitze deiner Esse stehst; aber ich bin gestern bei meinen Schäfern an der Grahnsseite oben gewesen, da stiegen die Widder unabläßlich höher und härten sich, was jedesmal ein Zeichen der anrückenden Wärme ist. Da kömmt der Riemmeister von Perklas auch, seht nur – seht – seht!"

„Ja da kömmt er", erwiderte der Angeredete, indem er näher herzu trat, „da kömmt er, weil er ohnehin etwas in Priglitz zu tun hat, und sich deswegen heute eine kleine Weile genommen hat, um zugleich den Brautzug zu sehen. Gebt mir von Eurem Siebensteiner etwas, Vater Romanus."

„Du sollst ihn haben, Nikolaus, aber da muß ich selber hineingehen", antwortete der Wirt. „Setzt euch nieder, Männer, hier an dem Gesträuche steht schon ein Tisch; das andere wird alles sogleich auch in Ordnung sein."

Bei diesen Worten wendete er sich um und ging in das Haus hinein.

„Was gibt es denn Neues draußen im Lande?" fragte der Schmied den Riemmeister, indem sich die Männer gemächlich an dem von Vater Romanus bezeichneten Tische nieder ließen.

„Nicht viel", antwortete der Gefragte, „die Säumer werden morgen nicht kommen. Im Asang sind dreizehn Packpferde abbestellt worden, weil man sie braucht, um in etlichen Tagen die Brautgüter durch das Tal zu befördern."

Bei diesen Worten legte er seinen ledernen Schnallensack und seinen langen Stock ab, und setzte sich sehr bequem zu den andern Männern an den Tisch.

„Brautgüter? Gehen denn diese auch durch die Fichtau?" fragte ein Mann, der sich mit ungeschlachten Gliedern nicht weit von dem Tische auf die Gassenbank des Hauses nieder gelassen hatte.

„Freilich, Tiburius", antwortete der Riemmeister; „wenn es einen andern Weg auf den Rothenstein gäbe, glaubst du denn, die Herren würden alle einer hinter dem andern durch die Fichtau geritten sein?"

Der Vater Romanus war indessen wieder heraus gekommen, und hinter ihm ging ein Bube, welcher auf einem Brettchen die Weine trug, die die Männer bestellt hatten. Er tat vor jedem sein gehöriges Glas hin, und ging mit dem Brettchen wieder fort.

„Nun so hat der Rothenstein wieder sein Weib", sagte Romanus, „er hat lange genug um sie gefreit: nun hat er sie. Ich kenne sie seit früher Zeit. Ich bin an dem Tage auf dem Stauenfels gewesen, an welchem sie geboren wurde. Es war das Jahr, wo der große Komet an dem Himmel stand, darauf das Korn so klein und mehlreich wurde, und der Wein so ergiebig. Warte – es muß jetzt sechzehn Jahre sein – siebzehn – – achtzehn ist es. Schau – schau – so alt ist sie schon. Man sagt ihr nach, daß sie obenaus sei, und sehr begehrlich nach allen Dingen, die ihr angenehm scheinen. Ich weiß es nicht, sie hat mich kaum einmal angeredet. – – Was sitzest denn du hier?" wandte er sich plötzlich an den Mann, der auf der Gassenbank der grünen Fichtau saß, und den er jetzt erst erblickte.

„Ich warte ein wenig", antwortete der Angeredete.

„Du wartest ein wenig? und warum bist du denn überhaupt hier? und wer ist denn bei den Ziegen?" fragte der Wirt.

„Der Denis ganz allein", sagte der Mann, „ich bin herunter gestiegen, um den herrlichen Brautzug des Grafen zu sehen."

„Nun das ist doch ein Ziegenhirte", sprach Romanus, „da läßt er die Böcke und Ziegen auf den Felsen und steigt herunter, um den Brautzug zu sehen – und nun sitzt er hier mitten in den Sonnenstrahlen, die auf sein Haupt brennen, und läßt den großen breiten Hut neben sich auf der heißen Bank liegen. – So bleibe nur da, du kannst mit meinen Leuten essen, und morgen mit dem Frühesten geht der Franz ohnehin mit dir auf die Hochkogelwand. Dann schaue aber auf deine Tiere, du weißt, ich habe dreiunddreißig Ziegen darunter und der Käse hat jetzt seinen Wert. Verstehe, Tiburius. – Auf den

Durchzug der Brautgüter darfst du nicht denken; ich weiß auch nicht, was du daran sähest, da die Sachen in Ballen eingemacht sind, wie andere Waren, die man säumt."

„So zürnt nur nicht, ich gehe schon morgen hinauf", antwortete Tiburius, „der Denis versteht es gut, und es geschieht ja nichts."

„Nun es ist schon recht, es ist schon recht", antwortete der Wirt.

Die Menschen, welche früher in einer Gruppe mitten auf der Gasse gestanden waren, zogen sich zum Teile näher an das Haus und an die Gesträuche, wo die Männer saßen, um etwas von dem Gespräche zu vernehmen. Andere waren auch fort gegangen, und neue waren wieder gekommen.

„Der Graf Prokopus soll ein sehr gelehrter Herr sein", sagte der Wirt; „er hat einen alten Ritter bei sich, der alle Dinge der Welt weiß, und ihm zuweilen von ihnen erzählte. Aber es kann nicht sein, daß der junge Graf sich alles gemerkt hat; denn mit zweiundzwanzig Jahren ist der Witz noch nicht so groß und das Urteil noch nicht so stark, daß man den Nutzen der Sachen kennt. Der Syndikus von Priglitz hat mir gesagt, daß der Bernhard von Kluen schier alle Bücher der Erde gelesen hat, sie mögen von den Pflanzen auf der Welt, oder von den Sternen am Himmel handeln – er hat auch die Wissenschaft und die Dinge der alten Heiden inne, die vor vielen tausend Jahren gewesen sind. Es mag da manches enthalten sein; aber wir können es nicht erfahren, weil uns die Zeit fehlt und uns der Beruf hindert. Der junge Graf hat auch im Kriege gedient, aber es mag da nicht viel gewesen sein, weil er kaum noch ein Kind war – es sind schon drei Jahre – vier sind es schon gar – – er ist damals schon immer wegen der Gertrud auf den Stauenfels hinüber geritten, die noch die Kinderschuhe an hatte. Wenn ihm Vater und Mutter nicht so bald gestorben wären – die Mutter war eine sehr schöne Frau, viel, viel schöner, als die jetzige junge Braut – wenn diese nicht gestorben wären, und der alte Gerhab und Geschäftsleiter sich nicht auf der Burg aufgehalten hätte, könnte alles anders sein. – Nun, es ist vorbei, er ist jetzt zum Herrn erklärt worden, und wir werden sehen, ob er es auch versteht."

„Es soll ja ein großes Buch in dem Schlosse sein, wo die Grafen immer ihre Sünden aufschreiben müssen", sagte der Aubauer.

„Das verstehst du nicht, Gervas", antwortete der Wirt – „ihre Taten und ihr Leben müssen sie aufschreiben, weil daran die Burg hängt, sonst bekommen sie dieselbe nicht. Ein alter Vorfahr hat es einmal so gestiftet – man weiß nicht, zur Buße oder wie – und die Pergamente, wo alles steht, müssen sie in einen großen roten Saal tun, daß sie nicht verbrennen, weil auch alle Schriften der Vergangenen von jedem Gegenwärtigen gelesen werden müssen. Von dem Lesen und Schreiben sind sie alle gelehrt, und daher kommen auch die unklugen Dinge, womit sie manchmal die Untertanen gedrückt haben, und andere Sachen. Wir wollen nicht weiter davon reden. – Lieben Leute, wenn einer etwas will, so darf er sich nur dort zu dem Schenkladen wenden, es ist schon jemand da. Und wer keinen Zehrpfennig hat, oder ihn sparen muß, kann auch ohne denselben etwas bekommen, wir werden es aus der Küchenstube schon sagen lassen. Das Haus der grünen Fichtau steht nicht umsonst im Walde, es gibt schon dem ermüdeten Wanderer und dem Armen sein Teil. Heute ist sogar noch etwas Besseres zu haben als sonst."

Manche von den angeredeten Leuten gingen zu dem Schenkladen, der eigentlich ein Fenster mit einem Brette davor und einem großen Überdache darüber war, bestellten etwas, und setzten sich an irgend einem Platze nieder. Die anderen blieben stehen und horchten, als würde noch etwas geredet werden.

Die Arbeiten, welche Vater Romanus angeordnet hatte, waren indessen vollendet worden. Von dem langen Tische war alles Geschirr, Geräte und Linnen weg, die einzelnen Tischlein, aus denen er zusammengesetzt gewesen war, und die Bänke und Stühle waren an ihren Platz entweder in das Haus oder auf der Gasse an den Saum des Gebüsches gestellt worden.

„Die vornehmen Leute haben doch manchmal recht besondere Dinge", sagte Gervas der Aubauer.

„Da haben sie auch einen Saal", sagte Romanus, „in welchem alle gemalt sind, die Männer und die Frauen, bis auf den heutigen Tag. Sie stehen in einer langen Reihe mit lauter Harnischen und Schwertern. Das tun wir in der grünen Fichtau nicht, wir hätten auch gar keinen Platz für die Bilder. – – Knabe Christian, komme einmal her. – So. – Lasse jetzt das Kehren gehen, Knabe; du machst zu viel Staub, und die Gasse ist ohnehin schon schön genug. Lege den Besen an seinen Ort, gehe hinter das Haus, wo die Trinkborne stehen, und wasche sie sauber mit dem Bachwasser aus. Man kann doch nicht wissen, wem die fremden Pferde gehört und was sie könnten gehabt haben. Wasche sie gut aus. – So."

Der Mensch, welchen Vater Romanus mit den letzten Worten angeredet hatte, war zwar so klein, wie ein Knabe, aber er hatte ein altes Gesicht, und einen struppigen Bart. Es war eines jener unglücklichen blöden Wesen, wie man sie manchmal im Gebirge findet, und hatte in der grünen Fichtau das Gnadenbrot, wofür er selbstgefällig und oft zu vorzüglich verschiedene kleine Geschäfte im Hause verrichtete. Er hatte dem Vater Romanus lächelnd zugehört, und da dieser fertig war, nickte er mit dem Kopfe, ging wieder auf seinen Platz zurück, nahm den Besen, mit dem er gekehrt hatte, stellte ihn in einen Verschlag an dem Hause, wo man derlei Werkzeuge aufzubewahren pflegte, und humpelte dann mit seinem seltsamen Gange hinter das Haus.

„Ja, so machen wir es nicht, wie die Rothensteiner", fuhr der Wirt fort, „wir richten nur unsere Sachen in Ordnung, und schauen mit Sorgfalt in die Zukunft. Da kannst du etwas reden, Nikolaus. Habe ich es nicht recht gemacht, da ich sagte, daß mein künftiger Eidam drei Jahre wandern soll, damit er etwas lerne? Das Ledergeschäft in Perklas ist gut, die Feldwirtschaft des Hauses auch, und Lenore mag einmal recht warm darinnen sitzen – aber er mußte die Welt und andere Handelsherren sehen, daß er sein Weib gut behandle, und den Perklasern ein Beispiel gebe, die nicht vom Hause weggekommen sind."

„Ja, der Albrecht ist ein feiner Mann geworden", sagte der Riemmeister aus Perklas, „ich habe gerne mit ihm zu tun, und andere kommen auch von weitem herzu, um einen Handel mit ihm zu schließen."

„Er ist ein feiner Mann", sagte Romanus; „aber Lenore kommt nicht leer zu ihm. Sie kann sich schon sehen lassen, und bringt ihm einen Glanz in das Haus. Man muß den jungen

Leuten immer einen guten Betrieb zu ihrem Anfange geben, daß sie den rechten Anstand haben, und die Welt vor ihnen Achtung trägt. So bin ich schon in der Jugend gewesen. Ich habe meine Augen nur auf anständige sittsame Jungfrauen gerichtet – und da ich mir Ludmilla zuwege gebracht hatte, hat ihr Vater, der alte Hasenmüller, schon auch das Seinige getan. Sie hat darum immer ihr Gefühl und ihren Stolz in meinem Hause gehabt, weil sie seinen Wohlstand mit aufgebaut hat. Sie ist immer ein verehrungswürdiges Weib gewesen, ich habe sie nie knechtliche Arbeit tun lassen, und habe ihr nie, so lange wir verheiratet sind, mit einem Finger gedroht. Solche Weiber sind jetzt gar nicht mehr auf der Welt."

„Ja solche Weiber sind nicht mehr auf der Welt", sagte Gervas, der Aubauer, „alles ändert sich jetzt."

„Schaut dort hin", erwiderte Romanus, „da hat sie all das Gerülle, das nach dem Mahle übrig geblieben ist, weg räumen lassen, daß der Platz schimmernd und rein und blank ist, wie alle Tage – sie hat die Aufsicht gepflogen und dabei nicht ein einziges lautes Wort verloren. Jetzt steht sie in der Küche, und kocht die Suppe für die armen Leute, und freut sich schon, wenn sie dieselbe essen werden."

„Ein gutes Weib ist ein Segen in dem Hause", sagte Gervas.

„Ein Segen in dem Hause?" fuhr Romanus der Wirt heraus – „alles ist sie in dem Hause; – wenn mich Ludmilla nicht freut, so freuen mich die Kinder nicht, und so mag ich nicht erwerben und sorgen. – Und schön ist sie gewesen, ihr seht das jetzt nicht mehr so – sehr schön – ihre Tochter Lenore kann sich mit ihr gar nicht vergleichen. Suche dir nur bald ein Weib, Nikolaus, und schau, daß ihr recht gut miteinander wirtschaftet."

Nikolaus, der Riemmeister, welcher noch ein junger, unvermählter Mann war, drehte bei diesen Worten sein Weinglas, führte es zum Munde, und als er getrunken hatte, sagte er lächelnd: „Nun, nun, Vater Romanus, es kann noch werden, und es wird sich schon machen. Gebt mir dann euern guten Rat, wenn die Gelegenheit ist."

„Sollst ihn haben, Nikolaus, sollst ihn haben – aber du wirst ihn nicht befolgen, wenn es dich auch nachher reut. Es reut dich gewiß, ganz gewiß." –

Da der Wirt diese Worte gesprochen hatte, gingen vier Männer gegen die Gasse der grünen Fichtau zu. Sie gingen auf dem Wege, der sich von dem allgemeinen Talpfade gleich hinter dem Brücklein des Waldbaches trennt, und bloß gegen das Wirtshaus hinzuführt, langsam einer hinter dem andern.

Vater Romanus richtete sich mit den Augen gegen sie, und rief den vordern an: „Wo kommt ihr denn her, und was wollt ihr denn da?“

„Wir haben den Kalk in die Weidenkörbe getan“, antwortete der Angeredete, indem sie näher kamen.

„Nun – und dann?“

„Er kann heute nicht heraus gesäumt werden, weil der Reitmeister des Schlosses da gewesen ist, und die Pferde verlangt hat, um die Brautgüter zu fördern.“

„So, das hat er getan?“ erwiderte Romanus, „und da mußtet ihr gleich alle viere herauskommen um mir das zu sagen, und so langsam gehen? Begebt euch in die Küchenstube, und eßt, so dürfen wir euch nicht in den Bruch hinaus schicken; dann aber geht sogleich und geschwinder wieder zurück, und sagt, ich kann dem Scharnast keine Pferde leihen – der Georg soll den Kalk noch heute nach Priglitz säumen, weil der Fuhrmann schon wartet. Die Brautgüter können aufgeschoben werden, der Kalk nicht.“

„Es ist schon recht“, sagte der Anführer der viere, indem er den sehr großen Hut ein wenig vor Romanus rückte, was auch die übrigen taten, die ihm einer hinter dem andern in das Küchenzimmer folgten, gerade so, wie sie gekommen waren.

„Das sind meine Kalkbrecher und Brenner“, sagte der Wirt, indem er sich wieder zu den andern wendete.

„Ich kenne den vordern“, antwortete Gervas, „das ist der Peregrin.“

„Ja“, sagte der Wirt, – „der Marmor meines Wildbruches gibt guten Kalk, und der Kalk hat einen gesuchten Wert. Ich tue den Mitmenschen gerne einen Gefallen und etwas Gutes; aber oftmals kann doch das Geschäft nicht unterbrochen werden, weil ein anderer daran hängt und an dem wieder ein anderer. Es geht die Welt ohnehin immer beschwerlichere Wege, und man hat sich zu stemmen, daß man seinen Raum behält. Damian wird weiter sorgen müssen. Er hat zwar noch keine Braut, aber er ist ganz meine und Ludmillas Art, und es wird sich schon geben. – Weil alles so vordrängt, werden unsere Nachfolger viel tiefer eingehen und wirken müssen. Ich sage euch: wer die Fichtau in hundertfünfzig Jahren sehen könnte, würde ganz andere seltsame neue Dinge sehen, als nun; so wie sie jetzt das nicht mehr ist, was sie einstens gewesen war. Ich habe noch meinen Urgroßvater gekannt – denn wir werden immer sehr alt – und der hat gesagt, daß die ganze Fichtau ein einziger Wald gewesen ist. Unser Haus ist ganz allein in dem Graben gestanden, und der Saumweg ist seit ewigen Zeiten gewesen. Überall waren Wölfe, er hat sie selber manchmal in der Nacht heulen gehört. Die Pirnitz ist an lauter Steinblöcken und Bäumen vorbei gegangen, und die Bären und die Hirsche haben daraus getrunken. Wo ist nun ein Wolf, wie wenig sind Bären, und wie selten werden bereits die Hirsche, daß man auf einer Jagd kaum zehn, kaum fünfzehn schießen kann. In manchem Tale ist schon eine Hütte, es sind Kohlbrennereien da, Holzwerke und alles. Ja, es werden bereits Bauernhöfe, wo man in früheren Jahren nichts gewußt hat. So wie sich nun bis jetzt alles verändert hat, so wird es sich weiters noch mehr verändern. Die Fichten dort standen einmal gerade vor den Fenstern, darum heißt die grüne Fichtau die grüne Fichtau; jetzt sind sie schon zurück bis an den Saum, und werden noch weiter zurück müssen. Die Tannen dort auf der Steinwand werden wohl zuerst wandern. Die Lage dieses Ortes ist einmal zu allen Dingen zu günstig: der Bach fließt so gut und reich aus dem Grahnstale hervor, da wird ein Werk entstehen, das Bretter schneidet, oder das Loh der oberen Grahnseichen stampft – das Tal geht gegen rückwärts weit auseinander, da wird aufgeräumt werden, es werden Häuser entstehen, daß abends die ganze schöne Rinderherde der grünen Fichtau mit Glocken und mit einem eigenen Hirten nach Hause geht und in die Hütten gesammelt wird – der Pfad wird zu einem breiten Wege werden, auf dem man mit Wägen fährt, und wenn in den Seitentälern, wo jetzt die Bächlein rinnen, auch Wege sind, und Hütten und Häuser zerstreut im ganzen Steinreviere der Fichtau liegen, dann werden an Sonn- und Feiertagen auf dem Platze vor unserem Hause eine Menge

Wägelchen stehen, die da zu einem Frühmahle kommen, und daß wir dann alle mit einander in die Kirche nach Priglitz fahren. Darum muß auch eine Schmiede her, die gewiß einer unserer Nachfolger errichten wird. – Ich habe selber schon hinter dem Hause einen großen Garten wollen anlegen lassen, aber es sind noch die Bäume mit ihren langen Schatten, und im Frühlinge deswegen die häufigen hartnäckigen Reife. – – Wie haben auch in der Zeit her die Rothensteiner auf dem Berge gewirtschaftet – wie haben sie verändert und umgestaltet und gebaut, die bauen eigentlich immer. Sie bauen dies und das und stets mehr und immer mehr – – das ist ganz unglaublich, ganz unrechenbar, und füllt den Kopf mit schwerer Sorge; was das für Geld gekostet haben mag!" – –

Nach diesen Worten erheiterte sich sein Angesicht sichtbarlich, und er begann mit Vergnügen zu lächeln. Es kam seine Tochter Lenore über den Platz her gegen ihn gegangen, in knapper sehr netter Kleidung, daß die Schönheit des Mädchens noch bedeutender auffiel. Die langen Wimpern schatteten über die großen Augen, und standen zu den frischen Wangen sehr fein.

„Wo gehst du denn hin, Lenore?" fragte er sie.

„Die Mutter schickt mich in das Hintergärtchen um Grünes in die Suppe", antwortete sie, „und dann läßt sie Euch sagen, die Mittagskost für die Leute, welche etwas bedürfen, sei schon fertig, und sie mögen nur kommen."

Der Vater nahm seine Tochter freundlich an der Hand, führte sie zu dem Tische, wo die Gäste saßen, mit denen er eben sprach, und fragte sie: „Kennst du diesen Mann da?"

„Ja", antwortete sie, „es ist der Riemmeister von Perklas."

„Und wen soll er denn grüßen?" fragte er weiter.

Lenore sagte nichts – kein Sterbenswörtchen. Die langen Wimpern senkten sich noch tiefer, bis die Augenlider ihre Äpfel vollkommen deckten. In die feinen Wangen goß sich nach allen Richtungen das Blut – und es wurde die unbeschreibliche Anmut ihrer Jugend und ihres Standes sichtbar.

Der Vater winkte voll innerer ungebändigter Freude dem andern mit den Augen zu. Dieser saß da, und lächelte.

„Nun, wen soll er denn grüßen?" fragte Romanus wieder.

„So grüßt ihn recht schön, und recht herzlich“, sagte das Mädchen, indem es die Augen ein wenig empor schlug.

„Du darfst dich nicht schämen, Narre, es ist schon alles recht, es ist schon recht“, sagte der Vater viel sanfter und freundlicher. „Jetzt geh nur, geh, du Ebenbild deiner Mutter“, setzte er hinzu, „hole das Grüne in die Suppe, und weil alles fertig ist, sage der Mutter, daß die Leute schon kommen werden.“

Er ließ sie los, und sie ging um eine Gebüschecke, wo sich vielleicht das fragliche Hintergärtchen befinden mochte.

Der Wirt behielt sein vergnügliches leuchtendes Angesicht. Er ging auf dem Platze ein wenig hin und her, daß seine weißen Haare, die unter dem Barette hervor quollen, abwechselnd in der Sonne schimmerten, und rieb sich die Hände. Er dachte wahrscheinlich vor der Gegenwart nicht mehr an die Schauerlichkeiten und Unheimlichkeiten aller Vorfahrer, und nicht an die Mühen und Abänderungen aller Nachfolger und nicht an den Stolz und das Wirken der Rothensteiner.

Lenore war mit dem Grünen nicht mehr auf demselben Wege zurück gekommen, auf dem sie hin gegangen war. Wahrscheinlich hatte sie den Umweg rückwärts um das ganze Haus herum gemacht.

Romanus ging noch ein wenig auf dem Platze hin und wieder, sagte zu diesem und jenem gelegentlich ein Wort, und sprach dann zu allen: „Ich glaube, daß es Zeit ist, Leute, hinein zu gehen. Wem eine Mittagsuppe in der grünen Fichtau genehm ist, dem ist sie vergönnt, und er begebe sich nur in die Küchenstube.“

Mehrere von den Anwesenden gingen hinein: andere nahmen Abschied, zogen ein Stück Brot hervor und verzehrten es lustig und plaudernd nach heimwärts wandernd, indem sie sich zu stolz dünkten, von der grünen Fichtau ein Almosen anzunehmen: und wieder andere blieben müßig stehen und schauten herum.

Es waren heute, wie natürlich zu erachten ist, viel mehr Menschen in der grünen Fichtau, als zu anderen Zeiten. Es war in dem Hause eine sehr große Küche mit lichten Fenstern gegen das Grüne. In dieser Küche stand Mutter Ludmilla, und ordnete das Verteilen der Speisen. Neben der Küche gegen die Waldung hinaus war eine große Stube, die mit einem sehr breiten Überdache sogar bis ins Freie gegen die Bäume ging. In dieser Stube und unter dem Überdache saßen viele Menschen und aßen, indem man ihnen Suppe und anderes zum Mittagmahle verteilte. Die Tochter Lenore wurde unter diesen Leuten gesehen, mit denen sie freundlich redete.

Es war indessen schon beinahe Mittag geworden, die Sonne stand schon hoch, und die Hitze mehrte sich, obwohl es noch zeitlich im Frühjahre war. Da die Menschen in der Küchenstube und unter dem Vordache gegessen hatten und sich entfernten, rückte die Stunde heran, wo auch Vater Romanus mit den Seinigen das Mittagmahl einzunehmen gewohnt war. Es war damals diese Stunde viel früher, als jetzt, und meistens schon, ehe die Sonne den Mittelpunkt ihres Bogens erreicht hatte. Wenn Sommer und schönes Wetter war, geschah es, daß sie meistens im Freien an einem abgesonderten Plätzchen, wo mittags liebliche Schatten hinfielen, beisammen saßen, und daß Vater Romanus nach der letzten Speise noch ein wenig blieb, und mit den Seinigen plauderte. – So war es auch heute gewesen, weil ein gar so funkelnder blauer freundlicher Himmel über der ganzen Fichtau stand.

Nach dem Essen ging Romanus in die Herbergstube. Er rechnete dort ein wenig mit der Kreide auf einer Tafel und ging dann wieder auf die Gasse hinaus.

„Was bin ich denn schuldig, Vater Romanus?“ fragte ihn hier der Riemmeister.

„Vier Batzen, Nikolaus, willst du denn schon gehen?“ sagte der Wirt.

„Ja freilich, Vater“, antwortete der Mann, „ich muß bei Zeiten in Priglitz sein.“

„Nun, so grüße mir die Perklaser recht schön, wenn du wieder heim kömmst“, sagte Romanus, „den alten Lederherrn und seine Frau, und ihren Sohn Albrecht, meinen künftigen Eidam – und die andern alten Perklaser; ich komme wohl die künftige Woche hinaus.“

„Seid Ihr denn morgen nicht zugegen?“ fragte der Riemmeister; „ich spreche wieder ein, wenn ich auf dem Rückwege bin, und da könnt Ihr mir die Grüße nach Perklas aufgeben.“

„Ich gehe wohl in die linke Holzwiese hinauf um nachzuschauen", antwortete der Wirt, „aber ich werde schon zurück sein, wenn du kommst. Spreche nur ein, Nikolaus, spreche nur ein. Jetzt Gott befohlen und grüße die Priglitzer, den alten Syndikus, das ist ein närrischer Mann."

„Gott befohlen", sagte der Riemmeister, indem er seinen Schnallensack und seinen Stab von der Bank auflas.

Im Vorübergehen, da er sich gegen den Pfad hinab wandte, gab er dem Vater Romanus die vier Batzen in die Hand, welche dieser in eine Ledertasche an seinem Wamse gleiten ließ.

„Die Frucht soll ja vorletzt im Lande sehr abgeschlagen haben", wandte sich der Wirt nun an den Aubauer Gervas.

„Die Hohenhauser haben vier Mut Korn um fünfunddreißig Taler geladen", antwortete dieser.

„So – so – das ist gut", sagte der Wirt, „zeigt auch, daß die Händler wegtrachten, weil die Saat so schön steht."

Nach diesem Gespräche ging auch der Aubauer fort, und mit ihm ging Eberhard, der Schmied aus Sarau. Auch andere Gäste hoben sich, berichteten ihre Rechnung und gingen fort. Die Leute, welche schon am frühen Morgen da gewesen waren, um das Fest zu sehen, und auch die andern, welche sich später eingefunden hatten, weil sie an irgend einer Stelle des Tales gestanden waren, um zuzuschauen, entfernten sich einer nach dem andern, um die Heimat zu gewinnen, bis endlich der Platz vor der grünen Fichtau ganz leer war, und auch im Hause sich niemand befand, als der zum Hause gehörte.

Die Sonne stand schon schief. Die Tannen, welche vormittags Schatten geworfen hatten, glänzten jetzt in allen ihren Nadeln, die Wände gegenüber, welche morgens geleuchtet hatten, standen jetzt in ruhigem Schatten, und die Wärme milderte sich.

Der Vater Romanus hatte noch allerlei zu tun, um die Vorkommnisse des Tages und die Nachrechnungen desselben in Ordnung zu bringen. Er war deshalb in der Stube. Mutter Ludmilla ließ noch die letzten Reste des Festes, die man etwa im Drange übersehen hatte, einräumen, und alles an seinen Platz und in seine Ordnung stellen.

Gegen die spätern Nachmittagsstunden hin kamen zwei Säumer. Sie banden ihre Tiere an die glänzenden Eisenringe, die an einer Reihe von Pflöcken befestigt waren, und hielten ihr

Vesperbrot. In jenen Zeiten, wie wir gesagt haben, wurden noch alle Gegenstände, die durch die Fichtau gingen, gleichsam wie auf hohen schmalen Gebirgspfaden gesäumt, weil man der breiteren fahrbaren Straßen noch nicht bedurfte. Der Säumer ging oder ritt neben seinem einen oder mehreren Tieren einher, sie mit einer Leine leitend. Er hatte den Lodenrock an, einen breiten Hut auf, und oft den Gebirgsstock in der Hand – und in der damals noch einsamen Luft, in welcher nur die Naturlaute des Singens und Schreiens der Vögel und des gelegentlichen Rufes eines Tieres waren, tönte das Glöcklein das an dem Halse eines Saumtieres hing. In der grünen Fichtau hielten sie gerne an, wie auch die zwei taten, von denen wir oben geredet haben. Nachdem sie alles, was sie begehrten, von einem Diener erlangt hatten, schnürten sie wieder ihre Sachen, und zogen mit dem feinen Tone des Glöckleins an der Steinwand hin, auf welcher die Tannen standen, die morgens die langen Schatten geworfen hatten.

Die letzten Gäste der grünen Fichtau waren zwei Holzknechte. Sie kamen erst, da die Sonne nur mehr über den äußersten Rand der westlichen Bergwände auf das allerlei Waldlaub herein spann. Sie waren damals, wie jetzt leicht erkennbar: das Angesicht mehr als gewöhnlich gebräunt, darin das Leuchten des Auges – der eigentümliche Anzug, damals noch mehr Leder enthaltend, darüber der Überwurf von Loden, dann die Steigeisen, der langstielige Gebirgshaken und oft ein oder mehrere Bündel Eisenkeile. Der Vater Romanus war zufällig auf die Gasse gekommen, als sie herzu gingen. Er redete sie seiner Weise nach sogleich an, und sagte: „Ei, ei, es ist ja nicht Samstag, wo kommt denn ihr her, und wo seid ihr denn gewesen?“

„Wir sind bei dem gebrochenen Stein hinten gestanden“, sagte einer von ihnen, „und sind gestern schon herab gestiegen, um den Brautgang zu sehen. Heute gehen wir noch in die rote Schwaig zurück, und steigen morgen früh wieder auf das Eiseck hinauf.“

„Nun, das ist ja recht gut“, antwortete der Wirt, „daß ihr herabgestiegen seid – es ist kein kleiner Weg, und die Klötze können derweil ruhig zwei Tage auf dem Eisecke schlafen.“

„Ei, Vater Romanus, gebt uns einen Wein“, sagte der Sprecher mit lustigem Lächeln, „Ihr habt ja doch durch unser Herabsteigen keinen Schaden gelitten."

„Du meinst etwa gar Nutzen, Konrad, wegen des bißchen Weines", sagte der Wirt – „ich habe keinen Schaden gelitten; denn von meinen Leuten ist keiner herabgestiegen, um Bräute zu sehen, außer diesem da."

Er wies bei diesen Worten auf die Hausbank hin, auf welcher Tiburius der Ziegenhirt, nachdem er sein Mittagmahl gehalten hatte, wieder saß und ruhig lächelte.

Hierauf befahl er, daß man den Gästen jenen sauren starken Wein gebe, den diese Leute lieben, und den sie zu ihrem harten Brote oder zu fetten Klößen trinken. Er blieb bei ihnen, trank selber sein Abendgläschen guten Weines, und redete mit ihnen, bis sie fertig waren. Sie standen auf, zahlten das wenige Geld für ihre Zehrung, schulterten ihre Sachen, gingen auf dem entgegengesetzten Wege fort, als wo sie gekommen waren, und verschwanden bald in dem Gesträuche.

Und von nun an blieb das weitgebreitete hölzerne Waldhaus mit allen seinen Nebenschoppen und Gebäuden einsam. Es stand schon in dem Schatten des Abends; denn die Sonne war hinter dem Rande der Wand untergegangen, alle Blätter und Nadeln wurden gleichsam noch grüner und dunkler, während der Grahns, der im Osten stand, anhob beinahe hellrot auf das Ganze nieder zu leuchten.

Die Leute in der grünen Fichtau taten ihre Geschäfte des Abends, und der Sohn des Hauses, ein schöner schlanker Jüngling, noch jünger als seine junge Schwester Lenore, tat auch, was er gerne um diese Zeit zu tun pflegte. Er ging mit drei großen schönen Hunden, welche einen Teil der Besatzung des Hauses ausmachten, auf dem Talpfade neben der Pirnitz hin, immer weiter und weiter, bis er nicht mehr gesehen werden konnte. Er tat dieses gerne, entweder weil er da keine Arbeit hatte, oder weil er überhaupt sinnend war und gerne seinen Gedanken und Träumereien nachging, oder weil auf sein unentwickeltes Herz diese Tageszeit eine besondere Wirkung ausübte, die im Gebirge mehr als im flachen Lande um alle Dinge ihre unbeschreibliche Ruhe und Würde ausgießt.

Es war in der grünen Fichtau Gewohnheit früh schlafen zu

gehen, um, wie sich Romanus ausdrückte, die Nacht Nacht und den Tag Tag sein zu lassen. Im Sommer geschah es schon, wenn die letzte Stufe der Dämmerung noch am Himmel leuchtete, so, daß man genug sah, seine Schlafstelle zu suchen, und daß, wenn man schlief, schon die Sterne oder der Mond zu scheinen anhoben.

Wie alle Tage, war es auch heute an diesem so bewegten gewesen. Da die Leute ihre Arbeiten, die in jeder Dämmerung nach einer unwandelbaren Regel sich wiederholen, verrichtet hatten, gingen sie einer nach dem andern schlafen. Auch Tiburius erhob sich sofort von der Gassenbank, da noch ein recht schöner aber blasser Goldschimmer um alle Gegenstände des Tales leuchtete, er nahm seinen breiten Hut, zog sein rauhes graues Ziegenfell, das oben zu der Verwitterung der Felsen besser paßt als unten zu der Umgebung, über der Brust zusammen, und ging gemach gegen die vieleckigen und vielwinkeligen Holzgebäude zurück, in denen er seinen gebräuchlichen Ruheplatz schon wußte.

Vater Romanus, nachdem er alles verrichtet, und an allen Stellen des Hauses gewesen war und nachgeschaut hatte, stieg die Treppe in das obere Stockwerk hinauf, wo das Schlafgemach war. Ludmilla mußte schon viel früher herauf gegangen sein; denn sie hatte schon ihren Schlüsselbund losgenestelt und auf den Tisch gelegt – sie mußte schon ihr Abendgebet verrichtet haben; denn sie saß bereits mit dem knappen Nachthäubchen auf dem Kopfe und mit den weißen Nachtgewändern angetan auf dem Bette – sie war, obschon sie noch nicht besonders alt war, doch eingebückt, wie ein Mütterlein, und auf das milde einst so schöne Angesicht, das halb gegen das Fenster gewendet war, fiel der letzte Schein, daß es fast mit Gold und Silber belegt war. Romanus, der sonst gerne rasch und frisch war, ging fast fromm in das Zimmer. Er legte seinen großen Schlüssel, mit dem er alle ihm zugehörigen Räume geschlossen hatte, dann die Geldtasche und allerlei andere Dinge, die er aus seinen Säcken genommen hatte, neben den Schlüsseln und abgelegten Taggewändern Ludmillas hin, und sagte: „Du bist schon da, Mütterlein, du bist schon fertig – lege dich nur nieder, daß du dich nicht erkältest – gute Nacht, Mutter, gute Nacht.“

„Gute Nacht, Romanus“, antwortete sie, „schlafe recht wohl.“

Und mit diesen Worten legte sie sich vollends in ihr Bett hinein, und zog die Decke bis an das Kinn ihres Antlitzes empor.

Romanus ging nun gegen die Tür und schloß sie wohl ab, dann untersuchte er die Fenster, und hatte verschiedenes hin und her zu trippeln, wobei er sich seiner Oberkleider entledigte. – Nach einer Weile tat er sein Käppchen ab, und kniete auf dem Schemel zum Abendgebete nieder – und es war, als ob seine schneeweißen Haare jetzt in dem dunklen Gemache leuchteten. – Da er fertig war, kleidete er sich aus, und legte sich in sein Bett, das in der entgegengesetzten Ecke des Zimmers von dem Ludmillas war. Er bedeckte seine Haare mit keinem Käppchen, richtete es sich sehr bequem in dem Lager, und es mochte dessen weiche Umfangung ihm, der den ganzen Tag ungemein rührig und tätig zu sein gewohnt war, wohl recht lieblich und anmutig dünken. – In der heimelnden Stube war es nun ganz dunkel; denn die Sterne gaben gerade so viel Licht, daß man kaum die weichsten und unbestimmtesten Umrisse der Gegenstände wahrnehmen konnte.

Die Tochter der beiden Eheleute, Lenore, war auch schon im Bette. Ihr Schlafgemach war neben dem der Eltern, durch das sie gehen mußte. Sie ging gewöhnlich mit der Mutter herauf, was auch heute geschehen war, daher sich Romanus, als er schlafen ging, um die Tochter nicht bekümmerte. Als sie mit der Mutter ein Weilchen geredet hatte, und als ihr diese mit der Hand das Kreuzzeichen in das schöne Angesicht gemacht hatte, war sie in ihr Kämmerlein zu dem jungfräulichen Bette getreten. Sie sperrte die Türe nie zu, weil sie zu Mutter und Vater führte; aber das bewegliche eiserne Fensterkreuz hatte sie untersucht, ob es ja fest und geschlossen sei – sie war dann im Stübchen noch ein wenig hierhin und dorthin gegangen, um manches zu ordnen – hatte im Winkel des Fensters knieend gebetet – hatte von den Oberkleidern abgelegt – und war in das enge Bettlein gehuscht, das sie immer im schönen weißen Glanze erhielt.

Der letzte, welcher im Hause die Ruhe suchte, war der Sohn Damian. Als die Pirnitz, welche am ganzen Tage so unermeßliches blitzendes Silber gerollt hatte, auch nicht mehr den geringsten Schein desselben besaß – ja als die unheimlich blaulichen Wellen, welche sie, wenn das Abendgelb am Himmel lodert, hinter Steine, Gesträuche und Baumwurzeln zurückführt, gar nicht mehr gesehen werden konnten, und ihr Wasser nur hörbar war – als der letzte mattrote Sterbeglanz des Grahns von seinem Gipfel gleichsam unsichtbar in die Luft verschwunden war, daß er selber nun grau und kalt da stand und nur ganz schwach in dem dunkeln Himmel gesehen werden konnte – als der Pfad im Grase des Rasens kaum mehr als grauer Streifen erkennbar war: ging er mit seinen Hunden an dem Rauschen des Flusses zurück. Er ging zu dem Hause, tat die Hunde in einen Zwinger, in dem sie in der Nacht herum gehen konnten, sperrte mit einem Schlüssel die kleinere Haustür auf, und verschwand hinter ihr, sie wieder verschließend. Er wurde weiter nicht mehr vernommen.

Desungeachtet war noch nicht die vollständige Ruhe in der grünen Fichtau. Da es schon ganz finster geworden war, bewegte sich ein schwarzer Knäuel über die Gasse gegen die Hintergebäude zurück. Es war der arme Christian, der seinen Heuverschlag suchte, in welchem er zu schlafen pflegte. Man weiß nicht, was er etwa noch so spät vor dem Hause oder in dem Gebüsche zu tun gehabt hatte – er weiß es selber oft nicht – und von den andern bekümmerte sich auch keiner um ihn, was er tat, oder wann er sich zur Ruhe begab.

Von nun an, da die seltsame Gestalt unter der Schwärze des Überdaches verschwunden war, herrschte ununterbrochene Stille. Alle lagen sie in todesähnlichem Schlummer befangen, und die kalte Sternenglocke stand brennend und einfach über dem ganzen Walde, der dunkel und ohne Regung unter ihr ruhte, und in dessen Größe das Haus, in dem wir den ganzen Tag zugebracht hatten, nicht zu sehen und zu erkennen war, oder so winzig und klein, als hätte man kaum mit der Spitze einer Nadel in das Waldland getupft. –

Nun müssen wir von der stillen Fichtau, in der wir uns vielleicht aus unentschuldigbarer Vorliebe für so unbedeutendes Wirken und Tun zu lange aufgehalten haben, Abschied nehmen, und dem Zuge, der am Morgen in ihr das glänzende Frühmahl eingenommen hatte, folgen, um zu berichten, was ihm im Laufe dieses Tages begegnet ist, und wie denn die nämliche Nacht, die jetzt über der Fichtau steht, auch über die Häupter jener fröhlichen Menschen herauf zog.

Sie ritten in heiterer Lust, da noch die helle Sonne auf sie schien, ihres Weges dahin, und die Pirnitz ging rauschend und plaudernd mit ihnen. Beide, der Weg und der Fluß, strebten aus dem engen Tale hinaus gegen die ebneren Länder, wo der Weg in eine breite Straße auseinander geht, auf der der Zug aus seinem dünnen Faden sich zu einer sprechenden und scherzenden Gruppe hätte aufrollen können, und wo der Fluß, ohne mit seinen Wellen über Steine zu springen, in einer glänzenden Schlange auf weiten Wiesen dahin liegt. Der erste Gruß, den das erweiterte Land dem Wanderer entgegen trägt, ist der freundliche spitze Kirchturm von Priglitz, und dann folgen Meierhöfe und verschiedene Werke.

Allein, ehe man noch dahin gelangte, schwenkte die ganze Gesellschaft von dem Wege ab, trabte über ein Brücklein der Pirnitz, und verließ dieses lustige hüpfende Wasser. Sie ritten in ein Seitental hinein, das so spitz abfällt, als wollten sie wieder in die Berge der verlassenen Fichtau zurückkehren.

So war es auch beinahe. Sie ritten bei immer höher steigender Sonne bei mutwilligem Hundegebell, bei manch schwierigem Gespräche, und bei manchem Wirrsale und Streite der Diener, die sich hinten drängten, in dem Seitentale dahin, gleichsam um ein vielgestaltig emporragendes Hügelland eine Kreislinie spannend. Die roten Steine der Fichtau blickten überall nieder und die Wasser schossen herab. Einmal, da die Höhen auseinander rissen zeigte Prokopus seiner Gemahlin den Berg, wohin er sie führte, wie er im Dufte des wolkenlosen Vormittags schwimmend gleichsam weit hinter allen Höhen draußen zu schweben schien.

Sie ritten weiter und weiter.

Als die Sonne schon ziemlich bedeutend jenseits ihres Gipfelpunktes am Himmel hinab rollte, als die Blitze des Morgens schon längst von den Berghöhen verschwunden waren, und als diese bereits in einem müden trockenen Nachmittagshauche standen: erreichte man den Fuß des Berges. Hier ist ein Dörflein, und außer den einzelnen Menschen, die schon in dem Seitentale gestanden waren, und die Gesellschaft angeschaut hatten, waren hier zuerst mehrere derselben versammelt.

Sie standen aus Neugierde da oder riefen Glückwünsche zu. Von dem Schlosse waren Pferde herabgebracht worden, die warteten. Man bestieg sie, während die Diener die alten in Empfang nahmen und herum führten. Mit diesen frischen Kräften zog man die Höhe des Weges hinauf. Aus den Obstbäumen des Dörfleins bog man anfangs durch ansteigende Felder hinauf, und kam dann auf die Einsamkeit des Berges. Eine vielfach unterbrochene Rasendecke streckte sich hinan, Steine schauten überall aus ihr heraus. Zwischen diesem hindurch ging der Weg, er war breit, und zu seinen beiden Seiten stand eine Doppelreihe uralter Fichten, welche mit den traurigen, tief niedergehenden Zweigen und mit den langen hängenden Moosbärten eine Gattung düsterer einödeartiger Allee bildeten. Zwischen den runzligen harzigen Stämmen stand hie und da ein Mensch, sein Angesicht hervor zeigend und die Vorüberreitenden betrachtend. Weiter gegen oben sah man mehrere den Reitern schleunig vorauseilen, um bei dem Einzuge gegenwärtig sein zu können.

Den Grafen Prokopus an der Spitze und zu seiner Rechten die junge schöne Gemahlin kam man an dem Tore des Rothensteines an. Zu beiden Seiten von unendlichem Haselgebüsche bewachsen zeigte die Ringmauer des Berges nur eine einzige offene Stelle, in der der steinerne Torbogen war. Sein düsteres Eisengrau war außer dem Wappen schier nirgends zu sehen, weil er von einer Last von Blumengewinden bedeckt war, die nur an einer Stelle durch ihre Schwere niedergebrochen hingen, den Stein zeigend, und gleichsam gebrochenes Glück bedeutend. Die Torflügel waren in weiter Gastlichkeit geöffnet. Auf einem Gerüste hinter dem Blumenberge versteckt, war eine schmetternde Fanfare, die den Zug begrüßte, und im Augenblicke von dem Donner des Geschützes abgelöst wurde, das auf dem Berge aufgepflanzt war und erdröhnte, als der Zug durch die Torflügel einritt. Eine fast wogende Menschenmenge war hier versammelt: sie riefen teils Lebehoch, teils winkten sie mit Tüchern und Hüten. Es war schier ein sturmähnliches Brausen, wie wenn sie eher Unheil als Glück verkündeten. Innerhalb des Tores, auf dem weiten, sandigen Platze, wo ein Obeliskus steht und zwei Sphinxe ruhen, waren jene Leute des Grafen aufgestellt, die in den verschiedenen Besitzungen desselben etwas galten: Richter,

Schreiber, Schöffen, Verwalter, Geschworene und dergleichen. Sie standen mit sehr ernsten Gesichtern. Aber wie ein holder versöhnender Gegensatz löste sie eine Schar weißer Mädchen ab, welche Kränze auf Kissen trugen und feine Papiere darreichten, auf denen Sprüche und Wünsche standen.

Der junge schöne Graf hörte freundlich an, was der Mann, der an der Spitze der Mädchen stand, sagte, – auch sonst war er zuvorkommend und höflich, er hielt den Hut ober dem Haupte gelüftet, immer in der Hand, und grüßte nach dieser Seite und nach jener. Auch die neue Gebieterin neben ihm, an der eigentlich alle Blicke hingen, hatte mit Neigen und Grüßen und herablassendem Winken vollauf zu tun.

Man ritt von dem Platze des Obeliskus auf dem sanftgewundenen Pfade über den ferneren Teil des Berges gegen die Schloßgebäude hinan. Eine nachdrückende Menschenmenge beschloß den Zug – ja auch seitwärts, wo sich liebliche Weinreben um das Rot der Marmorgesteine schlangen, suchten sich viele durchzufristen, und zertraten manch zartes und nützliches Reis.

Nach einer Weile Reitens trat den Ankommenden ein schöner großer Bau entgegen. Er schwamm im zarten Lichte des späten Nachmittages, und war rückwärts gehoben von einem schönen Eichenwalde, der sein Glanzgrün dem Auge entgegen hielt, und auf dessen Rasen, der tiefgrün durch die Stämme vorblickte, Damhirsche gingen, die trotz der Menschenmenge, oder vielleicht gerade durch sie gelockt, neugierig an den Rand kamen, und heraus schauten. Der Bau hieß der Altbau, und war das Ziel der Reise. Er bekam in folgender Zeit aus Ursachen, die wir später anführen werden, den Namen Julianbau. Man hatte im Heraufreiten zwar verschiedene Bauten und Häuschen in dem Weingelände zerstreut gesehen – sie waren auch zu Zeiten bewohnt gewesen – aber der Graf hatte zu seiner Wohnung den weitläufigen Altbau erwählt, wie auch seine Vorfahren aus den Bauwerken des Berges sich immer dasjenige zum Aufenthalte bestimmt hatten, das ihnen am meisten gefiel. Da man zwischen die Vorgebäude auf den Sandplatz hinvor gekommen war, standen alle Diener des Hauses da. An ihrer Spitze war der Schloßmeister mit dem roten Stabe, und neben ihm der Kastellan mit seinem Abzeichen, dem großen Schlüssel. Da sie sich nach der Anweisung des Schloßmeisters verneigt hatten, und da der Gruß von den Ankommenden erwidert worden war, eilten die hiezu Aufgestellten herbei, der Gesellschaft von den Pferden zu helfen. Als man abgestiegen war, wies der Schloßmeister mit seinem Stabe auf die große Treppe und ging voran. Prokopus führte seine Gattin die Stufen hinauf, indem er die andern mit freundlicher Gebärde zur Nachfolge einlud. Man gelangte in den großen Eintrittssaal, in welchem schöne Kalkgemälde auf den Wänden prangten. Der Schloßmeister wies, sich sehr tief verbeugend, von hier aus der jungen Gräfin Gertraud und ihren Frauen die Gemächer an, die eigens nur zu dem Zwecke hergerichtet waren, daß sie sich in denselben umkleideten und ein Weilchen ruhten. Desgleichen tat er auch mit dem Grafen und mit den andern.

Es war nämlich im Plane, ehe man irgend etwas Weiteres im Schlosse vornahm, gleichsam zu glücklichem Eingange das junge Paar von ihrem künftigen Seelsorger noch einmal segnen zu lassen, so wie es von dem zu Stauenfels für das ganze Leben war eingesegnet worden.

Nachdem der Zweck des Umkleidens und Ruhens erreicht worden war, trat Gertraud in einem einfachen kirchlichen Gewande aus den Zimmern hervor. Die andern hatten schon auf sie gewartet. Prokopus, der ein fast hochzeitliches Kleid angetan hatte, nahm sie bei der Hand, und führte sie von allen Gästen gefolgt durch den langen Gang in die finstere Schloßkirche, in der die steinernen Heiligenbilder fast drohend herab sahen. An dem Altare stand der Priester und sprach zum Empfange einen biblischen Gruß. Dann verrichtete er, während alle in den Stühlen saßen, ein Dank- und Bittgebet zu Gott. Hierauf schritten Prokopus und Gertraud zu dem Altare hinvor, knieten auf die daliegenden rotsamtnen Kissen nieder und empfingen den Segen, gleichsam eine zweite Befestigung des Bandes, das für alle Ewigkeit geschlossen worden war.

Nachdem man diese kirchliche Feier vollbracht hatte, geleitete Prokopus seine Gattin in dem Kleide, in dem sie war, und in Gesellschaft ihrer Mutter, ihres Vaters, ihres Bruders und mancher ihrer Freunde zu den Zimmern, welche ihr nun für ihre Zukunft auf dem Rothensteine zur Wohnung dienen sollten, und welche durch lange Zeit her mit aller möglichen Umsicht und mit Pracht und Aufwand hergerichtet worden waren. Prokopus und die andere Gesellschaft blieben auf der Schwelle des Einganges zurück, denn es sollte niemand als sie und ihre vertrautesten Frauen zum ersten Male diese Gemächer betreten, damit sie allein alle Dinge überblicken, und sich darüber freuen, oder auch nach Maßgabe betrüben möge.

Prokopus schritt, da Gertraud in die Zimmer verschwunden war, nach dem Empfangsaale zurück und von da in Begleitung seines Lehrers und Freundes Bernhard von Kluen über die große Treppe auf den Sandplatz des Schlosses hinab, wo noch mehrere Menschen versammelt waren. Er entblößte, auf der letzten Stufe stehend, daß ihn alle sehen konnten, das Haupt, und sagte: „Ich danke euch, werte Freunde und Nachbaren, für die Teilnahme an dem glücklichen Ereignisse, das heute hier gefeiert wird. Ich hoffe, daß wir in alle Zukunft in freundlicher und nachbarlicher Weise neben einander leben werden. Alle, die heute dieses Schloß besucht haben, sie mögen Untertanen oder Fremde sein, sind höflich zu Gaste geladen. Gegen das große Tor zu, seitwärts des Kastellanhäuschens, sind auf der Wiese und unter angenehmen Baumgruppen Tische gestellt – ich glaube, daß die Reihe groß genug sei; und sind zu wenige, so werden noch neue aufgerichtet werden; – es sind Speisen und Wein dort, und jeder, der will, darf zu dem Mahle niedersitzen, ohne eines Wortes und andern Grundes zu bedürfen, als daß er da ist. Möge die Bewirtung nachsichtig und freundschaftlich aufgenommen werden."

Nach diesen Worten schwenkte er noch einmal grüßend den Hut, und setzte ihn dann auf. Die versammelten Menschen aber riefen laut und erheitert: „Hoch lebe unser Graf – es lebe der Graf!"

Prokopus dankte noch einmal und ging mit Bernhard die Treppe hinauf.

Die letzte Feierlichkeit, welche den Tag beschließen sollte, war das Mahl. Die andern hatten, als Prokopus zu dem Volke hinab ging, schon angefangen, ihre Kleider und Schmucksachen, wie es damals gebräuchlich war, zu dem Feste in Ordnung zu setzen. Er kleidete sich nun auch um, damit er fertig wäre, wenn die Glocke ertönte.

Das Mahl wurde nicht in dem Schlosse gehalten, sondern in einem Saale, der einige hundert Schritte davon entfernt war, in einer edlen Umgebung von Eichen und Ahornen stand, und vor langer Zeit zu einem ähnlichen Zwecke erbaut worden war. Die Küche des Saales stand hinter demselben und war so sehr in das Gebüsche hinein gebaut, daß, wenn Braten knisterten und Gerichte schmorten, die grünen Baumzweige bei den Fenstern hinein sahen. Die Lichter, welche man in übermäßiger Menge in dem Saale anzündete, spielten in die schiefen durch Baumstämme, Gebäudesäulen und Glastafeln hereinfallenden Strahlen der bereits tief stehenden und erlöschenden Sonne. Diener, die vom Putze strotzten, liefen an den Tafeln hin und her, und wurden bald von einem fliegenden Sonnenblitze, der von außen herein kam, begossen, bald von den Lichtern, die im Innern in noch schwacher Gewalt brannten, sanft bestrahlt.

Als die Schloßglocke gellte, fügten sich die Gäste paarweise zusammen, wie man es schon angeordnet hatte, und gingen von dem Schlosse in den Speisesaal hinüber.

Es liegt außer unserem Zwecke, das Mahl, das diesen beschwerlichen Tag beschloß, näher zu beschreiben. Nur so viel genüge, daß es sehr glänzend war; denn die Sitte der damaligen Zeit verlangte, daß man seinen Gästen die Ehre, die man ihnen erweisen wollte, durch großen Aufwand kund tat, namentlich, daß nichts fehlte, was nach den herrschenden Begriffen ein Bestandstück der Tafel war. Eine sanfte Musik tönte von verschiedenen Stellen des Berges herüber, als die reichgekleideten Menschen in der immer heller brennenden Kerzenmenge, wie draußen der Tag sich allmählich verdunkelte, da saßen, als die Menge der glänzenden Gefäße auf dem Tische stand, als die Messer und Gabeln klirrten, und als die Gespräche rauschten. Es saßen nach dem Gebrauche auch die vorzüglicheren Haus- und Amtsleute des Grafen zur Tafel, und auf ihren Standeskleidern schimmerte die Last der Seidenverzierungen und der Goldstickereien.

Als das kostbare Mahl geendet war, und man sich mit Ausnahme einiger, die noch beim Weine geblieben waren, wieder in das Schloß hinüber begeben hatte, zog die Mutter Gertrauds den jungen Gatten in ein Nebengemach, wo zufällig auch der Vater, Bruder und einige Verwandte standen, nahm ihn bei den Händen, und sagte: „Ich habe Euch alles, was ich besitze, übergeben, teurer Eidam, Ihr wisset, daß ich keine Tochter mehr habe, und daß Söhne sich um Mütter wenig zu bekümmern pflegen – behandelt sie gütig und freundlich, behandelt sie ja recht gut; denn sie ist es von Jugend auf gewohnt."

Der junge Graf legte seine rechte Hand, die er sanft von der Schwiegermutter losgemacht hatte, auf die Brust und sagte: „An diesem Herzen will ich sie halten, wie mein liebstes Wesen, auf diesen Händen will ich sie tragen, wie mein Kleinod; denn es ist unter allen Geschöpfen, die da Raum haben in der Wesenheit der Dinge kein einziges, das ich so liebe, wie sie."

„Amen", sagte der alte Graf von der Staue, „es ist schon recht und gut."

Man gab sich die Hände, schüttelte sich dieselben und verfügte sich wieder zu den andern.

Gertraud war von ihren Frauen schon in ihre Gemächer geleitet worden. Da Prokopus ebenfalls von der Gesellschaft Abschied nahm, um sich in seine Wohnung zu begeben, trat ein großer finsterer Mann, Flerenz von den Tennen, der bisherige Vormund und Gerhab herzu und sagte: „Ich wünsche dir Glück, Graf Prokopus, ich wünsche dir Glück."

„Ich danke Euch, ich danke", erwiderte dieser.

Auf dem Gange sagte Bernhard von Kluen zu ihm: „Sei recht glücklich, Prokop, sei für alle Tage deines künftigen Lebens zufrieden und heiter."

„Lebe wohl, guter treuer Lehrer und Vater", antwortete Prokopus, „gute Nacht, gute Nacht."

Und sie schieden unter dem Lichte der herab strahlenden Lampe, indem der eine in seine Schlafgemächer ging, und der andere sich zu den wenigen Gästen zurück verfügte, die noch in dem großen Saale waren.

Prokopus war durch die hohen Türen, die in seine Wohnung führten, hinein gegangen, und es war nach dem geräuschvollen Tage, in welchem den Menschen ihr Tun wie eine Rolle im Schauspiele war vorgeschrieben worden, eine Last von ihm genommen, da er allein war. Die Lampe in dem großen Vorgemache hatte, da er eintrat, ihr sanftes wohnliches Licht auf ihn herab gegossen, die Schritte, welche auf dem Gange gehallt hatten, waren auf den Teppichen seiner Zimmer nicht zu hören. – Der Kammerdiener stand mit dem Nachtgewande vor ihm, als er in dem inneren Gemache stehen blieb, und sich an der Ecke eines kalten Marmortisches hielt. Die mehreren einfachen Lampen, wodurch seine Zimmer erhellt wurden, streuten ihr mildes Licht auf die Gegenstände, unter denen er so lange gelebt hatte. Er legte den schönen federbebuschten Hut auf ein Ruhebett, das die weichen mit feinem Leder überzogenen Kissen ihm entgegenschwellte. Dies Zeichen war für den Diener der Anfangspunkt seines Geschäftes. Er legte die Nachtkleider über die Lehne eines Sessels und Prokopus ließ sich Stück nach Stück von seinem schimmernden Gewande von dem Leibe nehmen, und sich das einfache dunkle Kleid und das leichte dunkle Wams umlegen. Das dargereichte Barett nahm er nicht an, sondern die langen schwarzen Haare sanft mit der eigenen Hand zurückstreichend, ging er in das innere Zimmer hinein, wo sein Bett stand, auf das ein allseitiges freundliches Licht hernieder fiel, und betrachtete die Bücher, die auf dem Bettische lagen, und welche nun schon geraume Tage nicht aufgeschlagen worden waren. – Dann ging er wieder zurück und bedeutete dem Diener mit der Hand, daß er entlassen sei, indem er nur noch hinzufügte, daß die andern, welche in den Vorzimmern dienen, schlafen gehen oder sich vergnügen können, nur solle er darauf sehen, daß sie von dem Weine, der für sie bereit steht, nicht zu viel nehmen und sich schaden.

An der Seite des Schlosses, wo die Fenster seiner Wohnung hinaus gingen, war ein sehr großer Balkon, der eine weite Umsicht über die Teile des Berges und über die entfernteren Gegenden gewährte. Zum Schutze gegen die Sonnenstrahlen war der Balkon gewöhnlich mit einem Dache von Leinwand überspannt und hatte an seinen Seiten manchmal auch schmale leinene Wände. Heute war statt den Linnen weiße Seide gezogen, das Innere war mit rotem Samt ausgefüttert und mit demselben Stoffe gleichsam zu einer großen prachtvollen Nische ausgebaut, in der man sitzen und den ungeheuren Raum vor sich betrachten konnte. Zur Bequemlichkeit waren lange an den Enden nach vorwärts geschweifte Ruhebänke von Samt gestellt. Der Balkonsaal, dessen Tür hinaus führte, war bei der neuen Einrichtung der Wohnungen Gertrauds und Prokops so geordnet worden, daß er einen gemeinschaftlichen Saal abgab, aus dem man rechts in die Zimmer des Grafen, links in die Gertrauds gelangen konnte.

Prokopus war durch seine Gemächer bis in das letzte zurückgegangen, war durch den Saal, der heute auch in seinem Innern lauter Seide zeigte, auf diesen Balkon hinaus getreten, und lehnte sein Haupt an eine der eisernen Stangen, an denen der Samtbau befestigt war.

Der Tag hatte von dem Berge des Rothensteines schon Abschied genommen, nur in dem äußersten Abende, wie es im Sommer zu sein pflegt, war noch ein schwaches Rot, das aber sogleich in jenen blassen Schein des Himmels überging, der nur noch durch das matteste Leuchten angibt, wo die Sonne ihren Weg von uns fortgenommen hatte. Sonst war tiefe Einheit an dem Himmel, durch kein einziges noch so kleines Wölkchen unterbrochen. Auf der Erde war die Stille noch nicht eingetreten. Es feierten wohl die Bäume, die in schwarzen Klumpen unten standen, und der Rasen, der sich gleich einem dunklen Tuche hin breitete, die Nachtruhe: aber zwischen den Bäumen kam noch der verlorene Schimmer von Lampen und Kerzen herüber, die in dem Speisesaale brannten, und über den Rasen schwamm noch mancher vereinzelte Laut daher, der sich von denen verirrte, die etwa noch beim Becher saßen, oder sich sonst über die Freude des heutigen Tages vergnügten. Selbst von der untersten Stelle der Ummauerung des Berges, wo das Kastellanhäuschen stand, kamen noch Zeichen des Lebens herauf. An der Wand des Baumdunkels war der Lichterschein zu erkennen, der für das eingeladene Volk auch angezündet worden, und zu Zeiten war es, als hörte man das Brausen herauf, wie es sich unterredete.

Von den fernen Ländern und Bergen, die man am Tage gleichsam wie in einem sanften Rauche schwimmend von dem Schlosse aus sehen konnte, war in der Nacht nichts zu erblicken, und der Berg mit seinem breitgedehnten Gipfel und mit den Werken, die man auf ihm errichtet hatte, stand ganz allein in der ihn umgebenden beinahe fürchterlichen Leere.

Und wie der Graf so stand, und wie die fernen Stimmen schwächer wurden, war es, als regte sich etwas – – er wendete sich um und sah von der Finsternis des Balkons in den hellen Saal, aus dem er gekommen war, zurück – da sah er von den Lichtern und dem sanften Scheine der Seide übergossen, und von dem dunklen Samte, der die Saaltür bekleidete, lieblich eingerahmt eine weiße Gestalt – es war seine Gattin Gertraud. Sie stand inmitten des Zimmers, wie schüchtern vorgeduckt – gleichsam wie eine, die zaudert und ratlos ist. – Ihre Frauen hatten sie entkleidet und ihr die Fülle der schönen ganz schneeweißen Gewänder angetan. Über dieselben war ein kurzes rosenrotes seidenes Mäntelchen geworfen. Auf dem Haupte hatte sie nichts, als die schönen blonden reichlichen Locken. Sie war in das letzte ihrer Zimmer, das an den Balkonsaal stieß, gegangen, war in den Saal getreten, und man wußte nicht, wollte sie an und für sich auf den Balkon hinaus gehen, weil es ihr einladend erschien, oder war sie nur zufällig in den Saal gekommen, und zauderte nun, ob sie zurückkehren oder hinaus treten solle, da sie ihren Gatten dort stehen sah, und vielleicht meinte, er trauere.

Prokopus, da er sie erblickt hatte, ging in den Saal hinein und nahm sie ohne zu sprechen, bei der Hand, die zitterte.

Die zwei Frauen, welche sie her begleitet hatten, gingen in die Gemächer zurück.

Sie konnten nun, da sie allein waren, noch weniger sprechen. Prokopus zog sie sanft gegen sich und führte sie auf den Balkon hinaus, auf dem sie in der Beklommenheit bis an den Rand hinvor gingen.

„So bist du jetzt hier auf dem Schlosse, Gertraud", sagte er, „auf dem du immer und immer leben wirst."

„Es ist schauerlich", antwortete sie, „wir schweben ja mit dem Berge nur in der Luft und rings um uns ist nichts."

„Es ist schon etwas", erwiderte er, „du siehst es nur nicht, weil es Nacht ist: recht schöne Berge und sanftes Land liegt in einem Ringe herum, und grüßt zu jeder Zeit hold entfernt herauf."

„So meint Ihr, daß ich morgen hier Länder und Berge sehen werde, wie aus den Fenstern des Stauenfels?" fragte sie.

„Ich meine nicht", antwortete er, „es ist gewiß, du wirst sie sehen und dich daran erfreuen. Auch den Berg, den wunderbaren, mit seinen Kuppen, Zacken, Gebüschen und Werken wirst du lieben. Das Gebäude, in dem wir stehen, ist viel größer, als du ahnst, oder heute abends erblicken konntest; es geht in sehr schöne Trümmer aus, hinter denen ein merkwürdiger Garten ist, dort schaut sanft der glatte Sixtusbau herüber – da unten sind die weißen Häuschen und die Mauerwerke – da ist der Eichenwald – dort gesellen sich die Linden, und an dem Kegelgipfel steigen die Fichten empor."

„Ihr werdet mir das alles zeigen, verehrter Gemahl", sagte sie.

„Ja, ich werde es dir zeigen", antwortete er, – „liebe, liebe Gertraud, bist du mir denn auch so gut?"

„Ja, ich liebe Euch sehr", erwiderte sie.

„Siehst du", sagte er, „wie gut es nun ist, daß wir hier stehen, wir ganz allein, daß die Menschen abgefallen sind, die uns den ganzen Tag umgeben haben – wie verwandt sie uns auch sind, sie sind uns dennoch fremd – du hast mir heute nicht angehört, – ich habe nur selten dein liebes, süßes, holdes Auge sehen können, und durch den grünen Schleier nur manches Mal dein teuer verehrtes Angesicht erblickt. Den Schleier, welchen du heute getragen hast, mußt du mir als Angedenken an diesen Tag geben."

„Nimm ihn", sagte sie leise, „er liegt auf dem Ankleidetische."

„Ich werde ihn mir nehmen", sprach er, „und wenn ich uralt bin, werde ich ihn noch als unerreichbares geliebtes Kleinod auf dem Herzen tragen. – – Du bist müde von dem Reiten des heutigen Tages, Gertraud, auch könnte dir die Kälte der Nacht schädlich sein – komme."

Mit diesen Worten führte er sie in die Tiefe des Balkons zurück, und ließ sie auf eine Ruhebank niedersitzen. Wie sie sich auf die weiche Rücklehne des Samtes zurückließ, war sie in der Dunkelheit des Balkons wie ein kleines weißes Häufchen, das sich duckt. Er setzte sich neben sie.

„Wie seltsam es in der Welt ist", sagte er, „da stehen die stillen Sterne vor uns – sie haben schöne Namen, siehst du die sieben, die da an dem Rande des Samtes stehen, sind der Wagen mit der hochgekrümmten Deichsel, dort sind die Petrusstäbe, diese da sind gar das Haar eines schönen Weibes, das einmal in Griechenland gelebt hat – alle haben Namen, ich werde sie dir einmal sagen – da stehen die stillen Sterne; dort unten, wo das trübe rote Licht sich durch die Bäume stiehlt, sind einige Menschen, die sich vergnügen, weil sie Wein trinken, andere liegen schon in dem starren unempfindlichen Schlafe, und wir zwei sitzen hier oben mit unserem Glücke."

Weil er ein leises Beben in ihren Gliedern fühlte, so meinte er, sie fürchte ihn. Er rückte deshalb einen Schemel zurechte, stand auf und setzte sich auf denselben ihr gegenüber zu ihren Füßen nieder, so daß sein Haupt viel tiefer war, als ihres. Das Licht des Saales, welches früher an ihnen vorbei unsichtbar in die Luft hinaus gewandelt war, fing sich nun an seinen Zügen, daß sie beleuchtet zu ihrer Dunkelheit hinauf sahen.

„Lasse mir die Hand", sagte er, – „liebe Gertraud, lasse mir die teure sanfte Hand."

„Ich lasse sie dir ja, Prokopus", antwortete sie, indem sie ein wenig weiter vorrückte, und die Hand ihm reichte.

„Siehst du", fuhr er fort, „wir werden jetzt ein schönes Leben beginnen – ich werde dich hierhin und dorthin führen, ich werde dir erzählen, du wirst zuhören – ich werde dir alle Dinge zeigen, welche dieser Berg enthält, ich werde dich in seine Vergangenheit einweihen, ich werde dir auch von andern Dingen sagen, die wunderbar sind auf der Erde, und diese Sterne, die alle Nächte langsam über unsern Berg hinüber wandeln, werden die Zeugen unseres Glückes sein."

„Sieh die Schnuppe", rief Gertraud plötzlich.

Ein glänzender Streifen war über den weiten Himmel, den man von der Samthalle aus überblicken konnte, hin gefahren, und war unten im Dunste, wo Himmel und Land nicht mehr unterscheidbar waren, erloschen.

„Sie soll nicht unser Unglück bedeuten", sagte er, „sondern nur den schnellen Flug, in welchem die Zeit in unserem Glücke dahin gehen wird. Dann werden wir alt sein, Gertraud, aber wir werden in heißer Liebe Herz an Herz drücken – und wenn das eine gestorben ist, so wird das andere weinen, als müsse es mit seinen Tränen sich zu Grabe bringen."

„O wie bist du schön, Prokopus!" sagte Gertraud.

„Und wie bist du gut“, erwiderte er, – „und wie ist es glücklich, daß es so gekommen ist, daß wir uns besitzen, und welche unabsehbaren Tage des Glückes werden kommen!“

Sie antwortete nicht, aber sie folgte dem leisen Zuge seiner Hand, die sie gegen sich zog, gleitete gegen ihn, da er sie umfaßte, schlang beide Arme um seinen Nacken, da er sie an sich drückte und empfing den Kuß von den Lippen ihres Gatten.

Sie war auf dem Samtkissen des Schemels, auf dem er saß, gekniet, da sie ihn umfangen und geküßt hatte. Als die Arme sich lösten, hob er sie sanft auf, lenkte sie auf ihren früheren Sitz, und setzte sich neben sie.

Sie sprachen nichts.

Die Nacht war weiter vorgerückt – der Lichterschein, der unten an den Bäumen des Kastellanhäuschens gesehen worden war, war erloschen, auch derjenige, welcher von dem Speisesaale dämmerig herüber gekommen war, war nicht mehr da, und keine einzige Stimme war auf dem ganzen Berge zu hören.

Die Gatten hoben sich, und gingen wie zwei selig schüchtern Liebende in den Saal hinein.

Die dunkle Tür schloß sich hinter ihnen und dieselben Sterne, welche über den Bergen der ganzen Fichtau schienen, welche auf das kleine graue Haus und darin auf das schlummernde alternde Ehepaar, auf die unschuldige Lenore, auf den Jüngling Damian und auf die andern nieder leuchteten, standen nun auch in der kühlen brennenden Glocke über dem Berge des Rothensteines.

Er war fast ganz schwarz, und kein einziges Licht auf ihm zu erblicken; denn die wenigen, welche innerhalb der Mauern noch brannten, waren durch feste eichene Fensterbohlen von der äußern Ruhe, Heiligkeit und Stille der Nacht abgeschlossen.

2

Der Mittag

Das versprochene Glück ist nicht gekommen. Nachdem die Hochzeitsgäste noch mehrere Tage mit Freuden und Vergnügungen auf dem Rothensteine zugebracht, nachdem sie alles und jedes auf dem Berge besichtigt, in den Teichen und Flüssen der Ebene gefischt, in den Wäldern der Fichtau gejagt, und hinter dem Eichenhaine auf die Scheiben geschossen hatten: gingen sie einer nach dem andern fort. Die letzten waren die Eltern Gertrauds und der fröhliche Schwager Rudolph. Die Pferde, welche man von dem Rothensteine zur Beförderung mitgegeben hatte, kamen nach und nach abgemüdet wieder zurück, und jetzt begann alles in dem Gleise zu gehen, in welchem es alle die künftigen Tage gehen würde.

Aber es war eigentlich noch kein Gleis. Prokopus war erst wenige Wochen vor seiner Vermählung mündig gesprochen worden. Vorher war das Leben auf dem Rothensteine sehr einfach gewesen. Vater und Mutter Prokops waren sehr früh gestorben, da er noch beinahe ein Kind war. Sie hatten, da er ihr einziger Nachkomme war, alles auf seine Erziehung verwenden wollen, was ihnen ihr großer Reichtum nur immer eingab, und was die besonders guten Anlagen des Knaben, die sie zu sehen glaubten, erheischten. Es waren Lehrer nach Lehrern auf das Schloß gekommen und immer wieder mit andern vertauscht worden. Kurz vor dem Tode der Eltern war einmal der Ritter Bernhard von Kluen eine Weile auf dem Rothensteine gewesen. Er war ein seltsamer Mensch. Von seinen Vorfahrern mit Gütern und Reichtümern versehen, genoß er dieselben gleichwohl nicht, das heißt, er genoß sie nicht so, wie sie seine Standesgenossen, und so ziemlich alle Menschen seiner Zeit genossen haben würden. Er verbrachte einige seiner frühesten Jugendjahre im Kriege. Dann kam er nach Hause und liebte ein armes Mädchen seiner Nachbarschaft so sehr, daß er es zu seinem Stande erheben und zu seiner Gemahlin machen wollte. Das Mädchen hatte eingewilligt und wurde in verschiedenen Dingen unterrichtet. Nach und nach gewann sie aber den Forstmeister viel lieber und Bernhard gab ihr eine große Summe Geldes und ließ sie den Forstmeister heiraten. Nach drei Jahren heiratete er selber ein Edelfräulein, welches nach fünfjähriger kinderloser Ehe starb. Von nun an blieb er unvermählt. Er hatte schon früher, da er von den Kriegsfeldern zurück kam, ein sehr gleichmäßiges Leben geführt. Er hatte nicht Pferde und Hunde oder Gewehre, Rüstkammern und Dienerschaft gehalten, er gab keine Tafeln und Gelage und wohnte keinen solchen bei. Dieses Leben führte er als Witwer um so mehr fort. Er setzte mehrere gute Amtmänner in seinen Liegenschaften ein, und besuchte bald den einen bald den andern. In seinem Schlosse hatte er viele Bücher und wissenschaftliche Geräte. In den Büchern las er, mit den Geräten machte er Versuche. Er reisete auch manchmal fort, und besuchte Städte und Männer, die ähnliche Dinge trieben, wie er, und unterredete sich mit ihnen. Wegen dieser unkriegerischen und unjagdlichen Eigenschaften, die sie ihm beilegen zu müssen glaubten, hatten seine Nachbarn und Standesgenossen seltsame und unvorteilhafte Meinungen von ihm. Zu diesem Manne, da er, wie wir sagten, einmal eine Weile auf dem Rothenstein war, faßte der Knabe Prokopus eine feurige Liebe. Bernhard hatte sich mit ihm abgegeben, ihm vieles erzählt und ihn um manches gefragt. Da es nun so war, schlug er den Eltern vor, daß er auf den Berg herüber kommen und den Knaben unterrichten wolle. Die Eltern waren sehr zufrieden, Bernhard reiste ab, kam nach einiger Zeit wieder, und lernte von nun an alle Tage mit dem Kinde. In kurzer Zeit starben Vater und Mutter hintereinander. Da kam in Folge des väterlichen Testamentes Flerenz von den Tennen, ein unabhängiger adeliger Mann, der mit den Scharnast weitläufig verwandt war, als Vormund des Buben und als Gerhab der Besitzungen auf das Schloß. Es begann eine Verwaltung, in der alles zu dem Zwecke ging, daß das Gut sich nicht verminderе, sondern vermehre. Bernhard blieb auf dem Schlosse, er wurde von dem Schloßgesinde für einen Lehrer angesehen, der gezahlt wird, und ging mit seinem Zöglinge auf dem Berge herum. Da derselbe in das Jünglingsalter getreten war, hielt Bernhard dafür, daß er einige Zeit in Kriegsdienste gehe, daß er sich stärke und tüchtig werde: aber als er bald ungebändigte Neigungen und Leidenschaften bei dieser Beschäftigung verraten hatte, zog man ihn von derselben in kurzer Zeit wieder zurück. Er ritt nun in der Gegend nach verschiedenen Stellen herum. So kam er auch auf den Stauenfels, und faßte eine heftige Neigung zu dem Kinde Gertraud von der Staue. Er ritt von jetzt an, wenn es seine Stunden erlaubten, zu jeder Zeit nirgends anders hin, als auf den Stauenfels. Weder der Vater des Mädchens noch der Vormund wollten wegen der großen Jugend Prokops und Gertrauds in das Einverständnis willigen: aber die bewunderungswürdige Ausdauer Prokops in seiner Bewerbung und die unermeßliche Neigung des heranwachsenden Mädchens zu dem Jünglinge besiegten allen Widerstand. Der Vater selber beredete den Vormund, seine Einwilligung zu geben. Der finstere Flerenz von den Tennen legte eine Vormundschaftsrechnung über die Zeit seiner Amtsführung ab, welche alle Erwartungen bei weitem übertraf, dann ward Prokopus für volljährig erklärt. Wenige Wochen darauf hielt er sein Vermählungsfest auf dem Stauenfels, bei welchem Bernhard Vaterstelle vertrat, und führte dann die Braut voll Freude und Vergnügen auf den von ihr noch mit keinem Auge gesehenen Rothenstein, wie wir es im vorigen Abschnitte schilderten, und wo sie sich auf dem Balkone bei dem Scheine der Sterne an die Herzen drückten.

Die Zeit zwischen der Volljährigkeitserklärung und der Vermählung wurde von Prokop zu lauter Vorbereitungen zu dem Feste verwendet, und da, wie wir sagten, alle frühere Vergangenheit sehr einförmig und in Abhängigkeit verflossen ist, so mußten die Gleise für die Zukunft, wie wir es bemerkten, noch nicht fertig sein und erst neue gemacht werden.

Das erste, was Prokopus tat, da die Festtagsgäste entschwunden waren, bestand darin, daß er Gertraud in allen Teilen seiner und nun auch ihrer Besitzungen herum führte, und sie ihr zeigte, und daß er daran ging, diese Besitzungen zu verwalten und zu regeln.

Des Morgens nach der ersten Nacht, als die jugendliche Herrin die sanften grünseidenen Vorhänge von den Fenstern ihres Schlafgemaches zurückgeschoben hatte, bewahrheitete sich die Aussage ihres Gatten, und ein schöner Ring sanfter wunderbarer Ferne lag um ihren Berg herum, der mit seiner frischen herrschenden Grüne auf das holde Dämmern und Duften des unendlichen übrigen Landes, wie ein König hinaus sah. Schwalben kreuzten sich, wie in der blauen Luft dahinschießende Funken, und in den entfernteren hinabziehenden Gebüschen erscholl ein Freudenlärmen von singenden Vögeln, da sie den einen Fensterflügel für hereinströmende Luft geöffnet hatte; denn in dem Rothensteine war es seit Jahren Gesetz, daß auf dem Berge kein einziger Singvogel getötet oder verfolgt werden dürfe. Da Prokopus hatte nachfragen lassen, ob seine Gattin schon angekleidet sei, und solches bejaht wurde, holte er sie ab, und führte sie zu den Gästen, um ihnen Aufmerksamkeit zu beweisen. Dies geschah an jedem Tage, so lange noch einige da waren.

Als endlich Gatte und Gattin ihrem eigenen Ermessen überlassen waren, den Tag einzuteilen, wie sie wollten, ging Prokopus daran, ihr ihr künftiges Eigentum darzustellen. Er zeigte ihr den ganzen Altbau in allen seinen Räumen. Von dem großen Saale mit den Wandgemälden angefangen durch alle Gemächer und Gänge, durch ihre eigenen Wohnungen, durch den Balkonsaal, vor welchem noch die aufgerichtete Samtnische prangte, durch die Kapelle, durch die Pfarrerswohnung, ja durch alle Zimmer, in welchen Dienerschaft oder Gäste untergebracht werden konnten, führte er sie hindurch. Da sie durch die Eisenpforten eines Saales hinaus traten, öffnete sich ein sonderbarer Anblick. Das an den Saal stoßende Getäfel des Fußbodens, das Marmor war, hatte keine Decke über sich, als den Himmel, und durch die Fenster des Zimmers schaute ebenfalls der Himmel herein. Das daran stoßende Gemach und die folgenden waren ebenfalls in dem nämlichen Zustande, dann kamen Mauertrümmer, Bogenstücke, Simse und Schutt, über dessen Böschung eine notdürftig vorgerichtete Treppe hinab ins Ebene führte. Es war dies der älteste Bau, an den man gegen den Eichenhain vorschreitend den neuen angestoßen hatte, und der nun in Trümmern lag. Prokopus leitete seine Gattin die Treppe hinab in den alten Garten, der wieder zu Pfirsichzucht und anderem hergerichtet worden war, und seltsam zwischen zwei Bogengängen fort lief, in deren obern Hallen sich bereits die Zweige der wuchernden Bergbäume, des Ahorns und der Ulme, hinein erstreckten. Prokopus führte seine Gattin auf dem wohlausgetretenen Wege, der in der Mitte des Gartens hin lief, bis zu dem Ende, an dem der große rote Stein lag. Er öffnete die äußere Pforte des Felsentores; er öffnete mit den zwei kleinen Stahlschlüsseln, die er im Samtfache mit sich trug, die innere, und führte Gertraud in den roten Saal, welcher unterirdisch in Felsen gehauen war, in welchen sie als eine Angehörige des Berges hinein durfte, und in welchem nach der Stiftung des alten Hanns von Scharnast die Lebenserzählungen sämtlicher Burgbesitzer lagen, daß sie von jedem neuen gelesen und mit der seinigen vermehrt würden. In Prokops Nische befanden sich erst einige wenige unbedeutende Blätter. – – Ach, es sollten schon noch mehrere und düster schmerzliche hinzu kommen. – – Das Licht von oben fiel durch die Kuppel einsam und ruhig an den im Sechseck gestellten Wänden auf den Boden hernieder und bestreifte im Vorbeigleiten die Stahltürmchen und Goldbuchstaben zu den Nischen, in denen die Beschreibungen waren. Gertraud hatte in diesem Saale kein einziges – nicht ein Sterbenswörtchen gesagt.

Ihr Gatte führte sie neben dem roten Steine auch in den Kirchhof des Berges, auf dessen Stille die Wipfel der Lindenallee, die zu ihm führte, die grünen Wände des Eichenwaldes und die grauen Schutthügel des Altbaues herein sahen. Sie gingen über das glatte grüne Feld mit den Gefühlen ganz junger Leute hin, für welche dieser Platz gleichsam gar nicht gemacht ist, und betrachteten das weiße Kreuz, das mitten auf dem gleichartigen Rasen von vier Linden umgeben stand.

Prokopus führte Gertraud auch in den Sixtusbau, der glatt und fest von gehauenem Steine aufgeführt, als sei er von Eisen, hinter dem Eichenwalde stand und die Klausur der einstigen Burgfrau Hermenegild, der Gattin des Kreuzfahrers Ubaldus, die nach dem Tode ihres Mannes Nonne geworden war, dann mehrere Prunk- und Wohngemächer früherer Geschlechter, und endlich den grünen Saal enthielt, in welchem alle Angehörigen des Berges in Lebensgröße gemalt waren. Gertraud sah alle Männer dieses Schlosses bis auf Prokopus herab, der noch fehlte, in Harnischen dastehen, oder sich an Tische lehnen, oder in reichen Sesseln sitzen. Sie sah alle Frauen und Jungfrauen in den fortschreitenden Veränderungen ihrer Gewänder, die oft wunderbar und zierlich genug waren. Sie betrachtete die nächsten leeren Nischen, in welche Prokops und ihr Bild und vielleicht die Bilder derer kommen könnten, die den Kreis von zweien zu einem von vielen zu erweitern bestimmt waren. Jetzt standen sie nur erst zwei da, und in dem ungeheuren Saale, in welchem die Reihen von Männern und Frauen hinab glänzten, in welchem der glatte Serpentin und die Lichter und Hellpunkte der Gemälde durch hereingehende Tagfluten funkelten, erschienen sie klein und beinahe unscheinbar.

Prokopus zeigte seiner jungen Gattin auch andere Bauwerke des Berges, welche für die verschiedenartigste Dienerschaft, für Pferde, Wägen und dergleichen bestimmt waren, er zeigte ihr die lang hinlaufenden Mauerwerke, welche die Stufen des Weingeländes bilden, und schwarz bemalt trotz der Höhe und trotz der kühlen Sonne doch die süßen Beeren des Berges reifen – er zeigte ihr die ungeheure Umfangsmauer des Berges, welche während achtzig Jahren in verschiedenen Zeiträumen erbaut worden war – er führte sie durch die verschiedenen Anlagen und deren Lustbauten – er geleitete sie durch den Fichtenberg, einen sonderbar ansteigenden roten Fels, der an seiner unteren sanften Dachung mit dichten Fichten bewachsen und auf seinem Gipfel so glatt geebnet war, daß ein bedeutendes Gebäude auf ihm hätte stehen können; – er führte sie durch eine sanft geschwungene grasreiche Wiese zu der Bergzunge empor, die schnell und fürchterlich gegen die Fichtau abfällt, daß unten grüne Waldeswogen hinaus gehen, von manchem Wässerlein durchglitzert, und daß draußen rötlich blaulich der Grahns dämmert, der hinter dem Wirtshause der grünen Fichtau steht.

So oft sie von solchen Besuchen und Gängen zurück kamen, saßen sie gerne in ihren kühlen schattigen Zimmern – denn auf dem Berge begann es bereits heiß zu werden – und erzählten sich von ihrem Glücke und von der ungeheuern und unermeßlichen Größe desselben, die sie erst in der Zukunft erwartete.

Nächst dem, daß er mit seiner Gattin umging, widmete nun Prokopus auch einen Teil seiner Zeit der Bewirtschaftung seiner Güter und der Ordnung seiner Verhältnisse. Er war aus der Vormundschaft herausgekommen und fing nun an, alles zuerst genau kennen zu lernen, um es dann in den Gang zu bringen, oder vielmehr in demselben zu erhalten; denn das erkannte er sehr bald, daß der finstere Vormund, den er nie geliebt, ja kaum geachtet hatte, der selber bei den Nachbarn in keinem freundlichen Rufe stand, vorzüglich gut gewirtschaftet haben mußte. Obwohl er noch sehr jung war, so hatte er doch ein adeliges, stolzes und zuversichtliches Wesen, das ihm Achtung verschaffte, und hiebei eine solche mildernde Schönheit des Angesichts, daß ihm überall Liebe entgegen flog. Vorzüglich jung waren die Augen an ihm geblieben, daß sie noch beinahe so unbefangen und unschuldig in ihrer Größe in die Welt hinein sahen, wie bei einem Knaben. Gertraud liebte diese Schönheit gar so sehr, und wenn er nach längerer Abwesenheit wieder nach Hause kam, konnte sie sich gar nicht satt sehen an seinen Zügen und an der Gewalt seiner Augen, und sie hing in Seligkeit an dem Empfangskusse seiner Lippen. Er entgegen lebte und webte in ihrem Innern, und konnte sich nicht denken, daß es ein lieblicheres unschuldigeres, holderes und reizenderes Weib auf Erden geben könne, als Gertraud.

Ehe das erste Jahr der Ehe herum war, kam der bestellte niederländische Meister um die beiden Bilder, Prokops und Gertrauds, für den grünen Saal zu malen. Es war ein Fest für beide, und war zugleich eine heilige Handlung für ihre Nachwelt. Prokopus in Verehrung der ernsten vergangenen Zeit, die überall in dem Saale dargestellt war, legte einen Harnisch an, damit er in demselben gemalt werde, obwohl er sonst nie einen getragen hatte. Gertraud, in der kindlichen und kindischen Freude über die Sache, und in der Scheu über ihren Ernst und ihre Bedeutung war bald mutwillig in der Wahl ihrer Gewänder und Schleifen, bald waren sie ihr nicht würdig und einfach genug, bis sie sich zuletzt zu Prokops Freude von ihren Frauen in das Gewand kleiden ließ, das sie angehabt hatte, als sie mit ihm zum zweiten Male in der Kapelle des Rothensteines am Tage ihrer Ankunft war eingesegnet worden. Die Anfertigung der Gemälde geschah in dem großen Gemache des Sixtusbaues, das nahe am Eingangstore schon vom Anbeginne eigens zu dem Zwecke hergerichtet und mit allem Nötigen versehen worden war.

Endlich prangten sie in dem dunklen Serpentine und sahen als die letzten der Reihe in die Räume des Saales heraus.

Im zweiten Jahre der Ehe brachte ihm Gertraud das erste Kind, einen Sohn, den der Vater Julianus taufen ließ. Aber sonderbar war es: da er heran wuchs, zeigte sich die blonde Haarfarbe der Mutter auf seinem Haupte verfärbt und war rot. Die Augen hatte er auch von der Mutter, aber blaßblau.

Nach und nach begann es sich auch zu entfalten, wie das Unglück, dessen wir oben erwähnten, in dieses Haus einzog.

Gertraud war bei ihrer Vermählung ein Kind gewesen. Ihre Innerlichkeit war eine Knospe und mußte sich erst entwickeln. Dies geschah. Wie die Rose eben eine Rose wird, so ward sie auch sie selbst. Keine Hand tat etwas hinweg, daß sie voller und herrlicher wurde, oder daß sie schwächer und verkümmerter ausfiel. Prokopus liebte sie zu sehr, wie sie war, als daß er an eine Umbindung und Änderung gedacht hätte. So wuchs auch in ihm der Same auf, der schon in seiner Einzelheit lag, und den er von seinen Vätern überkommen hatte. Beide bildeten sich zu dem, zu dem sie konnten.

Gertraud war eine tiefe stille Natur, der alles klar, unverworren und eben sein mußte, sonst machte es ihr Pein. Sie klärte und ebnete daher alles, daß es blank und rein und übersichtlich dalag – und was sie nicht gewältigen konnte, stellte sie außer ihren Kreis, daß es gar nicht da war – und wer es ihr hereinbrachte, tat ihr feindliche Gewalt an, die sie wie ein Versuch ihrer Vernichtung berührte. Darum war auch in ihrer Wohnung ein Glanz der Reinheit und Ordnung, der mit ebenmäßiger Heiterkeit umfing – ihre Augen waren immer klar und gütig, ihr Haar auf das bestimmteste geordnet und ihr Anzug vollendet und rein. Sie liebte klare, ruhige und abgeschlossene Schönheit sehr, und hatte Widerwillen gegen jedes Gewaltverkündende, Anschreitende, Drohende. Sie konnte sich nicht verstellen, ja selbst um eine wohlgemeinte Überraschung hervor zu bringen, konnte sie nicht anders sein, als sie war. So wie sie das Angreifende haßte, griff sie selber auch nie an, sondern setzte der Gewalt nur die stumme Unmöglichkeit entgegen, sie aufzunehmen. Nur in der süßesten holdesten Stunde der Herzenshingebung und Schmelzung brachte sie es zuwege, daß sie einige leise Töne anschlug von dem, was sie schmerzte, was ihr wehe tat, und was sie bei dieser oder jener Gelegenheit dachte – und selbst da war es, als ließe sie nur mit Scham diese wenigen Andeutungen aus ihrem Innern hervor gehen. Ihre Welt war in ihrer Seele gebildet, und so hielt sie dieselbe wie ein Kleinod und hütete sie, daß sie die andern nicht kannten und ahnten – und sie selber kannte sie nicht. Sie wußte nicht wie ihr Inneres sei, wie sie dasselbe bilden möge und was sie tun solle, um die Umgebung glücklich zu machen – nur das eine wußte sie, daß sie ihren Gatten über alles und mit einer Inbrunst und Überschwenglichkeit liebe, von der sie nicht begreifen konnte, wie sie nur in der Welt möglich sei. Er liebte sie nicht minder. Wie ein Bild der Anbetung – man möchte sagen der Abgötterei – betrachtete er sie, und hatte auf der Erde keinen Wunsch, keine Freude, kein Entzücken als sie.

Und dennoch waren es diese Menschen, die sich wehe taten, die sich gleichsam wie mit schneidenden Messern die Gemüter verwundeten.

Prokopus war offener heiterer Natur. Wie Gertraud alles in ihrer Einbildungskraft klar hatte, so hatte er es in seinem Verstande. Er fand für das Herz das Wort. Wo es zur Klärung von Wirrnissen oder Mißverständnissen nicht entgegen kam, da hielt er es für Verstockung und Trotz. Sein Geist war wie der von manchem seiner Vorfahren weit fliegend, auffordernd, angreifend, enthüllend, ungenügsam mit seinem Besitze und prüfend, ob er der rechte sei, eroberungslustig und freudig in Unbestimmtheit und Unendlichkeit, wo große Gewalten spielen, die hereindämmern und vielleicht einmal enthüllt werden würden.

So geschah es im Anfange ganz leise und unbedeutend, daß er etwas sagte, von dem sie dachte, daß er es eigentlich nicht hätte sagen sollen. Sie stand stille in der Fenstervertiefung, oder sonst irgendwo – er kannte jedes kleinste Wölklein auf dem immer klaren Spiegel ihres Angesichtes, kam hiezu, und wußte er gleich nicht, woher das Wölkchen entspringe, so küßte er es doch weg – das will sagen: er meinte, daß alles verschwunden ist, weil sie nicht klagte und gut und duldend war – aber das Wölklein war doch da, sie hatte es sich nicht gegeben, sie konnte es sich nicht nehmen, und das allmähliche Verschwinden derselben merkte er nicht.

Dann kam wieder heiterer Himmel, und war lange heiter.

Aber die Spaltungen erschienen wieder und wurden tiefer. Wenn sie schwieg, wenn er in sie drang zu sagen, was ihr fehle, und wenn sie es nicht sagen konnte, wenn er noch stärker drang, es unbegreiflich hieß, warum sie nicht rede – und wenn er nach geraumer Zeit endlich abließ, sie fragte, ob sie gut sei, und sie durch Tränen antwortete, daß sie gut sei: so suchten beide die Einsamkeit, und meinten das Herz müsse ihnen zerspringen.

Einmal, da sie neben einander saßen, da sie ihm mehreres von ihren Kleinigkeiten gesagt hatte, insbesondere, was ihr in der letzten Zeit an Arbeiten oder sonstigen Bestrebungen mißlungen war, da er so gut und lieb war, gerade gar so gut und lieb, wie sie es sich in früherer Zeit immer vorgestellt hatte, daß er sein müsse, wenn sie in seine Züge und in seine Augen geschaut hatte, sagte sie: „Lieber Prokop, sieh, du hast mir einmal versprochen, daß mir alle diese Dinge auf dem Berge schon gefallen werden – das will nicht kommen: schaue nur, wie das wüste Bauen ist; da haben sie gleich den ganzen Berg mit einer finstern Mauer umgeben, und ihn von der andern Erde weggerissen – an unsere Wohnung sind die Trümmer des Baues, in dem die Voreltern gelebt haben, angeheftet, wie ein Toter an einen Lebendigen – dann ist der verzauberte Garten und der sonderbare rote Saal – – und neulich bist du gar im Mondscheine über den Trümmerberg in den Garten hinab und in den Saal gegangen!"

„Liebe, sanfte, teure Gertraud", antwortete er, „– das ist ja schön, wenn man im Niederstrom des Mondlichtes durch die Male der Vergangenheit und neben den Zeugen der Gegenwart, den schwarzen ruhigen klumphaften schweigenden Bäumen vorübergeht. Und was die Voreltern auf dem Berge taten, ist ja auch nicht bedeutungslos. Es ist groß, es ist schwunghaft und tüchtig, wenn man versucht, auch im Reiche des Geistes zu weilen, zu ändern, umzugestalten und fremde Kräfte, bisher unbekannte, in sein Wesen zu ziehen – statt daß man bloß fortlebt in täglichem Ernähren und in ordentlichem, häuslichem Wirtschaften. Das leuchtet ja mit klaren hellen Strahlen!"

Sie nickte und schwieg. Er, der bei ihr gesessen war, war aufgestanden.

Sie dachte, er wird schon recht haben – aber, dachte sie, es wäre ja nicht unmöglich, daß der Berg wie ein anderes Haus wäre, das so in seinem Garten oder auf seiner Wiese steht, und dann liegt die ganze Welt um dasselbe herum – oder daß der Schutt an unserer Wohnung weggeräumt würde, und der Garten geordnet, daß das Schloß an seinen frischen Bäumen stünde, wie der Stauenfels – oder es könnte sein, daß die Lebenserzählungen, wenn sie auch geschrieben und gelesen werden müssen, wie das veraltete Testament befiehlt, doch in einem freundlichen Zimmer in schönen feuerfesten Kästen liegen dürfen.

Er ging in einer Weile hinaus und ging in den Eichenhain hinüber, in welchem die Damhirsche waren, die ihn kannten. Er fütterte sie auch heute, wie er sonst gerne tat, mit Brot aus seiner Hand.

Am meisten feindlich schien ihr Bernhard von Kluen, der auf dem Schlosse geblieben war; er ergreife alles, er zerstöre alles, aus den Sternen wolle er wilde Erdkugeln machen, wo es ist, wie hier – er reiße sie auseinander, und verwirre die Welt, daß sie nicht so schön sei, wie sie ist. Es waren bitterliche, lange Stunden, wenn die zwei Männer in das abgelegene Haus hinüber gingen, das sie gebaut hatten, wo die Bücher waren, und die Geräte und allerlei andere Sachen, und wo sie sich vergnügten und ergötzten.

Als sie den ersten Knaben geboren hatte, war gerade der Tag Julianus, und Prokop ließ ihn so taufen. Ihr gefiel der Name nicht, sie hätte lieber Julius gesagt, aber sie schwieg und ließ es geschehen. Als sie den zweiten zur Welt brachte, wurde er, um ihren Gedanken nachzukommen, den Prokopus mittlerweile doch erfahren hatte, Julius getauft, woher es kam, daß in der Familie die fast gleichen Namen Julianus und Julius waren. Sie war erfreut darüber, und dachte nun den Knaben zu ihrem Liebling zu machen. Er war äußerst wohl gebildet; denn zu der Schönheit des Vaters, dem er fast Zug um Zug ähnlich sah, hatte er die außerordentliche Sanftheit der Mutter empfangen. Aber wie es oft seltsame Spiele in der Natur gibt: der Knabe neigte, da er heran zu wachsen begann, sich entschieden zu dem Vater, obwohl ihn dieser nicht eigens an sich zu ziehen suchte. So wie er ihm körperlich ähnlich war, erhielt er auch seine günstigen Anlagen, seine sonstige Art und Wesenheit, und hing ihm unbedingt an. Gertraud ließ ihn fahren und ergab sich. Dennoch wandte sie ihm aus mütterlicher Liebe, weil er der Zweitgeborene war, und daher von den großen Gütern wenig erben konnte, ihren Anteil zu, den sie nach dem Tode ihres Vaters, ihrer Mutter und ihres Bruders von dem Allode derselben erhielt; die Lehen fielen zurück.

Als Prokopus durch den sogenannten Fichtenkegel den kleinen düstern Fichtenwald auf den Seiten eines Spitzberges nicht nur einen Weg nach aufwärts bahnen ließ, sondern auf der Abplattung des Gipfelfelsens auch einen zackigen Turm zu erbauen angefangen hatte, von dem er sagte, daß er von ihm aus auf die Sterne schauen werde, und als er oft viele Stunden auf der Steinplatte stand und dem Baue zuschaute, saß der Knabe neben ihm, und die wunderschönen Haare kräuselten sich lieblich in dem Zuge des Windes.

Gertraud hatte dem Gatten auch noch drei Töchterlein nach den zwei Knaben geboren. Sie waren sehr sanfte holde Wesen, und man beschloß, wenn sie größer geworden wären, alle Kinder malen zu lassen, und in dem grünen Saale neben die Eltern zu stellen, so daß die Mädchen gleich neben dem Vater stünden, und dann die zwei Brüder kämen.

Das einzige Süße in dieser harten Zeit war, daß Prokopus, wenn sie sich längere Zeit nicht gesehen hatten, wenn sie getrotzt hatten, zu Gertraud hinüber zu gehen gedrungen war, um das abgeweinte Angesicht zu küssen; denn, wenn sie von seinen Augen getrennt war, dann stellte ihm sein Gedächtnis all das Liebe und Holde, das Unschuldige und Hilfsbedürftige dar, das sie hatte. Dann drückten sie die Lippen so heiß zusammen, dann hielten sie sich so fest in den Armen, und das Drücken an das Herz war so liebeversichernd, daß sie meinten, sie könne ja doch kommen, die schöne selige Zeit –, es wäre so leicht, und, ach mein Gott, es besitzen sie so viele.

Aber sie kam nicht – sie entfernte sich nur noch mehr. Die außerordentlich schönen Haare Prokops hatten sich endlich schon mit Grau gemischt und das liebliche zarte klare Angesicht Gertrauds hatte die vielen Fältchen überall und allüberall bekommen, die anfangs kaum sichtbar sind, und doch der Blüte den Überhauch des Welken geben, dann aber deutlicher hervor treten und im Glücke ehrwürdig machen, im Unglücke aber noch trauriger sind.

In dieser Zeit geschah ein merkwürdiger Fall auf dem Schlosse Rothenstein. Bernhard von Kluen starb. Gertraud, welche ihn immer mehr und endlich ganz entschieden haßte, und diesen Haß vermöge ihrer klaren unfalschen Natur nicht verbarg, hatte eine unverhohlene Freude darüber; denn jetzt dachte sie, würde ihr ihr Gatte ganz angehören. Als man den Körper, den man einbalsamiert, und mit schönen Kleidern angetan hatte, von dem Rothensteine unter Gepränge und schwarzen Behängen fort führte, sah sie durch das Fensterglas dem Zuge nach. Als eine Weile später Prokopus in ihr Zimmer trat und das unverborgene Vergnügen in ihren Zügen gewahrte, sah er sie zum ersten Male mit einem Blicke an, mit dem er sie noch nie angeschaut hatte. Er legte dann eine Abschrift des Testamentes Bernhards, die ihm gleich nach dessen Tode war zugestellt worden, und in welcher ihm von Bernhard eine ungemein namhafte Summe, die er sich von seinen Einkünften erspart hatte, seiner Gattin Gertraud aber die Sammlung von Edelsteinen, die er ungefaßt, aber in den schönsten Stücken, die zu haben waren, zusammen gebracht hatte, vermacht worden war, vor Gertraud auf den Tisch hin und ging fort. Er ging in das Bücherhaus hinüber, und in demselben in die Kammer Bernhards, in der noch das schwarze Kleid auf einem Stuhle lag, wie er es ausgezogen hatte, als er krank geworden war, und weinte dort aus der bedrängten Brust siedend heiße Tränen um den verlorenen Lehrer, Freund und Vater.

Dann ließ er sich ein Pferd satteln, und sagte den Dienern, er werde zwei Tage nicht kommen.

Er ritt über den Berg hinab, und schlug den Weg ein, der ihn durch sein gebirgiges Waldrevier in die jenseits gelegenen ebenen Länder führte. Als er durch die Fichtau ritt, waren schier alle, die damals den Brautzug angeschaut und ihn beneidet hatten, schon alte Männer, und die Kinder, die unbegreifend das Gewühl und den Prunk angestaunt hatten, waren erwachsen, waren in Geschäften versorgt, und hatten wahrscheinlich schon alles vergessen.

In der grünen Fichtau ritt er zu und ließ sich einen Trunk geben. Romanus und Ludmilla waren uralt. Sie saßen beide neben einander in der Sonne und lächelten. In dem Lächeln des Romanus war noch der alte Verstand und die gewisse Schlauheit, die er gehabt hatte, nur etwas schwächer und beruhigter: in Ludmillas Angesichte war nichts als die Güte, die Verstandesschwäche und die Unschuld. Ihre ganz silberweißen Haare sahen bei dem schwarzen Häubchen hervor, das man ihr aufgesetzt hatte. Romanus' Haare waren, wenn es möglich ist, noch weißer und blendender geworden, nur dünner und schlichter waren sie. Damian trat, wie einstens sein Vater, mit dem Trunke in der Hand zu dem Grafen, und lüftete das Käppchen. Unter demselben aber waren noch die schönen braun glänzenden Locken. Er hatte ganz das Antlitz des Vaters; die Träumerei seiner Jugend war eine Art Sanftmut geworden, statt daß der Vater mehr eine gutherzige Schalkheit besessen hatte. Seine jüngsten zwei Buben standen da, und glotzten den Grafen an.

Als derselbe wieder weiter ritt, war es ihm bestimmt, auch noch den Rest der Familie der grünen Fichtau zu sehen. Die Vorhersage des alten Romanus war rascher in Erfüllung gegangen, als man gedacht hatte; der Weg durch die Fichtau war ein Fahrweg geworden, schöne kurze Gebirgswägelchen rollten auf ihm, und nur noch selten, gleichsam wie ein übergebliebenes Altertum, hörte man das Saumglöcklein, das an dem Halse eines alten mit Gepäck einherschreitenden Tieres hing. Auf diesem Wege begegnete dem reitenden Grafen an einer Stelle der Pirnitz, wo man recht schöne Geländer gemacht hatte, ein Wagen. Auf demselben saß ein vornehm bürgerlich aussehender Mann, der ihn leitete, der Lederermeister Albrecht von Perklas. Hinter ihm war die einst so schöne Lenore. Sie war kaum mehr zu erkennen. Zwar leuchtete von ihrem Antlitze noch immer die Frische, die Gesundheit und Freude, aber sie war fast zu dick geworden, eine wohlhabende, mehr in der Stube, als auf dem Felde sich aufhaltende Bürgerin. An ihrer Seite saß ein erwachsenes Mädchen, ganz die einstige schlanke, feine unsäglich edel gebildete Lenore der grünen Fichtau. Hinten waren noch zwei ziemlich erwachsene Buben und ein kleines Mädchen aufgepackt, die ganze Freude des Bürgerhauses, die zu den Großeltern hinaus geführt wurde.

Prokopus ritt vorüber; er ritt an dem entgegenrauschenden Wasser und an dem hereindunkelnden Grün der Bäume hinaus.

Die ganze Zeit, als er nicht zu Hause gewesen war, war Gertraud in ihrem Zimmer gesessen, und hatte kreideweiß immer an Tüchern genäht.

3

Der Abend

Es ist nicht mehr viel zu sagen. Die natürlichen Dinge gehen ihren Lauf, wir mögen noch so großen Schmerz darüber empfinden. Es ist aber in unsere Macht gegeben, die Wesenheit dieser Dinge zu ergründen, und sie nach derselben zu gebrauchen. Dann gehorchen uns die Dinge.

Die Kinder Prokops und Gertrauds waren erwachsen. Sie waren gemalt und in dem grünen Saale aufgestellt worden. Die drei Töchter, die schönsten Nachbilder der sanften Mutter, standen gleich nach Prokopus – dann kamen die merkwürdigen Brüder: Julianus im reichen Goldkleide, in einem kleinen vergoldeten Harnische, widrigen Angesichtes, furchtbaren roten Bartes – Julius im grünen Jagdkleide, ein Bild edler sanfter Schönheit mit auf das Kleid herab wallenden Locken. Wenn sein Vater, da er in diesem Alter war, das gleiche Gewand angehabt hätte, so wäre er Julius gewesen.

So standen die Bilder in dem grünen Saale; – es änderten sich gemach die Farben derselben, wie es ihre Natur ist, und Staub fiel darauf – und so werden sie stehen, wenn alles an den Urbildern längst in dem Laufe der Zeiten dahin ist. Jetzt werden sie noch immer aus Liebe zu den Personen gereinigt – einstens werden sie aus Liebe zu den Bildern gereinigt werden.

Die Töchter hatten geheiratet, hatten bedeutendes Gut mitbekommen, lebten sehr weit entfernt von den Eltern, schickten anfangs oft Botschaft, kamen selber manchmal – aber alles dieses wurde seltener: sie lebten bei ihren Männern, und die Eltern wurden alt – – sie hatten aber den Anfang der Ehe, die Einigung der Herzen zu demselben Klange noch nicht gefunden. Prokopus hatte schneeweiße Haare, in dem Angesichte Gertrauds waren die vielen vielen Falten und die klaren guten Augen der Jugend schauten daraus heraus.

Mit dem Bildnisse Prokops war ein merkwürdiger Zufall geschehen. Es lösete sich ein Stück des Simses des grünen Saales und fiel herunter. Durch Anschlagen mit Rauhigkeiten und Zacken zerschmetterte und verletzte es das Bild so, daß es fast gänzlich vertilgt war. Prokopus hatte denselben niederländischen Meister, der es gefertigt hatte, kommen lassen, allein, da dieser erklärte, daß das Gemälde nie völlig in einstiger Ähnlichkeit hergestellt werden könnte, ließ sich Prokopus in seinem Alter malen, stellte das Bild in den Rahmen und verbrannte das frühere. So kam es, daß man in späteren Jahren mitten unter den jungen Gestalten, wo Töchter und Mutter sich ähnlich sahen, den alten Mann mit weißen Haaren als Vater und Gatten fand.

Gertraud weinte bitterliche Tränen. „Also nicht einmal die Bilder", dachte sie, „können in Vereinigung bleiben!"

Prokopus hatte den seltsamen Turm auf dem Fichtenkegel ausgebaut. Er hatte ihn mit Büchern, Werkzeugen und sogar mit Hausrat eingerichtet. Hieher ging er nun immer und schaute, mit einem Pelze angetan, nach den Sternen. Auch noch etwas anderes Sonderbares hatte er eingerichtet. Er zog von der Spitze des Turmes, wo eine Abplattung war, auf der er gerne im Winde und bei funkelnden Sternen saß, mehrere sehr dicke und mit goldenem Drahte übersponnene Saiten bis an die Pflastersteine des Bodens nieder, auf dem der Turm stand, so daß sie schief vom Turme gegen den Boden gespannt waren. Diese Saiten tönten, wenn ein Lüftchen oder ein Wind zog, über den ganzen Berg in mächtigen, wenn auch oft in leisen und eindringenden Tönen. Ja selbst in der Nacht, wenn alles schlief, tönte oft das tiefe Summen auf dem Berge. Er hatte eine Einrichtung getroffen, daß er den Kloben, auf welchem oben die Saiten befestigt waren, durch den Druck einer Feder niedriger stellen konnte, daß die Saiten schlotterten, wenn er wollte, daß sie keinen Klang geben sollten.

So ging die Zeit dahin.

Gertraud saß in ihren Zimmern und weinte über die Ungeratenheit ihres ältern Sohnes, den sie, da der jüngere sich von ihr wandte, mit Liebe hatte erziehen wollen. Die Söhne waren meist abwesend, weil Julianus herum schwärmte und Julius auf der Jagd war. Letzterer kam wohl öfter, und war bei dem Vater, der schwieg.

Endlich legte sie das tränenschwere Haupt zur ewigen Ruhe. Prokopus härmte sich so bitter und furchtbar um sie, daß er ihr bald zur Grube folgte.

Julianus schrieb im roten Saale unter die unvollendete Lebensbeschreibung seines Vaters: † (gestorben) am dritten Tage nach dem Worte: Zirkelodem der Sterne.

Was das Wort bedeuten mochte kann man nicht enträtseln. Auch Verse hat man von ihm in dem roten Saale gefunden. Sie handelten über die Wunder der Welt.

In dem Sternengemache des Turmes war eine kostbare Büchse, in welcher sich der grüne vermorschte Schleier befand.

Alle Menschen in der Fichtau und weiter hin in dem Lande dachten, Prokopus sei ein sonderbarer, fast verrückter Mensch gewesen – da er so unverständlich gelebt, so sehr nach den Sternen geschaut, und in der Nacht so unheimliche Musik gemacht hatte. Er ist, dachten sie, wie manche seiner Vorfahren. – Und die Sache wäre so einfach gewesen. Andere Eheleute hätten sich gefügt und nach ihrer Art glücklich gefühlt. Sie waren höher, liebten sich und machten sich unglücklich. Sie strebten ach! so heiß nach Einigung – ein Haarbreit Hindernis lag nur dazwischen, dieses kleine Haar war zu überschreiten; es ist so leicht – – aber gerade bei Wesen, deren Inneres ganz grundverschieden ist, ist das Haar am feinsten, weil jedes das andere nicht sieht, sondern nur sich, und meint, es wäre die Einigung sogleich getan, das zweite dürfte nur sein, wie das erste, was so natürlich wäre. So ist das feine Haar mit allem Ringen nicht zu vernichten – und so heißer die Liebe, so heißer der Schmerz.

Prokopus konnte nicht sein, wie sein Lehrer Bernhard von Kluen, der groß und sanft war, und ertrug.

Der bei allen Nachbarn verrufene Julianus hausete nun auf dem Berge, nachdem er einmal im Wirtshause zur grünen Fichtau mit Julius eine Zusammenkunft gehabt, mit ihm gekämpft und ihn um das Vermögen der Mutter betrogen hatte, worauf dieser in die weite Welt ging.

Lieblich, wunderbar, schön in dem Glanze der Sonne lag die Fichtau draußen, und grünte und blühte und keimte immer fort und fort, wie die Jahre flossen, wie Julianus fortlebte und nach ihm Geschlechter um Geschlechter, daß sich die Herzen der Menschen daran erfreuten, und daß sie ihren Kindern die Gaben geben konnten, die ihnen die reichen Berge brachten.

Des Wirtes Romanus Aussage, daß die Männer der grünen

Fichtau immer sehr alt werden, schien wahr zu sein; denn er selber war im höchsten Alter gestorben, sein Sohn Damian war jetzt auch im höchsten Alter, und dessen Sohn, der nunmehrige Wirt, mit heiterem, fröhlichem Angesichte verspricht in die Fußstapfen seiner Ahnen zu treten. Es wohnt die Lust, die Gehäbigkeit und die Freude um dieses Haus.

ZWEI WITWEN

1862

Es ist eine sehr einfache Geschichte, welche ich hier erzähle, und sie mag sich recht oft ereignet haben; aber ihre Folgen mögen nicht immer gewesen sein wie hier.

Im Waldlande lebten zwei Witwen. Beide waren noch nicht alt, die eine noch nicht vierzig, die andere etwas über vierzig Jahre. Beide waren noch schöne Frauen, beide waren so wohlhabend, daß sie in der einfachen Waldgegend sehr anständig leben konnten, beide hatten ihr Vermögen nicht in liegenden Gründen sondern in einer netten wohlangelegten Geldsumme, so daß sie nicht Gesinde und Arbeitsleute brauchten, sondern in einer reinlichen Wohnung ihren selbstgewählten Beschäftigungen von einer einzigen Magd unterstützt nachgehen konnten; beide hatten nur ein einziges Kind, beide hatten Männer gehabt, die dieses Kind gut erzogen, und beide waren sehr eingezogene und gewissenhafte Frauen.

Nun hören aber die Ähnlichkeiten auf. Die erste Ungleichheit war, daß die eine Ludmilla, die andere Crescentia hieß; die fernere, daß die ältere, Ludmilla, einen Sohn von sechsundzwanzig, die jüngere, Crescentia, eine Tochter von zwanzig Jahren hatte; dann, daß jede ihr Kind für weit schöner und besser hielt als das der andern; und endlich, daß sie sich immer, wenn sie zusammen kamen, widersprachen. Eine Gleichheit war wieder darin, daß ihre Kinder wirklich sehr schön waren, daß sie einander liebten, und Mann und Weib werden wollten. Und hierin widersprachen sich die beiden Witwen zum ersten Male nicht, daß sie es aus Liebe zu ihren Kindern zugaben. Ludmillas Sohn hatte ein Zimmermannsgewerbe aufgerichtet, das in guten Schwung kam, und Crescentias Tochter waltete als Hausfrau belebend in dem Gewerbe; des Glückes war um so mehr die größte Fülle, als beide junge Leute sehr heftige Herzen hatten, die die Gefühle der Zuneigung ungemein mehr erfaßten als andere Menschen. Noch höher wuchs die Freude, als nach dem ersten Jahre der Ehe ein Söhnlein und nach dem zweiten ein Töchterlein geboren wurde, welche so schön waren, wie kaum Engel sein können. Nun aber endete für die Eltern das Glück; denn als der Knabe zwei Jahre, das Mädchen ein Jahr alt war, starben die Eltern in kurzer Zeit nach einander an einer hitzigen Krankheit, die eines dem andern mitgeteilt hatte. Das Zimmermannsgewerbe fiel auseinander, und die Kindlein waren hilflos da. Jede der Witwen wollte nun beide Enkel haben, bis der Pfarrer und die Nachbarn den Vergleich zu Stande brachten, daß Ludmilla den Knaben, Crescentia das Mädchen zur Erziehung erhielt. Ja die beiden guten und sehr achtbaren Großmütter gelobten sich bei dieser Gelegenheit, daß sie nicht nur ihre Enkel sehr lieben wollen, was ohnehin der Fall war, sondern, daß sie in Einigkeit und Friedseligkeit einander unterstützen wollen, das zeitliche und ewige Glück der armen Geschöpfe zu gründen.

So war das Beste im Willen und in der Aussicht.

Der Knabe Otto war in die reinliche Wohnung Ludmillas gebracht worden, in welcher er ein schönes Kämmerlein und in demselben ein schönes Bettlein und niedliches Gewand und Spielzeug erhielt. Ludmilla hütete ihn mehr als den Apfel ihres Auges. Sie wurde durch ihre Magd bedient; der Knabe aber erhielt seine Pflege durch sie selber. Er liebte die Großmutter in kurzem so, daß er alle Augenblicke seine kleinen Ärmlein mit Heftigkeit um ihren alternden Nacken schlang.

Das Mädchen Clara erhielt in Crescentias Wohn- und Schlafstube ein Bettlein, es erhielt alles Notwendige, daß sein Körperchen warm und reinlich war, und es wurde von der Großmutter gepflegt und ernährt. Wenn das kleine Ding ein Bedürfnis hatte, wurde darauf geachtet und dasselbe gestillt; wenn es aber gesättigt war, in frischen und warmen Röckchen und Deckchen stak, und dennoch aus langer Weile oder aus einer andern Ursache mit Geschrei unbekannte Dinge verlangte, oder um des Schreiens willen schrie, legte Crescentia das Ding auf den Boden ihrer Stube, wandte ihm den Rücken zu, setzte sich nieder, und ließ es liegen und schreien. Es schrie noch heftiger und furchtbarer, wurde aber dann verdutzt, und schwieg endlich. Wenn es nach langem Schreien wieder aufgehoben wurde, lächelte es dankbar, weil es sich in seiner Hilflosigkeit erleichtert fühlte.

Ludmilla sagte, das sei hart, man müsse den Kindern nur Liebe zeigen, bis sie vernünftiger würden, und eine gute Lehre einsähen. Crescentia aber sagte, das sei nicht wahr. Clara gewöhnte sich an, nichts mehr zu verlangen, was die Großmutter verweigert hatte, weil das Verlangen doch fruchtlos blieb. Als Clara reden konnte, erzählte ihr die Großmutter schöne Dinge und lehrte sie kleine Arbeiten. Sie führte sie viel in die freie Luft, daß sie sehr ermüdet wurde, gab dem Körper, was er brauchte, suchte ihm kleine Vergnügen zu bereiten, verlangte aber auch Arbeit, und beugte sich nie vor Trotz.

Als Otto reden und gehen konnte, wurde er vor bösen Buben bewahrt, und schier immer zu Hause gehalten. Weil er wie seine Eltern heftig war, wurde er geschont, daß ihm der Zorn nicht schade. Er hatte die schönsten Kleider und Spielsachen, und die Wohnung der Großmutter war sein Bereich. Er liebte sie immer mehr, zeigte es ihr, und wußte sich oft vor Empfindung nicht zu fassen. Aber er folgte doch seinem Willen, nicht dem ihrigen. Wenn er zu dem Schwesterlein kam, herzte er es oder schlug es.

Als die Kinder in die Schule gingen, erhielten sie die Schulgeräte. Clara ein schwarzes ledernes Täschchen, in welchem ihre Sachen waren, Otto eine rote Tasche mit einer gestickten Blume, unter welcher seine Schuldinge bewahrt wurden. Clara hatte ein nettes Röckchen zum Schutz und zur Wärme, Otto die schönsten Kleider unter den Schulkindern. Clara bekam nichts zum Essen mit in die Schule, weil sie zu Hause aß, Otto erhielt jeden Tages ein Stück Geld, um sich etwas zu kaufen, Clara ging allein nach Hause, Otto wurde jedesmal von der Magd geholt. Clara fürchtete den Lehrer, und machte ihre Schulaufgaben sehr ängstlich und genau, so gut sie es konnte. Otto liebte den Lehrer, antwortete oft sehr gut, aber nicht immer, und machte zuweilen seine Aufgaben nicht. Der Lehrer fing nach und nach an, gegen die Großmutter zu klagen, und als es die Großmutter Otto sagte, versprach er Besserung. Da aber die Klagen des Lehrers immer mehr wurden, und die Großmutter in Otto drang, nahm er sie um den Hals, küßte sie, weinte, und strich sich dann die Locken von dem wunderschönen Angesichte, richtete die blauen Augen auf sie, und sagte, wie sehr er ringe, er könne sich nicht helfen, er könne nicht alle die Dinge so tun, wie sie der Lehrer verlange.

Als die beiden Kinder zur Firmung gingen, war Clara mit einer Muhme ihrer Großmutter in einem weißen Kleidchen mit einer weißen Rose in der Kirche; Otto mit dem ältesten Sohne des Richters in einem Gewande, welches das schönste in der Gegend war.

Als die Schulzeiten vorüber waren, kam Clara in eine Arbeitschule, in welcher sie nähen, stricken und andere häusliche Dinge in größerer Vollkommenheit lernte. In der Zwischenzeit mußte sie zu Hause arbeiten, und sich sogar im Garten beschäftigen. Otto lernte zeichnen und rechnen, er kam mit vielen Freunden zusammen, sie zeigten ihm Spiele, er ging auf die Kegelbahnen, sie tanzten oft mit Mädchen in Gartensälen oder anderen Orten, er kaufte sich Pfeifen, Spazierstäbe, Ketten, und verabsäumte seine Lernstunden, und da ihn die Großmutter dieser Dinge wegen durch Hunger strafen wollte, schlug er auf sie. Clara hörte er nicht an, wenn sie ihn bat, anders zu sein.

Er kam zu einem Baumeister, dann in ein Zimmermannsgewerke, dann in ein Eisengewerke, dann wieder zu einem Baumeister, und blieb nirgends lange. Er lernte geistige Getränke trinken, er lernte wetten und spielen, er suchte Tänze und Lustbarkeiten auf, er liebte die Gesellschaft seiner Freunde und die Scherze loser schöner Mädchen. Da ihm die Großmutter Vorstellungen machte, da sie einmal im Jammer ihm zu Füßen fiel, und ihn bat, von seinem Treiben zu lassen, so flammte sein schönes Angesicht, er sagte, er könnte sich selber vor Wut zerreißen, daß er diesen Dingen nicht ausweiche; aber er komme alle Male wieder hinein.

Und als er achtzehn Jahre alt geworden war, als ihm die Großmutter, welche immer seine Schulden gezahlt hatte, und welche sich in eine einfache arme Kammer hatte ziehen müssen, nichts mehr geben konnte, gesellte er sich zu einem alten Weiblein, welches über das Gebirge ging, schlug das alte Weiblein an einer einsamen Stelle des Gebirges nieder, daß es als tot da lag, und raubte ihm vierzehn Guldenstücke, die es in einem groben Säcklein eingenäht hatte.

Die Tat wurde bekannt, Otto kam in die Gerichte und von ihnen in das Strafgefängnis. Clara lag in Tränen und Schmerzergüssen vor dem Bilde der gebenedeiten schmerzhaften Mutter Maria in der Kirche, und flehte um Rettung und Besserung ihres Bruders. Ludmilla verkaufte ihre letzten besseren Kleider und ihre letzte sonstige Habe, um den Erlös dem alten Weiblein, das am Leben erhalten worden war, zu geben, und demselben überhaupt eine Erleichterung zu gewähren. Sie war dadurch selber eine Bettlerin geworden; aber Crescentia und Clara ließen sie nicht betteln gehen, sondern gaben ihr, was sie brauchte.

Ludmilla war das Augenmerk des ganzen Kirchspieles geworden, wenn sie abgemagert und in ihrer einfachen Kleidung täglich in die Kirche ging, dort die Messe hörte und noch fast den ganzen Vormittag da blieb, bis die Kirche gesperrt wurde.

Indessen war langsam und allgemach aber endlich doch ganz die Zeit vergangen, die Otto in der Strafe hatte zubringen müssen. Als er zurückgekehrt war, als ihm Crescentia die Mittel anbot, in ferner Gegend zu leben, um sich zu einem anderen Wandel zu schwingen, als er seine Großmutter sah, als er das Weiblein sah, das er niedergeschlagen hatte, als er die Spottblicke und das Hohnlächeln seiner Freunde und das Abwenden der Augen anderer Leute sah; kaufte er sich von dem Gelde, das ihm Crescentia zur Anschaffung der ersten Bedürfnisse gegeben hatte, eine Pistole, und schoß sich auf dem Felde eine Kugel durch das Gehirn.

Ludmilla fiel in eine Krankheit, sie hielt während derselben fast unausgesetzt die nackten abgemagerten runzelvollen und vor Jammer fast bleigrau gewordenen Arme und Hände gegen den Himmel, und flehte, daß ihr Enkel von Gott doch nicht ganz verdammt werden möge, und so fuhr sie in die Grube. Crescentia ließ sie wohl bestatten, und fast alle Bewohner des Kirchspieles geleiteten sie zur Ruhe.

Crescentia und Clara widmeten ihre Zeit der Arbeit und dem brünstigen Gebete für alle ihre Dahingeschiedenen.

Clara zog sich ganz zurück, weil das Geschehene wie eine dunkle Wolke in ihrem Gemüte lag. Sie suchte Buße zu tun für die Schulden, die begangen worden waren. Alle Menschen liebten sie, und der Schatten des Schmerzes wurde allgemach lichter. Ein wohlhabender, gelassener und edler Mann kam eines Tages in ihre Einsamkeit, und bat sie demütig, seine Gattin werden zu wollen. Sie willigte ein, sie lebten glücklich mit einander, hatten zahlreiche Kinder, und Clara erzog sie mit Hilfe ihres Mannes so, wie sie selber von Crescentia erzogen worden war, und sie gerieten in größerem und kleinerem Maße alle.

Crescentia starb im höchsten Alter mit Lächeln und umgeben von ihrer Enkelin und deren Gatten und von ihren Urenkeln, den Kindern der beiden.

Möchten doch nicht oft ähnliche Geschichten erzählt werden können; ist das Ende nicht immer fürchterlich, so ist es doch nie erfreulich.

NACHKOMMENSCHAFTEN

1864

So bin ich unversehens ein Landschaftsmaler geworden. Es ist entsetzlich. Wenn man in eine Sammlung neuer Bilder gerät, welch eine Menge von Landschaften gibt es da; wenn man in eine Gemäldeausstellung geht, welch eine noch größere Menge von Landschaften trifft man da an, und wenn man alle Landschaften, welche von allen Landschaftsmalern unserer Zeit gemalt werden, von solchen Landschaftsmalern, die ihre Bilder verkaufen wollen, und von solchen, die ihre Bilder nicht verkaufen wollen, ausstellte, welch allergrößte Menge von Landschaften würden man da finden! Ich rede hier gar nicht von verschämten Töchtern, welche in Wasserfarben heimlich eine Trauerweide malen, unter welcher irgend ein bekränzter Krug steht, an dessen Fuße Vergißmeinnicht blühen, welches Werk die Mutter zum Geburtstage erhalten soll; ich rede ferner nicht von den Erzeugnissen, welche reisende Frauen oder Mädchen von dem Dampfschiffe oder dem Fenster ihres Gasthauses aus in ihr Handbuch als Erinnerung eintragen; ich rede auch nicht von den Landschaften, welche Schönschreibmeister in ihre Verzierungen verflechten, noch von den Päcken Zeichnungen, welche alljährlich in den Fräuleinschulen verfertiget werden, unter denen sich viele Landschaften mit Bäumen befinden, auf denen Handschuhe wachsen – wenn man das alles hinzu zählte, so wären wir mit Landschaften überschüttet und die Menschen müßten verzweifeln. Nun, es sind der in Ölfarben gemalten und mit Goldrahmen versehenen Landschaften schon genug. Und ich will nun auch noch so viele Landschaften mit Ölfarben malen, als in mein noch übriges Leben hinein gehen. Ich bin jetzt sechsundzwanzig Jahre alt, mein Vater ist sechsundfünfzig, mein Großvater achtundachtzig, und beide sind so rüstig und gesund, daß sie hundert Jahre alt werden können; mein Urgroßvater, mein Ururgroßvater und deren Großväter und Ururgroßväter sind nach der Überlieferung der Großmutter über neunzig Jahre alt geworden: wenn ich nun auch so alt werde, und stets Landschaften male, so gehören, falls ich sie alle am Leben lasse, und sie einmal in Kisten samt ihren Rahmen verpackt verführen will, fünfzehn zweispännige Wägen mit guten Rossen dazu, wobei ich noch so manchen malfreien und vergnügten Tag verleben kann.

Das ist betrachtenswürdig.

Ich fahre fort. Wenn man zu einem Alpensee kommt, und in einem einsamen Gasthause übernachtet, so kommen abends drei oder vier Landschaftsmaler in die Gaststube, welche unter Tags auf verschiedenen Stellen des Angers gesessen sind und gemalt haben. Die sich an dem Rande des Gletschers befinden, übernachten in der Alphütte auf der Ochsenwiese oder sonst irgendwo. Unterhalb des Staubbaches sind mehrere sehr große weiße Sonnenschirme ausgespannt, wie das Schildkrötendach der Römer bei Belagerungen, unter denen Männer sitzen und versuchen, den herabwallenden Schleier des Wassers nachzuahmen.

Am Rande des Waldes dann, vor den Trümmern eines alten Ritterschlosses, vor getürmten Felsen, vor gedehnten Ebenen, am Gestade des Meeres, in Grotten und grünblauen Eishöhlen der Gletscher, vor einzelnen Bäumen, Ruinen, Wässerlein, Waldpflanzen, sind solche, welche sich bestreben, die Dinge, die sie da sehen, mit Farben auf ihren Leinwanden zu bekommen. Dann macht noch ein Lehrer der Landschaftschule von der Staatsmaleranstalt mit allen seinen Schülern einen Ausflug, daß sie nun im Freien die Dinge gerade so malen, wie sie sie sonst in der Stube nach seinen Vorlagen gemalt haben. Und ich bin jetzt auch mit einem dreifüßigen zusammenlegbaren Feldstuhle versehen, dann mit einem weiten groben, weißgrünen Sonnenschirme, den ich in die Erde pflanzen und so befestigen kann, daß er wie ein Wartturm dasteht; dann mit einem Malerkasten, der mit Leinwand, Papier, Farben, Pinseln und so weiter versehen ist, und als Staffelei dient; ich will von den wasserdichten Stiefeln und von dem Wachsmäntelchen und andern Schutzdingen gar nicht reden.

Das ist bemerkenswert.

Oft, wenn ich die unzähligen Bücher betrachtete, welche sich in öffentlichen Sammlungen befinden, oder wenn ich die Verzeichnisse neugemachter Bücher ansah, dachte ich, wie man denn noch ein Buch machen kann, wenn schon so viele vorhanden sind; ja, wenn man eine neue erstaunliche Erfindung macht, so mag man selbe in einem Buche beschreiben und erklären; aber wenn man bloß etwas erzählen will, da schon so unendlich viele etwas erzählt haben, so erscheint das sehr überflüssig. Und doch ist es mit einem Buche viel besser, als mit einer in Öl gemalten in einem Goldrahmen befindlichen Landschaft. Ein Buch ist an sich klein, kann in einem Winkel liegen, die Blätter können herausgerissen werden, und die Teile des Einbandes können als Deckel auf Milchtöpfchen dienen; aber die Landschaft, mit deren Goldrahmen die Menschen Mitleid haben, kann mehrere Geschlechter hinter einander warten, bis sie in einem Gange eines Schlosses, oder in dem Vorhause eines Wirtshauses, oder an der Außenwand eines Trödlergewölbes hängt, und endlich, wenn gar kein Gold mehr an dem Rahmen ist, und die Farben alle Töne ihres Lebenslaufes bekommen haben, in der Rumpelkammer alle Jahre in eine andere Ecke gestellt wird, und so gleichsam als ihr eigenes Gespenst umgeht, während von dem Buche schon alle Blätter verbraucht sind, und die Deckel morsch und schimmlig geworden und weggeworfen worden sind.

Aber ich bin ganz unschuldig.

Ich habe nie daran gedacht, ein Landschaftsmaler werden zu wollen. Habe ich in der lateinischen Schule in der Benediktiner Abtei nicht den ersten Preis erhalten? Muß ich daher nicht tüchtig Lateinisch gelernt haben? und auch Griechisch? und habe ich nicht auch sehr viele Erdebeschreibung und Geschichte vor mich gebracht? Da hatten sie auch eine Zeichnungsschule. Ich hüpfte vor Freude empor, als ich von einem Schüler einer höheren Klasse eine mit Tusch gemachte Säule sah, deren Grund schön blaß grünspangrün, und deren Durchschnitt schön blaß rosenrot war.

Ich schrieb meinem Vater um die Erlaubnis, in diese Schule eintreten zu dürfen, und erhielt sie. Ich malte nun auch solche

Säulen mit grünspangrünem Grunde und rosenrotem Durchschnitte. Dann zeichnete ich aber Bäume, und der Lehrer ließ mich recht viele zeichnen, weil er sagte, ich hätte Anlage. Und da waren im Mittage von der Abtei sehr schöne blaue Berge, grüne Hügel, goldene Getreidefelder, rauschende Wässer und Bäume mit wunderbaren Blätterschlägen. Ich betrachtete das alles mit Vergnügen, zeichnete manches mit schwarzer Kreide, und anderes malte ich mit Wasserfarben auf weißes oder auf blaues Papier.

Und als ich schon lange nicht mehr in der Abtei war, als ich Menschen und Städte, und Bildersammlungen und Bilderausstellungen angesehen hatte, und als ich in den Alpen oft vielmal kreuz und quer, hin und wieder gewandert war, sagte ich: Soll es denn gar nicht möglich sein, den Dachstein gerade so zu malen, wie ich ihn oft und stets vom vorderen Gosausee aus gesehen habe? Warum malen sie ihn alle anders? Was soll denn der Grund dieses Dinges sein? Ich will es doch sehen. Und ich machte nun zehn und etliche Versuche. Sie mißlangen sämtlich. So sehr war ich damals darauf erpicht, den Dachstein so treu und schön zu malen, als er ist, daß ich einmal sagte: ich möchte mir am Ufer des vorderen Gosausees dem Dachsteine gegenüber ein Häuschen mit einer sehr großen Glaswand gegen den Dachstein bauen, und nicht eher mehr das Häuschen verlassen, bis es mir gelungen sei, den Dachstein so zu malen, daß man den gemalten und den wirklichen nicht mehr zu unterscheiden vermöge.

Da sagte ein Freund von mir, der aber ein Schalk war: „Dann wirst du siebenundfünfzig Jahre in dem Häuschen gewesen sein und gemalt haben. Die Sache wird bekannt, die Zeitungen reden davon, Reisende kommen herzu, Engländer werden auf den Höhen herum sitzen, und mit Ferngläsern auf dein Häuschen schauen, Freunde werden dich mit manchem Nötigen versehen, und wenn die siebenundfünfzig Jahre aus sind, wirst du sterben, wir werden dich begraben, und das Häuschen wird angefüllt sein mit mißlungenen Dachsteinen."

Er hätte mögen mit dem Mißlingen recht haben; aber ich baute das Häuschen nicht, und ich malte keine Dachsteine mehr; allein die Farben hatte ich nun einmal angeschafft, der Sonnenschirm, der Malerkasten, der Feldstuhl waren da, und ich malte weiter. Das Malen ist mir lieber, als die ganze Welt; es gibt gar nichts auf der Erde, was mich tiefer ergreifen könnte, als das Malen. Wenn das Früh rasch dämmert, wache ich auf, und freue mich schon darauf, wieder in den lieblichen Farben zu wirken, und wenn der Abend kommt, denke ich daran, was der Tag gefördert hat, oder worin er zurückgeblieben ist, und male in Gedanken weiter.

Bei mir ist aber vieles anders, als bei andern Malern. Der Schalk hätte nicht erlebt, daß das Häuschen am Gosausee mit mißlungenen Dachsteinen angefüllt gewesen wäre. Alles, was mir von meinen Arbeiten nicht gefällt, verbrenne ich. Jene wirklich mißlungenen Dachsteinmalereien sind alle verbrannt worden, ich konnte sie gar nicht ansehen, und hatte keine Ruhe, so lange sie auf der Welt waren. Und so würde sich in dem Häuschen, wenn ich schon mein Ziel nicht erreicht hätte, nur sehr viele Asche gefunden haben. Wohl sagte mancher Freund: „Ich bitte dich, wenn dir auch eine Arbeit nicht gefällt, mir gefällt sie sehr wohl: schenke sie mir lieber, ehe du sie verbrennst, das ist ja widersinnig, an einem verbrannten Dinge kann ja kein Mensch mehr eine Freude haben." – „Das ist widersinnig, was du willst", sagte ich, „an der nicht verbrannten Pfuscherei habe ich zeitlebens Ärger, so lange ich sie auf der Welt weiß, auf die verbrannte vergesse ich, indem ich mir denke, ich will jetzt etwas ganz Schönes machen." Und so sind schon viele Dinge in das Feuer gegangen.

Diese Sache kann eine merkwürdige Folge haben.

Entweder ich vervollkommne mich von Bild zu Bild, dann ist bei meinem Tode nur e i n Bild von mir vorhanden, an dem ich nämlich eben vor dem Tode gearbeitet habe, weil alle andern verbrannt worden sind; oder ich steige rasch empor, und male hierauf lauter Meisterstücke, dann sind bei meinem Tode jene fünfzehn zweispännigen Wägen voll Bilder von mir vorhanden, oder vielleicht zwanzig Wägen voll, weil ich in der Freude über das Gelingen meiner Werke immer eifriger male, und durch die Übung immer geschwinder zu malen verstehe. Wo würden dann aber jene Bilder sein? Würde ich sie wirklich, wenn ich einmal gegen mein Lebensende im siebenundneunzigsten oder achtundneunzigsten Jahre in eine andere Stadt oder in ein anderes Haus übersiedelte, in den Wägen zu verfahren haben? Oder werden sie zerstreut sein?

Dies führt mich auf einen weiteren Zustand meines Malertums. Ich habe nämlich das Glück, daß ich kein Bild verkaufen muß. Ich werde auch keines verkaufen. Ich habe an Geld und Gut so viel, daß ich, und wenn ich ein Weib mit sieben Kindern hätte, mit allen davon reichlich leben könnte. Ich werde aber gar niemals ein Weib bekommen, weil mir an einem solchen gar nichts liegt.

Mein Oheim sagte, als mein Vater Bedenken über meine Malerangelegenheiten äußerte: „Lasse dem Narren das Ding, er muß etwas haben, daran er mit den Hörnern stößt, und wenn du es ihm nimmst, so ergötzt er sich vielleicht daran, sein Geld zu verschwenden.“ Nun, mit dem Verschwenden hat es seine guten Wege. Farben, Leinwand, Pinsel, Malerstäbe sind nicht teuer, sonst brauche ich nicht viel, und so wird das Geld immer mehr. Aber, was ich mit den Bildern, falls sie am Leben bleiben werden, tue? Das weiß ich noch nicht. Jetzt, wenn ich ein Bild male, und wenn Zug nach Zug so gelingt, so habe ich eine Freude daran, daß ich das Bild um keinen Preis hergäbe, man möchte mir Geld oder gute Worte, oder Verwandtschaftsliebe dafür bieten, bis ich es nach und nach verderbe und verbrenne.

Bleiben also doch Bilder übrig, und ändere ich diesen Sinn nicht, so habe ich endlich wirklich alle meine Bilder in meiner Wohnung beisammen, oder in den Räumen, die ich dafür miete. Ändere ich meinen Sinn, was sehr übel wäre, so habe ich eine Schwester, die Kinder hat; so haben meine zwei Oheime Kinder, diese Kinder bekommen einst Kinder, welche wieder Kinder bekommen, so daß ich bei dem hohen Alter, welches ich erreichen werde, Nichten, Neffen, Geschwisterkinder, Urnichten, Urneffen, Urgeschwisterkinder, Ururnichten, Ururneffen, Ururgeschwisterkinder, und so weiter, in großer Zahl haben werde, unter welche ich meine Bilder als Geschenke verteilen kann.

Meine Großmutter sagt, daß unsere Vorfahren immer zahlreiche Nachkommenschaften gehabt haben, und daß das Geschlecht nie so zusammengeschmolzen gewesen wäre, wie eben jetzt: sich aber wieder auszudehnen beginne, indem ihre jüngeren Söhne schon so viele Kinder haben, und noch mehr zu bekommen hoffen dürfen, welche Hoffnung bei meinem Vater auch noch nicht vorüber wäre. Und wären jene Oheime und Großoheime und Tanten nicht gestorben, von denen ich mein Geld geerbt habe, so würde das Geschlecht noch ausgedehnter geworden sein; das könnte nun einen Maler in Atem erhalten, der es mit Landschaften zu versorgen hätte. Mögen sie sich ausdehnen, ich dehne mich nicht aus, wie mein Großoheim sich nicht ausgedehnt hat, der so unendlich viele Hasen geschossen hat, bis er ohne Kind und Kegel gestorben ist.

Da bin ich in dem Lüpfinger Tale, an das mich auch eine Hexe gebannt hat. Es ist gar nicht schön, und hat ein langes Moor, von dem man das Fieber bekommt. Ich bekomme aber nicht das Fieber, denn ich war schon einmal da, und bekam kein Fieber, sondern ich suchte das Moor und den daranstoßenden, einfärbigen Fichtenwald und die gegenüber liegenden Weidehügel und den hinter ihm liegenden, ebenfalls einfärbigen Fichtenwald, und die hinter diesem Fichtenwalde emporstehenden blauen und mit grauen Lichtern glitzernden Berge zu malen. Ich male jetzt wieder daran, weil ich das Frühere verbrannt habe. Aber es ist nicht viel zu malen, denn da hat ein unbillig reicher Mann das Schloß Firnberg gekauft, und läßt so viele Steine und Erde in das Moor führen, und so viele Gräben von ihm hinwegziehen, daß das Moor kleiner und das Fieber weniger geworden ist. Er hat dann ein bißchen Gras und sehr schlechten Hafer auf dem Moore geerntet. Meine Frau Wirtin auf der Lüpf sagt, es sei jetzt gar nicht mehr der Rede wert, was an Fiebern erkranke, und ich sage, es sei nicht der Rede wert, was man an dem Moore malen könne – aber ich muß es malen, denn der reiche Mann vernichtet es am Ende ganz, und dann ist gar nichts zu malen.

Da ist auch ein Schlammbad mit einem Hause, das zu dem Schlosse Firnberg gehört; der reiche Mann hat das Haus veröden, und das Schlammbad verfallen lassen, so daß das Schwein des Wegmachers der letzte Schlammbadegast gewesen sein soll. So ändert sich alles. Wenn nicht das Haus meiner Wirtin auf einem Hügel stände, von dem aus man das ganze noch übrige

Moor und die zwei einfärbigen Fichtenwälder und die grauen Hügel gegenüber und die blauen Berge hinten überschauen kann, und wenn nicht der Hügel und das Haus schon seit der Sündflut dem Wirte gehörte, und wenn der jetzige Lüpfwirt nicht alles andere eher täte, als das Haus dem Lüpfgeschlechte zu entziehen, und es weg zu geben: der reiche Mann hätte es schon gekauft und vielleicht den Hügel und das Haus in das Moor geworfen.

Wenn der Sohn und der Enkel des Lüpfwirtes dem Vater und Großvater nachschlagen, so werden sie auch ihre kleinen Felder auf den Anhöhen hinter dem Hügel pflügen, den Wanderern, die hier als auf einem Kreuzpunkte der Fußwege von vier Tälern zusprechen, einschenken, und einen Maler in dem oberen Stübchen beherbergen, der die Felder unter sich malt, wenn die Nachkommen des reichen Mannes schon lange statt des Moores nichts mehr haben, als eine Wiese mit gelbem Grase und einen Acker mit kurzem Hafer.

Als es gestern seit den drei Tagen, die ich im Lüpfhause bin, zum ersten Male ein wenig wärmer geworden war, setzte ich mich gegen Abend, nachdem ich all mein unter Tags verwendetes Malerzeug geputzt und geordnet hatte, vorne auf den Hügel, wo ein Apfelbaum steht, auf ein Holzbänkchen an eines der vier dort befindlichen Holztischchen, um mein Abendessen zu verzehren. Die Wirtin brachte mir einen gebratenen Fisch, ein Ei, ein Stück weißen Brotes und ein Glas guten Weines, den sie meinetwegen eingelegt hatte. Diese Dinge kann man im Lüpfhause immer frisch bekommen, da die Hühner die Eier legen, der große Bach in der Lüpf Fische hat, und die Wirtin zu ihren Broten immer ein weißes Laibchen bäckt.

Als ich gegessen hatte, und mich behaglich der Betrachtung meines Moores hingab, nicht des gemalten, sondern des wirklichen, kam ein Mann zu dem Apfelbaume. Er war mittlerer Größe, hatte ein graues Käppchen auf und graue Kleider an. Seine nicht langen Haupthaare waren weiß, und sein nicht langer, voller Bart war auch weiß. Daraus sahen rote Wangen hervor, und die Augen, die er hatte, waren braun und klar. Er setzte sich zu einem der Tischchen, lüftete das graue Häubchen und wischte sich mit einem weißen Tuche ein wenig Schweiß von der Stirne. Dann lüftete er das Häubchen noch einmal und grüßte mich. Ich erschrak, stand auf und dankte sehr artig; denn es wäre eigentlich an mir, dem jüngeren gewesen, zuerst zu grüßen.

Die Wirtin brachte ihm in einem geschliffenen Deckelglase Bier, und setzte es vor ihn hin. Nach einer Weile lüftete er den Deckel des Glases, blies den weißen Schaum ein wenig weg und kostete das Bier. Ich sage: kostete; denn nicht sieben Fingerhüte voll hatte er getrunken. Nach einer sehr langen Weile trank er wieder, und jetzt mehr. Ich hatte nichts vor mir; denn, wenn ich gegessen und mein Glas Wein getrunken habe, brauche ich nichts mehr. Wieder nach einer Weile, aber nach einer kurzen, redete er mich an und lobte den Abend. Wir saßen nämlich, wenn auch an zwei verschiedenen Tischen, doch so nahe, daß ein Gespräch geführt werden konnte. Ich lobte auch den Abend; denn wirklich, statt kühler zu werden, wurde er beinahe immer wärmer; das Moor unter uns wurde stets schöner und duftiger, und die Luft klarer. Er sagte, daß jetzt der Frühling mit Gewalt vorrücken werde, und daß wir kaum mehr bedeutende Fröste zu erwarten haben dürften, dann erzählte er mir von dem Straßenbau in Kiring, und sagte, daß man große Felsensprengungen habe machen müssen; die Sache sei aber sehr notwendig geworden, die Kiringer Straße sei über einen Berg gegangen, der Menschen und Tiere zu Schanden gerichtet habe. Dann redete er von dem Kohlenflöze im Fuchsberge. Es bringe jetzt der Gegend wenig Nutzen, da dieselbe noch Überfluß an der Rottanne habe; allein für die Folge und für die Ferne werde der Fuchsberg ein unermeßliches Gewicht erlangen; dann sagte er, daß die untere Lüpf durch diese gegen die jährlichen Überschwemmungen des Lüpfbaches gesichert werden sollte.

Ich antwortete wenig, weil ich die Sachen, von denen er sprach, nicht genug kannte, und verstand, sondern ich hörte größtenteils nur aufmerksam zu. Er hatte während des Gespräches nach und nach sein Bier ausgetrunken, und als dieses geschehen war, legte er mehrere Kreuzer, die das Bier kostete, neben das Glas. Nach einer Weile stand er auf, lüftete wieder das graue Häubchen, wünschte mir eine gute Nacht, und ging fort. Ich hatte seinen Gutenachtgruß erwidert, indem ich aufgestanden war, und sah ihm nach. Die Wirtin, welche bei seinem Aufbruche aus dem Hause gekommen war, beknickste ihn und begleitete ihn. Ich setzte mich wieder zu meinem leeren Tischchen. Die Wirtin mochte ihn bis zum Wacholdergehege hinter dem Hause begleitet haben, wo der Weg abwärts zu gehen beginnt; dann kam sie aber wieder eilig hervor, und nachdem sie das Geld und das Deckelglas genommen hatte, sagte sie: „Das ist er gewesen."

„Wer?" fragte ich.

„Der Herr Roderer", sagte sie.

„Der Herr Roderer", sagte ich, „der Herr Roderer? Nun Roderer heiße auch ich."

„Ihr heißt Roderer, lieber Herr?" entgegnete die Wirtin. „Nun, dann muß das ein anderer Roderer sein, und es gibt mehrere. Bei uns sind viele Meier, Bauer, Schmid."

„So, Meier, Bauer, Schmid", sagte ich, „diese gemeinen Dinge; aber Roderer! Und wer ist er denn, wenn er der Herr Roderer ist?"

„Der reiche Mann", sagte sie.

„Der reiche Mann", entgegnete ich, „der mit seinem unbilligen Reichtum das Moor austrocknen will?"

„Ja, der die Steine in das Moor wirft", antwortete sie. „Seit er uns im vorvorigen Herbste nach dem großen Hagelschlage das Wintersaatkorn geschenkt hat, kommt er immer herauf. Wir nehmen aus Erkenntlichkeit das Bier aus seinem Bräuhause, das er in der oberen Lüpf an dem Hasenhange gebaut hat, und da scheint es mir, daß er heraufkommt, das Bier zu kosten, ob wir es nicht verfälschen. Nun, Gott sei Dank, wir haben keine Ursache, etwas zu verfälschen. Er trinkt immer nur ein einziges Glas, nicht mehr und nicht weniger, dann bezahlt er es und geht. Oft kommt er alle Tage herauf, er hat ein eigenes, geschliffenes Deckelglas für sich herauf gestiftet. An dem Willigitter wartet sein Wagen, und er fährt dann nach Lüpfing und in sein Schloß Firnberg. Er sitzt in der Wärme immer an dem Apfelbaume, und wenn es kalt ist, kommt er gar nicht. Er hat Euch gewiß angeredet, er redet alle Leute an."

„Er hat mich angeredet – und woher ist dann der Herr Roderer gekommen?" sagte ich.

„Er ist weit her gekommen“, antwortete die Wirtin, „mit seiner Frau und mit seinem Sohne und mit seiner Tochter ist er von Holland oder von Spanien gekommen, und hat das Schloß gekauft, und hat einen Forstmeister, und hat einen Verwalter, und hat einen Braumeister, und hat einen Gärtner. Dem Zugerhäusler hat er gar kein Geld gegeben, als er abgebrannt ist, und hat sich dann in den Aufbau gemischt, und hat ihm dann einen Dachstuhl setzen lassen, um das Bauholz weg zu bringen, das er hinter dem Schlosse aufgehäuft hatte. Es liegt noch ein Teil da; aber es brennt jetzt niemand ab. Wir haben ihn Herr Baron heißen wollen, weil es sich so schickt, aber er hat es nicht geduldet. Im Frankwalde läßt er Fichtenbretter schneiden, und unten, wo der Letten ist, wirft er Gräben auf, damit Holz wachsen soll, wo nur Huflattich fortkommt und weiße Wasserblumen. Er kleidet sich nicht nach seinem Stande, und geht schlicht daher. In Lüpfing, will er, sollen alle kranken Armen in ein einziges Haus kommen, wohin er Suppe und Arzneien schicken will. In Kiring draußen hat er eine Mühle im Trocknen mit einem Kirchturme. Sein Sohn ist jetzt gar nicht da, er will die Maschinen lernen, und ist nach Engelland gefahren. Morgen wird es noch wärmer, als heute, da kommt er gewiß wieder heraus, Ihr könnt mit ihm reden, vielleicht kauft er Euch die vielen Risse ab, die Ihr von dem Moore macht, er kann sie etwa gut brauchen.“

„Es ist schon recht, Frau Wirtin“, sagte ich, „morgen bringt Ihr mir, ehe der Tag graut, meine warme Milch hinauf mit dem weißen Brote, und legt noch ein Stück Brot dazu, das ich mitnehme, ich komme den ganzen Tag nicht nach Hause. Auf Abend bratet Ihr mir zum Mittagmahle ein Huhn oder eine Ente.“

„Ein Huhn ist nicht möglich“, sagte die Wirtin, „wir brauchen alle vorhandenen zum Eier legen, aber eine Ente bekommt Ihr von der letzten Zucht, und weil die Rosenäpfel bis in den Frühling gedauert haben, stecke ich einen hinein.“

„Es ist gut“, sagte ich, „und jetzt gehe ich schlafen.“

„Glückliche Ruh“, entgegnete die Wirtin und knickste.

Ich ging die Treppe zu meiner Stube empor. Droben dachte ich: Es wäre doch entsetzlich närrisch, wenn dieser reiche

Roderer – nun, wie reich, weiß man doch nicht – auch noch ein Roderer zu unserem Geschlechte wäre; wenn sein Herr Sohn mein Herr Vetter, und sein Fräulein Tochter mein Fräulein Muhme wäre! Dann wären ja doch, dachte ich, die Roderer ausgedehnt genug. Ich muß es der Großmutter hinterbringen, die hat Freude am Forschen.

Der nächste Morgen stieg ohne ein Wölklein an dem Himmel herauf. Da kaum die Sterne erblaßt waren, kam meine gewissenhafte Wirtin mit der warmen Milch und den Broten herauf. Ich war schon angekleidet und aß schnell, was für den Morgen bestimmt war. Das Brot, die Nahrung des Tages, steckte ich in die Tasche, dann sah ich noch einmal die zwei Blätter an, die ich schon von Moorstellen entworfen, und vorläufig in der Stube aufgehängt hatte, nahm meinen Kasten auf mich, den großen Sonnenschirm, meinen langen Stock und trat die Wanderung an.

Was nötig war, hatte ich schon gestern vorbereitet, Farben, Pinsel, und viele Blätter, darauf gemalt werden konnte; denn ich wollte Moor in Morgenbeleuchtung, Moor in Vormittagbeleuchtung, Moor in Mittagbeleuchtung, Moor in Nachmittagbeleuchtung beginnen, und alle Tage an den Stunden, die dazu geeignet wären, an dem entsprechenden Blatte malen, so lange es der Himmel erlaubte. Moor im Regen hatte ich mir schon vorgenommen, von meinem Fenster aus zu malen. Über das Moor im Nebel habe ich noch nicht nachgedacht. Es ist doch ein Glück, daß ich für meinen Kasten eine Vorrichtung erfunden habe, viel ölnasse Blätter in ihm unterbringen zu können, ohne daß sie sich verwischen.

Es kam ein heißer Frühlingstag, wie ich noch wenige erlebt habe. Ich mußte mich ungemein beeilen; die Stunden flogen wie Augenblicke dahin, die Beleuchtungen wechselten, und ich mußte die Stellen aufsuchen, von denen sich die Beleuchtungen am schönsten zeigten. Ich hätte bald gar kein Wasser für meinen Durst bekommen, wenn mir nicht die Männer, die mit Wägen auf dem Damme hinausfahren, der in das Moor gebaut ist, um von ihm Steine hinabzuleeren, in einem grünen, bauchigen Kruge frisches Quellwasser gegeben hätten. Es schmeckte vortrefflich.

Als der Tag vorüber war, und während ich alles putzte, was not tat, und während ich den Kasten wieder in die Verfassung setzte, ihn morgen gleich mitnehmen zu können, bringt meine Wirtin die Ente, und als ich in der lauen Abendluft an dem Apfelbaume saß, und sie wohlgebraten mit dem Rosenapfel in ihrem Innern vor mir auf dem Tische stand, kam der Herr Roderer mit seinem grauen Anzuge, seiner grauen Haube und mit seinen weißen, kurzen Haaren daher. Ich sprang sogleich auf, ihn zuerst zu grüßen, daß ich nicht wieder die Beschämung wie gestern hätte; ich hielt meine Kappe in der Hand, und richtete die Augen auf ihn. Er lüftete wieder sein Häubchen wie gestern, und trat zu mir heran. Ich bot ihm einen Sitz an meinem Tischchen an, und er setzte sich zu mir. Dann brachte ihm die Wirtin sein Glas Bier.

Während ich nun meine Ente aß, tat er genau wie gestern. Er öffnete den Deckel, blies den Schaum weg und kostete das Bier. Nach einer Weile tat er erst den ersten Trunk. Das Gespräch kam heute viel leichter in den Gang. Er sagte, daß es viele Arbeit gegeben habe, da solche Frühlingstage viel fordern. In dem Garten, auf den Feldern und Wiesen, im Walde und auf der Weide sei zu schaffen gewesen. Er selber habe einen großen Weg zurückgelegt, da sei ihm der Abend doppelt willkommen.

„Ich habe ein Bräuhaus“, sagte er, „von dem ich mir das Bier des gelungensten Sudes in mein Haus kommen lasse, und es dort in einen guten Keller lagere, und es gut behandle, und doch schmeckt mir ein Trunk des Bieres, das die Leute hier aus meinem Bräuhause nehmen, unter diesem Apfelbaume besser, als in meinem Hause. Wenn ich abends an dem Moore nachsehe, gehe ich gerne herauf und genieße den Trunk. Der Hügel hier besteht aus Sandstein, und da ist der Keller trefflich, und das Bier bleibt würzig. Dann ist das Heraufgehen, das schon vorbereitet, und dann ist das darauffolgende Fahren nach meiner Wohnung, das so behaglich ist. Ich will davon nicht reden, daß dieser einsame Hügel am Rande des Moores mit dem Apfelbaume etwas sehr Anziehendes hat, derlei muß man sich ausschlagen.“

„Ich schlage es mir nicht aus“, sagte ich, „deswegen bin ich an jedem Abende, wenn es nicht Frost oder Nässe hindern, hier.“

„Das wird anders werden“, entgegnete er, „man muß sich oft

das Liebste ausschlagen. Sie haben heute sehr viel gearbeitet; meine Leute, welche an dem heutigen Tage an dem Moore beschäftigt gewesen sind, haben es mir gesagt, sie haben Sie den ganzen Tag ohne Mittagmahl gesehen."

„Mein Mittagmahl ist diese Ente hier", sagte ich.

„Das habe ich mir gedacht", entgegnete er. „Ich lasse meine Leute an dem Moore immer nach einiger Zeit durch andere ablösen, daß die Gefahr des Fiebers für sie geringer wird. Sie aber gehen nun immer derselbe hinaus, und die Luft, die da erzeugt wird, kann auf Sie Einfluß nehmen."

„Darauf muß ich es meines Zweckes wegen wohl ankommen lassen", sagte ich.

„Nun, ich wünsche, daß Sie Ihre Zwecke auf das beste und vollständigste erreichen", antwortete er, „man kommt durch Beharrlichkeit meistens zum Ziele; aber die Ziele wechselt man öfters."

Und so redeten wir noch mehreres, bis er sein Bier ausgetrunken hatte, bis er aufgestanden war, sein Häubchen lüftete und mir gute Nacht sagte. Ich hörte dann, wie unten sein Wagen mit ihm fort rollte.

Am nächsten Tage war es wieder ganz heiter. Ich ging mit dem Anbruche des Tages in das Moor und blieb den ganzen Tag in demselben. Ich hatte mir zur Löschung des Durstes nun selbst eine sehr große, überflochtene Flasche voll Wasser mitgenommen. Das Wasser wurde wohl warm, aber es mußte helfen. Ich arbeitete auf allen Stellen an den für diese Stellen begonnenen Entwürfen weiter, bis es gegen Abend ging. Die Leute, welche mit Austrocknung des Moores beschäftigt waren, brachten Ladung nach Ladung, und warfen sie in den weichen Grund, der sie schlang, bis der Tag seinem Ende entgegenrückte. Er war noch viel heißer gewesen, als der gestrige. Abends kam der alte Mann zu dem Apfelbaume, und wir redeten mit einander.

Ich wollte eine Reihe von Entwürfen ausarbeiten, die mir dann dienen sollten, ein sehr großes Bild in Angriff nehmen zu können.

Als ich eines Tages auf einer meiner Stellen saß – es war ein trockener, grauer Rasen, der sich unweit des Weges nach Firnberg am Rande des Moores befand, kam, während ich unter meinem weißen Schirme fleißig arbeitete, eine Gesellschaft gegen mich heran. Ich gewahrte erst, daß jemand hinter mir stehe, als ich einmal zufällig außerhalb meiner Richtung blickte, und Schatten von Dingen sah, die nicht ich und mein Sonnenschirm waren. Ich schlug den Deckel meiner Malvorrichtung zu, damit das Gemälde nicht mehr gesehen werden konnte, und blickte auf meinem dreifüßigen Stühlchen sitzen bleibend um. Da standen vier Menschen hinter mir. Zwei waren junge Mädchen, zwei waren junge Männer. Ein Mädchen war gerade hinter mir gestanden. Es hatte braune Haare, braune Augen und ein blühendes Angesicht. Auf dem Haupte war ein gelbes Strohhütchen. Neben ihr stand ein Mann, der hatte nankinggelbe Beinkleider an, eine nankinggelbe Weste, einen nankinggelben Rock, und auf dem Haupte hatte er auch ein gelbes Strohhütchen. Er war blond und hatte eine fröhliche Gesichtsfarbe. Die anderen zwei waren sich fast gleich. Jedes hatte schwarze Haare und dunkle Augen. Sie standen etwas weiter weg. Als ich diese vier Menschen erblickt hatte, stand ich von meinem Stühlchen auf, und wendete den Rücken gegen mein Malerzeug, das Angesicht aber gegen die Personen. So blieb ich stehen.

„Sie handeln mißgünstig, daß Sie uns den Anblick Ihrer schönen Arbeit so schnell entziehen“, sagte die mit den braunen Augen.

„Sie haben diese Arbeit, deren Schönheit noch ungewiß ist, schon heimlich gesehen“, antwortete ich.

„Wir haben Sie überrascht“, sagte sie, „da Sie in Ihrer Kunst vertieft waren, und haben wohl etwas zugesehen. Halten Sie das für unrecht?“

„Ja“, entgegnete ich, „weil Sie nicht wissen konnten, ob der malende Mann sein Malen zum Zusehen eingerichtet habe.“

„Dies ist ein Weg, auf dem man von Kiring nach Firnberg gehen kann“, nahm jetzt der blonde, junge Mann das Wort, „und jeder Mensch darf dieses Weges gehen, der sich keiner Übertretung schuldig gemacht hat, um derentwillen man ihn einfangen dürfte. Da wir nun zu dieser Menschengattung nicht gehören, so ist uns erlaubt, auf dem Wege zu gehen. Und da wir Augen haben, dürfen wir auf den Weg schauen, und auf alles das, was sich neben ihm rechts und links befindet.“

„Was sich rechts und links befindet“, antwortete ich, „ja – wenn man an dem Weg handelt, wohl nicht: dazu braucht man die Einwilligung des Handelnden.“

„Sie konnten ja Ihr Malerfach schließen, als Sie uns kommen hörten“, sagte der Mann.

„Ich habe Sie nicht kommen gehört, das wissen Sie recht gut“, antwortete ich.

„Zanken Sie nicht, Herr Graf“, sagte die Braunäugige, „es ist wohl von uns unartig gewesen, daß wir von dem Farbenreize, der da unter der aufgespannten Schirmleinwand war, verführt, stehen blieben, und ein wenig zusahen, wie dieser Farbenreiz entsteht. Wir hätten den Herrn um Erlaubnis bitten sollen.“

„Sie haben recht, schöne Susanna, wie Sie immer recht haben“, antwortete derjenige, den sie mit „Herr Graf“ angesprochen hatte, „und vielleicht öffnet nun dieser Herr, wenn ich ihn für Sie recht artig bitte, den Deckel von seinem Farbenreize.“

„Was unter dem Deckel dieses Faches ist“, entgegnete ich, „besteht aus unfertigen Strichen und Haken, die nur für den einen Sinn haben, der sie weiter entwickeln und zu diesem Sinne gestalten will. Daher sind sie zum Vorzeigen nicht geeignet.“

„Das ist richtig und billig“, antwortete die Braunäugige, „aber ich weiß, edler Herr, daß Sie in der Lüpfschenke fertige Entwürfe dieser Gegenden haben: wäre es dann für ein Mädchen, das diese Gefilde und die Kunst liebt, unbescheiden, wenn es den Wunsch hegte, einige dieser Entwürfe zu sehen?“

„Es ist nicht unbescheiden, diesen Wunsch zu hegen“, sagte ich, „allein meine Gemälde sind nicht zum Vorzeigen verfertigt worden. Vielleicht zeige ich sie jemanden, vielleicht schenke ich sie jemanden, vielleicht behalte ich sie immer bei mir, vielleicht zerstöre ich sie auch. Zudem sind die Dinge, welche in der Lüpfschenke liegen, nur Entwürfe und keine Gemälde. Ich kann sie Ihnen daher nicht zeigen.“

„Sie sehen schon, verehrte Susanna, daß mit diesem edlen Herrn kein Vertrag zu schließen ist“, sagte der, welcher „Herr Graf“ geheißen worden ist, „wir müssen wohl schon darauf verzichten, etwas mehr zu sehen, als wir schon gesehen haben.“

„Wir müssen halt verzichten“, sagte sie.

Nach diesen Worten nickte sie, ich verbeugte mich, die anderen verbeugten sich auch, und die zwei Paare gingen vorüber.

Nach kurzer Zeit kam ein Wagen in der Richtung, in welcher die vier Menschen gingen, an mir vorüber. Der Wagen war leer, er war sehr schön und wurde von zwei vorzüglichen Braunen gezogen. Als er die zwei Paare eingeholt hatte, setzten sie sich ein und fuhren in der Richtung nach Firnberg weiter. Ich aber öffnete jetzt den Deckel, setzte mich, und malte noch so lange fort, bis meine Zeit an dieser Stelle aus war.

Ich habe diese Menschen später noch einmal gesehen. Wenn ich auf der Stelle neben dem Wege saß, war ich nach jener Begegnung sehr vorsichtig, und sah zu rechter Zeit wegauf- und wegabwärts. Und da sah ich sie kommen. Ehe sie mich erreichten, schloß ich den Deckel, stand auf und richtete das Angesicht gegen sie. Da sie vorüber gingen, grüßte ich sie, und sie dankten. Susanna hatte sehr große, feurige Augen, und sah mich mit ihnen an. Da sie ihres Weges weiter waren, malte ich erst ruhiger fort.

Es kam endlich eine andere Zeit. Ein Gewitter ging über das Moor, und es folgten mehrere kalte und regnerische Tage. Den Regen über dem Moore suchte ich nun von meinem Fenster aus zu malen. Da trübe Tage ohne Regen kamen, ging ich in meinem Zimmer daran, die gemalten Entwürfe auf das einzige, große Bild anzuwenden, das ich vor hatte. Ich stellte zu dem Zwecke meine zerlegbare Staffelei zusammen, spannte auf Leisten, die ich mitgebracht hatte, eine große Leinwand, stellte die Leinwand auf die Staffelei, und richtete neben ihr einen eigenen Malerkasten zurecht. Damit ich von Zeit zu Zeit die rechte Ferne von dem Bilde nehmen konnte, öffnete mir die Wirtin die Türe in eine Dachbodenkammer, in die man aus meinem Zimmer gelangen konnte, und ich ging nun während der Arbeit oft in dieses Nebengemach, und sah aus demselben auf mein Bild hinaus. Ich bestellte sofort durch ein Schreiben auch einen Goldrahmen samt einer Kiste für das Bild, damit ich durch nichts in der Förderung des Werkes aufgehalten würde; denn die letzten Striche an einem Bilde sollen und müssen in dem Rahmen gemacht werden, und die Kiste brauchte ich, um in jedem Augenblicke das Gemälde an einen andern Ort schaffen zu können, falls ich das für nötig finden sollte. Um nicht zerstreut zu werden, aß ich auch jetzt zu Mittag nicht, sondern legte mir ein Brot zurecht, von dem ich zeitweise einen Bissen nahm. Erst gegen Abend, wenn ich aufhörte, wenn alle Geräte gereinigt waren, und wenn ich alles für den nächsten Tag zurecht gerichtet hatte, beriet ich mich mit der Wirtin über mein Mittagessen, das zugleich ein Abendessen war.

In den fünf trüben, zum Teile auch mit Regenschauern heimgesuchten Tagen konnte ich die große Leinwand ganz mit Farbe bedecken, also das Bild untermalen. Die Wirtin hatte mir nach und nach die allerlei Habseligkeiten, die sie in der Dachbodenkammer hatte, weggeräumt, und mir auch die Kammer zur gänzlichen Benützung gegeben, da sie sah, wie ich anfing, ganz und gar keinen Platz mehr zu haben. Ich setzte in diesen fünf Tagen keinen Fuß aus dem Hause, um einen Gang in den Fluren zu machen, kaum daß ich zuweilen abends ein wenig unter den Apfelbaum trat, und in das Moor hinaus sah.

In diesen fünf Tagen ereignete sich eine Seltsamkeit mit mir, die ich im Grunde von mir nicht begreifen konnte. Der reiche, alte, kurzweißhaarige Herr Roderer, der natürlich durch die regnerischen und trüben Tage in seinen Arbeiten im Moore nicht aufgehalten war, ja in der Kühle durch Pferde und Mann mehr wirken konnte, als in den heißen Tagen, der mir also einen bedeutenden Vorsprung abgewann, kam auch an manchem Regentage, oder wenn es grau und frostig am Himmel war, auf den Lüpfhügel herauf. Er saß dann mit mir in der Wirtsstube, in welcher selten abends ein Gast war, da die Fußgänger, die am häufigsten hier zusprachen, das Moor am Abende mieden, teils der Dünste, teils der Gespenster wegen. Die Wirtin sagte mir, daß der hochgeborne Herr Roderer sonst an solchen Tagen nie gekommen sei, daß er an mir Gefallen gefunden haben müsse, und daß er jetzt auch länger da bleibe, als sonst, wenn er auch eigensinniger Weise nicht mehr, als ein Glas Bier trinke.

Eines Tages, da es in der Wirtsstube zu sehr rauchte, während die Wirtin mein Abendessen kochte, saßen wir in dem einzigen noch verfügbaren Gelasse des Hauses, einem kleinen Kämmerlein neben meinen zwei Arbeitsstuben. Als ich nun am anderen Tage, ich weiß nicht, ob es wieder geraucht hat, den Herrn Roderer abermals die Treppe zu dem winzigen Kämmerlein herauf steigen hörte, – ich kannte seine Tritte schon recht gut, und konnte sie von denen des Wirtes und der Wirtin, und dem Gerassel der Buben wohl unterscheiden – rief ich ihn, von den Worten der Wirtin und meiner eigenen Beobachtung, daß er wirklich jetzt länger bleibe, wirblig gemacht, durch die offene Türe meiner Stube zu mir herein, und nun sah er, da der Tag schon länger, und es völlig licht war, alle meine Bilder und Entwürfe, die ich niemanden zeigen wollte, und die ich nicht einmal Susanna gezeigt hatte, die doch weit lebhaftere Augen besaß, als der Herr Roderer, obgleich die seinigen so braun waren, als die ihrigen. Ich putzte eben die Pinsel, und er ging von einer Arbeit zu der anderen, wie sie eben entweder herum lagen, oder an die Wand geheftet waren, und betrachtete jede genau. Auch das angefangene, auf der Staffelei stehende große Bild schaute er lange an. Ich konnte es ihm nicht verbieten, da ich ihn selber hereingerufen und ihm folgerecht die Dinge zur Betrachtung preisgegeben hatte. Er sprach aber über alle die Arbeiten kein Wort. Wir setzten uns, da ich mit meinen Pinseln fertig war, in das kleine Stübchen, auf dessen Hängetischchen die Wirtin sein Bier und meine Abendkost gestellt hatte. Als seine Zeit um war, kletterte er die Treppe hinab, ging über den Hügel hinunter, und fuhr in seinem Wagen nach Hause.

Am anderen Tage war schönes Wetter. Mein Reisebarometer, welches ich in meiner Malerstube aufgehängt hatte, zeigte achtundzwanzig Zoll und vier Linien, was Dauer des schönen Wetters bedeutete, und ich nahm meine stets bereit stehenden Malerwandersachen, und ging sofort zum Malen auf das Moor hinaus. Es folgten mehrere schöne Tage, und ich benützte sie.

Meine Wirtin hätte mir bald Unannehmlichkeiten bereitet. Es nahte das Kirchweihfest in Lüpfing, und da redete sie mir zu, ich sollte an diesem Tage Ruhe machen, und nach Lüpfing gehen; denn etwas Schöneres, als dieses Fest könne ich gar nicht sehen. Ich wies ihr Ansinnen zurück. Als der Tag des Festes vorüber war, den sie ganz und gar in Lüpfing zugebracht hatte, kam sie abends zu mir an den Apfelbaum, an welchem heute mein

Herr Roderer nicht saß, weil Feiertag war, und erzählte mir, wie außerordentlich schade es sei, daß ich nicht nach Lüpfing gekommen bin. Die Leute kennen mich alle, sie lieben mich, sie haben alle nach mir gefragt, und meine Bilder gepriesen, sie haben gesagt, ich sei ein sehr gewöhnlicher Herr, der keinen Stolz hat, und mit allen redet, sie könne meine Bilder sehen, wann sie wolle, wenn sie aufräume, oder etwas frage, und ihr Mann könne sie auch sehen, wenn er ein Wasser hinauf trage oder dergleichen, und wenn ich nach der Arbeit aufräume, sage ich nicht einmal ihren Buben einen Tadel, wenn sie hinauf kommen. Die Leute freuen sich außerordentlich auf die Bilder. Sie werden kommen.

Ich sagte zu der Frau Wirtin: „Ihr, meine liebe Frau Wirtin, wenn Ihr in meine Stube kommt, und etwas zu schaffen habt, und Euer Mann, der Herr Wirt, wenn es für ihn bei mir etwas zu tun gibt, könnt meine Bilder nach Herzenslust anschauen, selbst Euere Knaben können es zu einer Zeit tun, in der sie mich nicht stören: aber jeder andere Mensch darf es nicht, wenn er auch aus Lüpfing oder Kiring kommt, oder aus der oberen Lüpf, oder aus der unteren Lüpf, oder aus Paris, oder aus Petersburg, oder München. Sagt einem jeden, daß ich nicht Zeit habe, Leute zu empfangen, und daß meine Bilder nicht zu sehen sind.“

„Das ist so, so ist es“, antwortete sie, „wir haben ein großes Recht, wir und der hochgeborne Herr Roderer, die Bilder anzusehen, und sonst niemand.“

„Ihr könnt sie anschauen“, sagte ich, „weil Ihr seid, wie Ihr seid, und dem Herrn Roderer habe ich sie gezeigt, weil ich sie ihm nun eben einmal gezeigt habe.“

„Ja, das verstehe ich“, antwortete sie.

„Und so tut auch, wie ich gesagt habe“, erwiderte ich.

„Ich werde es tun, freilich tue ich es“, sagte sie.

Und hiemit war wohl das Gespräch aus, aber nicht die Sache. Denn in den Tagen, die auf die Lüpfinger Kirchweihe folgten, kamen wirklich Leute aus Lüpfing und anderswoher zu mir, die mich einfach besuchen wollten. Die Tage waren trüb, ich arbeitete an dem großen Bilde in meiner versperrten Stube, und ließ sagen, daß ich mich nicht unterbrechen könne, und nicht gestört werden dürfe. Endlich ließ ich mir durch den Wirt, welchen ich sendete, einen Wagen aus Lüpfing bestellen, und fuhr in demselben nach Lüpfing. Die Wirtin äußerte ihre Freude, daß ich einmal von der großen Plage, die ich mir auferlege, inne halte, und auch ein Vergnügen suche, wie es sich gebühre. Ich aber kaufte in Lüpfing zwei gleiche Eisenringschrauben und ein Vorhängeschloß, und fuhr wieder heim. Die Eisenringschrauben schraubte ich von außen in Türstock und Türe meiner Stube so, daß die Ringe über einander paßten, und als ich das nächste Mal in das Moor malen ging, legte ich das Vorhängschloß in die Ringe, und sperrte so meine Stube, daß sie in meiner Abwesenheit nicht geöffnet werden und daß man meine Bilder niemand zeigen konnte.

Der Goldrahmen zu dem großen Bilde kam nun auch endlich an. Der Rahmen war zerlegt, und in seinen Teilen der Länge nach in die Kiste gepackt. Ich konnte ihn jetzt nicht zusammenstellen, sah aber an den Teilen, daß er sehr schön sein müsse, wie alles, was von meinem Vergolder kommt.

Als es schon Sommer war, und ich an einem lauen, lieblichen Abende mit Roderer an dem Apfelbaume saß, sagte er: „Sie werden sehr wahrscheinlich einmal zu malen aufhören, und dann gar nie mehr einen Pinsel anrühren."

Ich schaute ihn mit den größten Augen, die in meiner Macht waren an, und sagte: „Das wäre das seltsamste Ding, ich finde dazu noch gar keinen Anfang in meinem Wesen. Und was werde ich denn dann tun, wenn ich nicht mehr male?"

„Das weiß ich noch nicht", antwortete er, „aber tun werden Sie gewiß etwas."

„Ja, gewiß etwas tun", sagte ich, „und Sie können mir wohl nicht verargen, wenn ich Sie frage, was Sie zu diesem Ausspruche über mich berechtigt, der so tief in meine Tätigkeit eingeht."

„Gewiß kann ich Ihnen die Sache nicht sagen", antwortete er, „aber sie ist mir sehr wahrscheinlich, und wenn mein Ausspruch zur schnelleren Entwicklung Ihres Laufes etwas beitragen kann, so wird es mich sehr freuen, und wenn ich mich irre, und Sie ein Maler bleiben, so werden Sie durch meinen Ausspruch und mein Benehmen erst ein rechter Maler."

„Nun ich bin begierig“, sagte ich.

„Hören sie mich an“, begann er, „es lebt seit Jahrhunderten ein Geschlecht, das immer etwas anderes erreicht hat, als es mit Heftigkeit angestrebt hat. Und je glühender das Bestreben eines dieses Geschlechtes war, desto sicherer konnte man sein, daß nichts daraus wird. Und nicht etwa durch das Schicksal wurden diese Leute aus ihren Bahnen geworfen; denn dann wäre ja mancher darin geblieben, weil Schicksal und Zufall nicht folgerichtig sind, sondern jeder verließ selber freiwillig und mit Freuden seinen Kampfplatz, und wendete sich zu anderen Dingen. Manche erreichten über Ansammlung der Mittel zu ihrem Zwecke den Zweck nicht. Sie waren alle höchst begabte Leute, einen einzigen ausgenommen, welcher ein gewöhnlicher Mensch war, und weil sie solche Begabungen hatten, so wählten sie frühzeitig schon irgend eine Tätigkeit, spornten diese zu höchstem Feuer, und erreichten auch Erfolge, die andere Menschen in Erstaunen setzten; aber es genügten ihnen die Erfolge nicht, und sie warfen das Zeugs weg. Ich weiß nicht, wenn einmal einer gekommen wäre, der das Höchste in seinem Fache hervorgebracht hätte, ob auch er von demselben wieder gewichen wäre, ich weiß es nicht, weil der Fall nicht vorgekommen ist; ich glaube aber, dieser Mann wäre eine Ausnahme seines Geschlechtes geworden, und hätte es zu seltenen Ehren gebracht, wenn er nicht auch noch anderen Gedanken nachjagend, all sein Tun für Stückwerk gehalten, und es zu dem Plunder geworfen hätte. Wer kann das wissen. So merkwürdig ist aber das Geschick dieses Geschlechtes, daß selbst der gewöhnliche Mensch, der, wie ich Ihnen sagte, dazu gehörte, diesem Geschicke nicht entgehen konnte. Obwohl er nicht durch hohe Begabung zu vorzeitiger Tätigkeit getrieben, und von ihr wieder abwendig gemacht wurde, so reichte sein Pfund doch gerade hin, zu tun, wie alle seine Väter, Vettern und Muhmen, nämlich ein Ungetüm von Zeit und Kraft einem Dinge zuzuwenden, um es dann gehen zu lassen, und ein anderes zu ergreifen. Ich kenne dieses Geschlecht außerordentlich genau, ich bin selbst einer davon, und zwar jener gewöhnliche Mensch, von dem ich Ihnen gesagt habe. Ich habe selber getan, wie meine Angehörigen. Ich habe von denen erzählen gehört, welche vor uns gelebt haben, und ich habe beobachtet, was die gefördert haben, die mit mir gleichzeitig sind, und habe besonders die jüngeren beobachtet. Und gerade so, wie diese jüngeren, benehmen Sie sich, mein Herr. Sie haben sich der Landschaftsmalerei ergeben nicht des Geldes wegen, nicht des Ruhmes wegen, nicht aus Eitelkeit; denn Sie verbergen Ihre Bilder, zeigen sie nicht, wollen sie nicht verkaufen, sondern Sie streben nach eigener Billigung, wollen den Dingen ihr Wesen abringen, wollen die Tiefe erschöpfen, darum wählen Sie sich einen Gegenstand, der so ernst, schwierig und unbedeutend ist, daß ihm die anderen aus dem Wege gehen würden, dieses Moor. Sie verfolgen Ihren Zweck mit einer Kraft und Hartnäckigkeit, die zum Bewundern sind, Sie lassen alles, was sonst die Jugend bewegt, bei Seite liegen, ja Sie versagen sich die Befriedigung der gewöhnlichen Bedürfnisse, um nur Ihrem Ziele zuzusteuern, und Sie sind in Ihren Arbeiten zu Ergebnissen gekommen, die ganz ungewöhnlich sind. Ich verstehe Bilder, und wenn Sie mich einmal in meinem Hause besuchen wollten, würden Sie nicht unbedeutende Erzeugnisse der Malerkunst älterer Zeiten bei mir finden. Ihre Entwürfe, die ich genau angesehen habe, gehören zu dem Allerbesten, was die neue Kunst hervorgebracht hat, an Wahrheit übertreffen sie alles, was jetzt da ist; und eben deswegen werden Sie eines Tages sagen: Das ist doch noch nichts als leeres Getue, ich werfe es zum Teufel. Noch eins ist, das zu beachten kommt. Alle Nachkommen unseres Ahnherrn, auf den wir noch zurück zählen können, haben fast wie mit Eigensinn ohne erhebliche Ausnahmen braune Haare und braune Augen bei freundlicher Farbe des Angesichtes. Sie besitzen diese Merkmale auch, als sollte Ihr Körper mir auch noch die Anzeige geben, welche mir Ihr Geist gegeben hat. So sind die Dinge, und so habe ich aus Ihnen über Sie geschlossen."

„Ich habe Sie Ihre Ansichten entwickeln lassen", entgegnete ich auf die Rede meines Nachbars, „und bin jetzt weniger betroffen über Ihren Ausspruch, als ich es war, da ich ihn eingangs Ihrer Mitteilung hörte, weil ich damals glaubte, er ruhe auf irgend einem untrüglichen Fuße, und raube mir wider meinen Willen meinen Lebensinhalt. Jetzt aber kann ich Ihnen mit Beruhigung sagen: Ich werde nie meinem Streben untreu werden, und ich werde nie der Landschaftsmalerei entsagen, mögen die Ergebnisse derselben sein, welche sie immer wollen. Ich kann dieselben nicht voraussehen; aber wenn man mir mein Tun nimmt, hat mein Leben gar keinen Wert und gar keinen Reiz, auch nicht den allergeringsten, und was man Vergnügen, Freude, Wonne, Seelenfülle, Geistesbefriedigung, Daseinsabschluß und dergleichen nennt, ist für mich dann nicht mehr als das Stäubchen, das in der Sonne spielt, oder der Sand, den der Bettler zertritt."

„Das ist gerade auch eines der Merkmale mit", entgegnete mein Nachbar, „und bestärkt mich in meiner Ansicht. Jeder unseres Geschlechtes war von der Unaufhörlichkeit seines Strebens schlechterdings durchdrungen, bis es aufhörte.

Die Männer jagten nach ihrem Zwecke, die Frauen duldeten und kämpften darnach bis es nichts war. Da war der uralte Echoz – Vornamen gab es damals noch kaum – der machte die Römerzüge des rotbartigen Friedrich mit, er dürstete nach ritterlichem Ruhme, nach Taten, die keiner nachtun könnte, nach schönen Waffen, Pferden, Kleidern, er wollte wie Büren der Stammvater der Staufen auf einem hohen Berge eine Burg bauen, ein hohes Fräulein ehlichen, und ein Geschlecht gründen, dessen Glanz noch weiter über die Erde gehen sollte, als das der Staufen.

Er erwarb Reichtum, er heiratete ein hohes Fräulein, und verwaltete im Alter einen großen Hof, und ritt herum, seine Rinder, Schafe, Zuchtpferde zu zählen.

Sein Urenkel wollte den besten Wildstand in einem gezäunten ungemein großen Gehege gründen, den es im deutschen Reiche geben sollte, und rodete endlich das Gehege zu Wiesen und Feldern, und mochte wohl der Roderer geheißen haben.

Ein anderer, Peter Roderer, lebte mit Söhnen und Töchtern auf seinem Hofe und hielt Ordnung, und suchte alles kennen zu lernen, was gute Landwirte tun, um ihr Anwesen empor zu bringen; denn er wollte die beste Wirtschaft, die es geben kann, herstellen. Dann zog er gegen die Türken und ward ein Vorkämpfer und Führer, der geachtet wurde, und er starb in hohen Ehren, entfernt von seinem Hofe den er nicht mehr sah. Dann war ein anderer Peter Roderer, welcher nach Reichtum strebte, um ein strahlendes Haus zu gründen, das der Neid aller im Gaue sein sollte; dann preßte er Zider aus Äpfeln, und suchte dieses Getränke im Lande zu verbreiten, so wie auch eine edle Obstzucht zu begründen, weshalb er aller Orten treffliche Bäume suchte und pflanzte. Seine Söhne waren die Roderer Peter Buben. Sie waren vier, und hatten ganz gleichen Sinn. Ihr Vater hatte ihnen einen mäßigen Hof in Tissenreit hinterlassen. Sie waren in ihrem Alter sehr nahe; denn jeder der Jüngern war von dem Nächstälteren ungefähr um ein und ein halbes Jahr verschieden. Sie hatten im Sinn nicht einen Hof allein zu besitzen, und zu bewirtschaften, wie Bauern, sondern sich zu heben, und Edelsitze zu gründen. Jeder wollte Reichtum sammeln, dann ein schönes reiches Mädchen heiraten, ein eigenes Anwesen herstellen und so fort wachsen.

Um dies auszuführen, beschlossen sie den väterlichen Hof gemeinschaftlich zu verwalten, alles, was nur immer aus ihm zu ziehen wäre, in Geld zu verwandeln, und wenn genug Geld vorhanden wäre, es zu teilen, den Hof in die Teilung einzubeziehen, und dann ihr beabsichtigtes Leben zu beginnen.

Sie legten das gröbste Bauergewand an, und gingen in hölzernen Schuhen. Sie unterzogen sich der härtesten Haus- und Feldarbeit, hatten gar keinen Knecht, sondern Taglöhner, und benötigten nur eine einzige Magd. Am Sonntage zog ein jeder einen besseren Rock und lederne Stiefel an, und so gingen sie in ihre, eine halbe Wegstunde entfernte Pfarrkirche. Auf dem Heimwege zogen sie zur Sommerszeit Stiefel und Rock aus, gingen in bloßen Füßen, und trugen Stiefel und Rock über der Schulter. Am Nachmittage dieses Tages saßen sie auf dem steinernen Gange im Innern ihres Hofes, und aßen jeder ein Stück weißen Brotes als Sonntagsgabe, oder im Winter in der gemeinschaftlichen kleinen Stube. Nie trank einer der vier einen Schluck Wein oder Bier oder Branntwein. Den Zider ihres Vaters und den sie selber machten, verkauften sie, und was der Hof trug, wurde an Käufer abgelassen. Die Roderer Peter Buben starben unvermählt, jeder über neunzig Jahre alt, und hießen immer die Roderer Peter Buben.

Silber befand sich in Säcken, in Strümpfen, in alten Stiefeln, in hölzernen Kistchen oder Tiegeln. Zum Erben war Karst, der

Mann ihrer Nichte eingesetzt, der arm war, das Seinige zu Rate hielt, und gerne Geld sammelte. Als Karst das Silber erhielt, war er wahnwitzig, lebte in Saus und Braus, verschwendete alles, und starb mit seiner Frau im Elende. Mit den Roderer Peter Buben wären die Roderer Peter Buben ausgestorben, wenn es nicht noch einen Roderer Peter Buben gegeben hätte, einen fünften, der aber nie so geheißen hat; denn als das Volk den Namen Roderer Peter Buben schöpfte, da sie gemeinschaftlich als junge Menschen ihren Hof verwalteten, war er schon lange nicht mehr in dem Hause. Er war schon zu den Lebzeiten seines Vaters fortgegangen. Er hieß Friedrich.

Friedrich Roderer war ein räudiges Schaf. Er konnte schon als Jüngling, als jüngster unter den Brüdern das Streben des Vaters nicht teilen. Ihm lag nichts an Obstzucht oder andern Dingen des Hauses, noch auch befreundete er sich mit den Geldneigungen der Brüder, die sie schon in der Kindheit gezeigt hatten, sondern er schweifte in der Gegend herum, wußte alle Vogelnester, kannte alle Hunde, wußte wie sie hießen und wem sie gehören, ritt auf allen Pferden, die auf der Weide waren und die er habhaft werden konnte, floh die Schule, verschleuderte jeden Pfennig, den er bekam; führte alle Buben der Gegend, welche wie er nicht viel in dem väterlichen Hause waren, zu Schlachten an oder zu Zügen in den Wäldern, oder sie fingen Fische und Krebse in den Bächen, und brateten sich dieselben an einem Feuer, das sie angelegt hatten, und wenn er die Strafe des Vaters fürchtete, schlief er oft mehrere Nächte in einer Höhle oder unter einem überhängenden Steine, der ihn vor dem Nachttaue schützte.

Der Vater suchte ihn zu bessern, er redete ihm zu, er züchtigte ihn empfindlich; aber durch die Strafe wurde er nur störriger. Seine Mutter war schon vor langer Zeit gestorben. Später ließ er sich einen langen Bart wachsen und ging zu den Gauklern, welche auf dem Seile tanzten, durch Reifen Luftsprünge machten, Feuer fraßen, Bänder spien und ihren Körper in die staunenswertesten Stellungen brachten. Er kam weit von seiner väterlichen Gegend weg und man hörte lange nichts mehr von ihm.

Von den Gauklern ging er zu den Schauspielern, und stellte die verschiedensten Handlungen und Gemütsbewegungen der

Menschen dar. Er wollte das deutsche Schauspielwesen auf den Gipfel der Kunst erheben, und was er in der Kindheit so sehr geflohen hatte, die Bücher, das wurde jetzt sein Lieblingsgegenstand. Fast Tag und Nacht las er, oder er schrieb, oder ließ davon nur ab, um seinen Kameraden darzutun, welche Sachen schön und würdig seien, und wie man sie am herrlichsten darstellen könne. Als die Preußen Schlesien angriffen, zog er gegen sie ins Feld, und ging nun nie mehr zu den Schauspielern oder Gauklern zurück, sondern blieb unter den Soldaten, brachte es vorwärts, und wie er einst die Lotterbuben seiner Heimat zu Spielschlachten angeführt hatte, so führte er jetzt Männer zu wirklichen, und die Zahl, die unter ihm stand, wurde stets größer. Er kam zu Hab und Gut, heiratete ein reiches Fräulein, und mehrte dadurch den Besitz.

Was die vier Roderer Peter Buben in neunzig Jahren nicht zuwege bringen konnten, das erreichte der räudige Friedrich im Spiel und Sprunge. Er wohnte im Alter auf einem ihm zugehörigen Edelsitze, obwohl er selber nie nach dem Adel, der ihm hätte gegeben werden können, strebte.

Von der Erbschaft der Roderer Peter Buben hatte er nur ein Teilchen bekommen, man weiß nicht, ob durch das Gesetz oder auf eine andere Weise. Das arme Töchterchen Karsts, Mathilde nahm er zu sich.

Dieser Friedrich Roderer war mein Urgroßvater, und von ihm stammen alle Roderer. Seltsam ist es, daß alle, sowie er den vollen Bart als Seilkünstler trug – wie er als Krieger war, wissen wir leider nicht mehr – auch den vollen Bart trugen; aber im Widerspruche mit ihm trugen sie nicht einen langen sondern einen auf drei Zoll zurückgestutzten Bart. Die zahlreichen Roderer, die von ihm stammen und ins Grab gestiegen sind, sah ich mit diesem Barte abgebildet, und die noch leben, kenne ich mit diesem Barte. Bei einigen, wie bei mir, ist er weiß geworden. Und haben Sie nicht auch, wie unser Geschlecht einen kurzen braunen Vollbart?“

„Das ist ein Zufall“, sagte ich, „jetzt ist es in vielen Männerkreisen Sitte, einen kurzen Vollbart zu tragen. Mir gefällt die Sitte und mir ist es bequemer, meinen Bart mit Schere und Kamm zu behandeln als mit dem Schermesser.“

„Daß Ihnen diese Sitte gefällt, zeigt schon, daß Sie mit unserem Geschlechte gleich fühlen“, sagte Roderer, „wir trugen den Bart, da er noch nicht Sitte war.“

Er schwieg ein Weilchen, dann sagte er: „Wollen Sie denn von mir nicht auch etwas hören?“

„Dem würde ich die größte Teilnahme schenken“, sagte ich.

„Freilich“, antwortete er, „weil ich vor Ihnen sitze, und weil das Gegenwärtige immer mehr Kraft und Recht hat als das Abwesende. So hören Sie denn.

Von den vier Söhnen Friedrichs, nachdem einer von den Wölfen zerrissen worden war, und einer sich in den Deutschen Orden begeben hatte, heirateten zwei, mein Großvater Peter der Zweitjüngste und der Jüngste, Joseph. Auch die vier Töchter heirateten, und auch das angenommene Kind Mathilde. So wurden wieder Roderer und solche, denen von weiblicher Seite her Rodererblut in den Adern rann. Mein Vater hieß gleichfalls Peter, so wie ich wieder Peter heiße. Mein Vater besaß ein kleines Anwesen, und trieb einen lebhaften Linnen- und Flachshandel. Vier Söhne und vier Töchter gebar ihm meine Mutter. Unsere Eltern erzogen uns sorgfältig und unter angenehmen Verhältnissen. Mein Vater las sehr gerne in geschichtlichen und wissenschaftlichen Büchern. Jede Zeit die er frei hatte, widmete er fast ganz dem Lesen. Er hatte sich eine eigene Lampe und ein Pult erfunden, um nachts oder wenn er krank war, im Bette lesen zu können. Man sagte, daß er in seiner Jugend daran gegangen sei, eine Weltgeschichte zu schreiben. Wir haben nie etwas davon zu Gesichte bekommen.

Wir besuchten die Schulen, und gehörten zu den besten Schülern. Ich weiß noch wie heute, wie dann in den freien Schulmonaten oft andere Roderer zu uns auf den Hof kamen, und wie wir dann Spiele hielten. Unter den Mädchen, welche auf dem einen oder den andern Wagen von der einen oder der andern Seite zuweilen zu uns geführt wurden, war auch Mathilde, die Enkelin jener Mathilde, die von dem Obersten in das Haus genommen worden war. Das Mädchen hatte sehr schöne rosige Wangen, braune Haare und bedeutend große braune Augen. Es war stille und schien ein wenig unwissend. Es schloß sich gerne an mich an, und wenn es die Vettern neckten, oder sogar im Übermute nach ihm schlugen, stellte es sich an meine Seite, als ob es dadurch schon geschützt wäre. Als ich heran wuchs, kam ein großes Unglück in die Roderer. Alle starben in kurzer Frist, ohne daß eben eine Seuche im Lande war, an verschiedenen Übeln so zusammen, daß nur mein Vater mit seinen Kindern, und ein Sohn Josephs, ein Witwer übrig blieb. Dieser Sohn Josephs, der selber wieder Joseph hieß, war ein alter gebrechlicher Mann, und bei ihm war Mathilde: sie wurde wenig beachtet, erhielt was sie brauchte und blieb unwissend. Ich war in der gelehrten Schule einer der besten Zöglinge; vor allem rissen mich die Dichter zur Begeisterung hin, und wie mein Vater Geschichtschreiber las, so las ich fast immer, wie nur eine freie Minute gegönnt war, Dichter.

Die alten Griechen hatte ich sehr bald inne, ich ging zu den Römern, die mir weniger behagten, und dann zu den Neuern. Ich schwamm in einem Meere von Wonne, wenn ich mich in der Welt der Dichtungen bewegen konnte, und es stiegen dann Gestalten von Helden, von erhabenen Frauen und von feenhaften Mädchen mit Engelswesen im höchsten Maße in meiner Seele empor. Und so wuchs der Wunsch und Entschluß heraus, Heldendichter zu werden. Alle Heldenbücher wurden wieder hervorgenommen, die alten und die unserer ersten blühenden Zeit. Ich wählte Adam zu meinem Stoffe, die Makkabäer, Karl den Großen, Otto und Friedrich den Rotbart.

Alle Dinge, welche sonst Jünglinge meines Alters erfreuen berührten mich nicht mehr außer die Welt meiner Dichtungen. Ich bedurfte nur sehr wenigen Schlafes, wählte absichtlich sehr einfache Nahrung, und war immer bei meinen Schriften oder Büchern. Und wenn ich viele Stunden zu einem einzigen Verse brauchte, so wendete ich die Stunden an, bis der Vers leicht und schön floß, und tiefe Gestaltung hatte wie bei Homeros. Ich hatte oft freudige Schauer, wenn nach langem Schmieden eine herrliche Wendung gelang. Ich lernte zu meinem Zwecke Sprachen: Sanskrit, Hebräisch, Arabisch und fast alle europäischen Sprachen. Ich spreche sie noch mit einiger Fertigkeit. Da las ich nun das Größte, was in diesen Sprachen vorhanden war. Es war groß und außerordentlich; dennoch aber nicht so groß und nicht so außerordentlich wie die Wirklichkeit. Ich beschloß, alle Heldendichter zu übertreffen, und die wirkliche Wahrheit zu bringen und da sehr viele Zeit mit Sprachenlernen und Lesen vorüber gegangen war, und ich mein Ottolied wieder las und das Makkabäerlied, welch beide Entwürfe meine besten Arbeiten waren, reichten sie nicht an das Vorhandene, und da ich mit Anwendung aller meiner Zeit und Kraft Neues dichtete, und dasselbe nicht größer war als die bestehenden Lieder, und die wirkliche Wahrheit nicht brachte, dichtete ich nicht mehr und vertilgte alles, was ich gemacht hatte. Nur die Bücher, die ich kennen gelernt hatte, waren und blieben zu Zeiten meine Freude. Was ich jetzt tun sollte, wußte ich nicht. Es war eine Leere gekommen. Da trat eine Zeit heran, die alles änderte. Mein Vater starb eines plötzlichen Todes in der Fülle seiner besten Kraft. Ein stürzender Wagen hatte ihn erschlagen. Meine Mutter geriet in Verzweiflung und der Gedanke, wer denn jetzt ihre Kinder in der Welt feststellen werde, marterte ihr Herz. Sie mußte das Geschäft unseres Vaters fortführen.

Forderungen wurden angemeldet, ausstehende Schulden geleugnet, Handelsfreunde drückten uns, Gerichtskosten liefen hinein, frühere Verluste vermehrten sich, und als man, um diesem Dinge ein Ende zu machen, das Geschäft zuletzt auflöste, zeigte sich bei der Abwicklung, daß uns fast nur das kleine Anwesen geblieben war, das kaum mehr als die dringendsten Bedürfnisse zu decken im Stande war.

Da sagte ich nun, meine häusliche Erziehung sei schon lange vollendet, ich sei der Älteste, ich wolle meinen Geschwistern kein Faserchen entziehen, ich werde in die Welt gehen, und mir Eigentum erwerben, um mich und meine Geschwister erhalten zu können und der Mutter zum Gütchen noch Beiträge zu leisten. Ich packte sogleich meine Sachen. Reisegeld nahm ich nur als Vorschuß, und sogleich verließ ich das Haus. Meine Sprachkenntnisse kamen mir nun sehr zu statten. Ich konnte in jedes Land Europas gehen. Ich ging aber nach Amsterdam. Nicht einmal mehr einen Gulden hatte ich im Vorrate, als ich dort ankam; aber wie ich früher mit der größten Ausdauer und mit allen Entbehrungen für meine Dichtungsarbeiten gekämpft hatte, so kämpfte ich jetzt für Erlernen und Fruchtbarmachen der Handelsgeschäfte.

Ich fand sogleich, da mir alle Bedingungen recht waren, einen Platz, und Fäßchen oder Kistchen auf Schubkarren fahren, oder Päcke tragen, oder Gegenstände in Mörsern stoßen, oder Waren in die kleinsten Abteilungen zum Verkaufe senden, oder Truhen, Fächer und Gläser säubern, alle Gänge verrichten, nachts öfters wachen und aufpassen tat ich nun so genau und sicher, wie ich einst mit vielem Feilen meine Verse gemacht hatte. Ich war in hohem Maße sparsam, und schon nach vier Monaten konnte ich das mir vorgeschossene Reisegeld an die Meinigen zurückgeben. Jedes Stückchen Silber oder gar Gold, das mir eigen geworden war, suchte ich nach meinen erlangten Kenntnissen zu verwerten, und ehe noch die Augen meiner Umgebung auf mich gerichtet waren, hatte ich schon mein kleines Nebengeschäft, das mir Gewinn abwarf, und das ich nach dem Wachsen meiner Erfahrungen vervollkommte. Ich jagte jedem Heller Erwerb nach, und meine Habe in den kürzesten Fristen mit dem kleinsten Erträgnisse zu verwerten, galt mir mehr als größere Gewinne nach längeren Zeiten.

Man wurde auf meine Verbindung aufmerksam, und zog mich auf sichere Stufen der Tätigkeit und der Gehalte, und vergrößerte so meinen Gesichtskreis und meine Kraft. Nach nicht langer Zeit wurde ich im Schreiben, Rechnen und in Geschäften im Großen verwendet, und wieder nach nicht langer Zeit leitete ich fast unabhängig ein ausgedehntes Geschäft in mehreren Sprachen, und führte mein kleineres daneben in immer weiteren Kreisen. Nach weniger Jahren, als ich je gedacht hatte, war ich selbständig, der Name Peter Roderer, auf ein Handelspapier geschrieben, galt in ganz Amsterdam und ich wurde für einen festen Mann gehalten.

In Frankfurt am Main hatte ich einst ein Mädchen kennen gelernt, welches so frei und ätherisch war, wie die in meinen Dichtungen und so schön wie die Prinzessinnen in den alten und neuen Heldenliedern. Ich hatte das Mädchen oft gesehen, mit ihr gesprochen, und war oft als Gast und in Geschäften in dem Hause seines reichen Vaters gewesen. Es hatte mir zu Zeiten Stimmungen eingeflößt, wie ich sie einst bei meinen Dichtungen hatte. Jetzt aber ging ich zu Josephs Mathilde, und sagte: „Mathilde, willst du mein gutes treues Weib werden?“ Ihre großen braunen Augen sahen mich noch größer als sie waren an, füllten sich mit Tränen, und sie sagte: „Vetter Peter, ich gehe gerne mit dir, und will dir untertänig und treu sein, so lang ich lebe.“ Und die größte Perle, das größte Juwel habe ich in mein Haus getragen und das größte Glück mit ihr in mein Leben. Sie ist mir eine sanfte, aufopfernde, liebende, treue, sorgsame Gefährtin durch alle Jahre gewesen, und lebt noch in der Reinheit ihres Wesens neben mir, und jetzt in ihrem Alter ist sie in meinen Augen weit schöner, als je die Fee aus Frankfurt in meinen jungen Augen gewesen ist. Die Hochzeit wurde auf dem Gütchen meiner Mutter gehalten, und alle meine Geschwister waren zugegen. Meine Brüder hatten die kleineren Unterstützungen, die ich ihnen früher und die größeren die ich ihnen später zukommen ließ, fast nicht gebraucht, und statteten mir jetzt alles zurück, wie ich ihnen einst mein Reisegeld zurückerstattet hatte. Sie hatten jeder ein Geschäft gegründet, und waren aufrechte und rechtschaffene Männer.

Die Schwester war an einen jungen tüchtigen Mann verlobt. Alle konnten wir uns dahin vereinigen, der Mutter ein schönes, fröhliches Leben zu verschaffen. Als wir einmal in der unteren Stube, ehe das Essen aufgetragen war, um den buchnen Tisch in der Art saßen, wie einst als Kinder, und als die Mutter auf einer Bank neben dem großen grünen Ofen saß, sagte sie: „Alle Freuden der Welt nehmen ein Ende, nur die Freuden einer Mutter an ihren Kindern nicht.“ Wir alle hatten Tränen in den Augen, und da wir nach dem Auftragen der Speisen die Mutter zu dem Tische gezogen hatten, konnte einige Zeit das Essen nicht in rechten Gang kommen. Ich ging mit Mathilde nun nach Amsterdam, und sie wurde das Bild jeder häuslichen Tugend. Sie strebte weniger nach Glanz. Was ihr an Kenntnissen fehlte, erwarb sie sich in meinem Umgange, wie weit ich es für meine Gattin als nötig erachtete, und mit ihr verlebte ich unter dem Drange und den Sorgen der Geschäfte wieder manche Zeiten meiner früheren Dichtungen, wenn wir uns in ein Buch oder in Erwerbungen aus dem Gebiete der Kunst teilten. Da uns der Himmel einen Sohn und eine Tochter geschenkt hatte, widmete sie sich den Kindern wie eine Mutter und Magd.

Als eine Reihe von Jahren vergangen war, als meine Mutter

das irdische Leben verlassen hatte, und als meine Habe so angewachsen war, wie ich es nie zu meiner Lebensweise erwartet hatte oder bedurfte, trat ich das Geschäft ab, zog mein Eigentum aus demselben, ging mit ihm nach Deutschland zurück, und kaufte mir das Gut Firnberg, wo ich nun der Ruhe lebe, wenn man die Bewirtschaftung von Garten, Wiese, Feld und Wald, von Meierhof, Geflügel, Schafstall und allerlei Dingen Ruhe nennen kann. Gegen die Geld- und Handelsgeschäfte ist es Ruhe, und es ist die ursprünglichste Beschäftigung des Menschen. Ich habe mir auch zum Ziele gesetzt, mit meinem Erworbenem einzelnen Menschen oder der Menschheit überhaupt Gutes zu erweisen, so weit ich es vermag. Es gewährt mir dies ein besonderes Vergnügen. Wir können auch jetzt mehr Zeit den Büchern und Gemälden widmen als wir es sonst zu tun im Stande waren. Ich werde hier absterben. Es ist stets ein merkwürdiges Zeichen der Roderer gewesen, daß sie immer in der Welt zerstreut waren, keiner Gegend angehörten, bald hier bald da auftauchten, und wieder verschwanden, es gehört dies zu ihrem begabten oder unsteten Wesen, und mehrt dieses Wesen hinwiederum. Ich möchte einen festen Stamm der Roderer in dieser Gegend gründen, und ihn an diese Gegend heften, und wenn meine Nachkommen so denken wie ich, so trocknen sie das Moor völlig aus, verwalten ihre liegende Habe, genießen das Erworbene, vermindern es nie, vermehren es dagegen, wirken gut für die Menschen hier, verwachsen mit ihnen, werden stetig und ruhig, bleiben stets bürgerlich, und sagen: Peter Roderer der Amsterdamer ist der erste gewesen, der sich hier ansässig gemacht hat. Nun, wie es der Himmel lenken will! So ist es mit mir, und Sie sehen, wie seltsam oft die Bestrebungen sind, und wie seltsam die Erreichungen. Ich wollte auf Ihre Lebensweise keinen Einfluß nehmen, ich erkenne in Ihrem Wesen und in Ihren Bestrebungen, daß dies eitel wäre, ich habe gesagt, was ich gesagt habe, weil Sie mich so sehr an die Roderer erinnern. Nehmen Sie meine Worte freundlich auf, wie sie freundlich gegeben sind.“

„Ich bin Ihnen sehr dankbar für Ihre Mitteilungen und für Ihr Vertrauen“, sagte ich, „es gewähren mir die Lebensbilder, in welche Sie mich haben blicken lassen, Belehrung und Anregung, und ich sehe es deutlicher, daß es gut ist, jedes Streben zu achten, in so ferne es nicht nach Schlechtem geht, und in dem eigenen zu verharren: so lange einen der eigene Geist nicht zu etwas anderem führt."

„So spreche ich auch", sagte mein Nachbar, „und was Sie hier behaupten, wird einem im Alter noch viel klarer, als es in der Jugend gewesen ist. Die Triebe zu Dingen sind in die Herzen gepflanzt, und in die der bedeutenderen Menschen mehr als in die der anderen, oder vielmehr: die stärkere Triebe haben, und kräftger nach ihnen handeln, werden eben bedeutendere Menschen."

„Und kämpfen sich aber auch leichter zur Klarheit durch als die anderen", sagte ich.

„Freilich", antwortete er, „und genießen das Leben doppelt, während die Unbestimmten und Zaudernden kaum recht anfangen zu leben, am wenigsten aber irgend ein Wesen aus sich entwickeln, denn die Tat ist das Leben."

Er hatte während seiner Erzählungen sein Bier ausgetrunken; er war weit länger sitzen geblieben als an anderen Abenden, und hatte es abgelehnt, daß man ihm noch etwas in sein Glas einschenke. Jetzt stand er auf, lüftete seine Haube und sagte: „Leben Sie wohl, genießen Sie der Ruhe, und gehen Sie morgen recht eifrig wieder an Ihre Geschäfte."

„Ich wiederhole noch einmal meinen Dank für die Zeit, welche Sie mir geschenkt haben", sagte ich, „für die Mitteilungen und wünsche Ihnen gute Nachhausekunft und eine glückliche Nacht."

„Amen", sagte er und ging den Hügel hinunter, ich hörte noch seinen Wagen fortfahren, und stieg dann die Treppe zu meiner Kammer empor.

Nun, das wär doch das Teufelmäßigste, sagte ich zu mir selber, wenn ich zu diesen tollen Roderern gehörte! Warum habe ich ihm denn nicht gesagt, daß ich Roderer heiße?

Ich ging in mein Bett und schlief mit all den Vettern und Muhmen ein, die mir vielleicht nach Roderers Erzählung zugehören konnten.

Was das Zerstreutsein der Roderer in der Welt anbelangt, so trifft dieses bei uns so gut ein, wie bei den Roderern des Herrn

Peter Roderer. Mein Vater ist erst von Siebenbürgen nach Wien übergesiedelt; der eine Oheim wohnt in Mähren, der andere ist auch erst kurz in Wien und der Großoheim hat die vielen Hasen alle in Schlesien geschossen. Ich selber bin noch gar kein Ansässiger, in dem ich seit der Zeit meiner Großjährigkeit oder eigentlich schon seit jener Zeit, als ich die Landschaftsmalerei zu betreiben begonnen habe, am wenigsten bei meinen Eltern in Wien, am häufigsten aber an verschiedenen anderen Stellen gewesen bin, wie ich ja jetzt eben auf einem kargen graugrünen Hügel sitze, der an dem Lüpfinger Moor steht, einen Apfelbaum und ein kleines Wirtshaus trägt, und auf den ein mittelgroßer, kurz weißhaariger und kurz weißbartiger Mann hinaufsteigt, und eine Geschichte von Roderer erzählt. Ich muß mich doch auch jetzt um meine Roderer erkundigen; ich habe diesen Zweig der Wissenschaften bisher schändlich vernachlässigt, um meine Roderer mit den Roderern des Herrn Peter Roderer vergleichen zu können.

Es war sehr merkwürdig, daß am andern Tage, als mir Roderer gesagt hatte, ich werde mein Malen aufgeben, die Arbeiter kamen, um mir ein Blockhaus auf dem Lüpfhügel zu bauen. Ich hatte nämlich dem Lüpfner Wirte ein Stück Grundes abgekauft, um in einem Blockhause nebst einem kleinen Schlafgemache ein sehr großes Zimmer zu errichten, daß ich in demselben mein großes Bild malen könnte, wozu mir ein Kämmerlein des Wirtes viel zu klein wäre. Ich wollte nämlich so wie der Heldendichter Peter Roderer die wirkliche Wirklichkeit derselben, und dazu die wirkliche Wirklichkeit immer neben mir haben. Freilich sagt man, es sei ein großer Fehler, wenn man zu wirklich das Wirkliche darstelle: man werde da trocken handwerksmäßig, und zerstöre allen dichterischen Duft der Arbeit. Freier Schwung, freies Ermessen, freier Flug des Künstlers müsse dasein, dann entstehe ein freies, leichtes, dichterisches Werk. Sonst sei alles vergeblich und am Ende – das sagen die, welche die Wirklichkeit nicht darstellen können. Ich aber sage: Warum hat denn Gott das Wirkliche gar so wirklich und am wirklichsten in seinem Kunstwerke gemacht, und in demselben doch den höchsten Schwung erreicht, den ihr auch mit all euren Schwingen nicht recht schwingen könnt? In der Welt und in ihren Teilen ist die größte dichterische Fülle und die herzergreifendste Gewalt. Macht nur die Wirklichkeit so wirklich wie sie ist, und verändert nicht den Schwung, der ohnehin in ihr ist, und ihr werdet wunderbarere Werke hervorbringen als ihr glaubt, und als ihr tut, wenn ihr Afterheiten malt, und sagt: Jetzt ist Schwung darinnen.

In Wien ist eine Landschaft. Vorne geht über Lehmgrund ein klares Wasser, dann sind Bäume, ein Wäldchen, zwischen dessen Stämmen man wieder in freie Luft sieht. Der Himmel hat ein einfaches Wolkengebäude. Das ist mehrere hundert Millionen Male auf der Welt gewesen, und doch ist die Landschaft die gewaltigste und erschütterndste die es geben kann. Ich werde mein Moor in meinem Blockhause malen. Die Arbeiter, die ich schon lange erwartete, sind gekommen, und die Arbeit hat begonnen. Ich habe einen Baumeister aus der Gegend genommen, der nach meiner Zeichnung baut, und habe ihm Auftrag zum Kaufe trocknen Bauholzes gegeben. Das Glashäuschen im Angesicht des Dachsteins habe ich nicht erbaut; aber ein Blockhaus im Angesichte des Lüpfinger Moores erbaue ich.

An dem Tage nach dem Gespräche mit Roderer malte ich freilich nicht; denn an diesem Tage wurde die Lage des Hauses abgesteckt und wurden die Erdarbeiten begonnen, wobei ich, namentlich bei der Absteckung gegenwärtig sein wollte. Der Baumeister hatte mir versprochen, rüstig bei der Hand zu sein und viele Leute zu stellen, daß das Haus in wenigen Wochen fertig sein könnte. Wirklich kamen in den nächsten Tagen, während der Bauplatz geebnet und geordnet wurde, immerwährend Wägen mit den getrockneten und behauenen Stämmen, aus deren Übereinanderlage mein Blockhaus gebaut werden sollte, und es kamen Zimmerer, welche die Fügungsglieder in die Bäume arbeiteten. Auch die Bäume zu dem Gerüste waren aufgestellt worden, und nun hatte man mit der Gerüstung begonnen. Endlich konnte auch zur Fügung der Stämme geschritten werden. Ich verlor viele Zeit während dieser Arbeiten und während des fortschreitenden Baues; denn ich brach häufig meine Beschäftigung ab, und ging auf den Bauplatz, um zu schauen, oder drein zu reden. Der Herr Roderer erschien auch zuweilen, stand freundlich da, schaute zu, und war uns mit

Rat und Anleitung behilflich. Bei einer solchen Gelegenheit erfuhr ich auch, daß die behauenen Stämme von ihm gekauft worden waren, und daß ich in bezug auf ihre Trockenheit und Dauer sehr gut versorgt sei, indem sie zu gehöriger Zeit, da ihr Saft zurückgetreten war, geschlagen und dann in mäßiger Luft übertrocknet und endlich erst behauen worden seien. Ich habe also, dachte ich, von dem Bauholze erhalten, von dem mir meine Wirtin erzählt hat, daß es dem Herrn Roderer übrig geblieben sei, weil jetzt niemand abbrenne.

Eine widerwärtige Sache begann für mich während der Zeit des Baues.

Hatten nun die Leute seit jenem närrischen Kirchweihfeste, an welchem sie die Wirtin zu mir eingeladen hatte, Lust bekommen, zu dem Lüpfwirtshause zu gehen, oder hatte sich das Gerücht von meinem Baue und dem Zwecke desselben ausgebreitet und die Neugierde erregt: genug, selten konnte ich jetzt mit Herrn Roderer allein an dem Baume sitzen, immer kamen Leute aus Lüpfing oder anders woher, und saßen bei uns. Auch die Trefflichkeit des Bieres, welche Herrn Roderer zum Heraufsteigen und zum Trinken eines Glases seit langem schon bewogen hatte, wurde jetzt neu entdeckt, der Ruf wurde verbreitet, und das Lüpfwirtshaus gesucht, was dem Wirte sehr genehm und der Wirtin sehr erfreulich war; denn er zeigte stets ein fröhliches Angesicht, sie lächelte immer, und redete zu gehöriger Zeit mit sich selber. Mich sprechen die Leute gerne an, wollen mich unterhalten, wollen meine Zwecke kennen lernen, auch an Versuchen meine Bilder zu sehen zu bekommen fehlte es auch nicht, die ich aber immer auf das entschiedenste zurückwies. Nur wenn schwere Wolken am Himmel hingen und ein Gewitter oder einen Sturm befürchten ließen, war ich zuweilen mit Roderer allein, und wenn dann die Wolken sich mehr verzogen, und plötzlicher Wetterwechsel nicht zu befürchten war, blieb er wieder, wie öfter, länger bei mir sitzen, und wir redeten über verschiedene Dinge. Er hatte bedeutende Kenntnisse, und wir redeten oft vieles von der Kunst.

Als es einmal abends sehr sanft aber sehr dicht und nachhaltig regnete und kein einziger Mensch in dem Lüpfwirtshause als Gast anwesend war, als nur ich allein, und als ich in der

Wirtsstube mein Abendessen verzehrt hatte und nach demselben ein wenig mit dem Wirte, der neben mir saß, sprach, kam auch die Wirtin herzu und fragte, ob sie Erlaubnis hätte, zu reden, sie wolle mir seit langem her etwas sagen.

Ich rückte ihr einen Stuhl hin und sagte, sie möge sich zu uns setzen und reden.

„Ach diese Ehre!“ sagte sie, „ich setze mich schon zu Euch, weil Ihr es erlaubt und rede.“

Nachdem sie sich mit einigen verschämten Gebärden auf den Stuhl gesetzt hatte, sagte sie: „Es wäre schon längst unsere Schuldigkeit gewesen, uns bei Euch zu bedanken; es ist aber nicht Gelegenheit gewesen, und ich habe meinem Manne gesagt, heute müsse es sein. Nicht nur daß bei dem Baue alle Zimmerleute und Taglöhner und Handlanger ihre Kost bei uns verzehren und ein Stück Geld ins Haus bringen, seid Ihr ein berühmter Herr und habt in Eurer Aufführung ein gutes Benehmen, daß der hochgeborne Herr Roderer ungebührlich lang bei Euch sitzt, der sich fast immer in seinem Wagen hin und her fährt oder auf seinen Füßen hin und her geht, und die Leute kommen aus Lüpfing Euch zu sehen, so vornehm sie dort sind, sie mögen ein Kaufgewölbe haben oder die Brandschreiberei führen, sie sehen, daß unser Bier sehr gut ist, und wir müssen Euch danken. Christian, wir müssen wohl danken.“

„Der Herr weiß es, daß wir dankbar sind, weil seinethalben Leute zu uns kommen“, sagte der Wirt. „Unsere Worte sind nicht so geschickt; aber er sieht wohl, daß wir es gut mit ihm meinen.“

„Ja gut“, sagte die Wirtin, „freilich gut. Darum sage ich Euch, Ihr müßt unter die Leute gehen, Ihr müßt nach Lüpfing gehen, Ihr müßt zu dem hochgebornen Herrn Roderer gehen, dort ist es sehr schön, Ihr sehet Bilder und Gärten, und ein sehr schöner Graf wird die Susanna heiraten. Er ist der Graf von Sternberg, und die Mutter ist eine recht freundliche Frau, sie redet mit jedem Kinde. Es kann aber auch sein, daß der Baron Waldheim die Susanna heiratet, sie sagen, es sei noch nichts gewiß, oder der Baron Geller: sie gefällt auch noch andern, sie tun, als ob sie eine Königstochter wäre. Ich sage aber, daß sie den Grafen heiraten wird, weil ein Graf mehr ist als ein Baron, und er hat zwei sehr schöne Füchse vor einem dunkelbraunen Wagen, und ich habe sie schon in dem dunkelbraunen Wagen fahren gesehen, und zu andern Leuten müßt Ihr auch gehen, daß Ihr nicht so allein seid, man sieht auch keine Menschen, die Ihr malt, statt daß Ihr Bäume und Kräuter malt. Das habe ich Euch sagen wollen, und ich habe es Euch jetzt gesagt."

„Und ich danke Euch recht schön, liebe Frau Wirtin", antwortete ich, „wenn ich von Euch fortgehe, so gehe ich nach Wien. Das ist eine ungeheuer große Stadt, mehr als zweihundert Lüpfing hätten in ihr Platz und mehr als fünfhundertmal mehr Menschen sind dort als in Lüpfing, und auch vornehme, die ein Kaufgewölbe haben, und die auch mehr als Brandschreiber sind. Mit vielen von ihnen gehe ich um, so lange ich in Wien bin. Wenn ich aber zu Euch herauskomme, so will ich keine Menschen, und gehe mit Eidechsen und Fliegen um."

„Ja das ist recht gut", sagte die Wirtin, „aber wann kommt Ihr denn nach Wien? Da baut Ihr Euch ein neues, hölzernes Haus bei uns, und wer sich ein Haus baut, wird darin wohnen, und da werdet Ihr immer darin sein und wenn Ihr auch bei uns esset und trinket oder wenn Ihr Euch ein Dienstmädchen nehmt, das ich Euch empfehlen würde, so sind das doch nicht Leute für Euch. In Lüpfing sind zwei Maler, welche die Zimmer und Kirchen recht schön malen; aber der eine hat ein Weib und hat Kinder, und beide gehen abends, wenn sie mit ihrem Werke fertig sind, in das Posthaus. Nun Ihr sitzt bei uns jetzt auch abends, wenn es schön ist, mit mehreren Leuten bei dem Apfelbaum, aber Ihr redet ja nicht mit ihnen, nicht die Hälfte von dem, was der hochgeborne Herr nur redet. Wir könnten Euch einen vornehmen Verschlag bauen, wie ihn andere Gasthäuser haben, daß die Leute darin sitzen können, und Ihr könntet ihn recht schön ausmalen. Ihr malt keine Vögel und Heilige, da habe ich eine unerhört große Blahe auf Hölzern ausgespannt, in Eurem Zimmer gesehen, die angestrichen ist und auf der Ihr malt, aber es sind schon wieder lauter Wolken darauf gemalt und da werdet Ihr die Blahe in das neue Haus nehmen und werdet fort und fort malen, zu niemanden gehen, vielleicht nicht einmal zu uns herüber, und da müsset Ihr in Eurer Seele gemütskrank werden."

„Nun ich verspreche Euch, liebe Frau Wirtin", antwortete ich, „Frau Anna, wie Euch Euer Mann immer heißt, Frau Anna, ich verspreche Euch, nicht krank zu werden; ich werde überhaupt nicht leicht krank, und gehe ja viel herum und bin viel in freier Luft."

„Ja in freier Luft", sagte sie, „unten an dem Sumpfe, wo die Leute krank werden, und da sitzt Ihr auf einem lächerlichen, kleinen Stühlchen und malt und geht höchstens ein paar Hühnerschritte von einer Stelle zur andern."

„Im Winter", antwortete ich, „male ich an dem goßen Bilde nicht, denn ich male auf dem großen Bilde Euer Land rings hier herum und da muß es zum Malen Sommer sein, daß ich oft hinaussehen kann, damit ich es recht genau mache, und wenn ich im Winter nicht nach Wien gehe, so werde ich Stiefel von Juchtenleder anziehen und werde im Schnee nach Lüpfing gehen und mich dort vielleicht in das Posthaus verfügen und da essen und trinken. Und auch sonst will ich im Schnee zu allerlei Menschen gehen."

„Ja, ja, zu Menschen", sagte sie, „zu Menschen, sonst werdet Ihr noch krumm und dumm."

„Nun ja zu Menschen, ich will zu Menschen gehen", sagte ich, „Euer Wort ist gut gemeint und ich danke Euch."

„Ja es ist gut gemeint", erwiderte sie, „und der Christian meint auch so."

Wir redeten dann noch eine Weile von dem vornehmen Verschlage, den die Wirtin für ihre Gäste bauen wollte. Ich riet ihr, den Apfelbaum zu lassen, der freue die Leute mehr als ein sogenannter Verschlag, der ihnen nichts Neues ist, und den sie überall treffen. Und sollte ihr Haus immer besuchter werden, und sollte durchaus ein Verschlag gebaut werden müssen, so würde ich ihr beistehen und würde selber einen Maler aus Wien bringen, der ihr den Verschlag weit besser ausmalen würde als ich es könnte.

Sie knickste und dankte als ich fortging und freute sich, daß ich so viele Höflichkeit besitze.

Ich ging in mein Gemach empor, um mich zur Ruhe zu legen.

Mein Haus wurde wirklich in einigen Wochen fertig. Ich ließ die zwei Zimmer im Innern leicht täfeln, mit Lehm überziehen, anwerfen und mattgrau tünchen. Da alles sehr ausgetrocknet war, zog ich ein. Ich feierte gleichsam ein Fest und fühlte mich froh und leicht als ich in dem hohen, weiten Zimmer mit den großen Fenstern war. Ich stellte jetzt meine Gerüste so, daß das rechte Licht in ruhigem Strome auf die Fläche fallen konnte, auf der ich malte. Ich änderte in Freudigkeit auch alle meine andern Dinge. Ich nahm eine Magd nicht, sondern ließ mir, was ich brauchte, von dem Lüpfwirtshause herüber bringen, und was aufzuräumen und zu ordnen war, besorgte die Frau Wirtin. Ich hatte die Einrichtung getroffen, daß sie mein Schlafgemach, ohne durch die große Stube gehen zu müssen, betreten konnte. Die große Stube hatte ich für den Fall meines Weggehens zum Absperren gerichtet. An Geräte hatte ich zwei lange Tische, ein Bettischchen, mehrere Stühle, eine Bank um den grünen Kachelofen und zwei große Schreine für meine Sachen und Kleider und ein Bettgestelle. Alles war aus weichem Holze gefertigt und grau wie die Wände angestrichen. Ich wollte nämlich nicht, daß irgend eine Farbe entschieden in der Wohnung herrsche. Ich führte Roderer in mein Haus, er lobte den Bau und die ganze Anordnung. Das erste, was ich in meinem Hause tat, war, daß ich mit Hilfe zweier Arbeiter, deren Geschicklichkeit ich in der Bauzeit kennen gelernt hatte, den Goldrahmen auspackte, zusammenstellte und auf dem großen Gerüste, welches dafür bestimmt war, das große Bild in ihn fügte. Es paßte vollkommen. Was mir immer geschah, wenn ich ein Bild zum ersten Male in einen Rahmen tat, nämlich, daß es mir größer aber auch ansehnlicher erschien, geschah auch jetzt und zwar in höherem Maße. Das Bild erschien mir wirklich als ganz ungewöhnlich groß, so daß, wenn ich es aus diesem Blockhause würde fortbringen wollen, ich den Rahmen zerlegen und das Bild würde rollen müssen, sonst müßte ich, wenn ich es in einer Kiste, gespannt und im Rahmen fortbringen wollte, eine Wand des Hauses umlegen. Was bis jetzt gemalt war, erschien mir auch entsprechend. Ich wollte nun mit Eifer fortfahren. Den Rahmen legte ich nicht mehr auseinander, sondern hüllte ihn in Linnentücher und stellte ihn an die Wand zur Bereitschaft, wenn ich ihn wieder brauchen würde.

Ich malte nun fast immer an dem Bilde, denn was ich an Entwürfen dazu von außen her bedurfte, hatte ich mir schon größtenteils gemacht, nur selten mußte ich auf ein paar Stunden hinaus gehen und mir etwas aufnehmen. Öfter trat ich auf den Hügel vor meinem Hause, um einen Überblick über das Ganze zu machen. Die Teile sah ich aus meinen Fenstern, die nach der Richtung gingen, nach welcher das Bild gemalt wurde. Und so fuhr ich fort. Weil ich jetzt weniger in die Luft kam, so mußte ich Spaziergänge machen. Daß der Wirtin mein jetziges Tun gänzlich mißfiel, konnte ich deutlich sehen; sie sagte aber nichts mehr, nur erzählte sie mir öfter, was in Lüpfing, in Kiring, in Zanst und anderwärts geschähe, und welche Feste und Lustbarkeiten es da gäbe. Auch beschrieb sie schöne Gegenden, die da oder dort waren. Das Größte aber werde vorbereitet zur Feier des fünfhundertjährigen Bestehens von Lüpfing, da der erste Stein zur Kirche gelegt wurde, wie sie jetzt ist: vorher soll eine Stadt da gewesen sein, die aber untergegangen ist. Wer nach Lüpfing gehe, könne sich von den Vorrichtungen zum Feste, das am Bartholomäustage gefeiert werde, überzeugen.

Ich ging täglich eine Zeit herum.

Es war ein sehr schöner Fußweg, links von meinem Hügel an gegen den Wald. Im Walde kam man auf einen trockenen, sandhaltigen Geleisweg, der von dem Fußwege in senkrechter Richtung rechts führte und in die Straße mündete, die auf der andern Seite des Moores gegen Lüpfing und Firnberg lief. Es war dies dieselbe Straße, auf der Roderer heim fuhr, wenn er an dem Apfelbaum gewesen war, und an der ich die Gesellschaft gesehen hatte, welche mir hinter meinem Rücken in meine Malerei hatte schauen wollen.

Auf dem Waldwege zu gehen, war sehr angenehm. Er war breit und glatt, nach dem stärksten und längsten Regen gleich wieder trocken, an seinen beiden Seiten standen festgereiht die dunkeln Fichten, Schatten und Wohlgeruch verbreitend. Ich will von dem Vogelgesange nicht reden, der aber doch auch in Betrachtung kömmt, da im Moore höchstens der Kiebitz schreit, und auf dem Lüpfhügel etwa der Schlag des Rotschwänzchens gehört wird. Selten begegnet man auf diesem Wege einem Menschen, da er hauptsächlich nur im Winter zum Holzführen gebraucht wird, weswegen man gar oft ein grünes Kräutlein oder eine schöne

Blume auf ihm empor wachsen sieht. Ich hatte diesen Weg schon häufig beschritten und kannte den Wald um ihn sehr gut. Diesen Weg wählte ich daher nun größtenteils zu meinem täglichen Spaziergange. Ich ging von meinem Hause aus an der linken Seite des Moores hinunter, wo man bald den Wald erreicht, dann den langen Waldweg gegen rechts, und endlich am rechten Ufer des Moores zu meinem Hause zurück. Dazu brauchte ich, je nach meinem Ausschreiten, zwei oder zwei und eine halbe Stunde. Diese Zeit konnte ich opfern.

Eines Tages, als ich um eilf Uhr auf dem geraden Waldwege fortschritt, kam eine weibliche Gestalt gegen mich. Es war Susanna. Ich schritt gegen sie dahin, sah sie an und erschrak; denn sie war wirklich eine Königstochter. Die Wangen waren lieblich und fein, die großen, glänzenden braunen Augen sahen mich an, der Mund war ernst und ihr Gang war frei und einfach. Ich lüftete meine Haube zum Gruße, sie neigte ein wenig ihr Angesicht und wir waren aneinander vorüber.

Auf der Straße draußen fand ich ihren Wagen auf sie warten. Er war mit den Braunen bespannt, die sie entführt hatten, als sie damals hinter meiner Malerstelle gestanden war. Jener nankinggelbe Graf war also auch wahrscheinlich der Graf Sternberg gewesen.

Dem Herrn Roderer sagte ich abends nicht, daß ich heute seine Tochter gesehen habe. Er redete auch von keinem Begegnen.

Ich sah sie ein anderes Mal wieder auf diesem Wege, und dann wieder.

Ich ging jetzt gar keinen andern Weg mehr als diesen. Ich sah sie mehrere Male und endlich täglich.

Wenn nur das erste Licht sich an dem Himmel zeigte, stieg ich schon aus meinem Bette, und zürnte, daß jetzt die Tage kürzer würden, und die Sonne später erschiene. Sobald es das Licht erlaubte war ich schon an meiner Malerei, um Zeit zu gewinnen. An einem Fensterpfosten war mein Fernrohr angeschraubt, und sobald ich einen Wagen am rechten Ufer des Moores mittagwärts fahren sah, richtete ich das Rohr auf ihn, ob er die bekannten Braunen habe. Und hatte er sie, so warf ich Pinsel und Malerbrett weg, und eilte auf meinem linken Moorufer in den

Wald, und begegnete ihr auf dem Waldwege. Unser Begegnen war immer gleich. Wir gingen in mäßigen Schritten gegeneinander. Und als wir uns trafen, richtete ich meine Augen gegen ihre großen feurigen Augen, die mich anblickten, grüßte sie ehrerbietig, sie neigte sich freundlich, und wir waren vorüber. Ich ging jetzt nie mehr auf der Straße, auf welcher ihr Wagen wartete, in mein Haus zurück, sondern erreichte auf einem Seitenpfade meinen Weg an meinem Moorufer, und gelangte auf diesem in mein Haus zurück.

Eines Tages dauerte es sehr lange, bis der Wagen mit den Braunen auf der Straße an dem rechten Moorufer mittagwärts fuhr. Um zwei Stunden kam er später. Ich legte meine Geräte bei Seite und ging in den Wald. Wir begegneten uns. Ich glaubte bei dem Begegnen zu bemerken, daß sie errötete.

Am andern Tage kam der Wagen um eine und eine halbe Stunde zu früh. Ich raffte mich auf, ging in den Wald, und wir begegneten uns, und ich glaubte wieder das Rot auf ihren Wangen zu sehen.

Von nun an kam der Wagen ganz regelmäßig um eilf Uhr. Wir begegneten uns, grüßten uns, und ihre Augen wurden immer schöner und glänzender.

Kein Mal, nicht ein einziges Mal tat Roderer seiner Tochter Erwähnung. Ich tat es auch nicht.

So kam der Bartholomäustag. In Lüpfing war am Vormittage feierlicher Gottesdienst, und der Wagen mit den Braunen fuhr nicht an dem rechten Gestade des Moores mittagwärts. Es war bereits drei Uhr geworden. Der Tag war mir unausstehlich. Ich machte mich auf und ging gegen Lüpfing hinaus. Es war ein langes Gehölze, morgenwärts von Lüpfing, von dessen Rande man das Tal, die Wiesen, Felder und Gärten in denen Lüpfing lag übersehen konnte. Auch das Schloß Firnberg sah man von da aus. Ich richtete meinen Weg so ein, daß ich durch dieses Gehölz an seinem Rande und von da nach Lüpfing käme. Als ich an den Rand des Gehölzes heraus gelangte, sah ich ein seltsames Bild vor mir. Auf dem Wiesenanger, der sanft abwärts gehend an das Gehölze stieß, und teilweise auch auf den abgeernteten Feldern waren Buden aufgeschlagen, waren Tische mit schmausenden Menschen, waren Kegelbahnen, Scheibenschießen, Schaukeln, Musikbühnen, Tanzplätze, und ich weiß nicht, was sonst noch, von Stangen mit wallenden Fahnen überragt, und durchwimmelt von bunten Menschen aus Lüpfing, Kiring, Firnberg, Zanst und den weiteren und näheren Umgebungen. Ich blieb stehen und schaute über das Ding hin. Dann nahm ich mein Zeichnungsbuch heraus und beschloß einen Abriß dieser Sache zu machen. Zwischen dem Gehölze und dem Anger war eine Steinmauer aus losen Steinen, an der auf der Seite des Angers ein Weg dahin ging. Ich suchte auf meiner, nämlich der Waldseite der Mauer, eine gute Stelle zu gewinnen, an der ich nicht gesehen, mein Buch auf die Mauer stützen und zeichnen konnte. Ich hatte die Stelle bald gefunden. Ein trockner Rasen, von Haselnußgesträuchen überschattet, ging gegen die Mauer, die hier niederer wachsend, so daß ich mit dem Körper unter dem Haselnußgesträuche liegend, das Zeichnungsbuch auf eine Emporragung stützen und mit meinem Haupte durch eine Scharte der Mauer hinaussehen konnte. Ich begann nun zu zeichnen; aber noch hatte ich nicht den zehnten Teil des Bildes vor mir flüchtig hingeworfen, als ich auf dem Wege jenseits der Mauer eine Gesellschaft längs der Mauer gegen mich heran kommen sah. Roderer ging mit einer alten Frau an dem Arme auf dem Wege daher; die Frau hatte milde, schöne, sanfte Züge mit sehr großen braunen Augen. Es mußte Mathilde, Susannas Mutter sein. Dann kam Susanna und zwei Mädchen, dann der Graf und jener Mann mit den schwarzen Haaren, der an meiner Malerstelle bei Susanna gewesen war, und dann noch einige junge Männer. Da sie genau an der Stelle vor mir angekommen waren, sagte Roderer: „Hier kann man das Treiben gut übersehen, und ein Maler könnte kaum einen bessern Platz wählen, wenn er es malen wollte. So etwas sieht man am lebendigsten in Holland."

„Und hier ist für unsere Königin auch ein steinerner Thron, wie die alten heidnischen Völker steinerne Königssitze im Freien gehabt hatten", sagte der blonde Graf, indem er Susanna an eine glatte Steinstelle, die auf der Mauer war, führte, auf die sie sich niedersetzte.

„Und die Mutter der Königin muß wohl als Vasallin an ihrer linken Seite und tiefer sitzen", sagte Roderer, indem er

Mathilde zu einem tieferen Steine an der Seite Susannas führte, auf den sie sich nieder ließ.

Sie sagte: „Das Alter sucht auch niederere Stellen, weil es sich auf hohe nicht mehr schwingen mag."

„Und die Vasallen sitzen noch tiefer als die Vasallinnen", sagte Roderer, indem er sich tiefer als seine Gemahlin, wahrscheinlich auf einen Stein setzte.

„Und die Ritter müssen zu den Füßen der Königin sein", sagte der Graf, indem er sich auf das Gras nieder warf. Die andern Männer taten desgleichen. Die Mädchen setzten sich auch auf tiefere Stellen, aber an der Mauer.

Mathilde war gerade vor meinem Haupte; ich konnte aber von ihr nur Nacken und Hinterhaupt sehen. Von Roderer und den Männern sah ich gar nichts, von den Mädchen nur die Hinterteile ihrer Hütchen. Susanna saß etwas rechts von meinem Kopfe, aber halb gegen mich und ihre Mutter gewendet. Weil sie auf der Steinmauer saß, sah ich ihren ganzen Rücken.

Ich war in einer sehr unangenehmen Lage. Soll ich in mein Gebüsch zurückkriechen? Dann mache ich vielleicht ein Geräusch und richte alle Angesichter gegen mich. Die Musik, obwohl man sie nur gedämpft bis hieher hörte, schwieg jetzt auch überall. Soll ich aufstehen und die Gesellschaft grüßen? Das ganz und gar nicht. Die Tanzmusik und dann die schmetternde Musik an dem Schießstande muß beginnen, und dann ziehe ich mich zurück. Bisher hatte mich niemand gesehen, denn die Blicke waren stets auf das Volksfest vor mir gerichtet gewesen.

Die Musik begann aber nicht, dafür hörte ich die Worte der lauten Stimme des Grafen: „Weil Sie schon, hochverehrter Herr, sagten, daß der Anblick vor uns gemalt werden könnte, wie in Holland solche Dinge lebendig sind, und wie Holländer sie von jeher sehr zierlich zu malen verstanden haben, so hätte man ja den Maler aus der Lüpfschenke holen lassen sollen, damit er die Sache flüchtig mit Farben entwerfe, und dann später das Bild ausführe."

„Der geht nicht zu euch Leichtsinnköpfen heraus", sagte Roderer.

„Versteht sich", erwiderte der Graf, „der Kauz hat sich in ein Uhunest gesetzt."

„Er wendet seine Kraft an sein Unternehmen“, sagte Roderer.

„Da hat er ein Blockhaus gebaut, um das Moor zu belagern“, entgegnete der Graf.

„Wer weiß, ob er die Kräfte besäße, so ein buntbewegtes Leben zu malen, wie wir es hier sehen“, sagte der Mann mit den schwarzen Haaren.

„Ob er es kann oder nicht, weiß ich nicht“, erwiderte der Graf, „aber der größte Narr ist es, den ich je gesehen habe: der Kiebitz auf der Lüpf, der Blockhausfrosch am Rohrdommelmoor! Das spricht auch wenig für seine Kunst. Jedoch ein Stümper und ein Narr ist jeder auf seine eigene Gefahr, und wir können nichts dawider haben. Wenn es aber wahr ist, was ich hörte, daß er seine Augen auf die schöne Susanna richtet, dann muß der Tropf gezüchtigt werden.“

Ich weiß nicht, hatte Susanna mich schon früher einmal gesehen oder nicht: bei diesen Worten aber warf sie einen Blick auf mich; es war nur ein einziger kurzer Blick, sie mußte gleich wieder wegsehen, um nichts zu verraten: aber es war ein namenlos wunderbarer Blick. Ich sah in wahnsinnigem Zorne und in wahnsinniger Liebe gegen ihre Augen. Ihre liebe Hand tastete jenseits der Mauer hinab, und als sie mein Haupt erreichte, von dem ich die Bedeckung bei dem Beginn des Zeichnens in das Gras gelegt hatte, hielt sie die Hand auf meinen Scheitel, und drückte mich sanft nieder.

Ich atmete nicht in diesem Augenblicke.

Dann stand sie auf und sagte: „Wir müssen doch das Bild auch von einer andern Seite betrachten.“

Und sie tat einen Schritt vorwärts, und zögerte dann, um zu sehen, ob man ihr nachfolge. Da sie Anstalten gesehen haben mußte, daß man sich erheben wolle, ging sie wieder einige Schritte weiter, das Angesicht immer gegen die Menschenmenge gerichtet. Roderer erhob sich, nahm seine Gattin an dem Arme und ging mit ihr längs der Steinmauer weiter. Die Mädchen waren aufgestanden, die Männer waren aufgesprungen, und alle jungen Leute folgten Susanna.

Ich drückte mich jetzt in mein Haselgebüsch zurück, steckte mein Zeichnungsbuch in die Tasche, nahm meine Haube, erhob mich hinter dem Gebüsche von dem Boden, ging das Gehölze zurück, und aus demselben auf dem Wege, den ich gekommen, in mein Blockhaus zurück.

Ich schlief in der kommenden Nacht keinen Augenblick und malte des andern Morgens nicht.

Als ich den Wagen mit den Braunen an dem rechten Ufer des Moores mittagwärts fahren sah, flog ich mit klopfendem Herzen auf meinen Pfad. Auf dem Waldwege sah ich Susanna daherwandeln. Mit stürmender Brust ging ich gegen sie. Als sie nahe war, und als ich sie sah und als ich sah, daß sie heute blasser sei, rief ich: „Susanna, Susanna!"

Sie sah mich liebend an und reichte mir beide Hände hin.

Ich ergriff die Hände, riß das Mädchen gegen mich, und schloß es an meine Brust. Unsere Arme umschlangen sich, und ihr heißer Mund glühte auf dem meinen.

Der Mund der immer stolz gewesen war, hatte mich geküßt.

Und als sich die Arme gelöst hatten, und als ich sie wieder ansah, sah ich, daß sie das schönste Geschöpf ist, welches die Erde getragen, und welches Gott je erschaffen hat.

Ich legte wieder meinen Arm um ihre Schulter, nahm sie bei der Hand und sagte: „Susanna! auf ewig –."

„Auf ewig", antwortete sie.

„Du geliebtes, du teueres Wesen", sagte ich.

„Du lieber, du einziger Mann", antwortete sie, „der sein All auf einen Gedanken setzt, gegen sie, die kein All haben, und keinen Gedanken, es an ihn zu setzen –!"

„Du bist meinetwegen den Waldweg gegangen, Susanna?" fragte ich.

„Ich bin deinetwegen gegangen", erwiderte sie. „Und du?"

„Ich bin nur gekommen, dich zu sehen", sagte ich.

„Ich wußte es", entgegnete sie, „aber sage, wie heiß ich dich denn?"

„Heiße mich Friederich", sagte ich.

„Höre, Friederich", sagte sie, „du mußt deine Gewalt, die ich an dir sehe, auf irgend etwas Großes wenden, und es erreichen, dann lieb ich dich grenzenlos."

„Und ich liebe dich grenzenlos, weil du bist wie du bist", sagte ich, „und ich werde tun, was ich kann oder untergehen."

„Ich weiß es, ich weiß es", sagte sie.

„Welch ein Glück, das wir so schnell gefunden“, sagte ich.

„Ein Glück vom Himmel“, antwortete sie.

Sie schwieg ein Weilchen, dann sagte sie: „Du hast gestern meine erste Bitte erfüllt, Friedrich, erfülle heute meine zweite.“

„So sprich“, sagte ich.

„Du wirst den erbärmlichen Grafen zur Verantwortung ziehen?“ fragte sie.

„Ja“, sagte ich.

„Tue es nicht“, antwortete sie „er hat nichts Schlechtes, nur Unverstand von dir gesagt, und es war kein Zeuge. Du kämest mir beschimpft vor, wenn du mit ihm strittest.“

„Und wenn er Streit mit mir beginnt?“ fragte ich.

„Das wird er nicht“, antwortete sie. „Als wir allein waren, sagte ich zu ihm, wenn je ein Mann dadurch, daß er die Augen auf mich richtet, meinen Unwillen erregt, so soll er mein Kämpfer gegen diesen Mann sein: wenn ich aber eines Mannes Augen auf mich richten lasse, diesen Mann müsse er aufs höchste ehren.“

„Nun?“ fragte ich.

„Er ging es ein“, antwortete sie, „wie er immer huldigt.“

„Sie sagten ja, er sei dein Bräutigam?“ fragte ich.

„Er versichert mich“, antwortete sie, „daß ich die Schönste auf der Welt bin, daß ich eine Göttin bin, daß ich eine Königin bin, und daß ich ihn zum glücklichsten Menschen machen könnte, wenn ich mein Los mit ihm teilte. Ich habe ihm geantwortet, daß ich nicht die Gefühle hege, sein Weib zu werden, und daß ich es nie werden könne. Er hat eine schöne Farbe seines Angesichtes, schöne Augen und einen schönen Bart, hat schöne Pferde, mit denen er hin und her fährt, und die er selber erzieht, und hat mehrere Güter. Sonst ist er gutmütig. Er hat seine Anträge stets scherzend gehalten, und ich habe meine Ablehnung scherzend gemacht. Wenn er sieht, daß du mein Bräutigam bist – denn ich will meine Liebe nicht geheim halten, sage sie dem Vater, sage sie der Mutter, sage sie, wem du willst – und wenn er sieht, daß du mein Bräutigam bist, so wird er sich fügen, und irgend einmal eine andere heim führen.“

„Wenn er aber doch gegen mich auftritt?“ fragte ich.

„So handle nach deinem Ermessen“, sagte sie.

„So sei es", antwortete ich, „möge der erste Tag unseres Bundes Friede sein."

Ich reichte ihr die Hand, und sie empfing dieselbe.

Dann nahm ich sie an dem Arme, und führte sie den Weg zurück, den sie hergekommen war. Wir gingen nun langsam Arm in Arm den Weg in sanftem Gespräche, den wir so oft schweigend gegen einander und an einander vorüber gewandelt waren. Ich führte sie zu ihrem Wagen. Dort reichten wir uns die Hand zum Abschiede, ich half ihr in den Wagen, ihr Kutscher fuhr sie die Straße an dem rechten Ufer des Moores mitternachtwärts, ich ging den langen Weg durch den Wald und dann den Pfad an dem linken Moorufer in mein Blockhaus.

Mit wallendem Herzen ging ich in mein Zimmer. Dort schaute mich ruhig von seinem Gerüste mein großes Bild an.

Nachmittags malte ich nicht mehr.

Als ich abends mit Roderer an dem Apfelbaume saß, sagte ich zu ihm: „Ich bitte Sie für den morgigen Tag um eine Unterredung, die mir sehr wichtig ist: mögen Sie mir dieselbe gestatten, wenn es Ihnen Ihre Zeit erlaubt."

„Meine Zeit erlaubt es immer", sagte er, „und ich bitte Sie, wählen Sie die Stunde selber."

„Wenn ich die Stunde selber wählen darf", sagte ich, „so wähle ich, daß nicht viel Zeit vor der Eröffnung verfließe, die neunte Stunde morgens."

„Es wird ein Wagen nach acht Uhr bei dem Willigitter unter diesem Hügel auf Sie warten, um Sie in mein Haus Firnberg zu bringen", sagte er.

„Ich nehme es dankbar an", entgegnete ich.

Am nächsten Morgen kleidete ich mich, wie man sich in Wien kleidet, wenn man einen Vormittagsbesuch macht. Die Wirtin richtete große Augen auf mich, als sie mich in diesen Kleidern ohne Malergeräte den Hügel hinab gehen sah.

Der Wagen wartete an dem Willigitter, er hatte Roderers Pferde, die täglich abends dort warteten, ich stieg ein und nach einer Fahrt von kaum einer halben Stunde war ich in dem Schlosse Firnberg. Man führte mich in Roderers Empfangstube. Es war dies ein sehr anständiges eingerichtetes Gemach, das durch einfache Schönheit mild umfing. Roderer war zum

Empfange eines Besuches gekleidet. Er saß auf einem Rohrstuhle an einem Schreibtische. Als ich eingetreten war, stand er auf, ging mir entgegen, reichte mir die Hand, führte mich zu einem Sitze an dem großen Tische, der in der Stube stand, setzte sich an meine Linke, und fragte, ob er mir in etwas dienlich sein könne.

Ich war ein wenig bewegt, und sagte die Worte: „Hochverehrter Herr Roderer! Ich bin nicht gekommen, einen Dienst von Ihnen zu verlangen; sondern es ist etwas geschehen, was jemanden Ihrer Angehörigen betrifft, und ich halte es für meine Pflicht, Ihnen die Sache zu enthüllen. Ihre Tochter Susanna und ich haben eine Neigung zu einander gefaßt und sie lange schweigend gehegt. So lange nicht eines zu dem andern ein Wort gesprochen hatte, hielt ich mich nicht für verbunden, mit Ihnen davon zu reden, weil Gedanken nach außen nichts bewegen; aber gestern haben wir gesprochen, und haben gesagt, daß es unser beider Wunsch wäre, uns auf ewig anzugehören, und jetzt bin ich gekommen, es Ihnen zu sagen, damit Sie handeln, wie Sie es für Ihre Pflicht halten. Ich heiße Friedrich Roderer, gerade Roderer wie Sie, und bin jetzt sechsundzwanzig Jahre alt. Mein Vater lebt in Wien, und hat Liegenschaften in Niederösterreich und Ungarn. Meine Mutter lebt auch noch. Ich habe eine Schwester, eine Großmutter und zwei Oheime, Brüder des Vaters. Ob wir mit Ihnen und Ihren Roderern verwandt sind, weiß ich nicht, ich habe mich nie gekümmert, ob noch entfernte Verwandte von uns in der Welt sind. Ich selber besitze ein Vermögen, daß eine Gattin und zahlreiche Nachkommenschaft versorgt werden kann, wie wohlhabende Leute die Ihrigen zu versorgen pflegen. Ich verschwende nichts, Sie selber haben mein einfaches Leben gesehen, und so ist es immer, und so ist meine Habe gewachsen. Ich habe bis jetzt eine ehrlose Handlung nicht begangen, und bin meines Willens gewiß, sie auch in Zukunft nicht zu begehen. Meine Fehler suche ich zu verbessern, wenn sie mir bekannt werden. Was davon noch da ist, mögen meine Freunde aus Liebe ertragen und bessern. Irgend ein Mädchen habe ich bisher noch nicht beachtet, weil ich nur ein einziges, alles andere verdunkelndes Bestreben hatte, die Kunst. Ich habe geglaubt, daß ich nie eine eheliche Verbindung eingehen werde. Susanna liebe ich, wie ich nie irgend ein Wesen auf der Welt geliebt habe. Wie und warum weiß ich nicht. Ich habe sie sehr oft stumm angeblickt, sie mich auch, und wir liebten uns, und haben es plötzlich gesagt. Über meine äußeren Verhältnisse kann ich Ihnen die Beweise vorlegen, wenn sie angekommen sein werden, über mein Wesen nur meine Worte. Susanna werde ich ewig lieben, und ich glaube von ihr, sie mich auch. Was sonst sein wird, weiß ich nicht. Jetzt habe ich Ihnen alles gesagt."

Er schwieg ein Weilchen, dann sprach er: „Sie haben in dieser Sache ehrenhaft gehandelt, und ich glaube fest, daß Sie einer unehrenhaften Handlung nicht fähig sind. Ich habe gewußt, daß meine Tochter in dem Lüpfwalde spazieren geht, ich habe gewußt, daß Sie dieselben Wege gehen. Meine Tochter hat unser Vertrauen, und Ihnen schenkte ich es auch. Hätten Sie nicht gesprochen, so hätte Susanna gesprochen, und dann hätte es mir um Sie leid getan. Ich ahnte, was geschehen würde, und Mathilde und ich sprachen keine Mißbilligung aus. Um das Vermögen des Gatten Susannas fragen wir nicht, nur um seine Person. Ich kenne Sie nur einige Monate und achte Sie mehr, als Sie vielleicht wissen. Ob aber sonst Ihr Wesen zu dem Susannas passe oder Susanna zu Ihrem, kann jetzt niemand wissen. Schließen Sie sich an uns an, und wenn die Zeit, die nötig ist, daß sich die Zusammenstimmung kläre oder die Mißstimmung eröffne, um ist, dann geschehe, was eben diese Zeit gereift. Ist Ihnen diese Antwort entsprechend?"

„So herrlich, wie ich sie von Ihnen gedacht, den ich verehren gelernt habe", sagte ich, „Sie müssen es gesehen haben."

„Ich hab es", antwortete er, „und ich bin auch nicht, mein lieber junger Freund, immer nur des Glases Bier wegen auf den Lüpfhügel gestiegen. Sie haben mir allein Ihre Bilder gezeigt, ich habe Ihnen Roderergeschichten erzählt, in denen Närrisches genug vorkömmt, Sie haben sich nicht an uns gedrängt und ich habe Sie nicht nach Ihrem Namen gefragt. Aber sagen Sie, warum haben Sie mir denn nicht eröffnet, daß Sie Roderer heißen?"

„Recht genau weiß ich es nicht", antwortete ich, „aber nach meinem Vermuten war es anfangs Schüchternheit, und dann, als ich die Roderergeschichten kennen gelernt hatte, mochte es die Scheu gewesen sein, vorzeitig in Verwandtschaftforschungen hinein gezogen zu werden, was mir Herz und Stimmung für meine jetzige Arbeit gedrückt hätte. Für den Winter aber dachte ich mir, da ich an dem Lüpfbilde nicht arbeiten würde, könnte ich Ihnen die Sache sagen, wir könnten forschen, und Sie vielleicht einen anderen Roderer sehen."

Er lächelte und sagte: „So stammen Sie schon von dem nämlichen Friederich Roderer her, der sich den langen Bart hat wachsen lassen, und dann ist jener Sohn nicht von den Wölfen gefressen worden. Ich werde mich mit Ihrem Vater und seinen Brüdern in Verbindung setzen, und die Sache heraus bringen. Ob Sie ein anderer aus den Roderern sind muß sich erst zeigen, wenn das Siegel auf die Handfeste gedrückt ist. Das ist merkwürdig. Gehen wir zu meinem Frauenvolke, das uns erwartet."

Er stand auf, und führte mich durch mehrere Zimmer, in denen ich selbst in der Flüchtigkeit schöne Bilder sah, in das Wohnzimmer seiner Gemahlin. Es waren eigentlich zwei. In dem ersten größeren saß sie, und Susanna stand neben ihr. Sie schienen nicht gerade beschäftiget zu sein, und mochten uns eben erwartet haben. Daß die Zimmer würdig waren, sah ich, forschte aber nicht weiter. Mathilde stand auf, da wir kamen, ich grüßte sie ehrerbietig, sie dankte freundlich. Gegen Susanna neigte ich mich, sie sich auch gegen mich, und unsere Augen mochten für einen Augenblick gleichsam ihre Lichter getauscht haben.

„Da bringe ich dir nun meinen jungen Freund aus der Lüpf, Mathilde", sagte Roderer, „setzet euch nur alle um den großen Tisch, ich muß euch wichtige Geschichten erzählen."

Er drängte uns gegen den Tisch, wies uns die Plätze an, und da wir uns gesetzt hatten, sagte er: „Ich komme letzterer Zeit gar nicht aus den Roderer-Begebenheiten heraus und bringe wieder eine. Ich habe schon große Angst gehabt, daß meine Tochter Susanna aus der Art der Roderer schlage, so ruhig, so vernünftig, so bescheiden, so einfach regelmäßig und so fast ohne Fehler war ihre Lebensweise. Ich schüttelte fast den Kopf. Aber jetzt ist es anders. Statt aus den Söhnen des Landes, die das Ihrige bei einander haben, die leben wie junge Leute leben, die achtbare Verwandte haben, die sich gut kleiden und schmucke Gebärden zeigen, einen Bräutigam zu wählen, erlieset sie sich einen Geliebten, den niemand kennt, dessen Namen sie gar nicht weiß, der nur einen runden Hut und graue Leinwandkleider trägt, der gar nicht so außerordentlich schön ist, als daß er braune Haare und braune Augen hat, den unsere Umwohner hier zu den reisenden Schauspielern zählen, der ein Narr ist und sich auf dem Lüpfhügel ein Blockhaus baut, um den Sumpf zu malen, der keinem Menschen ein Bild zeigt, der sich um niemand kümmert, und mit niemanden umgeht, und der zuletzt und endlich auch noch ein Roderer ist. Staunt nur, ein Roderer ist es, der bewirkt hat, daß meine Tochter zeigt, daß sie nicht aus dem Stamme der Roderer hinausgeschlagen worden ist."

„Aber Vater", sagte Susanna hierauf, „du hast selber von dem Manne auf dem Lüpfhügel erzählt, und bist zu ihm hinausgegangen, und da ist es ja natürlich, daß ich ihn angeschaut habe, als er mir begegnete."

„Angeschaut", entgegnete Roderer, „und dann?"

„Du wirst schon sehen Vater, daß er recht ist", sagte sie, „wenn du der anderen gedenkst, wie sie sind."

„Ja der Rechte ist immer der Rechte", sagte Roderer, „und du hast dich mit der Mutter verschworen, daß ich sagen soll, liebt euch ewig; denn nicht wahr, ewig habt ihr gesagt, werdet ihr euch lieben? Nun es wird schon recht sein."

„Mein Gatte hat mir von Ihnen erzählt", sagte Mathilde, „gestern haben wir wieder von Ihnen gesprochen. Der Wille meines Gatten ist in allen Dingen immer der meinige gewesen und ist es auch in diesen. Sie haben ihn und er hat Sie diesen Sommer kennen gelernt, wenn Sie nun auch uns ein wenig näher wollen kennen lernen, so wird es recht gut sein."

„Ich bin für diese Güte sehr dankbar", antwortete ich, „was ich bereits kenne, hat mir Verehrung eingeflößt, und ich glaube die Hoffnung aussprechen zu können, daß mein Benehmen Sie Ihre Freundlichkeit nicht wird bereuen lassen."

„Gewiß nicht, gewiß nicht", sagte sie, „sonst hätte Sie Roderer nicht hieher geführt. Und wenn Sie Susannas Herz beglücken und Susanna Ihr Herz beglückt, so werde ich meinen Segen dem Tage geben, der Sie in dies Haus geführt."

„Möge dieser Segen bald erscheinen", sagte ich, „und der Segen Gottes bald umschweben, was wir wünschen, wenn wir es verdienen. Ich bitte Sie in diesem Augenblicke, hochverehrte Frau, um die Erlaubnis, zum ersten Male Ihre mütterliche Hand küssen zu dürfen."

Sie reichte mir ihre weiße, feine und milde Hand, ließ sich aber dieselbe nicht küssen, sondern drückte die meine freundlich, und sah mich mit den großen braunen Augen an, von denen mir Roderer erzählt hatte, daß sie ihn beglückten, und in denen ich Susannas Augen erkannte, die mich beglücken werden.

„Wenn Sie Roderer heißen", sagte sie, „so ist es gut, die Roderer sind fast immer gut und Susanna ist sehr gut."

„Das wußte ich, als ich ihre Augen gesehen hatte", sagte ich, „und ich werde ewig gut und mild mit ihr sein."

„Amen", sagte sie.

Wir sprachen nun von gleichgültigeren Dingen. Susanna setzte sich zu mir, und legte ihre Hand auf die meine. Ich glaubte dann, daß dieser erste feierliche Besuch abzubrechen sei, und erhob mich. Ich verabschiedete mich von Mathilde, von Roderer und Susanna. Roderer geleitete mich zu dem Wagen, der mich wieder an den Lüpfhügel zurückbrachte.

Nun begann ein eigenes Leben. Des frühen Morgens schon malte ich, und malte den größten Teil des Tages mit einem Eifer und mit einem Feuer, die ich früher gar nicht gekannt hatte, alles gelang besser, und oft oft war es mir schon deutlich, als ich müsse es erfassen können, daß der unnachahmliche Duft und die unerreichbare Farbe der Natur auf meine Leinwand käme. Die Waldspaziergänge waren eingestellt. Wenn es aber Nachmittag wurde, dann legte ich alles weg, kleidete mich um, und ging zu Roderer. Und wenn ich nicht dorthin ging, so ging ich weit und breit spazieren, selbst in Ortschaften hinaus und saß abends mit ihm am Apfelbaume oder in der Stube des Wirtes.

Die Wirtin sagte zu mir: „Es ist doch gut, daß Ihr mir gefolgt habt. Wäret Ihr auch zu dem Jubelfest nach Lüpfing gegangen, so hättet Ihr Euch sehr erheitert. Es war prachtvoll auf den Wiesen und Stoppelfeldern an dem Führholze. Der hochgeborne Herr Roderer und seine hochgeborne Frau Gemahlin und Susanna und ihr Bräutigam und andere vornehme junge Leute und Fräulein waren zugegen, und ergötzten sich sehr. Ich habe es Euch ja gesagt, daß es Euch in dem Schlosse Firnberg sehr gefallen wird. Jetzt geht Ihr hin. Geht nur auch öfter hinaus, und geht nur auch recht unter die Leute. Ihr seid schon jünger und viel schöner seit der Zeit geworden, und Eure Augen sind ganz lustig. Und wenn Susanna Hochzeit macht, müßt Ihr zugegen sein, müßt fröhlich sein, und einen Segen trinken, wenn Euch dann auch der Herr Roderer zu Hause fahren lassen müßte. Einmal ist keinmal. Folgt mir in Zukunft nun in allen Dingen recht ordentlich."

Ich sagte, daß ich sehr bestrebt sein werde es zu tun.

Ich kam bei Roderer mit dem Grafen Sternberg und mit anderen jungen Männern zusammen. Was Susanna vorausgesagt hatte, traf ein. Ich behandelte sie wie in großen Städten sich die besseren Stände behandeln, und sie zeigten mir Ehrerbietung.

Roderer hatte nicht viele aber außerordentliche Gemälde. Von den besten Niederländern und Italienern war etwas da. Deutsches war noch weniger: Alles war von der alten Schule. Ich brachte viele Zeit im Anschauen dieser Dinge zu. In seiner Büchersammlung war das Beste fast aller Sprachen, besonders Dichter. Die Heldendichter waren alle vorhanden. Und so wurde viel und sehr gut vorgelesen. Sein Forstwart las ausgezeichnet; am besten aber immer Herr Roderer selbst. Es dürften da noch Erinnerungen aus seinen Jugendbestrebungen hereingespielt haben. Sehr oft gingen wir in den Liegenschaften und Anstalten herum und betrachteten, was eben geschah. Auch mich besuchten sie zuweilen, und ich zeigte Mathilden und Susannen meine Malereien bereitwillig. Anderen Menschen aber nie. Die Zeit unseres Zusammenseins schien zu entsprechen. Immer schöner wurde Susanna, sie schaute mich immer freundlicher an, und ich liebte sie immer mehr.

So war endlich der Winter gekommen, nachdem uns ein ungewöhnlich langer und schöner Herbst beglückt hatte. Erst acht Tage vor der heiligen Weihnacht fiel der erste Schnee. Er stellte mir das Malen ein. Das große Bild war bis auf die letzten Feilen fertig. Eine unsägliche Zeit und Glut hatte ich in dieses Bild hinein gemalt.

Als harter Schnee auf den Fluren lag, und Schlittenbahn war, verabschiedete ich mich, um nach Wien zu gehen, und meinen Eltern genaueren Bericht über meine Erlebnisse abzustatten, als ich es durch Briefe hatte tun können.

Roderer kam auch nach Wien, und besuchte meinen Vater. Da kam es nun zu Tage, daß wir leibhaftig zu Roderers Roderern gehörten. Das wußte mein Vater sehr gut, daß er von einem Roderer herstamme, der Friederich geheißen habe und Obrist gewesen ist. Er soll auf einem Schlosse gehaust haben und sehr reich gewesen sein. Er soll vier Brüder gehabt haben, die alle vier aus Geiz nicht geheiratet hätten, und mit denen er im Unfrieden gelebt habe. Das sind nun genau die vier Roderer Peter Buben. Das ist ganz klar, und der reiche Obrist ist der räudige Friedrich, der fünfte Roderer Peter Bub. Mein Vater wußte ferner, daß ein Sohn dieses Obersten namens Friedrich, der einen Bruder in dem Deutschen Orden hatte, und der Großvater meines Vaters gewesen war, einer schönen Jüdin zu Lieb nach Rußland gegangen war. Die Jüdin aber ist ein nichtsnutziges Ding gewesen, und Friederich hat später die Tochter eines gemeinen Russen, der ihn von Wölfen gerettet und gepflegt hatte, geheiratet. Da ist nun etwas unklar. Entweder mußte er flüchten, oder hat das Mädchen entführt, weil sie eine Leibeigne war. Kurz mein Vater konnte nichts heraus erfahren, weil sein Vater selber nichts Genaues wußte. Verfolgungen, Elend und dergleichen habe es gegeben. Aber die Ehe mußte anerkannt worden sein, weil Friedrich später wieder in Rußland war, und durch Leitung von Bergwerken Vermögen erwarb. Es sind zwei gelbe Briefe vorhanden, welche an diesen Großvater meines Vaters von seinem Bruder Joseph Roderer geschrieben waren, in deren erstem Joseph seine Vermählung anzeigte, und in deren zweitem Joseph um Angabe des Aufenthaltsortes Friedrichs bat. Meines Vaters Vater, auch Friedrich geheißen, war in Siebenbürgen, und hatte dort Liegenschaften. Mein Vater, der wieder Friedrich heißt, verkaufte dieselben, und übersiedelte nach Wien. Daß in Holland Nachkommen von Peter Roderer, einem andern Sohne des Obersten, sein sollen, wußte er auch. Sonach ist der Stammbaum nun aus den Erinnerungen meines Vaters und Roderers völlig aufgestellt worden. Wir, die Friederich Roderer sind der ältere

Zweig von dem Obristen, und die Peter Roderer sind der jüngere. Da der deutsche Herr keine Kinder haben konnte, und die Nachkommenschaft Josephs ausgestorben ist, so sind diese beiden Zweige nun die einzigen Rodererzweige.

Es war großer Jubel über diese Enthüllungen, alle unsere Roderer kamen herzu, nämlich meine zwei Oheime mit ihren fünf Söhnen und es wurde ein Mahl veranstaltet. Meine Großmutter war glücklich, daß sich die Roderer nun wieder mit einem Schlage ausgedehnt hatten. Sie war die lebendige Handfeste unseres Zweiges, und wie so in der alten Geschichte geforscht wurde, kamen ihr immer mehr Erinnerungen zu und von ihren Lippen folgte Erzählung zu Erzählung, die erst mächtig die Klarheit förderte.

Peter Roderer reisete wieder heim, und im Frühlinge kamen nach Verabredung alle Roderer in Firnberg zusammen und brachten auch alle ihre weiblichen Angehörigen mit. Es war nun da Peter Roderer mit seinem Sohne, der auch wieder Peter hieß, und von England gekommen war; es waren da seine drei Brüder mit ihren Gattinnen, sieben Söhnen und drei Töchtern; es war da mein achtundachtzigjähriger Großvater mit unserer achtzigjährigen Großmutter und vier Töchtern, meinen Tanten; es war da mein Vater mit mir und meiner Schwester, und es waren da meine zwei Oheime mit ihren Gattinnen und fünf Söhnen, wozu ich nun noch Mathilde, des älteren Peter Roderers Gattin und Susanna meine Braut nennen muß. Es wurde die Stammesverbrüderung gefeiert, und Peter Roderer gab mehrere Feste. Alle männlichen Roderer hatten den kurzen Vollbart, außer denen, welchen er erst wachsen mußte, und alle Bärte waren braun: nur der meines Vaters war schon gemischt weiß, so wie es die der drei Brüder des älteren Peters waren. Der des älteren Peters war weiß, und der meines Großvaters war schneeweiß. In dieser Versammlung wurde mir auch Susanna endgültig zugesprochen. Die Hochzeit sollte am Petrus-Paulustage sein. In dieser Versammlung sprach auch mein Vater und mein künftiger Schwiegervater den Wunsch aus, daß ich von jetzt bis zu dem Hochzeitstage einen Flug durch die Länder Holland, Belgien, Frankreich und Italien machen möchte. Ich sah den Grund nicht ein; aber in meinem Glücke wollte ich mich gegen nichts auflehnen, und willigte ein. Als die Roderer sich trennten, fuhr ich auf der Straße gegen Holland. Ich war schon geraume Zeit vor dem Petrustage wieder zurück, und hatte aus eigenem Antriebe noch ein Land hiezugefügt, nämlich die Schweiz.

Da ich meine zukünftigen Angehörigen in Firnberg begrüßt hatte, ging ich in mein Blockhaus.

Dort blieb ich zwei Tage vor meinem Bilde sitzen. Dann ging ich zu Susanna, bat sie um eine Unterredung, und sagte zu ihr: „Meine geliebte Braut, du höchstes Gut meines Herzens hienieden! höre mich an. Mein großes Bild, welches bis auf Kleinigkeiten fertig ist, kann die Düsterheit, die Einfachheit und Erhabenheit des Moores nicht darstellen. Ich habe mit der Inbrunst gemalt, die mir deine Liebe eingab, und werde nie mehr so malen können. Darum muß dieses Bild vernichtet werden, und keines kann mehr aus meiner Hand hervorgehen. Wenn du sagst, ich werde dich verlieren, wenn ich mein Streben aufgebe, so muß ich dich mit dem ungeheuren Schmerze verlieren, aber meinen Entschluß ausführen. Jetzt rede."

„Nein du verlierst mich nicht", antwortete sie, „mein Vater hat mich von Kindheit an im Kennen von Bildern geübt, deine Bilder sind außerordentlich schön; wenn aber deine Gedanken höher sind, und du dich durch deine Hervorbringungen gedemütigt fühlst, vertilge sie. Ich liebe dich noch mehr. Wir werden unsere Herzen verbinden, sie werden etwas vollführen, und klein und niedrig und unerheblich wird es nicht sein."

Und wir schlossen uns in die Arme und drückten die heißen Lippen an einander, und drückten sie noch einmal an einander, dann schüttelte ich ihr die Hand, und sagte: „Erzähle deinem Vater, was ich dir gesagt habe. Ich gehe jetzt in das Blockhaus."

Wir trennten uns.

Im Blockhause nahm ich das Bild aus dem Rahmen zerlegte den Rahmen, und verpackte ihn in seine Kiste. Dann schnitt ich die Leinwand des Bildes aus ihren Hölzern, zerschnitt sie in kleine Teile, und verbrannte diese Teile langsam im Ofen. Dann zerlegte ich die Hölzer und verbrannte auch sie. Dann verbrannte ich alle meine Entwürfe, und zuletzt die Farben, die Pinsel und die Malerbrette. Was sonst noch an Geräten war, bestimmte ich späterer Zerteilung. Daß in dieser Sommerszeit

Rauch aus meinem Rauchfange ging, befremdete meine Nachbarn, die Wirtsleute nicht; denn ich hatte öfter im vergangenen Sommer zu meinen Zwecken Feuer in meinem Ofen gehabt.

Ich fühle nun eine Freiheit, Fröhlichkeit und Größe in meinem Herzen wie in einem hell erleuchteten Weltall.

Ich reiste nach Wien zu Vorbereitungen.

Am Petrus-Paulustage war die Hochzeit. Sie wurde in Firnberg gefeiert. Alle Roderer, die im Frühlinge an dieser Stelle gewesen waren, kamen noch einmal, um diese Feier mit zu feiern, und die Stammesgefühle nur noch fester zu binden. Die Trauung geschah in Lüpfing unter großem Zusammenlaufe von Menschen. Meine Wirtin schlug die Hände zusammen, als sie sah, daß ich Susanna heirate. Ihr Mann Christian trug einen großen Blumenstrauß von der Lüpf nach Firnberg. Als wir bei dem Mahle saßen, stand Peter Roderer, mein Schwiegervater mit dem Rheinweinglase auf und sprach: „Der hier anwesende Friedrich Roderer, der Jüngste dieses Namens, hat in der letzten Zeit gezeigt, daß er ein ganzer Roderer ist. Meine Tochter Susanna hat auch nicht ermangelt, sich als Roderin darzutun; heute haben wir beide ehelich zusammengefügt, es muß also von ihnen noch Rodererischeres kommen, als von anderen Roderern, – möge es so groß sein, wie nie ein Roderer etwas zuwegen gebracht hat, und möge es mir erlaubt sein, ihr Wohl auf grenzenlose Zeit hinaus auszubringen."

„Das Doppelrodererwohl auf grenzenlose Zeit!" riefen mehrere Gäste; alle aber standen auf und stießen an.

Wir dankten auf das verbindlichste.

Und es war an diesem Tage auch große Fröhlichkeit in Firnberg. Die Roderer tranken, als müßten sie wahr machen, was mir die Wirtin geweissagt hat, wenn ich auf Susannas Hochzeit mit dem Grafen wäre, und als müßte sie Peter Roderer endlich klärlich auf Wägen nach Hause bringen lassen.

DER WALDBRUNNEN

1866

Ich habe zu zwei verschiedenen Malen ein Menschenbild gesehen, von dem ich jedes Mal glaubte, es sei das schönste, was es auf Erden gibt.

Das eine Mal ist es ein Zigeunermädchen gewesen, das andere Mal eine junge Frau.

Die Sache ist so gekommen.

Da ich schon in einem Amte war und eines Tages in Dienstessachen nach dem kleinen Orte Neukirchen fahren mußte, fand ich, da ich auf der Wirtshausgasse des Ortes aus dem Wagen stieg, dort ein Gedränge. Drei einspännige Wagen standen da, jeder mit einem mageren Pferde bespannt, und mit einem Leinwanddache überwölbt, und zwischen ihnen lagen allerlei seltsame Dinge: bunte Stäbe, Pfannen, runde Krüge, krumme Hackmesser, Kesselpflöcke, zwei Handtrommeln und noch mehr anderes. Um diese Dinge trieben sich Zigeuner herum: Männer und Weiber so schwarz wie der Mohrenkönig auf alten Bildern der Heiligen Drei Könige, in Trachten verschiedener Zeiten und Länder gekleidet, feurig an Farbe, ganz oder zerrissen, und dabei schrien sie, als keiften sie, in der Angelegenheit des Abfahrens oder des Ankommens begriffen. Neben der Tür des Gasthauses aber, zu der ich mir mühsam einen Weg bahnte, um mir für die Zeit, wann ich mit meinem Amtsgeschäfte fertig sein würde, ein Mittagmahl zu bestellen, stand ruhig, als ginge sie das alles nichts an, ein Mädchen der Zigeuner und ich, der ich doch bereits in die reifenden Jahre trat, prallte fast zurück, als ich das Mädchen sah. Das war die schönste Menschengestalt, die sich je in meinen Augen gemalt hatte. Der Oberkörper war in ein rötlich braunes ausgebleichtes Zeug gehüllt, das so dünn war, daß man alle Gestaltungen durch dasselbe verfolgen konnte, und aus dem noch überdies die Arme von den Achseln an ganz nackt herabhingen. Von den Hüften war ein Rock mit gelben und roten Streifen bis über die Knie hinunter, der aber die Schwingungen der Gestalt vollkommen erkennen ließ. Die Füße waren nackt. Von dem wolkigen Stoffe des Oberkörpers hingen allerlei mit den grellsten Farben gefärbte Bänder und Schnüre und Flechtwerke herunter. Das Angesicht hatte die einfachsten Linien. Die Nase war gerade, die Lippen waren kräftig, die Augen waren sehr groß und so schwarz, wie weder schwarzer Sammet oder Kohle oder Rabengefieder oder irgend etwas anders in der Welt schwarz ist. Die Haare hatten dieselbe Farbe und schlangen sich in wunderlichen Knäueln mit Schleifen und hellen Flittern über den Nacken auf den Rücken hinunter. Die Farbe des Körpers, gelbbraun wie ältliches Erz, stand sehr gut zu den schreienden Farben der Bänder, und zu dem Ebenmaße der Glieder, daß, wenn diese Gestalt genau, wie sie ist, gegossen gewesen wäre, sie das schönste menschliche Standbild geworden wäre, das hervorzubringen ist, und daß alle Völker in Bewunderung vor der Schönheit dieses Kunstwerkes hätten knien müssen, obwohl in dem Abgusse der Glanz der Augen gefehlt hätte. Ein Maler wäre nicht im Stande gewesen, die Gestalt zu malen, weil er das sanfte Rund der Glieder nicht zuwege gebracht hätte. Ich dachte, da ich das Mädchen sah, daß keine Regelmäßigkeit der Kristalle, keine Pracht einer Pflanze, so herrlich sie sei, kein edles Tier, und wenn es das schlankste, kräftigste, feinste Wüstentier ist, so schön zu sein vermöge wie ein Mensch. Den Ernst in den Mienen des Mädchens würde ich dem Ernste der Sixtinischen Madonna vergleichen, wenn ich nicht eine Ungerechtigkeit beginge; denn das Mädchen war schöner als die Raffaelische Madonna. In den Standbildern der Griechen, die auf uns gekommen sind, und auf den Tafeln aller Maler ist diese Gestalt nicht vorhanden. Von der Stimme des Mädchens konnte ich nichts vernehmen; denn es gab, während ich da war, keinen Laut von sich. Auch machte es keine Bewegung und nur bei dem Blinken der Augen sah ich die Regung der Wimpern. Neben dem Mädchen stand in der Haustür der Wirt mit dem großen Bauche der grünen Weste, der schwarzen Haube und den weißen Hemdärmeln, und fragte mich, was mir zu Befehl sei. Ich sagte ihm, daß ich um zwölf

Uhr essen kommen werde, und daß er mir dann geben möge, was er habe. Ich sagte sonst nichts und betrachtete das Mädchen; aber nur kurz, denn da man mich hatte ankommen sehen, so sendete man mir sofort die Botschaft, die anderen Herren warteten schon auf mich in dem Pfarrhofe. Ich ging also in den Pfarrhof, und später an das, was in Neukirchen meines Amtes war. Um drei Uhr des Nachmittages kam ich erst in den Gasthof zurück; denn wir hatten sämtlich das Mittagessen bei dem Pfarrer einnehmen müssen. Der Platz vor dem Gasthause war jetzt ganz leer. Ich trank nun weniger des Durstes als des Wirtes wegen ein Glas Wein, fragte flüchtig um die Zigeuner, hörte, daß sie fort seien, ließ meine Pferde vor den Wagen spannen, saß ein, und rollte dann auf meinem Heimwege dahin, an die Gestalt des Mädchens denkend, und erwägend, ob sie denn so schön gewesen sei, wie die der jungen Frau, welche ich vor Jahren auf dem Rigi gesehen hatte. Ich fuhr an grünen Bäumen und zwischen grünen Wiesen und Feldern meines Weges und kam nach Hause.

Ich erzählte meiner Frau von dem Vorfalle, und erzählte ihr auch von der jungen Frau.

Ich war nämlich noch ein Schüler der Rechtsschule gewesen, als ich eines Tages mit einem Ränzlein auf dem Rücken, einer kleinen Haube auf dem Kopfe und einem Knotenstocke in der Hand den Rigi emporstieg. Es waren unser fünf, sämtlich aus derselben Schule und gleich ausgerüstet. Wir verbrachten die Nacht auf dem Berge, und am Morgen waren wir mit anderen Leuten auf einer Aussicht. Da stand eine Frau in einem schwarzen Gewande. Sie trug einen kleinen weißen Fächer in der Hand, am Halse ragte eine schmale weiße Krause aus dem schwarzen Gewande hervor, und auf dem Haupte hatte sie einen runden gelben sehr feinen Florentiner Strohhut. Manche Menschen des Berges sahen auf die Frau. Die ungemein großen Augen waren schwärzer, als das schwarze Gewand, so waren auch die reichen Haare unter dem Florentiner Hute, die Zähne waren weißer, als die Krause und der Fächer, und für die Gestalt war nichts da, womit man sie hätte vergleichen können. Sie war hoch; aber wäre sie um eine Linie höher gewesen, so wäre sie nicht mehr so schön gewesen, und wäre sie um eine Linie niedriger gewesen, so wäre sie auch nicht mehr so schön gewesen. Damals waren Frauengestalten noch Gestalten nicht wie jetzt häßliche Kleiderhaufen. Sanft baute sich die Gestalt empor, wenn sie sich regte, so war die Bewegung weich und geltend. Die Menschen sagten, ihre Augen erscheinen nur so leuchtend, und ihre Zähne nur so weiß, weil die Farbe ihres Angesichtes ungewöhnlich dunkel sei, dunkler, als sich mit Schönheit verträgt; aber gerade, weil in das Rosenrot ihrer Wangen ein wenig Bräunlichschwarz gemischt war, glich die feine Wölbung dieser Wange so sehr der zarten Führung des schönsten uralten Standbildes. Bei dieser Frau war ein Mann, der nur ein wenig größer war als sie, und braune Augen und Haare hatte. Die Leute sagten, dieses Paar sei schon eine Woche in der Herberge des Rigi. Wir blieben den ganzen Tag auf dem Berge und an diesem Tage sahen wir und andere öfter auf die schwarze Frau, obwohl auch Mädchen da waren, von denen man sagen konnte, daß sie sehr schön seien. Ein alter Kaufmann aus Augsburg erzählte uns, daß er heraus habe, daß die Frau wunderbare kleine Gedichte mache; aber niemand habe eines dieser Gedichtchen gesehen oder gehört, und er auch nicht. Er zeigte uns ihren und ihres Mannes Namen in dem Einschreibbuche der Herberge. Der Name der Frau stand mit einer klaren Handschrift da; aber keines der wunderbaren Gedichtchen war dabei. Ich habe den Namen später wieder vergessen. An dem Tage, den wir auf dem Berge verbrachten, habe ich die Frau mit ihrem Gatten wandeln sehen, ich habe sie auf einem Steine sitzen sehen, ich habe sie in dem Gesellschaftssaale gesehen, und ich habe sie sprechen hören. Als der nächste Morgen graute, gingen wir fünf Wandergesellen wieder den Berg hinunter. Da sagte Froschhäuser, einer der Kameraden: „Diese schwarze Frau sollte man nach München schaffen und dort sollte sie in Ton gebildet, und dann in Erz gegossen und in Marmor gehauen werden, daß die Welt erführe, was Schönheit sei."

„Dann wäre nicht vorhanden", antwortete ich, „wie sie die schwarzen Augen gegen ihren Gemahl aufschlägt, und klare Worte spricht."

„Und ich", sagte Kreidenberger, ein anderer der Wandergesellen, „würde auf einem Schermesser von Schwabach nach

Rom reiten, wenn ich dadurch diese Frau, falls sie noch ein Mädchen wäre, zu meinem Weibe gewinnen könnte."

„Und wenn du auf dem Schermesser von Schwabach nach Rom und von Rom nach Schwabach geritten wärest", sagte Grünfeld, ein dritter der Wanderer, „so möchte sie dich nicht, wenn sie in den runden Kreis deines Angesichtes blickte."

„Wohl", sagte Kreidenberger, „wenn ich meine Redegabe anwenden würde."

„Streitet nicht", sagte ich, „das ist jetzt gar nicht mehr auszumitteln."

Aber sie stritten fort.

„Und wer weiß, was ich tue", sprach Kreidenberger. „Ich suche die Frau auf, lasse meine Worte fliegen, und wende sie von ihrem Manne zu mir."

„Schlagt ihn tot", schrie Kindinger, der vierte der Wandergesellen, „jetzt ist er toll, und es kann ein Unglück geschehen."

Und so stritten und redeten sie fort, und redeten viele Tage, da wir noch in manchen Gegenden der Schweiz herumgingen.

Was würde denn Froschhäuser, was Kreidenberger, was Grünfeld und Kindinger, die jetzt auch mit langen Amtsschriftenbündeln wirtschaften, wie ich, sagen, wenn sie das Zigeunermädchen gesehen hätten?

Meine Gattin bemerkte, ich hätte wirklich Unglück, da ich alle Male meine Götterbilder unter den Frauengestalten finde, deren Farbe an die des Glockenmetalles erinnere, wenn es nicht mehr ganz neu sei.

„Und doch habe ich das rosigste Mädchen mit der feinsten Farbe geehlicht", antwortete ich, „das Mädchen, welches ich damals für das schönste in Wien erklärte."

„Aber so schön doch nicht wie die Zigeunerin und wie die andere, welche vielleicht von Zigeunern abstammt?" fragte sie.

„Höre mich, mein holdes Kind", antwortete ich. „In dem Baue der Glieder, denke ich, bist du nicht so schön wie das Zigeunermädchen und die schwarze Frau; aber sonst bist du weit schöner, und mir bist du die Schönste und Reizendste auf der Welt."

„Und wie alt waren denn deine Schönheitsgrößen, als du sie erblicktest?" fragte sie.

„Daran habe ich wirklich nicht gedacht“, antwortete ich. „So weit ich mich zurückerinnere, mochte die schwarze Frau damals auf dem Rigi zweiundzwanzig oder vierundzwanzig Jahre alt gewesen sein, sie mochte auch jünger gewesen sein; denn solche dunkle Frauen sehen in ihrer Jugend immer älter aus, und das Zigeunermädchen von heute möchte ungefähr siebenzehn Jahre alt sein.“

„Und was hast du denn mit dem Zigeunermädchen gesprochen?“ fragte sie.

„Gesprochen? Ich habe mit dem Mädchen gar nicht gesprochen“, antwortete ich, „daran habe ich auch nicht gedacht, ich habe nur die Gestalt angeschaut und um ihr Wesen mich nicht bekümmert; denn an Seele gibt es nichts Schöneres als dich, und da suche ich nicht weiter herum.“

„Nun, so sei dir, wenn es so ist, verziehen“, erwiderte sie, „daß du unter Zigeunern und Malaien schönere Gestalten findest, als deine Frau ist.“

Und ein recht freundlicher Kuß, um den ich bat, bekräftigte die Verzeihung.

Und wie es in der Welt Ereignisse gibt: eine Zeit nach diesem Versöhnungskusse erfuhr ich folgende Begebenheit.

Einmal fuhr ein alter Mann mit zwei jungen Begleitern in einem leichten Wagen sitzend auf der Straße, welche von Passau mitternachtwärts gegen den Ort Freiung führt, dem genannten Orte und dem Bayrischen Walde entgegen. Nicht weit von Freiung ließ er den Wagen an einem einzeln gelegenen Gasthofe halten und stieg mit seinen Begleitern aus. Er bestellte für Menschen und Pferde ein Mittagmahl, und sagte dann: „Jetzt, Kinder, gehen wir ein wenig im Grünen herum, bis unser Essen in Bereitschaft ist.“

Und sie gingen von der Straße einen Rain entlang, der zwischen die Felder führte.

Die drei Menschen waren der alte Mann, ein Knabe und ein Mädchen. Der alte Mann hatte einen grauen Filzhut, einen grauen Rock und graue Beinkleider, der Knabe einen grauen Strohhut und eine grauleinene Bekleidung, das Mädchen ein graues Strohhütlein und ein graues Faltenröcklein aus Ziegenhaaren. Der alte Mann hatte weiße Haare, braune Augen, ein gut gefärbtes Angesicht und einen weißen Stutzbart. Die Kinder hatten braune Locken und braune Augen und rosige Angesichter, die fast eins wie das andere waren.

„Siehst du, Franz, und siehst du, Katharina", sagte der alte Mann, da sie an dem Felde hin gingen, „ich habe absichtlich dieses Gasthaus Fendelsberg zu unserem Mittagessen erwählt, damit ich euch den Wald, zu dem wir fahren, zeigen kann, weil man ihn auf unserem Wege nirgends so gut sieht. Da liegt er nun vor uns. Wenn die Sonne so lieblich scheint wie heute, seht nur, wie blau er nach einander dahin geht an dem lichteren und noch blaueren Himmel, und wie so schön die Felder und Wiesen und die Wäldchen herwärts von ihm gegen uns schreiten und so hold gefärbt sind. Alles ist still in dem sanften Dufte. Und so geht er dort links, wohin wir nicht mehr sehen können, noch immer fort, daß du zehn oder fünfzehn oder zwanzig Tage wandern könntest, Franz, ehe du ihn auswandertest. Und so liebe weiße Häuschen, wie das ist, in welches ich euch führen will, liegen an der ganzen langen Länge hin, und auch andere sind dort, nicht weiß, sondern braun, weil sie aus Tannenholz gemacht sind, das sich in der Sonne so gefärbt hatte. Und auf den Dächern der Häuschen liegen große graue Steine. Und noch kleinere Häuschen sind dort, winzig kleine, in denen sehr arme Leute wohnen. Wir können hier keines der Häuschen sehen, weil der ferne blaue Wald so groß ist, und die Häuschen so klein. Der große Wald geht, weil er so weit entfernt ist, so stumm dahin und dahin."

„Fahren wir da gerade auf den Wald zu?" fragte der Knabe.

„Nein, mein Kind", antwortete der alte Mann, „siehst du dort rechts hinter dem Berge einen Turm hervorragen? Das ist der Kirchenturm eines großen Ortes, den man Waldkirchen nennt. Auf diesen Ort fahren wir zu. Und siehst du weit hinter Waldkirchen den Bühel von dem Rande des blauen Waldes emporragen?"

„Ich sehe ihn, Großvater", sagte der Knabe.

„Das ist der Fels der drei Sessel, der über alle Bäume emporragt", sagte der alte Mann, „und von diesem Felsen gerade herab, wo der Wald aufhört, ist die Stelle, zu der wir gehen."

„Kommen wir noch heute hin, Großvater?“ fragte das Mädchen.

„Nach fünf Stunden, wenn wir von diesem Gasthause weggefahren sind“, antwortete der alte Mann, „und da bekommt ihr unter Weges noch eine gute Milch in einem Hause, das Jandelsbrunn heißt.“

„Wie freue ich mich auf die Milch und auf den blauen Wald“, sagte das Mädchen, „ich habe noch gar keinen blauen Wald gesehen.“

„Wenn du hinkommst, ist er grün“, sagte der alte Mann.

„Alle Wälder sind ja grün, Katharina“, sagte der Knabe.

„So schimmert er nur blau?“ fragte das Mädchen.

„Wie alle Höhen in der Ferne“, sagte der alte Mann. „Und der Wald, wenn ihr in ihm herumgehen werdet, hat köstliche Dinge in sich. Da ist der ganze Boden, auf dem er steht, ein ungeheurer zerklüfteter Stein, ein Stein, der Hunderte von Meilen lang ist, viele Meilen breit und manche Meile tief. Er hat Risse und Spalten und Gänge und Öffnungen, in welche die Wurzeln der Bäume eindringen, und über welchen der schwarze Boden liegt, auf dem die Gräser und Blumen und Beeren des Waldes wachsen. Und das Wasser, welches von den Wolken des Himmels niederregnet, sinkt hinein und sinkt immer tiefer, und sinkt tiefer, und reinigt sich und sammelt sich in dem Steine wie in einem blanken Kruge, weil der Stein fest ist wie eine glatte Schale. Und dann quillt es irgendwo hervor und macht ein kleines Bächlein, oder in der Steinmulde ein Brünnlein, so hellen Wassers, daß du nicht weißt, wo die Luft aufhört und das Wasser anfängt, und ein Wasserfädlein rinnt von der Mulde fort, und tausend Wasserfädlein rinnen, und überall rieselt es emsig und still, und das Rieselnde findet sich zusammen, und es rauscht dann in der Tiefe, und die vielen vielen Bäche gehen in die Länder hinab. Und dieses Wasser gibt allen Wesen, selbst den Gräsern, Fröhlichkeit und Gesundheit, was das Wasser in den Ländern draußen, wo allerlei unreiner Boden ist, nicht geben kann. Und die Luft ist in den Höhen, die der Wald einnimmt, reiner, weil sie in allen Höhen reiner ist, und sie wird durch das Harz des Waldes und durch das Atmen seiner Millionen Blätter und Nadeln noch anmutiger und balsamreicher, daß sie eben so Fröhlichkeit und Gesundheit bringt wie das Wasser. Und wer beides, Fröhlichkeit und Gesundheit, verloren hat, der erhält sie wieder, wenn er von diesem Wasser trinkt und von dieser Luft atmet. Darum gehe ich mit euch zu einem Brunnen, den ich in dem Walde weiß, und in die Luft, die um den Brunnen fließt."

„Großvater, haben wir denn die Gesundheit und Fröhlichkeit verloren?" fragte das Mädchen.

„Du, meine Katharina, hast beides, und ich glaube auch, Franz hat beides", sagte der alte Mann.

„Und hast du beides nicht, Großvater?" fragte der Knabe.

„Ich glaube, ich habe es nicht", sagte der Großvater.

„Und wodurch hast du denn die Fröhlichkeit und die Gesundheit verloren?" fragte der Knabe.

„Ich werde sie durch manche Dinge verloren haben, mein Kind", antwortete der alte Mann, „die du nicht verstehst. Ich bin freiwillig in ein Amt gegangen und bin dadurch schon in einer Zeit zu viel an einem Tische gesessen, als noch euer Vater und eure Mutter im Grase fröhlich herumsprangen, ich habe Kummer erlebt und werde Gesundheit und Fröhlichkeit auch verloren haben, weil ich Mangel an Liebe litt."

„Daran hast du ja nicht Mangel", sagte Franz, „dich lieben alle Menschen, und sagen es auch, dich lieben unsere Dienstleute, und sagen es auch, dich lieben die alten Männer, die oft zu uns kommen, darum kommen sie, dich lieben unsere Lehrer, sie haben es zu uns gesagt, und ich und Katharina lieben dich auch, so gut dich Susanna und Ludmilla lieben."

„Die lieben mich alle und ihr liebt mich auch", sagte der Großvater, „und ich bin euch für eure Liebe sehr dankbar. Ihr habt diese, und ihr gebt mir die, die ihr habt."

„Ja, das tun wir", sagte Katharina.

„Ich bin auch einmal so ein Kind gewesen, wie ihr seid", entgegnete der alte Mann, „und bin herangewachsen und habe mir Gespielen gesucht, und habe ihnen Gutes getan, indem ich mich aufopferte, und sie haben gedankt und sind fröhlich gewesen, und sind in die weite Welt gegangen. Ich habe eure Großmutter kennen gelernt, welche die Mutter eures Vaters gewesen ist, sie ist meine Ehefrau geworden und hat mich sehr geliebt. Ich hatte ihr alles gegeben, was ich gehabt habe, ich habe ihr aufgeopfert, was mir lieb war, sie war mir sehr dankbar, ich wurde ihr Teuerstes auf der Welt; aber sie konnte nie tun, was gegen ihren Sinn und ihr Gemüt war, sie wußte es nicht, und kränkte mich. Endlich starb sie und nahm noch mit brechenden Augen von mir Abschied. Euer Vater ging zu eurer Mutter und hing sein Herz an sie. Beide sind viel zu jung gestorben. In meinem Amte sagten die Vorsteher oft, dieses und jenes sollte ich anders und besser tun, bis ich von dem Amte fortging. Und dann begannet ihr heran zu wachsen und waret heiter und fröhlich um mich."

„Und das hat dich doch nicht gekränkt, lieber Großvater?" sagte Katharina.

„Lasse das jetzt, mein Mädchen", sagte der alte Mann, „und gehen wir nun zu dem Mittagessen. Sie werden euch etwas Gutes bereitet haben; denn ich habe es ihnen dringend aufgetragen."

„Ja, gehen wir zu dem Essen", sagte das Mädchen.

Und sie wendeten sich auf dem Raine um und betraten den Rückweg in das Gasthaus.

Nach einer Stunde waren auch die Pferde in Bereitschaft, sie wurden vor den Wagen gespannt, die Reisenden saßen ein, der Kutscher kletterte auf seinen Sitz und sie fuhren auf der Straße weiter.

In einer kleinen Entfernung von dem Gasthause in Fendelsberg lenkte der Wagen von der großen Straße ab und fuhr rechts auf einem kleineren Wege gegen den Ort Waldkirchen. Sie fuhren durch Waldkirchen gegen Morgen, die Kinder bekamen in Jandelsbrunn die versprochene Milch, der Wagen rollte wieder weiter abermals gegen Morgen, und nachdem noch zwei Stunden vergangen waren, hielt er vor einem Gasthause, auf welches der breite Wald in der Nachmittagssonne blau-schwarz dämmernd und viel größer als früher hernieder sah.

„Wir sind an dem Ende unseres Fahrens, Kinder", sagte der Großvater, „jetzt müssen wir ein wenig gehen."

Sie stiegen aus. Der alte Mann machte die Anordnung, wohin das Gepäcke des Wagens gebracht werden sollte und ging mit den Kindern fort. Sie gingen hinter dem Gasthause auf dem Pfade einer Wiese, die so weich wie Sammet war und in der

Sonne glänzte, langsam empor. Sie gingen dem breiten Walde immer näher und sahen viele Wäldchen, welche wie Kinder des großen Waldes um ihn herum waren. Und hie und da stand ein Häuschen, welches weiß war, wie der Großvater gesagt hatte, oder ein größeres Haus, oder auch ein braunes Holzhäuschen oder ein winziges, wie es der Großvater beschrieben hatte. Kirschbäume standen an dem Wege, und auch sonst hie und da andere Bäume standen überall herum, besonders Ahorne und Tannen, die Wanderer sahen in Rinnen hinab, in denen Wässer rauschten, und auf einem sehr grünen Flecke stand ein weißes Häuschen mit breitem Giebel und flachem Dache, auf welchem große Steine lagen.

Der Großvater wies auf das Häuschen und sagte: „Dort werden wir wohnen. Ich werde in dem glänzenden weißen Häuschen ein Zimmer haben, Franz wird ein Zimmerchen haben, Katharina wird ein Zimmerchen haben, und die Frau, welche uns bedienen wird, hat jetzt schon die Hinterstube. Ich habe niemanden als euch mitgenommen, daß wir gar nichts von der großen Stadt bei uns haben. Das Wasser des Waldes und die Luft des Waldes werden gut wirken. Eure Wangen werden noch rosiger und eure Augen werden noch glänzender werden."

„Großvater, wirst du dann auch noch jemand haben, der dich liebt?" fragte Katharina.

„Das weiß ich nicht, mein Mädchen", antwortete der alte Mann.

Sie waren zu dem Häuschen gekommen und in dasselbe gegangen. Es war, wie der Großvater gesagt hatte; die drei Zimmer waren mit Geräten versehen, und waren nett und reinlich. Die Kinder freuten sich darüber, und freuten sich, daß sie in die Wohnung gehen konnten, ohne über eine Treppe zu steigen. Die Frau, welche hier ihre Magd sein sollte, stand schon in weißer Schürze da. Das Gepäcke der Reisenden wurde gebracht und ausgepackt, die Abendsuppe wurde auf den runden Tisch gestellt, und der Großvater zeigte nur noch, ehe es dämmerte, den Kindern den schönen Wasserstrahl, der hinter dem Häuschen gleichsam mitten aus dem Felsen wie Glas hervorschoß und sich in einem Felsenbecken sammelte, von dem dann ein winziges Bächlein weiter rann, dann wurde die Haustür gesperrt, die Fenstervorhänge wurden zugezogen und alle gingen zur Ruhe.

Des andern Tages am frühesten Morgen, als sie die Milch und das Wasser, das ihnen von der Frau gebracht worden war, getrunken hatten, gingen die drei neuen Bewohner des Häuschens auf dem weißen Wege, der von unendlich vielen Sandkörnern glitzerte, neben dem tauigen Grase in das freie weite Tal dahin. Der Großvater führte die Kinder gegen das Schulhaus der Waldhäuser, welches auf dem Anger unter lauter Kirschbäumen stand und auf allen Seiten von oben bis unten mit Schindeln bedeckt war. Sie hatten eine halbe Stunde bis dahin zu gehen gehabt. Der Unterricht hatte noch nicht begonnen. Der alte Mann führte die Kinder in die Stube des Lehrers und sagte zu diesem: „Ich bin Stephan Heilkun, der Besitzer von Heilkun und Thanau, und diese zwei sind meine Enkel, die Kinder meines verstorbenen Sohnes. Ich bin in diesen Wald gegangen, um hier im Sommer Luft, Wasser und Aussicht zu genießen. Der Schreiner, welcher sich abseits der Klafferstraße das größere Haus gebaut hat, ist so freundlich gewesen, mir das kleinere, in dem er früher gewohnt hat, für eine Zeit zu überlassen. Seine Muhme Crescentia ist meine Magd. Ich bin zu Euch gekommen, verehrter Herr Lehrer, weil Ihr der Schreiber der Waldgemeinde seid, Euch meine Ankunft und die Absicht meines Aufenthaltes dahier anzuzeigen. Den Vorsteher werde ich übermorgen am Sonntage besuchen, da ich bis dahin geordnet bin und den etwas weiten Weg zu ihm ohne Zeitversäumnis werde antreten können."

„Mein hochedler und mein hochverehrter Herr", antwortete der Lehrer, „ich danke für die Anzeige und werde sie sogleich eintragen. Möge Euch und den Kindern der Aufenthalt in dieser wilden Gegend recht lieb sein."

„Den Unterricht meiner Enkel werde ich selber fortsetzen", erwiderte der alte Stephan, „sollte ich Eures Rates hier je bedürfen, so werde ich Euch darum bitten."

„Mein Rat wird bei so lieben und schönen und wohlerzogenen Kindern kaum nötig sein", entgegnete der Lehrer, „aber wo ich dienen kann, diene ich gern. Leider sind meine Gaben klein und sie sind noch kleiner geworden, weil mich meine Vorgesetzten so lange in diesem unwirtbaren Waldwinkel und bei so rohen Menschen gelassen haben."

„Und könnt Ihr die Kinder dieser Leute nicht verbessern und veredeln?" fragte Stephan.

„Ja, wenn die Eltern nicht wieder alles verdürben", sagte der Lehrer, „die Kinder lernen Halsstarrigkeit und Bosheit. Da habe ich sogar ein Mädchen in der Schule, das aus Roheit und Bosheit, obwohl es meiner Lehre schon fast entwächst, bisher noch kein Wort in der Schule gesprochen hat."

„Das sollte doch kaum möglich sein", sagte Stephan.

„Es ist möglich", antwortete der Lehrer, „das Kind sitzt auf der zweiten Bank, und wenn ich es frage und liebreich zu ihm rede, zeigt es die Zähne und schaut mich mit häßlichen Augen an, und sagt gar nichts, und wenn ich seine Schrift oder sein Buch oder seine Rechnungstafel will, so hält es die Hand darauf und blickt noch abscheulicher. Ich will als vernünftiger Mann nicht Gewalt brauchen, sonst kömmt das Kind gar nicht mehr in die Schule und geht ganz zu Grunde. Auf der Gasse stößt und schlägt es die andern Kinder, oftmals steht es auf einem Felsen und streckt den Arm aus den Lumpen hervor und predigt, oder schreit sonst etwas, wenn auch gar niemand dabei ist, der es hört, ja dann schreit es sogar am lautesten. Nicht einmal bei seiner Mutter will das Mädchen bleiben, die doch noch die Ehrbarste ist, sondern hockt bei der verwahrlosten Großmutter in dem hölzernen Loche hinter der Hütte und höhnt die Großmutter, indem es ihr Tannenreiser in die weißen Haare steckt, oder Preißelbeeren oder ihr einen Busch von Hahnenfedern auf das Haupt bindet. Es rennt oft in den Gräben herum und zerreißt Gebüsche und Kräuter. Öfter singt es mit der Großmutter."

„Und hat denn dieses Kind in der Schule etwas gelernt?" fragte der alte Stephan.

„Ich sehe es mitlesen, wenn gelesen wird", sagte der Lehrer, „wenigstens rührt es die Lippen, die Kinder sagen, daß es die Buchstaben recht macht und die Rechnungen aufschreibt. Sonst geht es aus Bosheit in die Schule, um da wild zu sein und zu trotzen. Selbst zu dem hochwürdigen geistlichen Herrn hat es noch kein Wort gesprochen."

„Wer sind denn seine Angehörigen?“ fragte Stephan.

„Hergelaufene Menschen“, antwortete der Lehrer. „Es sind die früheren Besitzer der Hütte ausgestorben und da kamen weitläufige Anverwandte, zwei Schwestern, davon eine die Mutter des Mädchens, die andere aber eine unverheiratete Person ist. Diese besorgen die Hütte, die zwei Kühe, die Ziegen und die kleinen Flecke Grundes und gehen in Arbeit. Dann ist noch die Großmutter, welche die Mutter der zwei Weibspersonen ist, und das wilde Kind. Von einem Vater dieses Kindes habe ich nie etwas gehört.“

„Ihr werdet mir doch erlauben, daß ich Eure Schule einmal besuche“, sagte Stephan.

„Ich werde eine Freude und Ehre daran haben“, antwortete der Lehrer.

Darauf beurlaubte sich der alte Mann, Franz verbeugte sich, wie er es gelernt hatte, Katharina knixte, und sie verließen die Stube.

Dann ging der alte Mann noch mit den Kindern, ehe die Mittagszeit kam, von dem Schulhause, über grünen Rasen empor, dann zwischen kleinen Feldern, dann durch einen Laubgraben, in welchem Wasser rauschte, dann durch Wiesen, auf denen ungeheure Steine lagen, in den großen Wald hinauf, den sie bei ihrer Ankunft wie ein dunkles Band vor sich gehabt hatten. Er führte sie im Walde herum, so weit er gangbar war, oder der eine oder der andere Pfad hierhin und dorthin lenkte. Er zeigte ihnen die großen Buchen und Tannen und Ahorne, die da wuchsen, die bemoosten Steine, die in Mengen und in Verwirrungen umherlagen, und oft wie grünes Gold funkelten, er zeigte ihnen die dunkeln und lichten Waldblumen, die im Schatten standen, und die anderen Kräuter und Blätter, die da waren, insonderheit, daran die Beeren wachsen würden, die sie in späterer Zeit des Sommers ergötzen sollten, er zeigte ihnen die vielen Wässerlein, die da rannen, und führte sie zu einem Waldbrunnen, den er wußte. Zu dem Brunnen ging ein guter Pfad, weil die Hirten, die Holzarbeiter und andere Leute ihren Trunk da holten, und glaubten, daß das Wasser heilig sei und besondere Gesundheitskräfte besitze. Es lag ein Stein wie ein Haus über dem Brunnen und von ihm rann ein Quellchen weiter. Es war so, wie der Großvater gesagt hatte, wenn sich das Wasser unter seinem Steine nicht gerührt hätte, wäre es von Luft nicht zu unterscheiden gewesen. Hohe Bäume und Brombeersträuche und andere Dinge waren umher. Der Großvater setzte sich mit den Kindern nieder und da sie sich genugsam abgekühlt hatten, zog er einen schönen Glasbecher aus einem Fache, das er in seiner Tasche trug, hervor, füllte ihn mit Wasser und gab den Kindern zu trinken, und trank selber. Dann als der Durst gestillt war, gingen sie unter dem Gesange von allerlei Vögeln, unter dem Geflatter von manchen schönen Faltern und im Anschauen manches bunten Käfers oder eines andern Tierchens oder gar eines über den Weg huschenden Eichhörnchens an Stamm nach Stamm dahin, immer abwärts, bis sie ins Freie gelangten und bald ihr Schreinerhäuschen sahen, dem sie zuwandelten.

Nach einigen Tagen ging der alte Stephan allein in das Schulhaus und in das Unterrichtszimmer. Der Lehrer zeigte ihm das wilde Mädchen. Es saß auf dem zweiten Platze der zweiten Bank, und sah den alten Mann mit schreckhaft großen pechschwarzen Augen an. Sonst saß es ruhig und still da. Der alte Mann ging in dem Zimmer herum, betrachtete allerlei, sprach zu den Kindern insgesamt einige Worte und ging wieder fort. So kam er nun öfter, die Kinder gewöhnten sich an ihn, er hörte zu, wenn sie lasen, er forderte sie auf, ihm ihre Schreibbücher und Rechnungstafeln zu zeigen, und beschenkte sie darnach zuweilen mit kleinen Bildchen. Das wilde Mädchen las nie, es zeigte ihm nie ein Schreibbuch oder eine Rechnungstafel. Wenn er manchesmal bis zum Ende der Schulzeit blieb und mit den Kindern fortging, umringten sie ihn und drängten sich an ihn, jedes wollte das nächste an ihm gehen, und manche gingen länger auf dem Pfade, den er wandelte, mit fort, als ihr Nachhauseweg erfordert hätte, um bei ihm bleiben zu können. Er sah nie, daß das wilde Mädchen andere Kinder stieß oder schlug, sondern es ging seines Weges fort.

Einmal, als er nach langer Zeit wieder in die Schule kam, brachte er allerlei Dinge mit: Glaskorallen, kleine Marmorkugeln, rosenrote Bändchen, Holztrompetchen, kleine Puppen und dergleichen. Er ließ die Kinder lesen, besah ihre Arbeiten und teilte zahlreiche Geschenke unter die fleißigen aus, und die sonst nichts bekamen, bekamen wenigstens ein Bildchen. Alle Kinder hatte er zum Lesen gerufen, nur das wilde Mädchen nicht, von allen hatte er sich die Arbeit zeigen lassen, nur das wilde Mädchen hatte er nicht aufgefordert. Dann öffnete er seine goldene Uhr und zeigte den Kindern um das wilde Mädchen herum den inneren Goldglanz und das rührige Gehwerk, dem wilden Mädchen nicht. Dann ging er zu dem Stuhle an dem Tische des Lehrers, setzte sich nieder und packte die Geschenke, die ihm übrig geblieben waren, in seine Tasche. Da stand das wilde Mädchen auf, drängte aus der Bank, ging zu dem alten Manne, hielt das Buch hin und gab Zeichen, daß es lesen wolle. Der alte Mann machte eine freundliche Zustimmung und sofort begann das wilde Mädchen laut mit klarer aber etwas tiefer Stimme ganz richtig in fremdartiger Aussprache das zu lesen, was auf den aufgeschlagenen Blättern stand. Als der alte Mann das Mädchen bedeutet hatte, daß es genug sei, trug es sein Buch zu seiner Bank und brachte sein Schreibheft zum Ansehen. Der alte Stephan sah die Schrift an, es waren mehrere Blätter beschrieben, die Buchstaben waren deutlich, wenn auch nicht schön; aber der alte Mann erstaunte auf das höchste, da er die Schrift las. Es war nirgends das, was auf der Vorschriftstafel stand, abgeschrieben, oder etwas geschrieben, was in die Feder gesagt worden sein konnte, oder was man sich selbst zu denken vermochte, sondern ganz andere seltsame Worte: Burgen, Nagelein, Schwarzbach, Susein, Werdehold, Staran, zwei Engel, Zinzilein, Waldfahren, und ähnliches, dann Sätze: in die Wolken springen, die Geißel um den Stamm, Wasser, Wasser, Wasser fort, schöne Frau, schöne Frau, schöne Frau, alles leicht, alles grau, und solche Dinge noch mehrere. Der alte Mann sagte hierüber dem Lehrer gar nichts und dem wilden Mädchen auch nichts. Er gab dem Kinde die Schrift zurück, lobte es, strich den Scheitel seines rabenschwarzen Haares, das unbedeckt war, zweimal mit seiner Hand, zog aus seiner Tasche ein schönes rosenrotseidenes Band hervor und gab es dem Mädchen. Das Mädchen brachte ihm nun auch seine Tafel mit einer richtig gelösten Aufgabe. Dann ging es mit dem Bande und mit seiner Schrift und der Tafel zu der Bank auf seinen Platz. Der Lehrer sah allen diesen Dingen zu.

Der alte Mann blieb bis zum Ende der Lehrzeit und ging dann mit den Kindern fort.

Und so oft er in die Schule kam, las ihm das Mädchen vor und zeigte ihm seine Schrift und seine Rechnung.

So verging einige Zeit.

Eines Tages ging der alte Stephan mit Franz und Katharina im Nachmittagssonnenscheine von dem weißen Schreinerhäuschen fort. Er führte die Kinder durch die Rasenpfade an Bäumen, Gesträuchen, rauschenden Wässern und großen Steinen vorüber, er führte sie durch ein kleines wildes Gehölze, und als sie aus demselben getreten waren, lag ein sehr kleines Flecklein Korn von Gesträuchen umringt, und über dem kleinen Flecklein Korn hing unter dem unermeßlichen blauen Himmel wie eine winzige singende Ampel eine Lerche, und an dem kleinen Fleckchen Korn stand ein braunes hölzernes Häuschen, das wie ein Holzhäufchen gegen den großen grauen Stein war, der sich hinter ihm befand, und an dem Häuschen war ein holzbrauner Anbau, der wieder nur ein Holzhäufchen gegen das Häuschen war. Zu diesem hölzernen Häuschen führte der Großvater die Kinder und von dem Häuschen zu dem Zubaue. Da saß unter der Tür, in welche die helle Sonne schien, ein altes Weib und zog einen groben Faden aus der Spindel, und hinter dem alten Weibe hockte auf einer Tonne, aus dem Dunkel des winzigen Holzbaues über das alte Weib heraus blickend, wie eine Katze das wilde Mädchen. Das alte Weib hatte einen roten Latz, einen zerrissenen, grünen Rock und ein Linnenhemd um die Schultern und den Hals, das aus Alter grau war. Rings um das Weib staken in dem Holze des Anbaues, wie um ein Heiligenbild in einer Feldkapelle, Zweige, Blumen, Getreidehalme und selbst Federn. In den weißen Haaren hatte das alte Weib Blumen, gefärbte Papierstreifen, einen Büschel Hahnenfedern, und es hing das rosenrote Seidenband von den weißen Haaren hernieder, das der alte Stephan dem wilden Mädchen gegeben hatte. Das wilde Mädchen trug gar keinen Schmuck, sein Rock war auch grün und zerrissen, sein Latz war blau und sein Hemd, sonst wie das der Alten, hatte frische Risse. Es blickte unwillig gegen die Ankommenden.

Stephan blieb mit den Kindern vor dem alten Weibe stehen

und sagte: „Das ist ein lieblicher Sonnenschein, der heute da herniederkömmt."

„Ja ja, er scheint jeder Zeit, wann er scheint", erwiderte das alte Weib.

„Ihr habt Euch in denselben gesetzt, und zieht da Euern Faden aus dem Rocken", sagte Stephan.

Das alte Weib sah mit großen schwarzen Augen aus dem knöchernen Angesichte auf ihn und sagte nichts.

„Er wärmt Eure Glieder", sagte Stephan wieder.

„Die Glieder möchten warm sein im Sommer und im Winter und am Morgen und am Abende", sagte das alte Weib.

„Wie heißt Ihr denn?" fragte Stephan.

„Sonst hieß ich Lucia, jetzt aber Katharina, manchmal hieß ich auch Ludmilla, da er noch lebte. Der Name war ihm süß, er hat diese schwarzen Haare gestreichelt", sagte das alte Weib.

„Frage sie nicht mehr", rief jetzt das wilde Mädchen, indem es seinen Kopf über den des alten Weibes hervorstreckte, so daß die Sonne ihn beschien.

Stephan nahm die Kinder bei der Hand, wendete sich um und ging von dem Zubaue weg.

An der Tür des Hauses stand ein Weib und sagte zu Stephan, da er sich näherte: „Ihr seid bei der Mutter gewesen und habt mit ihr gesprochen."

„Wenig", sagte Stephan, „sie scheint nicht redselig zu sein."

„Das Kind läßt sie nicht sprechen, und läßt nicht andere mit ihr sprechen", sagte das Weib.

„Seid Ihr die Mutter des Kindes?" fragte der alte Mann.

„Nein, ich bin die Jungfrau Anna, die Schwester der Mutter", antwortete das Weib, „wir haben die Plage, und müssen für alles sorgen, das Kind ist bei der Mutter hinten, und will gar nicht einmal zu uns hervorgehen, wo es viel besser wäre. Aber wollt Ihr denn mit dem schönen Herrlein und mit dem schönen Fräulein nicht hereingehen, hoher Herr, und einen Schluck Milch trinken, von der Ziege oder von der Kuh?"

„Nein", sagte der alte Stephan, „wir müssen unseres Weges weiter gehen, und danken Euch."

„Nun so behüte Euch Gott", sagte das Weib.

„Euch auch", entgegnete Stephan.

Dann ging er mit den Kindern von dem Holzhäuschen weg, an dem kleinen Fleckchen Korn dahin, in das wilde Gehölz, und aus demselben wieder gegen das weiße Schreinerhäuschen hinunter.

„Großvater", sagte Katharina, „das kleine Mädchen ist recht häßlich. Als es den Kopf hervorstreckte, daß ihn die Sonne beschien, war es mit dem schwarzen Angesichte wie ein dunkles Bild in einem Holzrahmen."

„Aber wie ein schönes Bild", sagte Franz, „seine Wangen glänzten wie eine Glocke der Kirche, und seine Augen leuchteten wie die Kerzen an dem Altare."

„Nein, wie die Kohlen im Backofen", sagte das Mädchen.

„Man soll das Kind nur rein und schön anziehen, wie dich", sagte Franz, „dann siehe."

Sie waren in das Schreinerhäuschen hinunter gekommen, und Crescentia gab ihnen die Milch, welche sie zu dieser Zeit immer bekamen.

An einem jeden Tage, wenn sie nach dem Morgengange gelernt hatten, führte der Großvater die Kinder zu dem Waldbrunnen hinauf, und sie tranken mittelst des schönen Glasbechers von dem Wasser des Brunnens, und sie sahen die Bäume und Blumen und Grasblätter des Waldes und seine Faltern und seine Käfer und seine Tierchen, und hörten die Vögel singen. Einige Male gingen sie auch mit dem Führer Matthias den langen Pfad schief über die ganze mächtige Waldlehne empor, bis sie zu dem Fels der drei Sessel kamen. Stephan stieg mit den Kindern die Stufen, die der König in den Fels hatte hauen lassen, hinan, und sie sahen umher. Da lag der ungeheure Wald zu ihren Füßen, dann das weite Land mit Feldern, Wiesen, Wäldern, Häusern, Dörfern, Kirchen; den Donaustrom sahen sie, den Inn, die Isar, und dann den blauen Gürtel der Alpen von Tirol bis zu dem Ötscher, und schöne schimmernde weiße Täfelchen waren in dem blauen Gürtel. Die Kinder hatten eine unaussprechliche Freude. Zuweilen gingen sie auch an den Schluchten, an den rauschenden Wässern, an den Ahornbäumen und anderen Bäumen hinauf in das wilde Gehölz, und aus ihm zu dem kleinen Fleckchen Korn, über dem manches Mal wieder eine Lerche war, und von dem Fleckchen Korn zu dem Holzhäuschen und von dem Holzhäuschen zu dem winzigen Anbaue, und sahen die alte Großmutter und das wilde Mädchen. Der Großvater sprach wenig; aber er brachte öfter etwas: ein seidenes Bändlein oder Glaskorallen oder papierne Blumen oder ein Schnürchen mit Dolden, und sie sahen dann später die Dinge an dem alten Weibe hängen.

„Die Mutter und die Muhme des Mädchens“, sagte Katharina, „sind doch viel ehrbarer gekleidet, als die alte Frau und das Mädchen.“

„Weil sie auf sich mehr verwenden“, sagte Franz.

Der Sommer war indessen immer älter geworden, die Leute taten stets andere Arbeiten auf den Feldern und Wiesen, das Fleckchen Korn vor dem Holzhäuschen war abgeerntet, fast jeder Mensch der Gegend kannte schon den alten Mann mit den zwei Kindern, der Herbst rückte herzu, und die Stunde des Abschieds schlug.

„Centia“, sagte Stephan eines Morgens, da alles gepackt war, was fort mußte, und da es die Leute in das Wirtshaus im Klaffergrunde gebracht hatten, „behüte alles gut, was wir da gelassen haben, mit dem ersten Frühlinge kommen wir wieder.“

Dann ging er mit den Kindern auf dem Pfade in das Klafferwirtshaus, um dort in den Wagen zu steigen. Der Lehrer der Waldhäuser war da und auch der Vorstand der Waldgemeinde und andere Leute, um Abschied zu nehmen, Crescentia war ihnen auch nachgelaufen, und da man sich verabschiedet hatte und da die Kinder im Wagen saßen, und der alte Stephan den Fuß auf den Tritt stellte, um einzusteigen, flog hinter dem Schoppen das wilde Mädchen herbei, schlang beide Arme um den alten Mann, küßte ihn auf den weißen Stutzbart und rannte davon. Der alte Mann wischte sich mit dem Ärmel seines Rockes das Angesicht, man wußte nicht weshalb, er stieg ein, und der Wagen fuhr davon.

In Jandelsbrunn bekamen die Kinder Milch, in Fendelsberg wurde das Mittagessen verzehrt, und sie fuhren Passau zu.

Und der wilde Winter kam. Von dem Fels der drei Sessel gingen die Winde über die Waldlehne nieder, durch die Wipfel der Bäume an den Waldbrunnen, auf die Schluchten und die Anger und die Talrinnen und die weißen Häuschen mit den Steindächern und die braunen hölzernen, auf das Häuschen, das an dem kleinen Felde stand, um welches Gebüsche waren, auf das weiße Schreinerhäuschen, auf das Schulhaus mit den Schindelwänden, auf das Wirtshaus in der Klafferstraße, und weiter hin gegen den Berg, auf welchem die Kirche von Breitenberg stand, und gegen andere Kirchen, und gegen die weiten Länder hinaus. Und die Flocken kamen und jagten dahin, wohin der Wind zielte, und legten eine Hülle über alle Dinge, die immer wuchs und wuchs. Und die Tage waren kurz und finster, und die Nächte lang und stockend. Und die Kälte erschien und baute um die laublosen Zweige der Bäume das feine Weiß, und streute es auch auf alle jene Nadeln des Waldes, auf denen nicht ohnehin schon der Schnee lag. Und Crescentia heizte öfter in den Stuben und Kammern des weißen Schreinerhäuschens, und legte die Hüllen und Bettzeuge heraus, die der alte Stephan da gelassen, und die er geschickt hatte, daß sie sich in der Wärme lüfteten.

Und als die Sonne immer höher kam und immer wärmer wurde, und als endlich an manchen Zweigen die Kätzchen hingen, an anderen die Blüten, und als der hohe Wald seine neuen lichtgrünen Wedel ansetzte, ging der Wagen, in welchem der alte Stephan mit seinen Enkeln Franz und Katharina saß, nach Fendelsberg, nach Jandelsbrunn und in das Wirtshaus in der Klafferstraße, wo der alte Mann mit den Kindern ausstieg, und von wo er mit ihnen über den Anger und zwischen den zerstreuten Häuschen in die Schreinerwohnung ging, an der Crescentia stand, und an der andere Leute standen, die die Ankommenden begrüßten. Männer brachten die Sachen nach, welche von dem Wagen in das Schreinerhäuschen mußten.

Und die drei Reisenden nahmen gleich von allem Besitz, wie sie es im vorigen Sommer getan hatten, um wieder zu leben wie im vorigen Sommer.

Des nächsten Morgens kam der Gemeindevorsteher zu dem alten Stephan, um ihn zu begrüßen, es kam der Lehrer der Waldhäuserschule, und Nachbarn und Bekannte kamen, und einige von denen, welchen Stephan im vorigen Jahre Gutes getan hatte.

Und hierauf ging Stephan in dieses und jenes Haus und Häuschen und besuchte die Bewohner.

Und den übrigen Teil des Tages gingen sie an verschiedene Plätze, bis es Abend wurde.

In den kommenden Tagen war es dann schon so, als seien sie nie von dem Schreinerhäuschen fort gewesen.

Crescentia besorgte das Haus, liebte die Kinder, arbeitete, und nahm Leute zur Arbeit, wenn es not tat.

Die Kinder lernten, machten ihre Aufgaben mit der Anweisung und der Hilfe des Großvaters, und genossen, was zu genießen war.

Von dem Hause des Herrn Rosenau, das mit Wiesen und Äckern hart an dem großen Walde lag, kam der Herr und die Frau öfter zum Besuche, und an den Kindern desselben hatten Franz und Katharina Gespielen. Sie gingen öfter auch in das Haus hinauf. So war es auch mit dem Hause des Herrn und der Frau Winden, das jenseits des rauschenden Baches lag, auf dessen Brücke die gemalten Grenzsteine standen, die Franz und Katharina so bewunderten. Und wie mit diesen zwei Häusern war es auch noch mit dem einen oder dem anderen Hause und Häuschen. Wenn Stephan mit den alten Leuten sprach, spielten die Kinder.

Einmal, da sie wieder zu ihrem Waldbrunnen gingen, sahen sie, ehe sie bei ihm waren, auf dem hohen Steine desselben das wilde Mädchen stehen. Es hatte den Kopf erhoben und streckte bald den einen Arm empor, bald den andern, bald beide, bald hielt es dieselben waagerecht, und rief dabei Worte aus. Wenn es den Arm oder beide emporstreckte, fiel der Hemdärmel, der nicht geknöpft war, zurück und es waren die dunklen Arme zu sehen, als wären sie aus Erz gegossen. Und den Leib richtete das Mädchen empor, daß er noch schlanker und höher erschien. Anfangs konnten Stephan und die Kinder die Worte nicht verstehen, dann lauschten sie ihnen und vernahmen: „Schöne Frau, alte Frau, schöne Frau, weißes Haar, Augenpaar, Sonnenschein, Hütte dein, Märchenfrau, Flachs so grau, Worte dein, Herz hinein, Mädchen, Mädchen, Mädchen, bleib bei ihr, schmücke sie, nähre sie, schlafe da, immer nah, alle fort, himmelhoch, Sonne noch, Jana, Jana, Jana!“

Und bei diesem Worte erblickte das Mädchen die drei Menschen, die unten standen, und glitt schnell, wie eine Waldschlange rückwärts von dem Steine hinab und ward nicht mehr gesehen. Stephan ging mit den Kindern zu dem Brunnen, schöpfte in seinen Glasbecher Wasser, und sie tranken. Da kam das wilde Mädchen herzu, blieb stehen und sah sie mit den glänzenden Augen an und seine dunkeln Wangen waren von der Bewegung rot.

Als der alte Stephan und die Kinder Anstalten machten, sich von dem Brunnen zu entfernen, ging das wilde Mädchen zu dem alten Manne, faßte seine Hand, und sagte: „Geh mit."

„So führe mich", sagte der alte Mann.

Das wilde Mädchen führte ihn und ließ seine Hand nicht los. Es führte ihn von dem Brunnen abwärts, und dann, da die Wege sich teilten, einen andern Pfad durch den Wald, als auf welchen man gegen das Schreinerhäuschen kömmt. Da sie ins Freie gelangten, gingen sie über Anger und Wiese, durch einen Graben und durch ein Gehölz. Die Kinder gingen hinterher. Aus dem Gehölze kamen sie zu dem kleinen Felde, das vom Gebüsche umgeben ist, auf dem im vorigen Sommer das Korn gestanden war, auf dem jetzt grüner Hafer wuchs, und an dem das Holzhäuschen mit dem Holzanbaue stand. Über dem Felde sang wieder die Lerche wie eine winzige Ampel, als liebte sie diesen Platz, oder als wollte sie den Kindern eine Freude machen, da sie heuer wieder hieher kamen. Das Mädchen führte den alten Mann und die Kinder zu dem Anbaue des Häuschens, und sagte: „Da ist er, Großmutter." Nach einem Weilchen sprach es zu Stephan: „Du bist bei dem Herrn Martin Winden gewesen, du bist bei dem Herrn Franz Rosenau gewesen, du bist in der Schule gewesen, du bist in dem Marhause gewesen und bei Ludwinas Eltern und bei dem Grabenbauer und in der Mühle, warum bist du nicht zu uns gekommen?"

„Ich wäre schon gekommen", sagte Stephan.

Die Großmutter saß unter der Tür des Anbaues auf einem Bänklein. Sie hatte von den Bändern und Glasperlen und den anderen Dingen, welche Stephan gespendet hatte, an sich. Sie saß müßig an der Sonne, als hätte sie auf ihn wie auf einen Bräutigam gewartet.

Das wilde Mädchen lief in das Häuschen, brachte in einem grünen Krüglein Milch, reichte das Krüglein der Großmutter und sagte: „Trink."

„Jana, Jana", sagte die Großmutter, da das Mädchen zurück war, „die Hummeln sind in ihrem Baue und du bist immer fort."

„Ich muß Sachen suchen", erwiderte das Mädchen, „die du brauchst, ich muß singen und auf den Stein steigen, und ich muß nach dem alten Manne forschen."

„Wir kommen zu Euch, liebe Frau", sagte Stephan, „weil wir wieder in dem Waldlande sind. Wir bleiben den ganzen Sommer da und werden schon öfter zu Euch kommen."

„Du bist ein alter Mann, sie ist eine alte Frau", sagte das wilde Mädchen, „sie ist schön und du bist schön."

Stephan antwortete nicht auf diese Rede, sondern sprach zu der alten Frau, wie der Himmel so heiter sei, wie der Frühling so lieblich sich eingestellt habe und wie die Lüfte um das Holzhäuschen wehen.

„Ja, es ist der Winter gewesen, er ist sehr lang gewesen", antwortete die alte Frau, „und dann hat er aufgehört, und sie haben den Hafer gesät."

„Der Hafer ist recht schön auf diesem Felde, und die Körner werden zierlich an den feinen Fäden hängen", sagte Stephan, „wenn sie sich entwickeln."

„Jana ziert alles", entgegnete die alte Frau, „und hat schon von der Mutter viele Strafe bekommen."

„Das geht in alles andere hin", sagte das Mädchen, „und rede nicht davon."

Während Stephan mit der alten Frau sprach, konnten er und es konnten die Kinder in das Innere des kleinen Holzzubaues schauen. Es war derselbe eine kleine Kammer. In ihr war ein größeres Bett wahrscheinlich für die alte Frau, dann ein Häuflein von Bettzeug in einer Ecke, darauf das wilde Mädchen kauern konnte, wenn es ruhen wollte. Dann war eine Bank an dem Öflein, ein Tischchen und eine Truhe. An dem Eingange stand die kleine Tonne, auf der das wilde Mädchen bei Stephans erstem Besuche gesessen war. Um das größere Bett und an andern Stellen staken Tannenreiser, Laubzweige und Blumen und Federn von Hühnern, Hähnen, Enten, Nußhähern und anderen Vögeln, so wie auch allerlei Gestaltungen aus buntem Papier, aus farbigen Lappen und Bändern hernieder hingen.

Stephan sagte, er werde morgen wieder kommen, und ging mit den Kindern fort. Das wilde Mädchen sprang ihm nach, faßte ihn an der Hand, sah ihm mit den großen Augen in das Angesicht, streichelte seine Hand ein Mal, und lief wieder zur Großmutter zurück.

Als Stephan zu der Tür des Häuschens kam, trat die Mutter des wilden Mädchens aus derselben heraus, und sagte: „Ach hoher Herr, geht doch heute ein wenig in die Stube, ich habe Euch um etwas zu bitten."

Stephan ging mit den Kindern in die Stube. Die Stube war schöner als die Kammer des Zubaues, in ihr standen drei Betten und in der Kammer, die daneben war, stand noch ein viertes Bett, das besser war als die drei. Sonst zeigten sich die Geräte, wie sie in solchen Wohnungen zu sein pflegen.

Stephan setzte sich mit den Kindern an den gescheuerten Tisch, die Frau brachte in einer grünen Schale Milch und auf einem grünen Schüsselchen Butter. Dann legte sie ein Laiblein Brot, drei Löffel und ein Messer auf den Tisch.

Stephan und die Kinder aßen einige Löffel von der Milch und jedes ein Schnittchen Butterbrot.

„Was ich Euch bitten wollte", sagte das Weib, „ich bin die Mutter von dem Kinde Juliana, das in der Schule zu Euch gesprochen hat, ich heiße Magdalena, da ist die Stube und die Kammer, darin bin ich und meine Schwester, da steht ein schönes Bett für die Großmutter, und eines für Juliana, sagt dem Kinde, daß es zu uns geht, dann geht die Großmutter auch mit. Sie sind immer in dem schlechten Holzhüttchen, und wenn ich dem Kinde Strafe drohe, so schaut es mich mit den großen Augen an, wie sein Vater, der zu früh gestorben ist. Und ich getraue mir nicht, das Kind zu strafen, sonst läuft es am Ende gar fort. Sagt es ihm doch, lieber Herr."

„Ich werde nachdenken, was man in dieser Sache Gutes stiften könnte", antwortete Stephan, „und werde darnach handeln."

„Ja, handelt darnach", sagte die Frau, „und es wird recht gut sein, wenn die zwei Leute bei uns sind."

„Jetzt muß ich mich entfernen", sagte Stephan, „und ich werde Euch die Antwort schon wissen lassen."

„Ja, laßt sie uns wissen, und den Tag, wann die zwei herüber kommen", antwortete die Frau.

„Gehabt Euch wohl", sagte Stephan.

„Gott behüte Euch und die schönen Kinder", sagte die Frau.

Stephan erhob sich und verließ mit den Kindern das Häuschen.

„Großvater", sagte Katharina, „du mußt dem Mädchen befehlen, daß es mit seiner Großmutter aus der Holzkammer in die schönen Zimmer des Hauses herübergeht, da haben sie es besser."

„Ich meine", antwortete Franz, „daß man das Mädchen nicht zwingen soll."

„Ihr meint beide, wie es euch gut dünkt", sagte der Großvater, „ich weiß noch nicht, was ich meinen soll, und wenn das Mädchen herüber geht, soll es freiwillig gehen, und dann habt ihr beide recht."

„Wir haben beide recht, siehst du Franz", sagte Katharina.

Sie waren bei diesen Worten an dem Haferfeldlein hingegangen, gingen dann durch das Gebüsch und das wilde Gehölz und schlugen den Weg nach dem Schreinerhäuschen ein.

Des andern Tages am Nachmittage ging der Großvater, wie er versprochen hatte, mit den Kindern zu Juliana und ihrer Großmutter. Sie waren dieses Mal mit Geschenken beladen. Katharina trug ein großes Bilderbuch, in welchem die verschiedensten Dinge abgebildet waren, Franz trug auch Bücher, dann Tafeln, auf denen Gegenstände gezeichnet waren, die man malen konnte, und ein Kästchen mit Farben und Pinseln, und der Großvater brachte sehr schöne Pfauenfedern, Federn von Goldfasanen und Silberfasanen, dann farbige Bänder, Lappen, Fäden und Schnüre, und endlich farbiges Papier und eine Schere. Er gab zuerst seine Dinge an Juliana, und sagte, daß er ihr dies alles von seiner Heimat gebracht habe. Sie nahm, was sie fassen konnte, in die Hände, und hielt anderes noch mit dem Ellenbogen an sich, und sah ihn an. Dann warf sie alles auf das Bett der Großmutter und nahm seine Hand in ihre beiden und drückte sie. Dann kam Franz hinzu, und gab ihr die Bücher und das andere. Sie legte alles sogleich auf das Bett, und sagte zu Stephan: „Das gibst auch du mir?"

„Mit meinem Willen gibt es dir Franz“, sagte der alte Mann.

„So nehme ich es“, sagte das Mädchen.

Dann gab ihr Katharina das Bilderbuch, indem es dasselbe aufschlug, und auf die Bilder wies.

Juliana tat einen Blick hinein, legte das Buch auf das Bett, wandte sich zu Stephan, und sagte: „Das gibst auch du mir?“

„Mit meinem Willen gibt es dir Katharina“, sagte Stephan.

„So nehme ich es“, antwortete das Mädchen.

„Tu es“, sagte Stephan, „und verwende die Sachen wie du willst.“

Das Mädchen stand nun noch immer da, und blickte ihm in das Angesicht.

Die Großmutter saß auf einem Schemel und hatte das hie und da zerrissene Kleid um sich ausgebreitet, sie schaute auf den Vorgang und um ihre Lippen war ein Lächeln, das man nicht verstehen konnte, wie wenn etwa ein einziger Sonnenstrahl auf einen rauhen dürren Fels trifft und auf ihm einen düsteren Lichtschein hervorbringt.

Stephan blieb eine Zeit mit den Kindern da und ging dann wieder fort.

Er kam nun öfter mit Franz und Katharina in das Holzhäuschen, das an dem kleinen Felde stand, welches von Gebüschen umgeben und von dem wilden Gehölze begrenzt war. Alles, was er und die Kinder gebracht hatten, war zum Schmucke des kleinen Holzzubaues verwendet worden. Die Pfauenfedern, die anderen Federn, Streifen, Bänder, Schleifen, Papierrosen, Lappenzieraten, Schnüre, Fäden und anderes war eingefügt und geordnet. Mit den Farben waren auf die weißen Papierbögen, die Franz gebracht hatte, auf Holzspäne und andere Dinge der Kammer Striche, Kreuze und andere Gestaltungen gemalt worden.

Das Bilderbuch hing umgeschlagen an einer Schnur hernieder, und das Bild, das es zeigte, war mit einem Faden umbunden, daß es nicht zuklappen konnte. Die Großmutter war geschmückt, daß man sie kaum kennen konnte. Juliana hatte von all den Dingen gar nichts an sich.

Das wilde Mädchen kam auch sehr oft in das Schreinerhäuschen und brachte meistens etwas mit. Es brachte schöne

Zweige oder Blumen oder bunte Steinchen oder kostbare Waldschwämme oder Beeren, die es in Körbchen von Birkenrinde tat, welche es mit seinem Taschenmesser verfertigt hatte. Es richtete seine Gaben immer an Stephan.

Alle Tage, wenn er mit den Kindern zu dem Waldbrunnen ging, kam das wilde Mädchen auch. Meistens war es schon bei dem Brunnen, wenn er kam. Dann stand es ruhig da, sah zu, wenn er Wasser schöpfte und trank, und den Kindern zu trinken gab. Und wenn er Anstalten zum Fortgehen machte, lief es schnell auf dem Pfade hin, der zu seinem Holzhäuschen führte. Stephan aber ging seinen Weg in das Schreinerhäuschen.

Wenn er, was auch jetzt wieder geschah, mit den Kindern zu den drei Sesseln ging, so ging das Mädchen mit.

Sonst lief es, wenn es in dem Schreinerhäuschen war, mit den Kindern auf dem Anger herum, tanzte mit ihnen und spielte mit ihnen.

Zuweilen ging Stephan früher als zur gewöhnlichen Stunde zu dem Brunnen und harrte auf das Mädchen, bis es kam. Es kam immer. Während des Harrens stieg Franz öfter auf den hohen Stein, der über dem Brunnen lag, und blickte herum. Dann tat er auch nicht selten, wie das wilde Mädchen einmal auf diesem Steine getan hatte; er warf die Arme empor oder streckte sie aus, oder tat dies mit dem einen oder dem andern und rief Worte, die er entweder in dem Augenblicke zusammenstellte, oder die er schon wußte. Ehe aber das Mädchen kam, kletterte er stets wieder herunter.

Von dem, daß das wilde Mädchen zu der Mutter und Muhme hinüberziehen solle, war keine Rede mehr.

Und so war der Sommer vergangen, und es war der Herbst gekommen, der die Brombeeren aber auch die kalten Reife des Morgens brachte.

Stephan packte seine Sachen zusammen und fuhr eines Tages mit den Kindern davon. Das wilde Mädchen hatte wieder, ehe er in den Wagen stieg, die Arme um seinen Nacken geschlungen und seinen weißen Stutzbart geküßt. Von den Kindern hatte es durch Drücken der Hände und durch Schütteln derselben Abschied genommen.

Als im nächsten Frühlinge der Wagen, in welchem Stephan

mit den Kindern saß, wieder gegen den Wald fuhr, stand an der Grundmühle, noch lange ehe das Fahrzeug zu dem Wirtshause in der Klafferstraße kommen konnte, das wilde Mädchen. Als es den Wagen sah, machte es Zeichen. Stephan ließ den Wagen halten. Das Mädchen lief hinzu, sprang auf den Tritt, küßte den alten Mann wie bei dem Abschiede, reichte den Kindern die Hände und drückte und schüttelte die ihrigen, und glitt dann wieder von dem Wagentritte herab und lief querfeldein dem Walde zu.

Stephan brachte jetzt auch keine andern Geschenke für das wilde Mädchen, als eine Reihe von verschiedenfarbigen Muscheln. Die Kinder brachten gar nichts.

Stephan ging bald nach seiner Ankunft in das Holzhäuschen an dem kleinen Waldfeldchen, auf dem heuer Gerste stand, und neben dem Häuschen in den kleinen Holzbau, um mit den Kindern die alte Großmutter und Juliana zu grüßen. Er gab dem Mädchen die Muscheln. Es nahm dieselben mit Freuden.

Als er mit den Kindern wieder einmal in den Holzbau kam, waren unter dem andern Zierat auch die Muscheln verteilt. Die schönsten trug die Großmutter um den Hals.

Und in diesem Sommer war es wieder, wie es in dem vorigen gewesen war. Stephan machte mit den Kindern Besuche in verschiedenen Häusern, und man besuchte auch ihn und die Kinder wieder. Er ging mit den Kindern täglich zu dem Waldbrunnen, und täglich war das wilde Mädchen da. Er führte die Kinder auch oft zu der alten Großmutter, und stets war das Mädchen zu Hause, wenn er kam. Sonst lief es auch in das Schreinerhäuschen wie früher, und hüpfte und tanzte, und spielte mit den zwei Kindern. Nur wenn fremde Leute bei Stephan waren, kam es niemals.

Daß die Großmutter mit Juliana in die anderen Räume des Holzhäuschen ziehen solle, geschah auch heuer nicht. Die Mutter des Mädchens freute sich schon darüber, daß ihr Kind mit den Enkeln eines so vornehmen Mannes umgehen und spielen dürfte. Das Lächeln der Großmutter war seliger, wenn sie spann, oder im Nichtstun in der Sonne saß.

Das wilde Mädchen sprach zu Stephan: „Du bist recht schön, du bist recht gut.“

Eines Tages, da die Kinder mit Juliana in der Stube des Schreinerhäuschens waren, und Franz den Vorschlag machte, über den großen Anger zu dem Forellenbache hinab zu laufen, und da die Kinder sich schon bei dem Großvater verabschiedet hatten, und aus der Tür waren, kehrte Juliana noch einmal um, lief zu Stephan, tupfte mit ihrer Hand an den Ärmel seines Rockes, drückte dann die Stelle mit der Hand, sah ihn an und lief dann den andern Kindern nach.

Während sie den Anger hinab rannten, trat Stephan vor ein Kreuz, das in dem Zimmer hing, seinen Augen entstürzten Tränen und er sagte: „Du heiliger und Du gerechter Gott! So ist es denn zum ersten Male in meinem Leben, daß ich von jemandem um meiner selbst willen geliebt werde, von einem Menschen, dem ich nichts gegeben und getan habe, weshalb Menschen sonst Dank oder Zuneigung schuldig zu sein glauben, oder was sie durch ihr Entgegenkommen zu gewinnen hoffen. Und dieser Mensch ist ein armes, verwaistes und vernachlässigtes Kind, das keine Gründe seiner Handlungen und Empfindungen kennt. Ich danke Dir für dieses süße, bisher ungekannte, mir zum Schlusse meines Lebens gegebene Gefühl, Du mein gerechter, mein guter Gott!"

Dann ging er in der Stube hin und wider, und trocknete sich mit dem Tuche die Tränen von den Augen.

Crescentia kam und sagte, ob er denn sehe, wie fröhlich die Kinder auf dem Anger sind. Sie sind hinabgelaufen, sind heraufgelaufen, sind wieder hinabgelaufen, und jetzt halten sie sich an den Händen und drehen sich im Kreise.

„Lasse das", sagte Stephan, „sie genießen den Beginn des Lebens, wenn dasselbe gegen das Ende neigt, ist alles anders."

Stephan war gegen Juliana, ihre Großmutter und ihre andern Angehörigen in diesem Sommer nicht anders als in den früheren.

Da die Zeit des Waldaufenthaltes aus war und die Abreise kam, nahm Juliana in dem Schreinerhäuschen Abschied, stand aber doch des andern Tages, da der Wagen an der Mühle vorbei fuhr, am Wege und nahm noch einmal Abschied.

Und wie bisher kam der alte Stephan nun alle Sommer in die Waldhäuser, und es war, wie es immer bisher gewesen war, nur daß er das Schreinerhäuschen kaufte und verschiedene Veränderungen in ihm vornahm, und daß er jetzt gar keine Geschenke mehr, auch nicht die geringfügigsten, an Juliana oder ihre Angehörigen austeilte. Auch die Kinder brachten nichts und gaben nichts, außer was im Spielen oder Umherschweifen gegeben oder getauscht wurde.

Eine Veränderung aber trat allmählich ein, die Kinder wuchsen heran, und waren, wenn auch nicht so stark, doch fast so hoch wie erwachsene Leute. Ihre Spiele wurden ernster, und sie befaßten sich mehr mit Büchern. Sie lasen sich vor, sie zeigten sich Bilder, und sagten Sprüche her, die sie gelesen hatten. Franz trug nach und nach von den Büchern, die in dem Schreinerhäuschen waren, eine ziemliche Anzahl zu Juliana. Er las oft mit ihr allein, sie wählten hiezu häufig das Freie und lasen laut in den Fluren im Walde, im Gesteine, und riefen Worte und Reden in die Lüfte, wenn sie so mit einander gingen oder am Saume des Waldes dahin liefen.

Dies dauerte so fort.

Eines Tages ging der alte Stephan mit seinen Enkeln früher als gewöhnlich zu dem Waldbrunnen. Er kam zu demselben nicht auf dem Pfade von dem Schreinerhäuschen, sondern von dem Walde herunter. Da sahen sie, als sie nahe genug waren, Juliana wieder auf dem hohen Steine, und konnten auch endlich Worte vernehmen, die sie rief. Sie rief mit ihrer etwas tieferen aber klangvollen Stimme gegen die Bäume hin:

„Heiß mich nicht reden, heiß mich schweigen,
Denn mein Geheimnis ist eine Pflicht;
Ich möchte dir mein ganzes Innre zeigen,
Allein das Schicksal will es nicht!"

Dann rief sie nach einer Weile wieder:

„Freudvoll und leidvoll, gedankenvoll sein,
Hangen und Bangen in schwebender Pein,
Himmelhoch jauchzend, zu Tode betrübt,
Himmelhoch jauchzend, himmelhoch jauchzend,
himmelhoch jauchzend!"

Den Schlußvers rief sie nicht, sondern sie rief wieder: „Himmelhoch jauchzend, himmelhoch jauchzend, himmelhoch jauchzend, himmelhoch jauchzend!"

Und wie sie den Arm dabei emporhob, drang er durch den zerrissenen Ärmel hervor und war so schön, wie an einem Standbilde alter Künstlerzeit. Und ihre Gestalt war sehr fein und schlank.

Und sie rief wieder:

„Blumen, die der Lenz geboren,
Streu ich dir in deinen Schoß."

Dann rief sie wieder:

„Dem Winde, dem Regen,
dem Schnee entgegen.
Immer zu, immer zu, immer zu, immer zu,
immer zu, immer zu!"

und dann rief sie:

„Ich bilde Menschen,
Dein nicht zu achten, wie ich!"

Hierauf stieg sie von dem Felsen herunter und Stephan ging mit seinen Enkeln zu ihr hinzu. Er sagte von ihrem Rufen nichts.

Es ging wieder eine Zeit wie gewöhnlich dahin.

Einmal waren die Kinder auf dem Anger vor dem Schreinerhäuschen und spielten. Juliana war bei ihnen. Der alte Stephan trat an das offene Fenster und sah ihnen zu. Da sah er, daß Kathrina nicht da war, und daß Franz und Juliana allein waren. Plötzlich fielen sich die zwei Kinder in die Arme, umschlangen sich und küßten sich, und Juliana rief: „Liebster, liebster, liebster Franz!"

Und Franz rief: „Liebste, liebste Juliana!"

Und Juliana rief wieder: „Liebster, liebster Franz!"

Und dann ließen sie sich los, und Katharina kam um die Ecke des Häuschens herauf gerannt.

Es war ein seltsamer Anblick gewesen, wie der wohlgekleidete Knabe und das Mädchen in Lumpen sich umschlungen gehalten und geküßt hatten.

Der alte Stephan aber sagte zu sich: „Die menschliche Wesenheit ist endlich zur Entscheidung gekommen."

Mehrere Tage nach dieser Begebenheit sagte er in der Stube des Schreinerhäuschens in der Gegenwart der Kinder zu Juliana: „Juliana, ich werde dich, wenn ich wieder von dem Walde fort fahre, mit mir nehmen. Du wirst schöne Kleider bekommen, du wirst noch manches lernen, und wenn du das gelernt hast, wirst du Franzens Braut werden, und dann sein Eheweib."

„Ich gehe nicht mit dir", antwortete Juliana.

„Warum denn nicht, Juliana?" fragte Stephan.

„Weil ich die Großmutter nicht verlasse", antwortete Juliana.

„Die Großmutter wird es dir gönnen, wenn du das Glück für dein Leben findest", sagte Stephan.

„Großvater", erwiderte das Mädchen, „wenn man Franz und Katharina goldene Kleider gäbe, sie auf einen goldenen Stuhl setzte, und zum Kaiser und zur Kaiserin machte, und sie dir wegnähme, würdest du nicht betrübt sein?"

„Ich würde es sein", sagte Stephan.

„Siehst du", antwortete das Mädchen, „ich bin die Mutter der Großmutter, ich bin ihre Schwester, ich bin ihre Obrigkeit, ich bin ihre Magd, ich muß bei ihr bleiben."

„Juliana, die Großmutter geht auch mit uns", sagte Stephan.

„An einem andern Orte würde die Großmutter sterben", antwortete das Mädchen.

„Juliana", erwiderte der alte Stephan, „wenn du nicht mit uns gehst, dann müssen wir uns auf immer trennen. Damit du Franzens Weib werden könntest, müßtest du noch vieles lernen, und müßtest dazu in eine andere Welt kommen, als hier ist. Wie ihr hier seid, könnt ihr nicht bleiben. Und damit meinem Enkel Franz nicht zu sehr das Herz weh tut, wenn er dich öfter sähe, kann ich im nächsten Sommer und in allen nächsten Sommern nicht mehr in den Wald kommen, damit er dich vergißt."

„Er wird mich vergessen, und es wird alles gut sein", sagte das Mädchen.

Bei diesen Worten quollen ihm große Tropfen aus den schwarzen Augen, und rannen über die Wangen herunter.

Es waren die ersten Tränen gewesen, die Stephan an dem Kinde gesehen hatte.

„Juliana, Mädchen", sagte er, „tue wie du willst."

Das Mädchen ging zu ihm hin und küßte ihm zum ersten Male die Hand.

Dann ging es schweigend zu der Tür hinaus.

Die zwei anderen Kinder saßen mit Tränen übergossen auf ihren Stühlen.

Stephan legte auf jedes Haupt eine seiner Hände und sagte: „Es ist recht schön von euch, daß ihr folgsam gewesen und kein Wort drein geredet habt. Lassen wir Gott seinen Willen, wie er alles fügt. Jetzt geht mit mir zu dem Schwarzbache und in den langen Wald hinunter."

Die Kinder schluchzten fort, suchten hierauf ihre Tränen zu bemeistern, wischten sich mit ihren Taschentüchern ab, richteten sich in Ordnung und folgten ihm in das Freie.

Stephan war nun anders gegen Juliana und ihre Angehörigen. Gegen das Mädchen war er noch freundlicher und gütiger als früher. Ihrer Mutter und ihrer Muhme gab er Geld, daß sie sowohl sich als auch Juliana und der Großmutter bessere Kleider und sonst noch andere Notwendigkeiten anschaffen konnten. Er gab auch sogar Stoffe zu manchen Dingen in das Haus. Magdalena hatte ein Kalb, das ihr die Kuh gebracht, und das sie sehr geliebt hatte, aus Bedrängnis verkaufen müssen. Dieses kaufte Stephan als halbgewachsenes Tier wieder zurück und ließ es in das Holzhäuschen bringen. An die Wiese jenseits der Gebüsche, die zu dem Häuschen gehörte, grenzte ein Stück, welches feil war. Stephan kaufte es und gab es Magdalena. Vor allem aber ließ er Werkleute kommen und ließ einen hölzernen Zubau zu Julianas und der Großmutter Wohnung beginnen, der noch fertig werden mußte, so lange er da war. Das Gemach Julianas und der Großmutter sollte unverändert bleiben, nur sollte man von ihm noch in eine schöne geräumige Stube kommen können. Und als alles fertig war, stand die Stube da, sie glänzte hell von vier Fenstern, prangte mit einem grünen Ofen und reinen Geräten. Juliana und die Großmutter waren erfreut. Magdalena und Anna dankten Stephan für das viele Gute, das er ihnen tat, und das so zahlreich sei, daß man es kaum begreifen könne.

Der alte Stephan besah alles, was er getan hatte, und rüstete sich zur Abreise.

Als die Reife gekommen waren, wurde ein Wagen mit allem bepackt, was in dem Schreinerhäuschen gewesen war und wurde fortgesendet. Dann nahm man Abschied, und Stephan fuhr mit den Kindern davon.

Und der wilde Winter kam, die Nächte waren wieder lang, die Flocken fegten wieder das Land gegen Breitenberg hin und die Kälte war in den Lüften. Aber auch der Frühling kam, die Gesträuche und Bäume blühten, die Tannen setzten die neuen Spitzen an und bekamen die roten Zäpfchen, Blumen und Gräser waren da, über dem kleinen Felde, das von Gebüschen umgeben war, auf dem wieder Winterkorn empor wuchs und an dem das neue glänzende Holzhäuschen stand, sang wieder die Lerche: aber der Wagen mit Stephan und den Kindern kam nicht mehr, und an der Mühle stand kein Mädchen mehr, ihn zu erwarten. Das kleine Schreinerhäuschen war leer und gesperrt, und Crescentia war zu den Ihrigen gegangen.

So ging der Sommer hin.

In dem nächsten Sommer war es wieder so. Das Schreinerhäuschen war leer; denn Stephan kam nicht und vermietete es nicht. Nur Crescentia besuchte es zuweilen mit Leuten und reinigte und fegte es, und ließ ausbessern, wo etwas fehlte.

In dem dritten Sommer kam Stephan mit den Kindern. Aber er kam erst, da schon der größte Teil des Sommers verflossen war. Er ging zu dem Holzbaue der Großmutter und Julianas. Die Großmutter saß in der Sonne und lächelte. Juliana stand neben ihr. Sie war höher geworden und schien nun ihr Wachsen vollendet zu haben. Sie war magerer und ernster. Stephan und die Kinder grüßten sie und die Großmutter und wurden von Juliana wieder gegrüßt. Sie gaben die Geschenke, welche nun in wertvollen Sachen bestanden, und die Geschenke wurden freudig angenommen. Stephan ging auch zu Magdalena und Anna, gab ihnen die Dinge, die er für sie gebracht hatte, und erntete vielen Dank. Da er wieder in sein Häuschen gekommen war, sendete er erst noch mehreres in das Holzhäuschen, das er dafür bestimmt hatte und das er nicht hatte mittragen können.

Zwischen den Bewohnern des Schreinerhäuschens und Juliana war nun wieder ein Zusammensein wie früher. Juliana kam sehr oft und brachte wieder Dinge; sie blieb aber immer in der Stube des Häuschens oder auf dem Anger vor den Fenstern.

Stephan verbesserte manches an seinem Häuschen und der Umgebung, und ließ Arbeiten vornehmen, die auf größere Bequemlichkeit hin zielten.

Er fuhr dieses Mal mit seinen Enkeln viel früher als sonst wieder fort. Juliana stand an der Mühle.

Und so geschah es mehrere Jahre.

Einmal, da er sich wieder in dem Häuschen befand, und sehr schöne Tage waren, kam eines frühen Morgens Anna und sagte, daß in der Nacht die Großmutter gestorben sei.

Stephan ging sogleich mit den Kindern in das Holzhäuschen.

Da lag die Großmutter in dem schönen Bette, das er ihr in der großen Holzstube hatte aufrichten lassen, und auf ihrem entseelten Angesichte war das nämliche Lächeln, das sie gehabt hatte, als er die vielen Federn und die anderen bunten Dinge gebracht hatte. Zu ihren Häupten saß Juliana.

Er ließ die Vorbereitungen zur Beerdigung machen.

Die Großmutter lag bald auf ihrer Bahre in einem weißen Kleide mit veilchenblauen Schleifen, wie sie nie ein so schönes Gewand in ihrem Leben gehabt hatte. Ihre Hände hielten ein Kreuz. Die Nachbarn kamen und legten Bildchen auf sie, daß sie fast so geschmückt aussah wie einst, da sie von Juliana geziert worden war.

Endlich, da die Zeit erschien, wurde sie in ihren Sarg geschlossen. Stephan ließ sie in einem schönen Wagen nach dem Kirchhof von Breitenberg bringen und dort wurde sie unter den kirchlichen Gebräuchen zur Erde bestattet. Es waren um des vornehmen Mannes willen viele Menschen herbei gekommen und gaben der alten Frau die letzte Ehre. Magdalena und Anna weinten und jammerten an dem Grabe, und erzählten, wie die Frau so gut gewesen sei. Juliana stand still dabei und sagte gar nichts.

Des anderen Tages kam sie zu Stephan und sprach: „Großvater, jetzt gehe ich mit dir, und will bei dir sein, wie ich bei der Großmutter gewesen bin."

„Juliana", erwiderte Stephan, „du verlässest deine Mutter."

„Sie denkt es sich, daß du mich mitnimmst und ist froh darüber“, entgegnete das Mädchen, „sie hat es schon Nachbarinnen erzählt, daß ich schöne Kleider und Sachen bekommen werde. Die Großmutter hätte sich nicht gefreut, wenn ich mit Engeln in den Himmel gegangen wäre.“

„Liebst denn du deine Mutter nicht, Juliana?“ fragte Stephan.

„Ich liebe meine Mutter“, antwortete Juliana, „sie hat mir Gutes getan, ich werde oft zu ihr zurück kehren und werde ihr wieder Gutes tun.“

„Ich sage wieder, wie einst“, antwortete Stephan, „Juliana, tue wie du willst.“

Und sofort brachte er nun diese Angelegenheit mit der Mutter des Mädchens ins reine, sorgte noch in manchen Dingen für Magdalena und Anna, und in kurzer Zeit darauf fuhr Juliana wie Katharina gekleidet mit Stephan und seinem Enkel von dem Wirtshause der Klafferstraße in dem schönen Wagen fort, den Weg gegen Jandelsbrunn hin.

Da mehrere Jahre vergangen waren und Stephan die Hand seines Enkels Franz in die seines Kindes Juliana, wie er sie nannte, legte, sagte er: „Franz, du erhältst eine Gattin, welche wirklich liebt und auch ihre Pflicht versteht, und das ist das Höchste. Halte dieses Höchste in Ehren und du wirst glücklich sein und glücklich machen. Du liebst mich und Katharina liebt mich aus Verwandtschaftstrieben und weil ich bin, der ich bin, Juliana liebt mich allein, weil ich bin, der ich bin, und diesen Schimmer der Liebe hat mir Gott gesendet und ich will ihn mir für den Rest meines Lebens bewahren, es mag dieser Rest lang oder kurz sein.“

So war es mit dem wilden Mädchen.

Nicht lange Zeit darnach, da ich das erfahren hatte, was ich hier erzählt habe, war ich wieder einmal auf dem Rigi und es war meine Gattin mit. Der jetzige Wirt, der bei meinem ersten Besuche des Berges ein junger Mensch gewesen war, und sich viel mit uns abgegeben hatte, erzählte mir, es sei die schöne schwarze Frau mit ihrem Gatten wieder da gewesen und die Schwester dieses Gatten sei mit ihrem Manne auch da gewesen. Die schwarze Frau sei noch immer ganz unbegreiflich schön. Ihre braunhaarige Schwägerin gebe ihr aber wenig nach. Er zeigte mir die Namen im Einschreibbuche; da stand: Franz von Heilkun, Juliana von Heilkun, Alexander von Belen, Katharina von Belen. Ich schlug nun jene Namen nach, welche mir einmal der Augsburger Kaufmann, als die der schwarzen Frau und ihres Gatten in demselben Buche gezeigt, und die ich wieder vergessen hatte. Da stand auch: Franz von Heilkun, Juliana von Heilkun.

Von den wunderschönen Gedichtchen, welche Juliana soll machen können, stand auch jetzt keines bei ihrem Namen im Einschreibbuche.

DER KUSS VON SENTZE

1866

In einem Waldwinkel liegen drei seltsame Häuser oder Schlösser.

Das eine Haus liegt an dem Abhange eines Berges. Es ist aus einem rötlichen Steine erbaut, der hie und da eine sanfte Rosenfarbe hat, an den Ecken stehen große runde Türme, und die Fenster und Tore haben den Rundbogen und sind mit einem schneeweißen Steine eingefaßt. Von dem Hause geht ein großer Garten nieder, der allerlei Bauwerk hat und in einer Art Verwüstung ist. Unterhalb des Gartens spaltet sich der Hauptberg in zwei Nebenberge, gleichsam zwei grüne Kissen, die gegen das Tal hinabgehen. Und auf der Wölbung dieser Kissen liegen die zwei anderen Häuser. Sie sind genau wie das obere gebaut, nur kleiner und das eine ist ganz aus dem weißen Steine, das andere ganz aus dem roten.

Diese drei Häuser heißen die Sentze. Das weiße heißt die weiße Sentze, das rote die rote Sentze und das obere die gestreifte Sentze. Sonst sind keine Häuser vorhanden. Rückwärts geht der Waldhang empor, vorwärts senken sich die Bühel vollends hinab, zwischen ihnen und an ihren Seiten rauschen Bäche in die Tiefe und unten ist das Tal mit Gebüsch erfüllt. Weiter draußen links, wenn man von den Sentzen kömmt, beginnen die Häuser von Wermelin, das der Volksmund Werblin nennt.

Von der alten Zeit sind die Nachrichten über die Häuser spärlich. Ein Mann soll einmal, da noch der wilde Wald war, die alte Burg gebaut haben. Er hatte zwei Söhne, die in beständigem Hader lebten. Da sagte er einmal: „Durch einen Kuß hat Judas den Heiland verraten, und das ist die schlechteste Tat gewesen, die auf der Erde verübt worden ist. Ihr solltet euch einmal küssen, und von da an sollte keiner dem andern ein Leid tun, weil sonst noch ein Judaskuß auf der Welt wäre."

Die Brüder küßten sich zu einer guten Zeit und hatten dann eine solche Furcht vor dem Judaskusse, daß sie fortan nicht mehr haderten, ja sich oft zu der nämlichen guten Handlung vereinigten. Die Sache wurde in dem Geschlechte der Sentze forterzählt, da es unter den Nachkommen manche Streitbare gab, wiederholt, sie wurde endlich bräuchlich und zuletzt gar eine Satzung. Die Streitenden konnten den Kuß verweigern, dazu hatten sie das Recht; haben sie ihn aber einmal gegeben, dann mußten sie Frieden halten. Man hat später die Veranlassungen zu dem Kusse aufgeschrieben, und wenn wieder solche kamen, hat man das Aufgeschriebene vorgelesen, oder zu lesen gegeben. Es sind keine Nachrichten vorhanden, ob einmal einer von Sentze die Verpflichtung aus dem Kusse gebrochen hat.

Im Laufe der Zeiten war einmal nur ein Vater mit zwei Söhnen von dem Geschlechte übrig. Die Söhne waren uneinig; sie gaben sich aber den Gewährkuß, und als der Vater gestorben war, wollte keiner der Söhne die Burg bewohnen, um den andern nicht zu beleidigen. Der eine baute sich die rote Burg nach dem Vorbilde der roten Farbe des alten Hauses, und der andere die weiße nach dem Vorbilde der weißen Einfassung. Das alte Haus aber besaßen sie gemeinschaftlich. In einer anderen Zeit war nur ein Junker von einem Zweige des Stammes vorhanden, und ein Fräulein von einem anderen Zweige. Sie gaben sich den Kuß, haßten sich dann nicht, ehelichten sich sogar, lebten in sehr großer Liebe, und von ihnen kommen wieder zahlreiche Sentze, die sich in zahlreiche Zweige verteilten. Weil nun der Kuß nicht bloß den Streit verhindern, sondern auch Liebe erzeugen konnte, so teilten ihn die Sentze in zwei Arten ein. Den Liebeskuß nannten sie den Kuß der ersten Art, oder schlechtweg den ersten Kuß, den Friedenskuß nannten sie den Kuß der zweiten Art oder schlechtweg den zweiten Kuß. Die Sentze behaupteten, sie stammen von dem uralten Geschlechte der Palsentze, oder sie seien eigentlich dieses Geschlecht selber, und jener Huoch de Palsentze, welcher am 24. April des Jahres 1109 den Stiftbrief des Klosters Seitenstätten als Zeuge unterschrieben hat, sei einer ihrer Vorfahrer gewesen, ja dieser Huoch sei der nämliche gewesen, der als Huoch de Palsentze zugleich mit seinem Bruder Roudpret im Jahre 1110 eine Schenkung des edlen Mannes Lapoto de Movsilischirchen an das Hochstift Passau unterschrieben hat, und diese Brüder seien jene Brüder gewesen, welche zum ersten Male den Kuß von Sentze gegeben haben. Später sei durch Mißbrauch des Wortes der Name Palsentze zu Sentze verstümmelt worden, was wieder geordnet werden müsse. Wie dem auch sei, eines ist richtig: in dem Geschlechte der Sentze kommen die Namen Huoch, Rupert, Walchon, Erkambert, Itha, Hiltiburg, Azela, wie sie bei den alten Palsentzen gewesen waren, immer wieder vor, was aus den zahlreichen Schriften zu ersehen ist, die sich in den drei Häusern bis auf unsere Zeit angesammelt haben. Die Sentze sind wohlhabend gewesen oder geworden. Sie besitzen jetzt außer den drei Häusern mit den zu ihnen gehörigen Ländereien noch andere Güter, die sie durch Kauf oder Tausch oder auf andere Weise erworben und mannigfaltig verändert haben. Sie lebten in neuerer Zeit bald in den Stammburgen, bald in andern Schlössern, oft in einer angenehmen Stadt, oft auf Reisen.

Wir teilen aus der letzten Schrift des weißen Hauses folgendes mit:

Am dreizehnten Tage des Monates April des Jahres 1846 hatte ich meinen fünfundzwanzigsten Geburtstag, den Tag meiner Mündigwerdung. Ich kleidete mich am Morgen in meinem Schlafzimmer sorgfältig an und ging in mein Wohnzimmer. Der mit Laubwerk eingelegte Tisch war in der Nacht ohne mein Wissen mit einem braunen Sammettuche überlegt worden. Auf dem Sammet lagen sehr schön gebundene Bücher. Sie waren eine Sammlung aller altdeutschen Dichtungen. Josef kam herein und sagte, der Vater lasse mich zum Frühmahle bitten. Ich ging in die Stube des Vaters. Er war festlich gekleidet. Er stand auf, da ich eintrat, ging mir entgegen und küßte mich auf die Stirne. Seine Augen waren feucht geworden. Ich trocknete mir die meinigen und küßte seine rechte Hand. Dann nahmen wir das Frühmahl ein, währenddem wir fast immer schwiegen. Nach demselben sagte der Vater: „Komme um zehn Uhr, wenn es zu dieser Zeit möglich ist, in das Empfangzimmer, ich möchte einiges mit dir sprechen."

Ich antwortete: „Ich werde kommen."

Darauf trennten wir uns.

Um zehn Uhr ging ich in das Empfangzimmer. Von den Geräten waren die Überzüge und Decken weggenommen und sie standen in ihrer Ursprünglichkeit da. Der Vater kam gleich nach mir herein. Er setzte sich in den großen Prunksessel und wies mir einen andern an. Da wir saßen, sprach er: „Du bist heute fünfundzwanzig Jahre alt, und nach dem Brauche unseres Hauses mündig geworden. Du hast dich gegen diese Zahl der Jahre nicht gesträubt, die in den Gesetzen nicht begründet ist. Wenn wir die Feier des heutigen Tages beendiget haben, werde ich die Habe, über die du jetzt schon gebieten kannst, einhändigen und dir die Rechnungen übergeben, die ich als dein Vormund geführt habe. Jetzt muß ich ein anderes Wort zu dir sprechen. Seit Walchon und ich das nämliche, schöne Fräulein zu ehelichen gewünscht, seit wir uns den Friedenskuß gegeben und ihn so gehalten haben, daß keiner mehr das schöne Fräulein begehrte, seit wir unsere Gattinnen in das Grab gelegt haben: ist oft der gleiche Spruch über unsere Lippen gegangen: ‚Wie einst nur mehr ein Jüngling und eine Jungfrau aus unserem Geschlechte übrig gewesen waren, wie sie sich geehelicht haben und eine Blüte des Stammes daraus hervorgegangen ist, so sind nun unsere zwei Kinder die letzten des Stammes, wenn es doch wieder würde wie damals, und noch einmal eine Blüte emporkeimte.‘ Mein Sohn, ich bitte dich, gehe in diesem Jahre zu der Base Laran nach Wien und besuche Hiltiburg. Ihr seid als Kinder recht gut miteinander gewesen, vielleicht seid ihr es jetzt nach langer Trennung wieder, vielleicht werdet ihr es noch mehr und es erfolgt eine Eheverbindung, was der schönste Wunsch eurer Väter ist. Dann besuche einmal Walchon. Er ist in der grauen Sentze und betreibt seine Lieblingswissenschaft, die der Moose. Das ist, um was ich dich bitten wollte.“

Der Vater hatte seine Rede geendigt und ich antwortete: „Ich werde gerne zu Hiltiburg und gerne zu ihrem Vater gehen. Wenn Hiltiburg und ich uns gut sind, wenn wir uns noch mehr gut werden, wenn aber jene Neigung nicht entsteht, die zu einer Ehe notwendig ist, wirst du und Walchon dann noch die Verbindung wünschen.“

„Nein, mein Sohn“, sagte der Vater, „das wäre das Judastum, das in unserem Stamme so verhaßt ist. Wenn es wird, wie du sagst, dann bleibt liebe Verwandte und sucht euch Herzgespielen nach eurer Art, es werde daraus, was will. So würde auch deine Mutter denken, wenn sie noch lebte."

Nach diesen Worten sprachen wir noch von verschiedenen unbedeutenderen Dingen und trennten uns dann.

Ich aber trug die Worte des Vaters mehrere Tage mit mir im Gedanken herum. Dann schrieb ich an Hiltiburg: ‚Geehrtes Fräulein, liebe Base! Ich werde Dich in dem Winter, der da kommen wird, in Wien besuchen. Unsere Väter wünschen, daß wir eine Neigung zu einander fassen, aus welcher eine Eheverbindung wird. Wenn ich die Neigung fassen kann, wenn Du auch zu mir diese Neigung zu fassen vermagst, so werde ich sehr erfreut sein. Denke Dir aber nicht, daß ich in dem Sinne nach Wien komme, Dich durchaus heiraten zu wollen, Du hast die Freiheit, wie wenn ich Dir fremd wäre und Du nie etwas von mir gehört hättest. Ich schreibe Dir dieses, daß zwischen uns völlige Klarheit sei. Im Sonstigen bin ich Dein zugeneigter kleiner Rupert, der aber jetzt ein großer geworden ist.‘

Nach sieben Tagen erhielt ich die Antwort: ‚Kleiner guter Rupert! Es ist bei mir immer die Klarheit, daß ich nach meinem Erkennen tue. Es wäre Dein Brief nicht nötig gewesen. Er freut mich aber. Du hast eine sehr schöne Handschrift bekommen. Ich erwarte Deine Ankunft und bin im übrigen Deine zugeneigte kleine Hiltiburg, die jetzt auch eine große geworden ist.‘

Ich legte den Brief in die Schublade.

Darnach verging der Sommer und der Herbst.

Am zwölften Tage des Monates Dezember verließ ich unsere Wohnung in der Stadt Nürnberg und reiste nach Wien.

Ich ging dort in das Haus, in welchem die Base Laran wohnte, bei der Hiltiburg war. Die Base sagte zu mir: „Sei gegrüßt, mein Vetter. Es freut uns, daß du gekommen bist, uns zu besuchen. Bleibe nur recht lange bei uns. Es ist auch recht schön, daß du gerade heute gekommen bist, morgen haben wir ein kleines Abendfest bei uns, zu welchem ich dich lade. Du wirst doch kommen?"

„Ich werde kommen", sagte ich.

Dann schellte sie mit einer Glocke nach einer Magd und verlangte, daß sie die Kinder rufe.

Die Magd entfernte sich und nach einer Weile traten die Töchter der Base, Mathilt und Ada, in das Zimmer.

Sie waren sehr schöne Mädchen geworden. Mathilt hatte ein rosiges Angesicht, ungewöhnlich große braune schimmernde Augen und sehr feine braune Haare. Ada hatte noch feinere blonde Haare, ein zarteres Angesicht und ebenso große, aber sanfte blaue Augen.

Die Mädchen reichten mir die Hände, wir begrüßten uns, wir sprachen unsere Freude aus, daß wir uns nach manchen Jahren wiedersehen und redeten von unseren zunächst gelegenen Dingen.

Dann fragte ich nach Hiltiburg.

Die Base sagte: „Als ich die Kinder verlangte, war auch Hiltiburg einbegriffen. Ich werde aber noch einmal nach ihr senden."

Sie sendete die Magd und es kam die Antwort zurück: „Ich habe am heutigen Morgen gesagt, daß ich mich zu dem Feste vorbereite, und daß ich den ganzen Tag niemanden empfangen werde: Was ich gesagt habe, muß ich halten. Den kleinen Vetter werde ich morgen sehen."

Ich ging also an diesem Tage in meine Wohnung zurück, ohne Hiltiburg erblickt zu haben.

Am Abende des nächsten Tages ging ich später zu dem Feste der Base, als man gewöhnlich zu tun pflegt. Ich erinnere mich der Ursache nicht mehr, welche meine Verspätung veranlaßte. Da ich von dem Kleiderzimmer in das anstoßende Gemach trat, stand in demselben unter mehreren Menschen ein Mädchen, das auffälligerweise ein schwarzes Seidenkleid anhatte. Von dem Kleide stand an dem Halse eine kleine weiße Krause empor. In den dunkeln Haaren war gar kein Schmuck, an der Brust aber glänzte ein vorzüglicher Diamant. Die Augen des Mädchens waren sehr groß und glänzten noch mehr als der Diamant. Sie mochten, wie die Beleuchtung zeigte, braun sein. Die Haare waren dunkelbraun. Das Angesicht war so schön, wie ich nie ein schöneres Ding in meinem Leben gesehen habe, und die Gestalt war fast noch schöner als das Angesicht. Das Mädchen sah mich an. Es war Hiltiburg. Obwohl ich sie, da sie noch ein Kind war, zum letzten Male gesehen hatte, erkannte ich sie gleich.

Ich sprach nichts.

Hiltiburg aber sagte zu mir: „Sei mir gegrüßt, mein kleiner

Vetter und Bräutigam, lebe nun neben mir und siehe, wie es mit uns wird."

„Sei gegrüßt, Hiltiburg", sagte ich.

Die Basen Mathilt und Ada kamen herzu. Die Mädchen waren gleich den anderen zum Feste gekleidet. Mathilt hatte zu ihren braunen Haaren ein blaßblaues Kleid mit dem weißen Durchschimmer eines Überkleides, und Ada hatte zu ihrem Blond ein schwach rosenrotes Kleid mit weißem Übergewande. Die Base und die Mädchen begrüßten mich herzlich. Sie nannten gleich meinen Namen mehreren Männern und Frauen, die herumstanden, und riefen andere herzu, denen sie mich vorstellten.

Dann wurde ich in den Festsaal geführt.

Er war ein großes Zimmer mit grauen Wänden, die in dem Lichte zahlreicher Kerzen schimmerten. In einer Ecke stand ein Klavier, an dem ein Mann saß, unter dessen Händen die Töne in den Saal strömten. Junge Mädchen und Männer führten Tänze auf, die ruhiger und vielleicht auch lieblicher waren, als man sie jetzt sieht. Die Mädchen waren entweder weiß oder färbig gekleidet. Die weißen hatten ein färbiges, die färbigen ein weißes Übergewand. Sie waren mit Blumen, Schleifen, selbst auch Juwelen geschmückt. Die Männer waren alle im schwarzen Anzuge. Es waren schöne Mädchen da, es waren sehr schöne Mädchen da, es waren außerordentlich schöne Mädchen da. Als aber Hiltiburg in den Saal trat, sah man, daß von dem schönsten Mädchen zu ihr noch ein hoher Abstand emporging. Unter den jungen Männern waren feine Gestalten und manche einnehmende Gesichtszüge. An den Wänden des Zimmers saßen Mütter, Basen, ältere Schwestern oder andere aus dem weiblichen Geschlechte herum und sahen dem Tanze zu. Ich tat es auch eine Weile, wurde aber dann von meiner Base und anderen in das Vergnügen hineingezogen.

Hiltiburg tanzte nicht. Sie hatte das durch die Wahl des schwarzen Kleides erklärt, und wer es nicht verstand, dem sagte sie es. Man wußte den Grund nicht und sie gab keinen an. Sie saß in einer Ecke in einem roten Sessel und sah auf die Dinge vor sich.

Ich ging nun auch in die anderen Zimmer. Neben dem Tanzsaale war ein Gemach zu Gesprächen. Ich redete dort mit einigen Anwesenden und ging dann weiter. In dem nächsten Gemache waren grüne Tische, an denen Männer saßen und mit Karten spielten. Da war der Speisesaal, in welchem gedeckt war, um zu einer gewissen Stunde ein Abendessen einzunehmen.

Hierauf ging ich wieder in den Tanzsaal zurück.

Ich beschäftigte mich jetzt auch mit Hiltiburg.

Viele Männer, jüngere und ältere, waren um sie und brachten ihr Huldigungen dar. Sie sah mit den großen Augen auf sie und sprach mit ihnen. Ich konnte aber nicht erkennen, daß sie einem von ihnen einen Vorzug gab. Ich redete auch mit ihr, aber kurz. Ich hielt mich überhaupt an diesem Feste ziemlich ferne von ihr, damit sie nicht glaubte, daß ich Rechte geltend machen wolle.

Nach Mitternacht war das Essen, dann waren noch einige Tänze, dann war das Fest aus und ich verfügte mich in meine Wohnung.

Von dem Tage an entwickelte sich zwischen mir und dem Hause der Base Laran ein Verkehr, wie er bei Verwandten gebräuchlich ist. Ich mietete mir, um der Unruhe eines Gasthofes zu entgehen, zwei freundliche Zimmer in einem gewöhnlichen Wohnhause, und ging von dort, zwar nicht alle Tage, aber so oft zur Base, als es sich schicken wollte. Ich lernte bei ihr Menschen kennen; denn sie versammelte gerne zu Zeiten größere oder kleinere Kreise um sich, und Freunde und Freundinnen des Hauses gingen stets ab und zu. Ich wurde auch zu anderen Menschen eingeführt, und wir machten gelegentlich mancherlei Besuche. Sonst beschäftigte ich mich in meinem Zimmer, oder suchte mich über das Wesen der Hauptstadt besser zu unterrichten, als es mir bei früheren Aufenthalten möglich gewesen war oder ging mit einigen Männern um, mit denen ich mich zusammen gefunden hatte.

In Wien war damals ein großer Aufwand und ein Prunk in Wohnungen, Geräten und Kleidern, obwohl er gegen dem, was jetzt ist, bescheiden genannt werden konnte. Aber alle übertraf in diesen Dingen die Muhme Hiltiburg. Was ich bei der Base Laran, oder bei anderen Menschen, oder auf den Straßen und Plätzen der Stadt, oder an öffentlichen Orten, oder bei Festen, oder bei feierlichen Aufzügen, oder sonstigen Angelegenheiten sah, blieb weit hinter dem zurück, was ich an der Muhme Hiltiburg erblickte. Wie schon bei dem Tanzfeste der Base Laran ihr Kleid, wenn es auch nur von schwarzer Seide war, doch alle anderen an Schwere, Pracht und Fülle übertraf, und wie ihr Diamant der schönste war, so überglänzte sie fortan alles durch ihre äußere Erscheinung. Die Stoffe ihrer Kleider waren stets sehr kostbar, und der Schnitt und die Anordnung derselben war in der hervorragendsten Weise des eben herrschenden Gebrauches. An Gold und Edelsteinen hatte sie einen großen Wechsel. Sie zog fast jeden Tag ein anderes Kleid an, und an einem Tage wechselte sie oft mehrmals. Wenn sie ausging, oder in dem Wagen der Base Laran fuhr, was ihr diese gerne gestattete, so blieben die Leute stehen, und sahen ihr nach. In ihren Zimmern waren die Wände des einen mit roter, die des anderen mit blauer Seide überzogen. Die Geräte waren von schwarzem Samt. Es war auch eine Harfe da, ich habe sie aber nie darauf spielen gehört. In einem Kasten hatte sie hinter Vorhängen Bücher, von denen man sagte, daß sie in ihnen lese, sie zeigte aber nie eines. Die Base Laran ließ ihr ihren Willen. Viele junge Männer brachten ihr tiefe Aufmerksamkeiten dar, und suchten ihre Neigung zu gewinnen; aber ihr Blick war stets ruhig, ja fast kalt.

Ich sprach zu verschiedenen Zeiten gegen die Hoffart und ihre Folgen.

Eines Tages aber endete ich geradezu über diese Dinge mit Hiltiburg, und tadelte ihre Lebensweise.

Sie antwortete: „Vetter, ich handle nach meinem Willen, wie ihr alle tut. Mein Vater ist in fremden Ländern gewesen, ich bald an diesem bald an jenem Orte, bis ich zu den jetzigen guten Leuten kam. Du hast mich in meiner Kindheit gesehen, und dann nicht mehr. Und die sich zu ihrem Vergnügen an mich drängen, mögen daran ihr Vergnügen haben."

Ich sagte von nun an nichts mehr; aber ich konnte mein Gefühl nicht unterdrücken, es kam etwas wie Verachtung gegen Hiltiburg in meine Seele.

Ich wäre gerne von Wien fortgereist; aber des Vaters willen blieb ich da.

Von der Base Laran wurde ich recht liebreich behandelt. Die einsame alternde Frau war mir wie eine Mutter. Mathilt, um die sich der junge Herr von Helden bewarb, für den sie sich aber noch nicht entschieden zu haben schien, war freundlich und traulich gegen mich, und Ada sah mich mit den großen unschuldigen blauen Augen oft recht fromm an. Auch an Hiltiburg bemerkte ich, daß sie zuweilen nach mir sah, aber in ihren Augen leuchtete etwas wie Haß.

Ich schrieb endlich meinem Vater die Lage der Dinge, und er antwortete, daß er mich in meinen Handlungen nicht beirren wolle.

Ich blieb auch noch den folgenden Winter in Wien.

Da kamen im Monate März die Unruhen, die damals durch halb Europa gingen.

Die Base Laran beschloß, die Stadt zu verlassen, und mit ihren Töchtern und mit Hiltiburg in ihr Gut am Steine zu gehen.

Sie lud mich ein, sie dort zu besuchen.

Ich antwortete: „Ich muß in den Begebenheiten, die da kommen werden, handeln, gedenke aber doch eine Zeit zu finden, einen Besuch in dem Steinschlosse zu machen."

Die Base zog mit den Ihrigen bald fort.

Ich ging nach einiger Zeit zu meinem Vater in die weiße Sentze, in die er zurückgekehrt war.

Dann wollte ich auf kurze Zeit mein Wort lösen, und ging in das Schloß am Steine.

Die Base hatte sich in dem alten weitläufigen Gebäude eingerichtet. Ich fand einen Verwalter mit Amtsleuten da, und einen Forstmeister mit Forstgehilfen. Diese Männer besorgten die Angelegenheiten des Gutes. Sie gingen auch sonst in allem, was die Zeitläufe fordern möchten, der Base mit Rat und Tat an die Hand. Der Verwalter hatte eine sehr angenehme wohlgebildete Frau und zwei Töchter von großer Schönheit. Die Gattin des Forstmeisters war von einnehmendem Wesen, und ihre Tochter fast so schön wie die Töchter des Verwalters. Diese Leute versammelten sich fast alle Abende mit der Base und den Ihrigen in dem Saale des Schlosses. Da waren denn nun die Ereignisse der Zeit beinahe immer der ausschließliche Gegenstand der Gespräche. Man verhandelte eifrig hin und wider.

Eines Tages, da man sehr angelegentlich geredet hatte, sagte ich: „Die Freiheit als die Macht, unbeirrt von jeder Gewalt, die höchste Menschheit an sich zu entwickeln, ist das größte äußere

Gut des Menschen. Der rechte Mensch ist frei von den Gelüsten und Lastern seines Herzens, und schafft sich Raum für diese Freiheit, oder lebt nicht mehr. Wer so nicht frei ist, kann es anders nicht sein. Das andere ist die Freiheit des Tieres, das nach seinen Trieben tut. Ich hoffe, daß bei uns Männer sind, diese Freiheit zu fördern, und ihr einen Weg in das Staatsleben zu bahnen, daß sie in ihrer Schönheit erblühe. Wie lange es bis dahin dauern wird, weiß ich nicht. Die meisten derer, die jetzt nach Freiheit rufen, sind noch in den Banden ihrer Gier nach Herrlichkeit, Nutzen und Gewalt, und sind gegen die Unterdrückung Unterdrücker, wie der Dichter vor langem gesagt hat: ‚Um den Vorteil der Herrschaft stritt ein verderbtes Geschlecht, nicht würdig, das Gute zu schaffen.' Bei uns tut es not, daß das Reich nicht wanke, und wenn es fest steht, dann mögen in ihm die rechten Männer den Pfad der Freiheit suchen und wir vorerst dazu die rechten Männer finden. Weil ich aber in den Rat nicht tauge, gehe ich zu dem Feldherrn, der jetzt das Reich vertritt, und diene ihm. Ich werde ohne Abschied von hier fortgehen, und einmal nach einer finsteren Nacht nicht mehr da sein. Der Herr Verwalter wird zum Öffnen des Pförtchens die Stunde wissen und sie nicht verraten."

„Nein, nein, das darf nicht sein", rief die Base, „du mußt Lebewohl sagen."

„Das führt zu Weitläufigkeiten oder Rührungen und Störungen", sagte ich, „so etwas muß frisch getan sein, und einmal komme ich, und sage: ich bin da. Endlich kann mich zu einem Abschiede niemand zwingen, wenn ich keinen nehme."

Man stritt noch mit halbem Willen fort, und gab es mit halbem Willen zu.

Dann kam das Gespräch erst recht auf meine Worte, und wurde mit Lebendigkeit über Freiheit, Staatswohl, Volksvertretung, Regierungsart und derlei Dinge geführt. Alle beteiligten sich daran, nur Hiltiburg nicht.

Wir gingen spät in der Nacht auseinander.

Ich machte nun bald Anstalten zur Abreise.

Ich sagte am Abende vor der dazu bestimmten Nacht dem Verwalter die Stunde, in der er mir die Pforte offenhalten sollte. Christoph trug zu dieser Stunde meinen Mantelsack hinab, um ihn auf das Bauerwägelchen zu laden, das ich vor das Schloß bestellt hatte. Ich folgte ihm dann. Ich ging mit unhörbaren Schritten, daß ich niemand erwecke, über den finsteren Gang. Da streifte etwas an mich, wie ein Frauenkleid, zwei weibliche Arme umschlangen mich, und plötzlich fühlte ich einen Kuß auf meinen Lippen. Dieser Kuß war so süß und glühend, daß mein ganzes Leben dadurch erschüttert wurde. Die Gestalt wich in die Finsternis zurück, ich wußte nicht, wie mir war, und eilte auf dem Gange fort, über die Treppe hinab, durch das geöffnete Pförtchen hinaus, auf dem Wagen zur Post, auf dem Postwagen in der Richtung nach meinem Reiseziele dahin, und konnte den Kuß nicht aus dem Haupte bringen. Ich bin später bei Wachtfeuern gewesen, auf der Vorwacht in der Finsternis der Nacht, auf wüsten Lagerplätzen, in Regensturm und Sonnenbrand, in schlechten Hütten und in schönen Schlössern, und immer erinnerte ich mich des Kusses und dachte, welches der Mädchen mußte das Ungewöhnliche getan haben. Das erkannte ich, daß der Kuß ein tiefes Geheimnis sein sollte, ich forschte nicht und sagte keinem Menschen ein Wort davon.

Der alte Feldherr hatte mich sehr freundlich aufgenommen und mich zu seinen Männern eingeteilt. Ich fand alte Bekannte und erwarb neue, und Kameradschaft und Freundschaft erneuerte sich und gründete sich. Was auch einer für eine Muttersprache redete, wir fragten nicht darnach, Deutsch konnte ein jeder, und in der deutschen Sprache, gut oder schlecht, selten nach der Schrift, sondern meist nach der Landessitte des einzelnen, plauderten wir und schlossen den Bund, in Not und Tod mit einander zu gehen. In den Gefilden, die ich einmal, da sie ruhig und blühend waren, durchwandelt hatte, war nun der Krieg und mancherlei Elend und Verwirrung. Aber für uns kamen immer günstigere Tage. Wir gingen vorwärts und vorwärts, der Ehrenglanz der Waffen wuchs, eine Tat gelang, die zweite wurde gewagt, und nach vielerlei Ereignissen und mancher Unterbrechung kam der letzte Sieg, der den Frieden brachte.

Meine Absicht war nun zunächst erreicht, ich verabschiedete mich auf Zeit und Wiederbedarf, ließ ein Stück meines Herzens bei den Freunden und trug das andere über die Alpen in die Heimat zurück.

Ich ging nicht in das Steinschloß, obwohl es in meiner Richtung lag, sondern zu meinem Vater in die weiße Sentze.

Er begrüßte mich sehr liebevoll und sprach in der ersten Zeit gar nicht über die Vergangenheit.

Ich fand ihn in voller Arbeit. Er vergrößerte den Garten, er verbesserte das Waldland und die entfernten Meierhöfe, er unterstützte die Bewohner der Gegend, suchte gute Volksbücher zu verbreiten und ordnete und reinigte das Schloß. Dem allen gegenüber war es mir ein unangenehmer Anblick, daß die rote Sentze so verfiel.

Als ich mich eingerichtet hatte und meinem Vater in manchem beistand, sagte er einmal: „Wir müssen doch über das Geschehene reden. Wie wir beschlossen haben, hast du die Sache ausgeführt. Ich danke zuerst Gott, daß er dich wohlbehalten zurück gebracht hat, dann danke ich ihm, daß wir an der Tat haben mitwirken können. Die an festem Besitze und an Ausbildung hervorragen, müssen Säulen des rechtlichen Bestandes sein, je nach den Kräften, einige weniger, andere mehr. Wir von Palsentze mehr. Wie wir schon an Macht bedeutender sind, und diese Macht auf Vereinbarungen, Ausgleichungen und Zusagen ruht, so haben wir die Gewähr des Palsentzekusses, die die Heiligkeit des gegebenen Wortes noch mehr erhärtet. Und in dem gegebenen Worte und dem daraus entsprungenen Rechte liegt die Möglichkeit menschlichen Besitzes und menschlicher Reiche. Wenn ein Reich nehmen dürfte, was ihm gut ist, dürfte es jeder und keiner wüßte, ob das Kleinste sein ist, und wir wären im Tierstande. Verbessert soll immer werden, aber in Vereinbarung aller, wo zu verbessern ist. So wirst du auch einmal im Rate wirken, wenn du berufen werden wirst."

„Ich werde es tun", antwortete ich, „wenn ich die Gaben habe."

„Und das übrige, was wir in unserem Stamme gewünscht haben", sprach er weiter, „lassen wir ruhen. Du wirst anders glücklich sein, wie ich mit deiner Mutter glücklich gewesen bin, wenn ich auch nicht ursprünglich mein Augenmerk auf sie gerichtet hatte. Wenn du gewählt haben wirst, wirst du mir es sagen. Oder hast du gewählt?"

„Ich habe nicht gewählt, mein Vater", antwortete ich, „und werde wohl in kurzer Zeit auch noch nicht wählen."

„Wie du das für gut hältst, mein Sohn", sagte er, „obwohl ich gerne vor dem Schließen meiner Augen noch das Fortblühen unseres Geschlechtes gesehen hätte und mir auch die Liebe einer kleinen Nachkommenschaft wohlgetan hätte."

„Du blühest ja selber noch, Vater", sagte ich, „und wirst blühen, wenn das eingetreten ist, was du jetzt wünschest."

„Das steht in Gottes Hand", erwiderte er, „es kann sein, daß es so ist, es kann sein, daß es auch nicht so ist. Erwarten wir, was er sendet. Und zum letzten, mein Sohn, daß ich auch davon rede – da es zwischen Hiltiburg und dir so geworden ist, wie es ist, so wird es notwendig sein, daß ihr euch, damit nicht Haß und Feindschaft entstehe, den Friedenskuß unseres Stammes gebet. Hiltiburg wird dann ihr Wort halten."

„Ich gebe gerne dieses Pfand", sagte ich, „und werde unverbrüchlich darnach handeln."

„Ich weiß es, und so wäre das abgetan", entgegnete er, „dein Besuch bei Walchon ist durch deinen Feldzug auch sehr hinausgeschoben worden."

„Er wird mir nicht zürnen", antwortete ich.

„Er ist mit allem einverstanden, was geschehen ist", sagte der Vater.

Und so endete dieses Gespräch.

Einige Zeit darnach trat ich die Reise zu dem Vetter Walchon an.

Ich fuhr in einem Wagen bis an den Bayerischen Wald. Dort nahm ich einen Führer, der mein Ränzlein trug, und ging auf einem Pfade über die Wasserscheide. Jenseits derselben schickte ich in dem Orte Sonnberg den Führer zurück, ließ mein Ränzlein da, und sagte, daß es abgeholt werden würde. Ich wollte allein zu dem Vetter kommen. Ich ging aus der Vertiefung gegen die Höhen empor und gelangte endlich in ein Gehege, auf dem ein Trümmerwerk von grauen Granitsteinen begann, zwischen denen hie und da eine Krüppelföhre stand, bis zuletzt ungeheure, häusergroße Granitblöcke lagen und sich rückwärts zu einem Giebel emportürmten, hinter dem erst wieder der Wald hinan stieg. In ihm standen die schönen Bäume, die gerne auf einem solchen Boden gedeihen: Tannen, Fichten, Föhren, Buchen, Ahorne, Birken. Mitten in dem Steingetrümmer stand ein Haus. Es war aus Holz gezimmert und hatte ein flaches Dach, auf welchem wieder graue Steine lagen. Es mochten durch lange Zeit Regen und Sonnenschein darauf niedergegangen sein, denn sein Holz war ebenfalls grau geworden. Um das Haus war in einiger Entfernung ein Zaun aus Föhrenknitteln. Ich ging auf einem Pfade, der kaum merklich kennbar war, gegen den Zaun und das Haus. Ich ging durch das offene Türchen des Zaunes hinein. Da kam mir Wilhelm entgegen, der sehr alt geworden war, und sagte: „Seid Ihr doch der Vetter Rupert?"

„Ich bin es, und du bist Wilhelm", antwortete ich.

„Ja", sagte er, „und seid gegrüßt, Ihr müßt warten, der Herr wird erst in einer Stunde kommen."

„Ich werde warten", entgegnete ich, „sei mir auch du gegrüßt, Wilhelm."

„Was die Zeit vergeht", sagte Wilhelm, „und ich habe Geschäfte, setzt Euch nur in dem Hause auf einen Stuhl."

„Tue deine Geschäfte", antwortete ich, „gehe in das Haus, ich werde hier im Freien warten."

„Nun, so tut, wie Ihr wollt", sagte er.

Nach diesen Worten ging er in das Haus; ich aber setzte mich in ein Stück Schatten, das von dem Überdache auf die Bank vor dem Hause herabfiel.

Nach einer Stunde, da die Strahlen der heißen Mittagsonne in die grauen Steine niedersanken, kam der Vetter langsam gegen das Haus und gegen mich. Er hatte einen Rock an, der so grau war, wie die Steine. Er hatte ein Beinkleid von derselben Farbe und an den Füßen starke Stiefel. Auf dem Haupte trug er einen grauen Hut mit einem schwarzen Bande, und um die Schultern hatte er an einem Riemen ein flaches viereckiges Fach, das mit braunem Leder überzogen war. Er hatte eine Gestalt, wie ich sie noch an seinem Vater und an meinem Großvater gesehen hatte. Sein alterndes bräunliches Angesicht mit dem grauen Stutzbarte war fast so schön, wie bei meinem Vater. Hinter ihm ging ein gelblich-weißer Wolfshund von ungewöhnlicher Größe. Ich stand auf; er aber sagte, da er bei mir war: „So besuchst du mich in meiner Waldburg. Sie ist aus Holz, wie die des alten Königs Etzel, nur ist sie kleiner und steht nicht auf einer grauen Heide, wie die seinige, sondern unter diesen grauen Steinen. Gehe herein."

Er beschwichtigte den Hund, der einige Mißtöne gegen mich gab, und wies mit der Hand gegen die Tür. Ich ging durch dieselbe ein, er folgte mir und führte mich dann in eine Art Saal, dessen Wände mit rötlichem Leder überzogen waren, auf welchen in Metallrahmen Bilder seiner Vorfahren hingen. Sie waren offenbar Nachbilder. Sonst hingen noch Waffen von der ältesten Zeit bis in die neue da. Die Geräte waren mit dem Leder der Wände überzogen. An den Fenstern waren seidene Vorhänge von der gleichen rötlichen Farbe zurückgeschlagen, und die nämliche Seide bedeckte den Tisch, der mitten in dem Zimmer stand. Wir legten unsere Hüte auf den Tisch. Da sah ich, daß die reichlichen Haare meines Vetters braun gewesen sein mochten, wie die meines Vaters, daß sie aber jetzt stark mit Grau gemischt waren. Seine Augen glänzten ungewöhnlich. Er sprach zu mir: „Das ist der Burgsaal. Ich grüße dich als Gast, iß das Stückchen Brot mit mir, das ich zu bieten habe."

Er reichte mir die Hand, ich faßte sie.

Dann sagte er: „Nun folge mir weiter."

Wir nahmen unsere Hüte, und er führte mich durch einen Gang in ein Gemach, dessen zwei Fenster gegen Mittag gingen. Die Geräte waren aus Birkenholz gemacht. Es war zum Schlafen und Wohnen eingerichtet.

Er sprach zu mir: „Das ist das Birkenzimmer und gehört dir, so lange du da bist. Folge mir wieder weiter."

Er führte mich neuerdings durch den Gang in ein Zimmer. Dasselbe war mit braunem Leder überzogen, wie das Fach, das er trug, und die Geräte zeigten dasselbe Leder. Das Zimmer war gleichfalls zum Wohnen und Schlafen bestimmt. An den Wänden hingen zahlreiche Bilder mit Pflanzen. Auf einem Tische lagen sehr große Bücher oder Mappen, die mit Bändern zu binden waren. Sonst befanden sich auch noch mannigfaltige kleinere Bücher in dem Zimmer, dann noch Waffen und in einer Ecke war etwas wie eine Presse.

Er sagte zu mir: „Das ist das Pflanzenzimmer und mein Wohngemach. In demselben kannst du mich besuchen."

Nach diesen Worten nahm er das Fach von den Schultern und legte es auf einen Tisch.

Dann sagte er: „Folge mir nun wieder weiter."

Er führte mich abermals durch den Gang in ein Zimmer, das ich als Speisezimmer erkannte. Ein Tisch von braun gewordenem Tannenholze war mit Linnen gedeckt und es standen Speisegeräte für fünf Personen auf ihm. Um den Tisch waren Stühle von altem Tannenholze.

Er sagte zu mir: „Wir werden hier unser Mittagmahl verzehren, lege deinen Hut ab und setze dich zu meiner Rechten."

Wir legten die Hüte auf ein Nebentischchen, er setzte sich an das obere Ende des Speisetisches und ich setzte mich rechts von ihm an die Langseite desselben.

Sogleich wurde auch das Mahl hereingetragen. Ein kleiner alter Mann, den ich nicht kannte, brachte auf einer Schüssel Rinderbraten. Dann brachte er eine Flasche mit Wein und eine mit Wasser. Hierauf setzte er sich selber an den Tisch. Ein Mann in mittlerem Alter, ganz weiß gekleidet, kam herein und setzte sich zu uns. Das nämliche tat der alte Wilhelm. Wir fünf Männer verzehrten nun den Rinderbraten, und aßen gutes Roggenbrot, und tranken Wein und Wasser dazu. Der Hund bekam seine Nahrung von unserem Tische in einem irdenen Trog, der auf der Erde stand. Diese eine Speise war das Mittagmahl gewesen.

Nach dem Essen sagte der Vetter zu mir: „Hier ist Wilhelm, der Seneschall unserer Waldburg, hier ist Adalo, der Koch, und hier Dietrich, der Truchseß. Das ist die Besatzung. Sie wird dir von manchem Dienste sein, wenn du es bedarfst. Von Menschen ist sonst nichts hier. Der Hund Witun ist unser Wächter und Beschützer, die zwei Saumpferde bringen uns den Bedarf und die paar Kühe geben uns Milch. Das sind die Tiere, die wir hegen. Die andern sind freiwillig da: die Käfer, Fliegen, Eidechsen, Falter, Mäuse. Du wirst alles und den Brauch dieses Hauses kennen lernen. Jetzt trennen wir uns und pflege jeder seiner Zeit."

Er nahm seinen Hut, grüßte mit der Hand und entfernte sich mit dem Hunde aus dem Speisegemache. Ich nahm gleichfalls meinen Hut und folgte ihm. Ich sah ihn in das Pflanzenzimmer gehen und ich ging in das Birkenzimmer. Wohin sich die andern begaben, beachtete ich nicht.

Ich setzte mich in meinem Zimmer auf einen Stuhl und blickte eine Zeit durch das Fenster auf den entfernten Wald, der im Mittage stand.

Als ich dann meinen Vetter mit seinem großen Hunde durch die Verzäunung hinausgehen sah, erhob ich mich, verließ gleichfalls mein Zimmer und das Haus, und weil ich nicht wußte, wen ich um mein Ränzlein schicken sollte, ging ich selber nach Sonnberg hinunter und nahm dort einen Mann, der es mir herauf trug. Ich brachte dann meine Habseligkeiten in dem Birkengemach unter. So war der Tag vergangen. Gegen den Abend wandelte mein Vetter mit seinem Hunde wieder durch die Gesteine herein. Als die Sonne untergegangen war, holte mich Dietrich zum Abendessen. Es bestand aus einem kalten Rehbraten, und wie am Mittage aus dieser einzigen Speise. Der Hund aß wieder neben uns auf der Erde. Nach dem Essen sagte mein Vetter eine gute Nacht, die andern taten desgleichen und man zerstreute sich. Ich ging in mein Zimmer, las noch lange in einem meiner Bücher und legte mich erst zur Ruhe, als schon die tiefe Nacht unter all diesem Gesteine war.

Beim Aufgange der Sonne holte mich Dietrich zum Frühmahle. Dasselbe bestand aus Milch und Brot. Da es vorüber war, verließen wir wieder das Speisezimmer. Ich blieb zwei Stunden in meinem Gemache und las und schrieb. Dann kleidete ich mich sorgfältig an und stattete meinem Vetter den ersten Besuch ab Er schien mich erwartet zu haben; denn er war besser gekleidet als gestern, und war noch in seinem Zimmer. Er saß vor einem Tische, auf dem er einige Hände voll Moose hatte, und suchte in ihnen herum. Er stand auf, da ich hereingekommen war, führte mich zu dem Ruhebette, lud mich mit der Hand zum Sitzen ein und da ich es getan hatte, setzte er sich zu meiner Linken. Der Besuch war kurz, wir sprachen von allgemeinen Dingen und ich entfernte mich wieder. Nach einer Stunde kam er sehr schön gekleidet zu mir und blieb einige Augenblicke da.

Die feierlichen Ankunftsbesuche waren nun abgetan und der Vormittag war bald vorüber.

Nach dem Mittagessen ging ich in die Umgebungen des Hauses. In der Nähe konnte man in gebrochenen Richtungen zwischen den Steinen durchgehen, weiter rückwärts hätte man sie übersteigen müssen und an dem Giebel hätte wohl kaum der geschickteste Kletterer emporkommen können. In der entfernteren Richtung gegen Abend lagen sie loser, und es kamen Erlengebüsche, Wacholder- und Haselgesträuche. In den Wäldern, die gegen Mitternacht empor gingen, waren sie auch zerstreut, und zwischen ihnen standen die hohen Bäume empor, und es waren unzählige Moose und schöne Farrenkräuter.

Gegen den Untergang der Sonne kehrte ich wieder in das Haus zurück. Ich lernte bald die Gepflogenheiten desselben kennen. Dietrich ging öfters mit einem oder dem andern Saumrosse in die Ortschaften hinunter, um zu holen, was man brauchte. Adalo bereitete die Speisen und Wilhelm besorgte die andern laufenden Geschäfte. Gleich nach dem Aufgange der Sonne war das Frühmahl, um zwölf Uhr das Mittagmahl und nach dem Untergange der Sonne das Abendessen. Des Morgens hatte man immer Milch und Brot, des Mittags und Abends verschiedenes, aber stets nur eine Speise. In seinem Tun wurde niemand beirrt. Mein Vetter ging fast immer im Freien herum. Ich war zuweilen in seiner Gesellschaft. Wir machten uns nämlich gelegentlich Besuche in unseren Zimmern, oder ergingen uns auch ein wenig in der Nähe des Hauses. Er sprach nur von gewöhnlichen Dingen. Über Angelegenheiten unseres Geschlechtes oder über Mitglieder desselben redete er gar nicht. Ich suchte auch nicht irgend einen Gesprächsgegenstand aufzubringen. Welcher Art die Bücher waren, die ich in seinem Zimmer sah, strebte ich nicht zu ergründen, fand ihn aber öfter in einem lesen. Sonst war sein Benehmen ruhig und gleichmäßig. Ich bemerkte, daß er in seinem ledernen Täschchen, ohne welches er gar nie ausging, sehr oft Moose nach Hause brachte, daß er dieselben ordne, und daß ihm bei diesem Geschäfte alle seine Mitbewohner behilflich waren. Ich machte daher eines Tages eine Tasche aus starkem Papier, ging mit derselben einen ganzen Nachmittag in dem Walde herum, füllte sie mit Moosen, die mir besonders gefielen, und brachte ihm dieselben. Er leerte sie auf einem Tische aus und sagte: „Morgen nach dem Frühmahle werden wir sie untersuchen."

Am andern Tage ging ich nach dem Frühmahle mit ihm in sein Gemach. Er las die Moose Stämmchen für Stämmchen auseinander und legte sie in eine Reihe. Dann sagte er: „Du hast eine gute Meinung, Vetter, aber du kennst die Sache noch nicht.

Ich habe die Verwunderlichkeit dieser kleinen Dinge zu ergründen gesucht und bin noch lange zu keinem Ende gelangt. Ich habe es besonders von diesem Hause aus getan, ich habe Hunderte von Arten gesammelt, ich habe die Bücher, die von ihnen handeln, habe mir den Gehalt derselben angeeignet; aber die Bücher und ich sind nicht vollkommen. Die Dinge wollen ihre eigene Weise. Wenn es dir gefällt, meine Anstalten zu betrachten, so tue es. Hier sind die Fächer, in denen die Moose nach ihrer Ordnung eingelegt sind, und hier ist das Buch, nach dessen Weisung die Einlage gemacht worden ist. Andere Bücher schlagen andere Weisen vor. Du kannst in sie hineinsehen und dann urteilen, was du für zweckmäßiger hältst. Fast besser noch als die Einlage ist das Pressen. Wir pressen die Moose auf Papier ab und sie geben ihre Gestaltungen erstaunlich schön, wenn gleich die Farbe nicht, die aber auch in den Einlagen absteht. In den Mappen hier findest du die Abdrücke. Willst du dich aber mit diesen Dingen gar nicht befassen, so bist du auch in deinem Recht, ich gebe dir nur die Erlaubnis dazu."

„Ich werde diese Erlaubnis benützen", antwortete ich, „wenn du gestattest, Vetter, daß ich öfters dieses Zimmer besuche."

„Du darfst es besuchen", sagte er, „und darfst dir auch Bücher oder Mappen in dein Gemach hinüber tragen."

„Ich werde es tun", sagte ich.

Und nun blickte ich öfter in die Bücher und suchte mich zu unterrichten, daß ich einsichtiger verfahre, wenn ich ihm wieder Moose brächte. Es entstand endlich in mir sogar ein Anteil an der Sache. Ich sah in den Einlagen eine solche Zahl von Moosen, die ich nicht für möglich gehalten hätte; ich sah Verwandtschaften, Verbindungen und Übergänge. In den gepreßten Blättern sah ich die Verschwendung der Gestalten und erstaunte über die Schärfe und Eigentümlichkeit. In den Büchern fand ich die Bestrebungen, den Verwicklungen beizukommen, vertiefte mich in die Bestrebungen, und neigte mich bald zu dieser, bald zu jener Ansicht. Ich hatte oft mehrere Bücher oder Fächer, oder Mappen meines Vetters in meinem Zimmer. Ich fand nun auch wirklich manches seltene Stämmchen, das der Vetter für seine Sammlungen brauchen konnte, ja ich fand einmal eine Art, die er noch gar nicht hatte.

„Siehst du“, sagte er, „diese Wälder sind ergiebiger an Moosen, als andere, du wirst schon noch weiter gelangen.“

So war nun ein Band zwischen uns gefunden.

Von dieser Zeit an sprach er nun auch über andere Dinge, von denen er früher nicht gesprochen hatte.

Er fragte mich um die Ereignisse des abgelaufenen Krieges, um den Feldherrn, um die Führer, um meine Freunde. Er lobte meine Handlungsweise und erging sich in den Folgen derselben. Er sprach mit Hochachtung von meinem Vater.

Eines Tages zeigte er mir das Innere des Hauses und als ich meine Verwunderung aussprach, daß dasselbe so viele Räume habe, da es doch so unscheinbar aussehe, antwortete er: „Es ist nur unter den großen Granitsteinen so klein. Ich habe das Haus, das ich die graue Sentze nenne, zu einer Zeit erbaut, da etwas eingetreten war, das ich nicht verwinden zu können gemeint hatte. Ich habe es aber verwunden und habe wieder in die Zeit fortgelebt. Das Haus ist zu manchen Überwindungen gut und ich habe es öfter besucht. Alle Dinge, die ich seit meiner Jugend zu Gutem und Großem unternommen hatte, sind nicht in Erfüllung gegangen. Ich habe mich gefügt und habe abermals in die Zeit hinüber gelebt. Nur die Naturdinge sind ganz wahr. Um was man sie vernünftig fragt, das beantworten sie vernünftig.“

Er gab mir später ein ledernes Täschchen für die Moose, wie er eines hatte.

So lebten wir wieder eine Weile dahin.

Als ich einmal spät am Nachmittage nach Hause kam, sah ich innerhalb der Umzäunung eine weibliche Gestalt zwischen den Steinen stehen. Sie hatte ein Linnengewand an, das mit einer matten, blauen Farbe bedruckt war. Auf dem Haupte hatte sie einen runden, gelben Strohhut. Neben der Gestalt stand der Hund meines Vetters. Er war ruhig und schien sogar freundlich. Aus der Anwesenheit des Hundes schloß ich, daß mein Vetter in dem Hause sein müsse. Ich ging daher auf dasselbe zu. Da die Gestalt an dem Wege stand, mußte ich ihr nahe kommen. Sie wandte sich um, es war Hiltiburg.

„Du bist da, Hiltiburg“, sagte ich.

„Ja Vetter, ich bin da“, antwortete sie, „um meine Pflicht

zu tun. Mein Vater ist in der Einsamkeit, sie haben mir nichts davon gesagt; ich habe nur seine Rückkehr aus Ägypten gewußt; ich habe mir aber Kenntnis verschafft und bin gekommen, bei ihm zu sein, und er hat mein Hierbleiben gestattet."

„Ich glaube, du handelst gut, Hiltiburg", sagte ich.

„Es ist bloß recht", antwortete sie.

Ich wendete mich zum Gehen, sie blieb mit dem Hunde an ihrer Stelle zurück.

Ich fand meinen Vetter in dem Pflanzengemache, und übergab ihm meine Ausbeute. Er legte die Pflanzen neben einander und sagte dann: „Du bist auf dem Riegelstein gewesen, ich wüßte nicht, wo diese Dinge sonst vorkommen."

„Ich bin auf dem Riegelsteine gewesen", antwortete ich.

„Du hast schon ein gutes Auge", sagte er, „wir werden einlegen und pressen. Hiltiburg ist gekommen und wird hierbleiben. Wir haben jetzt in dem hölzernen Hause um zwei Bewohner mehr, um sie und ihre Dienerin."

„Ich denke, daß sie es mit gutem Grunde tat", sagte ich.

„So ist es", antwortete er.

Am Abende saßen um zwei Gäste mehr an unserem Tische, und zwar um zwei weibliche.

So war es auch beim nächsten Frühmahle.

Dann hörte ich Hiltiburg mit Wilhelm im Hause herumgehen.

Nach und nach bemerkte ich, daß es in dem Hause, in den Gängen, in den Wohnungen und in der Umgebung reinlicher sei. Zu unseren Speisen gesellten sich nach und nach Zutaten, und hatten wir morgens Milch, Tee, Kaffee, Butter und kalten Braten, mittags Suppe, Rindfleisch, Gemüse und noch irgend eine Speise und des Abends die Speisen wie des Morgens, nur noch einen warmen Braten dazu. Wenn Walchon von einer Speise zwei Male nahm, kam sie öfter auf den Tisch. Alle gewöhnten sich an die neue Ordnung, es wurde nichts mehr darüber gesprochen. Auch eine neue Magd kam noch in das Haus.

Ich konnte nicht gleich nach Hiltiburgs Ankunft fortgehen, weil es aufgefallen wäre. Ich blieb also da.

Hiltiburg ging immer in einfachen Linnenkleidern, die mit irgend einer Farbe und Zeichnung bedruckt waren. Auf dem Haupte hatte sie stets den runden Strohhut, und an den Füßen starke Stiefelchen. Sie trug auch oft ein graues Kleid wie ihr Vater, und wenn sie zu einer Zeit im Walde oder in der Gegend herumging, hatte sie auch ein Ledertäschchen um ihre Schulter hängen. Man sah sie öfter, und nach und nach immer länger mit ihrem Vater gehen. Wenn es spät Abend wurde, oder auch selbst in der Nacht, hörten wir die Töne ihrer Harfe aus ihrem Zimmer.

Ich sprach nun öfter mit Hiltiburg. Ich zeigte ihr die Bücher der Moose, und unterrichtete sie ein wenig. Ich belehrte sie auch über andere Pflanzen, die ihrem Vater angenehm sein konnten. Ich zeigte ihr auch meine Bücher, in denen ich las, und lieh ihr einige auf ihr Verlangen.

So lebte ich dahin.

Ich las oft in einem meiner Bücher, oder saß auf einem Steinblocke und betrachtete das Dämmern der fernen Wälder, oder sah Hiltiburg nach, wenn sie aus der Umzäunung hinaus ging, und wenn sie zurückkam, heftete sie die Augen auf mich. Meinem Vetter suchte ich Aufmerksamkeiten und Freude zu bereiten, wie ich nur immer konnte.

Als der tiefe Herbst eingetreten war, sagte eines Tages mein Vetter zu mir: „Rupert, du weißt, welchen Wunsch dein Vater in Hinsicht der zwei jüngsten und einzigen Zweige unseres Geschlechtes hatte, in Hinsicht deiner und in Hinsicht Hiltiburgs. Ich hatte den nämlichen Wunsch. Weil aber dieser Wunsch nicht in Erfüllung gehen konnte, so ist jetzt ein anderer an seine Stelle getreten. Aus dem Verhältnisse zwischen Hiltiburg und dir glauben wir die Veranlassung zu erkennen, daß ihr euch den Friedenskuß der Palsentze gebet, welcher das Versprechen enthält, daß eines dem andern kein Übel zufügen werde. Dein Vater hat mir geschrieben, daß du zu dem Kusse eingewilliget hast. Ich habe mit Hiltiburg gesprochen, sie hat auch eingewilligt. Ist es dir genehm, so zeige mir den Tag an, mit welchem du die Vorbereitungen dazu beginnen willst. Du weißt, daß diese Vorbereitungen darin bestehen, daß man drei Tage mit einem Gebete, mit Betrachtungen über den Schwur und mit Lesung der Schwurschriften hinbringe. Hiltiburg wird an dem nämlichen Tage die Vorbereitungen antreten. Ich habe von den vorhandenen Schwurschriften zwei Abschriften in dem Hause.

Eine werde ich dir, eine Hiltiburg geben. Und am Morgen nach dem dritten Tage leistet ihr in dem Saale, ohne einen einzigen Zeugen, als Gott, wie es vorgeschrieben ist, das Versprechen."

Ich antwortete auf diese Rede: „Lieber Vetter, wenn nichts dagegen ist, so werde ich morgen die Vorbereitungen beginnen, frage Hiltiburg über die Angelegenheit noch einmal."

„Ich werde sie fragen", antwortete er.

Gegen den Abend sagte er zu mir: „Hiltiburg ist nicht dawider, und so beginnt."

Er gab mir ein Päckchen Papiere, das mit seidenen Bändern umwunden war.

Dann kam das Abendessen, es war stille, und wir trennten uns bald.

Am andern Morgen tat ich, da ich völlig angekleidet war, ein sehr ernstes Gebet zu Gott. Dann dachte ich, was ich mir wohl schon lange klar gemacht hatte, an den Inhalt des Versprechens. Dann löste ich die seidenen Bänder von den Papieren, die mir Walchon gegeben hatte, und begann zu lesen. Meine Speisen brachte mir Dietrich in mein Zimmer.

So vergingen die drei Tage.

Am Morgen des vierten kleidete ich mich festlich und ging in den Saal. Er war noch leer. Gleich darauf trat Hiltiburg herein. Sie war wieder in Linnen gekleidet, aber in weißes, und hatte keinen Hut auf dem Haupte. Ich ging ihr entgegen, und wir grüßten uns stumm. Dann blieben wir einen Augenblick stehen, dann trat ich in der Mitte des Saales zu ihr, und sagte: „Hiltiburg, hast du die Schriften gelesen?"

„Ich habe sie gelesen", antwortete sie.

„Ich habe sie auch gelesen", sagte ich.

Dann sprach ich wieder: „Weißt du das Wort?"

„Ich weiß es", antwortete sie.

„Ich weiß es auch", sagte ich.

Dann fragte ich: „Soll ich das Wort sprechen?"

„Sprich es", antwortete sie.

Sie stand, da sie dieses sagte, vor mir und hatte ihre beiden Arme an dem Körper nieder hängen. Ich legte meine Hände auf ihre Schultern und sagte leise: „Hiltiburg, mit Gott."

„Rupert, mit Gott", antwortete sie noch leiser.

Darauf neigte ich mein Angesicht gegen das ihrige, sie neigte das ihrige gegen mich und wir drückten die Lippen aneinander.

Da es geschehen war, rief ich: „Hiltiburg, ich kenne den Kuß."

Sie wendete sich plötzlich ab, ging gegen das Fenster, und blieb dort mit dem Rücken gegen mich stehen, als wollte sie in die grauen Steine hinaussehen.

Ich ging hinter ihrem Rücken gegen sie, dann ging ich gegen die Tür, dann ging ich wieder gegen sie.

Dann sagte ich: „Hiltiburg, ist das nur ein Kuß des Friedens gewesen?"

Ich hörte, daß meine Stimme zitterte, als ich die Worte sprach.

Sie wendete sich um, auf den rosenroten Wangen war die Glut des Himmels, und die wundervollen Augen leuchteten wie das Licht der Sonne.

„Rupert!" rief sie.

„Hiltiburg!" rief ich.

Und mit eins hatten wir uns in den Armen und faßten uns und drückten die Lippen wieder aneinander so fest und innig, als sollten wir sie immer und ewig nicht mehr von einander trennen. Sie begann zu schluchzen, ich fühlte mein Wesen erbeben, und schluchzte auch wie in tiefster Reue.

Immer drückten wir uns wieder an das Herz und drückten die Lippen an einander.

Wir sagten nur die Worte: „Hiltiburg, Rupert."

Endlich, da ihre Augen noch in Tränen schimmerten, nahm ich ihre reine schöne Hand. Sie ließ sie mir willig. Ich führte sie an der Hand zur Tür des Saales, bei der Tür hinaus und über den Gang zum Vater in das Pflanzengemach.

Als wir vor ihm standen, blickte er uns an, sagte kein Wort und ein Strom von Tränen brach aus seinen Augen.

Dann rief er: „Nach fünfundvierzig Jahren!"

Dann sagte er wieder nichts.

Dann sprach er: „Ich muß deinem Vater schreiben."

Er ging an den Schreibtisch. Wir setzten uns auf Stühle nieder. Er schrieb auf ein Blatt mehrere Zeilen, dann siegelte er es und schrieb eine Aufschrift. Dann klingelte er. Als hierauf Dietrich gekommen war, sagte er: „Sattle ein Pferd, und reite mit diesem Briefe auf die Post."

„Ich werde es tun", sagte Dietrich.

Als Dietrich das Zimmer verlassen hatte, sagte Walchon zu uns: „Kinder, Kinder, lasset mich jetzt allein, gehet jedes in euere Kammer und danket Gott!"

Wir verließen das Gemach.

Als ich in meinem Zimmer saß, kam Wilhelm herein und sagte: „Ihr sollt Euch zur Abreise richten, ich muß mit dem anderen Pferde auf die Post reiten, und einen Wagen für Euch und den Herrn und das Fräulein auf morgen früh nach Sonnberg bestellen."

„Ich werde mich richten", sagte ich.

Er verließ das Zimmer, und ich hatte meine Sachen bald gepackt. Des ganzen Nachmittages waren Vorbereitungen zur Reise.

Am andern Morgen gingen Walchon, Hiltiburg und ich nach dem Frühmahle nach Sonnberg. Wilhelm war schon dort und hielt den Wagen in Bereitschaft. Wir stiegen ein, und fuhren in der Richtung gegen die weiße Sentze ab.

Am zweiten Tage mittags kamen wir dort an. Der Vater empfing uns an dem Tore, und geleitete uns in den Saal.

Da führte Walchon Hiltiburg vor ihn und sagte: „Sie ist so schön, wie Eveline. Sie ist nicht so, wie wir dachten, sie ähnelt meinem Großvater Erkambert, deinem Ahnherrn, der gegen die Menschen unwirsch gewesen ist, und ihnen Gutes getan hat."

Mein Vater blickte den Vetter an und sagte: „Mein geliebter Walchon!"

Walchon blickte den Vater an und sagte: „Mein geliebter Erkambert."

Dann faßten sich die zwei Männer in die Arme, und küßten sich herzlich auf die Lippen.

„Walchon", sagte darauf mein Vater, „das ist doch ein Liebeskuß gewesen."

„Ja, es ist ein Liebeskuß gewesen", entgegnete Walchon.

Dann näherte sich mein Vater Hiltiburg, neigte seine Lippen gegen ihren Mund und sagte: „Erlaube, schöne Base!"

Hiltiburg bot ihm den Mund, und er küßte sie.

„Nimm diesen Kuß auch als einen Liebeskuß, meine rechtschaffene, meine gute Base", sagte der Vater.

„Ich nehme ihn, mein hochverehrter Vetter", antwortete Hiltiburg, „und werde ihn zeitlebens im Gemüte tragen."

Dann näherte sich der Vater mir, und schüttelte mir treuherzig die Hand.

„Ich habe es geahnt, als du mir die Briefe schriebst, Walchon", sagte er dann. „Ihr habt mich mit eurer Ankunft überrascht, aber in der Sentze ist immer für ein Mittagmahl gesorgt. Folgt mir in das Speisezimmer."

Wir taten es, und nach kurzem Harren ward uns ein Mittagessen vorgesetzt.

Nach demselben wurde alles Gepäcke, mit Ausnahme des meinigen, in die rote Sentze gebracht. Boten wurden sogleich an Taglöhner, Maurer, Zimmerer, Schreiner und andere Gewerbsleute gesendet, daß sie des folgenden Tages Arbeiten in der roten Sentze beginnen sollten. Wilhelm wurde beauftragt, nach drei Tagen wieder in die graue Sentze zu reisen, dort alles in Ordnung zu räumen, das Haus zu sperren und alle, die dort sind, hieher zu bringen.

Walchon und Hiltiburg lebten nun in der roten Sentze, mein Vater und ich in der weißen.

Hiltiburg, die früher ihr Herz an Kleider gehängt, war jetzt einfach aber schön, und hängte ihr Herz an Walchon, an meinen Vater und an mich.

Der zwanzigste Tag des Monates November wurde zur Vermählung festgesetzt.

Zur Base Laran, welche jetzt nicht mehr in Wien wohnen mochte, reiste ich selber in das Steinschloß, um die Einladung zu machen. Ich fand sie und ihre schönen Töchter heiter, und fand auch zwei junge Männer, den Sohn des Verwalters und den des Forstmeisters als Besuchende da. Ich blieb drei Tage und reiste dann wieder nach Hause.

Und am zwanzigsten Tage des Monates November war vor allen näheren und ferneren Verwandten die Vermählung in der Kapelle der roten Sentze.

Als wir nach der Feierlichkeit uns in dem Saal versammelt hatten, ich in der schweren Kleidung der Palsentze und Hiltiburg in einem reicheren Schmucke, als sie je einen gehabt, und als wir uns auf den Befehl unserer Väter den Kuß der Ehe gegeben hatten, rief mein Vater: „Das ist ein Liebeskuß der Palsentze, möge nie mehr in dem Geschlechte not sein, daß ein Friedenskuß gegeben werde."

Hier hörte die Schrift der Sentze auf.

Wir können aber berichten: Die gestreifte Sentze wird immer stattlicher und wohnlicher, und der Garten immer blühender; die rote Sentze ist fast schon so rein und klar wie die weiße; die graue Sentze ist in ihrem Innern noch ansehnlicher und prunkender als früher ausgerüstet. Hiltiburg und Rupert sind in einem Glücke, wie jenes einzige Fräulein, und jener einzige Junker des Geschlechtes der Palsentze gewesen waren, und es scheint auch von ihnen die Folge ausgehen zu wollen, wie von jenem Paare.

Die Väter leben in so gutem Einvernehmen, als hätten sie sich viermal den Kuß von Sentze gegeben.

DER FROMME SPRUCH

1867

1

Dietwin von der Weiden hatte die Gepflogenheit, an jedem vierundzwanzigsten Tage des Monates April gegen den Abend in das Gut seiner Schwester einzufahren. Am vierundzwanzigsten April des Jahres 1860 fuhr er um fünf Uhr nachmittags durch das Tor des Schlosses ein. Er wurde von der Dienerschaft empfangen, und in seine zwei wohlbestellten Zimmer geleitet. Dort kleidete er sich mit der Hilfe seines Kammerdieners sorgsam um, während der andere Diener die Gepäcksachen von dem Wagen heraufschaffen, und der Kutscher die zwei Schimmel in dem Stalle gehörig versorgen ließ. Als der Kammerdiener erklärt hatte, daß nichts mehr an dem Anzuge fehle, ging Dietwin zu seiner Schwester. Diese saß in einem schwarzseidenen Kleide auf einem erhöhten Platze ihres Prunkzimmers, und erwartete ihn. Etwas tiefer saß eine Kammerfrau, die gleichfalls in schwarze Seide gekleidet war. Als sich die Flügeltüren geöffnet hatten, und er hereingetreten war, stand die Schwester auf, und ging ihm entgegen. In der Mitte des Gemaches kamen sie zusammen. Er nahm sie bei der Hand, neigte sich gegen sie, und küßte sie auf die Stirne. Sie behielt seine Hand, erhob sich gegen ihn und gab ihm auf seiner Stirne den Kuß zurück. Darauf geleitete er sie zu ihrem Sitze. Zwei Diener rückten für ihn einen Armstuhl auf der Erhöhung dem Stuhle ihrer Gebieterin gegenüber. Dann verneigten sie sich tief gegen beide, stiegen von der Erhöhung, gingen aus dem Saale, und schlossen hinter sich sehr gut die Flügeltüren. Dietwin setzte sich in den Armstuhl, die Schwester bedeutete die Kammerfrau, welche aufgestanden war, sich wieder nieder zu setzen, und als dieses geschehen war, wendete sie sich zu dem Bruder, und sagte: „Sei gegrüßt, Dietwin."

„Sei gegrüßt, Gerlint", antwortete er.

„Erfreust du dich einer vollkommenen Gesundheit?" fragte sie.

„Ich bin frisch und gesund, wie ich es alle Tage meines Lebens gewesen bin", antwortete er, „und kann ich von dir das gleiche erfahren?"

„So wie mich Gott der Herr bisher noch nie mit einer Krankheit heimgesucht hat", entgegnete sie, „so bin ich auch seit unserem letzten Zusammensein gesund geblieben. Ich habe mein einfaches Leben zur Erhaltung meines Körperwohles fortgesetzt, und nehme eine Krankheit, wenn sie Gott sendet, demütig an, und trage, was sie bringt."

„An diesen Gesinnungen erkenne ich dich", sagte er.

„Und ist deine Gemütsruhe nicht gestört worden?" fragte sie.

„Wie es in der Verwaltung von Liegenschaften Verdrießlichkeiten gibt", antwortete er, „und wie ein leichter Unmut über den Gang der öffentlichen Dinge zuweilen in das Gehirn kömmt, so rechnete ich diese Sachen in der letzten Zeit so wenig wie früher, und so glaube ich, daß nichts meinen jetzigen Gleichmut zu erschüttern im Stande wäre."

„Das ist recht gut", erwiderte sie.

„Und wie ist es mit deiner Seelenruhe beschaffen?" fragte er.

„Da ich immer weniger auf das achte, was Dienstleute und Untergebene gegen meinen Sinn tun", antwortete sie, „da ich immer weniger in die öffentlichen Angelegenheiten eingehe, weil mir ein Urteil über sie nicht zusteht, und da ich immer mehr alle Vorkommnisse als Schickungen Gottes betrachte, so kommt stets dauernder eine Stille meines Herzens zu mir, die wohl durch nichts mehr einen Abbruch erleiden wird."

„Das ist auch recht gut", sagte er.

„Ist kein Unfall vorgekommen?" fragte sie.

„Ein zerbrochenes Rad, das wieder gemacht worden ist", entgegnete er, „eine kranke Kuh, die wieder gesund ist, und anderes, dessen ich mich nicht mehr entsinne."

„Das ist ohne Bedeutung", sagte sie, „bei mir ist gar nichts vorgekommen."

„So stehen die Sachen vortrefflich", antwortete er.

„Es geht so gut, wie alles nur immer gehen kann", sagte sie, „und so sei noch einmal gegrüßt, Dietwin."

„Sei gegrüßt, Gerlint", erwiderte er.

Darauf stand er auf, küßte ihre Hand, und verließ den Saal.

Die Geschwister verzehrten dieses Abends noch ein einfaches Mahl mit einander.

Als der nächste Tag angebrochen war, und als Dietwin das Frühmahl in seinem Wohngemache eingenommen hatte, ließ er sich noch viel festlicher kleiden als des Tages zuvor. Dann ging er in seinen zwei Zimmern hin und wider. Nach einer Zeit erscholl die Glocke der Schloßkapelle. Auf dieses Zeichen ging er in die Kapelle, und nahm seinen Sitz in einem wohlgepolsterten Stuhle an der linken Seite des Altares ein. Nach ihm kam Gerlint in einem äußerst schönen aschgrauen Seidenkleide, und setzte sich in einen gleichen Stuhl an der rechten Seite des Altares. In der Tiefe der Kirche saß die Dienerschaft, und es saßen die Leute Gerlints, es saßen der Kammerdiener, der Diener und der Kutscher Dietwins, und es saßen noch dicht gedrängt viele andere Menschen. Alle waren festlich angetan. Nach der Ankunft Gerlints wurde ein feierlicher Gottesdienst in der Kapelle gehalten.

Nach dem Gottesdienste ging Dietwin in seine Wohnung. Dort nahm er ein großes breites flaches Fach von dunkelblauem Leder aus einer Schublade, und ging mit dem Fache in den großen Saal des Schlosses. In dem Saale war ein kostbarer Teppich auf den Marmorboden gebreitet, auf dem Teppiche stand ein sehr geräumiger rotseidener Armstuhl, und in dem Armstuhle saß in ihrem aschgrauen Seidenkleide Gerlint. Sonst war kein einziger Mensch in dem Saale. Sie stand auf, da Dietwin herein getreten war. Er ging zu ihr, und die Geschwister küßten sich auf den Mund. „Das Heil Gottes, Gerlint“, sagte er, „und möge dir dieser Tag noch recht oft wiederkehren.“

„Das Heil Gottes, Dietwin“, sagte sie, „und möge dir dieser Tag noch recht oft wiederkehren.“

Als diese Worte gesprochen waren, öffnete er das Fach, das er in der Hand hielt. Ein ebener blaßroter Sammet stellte sich dar, und auf dem Sammet lagen vier Reihen großer gleicher makelloser Perlen in ein Halsband geschlungen.

„Diese Perlen sind schwache Abbilder schöner Gedanken“, sagte er, „möge deine Schönheit sie erst zieren, und sie wert machen, daß du dich bei ihnen künftig deines heutigen Geburtstages erinnerst.“

„Dietwin", sagte sie, „du bist immer gut bei frevelhaften Reden, und diese Perlen sind ein Rittergut."

„Jede ist ein Ritter unseres Hauses", antwortete er, „und seit wir keine Vasallen mehr zur Last haben, können wir solche Ritter leicht stellen."

„Sie werden keine Felonie an unserem Hause üben", entgegnete sie, „und in diesem Verstande nehme ich sie als eine gemeinschaftliche Macht. Ich danke dir herzlich, Dietwin."

Sie nahm das Fach, schloß es, und legte es auf einen Tisch, der neben ihrem Stuhle stand.

Von dem Tische nahm sie ein Fach, das aus braunem Leder war. Sie öffnete das Fach, und auf weißem Sammet stellte sich eine blaßbraune einfache Brieftasche dar. Sie nahm die Brieftasche heraus, schlug sie auseinander, und auf weißer Seide zeigte sich eine sehr feine Stickerei aus Gold und kleinen Perlen, die einen Lorbeerkranz bildete.

„Du siehst, wie wir immer die nämlichen Gedanken haben", sagte sie, „du gibst mir zu meinem Geburtstage Perlen, und ich gebe dir zu deinem Geburtstage, den der Himmel auch an dem heutigen Tage beschert hat, ebenfalls Perlen."

„Nur daß du noch eine herrliche Arbeit dazu gemacht hast", antwortete er, „oder ich müßte mich sehr irren, wenn nicht dieser feine Kranz aus deinen sehr kunstgeübten Händen hervorgegangen wäre."

„Ich habe mich bestrebt, ihn so gut zu machen, als ich konnte", sagte sie.

„Und ich kann dir eine Arbeit gar nicht machen", erwiderte er, „es müßte nur ein Gedicht sein, deren ich aber nie andere verfertigte, als uns in der Schule aufgegeben waren, und diese, sagte der Lehrer, seien allemale keine gewesen."

„Die beste Arbeit, die du mir machst, Dietwin", sagte sie, „ist dein Leben, daran ich mich erfreue. Der Lorbeerkranz soll dein Kriegsleben bedeuten."

„Das hat keinen Lorbeerkranz verdient", antwortete er, „ich müßte nur ein Schmerzensgeld erhalten für das verschiedene Elend, das ich ausgestanden habe, wenn wir in kleinen Nestern gelegen sind, und wenn wir die Trommel gerührt haben, um morgens auf das Feld hinauszurücken, und mittags wieder herein. Und mein Leben, wenn es dir Freude macht, freut mich auch, sonst ist es ein verwirrtes Stückwerk gegen deine klare Arbeit, Gerlint. Ich danke dir von dem Grunde meines Herzens für deine Gabe."

Und die Geschwister küßten sich nach diesen Worten wieder auf den Mund.

Dann sagte Gerlint: „Lassen wir jetzt die Leute herein treten."

„Tue es", antwortete Dietwin.

Gerlint schellte mit einer Glocke.

Da öffneten sich die Türen des Saales, und es traten mehrere Menschen herein. An der Spitze derselben war der Schloßverwalter in einer weißen gestickten Seidenweste und einem schwarzen Fracke. Neben ihm war die Kammerfrau, die wie ihre Gebieterin ein aschgraues Seidenkleid anhatte. Hinter den beiden war die Dienerschaft, es waren die Knechte und Mägde des Gutes, es waren der Kammerdiener und Kutscher Dietwins, und es waren Leute aus der Gegend, welche früher Untertanen des Gutes gewesen waren.

Sie stellten sich in eine Reihe.

Da trat der Schloßverwalter etwas vor, verneigte sich vor Gerlint und dann vor Dietwin, reichte Gerlint einen Blumenstrauß, und sagte: „In Gnaden und Huld sind wir vorgelassen worden. Viel Glück und Segen und langes Leben bringen wir im Wunsche. Ich bin zum Sprechen für alle erkoren worden, und ich spreche für alle. Der Wunsch ist doppelt, weil ein hohes, erhabenes, preisliches Geburtsfest doppelt ist. Und also wie die Rosen und Tulpen und wie die Narzissen und wie die Hyazinthen und wie der Rosmarin und wie die Camellien und wie die Azaleen und wie die Rhododenderen und wie das gestreifte Gras und wie die Veilchen aus den verschiedenen Weltgegenden stammen, und bei uns aus dem freien Grunde und aus dem Gewächshause in diesen Strauß vereinigt worden sind: so stammen die Diener und Leute des Schlosses aus verschiedenen Orten, und sind vereinigt worden, hier ihre Pflicht zu erfüllen, und haben sich heute in einem Strauß versammelt, ihre Geistesgaben darzubringen, und wie die Blumen unzählige Blätter haben, und wie sie einen Wohlgeruch haben, und wie sie tausendfältige Farben haben, so soll alles das Glück unzählbar und angenehm und tausendfältig sein, was wir wünschen. Und wir bitten um die Gewogenheit auch ferner, und diese Leute, welche nicht mehr Untertanen des Schlosses sind, bleiben doch Untertanen des Herzens unserer hocherhabenen Frau, und wünschen der hocherhabenen Frau und ihrem hocherhabenen Bruder, was wir wünschen."

Nachdem er diesen Spruch geendigt hatte, verneigte er sich wieder gegen Gerlint und Dietwin.

„Ich danke dir, Adam", sagte Gerlint, „ich danke euch allen, meine Kinder, möge es mir noch eine Weile gegönnt sein, euch bessere Gaben geben zu können, als ich euch an diesem Tage zu bescheren vermag."

Die Kammerfrau trat hervor, sagte nichts, neigte sich auf die Hand ihrer Gebieterin, und küßte sie.

„Agathe", sagte Gerlint, „du hast einen griechischen Namen, der etwas Gutes bedeutet. Du bist wie der Name. Daure es noch ein wenig bei mir aus."

Die Kammerfrau antwortete nichts, und trocknete sich nur die Augen.

Und noch mehrere traten hervor, und verneigten sich, oder küßten Gerlint die Hand.

Die Kammerfrau verneigte sich nun auch tief vor Dietwin, und dies taten auch andere.

Da alles vorüber war, ging Gerlint zu einem Tische, auf dem ein graues seidenes Tuch über Gegenstände gebreitet war, hob das Tuch empor, und sagte: „Da sind wieder Kleinigkeiten, die ich an diesem Tage mit meinen eigenen Händen an euch zu verteilen mir das Vergnügen mache, um euch für das Liebe meinen Dank zu bezeigen, das ihr mir tut. Adam, diese Dose fühlt sich recht glatt in der Hand, und öffnet und schließt sich leicht und genau. Agathe, in dem Buche sind Gedanken an Gott, wie du sie gerne hast, und die silbernen Spangen weisen auf einen reinlichen Sinn. Matthias, teile deinem Vater von dem Gelde mit, ihr brauchet es jetzt mehr als etwas anderes. Martha, deine Augen schauen noch auf Flitter, an Sonntagen wird dir das Tuch gut anstehen. Anna, dieser Latz wird dir auch nicht mißfallen. Sebastian, halte deine Zeit regelmäßig wie die Zeiger dieser Uhr. Katharina, nimm das Linnen, wozu du es brauchen kannst. Eva, lasse dir aus dem Stoffe ein nicht gar zu auffälliges Kleid schneiden. Ferdinand, mir ist das Rauchen in Zimmern und feuergefährlichen Orten sehr zuwider; ich mag dir aber doch gerne eine Freude machen, rauche aus dieser Pfeife nicht an den Orten, die ich genannt habe. Joseph, ich denke, diese Weste könnte dir gefallen, und dir, Maria, diese Bänder, und, Margaretha, dir diese Sonntagschuhe, und euch andern das andere. So tretet doch näher."

Die Angeredeten, welche etwas weiter zurück gestanden waren, gingen vorwärts, und jedes empfing seine Gabe aus der Hand der Gebieterin.

„Und ihr", sagte sie dann, „welche ihr in der vergangenen Zeit meine Untertanen gewesen seid, und denen ich mich nicht glaube als eine Herrin bewiesen zu haben, sondern als eine Freundin, werdet wissen, daß ich eure Freundin noch bin, und wenn ihr auch die Steuern nicht mehr auf mein Schloß tragt, so sind doch die andern Bande geblieben. Kann ich jemanden aus euch mit Fug und Recht ein Gutes tun, so komme er, und eröffne sich mir. Jetzt, Kinder, geht, und genießet des heutigen Tages als eines Feiertages."

Ein verworrenes Stammeln und Ausrufen von Dank wurde nach diesen Worten gehört, und Verbeugungen und andere Gebärden von Ehrbezeigung wurden gesehen.

„Wartet noch ein wenig", rief Dietwin. „So wie sonst an diesem Tage, bitte ich dich auch heute, Gerlint, gib ihnen mir zu Liebe ein Glas guten Weines, daß sie außer deiner Gesundheit auch die meine trinken und die Gesundheit meiner Leute zu Hause, welche alljährlich dieses Fest ohne mich begehen müssen. Eure Geschenke von mir sind schon in dem Vorsaale, und jedes hat den Namen."

„So wie sonst an diesem Tage antworte ich dir auch heute, Dietwin", sagte Gerlint, „sie haben den besten Tischwein meines Kellers, und sollen ein Glas feinen Nachtischwein bekommen, wie wir ihn selber bei unserem heutigen Mahle haben."

„Und so wäre nun alles in diesem Saale in Ordnung", sprach Dietwin.

„Ich glaube, alles", entgegnete Gerlint.

Die Leute drängten sich noch herzu, küßten Gerlint die Hand, oder verbeugten sich, und taten ähnliches bei Dietwin.

Dann verließen sie den Saal.

„Geliebte Schwester“, sagte nun Dietwin, als er mit Gerlint allein war, „lasse uns jetzt in deiner trauten Kammer das Gespräch pflegen, das wir an diesem Tage gerne über unsere Angelegenheiten führen, ehe die aus der Nachbarschaft kommen, die wieder zahlreich sein werden, weil du sie nach deinem Gebrauche an keinem früheren Tage zum Wunsche zulässest. Ich habe dir heute Besonderes zu sagen.“

„So komme“, sprach Gerlint.

Sie nahm das Fach mit den Perlen, er steckte die Brieftasche zu sich, reichte ihr den Arm, und führte sie aus dem Saale in ihr Wohngemach. Dort schloß sie die Perlen in einen Kasten, und setzte sich dann in einen Armstuhl. Dietwin setzte sich in einen andern, ihr schräge gegenüber.

„Und nun sprich, Dietwin“, sagte sie.

„Ich glaube, ich bringe heute gute Dinge“, sagte er. „Zuerst kann ich dir eröffnen, daß Dietwin nun völlig frei ist. Er hat sich ohne Zureden von irgend einer Seite entschlossen, seinen Abschied zu fordern, und vor drei Wochen hat er ihn erhalten. Du weißt, wie wir von der Sache stets gesprochen haben. Er hat sich ausgezeichnet; aber da der Krieg längst aus ist, was hätte er weiter vollbringen können? In der Zeit, die er nun nicht mehr als beurlaubt, sondern als Freier in Weidenbach zubrachte, ist er völlig doppelt eifrig geworden, so daß ich glaube, er hat aus Freude an der Sache die Städte und die Waffen verlassen. Das sage ich dir von der Freiwerdung Dietwins, jetzt komme ich zu dem zweiten. Die lange Waldnase, welche von dem Gute Sebenau in die Gründe von Weiden herein ragte, und den Verdruß und Störefried für mich und meine Vorfahrer so wie für die Besitzer von Sebenau darstellte, ist für Weiden erworben. Der Lindmayer hat sich plötzlich besonnen, und hat mir endlich, freilich für schweres Geld, sein Waldland, das an den Sebenauerforst grenzt, angeboten. Ich habe, ohne vorher mit dir reden zu können, zugegriffen, daß er nicht wieder reuig würde, und habe das Waldland gegen die Nase vertauscht. Da es doppelt größer ist als die Nase, und da die Sebenauer ihr Gut als Familiengut wohl vergrößern, aber nicht verkleinern dürfen, so ist Julius von Sebenau über den Handel so erfreut wie ich. Wir sind beide nun gerundet, und haben die Ärgerlichkeiten aus Streiten und Übergriffen unserer Leute hinter uns.

Und nun, liebe Schwester, komme ich zu dem dritten. Ich sage nur so meine Gedanken, ohne dir etwas einreden zu wollen. Wir könnten jetzt vielleicht das, was wir beide so sehnlich wünschen, mit Gefügigkeit erreichen. Wenn ich an Dietwin zu Weidenbach noch Weiden abtrete, du an Gerlint Biberau, und wenn Dietwin Gerlint heiratete, so hätte das Paar einen Güterverein, wie weit und breit keiner von solcher Größe und von so kurzer Grenze gefunden werden könnte. Ich rede nicht einmal von der Güte des Bodens, der Strotzigkeit der Wälder, der guten Sonnenlage und der Schönheit für die Augen. Wenn ich dann auf Weidenholz ginge und du nach Bergen, so wären wir unter uns und mit den Kindern Nachbarn, und könnten uns sehr oft besuchen. Etwas Schöneres ist kaum zu denken. Und weil es doch in der Wesenheit der Dinge liegt, daß wir früher sterben können als Dietwin und Gerlint, und weil wir niemanden haben, der uns nahe ist, so fielen nach unserem Tode Weidenholz und Bergen auch zu dem Ganzen, und wenn Steinberg und Tannheim und wenn die Forste in den Brunnenbergen, weil diese Dinge doch zu entlegen sind, einmal vorteilhaft verkauft werden könnten, und hier etwas Angrenzendes zu erwerben wäre, so bekäme unser Geschlecht beinahe ein völliges Herzogtum, und wenn sie es durch gute Wirtschaft und Ersparungen wieder vergrößerten, so könnten sie mächtig und tüchtig und reich sein in undenkliche Zeiten hinein. Das sind meine Vorstellungen, Gerlint."

„Mein sehr verehrter Bruder", antwortete Gerlint, „ich werde dir auch meine Vorstellungen sagen. Biberau ist längst Gerlint zugedacht, und du weißt, daß sie es erhält, wenn sich ein annehmbarer Gatte für sie findet. Ich gehe lieber nach Bergen als an einen andern Ort, und um so lieber, weil wir uns dann so nahe sind, wie es, seit wir das Elternhaus verlassen haben, nie der Fall gewesen ist. Und wenn Dietwin Gerlint heiratet, so haben sie einen schönen Grundbesitz, der, wie auch das, was sie von uns noch erben, bei unserm Geschlechte bleibt. Das ist sehr schön. Nun aber kömmt das Bedenken. Mit den Gütern können wir schalten, aber mit der Ehe nicht. Ich habe einen alten frommen Spruch gehört: Ehen werden in dem Himmel geschlossen. Es mußten sehr viele Erfahrungen über diese Angelegenheit gemacht worden sein, sonst wäre der Spruch nicht entstanden. Und ich selber bin eine solche Erfahrung. Wer hätte gedacht, daß Erwin mein Gatte werden würde, als er mit der Gräfin Erklam die Brautbesuche in der Gegend machte? Und doch ist er es geworden. Ein wunderbarer Umstand mußte eine frühere geheime nie ganz erloschene Liebe des Fräuleins, die sie ihren Eltern zum Opfer bringen wollte, enthüllen, wunderbare Umstände mußten die Verbindung des Fräuleins mit dem früheren Geliebten ermöglichen, und Erwin von seinem Opfer erlösen. Eine Schrift mußte in dem langen Rechtsstreite zwischen Erwins und unsern Eltern gefunden werden, die den Streit günstig für uns entschied. Erwin mußte die Schrift bringen, er mußte so zum ersten Male in unser Haus kommen, und das Herz meines Vaters für sich, den armen Mann, rühren, und dann mußten sich erst noch sein und mein Gemüt in Liebe zusammen finden. Und bist nicht du selbst in jener Zeit noch heftig gegen die Verbindung gewesen? Aber sie wurde geschlossen, und ist so glücklich gewesen, daß kaum eine glücklichere auf der Welt sein kann. Ich werde diesen Mann nie vergessen, und werde, so lange ich noch lebe, nie ein anderes Kleid tragen als ein schwarzes oder graues. Und die gute Agathe trägt sie auch mit mir, obwohl sie sich andere und schönere anschaffen könnte."

„Und werden alle Ehen in dem Himmel geschlossen, Gerlint?" fragte Dietwin.

„Nicht alle", antwortete Gerlint; „dann sind sie aber völlig keine Ehen. Als die Eltern Erwins ihn mit seiner Braut verbinden wollten, wäre es eine Ehe geworden, die nicht in dem Himmel geschlossen worden wäre, der Himmel verhinderte sie, und schloß dafür eine andere. Ob nun der Himmel die Ehe zwischen Dietwin und Gerlint schließen wird, weiß ich nicht. Ich habe einige Furcht darüber. Du weißt, wie beide Gemüter heftig sind, und heftige Gemüter sträuben sich gegen einander, weil keines das andere sänftigt und zu sich zieht. Haben sie nicht schon damals, da er ein Knabe und sie ein Kind war, immer gezankt? Sie schrie und tobte mit den Füßlein gegen seinen Willen, und er zerstörte ihre Spielsachen, und höhnte sie, wenn sie sich nicht fügte. Da er größer wurde, und sie durch einen Bach trug, setzte er sie plötzlich in das Wasser nieder, weil sie ungebärdig war. Die Kinder der Nachbarn und des Dorfes, die ich gerne zu ihnen gesellte, mußten sich ihm unterwerfen, Gerlint tat es nie, und sammelte selber solche um sich, die sich ihr unterwarfen, und wenn zwischen den zwei Scharen im Spiele ein Kampf war, artete er stets in Ernst aus. Du erinnerst dich des Schreckens, da er einmal das Mädchen bei dem Nacken faßte, es zu Boden warf, und mit dem Haupte so lange in das Gras hielt, bis es sich nicht mehr regte, und wie er es dann los ließ, und wie sie aufsprang, ein Messer von unserm Gartentische nahm, und nach ihm stach, und wie er die Wunde von uns nicht untersuchen ließ, den Hemdärmel zurück streifte, und den Arm, von dem Blut herunter rann, wie im Kriegsruhme empor hielt. Sie war blaß geworden, er aber ging schweigend davon. Und als einmal im Sommer Gerlint und die Mädchen eine seidene Schnur über die Brücke zogen, und keinen der jungen Männer hinüber ließen, wenn er sich nicht durch eine Blume oder ein anderes sinniges Zeichen löste, warf er sich in den Kleidern in das Wasser, und schwamm neben der Brücke hinüber. Du nahmst ihn dann zu dir, und gabst ihn später in die Stadtschulen. Ich gab sie in die Anstalt. Und wenn sie dann nach Jahren zusammen kamen, selbst in der Zeit, als er schon in dem Kriege gewesen war, und jeden Mann in unserer Gegend übertraf, und als sie so schön geworden war, daß sich kein Mädchen mit ihr vergleichen konnte, waren sie da jemals anders als schroff gegen einander? Und war das nicht die Ursache, daß ich sie um zwei Jahre länger in der Anstalt ließ, als ihre Erziehung forderte? Nach diesen Erfahrungen habe ich Zweifel, ob da eine Ehe in dem Himmel geschlossen werden wird?"

„Könnten wir nicht dem Himmel ein wenig helfen?" fragte Dietwin.

„Du redest wieder freventlich, mein Bruder, wie manchmal im Übermute", antwortete Gerlint; „wie kann ein sterblicher Mensch dem Himmel helfen?"

„Nun nicht geradezu helfen", erwiderte Dietwin, „sondern uns mit unsern Kräften helfen, daß uns Gott hilft. Unser Hauptmann Grünau pflegte zu sagen: Hilf Gott, daß er dir hilft."

„Du glaubst an meinen Spruch nicht, Dietwin", sagte Gerlint.

„Ich glaube daran", entgegnete Dietwin, „und will dir gleich die Beweise sagen. Ich habe über die Dinge nachgedacht, von denen du gesprochen hast; ich habe aber auch andere Dinge entdeckt, durch die der Himmel günstig zu uns redet. Höre an. Unser Geschlecht hat wunderbar lange gedauert. Zur Zeit des ersten Hohenstaufen, Konrad, hat einer der Unsern, Dietwin, der Kardinal, diesen König gekrönt. Dietwin ist immer ein Name in unserm Stamme gewesen, so wie Gerlint. Und der Stamm, wenn er schon im Erlöschen war, hat sich stets wunderbar erneuert. Es ist wunderbar, daß wir zwei, du und ich, an dem nämlichen Monatstage geboren worden sind, nur du um sechs Jahre später. Und heißen wir nicht Dietwin und Gerlint? Und ist es nicht wunderbar, daß die zwei jüngeren Dietwin und Gerlint, wenn sie auch nicht an dem nämlichen Monatstage geboren worden sind, doch gerade auch wieder um sechs Jahre von einander abstehen? Und hat nicht unser Bruder Jakob, da ihm ein Sohn geboren wurde, ihn nach mir Dietwin genannt, zu einer Zeit, da er nicht ahnen konnte, daß dieser Dietwin nach dem Tode seiner Eltern an mir seinen zweiten Vater wird finden müssen? Und ist es nicht mit der Tochter des Bruders Archibald der nämliche Fall, die nach dir genannt wurde, welche der Waise jetzt auch eine Mutter ist? Viel wunderbarer aber ist es noch, daß in den Zügen des Angesichtes und in der Gestalt die Nichte dir und der Neffe mir gleicht. Der Graf Arkan hat ihn neulich für mich gehalten. Wenn da nicht der Finger des Himmels ist, wo ist er dann noch? Und gerade eine Eingebung des Himmels könnte es auch sein, daß du die verwaisten Kinder zuerst in deinem Schlosse Biberau erzogen hast, daß dann der Knabe bei mir und das Mädchen bei dir war, und daß in uns der nämliche Gedanke entstand, sie einmal mit einander zu verheiraten, welchen Gedanken wir lange heimlich trugen, ehe wir ihn einander mitteilten. Ich will noch von einem Umstande reden. Du bist in deinem Leben nie krank gewesen, ich bin nie krank gewesen, und Dietwin und Gerlint sind auch nie krank gewesen, und mögen sie es auch nie werden, bis sie unser Alter erreicht haben, ja darüber hinaus sind. Und was die Heftigkeit der beiden jungen Leute anbelangt, so weißt du wohl, daß in unserem ganzen Stamme fast ohne Ausnahme die nämliche Eigenschaft besteht, bei Männern wie bei Frauen. Unser Leben hat drei Abteilungen.

In der ersten Abteilung herrscht die Heftigkeit, dann kommen allerlei Einbildungen, und dann erscheint eine große Sanftmut und Gutmütigkeit, die bis in das hohe Alter andauert. Sind wir beide doch auch nicht von dem Schicksale unseres Geschlechtes ausgeschlossen gewesen. Ich rede nicht davon, da ich ein junger Soldat war; ihr habt mich genug getadelt. Dann habe ich alle Staatsschulden durch einen Plan zu beseitigen gesucht. Und nun glaube ich endlich in die dritte Abteilung eingerückt zu sein."

„Ja, lieber Bruder", sagte Gerlint, „du bist jetzt sanft und gut, verschenkst Rittergüter und Perlen."

„Rittergüter und Perlen verschenke ich nur an gute Schwestern und hoffnungsvolle Neffen", antwortete Dietwin. „Und was dich betrifft, teure Schwester, hattest du auch in etwas die erste Abteilung unseres Stammes, wenn man sich auch nur sachte deiner Neigung zu Erwin entgegen stellte. Ich spreche nicht von der zweiten Abteilung, da du den Tugendbund gefallener Mädchen stiftetest, der dich dann mit Bastarden versah. Du bist jetzt, obgleich um so viel jünger als ich, in der dritten Abteilung, und verschenkst auch Güter und kostbare Sachen."

„Nun, ich bestrebe mich, so gütig und einfach zu sein, als es möglich ist", sagte Gerlint, „nehme meinen Verstand zusammen, und hoffe, so zu bleiben. Güter und Kostbarkeiten verschenke ich auch nicht an alle Leute. Ich habe auch an die Dinge, von denen du gesprochen hast, schon sehr oft gedacht, und habe ihre Merkwürdigkeit gefunden. Wunderbar sind die Namen der Kinder, wunderbar ihr gleicher Alterunterschied, wunderbar die Verhältnisse, die sie zu uns gebracht haben, wunderbar ihre Ähnlichkeit mit uns, und am wunderbarsten, daß wir beide unabhängig von einander den Gedanken ihrer Verehelichung faßten. Weil nun die Sache diese zwei Seiten hat, was meinst du denn, daß wir tun sollen, um nach dem Spruche deines Hauptmannes Gott zu helfen, daß er uns hilft. Sollen wir etwa die Kinder einander empfehlen?"

„Du scherzest, Gerlint", antwortete Dietwin, „das wäre eine Ehe, die nicht in dem Himmel geschlossen ist, und wäre wie bei uns Soldaten ein Gebet auf Befehl. Ich glaube, ich bin unvermählt geblieben, weil man mir so viele Mädchen so sehr empfohlen hat."

„Nun nicht, so empfehlen schlechthin, sondern auf Umwegen“, sagte Gerlint.

„Die werden bemerkt“, entgegnete Dietwin, „und dann ist es erst recht nichts mit der Sache. Dietwin ist jetzt in Weidenbach, er kömmt sehr oft zu dir nach Biberau und sehr oft zu mir nach Weiden. Gerlints Erziehung ist, wie du sagst, vollendet; es ist nun nichts natürlicher, als daß sie zu dir unter deine mütterliche Aufsicht kömmt. So sehen sich die jungen Leute dann sehr oft. Wer weiß es, wie sie sich jetzt betrachten. Beide sind von Bedeutung, und müssen es bemerken. Dietwin scheint schon in die zweite Abteilung unseres Stammwesens eingetreten zu sein; er glaubt alle Erdstellen, unter denen Quellen verborgen sind, zu kennen, und hat in seinem Verwalter einen großen Musikgeist entdeckt. Gerlint wird auch allerlei Sänftigungen und Milderungen aus der Anstalt mit gebracht haben. Und wenn er in der Abteilung der Einbildungen ist, so nützt uns das; denn er bedarf nur eines Funkens, und er setzt alle seine Einbildungen für Gerlint in Flammen, und wenn Gerlint auch gelassener ist, so muß sie den Unterschied zwischen ihm und andern Männern ersehen, und es können mannigfaltige Gedanken in ihr Herz kommen. Und so lassen wir die Dinge gehen, und erwarten, was sich ereignen wird.“

„Wenn nur dein Neffe nicht schon Einbildungen hat“, sagte Gerlint; „es ist ein Gerücht zu mir herein gekommen, er habe eine Herzenskönigin, der er es nicht sagt, und zu der auch kein anderer sein Auge erheben darf.“

„Ich habe auch davon gehört“, antwortete Dietwin, „glaube es aber nicht, wenn er mir es nicht selber sagt. Und wenn es ist, so ist es in der ersten Abteilung gewesen, und solche Schäume zerstäuben und zerrinnen; denn sonst hätte ich jedes Mädchen, für das ich mich vielleicht geschlagen hätte, auch heiraten müssen. Die Zeit bringt neue Dinge, die übrigens bei Dietwin und Gerlint nicht so arg gewesen sind; denn du erinnerst dich, daß, wenn irgend jemand einem von ihnen gegen das andere helfen wollte, sie es nicht litten.“

„Weil sie beide herrschsüchtig sind, und die alleinige Macht haben wollen“, sagte Gerlint.

„Nun, das werden sie an einander achten, und das wird sie

reizen, daß jedes versucht, das andere zu unterwerfen, und so werden sie beide unterworfen werden“, sagte Dietwin.

„Das weiß ich nicht, du mußt mehr Erfahrungen in diesen Sachen haben“, sprach Gerlint.

„Du hast ja auch an Erwin Erfahrungen gemacht“, sagte Dietwin.

„Ach der arme Erwin hat nie widersprochen, er hat die Mondnächte geliebt, und ist in solchen oft sehr lange in den Gängen unseres Gartens herum gewandelt“, erwiderte Gerlint.

„Dietwin wird stürmischer verfahren“, sagte der Bruder.

„Nun, ich will Gerlint kommen lassen“, antwortete die Schwester; „es ist ja ohnedem nötig, daß ich ihre Erziehung fortsetze, so weit es meine Gaben vermögen. Wenn aber dann die Kinder anders als sich gegenseitig wählen, und die Wahl eine vernünftige ist, dürften wir ihnen nicht entgegen treten.“

„In Gottes Namen, dann sind diese Ehen im Himmel geschlossen“, sagte Dietwin.

„Ja, dann sind sie in dem Himmel geschlossen“, erwiderte Gerlint.

„Und so lassen wir nun den Himmel walten“, sagte Dietwin.

„So lassen wir ihn walten“, antwortete Gerlint. „Hast du mir noch etwas von Bedeutung zu sagen?“

„Was ich gesprochen habe, ist für heute das einzige von Belang“, sagte Dietwin. „Hast du mir etwas zu eröffnen?“

„Ich hätte von dem nämlichen Gegenstand gesprochen, wenn ich den Anfang zu machen gehabt hätte“, antwortete Gerlint, „und sonst ist nichts von Wesenheit, über das jetzt geredet werden müßte.“

„So ist unser Frühlingsreichstag geschlossen“, sagte Dietwin.

„Er ist geschlossen, und habe Dank dafür, geliebter Bruder“, sprach Gerlint.

„Habe Dank, geliebte Schwester“, sagte Dietwin.

Dann standen die Geschwister auf, und küßten sich noch einmal recht herzlich auf den Mund.

Hierauf schellte Gerlint mit einer Glocke.

Ein Diener trat ein.

„Ist etwas zu berichten, oder ist jemand gekommen?“ fragte sie.

„Der junge Herr Baron wartet schon lange, und ein Brief und ein Päckchen von dem Fräulein ist da“, sagte der Diener.

„So bringe den Brief und das Päckchen, und sage dem Herrn Baron, er möge noch ein wenig Geduld haben“, befahl Gerlint.

Der Diener ging fort, kam bald wieder, und brachte auf einem silbernen Teller einen Brief und ein Päckchen in grauer Seide.

Gerlint nahm beides, und der Diener entfernte sich.

Die Geschwister setzten sich wieder.

„So vergißt denn das gute Kind seine Wünsche und seine Gaben nie, und immer treffen sie zu gleicher Stunde ein“, sagte Gerlint; „nun, ich hoffe, im nächsten Frühlinge wird sie persönlich an dem Feste Teil nehmen, und stets hat sie die Zartheit, meine Farbe zur Einhüllung zu wählen.“

„Möge sie dem nächsten Feste schon als Gattin nach unserm Wunsche beiwohnen“, sprach Dietwin.

„Das wäre rasch“, sagte Gerlint.

„Alle Himmelsgaben erscheinen rasch“, entgegnete Dietwin.

Gerlint öffnete den Briefumschlag, und nahm zwei Briefe heraus.

„Da ist der an dich“, sagte sie zu dem Bruder.

„Ich lasse dem deinen wie gewöhnlich den Vorzug“, sprach Dietwin.

„So höre“, sagte Gerlint, und las den Brief.

„Hochverehrte geliebte Tante! Nimm auch heuer wieder meine schwachen Worte zu dem Feste, zu welchem ich, an die Satzungen der Anstalt gebunden, nicht eilen kann. Philipp wird sie um zehn Uhr übergeben. Zuerst muß ich berichten, daß ich heute wieder im heiligen Gottesdienste für dich gebetet habe. Ich habe Gott um alles Gute für dich gebeten, dessen nur immer ein Mensch in deiner Stelle teilhaftig werden kann, und daß ein Übel, das dir droht, lieber auf mich geleitet werde. Ich habe auch wieder das Gelübde getan, daß ich dir jedes Opfer bringen werde, das notwendig sein sollte. Dann sage ich dir abermals meinen tiefsten Dank für die unaussprechliche Mutterliebe, die du mir schon so lange zuwendest, und ich könnte meinen Dank nicht besser erweisen, als wenn mein Gelübde wahr würde. Ich suche mich deiner ferneren Liebe immer würdiger zu machen, und bin ich deiner so großen Liebe auch nicht wert, so gib sie mir, ich bitte, als Geschenk, wie du sie mir bisher als Geschenk gegeben hast. Lege das kleine Ding, welches in dem Päckchen mit folgt, zu andern ähnlichen Sachen, und habe eine kleine Freude daran. Ich habe es selber ganz allein gearbeitet. Denke an einer Minute dieses Tages an mich, die alle Minuten desselben an dich denkt. Und alle Minuten aller Tage, die für mich noch folgen werden, bleibe ich die dich liebende und verehrende und dir dankende Gerlint."

„Nun höre mich", sagte Dietwin, und las:

„Herzlieber Oheim! Ich sende dir wieder in dem Päckchen der Tante den Brief. Nimm ihn freundlich an. Ich bitte den Himmel, daß er dein liebes Haupt segne, bewahre, daß er es eine lange Reihe von Jahren erhalte, und daß er dir gebe, was dir lieb ist. Ich wachse in die Erkenntnis deiner Güte hinein, und danke dir mehr, als ich dir in den früheren Jahren zu danken vermocht habe, weil ich unvernünftiger war. Gib mir auch in der Zukunft deine Neigung, die ich erst verdienen muß. Ich will dies zu erreichen ernstlich bestrebt sein. Nimm die Arbeit, welche ich dir verfertiget habe, wieder gütig an, und denke dabei unter deinen vielen Sorgen auch zuweilen an deine in Liebe ergebene Nichte Gerlint."

„Nun, die Briefe sind wieder artig", sagte Dietwin.

„Wie sie das in der Anstalt lernen", sagte Gerlint. „Ich bin nur die hochverehrte geliebte Tante, du bist der herzliebe Oheim."

„Närrchen, mit welchem Dinge ist man denn die geliebte als auch mit dem Herzen?" sagte Dietwin. „Mache nun das Seidenpäckchen auf!"

Gerlint öffnete das Päckchen. Zwei sehr kleine Gegenstände kamen aus der Seide. Der eine war ein Stückchen schmales Seidenband, oder eigentlich waren es zwei Seidenbänder, die über einander befestigt waren: ein schwarzes und ein aschgraues. Auf dem schwarzen war ein winziges, hinlaufendes Rosengeschlinge, auf dem grauen eines aus Vergißmeinnicht. Beides war Seidenstickerei. Ein Papierstreifen sagte: Der lieben Tante.

„Das habe ich noch nicht in dieser Kleinheit und Feinheit gesehen", sagte Gerlint, „und diese Geduld von dem heftigen Mädchen."

„Aber wozu denn dieses Streifchen Band?" fragte der Bruder.

„Es ist unter allen Gaben, die sie mir je geschickt hat, die zarteste“, sagte die Schwester, „es ist ein Schlüsselbändchen für den Schlüssel des Ebenholzkästchens, das in der Wand meines Zimmers ist, und in dem alle meine andern Schlüssel hängen. Du weißt, ich trage das Schlüsselchen, um es nicht zu verlegen, immer mittelst eines Bandes an meinem Kleide befestigt, und da hat sie zu ihrem Bande sinnvoll die graue und schwarze Farbe je nach der Farbe meiner Kleider gewählt. Ich will heute noch die graue Seite zu meinem grauen Kleide tragen.“

„Tue das, Schwester“, sagte Dietwin, „und zeige mir nun auch das andere Ding.“

Gerlint wickelte aus feinem Papiere ein Geldtäschchen heraus, auf dessen einer Seite unter Glas auf weißer Seide ein sehr kleiner Lorbeerkranz war, eben so zart in Gold gestickt wie die Blumen auf dem Bande in Seide. Ein Papierstreifchen enthielt die Worte: Dem lieben Oheim.

„Da muß man völlig betroffen sein“, sagte Gerlint, „sie hat keine Ahnung von dem gehabt, was ich dir zu deinem heutigen Geburtstage bestimmt hatte. Welches merkwürdige Zusammentreffen!“

„Gib das Sächelchen“, sagte Dietwin, „siehe, so niedlich, und die Lage der Blätter wie bei dir. Ist das nicht wieder ein Zeichen?“

„Möge es sein, und möge alles gut enden“, sagte Gerlint.

„Es wird, es wird“, versetzte Dietwin, „wir werden uns bei dem Mädchen schön bedanken, und nun lasse den Sausemann kommen, sonst wird er vollständig unwirsch.“

Gerlint schellte mit der Glocke, ein Diener kam, und sie sagte: „Wir lassen den Herrn Baron in mein Wohnzimmer bitten.“

Der Diener ging, und gleich darauf kam Dietwin der Neffe in tadelloser schwarzer Kleidung in das Gemach. Einer seiner Leute, festlich gekleidet, trug ihm ein längliches Kästchen aus Palisanderholz auf dem Arme nach. Der Neffe winkte, der Mann stellte das Palisanderkästchen auf einen Tisch, und verließ das Zimmer.

Dann näherte sich der Neffe ehrerbietig der Tante, und küßte ihre Hand. Dann faßte er mit gleicher Ehrerbietung die Hand des Oheims. Hierauf trat er ein wenig zurück, neigte sich grüßend, und sprach dann: „Hochverehrte, hochgeliebte Tante, hochverehrter, hochgeliebter Oheim. Weil es schon der Brauch in dem Schlosse Biberau ist, daß zum Geburtstagsglückwunsche der Herrin des Schlosses und zum Geburtstagsglückwunsche ihres Bruders, der den gleichen Tag mit ihr in dem Schlosse feiert, niemand früher vorgelassen wird als an dem Tage selber, auch der leibliche Neffe nicht, so bin ich beim Anbruche des Tages von Weidenbach weg gefahren, um der erste hier zu sein, und ich bin auch der erste gewesen, nur ein Brief meiner lieben Muhme Gerlint hat mir den Rang abgelaufen. Hochverehrte Tante, hochverehrter Oheim, hochgeliebte Tante, hochgeliebter Oheim, alles Glück, allen Segen, alles Heil bringe dieser Tag, und es sollen ihm lauter solche Tage folgen. Er ist kein gewöhnlicher Geburtstag, heute ist er ein Abschnittsgeburtstag, der fünfzigste des geliebten Oheims. Mögen noch weit mehr als fünfzig kommen, und möge Tante und Oheim in traulicher Eintracht fortan beglückt sein, wie ihre Bilder traulich in dem Saale neben einander hängen. Mir ist von beiden unverdiente Güte zu Teil geworden, und wird mir noch zu Teil, ich sage den tausendfachen, aber verdienten Dank dafür. Ich werde alle Mühe anwenden, meine Fehler zu verringern, daß ich vor künftiger Güte nicht erröten darf, die mir wohl nicht wird entzogen werden."

Nach diesen Worten küßte er wieder der Tante die Hand, und reichte dem Oheim seine Rechte.

Hierauf sagte Gerlint: „Ich danke dir für deinen Wunsch, Dietwin, ich weiß, daß du mir alles Gute zuwenden möchtest. Es ist aber schon einiges genug, und in ein ganzes Jahrhundert hinein zu leben, wie du in Aussicht stellst, dürfte für mich alte Frau eher eine Strafe als ein Glück sein."

„Die in solcher Schönheit blüht, ist mit hundert Jahren noch nicht alt", unterbrach sie der Neffe.

„Gewöhne dir nur nicht die frevlen Reden deines Oheims an", sagte Gerlint, „und was deine Muhme anbelangt, so haben wir ihren Brief zuerst vorgenommen, weil er abgetan sein muß, ehe die Leute kommen, und von den Leuten bist du immer der erste und wirst in meiner Wohnstube empfangen. Ich sage dir noch einmal den herzlichsten Dank für alle deine Wünsche."

„Ich sage dir auch vom Grunde des Herzens meinen Dank für die Wünsche, die du gegen mich ausgesprochen hast", sagte der

Oheim, „und es freut mich, daß du deine Fehler verringern willst, und unsere Güte gegen dich wird nicht aufhören, sie ist größer, als du glaubst. Und das weißt du auch, daß ich heute fünfzig Jahre alt bin, Hanns Hasenfuß?"

„Ich habe sie gezählt", sagte der Neffe.

„Poche nicht, du wirst auch so alt werden, ehe du es denkst", entgegnete der Oheim.

„Wenn ich nur dann auch so sehr einem Dreißiger ähnlich sehe wie du, Oheim", sagte der Neffe.

„Trinke nicht viel Wein, enthalte dich der Leidenschaften, und sei mäßig, dann wird es bei dir auch so sein", sprach der Oheim, „unser Geschlecht hat Ausdauer und Kraft."

„Ich trinke, wie du weißt, nicht viel Wein", antwortete der Neffe, „bin auch sonst mäßig, habe gar keine Leidenschaften, nur Gefühle, und da sind die für dich und die Tante die mächtigsten."

„So wirst du sehr alt werden, und mußt dann die Tante oder mich heiraten", sagte der Oheim. „Und im übrigen danke ich dir auch noch einmal von ganzem Herzen für deine Wünsche."

„Möge es dir gefällig sein, das Kästchen zu öffnen, liebe Tante", sagte der Neffe, „ich habe es gewagt, dir auch ein Angebinde zu bringen."

Mit diesen Worten reichte er der Tante ein kleines Schlüsselchen. Dann rückte er eines ihrer Arbeitstischchen vor sie, und stellte das Palisanderkästchen darauf. Gerlint drehte den Schlüssel im Schlosse des Kästchens, schlug den Deckel empor, lösete das weiße feine Papier auseinander, das sich zeigte, und rief: „Ach, die unvergleichlichen Edelmarderbälge!"

„Es ist nicht etwa der oberste der schönste, wie Geschäftsleute die Dinge gerne legen", sagte der Neffe, „sie sind alle gleich."

„Ich habe nie so schöne gesehen", sagte die Tante.

„Es ist nicht leicht möglich, sie im Verkehre zu bekommen", antwortete der Neffe, „ich habe sie in der Zeit gesammelt, und aus hundert Stücken diese zwanzig für dich ausgelesen, daß du von ihnen wieder nur die vornehmsten Teile zu einem Pelze für dich verwendest."

„Zwanzig sind zu viel", sagte die Tante.

„Es sind eben zwanzig, und nimm die zwanzig", sagte der Neffe.

„Ich nehme sie", antwortete die Tante.

Und nun legte man die Stücke heraus, und betrachtete sie. Dieselben waren wirklich alle gleich und herrlich. Und nach vielfacher Bewunderung legte man sie wieder zierlich in das Kästchen.

„Das ist ein adliges Geschenk", sagte die Tante, „der edle Stoff in dem edeln Gefäße. Was werde ich dir geben können?"

„Ich fordere etwas sehr Hohes", antwortete der Neffe, „die Dauer deiner Neigung zu mir."

„Die hast du ja ohne die Bälge, du unvernünftiger Mensch", sagte die Tante.

„So bleiben die Bälge ein Überschuß", entgegnete der Neffe. „Was ich dir gebracht habe, teurer Oheim, konnte ich nicht in die Stube tragen lassen, die Tante hätte es nicht zugegeben. Es sind die zwei Rappenfüllen, an denen, wie du neulich gesagt hast, kein weißes Härchen ist. Ich habe sie für dich auferzogen, und habe mich ein wenig mit ihrer Erziehung abgegeben. Und damit die Gaben zu dem heutigen Tage doch in dem Schlosse vereinigt sind, stehen sie unten in dem Stalle der Pferdejugend. Habe eine kleine Freude an ihnen."

„Eine große habe ich, du Narr", sagte der Oheim, „du machst heute Geschenke wie die Herzoge und Könige des Mittelalters: Pferde und Pelzwerk. Und verlangst du von mir auch die Neigung als Gegengeschenk?"

„Freilich, mein verehrter Oheim", antwortete der Neffe.

„Nun, die hast du, und meinen Dank dazu", sagte der Oheim, „und es wird sich schon sonst auch noch etwas finden. Die Pferde freuen mich, du wirst sehen, wie die werden eingeschult sein, und Leiber werden sie haben, wie die feinsten Schlangen."

„Das glaube ich", antwortete der Neffe, „ich werde indessen die Braunen heran ziehen, und wir werden wetteifern."

„Und wer die beste Erziehung geliefert hat, führt mich mit dem neuen Pelze im Schlitten", sagte die Tante.

„Da wäre der neue Pelz wahrscheinlich schon ein alter", sprach der Neffe.

„Pelze bleiben lange jung, wenn man sie pflegt", sagte die Tante.

„Nicht so lange wie du", sprach der Neffe.

„Zähme deine Zunge", antwortete die Tante.

„Die Füllen müssen wir auch besehen wie die Marderfelle", sagte der Oheim, „lasse sie in den Hof bringen."

„Ich führe sie vor", rief der Neffe.

Er nahm seinen Hut, und eilte aus dem Zimmer.

Die Geschwister gingen in den großen Schloßhof hinab.

Als sie dort angekommen waren, führte Dietwin der Neffe an purpurroten silberverzierten Zäumen die zwei schwarzen Pferdlein hervor, und führte sie vor Oheim und Tante.

„Sie sind wahrhaftig weit schöner geworden, als sie waren, da ich sie zum letzten Male sah", rief der Oheim.

„Und manierlich sind sie und sittig wie Pagen", entgegnete der Neffe.

Er ließ sie Bewegungen machen, wie sie solchen Tieren in solchem Alter angeboren und angebildet sind.

„Es ist schon gut", sagte der Oheim, „ich danke dir, Neffe, und ich gedenke die Gabe in Verwendung, das heißt in weitere Erziehung zu nehmen."

„Insoferne ich mich, zwar nicht so gut wie auf die Marderbälge, doch auch ein weniges auf Pferde verstehe, dürften nicht leicht schönere Tiere zu finden sein wie nicht schönere Marderbälge", sagte die Tante.

„Die Nachbarschaft soll die Hände zusammen schlagen, und die Stadtherren sollen sich die Köpfe abdrehen, wenn ich nach zwei Wintern über die Fluren und durch die Allee auf dem Kreuzplatze fahre. Das ist ein fünfzigster Geburtstag! Lasse dich umhalsen, du heilloser Derwisch."

Nach diesen Worten nahm er den Neffen bei dem Haupte, und küßte ihn herzhaft auf den Mund und auf die Wange.

„Nun fort mit ihnen, da kommen sie schon in hellen Haufen", sagte er dann.

Man hörte ein entferntes Wagenrollen gegen den Hügel des Schlosses heran.

„Komme, schöne Gerlint", fuhr er fort, „steige zu dem Saale empor, und rüste dich, die Huldigungen zu empfangen."

Er reichte seiner Schwester den Arm, sie nahm ihn, und er führte sie die Treppe in das Schloß hinan. Dietwin, der Neffe, gab die Zügel der Pferdchen dem Reitknechte, und folgte den beiden Geschwistern.

Sie gingen jetzt in den großen Saal. Die Tante ließ sich noch ein indisches Tuch geben, das sie um nahm.

Sie betrachteten noch ein Weilchen die zwei Bilder der Geschwister, die neben einander an der Wand hingen, sehr schöne Gestalten, in den Gewändern der früheren Zeit gemalt. Die Tante schüttelte lächelnd den Kopf, der Oheim war sehr zufrieden.

Dann setzte sich Gerlint in ihren großen Prunksessel, und die beiden Dietwin nahmen auf andern Stühlen ihre Plätze ein.

Sofort hörte man auch das Wagenrollen im Schloßhofe, und die Diener meldeten bald darauf die, welche angekommen waren.

Sie wurden angenommen, und traten durch die Flügeltüren herein. Kurze Zeit darauf wurden auch andere gemeldet, und kamen in den Saal; diesen folgten wieder mehrere, und so ging es eine Weile fort. Es waren die Bewohner der umliegenden Gegenden, die ihr größerer Grundbesitz und ihre Lebensweise geeignet machten, mit der Herrin des Schlosses Umgang zu pflegen. Sie sagten ihre Wünsche zu dem Geburtsfeste zuerst der Schloßfrau, und dann dem Bruder derselben. Dann nahmen sie auf Stühlen, die in mehreren Kreisen herum standen, Platz, und es wurden nun Gespräche über verschiedene Gegenstände, und man teilte sich allerlei mit, was man der Mitteilung wert erachtete.

Einige fuhren bald wieder fort, andere blieben bei dem Festmahle, zu dem an diesem Tage jeder, der sich einfand, ein geladener Gast war.

Da die Eßglocke tönte, gingen die Anwesenden in den Speisesaal, und verzehrten ein heiteres Mahl.

Für alle die Dienerschaft war in der großen unteren Schloßhalle gedeckt, und es fehlte nicht an dem feinen Weine, um den der Oheim für sie gebeten hatte.

Nach dem Mahle erging man sich teils in dem Garten, teils in den Wirtschaftsgebäuden, teils in dem Schloßwalde, teils brachte man die Zeit auch wieder in dem großen Saale zu.

Als die Abenddämmerung kam, hatten alle Gäste bis auf den Oheim und Neffen Abschied genommen.

Des andern Morgens schickte der Oheim die Füllen nach Weiden. Dann besahen die Geschwister und der Neffe die Dinge im Schlosse und in seiner nächsten Umgebung, und besprachen sich, wie man in den nächsten Tagen das Entferntere besuchen, und wie man in die am weitesten gelegenen Werke und Gebreite fahren wolle. Die Ausführung des Besprochenen nahm fünf Tage in Anspruch.

Nach dem Verlaufe derselben fuhr der Oheim mit seinen Schimmeln gegen Weiden, der Neffe mit seinen Braunen gegen Weidenbach zurück.

2

In Folge der Verabredung mit ihrem Bruder schrieb Gerlint, die Tante, an die Vorsteherin der Anstalt, in welcher sich Gerlint, ihre Nichte, befand, so wie auch an die Nichte selber. Und am letzten Tage des Monates Mai kam die Nichte in das Schloß Biberau.

Zwei sehr schöne dunkelgraue Pferde zogen den Wagen in den Schloßhof. In dem Wagen saß Gerlint, an ihrer Seite saß ein Kammermädchen, und auf dem Rücksitze saß Adam, der Verwalter. Als sie ausgestiegen waren, reichte der Verwalter Gerlint den Arm, und führte sie die Schloßtreppe hinan. Das Mädchen folgte. Sie gingen in das Prunkgemach der Tante, in welchem diese ihren Bruder an dem beiderseitigen Geburtstage empfangen hatte. Sie saß im schwarzen Seidenkleide auf dem nämlichen Stuhle wie damals, und hatte das Schlüsselbündchen ihrer Nichte mit der schwarzen Seite nach auswärts an dem Kleide.

Die Kammerfrau Agathe saß etwas unterhalb ihr, und hatte ebenfalls ein schwarzes Seidenkleid.

Als Gerlint das Zimmer betreten hatte, erhob sich die Tante, und blieb vor ihrem Stuhle stehen. Gerlint näherte sich ihr, bestieg die Stufe, neigte sich auf die Hand der Tante, und küßte sie.

„Komme an mein Herz, du liebes Kind“, sagte die Tante, „sei willkommen, und möge dein Eingang gesegnet sein.“

Sie umarmte das Mädchen, und küßte es auf die Wange.

„Ich danke dir, Adam“, sprach sie weiter, „daß du mir das Kind wohlerhalten gebracht hast. Eure Reise ist doch glücklich gewesen?“

„Wie eine Fahrt durch unsere Wiesen“, antwortete der Verwalter.

„Du hast ja ein schwarzes Seidenkleid an wie ich, liebe Gerlint“, sagte die Tante.

„Ich wußte, daß du entweder schwarz oder grau trägst“, antwortete Gerlint, „und so wählte ich auf gutes Glück schwarz.“

„Und siehe da, ich trage heute schwarz“, sprach die Tante, „vor vierundzwanzig Jahren wäre ich eben so schmuck in einem solchen da gestanden, wie du heute. Du wirst die traurigen Farben schwarz und grau zur Genüge hier sehen. Aber wie zart auch dein Gedanke für deine Ankunft ist, so muß er ein Gedanke nur für die Ankunft bleiben, und du mußt künftig zur Blüte der Jahre die Blüte der Farben tragen, und mußt mir einige Heiterkeit in mein einfarbiges Schloß bringen. Der Schnitt des Kleides ist aber vortrefflich.“

„Wir lernen in der Anstalt das selber entwerfen“, sagte Gerlint.

„Das ist gut“, antwortete die Tante, „so seid ihr nicht von dem Ungeschicke anderer Leute abhängig. Und so sei noch einmal willkommen, und es sei dein Eingang gesegnet. Ich versage mir es nicht, dir selber deine Stube zu zeigen, und dich in sie einzuführen. Folge mir.“

Sie trat von ihrer Stufe herab, und ging zu einem Ebenholzgetäfel der Zimmerwand. Sie sperrte mit dem Schlüsselchen, das sie an ihrem Bande trug, das Getäfel auf, und man sah in das Innere eines Kästchens, in welchem ganze Reihen von Schlüsseln hingen. Sie nahm einen, schloß das Kästchen wieder zu, und gab den Schlüssel in die Hand Adams. Dann ging sie gegen die Tür. Die andern folgten ihr. Adam öffnete die Tür, und sie schritt hinaus. Sie ging den hohen Schloßgang entlang, und blieb vor einer der großen Eichentüren, die den Gang säumten, stehen. Adam sperrte die Tür auf. Die Tante wendete sich um, trat vor Gerlint, und machte ihr ein Kreuz auf die Stirne.

„Das ist deine Stube“, sagte sie, „tritt ein.“

Sie nahm Gerlint an der Hand, und führte sie durch die Tür in das Innere.

Man gelangte in ein geräumiges Vorzimmer. Links an demselben waren zwei Gemächer für die Dienerinnen Gerlints, rechts drei Zimmer für sie selber, ein Empfangsgemach, ein Wohngemach und ein Schlafgemach. Die Geräte waren nicht neu, sondern solche, wie sie die Bewohner des Schlosses zu verschiedenen Zeiten gehabt hatten; aber sie waren kostbar, und an ihnen haftete ein Stück Geschichte des Schlosses.

„Hier kannst du wohnen, wenn es dir gefällt“, sagte die Tante, „und hieher kannst du gehen, wenn du in dem gemeinschaftlichen Gesellschaftszimmer nicht sein willst, und irgend eine andere Stelle nicht vorziehst. Hier bist du unbeschränkte Herrin. Sonst ist auch jeder Raum des Schlosses, seiner Umgebung, seiner Gärten, seiner Fluren für dich offen. Du kommst nun in einen neuen Abschnitt deines Lebens. Du bist an den Umgang deiner Gespielinnen in der Anstalt gewöhnt. Sie werden sich wohl auch zu den Ihrigen zerstreuen, manche werden dich besuchen, und manche werden dir schreiben, bis auch diese Verhältnisse allmählich in andere übergehen. In diesem Schlosse verkehren nicht viele Menschen wie in einem Stadthause. Es kommen Nachbarn, und wir besuchen sie, es kommen Menschen aus der Stadt, und wir kommen auch zuweilen in die Stadt. Deinen Hauptumgang werden folgende Menschen bilden: ich, dein Oheim Dietwin in Weiden, dein Vetter Dietwin in Weidenbach, dann die gute Agathe, dann Adam und unsere andern Leute. Ich werde deine Freundin sein, ich darf wohl sagen, deine Mutter. Wenn dir mein Wort, mein Rat, und vielleicht auch mein Beispiel von Nutzen sein kann, wird es mich sehr freuen. Der Umgang mit dem Oheime wird angenehm und fördernd sein. Das Zusammenkommen mit dem Vetter wird die Verwandtschaftsbande stärken. Agathe wird dir freundlich sein, wie sie es mir ist. Adam wird dir mit seiner Erfahrung beistehen, und die andern Leute werden dir dienlich sein, und werden dich lieben. Und der entferntere Umgang mit denen, die uns hier auf dem Lande ähnlich sind, kann auch manches Ersprießliche bringen. Ich wünsche von ganzem Gemüte, daß du in der Zeit, in der du hier bist, nur Gutes erlebest, bis der Tag kömmt, der dich, der Bestimmung der Frauen gemäß, in dein eigenes Haus als Gebieterin desselben und als Gattin eines rechtlichen Mannes führt. Und so richte dich in deiner Wohnung zurecht, wie du vermagst, und so zeichne ich noch einmal das Kreuz auf deine Stirne.“

Und sie machte nach diesen Worten wieder das Zeichen des Kreuzes auf Gerlints Stirne.

Gerlint antwortete auf die Rede ihrer Tante: „Meine geliebte, hochverehrte Mutter. So nenne ich dich, und so werde ich dich immer nennen, weil du es gewesen bist, seit die, welche ich vermöge meiner Geburt Vater und Mutter hätte nennen sollen, und welche ich kaum gekannt habe, in dem Grabe ruhen. Du nimmst mich nun noch näher an dich, als ich es bisher gewesen bin. Ich danke dir innigst dafür, ich werde willig und gehorsam sein, und streben, jedes Gute von dir in mich aufzunehmen. Den Oheim werde ich öfter sehen als bisher, und ihm meine Liebe mehr beweisen können. Der Vetter Dietwin wird in unserem Kreise wohl immer willkommen sein. Mit den Nachbarn hoffe ich in gutes Einvernehmen zu gelangen. Agathe wird mit meiner Unerfahrenheit Nachsicht haben, von Adam werde ich dankbar jede Belehrung annehmen, wie ich ihm für seine Sorge und Mühe auf der Herreise schon sehr dankbar bin, und die Zuneigung der Schloßleute will ich mir erwerben. Und so nimm mich, liebe Mutter, und lasse mich bei dir, und rede von keiner Zeit, in der ich dich verlassen soll, diese Zeit wird niemals kommen."

Es quollen Tränen bei diesen Worten aus Gerlints braunen Augen. Sie nahm die Hand der Tante, und küßte sie, und warf sich dann an ihre Brust, und schluchzte laut.

Die Tante legte ihre Arme um sie, streichelte dann ihr braunes Haar an der Stirne, und sagte: „Beschwichtige dich, und sei beruhigt, mein liebes, mein teures Kind."

„Stoße mich nur nicht zu einem fremden Manne", sagte Gerlint.

„Närrlein, bleibe bei mir, so lange du willst, ich freue mich deiner", antwortete die Tante; „aber das Fräulein von Weiden wird ohne ihren Willen die Strahlen in das Land senden, und Fremdes herbei ziehen, und vielleicht für eines hold leuchten."

„Mögen die Strahlen eher abhalten und wegwenden", sagte Gerlint, „bei mir ist es so, daß das, wovon du sprichst, nie geschehen kann, so lange ein Hauch in meinem Leben ist."

„Handle genau, wie du willst", antwortete die Tante, „Zwang und Willkür herrscht nicht in unserem Stamme."

„Ich weiß, ich weiß", sagte Gerlint.

„So sind wir hierin einig", sagte die Tante.

Darauf reichte Gerlint Agathe die Hand, und sagte: „Sei gegrüßt, Agathe, nimm mich als neuen Hausgenossen."

„Sei gegrüßt, Gerlint", antwortete Agathe, „ach Gott, ich sage du, als ob du noch das Kind wärest."

„Ich bin es", antwortete Gerlint, „und spiele mit mir wieder wie mit einem Kinde."

Dann reichte sie Adam die Hand, und sagte: „Sei gegrüßt, Adam."

„Das hochgeborne Fräulein blüht schöner als die Rosen von Jericho, die in unserem Garten sind, und werde es hier gehegt, daß es noch immer schöner und alle Weile bei uns blühe", antwortete Adam.

„Lasse mir die gute Sophie hier, liebe Mutter", sagte Gerlint, „die mir schon einige Jahre zur Seite war."

„Sophie ist ja auf meine Veranlassung zu dir gekommen", antwortete die Tante, „sie wird noch das gute Mädchen sein wie sonst, und soll bei dir bleiben, so lange ihr euch zusammen wünscht. Sei willkommen bei uns, Sophie."

Das Mädchen küßte der Tante die Hand.

„Nun, Kinder, lasset den Wagen abpacken, und richtet euch hier ein."

„Ich habe den Befehl schon gegeben", sagte Adam, „und die Sachen werden bereits in dem Gange harren."

„Ich verlasse dich, Gerlint", sagte die Tante, „wen du noch zu deiner Bedienung brauchst, und was du in dieser Hinsicht wünschest, darüber werden wir morgen eine Wahl treffen. Für heute wird dir Sophie genügen."

„Sie genügt für immer", sagte Gerlint.

„Das wäre nicht für das Fräulein von Weiden", sagte die Tante, „es wird schon alles nach Behagen und Ordnung gerichtet werden. Jetzt lebe wohl, Gerlint."

„Ich geleite dich, Mutter", sprach Gerlint.

„So tu es", antwortete die Tante.

Sie wendete sich zum Gehen, Gerlint und Agathe begleiteten sie, Adam verließ auch die Zimmer, nur Sophie blieb in denselben zurück.

Nach einer Weile kam Gerlint wieder. Sie ging rasch durch das Vorzimmer und durch das Empfangzimmer. Im Wohngemache nahm sie den Hut ab, legte ihn auf einen Tisch, warf sich auf ein Sofa, und rief: „So sind wir hier, und es sei, wie es will.

Sophie, lasse unsere Habseligkeiten herein bringen, und beginne, sie ein wenig zu ordnen."

Sophie entfernte sich, und mit Hilfe von Dienern wurden Koffer und Fächer und gestickte Säcke und lederne Säcke und Päckchen und dergleichen in die Zimmer gebracht. Als dieses vollendet war, und die zwei Mädchen sich allein befanden, kniete Sophie vor Gerlint nieder, legte ihr Haupt in ihren Schoß, und blieb eine Weile so.

Dann stand sie auf, ging zu einem Koffer, sperrte ihn auf, und legte die Dinge aus ihm heraus. So tat sie es mit den andern Koffern und mit den übrigen Fächern, und entledigte alles Gepäcke des Inhalts. Dann suchte sie die Gegenstände in den Geräten, die in den Zimmern waren, unterzubringen. Gerlint schaute zu, und sprach nichts.

Als die Dinge notdürftig geordnet waren, setzte sich Gerlint vor ein kleines Spiegeltischchen, und Sophie brachte ihr die braunen Haare wieder mehr in Ordnung. Das schwarze Seidenkleid der Reise wurde mit einem andern, aber auch schwarzen Seidenkleide vertauscht. Es reichte bis zum Halse, und denselben umschloß ein feiner weißer Streifen. Auf das Haupt wurde ein blaßgelber Strohhut gesetzt.

So ging Gerlint zur Tante, und nach einiger Zeit sah man die zwei schwarzen Gestalten, Tante und Nichte, in dem Garten des Schlosses lustwandeln. Gegen den Untergang der Sonne kamen sie in das Schloß zurück. Am Abende war ein feierlicheres Mahl als gewöhnlich, und der Verwalter und seine Gattin waren dazu geladen. Dann wurde Gerlint in ihre Wohnung geleitet, und die erste Nacht ging über die neue Schloßbewohnerin dahin.

Am nächsten Morgen kleidete sie Sophie nach dem Frühmahle in ein dunkel veilchenfarbenes Seidenkleid. Dann wurde sie zu der Tante in den großen Saal gerufen.

Sie ging in denselben.

Dort saß die Tante in aschgrauem Seidenkleide in ihrem gewöhnlichen feierlichen Armstuhle. Der Oheim Dietwin und der Neffe Dietwin saßen neben ihr. Die zwei Männer standen auf, als Gerlint eingetreten war; die Tante aber blieb sitzen, und sprach: „Dein Oheim und dein Vetter sind gekommen, dich zu begrüßen."

Der Oheim ging gegen Gerlint, und rief: „Es ist doch toll, welche Gedanken oft über einen Menschen kommen; aber sie kommen wie ein Sturmwind, und man muß sie sogar sagen, und die holde Muhme wird es schon erlauben: so wie die Füllen des Neffen Derwisch da, die kleinen Räpplein, seit ich sie zum letzten Male gesehen habe, weit schöner geworden sind, so ist das Mühmlein noch unendlich schöner geworden, seit ich das kleine Küchlein in die Anstalt getragen habe."

„Das sind ja freilich tolle Worte", sprach die Tante, „wenn man eine demütige Nichte gleich bei ihrer Ankunft mit Rappen vergleicht."

„Die demütige Nichte verzeiht es, es ist mir plötzlich eingefallen", sagte der Oheim, „komme her, du liebes schönes Beselein!"

Und er nahm Gerlint bei den Schultern, und küßte sie auf den Mund und auf die Wangen.

Gerlint schlang die Arme um seinen Nacken, küßte ihn auf den Mund, und rief: „Du lieber, lieber Oheim."

„Nun, so ist es recht", sagte der Oheim, „wenn man uns vor der ganzen Welt küßt, sind wir nicht mehr gefährlich. Liebes, gutes Kind, jetzt bist du unter den Deinigen. Es wird dir da immer wohler werden. Sie haben doch nur das rechte Herz für dich. Da ist nun deine Tante, deine Mutter, du kannst dein Herz aus ihrem Herzen nähren. Da bin ich, der dich wahrhaftig ungemein liebt, und da ist einer, der dich auch nicht mit Feuer und Schwert verfolgen wird. Er ist zu deinem Gruße herbei gefahren."

Der Oheim schwieg.

Dietwin, der Neffe, aber ging gegen Gerlint, reichte ihr die Hand, und sagte: „Sei gegrüßt, meine sehr liebe Base Gerlint."

Gerlint reichte ihm auch die Hand, und sagte: „Sei gegrüßt, mein sehr lieber Vetter Dietwin."

„Möge es dir in deiner neuen Lage sehr wohl gefallen, und mögest du sehr glücklich sein", sagte Dietwin.

„Ich werde es sein, wenn man mich ein wenig liebt", sprach Gerlint.

„Alle lieben dich", sagte Dietwin.

„Und ich bin allen dankbar", sprach Gerlint.

Dann traten beide zurück.

„Wir werden schon auch für allerlei Annehmlichkeiten sorgen", sagte der Oheim, „vielleicht ergötzt dich verschiedenes, das in den Vorkommnissen unserer Güter liegt, es ist in diesen Dingen viel mehr enthalten, als manche glauben. Junge Gemüter lieben die Zerstreuungen, es wird nicht ganz daran fehlen. Da sind mannigfaltige Menschen um uns, die mit dir Kinder waren, sind nun auch große Leute, die andern sind älter geworden. Sie sind so ziemlich alle gut, die Unterschiede wirst du schon selber sehen. Und die Städte sind ja dann auch nicht außer der Welt, und wir nicht gar arme Fremdlinge in ihnen. Was du von sehr ernsthaften Beschäftigungen da unter uns beginnen willst, davon rede ich nicht, das versteht ihr, die Tante und du, besser als ich. Mich mußt du schon öfter hier in den Kauf nehmen, die Tante fordert mich selber hiezu auf; denn sie hat meine Wohnung erweitern lassen. Du darfst mir aber nicht etwa den Hof machen, sondern wir leben ohne Zwang so fort. In meinem Hause in Weiden bist du nach der Tante die zweite Herrin. Richtet euch dort alles nach Wunsch zusammen. Und wenn wir zu dem Neffen Derwisch nach Weidenbach kommen, so wird er doch wohl auch die Sachen so zu richten verstehen, daß seine Frauen nicht zu großes Ärgernis an seiner Junggesellenwirtschaft nehmen. So, du hoffnungsvolle Nichte, wir haben dir unsere Aufwartung gemacht, mache uns du nun auch bald die deinige."

„Wie ich die hochverehrte Tante mit Ehrerbietung in Weidenbach aufgenommen habe, wenn sie mich besuchte", sagte Dietwin, „so werde ich meine Base Gerlint mit Zuneigung empfangen, wenn sie in Weidenbach einen Zuspruch macht."

„Und ich werde dir mit Zuneigung danken, lieber Vetter", sagte Gerlint.

„Und nun, meine Kinder, höret mich an", sprach die Tante. „Alle Glieder des Stammes derer von der Weiden, die sich auf dieser Erde befinden, sind in diesem Saale versammelt. Sie haben sich eingefunden, um sich zu begrüßen, weil sie nun in einem kleineren Raume bei einander leben werden, als dieses in früheren Zeiten hatte geschehen können. Möge das Zusammenleben ein glückliches und heiteres sein. Und weil mir mein Bruder, wenn ich auch nicht die älteste des Stammes bin, doch als der

Besitzerin des Hauptgutes manche Vorrechte eingeräumt, und mir manches anzuordnen überlassen hat, so sage ich euch hinsichtlich des Grußes: Ihr beiden Dietwine, Bruder und Neffe, seid wie vorher nicht Gäste, sondern wie Eigentümer und Mitbesitzer dieses Schlosses. Du, Gerlint, bist das Kind des Hauses und ein bedeutsames Mitglied des Stammes. Und weil dieser Stamm durch Jahrhunderte seinen Wert und seine Würde bewahrt hat, so ist es mir wohl nicht zu verdenken, wenn ich den Wunsch ausspreche, mögen wir, die wir jetzt die einzigen des Stammes sind, nicht die letzten sein. Und so erhebe ich mich von meinem Stuhle, und die Feierlichkeit in diesem Saale ist beendet. Jedes von uns ist sich und seiner Zeit zurück gegeben."

Nach diesen Worten erhob sich die Tante von ihrem Stuhle.

„Und was du mir in deinem Schlosse einräumst", sagte der Oheim, „das räume ich dir und Gerlint in dem meinigen ein."

„Und ich auch in dem meinigen", sagte Dietwin.

„Ich weiß es", antwortete die Tante, „und nun verlassen wir diesen Saal."

Sie näherte sich den Flügeltüren des Saales, und die andern folgten ihr.

Man geleitete sie bis zu ihrer Wohnung, und verabschiedete sich dort.

Dann geleiteten die zwei Männer auch Gerlint zu ihrer Wohnung, und verabschiedeten sich auch von ihr.

Nachdem Gerlint eine kurze Zeit in ihrem Wohnzimmer gewesen war, kam ein Diener zu ihr, und sagte, die Frau Baronin lasse das Fräulein bitten, auf einige Augenblicke zu ihr zu kommen.

Gerlint leistete Folge.

Sie traf die Tante in ihrem Wohngemache. Diese wies ihr einen Platz neben sich an, und sagte dann: „Ich muß dich noch einmal plagen, liebes Kind, es werden aber diese ersten Unbequemlichkeiten doch wohl bald vorüber sein."

„Was du wünschest, ist mir keine Plage, teure Mutter", sagte Gerlint.

„Es betrifft dich", antwortete die Tante, „ich habe dir gestern gesagt, daß wir heute eine Wahl über das treffen werden, was du noch zu deiner Bedienung brauchst. Du hast dich heute über die Nacht mit deiner Sophie allein behelfen müssen. Ich schlage dir vor, daß du noch Martha dazu nimmst. Du warst ja mit ihr immer zufrieden, wenn du bei mir warst. Sie ist ein junges Ding, liebt schöne Kleider und Tändeleien; aber sie ist gutwillig und stets heiter, und wird deiner Jugend neben deiner Sophie wohl anstehen. Sie soll mit Sophie die zwei Dienstgemächer teilen. Ist dir diese Anordnung genehm?"

„Du bist immer so gütig gegen mich, wie sollte sie mir nicht genehm sein?" antwortete Gerlint.

„Für alles, was schwerere Arbeit in deiner Wohnung braucht, ist Judith angewiesen. Du darfst nur die Schelle dreimal nach ihr ziehen. Sie ist ein Schatz unseres Hauses, und gewältigt so vieles unscheinbar, indem sie die andern Leute richtig anleitet. Sie war einmal in einer besseren Lage. Ihr Gatte war ein Weber in Seide und Wolle, und arbeitete mit zehn Gesellen. Sein Handgeschäft wurde durch die neuen Erfindungen immer schlechter. Zuletzt arbeitete er nur mehr allein, und es meldete sich die Not im Hause und endlich die Hilflosigkeit. Da raffte sich Judith auf, tat schwere und grobe Arbeit jeder Art, weil sie anderes nicht verstand, und ernährte den Mann und die Kinder. So kam sie in mein Haus, und hat jetzt, glaube ich, eine gesicherte Stellung. Vor solchen Menschen muß man Achtung haben. Sie tut ihre Arbeit fröhlich und lachend, die ihr untergeordnet sind, lieben sie, und du wirst sie, und sie wird dich lieben."

„Ich achte Judith, und werde mir ihre Neigung zu erwerben suchen", sagte Gerlint.

„Zu Sendungen habe ich dir Matthias und Ferdinand befohlen", sprach die Tante, „und irgend eine gelegentliche Verrichtung ist dir jeder meiner Diener und jede meiner Dienerinnen schuldig. So meine ich, ist für das Bedürfnis und für die Würde gesorgt, und ich bitte dich, sage mir, ob du die Sache anders wünschest."

„Du sorgest reichlicher für mich, als ich es bedarf, meine vielgeliebte Mutter", sprach Gerlint, „ich wünsche nichts mehr. Und dann habe ich ja noch eine Dienerin, die schaffen und schalten wird."

„Nun?" fragte die Tante.

„Mich selber", antwortete Gerlint.

„Ich weiß, du ergriffest alles, da du ein Kind warst, und suchtest es zu überwinden", sagte die Tante, „du wirst jetzt auch deine Zeit mit deiner Tätigkeit erfüllen, wie es dir deine Einsicht gebietet. Diese Mauern sollen dir die Mittel geben, wie sie es nur vermögen, und nicht bloß die Mauern, sondern auch Wald und Flur und Feld, die zu uns gehören, und die Nachbarschaft soll Zeuge dessen sein, was du wirkest, den Ruhm und Wert derer von der Weiden zu erhöhen; denn alle haben Ruhm und Würde in die Zweige ihres Geschlechtes zu bringen gesucht."

„Ich werde die letzte nicht sein, den Wert des Stammes zu bewahren", antwortete Gerlint.

„Ich glaube es dir", sagte die Tante, „und nun gehen wir in deine Wohnung, daß dir die Leute vorgestellt werden."

Und die Tante erhob sich, und Gerlint auch, und sie gingen in das Wohngemach Gerlints.

Die Tante schellte, und als ein Diener erschienen war, sagte sie: „Die sollen kommen, welche in der Halle warten."

Der Diener ging fort.

„Setze dich, Gerlint", sagte die Tante.

Gerlint setzte sich, die Tante auch.

Nach kurzer Zeit kamen Sophie, Martha, Judith, Matthias und Ferdinand.

„Stellt euch in eine Reihe", sagte die Tante.

Sie taten es.

Dann sprach die Tante: „Das Fräulein von der Weiden, meine geliebte Nichte, hat genehmigt, daß ihr die Dienste bei ihr tut, zu denen ich euch angewiesen habe. Ihr steht vor dem Angesichte eurer jungen Herrin. Küßt ihr zum Zeichen eures Diensteintrittes die Hand."

Jedes von den Angeredeten näherte sich, und küßte Gerlint die Hand.

„Nun entferne ich mich", sagte die Tante, „eure Herrin wird euch noch sagen, was ihr gut deucht. Lebe wohl, Gerlint, und bringe deine Zeit bis zum Mittagmahle hin."

„Ich werde dich bis zu deiner Wohnung geleiten", sprach Gerlint.

„Es freut mich", antwortete die Tante.

Und sie gingen zur Tür hinaus.

Nach kurzem kam Gerlint wieder zurück, und sprach zu den Leuten: „Meine lieben Kinder, ich habe euch nicht viel zu sagen.

Ich hoffe, daß wir mit einander gut sein werden. Tut mir manchen Gefallen, ich werde nichts Unbilliges fordern."

„Ich werde jeden Befehl erfüllen", sagte Sophie.

„Ich auch", sagte Martha.

„Ich auch, ich auch", sagten die andern.

„Und nun könnt ihr euch entfernen", sprach Gerlint.

Die Leute küßten ihr noch einmal die Hand, und gingen fort.

Gerlint aber setzte sich auf ihr Sofa.

Als sie dort eine geraume Zeit gesessen war, schellte sie.

Sophie kam.

„Sophie", sagte sie, „suche mir das leichte graue Tuch hervor, ich werde allein in den Garten gehen. Richte dich indessen mit Martha in den zwei Zimmern zurecht. Seid verträglich, und zankt nicht."

„Ich werde gehorchen", sagte Sophie.

Nach diesen Worten nahm sie ein weiches silbergraues Tuch aus einem Fache, und legte es ihrer Herrin um die Schultern. Dann wurde noch ein Hut aufgesetzt, und ein leichter Schirm genommen.

Hierauf verließ Gerlint das Zimmer.

Sie ging über die große Schloßtreppe in den Hof hinunter, und von dem Hofe durch einen Bogen in den Garten. Zuerst war ein dichtes Wäldchen von wilden Kastanien: Unter den Bäumen standen Tische und Stühle. Sie schritt durch das Wäldchen. Außerhalb desselben waren dann links die Gewächshäuser, rechts ein Blumengarten, untermischt mit Zwergobst und Gemüsen. Sie erwiderte freundlich den Gruß des Gärtners und seiner Gehilfen, die da arbeiteten. Weiter hin ging sie durch den Gemüse- und Obstgarten. Dann kam ein Wald von Bäumen des verschiedensten edlen Obstes. Sie ging durch den Wald dahin. Hierauf gelangte sie auf grünen Rasen, auf dem zerstreute Bäume standen. Es waren Obstbäume, es war edles Laubholz, darunter manches aus entfernten Erdgürteln, es waren Nadelbäume, besonders alte mächtige Weimutskiefern. Sie ging unter den Bäumen dahin. Dann kam sie auf einen ganz freien Rasenplatz, welcher sich links zu einem sanften Hange erhob. In der Mitte der Dachung dieses Hanges stand ein einziger Baum, der als gewaltiges Gebilde die geneigte Fläche beherrschte. Der Baum war eine Eiche. Auf diese Eiche ging Gerlint zu. Als sie sich ihr näherte, sah sie Dietwin, den jüngeren, von der Eiche weg gegen den Rand des Hanges gehen. Sie blieb ein Weilchen stehen. Dann ging sie wieder weiter gegen die Eiche. In einer angemessenen Entfernung von derselben blieb sie stehen, legte ihre Arme vor der Brust über einander, und betrachtete den Baum. Sein Schaft ging schlank empor, und man hätte dessen Mächtigkeit nicht erkannt, wenn nicht von ihm die untersten Äste in der Dicke zweier Männer in die Breite gegangen wären. Und von ihnen bis zum Wipfel empor waren die Äste an Stärke abnehmend rings um die tragende Säule in gleichförmiger Gefälligkeit verbreitet. An ihren tausend Ausläufen war das strotzige kraftvolle Laub. Gerlint sah lange auf die Gestalt dieses Baumes. Dann ging sie in einem Kreise um ihn herum, und betrachtete ihn von allen Seiten. Als sie ihre Betrachtung geendigt hatte, ging sie langsam gegen den Rand der Höhe hinan. Sie ging zu einer Stelle, auf welcher ein großer Fels auf dem grünen Rasen lag. Da sie bei dem Steine war, sah sie wieder Dietwin auf dem Rande des Hanges in der Richtung gegen Morgen dahin gehen. Sie aber blieb bei dem Steine stehen. Er war der einzige ringsum, und ragte ein wenig schief wie ein länglichter Würfel aus der Erde empor. Gerlint sah den Stein an. Er war ein Granit von ernster grauer Farbe, es waren die tausend Zeichnungen des trockenen grauen Mooses auf ihm, und die Bäche des Lichtes der Sonne gossen sich auf seine Fläche. Gerlint blieb bei dem Steine lange wie früher bei der Eiche stehen. Dann ging sie auf dem Rande des Hanges in der Richtung gegen Morgen dahin, in welcher sie Dietwin hatte gehen gesehen. Der Rand des Hanges wurde breiter, er war endlich mit Wald bestanden, und begann, sachte aufwärts zu steigen. Die Bäume des Waldes waren Eichen, Eschen, Fichten, Föhren, und es war Gestrüppe niederen Ranges. Gerlint ging auf einem Pfade des Waldes fort. Der Pfad war anfangs eben, dann erhob er sich, und zuletzt klomm er steil hinan. Auf der Höhe war eine Blöße, die gegen Mitternacht von hohem Baumwuchse gesäumt war, und gegen Mittag einen Überblick über den Wald und die Gegend bot. An dem Rande der mitternächtlichen Bäume lief eine lange Reihe steinerner Bänke dahin. Gerlint ging zu einer der Bänke, und setzte sich auf dieselbe. Sie sah in der Richtung gegen den Mittag hin. Zu ihren

Füßen war die Blöße, dann strich der Blick über die Wipfel des Waldes dahin, dann traf er Gebäude mit Feldern, Wiesen, Wäldchen, Obstbeständen, zerstreuten Meierhöfen, Ortschaften, Kirchtürmen und Schlössern, und endete mit dem Gürtel des blauen Gebirgszuges, der den glänzenden Himmel schnitt. Gerlint blieb eine geraume Zeit auf dieser Bank sitzen. Dann ging sie über die Blöße hinunter, bis sie wieder der Wald umfing. Sie ging in dem Walde abwärts, und gelangte endlich auf ebenen Boden, der mit lauter Eichen besetzt war. Gerlint wandelte unter den Eichen dahin, und schaute öfter in die Äste empor, die sich nach allen Seiten verschränkten. Sie wich manches Mal von dem Pfade ab, und ging auf dem dunkeln grünen Rasen. Der Wald endete mit starken Stämmen an einem großen Teiche, der klares Wasser enthielt, und in dem Fische gehegt wurden. Gerlint ging an dem Saume des Wassers dahin in der Richtung gegen das Schloß zu. Neue Eichen empfingen sie am Ausgange des Teiches. Als sie unter diesen durch gegangen war, lag eine breite Wiese vor ihr. Auf dieser Wiese sah sie zum dritten Male Dietwin. Er ging über die Wiese dem Schlosse zu. Wo die Eichen die Wiese begrenzten, standen mehrere Tische und Bänke und Stühle. Sie hatten nichts Besonderes an sich, und waren, wie derlei Geräte in den meisten Gärten sind. Gerlint blieb vor einem Tische stehen, und betrachtete ihn sehr lange. Dann ging sie über die Wiese zu dem Schlosse. Sie kam jetzt gegen die Vorderseite desselben, ging durch das Haupttor hinein, stieg die große Treppe hinan, und begab sich in ihre Wohnung. Sie setzte sich in ihrem Gemache auf ein Sofa. Da ihre Dienerin Sophie herein gekommen war, bedeutete sie dieselbe wieder fort zu gehen. Sie blieb lange auf dem Sofa sitzen.

Als es gegen den Mittag ging, schellte sie um Sophie, und kleidete sich mit der Hilfe derselben zu dem Mittagessen. Sie zog ein graues Seidenkleid an, das eine schwach veilchenfarbene Verzierung hatte.

So harrte sie, bis die Glocke ertönte.

Dann ging sie in den Speisesaal. Sophie geleitete sie bis zu der Tür desselben.

In dem Saale fand sie den Oheim und Dietwin. Sie waren beide im schwarzen Fracke.

Gleich darauf trat die Tante herein. Sie war in ihrem aschgrauen Seidenkleide, und an demselben hing das Bändchen Gerlints nieder mit der grauen Seite nach auswärts.

Man setzte sich zu dem Tische. Obenan saß die Tante, zu ihrer Rechten saß der Oheim, zu ihrer Linken Dietwin, und neben dem Oheime saß Gerlint, und neben Dietwin Agathe. Sonst war niemand bei dem Mahle.

„Ich habe ein kleines Ankunfts- und Verbindungsmahl veranstaltet“, sagte die Tante, „es ist so bei uns der Gebrauch, liebe Gerlint. Ich habe dir das Mahl zweiten Ranges zugeordnet mit dem Silber, den Blumen, den Früchten, den Speisen und der Dienerschaft im zweiten Range. Die Mahle ersten Ranges sind in dem großen Speisesaale bei Vermählungen, Verlobungen und andern Gelegenheiten hoher Feier. Dann sind noch die Mahle dritten Ranges und unser gewöhnliches Speisen. Du wirst schon alle Ordnungen dieses Schlosses kennen lernen, wenn du länger in ihm gewesen bist.“

„Meinem lieben Oheim und meinem lieben Vetter kömmt wohl eine Auszeichnung zu“, sagte Gerlint, „ich bedeute ab noch nicht viel.“

„Der Eintritt eines Mitgliedes unseres Geschlechtes in unsere nähere Verbindung und in unseren näheren Umgang muß gefeiert werden“, sprach die Tante.

„So ist es“, sagte der Oheim.

Dann begann das Mahl, und hatte seinen Fortgang.

Während desselben waren verschiedene aber gewöhnliche Gespräche. Man sprach über die Ankunft Gerlints, über Vorkommnisse und Veränderungen in den Gütern der Tante, des Oheims, Dietwins, über die Nachbarschaft, über Zeitereignisse. Dietwin sprach wenig, Gerlint beinahe nichts. Nach dem Mahle wurde auf dem breiten Söller des Schlosses der Kaffee aufgetragen.

Am Nachmittage gingen alle gemeinschaftlich durch den Garten, durch Felder, über Wiesen und durch Wäldchen des Gutes.

Am Abende war ein einfaches Abendmahl in dem gewöhnlichen Speisezimmer, und dann konnte jedes seine Nachtruhe suchen.

Nach dem Frühmahle des folgenden Tages kam die Tante zu Gerlint in ihr Zimmer, setzte sich zu ihr, und sagte: „Ich habe dir noch eine Eröffnung zu machen, Gerlint, die dich vielleicht freuen wird. Auguste von Schilden kömmt. Du wärest ja unter uns gar so einsam. Ich habe ihr geschrieben, und habe sie eingeladen, doch wieder eine Weile bei uns zu sein. Sie hat freundlich geantwortet; aber vermöge unserer unerquicklichen Botenverhältnisse hat der alte Kajetan den Brief eine Woche bei sich vergessen, und hat ihn mir heute morgens gebracht, und so trifft Auguste fast zugleich mit ihrem Briefe ein. Ich erwarte sie jeden Augenblick. Weil bis gestern kein Brief eingetroffen war, habe ich dir von der Sache gar nichts gesagt. Jetzt aber eröffne ich sie dir, daß du auf diese Ankunft gefaßt bist. Wenn auch Auguste gewöhnlich nicht lange bei ihren Verwandten verweilt, so hoffe ich doch, daß sie nicht gar kurze Zeit bei uns bleiben wird."

„Du bist in allem so besorgt, geliebte Mutter", antwortete Gerlint, „daß ich dir auch für diese Güte wieder sehr zum Danke verpflichtet bin. Ich werde bestrebt sein, deine Zufriedenheit mit mir in jedem Stücke nach allen Kräften zu erringen. Ich freue mich der Ankunft Augustens, und freue mich, daß sie eine Weile bei uns sein will."

„Ich verlasse dich, und sehe der Ankunft Augustens entgegen", sagte die Tante.

Dann entfernte sie sich aus Gerlints Zimmer.

Ungefähr zwei Stunden nach diesem Gespräche kam Auguste in dem Schlosse an.

Gerlint und Dietwin empfingen sie an dem Wagen, und führten sie in das Zimmer der Tante, wo diese und der Oheim ihrer harrten.

Man begrüßte sich auf das herzlichste, und tauschte gute verwandtschaftliche Worte aus.

Darauf geleiteten sie alle in ihre Wohnung, die neben der Gerlints war.

Dort verabschiedeten sich die Männer.

Auguste aber küßte die Hand der Tante, und sagte: „Wie danke ich dir, teure Muhme, daß du mir erlaubst, die erste Zeit, die Gerlint in diesem Schlosse zubringt, mit ihr teilen zu dürfen."

„Ich habe dir hier eine kleine Wohnung zurecht richten lassen", antwortete die Tante, „möge sie dir nicht mißfallen."

„Du weißt ja, wie gerne ich seit dem Tode meiner teuern Eltern bei dir war", sagte Auguste, „und ich bin jetzt wieder gerne bei dir und Gerlint, und was du anordnest, muß ja jedem Menschen gefallen."

„Du schmeichelst mir wieder", sprach die Tante, „nun, ich will die Schmeichelei zu verdienen suchen. Du und Gerlint waret euch zugetan, da Gerlint ein Kind war. Vielleicht ist jetzt die Neigung noch da, und wird wachsen."

„Sie ist ja da, und bedarf nicht zu wachsen", sagte Auguste.

„Liebe Auguste", rief Gerlint.

Und die beiden Mädchen schlossen sich in die Arme, und küßten sich.

„So lasse mich einen Augenblick bei dir ausruhen", sagte die Tante, „was ich sehe, gefällt mir."

Sie setzte sich mit diesen Worten auf ein Sofa. Die beiden Mädchen setzten sich ihr dicht gegenüber, und faßten sie an den Händen.

„Du bist um einige Jährlein älter, und wirst mir die häßliche Gerlint da schon ein wenig leiten", sagte die Tante.

„Und ich werde gehorchen", sagte Gerlint.

„Wir werden uns beide lieben", sagte Auguste.

„Nun, wir werden schon auch für einige Vergnügungen in dem Schlosse sorgen", sprach die Tante, „wo zwei so zierliche Gestalten wohnen, dahin werden wohl auch die Nachbarn gerne kommen."

„Meinetwegen kömmt keiner", sagte Auguste.

„Frevle nicht, Mühmlein", sprach die Tante, „du hast doch Seufzer auf deinem Gewissen, die du nicht erhört hast."

„Sie waren vielleicht nicht Ernst, weil ich sie nicht verstanden habe", entgegnete Auguste.

„Ehen werden in dem Himmel geschlossen", sagte die Tante, „und wenn es der Himmel fügt, wirst du die Seufzer schon verstehen. Und nun, meine Kinder, lasset mich, und tut, was ihr in den ersten Augenblicken eures Beisammenseins für ersprießlich und angezeigt erachtet."

Sie befreite ihre Hände von denen der Mädchen, und verließ das Zimmer.

Die Mädchen aber gingen daran, mit Hilfe der Dienerinnen die Wohnung Augustens in Ordnung zu richten.

An diesem Tage war auch ein Mahl zu Ehren der Ankunft Augustens.

Dann wandelte man herum wie an dem vorherigen Tage.

Und so wurden vier Tage in gegenseitigem verwandtschaftlichem Umgange und Verkehre zugebracht.

Am fünften Tage nahm Dietwin nach dem Frühmahle von der Tante, von Gerlint und Auguste Abschied, weil er nach Weidenbach zurück kehren wollte.

Darauf wurde ein großer Staatswagen, der mit Silber verziert war, aus dem Wagenbehälter in den Hof geschoben, und zwei braune Pferde in silberbeschlagenen Geschirren davor gespannt. Severus, der Kutscher, setzte sich in großem Prunke auf den Bock, und Ferdinand und Joseph standen silberstrotzend und mit Hirschfängern daneben. Hinter den Staatswagen wurde der leichte Wagen Dietwins gestellt, und zwei junge goldlichte Pferde vor denselben gespannt.

Indessen wurde die Tante und wurde Gerlint jede in ein schweres aschgraues Seidenkleid gekleidet, das reich mit schwarzen Spitzen verziert war.

Der Oheim war in seiner Wohnung bereits im schwarzen Fracke.

Dann stiegen die drei, die Tante, der Oheim und Gerlint, in den Staatswagen, und Ferdinand und Joseph sprangen hinten auf das Brett desselben.

Dietwin setzte sich auf den Bock seines Wagens, und sein Kutscher setzte sich in den Wagen.

Dann fuhr der Staatswagen aus dem Tore des Schlosses, und Dietwin fuhr hinter ihm her.

Auf diese Weise fuhren sie eine ziemliche Strecke auf der Straße von dem Schlosse weg.

Dann aber lenkte der Staatswagen rechts in einen Seitenweg ein, und ging auf demselben fort. Dietwins Wagen fuhr auf der geraden Straße weiter, daß der Staub empor wirbelte, und daß man die Räder kaum zu sehen vermochte.

Der Staatswagen kam nach einer Zeit vor das Schloß Wengern.

Der Oheim und die Tante stellten Gerlint dem Herrn und der Frau des Schlosses und ihren Angehörigen als eine neue Mitbewohnerin von Biberau vor.

Nach einer kurzen Zeit fuhren sie wieder weiter.

Gerlint wurde an diesem Tage noch in zwei andern Schlössern vorgestellt.

Des folgenden Tages geschah das gleiche mit drei weiteren Schlössern.

Und so dauerte es fünf Tage.

Als diese Tage vorüber waren, begannen die Besuche der Nachbarn in dem Schlosse Biberau.

Es kamen reiche Grundbesitzer, es kamen solche, die in einem Schlosse wie einst Ritter in ihrer Burg hausten, und es kamen auch Leute ohne Adel, mit denen aber ihrer Stellung wegen die von der Weiden stets Umgang gepflogen hatten. Vielfache Unruhe wurde dadurch in dem Schlosse bereitet, und seine Gastfreundschaft in mancherlei Weise in Anspruch genommen. Der Oheim war in dieser Zeit immer in Biberau, weil er mit seiner Schwester die Nichte Gerlint bei den Leuten vorgestellt hatte. Dietwin fuhr zuweilen unvermutet mit seinen goldhellen Pferden in das Schloß, und tat sich unter den Bewohnern und Besuchern herum. Hierauf fuhr er wieder von dannen. Er lenkte immer die Pferde selbst.

Die Feierlichkeitsbesuche der Nachbarn endeten zuletzt, nachdem alle da gewesen waren, zu denen die Geschwister Gerlint geführt hatten.

Man konnte jetzt erst recht daran gehen, sich in dem Schlosse und in den neuen Verhältnissen zurecht zu finden. Die Tante, welche bisher an dem einen Tage ein schwarzes, an dem andern ein aschgraues Seidenkleid getragen hatte, ging nun fortwährend in einem schwarzen. Gerlint und Auguste konnten die verschiedenen Festkleider, welche die Besuche geboten hatten, in die Laden legen, oder von den Schäden, die ihnen etwa verursacht worden waren, heilen lassen. Der Oheim packte manches aus seiner Wohnung ein, und fuhr eines Tages mit seinen Schimmeln nach Weiden. Gerlint begann ihre Wohnung, wie sie es in ihrem Sinne meinte, zu ordnen. Es stand ein sehr kostbarer Flügel in ihrem Empfangszimmer, und obwohl das Spiel auf dem Flügel zu den Unterrichtsgegenständen der Anstalt, in welcher Gerlint gewesen war, gehört hatte, und obwohl die Briefe der Vorsteherin vielfach nach Biberau gemeldet hatten, daß Gerlint in dem Flügelspiele hervor rage, sperrte sie doch mit dem Schlüssel den Flügel zu, und bat die Tante, daß sie nicht zürne, wenn sie selber auf dem Flügel nicht spiele, und auch nicht gestatte, daß es sonst jemand tue.

„Ich habe dir gesagt“, erwiderte die Tante, „daß du in deiner Wohnung die Herrin bist, und tun kannst, wie es deine Einsicht nach der Würde derer von der Weiden gebietet.“

„Und ich habe geantwortet“, sagte Gerlint, „daß ich nicht die letzte sein werde, den Wert des Stammes zu wahren.“

„Und ich habe gesagt, daß ich es dir glaube“, entgegnete die Tante, „und so schalte hier, ich werde dir nie im Wege sein.“

„So sind wir in dieser Sache einig, Mutter“, sagte Gerlint.

„Wir sind einig“, antwortete die Tante.

In den Zimmern Gerlints waren auf Tischen vor Spiegeln oder auf andern Plätzen allerlei kleine Dinge von Porzellan oder Glas oder Holz oder Metall und darunter menschliche Gestalten in verschiedener Weise. Alle diese Dinge stellte Gerlint der Tante wieder zur Verfügung, und die Tische und die Plätze, auf denen sie gewesen waren, blieben leer.

Dann entfernte sie alle Bilder und Kupferstiche von den Wänden, und ließ die Wände leer. Von ihrem Bette ließ sie die Vorhänge weg nehmen, und das Bett so stellen, daß sie beim Erwachen durch die großen Fenster in den Himmel sehen konnte. Die Spiegel wurden alle bis auf einen, der zum Ankleiden dienen sollte, aus der Wohnung entfernt. An den Fenstern legte sie die Stoffe, die zu Vorhängen dienten, in Falten, wie sie ihr gefielen, befestigte die Stoffe an den Seiten der Fenster, und ließ sie nicht zuziehen. In das Wohnzimmer und in das Empfangszimmer wurden Gewächse gestellt. An dem Haupte ihres Bettes standen zu beiden Seiten Bücherschreine, und in der Nähe des Fensters des Schlafgemaches stand ein großer Schreibtisch. Von Gerätschaften zu weiblichen Arbeiten, Stickrahmen oder dergleichen, war nichts zu erblicken, auch konnte man keine Vorrichtungen für Musik oder irgend eine andere Kunst entdecken. Die Geräte, mit denen die Tante die Zimmer hatte versehen lassen, stellte sie, wie es ihr passend schien, und gab auch einiges, was ihr überflüssig deuchte, der Tante zurück. Hierauf entwarf sie mit der Hilfe Augustens Zeichnungen zu verschiedengestaltigen Tongefäßen, die als Untersätze für die Gewächse ihrer Zimmer dienen sollten, und die sie wollte verfertigen lassen. Ingleichen wurden auch Zeichnungen zu Gewächsgestellen gemacht.

Als alles dieses geschehen war, wurde die Tante davon verständigt, und um ihre Billigung gefragt.

Die Tante antwortete: „Unsere Vorfahrer sind ihre eigenen Wege gegangen; aber jeder den rechten. Darum wurde nie einer von einem andern getadelt, und darum hat auch meine ganze Billigung, was du getan hast."

„Aber einen Rat, wie du gesagt hast, Mutter, gibst du doch", erwiderte Gerlint, „wenn dich der noch nicht selbstständige Zweig des Geschlechtes derer von der Weiden darum bittet, und das erlaubst du doch auch, daß sich dieser Zweig ein wenig nach deinem Beispiele richtet."

„Beides kann gut sein", sagte die Tante, „und wenn es geschieht, so liegt auch dieses in der Selbstständigkeit des Zweiges derer von der Weiden."

„Diese Selbstständigkeit kann ich mir schon zuschreiben", entgegnete Gerlint.

Als die Wohnung vorläufig so geordnet war, begann das gewöhnliche Leben.

Die Tante, Gerlint, Auguste und Agathe fuhren in einem geräumigen Wagen durch die Besitzung. Adam fuhr in einem leichten Wägelchen hinterdrein. Die Tante besah die Zustände, zeigte dieselben Gerlint und Auguste, besprach sich mit ihnen und mit Adam, und ordnete an. So lernte Gerlint nach und nach die Bestandteile der Besitzung und die Zweige ihrer Verwaltung kennen. Sie kam bei diesen Gelegenheiten mit den Leuten zusammen, die in der Besitzung arbeiteten.

In den Garten und in die nächste Umgebung des Schlosses ging man zu Fuße.

Wie die Tagesordnung und die sonstige Ordnung in dem Schlosse sei, lernte Gerlint schon nach einer kurzen Zahl von Tagen kennen. Denn die Tante hatte hierin nicht nur eine sehr große Einfachheit, sondern auch eine sehr große Pünktlichkeit.

Um fünf Uhr des Morgens verließ Gerlint ihr Bett. Sie brachte die Stunde bis sechs Uhr an ihrem Schreibtische zu. Dann ging sie zu Auguste, oder Auguste kam zu ihr, und sie lasen aus irgend einem Buche bis sieben Uhr. Um sieben Uhr tönte von der Speiseglocke das Zeichen zu dem Frühmahle. Gerlint und Auguste gingen in den Kleidern, die man zu dem Frühmahle gewöhnlich hatte, in den kleinen Speisesaal, und in demselben wurde gemeinschaftlich unter Gesprächen das Frühmahl eingenommen. Nach einer Stunde verließ man den Saal. Gerlint geleitete meistens die Tante in ihr Gemach, und sprach noch verschiedenes mit ihr. Nach dieser Zeit ordnete sie mit ihren Mädchen an, was diese an dem Tage tun sollten. Hierauf ging sie entweder mit der Tante, die in ihren Geschäften war, herum, oder sie ging allein in den Garten oder in eines der Wäldchen oder in die Felder und Wiesen. Sie besuchte zu dieser Zeit auch bisweilen mit der Tante eines oder das andere Haus der Umwohner des Schlosses. Auguste war manches Mal mit der Tante und ihr, oder mit ihr allein; meistens aber brachte sie diese Zeit allein zu. Um zwölf Uhr kleidete man sich festlich zu dem Mahle an. Um ein Uhr tönte die Speiseglocke, und es wurde in dem kleinen Saale das Mittagmahl eingenommen. Nach demselben war Gerlint mit Auguste und Agathe eine Weile bei der Tante. Dann brachte sie wieder eine Stunde an ihrem Schreibtische zu. Sie blieb in der wärmeren Tageszeit in ihrer Wohnung. Dann war sie wieder viel im Freien. Die Zeit nach dem Abendmahle brachte man öfter in dem Gemache der Tante zu. Es war aber dies keine Regel, und jedes durfte diese Zeit auch verwenden, wie es wollte.

Gerlint lernte, was die Tage in der Verwaltung des Gutes brachten, immer genauer kennen, und die Tante und Adam und der Gärtner waren ihre Lehrmeister. Ihre Tätigkeit, die anfangs unbestimmter war, wurde immer geregelter, und die Tante ließ sie an manchem Teil nehmen, und ließ ihr in manchem freie Hand.

Der Oheim kam öfter in das Schloß, öfter kam Dietwin, öfter kamen sie mit einander.

Gerlint und Dietwin waren sehr höflich gegeneinander, aber gemessen. In ihren Meinungen war oft Streit, und er wurde mit Kraft geführt.

Die Tante besuchte mit Gerlint und Auguste und Agathe ihren Bruder und auch Dietwin, und alles wurde auf den Gütern derselben genau besichtigt.

Zuweilen kamen Besuche der Nachbarn nach Biberau, zuweilen fuhren die Tante und Gerlint und Auguste zu den Nachbarn, und der Oheim und Dietwin gesellten sich manches Mal dazu.

Indessen waren die Gefäße zu den Blumen und die Gestelle nach den Zeichnungen fertig geworden. Gerlint schmückte nun ihre Wohnung mit Gewächsen, die Tante gab ihre Genehmigung hiezu, und der Gärtner lieferte aus, was Gerlint verlangte.

In dieser Zeit verschrieb Gerlint die schönsten und auch alle neuesten Rosen. Sie mußten sämtlich aus Reisern auf Hagebuttenstämme gepfropft sein. Als die Bäumchen angekommen waren, legte sie an einer Stelle des Gartens, die ihr geeignet schien, und die sie mit Hilfe des Gärtners hatte zurichten lassen, ein Rosengehege an. Sie pflegte die Stämmchen selber, und Judith war hiebei ihre Handlangerin. Dietwin kam eines Tages, und besah diese Anlage sehr genau; sprach aber kein Wort darüber. Ebenso sagte er nichts über die Gewächsanordnung in der Wohnung Gerlints, als er einmal mit dem Oheim von der Tante zu Gerlint geführt worden war.

Unter den Besuchern, welche zuweilen in das Schloß kamen, waren auch junge Männer, und manche wendeten Gerlint Aufmerksamkeiten zu. Sie aber war gegen alle gleich. Auf dieselbe Weise war es auch, wenn die Bewohner von Biberau und der Oheim und Dietwin auf irgend ein Gut zu einer Festlichkeit oder bei einer andern Gelegenheit geladen wurden.

So kam nach und nach der Herbst.

Im Anfange des Aufenthaltes Gerlints in Biberau kamen sehr viele Briefe von Freundinnen, die mit ihr in der Erziehungsanstalt gewesen waren, an. Diese Briefe wurden gegen die späte Jahreszeit seltener, und Gerlint hatte also auch seltener zu antworten.

Der Herbst ging mit seinen mannigfaltigen Beschäftigungen, die er gebracht hatte, vorüber, und es ging der Winter nach mancher häuslichen Arbeit, die man sich auferlegte, nach manchen Zusammenkünften, die man pflegte, nach manchen Belustigungen, die man im Zimmer, dann im Freien auf Spaziergängen, auf dem Eise, auf Schlittenfahrten veranstaltete, vorüber.

Als der vierundzwanzigste April in dem Schlosse Biberau gefeiert wurde, und als der Oheim und die Tante ihr alljährliches Zwiegespräch in der Stube der Tante hielten, sagte sie: „Du hast gemeint, lieber Bruder, Dietwin werde stürmischer verfahren, als der arme Erwin verfahren ist, und nun zeigt sich noch gar nichts."

„Es ist eben die Zeit noch nicht gekommen, in welcher der Sturm seinen Anfang nehmen sollte", antwortete der Oheim.

„Das ist wahr", sagte die Tante, „und er wird vielleicht noch lange nicht anfangen."

„Wer kann das wissen?" fragte der Oheim.

„Dietwin sieht so viele schöne, gesittete, wohlgebildete Fräulein", antwortete die Tante, „und er sieht sie, als ob sie gemalte Bilder wären, nein, nicht einmal so; denn die gut gemalten Bilder würde er bewundern. Gerlint ist ebenso gegen die jungen Männer, und gegen einander sind sie beide, wie sie immer gewesen sind."

„Das muß ich sagen", sprach der Oheim, „schneller als mein Derwisch wäre ich in meinem einundfünfzigsten Jahre noch; aber siehe zu, eines Tages wird er mit der Tür ins Haus fallen."

„Erwarten wir, welcher Art der Fall sein wird", sagte die Tante.

„Der rechten Art, wie kraus er auch aussehen mag", sprach der Oheim.

„Gebe es Gott", erwiderte die Tante.

„Der Himmel schließt ja die Ehen", sprach der Oheim.

„Er schließt sie, wenn eine rechte zu schließen, oder wenn überhaupt eine zu schließen ist", antwortete die Tante.

„Vielleicht schließt er mehrere", sagte der Oheim, „da bist ja du in dem Schlosse, dann Gerlint, Auguste, die Kammermädchen, Agathe. Nur für Judith hat er die Ehe schon geschlossen."

„Führe an diesem Tage heute nicht Frevelreden", entgegnete die Tante, „warten wir, was uns die Geschicke bringen werden."

„Warten wir", sagte der Oheim, „wir können warten. Dietwin und Gerlint sind noch jung genug. Und selbst, wenn sie einander nicht wählen, so werden sie gewiß so wählen, daß wir auch zufrieden sein können. Ich weiß überhaupt noch nicht, sind die beiden noch in der ersten Abteilung unseres Geschlechtes oder in der zweiten."

„Sind sie wo immer", sprach die Tante, „sie haben einen hohen Sinn, und eine Wegwerfung ist nicht zu befürchten."

„Sie ist nicht zu befürchten, und würde nicht geduldet", sagte der Oheim.

„So schließen wir die Verhandlung über diesen Gegenstand", sprach die Tante.

„Schließen wir sie", erwiderte der Oheim, „da ja doch nichts zu verhandeln ist."

Sie schlossen, weil wirklich nichts da war, das verhandelt werden konnte.

Der Frühling ging nach dieser Zeit immer rascher in das Land, und wurde immer heißer.

Gerlint sorgte für ihre Rosen, die in Üppigkeit da standen, sie sorgte noch für allerlei andere Blumen und Gewächse, die sie in ihre Aufmerksamkeit genommen hatte, sie half der Tante in der Verwaltung von Feld und Wiese und Wald, sie wendete ihre Augen auch all den Tieren des Schlosses zu, sie kaufte Bücher, und las allein oder mit Auguste in ihnen, sie ritt oft auf ihrem schwarzen Pferde herum, und zuweilen so rasch wie der Vetter Dietwin, und sie gab den jungen Männern der Nachbarschaft und der Stadt keine zuvorkommenden Blicke.

Und als die Zeit der Rosenblüte gekommen war, und als der Kaiser von Marokko in seinem dunkelpurpurnen fast schwarzen, Lord Raglan in seinem feuerroten, Wilhelm Pfitzer in seinem zinnobersammetnen, Christian Püttner in seinem karmesinroten, der Herzog von Cazes in seinem violettsammetnen, Julie Daran in ihrem scharlachnen und Chromatella im gelben Mantel da standen, sandte die Tante ohne Gerlints Wissen Boten an ihren Bruder, an Dietwin und an zahlreiche Nachbarn, daß sie kämen, und die Rosen Gerlints bewunderten. Sie kamen, und bewunderten die vielen in der Gegend in größter Zahl noch unbekannten Rosen, die so reichlich da standen, daß das Ganze ein Wäldchen von Rosen war. Der Oheim setzte sich sogleich nieder, und schrieb an die vorzüglichsten Pflanzenhändler nach England, um seiner Nichte noch vielleicht Rosenschätze zu verschaffen, die sie nicht hatte.

Zwei Tage nach dem Abschiede von Biberau kam ein Bote von Dietwin, und lud die Bewohner von Biberau nach Weidenbach ein, dort etwas zu besehen. Die Tante, Gerlint, Auguste und Agathe fuhren hin. Sie fanden den Oheim dort und viele Menschen aus der Nachbarschaft. Als auserlesene Erfrischungen dargeboten worden waren, führte Dietwin die ganze Gesellschaft in den Garten. Sie kamen vor ein Gitter, hinter dem eine grüne Wand von Haselnußgesträuchen war. Dietwin öffnete mit einem Schlüssel die Tür des Gitters, und die Gäste traten ein. Nachdem sie einen kurzen Gang in dem Gebüsche zurück gelegt hatten, öffnete sich ein großes ebenes Feld, auf dem lauter Rosenbäume standen. Waren Gerlints Rosen ein Wäldchen, so waren Dietwins Rosen ein Wald. Das sah man auch gleich, daß sie in Gruppen und nach Farben geordnet waren. Nach allen Richtungen gingen Wege, daß jeder Stamm betrachtet werden konnte. Fast alle waren in Blüte, und der Anblick machte eine berauschende Wirkung.

„Da hast du ja alle Rosen, die wir in Biberau gesehen haben", rief der Oheim, „nur in größerer Zahl, und noch andere dazu, vielleicht schon die, welche ich aus England verschrieben habe."

„Es sind mir aus England, Holland, Belgien, Frankreich, Spanien und aus der Türkei Rosen gesendet worden", sagte Dietwin.

„Und das hast du geheim getan", sprach der Oheim.

„Es ist eine grüne Mauer um das Feld, und das Gitter war immer gesperrt, damit die Überraschung gelinge", sagte der Neffe.

„Bei mir ist sie dir gelungen", antwortete der Oheim.

„Bei mir auch", sagte die Tante.

„Bei allen, bei allen", riefen fast die sämtlichen Anwesenden.

Und man konnte der Bewunderung kein Ende finden.

Dietwin führte die Tante durch alle Gänge, und zeigte ihr und erklärte ihr alle vorzüglichen Blumen. Die Gäste zerstreuten sich, und betrachteten, was jedem der Betrachtung am würdigsten erschien. Es durfte aber keine Blume abgeschnitten werden. Nur der Tante band Dietwin einen Strauß der schönsten Rosen zusammen.

„Wenn mein schönes Mühmchen Gerlint den einen oder den andern Stamm für ihre Sammlung bedarf, und wünscht, so gebiete sie nur darüber", sagte er.

„Wenn ich Stämmchen bedarf, so werde ich meinen guten Vetter darum ersuchen", antwortete Gerlint.

Außer den Rosen wurde von den Gästen darauf der ganze Garten besehen, dann auch die Wirtschaftsgebäude, selbst nahegelegene Felder, und endlich das Schloß. Große Bewunderung erregten zwei herrlich gebildete schneeweiße Kühe, an denen kein anderes Härchen war, und ein Feld mit so schönem Weizen, wie man noch nie einen in der Gegend gesehen hatte.

„Ich hoffe endlich alle meine Rinder in allen Farben in der vortrefflichsten Zucht und alle meine Getreide so schön und schöner als diesen Weizen hier zu haben“, sagte Dietwin.

Ein ausgesuchtes Mahl folgte auf die Beschauung, und nach demselben verließen die Gäste das Schloß. Nur die von Biberau und der Oheim blieben über die Nacht in Weidenbach, und fuhren des andern Tages nach Hause.

Der Sommer verging, wie der vorige vergangen war, und der Winter verging auch so, nur daß in demselben schon die Zuchten des Paares schwarzer Pferde des Oheims und des Paares brauner Pferde des Neffen vor Schlitten wetteifern konnten. Die Tante hatte wirklich aus den Marderfellen nicht früher einen Pelz machen lassen, als bis die Pferde erzogen waren, und nun saß sie in dem untadeligsten weitfaltigen Marderpelze bald in dem Schlitten ihres Bruders bald in dem ihres Neffen, und der außerordentlichste Pferdekenner hätte nicht unterscheiden können, welchem Paare der Vorzug gebühre, so fein und ebenmäßig und kraftvoll waren die Körper, und so feurig und ehrgeizig und sanft und folgsam waren die Geister der Tiere. Der Oheim und der Neffe waren so gerecht, selber keinen Unterschied in ihren Tieren finden zu können; aber jeder suchte die Vorzüge der seinigen, wenn er einen edlen Gast in dem Schlitten hatte, in das rechte Licht zu stellen.

Bei der nächsten Rosenblüte waren die Rosenwälder Gerlints und Dietwins noch größer geworden, besonders Gerlints, sie hatten sich an Arten und Schönheit vermehrt; aber man konnte, wie bei den Pferden des Oheims und des Neffen, nicht unterscheiden, welchem man den Vorzug geben sollte.

„Dem muß gesteuert werden“, sagte der Oheim, „wenn es so fortgeht, so sind bald die Gründe von Weidenbach und Biberau ein einziger Rosenstrauch.“

„Die Grenze wird sich wohl finden“, sagte der Neffe.

Aber zwei Dinge waren es, in denen Gerlint heuer Dietwin übertraf: in einer eigenen Abteilung des Stalles von Biberau standen zwei Kühe von dem alleredelsten Baue, von milchweißer Farbe mit rabenschwarzen Köpfen und schwarzen Wedeln, beide ganz gleich, und auf Feldern neben dem Schlosse war Weizen und Korn, so schön, wie es noch nie erlebt worden war, und wie es im vorigen Jahre und heuer bei Dietwin nicht gesehen wurde.

Die Festlichkeiten und Zusammenkünfte waren wie sonst, und eher noch mehr, und wie sich die Aufmerksamkeiten von jungen Männern gegen Gerlint steigerten, so blieb ihr Anstand gegen jeden derselbe, und ihre Kälte blieb dieselbe. Dietwin ritt jetzt sehr oft nach Biberau, wie er früher gefahren war, und man bemerkte, daß er meistens sehr schnell ritt. Auch an Gerlint bemerkte man, daß ihr Reiten jetzt etwas viel Schnelleres und Hastigeres habe als früher.

Um diese Zeit näherte sich der junge Graf von Steinheim auf zarte Weise Augusten, und Auguste schien ihm nicht abgeneigt.

Gegen den Herbst ereignete es sich, daß der Sohn des Herrn vom Schlosse Wengern an seinem rechten Arme verwundet wurde. Er lag eine Zeit im Bette, und trug den Arm dann in der Schlinge. Es hieß, daß er sich mit seinem eigenen Gewehre, als er in dem Walde ging, verwundet habe. Allein es schlich auch ein Gerücht, er habe sich mit Dietwin geschlagen. Den Grund konnte niemand auch nur vermutungsweise angeben. Als dieses auch der Oheim erfuhr, sprach er mit Dietwin darüber. Dietwin aber antwortete: „Darüber, was ich von dieser Geschichte weiß, lieber Oheim, habe ich zu schweigen versprochen."

Diese Antwort überbrachte der Oheim seiner Schwester, und es wurde in dem Schlosse Biberau jetzt nicht weiter von dieser Angelegenheit geredet.

Der Herbst und der Winter vergingen, wie der frühere Herbst und Winter vergangen war. Als wieder der vierundzwanzigste April gekommen war, gab Dietwin der Tante ein ganz besonderes Geschenk, ein Bild, welches einer der ersten Meister der Düsseldorfer Schule gemalt hatte. Es stellte das Schloß Biberau vor, und wurde auf tausend Taler geschätzt. Gerlint gab dem Oheime Vorhänge für die Fenster des Saales in Weiden, auf denen täuschend Glasmalerei nachgeahmt war. Die Tante und der Oheim hatten an den Geschenken eine außerordentliche Freude.

Als das Zwiegespräch dieses Tages zwischen dem Oheime und der Tante vorüber war, als das Festmahl vorüber gegangen war, als die Gäste sich zerstreut hatten, als der Tag vorüber war, als alle Bewohner des Schlosses Biberau sich in ihre Schlafgemächer zurück gezogen hatten, saß die Tante in dem ihrigen an dem Tische, und hielt ihr Haupt in den beiden Händen. Und als sie dann ihre Zofen gerufen, und sich hatte entkleiden lassen, und als sie in ihrem Bette lag, und die Sterne durch manchen Teil der Fenster, der durch die Vorhänge nicht bedeckt war, herein schienen, konnte sie den ersehnten Schlummer nicht finden.

3

Da am nächsten Morgen die Sonne aufgegangen war, da man das Frühmahl verzehrt hatte, da in einer Zeit darauf der Oheim und Dietwin einen Spaziergang angetreten hatten, und Gerlint auf ihrem schwarzen Pferde rasch in die Felder ritt, ließ die Tante Auguste zu sich in ihr Gemach bitten. Als Auguste gekommen war, als man zwei Plätze an dem Tische eingenommen hatte, sagte die Tante: „Meine geliebte Auguste, meine Auguste, die mir immer teuer gewesen ist, erfülle mir heute eine Bitte, sei ganz rückhaltlos offen, du tust es zu keinem schlechten Zwecke."

„Meine geliebte, meine hochverehrte Base", antwortete Auguste, „ich weiß, daß du immer gütig gegen mich gewesen bist, daß du mich ohne mein Verdienst geliebt hast, ich habe es gefühlt, ich habe die Empfindungen der größten Dankbarkeit gegen dich gehegt, und ich habe dich deiner Eigenschaften willen im höchsten Maße verehrt und geliebt. Wenn du mir nun eine Gelegenheit gibst, dir dies alles durch die Tat beweisen zu können, so gewährest du mir ein Glück, für das ich dir wieder dankbar bin. Ich werde dir mit allen meinen Kräften zu Dienste sein, wenn ich es nämlich kann."

„Vielleicht kannst du es nicht, mein Kind", sagte die Tante, „vielleicht kannst du es nur wenig, wir wollen es versuchen, höre mich an. Gerlint ist nicht in dem Zustande, in dem sie war, als sie dieses Schloß betreten hatte. Sie ist sehr tätig, oft zu sehr, sie ergreift die fernsten Dinge, sie belehrt sich über Wirtschaftszweige wie sonst Männer, kümmert sich um Angelegenheiten mancher Bewohner der Gegend, und ist wieder ernst, als schwiege sie immer, sie macht schnelle Ritte, und von allen, die ihr Aufmerksamkeiten erweisen, kann keiner sagen, daß er einen ermunternden Blick erhalten habe. Du, meine Auguste, hast gewählt, du wirst ein gutes Glück finden, und hast unsern Segen dazu."

Auguste stand bei diesen Worten auf, und küßte der Tante die Hand.

Diese aber schloß sie in die Arme.

Darauf fuhr die Tante fort: „Mein Bruder und ich haben über Gerlint gesprochen. Wir möchten gerne helfen, und wenn du etwas Genaueres weißt, und mitteilen darfst, so sage es, und erhöhe die Mittel, wodurch vielleicht zu helfen ist."

„Meine teure, meine hochgeehrte Base", sagte Auguste, „Gerlint ist so lieb und so freundlich und so offen mit mir wie eine Schwester, wir teilen unsere Bestrebungen einander mit, wir teilen, was wir in Büchern lesen, wir teilen, was wir empfinden, und es ist nie die Bedingung gestellt worden, daß etwas verschwiegen werde. Ich darf dir also alles sagen, was ich von Gerlint weiß. Aber ich weiß nichts von ihr, als was du, und was der Oheim, und was alle sehen, und alle wissen. Ich denke schon einige Zeit, daß Gerlint in einem befangenen Gemütszustande ist; aber nie hat die leiseste Äußerung etwas kund getan. Als ich einmal von ihren Anbetern sprach, und auf eine ferne Verbindung deutete, sah sie mich mit ihren großen Augen ruhig an, und schüttelte später kaum merklich das Haupt. Ich redete nie wieder von dergleichen Dingen. Mir ist, als habe sie einen Wunsch über die Möglichkeit der Erreichung hinaus. Sonst geht sie strenge ihren Geschäften nach, du weißt, wie sie ihre Zeit verwendet, in der sie schreibt, in der wir lesen, in der sie ihren Mädchen die Anweisungen gibt, in der sie nach ihren Blumen sieht, in der sie sich dir und den Angelegenheiten des Gutes hingibt. Selten kommen Nebendinge, daß sie zu einer ungewöhnlichen Zeit lustwandelt, oder, was öfter geschieht, in den Saal geht, und das Bild des Oheims betrachtet. Am widrigsten scheinen ihr größere Besuche, die kommen, oder wenn wir solche machen müssen. Das, meine hochverehrte Base, ist alles, das ich weiß."

„Wir müssen nun in Geduld warten", sagte die Tante, „was noch wird; sie geradezu fragen, wäre ein Fehler."

„Tue es nicht, Tante, ich bitte dich, tue es nicht", sagte Auguste.

„Ich tue es nicht", antwortete die Tante, „lassen wir die Sache, und stellen wir sie Gott anheim. Wenn ihr unser Beistand nötig sein sollte, wird er nicht fehlen, und du wirst ihr immer eine Freundin sein."

„Du wirst ihr am besten beistehen, Tante", sagte Auguste, „alle werden ihr beistehen, und ich bin ihre Freundin und ihre Schwester, wie ihre Seele und ihre Liebe zu mir es verdient."

„So pflege deines Amtes, du guter Anwalt", sprach die Tante, „und lasse dich die Zeit nicht gereuen, die du in meinem Hause lebst."

„Sie ist die schönste meines Daseins", antwortete Auguste.

„Ich glaube es dir, mein Kind", sagte die Tante, „jetzt gehe zu deinen Beschäftigungen, von denen ich dich abgehalten habe."

Beide erhoben sich. Auguste küßte die Hand der Tante, die Tante küßte sie auf die Stirne.

Einen Monat nach diesem Tage kamen der Oheim und die Tante in dem Gemache der Tante zu einer Beratung zusammen.

„Lieber Bruder", sagte die Tante, „es muß doch einmal von dem geredet werden, wovon geredet werden muß."

„So rede, liebe Gerlint", antwortete der Oheim, „wovon, wie du meinst, geredet werden muß."

„Mein herzlieber Bruder Dietwin", sagte die Tante, „mein lieber Bruder, es ist sehr seltsam und sonderbar; aber es ist nicht unerhört; allein es ist auch nicht gewöhnlich, ich weiß nicht, wie ich es sagen soll. Ich meine, Gerlint trage eine heimliche Liebe in dem Herzen, und zwar zu dir, mein Bruder."

„Aber, Gerlint, Gerlint", antwortete der Oheim, „das wären ja krause Dinge, die da zusammen träfen. Aber sie ist mir nur als Nichte von ganzem Gemüte zugetan."

„So höre mich", sagte die Tante, „denke an den Brief vor zwei Jahren. Ich bin in der Aufschrift nur die hochverehrte geliebte Tante, du bist der herzliebe Oheim, in der Unterschrift ist sie die mich liebende und verehrende und mir dankende Gerlint, dir ist sie die in Liebe ergebene Nichte Gerlint. Im Briefe bittet sie den Himmel, daß er dein liebes Haupt segne, und daß er dir gebe, was dir lieb ist. Mir verspricht sie nur, jedes Opfer bringen zu wollen, das mir zur Freude gereichen kann. Zudem sagt sie, daß sie in die Erkenntnis deiner Güte immer mehr hinein wachse, und dir mehr dankt, als sie danken konnte, da sie noch unvernünftig war. Ich habe damals ohne Ahnung schon den Unterschied hervor gehoben. Dann kam sie hieher. Wie sie dir anhing, weißt du, wie sie sich freute, wenn wir uns auf den Weg nach Weiden begaben, weiß ich. Daß jetzt etwas in ihrem Herzen ist, können fast alle, die ihr näher sind, bemerken. Sie ist unstet trotz ihrer Ordnung, sie ist viel ernster, als Mädchen ihres Alters zu sein pflegen, ihre Beschäftigungen führt sie mit einer Art Übertreibung, sie reitet sehr heftig, als triebe sie eine Empfindung, denke, was sie dir für ein kostbares Geschenk zu deinem letzten Geburtstage gab, sie mußte die Ersparungen einiger Jahre darauf verwendet haben, bedenke ihren unbegreiflichen Abscheu vor allen jungen Männern, und bedenke endlich, daß sie sehr oft in den großen Saal geht, und lange, lange dein Bild anstarrt."

Darauf sprach der Oheim: „Ja, es muß von dem geredet werden, wovon geredet werden muß. Höre mich. Unser Neffe Dietwin hat auch eine Liebe im Herzen, und zwar gegen dich. Lasse mich zu Ende reden. Er ist ebenfalls unstet, er treibt ebenfalls seine Geschäfte nicht mehr folgerichtig wie in der ersten Weidenbacher Zeit, er überstürzt alles. Erst ritt er noch viel heftiger als Gerlint, und jetzt fährt er mit seinen Pferden wie verrückt, er hat sich geschlagen, das ist nun wohl sicher, und kein Mensch weiß, weshalb, er haßt die schönsten Mädchen der Welt, und die andern auch, dafür kömmt er sehr oft nach Biberau, er hat dir zu deinem letzten Geburtstage das Bild dieses Schlosses gegeben, ein Bild um hohen Preis, das Bild deines Wohnortes, und er geht ebenfalls sehr oft in den Saal von Biberau, und schaut lange, lange dein Bild an."

Der Oheim schwieg.

Die Tante sprach: „Das wäre ja, wenn es wäre, das ist, ich weiß es nicht, sage es mir, das wäre merkwürdig."

„Ich habe ihn beobachtet, ich bin in dem Saale gewesen, und es ist so", antwortete der Oheim.

„Ich habe auch Gerlint beobachtet, wie es mir nur möglich war", sagte die Tante.

„Das ist", sagte der Oheim, „es kommt zuweilen einmal vor, aber hier zweimal, es wäre, wie du sagst, merkwürdig."

„Das Herz des Menschen hat oft wunderbare Fügungen", antwortete die Tante.

„Sie gönnte in der Tat keinem aller Männer einen Blick", sagte der Oheim.

„Und er wendete an Frauen und Mädchen fast nicht einmal die gewöhnliche Höflichkeit“, sprach die Tante.

„Das muß übrigens viel genauer untersucht werden, liebe Gerlint“, sagte der Oheim.

„Setzen wir die Beobachtungen fort, daß wir zu triftigerer Einsicht gelangen“, sprach die Tante.

„Ich denke, Schwester Gerlint“, sagte der Oheim, „wenn wir etwas täten, das weniger Zeit in Anspruch nimmt.“

„Ja“, sprach die Tante, „und was könnte das sein?“

„Ich meine“, sagte der Oheim, „du redest mit Dietwin von seiner einstigen Vermählung, und hörest, was er sagt, und ich tue das gleiche mit Gerlint.“

„Das ist ein schwieriges Gespräch“, antwortete die Tante, „und alles kommt auf die Verfahrungsweise an.“

„Aber wir könnten da einen tieferen Blick tun“, versetzte der Oheim. „Du, liebe Gerlint, wirst die rechte Verfahrungsweise schon finden, und ich werde bestrebt sein, nicht gar weit irre zu gehen.“

„So versuchen wir es in Gottes Namen“, sagte die Tante, „und möge der Himmel seinen Segen geben.“

„So spreche ich auch“, entgegnete der Oheim, „und möchte, daß das Ding vorüber wäre.“

„Es wird vorübergehen, wie es die Geschicke wollen“, antwortete die Tante.

Nach diesen Worten stand der Oheim auf, und sagte: „Ich spreche jetzt von andern Angelegenheiten nichts mehr.“

„Es war nur über diese Sache ein Rat unseres Stammes“, erwiderte die Tante.

„Ein Rat, in dem nur zwei Mitglieder sind“, sagte der Oheim.

„Aber zwei, denen Entscheidungen zukommen“, sprach die Tante.

„Und vereinigen wir uns wieder, wenn eine Entscheidung nötig wird“, sagte der Oheim.

„Möge es bald sein“, sagte die Tante, und geleitete den scheidenden Bruder bis zur Tür.

Fünf Tage nach diesem Gespräche waren die Geschwister wieder in dem Gemache bei einander, und setzten sich zu demselben Tische.

Der Oheim sagte: „Nun, Gerlint, rede."

„Rede du zuerst, Bruder", sagte sie.

„Also, weil du es wünschest, rede ich", antwortete der Oheim. „Ich bin mit Gerlint an der großen Eiche gewesen. Da habe ich nun auch endlich gesagt: ‚Gerlint, diese Eiche sieht weit in das Land hinein, wir können fast alle Gründe und mitunter auch die Schlösser darin erblicken, deren Bewohner mit uns bekannt sind, und in Gastlichkeit leben. Aber auch von dorther wird die Eiche weit und breit gesehen, und weil sie ein so mächtiger Baum ist, leicht von andern unterschieden. Und darum wird mancher, der an dich denkt, auf diese Eiche schauen, und doppelt an dich denken. Wann wird uns denn unsere liebe Nichte einmal mit einem recht artigen, schönen, tüchtigen Gemahle erfreuen?' Sie sprach darauf gar nichts. Endlich sagte sie: ‚Oheim, wünschet mich nicht fort, lasset mich leben, wie ich lebe, hin und hin, ich denke dieser Dinge nicht, du hast nie von ihnen geredet, rede auch nicht mehr von ihnen.' Ich antwortete darauf: ‚Wenn du nicht selber sehr gerne gehest, wünschen wir dich nicht fort, Gerlint, wir wünschen dich in alle Zukunft sehr in unserer Nähe und in traulichem Umgange mit uns, und ich werde von dieser Sache nicht mehr reden.' Darauf sagte sie nichts, wir schlugen den Heimweg ein, und da wir in die Nähe des Schlosses kamen, sprach sie von Bäumen und Gesträuchen und von solchen Dingen. Das ist nun mein Bericht, liebe Schwester, jetzt bringe du auch den deinen."

„Nun, mein guter Bruder", sagte die Schwester, „ich habe mit Dietwin geredet. Da er wieder in dem Saale war, ging ich hinein. Er schritt mir entgegen, und wollte mich zu einem Sitze führen; ich lehnte es aber ab, und wir betrachteten die Bilder. Du kannst wohl denken, geliebter Bruder, daß ich nicht ungehörig gesprochen habe; als wir aber deine und meine Eltern und die Großeltern und die Urgroßeltern und deren Eltern angeschaut hatten, redete ich von dem Glücke der Familie, die so geschlossen fortgeht, und das Ihrige hin und hin auf liebe Glieder forterben kann. Und da sagte ich auch, daß es uns freuen wird, wenn er sich einmal eine holde Gattin wählt. Er antwortete sehr schnell: ‚Tante, Tante, Tante, diese Puppen, nie, nie, nie. Ich werde zu keiner Puppe herab steigen.' Ich sagte: ‚Wenn aber einmal eine keine Puppe ist.' ‚Das ist nicht', antwortete er, ‚und ich bitte dich, Tante, rede nicht davon, ich bitte dich, rede nicht davon.' Ich erwiderte: ‚Nun, ich rede nicht davon.' Und wir gingen an ein Fenster, und sahen auf die Landschaft, und verließen bald darauf den Saal. Und so ist es, wie ich sage."

„Und was sagst du nun weiter, Gerlint?" fragte der Oheim.

„Was ich weiter sage, lieber Bruder, will ich dir offenbaren", antwortete die Tante. „Ich habe in der letzten Zeit her immer an das gedacht, was sich jetzt ereignet. Du weißt, daß ich um Erwin Trauer angelegt habe, und die trage ich lebenslang. Es ist seit seinem Lebensende kein anderes Kleid auf meinen Körper gekommen als ein schwarzes oder ein graues, und so wird es bleiben. Eine Frau aber, welche Trauer trägt, schließt keine Ehe. Es haben sich mir ja Männer genähert, darunter waren edle und gute, und du weißt, wie ich jedes Werben abgelehnt habe. Ich bin noch nicht in den Jahren, in denen eine Ehe zu den Seltenheiten gehört; aber ich denke nicht daran. Und mit Dietwin wäre es gar vom Übel. Wenn auch viele Verbindungen, bei denen das Alter der Frau größer ist als das des Mannes, glücklich ablaufen, so ist doch etwas nicht ganz Natürliches in der Sache. Dietwin, wie ich sein Wesen kenne, würde mit mir nicht glücklich. Zudem erscheint der Welt eine solche Verbindung stets lächerlich, ob mit Recht, untersuche ich nicht; aber ich mag nicht unserem Stamme eine, wenn auch törichte, Lächerlichkeit anhängen, wie ich keinem der Mitglieder desselben irgend eine Unbill zufügen möchte. Das sind meine Gedanken, Bruder, über diese Sache."

„Ich erkenne an, was du sprichst", sagte der Oheim, „und werde nun auch dir, wie du mir getan, offenbaren, was ich von meiner Seite glaube. Es kömmt nicht selten vor, daß Männer in meinen Jahren sich noch verehelichen, es geschieht öfter als bei Frauen, und meistens wählen sie auch junge Mädchen. Und solche Verbindungen sind auch öfter glücklich als die Verbindung älterer Frauen mit jüngeren Männern. Bei mir kömmt noch ein Gutes dazu, daß ich nie eine Gattin gehabt habe, also um keine traure, und daß kein Vergleich zwischen einer frühern und einer spätern angestellt werden könnte. Aber dessenungeachtet denke ich an keine Verbindung. Sie hat auch bei mir wie bei dir etwas nicht Passendes, dann mag ich nicht meine Nichte an mich Knasterbart heften, sie käme dahinter, und es würde sie gereuen.

Und das Schiefe der Sache mag auch ich dir und unserem Geschlechte nicht antun. Und so bleibe ich, wie ich bisher gewesen bin. Dieses ist meine Meinung über mich."

„So sind wir in dieser Hinsicht eines Sinnes", sagte die Tante.

„Wir sind wieder eines Sinnes, wie wir es so oft gewesen sind", antwortete der Oheim.

„Was ist aber nun weiter zu tun?" sagte die Tante. „Es ist ein Glück, daß die Leute ihre Gefühle bisher noch nicht deutlicher dargelegt haben."

„Sie empfinden etwas Ungeheuerliches in der Sache, das zeigt die Spannung, und sie wagen sich nicht vorwärts. Aber die Lösung muß gefunden werden", sprach der Oheim.

„Wäre das", sagte die Tante.

„Weil es nur ein Irrtum ihrer verwandtschaftlichen Gefühle ist", antwortete der Oheim, „so wird durch den rechten Weg die Aufhellung gewiß kommen."

„Werden wir den rechten Weg ergründen?" fragte die Tante.

„Versuchen wir es", antwortete der Oheim. „Sie dürfen keine Gegenneigung ahnen."

„Aber wie werden wir die Verwandtenneigung und die andere Neigung abwägen?" fragte die Tante.

„Nun, du hast dein Ansehen und deine Würde ja immer im Stande gehalten, und ich werde bestrebt sein das gleiche zu tun", antwortete der Oheim.

„Und dann?" fragte die Tante.

„Ich denke auch auf eine zeitliche Trennung", erwiderte der Oheim.

„Wohl", sagte die Tante, „aber wie?"

„Der Neffe ist in der Verwaltung seines Gutes, er hat sich für diese Zeit jetzt eingelebt, wir können ihn nicht, ohne daß er auf den Kern der Sache käme, entfernen. Eben so kann kein Grund aufgefunden werden, die Nichte von dir zu geben. Also müssen wir beide von dem Platze fort. Ich meine, wir rüsten uns, und machen eine Reise", sagte der Oheim.

„Das war mir auch schon in dem Herzen", sprach die Tante, „obgleich ich schon lange her an keine Reise mehr dachte."

„Ich habe auch nie an eine Reise gedacht", sagte der Oheim. „Siehst du, Gerlint, wie du, als ich dir einmal zu dem Geburtstage Perlen gab, und du mir desselben Tages zu dem Geburtstage Perlen gabst, gesprochen hast, daß wir immer die nämlichen Gedanken haben, so haben wir sie."

„Die Reise müßte aber bald angetreten werden, und länger dauern", sprach die Tante.

„Sobald du mit deinen Vorbereitungen fertig bist, mag sie beginnen", sagte der Oheim, „ich kann jeden Tag gehen."

„Meine Vorbereitungen werden nicht viele Zeit in Anspruch nehmen", antwortete die Tante.

„Und was die Dauer anbelangt", sagte der Oheim, „so können wir sie nach den Umständen länger oder kürzer machen. Wir werden wohl erfahren, wie es zu Hause steht, zum Teile auch aus den Briefen der beiden selber, die wir aber durch Verzögerungen der Antworten zu seltenen machen müssen."

„Wenn nur alles fruchtet", sprach die Tante.

„Unsere Nichte Gerlint", antwortete der Oheim, „hat sich in die Geschäfte deines Gutes eingeübt, daß du ihr beruhigt die ganze Verwaltung übertragen kannst. Ich werde Dietwin die Oberleitung von Weiden geben. Sie können sich schicklicher Weise nur sehr selten besuchen, sind also viel allein, viel beschäftigt, und das wird wirken. Und weil ihre Empfindungen etwas Unnatürliches haben, und weil die Natur nach dem Natürlichen drängt, so ist vielleicht die Lösung leichter, als wir ahnen."

„Nun, so machen wir in Gottes Namen die Reise", sagte die Tante. „Du mußt sie den beiden ankündigen."

„Ich werde es morgen tun", antwortete der Oheim, „weil Dietwin in dem Schlosse bleibt."

„So erfüllen wir unsere Pflicht", sprach die Tante.

„Weil wir nur so einig sind", entgegnete der Oheim.

„Der Himmel erhalte die Eintracht der Geschwister, sie ist ein großes Gut", sagte die Tante.

„Sie ist eines", sprach der Oheim, „und sie wird auch dauern. Und also, lebe wohl, Gerlint, und morgen nach dem Essen reden wir etwa davon, wohin wir denn reisen wollen."

„Denke darüber nach", sagte die Tante, „ich werde es auch tun. Und lebe wohl."

Nach diesen Worten erhoben sie sich von ihren Sitzen, und der Oheim verließ das Gemach.

Als des andern Tages nach dem Frühmahle noch alle bei einander saßen, sagte der Oheim: „Meine lieben Kinder, wir beide, meine Schwester und ich, haben vor, in kurzem eine Reise zu machen. Wenn sie länger dauern soll, könnte Gerlint die Verwaltung von Biberau übernehmen, und du, Dietwin, würdest mir wohl eine Zeit die Oberaufsicht über Weiden führen. Doch das Nähere wird sich erst gestalten, und wir werden schon noch davon reden."

Alle schwiegen, da er diese Worte gesagt hatte.

Endlich sprach die Tante: „Und würdest du denn meine Stelle hier vertreten, liebe Gerlint, und was sagst du denn, wenn ich dir davon gehe?"

„Geliebte Tante", sagte Gerlint, „es wird sehr einsam sein, wenn du fort bist, es wird mir sehr schmerzlich sein, dich zu missen, und den Wagen des lieben Oheims lange nicht mehr in das Schloß herein fahren zu sehen; aber es geziemt mir nicht, gegen deinen Willen zu sprechen, es geschehe nach ihm, und ich habe ihn nur zu verehren. Und wenn du mir Geschäfte in deiner Abwesenheit überträgst, so wünsche ich nur, daß ich die Einsicht und Kraft habe, sie verrichten zu können."

„Du hast die Einsicht und Kraft", sagte die Tante, „und wirst alles recht machen. Und Auguste und Agathe bleiben bei dir, und sprechet manchesmal von uns, und schreibet uns. Es wird mich immer freuen, wenn du mir den Stand der Dinge in Biberau kund gibst, und ihr Vorwärtsschreiten auseinander setzest."

„Und du, Derwisch", sagte der Oheim, „was redest du?"

„Sage, Oheim, was soll ich reden?" sprach Dietwin. „Ihr habt euern Willen, und wenn euer Wille nach einer Reise steht, so ist es meine Pflicht, ihn zu achten, wenn auch meine Gefühle sehr gegen ihn wären. Was du mir über Weiden aufträgst, werde ich nach bestem Gewissen zu erfüllen bestrebt sein."

„Du wirst es gut erfüllen", sagte der Oheim, „und wir werden schon noch über die ganzen Angelegenheiten sprechen."

„Und Auguste wird wohl bei Gerlint in dem Schlosse bleiben", sprach die Tante, „und Agathe auch, und ihr werdet euch wohl über unsere Abwesenheit hinüber helfen."

„Ich bleibe gerne in Biberau", antwortete Auguste, „und was dir, hochverehrte Base, und deinem hochverehrten Bruder

Freude macht, das macht mir auch Freude, wenngleich das liebliche Zusammenleben hier, das unserem Herzen wohl tat, unterbrochen wird, und wir die Unterbrechung tragen müssen. Möge euch die Reise alles gewähren, was ihr erwartet."

„Und du, Agathe?" fragte die Tante.

„Ich werde Gerlint zur Hand sein, wie sie es wünscht", sagte Agathe, „und möge der Himmel die Reise segnen."

Man redete noch einiges Gleichgültige, und zerstreute sich dann wie gewöhnlich nach dem Frühmahle.

Etwa zwei Stunden nach dem Mittagessen ging Gerlint in den großen Saal, stellte sich vor das Bild des Oheims, und betrachtete es.

Nach kurzem kam auch Dietwin in den Saal. Er ging einige Schritte hin und wider, und stellte sich dann vor das Bild der Tante.

Sie sprachen nichts.

Nach einer Weile sagte Dietwin: „Das sind herrliche Bilder."

„Ja", sagte Gerlint.

„Sie sind weit trefflicher gemalt als alle andern in dem Saale", sprach Dietwin.

„Ja", entgegnete Gerlint.

„Es hat sie ein Meister gemacht, der zu jener Zeit sehr berühmt war", sprach Dietwin, „und man verehrt ihn jetzt noch."

„Ich weiß es", sagte Gerlint.

„Darum werden diese Bilder ihre Geltung haben, wenn auch viele Jahre vergangen sind, und wenn selber eine Zeit käme, in der man gar nicht mehr wüßte, wen sie vorstellen", sprach Dietwin.

„Ich meine auch, daß es so ist", erwiderte Gerlint.

Dietwin ging nun gegen ein Fenster, dann ging er gegen die große Tür, dann ging er wieder in dem Saale vorwärts, dann sagte er: „Der Oheim und die Tante werden auf eine Reise gehen."

„Sie werden auf eine Reise gehen", antwortete Gerlint.

„Du wirst hier auf dem Schlosse Besuche empfangen", sagte Dietwin.

„Ich werde die empfangen, die sich für mich ziemen", erwiderte Gerlint.

„Gerlint", rief Dietwin, „ich kann es nicht ertragen, wenn dein Auge auf irgendeinen Mann blickt."

Gerlint wendete sich um, und rief: „Dietwin, ich kann es nicht ertragen, wenn dein Auge auf ein Weib blickt."

„Gerlint", rief Dietwin.

„Dietwin", rief Gerlint.

Und plötzlich faßten sie sich in die Arme, umschlangen sich, und küßten sich auf den Mund.

„Dein Auge blickt auf mich als Gattin, Gerlint", sagte Dietwin.

„Dein Auge blickt auf mich als Gatte, Dietwin", sprach Gerlint.

„Ich will dich auf den Händen tragen, Gerlint", sagte Dietwin.

„Ich werde dir ein treues, gehorsames Weib sein", antwortete Gerlint.

„Wir werden gemeinsam schalten und wirken", sagte Dietwin.

„Und nur in der Liebe wetteifern", erwiderte Gerlint.

„Du hast an dem ersten Tage deines Hierseins die Plätze unserer Kindheit besucht", sagte Dietwin.

„Du bist auch an diesen Plätzen gewesen", sprach Gerlint.

„Du bist lange auf der Stelle gestanden, wo –" sagte Dietwin.

„Wo ich nach dir gestochen habe. Es war deine Macht über mich, Dietwin", sprach Gerlint.

„Ich bin auf die Mauer des Gartens eurer Erziehungsanstalt geklettert", sagte Dietwin.

„Du bist es gewesen?" rief Gerlint.

„Ich", antwortete Dietwin, „kein Mann sollte seine Gedanken zu Gerlint von der Weiden erheben."

„Als Dietwin von der Weiden", sagte Gerlint.

„Und nun sind unsere Gedanken ein Gedanke", sprach Dietwin.

„Sie sind ein Gedanke", sagte Gerlint.

„Und alles muß rasch ins Werk gesetzt werden", sprach Dietwin.

„Wie es dein Wille ist, Dietwin", entgegnete Gerlint.

„Nun den Kuß als Bräutigam", sagte Dietwin.

„Als Braut", antwortete Gerlint.

Und sie gaben sich den Verlobungskuß.

„Erlaube mir, dich zu geleiten", sagte Dietwin.

Sie gab ihm den Arm, und er geleitete sie zu der Tür ihrer Wohnung.

Dann ging er zur Tante, küßte ihr die Hand, und sagte: „Meine hochverehrte geliebte Tante, ich hätte eine Bitte an dich und den Oheim."

„Soll ich meinen Bruder, der eben von mir ging, nachdem wir von unserer Reise gesprochen hatten, wieder holen lassen?" fragte die Tante.

„Wenn es dir genehm ist, so tue es", antwortete Dietwin.

Die Tante schellte nach einem Diener, und ließ durch denselben ihren Bruder zu sich bitten.

Als er gekommen war, und als ihm Dietwin die Hand gereicht hatte, sagte sie: „Unser Neffe will uns um etwas ersuchen."

„Nun so ersuche er", sprach der Oheim.

Dietwin sagte: „Hochverehrte Tante, und hochverehrter Oheim. Meine Bitte geht dahin, ob es euch gelegen sei, mich morgen um eilf Uhr in dem großen Saale von Biberau in einer feierlichen Angelegenheit zu empfangen. Wenn ihr ja sagt, fahre ich sogleich nach Weidenbach, und fahre morgen wieder herüber."

„Sprich, Bruder", sagte die Tante.

„Du bist die Herrin des Schlosses, und empfängst die Besuche", antwortete der Oheim, „und wenn ich als Gast auch mit empfangen darf, so sage ich: es ist mir jede Stunde gelegen."

„So komme, Dietwin, du wirst uns schon in dem Saale finden", sagte die Tante.

„Ich danke und verabschiede mich", sprach Dietwin.

Er küßte der Tante die Hand, reichte dem Oheime seine Rechte, und verließ den Saal.

Wenige Augenblicke darnach sah man ihn durch das Tor des Schlosses hinaus fahren.

Des andern Tages um eilf Uhr saß die Tante in schwarze Seide gekleidet auf einem Prunkstuhle, der einen kostbaren Teppich unter sich hatte, in dem großen Saale von Biberau. Ihr Bruder, in feines schwarzes Tuch gekleidet, saß auf einem zweiten Prunkstuhle neben ihr. Am unteren Ende der großen Treppe stand Adam mit Dienerschaft in Prunkkleidern. Als noch die Klänge der Turmuhr zur eilften Stunde tönten, fuhr der schwere Prachtwagen Weidenbachs durch das Tor herein. Der Kutscher saß im Silbergewande auf dem Bocke, zwei Jäger standen silberschimmernd auf dem Brette. Der Wagen hielt, und Dietwin stieg in feinem schwarzen Kleide aus demselben. Adam und die Diener geleiteten ihn die Treppe hinan zu dem großen Saale. Seine zwei Jäger folgten ihm bis zur Saaltür. Dort blieben sie stehen. Adam öffnete die Flügeltüren des Saales, und Dietwin trat allein in denselben. Adam schloß die Türen wieder hinter ihm zu.

Als Dietwin in dem Saale war, ging er zu der Tante und dem Oheim vorwärts, blieb vor ihnen stehen, verneigte sich, und sprach: „Ich, Dietwin von der Weiden, bringe vorerst meiner hochverehrten Tante, Gerlint von Bergen, gebornen von der Weiden, meinen ehrfurchtsvollen Gruß, und ich, Dietwin von der Weiden, bringe meinem hochverehrten Oheim, Dietwin von der Weiden, meinen ehrfurchtsvollen Gruß, und bitte die hochverehrte Tante und den hochverehrten Oheim um geneigtes Gehör und um Vergunst einer Bitte."

Die Tante sagte darauf: „Ich grüße dich auch, Dietwin von der Weiden, geliebter Neffe, und weil es mein Schloß ist, in dem du die Bitte stellest, so antworte ich zuerst, und sage: wir hören dich, sprich deine Bitte aus."

Der Oheim sagte: „Ich grüße dich, Dietwin von der Weiden, geliebter Neffe, und weil ich in dem Schlosse meiner Schwester Gerlint von Bergen, gebornen von der Weiden, auch eine Antwort zu geben die Ermächtigung habe, so sage ich: wir hören dich, sprich deine Bitte aus."

Nach diesen Worten sagte Dietwin: „Weil ihr mir beide Gehör gebt und Vergunst einer Bitte, so werbe ich nunmehr in Zucht und Recht um die Hand Gerlints von der Weiden, der Nichte meiner hochverehrten Tante, Gerlints, der Frau von Bergen, gebornen von der Weiden, und der Nichte meines hochverehrten Oheimes, des Herrn Dietwin von der Weiden, daß ich ihr ein rechtschaffener und treuer Gatte sei zeitlebens, und daß sie mir eine rechtschaffene und treue Gattin sei zeitlebens, und ich bitte, haltet meine Werbung genehm."

Die Tante und der Oheim schwiegen einen Augenblick.

Dann sagte die Tante: „Dietwin von der Weiden, mein geliebter Neffe, weil du – weil du bei mir wirbst, ich bin gewisser Maßen die Mutter Gerlints, die keine Eltern hat, und sie ist in meinem Schlosse, und sagt zu mir Mutter, – und weil du wirbst, so spreche ich: in unserem Stamme von der Weiden ist die Sitte, daß auf eine Werbung nach einer Bedenkzeit die Antwort gegeben wird. Diese Bedenkzeit gestehe zu. Deine Werbung gereicht dem Stamme von der Weiden zur Ehre."

Darauf sagte der Oheim: „Dietwin von der Weiden, lieber Neffe, weil du auch bei mir wirbst, und weil Gerlint auch unter meiner Obhut steht, so sage ich: du wirst auf deine Werbung nach der gewöhnlichen Bedenkzeit die Antwort erhalten. Achte diese Zeit. Deine Werbung gereicht dem Stamme von der Weiden zur Ehre."

Auf diese Antworten sagte Dietwin: „So bedanke ich mich in untertäniger Gebühr des Gehöres, bedanke mich der Anerkennung meiner Werbung, verabschiede mich in Ehrbezeigung, und harre in meinem Schlosse Weidenbach der Entscheidung."

Er verneigte sich wieder wie bei seiner Ankunft, verließ den Saal, stieg mit seinen Jägern, von Adam und den Dienern geleitet, die Treppe hinab, setzte sich in den Wagen, und fuhr durch das Tor des Schlosses hinaus.

Als die Geschwister in dem Saale allein waren, sagten sie eine Weile gar nichts.

Dann rief die Tante: „Dietwin, Dietwin, Dietwin!"

Der Oheim sprach: „Das ist nun freilich anders, als wir gedacht haben, wir müssen es hinnehmen, daß wir gedacht haben, was wir gedacht haben."

„Ja wohl müssen wir es hinnehmen", sagte die Tante.

„Meine liebe Schwester Gerlint", sagte der Oheim, „nun ist die größte Sorgfalt anzuwenden, daß niemand erfahre, welche Gedanken wir gehabt haben."

„Ich werde sie niemanden offenbaren", sagte die Tante.

„Ich auch nicht", antwortete der Oheim, „wenn nur nicht jemand durch Ahnungen, Deutungen und dergleichen darauf kommt."

„Das wagt niemand zu denken", sagte die Tante.

„Nun, nun, nun“, sprach der Oheim. „Siehe, ich habe gesagt, daß die Lösung etwa leichter sein wird, als wir ahnen: nun ist sie in der Tat leichter geworden.“

„Und es erfüllt sich ja, was wir gewünscht haben“, sagte die Tante.

„Wir haben nun wirklich Gott bei der Bewerkstelligung dieser Ehe geholfen“, entgegnete der Oheim, „durch die Ankündigung unseres Reiseplanes ist die Sache beschleunigt worden.“

„Siehst du, der Himmel schließt die Ehen, und hat unerforschliche Wege“, sagte die Tante.

„Nun, wir haben nur nicht recht geforscht“, erwiderte der Oheim, „denke nur, Gerlint, unsere Bilder sind schon vor einer Reihe von Jahren gemalt worden, ist nicht sie dir, und ist nicht er mir ähnlich, und haben sie nicht einander in unsern Bildern betrachtet?“

„So wird es sein, so wird es sein, Dietwin“, sagte die Tante.

„Und wie ist mir denn“, sprach der Oheim, „hat nicht der junge Wengern freundliche Augen auf Gerlint gerichtet?“

„Ja, das hat er“, sagte die Tante.

„Und dann ist die Verwundung beim Jagen und das Gerücht eines Zweikampfes gekommen“, sprach der Oheim.

„Ja, ja, ja“, sagte die Tante.

„Und in dem schönen Gemälde des Schlosses Biberau hat er die Wohnung darstellen lassen, in der Gerlint ist“, sprach der Oheim.

„Aber die Vorhänge Gerlints“, entgegnete die Tante.

„Die Vorhänge, die Vorhänge“, sagte der Oheim, „die werden wieder ein Wetteifer sein.“

„Und wie ist es denn mit der Reise?“ fragte die Tante.

„Nun, jetzt muß sie wohl wegen der Verlobung aufgeschoben werden“, antwortete der Oheim, „und dann wegen der Vermählung, und nach derselben sind die allerlei Einrichtungen wegen der Güter, es werden Übersiedlungen bevorstehen, und dann kann es von der Reise ganz sein Abkommen haben, oder wir machen eine kleine.“

„Wie es sich fügt“, erwiderte die Tante.

„Die Zukunft wissen wir nicht, wie wir sie jetzt nicht gewußt haben“, sagte der Oheim. „Nun werden hinlängliche Geschäfte empor steigen. Der Tag ist da, an welchem der Sturm von Seite Dietwins beginnt. Geworben hat er schnell genug, und wenn die Bedenkzeit vorüber ist, wird er die Behebung des Hindernisses wegen der Verwandtschaft betreiben, und die Verlobung und die Vermählung und alles. Und selbst nach der Hochzeit wird unser Rat und unsere Mitwirkung nötig sein."

„Es ist nur gut", sagte die Tante, „daß ich schon seit vielen Jahren zur Ausstattung gesammelt habe, und daß nicht jetzt die ganze Gewalt herein bricht."

„So tun gute Mütter immer, und solche, die Mutterstellen gut vertreten", sagte der Oheim, „und besonders tun es verständige Frauen, wie du eine bist, Gerlint. Ich habe übrigens auch manch ein Ding im Verschlusse, das euch bei diesem Vorkommnisse jetzt sehr zu statten kommen wird."

„Daß du nicht unvorbereitet sein wirst, wenn das, was wir wünschen, zu Stande kommt, habe ich mir immer gedacht", sagte die Tante.

„Ich bleibe jetzt bei dir in dem Schlosse Biberau", sprach der Oheim, „wir müssen mit Gerlint sprechen, und einmal fährst du mit mir nach Weiden, und nimmst die Dinge in Augenschein, und das Verzeichnis gebe ich dir mit, und, wenn du willst, auch die Gegenstände selber."

„Das wird sich finden", antwortete die Tante, „und mit Gerlint wird leicht zu sprechen sein; denn er muß volle Sicherheit haben."

„Er hat volle Sicherheit", sagte der Oheim, „und wir, meine liebe Schwester Gerlint, werden nun auch doch in die dritte Abteilung unseres Stammes einrücken."

„Du hast immer Frevelreden, selbst an einem solchen Tage", sagte die Tante, und stand auf.

Er stand auch auf, reichte ihr freundlich und ehrerbietig den Arm, und führte sie aus dem Saale in ihr Gemach.

Als der Abend gekommen war, sagte die Tante zu Gerlint, daß sie und der Oheim sie morgen um eilf Uhr feierlich in dem großen Saale empfangen werden.

„Ich bin zu euerm Willen", sagte Gerlint.

Und als es am andern Tage eilf Uhr war, ging Gerlint in festlichem Schmucke in den großen Saal. Die Tante und der Oheim.

gekleidet wie bei der Werbung Dietwins, saßen auf ihren Stühlen. Gerlint ging zu ihnen, und küßte jedem die Hand, dann blieb sie vor ihnen stehen.

Da sprach die Tante: „Gerlint, mein liebes Kind, ich habe dich hieher bescheiden lassen."

„Ja, meine hochverehrte Mutter", erwiderte Gerlint.

„Wir werden dich um etwas fragen, antworte frei und ohne Rücksicht auf irgend ein Ding in dieser Welt als auf dein Herz und dein Gewissen."

„Ich werde es tun, wenn die Antwort in meiner Macht liegt", sprach Gerlint.

„Sie liegt in deiner Macht", entgegnete die Tante. „Höre mich an. Dietwin von der Weiden, unser Neffe und dein Vetter, hat bei mir in der Hinsicht, daß ich die Stelle deiner Mutter vertrete, und bei deinem Oheime in der Hinsicht, daß er die Stelle deines Vaters vertritt, feierlich um deine Hand geworben, daß er dir, wie er spricht, ein treuer rechtschaffener Gatte sei, und daß du ihm eine treue rechtschaffene Gattin seiest. Wir fragen dich nun: bist du gesonnen, diese Werbung anzunehmen, oder bedingst du dir eine Zeit, in der du die schweren Pflichten des neuen Standes überdenkest, um dann deine Zustimmung oder deine Weigerung anzukündigen?"

„Du kannst frei handeln, liebe Gerlint", sagte der Oheim, „überlege, und tue, wie du willst, wir werden deinen Ausspruch in Betracht ziehen."

Gerlint antwortete darauf: „Hochverehrte Mutter und Tante, hochverehrter Vater und Oheim, ich kenne Dietwin von der Weiden, euern Neffen und meinen Vetter, ich habe über die Pflichten des Ehestandes reiflich und ernstlich nachgedacht, und sage: ich nehme die Werbung Dietwins von der Weiden an, daß ich ihm mit dem Beistande Gottes eine rechtschaffene und treue Gattin sei, und daß er mir mit dem Beistande Gottes ein rechtschaffener und treuer Gatte sei. Eine Bedenkzeit heische ich nicht, sie wäre eine Lüge."

„Und so bist du zu diesem Bündnisse entschlossen?" fragte die Tante.

„Ich bin dazu entschlossen", antwortete Gerlint.

„Also werden wir, dein Oheim und ich, deinen Ausspruch, wie

er sagt, in Betracht ziehen, und du bist jetzt aus diesem Saale entlassen."

Gerlint küßte der Tante und dem Oheime wieder die Hand, und entfernte sich.

Der Oheim und die Tante verließen auch den Saal. Man kleidete sich später so an, wie man es zu dem Mittagmahle gewohnt war. Bei dem Mahle sprach man von gewöhnlichen Dingen.

Am Nachmittage dieses Tages sah man Gerlint mit Augusten zu einer Zeit, in der sie es sonst nie getan hatten, im Garten spazieren gehen, und der Spaziergang dauerte sehr lange.

Gegen den Abend ging Gerlint zu der Tante in das Wohngemach. Sie blieb vor ihr stehen, und sah auf ihr Angesicht. Die Tante schloß sie in die Arme, und küßte sie auf die Stirne und auf den Mund. Gerlint schlang ihre Arme um den Nacken der Tante, sprach aber nicht.

Dann ging sie zu dem Oheime.

Als sie in das Zimmer getreten war, sagte er: „Lasse dich küssen, du lieber Besen."

Und er küßte sie sehr herzhaft auf den Mund, und aus seinen Augen quollen Tränen hervor.

Gerlint ging wieder in ihre Wohnung.

Als nach diesem Tage noch zehn Tage vergangen waren, wurden Adam und zwei reichgekleidete Diener in einem schönen Wagen mit einem Briefe zu Dietwin nach Weidenbach geschickt. In dem Briefe war die Einwilligung zur Eheverbindung mit Gerlint enthalten. Dietwin war die ganze Zeit ununterbrochen in Weidenbach gewesen. Er bewirtete die Abgesandten köstlich, und entließ sie mit reichen Geschenken. Zwei Tage darauf fuhren die Tante und der Oheim im Prunke zu Dietwin nach Weidenbach, und fünf Tage nach diesem Besuche war die feierliche Verlobung in Biberau.

Nun begann die eifrigste Tätigkeit von allen Seiten. Adam reichte die Schrift zur Behebung des Verwandtschaftshindernisses in der zierlichsten Art, wie solche Schriftstücke verfaßt werden, ein. Arbeiterinnen wurden nach Biberau berufen, um in zwei Gemächern in allem möglichen Flitter beschäftigt zu sein. Jeder Bewohner des Schlosses bis auf die Frau Judith herab mußte bei den Vorbereitungen helfen. Die Tante und der Oheim fuhren wiederholt in die Stadt, um Einkäufe zu machen. Dietwin ließ in Weidenbach abbrechen und herstellen, um die junge Gattin würdig empfangen zu können. Er fuhr auch öfter in die Stadt, und war in Briefwechsel mit der Hauptstadt. In Weiden suchte der Oheim eine niedliche Wohnung für Besuche des jungen Ehepaares herzurichten. In kurzen Zwischenzeiten wurden auch Brautbesuche bei Nachbarn gemacht.

Mitten in diese Dinge fiel die Bewerbung des Grafen Steinheim um Augusten. Es wurde die gewöhnliche Bedenkzeit gefordert.

Unter diesen Dingen sprachen die Tante und der Oheim von ihrer Reise nicht mehr, und sonst redete auch niemand davon.

Dietwin begab sich auch in die Hauptstadt, und kam nach einiger Zeit wieder zurück.

Die Tante und der Oheim fuhren ein paar Male nach Weiden, um von den dortigen Dingen das Geeignete auszuwählen.

Nachdem die Bedenkzeit in Bezug auf die Werbung des Grafen Steinheim abgelaufen war, wurde an ihn und die Seinigen die bejahende Antwort eingesendet. Bald darauf kamen der Vater und die Mutter desselben zum feierlichen Besuche nach Biberau, und die Tante und der Oheim erwiderten den Besuch in Steinheim. Nach einigen Tagen war die Verlobung in Biberau.

Es kamen nun zu dem, was ohnehin vorzukehren war, noch die Vorbereitungen zu der Vermählung Augustens, und wurden auf das eifrigste betrieben. Auch die Brautbesuche dieses neuen Paares wurden inzwischen auf die herkömmliche und entsprechendste Weise gemacht.

So nahte endlich der Tag, der zu der Vermählung Dietwins und Gerlints festgesetzt worden war.

Die Vermählung wurde mit jener Festlichkeit, die in dem Geschlechte derer von der Weiden gebräuchlich war, in der Kirche von Biberau vollzogen. Der greise weißlockige Pfarrer von Biberau hielt an das Brautpaar eine Anrede, die durch seine eigenen Tränen und durch sein Schluchzen unterbrochen wurde. Die Kirche war mit Menschen gedrängt voll, und manche von denen, welche herbei geströmt waren, mußten außerhalb derselben stehen bleiben. Die Wägen der Gäste und sonstiger Besucher standen in drei Reihen fast bis zu dem Schlosse hin. Gerlint hatte an der Haftstelle ihres Schleiers die Diamanten, welche Dietwin aus der

Hauptstadt gebracht hatte. Nachdem die kirchliche Feierlichkeit vorüber war, erhielt jede der Freundinnen Gerlints, welche in weißen Seidenkleidern das Fest mit gefeiert hatten, ein auserlesenes Schmuckstück, die jungen Männer empfingen edle Gaben, und die Zeugen wurden mit wertvollen Erinnerungszeichen bedacht.

Der Oheim sagte: „Gott sei Dank, jetzt ist die Grenze für die Rosen gefunden, daß sie nicht das ganze Gebiet unserer Güter bedecken."

Am Nachmittage war ein Mahl, wie es seit den ältesten Zeiten in dem Geschlechte gebräuchlich gewesen ist, für die Gäste, für die Besucher, für die Dienerschaften, für das Volk.

Am nächsten Tage zog das junge Ehepaar nach Weidenbach, eine lange Reihe von Wägen fuhr mit, an allen Stellen, die nur irgend paßten, waren Empfangsfeierlichkeiten, und Dietwin und Gerlint wurden von den Verwandten, von den Freunden und von den Leuten des Gutes in ihre Wohnung geleitet.

In der Zeit, die nun nach diesen Festlichkeiten kam, fuhr an manchen Tagen ein Frachtwagen von Biberau oder von Weiden nach Weidenbach, mit Brautgütern beladen, bis das ein Ende hatte.

Nachdem auch die Zeit vorüber war, die bis zur Vermählung Augustens mit Steinheim vergehen mußte, wurde diese Vermählung gleichfalls mit aller Pracht in der Kirche und in dem Schlosse von Biberau vollzogen und gefeiert. Als das Fest geendigt war, begab sich das Ehepaar nach Steinheim.

Nun begannen die Geschäfte wegen der Übertragung des Eigentums von Biberau und Weiden an Dietwin und Gerlint. Die Übertragung erfolgte bald; aber der Rest des Herbstes und der Winter wurden in diesen Schlössern noch in der alten Weise zugebracht. Als im Frühlinge die Geburtstagsfeier der Tante und des Oheims vorüber war, begann allmählich die Übersiedlung. Nach derselben wohnte der Oheim in dem Schlosse Weidenholz, die Tante in dem Schlosse Bergen. Dietwin und Gerlint wohnten in Weidenbach. Und zwischen allen diesen und denen in Steinheim begann ein sehr freundlicher und herzlicher Verkehr, und die Tante sagte jetzt öfter als je: „Die Ehen werden in dem Himmel geschlossen."

ANHANG

ZU DIESER AUSGABE

Achte, revidierte und erweiterte Auflage 1990

Dieser Band der Werke Adalbert Stifters vereinigt Erzählungen aus den frühen Jahren seines Schaffens mit solchen aus der Spätzeit seines „objektiven" Stils.

Vorangestellt sind die sechs Novellen der Sammlung „Bunte Steine", die – ausgenommen „Katzensilber" – an verschiedenen Orten bereits publiziert waren und die Stifter für die Zweitveröffentlichung in Buchform durchgehend überarbeitet hat. Für diese Sammlung suchte er eine kompositorische Einheit herzustellen, so durch neue Überschriften, die Gesteinsnamen bezeichnen, und vor allem mit der berühmten Vorrede, die das „sanfte Gesetz" als weltanschauliches und zugleich poetologisches Programm formuliert. Die Textwiedergabe der „Bunten Steine" beruht auf der in zwei Bänden erschienenen Erstausgabe von 1853.

Die anschließend abgedruckten zwölf Prosastücke sind in den Jahren 1843–67 entstanden. Mit Ausnahme von „Der fromme Spruch" waren auch sie bereits in verschiedenen Zeitschriften, Taschenbüchern und Almanachen publiziert worden, bevor Johannes Aprent sie 1869 aus Stifters Nachlaß unter dem Titel „Erzählungen" herausgab. Aprent hat jedoch Stifters Texte nicht unverfälscht überliefert: Er ersetzte Fremdwörter, eliminierte die für Stifters Altersstil charakteristischen Wiederholungen oder paßte Eigenheiten des Ausdrucks dem üblichen Sprachgebrauch an. Der Winkler Ausgabe sind deshalb die Erstdrucke der Erzählungen zugrunde gelegt. Dem Text der Aprentschen Ausgabe folgte bisher lediglich die kleine Erzählung „Zwei Witwen", da der Erstdruck bei der Veranstaltung der Winkler Ausgabe (1961) nicht herangezogen werden konnte. Für die vorliegende Neuauflage wurde dieser Text nach dem Erstdruck von 1862 revidiert. „Der fromme Spruch" ist nach dem Text des 13. Bandes der Prager Gesamtausgabe wiedergegeben, die auf die Handschrift zurückgeht.

Umgestellt wurde ab Seite 347 die Anordnung der Erzählungen: Sie beruht nunmehr auf der Chronologie der Erstdrucke.

Die Textredaktion entspricht den Grundsätzen, die in der Winkler Ausgabe des „Witiko" ausführlich dargelegt sind. Leitend war das Prinzip größtmöglicher Werktreue bei allen Eigenheiten Stifters in Flexion, Orthographie und Interpunktion. Im Unterschied zu seinen Spätwerken ist die Zeichensetzung in den „Bunten Steinen" erst in den Grundzügen zu erkennen; in den einzeln erschienenen Erzählungen haben die jeweiligen Herausgeber die für den Dichter so bezeichnenden Eigenheiten offenbar dem allgemeinen Gebrauch angeglichen. Lediglich die Orthographie ist in der Winkler Ausgabe modernisiert soweit dadurch nicht Lautstand des Wortes oder der Satzrhythmus betroffen sind.

Die vorliegende Neuauflage der „Bunten Steine und Erzählungen" wurde ferner in den Anmerkungen revidiert, um eine Zeittafel und eine Auswahlbibliographie erweitert und mit einem von Uwe Japp verfaßten neuen Nachwort versehen.

Die Druckvorlagen für die im Nachwort abgebildeten Stifter-Porträts stellten freundlicherweise das Adalbert-Stifter-Institut des Landes Oberösterreich, Linz (S. 776), und die Buchhandlung Hermann Laatzen, Hamburg (S. 777), zur Verfügung.

ANMERKUNGEN

BUNTE STEINE

Erstdruck: Bunte Steine. 2 Bände. Pesth: Heckenast, Leipzig: Wigand, 1853.

VORREDE

Mit dem ersten Satz der „Vorrede"(„Es ist einmal gegen mich bemerkt worden ...") bezieht sich Stifter auf Friedrich Hebbels Epigramm „Die alten Naturdichter und die neuen", das folgenden Wortlaut hat:

Wißt ihr, warum euch die Käfer, die Butterblumen so glücken?
Weil ihr die Menschen nicht kennt, weil ihr die Sterne nicht seht!
Schautet ihr tief in die Herzen, wie könntet ihr schwärmen für Käfer?

Säht ihr das Sonnensystem, sagt doch, was wär euch ein Strauß?
Aber das mußte so sein; damit ihr das Kleine vortrefflich
Liefertet, hat die Natur klug euch das Große entrückt.

Auf dieses Epigramm, das 1849 erstmals veröffentlicht worden war und das bei einem Abdruck in der Wiener Zeitung „Der Wanderer" (7.3.1851, Nr. 111) den Untertitel „Brockes und Geßner, Stifter, Kompert und so weiter" erhalten hatte, antwortete Stifter mit der „Vorrede". Schon früher, am 24.8.1847, hatte er sich in einem Brief an Aurelius Buddeus, den Redakteur der „Augsburger Allgemeinen Zeitung", über Hebbel geäußert:

„Was *Hebbel* anlangt, den Sie anregen, so kann ich gerade über diesen Dichter nicht leicht einen Aufsaz geben, weil ich ihm zu wehe thun müßte; denn nach meiner Individualität und nach meinen Kunststudien muß ich ihn in dem, was er bisher geleistet, *völlig verwerfen*, und geradezu *häßlich* nennen, was, wenn die Kunst das Schöne darstellen soll, gerade das allerärgste ist, was einem Künstler widerfahren kann. Er hat ein bestimmtes auffallendes Geschick in Handhabung rohen Materials, nehmlich der Quadern und Lasten, woraus ein Pallast werden soll, nur der Pallast wird nie. Darum sind oft große Bilder, scharfe Gedanken, selbst tragische Blize da, die alle umsonst sind, und einem nur bange machen, weil das Lezte und Eine nicht da ist, zu dem sie harmonisch dienen sollen, *die Darstellung der objectiven Menschheit als*

Widerschein des göttlichen Waltens. Ich kann mich in dem Augenblike nicht näher erklären. In diese rohe und ungeklärte, auch niemal gemäßigte und gebändigte Last ist *nicht der schwächste Strahl des Schönen gedrungen* daher dies Ergehen im Ungeheuerlichen im Absonderlichen, in ganz von jedem Maß abweichenden, was wie Kraft aussehen soll, aber in der That Schwäche ist: denn das Merkmal jeder Kraft ist Maß, Beherrschung, sittliche Organisirung. Daher seine Karaktere so erbärmlich schwache Menschen sind, und um so mehr, je mehr sie über sich selber bramarbasiren, wie Holofernes in Judith, der der größte Theaterhannswurst ist, der mir je vorgekommen. Buben lärmen und wähnen dadurch Kraft auszudrüken, Männer *handeln* und drüken durch die Handlung die Kraft aus, und je größere Kraft vorhanden ist, desto sanfter und unscheinbarer, aber desto nachhaltender wächst die Handlung daraus hervor. Hebbel neigt zum Tragischen, erwischt aber, da ihm die sittliche Tiefe (Majestät der sittlichen Menschheit) als Widerlage fehlt, statt des *Tragischen* immer das *Widerwärtige.* Daher das trostlos unaufgelöste am Ende seiner Dramen, und die Pein, die der sittlich einfache Mensch nach Lesung derselben empfindet, weil er unter so larvenhafte Gestalten gerathen. Desto unheimlicher und befangener wird einem Leser, je weniger er sich das polternde Handhaben des rohen Materiales und das Herumwerfen der einzelnen Gedanken auf den wahren Gehalt zurük führen kann; (dies ist auch oft Ursache der Überschäzung dieses Dichters) aber wer hinter dem Donnern dieser Massen die Hohlheit sittlicher Größe findet, den ekelt es als Schwäche an, und es beschleicht ihn, wie Verachtung gegen den Dichter; weil, was sich groß gibt, ohne es zu sein, anmaßend ist, und das wegwirft, was gerade Hochachtung bedingt: *sittliche Würde.* Das Große posaunet sich nie aus, es *ist* blos, und wirkt so. Meist weiß das Große nicht, daß es groß ist, daher die höchsten Künstler der Welt die lieblichste kindlichste Naivetät haben, und dem Ideale gegenüber, das sie immer leuchten sehen, stets demüthig sind. Als ich Hebbels Sachen zuerst las, legte ich sie als unbedeutendes schwaches Gemache von Seite einer Unkraft, die sich nur bläht, und sittlich widerwärtig thut, um groß zu scheinen, bei Seite; aber in welches Erstaunen gerieth ich, als ich hörte, daß man ihn einen *Dichter* nannte, ja als man *Größe* in ihm fand. Es kam mir ein Wehe an um meine Landsleute – aber ich begrif es, als ich jene Gattung Wiener kennen lernte, die ihn priesen. *Meine* Ansicht ist die *aller* meiner literarischen Freunde: Grillparzer an ihrer Spize. Wenn man daher auswärts meint, Hebbel habe es Wien angethan, so irrt man sehr. Selbst manche Familien kenne ich, die nur ihr einfaches Gefühl fragen, und diese Dichtungen entschieden von sich weisen. Der größte Theil unserer Wiener, (der lesenden) ist zu gesund, um diese Verrenkungen anzunehmen.“

GRANIT

Entstehung: Erstfassung: Beginn der Niederschrift in der 1. Hälfte des Jahres 1847. Am 2.3.1848 berichtet Stifter dem Herausgeber des Taschenbuches „Vergißmeinnicht“, daß ihn eine „sehr umdüsterte Stimmung und Geschäfte anderer Art“ lange an der Fertigstellung gehindert hätten.

Zweitfassung: Fertigstellung im Frühjahr 1852. – Aus der Wiedergabe eines Jugenderlebnisses wird eine Vereinfachung zu märchenhafter Schlichtheit; im Mittelpunkt steht ein Kinderpaar nach Art von Hänsel und Gretel.

Erstdruck: Erstfassung: Mit dem Titel „Die Pechbrenner“ in „Vergißmeinnicht. Taschenbuch für 1849“. Hg. v. Carl Herloßsohn, 3. Jg., Leipzig 1849, S. 325–384.

Zweitfassung: Bunte Steine, Bd. I, S. 17–79.

Quellen: Den Hintergrund der Erzählung bilden Stifters Erinnerungen an seinen Heimatort Oberplan, an ein Erlebnis mit einem Pechbrenner in seiner Kindheit, an die Sagen, die ihm sein Großvater erzählte, vor allem an eine Pestsage. An Dr. Carl Herloßsohn schrieb er am 2.3.1848: „Der Stoff ist eine wirkliche Begebenheit aus der Zeit der lezten Pest im südlichen Böhmen, mein Großvater hat die Sache wiederholt in meiner Kindheit erzählt, und ich lasse sie in der Bearbeitung wieder von dem Großvater erzählen, gerade mit den Ausdrücken und Wendungen, die er immer gebrauchte.“

In der Gegend von Oberplan wurden bis ins 20. Jh. eine Pestsage und ein Pestspruch überliefert:

„Öiss't's Pumaröll'n
Stea(r)bt's nit sou gschnöll!
Öiss't's Enzigåun,
Of't kemt's davaun!“

19 *Stein:* Der Stein liegt noch heute links von der Haustürschwelle.

20 *Großvater:* Augustin Stifter. – *Wagenschmiere:* Fettmischung von Harzölkalkseife mit schweren Teerölen, die durch Sieden von rohem Kiefern-, Fichten- und Tannenharz in offenen gußeisernen Kesseln gewonnen wurde.

22 *Tappe:* Schrittspur. – *eingefleischte:* unverbesserliche. – *Vorhaus:* Hausgang. – *Bodenstiege:* Dachbodentreppe.

24 *Melm:* Dorf in unmittelbarer Nachbarschaft von Oberplan.

27 *Spitzenberg:* Dorf auf dem Weg von Oberplan nach Hirschbergen, am Fuß des Plöckensteines. – *Steigstein:* zum Übersteigen einer Mauer. – *Behringer Brünnlein:* östl. von Oberplan auf der Straße nach Honetschlag. – *Gnadenkapelle:* Gutwasserkapelle mit dem Gnadenbild der Schmerzhaften Madonna oberhalb von Oberplan. Vgl. „Der beschriebene Tännling" in den „Studien", S. 1123 ff. – *Grunde:* Senke.

28 *Blockenstein:* Plöckenstein (1378 m), etwa 10 km westl. von Oberplan; bildet zusammen mit dem Dreisesselberg (1330 m) die deutsch-österreichisch-tschechische Grenze.

30 *Terpentin:* wird durch Destillation von Kiefernharz gewonnen (sogenanntes deutsches Terpentin). – *Geister:* Extrakte, Essenzen.

31 *Ratschlägerhäusern:* Ratschlag an der Moldau, 5 km südl. von Oberplan.

32 *Zügenglocke:* Totenglocke. – *Eßt Enzian ...:* Vgl. den Vierzeiler bei den Quellenangaben; *Pimpinell:* Gattung der Umbelliferen. Die Wurzeln wurden seit dem 16. Jh. zur Arzneigewinnung gebraucht; sie schmecken scharf beißend und enthalten ätherisches Öl, Harz, Zucker und Benzolsäure.

33 *Haber:* süddt. Form für Hafer.

34 *Gottestag:* Sonntag. – *Gehege:* Einfriedung des Bauernhauses; Kollektivbildung zu Hag. – *dem blauen Schreine ...:* ein bemalter Bauernschrank. – *Schlage:* beim Weben das Anschieben des Schußfadens an den vorhergehenden Faden.

35 *bohnt:* glättet; Nebenform zu „bohnern", den Boden mit Wachs und Öl glätten.

36 *Schneidelinie:* Kammlinie.

37 *Schwibbogen:* zwischen zwei Mauerteilen frei stehender Bogen. – *Schoppendache:* Schuppendach.

39 *Schürbaume:* lange, hölzerne Stange, mit der das Feuer geschürt wurde.

40 *Hochwalde:* Berg (1044 m) zwischen Plöckenstein und Moldau. – *Wittinghausen:* Ruine bei Friedberg; die Entstehung der Burg wird im „Witiko" beschrieben, ihre Zerstörung in der Studienerzählung „Der Hochwald".

42 *Hausberge:* über dem Moldauufer nordwestl. von Oberplan zwischen Pernek und Salnau.

44 *Gestrippe:* veraltete Nebenform von Gestrüpp.

47 *Bartmoose:* die Flechten, die von den Bäumen herabhängen.
49 *Wirtschaften:* Bauernhöfe.
51 *Weihbrunnens:* an der Wand befestigtes Gefäß für Weihwasser.

KALKSTEIN

Entstehung: Erstfassung: 1847. Zweitfassung: Umarbeitung: 1851.

Erstdruck: Erstfassung: Mit dem Titel „Der arme Wohltäter" in: „Austria. Oesterreichischer Universal-Kalender für das Schaltjahr 1848." 9. Jg., Wien 1847, S. 331–350.

Zweitfassung: Bunte Steine, Bd. I, S. 81–193.

Quellen: Anregung und Beeinflussung durch Grillparzers Erzählung „Der arme Spielmann", die Stifter in den Korrekturabzügen der „Iris für das Jahr 1848" gelesen hat; zahlreiche Parallelen lassen sich feststellen. – Als Vorbild für den armen Pfarrer wurde Stifters Lateinlehrer am Stift Kremsmünster, Pater Placidus Hall, vermutet. Er war überaus gütig; als er später die Seelsorge in den Pfarrgemeinden Fischelham, Grünau und Pfarrkirchen übernahm, erwies er sich als großer Wohltäter der Schulkinder. In Stifters Briefen und Äußerungen findet sich jedoch kein diesbezüglicher Hinweis; vielleicht hat er auch bei einem Gespräch von einem Pfarrer dieser Art gehört. Vgl. auch Stifters Brief an Mathias Greipl, Wien, 4. 7. 1830: „Ich kenne hier einen Kaufmannssohn, der während seiner Studien gar nichts leistete, und nun, nachdem ihm der innere Sinn aufgegangen ist, und er die Würde der Bildung anerkannt hat, fing er an, sich selber zu bilden, und wird ein höchst liebenswürdiger Mensch."

55 *Raffael:* Raffaello Santi (Sanzio) da Urbino (1483–1520), ital. Maler und Architekt.
56 *Geniste:* Gebüsch. – *abzutun:* zu erledigen.
57 *Gerichte:* die einzelnen Gänge. – *Handkrausen:* Manschetten.
60 *der erste:* als erster.
63 *seicht:* nieder. – *Weihbrunnen:* Weihwasser. – *nicht ausgeschienen:* nicht durch die Wolken geschienen.
64 *Sandlehnen:* Sandhänge.
66 *Fach:* Behälter. – *Lichtschere:* zum Abschneiden des Dochtes.
74 *ausgetreten:* über die Ufer getreten.
76 *weicher:* aus weichem, einfachem Holz.
78 *verführen:* an einen anderen Ort schaffen, verschicken.
82 *nach den Worten des Dichters:* Ovid in den „Epistulae ex Ponto" (1. Buch, 3. Brief, V. 35 f.): Nescio qua natale solum dulcedine cunctos / Ducit et immemores non sinit esse sui. – Der Boden der Heimat zieht durch besondere Süße uns alle an und läßt es nicht zu, daß man nicht seiner gedenkt.
86 *aus Güte:* weil sie das Lehrgeld für ihn bezahlten.
87 *Trockenböden:* Dachböden zum Trocknen.

90 *Bastei:* vorspringender Teil von alten Festungsbauten.
91 *Buchstabenrechnungen:* Textaufgaben.
95 *Abgang:* Weggang, Tod.
96 *unverkümmert:* ungeschmälert.
97 *Anger:* Wiese.
101 *Glauben:* Kredit. – *gefallen waren:* Bankrott gemacht hatten.
102 *arg deuten:* übelnehmen.
103 *einzelneren:* genaueren.
107 *Werke:* Werkzeuge.
109 *abnehmen:* erschließen.
110 *rasches:* hurtiges, gewandtes.
111 *Verlassenschaft:* Erbe, Hinterlassenschaft. – *kotige:* schmutzige.
114 *festzustellen:* zu sichern.

TURMALIN

Entstehung: Erstfassung: Erste Hälfte 1848; vgl. Stifters Brief an Paul Aloys Klar (1810–1860), seit 1842 Herausgeber der „Libussa“, am 2. 7. 1848: „Ich habe Ihnen einen Beitrag für die Libussa zugesichert, wollte Ihnen denselben in der ersten Hälfte des Juni schiken, allein da kamen die Prager-Ereigniße dazwischen, und ich hielt ihn zurük. Obwohl ich nun meine, daß Sie vielleicht unter den obwaltenden Ereignißen die Libussa heuer gar nicht erscheinen lassen, so halte ich es doch, meinem gegebenen Worte gemäß, für meine Pflicht, mich deßhalb anzufragen. Ich kann Ihnen bis Hälfte Juli eine Erzählung zumitteln, der Preis ist 50 fl. C. M., welche ich aber sogleich nach Empfang und Annahme des Manuscriptes hieher zu senden bitte. Sind Ihnen diese Bedingungen genehm, so geben Sie mir Ihre Beistimmung mit umgehender Post zu erkennen.“

Zweitfassung: Ende Juli 1852 abgeschlossen.

Erstdruck: Erstfassung: Mit dem Titel „Der Pförtner im Herrenhause“ in „Libussa. Jahrbuch für 1852“. Hg. v. Paul Aloys Klar, 11. Jg., Prag 1852, S. 145–170.

Zweitfassung: Bunte Steine, Bd. I, S. 195–268.

Quellen: Stifter verdankt den Stoff der Frau des Numismatikers und Historikers Josef von Arneth, die ihm nach der Lektüre der „Bunten Steine“ schrieb: „Soeben lege ich Ihre ‚Bunten Steine‘ aus der Hand, und, obgleich noch sehr unwohl, sehe ich mich doch so hingezogen, mein dankbares Gefühl auszusprechen, daß ich Ihnen gleich wenigstens einige Worte sagen muß. Wie stolz bin ich, daß Sie meine kleine Skizze einer Beachtung werth gehalten haben. Freilich weiß ich wohl, das, was es ist, hat der Rahmen dazu gethan, und ist's ein Turmalin, so ist er in Perlen gefaßt.“ Vgl. auch Anm. zu S. 130–132.

Literarische Einflüsse: E. T. A. Hoffmann: „Die Marquise de la Pivardiere“ für das Ehebruchmotiv; F. Grillparzer: „Der arme Spielmann“ für das Flötenspiel.

117 *Turmalin:* Mineral, ein Borosilikat von Aluminium und Natrium mit wechselndem Gehalt von Eisen, Magnesium etc.; meist in langgestreckten, gewöhnlich vertikal gestreiften rhomboedrischen Kristallen.

122 *Zündzeug:* Gerät zum Anzünden. – *Sankt Petersplatze:* in der inneren Stadt, gegen den Graben zu; benannt nach der St. Peterskirche in der Nähe des Stephansdoms. (Vgl. auch „Das alte Siegel" in den „Studien" S. 688 u. 1215.)

128 *berichten:* berichtigen, bezahlen. – *angelaufene:* angesammelte.

130 *Freundin:* Frau von Arneth (vgl. Quellen).

131 *Vorstadtwohnung:* Die Familie von Arneth wohnte von 1819–29 in der Währingerstr. 274.

132 *Molton:* wollenes, leinwand- oder köperartig gewebtes weiches Gewebe mit flaumiger Oberseite. – *Soldatenarzneischule:* die medizinisch-chirurgische Josefs-Akademie, damals Währingerstr. 221. – *Schwibbogen:* s. Anm. zu S. 37.

137 *ausgewittertes:* verwittertes.

146 *Zergliederung:* Obduktion.

153 *Bleifeder:* Bleistift.

154 *Anliegen:* (Grund-)Besitz.

156 *Bad:* das oberösterreichische Bad Hall.

157 *Bruder meines Gatten:* Michael von Arneth, Prälat im Stift St. Florian (bei Enns, südlich von Linz).

BERGKRISTALL

Entstehung: Erstfassung: Herbst 1845.

Zweitfassung: Plan zur Umarbeitung im Januar 1846; verhältnismäßig geringe Änderungen; vgl. Brief Stifters an Heckenast vom 30. 8. 1852: „Hätte ich nur zum Bergkristall (heiligen Abend), der durch die Revision erst einen Schliff bekommen hat, nur die Möglichkeit, in späterer Zeit ihn noch einmal zu reinigen und zu fassen, bei allen Himmelsmächten, ich bilde mir ein, er könnte noch ein Diamant werden."

Erstdruck: Erstfassung: Mit dem Titel „Der heilige Abend" in „Die Gegenwart". Hg. v. Andreas Schuhmacher, Dezember 1845, Nr. 67 bis 69, 71 vom 20., 22., 23., 27. 12., S. 315–326 und 335–42.

Zweitfassung: Bunte Steine, Bd. II, S. 1–92.

Quellen: Als Stifter im Sommer 1845 mit seiner Frau eine Reise ins Salzkammergut machte, traf er mit dem Naturforscher Friedrich Simony (1813–96) zusammen. Über diese Begegnung berichtete Simony ein Vierteljahrhundert später, am 19. 8. 1871, an Emil Kuh für dessen Buch „Zwei Dichter Österreichs", Pest 1872:

„Da Stifter nur einen Tag in Hallstatt zu verweilen gedachte, so galt es mit der Zeit Haus zu halten und es wurde daher ... trotz des Regens sogleich ein Spaziergang in das Echternthal unternommen ... Mit einem in gleichem Grade sonst nur bei vollendeten Malern entwickelten Blicke vermochte Stifter jede halbwegs beachtenswerte Einzelnheit der Landschaft allsogleich herauszufinden und sich zu eigen zu machen. Noch sehe ich ihn vor mir, wie er vor der bekannten schönen Felsengruppe hinter der Echernmühle plötzlich halt machte und dieselbe nun mit Worten abzuzeichnen und zu malen begann und so lange mit der Sprecharbeit fortfuhr, bis eine allerliebste Skizze in seiner Gedächtnismappe saß. ‚Nichts fehlt zu dem Bilde, als eine passende Staffage', schloß mein Begleiter und – als hätte eine freundliche Waldfee sich beeilt, seinen Wunsch zu erfüllen – im nächsten Augenblicke tauchte ein bausbäckiges, freundlich blickendes Kinderpaar, mit riesigen Filzhüten auf den kleinen Köpfen und mit regendurchtränkten Grastüchern über dem Rücken, hinter den Steinblöcken hervor, uns Erdbeeren zum Kaufe anbietend. Stifter ging auch alsogleich auf den Handel ein, mit dem Bedeuten, daß die Kinder sich mit uns unter den nahen Bretterschoppen verfügen, die Erdbeeren selbst essen und uns erzählen sollen, von wo sie kämen und wo sie während des Wetters gewesen seien. Sie waren am Morgen nach der Wiesalpe gegangen, um dem ‚Ähndl' (Großvater) von der Mutter ‚Kost' zu bringen, dann sammelten sie Erdbeeren im Holzschlag am Ursprungkogel, wie aber das Wetter gar so ‚garstig gethan' habe, seien sie hinter einen ‚Palfen' (überhängenden Fels) gekrochen, bis es nicht mehr donnerte und ‚jetzt sind wir da' – dabei griffen sie herzhaft in ihre Körbchen, schauten uns in's Gesicht wie alten Bekannten und schwatzten noch treuherzig fort vom ‚Ähndl' und der Mutter, von der Rührmilch, welche ihnen die Kathl gegeben und von der Kathl ihrer Kuh, welche sich den Fuß zwischen den Steinen verklemmt hatte und nicht weiter gekonnt, bis der Jägerhansel ihr herausgeholfen, und so weiter, bis die Erdbeeren zu Ende waren und Stifter die kleinen Bergwanderer mit einem Nachgeschenk heimschickte. Es dämmerte schon, als wir am Waldbachsteg unterhalb des Strubs anlangten ... Eine Erwähnung der periodischen, mit dem Gange des täglichen und jährlichen Schmelzens der Dachsteingletscher zusammenhängenden Oszillationen des Waldbaches gab den Anstoß, von meinem ersten winterlichen Besuche des Karls-Eisfeldes zu sprechen und dabei eine Eishöhle zu schildern, durch welche es mir gelungen war, unter dem Gletscher eine bedeutende Strecke vorzudringen. ‚Ach, das müssen Sie, wenn wir bei meiner Frau sind, uns noch einmal, aber genau so erzählen, wie sie es eben gethan haben.' ... Am nächsten Morgen sah der Himmel gar trostlos aus. Der Regen hatte nicht nur die ganze Nacht hindurch angehalten, sondern nahm noch an Intensität und Stetigkeit zu ... Da im Augenblicke wegen des strömenden Regens eine Unternehmung in's Freie gar zu abenteuerlich gewesen wäre, Frau Stifter aber noch nicht gestattete, bei ihr vorzusprechen, lud ich deren Gemal ein, sich indeß bei mir häuslich niederzulassen ... Nachdem mein Besuch Alles auf das Genaueste besehen und mit Sachkenntnis besprochen hatte, ging es an die Durchsicht meiner Skizzen. Hatte sich Stifter vorher als orientiert in den naturhistorischen Gebieten gezeigt, so schien er jetzt erst recht in sein eigentliches Fahrwasser zu gerathen. Eingehend verfolgte er Strich um Strich in jeder neuen Zeichnung, er vermochte förmlich zwischen den Linien zu lesen und das oft kaum leise Angedeutete in seiner Vorstellung oft förmlich zu verkörpern. Mit ganz besonderem Interesse aber betrachtete er lange ein ziemlich treu gemaltes Bild jener Gletscherhöhle, von welcher ich ihm Tags zuvor erzählt hatte. Plötzlich sagte er: ‚Ich habe mir jetzt das Kinderpaar von gestern in diesen blauen Eisdom versetzt gedacht; welch ein Gegensatz wäre dies liebliche, aufknospende, frisch pulsirende Menschenleben zu der grauenhaft prächtigen, starren, todeskalten Umrahmung! ... Vielleicht stehle ich Ihnen einmal dieses Bild, wenn Sie nicht vorziehen, es selbst unter die Leute zu bringen.‘ – Er hat es später auch im ‚Bergkrystall‘ unter die Leute gebracht und unnachahmlich schön, daß es kein Mensch schöner hätte fertig bringen können ... Vor Allem reizend war an dem Abend die Schilderung des Kinderpaares, welches uns am Tage zuvor auf dem Gange nach dem Waldbachstrub begegnet war. Er zeichnete dasselbe mit einer Liebe, welche uns Allen sagte, daß ihm Kinder das Liebenswertheste dünken, was man unter den Menschen finden könne.“

Literarische Einflüsse: Das Motiv von der wunderbaren Rettung von Kindern, wie es im Märchen mehrfach erzählt wird: „Hänsel und Gretel“, „Rotkäppchen“.

159 *Bergkristall:* wasserhelle Quarzart.
164 *Mittag:* Süden.
165 *Merkwürdigkeit:* Besonderheit.
167 *Hals:* Joch, das zwei Gipfel miteinander verbindet; eine Erklärung des Begriffes gibt Stifter in der Erzählung „Der Hagestolz“ in den „Studien“ S. 837. – Stifter denkt hier vielleicht an den Halskogel beim hinteren Gosausee.
168 *Firnschrunde:* Schrunde: Spalt, Riß.
169 *Gschaid:* die Orte der Erzählung lassen sich nicht lokalisieren; Stifter denkt vielleicht an das Gosautal im Salzkammergut. Bei Millsdorf erinnerte er sich eventuell an Hallstatt.
170 *geglättete:* polierte. – *Sackuhren:* Taschenuhren. – *Scheibengewehre:* einläufige, schwere Gewehre. – *Schwibbogen:* s. Anm. zu S. 37. – *Ausnahmstübchen:* Austragshaus.
171 *Bundschuhen:* feste Stiefel, die mit Riemen gebunden werden.
172 *trillte:* plagte, drillte.
174 *des lediglichen Pflichtteiles:* des Pflichtteils allein.
177 *Walkmühle:* Maschine zur Verfestigung von Filz. – *Lohstampf:* Anlage zum Gerben des Leders. – *lüfteten:* ablegten.
178 *laulichte:* laue (mhd. Weiterbildung zu lau).
183 *Abweichungen:* Serpentinen, Kehren.
185 *heimlich:* gemütlich.
190 *Dachlehnen:* Lehnen = Hang, Absturz. – *Büheln:* Hügeln.

198 *Kaffeeabsud:* stark konzentrierter Kaffeeaufguß. – *bewältigte:* überwand.
199 *Auszug:* Konzentrat.
200 *Gewitterstoff:* Elektrizität.
202 *Schneelehnen:* Schneewächten.
205 *Pöller:* Böller.
207 *fallrechte:* senkrechte.

KATZENSILBER

Entstehung: Vermutlich nach 1847, als Stifter jenseits der Donau in einem Bauernhause bei Linz lebte. Erstes Erwähnen des Titels in Briefen 1852.

Erstdruck: Bunte Steine, Bd. II, S. 93–209.

Quellen: Das fremde braune Mädchen erinnert in mehreren Eigenschaften an Goethes Mignon. Weitere literarische Einflüsse: E. T. A. Hoffmann: „Das fremde Kind"; „Nußknacker und Mausekönig"; Märchenmotive, nach denen die Hausgeister durch Lohn verscheucht werden; J. und W. Grimm: „Von dem Tode des Hühnchens".

Daneben autobiographische Einflüsse: Stifter dachte vermutlich an seine Ziehtochter Juliane Mohaupt, ein Mädchen, von dem er schrieb, daß es „trotz seiner Goldhaare und Veilchenaugen stets etwas zigeunerhaftes in seinem Wesen" habe, und das sich „zu einem gesunden, üppigen, blühenden Mädchen von eigentümlicher, wilder fremdartiger Schönheit" entwickelte. Sie lebte seit 1847 bei Stifter. Am 1. 12. 1851 blieb das zehnjährige Mädchen längere Zeit von zu Hause weg und versetzte Stifter und seine Frau in große Aufregung. Stifter schenkte ihr 1853 ein Exemplar der „Bunten Steine" mit der Widmung: „Wenn du einst von dem Guten weichen wolltest, so lasse dich durch diese Blätter bitten, es nicht zu tun. Linz, am 16. Februar 1853." 1859 verließ die achtzehnjährige Juliane das Haus; nach vier Wochen wurde ihre Leiche aus der Donau geborgen.

Stifter verlegte die Erzählung in die Landschaft südlich des Böhmerwaldes und nördlich der Donau. Erinnerungen an die eigene Kindheit und an Sagenerzählungen der Großeltern werden verarbeitet.

211 *Katzensilber:* Glimmer, Mineral, meist deutlich kristallisiert in monoklinen Tafeln und Prismen von hexagonalem oder rhombischem Umriß.
213 *Sandlehne:* Sandhang.
214 *gegen mitternachtwärts:* gegen Norden.
216 *Flinserchen:* flimmernde Metallplättchen.
217 *Rohrach:* im Mühlviertel gibt es einen Ort namens Rohrbach und bei Kremsmünster eine Ortschaft Rohr; im Roman „Der Nachsommer" findet sich ein „Rohrberg".
218 *Geißer:* Ziegenhirte.

219 *Wasserjungfern:* Libellen.
220 *rötlichen Mäuslein:* Haselmaus, Gartenschläfer.
221 *Hähnlein und Hühnlein:* Grimms Märchen: „Von dem Tode des Hühnchens". – *Zeltern:* auf Paßgang abgerichtete Damenreitpferde.
224 *blinzen:* urspr. Form von blinzeln, die bis ins 19. Jh. üblich war.
225 *eitel:* unvermischt, rein.
228 *gespannte silberne Fäden:* feines Gewebe kleiner Feldspinnen, das vor allem im Spätherbst bei schönem Wetter fadenförmig in der Luft fliegt und die Spinnen mit sich zieht (Altweibersommer).
233 *Schneelehnen:* Schneewehen.
242 *gegen Abend:* gegen Westen. – *Fest der Geburt:* 8. September. – *nach Gallus:* 16. Oktober. – *Der Mensch ist eine Blume:* Vgl. Psalm 103,15. – *Zeitlose:* Herbstzeitlose.
243 *der verwundete und geschlagene Mann:* Vgl. Luk. 10,30ff. (Gleichnis vom barmherzigen Samariter).
247 *Königen mit den drei Sesseln:* s. S. 613.
248 *Fäden:* s. Anm. zu S. 228.
262 *geledigt:* gelockert.
265 *Weingeländer:* Weinspalier.
270 *Beisteuer:* Unterstützung durch Geld und Waren.
274 *Sture Mure:* s. S. 217.

BERGMILCH

Entstehung: Erstfassung: etwa 1837. Zweitfassung: 1852.

Erstdruck: Erstfassung: Unter dem Titel „Wirkungen eines weißen Mantels" in „Wiener Zeitschrift für Kunst, Literatur, Theater und Mode". Hg. v. Friedrich Witthauer, Wien 1843, Nr. 74–76, 14.–17. April, S. 585–88, 593–96, 601–04.

Zweitfassung: Bunte Steine, Bd. II, S. 211–264.

Quellen: Als Quelle wird mündliche Überlieferung vermutet. Hellmuth Himmel („Adalbert Stifters Novelle ‚Bergmilch'", Köln/Wien 1973) lokalisiert den Schauplatz überzeugend bei dem Wasserschloß Grafenegg bei Krems. Eine Situation, wie sie von Stifter erzählt wird, ergab sich in der Nacht vom 13. auf den 14. November 1805 bei Krems/Donau. Der russ. Befehlshaber Kutusow hatte sich nach dem 11. November in der Umgebung von Krems einquartiert und zog sich dann vor den nachdrängenden Franzosen in der Nacht zum 14. November nach Norden in Richtung Znaim zurück. Die Franzosen beschossen Krems in den frühen Morgenstunden des 13. November.

Autobiographische Einflüsse: Erinnerung an Fanny Greipl; hier kannte der Schloßherr ein Mädchen, das er „so sehr" liebte, „daß kein Wesen auf der Erde war, dem er eine gleiche oder nur annähernde Neigung hätte schenken können" (S. 282).

Literarischer Einfluß: L. Tieck: „Der Geheimnisvolle".

277 *Bergmilch:* Mineral; Gemisch von Aragonit und erdigem Kalkspat (oft in Spalten von Kalksteinen), weißgrau und gelblich.

279 *Anfalle:* Ansturm.

280 *Ax:* vgl. Quellen. – *Anstände:* Schwierigkeiten.

282 *Gründen:* Grundbesitz.

285 *ins Mittel getreten:* dazwischengekommen, eingegriffen.

287 *jene traurigen Tage:* gemeint sind die Napoleonischen Kriege im Jahre 1805. – *Schlachten:* Napoleon siegte am 2.12.1805 in der Dreikaiserschlacht bei Austerlitz und schloß am 26.12.1805 mit Österreich den Frieden von Preßburg. Nach neuerlichen Auseinandersetzungen (21./22.5.1809 Niederlage Napoleons bei Aspern und am 5./6.7.1809 Sieg Napoleons bei Wagram) kam es zum Frieden von Wien am 14.10.1809. Am 1.4.1810 heiratete Napoleon Erzherzogin Marie Luise, die Tochter von Kaiser Franz I. – *Anstrengungen:* In der Schlacht bei Leipzig (16.–18.10.1813) wurde Napoleon von den Verbündeten (europäische Koalition) besiegt.

288 *Vorspann:* Spanndienste für die Fahrzeuge der Soldaten.

289 *Russen:* als die Verbündeten der Österreicher. – *Glieder:* Truppenformationen. – *später Herbst:* nach der Vermutung von H. Himmel der 14.11.1805.

290 *die Tiroler:* gemeint ist der Freiheitskrieg unter Andreas Hofer. Vermutlich Anspielung auf das siegreiche Unternehmen der Tiroler bei Oberau im Eisacktal am 4./5.8.1809 gegen eine sächs. Abteilung. Stifter datiert das Ereignis vor und nennt anstelle der Sachsen die Franzosen als Feinde.

292 *in ihrem eigenen Lande:* Hinweis auf die Franz. Revolution von 1789.

293 *pickte:* tickte.

296 *kein Franzose:* vielleicht ein bayer. Offizier, der im Heere Napoleons kämpfen mußte.

300 *Schwibbogen:* s. Anm. zu S. 37.

301 *bei meinem Könige:* falls die Vermutung zu S. 296 zutrifft, dann Max I. (1756–1825), seit 1799 Kurfürst, seit 1806 durch Napoleons Gnaden König von Bayern.

302 *Frieden:* 26.12.1805.

303 *Führer:* Napoleon I. Während der Differenzen auf dem Wiener Kongreß landete Napoleon am 1.3.1815 im Golf Juan, zog am 30.3. in Paris ein und wurde am 18.6. bei Waterloo durch Wellington und Blücher besiegt. Die Engländer brachten ihn im Oktober auf die Insel St. Helena, wo er am 5.3.1821 starb. – *Herbstfäden:* Altweibersommer; s. Anm. zu S. 228.

306 *Ziele:* Ende, Grenze. – *benachbartes ... Gut:* in der Nachbarschaft von Grafenegg liegt Schloß Walkersdorf.

DER SPÄTE PFENNING

Entstehung: Bei einem Brand in Spital am Pyhrn am 26. 10. 1841 brannte neben vielen Häusern auch der Dachstuhl der Kirche ab, die Kirchenstühle und die Orgel wurden vernichtet. Als oberösterr. Schriftsteller die Herausgabe eines Wohltätigkeitsalbums planten, versprach auch Stifter einen Beitrag. Wegen der Krankheit seiner Frau konnte er jedoch die Zusage nicht einhalten und schickte 1842 die Parabel an den Herausgeber, mit der Bitte, sie nach Möglichkeit am Schluß einzuordnen.

Erstdruck: „Album aus Österreich ob der Enns." Hg. zum Besten der durch den Brand am 26. 10. 1841 verunglückten Bewohner von Spital am Pyhrn in Ober-Österreich. Linz 1843, S. 501–508.

Quelle: Vermutlich Anregung durch J. G. Herders „Blätter der Vorzeit".

314 *demütiger:* bescheidener.

DIE DREI SCHMIEDE IHRES SCHICKSALS

Entstehung: Zweite Hälfte des Jahres 1843.

Erstdruck: „Wiener Zeitschrift für Kunst, Literatur, Theater und Mode." Herausgeber und Redacteur: Friedrich Witthauer. 1.–9. Jänner 1844, Nr. 1–7, S. 1–4, 9–11, 17–20, 25–28, 33–35, 41–43, 49–51.

Quellen: Carl Wilhelm Koch (1785–1860): „Das Gespenst", am k.k. Hofburgtheater in Wien aufgeführt, gedruckt im 28. Jg. von F. A. v. Kurländers „Dramatischem Almanach" für das Jahr 1838, S. 143–196. Koch verwendet dabei eine Erzählung von Karl Theodor Haupt, die 1828 in Bäuerles „Wiener Theaterzeitung" erschienen war: Die Tochter des Hauses kommt nachtwandelnd in das Zimmer eines Gastes. Dieser zieht ihr, ohne daß sie erwacht, einen Ring vom Finger. Beim Frühstück am folgenden Morgen führt dieser Ring zur Entdeckung des Vorfalles. Der Liebe auf den ersten Blick folgt die baldige Zustimmung des Vaters zur Ehe.

Literarische Einflüsse: Goethe: „Wilhelm Meisters Lehrjahre", I. Buch, 17. Kap. mit der Frage nach den Wirkungen des Zufalls und den Möglichkeiten, ihn durch die Vernunft zu beherrschen.

Ludwig Tieck: „Schicksal" (1795), Erzählung mit der Frage nach der Bedeutung von Zufall und Schicksal im Leben.

Johann Gottfried Herder: „Ideen zur Philosophie der Geschichte der Menschheit" mit einer Warnung vor der kritiklosen Nachahmung der Antike.

Friedrich Hebbel: „Ernst, Freiherr von Feuchtersleben. Umrisse zu seiner Biographie und Characteristik", 1853; hier ist davon die Rede, daß Feuchtersleben als junger Mensch bemüht war, die antiken Helden in seiner Lebensführung nachzuahmen; Stifter konnte davon durch Erzählungen gehört haben.

319 *Quilibet ...:* Jeder ist der Schmied seines Glückes; nach der fälschlich dem Sallust zugeschriebenen Schrift „De re publica ordinanda" („quod in carminibus Appius ait, fabrum esse suae quemque fortunae") stammt dieser Satz von dem Konsul Appius Claudius Caecus (307 v. Chr.). – *a priori:* mit Vernunftgründen, unabhängig von Erfahrung. – *Psychologie:* Seelenkunde. – *Logik:* Lehre vom folgerichtigen Denken. – *Metaphysik:* Lehre von dem, was über die sinnliche Natur hinausgeht.

320 *am Narrenseile geführt:* zum Narren gehalten. – *Vormann:* Gewährsmann. – *auf dem mauerschwarzen Kollegium:* Stifter denkt vermutlich an das Stift Kremsmünster, wo er das Gymnasium besucht hatte.

321 *Spartaner:* Bewohner Spartas, der Hauptstadt der peloponnesischen Landschaft Lakonien, mit der unerbittlich strengen Gesetzgebung des Lykurg; sie waren in der Antike berühmt wegen ihrer Tapferkeit, ihrer strengen Disziplin und ihrer einfachen Lebensweise. – *Stoiker:* s. Anm. zu S. 327. – *Es schmerzt nicht:* Der Verschwörung gegen Kaiser Claudius verdächtigt, wurde Caecina Paetus 42 n. Chr. zum Tod verurteilt. Um ihn zu ermutigen, stieß sich seine Gattin Arria den Dolch in die Brust, zog ihn heraus und reichte ihn Paetus mit den Worten: Paete, non dolet – Paetus, es schmerzt nicht. – *stagnierte:* kaum floß. – *zwei gefeierte Namen:* nach dem Vorbild berühmter Freundespaare der Antike wie die Dioskuren (Brüderpaar), Achilleus und Patroklus, Orestes und Pylades, Damon und Pythias. – *vegetabilische Brühe:* Kräutersuppe. – *schwarze Suppe:* stark gewürzte Suppe aus Rindsbrühe, Ochsenblut und in Würfel geschnittenem Ochsenfleisch; Nationalgericht der Spartaner. Hier als Beispiel für die Einfachheit der spartanischen Lebensweise.

322 *bemoosten:* bejahrten (Studentensprache). – *Repetenten:* Wiederholer. – *Klapperschlangen:* wegen des fixierenden Blickes der Schlangen. – *hatte er gefragt:* Anklang an Homer, Odyssee, 2. Gesang V. 94, 104, 117.

323 *Realwissenschaften:* Naturwissenschaften. – *Irokesen:* nordamerikan. Indianerstamm, der zur Zeit der Entdeckung Amerikas an beiden Ufern des Lorenzstromes und im Gebiet des heutigen Staates New York lebte.

324 *Musenstadt:* vermutlich ist Wien gemeint. – *Afterverhältnissen:* unechte, nachgemachte Verhältnisse. – *Texas:* Texas erklärte sich 1835 für unabhängig von Mexiko und wurde nach schweren Kämpfen 1840 unabhängige Republik. 1845 Anschluß an die Vereinigten Staaten. – *Fuß:* hier: Zustand. – *Zuflüsse:* Erträge.

326 *übermachen:* zukommen lassen.

327 *Zeno:* griech. Philosoph (um 336–264 v. Chr.), lebte in Athen und lehrte in der Stoa poikile (mit Gemälden geschmückte Säulenhalle); seine Schüler hießen deshalb die Stoiker. Seine Lehre verband die Hauptsätze der kynischen Ethik mit heraklitischer Physik. Die Unabhängigkeit der sittlichen Gesinnung wird der äußerlich erscheinenden Handlungsweise und deren zufälligen Umständen gegenübergestellt. Ziel der Entwicklung sind Gleichmut und Unerschütterlichkeit in allen Dingen, worauf hier von Stifter angespielt wird. – *ungläubige:* aufgeklärte.

328 *Dunen:* Daunen. – *aufführen:* vorstellen.

334 *Marterbild:* Kruzifix.

339 *Knasterbart:* alter Mann. – *Schnarrwerk:* hier im Sinn von Schnurren.

340 *Weingespenst:* Weingeist.

341 *fisperte:* flüsterte. – *Stab:* Stock.

343 *Helote:* spartan. Staatssklave, der anfangs nicht zum Kriegsdienst zugelassen war und später nur als Leichtbewaffneter kämpfen durfte. Er war deshalb im Gebrauch der Waffen nicht oder weniger geübt.

DIE BARMHERZIGKEIT

Entstehung: Vermutlich 1844/45.

Erstdruck: „Wiener Zeitschrift für Kunst, Literatur, Theater und Mode." Hg. v. G. Ritter von Franck. Wien 1845. Nr. 2 mit dem Zusatz: „Aus einer größeren Arbeit". Worauf sich Stifter bezieht, ist nicht feststellbar.

ZUVERSICHT

Entstehung: Vermutlich 1844 im Zusammenhang mit dem Plan, einen dreibändigen Roman über Robespierre zu schreiben.

Erstdruck: „Moosrosen. Ein Kranz von Novellen, Erzählungen, Mährchen und Gedichten." Wien, Leipzig: Jos. Stöckholzer v. Hirschfeld. 1846, S. 81–88.

Quelle: Vielleicht ein Memoiren- oder Quellenwerk.

355 *Französischen Revolution:* gemeint ist die große Revolution von 1789. – *Innerlichkeit:* Einzelheiten. – *einige:* alleinige. – *Phrase:* Feststellung.

356 *Marat:* Jean Paul Marat (1744–1793), einer der führenden Männer der Franz. Revolution; er wurde von Charlotte Corday im Bad erstochen.

359 *Dumauriez:* Charles François Dumouriez (1739–1823), franz. General.

360 *Habschaften:* Besitztümer.

DER WALDGÄNGER

Entstehung: 1846; vgl. Stifters Brief an Gustav Heckenast am 22. Mai 1846: „Neulich sagte mir Kolisch der Hagestolz sei die schönste deutsche Novelle. Wenn es auch nicht wahr ist, so ist es doch günstig gemeint. Ich hoffe von dem Waldgänger noch mehr, da der Schluß das Schlagendste, und Eingreifendste ist, und die Empfindung am *Ende* eines Buches entscheidet die Aufnahme."

Erstdruck: „Iris. Deutscher Almanach für 1847." Hg. v. Johann Grafen Mailáth. Pesth: G. Heckenast, 1847, Neue Folge 1. Jg. S. 1–112. (Das Taschenbuch erschien bereits im Herbst 1846.)

Quellen: Stifters Erinnerungen an die eigene Jugend: der Waldgänger durchstreift die Gegend an der Moldau zwischen Friedberg und Hohenfurth. – Stifters Liebe zu Fanny Greipl (s. Anm. zu S. 363 und 368). – Der Hegerbub zeigt Erinnerungen Stifters an seine Kindheit (s. Anm. zu S. 385 und 388). – An dem Problem der Kinderlosigkeit hat Stifter zeit seines Lebens schwer gelitten.

363 *Enns:* rechter Nebenfluß der Donau in Österreich, entspringt am Nordabhang der Niedern Tauern und mündet unterhalb der Stadt Enns in die Donau. – *an ein Mädchen:* Franziska (Fanny) Greipl; Stifter denkt wohl an den Herbst des Jahres 1829; vgl. seinen Brief an Fanny vom 1. 10. 1829 aus Wien: „Mir war, als müßte ich von allem, was die Erde nur immer Liebes und Freundliches für mich hat, auf immer scheiden, als stände mir ein unglücksvolles Jahr bevor ... In meinem ganzen Leben habe ich noch keinen so innigen Schmerz gefühlt, als der war, mit dem ich am Montage morgens vor Deinem Bette stand und Abschied nahm ... Feste Ausdauer muß endlich zum Ziele führen. Was mich betrifft, so wollte ich jede Kraft, die nur immer in mir liegt, aufregen zur Tätigkeit, ich will arbeiten, was ein Mensch arbeiten kann – aber Du müßtest aus Liebe und Vertrauen in mein Versprechen Dich selbst zum Lohne meiner Mühe aufsparen."

364 *vereinsamter Ort:* vermutlich Kirchschlag (900 m), nördl. von Linz, wo sich Stifter in seinen letzten Lebensjahren gerne aufhielt. – *Mitternacht:* Norden. – *Mittag:* Süden.

365 *Abtei:* die Benediktinerabtei Kremsmünster. – *Haselgraben:* der alte Verbindungsweg von Linz über Zwettl, Leonfelden, Hohenfurth nach Budweis; mündet nördlich von Linz ins Donautal. – *anderer:* zweiter.

366 *Schlosse:* Wenzel (1361–1419), ältester Sohn Karls IV., seit 1376 dt. König, wurde bei wiederholten Auseinandersetzungen mit dem böhm. Adel von Heinrich von Rosenberg auf seinen Schlössern in Südböhmen gefangengehalten. Stifter meint hier Schloß Wildberg, das dem Herrn von Starhemberg gehörte. – *Sankt Magdalena:* oberhalb von Linz, links der Donau bei Urfahr.

367 *einer Kirche:* die Wallfahrtskirche zu den Sieben Schmerzen Mariae auf dem Pöstlingsberg.

368 *schon seit langem:* Fanny Greipl, Gattin des Kameralsekretärs Fleischanderl, war am 16. 9. 1839 nach viertägigem Wochenbett in Wels gestorben.

370 *Linie:* Etwa 10 km südlich von Friedberg kreuzte die Straße die Grenze zwischen Böhmen und Oberösterreich. – *Dorf:* (Vorder- und Hinter-) Heuraffl.

371 *anderen Stelle:* „Der Hochwald" in den „Studien" S. 186. – *Friedberg:* Heimatort Fannys.

373 *Gehäbigkeiten:* Bequemlichkeiten.

374 *Weiter abwärts ...:* Stifter beschreibt den Moldaulauf zwischen Friedberg und Rosenberg; er nimmt Orts- und Hausnamen seiner Heimat unverändert in die Erzählung auf.

376 *Hohenfurt:* wurde 1259 von Peter Wok von Rosenberg als Zisterzienserkloster gegründet. – *Morgen:* Osten. – *ihrer Schwester:* die Elbe.

377 *Abdecker:* Schinder.

382 *Murillo:* Bartolomé Estéban Murillo (1618–82), span. Maler; berühmt wurden seine realistischen Darstellungen aus dem Volksleben von Sevilla.

385 *baut lauter Hohenfurt:* Vgl. Stifters Fragment einer Selbstbiographie: „Auf diesem Fensterbrette legte ich auch Kienspäne ihrer Länge nach aneinander hin, verband sie wohl auch durch Querspäne und sagte: Ich mache Schwarzbach." (Schwarzbach = ein Ort in der Nähe von Oberplan.)

386 *Gestrippe:* Gestrüpp. – *Besätzlein:* Saum.

388 *die Auferstehung des Herrn:* am Karsamstag abend; auf Stifter machte die Auferstehungsfeier in der Kirche von Oberplan in der Kindheit einen langanhaltenden Eindruck.

391 *Schiller:* Schatten.

394 *Serpentin:* Mineral; wasserhaltiges Magnesiumsilikat.

395 *Holzstoppel:* Holzstöpsel.

398 *Ausnehmen:* Austrag.

400 *Zeitlose:* Herbstzeitlose. – *verstört:* zerstört.

403 *Konsistorium:* oberste Verwaltungsbehörde der evang. Kirchengemeinde.

405 *Superintendent:* leitender evang. Geistlicher eines Kirchenkreises in Norddeutschland; im Süden dafür: Dekan.

410 *Abgunst:* Mißgunst.

414 *Pate:* hier Patin.

421 *Baute:* Bau (gebraucht für im Bau befindliche oder kurz vollendete Gebäude).

422 *erübrigten:* Kanzleisprache: noch zu tun blieben. – *wüste:* leere. – *weiche:* aus Weichholz.

423 *sondern:* hier: statt dessen.

426 *floriger:* umflorter.
427 *Gefäße:* hier: Holzgefäße. – *aufgeführt:* vorgestellt.
436 *falsches:* unechtes, nicht aus Gold gefertigtes.
439 *standen:* paßten.
442 *unsere Kirche:* die ev. Kirche; Stifter ließ das Ehepaar der ev. Konfession angehören, damit eine Scheidung überhaupt möglich war.

DER TOD EINER JUNGFRAU

Entstehung: Niederschrift vielleicht im Zusammenhang mit dem Tod von Gustav Scheibert (20. 11. 1846); s. Anm. zu S. 16. An den Vater, Josef Scheibert, hatte Stifter geschrieben: „Gustav ist reinen Herzens eingegangen zu Gott, der ihn rief." Der Trost, den der Engel in der Parabel bringt, gilt den Eltern Scheibert.

Erstdruck: „Der Tod einer Jungfrau. Parabel." In: Oesterreichisches Volksblatt für Verstand, Herz und gute Laune." Redigiert von Friedrich Eurich. Linz 1847, 29. Jg. Nr. 109 vom 9. Juli, S. 433–34.

Quelle: Das Motiv des Toten, der darum bittet, daß man nicht länger um ihn trauere, findet sich häufig, z. B. bei Adelbert von Chamisso, „Die Mutter und das Kind", 1830, und Ludwig Bechstein, „Das Tränenkrüglein", 1845.

PROKOPUS

Entstehung: Februar bis Ende Mai 1847.

Erstdruck: „Iris. Deutscher Almanach für 1848." Hg. v. Johann Grafen Mailáth. Pesth: G. Heckenast, 1848. Neue Folge. 2. Jg., S. 61–135.

Quellen: Vom Inhalt her handelt es sich um eine Fortsetzung der Erzählung „Die Narrenburg"; s. „Studien", S. 380.

Autobiographische Einflüsse: Ebenso wie Gertraud für die Astronomie keinen Sinn hat, besitzt auch Stifters Frau Amalie weder Interesse noch Gespür für die dichterische Arbeit ihres Mannes.

Die Beschreibung der Ankunft des jungen Paares auf dem Rotenstein erinnert an Christoph von Schmids (1768–1854) Erzählung „Rosa von Tannenburg" (1825).

463 *gesäumt:* mit Saumtieren befördert.
464 *goldflinsernde:* s. Anm. zu S. 216. – *Schoppen:* Schuppen.
465 *Awaren:* türk.-mongol. Nomadenvolk, das zu Beginn des 6. Jh.s in Böhmen zu finden war. – *Bojer:* kelt. Stamm, der lange im Gebiet Böhmens siedelte.
471 *Säumer:* Saumtiertreiber.
472 *Gelegenheit:* Beschaffenheit.
473 *Nahrung:* hier: das Gewerbe, mit dem man sich Nahrung erwirbt.

476 *Witz: Verstand.* – *Syndikus:* Rechtsrat der Stadt.
477 *Lieben Leute:* Anrede, die eine veraltete Form des Vokativs mit schwach gebeugtem Attribut verwendet.
478 *Trinkborne:* Trinktröge.
479 *Anstand:* Beginn. – *Gerülle:* ältere Form von Geröll.
480 *dürfen:* brauchen.
483 *Narre:* Närrin.
485 *abgeschlagen:* im Preis gesunken. – *Drange:* Gedränge.
492 *Moosbärten:* s. Anm. zu S. 47.
494 *Kalkgemälden:* Fresken.
497 *Gerhab:* Vormund.
499 *Abende:* Westen. – *Werken:* Gebäuden.
501 *abgefallen:* weggeblieben.
502 *schönen Weibes:* Berenikes Locke, Sternbild am nördlichen Himmel.
508 *Serpentin:* s. Anm. zu S. 394.
511 *Einzelheit:* Eindeutschung von Individualität. – *gewältigen:* veraltete Nebenform zu bewältigen.
514 *Allode:* Freigut; der dem Lehensträger persönlich gehörende Grund und Boden.
521 *Gehäbigkeit:* Behäbigkeit.

ZWEI WITWEN

Entstehung: 1860.

Erstdruck: „Oesterreichischer katholischer Volks-Kalender für das Jahr 1862." Hg. v. Dr. Franz Isidor Proschko. Linz: Danner 1862, 4. Jg., S. 80–86.

NACHKOMMENSCHAFTEN

Entstehung: Im April 1860 versprach Stifter dem Regensburger Verleger Heinrich Pustet eine Erzählung für dessen neue Zeitschrift „Der Heimgarten". Erster Entwurf wohl im Frühjahr 1863, dann bis Ende Oktober Überarbeitung. Vgl. Brief Stifters vom 20. 10. 1863 aus Schärding/Inn an seine Frau: „Ich kann Dir nur einige Worte schreiben, daß Du doch weißt, daß ich lebe und gesund bin. Ich habe gemeint, daß ich die verruchten Roderer an einem Abende werde durchlesen können, und nun habe ich das Ausbessern begonnen, und arbeite bis heute in jeder freien Minute daran. Du wirst staunen, wenn Du die Handschrift wieder einmal siehst. Ich bin am Ende selber ein Roderer. Jetzt bin ich am letzten Blatte, und hoffe heute noch fertig zu werden."

Erstdruck: „Der Heimgarten. Ein Haus- und Volksblatt mit Bildern." Hg. von Dr. Herman Schmid. 1. Jg. 1864, Nr. 6 (S. 81–88), Nr. 7 (S. 97–104), Nr. 8 (S. 113–118).

Quellen: Zahlreiche autobiograph. Reminiszenzen: Stifter besuchte von 1818–26 das Gymnasium des Benediktinerstifts in Kremsmünster. Er war dort in der Grammatikalklasse der „erste Premant“. Bei seinem Lehrer Georg Riezlmayr lernte er die Landschaftsmalerei. Viele Jahre hindurch war er überzeugt, daß er zum Maler geboren sei, und im Oktober 1844 bewarb er sich noch um Aufnahme in den Witwen- und Waisenpensionsfonds bildender Künstler in Wien. Auch von ihm gibt es eine Reihe von Darstellungen des Dachstein. Er verbrannte viele Bilder, weil er nicht mit ihnen zufrieden war. Für seine Bilder nützte er gerne verhältnismäßig große Formate.

Auch der alte Peter Roderer trägt Züge Stifters: Wie dieser hat er sich in der Jugendzeit gerne mit alten Chroniken und Dichtungen beschäftigt. Autobiographisch sind der Tod des Vaters und die Unterstützung für Mutter und Geschwister. In dem „ätherischen“ Frankfurter Mädchen findet sich ein Hinweis auf die Liebe zu Fanny Greipl. So wie Peter Roderer an seiner Gattin Mathilde die „häuslichen Tugenden“ rühmt, hebt Stifter immer wieder Häuslichkeit, Treue und Rechtschaffenheit seiner Frau hervor. Unmittelbare Anregung für die Tätigkeit des Peter Roderer gab der Wiener Wechsler Franz Schaup (1796–1871), der 1849 die Herrschaft Frankenburg kaufte, dort 1858 eine Kleinkinderbewahranstalt und 1860 eine Mädchenschule gründete und 1758 die Brauerei und das Moorbad Zipf erwarb. Stifter erhielt am 12.12.1859 den Auftrag, „bei Gelegenheit seiner nächsten Inspektionsreise sich vor allem nach Frankenburg zu begeben und über die segensreiche Wirksamkeit des Gutsbesitzers Franz Schaup sowohl im Wege des Pfarrers als auch im Wege des Bürgermeisters die verlässigsten und umfassendsten Nachrichten einzuholen und hierüber noch von Frankenburg aus detaillierten Bericht zu erstatten.“ – Der alte Peter Roderer erscheint auch am Schluß des 2. Bandes von „Witiko“, S. 572.

Außerdem finden sich zahlreiche Parallelen zu dem Roman „Der Nachsommer“, doch wird die Handlung selbstironisch abgewandelt.

534 *verführen:* transportieren, an einen anderen Ort schaffen. – *Staubbaches:* Wasserfalles.
539 *Lüpfinger Tale:* Anklang an Zipf (vgl. Quellen). – *Firnberg:* Frankenburg (vgl. Quellen).
540 *eingelegt:* in den Keller getan. – *Laibchen:* Semmel.
542 *Willigitter:* Tor (Eingang) zum Besitztum, das dem Grundherrn gehört.
543 *Letten:* Lehm. – *Risse:* Skizzen. – *gedauert:* gehalten.
545 *ausschlagen:* nicht berücksichtigen.
547 *nankinggelbe:* rötlichgelbe.
552 *gewöhnlicher:* einfacher, umgänglicher.
556 *Büren:* Friedrich von Büren (Mitte des 11. Jh.s), Ahnherr der Hohenstaufen. Sein Sohn Friedrich (gest. 1105) baute seine Burg auf den benachbarten Hohenstaufen.
557 *Zider:* Apfelwein.

566 *die Tat ist das Leben:* Vgl. Goethe, „Wilhelm Meisters Wanderjahre", III. Buch, 1. Kap.: „Und dein Streben, seis in Liebe, und dein Leben sei die Tat."

568 *Afterheiten:* Nachahmungen. – *Landschaft:* Landschaftsgemälde.

571 *Blahe:* Leinwand, Plane.

574 *Bartholomäustage:* 24. August.

575 *Malerbrett:* Palette.

585 *Handfeste:* Urkunde.

590 *Petrus-Paulustage:* 29. Juni.

DER WALDBRUNNEN

Entstehung: Vermutlich im Sommer 1865 auf dem Gut von Franz Xaver Rosenberger fertiggestellt.

Erstdruck: „Düsseldorfer Künstler-Album". Hg. v. Dr. Wolfgang Müller von Königswinter, Düsseldorf: Breidenbach, 1866, 16. Jg., S. 1–18.

Quellen: Stephan Heilkun trägt zahlreiche autobiographische Züge: Stifter suchte ab 1855 und in den sechziger Jahren wiederholt Erholung in der Gegend von Lackenhäuser (im Anwesen von Franz Xaver Rosenberger) am südlichen Fuß des Dreisesselberges. – 1859 verläßt die achtzehnjährige Ziehtochter Juliane das Haus und wird vier Wochen später tot aus der Donau geborgen; Stifter ist zutiefst erschüttert. Der Name Juliana in der Erzählung ist wohl eine Erinnerung an die tote Ziehtochter (s. Anm. zu „Katzensilber", Quellen). Juliana erinnert in einigen Zügen an das „braune Mädchen" in „Katzensilber", allerdings wird jetzt die Spannung zwischen Natur und Kultur gelöst, während das wilde Mädchen in „Katzensilber" ohne Namen blieb und spurlos verschwand. Juliana erinnert teilweise auch an Goethes Mignon-Gestalt.

595 *Neukirchen:* Stifter kannte in Oberösterreich die Orte Pabneukirchen und Oberneukirchen durch Ausflüge und Dienstreisen.

596 *wolkigen:* wolligen. – *Sixtinischen Madonna:* von Raffael Santi (1483–1520) für die Benediktiner von San Sisto in Piacenza gemalt; das Bild kam später in die Dresdner Gemäldegalerie. – *Blinken:* Blinzeln.

597 *Rigi:* Gebirgsstock in den Schweizer Kantonen Schwyz und Luzern; berühmter Aussichtsberg mit dem Rigikulm (1800 m) als höchstem Gipfel, auf dem Gasthöfe stehen.

598 *Schermesser:* Rasiermesser.

599 *auszumitteln:* festzustellen, in Erfahrung zu bringen.

600 *Freiung:* Freyung, nördl. von Passau; in der Nähe liegt Schloß Wolfstein. Stifter ist diese Route mehrmals gereist.

601 *Fendelsberg:* Vendelsberg, nördlich von Passau. – *Waldkirchen:* wenige Kilometer nordöstlich von Vendelsberg; früher ein wichti-

ger Ort für die Säumer aus Passau; besaß um 1300 das Markt- und Stapelrecht für das Salz. – *Bühel:* Hügel.
602 *Jandelsbrunn:* 6 km östl. von Waldkirchen.
606 *Klafferstraße:* östl. von Jandelsbrunn.
613 *Fels der drei Sessel:* s. S. 247. – *Ötscher:* Berg in den österr. Alpen (1892 m).
615 *Breitenberg:* südl. von Klafferstraße.
616 *Rosenau:* Anspielung auf Stifters Freund Franz Xaver Rosenberger, den Besitzer des Rosenberger-Gutes.
625 *Heiß mich ...:* aus Goethes „Wilhelm Meisters Lehrjahre", V. Buch, 16. Kapitel, Lied der Mignon. – *Freudvoll und leidvoll:* aus Goethes „Egmont", III. Aufzug.
626 *Blumen ...:* Schiller, „Der Jüngling am Bach", Str. 4. – *Dem Winde ...:* verändert nach Goethes „Rastlose Liebe". – *Ich bilde Menschen ...:* nach dem Schluß von Goethes Gedicht „Prometheus".

DER KUSS VON SENTZE

Entstehung: Erste Hälfte 1866. Stifter schickte die Erzählung am 5. 7. 1866 an Carl Hoffmann in Stuttgart für die Zeitschrift „Das Buch der Welt". Hoffmann lehnte sie ab; Stifter veröffentlichte sie dann in der 1. Nummer der neuen Zeitschrift „Die Gartenlaube".

Erstdruck: „Die Gartenlaube für Österreich". Hg. v. I. A. Siegl, redigiert v. Josef Pack. 1. Jg., Graz 1866, Nr. 5–8, S. 41 ff.

635 *Bühel:* Hügel. – *Wermelin:* Anklang an das „Nibelungenlied"; dort heißt einer der Boten, die Etzel zu den Burgunden schickt, Werbelin.
636 *Palsentze:* In Oberösterreich gab es die Herren von Palsentze und Polsenz (13. Jh.). – *Seitenstätten:* Benediktinerstift Seitenstetten, gegr. 1142, im westlichsten Teil Niederösterreichs, nahe der oberösterr. Grenze.
641 *jetzt sieht:* Anspielung auf den Walzer.
644 *Unruhen:* Märzrevolution von 1848 in Wien; die Erzählung spielt vom März bis November 1848.
645 *der Dichter ...:* gemeint ist Goethe; vgl. „Hermann und Dorothea", 6. Gesang, V. 40 f. – *Feldherrn:* Feldmarschall Johann Joseph Wenzel Anton Franz Karl Graf von Radetzky (1766 bis 1858), österr. Feldmarschall, der im Frühjahr 1848 in Oberitalien kämpfte. – *Mantelsack:* urspr. Sack, in dem der Mantel und andere Kleider getragen wurden.
649 *Fach:* Behälter. – *Etzel:* Attila (434–453), König der Hunnen.
650 *Nachbilder:* Kopien.
651 *Seneschall:* hier iron. gemeint; am Königshof der oberste Hofbeamte. – *Truchseß:* der Verantwortliche für Küche und Tafel.

654 *Verwunderlichkeit:* das Erstaunliche. – *absteht:* verbleicht.
655 *Alle Dinge ...:* autobiographische Äußerung.
661 *jetzt:* nach den Revolutionsereignissen von 1848.

DER FROMME SPRUCH

Entstehung: Der Schriftsteller Leo Tepe, Herausgeber der in Aachen erscheinenden Zeitschrift „Katholische Welt", erbat Anfang 1867 einen Beitrag, und Stifter antwortete am 2. 3. 1867: „Für den Augenblick habe ich eine Erzählung fast fertig. Sie hat den Titel: ‚Der fromme Spruch'. Es ist der Spruch ‚Ehen werden in dem Himmel geschlossen', durch Fügungen der Natur und der Sittlichkeit kömmt dieser Spruch in der Erzählung zu Ehren, nachdem es geschienen hatte, er werde in widersinniger Weise erfüllt werden. ... Ich habe die Erzählung im Sommer im Walde der drei Sessel aus freiem Antriebe unternommen und mit Liebe gearbeitet. Wie weit sie gelungen ist, müssen andere beurteilen." Erst am 30. 8. 1867 konnte Stifter den letzten Teil des Manuskripts abschicken. Tepe antwortete am 17. Oktober mit einer Ablehnung der Erzählung (s. „Nachwort", S. 798).

Erstdruck: „Erzählungen". Gesammelt und dem Nachlasse entnommen von Johannes Aprent. Bd 2. Pesth: G. Heckenast 1869.

Quellen: Literarische Einflüsse: In Goethes Roman „Wilhelm Meisters Wanderjahre" die Novelle „Der Mann von funfzig Jahren". – August von Kotzebue: „Der Mann von vierzig Jahren", ein Lustspiel; Pius Alexander Wolff: „Der Mann von fünfzig Jahren" (Lustspiel). Beide Stücke wurden am Wiener Burgtheater aufgeführt.

667 *Fach:* Behälter, Schatulle. – *ebener:* gleichmäßiger.
668 *Vasallen:* Lehensleute, Untertanen. – *Felonie:* Verrat gegen den Lehensherrn.
670 *etwas Gutes:* Anspielung auf die Bedeutung des Namens Agathe = die Gute.
673 *Strotzigkeit:* Üppigkeit.
682 *Palisander:* brasilian. Holzart (Jacaranda).
683 *abgetan:* erledigt.
684 *Poche nicht:* bilde dir nichts ein.
686 *Derwisch:* Mitglied eines islam. religiösen Ordens mit oft übersteigerter religiöser Andachtsübung (Tanz).
688 *Werke:* Werkstätten. – *Gebreite:* Ackerboden.
697 *gewältigt:* bewältigt.
699 *Weimutskiefern:* nordamerikan. Kiefernart.
704 *häßliche:* vielleicht Versehen des Herausgebers der Erstausgabe; als Konjektur wurde vorgeschlagen: läßliche.
717 *befangenen:* unfreien, bedrückten.
729 *Vergunst:* Erlaubnis. – *haltet ... genehm:* billigt.
731 *Abkommen:* Abstand nehmen, Verzicht leisten.

Für die Anmerkungen wurden neben der in der Auswahlbibliographie genannten Literatur dankbar benutzt:

Adalbert Stifter: Sämtliche Werke. Hg. von August Sauer, Franz Hüller, Kamill Eben, Gustav Wilhelm u. a. 25 Bände. Prag 1904ff., später: Reichenberg 1927ff.

Adalbert Stifter: Werke. Hg., mit Einleitungen und Anmerkungen versehen von Gustav Wilhelm. 7 Teile in 5 Bänden. Berlin, Leipzig, Wien und Stuttgart 1910.

ZEITTAFEL

1805 23. Oktober: Albert (später: Adalbert) wird als ältestes von sechs Kindern des Leinwebers und -händlers Johann Stifter und seiner Ehefrau Magdalena, geb. Friepes, in dem Marktflecken Oberplan/Südböhmen geboren.
Bedeutender Einfluß der Großmutter väterlicherseits, Ursula Kary (1756–1836), als „lebendige Chronik und Dichtung".

1817 November: Der Vater verunglückt tödlich. Der Großvater, Augustin Stifter (1744–1834), führt die Wirtschaft weiter. Auch er beeinflußt das Kind, macht es mit Namen, Sagen und Überlieferungen vertraut.

1818 Sommer: Der Großvater mütterlicherseits bringt Adalbert nach Kremsmünster, wo er in das Gymnasium des Benediktinerstifts aufgenommen wird: Adalbertus Stifter, Bohemus Oberplanensis.
Herbst: Beginn der Studien. Von 1818–22, in den Grammatikalklassen, wird St. von P. Placidus Hall (1774–1853) unterrichtet.

1820 Magdalena St. heiratet in zweiter Ehe den Bäckermeister Ferdinand Mayer, zu dem Adalbert St. ein kritisches Verhältnis entwickelt.

1822 Von 1822–24, in den Humanitätsklassen, unterrichtet P. Ignaz Reischl die alten und neueren Sprachen.

1824 Von 1824–26, in der Philosophie, übt der Physiker und Astronom P. Marian Koller bedeutenden Einfluß aus. – Frühe dichterische Versuche. Unterricht im Malen bei Georg Riezlmayr (1784–1852).

1825 Pockenerkrankung.

1826 Abschluß des Gymnasiums mit besten Zeugnissen. Beginn

des Universitätsstudiums in Wien: Studium der Rechte (zunächst mit regelmäßigen und guten Examen), daneben Physik, Mathematik und Astronomie. Durch Nachhilfestunden erwirbt St. sich den Lebensunterhalt.

1827 Beginn der Liebesbeziehungen zur 19jährigen Fanny Greipl (1808–1839), Tochter des wohlhabenden Leinwandhändlers Mathias Greipl in Friedberg. – Andreas von Baumgartner empfiehlt St. angesehenen Familien als Hauslehrer.

1829 Sommeraufenthalt mit Fanny und ihrem Bruder in Bad Hall. – Die Erzählung „Julius“ entsteht.

1830 Das Verhältnis zu Fanny ist getrübt; Stifters Briefe schwanken zwischen Mutlosigkeit und Liebesbeteuerungen. Fannys Eltern reagieren zurückhaltend. Unter dem Pseudonym Ostade veröffentlicht St. acht Gedichte im Linzer „Oesterreichischen Bürgerblatt für Verstand, Herz und gute Laune“, die vor allem ein Gruß an Fanny sein sollen. – Er liest Texte der Romantik, Heine und, vor allem, Jean Paul, dessen Schriften ihn so beeindrucken, daß er seinen Lebensstil ändert (er führt das Leben eines Bohemien, wechselt mehrfach seine Wohnung, wird gepfändet und vernachlässigt seine Studien). Jean Pauls Einfluß zeigt sich auch in den frühen Erzählungen, vor allem in „Der Condor“ und „Feldblumen“.

1832 Ablehnung der Abschlußprüfung. – 1832/33 vergebliche Bewerbungen um Lehrmöglichkeiten an der Universität Prag (Lehrstuhl für Physik; St. legt schriftl. Examen ab, vergißt aber den Termin für den mündl. Vortrag) und am Lyzeum in Linz.

1833 Gegenseitiges Mißtrauen, Mißverständnisse sowie Stifters Eifersucht und zweifelnde Unentschlossenheit führen zur Beendigung des Liebesverhältnisses zu Fanny. Fannys Eltern fürchten, daß St. keine gesicherte Existenz haben wird, und drängen auf Abbruch der Beziehungen. – St. lernt die attraktive Putzmacherin Amalia Mohaupt (1811–1883) kennen; sie ist die Tochter eines pensionierten, unbemittelten Unteroffiziers.

St. lebt bis 1848 als freier Künstler in Wien; schwankt

zwischen Dichtung und Malerei. Den Lebensunterhalt verdient er sich als Hauslehrer.

1835 Verlobung mit Amalia Mohaupt, die zur Heirat drängt.
28. August: St. versichert Fanny brieflich, daß er sich nur aus Trotz und gekränkter Eitelkeit verlobt habe und daß er Amalia nur küssen könne, wenn er sich ihre (Fannys) Lippen dazu vorstelle.
Entstehung des „Condor“ (nicht genau datierbar).

1837 Fanny heiratet den Kameralsekretär Josef Fleischanderl.
Vergebliche Bewerbung um Anstellung an der Forstlehranstalt Mariabrunn bei Wien (vgl. „Feldblumen“ u. „Zwei Schwestern“). – Gemeinsame Wohnung mit Amalia Mohaupt.
15. November: Eheschließung mit Amalia Mohaupt. Sie bleibt für St. zeitlebens eine tüchtige, umsichtige Hausfrau, höchst besorgt um sein leibliches Wohlergehen. Amalia bringt erstmals eine gewisse Ordnung und Regelmäßigkeit in sein Leben, ist allerdings leicht reizbar und besitzt nur geringe geistige Interessen. Für das literarische Werk Stifters, der sie als „gute dumme Haut“ bezeichnet, bringt sie kein Verständnis auf. Angeblich hat sie seine Werke nie gelesen.
Entstehung: „Feldblumen“ (bis 1838); „Wirkungen eines weißen Mantels“ (Erstfassung von „Bergmilch“; Fertigstellung nicht genau datierbar).

1839 September: Fanny stirbt.

1840 Entstehung: „Das Haidedorf“ (erste Konzeption schon früher); „Die Mappe meines Urgroßvaters“ (Erstfassung).
Veröffentlichungen: „Der Condor“; „Feldblumen“; „Das Haidedorf“.

1841 Herausgebertätigkeit: „Wien und die Wiener“ (Sammelwerk).
Entstehung: „Der Hochwald“ (Erstfassung); „Die Narrenburg“ (bis 1842; Erstfassung); „Abdias“ (evtl. auch erst 1842; Erstfassung).
Veröffentlichung: „Die Mappe meines Urgroßvaters“ (Erstfassung).

1842 Entstehung: „Das alte Siegel“ (bis 1843; Erstfassung);

„Brigitta" (Erstfassung); „Der späte Pfenning". – Studienfassungen von: „Der Hochwald" (bis 1843); „Die Mappe" (bis 1847).
Veröffentlichung: „Der Hochwald" (Erstfassung).

1843 Entstehung: „Der Hagestolz" (bis 1844; Erstfassung); „Die drei Schmiede ihres Schicksals". – Studienfassung von: „Die Narrenburg" (bis 1844).
Veröffentlichungen: „Die Narrenburg" (Erstfassung); „Abdias" (Erstfassung); „Wirkungen eines weißen Mantels" (Erstfassung von „Bergmilch"); „Der späte Pfenning".
1843–46 Hauslehrer für Richard Fürst von Metternich, Sohn des Staatskanzlers, in Physik und Mathematik.

1844 Plan eines dreibändigen Romans über Robespierre (evtl. schon 1843?).
Entstehung: „Der Waldsteig" (Erstfassung); „Zwei Schwestern" (bis 1845; Erstfassung); „Zuversicht"; „Die Barmherzigkeit" (bis 1845). – Studienfassungen von: „Feldblumen"; „Das Haidedorf".
Veröffentlichungen: „Das alte Siegel" (Erstfassung); „Brigitta" (Erstfassung); „Die drei Schmiede ihres Schicksals"; „Studien", Bde I u. II.

1845 Reise mit Amalia nach Oberplan und Friedberg und ins Salzkammergut.
Entstehung: „Der beschriebene Tännling" (Erstfassung); „Der heilige Abend" (Erstfassung von „Bergkristall"). – Studienfassungen von: „Das alte Siegel" (bis 1846); „Brigitta" (bis 1846).
Veröffentlichungen: „Der Hagestolz" (Erstfassung); „Der Waldsteig" (Erstfassung); „Der heilige Abend"; „Die Barmherzigkeit"; „Zwei Schwestern" (Erstfassung).

1846 Reise nach München.
Entstehung: „Bergkristall" (Zweitfassung); „Der Waldgänger"; „Der Tod einer Jungfrau". – Studienfassungen von: „Der Hagestolz" (bis 1849); „Der Waldsteig" (bis 1847).
Veröffentlichungen: „Der beschriebene Tännling" (Erstfassung); „Zuversicht".

1847 Sommer: in Linz. – Die sechsjährige Juliane Mohaupt

(1841–1859), Nichte von Amalia, wird an Kindes Statt angenommen. Studium mittelalterlicher Geräte und Waffen als Vorbereitung für einen historischen Roman.
Entstehung: Journalistische Beiträge über Politik, Volkserziehung, Kunst und Literatur. – „Die Pechbrenner" (Erstfassung von „Granit"); „Der arme Wohltäter" (Erstfassung von „Kalkstein"); „Katzensilber" (Fertigstellung nicht genau datierbar); „Prokopus". – Studienfassungen von: „Zwei Schwestern" (bis 1849); „Der beschriebene Tännling" (bis 1849).
Veröffentlichungen: „Der arme Wohltäter"; „Der Waldgänger"; „Der Tod einer Jungfrau"; „Studien", Bde III u. IV.

1848 St. tritt zunächst begeistert für die Revolution ein und wird in seinem Wahlbezirk zum Wahlmann für die Frankfurter Nationalversammlung gewählt. Er ist jedoch bald von der Realität des politischen Handelns ernüchtert und enttäuscht.
6. Mai: Umzug nach Linz.
Entstehung: „Der Pförtner im Herrenhause" (Erstfassung von „Turmalin").
Veröffentlichung: „Prokopus".

1849 Studien für historische Romane aus dem Mittelalter („Die Rosenberge").
Entstehung: „Der alte Hofmeister" (Vorstufe zum Roman „Der Nachsommer").
Veröffentlichung: „Die Pechbrenner" (Erstfassung von „Granit").

1850 Ernennung zum Volksschulinspektor von Oberösterreich mit dem Titel eines k.k. Schulrats und dem Jahresgehalt von 1500 Gulden. – Gründung einer Realschule in Linz.
Veröffentlichungen: „Studien", Bde V u. VI. – Aus wirtschaftlichen Gründen Verkauf aller Rechte für die „Studien" an den Verleger Gustav Heckenast, der zu einem der wichtigsten Briefpartner Stifters und zum unentbehrlichen Geldgeber wird, bei dem der Dichter hoch verschuldet ist.

1851 Die knapp elfjährige Ziehtochter Juliane verschwindet um

Weihnachten und wird erst zwei Wochen später wiedergefunden.
Entstehung: „Kalkstein“ (Zweitfassung). – Verkauf der Verlagsrechte für die „Bunten Steine“ an den Verleger.

1852 Vortrag: „Über den geschnitzten Hochaltar in der Kirche zu Kefermarkt“.
Entstehung: „Granit“ (Zweitfassung); „Turmalin“ (Zweitfassung); „Bergmilch“ (Zweitfassung).
Veröffentlichung: „Der Pförtner im Herrenhause“ (Erstfassung von „Turmalin“).

1853 Ernennung zum Konservator für Oberösterreich.
Veröffentlichung: „Bunte Steine“, 2 Bde.

1854 Verleihung des Ritterkreuzes des Franz-Joseph-Ordens. – Beginn des Nervenleidens.
Veröffentlichung: Gemeinsam mit Johannes Aprent: „Lesebuch zur Förderung humaner Bildung“.

1855 Lesebuch wird vom Unterrichtsministerium abgelehnt.
Erholung in den Lackenhäusern; Besuch in Oberplan und Friedberg. – Nervenkrankheit.
Plan, einen Roman über Witiko zu schreiben, wird erstmals im Brief erwähnt.

1856 Inspektion über die Linzer Realschule wird St. entzogen.
Entstehung: „Der Nachsommer“, Bde 1 und 2.

1857 Reise nach Triest. – Beginn des Leberleidens.
Entstehung: „Der Nachsommer“, Bd 3.
Veröffentlichung: „Der Nachsommer“, Bde 1–3.

1858 27. Februar: Stifters Mutter stirbt.

1859 Augenleiden. – Die 18jährige Ziehtochter Juliane verläßt das Haus; nach vier Wochen wird ihre Leiche aus der Donau geborgen.

1860 Reisen nach Wien und München.
Entstehung: „Zwei Witwen“.
Veröffentlichung: „Zwei Witwen“.

1862 bis 1863 nervöse Störungen.

1863 Wachsende Beschwerden durch die fortschreitende Leberzirrhose.
Entstehung: „Nachkommenschaften“.

1864 Sommer: Urlaub in den Lackenhäusern; Krankheit hat sich verschlimmert.
Veröffentlichung: „Nachkommenschaften".

1865 Ärztliche Untersuchung in Wien. Anschließend Kur in Karlsbad; das Geld dafür und für spätere Kuraufenthalte muß sich St. von Bekannten und Institutionen zusammenbetteln. Reise nach Prag (14.–24. Juni) und Nürnberg; Urlaub in den Lackenhäusern.
25. November: Pensionierung mit dem Titel Hofrat. Der Statthalter von Oberösterreich hatte bei der Eingabe an den Kaiser vermerkt, daß es eine Ehrensache der österreichischen Regierung sei, „einen Mann, der einen so hohen Rang unter den Dichtern und Schriftstellern Österreichs einnimmt, in seiner Krankheit nicht der Sorge um seinen Unterhalt und der Entbehrung preiszugeben... Aus ganz verläßlicher Quelle ist mir bekannt, daß für die Wiedergenesung desselben wenig Hoffnung vorhanden sei." – Winter in Kirchschlag.
Entstehung: „Der Waldbrunnen".
Veröffentlichung: „Witiko", Bd 1.

1866 Mai: Kur in Karlsbad. Erholung in den Lackenhäusern, in Kirchschlag und (aus Angst vor der Cholera) wieder in den Lackenhäusern.
Entstehung: „Der Kuß von Sentze".
Veröffentlichungen: „Der Waldbrunnen"; „Der Kuß von Sentze"; „Witiko", Bd 2.

1867 Mai: Kur in Karlsbad; Erholung in Kirchschlag; Reise nach Oberplan.
Ritterkreuz der 1. Abteilung des Ordens vom weißen Falken durch den Großherzog von Sachsen-Weimar.
Entstehung: „Der fromme Spruch"; „Die Mappe meines Urgroßvaters" (letzte Fassung, die unvollendet bleibt).
Veröffentlichung: „Witiko", Bd 3.

1868 26. Januar: Selbstmordversuch mit dem Rasiermesser; lebt bewußtlos bis zum 28. Januar.
28. Januar: Tod Adalbert Stifters. Als Todesursache wird genannt: „Zehrfieber infolge chronischer Atrophie". Der Arzt erklärt, daß der Schnitt nicht tödlich gewesen sei, der

Tod wäre „auch ohne diese Ungeduld von seiten des Kranken ... bald erfolgt".

1869 Veröffentlichung: „Erzählungen. Gesammelt und dem Nachlasse entnommen von Johannes Aprent".

INHALT

Bunte Steine

Erzählungen

Anhang